JENN LYONS

DER NAME ALLER DINGE
DRACHENGESÄNGE 2

Aus dem Amerikanischen von
Urban Hofstetter und Michael Pfingstl

KLETT-COTTA

Hobbit Presse
www.hobbitpresse.de
Die Originalausgabe erschien unter dem Titel »The Name of all Things.
A Chorus of Dragons 2« im Verlag Tor Books, New York
© 2019 by Jenn Lyons
Für die deutsche Ausgabe
© 2020 by J. G. Cotta'sche Buchhandlung
Nachfolger GmbH, gegr. 1659, Stuttgart
Alle deutschsprachigen Rechte vorbehalten
Printed in Germany
Cover: © Birgit Gitschier, Augsburg
unter Verwendung der Daten des Originalverlags,
Illustration: © Lars Grant-West
Gesetzt von C.H.Beck.Media.Solutions, Nördlingen
Gedruckt und gebunden von GGP Media GmbH, Pößneck
ISBN 978-3-608-96342-7

*Für Bethany, deren Treue und Freundschaft
immer Goldes wert sein werden.*

INHALT

Vorwort   11

TEIL I
Gespräche in einem Sturmhaus

1 Die Gesetzlosen von Barsine   39
2 Eine faule Frucht   60
3 Die Gerechtigkeit des Barons   77
4 Das besessene Kind   94
5 Die Gerechtigkeit des Grafen   110
6 Ein joratisches Turnier   128
7 Angriffspläne   143
8 Der Narr   158
9 Der Wettkampf   168
10 Die Erstickung von Mereina   188
11 Acht Tore   207
12 Ein Fest für Dämonen   238
13 Den Sturm aussitzen   251
14 Die Nachtjagd   259
15 Wohin die Herde zieht   270

TEIL II
Das silberne Schwert

16	Schwarzer Lotus	290
17	Tiga-Pass	307
18	Die Dämonenfälle	318
19	Oreth, die Schlange	333
20	Banditen, schon wieder	350
21	Eine schwierige Heilung	358
22	Der Preis des Idorrá	372
23	Das Grün	387
24	Der Schwarze Ritter	400
25	Das marakorische Elendsviertel	417
26	Das Große Turnier der Herausforderungen	426
27	Die Jagd auf die Weiße Hexe	435
28	Anschuldigungen wegen Hexerei	441
29	Ein unbedachtes Duell	449
30	Ein Spaziergang im Wald	458
31	Saelen	465

TEIL III
Winterkinder

32	An der Küste	477
33	Ein Wiedersehen unter Freunden	502

34 Der einzige Ausweg 519
35 Das Schloss aus Eis 523
36 Eine unzureichende Entschuldigung 545
37 Die Frauen des Herzogs 555
38 Das Auge des Feuers 578
39 Intrigen um die Krone 586
40 Der Sohn des Kaisers 604
41 Mutterliebe 616
42 Die Wolfsjungen 627
43 Die Feuerhöhlen 632
44 Der Hof der Wahrheit 645
45 Die Verschmähten 662
46 Die Suche nach dem Schwarzen Ritter 677
47 Die Hexenkönigin 694
48 Enthüllungen 722
49 Winterprüfung 730
50 Kriegsforschung 741
51 Drachenjagd 747
52 Gesprengte Ketten 771

TEIL IV
Dämonenfälle

53 Brüder 793
54 Das Problem mit dem Vertrauen 798
55 Der Kriegsdrache 805

56	Die Armee mit den acht Toren	816
57	Erinnerungen an Pferde	826
58	Angriff auf Morios	832
59	Drei Zweige	841
60	Schon wieder Brüder	847
61	Unter den Wassern	851
62	Endspiele	863
63	Rettungen	871
64	Die Eisherzogin	875
	Nachwort	879
	Anhang I *Drachen*	881
	Anhang II *Glossar*	883
	Anhang III *Herrschaftsgebiete des Reichs*	901
	Dank	903
	Karten	905

VORWORT

Mein teuerster Lord Var,
hier der von Euch erbetene Bericht über die Ereignisse, die zu der momentanen Lage in Jorat führten. Ich habe gemogelt und lasse die Geschichte in großen Teilen von Janel selbst erzählen – aber Informationen aus erster Hand sind immer noch die besten, nicht wahr? Außerdem kommt Euer kleiner Bruder darin vor, was Ihr mit Sicherheit ganz entzückend finden werdet.

Ich habe nicht halb so viel erfunden, wie Ihr vielleicht glauben mögt – es hilft ungemein, wenn man ein Artefakt zur Hand hat, um die Fakten zu überprüfen. Die Beiträge unseres gemeinsamen Freundes waren ebenfalls hilfreich. Anfangs weigerte er sich ja, aber ich konnte ihn schließlich zur Vernunft bringen. Zwar bin ich sicher, dass er seine Aufzeichnungen früher oder später in so etwas wie eine brauchbare Ordnung gebracht hätte, doch wir haben keine Zeit für diesen akademischen Unfug. Nichts für ungut, aber habt Ihr seine Transkripte gelesen? Er ist wirklich sehr sprachverliebt.

Ich bin froh, dass ich die Aufgabe stattdessen selbst übernommen habe.

Ich hoffe, Ihr verzeiht die Freiheiten, die ich mir an manchen Stellen herausnehme. Aber wenn dieser D'Lorus-Balg das darf, warum dann nicht auch ich? Meine Anmerkungen findet Ihr im Text.

Wie sich gezeigt hat, kann man selbst nach einem Kaisermord, der Befreiung sämtlicher Dämonen und der Beinahe-Zerstörung von Quurs Hauptstadt noch eins draufsetzen. Andererseits ...

... wisst Ihr ja, wie sehr ich es liebe, wenn eine Geschichte gut endet.
Eure treue und stets gehorsame Dienerin,
Senera

... *ein Letztes noch, mein Herr.*

Ich glaube, ich sollte erklären, was in Wahrheit in der Hauptstadt passiert ist. Um es kurz zu machen: Es ist alles Gadriths Schuld. Unser liebster untoter Geisterbeschwörer kam auf die Idee, er und niemand anderer sei die Antwort auf alle Prophezeiungen. Dreißig Jahre lang spann er seine Ränke, um Urthaenriel allen anderen vor der Nase wegzuschnappen – uns mit eingeschlossen –, bis der Knoten in der Hauptstadt platzte. Es ging nicht gut aus für Gadrith. Für die Hauptstadt auch nicht.

Gadrith brauchte den Schellenstein, und das war ein Problem, weil er keine Ahnung hatte, wo der Stein sich befand. Wir schon, aber uns hat er ja nicht gefragt, oder? Nein, stattdessen intrigierte er und schmiedete seine Pläne und gewann ein paar Mitglieder des Hochadels für seine Sache – Darzin D'Mon war eine echte Leistung –, um dann endlich dahinterzukommen, wo der Stein abgeblieben war: an der Halskette des lange verschollenen Kihrin, Sohn des Hohen Lords D'Mon.

Um an dieses Wissen zu gelangen, brachte Klaue, Darzin D'Mons Mimikerin, so gut wie jeden um, mit dem Kihrin je ein Wort gewechselt hat. Kihrin konnte Darzin auf den Tod nicht ausstehen. Trotzdem behauptete Darzin, er sei sein Sohn, und so lächerlich die bloße Vorstellung auch ist, Kihrins echter Vater ließ es Darzin durchgehen. Danach versuchte Darzin, den armen Jungen dazu zu erpressen, den Schellenstein herauszugeben, hauptsächlich mit Thurvishar D'Lorus und einem Sklavenmädchen, das es Kihrin angetan hatte.

Es hat nicht funktioniert, was allerdings nicht Kihrins Verdienst war. Es hat nicht funktioniert, weil Klaue es vermurkst hat. Wie so oft, wie Ihr noch sehen werdet. Es war Klaue, die dafür gesorgt hat, dass Kihrin auf dem Sklavenschiff landete. Sie ist es auch, bei der wir uns dafür bedanken können, dass die Schwarze Bruderschaft ihn schließlich in ihre Fänge bekam. Am Ende kehrte Kihrin zwar in die Hauptstadt zurück, aber erst vier Jahre später, außerdem in Begleitung von Freunden und erst nachdem der buchstäblich beste Schwertkämpfer der Welt ihn ausgebildet hatte. Gute Arbeit, Klaue.

Doch Kihrin unterschätzte, wie weit Gadrith zu gehen bereit war. Der Zauberer stürmte den Blauen Palast und begann, Kihrins Familienmitglieder hinzurichten, bis Kihrin den Schellenstein herausgeben würde. Was er schließlich tat. Und danach tötete Gadrith ihn.

Oder besser gesagt, er ließ ihn von Darzin töten, der Kihrin – etwa bei Schritt 517 von Gadriths genialem Weltherrschaftsplan – dem Dämon Xaltorath opferte. Man könnte meinen, Kihrin einem Dämon zu opfern, müsste reichen, um ihn ein für alle Male aus dem Verkehr zu ziehen. Falsch gedacht. Und wieder einmal können wir uns bei Klaue dafür bedanken. Weder Gadrith noch Darzin wussten, dass Kihrin während seiner Abwesenheit gegaescht worden war. Klaue schon. Sie hatte sich Kihrins Gaesch-Totem als Souvenir gesichert. Das und die Tatsache, dass unsere Janel Kihrins Seele persönlich ins Land des Friedens geleitet hatte, genügte Thaena, um ihn wiederauferstehen zu lassen.

So viel also dazu.

Gadrith hingegen glaubte, alles liefe ganz wunderbar. Xaltorath hatte einen Höllenmarsch gegen die Hauptstadt in Gang gesetzt und damit Kaiser Sandus auf den Plan gerufen. Danach brachte Gadrith Sandus dazu, ihn zu töten, während Gadrith den Schellenstein trug. Was wiederum bedeutete, dass Sandus das Zeitliche segnete und Gadrith in seinem Körper weiterlebte, weil das nun einmal die Funktion des Schellensteins ist. Damit wurde Gadrith Kaiser von Quur, und niemand konnte ihn aufhalten. Tyentso, seine eigene Tochter, hat es versucht – er tötete sie und ließ ihre Leiche in der Arena für die Geier liegen. Alles lief blendend.

Schon komisch, wie schnell sich das Glück gegen einen wenden kann, wenn man gerade einen Liebling der Glücksgöttin ermordet hat. Kihrin konnte sich nach seiner Wiederauferstehung zwar kaum auf den Beinen halten, trotzdem schaffte er es, Darzin zu töten, Urthaenriel zu finden und damit sowohl den Schellenstein als auch Gadrith zu vernichten. Allerdings führte die Zerstörung des Schellensteins gleichzeitig zur Freilassung aller, die je mit ihm gegaescht worden waren. Das wiederum bedeutet, dass sämtliche Dämonen auf freiem Fuß sind, genauso wie Kihrins Mutter Khaeriel, die nebenbei bemerkt alle Mitglieder des Hauses D'Mon umbrachte, die nicht schon von Gadrith liquidiert worden waren. Außer Kihrins Vater, den entführte sie. Mit größter Sicherheit ahnt sie nicht einmal, dass ihr Sohn noch am Leben ist. Verwendet dieses Wissen, wie immer Ihr es für richtig haltet.

Und was dem Ganzen die Krone aufsetzt: Weiter oben habe ich geschrieben, dass Gadrith seine eigene Tochter tötete. Nun, Thaena ließ sie wiederauferstehen, ohne überhaupt darum gebeten worden zu sein. Und das nachdem Kihrin Gadrith umgebracht hatte und die magischen Barrieren wieder hochgefahren waren, um die Arena mit Krone und Zepter bis zum nächsten Turnier von der Außenwelt abzuschirmen. Um sich zur Kaiserin von Quur zu krönen, musste Tyentso nur die Hand ausstrecken und sich die verfluchten Sachen schnappen.

Die gute Nachricht lautet also: Wir haben eine neue Kaiserin, und zwar eine, die den Hochadel hasst.

Ich bin gespannt zu sehen, wohin das führt.

Und Kihrin? Er tat einmal das Richtige und verließ die Stadt. Weil er Urthaenriel hatte, konnte ich ihn nicht mithilfe von Magie aufspüren, aber wir wussten, dass er auf dem Weg nach Jorat war – was auch der Zeitpunkt ist, an dem die hier angefügte Chronik einsetzt. Viel Vergnügen bei der Lektüre.

TEIL I

Gespräche in einem Sturmhaus

*Jorat, Quurisches Reich.
Zwei Tage nach Kihrin D'Mons Rückkehr nach Quur*

Die Männer blieben am Fuß der Rampe stehen und schüttelten den Regen aus ihren Sallí-Umhängen. Der Himmel in ihrem Rücken flackerte und explodierte in blendendem Weiß, eine Sekunde später rollte Donner über sie hinweg. Die Schleusen des Himmels öffneten sich, als wollte er die Welt ertränken.

»Macht die Tür zu!«

Noch bevor sie reagieren konnten, schob sich Skandal, die graue Feuerblüter-Stute, an ihnen vorbei und drückte die schwere Eichentür noch weiter auf. Der starke Wind rüttelte an dem Holz, und die beiden Männer hatten alle Mühe, sie zu schließen und zu verriegeln.

Stille umfing sie, während sie dem Heulen draußen lauschten. Kihrin wandte sich seinem Begleiter zu. »Warum sind wir nicht nach Atrine gegangen?«

Der andere Mann, ein großgewachsener Kerl mit einem weißen, sternförmigen Muttermal auf der Stirn, schnaubte. »Zu viele kaiserliche Soldaten dort.«

»Stimmt. Das war der Grund.« Kihrin beäugte das Innere des Gemäuers misstrauisch. »Stern, ich weiß ja, wie sehr du Pferde liebst, aber ... ist das etwa ein Stall?«

Kihrin D'Mon ging ein paar Schritte in den Raum hinein, der sich zu einem großen, in die Hügelflanke gebrochenen Gewölbe öffnete. Am anderen Ende standen dicht zusammengedrängt ein

Dutzend Pferde mit weit aufgerissenen Augen und wegen des Donners angelegten Ohren. Skandal gesellte sich zu ihnen und stellte sich zwischen zwei große schwarze Feuerblüter-Hengste. Im Gegensatz zu Skandal, die lediglich wie eine etwas zu groß geratene graue Stute aussah, waren die anderen Feuerblüter mit ihren roten Augen und ebensolchen Tigerstreifen an den Beinen schon von Weitem als Nicht-Pferde zu erkennen. Die übrigen Vierbeiner drängten sich um sie wie Kinder um den Schoß ihrer Eltern.

»Wenn sie trächtig wird, braucht sie sich bei mir nicht zu beschweren«, murmelte Kihrin.

Eine alte Frau mit scheckiger Haut kam ihnen entgegengelaufen. »Seht zu, dass die Tür auch ordentlich verriegelt ist, verstanden? Dieser Sturm ist der mörderischste, den ich je …« Da erblickte sie Stern und verstummte.

Kihrin konnte es ihr nicht verdenken. Stern konnte mit einem Stirnrunzeln einer wildgewordenen Büffelherde Einhalt gebieten. Kihrin war größer als er, aber Stern war doppelt so breit, und so derb wie das Wetter draußen. In dem Bordell, in dem Kihrin aufgewachsen war, hätte er ihn sofort als Rausschmeißer angeheuert.

Die alte Frau zwinkerte Stern zu.

»Hallo, Stute.« Stern lachte und zupfte an einer Locke seines grau melierten Haares. »Freut mich auch, dich zu sehen. Wir brauchen Kissen und einen Ehrenplatz für Hamarratus. Tut mir leid, dass wir so spät noch hereinschneien. Wir haben nicht mit dem Sturm gerechnet.« Er berührte mit dem Zeigefinger seine Stirn und verbeugte sich. Kihrin hatte noch nie erlebt, dass Stern mehr als zwei Sätze hintereinander sprach. Dass er sich verbeugte, ebenfalls nicht – weder vor einem Hohen Lord noch vor sonst jemandem.

Moment. Wer ist Hamarratus?*

---

*   Anscheinend war Hamarratus (oder Skandal, wie ihre Freunde sie nennen) einst eine Feuerblüter-Sklavin im Besitz von Darzin D'Mon. Wuss-

»Kein Problem.« Die alte Frau blieb ruckartig stehen und wandte sich an Kihrin. »Gut, wenigstens seid ihr jetzt hier. Geht in den Schutzraum. Sie wartet schon auf euch. Und beeilt euch, solange der Eintopf noch heiß ist.«

Kihrin stellte sein Bündel auf dem mit Stroh ausgelegten Boden ab. »Verzeihung, die Dame, aber hier scheint ein Fehler vorzuliegen. Ich werde nicht erwartet.«

Die alte Frau musterte ihn erstaunt. »Dann bist du also nicht Kihrin?«

Der junge Mann, der *definitiv* Kihrin war, schaffte es, keine Waffe zu ziehen. Gerade mal so. »Woher kennst du meinen Namen?«

»Deine Frau hat dich angekündigt.«*

Sie deutete in einen Tunnel, der tiefer in den Hügel hineinführte. »Sie wartet auf dich. Hat gesagt, ich soll nach einem hoch aufgeschossenen Fremden mit gelben Haaren Ausschau halten. Der bist du doch, oder? Du kommst von der anderen Seite des Reichs, würde ich meinen. Kein Einheimischer würde sich so anziehen wie du.« Sie musterte seine Misha und die Kefhose, als wären sie ein schriftliches Geständnis.

»Meine Frau?« Kihrin tauschte einen Blick mit Stern aus. Nicht alle seine weiblichen Bekanntschaften waren ihm freundlich gesinnt. »Niemand weiß, dass ich hier bin. Zur Hölle, ich weiß ja selbst nicht mal, wo wir sind.« Kihrins Hand tastete nach dem Dolch an seinem Gürtel.

»Ich bleibe hier und kümmere mich um die Pferde«, erklärte Stern.

»Klingt gut. Wenn du meinen Todesschrei hörst, räche mich.«

---

tet Ihr, dass Darzin einen Feuerblüter aus Jorat herausgeschmuggelt hat? Was für ein Trottel. Es hat zwar nichts mit dem Thema zu tun, aber glaubt Ihr, Ihr könntet Darzin von den Toten zurückholen? Ich würde ihn gerne noch einmal umbringen.

* Vermutlich ein Beispiel für joratischen Humor. Seine Frau. Ha!

Stern zuckte die Achseln. »Ich wüsste nicht, wie. Du bist der mit dem Zauberschwert.«

Was Kihrin am Gürtel trug, sah eindeutig aus wie ein Dolch, nicht wie ein Schwert. Falls die Stallmeisterin Sterns Kommentar seltsam fand, ließ sie es sich jedoch nicht anmerken.

»Dann komm mit, Fohlen.« Sie winkte Stern zu. »Hilf einer alten Frau beim Tränken.«

Kihrin betrat den Tunnel und hoffte, am anderen Ende in so etwas wie einem Gastraum herauszukommen.

Der Durchgang führte zu einem großen Saal tief im Innern des Hügels. Die bunten Banner, die von der Decke hingen, flatterten sanft in einer unsichtbaren Brise.

Ihre Regenbogenfarben erinnerten Kihrin an die des Hochadels in der Hauptstadt, auch wenn er glaubte, dass die Farben hier eine andere Bedeutung hatten. Der quurische Hochadel war in Jorat nicht sehr präsent, was er als gutes Zeichen nahm.

Als Kihrin den Raum betrat, sah er zwei weitere Ausgänge. Er hatte keine Ahnung, welcher davon nach draußen führte – wenn überhaupt einer –, aber er verschaffte sich gerne einen Überblick, egal wo er war. Er bemerkte außerdem eine gut bestückte Schanktheke, keinen Rausschmeißer und den Duft von Grillfleisch, der aus der Küche heranwehte. *Perfekt.*

Die Stadtbewohner suchten hier vor dem Wetter Schutz und ließen sich eine nachmittägliche Mahlzeit schmecken. Kihrin musste sich beherrschen, sie nicht anzustarren: Die Haut der Jorater war genauso bunt wie die ihrer Pferde und ebenso fleckig. Alle im Raum trugen ihr Haar lang, entweder offen oder zu kunstvollen Zöpfen geflochten. Manche hatten sich die Schädelseiten kahlrasiert und nur einen schmalen Streifen in der Mitte stehen lassen, der wie eine Pferdemähne aussah. Und alle trugen sie entweder erdfarbene oder leuchtend bunte Kleidung und dazu offensichtlich jedes Schmuckstück, das sie besaßen. Kihrin fragte sich, ob die unterschiedlichen Farben auf ihren gesellschaftlichen Rang oder etwas Ähnliches hinweisen; mit dem Geschlecht schienen sie jedenfalls nichts zu tun zu haben.*

Die Blicke der Einheimischen waren weit weniger zurückhaltend. Sämtliche Gespräche erstarben.

»Kihrin?«

Er drehte sich um und sah eine Frau in seinem Alter neben dem Kamin stehen.

Kihrins Atem stockte.

Sie war Joratin wie alle hier außer ihm selbst. Und sie sah vollkommen anders aus als die anderen. Alles an ihr war rot, die Haut wie gebrannter Ocker, die Augen wie zwei Rubine. Kihrin hatte sich so oft vorgestellt, ihr zu begegnen, dass er nun, da es so weit war, beinahe lachen musste. Ein Dämonenprinz namens Xaltorath hatte ihm diese Frau einst gezeigt, vor Jahren schon, aber Kihrin war ihr Bild nie wieder losgeworden. Für ihn war sie der Inbegriff von Schönheit.

Und sie war hier. Sie stand direkt vor ihm.

Ausgeschlossen. Die Vorstellung, dass er nach Jorat kam und in dem ersten Wirtshaus, das er betrat, seiner Traumfrau begegnete, entbehrte jeder Glaubwürdigkeit. Zwar stand Kihrin höher in der Gunst der Glücksgöttin als die meisten, aber alles hatte seine Grenzen.

Das hier konnte nur ein Trick sein. Ein Köder.

Kihrin fühlte sich beleidigt. Die Falle war viel zu offensichtlich.

Sie schenkte ihm ein Lächeln, strahlender als die Sonne. »Ich bin ja so froh, dass du endlich hier bist. Bitte setz dich zu uns.« Sie deutete auf ihren Begleiter, einen kleingewachsenen Westquurer in Priesterrobe und Agolé. Auf Kihrin wirkte der Mann wie jemand, der sich damit abgefunden hatte, ständig das fünfte Rad am Wagen zu sein.

---

* Ja, das dachte ich anfangs auch. Wie leicht man sich täuschen kann.

Kihrin legte erneut eine Hand auf seinen Dolch, und das Lächeln erstarb. »Ich glaube nicht, dass wir uns schon einmal begegnet sind«, erwiderte er. »Ich bin Kihrin. Und du?«

Alle Freude schwand aus ihren Augen. »Du erinnerst dich nicht an mich.«

»Ich wiederhole mich: Wir sind uns nie begegnet.«

Die anderen Gäste begannen zu murmeln, ein Mann am Ende des Raums stand sogar auf. Offensichtlich hatten sie den Eindruck, eine Landsfrau vor einem zufällig hierher verirrten Ausländer beschützen zu müssen.

Die Joratin drehte sich um und machte eine besänftigende Geste. »Alles in Ordnung. Er ist mein Gast. Eine Runde Getränke für alle auf meine Rechnung.« Jubelrufe ertönten, vermischt mit Gelächter, als hätte sie etwas Lustiges gesagt. Für Kihrin ein weiterer Grund, der Angelegenheit zu misstrauen.

»Vielleicht solltet Ihr Euch setzen«, schlug der Priester vor. »Dann können wir uns vorstellen und Euch alles erklären.«

Kihrin ließ seinen Dolch los. Wenn das ein Trick war, dann hatte er ihn zumindest durchschaut. Nur drei Wesen im gesamten Universum wussten, wie seine Traumfrau aussah: sein bester Freund Teraeth, der Dämon Xaltorath und die Mimikerin Klaue. Teraeth würde so etwas niemals tun, aber die anderen beiden? Sie waren nicht gerade seine Freunde.

Andererseits schien ihm die priesterliche Begleitung unlogisch. Warum sollten Xaltorath oder Klaue einen Aufpasser mitschicken, wenn sie Kihrin von einer Dämonin verführen lassen wollten?

Er schob sich einen Stuhl zurecht und setzte sich.

Die Joratin folgte seinem Beispiel. »Das lief nicht so, wie ich gehofft hatte. Für so etwas haben wir keine Zeit.«

»Ich habe Euch gesagt, dass er sich nicht erinnern wird«, erwiderte der Priester. »Kaum jemand tut das.«

»Ihr wolltet euch vorstellen«, beharrte Kihrin. »Wie wär's, wenn wir damit anfangen?«

»Richtig«, bestätigte die Frau. »Natürlich.« Sie legte sich eine pechschwarze Hand auf die Brust.

Kihrin blinzelte. Er hatte es sich nicht nur eingebildet. Sie trug keine Handschuhe – ihre Hände hatten schlichtweg eine andere Farbe als das Gesicht.

»Ich bin Janel Theranon. Und das ist mein bester Freund Qaun, früher zumindest ...« Sie wandte sich dem Priester zu. »Oder?«

Der Mann verzog das Gesicht. »Mein Status ist ungewiss.« Zu Kihrin sagte er: »Ich bin Bruder Qaun, ein Eingeweihter in die Mysterien der Vishai. Es freut mich, Eure Bekanntschaft zu machen.«

»Ebenso«, erwiderte Kihrin, ohne den Blick von Janel abzuwenden.

Janel. Er kam sich vor wie der größte Trottel. Sie hatte also einen Namen. Natürlich hatte sie einen. In all den Jahren, seit Xaltorath ihm ihr Bild aufgezwungen hatte, war ihm nie die Frage in den Sinn gekommen, wie sie wohl heißen könnte. Vielleicht war Janel sogar ein ganz gewöhnlicher Name. Womöglich genauso verbreitet wie Tishar es in der Hauptstadt war. Wahrscheinlich bedeutete er *hübsch* oder *gesegnet* oder – da er hier in Jorat war – etwas, das mit Pferden zu tun hatte.

»Janel«, sagte er. »Warum sollte ich mich nicht erinnern, wenn wir uns schon einmal begegnet wären?«

Sie senkte die Stimme. »Weil du tot warst.«

Kihrin sah sich im Raum um. Niemand nahm mehr Notiz von ihm, seit Janel für ihn gebürgt hatte. »Könntest du das ein wenig ausführen?«

Dank Teraeths Mutter, die zufällig die Todesgöttin Thaena war, konnte sein Freund im Nachleben ein und aus gehen, wie es ihm beliebte.* Auch andere holte Thaena des Öfteren ins Leben zu-

---

* Ihr wahrer Name ist Khaemezra, oder? Auch wenn ich nicht vorhabe, ihr allzu bald zu begegnen ...

rück – zum Beispiel vor gerade mal zwei Tagen Kihrin selbst. Gut möglich, dass er bei ihrer ersten Begegnung tot gewesen war.

Beunruhigend, aber möglich.

»Na schön«, sagte Janel. »Ich kann von der Welt der Lebenden ins Nachleben reisen und wieder zurück. Als du vor zwei Tagen Xaltorath geopfert wurdest, hielt ich mich gerade in Letzterem auf. Ich habe dir geholfen, dich an deinen dämonischen Verfolgern vorbeizukämpfen, damit du in die Welt der Lebenden zurückkehren konntest.«

Kihrins Mund wurde trocken. »Und woher wusstest du, dass ich … hierher kommen würde?«

»Janel, ich glaube nicht …«, begann Qaun, der Priester.

»Schhh«, machte Janel und wandte sich wieder an Kihrin. »Bei unserer Begegnung im Nachleben hast du mir deine Geschichte erzählt. Du bist gestorben, als du versucht hast, Gadrith D'Lorus aufzuhalten, weil du den Verdacht hattest, dass er den Kaiser ermorden wollte. Als ich aufwachte, stellte ich fest, dass der Kaiser tot war und Gadrith ebenfalls. Jemand hatte den Schellenstein zerstört, wodurch alle gegaeschten Sklaven freikamen – und außerdem alle gegaeschten Dämonen. Um einen Eckstein, zu denen der Schellenstein gehört, zu zerstören, braucht man das Schwert Urthaenriel, auch Gottesschlächter genannt.«

Kihrin musste ein Schlucken unterdrücken. Janel wusste über alle wesentlichen Punkte Bescheid. »Das ist ja sehr interessant, aber immer noch keine Erklärung.«

Sie hob das Kinn. »Ich habe dich gesucht, konnte dich jedoch nicht finden.« Sie senkte erneut die Stimme. »Nicht einmal mit Magie, und da ich einen Eckstein benutzt habe, lautete die einfachste Erklärung, dass du im Besitz von Gottesschlächter sein musstest.* Selbst jetzt trägst du das Schwert irgendwo bei dir. Da

---

* In Ordnung. Ich wollte mich schon über sie lustig machen, weil sie einfach davon ausging, dass es sich um Urthaenriel handelte, aber ein

wir dich nicht aufspüren konnten, verließen wir uns einfach darauf, dass du früher oder später eines der Tore benutzen würdest.«

»Und …?« Kihrin bedeutete ihr weiterzusprechen.

»Dann haben wir ein Mitglied der Torwächtergilde bestochen, damit er nach dir Ausschau hielt.«

»Damit er Euch zu *diesem* Torstein bringt statt dahin, wo Ihr eigentlich hinwolltet«, fügte Qaun hinzu.

»Nach Jorat.«

Janel neigte den Kopf. »Was sagst du?«

»Ich wollte sowieso hierher. Nach Jorat. Weil ich …« Kihrin verstummte.

Weil ich den Schwarzen Ritter finden muss, dachte er. Weil ein Einzelner die Prophezeiungen nicht erfüllen und zum Höllenkrieger werden kann. Weil es insgesamt wahrscheinlich vier sind, von denen wir bisher nur drei identifizieren konnten: Therins Sohn, Docs Sohn und Sandus' Sohn.

Fehlt also noch ein Sohn.*

Kihrin merkte, dass Janel immer noch auf eine Erklärung wartete, warum er von vornherein nach Jorat gewollt hatte. Er lächelte und ließ sie warten. »Wo genau in Jorat sind wir hier eigentlich?«

»In Avranila«, antwortete sie. »Eine kleine Stadt im Nordosten.« Sie seufzte. »Ich hatte gehofft, du würdest früher herkommen. Was hat dich aufgehalten?«

»Ich brauchte dringend ein Bad«, erwiderte Kihrin.

Sie schien das nicht lustig zu finden.

Kihrin räusperte sich. »In der Hauptstadt fand gerade ein Höllenmarsch statt. In zehn Meilen Umkreis waren sämtliche Torsteine von Flüchtlingen überschwemmt, außerdem mussten wir

---

Eckstein lässt sich tatsächlich mit einem anderen Eckstein aufspüren … Sie hat also recht.

* Wie fortschrittlich. Klar, alle Höllenkrieger müssen einfach Männer sein.
Oh, wie ich den quurischen Machismo hasse.

zu Fuß gehen, weil Skandal sich weigerte, uns auf ihr reiten zu lassen. Bis zum nächsten freien Tor waren es immerhin dreißig Meilen. Ich habe gestaunt, mit wie wenig Geld sich der Torwächter bestechen ließ. Es muss wohl derselbe gewesen sein, dem ihr schon ein bisschen was zugesteckt hattet.«

Janels Miene verfinsterte sich. »Und wenn schon. Wir hatten uns eher Sorgen gemacht, dass er ein doppeltes Spiel treiben könnte.«

»Das Haus D'Mon hat eine Belohnung für Eure ›sichere Rückkehr‹ ausgesetzt«, fügte Bruder Qaun hinzu.

»Das überrascht mich nicht. Ich war schon mal ein paar Jahre weg. Wahrscheinlich war die Zeit zu kurz, um die Haustiervermisst-Zettel abzunehmen.« Kihrin winkte der Schankkellnerin zu. »He, könnte ich einen Becher Apfelwein haben? Und die Spezialität des Hauses bitte.«

Janel legte ihm eine Hand auf den Arm. »Wir haben jetzt keine Zeit zum Essen. Genau das versuche ich dir gerade zu erklären. Deine Hilfe wird anderswo gebraucht, und das sofort. Deshalb haben wir dich hergelotst.«

Ein lautes Rumsen hallte den Tunnel entlang. Alle Gäste erstarrten, und ein paar standen auf, um einen Blick auf die Neuankömmlinge zu erhaschen.

Aber es waren gar keine Neuankömmlinge. Stattdessen traten Stern und die alte Stallmeisterin in den Wirtsraum.

Die Frau wischte sich die Hände an ihrer Schürze ab. »Ich hoffe, keiner von euch hat heute noch was Wichtiges vor. Wir mussten die Sturmtür verriegeln.«

Allgemeines Stöhnen erhob sich.

Janel stand auf. »Wir gehen, sobald der Nächste hier Schutz sucht.«

Die Stallmeisterin schüttelte den Kopf. »Nein, werdet ihr nicht. Niemand kommt oder geht. Der Sturm draußen ist mörderisch, ihr würdet keine fünf Minuten überleben. Also setzt euch und genießt die Geselligkeit, bis das Schlimmste vorbei ist.« Sie warf Janel einen strengen Blick zu. »Du meinst den, auf den ihr noch wartet? Tut mir leid, aber er wird die Feier verpassen.«

»Er ist spät dran«, räumte Janel ein. »Er sollte längst hier sein.«

»Ach ja? Nun, ich sollte die Markreev von Alvaros werden, aber es läuft nun mal nicht immer so, wie wir uns das vorstellen. Wie dem auch sei, mit diesen Höllenmärschen überall in Quur war es von Anfang an eher fraglich, ob euer Freund auftauchen würde, Sturm hin oder her.« Sie ging zur Schanktheke, setzte sich auf einen Hocker und rief nach einer Flasche. Zu Kihrins Überraschung folgte Stern ihr und ging einfach an seinem Tisch vorbei.

Kihrin blinzelte. »Moment. Hat sie gerade Höllen*märsche* gesagt? Gibt es etwa mehrere?«

Janel und Qaun schauten ihn verständnislos an.

»Das war keine Fangfrage.«

Janel strich ihre Hosenbeine glatt, die in den Schäften ihrer schweren Reitstiefel steckten. »Ja, Höllenmärsche. Xaltorath läuft frei herum, seit du den Schellenstein zerstört hast, und lädt alle ihre Freunde zu der Feier ein.«

Kihrin hatte gerade etwas zu essen bestellt, jetzt wurde ihm schlecht. »Ich ... Das wusste ich nicht.«

»Noch ist nicht alles verloren«, erwiderte Janel. »Die Acht Unsterblichen geben ihr Bestes, die Dämonen davon abzuhalten, die Welt der Lebenden vollständig zu überrennen. Sie haben sie schon mehr als einmal zurückgeschlagen. Ich habe vollstes Vertrauen, dass es ihnen auch diesmal gelingen wird.«

Und Kihrin hatte vollstes Vertrauen in Janels Leichtgläubigkeit.*

»Schön. Du hast beträchtliche Anstrengungen unternommen, um mich zu finden.« Er blickte Janel fest in die Augen. »Warum?«

---

* Ich auch. Abgesehen von der Tatsache, dass die Zahl acht schon eine ganze Weile nicht mehr zutreffend ist. Außerdem liegt das letzte Mal Jahrtausende zurück. Ich wette, sie sind ein wenig aus der Übung.

»Wir wollen einen Drachen töten.«

Kihrin starrte sie an. »Einen Drachen? Einen *Drachen?*«

Janel räusperte sich. »Sag das bitte nicht so laut.«

»Einen Drachen«, wiederholte Kihrin zum dritten Mal. »Hast du irgendeine Vorstellung, wie? Nein? Gut, dann hör zu. Ich bewundere deinen Ehrgeiz oder deine Gier oder was auch immer dich dazu bewegt, das für eine gute Idee zu halten, aber das eine kann ich dir versichern: Das ist ganz und gar keine gute Idee.«

»Ob sie gut ist oder nicht, spielt keine Rolle ...«

»Richtig. Gehen wir mal schnell einen Drachen töten, gehört zu den schlechtesten Ideen, von denen ich je gehört habe. Tut mir leid. Sie kommt noch vor einer Invasion Manols im Sommer und gleich nach der Idee, Vol Karoth ›vorübergehend‹ zu befreien. Weißt du, warum Eltern ihren Kindern nicht verbieten, auf einen Drachen loszugehen? Weil sie ihre Kinder niemals für so *blöd* halten würden. Ich käme nicht einmal nahe genug an diesen Drachen heran, um seine Gefühle zu verletzen, geschweige denn ihm ernsthafte Wunden zuzufügen, bevor er mich tötet.«

Janel hob eine Augenbraue. »Bist du fertig?«

»Nein. Ich möchte außerdem wissen, wer dich auf die Idee gebracht hat, mich für dieses lächerliche Vorhaben anzuheuern. Ich werde den Kerl aufspüren und ihm etwas ganz Bestimmtes wohin steck...«

»Im Moment hält sich eine Viertelmillion Leute in Atrine auf«, fiel Janel ihm ins Wort. »Und sie sind vollkommen ahnungslos, dass sich schon sehr bald der größte aller je gesichteten Drachen auf sie stürzen wird.«

Ihre Worte nahmen Kihrin den Wind aus den Segeln. Er ignorierte die Schankkellnerin, die ihm in ihrer Doppelfunktion als Servierin einen Becher Apfelwein hinstellte, dazu eine Schale mit Reis und Gemüse und irgendeiner dicken Sauce, um dann, ohne zu fragen, ob jemand noch etwas wolle, wieder zu verschwinden.

Kihrin schob den Teller zur Seite. »Was?«

Die Musikanten und Geschichtenerzähler der Hauptstadt liebten Atrine. Ihnen blieb gar nichts anderes übrig: Atrine war wortwörtlich eine magische Stadt, erbaut aus Marmor und Poesie von Kaiser Atrin Kandor persönlich und das an einem einzigen Tag. Ironischerweise war Kihrin nie jemandem begegnet, der tatsächlich einmal dort gewesen war. Atrine war jedermanns Lieblingsstadt, aber nur aus der Ferne.

»Du hast mich schon verstanden«, erwiderte Janel todernst. »Die Idee, dich anzuheuern, war meine eigene, und jetzt wüsste ich nur zu gerne, was du mir wohin stecken möchtest. Könntest du das bitte ein bisschen genauer ausführen?«

Kihrin wurde rot. Er holte einmal tief Luft und wandte sich an den Priester. »Und was hast du mit der Sache zu tun?«

»Ich, ähm ...« Qaun geriet ins Stottern. »Ich war früher einmal ... das heißt ...« Er runzelte nervös die Stirn. »Die Angelegenheit ist kompliziert«, sagte er schließlich.

»Wie Qaun dir bereits gesagt hat, ist er in die Mysterien der Vishai eingeweiht«, erklärte Janel. »Er ist außerdem zertifizierter Heiler und mein bester Freund.«

Der Priester wirkte unbehaglich. Kihrin fragte sich, welcher Teil von Janels Beschreibung Qaun nicht gefiel – der mit der Religion oder der mit der Heilerlizenz? Als ihr *bester Freund* bezeichnet zu werden, hatte ihm vorhin nichts ausgemacht.

»Und du hast kein Problem mit diesem Töten-wir-einen-Drachen-Plan? Du scheinst mir nicht zu der Sorte Leute zu gehören, die ihr Leben einfach so wegwirft.«

»Bei allem Respekt«, erwiderte Qaun, »aber meine Meinung in dieser Angelegenheit ist irrelevant. Sobald Morios sich aus dem Jorat-See erhebt, wird er über Atrine herfallen, und Tausende werden sterben. Normalerweise würde der Kaiser sich darum kümmern oder die Acht Unsterblichen, aber Sandus ist tot, und die Götter ...« Er breitete die Hände aus.

»Die Götter haben alle Hände voll mit den Dämonen zu tun«, beendete Janel den Satz.

Kihrin blickte sich im Saal um. Alles schien ganz normal – oder zumindest so, wie es in dieser Ecke des Reichs als normal galt. Stern saß mit der Stallmeisterin an der Schanktheke, während die anderen Gäste das Beste aus der Situation machten und gemeinsam sangen.

Kihrin wandte sich wieder den beiden lebensmüden Möchtegern-Helden zu. Es handelte sich ganz offensichtlich nicht um eine Falle von Xaltorath.

Der Dämonenprinz hätte sich niemals etwas so Unlogisches ausgedacht.

Soweit Kihrin wusste, hatte der letzte Überfall eines Drachen auf eine Stadt des Kaiserreichs vor mehreren Tausend Jahren während des Zeitalters der Gottkönige stattgefunden. Kihrin hatte Drachen immer für eine Legende gehalten, einen Mythos, den die Minnesänger beschworen, um dem ersten Kaiser zu huldigen. Genau das war Kihrins feste Überzeugung gewesen, bis er selbst einem Drachen begegnet war: Sharanakal, dem Alten Mann. Auf eine Wiederholung konnte er verzichten.

Er rieb sich übers Gesicht. »Habt ihr etwas dagegen, wenn ich esse, während wir uns weiter unterhalten? Ich habe schon seit westlich der Drachenspitzen nichts mehr zwischen die Zähne bekommen.«

Janel erlaubte es mit einem aristokratischen Fingerkreisen.

Kihrin fragte sich, ob ihre roten Augen bedeuteten, dass sie eine Ogenra war – so nannte der Hochadel Bastarde, die das Glück hatten, dass das charakteristische Merkmal ihrer Abstammung sich in ihrem Aussehen zeigte. Die Angehörigen des Hauses D'Talus hatten rote Augen, die D'Mons blaue.

»Danke, ihr wollt also ... Nun ja, ihr habt meine Aufmerksamkeit. Zumindest solange dieser Sturm noch tobt.« Er schob sein Essen lustlos mit dem Löffel hin und her. Der Reis wirkte ungewürzt, das Gemüse verkocht. Die dicke Sauce schien zumindest essbar, aber der weißliche Glibber darin war Kihrin ein Rätsel.*

In der Hauptstadt war joratische Küche derzeit groß in Mode. Bei der Aussicht, noch mehr von dieser geschmacklosen Pampe in sich hineinstopfen zu müssen, verging Kihrin beinahe der Appetit.

Bruder Qaun erbarmte sich seiner, ging zu einem Nachbartisch und schnappte sich mit einem hastigen »Verzeihung, Verzeihung« eine Schale mit roter Gewürzpaste. »Es gibt auch Chilisauce«, erklärte er und stellte Kihrin die Schale hin. »Aber Fremde bekommen sie nur auf Nachfrage. Wenn man genug davon nimmt, schmeckt es gar nicht mal so übel.«

»Gar nicht mal so *übel?*« Janel hob eine Augenbraue.

»Meine mit Vanoizi gewürzte Aubergine ist Eurer Küche haushoch überlegen«, sagte Qaun. »Tut mir leid, aber das ist eine Tatsache. Mit dieser Stufe der Perfektion kann Jorat sich nun einmal nicht messen.«

Janel schlug ihm auf die Schulter. »Halt den Mund. Ein Priester sollte stets bescheiden sein.«

»Bescheidenheit ist eine Tugend, nach der alle streben, die im Licht wandeln«, stimmte Qaun grinsend zu. »Das Gleiche gilt für Ehrlichkeit.«

Kihrin kicherte und schnupperte an der Schale. Der Priester schien sich um einiges wohler zu fühlen, seit sich das Gespräch um Essen und nicht mehr um Drachen drehte. Kihrin merkte, wie seine Augen zu tränen begannen. Ein gutes Zeichen. Er mischte einen guten Löffel voll unter seine Mahlzeit. »Gehen wir für den Moment einmal davon aus, dass ihr es ernst meint. Was habt ihr vor, wenn dieser Drache – wie war noch mal sein Name?«

»Morios.«

---

* Käse. Ich weiß, ich weiß, aber in Jorat stellen sie ihn nun einmal anders her. Ehrlich gesagt bin ich mittlerweile auf den Geschmack gekommen.

»Gut. Morios. Wie wollt ihr ihn umbring…?« Kihrin musste einen Lachanfall niederkämpfen. »Verzeihung, aber wie soll das funktionieren? Bitte klärt mich auf.«

»Wir warten noch auf jemanden.« Janel warf einen angespannten Blick in Richtung des Tunnels, der zum Ausgang führte.

»Auf wen?«, erkundigte sich Kihrin. »Und woher wollt ihr wissen, dass dieser Drache, dieser Morios, die Hauptstadt von Jorat zu verwüsten plant? Hat er euch in einem Brief darüber in Kenntnis gesetzt?«

Janel und Qaun tauschten einen Blick aus.

»Es ist … kompliziert«, antwortete Janel schließlich.

Kihrin war unter Verbrechern aufgewachsen und besaß einen gut entwickelten Sinn dafür, wann er aufpassen musste. Die ganze Geschichte stank nach Betrug. Ola, seine Stiefmutter, hatte ihm beigebracht, wie er es vermied, zur Zielscheibe zu werden: nie zu lange am selben Ort bleiben.

Er ließ den Löffel fallen und nahm sein Bündel. »Schön, ich verschwinde dann mal. Viel Glück mit eurer Drachenjagd. Es war mir ein Vergnügen, euch kennenzulernen.« Dann rief er quer durch den Wirtsraum: »He, Stern, wir gehen! Jetzt!«

Der Angesprochene blickte überrascht von seinem Becher auf. »Wir tun *was*?«

Janel stand auf. »Du kannst jetzt nicht gehen. Der Sturm draußen …«

»Das Risiko nehm ich in Kauf.« Kihrin beschloss, nicht auf Stern zu warten, und schob sich zwischen den Stühlen hindurch Richtung Ausgang. Sein Begleiter war genau da, wo Kihrin ihn hinzubringen versprochen hatte: in Jorat. Er ging nicht davon aus, dass Stern ihm noch länger die Treue halten würde.

Kihrin schritt zurück durch den Tunnel. Von der Decke hingen Laternen herab und beleuchteten den Weg zum Stall und dem Ausgang – der nun mit einem schweren Holzbalken verriegelt war. Die Tür wackelte in den Angeln, als würde auf der anderen

Seite ein Riese stehen und Einlass begehren. Kihrin wollte den Balken gerade anheben, da wieherte Skandal ihm etwas zu. Er sprach kein Feuerblüterisch, aber dem Tonfall nach sagte Skandal etwas in der Richtung: »Du hast nicht im Ernst vor, bei diesem Wetter rauszugehen, oder?«

»Tut mir leid, Skandal, aber du bist jetzt wieder in Jorat, genau wie ich versprochen habe. Stern wird bestimmt allein zurechtkommen.« Kihrin hätte nicht herkommen sollen. Er hätte bei Teraeth bleiben sollen, denn dann wüsste er nach wie vor nichts von den Todesopfern, die seine Taten gefordert hatten. Er hatte nicht *einen* Höllenmarsch ausgelöst, sondern gleich mehrere …

Bestimmt waren eine Menge Leute gestorben. Und alles nur, weil er sich eine besonders schlaue Methode ausgedacht hatte, die Wirkung des Schellensteins zu umgehen und Gadrith zu töten. Woher hätte er auch wissen sollen, dass das verfluchte Artefakt außerdem noch eine ganze Reihe Dämonen in Bann hielt? Er hatte nicht die geringste Ahnung gehabt.

»Sei gegrüßt, Gesetzesbrecher. Sei gegrüßt, Prinz der Schwerter«, wiederholte er flüsternd Xaltoraths spöttische Worte. Kihrin hatte exakt das getan, was Xaltorath wollte: Er hatte die Dämonen befreit, und er hatte den Kaiser getötet. Dann hatte er sich Urthaenriel verschafft, den Untergang der Könige. Und was stand in den devoranischen Prophezeiungen über denjenigen, der all das vollbrachte? Dass der Glückspilz als Nächstes das quurische Reich zerstören würde – und höchstwahrscheinlich auch den Rest der Welt.

Machte es einen Unterschied, wenn Kihrin nicht mitspielen wollte?*

Wie viele Leute kannte er, die versucht hatten, sich den Prophezeiungen und Spielen der Dämonen, Drachen und Götter zu entziehen? Es spielte keine Rolle. Am Ende wurden sie so oder so mit

---

* Nein, macht es nicht. Pech, Kleiner.

hineingezogen. Die Acht Unsterblichen höchstpersönlich hatten Kihrin all das eingebrockt, in der Hoffnung, die Prophezeiungen zu umgehen. Kihrin fragte sich, ob sie wirklich gewusst hatten, was sie taten. Wie es schien, würden die Dämonen den Sieg davontragen.

Sei gegrüßt, Seelendieb.

Kihrin stellte sein Bündel ab, stemmte sich mit der Schulter gegen den Riegel und hob ihn an. Mit einem Ächzen kam der schwere Balken schließlich frei. Kihrin ließ ihn zu Boden fallen.

Kaum hatte er die Klinke heruntergedrückt, da flog die Tür auch schon auf. Der Wind schlug ihm entgegen wie das Brüllen eines Drachen. Der Sturm hatte den Nachmittag zur Nacht gemacht, sodass Kihrin kaum die Umrisse der umliegenden Häuser erkennen konnte. Aber die Gefahr für Mensch und Tier kümmerte ihn nicht.

Er machte Anstalten, nach draußen zu gehen.

Da hörte Kihrin ein gewaltiges Rauschen. Etwas Großes, Weißes flog hoch am Himmel, wendete und landete mit einem donnernden Rumsen. Holzsplitter – von Hütten, Zelten, Gebäuden – flogen auf. Stein brach und zerbarst.

Ein Blitz erhellte die Silhouette des Drachen vor ihm. Es war nicht Sharanakal, der Vulkandrache, der versucht hatte, Kihrin gefangen zu setzen. Dieser Drache hier war weißgrau und silbern. Seine blauen Augen funkelten wie Juwelen.

Sie waren auf Kihrin gerichtet.

Die Zeit wurde langsamer, blieb stehen. *Ihre Augen haben die gleiche Farbe wie meine,* überlegte er.* Erst später fiel ihm auf, dass er den Drachen für weiblich gehalten hatte. Die Zeit löste sich aus ihrer Starre. Der Drache breitete die Schwingen aus und hob das Haupt.

---

* Guter Punkt. Besteht womöglich eine Verbindung zwischen den acht ursprünglichen Häusern des quurischen Hochadels und den Acht Unsterblichen, die Ihr mir bisher verschwiegen habt?

Riss das Maul auf und blies mit der Kraft einer Sturmböe einen Schwall rasiermesserscharfer Eisdolche aus.

Kihrin beeilte sich, die Tür wieder zu schließen, was allerdings eine Aufgabe für zwei war.

Dann stand plötzlich Janel neben ihm, schlug die Tür zu und wuchtete den Riegel davor. Einen Wimpernschlag später hämmerten die Eisdolche gegen das Holz, das unter den Einschlägen erzitterte.

»Dein Schwert!«, brüllte sie. »Du musst es durch die Tür stoßen! Nichts hält Urthaenriel stand!«

Kihrin zog den Dolch aus seiner Gürtelscheide, der sich noch in der Bewegung in ein schlankes, weißlich-silbern glänzendes Schwert verwandelte.

Urthaenriel schrie in seinen Ohren – ein Sirenenschrei, der ohne Weiteres mit dem Sturm draußen mithalten konnte. Das Schwert schrie ihn an, die Frau zu vernichten. Es schrie ihn an, jemanden in dem Wirtsraum zu vernichten. Schrie ihn an, den Drachen zu vernichten. Irgendetwas Magisches zu vernichten oder wenigstens irgendjemanden, der Magie beherrschte. Urthaenriel sang sein Lied von Chaos und Hass und hasste dabei alle anderen Stimmen außer seiner eigenen.

Kihrin ignorierte das Lied.

»Duck dich!«, rief er Janel zu. Sie gehorchte.

Er vergrub das Schwert bis zum Griff in der Tür, das Holz gab nach, als wäre es Papier und nicht feuergehärtete Eiche. Dann krachte etwas Großes, Schweres von außen dagegen. Der Hügel bebte, und ein Brüllen zerriss die Luft.

Kihrin zog Urthaenriel wieder heraus. Blau-violettes Blut klebte an der Klinge. Als es zu Boden tropfte, kristallisierte es zu Eis.

Er wandte Janel das Gesicht zu. »Und was machen wir …?«

»Der Drache ist immer noch da!« Janel packte Kihrin an seiner Misha und zerrte ihn von der Tür weg. Dann warf sie sich gegen das Holz und stemmte sich mit den Beinen gegen die Pflastersteine. Ein Heulen und Zischen erfüllte das Gewölbe, und über der Tür bildete sich eine dicke Eisschicht. Der Fels zitterte und stöhnte.

Endlich ließ der Sturm draußen nach.

Janel sank keuchend zu Boden, ihr Atem bildete weiße Wölkchen. Kihrin setzte sich zu ihr, Urthaenriel immer noch in der Hand. Irgendwo tropfte Wasser herab. Die Pferde machten beruhigende Geräusche füreinander, während die Feuerblüter neugierig näher kamen.

Nach einer langen, schweren Stille sagte Kihrin: »Vielleicht hättest du erwähnen können, dass der Drache schon auf dem Weg hierher ist.«

»Ja ...« Janel atmete einmal tief durch und rieb sich die Stirn. »Hätte ich auch, aber es gibt da ein kleines Problem.«

»Und zwar?«

»Das ist der falsche Drache.«

1

DIE GESETZLOSEN VON BARSINE

Jorat, Quurisches Reich.
Zwei Tage nachdem Kihrin D'Mon Xaltorath
geopfert worden war

Als Kihrin in den Gastraum zurückkehrte, wurde er mit zahlreichen Fragen bombardiert – oder besser gesagt Janel. Die Gäste verlangten Antworten. Was war das für ein Lärm? Haben die Pferde sich erschreckt? Ging es ihnen gut? War das Wetter schlimmer geworden? Hatte jemand nach den Pferden gesehen? Wollten die Feuerblüter zu ihnen an die Bar kommen?*

Die letzte Frage schien absolut ernst gemeint.

»Der Sturm ist immer noch zu heftig, um nach draußen zu gehen«, erklärte Janel laut. »Versucht es erst gar nicht.«

Kihrin hob eine Augenbraue. Die Tür war von einer meterdicken Eisschicht versperrt. Und davor lauerte ein wütender Drache.

---

* Frage: Woher weiß man, dass die Person, mit der man sich gerade unterhält, nicht aus Jorat stammt?
Antwort: Wenn sie nicht spätestens nach fünfzehn Minuten anfängt, von ihrem Pferd zu erzählen, ist sie nicht aus Jorat.

Was eben so passiert, wenn man in Jorat ein Wirtshaus besucht.

Kihrin sah keinen Sinn darin, die anderen Gäste wegen etwas in Panik zu versetzen, an dem sie ohnehin nichts ändern konnten. Er selbst konnte wahrscheinlich genauso wenig helfen, nicht einmal mit Urthaenriel, nur eines wusste er mit Sicherheit: Die Debatte übers Drachentöten war nun sehr viel weniger theoretisch geworden.

Aber wenn das da draußen der falsche Drache war, welcher war dann der richtige?

Als sich alle wieder ihren Getränken und Gesprächen zuwandten, kehrte Janel zu dem Vishai-Priester zurück und warf Kihrins Bündel auf einen Stuhl.

»Aeyan'arric ist draußen«, flüsterte sie Bruder Qaun zu. »Sie hat die Eingangstür mit einer Eisschicht blockiert.«

Kihrin nahm Platz und starrte seine Reisschale an. Er fragte sich, wie es um die Vorräte des Wirtshauses stand und wie lange sie ausreichen würden. Wie die Einheimischen es aufnähmen, wenn das Essen rationiert würde oder, schlimmer noch, ganz ausging.

Nein. Kihrin hatte nicht vor, sich von einem Drachen aufhalten zu lassen. Und Urthaenriels hasserfüllter Gesang hatte ihm eindeutig gezeigt, dass hier mächtige Magie im Spiel war. Er war nicht sicher, ob Urthaenriel auf die Gegenwart von Magiern reagiert hatte oder auf die Nähe von einem oder mehreren Ecksteinen, doch gab ihm das Schwert auch jetzt ausreichend Hinweise, um zumindest eine Vermutung anzustellen: Urthaenriel wollte Qaun genauso töten wie den Drachen, Janel oder die alte Frau, die sich um die Pferde kümmerte.

Die Leute hier waren nicht so machtlos, wie sie schienen.*

---

* Man beachte, dass Kihrin Urthaenriel in diesem Moment nicht gezogen hat. Laut aller Berichte, die ich gehört habe, dürfte er die Stimme des Schwerts nur hören können, solange er es in der Hand hält.

»Aeyan'arric ist hier? Jetzt schon?« Qaun beugte sich nach vorn und senkte ebenfalls die Stimme. »Das ist viel zu früh nach dem letzten Kampf. Falls sie sich so schnell erholt hat ...«

»Nicht *falls*«, widersprach Janel. »Sie hat sich erholt. Ein unangenehmer Beweis dafür, wie schwer es ist, einen Drachen endgültig zu töten. Sie war nicht einmal zwei Tage lang tot. Und wir wissen nicht, ob die anderen Drachen sich schneller oder langsamer erholen als sie.«

Kihrin runzelte die Stirn. »Sie war tot? Wie das?«

Janel seufzte. Sie vergewisserte sich rasch, dass niemand zuhörte. »Ich habe sie erschlagen.« Dann fügte sie hinzu: »Um ehrlich zu sein, ich hatte tatkräftige Unterstützung.«

»Dann ... wollen wir mal schauen, ob ich das richtig sehe: Du hast mich mit einer Mischung aus Bestechung und logischen Schlussfolgerungen hierhergelockt. Angeblich gibt es hier einen Drachen, Morios, der angeblich jeden Moment Atrine kurz und klein schlagen wird. Stattdessen hat Aeyan'arric – eine sehr reale Drachin – dich bis hierher verfolgt, weil du so unhöflich warst, sie vor zwei Tagen zu erschlagen.« Kihrin griff nach seiner Reisschale und einem Löffel. »Es hat also keinen Sinn, sich wegen des ersten Problems den Kopf zu zerbrechen, solange das zweite nicht gelöst ist. Habe ich irgendwas falsch verstanden?«

Janel schaute ihn finster an. »Nein.«

»Beantworte mir also eine Frage: Wenn dieser Morios auf dem Weg zu Jorats Hauptstadt ist, warum habt ihr euer Basislager nicht in Atrine aufgeschlagen und mich von dem Torwächter dorthin schicken lassen? Dann wären wir bereits am richtigen Ort. Ich habe keinen Wächter gesehen, als ich durch das Tor hier trat. Wenn er also nicht gerade seinen freien Tag hat und sich an der Theke ein Glas genehmigt, können wir von hier kein weite-

---

Dass er sie trotzdem hört, ist beängstigend. Gibt es einen Grund, aus dem Urthaenriel sich bei ihm nicht so verhält wie bei anderen?

res Tor öffnen. Warum mich hier anheuern – vorausgesetzt, ich stimme zu –, wo wir noch zwei Monatsreisen von Atrine entfernt sind? Wie viel wäre von der Stadt noch übrig, wenn wir ankommen?«*

Janel und Qaun tauschten wieder einen Blick aus.

»Ihr solltet mit diesen Blicken aufhören, wisst ihr?«, erklärte Kihrin. »Was auch immer ihr glaubt, mir verheimlichen zu müssen, sagt's mir einfach. Ich habe eine Menge gesehen und erlebt. Mittlerweile bin ich Meister darin, das Unmögliche zu akzeptieren.«

»Das Zittern deiner Hände sagt mir etwas anderes«, entgegnete Janel. »Das ist eine ganz normale Reaktion, wenn man gerade von einer Drachin angegriffen wurde.«

Qaun räusperte sich. »Manchmal erscheint eine bestimmte Vorgehensweise unklug, wenn man sie aus dem Zusammenhang reißt. Würde mir zum Beispiel jemand erzählen, Ihr hättet angeblich Kaiser Sandus getötet ...«

»Nur zum Beispiel?« Kihrins Augen verengten sich. »Ich habe den Kaiser *angeblich* getötet?«

»Lass ihn zu Ende sprechen«, warf Janel ein.

»Danke. Erzählte mir also jemand so etwas, wäre ich bestürzt, aber nur, wenn ich die Begleitumstände nicht kennen würde. Tatsächlich hatte Gadrith der Krumme mithilfe des Schellensteins Besitz von Sandus' Körper ergriffen. Ihr habt also nicht den Kaiser getötet, denn der war bereits tot. Versteht Ihr? Wenn wir Euch gegenüber also bestimmte Dinge behaupten, ohne dass Ihr den Kontext kennt, könntet Ihr falsche Schlussfolgerungen ziehen.«

Kihrin fixierte den Priester. »Woher hast du deine Informationen über mich?« Es beunruhigte ihn, wie viel die beiden wussten. Er musterte die Hände des Priesters. Dieser trug keinen Intaglio-

---

* Nichts. Überhaupt nichts.

Rubinring. Falls Qaun Mitglied der Greifen war, der Geheimgesellschaft des verstorbenen Kaisers, trug er es nicht öffentlich zur Schau.

»Auch hier ist der Kontext wichtig.« Qaun wandte sich an Janel. »Wir haben viel zu erklären.«

»Ja, das habt ihr«, bestätigte Kihrin. »Euer Glück, dass ich gerade nirgendwohin muss.«

Janels Miene verfinsterte sich. »Qaun, wir müssen uns auf Atrine konzentrieren. Morios kann jeden Moment aufwachen, und wenn das passiert, ist die Stadt schutzlos.«

»Soll ich nachsehen?«, fragte der Priester. »Verzeiht, natürlich soll ich.«

Er zog einen eiförmigen braunen Stein aus seiner Robe. Auf den ersten Blick sah er aus wie ein Achat, doch dann schien er sich vor Kihrins Augen in einen weit teureren Edelstein zu verwandeln. Seine Farben verdichteten sich, und die Mitte begann wie von einer inneren Flamme erleuchtet zu strahlen.

Urthaenriel schrie.

»Ist das …?« Kihrin leckte sich über die Lippen. »Das ist ein Eckstein, oder?«

»Das ist Weltenfeuer«, bestätigte Qaun. »Eines der acht göttlichen Artefakte. Jeder Eckstein verfügt über einzigartige Fähigkeiten, mit denen sein Besitzer …«

»Ich weiß, was ein Eckstein ist. Erst vor zwei Tagen habe ich einen davon zerstört.« *Und dadurch sämtliche Dämonen dieser Welt befreit.*

»Richtig. Den Schellenstein.« Qaun konzentrierte sich. »Einen kleinen Moment.«

Der Priester tat nichts Besonderes oder gar Spektakuläres. Er starrte einfach den Stein an, als bewunderte er seine Schönheit. Nach ein paar Sekunden steckte er ihn blinzelnd zurück in seine Robe.

»Er hat noch nicht angegriffen«, erklärte Qaun.

»Aber das wird er bald. Und dann müssen wir dort sein ...« Janel sah, wie Kihrin die Augen verdrehte. »Du glaubst uns nicht.«

»Ihr habt mir immer noch nicht erklärt, warum wir nicht bereits in Atrine sind.«

»Ich habe meine Gründe.«

»Und die wären ...?«

»Meine.« Janel funkelte ihn an.

Kihrin sah keinen Grund, Janel zu besänftigen. »Du verrätst mir keine Einzelheiten, und trotzdem erwartest du von mir, dass ich dir helfe. Warum sollte ich?«

Sie beugte sich ganz nahe an ihn heran. »Weil der Mann, dem ich vor zwei Tagen begegnet bin, kein verzogenes Balg war. Weil er mir ohne Zögern geholfen hat, obwohl er damit riskierte, für immer im Nachleben festzusitzen. Weil ich dachte, dieser Mann, der seine Seele riskiert hat, um jemandem zu helfen, dem er noch nie begegnet war ...« Sie verzog verächtlich den Mund. »Ich dachte, dieser Mann würde eventuell sein Leben riskieren, um zweihundertfünfzigtausend weitere Leute zu retten, denen er noch nie begegnet ist. Offensichtlich habe ich mich getäuscht.« Sie stand auf, während der Priester den Eindruck erweckte, als wollte er im Boden versinken.

Kihrin fasste Janel am Arm. Der Blick, mit dem sie ihn bedachte, legte nahe, dass er jeden Moment seine Hand verlieren könnte – und gleich darauf sein Leben.

»Es tut mir leid«, sagte er und hielt ihren Blick fest. In ihren roten Augen schimmerten orange und gelbe Flecken – also gehörte sie *nicht* zum Haus D'Talus. »Ich habe mich danebenbenommen. Aber du musst verstehen, dass du mich nicht gerade um eine Kleinigkeit bittest. Außerdem erwartest du, dass ich deine Geschichte einfach so glaube. Da würde jeder skeptisch reagieren. Ein bisschen mehr wirst du mir schon verraten müssen.«

Janel musterte ihn eindringlich, bevor sie sich wieder setzte. »Ich kann nicht nach Atrine. Sobald Xun, der Herzog von Jorat, merkt, dass ich noch lebe, lässt er mich sofort hinrichten. Ich kann Atrine nur betreten, wenn etwas anderes ihn so sehr ablenkt, dass er es gar nicht mitbekommt. Morios zum Beispiel.«*

Kihrin starrte sie an. »Warum will Herzog Xun dich hinrichten lassen?«

»Das ist eine lange Geschichte.«

»Wir haben jede Menge Zeit«, erwiderte Kihrin. »Ich meine ...« Er deutete in Richtung des Ausgangs. »Solange die Eiskönigin da draußen dieses Spielchen nicht satt hat, werden wir wohl nirgendwo hingehen. Außer wir erschlagen sie.«

Bruder Qaun horchte auf. »Eine hervorragende Idee.«

»Was? Das Spielchen oder das Erschlagen?«

»Qaun ...«, begann Janel.

»Schimpft nicht mit mir. Er hat recht, wir sollten es ihm sagen.« Der Priester lächelte Kihrin an. »Außerdem wäre es wichtig, dass Ihr erfahrt, warum wir Euch brauchen.«

»Das weiß ich bereits«, entgegnete Kihrin. Wegen Urthaenriel. Wenn die beiden schon einen Drachen erschlagen hatten, war die Wiederholung nicht das Problem. Das Problem war, dass der Drache auch tot *blieb*. Und dafür, so glaubten sie, brauchten sie Urthaenriel.

Qaun wühlte in seiner Büchertasche und blickte auf. »Hm, das bezweifle ich.«

»Wo soll ich anfangen?«, fragte Janel. »Vielleicht mit Herzog Kaen?«

Bruder Qaun zog ein kleines, sorgsam gebundenes Buch aus der Tasche. »Ich fürchte, wir müssen noch weiter in der Zeit zurückgehen. Bis über die Gründung von Atrine hinaus und zu den Ereignissen von Barsine.« Er tippte mit dem Daumen auf den Buchdeckel. »Zum Glück habe ich alles aufgeschrieben.«

---

* Schon eigenartig, wie spät sie damit herausrückt, was sie davon hat, wenn es zum Kampf gegen den Drachen kommt.

»Barsine, ist das ein Ort oder eine Person?«, erkundigte sich Kihrin.

Janel lächelte matt. »Das kommt drauf an. Beginne schon mal, Qaun. Ich hole uns inzwischen noch eine Runde Getränke. Und noch etwas Upishiarral.«*

Kihrin blickte ihr nach, während sie zur Theke ging. Janel sagte etwas zu der Schankkellnerin, die daraufhin ihr Handtuch hinwarf und die Arme vor der Brust verschränkte. Ein paar Sekunden später verschwanden sie gemeinsam durch eine Hintertür.

In der Zwischenzeit schlug Bruder Qaun sein Büchlein auf und begann, daraus vorzulesen. »*Die Berichte über die Rebellion, ihre Ursachen, über ihre Erfolge und Misserfolge sind zahlreich. Bruder Qaun war sicher, dass die historischen Abhandlungen zu dem Thema seiner Schilderung gewiss weit überlegen* ...«

»Stopp. Ich habe eine Frage«, unterbrach Kihrin.

Bruder Qaun hielt inne. »Nur eine?«

»Das kann ich nicht versprechen«, antwortete Kihrin trocken. »Eine Rebellion? Welche Rebellion? Ich dachte, es geht um einen Drachen.«

»Um den Kontext«, entgegnete Qaun. »Habt Geduld. Etwas anderes wird Euch auch kaum übrig bleiben, solange gewisse drachenbedingte Probleme nicht gelöst sind.«

»Schon gut, schon gut. Geht es um kürzliche Ereignisse? Um Herzog Kaens Auflehnung gegen den Rest des Reichs?« Janel und Qaun hatten den Herzog schon einmal erwähnt. Kihrins Freund, Jarith Milligreest, war wegen Kaens nicht erklärter Rebellion beunruhigt gewesen, und sein Vater, General Qoran Milligreest, ebenso. Vater und Sohn hatten Kaen genau beobachtet und nur auf eine Gelegenheit gewartet, das Heer zu entsenden.

Was Kihrin daran erinnerte, dass Jarith vor zwei Tagen im

---

* Das ist buchstäblich nur Reis mit Gemüse, aber gar nicht mal so schlecht. Qaun hatte recht: Die Chilisoße ist unverzichtbar.

Zuge des Höllenmarschs in der Hauptstadt das Leben gelassen hatte.

Er seufzte.

»Entschuldige. Bitte fahr fort.«

»Fein.« Qaun suchte nach der Zeile, bei der er stehen geblieben war. »Also ... *Qaun war der festen Überzeugung, dass die Rebellion in Jorat begann, und zwar mit einem Überfall. Die ganze Angelegenheit war von Anfang an problematisch gewesen. Beispielsweise zögerten die Gesetzlosen, ihrem Ruf gerecht zu werden – Bruder Qaun wusste, dass sie in den Bäumen lauerten. Er spürte ihre Blicke schon seit Stunden und fragte sich, worauf sie noch warteten ...*«

Der Priester blickte stirnrunzelnd auf. »Ja?«

»In der dritten Person?«, fragte Kihrin. »Warum? Wenn du dabei warst ... warum erzählst du dann nicht aus deiner Perspektive?«

»Das ist eine Chronik«, protestierte der Priester. »Ich bin Chronist. Eine Chronik schreibt man nicht in der ersten Person wie ein Tagebuch.«

»Ich bin noch niemandem begegnet, der von sich selbst in der dritten Person sprach und vertrauenswürdig gewesen wäre. Ich kannte mal eine Mimikerin ...«

Janel kam mit einem Tablett Apfelwein, hiesigem Bier und mehreren Schalen Upishiarral darauf zurück. »Hier.«

»Gab es Probleme mit der Kellnerin?«, erkundigte sich Kihrin.

»Hm? Nein, überhaupt nicht.« Janel setzte sich seufzend und nahm sich einen Becher Apfelwein.

Kihrin schaute zur Theke hinüber. Die Kellnerin war wieder zurückgekommen und steckte mit der Stallmeisterin die Köpfe zusammen. Sie tuschelten.

»Er unterbricht mich andauernd.« Bruder Qaun schaute Janel Hilfe suchend an. »Könnte ich jetzt bitte fortfahren?«

Janel berührte Kihrins Hand. »Ihr werdet nicht gut miteinander auskommen, wenn du ihn nicht vorlesen lässt.«

Kihrin ließ den kleinen Mann vorlesen.

Qauns Schilderung. Provinz Barsine in Jorat, Quur.

Die anderen Banditen hatten nie so lange gezögert.

In der Tat ließen sie sich so lange Zeit, dass Stute Dorna schon witzelte, ob sie sie zum Frühstück ans Lagerfeuer einladen sollten.

Schließlich kam eine maskierte Gestalt auf die Lichtung geschlendert. Bruder Qaun versuchte, sich seine Überraschung nicht anmerken zu lassen: Er hatte nicht mit einer Frau gerechnet. Andererseits waren seine Erwartungen in Jorat schon des Öfteren enttäuscht worden.

»Endlich«, murmelte Dorna. Bruder Qaun stieß ihr den Ellbogen in die Rippen. Offensichtlich waren die Banditen in diesem Teil Jorats eher schüchtern und mussten erst aus ihrem Versteck gelockt werden.

»Wo sind die Wachen?«, fragte die Banditin und sah sich um. Keine unvernünftige Frage, wenn man jemanden überfallen wollte.

Stute Dorna schnaubte und kratzte die Reste Klebreis aus ihrer gusseisernen Pfanne.*

Die Dritte in der Runde saß still und gelassen am Feuer. Sie lieferte den Verzweifelten jeden Grund, den man sich für einen Überfall vorstellen konnte: Um den Hals trug sie eine Kette mit einem Juwelenring daran, ihre Reittunika war mit Gold bestickt, in ihrem Laevos steckten Haarnadeln aus Jade.

»Wachen? Warum?«, fragte Janel und nippte an ihrem Tee. »Suchst du Arbeit?«

Die Banditin verdrehte die Augen und ließ ihren Blick weiter über die Lichtung schweifen, als vermutete sie, dass sich unter den ausgelegten Bettrollen Soldaten versteckt hielten. Ihr Blick blieb

---

* Ich habe mit einiger Überraschung herausgefunden, dass die Anrede Stute wohlwollend gemeint ist – in etwa so wie die Bezeichnung Tantchen für eine ältere Dame.

einen Moment lang an dem erlegten Hirsch hängen, der kopfüber von einem Ast hing.

Bruder Qaun wusste, was ihr gerade durch den Kopf ging: Sie waren nur zu dritt, und keiner aus ihrer Gruppe wirkte kräftig genug, um einen Hirschkadaver so aufzuhängen – geschweige denn, seine Begleiter zu verteidigen. Dorna sah aus, als wäre sie älter als so mancher Berg, und Bruder Qaun war deutlich anzusehen, dass er körperliche Anstrengungen nicht gewohnt war. Und die Adlige in der Runde, Janel, wirkte eher wie ein Kind als wie eine Erwachsene. Ihre aus der Ferne reichlich harmlos erscheinenden Pferde grasten auf der benachbarten Wiese. Kein Hinweis weit und breit auf eine Eskorte, die eine adlige Joratin vor denen beschützte, denen das Schicksal nicht so viel Glück in die Wiege gelegt hatte.

Leicht verdientes Geld.

»Es wäre zu einfach«, murmelte die Banditin. »Du stammst aus zu gutem Haus, um keine Beschützer zu haben.«

Diese Einschätzung macht sie schon mal schlauer als die letzten vier, überlegte Bruder Qaun.

Die List erinnerte ihn jedes Mal an die Salo-Schlangen im manolischen Dschungel. Qaun hatte Quur noch nie verlassen und daher selbst noch keine gesehen, aber Vater Zajhera hatte ihm die Geschöpfe beschrieben: Sie jagten, indem sie mit ihrem Schwanz ein verwundetes Tier imitierten. Jeder Räuber, der sich auf den verlockenden Appetithappen stürzte, endete unweigerlich selbst als Hauptgang.

Seine Dienstherrin, Janel Theranon, der Graf von Tolamer, wirkte genauso harmlos wie ein Salo-Schwanz.

Qauns Blick wanderte zu den Bäumen. Das Laub dort raschelte, Äste knackten. »Graf«, sagte er, »sie ist nicht allein.«

»Das hoffe ich doch, Bruder Qaun«, erwiderte Janel. Sie stellte betont sorgfältig ihre Teetasse ab und musterte die Wegelagerin. »Suchen deine Begleiter auch nach Arbeit?«, fragte sie mit einem Lächeln.

»Kommt drauf an. Wie gut bezahlt Ihr?«, rief ein Mann zwischen den Bäumen hervor. Andere, ebenso unsichtbare Gestalten lachten, und die Banditin seufzte.

Sie trug eine grün-braun gemusterte Ledertunika. Ihre Gesichtsmaske bestand aus zwei kunstvoll bestickten Stoffstreifen, die in der Mitte einen Sehschlitz freiließen. Die Haut um das eine Auge herum war braun, die um das andere weinrot. Aus ihrem Rucksack ragte ein Bogen, in einer Hand hielt sie eine Sichel.

Wahrscheinlich eine Bäuerin, die sich aufs Rauben verlegt hatte. Anscheinend ein weitverbreitetes Phänomen in dieser Gegend, wenn man die Zahl der Überfälle bedachte, die sie auf dem Weg von Tolamer hierher erlebt hatten. Die Sache hatte aber auch einen Vorteil: Die meisten Burgherren in Jorat zahlten eine Belohnung für gefangen genommene Banditen.

Ein einträglicher Verdienst, wenn einem die Gefahr nichts ausmachte.

Bruder Qaun machte sie durchaus etwas aus, aber er war nicht in der Position, Janel vorzuschreiben, wie sie ihr Säckel zu füllen hatte.

Die Wegelagerin drehte sich zu den Bäumen um. »Ruhe dahinten!«

Janels Lächeln wurde zu einem Grinsen. »Sei nicht so streng mit ihnen. Kein Pferd kommt schon mit Sattel zur Welt.«

»Wie wahr«, räumte die Banditin ein, dann straffte sie sich plötzlich, als wollte sie sich nicht von der Freundlichkeit ihres Opfers einlullen lassen. »Hör zu. Wir folgen euch schon, seit ihr den Fluss überquert habt. Und die ganze Zeit fragen wir uns, was so eine hübsche Mähne wie du hier draußen zu suchen hat. Sollen wir dir vielleicht abkaufen, dass du als Begleiter nur diese alte Stute und den fetten Wallach mitgebracht hast?«

Bruder Qaun streckte die Brust vor. »Jetzt aber mal langsam …«

»Sie hat eine gute Beobachtungsgabe, nicht?«, kommentierte Dorna und stand mit der Pfanne in der Hand auf. »Ich bin alt, und du hast noch nie in deinem Leben einen zweiten Nachtisch verschmäht.«

»Auf wessen Seite stehst du eigentlich?«, fragte Qaun mit gerunzelter Stirn.

Das Geplänkel wurde jäh von einem Pfeifen unterbrochen, und Bruder Qaun sprang auf – weniger aus Wachsamkeit als schlichtweg vor Schreck. Ein Pfeil bohrte sich in Dornas Pfanne und riss sie ihr aus der Hand.

Alle hielten inne.

Janel presste die Lippen zusammen. Mit einem Mal sah sie gar nicht mehr amüsiert aus.

»Aua!«, rief Dorna entrüstet. »Was soll das? Ich war noch nicht mal mit dem Abschrubben fertig!«

Bruder Qauns Herz schlug so schnell, dass er schon fürchtete, es könnte sich in einen Hasen verwandeln und davonspringen. Die letzten Wegelagerer, denen sie begegnet waren, hatten Mistgabeln und lange Messer dabeigehabt – also Nahkampfwaffen, was Janel in die Hände spielte. Sie sah so hilflos aus, dass die Wölfe ihr stets zu nahe kamen.

Pfeil und Bogen waren etwas anderes. Gegen Pfeile war sie nicht gefeit.

Qaun und Dorna auch nicht.

Die Wegelagerin umklammerte die Sichel in ihrer Hand fester. »Wir sind nicht zu deiner Unterhaltung da, alte Schachtel. Raus mit euren Wertsachen. Jetzt.« Sie deutete auf Janels Familienschwert, das mit Gürtel und Scheide an einem dicken Ast hing. »Wem gehört das?«

Janel neigte den Kopf. »Mir.«

»Pferdemist.« Die Banditin lachte. »Ich will verdammt sein, wenn du es auch nur anheben kannst. Wo ist deine Eskorte? Beim Pinkeln im Wald vielleicht?«

Bruder Qaun schaute zu den Bäumen hinüber. Die Blätter raschelten. Der eine Teil der Bande schien gerade die Position zu wechseln, der andere ungeduldig zu werden. Wer auch immer den Pfeil abgeschossen hatte, war entweder ein hervorragender Schütze oder von Taja gesegnet. Falls sie aber noch mehr Bogen hatten und als Nächstes eine ganze Salve abfeuerten ...

Er vermutete, dass der Graf sich der Gefahr bewusst war, doch in Janels Augen stand ein Leuchten, als machte ihr das Geplänkel Spaß.

Er vermutete, dass genau das der Fall war.

Bruder Qaun machte ein Zeichen in Richtung der Morgensonne und fragte sich, was er getan hatte, um Vater Zajhera gegen sich aufzubringen. War dieser Auftrag womöglich so etwas wie eine Strafe?

»Da du so überzeugt zu sein scheinst, dass ich eine Eskorte habe«, begann Janel. »Es gibt da dieses Sprichwort, dass man an der Farbe des Fells erkennt, wie schnell ein Pferd laufen kann. Möglicherweise gilt hier das Gleiche.« Sie stand auf, wischte sich die Frühstückskrümel von der bestickten Tunika und verneigte sich. »Ich biete dir einen Handel an.«

»Du glaubst, du bist in der Position, einen Handel vorzuschlagen?«

Bruder Qaun fing Dornas Blick auf. Sie nickte unmerklich in Richtung eines großen Kampferbaums mit dicken Wurzeln, die perfekte Deckung boten. Janel war eine gute Kämpferin, aber er und Dorna brauchten ein sicheres Versteck.

Graf Janel winkte ab. »Du bist die Herdenführerin, und du machst dir zu Recht Sorgen wegen meiner Eskorte. Du möchtest schließlich nicht, dass deine Leute zu Schaden kommen. Also schlage ich einen Kompromiss vor, ein Duell. Ich kämpfe gegen jeden deiner Begleiter – auch gegen dich, wenn du willst –, und das mit jeder Waffe, die *du* auswählst. Gewinnst du, gebe ich dir alles, was ich besitze. Du hast mein Wort darauf.«

Bruder Qaun wartete mit angehaltenem Atem, ob die Anführerin den Köder schlucken und sich auf den wehrlosen, zuckenden Schwanz stürzen würde ...

»Du musst mich entweder für eine Närrin oder einen Schwächling halten«, entgegnete die Banditin, »aber ich bin keines von beidem.«

»Nein, du bist eine Diebin.« Es war nicht als Beleidigung gemeint. Janel lächelte wie ein Kind, das mit seiner neuen besten Freundin spielt.

Die Aussicht, gegen eine andere Frau zu kämpfen, schien sie sehr zu freuen. Nur wenige Frauen in Jorat wandten sich der Wegelagerei zu. Alle Banden, denen sie bisher begegnet waren, hatten ausschließlich aus Männern bestanden.*

Die Bandenführerin stemmte eine Hand in die Hüfte. »Du gehst mir allmählich auf die Nerven, Mädchen.«

Janel lachte herzhaft. »Wenn du mich nicht gerade überfallen würdest, könnte mir das glatt leidtun.«

»Jetzt will ich auch dein Schwert haben.«

»Hättest du es mir gelassen, wenn ich netter gewesen wäre?«

»Und diesen schicken Ring da.« Sie deutete auf Janels Halskette.

Das Familienschwert der Theranons und den Siegelring des Kantons Tolamer. Bruder Qaun musste ein Stöhnen unterdrücken. Aber wenigstens hatte die Möchtegern-Räuberin noch nicht abgelehnt.

»Und die Abmachung?«, drängte der Graf. »Willst du die auch haben?«

Die Bandenführerin ging eine Weile auf und ab, schließlich deutete sie auf das Schwert. »O ja. Kämpfe gegen mich, aber nicht damit. Der Ast, an dem das Schwert hängt, ist deine Waffe.«

Bruder Qaun musste unwillkürlich blinzeln. Die auserkorene

---

* Nach dem Lonezh-Höllenmarsch zogen in der lächerlich fehlgeleiteten Annahme, dort seien sie sicherer, so viele Bauern in die Städte, dass es zu einem wirtschaftlichen Zusammenbruch kam. Als die Trottel merkten, dass dort mit ihren beruflichen Fähigkeiten nichts anzufangen war, hatten die meisten ihre Höfe bereits verloren.
Das Ergebnis? Noch mehr Banditen.

»Waffe« war an der dünnsten Stelle immer noch so dick wie Janels Arm. Sie würde eine Axt brauchen, um sie von dem Baum loszuschlagen.

Sie hatten keine Axt.

Die Anführerin sah Qauns Gesichtsausdruck und Janels nach oben gezogene Augenbrauen. »Und jetzt Schluss mit den Spielchen, Kleine. Legt alle eure Wertsachen in die Mitte des Lagerplatzes und schätzt euch glücklich, dass wir keine Verwendung für eure Pferde haben.«

Etwas im Wald regte sich. Das Geräusch von galoppierenden Hufen drang heran.

Die Banditin schien zu glauben, dass es sich um die gefürchtete Eskorte handelte, die nun zurückkehrte, um ihre Herrin zu beschützen. »Verteilt euch!«, befahl sie. »Bereit zum Kampf!«

Während die Banditen sich auf die vermeintliche Verstärkung konzentrierten, griff Janel Theranon, vierundzwanzigster Graf von Tolamer, nach dem Ast und riss ihn vom Baum. Das Krachen von splitterndem Holz hallte über die Lichtung.

»Ich akzeptiere deine Bedingungen«, sagte Janel. »Fangen wir an.«

Es wurde still auf der Lichtung, als die Bandenführerin ihren Fehler bemerkte. Sie tat Bruder Qaun beinahe leid. Wer würde Janel schon für gefährlich halten? Sie sah so hilflos aus wie ein kleines Mädchen.

Der zuckende, wehrlose Wurm war wohl doch keine leicht erbeutete Mahlzeit.

Die Luft roch nach grünem Harz, altem Lagerfeuerrauch und heraufziehendem Regen, als die Banditen aus dem Wald kamen. Es waren genauso viele Frauen wie Männer, was Qaun erstaunte, aber die Frauen sahen auch nicht freundlicher aus als die männlichen Bandenmitglieder.

»Was soll das?«, fuhr die Anführerin auf. »Bei den Acht, warum verlasst ihr eure Deckung? Zurück in die Bäume mit euch!«

Bruder Qaun war ebenfalls verwirrt. Er verstand nicht, warum sie aus ihren Verstecken kamen, anstatt das Feuer zu eröffnen, solange sie noch Gelegenheit dazu hatten. Er und Stute Dorna waren noch nicht in Deckung gegangen. Vollkommen ungeschützt standen sie auf der Lichtung.

Die Banditen gaben nicht nur ihre Verstecke auf, sie legten auch ihre Waffen weg und hängten sich ihre Bogen über die Schulter.

Der größte von ihnen, ein riesiger Kerl mit schwarz gesprenkelter grauer Haut, deutete missbilligend auf Janel. »Sie hat dich herausgefordert, und du hast akzeptiert.« Seine Miene deutete an, dass die Antwort offensichtlich war.

Eine der Frauen zupfte ihn am Ärmel. »Fünf Chancen, dass die schicke Mähne beim ersten Treffer zu Boden geht.«

Dorna straffte sich. »Ah, das gefällt mir. Ich setze zehn Throne, dass der Graf eurer Anführerin den Hintern versohlt.« Sie tippte Bruder Qaun auf die Schulter. »Du musst mir zehn Throne leihen, Priester.«

»Nein!«, protestierte Bruder Qaun.

»Wenn man Geld machen will, muss man nun mal Geld in die Hand nehmen«, entgegnete Dorna.

»Ihr Trottel!«, rief die Bandenführerin. »Das habe ich doch nicht ernst gemeint!«

Der große Kerl verschränkte die Arme vor der Brust. »Wir sind hier in Jorat.«

»Hier macht man keine Witze über solche Dinge«, bestätigte eine Frau mit einem weißen Streifen in der Mitte ihres Gesichts.

»Seid ihr wirklich so blöd?«, fragte die Anführerin verzweifelt.

Janel wedelte lachend mit dem Ast. »Du bist nicht von hier, oder?«

In diesem Moment kam Arasgon auf die Lichtung getrabt.

In einem gewissen Sinn hatte die Anführerin doch recht gehabt: Arasgon konnte man durchaus als Janels Eskorte bezeichnen. Seit ihrer Kindheit war er ihr treuer Begleiter. Seine bloße Gegenwart war so einschüchternd, dass Janel ihn angewiesen hatte, sich vom Lager fernzuhalten, damit er die Banditen nicht abschreckte. Dabei trug Arasgon weder Rüstung noch Waffen, und er war auch kein Mensch.

Die Schulterhöhe des Feuerblüters betrug achtzehn Handbreit, sein Fell war schwarz wie das eines Zobels, Mähne und Schweif blutrot – in Jorat nannte man diese Färbung *vom Feuer geküsst*. Doch damit endete jede Ähnlichkeit mit seinen vierbeinigen Verwandten auch schon. An seinen Beinen prangten rote Tigerstreifen, und seine Augen waren genauso rot wie die seiner Herrin Janel. Er wäre ein wirklich prächtig anzuschauendes Pferd gewesen, doch Feuerblüter waren keine Pferde, wie sie jedem sogleich ins Gedächtnis riefen, der so dumm war, sie als solche zu bezeichnen, und sich in Reichweite ihrer Hufe befand.*

Arasgon machte ein Geräusch, das wie eine Mischung aus einem Wiehern und einer wohlüberlegten Äußerung klang. Bruder Qaun wusste, dass es sich um Worte handelte, um eine echte Sprache, auch wenn er sie zu seinem großen Verdruss nicht verstand.

»Keine Sorge«, sagte Janel mit einem Blick in Richtung des Feuerblüters. »Das wird ein Kinderspie …«

In diesem Moment trat die Anführerin ihr gegen den Kopf.

Drei Mal.

Die Banditen jubelten. Hätten sie welche gehabt, hätten sie ihre Krüge und Wimpel geschwenkt. Und warum auch nicht? Der Graf mochte einen Feuerblüter an seiner Seite haben, aber sie waren um ein Vielfaches in der Überzahl. Das hier war für sie kein Überfall, sondern Unterhaltung.

Dass ihre Anführerin gerade gegen eine Frau kämpfte, die einen armdicken Ast vom Baum brechen konnte, war schnell vergessen.

---

*   Ich muss doch sehr bitten. Qaun könnte sich glücklich schätzen, wenn ein Feuerblüter ihm lediglich einen Huftritt verpasste. Sie sind Allesfresser und haben Reißzähne.

Janel taumelte so stark, dass Bruder Qaun schon befürchtete, der Kampf wäre bereits zu Ende. Die Frau, die auf genau diesen Ausgang gewettet hatte, jubelte ebenfalls.

Doch Janel schüttelte ihre Benommenheit ab und fixierte die Angreiferin mit ihren roten Augen. »Ah, wir haben schon angefangen? Mein Fehler.« Sie wischte sich das Blut vom Mund und setzte ein strahlendes Lächeln auf.

Die Banditin erstarrte. »Wie kann es sein, dass du noch stehst? Ihn habe ich mit diesem Tritt bewusstlos geschlagen.« Sie deutete auf den großen Kerl, der die Wetten angenommen hatte.

»Ich bin für meine Sturheit bekannt«, erwiderte Janel und ließ den Ast niederfahren.

Ihre Gegnerin rettete sich mit einem Sprung zur Seite, und die Banditin, die eben noch gejubelt hatte, überreichte ihrem Kumpan murrend fünf Chancen.

Janel setzte nach. Diesmal duckte ihre Gegnerin sich unter dem Schlag weg und holte Janel mit einem Fußfeger von den Beinen. Um ein Haar wäre sie in die Feuerstelle gefallen. Die Bandenführerin sprang vor und trat mit einer Stampfbewegung nach Janels Kopf. Janel rollte sich zur Seite und stützte sich beim Aufstehen mit einer Hand in den glühenden Kohlen ab.

Entsetzte Stille machte sich breit.

Janels rechter Handschuh brannte. Sie klemmte sich den Ast unter die Achsel und zog seufzend das brennende Leder von ihren Fingern. Die pechschwarze Haut darunter bildete einen scharfen Kontrast zu ihrem zimtroten Gesicht. Soweit Bruder Qaun es erkennen konnte, hatte sie nicht einmal Brandblasen an den Fingern.

»Das waren meine Lieblingshandschuhe«, protestierte der Graf.

»Ach, Fohlen«, warf Stute Dorna ein. »Das waren Eure *einzigen* Handschuhe.«

»Das habe ich doch gesagt«, bestätigte Janel. Sie ließ den Ast kreisen wie einen Knüppel und deutete auf ihre Gegnerin. »Ich habe dich unterschätzt, Diebin.«

»Geht mir genauso.« Ein Hauch von Sorge stahl sich in das Lachen der Bandenführerin. »Du bist verflucht stark und zäher als ein Ochse. Aber mit diesem Ast kannst du nicht gewinnen.«

»Sei froh, dass du dich nicht für das Schwert entschieden hast.«

»Zuerst musst du mich überhaupt einmal treffen«, entgegnete die Banditin mit leicht nervösem Unterton. »Ich bin schneller als der Wind.«

»Das stimmt«, flüsterte der Hüne Dorna zu. »Sie ist unsere beste Kämpferin.« Er schlug sich auf die Brust. »Und ich habe bei Turnieren gekämpft.«

Janel grinste ihre Gegnerin an. »Mehr als einen Treffer brauche ich auch nicht.«

Bruder Qaun merkte, dass er die Hände zu Fäusten geballt hatte. Zu jedem Herrschaftsgebiet Quurs gab es ein entsprechendes Klischee: Khorvescher galten als hervorragende Soldaten, Kirper brüsteten sich mit ihren Zauberkünsten, die Yorer waren Barbaren und die Jorater Pferdenarren ...

Er wünschte nur, jemand hätte ihm verraten, dass sie außerdem ganz versessen aufs *Kämpfen* waren.

Janel und die Bandenführerin umkreisten einander und suchten nach einer Lücke. Die Banditin griff nie mit ihrer Sichel an, aber sie legte sie auch nicht weg. Jedes Mal, wenn Janel zuschlug, wich sie aus oder wehrte den Schlag ab. Jedes Mal war es Janel, die einen Schlag oder Tritt abbekam.

Am Ende würde die Diebin den Grafen zermürben.

»Nicht schlecht«, kommentierte die Gesetzlose, nachdem Janel das x-te Mal vorbeigeschlagen hatte. »Eine Schande, dass niemand dich je ausgebildet hat.«

Janel stürzte mit dem Ast vor, die Diebin wehrte ab, machte einen Schritt zur Seite und trat sie ...

Sagen wir: ins Hinterteil.

Janel hörte auf herumzuspielen, oder vielleicht verlor sie auch einfach nur die Geduld. Als sie das nächste Mal angriff, versuchte sie erst gar nicht, dem Konter auszuweichen. Der Graf hatte sich in pure Entschlossenheit verwandelt. Die Diebin schlug mit aller Härte zu, doch Janel schnaubte nur und kniff die Augen zusammen. Dann richtete sie sich auf und warf den Ast in die Luft, der sich drehte wie ein Rad.

Sie schien unbewaffnet, schutzlos …

Die Banditin ließ sich die Gelegenheit nicht entgehen und griff an.

Janel reagierte blitzschnell und sprang zur Seite. Fing den Ast auf und schlug ihrer Gegnerin damit die Sichel aus der Hand. Dann drehte sie ihn herum und ließ ihn auf das gestreckte Bein ihrer Gegnerin herabsausen.

Ein lautes Krachen zerriss die Luft, gefolgt von einem Schmerzensschrei.

Das Bein der Anführerin bog sich in eine Richtung durch, wie ein gesundes Bein es niemals tun würde. Sie sank schluchzend zu Boden.

Janel warf den Ast weg.

»O nein«, stöhnte sie. »Das wollte ich nicht …« Blinzelnd machte sie einen Schritt zurück. »Bruder Qaun! Ich brauche deine Hilfe!«

Er rannte los. »Bin gleich da. Ich muss nur meinen Beutel holen …«

Der Hüne betrachtete die Szene stirnrunzelnd und verschränkte die Arme vor der Brust. »So habe ich mir das ganz und gar nicht vorgestellt.«

Stute Dorna, die direkt neben ihm stand, streckte die Hand aus, um ihren Gewinn einzusammeln.

2

EINE FAULE FRUCHT

Jorat, Quurisches Reich.
Zwei Tage nachdem Xaltorath einen Höllenmarsch
in der Hauptstadt begonnen hatte

Bruder Qaun hielt mit krächzender Stimme inne.

»Vielleicht wäre Tee besser für deine Stimmbänder als Apfelwein«, sagte Janel.

Der Priester nickte. »Ihr habt recht. Ich werde in die Küche gehen und nachsehen.« Im Vorbeigehen nickte er Kihrin höflich zu.

Kihrin und Janel saßen eine Weile stumm da und starrten einander an.

»Ist das wirklich passiert?«, fragte Kihrin schließlich.

»Was? Dass Qaun in die Küche gegangen ist, um nach Tee zu suchen?« Sie stützte das Kinn in die Hand und grinste, als Kihrin die Augen verdrehte. »Ach, du meinst den Banditenüberfall.«

Kihrin erwiderte das Lächeln. »Nein, ich meine, ob du wirklich diesen Ast vom Baum gebrochen hast.«

»Ja. Ich kann mir denken, dass dieser Teil schwer zu glauben ist.«

Kihrin schob sein Upishiarral beiseite. »Was du mit der Eingangstür gemacht hast – ich könnte das nicht. Mein Freund Stern genauso wenig. Wir haben es beide erfolglos versucht, aber du hast sie zugemacht und verriegelt, als wäre sie aus Zuckerwatte.«

Janel hob eine Augenbraue. »Dann ist es wohl wirklich so passiert.«

»Warum erzählst du die Geschichte nicht selbst? Es ist ja schön, dass du deinen eigenen Chronisten hast, aber ich bezweifle, dass seine Schilderungen allzu objektiv sind.«*

»Und wenn ich die Ereignisse schildern würde, wäre das anders? Zumindest hat er daran gedacht, unsere Reisen zu dokumentieren. Ich war zu abgelenkt.«

»Vielleicht würde ich die Geschichte einfach lieber von dir hören.«

Ihre Blicke begegneten sich erneut.

Janels Mund zuckte. »Eines würde ich gerne von dir wissen: Hengste oder Stuten?«

Kihrin blinzelte. »Was?«

Sie imitierte Kihrins Haltung und beugte sich näher heran. »Magst du lieber Hengste oder Stuten?«

»Über das Geschlecht meines Pferds habe ich noch nie nachgedacht …« Er hielt inne. »Aber du sprichst gar nicht von Pferden, oder?«

»Ganz und gar nicht«, bestätigte Janel. »Für Leute, die unsere Gebräuche nicht kennen, liegt in dieser Frage eine Falle verborgen.«

»Wie meinst du das?«

»Bei uns können die Worte Hengst und Stute sehr verschiedene Bedeutungen haben.« Sie fuhr mit dem Finger die Maserung der Tischplatte entlang. »Man muss den Kontext verstehen, sonst könnte man Ärger bekommen.«

»Und in welchem Kontext sprichst *du* im Moment?«

»Vom Geschlecht deiner Bettgenossen natürlich.« Ihre Augen

---

* Er versteht sein Verhältnis zu Thurvishar D'Lorus kein bisschen, nicht wahr? Oder hat Thurvishar zu erwähnen vergessen, dass er vorhatte, auf Basis von Kihrins Gesprächen mit dieser durchgedrehten Mimikerin eine ganze historische Abhandlung von zweifelhafter Genauigkeit zu verfassen?

blitzten schalkhaft. »Galoppierst du mit Hengsten? Oder lieber mit Stuten?« Sie zuckte die Achseln. »Manche mögen keines von beidem, aber ich glaube, zu denen gehörst du nicht.«

Kihrin kratzte sich am Kopf. »Nein, tue ich nicht. Stuten, würde ich sagen.« Er zögerte. »Und wo liegt die Falle verborgen?«

»Weil das der einzige Kontext ist, in dem Hengst, Stute und dergleichen sich auf das zwischen deinen Beinen bezieht. Wenn wir einen Menschen als Hengst oder Stute bezeichnen, meinen wir damit normalerweise seine Geschlechterrolle.«

Kihrin schaute sie verdutzt an. »Aber hast du das nicht vorher auch gemeint? Du bist eine Frau. Das ist es doch, was Stute bedeutet, oder?«

Ihr Mund zuckte. »Du setzt Geschlecht mit Geschlechterrolle gleich. Mein Geschlecht, mein Körper, ist weiblich. Aber das ist nicht meine Geschlechterrolle. Ich bin ein Hengst, und Hengste sind bei uns als *Männer* definiert. Du liegst also falsch: Ich bin ganz sicher keine Frau.«

Kihrins Augen wurden groß. »Du hast doch gerade gesagt, dass dein Körper weiblich ist.«

Sie seufzte. »Wer ich als Mann bin, hat nichts« – sie deutete auf ihren Körper – »damit zu tun. Ob mein Körper männlich, weiblich oder keines von beidem ist, spielt keine Rolle. Ich bin und bleibe ein Hengst.«

Kihrin blinzelte. »Du bist also ... ein Mann.« Sein Blick schweifte über ihre Tunika, verweilte bei Janels Beinen und kehrte dann wieder zu ihrem Gesicht zurück. »Klar.«

Sie verdrehte die Augen. »Du setzt schon wieder Frau mit weiblich gleich. Ich kann es dir nicht verübeln, im Westen sind die Worte praktisch gleichbedeutend. Aber lass dir gesagt sein, hier nicht.« Sie blickte an ihrer Brust hinab und zupfte am Kragen ihrer Tunika. »Bei uns beschreibt man mit Hengst und Stute die Geschlechterrolle einer Person, und nach dieser Definition bin ich ein Mann. Aber beim körperlichen Geschlecht ist das anders. Was das Äußere betrifft« – sie blickte noch einmal an sich hinab – »gefalle ich höchstwahrscheinlich jemandem, der weibliche Partner bevorzugt. Somit bin ich ein weiblicher Mann.« Sie lächelte. »Siehst du die Falle jetzt?«

Kihrin schüttelte den Kopf. Wenn jemand, Janel zum Beispiel, wie eine Frau aussah, wie sollte er sich dann ihr gegenüber verhalten, wenn sie sich selbst als ... Mann bezeichnete? Und wie sollte er den Unterschied erkennen? Kihrin war immer davon ausgegangen, dass das zwischen den Beinen ganz entscheidend für die Unterscheidung zwischen Mann und Frau war.

Janels Meinung nach war das nicht der Fall, und offensichtlich auch nicht in den Augen anderer Jorater. O ja, jetzt sah Kihrin die Falle. Er war nur nicht sicher, ob er verstanden hatte, wie genau sie funktionierte. Geschweige denn, wie er sie umgehen konnte.

Wie lange brauchte Bruder Qaun überhaupt, um sich einen Tee zu besorgen? »Ähm ... Ich glaube, ich brauche ein bisschen Zeit, um mich an diese Vorstellung zu gewöhnen. Soll ich dich jetzt als *er* anreden oder ...?«

»*Sie*«, antwortete Janel. »Wir versuchen, den Rest Quurs nicht allzu sehr zu verwirren.«*

»Scheint nicht besonders gut zu funktionieren.« Kihrin sammelte sich einen Moment lang. »Und ... wie ist das bei dir?«

»Ich? Ich bin kein bisschen verwirrt, was diese Dinge betrifft.«

»Nein, ich meine, magst du lieber ... Hengste oder Stuten?«

Janel schaute ihn mit nach oben gezogenen Augenbrauen an. »Warum sollte ich mich auf *eine* Hälfte der Herde beschränken?«

Kihrin war froh, dass er noch nicht von dem Apfelwein getrunken hatte. »Genau, warum solltest du ...« Er erwiderte ihr Lächeln. Er mochte ihre direkte Art. Janels Schamlosigkeit gefiel ihm. Und

---

* Genau. Zum Glück interessiert sich der Rest Quurs weder für die bemerkenswerten gesellschaftlichen Regeln Jorats noch dafür, wie anders die Jorater sind. Ich schätze, das ist auch gut so.

obwohl ihm durchaus bewusst war, dass sie ihre ganz persönlichen Ziele verfolgte, brauchte sie seinen Blick nur eine Sekunde zu lange zu erwidern, um ihn genau das wieder vergessen zu lassen. Er wusste, dass das nicht klug war. Überhaupt nicht klug.

Er griff trotzdem nach ihrer Hand.

Bruder Qaun stellte ein Tablett mit Teekanne und Tassen auf den Tisch.

Kihrin zog seine Hand wieder weg. »Sie haben also Tee. Toll.«

»Ja, nicht wahr?«, bestätigte Qaun. »Ich bin hocherfreut.«

»Bruder Qaun, soll ich für eine Weile übernehmen?«, warf Janel ein. »Dann kannst du deine Stimme schonen.«

»Seid Ihr sicher?« Er hielt ihr sein Büchlein hin.

»Das ist nicht nötig«, entgegnete Janel. »Ich erzähle die Geschichte lieber auf meine Art.«

Der empörte Blick, den Qaun ihr daraufhin zuwarf, brachte Kihrin beinahe zum Lachen.

Der Priester fing sich wieder und goss sich eine Tasse Tee ein. »Würde es Euch etwas ausmachen, wenn ich Eure Schilderungen aufzeichne?«

Janel blinzelte ihn an. »Wenn du *was* tust?«

Qaun griff in seinen Beutel und holte ein weiteres Büchlein hervor. »Das ist ein Zauber, den ich« – er räusperte sich kurz – »in meinem alten Kloster gelernt habe. Damit lassen sich Gespräche für historische Abhandlungen aufzeichnen. Das Ganze ist sehr subtil, Ihr werdet es nicht einmal merken.«

»Moment.« Kihrin beugte sich vor. »Du kennst einen Zauber, der alles aufzeichnet, was wir sagen? Ich auch.« Surdyeh, sein Stiefvater, hatte einen ganz ähnlichen Trick beherrscht.

»Tatsächlich? Ach, ein sehr nützlicher Zauber, findet Ihr nicht? Ich kann Euch gar nicht sagen, wie oft er mich schon vor einem Schreibkrampf bewahrt hat …«

Kihrin kniff die Augen zusammen. »Du trägst nicht zufällig einen Rubinring, oder?«

Qaun bedachte ihn mit einem eigenartigen Blick. »Was für eine seltsame Frage. Das würde ich niemals tun. Vishai-Priester leben in Bescheidenheit.«

Kihrin riss sich zusammen. »Natürlich. Verzeih.«*

»Nun«, begann Janel. »Mir macht es jedenfalls nichts aus, wenn du meine Schilderungen aufzeichnest. Wie wär's, wenn ich einfach anfange?« Sie tat es, ohne auf Qauns Antwort zu warten.

Janels Schilderung. Provinz Barsine, Jorat, Quur.

Nachdem ich der Banditin das Bein gebrochen hatte, warf ich den Ast weg und trat zurück, um Bruder Qaun Platz zu machen. Arasgon beschnupperte mich, um sich zu versichern, dass ich keine ernsthaften Verletzungen davongetragen hatte, und das nicht ohne Grund: Ich spürte die Prellungen an meinem Kiefer und den Rippen jetzt schon.

Die Frau trat zu wie Khorsal persönlich.

Ihre Begleiter legten ihre Waffen neben der Feuerstelle ab als Zeichen, dass sie sich ergaben. Ich beachtete sie kaum, zählte aber, wie viele es waren: mit ihrer Anführerin insgesamt acht. Trotz meiner Apathie schnappte ich ein paar Namen auf. Die Frau mit dem weißen Streifen im Gesicht hieß Kay, jemand anderes Vidan, auch wenn ich nicht ganz sicher war, wer. Närrin, die ich war, betrachtete ich sie lediglich als Geldquelle.

Das Glück war uns hold, denn in Mereina, der Provinzhauptstadt von Barsine, würde bald ein Turnier stattfinden, bei dem der hiesige Baron seine Aufwartung machen musste. Wir würden also nicht lange auf unsere Belohnung zu warten brauchen.

---

* Im Ernst, Kihrin? Glaubst du wirklich, wenn der Priester zu den Greifen gehören würde, hätte er es einfach so zugegeben? Ich denke, nicht einmal Qaun würde sich als Spion so dumm anstellen.

Bruder Qaun war fassungslos gewesen, als wir das erste Mal Köder-den-Banditen spielten. Er verstand einfach nicht, warum sie nicht flohen oder kämpften, sobald ihr Anführer besiegt war. Ich versuchte, es ihm zu erklären ...

Die Sache war die, dass in *unserer* Welt alles von zwei grundlegenden Konzepten bestimmt wird: Das eine heißt Idorrá – die Macht und Stärke derer, die andere beschützen –, das andere ist Thudajé und bezeichnet die Ehre, die daraus erwächst, sich einem Überlegenen zu unterwerfen. Um den Unterschied zwischen beidem aufzuzeigen, veranstalten wir Prüfungen, Wettbewerbe und Duelle. Das sorgt für gute Führung und einen starken Zusammenhalt. Eine Niederlage hat nichts Unehrenhaftes. Dafür, dass der Unterlegene Thudajé zeigt, bekommt er Sympathie und Vergebung. Somit war es nur selbstverständlich, dass die Banditen sich ergaben, und genauso selbstverständlich, dass wir sie gut behandelten.

Jemand, der ein starkes Idorrá hat, kann gar nicht anders. Wer seine Kraft dafür verwendet, andere zu unterjochen, ist nichts weiter als ein Tyrann und brutaler Unterdrücker. Auch dafür gibt es in unserer Sprache ein Wort: Thorra.

Ich wusste, dass Qaun mich nicht verstand. Im Westen, jenseits der Berge, handhabe man solche Dinge anders als hier.

Im Westen wird alles anders gehandhabt, glaube ich.

Doch diesmal schien einer der Banditen weniger Thudajé zu haben als die anderen. Er trug sein Haar zu einem Laevos geschnitten, jener Frisur, die aussieht wie eine Pferdemähne und mit der wir uns als Adlige zu erkennen geben. Es war derselbe, der auf meine Niederlage gewettet und verloren hatte. Während alle anderen voll und ganz auf ihre Anführerin und Bruder Qaun konzentriert waren, starrte er nur mich an.

»Ich kenne Euch«, sagte er. »Ihr seid Janel Danorak, die Enkelin des Grafen von Tolamer.«

Na wunderbar. Er hatte mich erkannt.

Ich verfluchte mein Pech und hob das Kinn. »Du irrst«, sagte ich. Verwirrung trat auf sein hübsches Gesicht. Er hatte dunkelgraue Haut und einen weißen Laevos, der früher einmal gut gepflegt gewesen zu sein schien. Auf mich wirkte der Kerl wie jemand, der an Luxus gewöhnt war und sich nun in den Wäldern vor seinen Feinden versteckte.

Mehr oder weniger wie ich selbst, sozusagen.

»Ach ja?« Er blinzelte überrascht.

»Ja. Ich *war* einmal seine Enkelin. Jetzt bin ich selbst der Graf von Tolamer.« Ich zwang mich, seinen Blick zu erwidern. »Woher weißt du, wer ich bin? Ich war schon seit Jahren nicht mehr in dieser Provinz und hätte nicht erwartet, dass jemand mich wiedererkennt.«

Er grinste schief. »Wir waren damals beide noch Kinder. Ihr habt Tamin immer dazu gebracht, mit Euch und Eurem Feuerblüter zu spielen. Ihr seid auf Bäume geklettert und habt Schlammburgen gebaut und kamt jedes Mal vollkommen verdreckt zurückgeritten. Das wart doch Ihr damals, oder? Ihr seid Janel Danorak.«

»Mein Familienname lautet *Theranon*. Gehörst du zu den Leuten des Barons?«

»Früher einmal.« Ein schmerzhafter Ausdruck huschte über sein Gesicht. »*Seid* Ihr jetzt Danorak oder nicht?«

Bis zu diesem Moment hatte der Rest der Bande sich aufgeregt über die Verletzung der Anführerin unterhalten, doch nach dieser Frage erstarben die Gespräche. Alle Blicke wandten sich mir zu.

Ich seufzte. »Ich bin nur jemand, der in einen Höllenmarsch geraten ist.«

Er kicherte. »Und bescheiden noch dazu.«

»Nein, bin ich nicht ...« Den Rest des Satzes verkniff ich mir. Mein gesamtes Leben lang war mir eingeschärft worden, niemandem zu verraten, was wirklich passiert war, als die Dämonen im Kanton Lonezh gewütet hatten. Und deshalb korrigierte ich die

Leute nie, wenn sie die Schrecken meiner Kindheit zu einem Mythos hochstilisierten.

Für alle, die sich nicht so gut mit der joratischen Geschichte auskennen: Danorak war ein Feuerblüter, der innerhalb einer Woche ganz Jorat durchquerte – von Nord nach Süd und Ost nach West, ohne Pause, ohne Essen, ja sogar ohne Wasser. Er warnte die Menschen und anderen Feuerblüter, sich in Sicherheit zu bringen, da Kaiser Kandor dabei war, die Endlose Schlucht zu überfluten, um unseren tyrannischen Gottkönig aus seinem Versteck zu treiben und ihn zu töten.

Als Danorak alle gerettet hatte, brach er vor Erschöpfung tot zusammen.

Zum Lonezh-Höllenmarsch war es gekommen, weil eine Hexe in Marakor einen Dämon herbeigerufen hatte, den sie nicht beherrschen konnte – mit den erwartbaren Konsequenzen: Der Höllenmarsch endete erst, als ein großer Teil Jorats und der gesamte Kanton Lonezh entvölkert waren.

Danach fingen die Leute an, mich Danorak zu nennen. Es hieß, ich sei tagelang gerannt, die Dämonen immer dicht auf meinen Fersen, um Kaiser Sandus zu warnen. Eigentlich war der Spitzname ein Ehrentitel, doch mich erinnerte er jeden Tag meines Lebens daran, dass mein Ruf auf einer Lüge gründete.

Niemand kann vor einem Dämon davonlaufen, schon gar nicht ein achtjähriges Mädchen.

Ich wollte nicht über den Höllenmarsch sprechen, also wandte ich mich an Bruder Qaun, der immer noch die Bandenführerin verarztete. »Wird sie laufen können?«

»Frag mich gefälligst selbst«, sagte die Frau und versuchte, sich aufzusetzen.

»Nicht«, schimpfte Bruder Qaun. »Ich habe dein Bein noch nicht fertig gerichtet.«

»Wenn du mich noch einmal anfasst, zeige ich dir, wie hart ich mit meinem anderen Bein zutreten kann.«

»Aber ich muss …« Der Priester schaute mich Hilfe suchend an. »Graf, könntet Ihr der Frau bitte erklären, dass ich ihr nur helfen will?«

»Meine Beine begaffen, das will er.«

Dorna lachte. »Bestimmt nicht. Unser Priester ist ein Wallach, und das durch und durch.« Ihr Grinsen wurde breiter. »Aber deine Beine sind hübsch, ich schau gerne hin.«

Qaun schloss die Augen und flüsterte ein Gebet.

»Wie heißt du?«, fragte ich die Bandenführerin.

Sie schniefte und schaute weg.

Ich zog ihr die Maske vom Gesicht. Sie versuchte, meine Hand wegzuschlagen, doch ihre Kräfte ließen sie im Stich. Ohne die Tücher vorm Gesicht sah sie aus wie eine Joratin: dunkelbraun mit einem roten Spritzer, der die linke Wange und ihre Stirn bedeckte. Ihre Haare waren schwarz und glatt. Ich schätzte, dass sie in etwa doppelt so alt war wie ich.

Aber sie war keine Joratin.

Trotzdem hatte sie ihre Mitbanditen dazu gebracht, ihr Thudajé zu erweisen. Vielleicht hatten sie ihre wahre Abstammung nicht erkannt.

Oder sie konnte einfach zu gut treten.

»Das ist Ninavis«, erklärte der Kerl mit dem Laevos. »Wir nennen sie Ninavis. Sie war Jägerin, bevor der Baron die Wälder hier zu seinem Eigentum erklärte. Seine Soldaten haben unter Androhung der Todesstrafe ganze Dorfgemeinschaften vertrieben. Familien, die seit Generationen von der Jagd lebten, wurden nun zu Wilderern gemacht.«

»Was soll das, Kalazan?«, schimpfte Ninavis. »Warum läufst du nicht gleich zum Baron und verrätst ihm meinen Namen?«

»*Sie* darf ihn ruhig wissen«, entgegnete Kalazan. »Sie ist die, auf die wir gewartet haben. Siehst du das nicht, Ninavis?« Er wandte sich wieder an mich. »Mein Name ist Kalazan. Der Große heißt Dango und der mit dem vernarbten Gesicht Gerber. Das hier sind

Kay Hará und Jem Nakijan, gleich neben ihnen stehen Vidan und Gan ...«

»Gan, die Müllerstochter«, unterbrach die Frau, von der er gesprochen hatte. Sie war jung und schön und trug einen prächtigen Laevos. Wenn sie eine Müllerstochter war, dann war *ich* die Königin von Alt-Zaibur. »Ninavis hat recht, du hättest ihr unsere Namen nicht verraten sollen.«

»Aber sie ist es, Gan.« Kalazan gestikulierte aufgeregt. »Seit Monaten schlagen wir uns mehr schlecht als recht in diesen Wäldern durch, während der Baron und sein verfluchter Hauptmann auf der Suche nach der geweissagten Bedrohung, dem besessenen Kind, Dorf um Dorf niederbrennen. Was, wenn *sie* diejenige ist? Was, wenn sie von Anfang an nach Danorak gesucht haben? In der Prophezeiung steht nichts davon, dass es jemand von hier sein muss.«

Ich spürte einen Kloß im Hals. Eine kribbelnde Furcht erfasste mich vom Scheitel bis zu den Zehen, und ich musste die Fäuste ballen, sonst hätte ich Kalazan am Kragen gepackt und geschüttelt.

»Wovon redest du?«, bellte ich. »Du gibst mir besser eine klare Antwort, denn ich hasse Prophezeiungen.«

Doch wir bekamen keine Gelegenheit, das Gespräch zu Ende zu führen.

Arasgons Sinne sind weit schärfer als die eines Menschen. »Graf, wir sind nicht allein!«, rief er, und im nächsten Moment ritten drei Dutzend Soldaten in braun-goldenen Uniformen – den Farben von Barsine – auf die Lichtung.

Sie kamen von der windabgewandten Seite, und jeder von ihnen hatte eine Armbrust.

Genauer gesagt, hielt jeder von ihnen eine Armbrust auf einen von uns gerichtet.

Ein paar der Banditen liefen zu ihren Waffen, in den Wald oder flohen in die spärliche Deckung, die die Wurzeln ihnen boten.

Ninavis konnte ihnen aus naheliegenden Gründen nicht folgen. Auch Kalazan blieb; mir fiel allerdings auf, dass er und Gan ihre Kapuzen überzogen, um ihren Laevos zu verbergen.

»Wen haben wir denn da?«, fragte der Kommandant und trabte heran. »Bleibt, wo ihr seid. Keiner rührt sich von der Stelle!«

»Ah, endlich«, sagte Arasgon und ging ihm entgegen. »Wir haben diese Streuner gefangen genommen. Ihr könnt uns helfen, sie zu einem Herdenmeister zu bringen.«

Der Kommandant ignorierte ihn. »Ihr antwortet nicht? Wer ist euer Anführer? Sprecht!«

Arasgon schaute mich blinzelnd an. Ich wusste, was ihm gerade durch den Kopf ging: Die Neuankömmlinge mochten aussehen wie Jorater, aber kein Einheimischer würde es wagen, einen Feuerblüter einfach zu übergehen.

Außer er verstand ihre Sprache nicht.

Ausgeschlossen. Vor langer Zeit hatte Gottkönig Khorsal die Jorater als Hüter seiner Lieblinge, der Feuerblüter, auserkoren. Als die Feuerblüter sich dann den Menschen anschlossen, um Khorsal zu stürzen, wurde diese Verbindung nur noch stärker. Jedes Kind in Jorat lernte die Sprache unserer vierbeinigen Verwandten.

Aber dieser Hauptmann hatte Arasgon nicht verstanden. Also war er entweder geistig minderbemittelt, oder er stammte genauso wenig aus Jorat wie Ninavis.

Auf Letzteres hätte ich einiges gewettet.

Ich trat vor. »Ich bin die Anführerin. Ich bin Graf Tolamer und auf dem Weg nach Mereina, um dem Baron von Barsine einen Besuch abzustatten.«

Er musterte mich skeptisch. Ich sah nicht aus wie eine Bäuerin – mein Laevos war gut gepflegt und meine Kleidung zwar abgetragen, aber edel. Meine äußere Erscheinung konnte reine Maskerade sein, aber mein Idorrá nicht. Mein Auftreten war eindeutig das eines Grafen.

»Ach ja? Wo ist Eure Eskorte?«, fragte der Hauptmann.

Ich hörte, wie sich ein Stöhnen aus Ninavis' Kehle löste, und setzte ein freundliches Lächeln auf. »Ich bin in Begleitung eines Feuerblüters. Wozu brauche ich da noch eine Eskorte?«

Mein Gesprächspartner drehte sich halb herum und erkannte Arasgon endlich als das, was er war. Dieser trabte kopfschüttelnd zu den Banditen, die verunsichert dicht beieinander standen.

»Ich bin Hauptmann Dedreugh«, sagte der Kommandant und stieg ab. »Wir sind auf der Jagd nach Gesetzlosen, die seit beinahe einem Jahr die Dörfer entlang des Flusses plündern und niederbrennen. Die Beschreibung scheint mir recht gut auf diesen Haufen hier zu passen. Wenn Ihr also verzeihen würdet« – er winkte seine Männer heran – »übernehmen wir ab hier.«

Die Hälfte seiner Soldaten steckte die Armbrüste weg und stieg mit gezogenen Schwertern ab. Ihre Gesichter beunruhigten mich. Aus den Augen dieser Männer leuchtete nicht gerechter Zorn, sondern der nackte Hunger eines jagenden Raubtiers. Ich sah, wie einer von ihnen die am Boden liegende Ninavis beäugte und sich über die Lippen leckte.* Sein Blick besagte nichts Gutes. Glühende Wut stieg in mir auf, und ich musste mich mit aller Macht beherrschen.

Ich legte Hauptmann Dedreugh eine Hand auf den ledernen Brustharnisch.

»*Ich* habe diese Leute gefangen genommen, Dedreugh«, erklärte ich. »Ich habe sie unterworfen und ihr Thudajé an mein Idorrá gebunden. Sie stehen unter meinem Schutz, bis ich sie dem Baron übergeben habe. Dem Baron persönlich.«

Der Situation wohnte eine gewisse Ironie inne. Dedreughs Vorschlag war mein ursprünglicher Plan gewesen, der Sinn meiner Falle. Bei allen anderen Gelegenheiten hatte ich die gefangenen Banditen an die örtlichen Machthaber übergeben, ohne auch nur

---

* Nach meiner Erfahrung wirkt ein deftiger Fluch wahre Wunder, wenn es darum geht, einen Mann dazu zu bringen, Grenzen zu respektieren.

ihre Namen zu erfahren. Es war nie meine Absicht gewesen, die Verantwortung für sie zu übernehmen. Ich wollte nicht Adoptivmutter für Tunichtgute spielen, sondern meine seit dem eiligen Aufbruch aus Tolamer leere Kasse füllen.

Jede noch so kleine Provinz zahlte eine Belohnung für dingfest gemachte Räuber. Ich hatte sie ohne jedes Aufheben ausliefern und dafür ein paar Münzen kassieren wollen.

Und nun stand ich hier und stellte sie unter den Schutz meines Idorrá, als wären sie irgendwie wichtiger als alle vorherigen Lumpensammler, Verbrecher und Wegelagerer. Was machte diese Gruppe so besonders? Lag es daran, dass ich die Beherrschung verloren und ihrer Anführerin das Bein gebrochen hatte? Ich wusste es nicht.

Vielleicht gefiel mir Dedreughs Gang einfach nicht.

»Hauptmann!«, rief einer der Soldaten. »Der da hinten, er *ist* es!«

Dedreugh versuchte, mich wegzuschieben, und hielt erstaunt inne, weil er es nicht konnte. Die nach wie vor aufgesessenen Soldaten brachten ihre Armbrüste in Anschlag. Und meine Banditen – großer Khored, sie waren jetzt tatsächlich *meine* Banditen – würden niemals ihre Bogen erreichen, bevor die Soldaten abdrückten.

Hauptmann Dedreugh war eine einschüchternde Erscheinung. Er überragte mich um mehr als einen Kopf, seine hellgraue Haut war am Haaransatz von dunklen Flecken gesprenkelt wie das Fell eines Jaguars, und seine Augen hatten die Farbe von Eis. Durchaus hübsch, aber irgendwie haftete ihm ein Geruch an, der mir nicht gefiel, ein Fäulnisgestank, den kein noch so heißes Bad abwaschen konnte.

»Aus dem Weg«, blaffte er in barscher Missachtung jeder Etikette und fügte dann erst hinzu: »Graf. Diese Gesetzlosen werden wegen Verrats und Hexerei gesucht. Wenn Ihr Euch schützend vor sie stellt, macht Ihr Euch der gleichen Vergehen schuldig.«

»Falls diese Leute Verbrechen begangen haben, werden sie dafür bezahlen, Hauptmann. Nichtsdestotrotz stehen sie im Moment unter meinem Idorrá. Also bringen wir sie nach Mereina, wo ihnen der Prozess gemacht werden wird, wie es sich gehört.«

»Frau ...«

»*Frau?*« Ich schaute ihn fragend an.

Der Hauptmann runzelte die Stirn. »Ihr habt in dieser Angelegenheit nichts zu sagen. Seid froh, dass ich mich bereit erkläre, Euch in die Stadt zu eskortieren.« Er beugte sich zu mir herunter, bis unsere Nasenspitzen sich beinahe berührten. »Es war ein langer und harter Winter. Auf dem Weg dorthin könnte alles Mögliche passieren.«

Ich fixierte ihn kalt. »Ach tatsächlich?«

»Wenn Ihr nett zu mir seid, sorge ich dafür, dass Ihr sicher ankommt ...«

Ein Gurgeln drang aus seiner Kehle, als ich meine Finger um seinen Hals legte.

Ich lüge nicht: Am liebsten hätte ich zugedrückt, bis meine Fingerspitzen sich berührten.

»Ich bin der Graf von Tolamer«, erklärte ich. »Ich bin ein Hengst, keine Stute, und ich bitte dich nicht um Erlaubnis, sondern ich erteile dir einen Befehl.«

Obwohl er so viel größer war als ich, hob ich ihn eine Handbreit vom Boden und hielt ihn so, dass er den Armbrustschützen die Sicht auf mich nahm und damit die Möglichkeit, ordentlich zu zielen.

»Graf ...?«, sagte Dorna. »Ich unterbreche Eure Tändelei ja nur ungern, aber Ihr solltet mal nach Euren Kindern sehen ...«

Ich schaute zu ihnen hinüber. Die Soldaten streckten Dorna, Qaun und sogar Arasgon ihre Schwerter entgegen – auch wenn ihre angespannten Mienen nahelegten, dass ihnen nicht wohl dabei war, den riesenhaften Feuerblüter zu bedrohen.

»Sag deinen Leuten, sie sollen sich zurückziehen«, wies ich Dedreugh an. »Sonst werden sie Zeuge, wie ich dir den Unterkiefer herausreiße und dich mit deiner eigenen Zunge ersticke.* So spricht man nicht mit einem Grafen. Genauso wenig wie man die Waffen gegen Leute erhebt, die unter meinem Schutz stehen. Hast du das verstanden?« Ich hörte nur ein weiteres Gurgeln. »Ein Blinzeln als Ja genügt.«

Er versuchte, meine Finger aufzubiegen, blinzelte aber und rang keuchend nach Atem, nachdem ich ihn losgelassen hatte. »Senkt die Waffen«, krächzte er seinen Männern zu.

Danach drehte er sich wutentbrannt zu mir um. »Gebt mir Euer Wort, dass Ihr mir helft, diese Verbrecher auszuliefern, oder Euer Adelstitel wird Euch nicht retten.«

Ich fragte mich, wie der Baron von Barsine seine Leute behandelte. Ich hatte ihn als einen harten Hengst in Erinnerung, der eher zur Peitsche als zur Karotte griff. Wenn Dedreughs Benehmen mir eines verriet, dann dass er im Lauf der Jahre noch schlimmer geworden war. »Du bist offensichtlich verwirrt, Hauptmann. Ein Graf steht über einem Baron. Außerdem habe ich bereits angeboten, sie auszuliefern, oder etwa nicht?«

Er machte mit funkelnden Augen einen Schritt zurück. Sein Thudajé war schlecht entwickelt. Ich hatte mein Idorrá eindeutig bewiesen, doch er reagierte mit Groll anstatt mit ehrenhafter Unterwerfung. Er war ein Thorra, ein Unterdrücker, der glaubte, überlegene Körperkraft wäre gleichbedeutend mit dem Recht, über andere zu herrschen. Ich sah die Drohung in seinem Blick: *Nimm dich in Acht, sonst lasse ich dich bei der ersten Gelegenheit für diese Demütigung bezahlen.*

Ich kniff die Augen zusammen. Unser System funktionierte seit fünfhundert Jahren. Es funktionierte, weil die Leute den Sinn dahinter begriffen.

Indem Dedreugh versuchte, mir sein Idorrá aufzuzwingen, erniedrigte er sich nur selbst. Außerdem war so ein Verhalten voll-

---

* Allmählich wächst sie mir richtig ans Herz.

kommen inakzeptabel, nachdem ich ihn bereits unterworfen hatte. Aber Leute, die Idorrá und Thudajé mit männlich und weiblich verwechselten, hatte es schon immer gegeben.

Fremde machten diesen Fehler häufig.

Und ich könnte mich kaum Graf nennen, wenn ich mich von einem Bürgerlichen so behandeln ließe.

Ich hob den erlegten Hirsch vom Ast herunter und pfiff nach Dornas Pferd, Taschenbeißer, sowie Bruder Qauns Wallach, Wolke. »Stute Dorna, Bruder Qaun, helft mir, unsere Freunde zu fesseln, während diese Männer unser Lager abbrechen. Ninavis, du reitest auf Arasgon. Ich sattle die Pferde. Und ihr anderen macht inzwischen keinen Ärger.«

Das Lächeln auf Kalazans Gesicht überraschte mich. Ich dachte an die Prophezeiung, von der er gesprochen hatte, an das besessene Kind. Er hatte keine Angst. Natürlich nicht, denn die Heldin, die sie alle von Hauptmann Dedreugh und seinen Soldaten befreien würde, war endlich gekommen.

Ich war nicht sicher, ob mir diese Prophezeiung gefiel.

3

DIE GERECHTIGKEIT DES BARONS

Jorat, Quurisches Reich.
Zwei Tage nach Kaiser Sandus' Tod

»Moment«, sagte Kihrin. »Feuerblüter sprechen? Die Pferde in dem Stall können *sprechen*?« Er deutete in die entsprechende Richtung.

Kihrin hatte schon immer so zu Skandal gesprochen, als könnte sie ihn verstehen. Als kleiner Junge hatte er es mit einer Katze namens Prinzessin genauso gemacht. Menschen behandelten ihre Schoßtiere nun einmal gerne wie Familienmitglieder. Was aber nicht bedeutete, dass die Tiere auch eine Antwort gaben.

»O nein«, stöhnte Bruder Qaun. »Nun habt Ihr es gesagt.«

»Was gesagt?«

»Sie sind keine Pferde«, erklärte Janel. »Feuerblüter sind vollwertige Bürger mit allen Rechten.«

Kihrins Augen wurden tellergroß. »Wissen sie das auch in Quur?«

Janel stellte ihre Tasse geräuschvoll ab. »Als Atrin Kandor Jorat von Khorsal befreite, verlieh er beiden Völkern, die der Gottkönig versklavt hatte, volle Bürgerrechte: den Menschen genauso wie den Feuerblütern. Einen Feuerblüter ein Pferd zu nennen, ist, als würde man einen Menschen als Tier bezeichnen. Und ja, sie können sprechen.« Sie verschränkte die Arme vor der Brust. »Dass ihr sie nicht versteht, ist nicht ihre Schuld.«*

»Das wirft ein ganz neues Licht auf Darzins Zuchtversuche mit Skandal.« Kihrin verzog das Gesicht. »Ein ziemlich unangenehmes.« Auch wenn es nichts an den Taten seines Bruders geändert hätte. Kihrin wäre nicht überrascht gewesen, wenn Darzin über die rechtliche Gleichstellung von Feuerblütern genau Bescheid gewusst und trotzdem versucht hätte, Skandal decken zu lassen. Das hätte ihm ähnlich gesehen.

»Du nennst Hamarratus *Skandal*?« Janels Tonfall klang, als wäre Kihrin soeben in einem Test durchgefallen.

»Ist das …? Moment. Wie kommst du darauf, dass Skandal Hamarratus heißt?« Kihrin fiel wieder ein, dass Stern gegenüber der Stallmeisterin den gleichen Namen erwähnt hatte.

»Sie hat es mir im Stall gesagt«, antwortete Janel. »Sie können sprechen, schon vergessen?«

Kihrin dachte an die Geräusche, die die Pferde – oder besser gesagt: Feuerblüter – von sich gegeben hatten, als die Drachin angriff. Er hatte sie für ganz gewöhnliche Pferdelaute gehalten. Sturm. Großer Drache. Viel Gefahr. Aber *sprechen*?

Vielleicht.

»Ich weiß, was für ein Schock das für Euch ist«, sagte Bruder Qaun. »Glaubt mir, ich kann es Euch nachfühlen.«

»Stern meint, der Name Skandal gefällt ihr«, erwiderte Kihrin. »Ich werde sie weiter so nennen.«

---

* Khorsals Zentauren und Feuerblüter waren mehr als nur ein Zeitvertreib. Jedes Pferd in ganz Quur geht auf joratische Vorfahren zurück. Würde mich nicht überraschen, wenn Kandor nur einmarschiert ist, um Khorsals Herden an sich zu bringen. Schließlich sind joratische Pferde nicht nur stärker, schneller und robuster, sie leiden auch nie an Koliken.
Khorsal liebte Pferde wirklich über alles.

»In Ordnung«, erwiderte Janel. »Solange es ihre Entscheidung ist und nicht ein Kosename, den du einer Sklavin gegeben hast.«

Kihrins Augen verengten sich. »Sie ist keine Sklavin.«

»Das will ich auch nicht hoffen.«

Bruder Qaun blickte zwischen den beiden hin und her. »Soll ich wieder lesen, Graf? Dann könnt Ihr inzwischen essen.«

Janel zog ihre Schale zu sich heran. »Ja, tu das.«

Qauns Schilderung. Mereina in der Provinz Barsine, Jorat, Quur.

Um die Belohnung für die Ergreifung der Banditen einzukassieren, mussten sie nach Mereina, der Provinzhauptstadt von Barsine. Es war keine angenehme Reise. Die Soldaten johlten, witzelten und prahlten ohne Unterlass, als hätten *sie* die Banditen gefangen genommen. Die Banditen selbst boten einen traurigen Anblick.

Bruder Qaun verglich sie unwillkürlich mit den anderen Gesetzesbrechern, die sie bisher dingfest gemacht hatten. Diese hatten ihre Lage hingenommen, als wäre alles nur ein Spiel, was ihn damals einigermaßen überraschte. Im Rest Quurs wurde Wegelagerei mit Versklavung bestraft, doch hier in Jorat nahmen die gefassten Männer und Frauen die Angelegenheit denkbar gelassen. Sie waren Banditen, die sich ihren Lebensunterhalt gewaltsam verdienten, und ihre Gefangennahme schien für sie nur ein weiterer Teil des Spiels – sie hatten verloren, der Graf hatte gewonnen. Gut gespielt.

Ninavis und ihre Bande schienen die Angelegenheit anders zu betrachten.

Die Stille, die die Banditen und den Grafen umgab, war schwer und undurchdringlich. Janel blickte sich ständig mit zusammengekniffenen Augen um, als erwartete sie jeden Moment einen Hinterhalt. Mit jedem Schritt in Richtung ihres Ziels wurde die Anspannung in der Gruppe größer.

Als sie die Bäume verließen, kam das Schloss von Mereina in Sicht. Im ersten Moment erkannte Qaun es nicht einmal. Er merkte erst, dass es sich bei dem Bauwerk nicht um einen Wachturm oder ein Lagerhaus handelte, als die Soldaten abbogen und direkt darauf zuhielten.

Der Gerechtigkeit halber muss hinzugefügt werden, dass man es kaum als Schloss bezeichnen konnte.

Das plumpe, rechteckige Gebäude stammte aus grauer Vorzeit, als das umliegende Land noch nicht zum quurischen Reich gehörte. Ursprünglich eine Grenzfeste, hatte man es schließlich zum Regierungssitz umfunktioniert. Es als Schloss zu bezeichnen, war in etwa so, als würde man die sanften Hügel in Qauns Heimat Eamithon mit den Drachenspitzen vergleichen.

Die »Stadt« unterhalb des Schlosshügels sah anders aus als die aus Tonziegeln, Holz und Stein erbauten Ansiedlungen in Westquur. Anstatt von Häusern war das Tal von Lauben mit kleinen Gärten gesäumt. Überall wehten Flaggen und Banner. Bei starkem Wind, ja selbst bei schwachem, wurde Barsine zu einem Meer aus flatternden Stoffbahnen. Sie waren hübsch anzusehen, boten aber keinerlei Schutz vor den Stürmen, für die Jorat berüchtigt war.

Pferde und Elefanten liefen durch die Straßen. Rothunde – eine Hunderasse, die Füchsen zum Verwechseln ähnlich sah – streiften durch die Gärten und Straßen.

Die einzigen Bauten, die Häusern zumindest ähnelten, befanden sich oben am Fuß des Schlosses: Hunderte joratische Zelte, Azhock genannt. Sie bestanden aus Stoffbahnen und Tierhäuten, die über einen Holzrahmen gespannt waren, und sie waren groß genug als Wohnstatt für Menschen und Pferde zugleich. In diesen vorübergehenden Unterkünften wohnten die Turnierbesucher: Kaufleute, Händler, Bauern und nicht zuletzt die Teilnehmer.

Die gefangen genommenen Banditen gingen vor Bruder Qaun und Dorna her, Ninavis ritt ein Stück abseits auf Arasgon. Graf Janel war ebenfalls nicht weit. Sie weigerte sich, mit Hauptmann

Dedreugh oder seinen Soldaten zu reiten, hatte aber nichts dagegen, dass sie den Hirschkadaver transportierten, den sie dem Baron als Gastgeschenk überreichen wollte. Bruder Qaun hegte den Verdacht, dass Janel die Gefangenen bewachte, damit niemand sie belästigte. Er wusste, wie unbedarft er in diesen Dingen war, aber selbst ihm war nicht entgangen, wie die männlichen Soldaten die Banditinnen beäugten.

In Jorat gab es ein Wort dafür: *Thorra*. In der wörtlichen Übersetzung bedeutet es »Hengst, den man nicht mit anderen Pferden allein lassen kann.«

Es ist nicht als Kompliment gemeint.

Auf dem Weg zum Schloss kamen sie am Festplatz vorbei. Mehrere Bewohner des ansonsten vollkommen ruhigen Lagers streckten den Kopf unter der Zeltklappe hervor und verschwanden dann wieder.

Ein Mädchen mit silbern gesprenkelter schwarzer Haut und krausem Haar rannte von Zelt zu Zelt und verbreitete die Nachricht von ihrer Ankunft. Sekunden später trat ein großer Mann mit ebenso fleckiger Haut aus einem Azhock und wischte sich die Hände an einem Tuch ab, während er die Gruppe beobachtete. Seiner Schürze und dem muskulösen Körperbau nach zu urteilen war er Schmied. Sie spürten seinen stummen Zorn noch, als sie längst vorbeigeritten waren.

Der Hass des Schmieds war nicht gegen Bruder Qaun, Dorna, Janel oder die Banditen gerichtet, sondern gegen die Soldaten. Ein junger Mann in Fellkleidung, der gerade seinem Jagdadler die Lederhaube wieder aufsetzen wollte, hielt mitten in der Bewegung inne. Er schien drauf und dran, seinen Vogel auf die Soldaten zu hetzen, doch ein anderer Jäger legte ihm eine Hand auf den Arm und hielt ihn zurück.

Barsines Bewohner erkannten die Banditen als das, was sie waren, hegten aber keinen Groll gegen sie. *Sie* waren nicht der Feind, sondern die Soldaten. Die ganze Stadt beobachtete sie, als wären sie ein Rudel Löwen, das in ihre Gärten einbrach. Thorras, milde ausgedrückt.

Bruder Qaun wurde kalt. Wenn er an Jorat dachte, dachte er normalerweise nicht an Rebellion.* In der joratischen Gesellschaft kannte und akzeptierte jedes Mitglied seinen Platz. Dieser Hass auf die Soldaten stach so sehr ins Auge wie eine Gewitterwolke an einem strahlend blauen Himmel.

Während sie weiter auf das Schloss zuhielten, drehte sich Kalazan zu seinen Gefährten um und ging rückwärts weiter. »Es ist mir eine Ehre. Ihr seid die Besten. Lasst euch von niemandem etwas anderes einreden.«

Der Größte der Bande (Dango, glaubte Bruder Qaun) schnaubte. »Ach, Kalazan, spar dir die Worte. Wir sind nicht mal verheiratet.«

Kalazan lächelte ihn traurig an. »In meinem nächsten Leben vielleicht. Ich glaube, heute Nacht teile ich das Bett erst mal mit der Bleichen Herrin, nicht mit dir.« Sein Blick wanderte weiter zu Gan, der jungen Frau mit dem Laevos, und sein Lächeln wurde noch trauriger.

Dorna wandte sich an Janel, die die Szene mit undurchdringlicher Miene beobachtete. Ein unbehaglicher Ausdruck huschte über ihr Gesicht. »Könnten wir nicht …?«

»Geht weiter, verflucht«, bellte Hauptmann Dedreugh.

»Für Grabreden ist es noch zu früh, Kalazan«, warf Ninavis ein. »Wir sind hier noch nicht fertig.«

»Aber bald«, blaffte Dedreugh. »Und jetzt bewegt euch, sonst bekommt ihr mein Schwert zu spüren.«

»Gehen wir weiter«, schlug der Graf vor.

Das taten sie.

---

* Weil niemand gerne daran denkt, dass die Jorater ungeliebte Herrscher stets absetzen, wenn sie nicht von selbst zurücktreten. Rebellion liegt ihnen im Blut. Vergesst nicht: Sie sind die einzigen Untertanen Quurs, die ihren eigenen Gottkönig gestürzt haben.

Bruder Qaun hatte sich das Schloss von Mereina behaglich vorgestellt, immerhin residierte der hiesige Baron hier. Jetzt bemerkte er seinen Irrtum. Die Mauern waren einst zum Schutz errichtet worden – auch wenn sie jetzt, zu Zeiten moderner Belagerungszauber, nutzlos waren –, nicht um für Behaglichkeit zu sorgen. Das Bauwerk wirkte muffig, kalt und eng. Während der regnerischen Sommer war es vermutlich muffig, heiß und eng, und somit zu keiner Jahreszeit ein angenehmer Ort zum Leben. Die Azhock-Zelte draußen schienen Qaun als Wohnstatt weit geeigneter.

Er sehnte sich nach einem Wärmezauber von einem der Roten Männer des Hauses D'Talus, doch so misstrauisch wie die Einheimischen gegenüber Magie waren, glaubte er kaum, dass er hier einen finden würde.

Das Schloss mochte nicht behaglich wirken, verfügte aber über hübsche Konsolen aus Zypressen- und Tungholz mit Pferdemotiven darauf, die bröckeligen Mauern waren hinter verblassten Bannern versteckt. Auf den Schirmen der Leuchter prangten Sonnenmuster, die farbige Schatten auf den gefliesten Boden warfen. Das Schloss hatte seine militärische Vergangenheit allerdings nicht allzu weit hinter sich gelassen, denn eine große Zahl bewaffneter Männer und Frauen lagerte im Innenhof, während ihre Pferde in einem matschigen Pferch umherliefen.

Der Tross mit den Gefangenen machte am Tor halt, und Dedreugh schickte einen Boten zum Baron.

»Alles Vorbereitungen für das Turnier«, erklärte er Janel. Er schien sich vorgenommen zu haben, den Grafen zu beeindrucken, denn auf dem Weg nach Mereina hatte sich sein Benehmen von streitlustig zu kriecherisch gewandelt.

»Verstehe«, erwiderte sie.

Dedreugh grinste, ein Strahlen trat in seine Augen. »Ich werde daran teilnehmen.«

Sie schaute ihn von der Seite an. »Wie schön für dich.«

»Und ich werde gewinnen«, fügte er hinzu.

Die Art, wie Graf Janel ihren Kiefer bewegte, legte nahe, dass sie mit den Zähnen knirschte. Bruder Qaun achtete sorgsam auf Anzeichen eines bevorstehenden Wutausbruchs. Nicht dass er sie zurückhalten konnte. Er wollte lediglich wissen, ob er sich gleich in Sicherheit bringen musste.

Dedreugh beugte sich ganz nahe an den Grafen heran. »Ich gewinne immer.«

Diesmal schaute sie ihm in die Augen. »Sieht der Baron darin nicht einen gewissen Interessenskonflikt? Wer ist in der Zwischenzeit für die Gefangenen verantwortlich?«

Der Hauptmann richtete sich wieder auf und wollte gerade etwas zu seiner Verteidigung vorbringen, da flog die Eingangstür des Schlosses auf.

Der Baron von Barsine trat auf den Innenhof.

Er hatte sich mächtig herausgeputzt, weit mehr als der Graf es jemals tun würde. Mit seiner golden schimmernden Haut und dem fein geschnittenen Gesicht sah er trotzdem ganz anders aus, als der Priester ihn sich vorgestellt hatte. Außerdem war er jung.

Genauso jung wie der Graf.

»Tamin.« Janel lachte und breitete erfreut die Arme aus, während der Baron sie auf die traditionelle Art begrüßte: Stirn an Stirn, eine Hand auf den Nacken des Gegenübers gelegt. Janel hielt ihn so vorsichtig wie teures Porzellan. Ihre Berührung war so sanft, dass man sie leicht mit Schüchternheit verwechseln konnte. »Ich bringe ein Geschenk für dein Feuer und guten Willen für deine Herde.«

»Und ich heiße dich als Gast auf meinen Feldern willkommen«, erwiderte er, wie es der Brauch war. »Mein Beileid wegen deines Großvaters«, sagte Tamin, nachdem sie wieder voneinander abgelassen hatten. Als er Janels überraschten Blick sah, fügte er hinzu: »Der Diener sagte, der Graf von Tolamer sei hier, und da dein Großvater nicht bei dir ist …«

»Er ist im Schlaf verschieden«, erwiderte Janel. »Das Herz.« Sie machte einen Schritt zurück. »Und du ... Wo ist *dein* Vater? Ich dachte, ich würde ihm hier begegnen ...« Sie überlegte, stutzte offenbar und hielt schließlich inne.

»Er ist nicht im Schlaf gestorben«, sagte Tamin. »Aber gestorben ist er – von niederträchtigen Verschwörern ermordet. Der Burgvogt gehörte auch zu ihnen. Wie ich höre, habe ich dir dafür zu danken, dass du mir die letzten noch verbliebenen Attentäter auslieferst.« Der Baron blickte über Janels Schulter in Richtung der Banditen.

Eigentlich hätte Bruder Qaun nicht überrascht sein sollen von dem, was als Nächstes geschah. Der Baron von Barsine ging am Grafen vorbei zu den Gefangenen, blieb vor Kalazan stehen und ohrfeigte ihn.

Kalazan grinste. »Ich bin ebenso erfreut, Euch wiederzusehen, Baron.« In einem unglaublichen Affront ließ Kalazan die übliche Respektsbekundung einfach weg und sagte lediglich Baron, statt *mein* Baron.

Bruder Qaun mochte Karo, die altjoratische Hofsprache, nicht fließend beherrschen, dennoch verstand er: Durch Weglassen eines einzigen Wortes verneinte Kalazan Tamins Herrschaftsanspruch, erklärte ihn gar des Herrschens für unwürdig. Das allein war eine tödliche Beleidigung. Zusätzlich kamen die Worte aus dem Mund eines angeklagten Verschwörers und Mörders.

»Soll ich dich jetzt in den Kerker werfen lassen, damit deine Freunde dich wieder befreien können?«, fragte Tamin. Ohne auf eine Antwort zu warten, winkte er Dedreugh heran und sagte: »Töte ihn.«

»Nein!«, schrie Gan und stürzte vor. Es geschah so schnell und unerwartet, dass die Soldaten zu spät reagierten. Das Seil, mit dem die Banditen an den Handgelenken aneinandergefesselt waren, spannte sich. Vidan, der der Nächste in der Reihe war, verlor das Gleichgewicht und riss seinen Nachbarn Jem von den Beinen. Direkt neben Jem stand Kalazan, das Seil spannte sich noch weiter ...

Und löste sich von Kalazans Handgelenken.

Die Soldaten mochten nicht damit gerechnet haben, Kalazan schon. Er griff nach dem Schwert am Gürtel seines Bewachers, riss es aus der Scheide und schlitzte ihm im Herausziehen die Seite auf. Der Soldat, der gleich neben den beiden stand, wollte eingreifen, da trat ihm Ninavis von Arasgons Rücken aus gegen das Kinn. Arasgon stieg, Ninavis rutschte ab und fiel mit einem Schmerzensschrei auf ihr gebrochenes Bein.

Unterdessen packte Kalazan Graf Janel und hielt ihr sein Schwert an die Kehle.

»Halt!«, rief Tamin. »Haltet ein, alle!«

Stille senkte sich über den Schlosshof. Alle Augen waren auf Kalazans Geisel gerichtet.

Bruder Qaun hörte, wie Kalazan Janel zuflüsterte: »Verzeiht, mein Graf.«

Diesmal benutzte der Bandit die korrekte Anrede. *Mein* Graf. Mein *Gebieter.*

»Lass sie los«, befahl Baron Tamin.

Kalazan lächelte nur, drückte das Schwert noch fester gegen Janels Kehle und bewegte sich rückwärts auf das offen stehende Tor zu.

Janel sagte nichts. Ihr Kiefer war zusammengepresst, die Hände hatte sie zu Fäusten geballt. Bruder Qaun erkannte die Vorzeichen – aber Kalazan anscheinend nicht, dabei hatte er den Kampf zwischen Ninavis und Janel mit eigenen Augen bezeugt. Wusste er nicht, was passieren würde, wenn sie sich wehrte?

»Lass sie los«, wiederholte Tamin.

»Noch nicht«, sagte Kalazan. »Ich weiß, es ist unhöflich, aber Eure Begrüßung war so kaltherzig, dass mir kaum etwas anderes übrig bleibt, als Eure Gastfreundschaft abzulehnen.« Er bewegte sich weiter Richtung Tor.

»Wie du meinst«, erwiderte Tamin.

Kalazan grinste.

»Schießt durch sie hindurch«, befahl er seinen Soldaten.

Alle schauten ihn ungläubig an.

Alle außer Dedreugh und seinen Soldaten, die den Befehl befolgten.

Im nächsten Moment geschah vieles.

Kalazan stieß Janel von sich weg. Arasgon stellte sich schützend vor sie. Armbrustsehnen schwirrten, ein Bolzen schlug gegen Arasgons Sattel, der andere verfehlte ihn um Fingerbreite. Die restlichen Armbrustschützen versuchten es erst gar nicht mehr, denn Arasgon stand vor Janel wie eine Mauer.

Kalazan rannte.

Er ließ das Tor links liegen und verschwand genau in dem Moment, als die Schützen auf ihn anlegten, durch eine Seitentür.

»Ihm nach!«, brüllte Dedreugh. »Ihm nach!«

Die Soldaten gehorchten augenblicklich, nur ein paar blieben zurück und behielten die Gefangenen im Auge.

Dedreugh schritt auf den Mann zu, der sein Schwert an Kalazan eingebüßt hatte. Er packte ihn am Kragen, hob ihn vom Boden und schüttelte ihn. »Narr! Bring diesen Abschaum in den Kerker. Und wenn diesmal wieder etwas schiefgeht, dann schwöre ich, wird dich das gleiche Schicksal ereilen wie sie!«

Bruder Qaun lief zu Ninavis. Sie war bewusstlos, was ihn nicht überraschte. Der Schmerz, als sie auf ihr gebrochenes Bein gefallen war, musste entsetzlich gewesen sein.

Aber sie war am Leben.

Während Bruder Qaun sich um Ninavis kümmerte, hörte er, wie eine kurze Diskussion entbrannte.

»Was ist mit der hier?«, fragte einer der Soldaten.

»Sie ist eine Saelen«, antwortete der Baron. »Wenn sie sich mit Diebespack abgeben will, soll sie das tun. Sperrt ›Lady‹ Ganar zusammen mit den anderen ein.«

Saelen. Bruder Qaun dachte an seinen Karo-Unterricht. *Verloren oder auf Abwege geraten.* Eine schlimme Beleidigung nach joratischen Maßstäben, beinahe so schlimm wie Thorra, nur dass man den Beschimpften zusätzlich als kleines Kind hinstellte, das nicht wusste, was gut für es war.* Bruder Qauns Herz machte einen Satz, denn einen Moment lang hatte er geglaubt, es ginge um den Grafen. Nein. Tamin hatte von Gan gesprochen, der Müllerstochter, die weiter an ihren Fesseln zerrte und mit knirschenden Zähnen versuchte, den Baron zu packen zu bekommen. Hätte das Seil sie nicht zurückgehalten, wäre sein Gesicht jetzt bestimmt nicht mehr so hübsch.

Tamin wandte sich an den Grafen. »Bitte entschuldige den unangenehmen Zwischenfall.«

Janel hob eine Augenbraue. »Du hast deinen Soldaten befohlen, durch mich hindurchzuschießen.«

»Meine Männer sind die besten Schützen in ganz Jorat«, beschwichtigte er. »Du warst nicht eine Sekunde lang in Gefahr.« Er deutete auf den Eingang zum Schloss. »Wollen wir? Ich lasse dein Gastgeschenk in die Küche bringen, wo es für die Abendmahlzeit zubereitet wird.«

Zwei Soldaten kamen heran und hoben Ninavis vom Boden auf.

»Seid vorsichtig, sie hat ein gebrochenes Bein«, warnte Bruder Qaun. »Ich komme mit und werde mich um sie kümmern.«

Die beiden schenkten dem Priester keinerlei Beachtung.

»Was passiert eigentlich mit den anderen Saelen?«, fragte Janel betont beiläufig, als erkundigte sie sich nur danach, weil es sich eben so gehörte. Als sie Bruder Qauns fragenden Blick sah, winkte sie ab, als wollte sie ihm sagen: *Lass, ich kümmere mich darum.*

---

* Ich verabscheue diese Sichtweise. Damit, dass jemand angeblich nicht weiß, »was gut für ihn ist«, lässt sich jeder nur erdenkliche Unfug rechtfertigen.

»Ach, das Übliche. Sie bekommen ihre Belohnung nach dem Turnier«, antwortete Tamin. »Kalazans Schicksal ist jetzt schon besiegelt. Wir werden ihn bald wieder eingefangen haben.«

Ein Schrei zerriss die Luft.

Bruder Qaun hielt ihn für das Zeichen, dass genau das in diesem Moment passiert war, da hörte er Gan laut loslachen, und der immer noch gefesselte Dango grinste.

»Das war Kalazan«, kommentierte Janel. »Kennt er sich im Schloss aus?«

Die Miene des Barons verfinsterte sich. »Er ist der Sohn des Vogts.«

»Ah.«

Der Baron winkte Dedreugh heran. »Finde und töte ihn. Ich möchte nicht, dass er den nächsten Sonnenaufgang erlebt, verstanden? Und dann bringe in Erfahrung, welcher Trottel Kalazan gefesselt hat, und lasse ihn auspeitschen.«

Bruder Qaun hielt den Blick starr auf den Boden gerichtet, um niemanden zu verraten. Erst nachdem Hauptmann Dedreugh sich mit einer Handvoll Männer auf die Suche nach dem Flüchtigen gemacht hatte, gestattete er sich wieder aufzublicken und starrte die Person an, die Kalazan gefesselt hatte.

Stute Dorna summte lächelnd ein kleines Liedchen vor sich hin.

Bruder Qaun folgte den Soldaten, die die Gefangenen ins Schloss brachten, und blieb stehen, als ein großgewachsener Kerl mit grauer Haut und schwarzen Flecken um die Augen sich zu ihm umdrehte.

»Was tust du hier?«, fuhr der Soldat ihn an.

Bruder Qaun deutete auf die Gefesselten. »Ich muss sie behandeln.«

»Sie müssen nicht behandelt werden«, knurrte sein Gegenüber.

Bruder Qaun schüttelte lächelnd den Kopf. »Der Graf hat mir den ausdrücklichen Befehl erteilt, mich um ihr Wohlergehen zu kümmern.«

Und es euch schwer zu machen. Bruder Qaun hatte die Blicke gesehen, die Dedreughs Männer auf dem Weg hierher immer wieder ausgetauscht hatten. Sobald sie die Gefangenen für sich allein hätten, wären diese ein leichtes Opfer für jede nur erdenkliche Misshandlung.

Dass das gegen joratische Sitte verstieß, änderte nichts daran.

»Dann sieh morgen nach ihnen«, brummte der Soldat.

»Und was ist mit der Blutkrankheit?«, fragte Bruder Qaun.

Alle – Gefangene genauso wie Bewacher – blieben stehen.

»Was hast du gesagt?«, fragte einer der Männer.

»Die Falesinische Blutkrankheit«, wiederholte Bruder Qaun. »Sie ist nicht sonderlich ansteckend. Infizierte müssen nicht unter Quarantäne gestellt werden oder dergleichen, aber durch Blut und andere Flüssigkeiten kann sie übertragen werden.« Er räusperte sich. »Durch Hautkontakt, meine ich. Diese Banditen zeigen eindeutige Symptome. Eigentlich hatte ich vor, sie gleich nach unserer Ankunft zu behandeln, aber dann kam es zu diesem Zwischenfall ...«

Der Soldat blinzelte ihn an, dann brach er in schallendes Gelächter aus. »Was redest du für einen Unsinn? Diese Leute sind nicht krank.« Er winkte abfällig in Richtung der Gefangenen.

Bruder Qaun deutete mit dem Zeigefinger auf Dango.

Der Hüne stand mit auf dem Rücken gefesselten Händen da und schaute ihn stirnrunzelnd an. Wenigstens hatte keiner der Banditen seiner Geschichte widersprochen, was Bruder Qauns größte Sorge gewesen war.

Hellrotes Blut tropfte aus Dangos Nase.

Dango musste gar nicht so tun, als geriete er in Panik, denn seine Panik war echt. Bruder Qaun hoffte nur, dass der Bandit klug genug war, sich nicht davon überwältigen zu lassen.

Der Hüne rümpfte die Nase, als müsste er ein Niesen unterdrücken. »Es fängt wieder an, Priester.«

»Ja«, sagte Bruder Qaun. »Aber zum Glück blutest du noch nicht aus den Augen.«

Die Soldaten machten einen Schritt zurück.

Bruder Qaun breitete die Hände aus. »Keine Sorge. Solange ihr sie nicht anfasst, seid ihr nicht in Gefahr.«

Einer der Männer zog sein Schwert.

»Was zum Teufel soll das?«, bellte der Anführer.

»Sie sind krank …«

»Halt den Mund und bring sie nach unten. Zieh deine Handschuhe an, wenn es sein muss. Der Hauptmann will sie lebend, verstanden? Tot nützen sie uns nichts.« Er wandte sich wieder an den Priester. »Sie werden doch nicht daran sterben, oder?«

»Aber nein. Die Krankheit ist heilbar.« Er schüttelte seinen Beutel. »Ich muss nur einen Kräuteraufguss zubereiten. In ein paar Tagen sind sie wieder gesund.«

»Das müssen sie gar nicht sein. Solange sie sich morgen auf den Beinen halten können, genügt das vollkommen.« Er bedeutete seinen Männern, die Gefangenen nach unten zu bringen. Bruder Qaun ging davon aus, dass die Treppe ins Verlies führte. Die Soldaten warfen den Gefangenen nun immerhin keine hungrigen Blicke mehr zu; die meisten kehrten zurück auf den Innenhof.

Diesmal regte niemand sich mehr auf, weil Bruder Qaun den Gefangenen ins Verlies folgte. Der Gerechtigkeit halber sei vermerkt, dass es sich eher um eine Art Weinkeller handelte, einen dunklen, kühlen Ort, an dem der Küchenmeister die besten Flaschen seines Herrn aufbewahrte. Falls dies einmal die Funktion des Kellers gewesen sein sollte, waren die Weine bereits getrunken, nur ein paar Kistenstapel deuteten an, dass das Gewölbe immer noch als Lager genutzt wurde.

Bruder Qaun konnte sich nicht vorstellen, längere Zeit hier unten zu verbringen. Für Menschen waren diese Räume definitiv nicht geeignet. Er war nicht sicher, ob er das als gutes Zeichen nehmen sollte oder als schlechtes.

Die Soldaten schnitten die Gefangenen los und ersetzten ihre Fesseln durch Ketten, die mit Eisenringen an der Wand befestigt waren. In der Ecke sah Bruder Qaun eine Brunnenpumpe sowie einen Eimer, den er mit Wasser füllte, während dem Großteil der Soldaten wieder einfiel, dass sie eigentlich nach Kalazan suchen mussten. Dann machte er sich daran, die Kräuter auf eine Weise in das Wasser zu geben, die Leute, die nichts von Medizin verstanden, für einen Aufguss halten würden.*

Einer der Soldaten setzte sich auf einen Stuhl neben der Tür, die von außen verriegelt wurde. Ein paar seiner Kollegen bezogen im Vorraum Stellung.

Bruder Qaun ging mit seinem Eimer zu den Gefangenen und gab ihnen zu trinken.

»Wie hast du das gemacht?«, flüsterte Dango und rieb sich die Nase.

Bruder Qaun wischte ihm das Blut vom Gesicht. »Zunftgeheimnis. Wir sollten an diesem Ort nicht darüber reden.«

Dango nickte. »Danke. Einer von denen hätte bestimmt etwas versucht, und dann wären Köpfe gerollt.«

Bruder Qaun hielt inne und überlegte. Er glaubte nicht, dass Dangos Worte im übertragenen Sinn gemeint waren – Joratinnen waren nicht ohne Grund berüchtigt. »Der Graf wird dafür sorgen, dass nichts dergleichen geschieht«, erwiderte er.

Er ging weiter, gab dem Nächsten zu trinken und tat so, als würde er eine Krankheit behandeln, die niemand hatte. Kay Hará wirkte so verängstigt, als hätte sie die Geschichte mit der Blutkrankheit tatsächlich geglaubt oder als wäre sie ursprünglich Schauspielerin gewesen. Jem Nakijan schaute den Priester nicht einmal an. Vidan bat ihn, statt seiner Gan zu behandeln, und re-

---

* Also praktisch alle Jorater.

agierte äußerst verärgert, als Qaun sich nicht abwimmeln ließ. Gerber sagte nichts, aber sein Blick wurde etwas weniger mörderisch, als Qaun ihm Wasser gab. Die Soldaten hatten Gerber zwar durchsucht, aber nicht gründlich genug, wie Qaun vermutete. Es mochte nur seine Einbildung sein, aber dieser Gerber kam ihm vor wie jemand, der immer irgendwo ein Messer bei sich trug.

Ninavis behandelte Bruder Qaun am längsten. Bei ihrem Sturz von Arasgons Rücken hatte sie das Bewusstsein verloren, was ihm endlich die Gelegenheit gab, ihren Bruch wieder zu richten. Er hätte gerne mehr getan, doch er spürte, dass der Soldat ihn von seinem Stuhl aus genau beobachtete, und wollte nicht riskieren, beim Zaubern erwischt zu werden. Das gebrochene Bein hatten ohnehin alle gesehen – Qaun hätte der Anführerin keinen Gefallen getan, wenn es am Morgen wieder heil gewesen wäre.

Nachdem der Priester alle behandelt hatte, ging er, um mit Graf Janel die Lage zu besprechen.

4

DAS BESESSENE KIND

Jorat, Quurisches Reich.
Zwei Tage nach Gadrith D'Lorus' Thronbesteigung

»Falesinische Blutkrankheit? Die gibt es wirklich?« Janel schaute Bruder Qaun an.

In ihrem Rücken organisierten die anderen Wirtshausgäste ein Spiel, bei dem es darum ging, geformte Steine auf eine schräg stehende Tontafel zu werfen. Jemand nahm gerade die Wetten an.

Der Priester hielt sich die Hand vor den Mund und hustete. »Aber ja. Sie ist ein hämorrhagisches Fieber, das durch getrockneten Wüstenmaus-Urin übertragen wird. Ein weiterer Grund, warum Katzen in Khorvesch so beliebt sind.« Dann fügte er hinzu: »In Jorat ist die Krankheit nie ausgebrochen. Falsches Klima.«

»Sehr schlau«, kommentierte Kihrin. »Andererseits überrascht es mich nicht, wenn ich bedenke …«

Die anderen beiden blickten auf.

»Wenn Ihr was bedenkt?«, fragte Bruder Qaun.

Kihrin machte eine Geste in Richtung von Qauns Robe. »Du bist ein Priester der Mysterien. Ich kannte mal einen ihrer Anhänger. Ihr seid ein gerissener Haufen.«

»Ich muss doch sehr bitten«, widersprach Bruder Qaun. »Ich bin nicht gerissen, sondern im Gegenteil sehr darauf bedacht, anderen zu körperlicher und geistiger Harmonie zu verhelfen.«

»Ein bisschen gerissen vielleicht schon«, warf Janel grinsend ein.

»Wurde dein Orden nicht verboten?«, fuhr Kihrin fort.

Bruder Qaun räusperte sich. »Das lag nur an der Politik.* Hat sich mittlerweile erledigt. Und in Eamithon war unser Glaube stets willkommen.« Seine Miene hellte sich auf. »Ihr kennt also jemanden, der unserem Weg folgt? Wie wunderbar! Es gibt nicht viele von uns.«

»Ja, tue ich. Er hat meine Diebesbeute unter die Leute gebracht.«

»Wie bitte?« Bruder Qauns Augen wurden groß.

Kihrin kicherte nur, und Janel schaute ihn fragend an. »Du bist nicht in einem Palast großgeworden, oder?«

»Aber du«, erwiderte Kihrin. »Ganz offensichtlich.«

»Es war kein Palast«, widersprach Janel. »Sondern ein Schloss.«

»Oh, Verzeihung. Das ist natürlich etwas *ganz* anderes. Aber im Moment benutzt du deinen Adelstitel gar nicht«, sagte Kihrin. »Warum? Und warum nennst du dich *Graf* anstatt *Gräfin*?«

»Wird Gräfin in Quur nicht als Bezeichnung für die Ehefrau eines männlichen Herrschers verwendet?« Sie zuckte die Achseln. »Falls ja, trifft sie auf mich nicht zu.«

»Auch eine weibliche Herrscherin wird so genannt«, entgegnete Kihrin.

»Was für eine eigenartige Unterscheidung. Uns ist es egal, ob ein Herrscher männlich oder weiblich ist, solange er oder sie ein Hengst ist.«

Ein großer Mann mit grauer, schwarz gesprenkelter Haut schien

---

* Nein. Es lag an einem der Kernsätze dieser Religion: He, wusstet ihr, dass Götter nichts anderes sind als Zauberer, die verdammt gut zaubern können? Vielleicht solltet ihr sie gar nicht anbeten.
Ehrlich gesagt bin ich überrascht, dass der Vishai-Glaube nicht überall verboten wurde.

das Steinwurfspiel gewonnen zu haben. Er brüllte und stolzierte mit in die Luft gereckten Fäusten durch den Raum. Jubel, Applaus und ein paar Buhrufe begleiteten ihn, dann wurde es wieder still.

»Wusstet Ihr, dass es auf Karo, der Landessprache von Jorat, eigentlich gar keine Unterscheidung zwischen den Geschlechtern gibt?«, fragte Bruder Qaun. »Sondern nur zwischen den Positionen von Macht und Verpflichtung. Dennoch werden im Alltag mindestens drei Geschlechter verwendet. Nun ja, genau genommen zwei und ein neutrales, drittes, dennoch …«

Kihrin schaute ihn mit großen Augen an, und Janel schob ihre Reisschale beiseite. »Ich übernehme besser wieder, sonst wird das hier noch ein Vortrag über joratische Gesellschaftsstrukturen. Wäre nicht das erste Mal.«

»Ja, richtig«, bestätigte Kihrin. »Wahrscheinlich ist es besser so.«

Janel nickte und sagte nichts.

Gerade als Kihrin schon glaubte, sie hätte es sich anders überlegt, begann sie zu sprechen.

Janels Schilderung. Schloss von Mereina,
Provinz Barsine, Jorat, Quur.

Egal, wer wir sind und woher wir kommen, ob Dieb oder Adliger, Priester oder Hexe, wir möchten immer der Held unserer Geschichte sein.

Nein, das stimmt nicht.

Wir wollen es nicht.

Wir *müssen*.

Jeder hält sich für einen Helden. Niemand sieht sich selbst als einen Narren oder Schurken. Und falls doch, denkt er sich eben etwas aus, was sein Tun rechtfertigt. Wir alle sehen die Welt so. Wir alle sehen in jeder unserer Handlungen den Höhepunkt einer epischen Erzählung, in deren Zentrum wir stehen. Ist das Arroganz, oder liegt es an einer mangelnden Fähigkeit, das Universum mit anderen Augen als unseren eigenen zu sehen? Wenn unsere eigene Wahrnehmung die einzige uns zugängliche ist, dann ist sie doch wohl auch die einzige, die zählt. Oder nicht?

Das Ergebnis bleibt dasselbe. Wir beugen die Regeln, brechen und ignorieren sie. Wir stellen unsere Bedürfnisse über die der anderen. Genau das ist es, was ein Held tut, oder? Steht es uns nicht zu, uns ein Sonderrecht herauszunehmen? Nur dieses eine Mal? Und beim nächsten Mal wieder?

Diesmal ist eine Ausnahme. Diesmal ist *wichtig*.

Ich spreche natürlich über die Banditen. Nicht über mich.

Sie hielten sich für Helden, und mir wurde beigebracht, diese Lande zu beschützen. Musste das diese Leute in meinen Augen nicht automatisch zu Verbrechern machen? Wildfremden auf der Straße ihr Geld abzunehmen, ist nicht gerade heldenhaft.

Trotzdem ...

Kalazans Worte nagten an mir wie ein schwelender Fluch, der nur darauf wartete, in Erfüllung zu gehen.

Sie warteten auf das besessene Kind, hatte Kalazan gesagt.

Der verfluchte Kerl.

Und es kam noch schlimmer. Die fragwürdige Qualität von Tamins Soldaten konnte ich schlichtweg nicht ignorieren. Sie verstanden die Sprache der Feuerblüter nicht und behandelten mich wie eine Stute, obwohl meine Ausstrahlung eindeutig die eines Hengstes war. Dann noch das freudige Blitzen in Tamins Augen, als er ihnen befahl, einfach durch mich hindurch zu schießen.

Sein Vorhaben, Kalazan hinzurichten, war der gewichtigste aller Punkte, die gegen ihn sprachen. Man beschützte die Herde nicht, indem man die Saelen tötete. Und wenn Kalazan sich mit seinem Vater und noch einigen anderen gegen den vorigen Baron verschworen hatte, dann nur, um einen unwürdigen Herrscher abzusetzen. Allerdings erfolglos.

Ich konnte mir den alten Baron nicht als so ehrlos vorstellen, dass er nicht freiwillig zurückgetreten wäre, bevor die Situation eskalierte.

Eine stille Anspannung lag über dem Abendmahl. Ich hätte erwartet, dass jede Menge Freunde und Gäste anwesend sein würden, stattdessen war der Saal beinahe leer. Ich war die Einzige, die ihr eigenes Fleisch mitgebracht hatte (was angesichts meines Idorrá nur angemessen war). Der Baron steuerte zwar selbst einiges bei, was sich jedoch als unnötig herausstellte: Der Großteil des mit den verschiedenen für die Turnierfeierlichkeiten vorgeschriebenen Tamare-Garmethoden zubereiteten Fleisches blieb liegen.

Ich wusste, warum.

Die Soldaten hatten Kalazan immer noch nicht gefunden. Zu mir war Tamin sehr freundlich; immerhin war ich eine alte Freundin und außerdem von höherem Rang als er. Doch seine üble Laune hielt die meisten anderen Gäste fern.

Einer der Soldaten schwor, er habe Kalazan mit einem Armbrustschuss in den Rücken getroffen. Sie hatten sogar eine Blutspur gefunden, aber keine Leiche. Kein eindeutiger Beweis also, dass der »Verräter« ins Nachleben weitergezogen war, um dort von Thaena gerichtet zu werden.

Später beobachtete ich die anderen Gäste neidisch, wie sie zu zweit oder dritt von dannen zogen. Ich hatte gerade erst die Volljährigkeit erreicht, als Sir Oreth mit seinen Drohungen und einem Befehlsschreiben an meiner Türschwelle auftauchte, um mich zu vertreiben. Mir war keine Zeit geblieben, meine Volljährigkeit mit entsprechenden Vergnügungen zu feiern.

Der heutige Abend schien allerdings nicht die richtige Gelegenheit, um das Versäumte nachzuholen.

Ich legte mir eine Entschuldigung zurecht für den Fall, dass Tamin, einer seiner Gäste oder – die Götter stehen mir bei – der stinkende Hauptmann Dedreugh mir Avancen machte. »Bedaure, es ist meine rote Woche, aber danke für das Kompliment.« – »Ich bin immer noch in Trauer um meinen Großvater, es würde sich nicht gehören, mich dem Matratzensport zu widmen.«

Oder meine Lieblingsvariante, die ich gegenüber Tamin aber trotz ihres Wahrheitsgehalts nicht anbringen konnte: »Nein, und frag mich nicht noch einmal. Ich mag ja ganz hübsch aussehen, aber ich bin ein Monster allerersten Ranges. Ich würde dich in Stücke reißen – trotz all der schönen Erinnerungen an die Winter, die wir hier als Kinder miteinander verbracht haben.«

In der Rückschau verstehe ich meine Sorge nicht mehr ganz. Ich war diejenige mit dem höchsten gesellschaftlichen Rang in dieser Runde, weshalb alle darauf warteten, dass ich auf *sie* zukam. Eigentlich dürfen Adelstitel und Idorrá-Thudajé-Verhältnisse bei den Bettvergnügungen keine Rolle spielen, doch ich bezweifle, dass irgendjemand sich daran hält.

Es trat also niemand auf mich zu, auch nicht Baron Tamin. Soweit ich wusste, bevorzugte er ohnehin Hengste.

Tamin ließ uns schöne Gemächer bereiten, die mir allerdings weit weniger schön erschienen, als mir die Wahrheit dämmerte: Dies mussten die Räumlichkeiten von Kalazans Vater und dessen Familie gewesen sein, jenes namenlosen Burgvogts, der für seine Rolle bei der Ermordung des alten Barons hingerichtet worden war.

Ich fragte mich unwillkürlich, wie viele Leute als angebliche Verschwörer dasselbe Schicksal ereilt hatte. Das Schloss wirkte leer und vernachlässigt, was darauf hindeutete, dass es hier einst mehr Menschen und Bedienstete gegeben haben musste. Doch darüber stand mir kein Urteil zu, denn das Gleiche galt auch für mein Zuhause.

Der letzte Höllenmarsch hatte in ganz Jorat beträchtliche Opfer gefordert.

»Habe ich womöglich einen Fehler gemacht mit diesen Banditen?«, fragte ich später, als Dorna meine Zöpfe löste und mir das Haar kämmte.

Sie schüttelte den Kopf. »Nicht doch, wir brauchen das Geld.«

»Das meine ich nicht«, entgegnete ich. »Sie haben sich meinem Idorrá unterworfen, und ich habe sie nicht beschützt, als die Soldaten kamen und sie mitnahmen.«

»Ihr seid noch jung«, sagte Dorna – ihre Lieblingsentschuldigung für unverzeihliche Sünden. »Ich wette, Ninavis und ihre Leute glaubten, sie könnten Euch leichter beeinflussen als den Sohn des Mannes, den sie umgebracht hatten. Dass ihre Zukunft bei Euch ein wenig rosiger aussehen würde. Ihr Pech, dass die Soldaten uns gefunden haben, bevor sie mit ihrer Geschichte fertig waren.«

»Aber was, wenn sie recht haben?«, fragte ich weiter. »In Barsine stimmt etwas nicht. Und was Kalazan über das besessene Kind gesagt hat …«

Dorna fasste mich am Kinn, und ich erschrak. »Pferdemist, Fohlen! Jeder, der nur halbwegs zugehört hat, weiß, was im Kanton Lonezh passiert ist …«

Ich stieß ihre Hand weg. »Nein, das stimmt nicht, und das weißt du. Ich bin Janel *Danorak*, die einzige Überlebende. Und ohne Zeugen verblasst die Wahrheit zu Gerüchten, und die Gerüchte werden zum Mythos. Jorat brauchte eine Galionsfigur, also haben sie sich eine ausgedacht.«

»Ich habe mich schon immer gefragt, warum dieser schillernde General nie mit der Wahrheit herausgerückt ist.«*

Ich seufzte. »Er hat allen gesagt, dass Xaltorath den Höllenmarsch angeführt hat. Und das stimmt.« Ich schloss die Augen, senkte für einen Moment den Kopf und atmete tief ein. »Ich glaube, dieses ›besessen‹ ist mir einfach ein Stückchen zu nah an der Wahrheit.«

»Ich sage, es ist Zufall. Purer Zufall. So oder so können wir uns glücklich schätzen, diese Banditen los zu sein. Sie sind ein unangenehmer Haufen, das sage ich Euch.«

---

* Stellst du dir diese Frage wirklich, Dorna? Jetzt mal ehrlich.

Ich schaute weg. Wir waren sie noch lange nicht los, da war ich mir sicher. »Vielleicht hätte ich Oreth *doch* heiraten sollen ...«

Dorna schnaubte. »Ach, das hätte bestimmt ganz wunderbar funktioniert. Ihr seid beide Hengste, und das hat er Euch nie verziehen. Sir Oreth will Euch nicht nur reiten, er will Euch brechen.« Sie stemmte die Hände in die Hüften. »Ich fasse es nicht, dass der Baron Euch nicht gebeten hat, die Nacht mit ihm zu verbringen. Er braucht einen starken Reiter, glaubt mir. Ihr wärt ideal füreinander.«

Mir schoss das Blut in die Wangen. »Es wäre an mir, diesen Vorschlag zu machen, Dorna. Nicht an ihm.«

»Er hätte es trotzdem vorschlagen sollen. Es war unhöflich, es nicht zu tun.«

»Um dann eine Abfuhr zu bekommen? So ist es weit weniger beschämend für ihn.«

Dorna wurde rot – eher vor Zorn als vor Schuldgefühlen. »Ach, Fohlen ... Wenn wir hier fertig sind, findet Ihr in Atrine vielleicht eher jemanden ...«

Ich war nicht in der Stimmung, die Gepflogenheiten in meinem Schlafzimmer zu besprechen. »Genug jetzt.«

»Geht Euch ausruhen, Kind. Wir haben morgen einen langen Tag vor uns.«

Obwohl mir Schlaf und alles, was er mit sich brachte, verhasst war, nickte ich. »Ja. Danke, Dorna.«

Selbstverständlich vermied ich es so lange wie möglich, einzuschlummern. So wie jedes Mal.

Aber am Ende erwartet mich immer die Hölle.

Ich hasse den Schlaf. Ich hasse ihn, auch wenn ich leicht einschlief. Ich habe nie Probleme mit dem Einschlafen und brauche nur die Augen zu schließen, schon bin ich weg.

Was daran liegen mag, dass ich streng genommen nicht schlafe. Unser Universum ist in zwei Welten unterteilt: Leben und Tod.

Meine wachen Stunden verbringe ich unter den Lebenden; mein Schlaf gehört der Göttin Thaena.*

Ich sterbe, müsst ihr wissen.

Nacht für Nacht sterbe ich.

Ich schloss die Augen, und als ich sie wieder öffnete, war ich nicht mehr in Mereina.

Ich stand auf einer Lichtung in einem schattigen Wald, über mir ein sturmroter Himmel. Mein Nachtgewand war nicht mehr da. Stattdessen trug ich eine Plattenrüstung aus dunklem Metall, das alles Licht verschlang. Ich war eine finstere Silhouette, schwärzer noch als die Nacht um mich herum.

Meine Waffe hatte ich bereits gezogen. Es war nicht das Familienschwert der Theranons, auch die Rüstung, die ich trug, war nicht die, die ich von meinem Großvater geerbt hatte und in meinem Reisesack mit mir führte. Im Nachleben hatte ich keinen physischen Körper und daher auch weder eine echte Rüstung noch Waffen. Alles spielte sich in meinem Geist ab, oder besser gesagt: in meiner Seele.

Vor mir lag ein Geisterdorf. Nicht geisterhaft im poetischen Sinne, mit verlassenen und zerfallenen Gebäuden, sondern richtiggehend gespenstisch. Die Luft darum herum schimmerte und flimmerte in phosphoreszierenden Blau- und Violetttönen.

Und es war auch nicht verwaist.

Die Leichen der Bewohner fanden sich gleich neben ihren Hütten. Dorf und Dörfler waren gemeinsam gestorben.

Die ehemaligen Bewohner hingen an Rankgerüste gefesselt oder an ihre Gartenlauben genagelt wie frisch geschlachtetes Vieh. Auf ihre Azhocks waren mit Blut Dämonenrunen gemalt. Ich war nicht sicher, ob die Menschen hier durch das Schwert gestorben waren oder gemeinsam mit ihren Heimen verbrannt, aber tot waren sie, auch wenn sie immer noch schrien. Sie zerrten an ihren

---

* Es wäre wirklich hilfreich gewesen, wenn ich das vorher gewusst hätte!

Fesseln und bettelten darum, losgeschnitten und von ihren Qualen befreit zu werden.

Sie würden nicht mehr lange warten müssen. Denn die Dämonen waren bereits auf dem Weg, um sich an ihnen zu laben.

Zu viele Dämonen.

Ich spürte die erste Welle eher, als dass ich sie hörte, ein vibrierendes Bellen, das mir erwartungsvolle Schauder über den Rücken jagte. Die Höllenhunde kläfften aufgeregt, während sie der Fährte der wehrlosen Opfer folgten. Die meisten dieser Seelen würden sie fressen; mit den restlichen würden sie Schlimmeres anstellen.

Als sie meine Witterung aufnahmen, wurde ihr Heulen sofort lauter.

Das ist mein Fluch: Im Nachleben brenne ich heißer als alles andere um mich herum. Ich glühe von dem Feuer, das ich in mir trage, und Dämonen lieben Hitze. Nur wenige verfügen über die Willenskraft, sich leichtere Beute zu suchen, wenn sie mich erst einmal gewittert haben.

Ich habe mich schon oft gefragt, ob ich vielleicht Ursache und Wirkung verwechsele. War ich so, weil mich die Dämonen, die mich während des Höllenmarschs in Lonezh erwischt hatten, so gemacht hatten? Oder hatten sich jene Dämonen den Kanton Lonezh nur vorgenommen, weil mein Feuer sie anzog?

Genug davon.

Ich will damit nur sagen, dass die Dämonen sich stets auf mich stürzen, wie auf eine Hirschkuh, die es zu erlegen gilt, ein wehrloses Stück Wild, das sie jagen und zerreißen können.

Ich hatte mich damit abgefunden.

Ich war der Köder und gleichzeitig die Falle.

Lächelnd wirbelte ich herum und rammte dem ersten Höllenhund mein Schwert in den Schädel. Schwarzer Glibber sprühte über den Boden, als ich ihn spaltete. Der zweite Hund sprang hoch und schlug die Zähne in meine Rüstung. Lachend drosch ich ihn zu Boden, wobei ich das süße Geräusch von splitternden Knochen hörte.

Weitere Hunde folgten. Und starben.

Diese Dämonen waren noch jung, ganz frisch infiziert. Sie waren die schwächsten und unerfahrensten hier und mussten sich erst noch an die Qualen ihrer neuen Existenz gewöhnen. Bis sie sich bewiesen hatten, waren sie dazu verdammt, in unwürdigen Körpern zu existieren. Die Hunde starben schnell.

Als Nächstes kamen die Reiter.

Sie waren älter und erfahrener und warfen sich nicht blindlings in den Tod wie die Höllenhunde. Sie hatten eigene Persönlichkeiten entwickelt und ein Gefühl dafür, wie sie aussehen wollten – nichts Originelles, Totenschädel, Hörner, Reißzähne und dergleichen. Dämonen legen sich gerne eine Gestalt zu, die Sterblichen Angst bereitet. Verwesende Leichen, mythische Monster, Geschöpfe aus den Geschichten über die Gottkönige.

Wir ergötzen uns an der Angst der Menschen. Ich meine: *Sie* ergötzen sich daran.

Ein Dämon mit Rhinozerosschädel fuchtelte mit seinem Speer in meine Richtung. »Verschwinde, Hure. Das Festmahl hier ist für uns.«

Ich lachte und tippte mit der blutverschmierten Schwertklinge auf meine Handfläche. »Dann komm und hol dir deinen Anteil, aber du wirst dir dein Abendessen schon verdienen müssen.«

Diese hier waren nicht so dumm, mich jeder einzeln anzugreifen. Wären sie so ignorant, hätten sie im Nachleben nicht lange überlebt. Mit Sicherheit hatten sie gesehen, was den Hunden ihre Taktik eingebracht hatte.

Es machte keinen Unterschied. Dämonen lieben das Gemetzel.

Ich selbst war da nicht anders.

Ein Dämon auf einem Echsenskelett versuchte, mich aufzuspießen. Ich sprang ein Stück zur Seite und schlug dem Reittier mit der Faust zwischen die Augen, dann packte ich es an der stacheligen Halskrause und riss das Vieh zu Boden, um den Reiter in meine Reichweite zu bekommen. Er sah aus wie ein blau loderndes menschliches Skelett und schrie vor Schmerz, als ich mein Schwert in seinen Brustkorb rammte.

Seine Mitstreiter waren nicht untätig, während ich meine Klinge wieder herauszog. Ich spürte einen brennenden Schmerz, als ein Dämon mit seiner gezackten Lanzenspitze meine Rüstung durchstieß. Der Angreifer heulte vor Freude auf, verstummte jedoch sofort, als ich den Lanzenschaft packte und ihn mit einem Ruck aus dem Gleichgewicht brachte. Ein Pfeil prallte von meinem Harnisch ab, der zweite bohrte sich in den Spalt zwischen Ober- und Unterarmschiene. Von hinten gab jemand Befehl, mich in die Zange zu nehmen.

Ein wohliger Schauder irgendwo zwischen Furcht und Verlangen durchzuckte mich, während sich das Schlachtenglück zu meinen Ungunsten drehte.

Ich kämpfte weiter. Was blieb mir schon anderes übrig? Ergeben kam nicht infrage. Das hier waren keine Jorater, sie kannten keine Gnade mit den Besiegten.

Mit niemandem.

Ich hatte etwa die Hälfte von ihnen erledigt, als ich das Gebrüll der eintreffenden Verstärkung hörte.

Trotzig erwiderte ich ihr Geschrei und lachte ihnen ins Gesicht, während ich den nächsten Dämon aufspießte. Dessen Zwilling konterte mit Klauenschlägen, die mühelos meine immer mehr in Fetzen hängende Rüstung durchdrangen. Ein glühender Schmerz fuhr in meinen rechten Oberschenkel.

Dann änderte die Angriffswelle die Richtung – und versiegte. Ein Spalier tat sich auf, die Dämonen, die mich eingekreist hatten, wandten sich ab und flohen in den Wald.

Ich wusste, warum.

Mit zitternden Fingern stillte ich meine Phantomblutungen und wandte mich ihrer Königin zu.

Sie war schön und schrecklich, ihre Haut war totenbleich, ihre Hände glänzten von frisch vergossenem Blut. Ihr blutgesprenkeltes Haar strahlte grellweiß, ihre Lippen schimmerten pilzgrün. Ihre Hüfte und Brüste versprachen grenzenloses fleischliches Entzücken, und mehr als nur ein armer Narr hatte seine Seele gegeben, um in diesen Genuss zu kommen.

Ein Dämon kann jedes Aussehen annehmen, das ihm beliebt, und jedes Geschlecht, und Xaltorath zeigt sich mir stets in weiblicher Gestalt.

Sie weiß, dass mich das umso mehr schmerzt.

~ IST DA JEMAND EIN BISSCHEN ZU HART ZU SEINEN SPIELKAMERADEN? WEHREN SICH DIE OPFER ETWA? ~

»Ich würde ja sagen, schön dich zu sehen, aber ich hasse Lügen.« Ich stellte mich zwischen Xaltorath und das Dorf. Seine Bewohner würden an Ort und Stelle bleiben, bis Thaenas Diener eintrafen, um sie zu retten. Außer der Dämon, dem sie geopfert wurden, erwischte sie zuerst.

Xaltorath beobachtete mich. Sie wusste, was ich vorhatte.

~ DIE DA GEHÖREN MIR. ~

Ich blickte über die Schulter. »Den Runen nach zu urteilen, würde ich sagen, sie gehören Kasmodeus.«

~ NOCH EIN GRUND, SIE MIR ZU HOLEN, FINDEST DU NICHT? ICH KONNTE KASMODEUS NOCH NIE LEIDEN. ~

Ich streckte Xaltorath mein Schwert entgegen.

Sie lächelte. ~ WIE BEZAUBERND. DU BIST NICHT UMSONST MEINE LIEBLINGSTOCHTER. ~

»Ich bin nicht deine Tochter«, fauchte ich.

~ UND WER HAT EBEN BEHAUPTET, SIE KÖNNTE LÜGEN NICHT AUSSTEHEN? ~ Die Dämonenkönigin neigte den Kopf und musterte mich mit diesem Blick, der mir schon immer den Laevos zu Berge stehen ließ. Ein brutaler, unirdischer Blick, der entweder der Auftakt zu einem Vortrag über Balzriten sein konnte oder zu einer Folter-Lektion mit mir selbst als Übungsobjekt.

Sie ist nicht meine Mutter.

Und wird es auch nie sein. Ich erinnere mich an meine Mutter, wenn auch nur vage. Ich erinnere mich an ihr dunkles Haar und an Kaminfeuer, an ihren süßen Apfelduft und ihre Finger, die über meinen Laevos streichen. An Nächte, in denen wir gemeinsam die Sterne zählten, die es an Tyas Schleier vorbei geschafft hatten.

Nein, Xaltorath ist nicht meine Mutter. Doch nach den Regeln ihres verfluchten Volks bin ich ihr Kind. Ihr Adoptivkind. Das *besessene* Kind.

Das war der Grund, warum Kalazans Worte mich so sehr beunruhigten.

Xaltorath schaute in Richtung des Dorfes. ~ DU WARST SO EINE BRAVE TOCHTER, MEIN KIND. ICH FRAGE MICH, WILLST DU ZULASSEN, DASS KALTWASSER UMSONST GESTORBEN IST? ~

Mein Schwert zitterte. Kaltwasser lag nur einen kurzen Ritt von Barsines Hauptstadt Mereina entfernt. Als Kind war ich mehrmals dort gewesen, wenn meine Eltern die Familie des Barons besuchten. Es war ein blühendes kleines Handwerkerdorf gewesen. Die Dörfler stellten wasserdichte Weidenkörbe her, deren Geflecht so fein war, dass es beinahe wie Stoff wirkte. Meine Mutter hatte vor Jahren während eines Besuchs einmal einen gekauft. Ich besaß ihn immer noch, hatte ihn aber in Tolamer zurücklassen müssen.

Ich erkannte das Dorf nicht, was jedoch nicht bedeutete, dass es nicht trotzdem Kaltwasser war.

Ich habe keine Kontrolle darüber, wo ich im Nachleben aufwache, aber die Welt dort ist ein Spiegel der Welt der Lebenden. Nun, nicht ganz. Im Nachleben findet man manchmal einen Berg, der in der echten Welt längst zu einer Hügelkette zusammengeschrumpft ist, oder Ebenen und Schluchten, die jetzt von einem Stausee bedeckt sind. Städte sind meist noch zu jung, um eine Reflexion in der Geisterwelt zu haben, aber manche Dörfer sind älter als jedes Land. Ein dem Erdboden gleichgemachtes Dorf mit seinen hingeschlachteten Bewohnern kann im Nachleben weit länger nachhallen als in der Welt der Lebenden.

Ihre Worte von vorhin steckten mir quer im Hals. »Eine brave Tochter?«, bellte ich. »Ich schade dir, wo ich nur kann. Ich töte jeden Dämon, der mir über den Weg läuft. Ich verwehre dir jeden Wunsch. Ich bin nicht deine brave Tochter, sondern deine Erzfeindin.«

Sie lächelte stolz. ~ GENAU WIE ICH ES MIR IMMER GEWÜNSCHT HABE. DU BIST SO AUFMÜPFIG UND REBELLISCH, DASS ICH NICHT VERSTEHE, WIESO DIE MENSCHEN BEHAUPTEN, KINDER ZU ERZIEHEN WÄRE SCHWER. ~ Sie legte sich eine Hand aufs Herz. ~ UM DICH SO GROSSARTIG ZU MACHEN, MUSSTE ICH DIR NUR EINREDEN, DASS ICH DICH GERNE ALS MEIN SPIEGELBILD SEHEN WOLLTE. ICH HABE MEINE ABMACHUNG MIT DEINER LEIBLICHEN MUTTER EINGEHALTEN. ~

»Meine Mutter hat keine Abmachung mit dir geschlossen.« Ich ignorierte meine Zweifel und konzentrierte mich auf meine Wut. Xaltorath log, was das Zeug hielt, und verbog die Wahrheit zu Kettengliedern, mit denen sie einen fesselte. Ich hatte längst gelernt, ihr nicht ein Wort zu glauben.

~ OH, DU WÄRST ÜBERRASCHT, WAS MÜTTER ALLES TUN, UM IHRE KINDER ZU BESCHÜTZEN. IHR NEUGEBORENES MIT EINER DIENERIN FORTSCHICKEN ZUM BEISPIEL.* EINE ABMACHUNG MIT EINEM DÄMON TREFFEN. ES WAR AUCH NICHT DAS ERSTE MAL. WIR SIND ALTE FREUNDE. ~ Grinsend leckte sie sich mit ihrer feuerroten Zunge über die grünen Lippen. ~ WILLST DU WEITERHIN SO WIDERBORSTIG SEIN? DA DU NUN WEISST, DASS DU DICH GANZ NACH MEINEN VORSTELLUNGEN VERHÄLTST? ~

---

* Das ist eine höhnische Anspielung auf Kihrin, oder? Genauso wie Xaltorath bei der ersten Begegnung mit Kihrin eine ebensolche Anspielung auf Janel machte, wie ich in Thurvishar D'Lorus' Chronik gelesen habe.

»Wie schlecht du mich kennst, wenn du glaubst, Boshaftigkeit wäre der einzige Antrieb für mein Tun. Ich verachte dich, und ich hasse alles, wofür du stehst. Ich werde nicht ruhen, bis deine Art ausgelöscht ist.«

Xaltorath senkte die Augenlider, ganz langsam wie eine Hauskatze. Ihre grünen Mundwinkel bogen sich nach oben, dann beugte sie sich zu mir vor und sagte dieses eine Wort, das mich seitdem nie mehr losgelassen hat.

~ GUT. ~

5

DIE GERECHTIGKEIT DES GRAFEN

Jorat, Quurisches Reich.
Zwei Tage nachdem die Drachin Xalome erschlagen worden war

Janel unterbrach ihre Erzählung und schaute weg.

Kihrin starrte sie an. »Xaltorath ist deine *Mutter*?«

Sie erwiderte den Blick; ihr Lächeln war so finster wie die Nacht. »Zu meinem größten Bedauern. Aber ich weiß aus zuverlässiger Quelle, dass ich kein Dämon bin. Nicht ganz zumindest.«

»Oh, wie beruhigend. Und wer hat dir das noch mal verraten?«

Sie deutete mit einer eleganten Drehung des Handgelenks auf ihn. »Du selbst. Und andere haben es bestätigt.« Ihre hellen Augen leuchteten kurz auf, dann spiegelte sich wieder Schmerz in ihnen. Sie atmete einmal tief durch.

»War es schlimm? Ich meine den Höllenmarsch im Kanton Lonezh. Ich kann mir nicht einmal vorstellen …« Kihrin zuckte zusammen und kam sich vor wie ein Trottel. Natürlich war es schlimm gewesen. Was ein Dämon einem Kind antat …

Dann dachte er an eine Straße in der Hauptstadt zurück, wo er ein paar Jahre zuvor mit den Folgen von Xaltoraths psychischer Attacke gekämpft und zugehört hatte, wie General Milligreest mit dem Dämon Beleidigungen austauschte. Xaltorath hatte damit geprahlt, was sie mit Milligreests achtjähriger Tochter gemacht hatte.

Und Janel hatte ihm bereits verraten, dass sie acht Jahre alt gewesen war, als die Dämonen Lonezh überrannt hatten.

Kihrin sah zu Boden; er kam sich vor wie ein Narr.

Das Alter passte genau. Kihrin war ziemlich sicher, dass ihr Elternhaus ebenfalls passte – dass ihr wirklicher Vater der Oberste General Qoran Milligreest war.

Dann war Janel also der vierte »Sohn«. Und, wie es schien, das besessene Kind.

Wahrscheinlich stand auch das irgendwo in den Devoranischen Prophezeiungen.

Kihrin merkte erst, wie still es am Tisch geworden war, als Janel erneut das Wort ergriff. »Das Schlimmste ist, dass es gar nicht immer schrecklich war. Manchmal war Xaltorath … nett. Als Kind wusste ich nie, was mich erwartete. Ob sie als Dämon erscheinen würde oder als etwas, das zumindest aussah wie ein Mensch.« Sie zuckte die Achseln und stocherte in ihrer Essensschale herum. »Als ich merkte, dass sie mich nicht aufhalten konnte, ging ich. Ich fing an, Dämonen zu töten, doch anscheinend war genau das von Anfang an ihr Plan gewesen.«

Kihrin seufzte mitfühlend. Er hatte eine glückliche Kindheit verbracht. Voller Verbrechen zwar, aber auch voller Lieder. Verglichen damit konnte er kaum fassen, dass Janel überhaupt sprechen gelernt hatte.

Ihre Blicke begegneten sich.

»Ich würde eine Menge darum geben, wenn ich wüsste, was Xaltorath im Schilde führt«, begann Kihrin. »Ich dachte immer, sie wollte noch weitere Dämonen herbeirufen, aber jetzt bin ich mir da nicht mehr so sicher. Was hat sie vor?« Er deutete mit dem Löffel auf Janel.

»Ich weiß es nicht«, erwiderte sie, »aber mir geht es genauso.

Warum hat sie mich damals nicht einfach getötet? Warum hat sie dich angegriffen? Ich habe ihre Beweggründe nie verstanden.« Sie zuckte die Achseln.

»Darf ich den nächsten Teil erzählen?«, fragte Bruder Qaun.

Kihrin wandte sich dem Priester zu. Er hatte ihren Aufpasser ganz vergessen.

»Bitte.«

*Qauns Schilderung. Schloss von Mereina,
Provinz Barsine, Jorat, Quur.*

Als Bruder Qaun sich am nächsten Morgen zu Dorna in die Küche setzte, waren seine Augen eingesunken und blutunterlaufen. Stöhnend ließ er sich auf einen Stuhl fallen.

»Schlecht geschlafen?«, fragte Stute Dorna.

»Warum schlafen wir immer auf dem Boden?«, klagte Bruder Qaun. »Habt ihr noch nie etwas von Betten gehört?«

Dorna stutzte. »Natürlich haben wir Betten. Worauf hast du denn letzte Nacht geschlafen?«

»Auf Kissen und Strohmatten«, antwortete Qaun. »Ein richtiges Bett sieht anders aus. Und der Handwerker gleich neben mir hat geschnarcht. Es überrascht mich, dass ihr von dem Lärm nicht wach geworden seid. Außerdem hat er mit den Ellbogen um sich gestoßen.«

»Ach, in so einem Fall muss man einfach zurückstoßen.« Dorna musterte ihn neugierig. »Du meinst, da, wo du herkommst, schläft jeder in einem eigenen Zimmer? Wie vornehm. Hier tun das nur die hochgestellten Herrschaften. Der Rest des Haushalts schläft beisammen, wie die Götter es gewollt haben.«

»Oder überhaupt nicht«, stöhnte Bruder Qaun.

»Wenn man den richtigen Partner gefunden hat ...« Stute Dorna zwinkerte ihm zu.

»Bei den Sternen, so meine ich das nicht!« Auch er hatte letzte Nacht Avancen bekommen. Die Frau war kein bisschen beleidigt gewesen, als er Nein gesagt hatte. Sie erwiderte, wenn Bruder Qaun lieber mit Hengsten galoppierte, wüsste sie da jemanden. Und tatsächlich musste Qaun sie davon abhalten, ihn mit einem Herold bekannt zu machen. »Aber bitte sag mir, dass ihr wenigstens *das* im Privaten tut.«

»Warum sollten wir?« Dorna schaute ihn mit großen Augen unschuldig an.

»Ich hätte in den Tempel des Lichts zurückkehren sollen, als ich noch die Möglichkeit dazu hatte«, murmelte Qaun.

»Ich finde, mit dem richtigen Bettwärmer an der Seite schläft man immer noch am besten. Auch die Ellbogen sind dann nur halb so schlimm.«

»Schon einmal etwas vom Zölibat gehört?«

Dorna warf ihm einen entgeisterten Blick zu.

Bruder Qaun schärfte sich ein, in Zukunft keine Fragen mehr zu stellen, auf die er die Antwort bereits kannte.

»Dann galoppierst du überhaupt nicht?«

»Nein, tue ich nicht!« Er nahm sich eine Schüssel und stellte sie etwas zu geräuschvoll auf dem Tisch ab.

»Dann sag das doch einfach. Das ist keine Schande.«

»Ich bin Mitglied eines Mönchsordens, Stute Dorna. Wir legen ein Gelübde ab. Körperliche Vergnügungen lenken uns nur von der Erforschung der göttlichen Mysterien ab.«

Von den Schlossbediensteten war kaum jemand anwesend, weil die meisten mit den Vorbereitungen für das Turnierfestessen beschäftigt waren. Zum Menü gehörten Früchte, Gemüse und Wild, die im Freien auf verschiedenste, Qaun größtenteils unbekannte Arten geröstet wurden. Niemand hatte protestiert, als Dorna eine Ecke der Küche in Beschlag genommen hatte.

Über der Kochstelle hing ein großer Topf mit Brei. Dem Geruch nach war es diesmal etwas anderes als Reis. Bruder Qaun nahm sich eine Schüssel voll. Das Gericht sah nach Hafer aus. Oder war es Gerste? Wahrscheinlich Letzteres.

»Ist Essen nicht etwas Wunderbares?« Dorna träufelte etwas Chilisauce über ihren Brei und nahm sich ein wenig eingelegtes Gemüse.

»Essen dient der Stärkung und der Erhaltung des Körpers. Was ist das?« Bruder Qaun deutete auf ein blütenförmiges Etwas.

»Das da?« Dorna hielt es hoch. »Klee. Man isst seinen Brei nicht ohne Beilage.« Sie nahm mehrere kleine Schalen zur Hand und schaufelte aus jeder etwas auf Qauns Teller. »Klee, Ingwer, Kohl ...«

»Das ist kein Kohl.«

»Natürlich ist das Kohl. Vergorene Mistbohnen, Feniswurzel, Blattpfeffer und sauer eingelegter Apfel. Jetzt noch ein bisschen scharfe Sauce drauf ...«

»Dorna, bitte ...« Bruder Qaun versuchte, sie aufzuhalten, doch Dorna beachtete ihn nicht.

Sie reichte ihm die Schüssel. »So ist es ein ordentliches Frühstück. Ich weiß ja nicht, was ihr im Westen so esst, aber es schmeckt bestimmt entsetzlich langweilig.«

»Aber nein, kein bisschen. Unsere Küche ist ganz hervorragend. Sehr gerne würde ich eines unserer Rezepte ...«

»Du hättest deinen Brei pur gegessen. Nein, vielen Dank auch.« Dorna wandte sich wieder ihrer eigenen Schüssel zu. »Und dieses Zöli-Dingsbums hört sich für meine Ohren ziemlich dumm an. Wenn man nicht galoppieren will, schön, aber auch noch ein Gelübde darauf ablegen? Als wäre Galoppieren eine Sünde. Das ist einfach nicht richtig.«

Bruder Qaun atmete einmal tief durch. Niemandem wäre damit gedient, wenn er jetzt die Fassung verlor. »Ich weiß es zu schätzen, dass du bemerkt hast, dass ich dich nicht gefragt habe. Außerdem geht es nicht nur um fleischliche Gelüste. Wir führen ein einfaches Leben, um unsere spirituellen Bedürfnisse zu befriedigen und den Ketten unserer physischen Existenz zu entfliehen.«

Dorna blinzelte. »Unser Graf entflieht jede Nacht den Ketten ihrer physischen Existenz, aber ich glaube kaum, dass es ihr gefällt.«

»Das meine ich nicht ...« Graf Janel betrat die Küche, und Qaun verstummte. Sie sah missgelaunt aus.

»Wie habt Ihr geschlafen, Graf?«, erkundigte sich Bruder Qaun.

»Wie eine Tote.« Sie deutete auf Dornas Schüssel. »Ist noch was übrig?«

»Aber ja, Fohlen.« Dorna nahm eine weitere Schüssel und füllte sie mit Brei.

Janel bediente sich ebenfalls bei Gemüse und Chilisauce.

Die Köchin erweckte den Eindruck, als würde sie gleich in Ohnmacht fallen, als sie den hohen Gast in ihrer Küche erblickte. Sie traute sich zwar nicht, die Adlige wieder hinauszuschicken, lief aber aufgeregt umher wie eine Maus, die eine Katze vor ihrem Bau entdeckt hatte.

Als Janel es ebenfalls bemerkte, stand sie auf. »Gehen wir ein Stück«, sagte sie zu Dorna und Bruder Qaun. Die Schüssel mit ihrem Brei nahm sie mit.

Niemand versuchte, die drei auf ihrem Weg aus der Küche und die Schlossmauer hinauf aufzuhalten. Normalerweise hätte sicher irgendwer etwas dagegen eingewendet – die Soldaten zum Beispiel –, aber Janel war ein Graf auf Stippvisite. Zwar war sie nicht Tamins Lehnsherr, aber ihr Titel hatte doch einiges Gewicht. Solange sie sich von den privaten Gemächern fernhielt, konnte sie sich frei bewegen.

»Stimmt etwas nicht?«, fragte Bruder Qaun. Janel wirkte noch mürrischer als sonst.

Sie lehnte sich gegen die Brüstung. »Das kommt darauf an, was meine Meisterspionin in Erfahrung gebracht hat«, antwortete sie und schaute Dorna an.

Stute Dorna senkte den Kopf und hielt sich eine Hand vors Gesicht, als müsste sie ihre Schamesröte verbergen. »Ach, Ihr seid so eine Schmeichlerin, meine Liebe. Ich bin doch nur ein altes Tratschweib.«*

Janel schnaubte. »Ein altes Tratschweib, das einem Kiesel den Namen des Flusses entlocken kann, in dem er liegt. Also raus mit der Sprache.«

Dorna richtete sich wieder auf und versicherte sich, dass ihnen niemand zuhörte. »Nichts Gutes. Es heißt, dass Barsine von Hexen verseucht ist. Der Winter kam früh, er war kalt und hart. Wasserbüffel sind erfroren, während sie noch auf ihrem Stroh herumkauten. Die Jaguare haben angefangen, Menschen anzufallen, weil die Herden in wärmere Gegenden abgewandert waren. Wegen des späten Frühlingsanfangs wird auch die Ernte später stattfinden, falls dieses Jahr überhaupt etwas wächst. Das alles muss natürlich das Werk von Hexen sein ...«

»Und was ist mit der Prophezeiung?«, fragte Janel weiter. »Mit dem besessenen Kind?«

»Niemand hat auch nur ein Wort über irgendeine Prophezeiung verloren«, antwortete Dorna. »Über Dämonen allerdings schon. Es heißt, die Bauern hier würden verschiedenen Kulten huldigen, weshalb der neue Baron sie sofort verboten hat, als er an die Macht kam. Das ist der Grund, warum so viel Boden zu Wald erklärt wurde.«

»Ähm, zu Wald?«, hakte Qaun nach. »In Kirpis gibt es riesige Wälder, aber die schützen niemanden vor Dämonenkulten.«

»In Jorat ist das Betreten von Wäldern verboten«, erläuterte Janel. »Das gibt dem Baron das Recht, jeden, den er darin vorfindet, zu vertreiben. Dazu gehören eventuelle Mitglieder sogenannter Dämonenkulte, aber leider auch sonst jeder. Niemand darf im Wald wohnen oder auch nur dort jagen. Alle, die es trotzdem tun, werden zu Saelen erklärt und sofort verhaftet.«

---

* Ich hätte gerne ein paar alte Tratschweiber wie sie unter meinem Kommando.

»Niemand darf die Wälder betreten außer den Adligen, meint Ihr.« Dorna zuckte die Achseln. »Wie dem auch sei, jedenfalls wurden aus diesem Grund ganze Dörfer niedergebrannt und die Bewohner vertrieben.«

»Dämonenkulte, hier?«, fragte Janel weiter. »Was glaubt er, wo wir hier sind, in Marakor?«

Bruder Qaun verkniff sich den Einwand, dass es viele angesehene Marakorer gab, die nicht das Geringste mit Dämonenkulten am Hut hatten.

Dorna breitete die Hände aus. »Ich gebe nur wieder, was ich gehört habe. Der alte Baron starb letzten Winter. Seither durchkämmt Tamin das gesamte Land nach den Hexen, die seinem Volk angeblich so zusetzen.« Sie hielt kurz inne. »Wie ich gehört habe, braucht es nicht viel, um der Hexerei beschuldigt zu werden. Und dieser Tamin hält Feuer für das beste Mittel, um Hexen beizukommen.«

»Wie bitte? Das ist Barbarei.« Bruder Qaun konnte nicht mehr an sich halten. »Außerdem kann Feuer Hexen nichts anhaben.«

»Nicht mehr als jedem anderen Menschen auch«, stimmte Janel zu. »Trotzdem hat Tamin nicht ganz unrecht. Hier in Barsine gibt es tatsächlich jemanden, der Geister beschwört.«

»Ihr meint Hexen?«

»Ja. Ich werde sie finden und vernichten.« Ihr Tonfall ließ wenig Raum für Widerspruch.

Graf Janel stellte ihre Schüssel ab und ging mit langen Schritten weiter. Dorna und Bruder Qaun tauschten einen Blick aus, bevor sie ihr folgten. Einen Moment später lief Dorna noch einmal zurück, um die zurückgelassene Schüssel zu holen.

»Wohin gehen wir?«, fragte Bruder Qaun, als er Janel eingeholt hatte.

»Ins Verlies. Ich muss mit Ninavis sprechen.«

Bruder Qaun hatte geglaubt, zum Verlies hätte selbst sein Graf keinen Zutritt, aber er täuschte sich. Kaum jemand schenkte ihnen unterwegs Beachtung. Janel trat auf wie eine Königin, die mit ihrer Dienerschaft im Schlepptau einen Spaziergang durch ihr Reich unternahm.

Doch das königliche Auftreten war gar nicht nötig: Das Verlies war unbewacht.

»Gestern waren noch Wachposten hier«, kommentierte Bruder Qaun. »Und die Tür war von außen verriegelt.«

Nun lag der schwere Eisenriegel auf dem Boden. Die Tür schien einen winzigen Spaltbreit offen zu stehen.

Dorna stellte sich neben die Tür und drückte sie mit dem Zeh ein Stückchen weiter auf.

Ein lautes Scheppern ertönte, als das Schwert und die Scheide, die von innen gegen die Tür gelehnt gewesen waren, umfielen. Wer auch immer in der Kerkerzelle saß, war nun vorgewarnt.

»Verdammt!« Jemand fluchte und stieß einen unterdrückten Schrei aus. »Aua! Miststück!«

Janel ließ alle Heimlichkeit fahren und stürmte in die Zelle, die noch beinahe genauso aussah wie am Abend zuvor – mit nur einem Unterschied: Sie schien leer.

Bruder Qaun sah keinerlei Hinweise auf Wächter oder Gefangene. Da kam ein Soldat hinter einem Stapel Weinkisten hervor, strich sich seine Tunika und das zerzauste Haar glatt.

Eine dunkle Vorahnung stieg in Bruder Qaun auf. Bestimmt war hier etwas Schmutziges im Gange.* Falls die Soldaten die Geschichte mit der ansteckenden Krankheit doch nicht geglaubt hatten ... oder einer es trotzdem darauf ankommen ließ ...

---

* Schmutzig? Ja. Aber gegen den Willen eines der Beteiligten? Nein. Der Trottel von Soldat hatte sich von Ninavis dazu überreden lassen, sich gegenseitig ein wenig »Gutes« zu tun – offensichtlich ein Trick, um an den Zellenschlüssel zu kommen.

»He, Ihr dürft hier nicht sein«, protestierte der Soldat, als er sah, wer für die Unterbrechung verantwortlich war.

»Damit wären wir schon zu zweit«, erwiderte Janel.

»Warum blutest du, Füllen?« Stute Dorna neigte den Kopf und deutete auf die Frisur des Mannes. Unter dem eben erst glatt gestrichenen Haar sickerte Blut hervor und tropfte auf seine von Leder bedeckte Schulter.

Wäre der Soldat etwas schlauer oder wenigstens einfallsreicher gewesen, hätte er eine einigermaßen glaubwürdige Geschichte vorgebracht. Stattdessen griff er nach seinem Schwert, nur um festzustellen, dass er es gegen die Tür gelehnt hatte. Schließlich hob er eine der am Boden liegenden Ketten auf und schwang sie wie einen Dreschflegel.

Dann stürzte er sich auf Janel.

Der Graf seufzte. Sie machte einen Schritt nach vorn, packte den Mann bei seinem Wams und schleuderte ihn mit dem Kopf voran gegen die Wand.

Die Augen des Mannes rollten nach oben, dann sank er zu Boden.

»Bei den Sternen!« Bruder Qaun eilte an die Seite des Soldaten und hoffte, dass er wie durch ein Wunder noch am Leben war. Er entdeckte weitere Hinweise auf Gewalteinwirkung: Jemand hatte dem Mann ins Ohr gebissen, und das mit einiger Kraft. Sofort kam ihm der nächste Gedanke: Er musste möglichst schnell herausfinden, wer das gewesen war. Janel schien den gleichen Einfall zu haben, denn sie eilte bereits hinter die aufgestapelten Weinkisten.

Als der Priester bei ihr war, sah er, wie Ninavis gerade mit dem Schlüssel des Wärters ihre Handschellen öffnete. Von ihren Lippen und ihrem Kinn tropfte es rot, während sie den beiden ihre Eisenfesseln entgegenreckte wie eine Waffe.

Zu Bruder Qauns Erstaunen lächelte Janel. »Ah, daher also das Blut.«

»Ich bleibe auf keinen Fall in diesem Keller.« Ninavis verstärkte ihren Griff um die lose Kette und funkelte den Grafen an.

»Richtig«, bestätigte Janel. »Das wäre nicht ratsam.« Sie schien mit einiger Mühe ein Lachen zu unterdrücken. »Gehen wir.«

»Werden wir hierfür keinen Ärger bekommen?« Bruder Qaun musste sich beherrschen, um nicht die Hände zu ringen. Er konnte sich nicht vorstellen, wie der Baron darüber hinwegsehen sollte, dass seine Besucherin – und sei sie auch ein Graf – einen seiner Soldaten angegriffen hatte.

»Doch, und wie«, antwortete Janel immer noch grinsend. Sie zog ein Taschentuch aus ihrem Ärmel und hielt es Ninavis hin, während die Banditin aus ihrem Versteck humpelte. »Du hast da was an deinem Kinn.«

Ninavis nahm das Tuch blinzelnd entgegen. »Du willst mich gar nicht verraten?«

»Nicht doch. Hier bist du nicht sicher.«

»Hmm.« Stute Dorna stand auf und betrachtete den bewusstlosen Soldaten, neben dem sie gerade gekniet hatte. Dann hob sie die Hand und zeigte allen die schmierige graue Schminke an ihren Fingern. »Mich dünkt, das Mädchen hier ist nicht die Einzige, die etwas am Kinn hat.«

Ninavis stützte sich an der Wand ab und wischte sich mit der freien Hand das Gesicht sauber. Wie sie so auf ihrem gesunden Bein balancierte, sah sie aus wie ein Flamingo und bewegte sich dennoch weit geschickter, als Bruder Qaun es jemals gekonnt hätte. »Ich bin jetzt fünfunddreißig. Dass jemand sich das Recht herausgenommen hat, mich als Mädchen zu bezeichnen, ist schon verdammt lange her.« Sie betrachtete Dornas Finger. »Ist das Farbe?«

Bruder Qaun kniete sich neben den Soldaten und wischte die grauen Leopardenflecken vom Kinn des Bewusstlosen.

Dabei verschmierte er auch den Rest der Schminke.

»Warum legt sich ein Soldat eine falsche Hautfarbe zu?«, fragte er.

»Aus dem gleichen Grund, aus dem so viele seiner ungehobelten Kameraden die Sprache der Feuerblüter nicht verstehen, würde ich sagen«, antwortete Stute Dorna. »Weil sie keine Jorater sind.« Sie schloss ein Auge und kniff das andere zusammen, während sie das Gesicht des Mannes musterte. »Der hier kommt aus Yor, oder ich will wieder Akrobatin in einer fahrenden Theatertruppe sein.« Sie klopfte die Taschen des Soldaten ab.

Janel bedachte den Mann mit einem kurzen Blick, dann wandte sie sich wieder an Ninavis. »Wo sind deine Leute?«

»Die Soldaten haben sie zum Turnier gebracht.« Ein zornigsäuerlicher Ausdruck stahl sich in ihren Blick. »Als sie sahen, dass ich nicht laufen kann, dachte ich, sie würden einen Riesenärger machen, weil sie mich hierlassen mussten. Aber sie haben nur gelacht und gesagt, der Baron bräuchte fürs Turnier ohnehin eine gerade Anzahl.«

Bruder Qaun war mit seiner Untersuchung des Bewusstlosen fertig. Er hatte auf jeden Fall eine Gehirnerschütterung, aber so lange die anderen zusahen, konnte er nicht viel für ihn tun. Der Priester stand auf. »Warum bringen sie die Gefangenen zum Turnier? Warum lässt der Baron sie nicht einfach hier oder verlegt sie in ein ordentliches Gefängnis, bis ihnen der Prozess gemacht wird?«

Janel schaute ihn verwirrt an. »Was? Es gibt keinen Prozess. Zumindest nicht so, wie du dir das vorstellst.«

»Wie bitte?« Einen Moment lang war Bruder Qaun zutiefst erschüttert. Selbst in der Hauptstadt wurde Straffälligen der Prozess gemacht. Die Verhandlung mochte eine abgekartete Sache sein, bei der stets die mit Geld und guten Verbindungen gewannen. Aber, bei den Acht, wenigstens kam die Sache vor ein *Gericht*.

»In Jorat gibt es keine Gefängnisse. Wenn jemand das Gesetz übertritt, bleibt er so lange in Gefangenschaft, bis das nächste Turnier stattfindet. Dort werden die Saelen dem Gewinner übergeben, in dem Glauben, dass das Idorrá des Siegers sie wieder zurück in den Schoß der Gemeinschaft führen wird. Allerdings habe ich noch nie von einem Turnier gehört, bei dem die Zahl der Saelen eine Rolle gespielt hätte.«

»Der Sieger bekommt sie als Belohnung?« Bruder Qaun schnappte nach Luft. »Ihr meint, wir haben all die Banditen seit unserem Aufbruch aus Tolamer in die Sklaverei verkauft?«

»Richtig«, bestätigte Ninavis. »Genau das habt ihr getan.«*

Janels sengender Blick hätte Glas zum Schmelzen gebracht. »Nein, haben wir nicht. Die Männer und Frauen, die wir übergaben, sind weder Sklaven noch Gefangene. Sie kommen lediglich zu Rehabilitationszwecken in eine neue Herde. Das ist etwas ganz anderes als Sklaverei.«

Ninavis schnaubte. »Wo ist da der Unterschied? Du nennst es *Schwert*, ich nenne es *Klinge*.«

»Ganz ruhig, meine Fohlen. Für philosophische Diskussionen ist jetzt nicht der richtige Moment«, warf Dorna ein. »Zuerst müssen wir uns überlegen, was es mit diesem Wärter auf sich hat. Warum versucht ein Yorer, sich als Jorater auszugeben?«

»Viele Leute verkleiden sich als Jorater«, brummte Ninavis.

»Ja«, stimmte Dorna zu. »Aber sich nur auf ein weinrotes Muttermal als Verkleidung zu verlassen, ist ein bisschen dürftig ...«

Bruder Qaun blinzelte. Ninavis stammte gar nicht aus Jorat? Ihr Akzent war makellos. Aber jetzt, da Dorna es ansprach, merkte er, dass der große rötliche Fleck in Ninavis' Gesicht weniger nach joratischer Haut aussah als wie ein ganz gewöhnliches Geburtsmal.

»Er ist nicht einmal der Einzige unter Tamins Soldaten«, lenkte Janel das Gespräch wieder zurück zum ursprünglichen Thema. »Hauptmann Dedreugh hätte Arasgon verstehen müssen. Hat er aber nicht.«

---

* Ich finde, Ninavis hat nicht ganz unrecht. Streng genommen ist es natürlich keine Sklaverei, aber was, wenn jemand gar nicht »in den Schoß der Gemeinschaft« zurückgeführt werden will?

»Dedreugh ist erst seit Kurzem hier«, warf Ninavis ein. »So wie die meisten Soldaten. Sie sind vor ein paar Monaten aufgetaucht, als Tamin nach dem Tod seines Vaters die Herrschaft übernommen hat. Er sagte, er vertraut den Männern nicht, die seinen Vater sterben ließen.«

»Was ist aus der ursprünglichen Garde geworden?«, fragte der Graf.

Ninavis breitete die Hände aus. »Eine verdammt gute Frage.« Sie gab Janel das blutverschmierte Taschentuch zurück. »Hör zu, ich weiß, dass du einmal mit dem Baron befreundet warst, aber Tamin hat nichts Freundliches mehr an sich. Du willst uns helfen? Dann setze ihn ab. Du bist die Einzige, die das kann.«

»Ich bin nicht sein Graf und habe keine Autorität über ihn.«

»Dann gib ihm eben keinen Befehl, sondern *töte* ihn. Du kommst nahe genug an ihn heran und brauchst dazu nicht mal eine Waffe. Du bist Janel Danorak – wenn du sagst, du hattest einen guten Grund, werden die Leute es dir glauben.«

Janel schaute sie fassungslos an. »So machen wir das hier nicht.«

»Zur Hölle damit, wie ihr es hier macht! Glaubst du, irgendjemand traut sich, ihn zu entmachten? In den Augen des Barons ist jeder, der gegen ihn ist, automatisch eine Hexe. Das reicht ihm als Grund, um uns von seinen Leuten niedermachen zu lassen. Er wird niemals zurücktreten. Wenn Kalazans Prophezeiung über dich stimmt …«

»Moment.« Janel hob eine Hand. »Was ist mit Kalazans Prophezeiung? Was soll dieses Gerede von dem besessenen Kind?«

»Wenn ich das nur wüsste«, erwiderte Ninavis hilflos. »Kalazan spricht davon, als wäre es die Lösung aller unserer Probleme. Vor dem Tod des alten Barons hat er zufällig mitgehört, wie Tamin mit seinem Lehrer darüber gesprochen hat. Dieses besessene Kind aus den Prophezeiungen würde angeblich alles zerstören. Sie wollten es unbedingt finden. Deshalb ist Tamin so auf seinen Kreuzzug gegen die Dämonen fixiert. Er glaubt, dass sie ihn zu diesem ›Kind‹

führen werden – zu dem Kind, das ihn töten wird, wenn er es nicht vorher tötet.«

»Ich weigere mich, Tamin zu ermorden.«

»Das klingt wie ein Geständnis. Dann *bist* du also das besessene Kind.«

Janel ignorierte sie und wandte sich wieder den anderen zu. »Bruder Qaun, Stute Dorna, könnt ihr Ninavis in unsere Gemächer schmuggeln?«

»Sie werden mich erkennen.« Ninavis deutete auf ihr Gesicht. »Das hier ist ein bisschen auffällig.«

»Ha, ich hab's gefunden!« Dorna zog ein kleines Döschen aus einer der Taschen des Soldaten und schraubte den Deckel ab. Darunter kam die graue Schminke zum Vorschein, mit der er sich das Gesicht bemalt hatte. »Ich brauche nur fünf Minuten, dann erkennt dich deine eigene Großmutter nicht mehr. Danach müssen wir nur noch dein gebrochenes Bein kaschieren, aber das werden wir schon schaffen.«

»Was machen wir mit ihm?« Ninavis deutete auf den bewusstlosen Wärter.

»Legt ihn hinter diese Kistenstapel«, schlug Dorna vor. »Es wird ein paar Stunden dauern, bis die anderen Soldaten ihn dort finden. Wenn der Baron dann die Verfolgung organisiert, dürften wir bereits einen ordentlichen Vorsprung haben.«

»Wir bleiben hier«, erklärte Janel.

Dorna seufzte. »Fohlen …«

»Wir bleiben hier«, wiederholte der Graf. Einen Moment lang sah man Janels tatsächliches Alter. Sie wirkte wie eine schlecht gelaunte Halbwüchsige, die gleich mit dem Fuß aufstampfen würde. »Ich habe diesen Leuten eine faire Behandlung versprochen, wenn sie sich ergeben. Solange das Risiko besteht, dass Tamin mein Wort in den Dreck zieht, bleibe ich.«

Ninavis musterte den Grafen mit geschürzten Lippen. »Vielleicht bist du ja doch zu etwas zu gebrauchen, Adelstöchterchen.«

Bruder Qaun verbarg ein Lächeln. Es war nicht der richtige Moment dafür, auch wenn ihn diese Entwicklung freute. »Wie wollt Ihr herausfinden, was Tamin mit ihnen vorhat?«

Janel straffte die Schultern. »Auf die denkbar einfachste Weise: Ich werde ihn fragen.« Sie bedachte ihre Begleiter mit einem strengen Blick. »Ihr wartet so lange in meinen Gemächern. Sobald ich etwas in Erfahrung gebracht habe, komme ich zurück.«

Dann ging sie, noch bevor jemand Protest einlegen konnte.

Die drei schauten ihr hinterher. Schließlich zog Dorna ihren geschlitzten grauen Wollüberwurf aus. Am Saum war mit indigofarbenem Faden ein Pferdekopfmuster aufgestickt. Sie warf das Kleidungsstück Ninavis zu. »Häng dir das über die Schultern. Wenn wir keine neugierigen Blicke auf uns ziehen wollen, versteckst du diese klägliche Imitation einer Rüstung besser. Das schäbige Leder fällt weit mehr auf als der Fleck in deinem Gesicht.«

»Jetzt mal langsam. Gerber hat diese Rüstung gemacht. Sie muss nur ein bisschen geflickt werden.« Ninavis mühte sich mit dem Überwurf ab und hängte sich ihn um.

»Euer Gerber ist also tatsächlich Gerber?«, lachte Dorna. »Wie würdet ihr ihn denn nennen, wenn er Latrinenputzer wäre?«

»Stute Dorna!« Bruder Qaun zuckte zusammen und nickte der Banditin entschuldigend zu. »Mach dir nichts aus ihr. Sie ist nur verärgert, weil wir hierbleiben.«

»Abhauen wäre das Richtige«, entgegnete Dorna. Sie winkte in Ninavis' Richtung. »Komm her, Liebes, damit ich mich um dein Gesicht kümmern kann. Hier ist das Licht besser. Priester, sei ein gutes Fohlen und zieh diesen Soldaten hinter die Kisten, ja?«

Bruder Qaun wollte schon protestieren, aber es konnte nicht mehr lange dauern, bis jemandem auffiel, dass der Wärter ganz allein hier unten war. Er tat, wie ihm geheißen.

Es war eine elende Plackerei.

Als Bruder Qaun versetzt wurde, hatte er gedacht, sein neuer

Posten sei im Schloss des Kantons Tolamer. Ein ruhiger Ort, wo er sich der Meditation widmen und auf das spirituelle Wachstum des Grafen konzentrieren könnte. Eine Aufgabe, bei der er sich nicht viel bewegen müsste.

Wenn sie weiter so viel herumreisten, musste Qaun besser auf seine körperliche Verfassung achten.

Während Dorna Ninavis' Gesicht zurechtmachte, warf die Banditin ihm immer wieder ungeduldige Blicke zu, als wäre sie kurz davor, den Bewusstlosen selbst hinter die Kisten zu ziehen, trotz ihres gebrochenen Beins.

Bruder Qaun legte den Wärter auf dem Boden ab und deckte ihn mit einer ausgefransten alten Decke zu. Wenn man nur kurz hinsah, wirkte er, als machte er ein Nickerchen. Qaun überprüfte, ob Dorna oder Ninavis in seine Richtung schauten.

Sie taten es nicht.

Bruder Qaun legte dem Bewusstlosen eine Hand auf die Brust, konzentrierte seine Energie, wie Vater Zajhera es ihm beigebracht hatte, und versetzte sich in einen Erleuchtung genannten Zustand, in dem er das Tenyé spüren konnte, das alles umgab wie ein Lichtschimmer – Stoff, Haut, Erde und Fleisch. In diesem Zustand sah er die Essenz der Dinge direkt vor sich. Sie stimmte nicht immer mit dem überein, wie die Welt für das bloße Auge erschien, und es bestand durchaus die Gefahr, dass er stolperte und sich dabei den Schädel brach. Als Lohn für diese Unannehmlichkeit eröffnete sich Bruder Qaun ein ganzes Universum neuer Möglichkeiten.

Die Jorater oder auch die Einwohner Eamithons und Kazivars würden das wahrscheinlich Magie nennen, aber Bruder Qaun wusste es besser: Er verband sich mit der allumfassenden Gnade, schmeckte das Göttliche. Ein heiliges Geschenk.

Nein, das *heiligste* aller Geschenke.

Die zornig rote Wunde in der Aura des Soldaten sagte ihm, dass er Verletzungen im Inneren seines Schädels hatte, Schwellungen, Blutungen. Wenn Bruder Qaun ihn einfach liegen ließe, würde er sich direkt durch den Zweiten Schleier schlafen und ins Nachleben eingehen.

Er legte dem Verletzten eine Hand auf die Stirn. Zuerst beruhigte er das entzündete Gewebe, dann schloss er die Risse im Schädelknochen und stillte die Blutungen, die für das bloße Auge nicht erkennbar waren. Der Soldat würde lange und schlecht schlafen, aber er würde nicht sterben.

Falls jemand herausfand, was er gerade getan hatte, wäre stattdessen Bruder Qaun des Todes.

»Was treibst du da so lange?«, rief Ninavis.

»Komme schon.« Bruder Qaun eilte den beiden hinterher.

6

EIN JORATISCHES TURNIER

Jorat, Quurisches Reich.
Zwei Tage nach Kihrin D'Mons Rückkehr unter die Lebenden

»Mir gefällt deine Beschreibung, wie es ist, hinter den Ersten Schleier zu blicken«, sagte Kihrin zu Bruder Qaun. »Lernen das alle Schüler der Vishai-Mysterien? Ich meine, mit Religion kenne ich mich nicht sonderlich gut aus. Ich kannte religiöse Leute, aber die würde ich nicht gerade als Priester bezeichnen. Was du da gemacht hast, klingt für mich schlichtweg nach Zauberei, wo liegt also der Unterschied?« Kihrin blickte sich ein wenig beschämt um, als er merkte, dass er sich hätte vergewissern sollen, dass niemand zuhörte, während er solche Lästerungen äußerte.

»Ich weiß auch nicht viel über Religionen«, gestand Bruder Qaun. »Ich vermute, dabei dreht sich alles um Gebete und Opfergaben, für die man sich Gefälligkeiten verspricht. Aber so funktionieren die Mysterien nicht. Unser Gott ist nämlich tot.«

Kihrin hustete. »Wie bitte, euer Gott ist tot?« Butterbauch hatte immer von Licht und einem Tempel am Regenbogensee gesprochen. Nie davon, dass er eine *tote* Gottheit verehrte.

Janel machte Anstalten, etwas zu sagen, überlegte es sich dann aber anders.

Bruder Qaun lächelte. »Wir folgen Selanols Lehren. Wir versuchen, sein Licht in der Welt zu verbreiten und die Menschen vor den Dämonen zu beschützen, die ihn im Kampf getötet haben.«

»Selanol? Nie von ihm gehört«, erwiderte Kihrin.

»Er ist der achte der Acht Unsterblichen. Wir haben uns seinem Vermächtnis verschrieben und hoffen, so die Erleuchtung zu erfahren und an andere weiterzugeben. Doch da unser Gott tot ist, kann er auch nicht auf Gebete antworten. Also müssen wir uns auf unsere eigenen magischen Gaben verlassen.« Qaun überlegte. »Ich habe eher unorthodoxe Ansichten, was Magie anbelangt.«

Kihrin lehnte sich staunend zurück. »Wow.« Der Name mochte ein anderer sein, aber es gab nur einen »freien« Platz unter den Acht, nur einen, den man als »tot« bezeichnen könnte – auch wenn jede Region ihren eigenen Kandidaten für diesen freien Platz hatte. Kihrin war in dem Glauben aufgewachsen, Grizzst der Verrückte, der die Dämonen gebändigt hatte, sei der achte Gott. Wie alle anderen hatte auch diese Version sich als falsch erwiesen.

In Wirklichkeit war der Name des achten Wächters S'arric gewesen, nicht Selanol. Sollte Qaun tatsächlich S'arric meinen, wäre er wahrscheinlich entsetzt zu erfahren, was in Wahrheit mit dem sogenannten Gott der Sonne und der Sterne passiert war. Kihrin war es jedenfalls. »Und deshalb wurde eure Religion verboten?«

»Aber nein. Sie wurde verboten, weil Götter nach unserer Lehre nur gewöhnliche Sterbliche sind, die durch ihre Beherrschung der Magie große Macht erlangten. Sterbliche sollten nicht angebetet werden.«

Kihrin fixierte den Priester. »Hmm. Ich kann mir denken, dass das einigen Leuten gegen den Strich geht.« Er setzte sich anders hin, den Blick immer noch auf Bruder Qaun geheftet. Der Priester hatte natürlich recht. Ursprünglich waren die Acht keine Götter gewesen, sondern Kämpfer, deren Aufgabe es war, die Welt vor den einfallenden Dämonen zu beschützen. Aber S'arric war nicht im Kampf gegen sie gestorben. Er war ermordet worden, verraten. Dennoch konnte Kihrin sich gut vorstellen, wie die Erzählung sich nach und nach so verändert hatte, als wäre er tatsächlich im Kampf gefallen, und wie der Name des angeblichen Gottes sich nach und nach von Solan'arric zu Selanol gewandelt hatte.

Kihrin hoffte nur, die Vishai glaubten nicht, dass Selanol irgendwann zurückkehren würde, um die Welt doch noch zu retten – aber überrascht hätte ihn das nicht. Er schaute zu Janel hinüber. Sie hatte eine ausdruckslose Miene aufgesetzt und wirkte, als müsste sie unter dem Tisch die Fäuste ballen, um sich nicht in das Gespräch einzumischen.

Kihrin hatte das Gefühl, dass Götter ihr wunder Punkt waren.*

Um das Thema zu wechseln, sagte er: »Ich bin neugierig, Janel. Hat Baron Tamin dir seine Pläne einfach so verraten?«

Sie lächelte wehmütig. »Ja, hat er. Mehr oder weniger.«

Janels Schilderung. Auf dem Turnierplatz von Mereina, Provinz Barsine, Jorat, Quur.

Nur wenige Fremde verstehen, welch wichtige Rolle Turniere in Jorat spielen. Die teilnehmenden Ritter sind Helden. In anderen Herrschaftsgebieten des Kaiserreichs können nur Adlige Ritter werden, wenn es überhaupt einen Ritterstand gibt. Sie sind sozusagen der bewaffnete Arm der Aristokratie. In Jorat kommen wir ohne dieses Beiwerk aus. Unsere Ritter sind unsere besten Reiter, Athleten und Schwertkämpfer, dazu ausgebildet und dafür bezahlt, auf dem Feld der Ehre die Interessen ihres Herrn zu vertreten. Jeder kann Ritter werden.

Jeder *außer* den herrschenden Adligen.

---

* Meine Güte, wie kommt er denn darauf? Weil die Acht seit Jahrtausenden vorsätzlichen Betrug begehen? Dass Kihrin Taja immer noch »anbetet«, will mir einfach nicht in den Kopf. So naiv kommt er mir nun auch wieder nicht vor.

Ist es dann eine Überraschung, dass wir unsere Ritter so sehr verehren? Sie sitzen auf einem Thron, den jeder besteigen kann, der wagemutig, tapfer und stark genug ist, sich auf dem Feld zu messen, und das vollkommen unabhängig von seiner Geburt. Ritter sind Recken, die Adlige, Kaufleute und Städte repräsentieren, aber sie stammen aus dem gewöhnlichen Volk. Das Publikum, das der Zurschaustellung ihrer Fähigkeiten beiwohnt, lässt sich am besten folgendermaßen beschreiben: jede Stute, jeder Hengst und jeder Wallach, der es irgend möglich machen kann zu kommen.

Die Turniere sind das Herz des joratischen Gesellschaftslebens.

Weshalb ich auch nicht lange brauchte, um zu merken, wie krank Barsines Herz inzwischen war.

Nachdem ich Stute Dorna, Bruder Qaun und Ninavis verlassen hatte, ging ich zur Tribüne auf dem Turnierplatz. Sie war nur spärlich besetzt. Die wenigen Fahnen, die müde geschwenkt wurden, zeigten die Wappen der joratischen Händlervereinigungen, deren Mitglieder erst am Morgen aus allen Landesteilen eingetroffen waren, um hier ihre Geschäfte zu machen. An den Seiten standen die Ritter aufgereiht, die noch am Vortag den Innenhof des Schlosses bevölkert hatten. Ihre demoralisierte und angespannte Körpersprache zeugte davon, dass sie kein großes Interesse an den bevorstehenden Wettkämpfen hatten. Sie waren hier, um ihren Lebensunterhalt zu verdienen. Die allgemeine Stimmung schien eher zu einer Beerdigung als zu einem Turnier zu passen.

Der spürbare Widerwille gegen das Turnier beunruhigte mich, doch es waren die zwei dicken, direkt vor der Tribüne in den Boden gerammten Holzpfähle, die meinen Laevos zu Berge stehen ließen. An den Pfählen waren Ketten befestigt, darunter lagen Reisig und Stroh aufgehäuft. In das Holz waren Schriftzeichen geschnitzt, und die versengte Erde um die Pfähle herum ließ keinen Zweifel daran, dass hier schon mehr als einmal ein Feuer gebrannt hatte.

Neben den beiden Scheiterhaufen standen zwei große, mit Öltuch abgedeckte Käfige. Ich musste nicht erst nachsehen, um zu wissen, wer sich darin befand und warum die Soldaten gesagt hatten, eine gerade Anzahl sei ohnehin besser.

Ich hatte Ninavis' Begleiter gefunden.

»Habe ich etwas Spannendes verpasst?«, fragte ich, bemüht, meinen Zorn zu verbergen, als ich die Loge des Barons betrat. Die Auftakt-Beschwörung, jene Zeremonie, mit der jedes Turnier den Acht gewidmet wurde, hatte ich bereits versäumt, wahrscheinlich auch die ersten Wettkämpfe, aber hoffentlich nichts Wichtiges.

Tamin hielt mitten im Trinken inne. »Janel! Ich habe schon befürchtet, du wärst krank geworden.« Er kam grinsend zu mir, legte mir eine Hand auf den Nacken und die Stirn an die meine.

Oder versuchte es zumindest.

»Geht es dir auch gut?« Er richtete sich wieder auf.

Als Ersatz für die Begrüßung, die ich ihm verwehrt hatte, berührte ich seine Hand. »Es war eine anstrengende Reise.«

Tamin schluckte und wirkte zum ersten Mal seit meiner Ankunft verunsichert. Er deutete auf den Mann neben ihm. »Graf Janel, das ist Verweser Lorat, einer meiner Gefolgsmänner.« Er stellte mir einen ältlichen Mann vor, dessen Lebensspanne sich offensichtlich dem Ende zuneigte. Er war zu schwach, um sich aus eigener Kraft auf den Beinen zu halten. Zu schwach für einen Verweser, aber ich hielt den Mund.

Verweser Lorat hielt inne. Er war gerade damit beschäftigt gewesen, einem kleinen Rothundwelpen Fleischstückchen zuzuwerfen, was ihn weit mehr zu interessieren schien als das Turnier.

»Verweser.« Ich nickte ihm zu.

Der Greis erwiderte etwas Unverständliches. Eine Dienerin eilte herbei und hielt ihr Ohr an seine Lippen, während er weiter vor sich hin murmelte. Der Welpe leckte inzwischen seine Finger ab.

Die Dienerin richtete sich wieder auf und wandte sich mir zu. Ihre Färbung war bemerkenswert: graue Augen, die Haut weiß wie

Milch bis auf die Adern, die sich in sanften Blau- und Violetttönen darunter abzeichneten. Ich hätte sie für eine Stute aus dem eisigen Yor gehalten, aber ihr Gesicht passte nicht dazu: zu lang, mit schmalen Lippen und einer geraden Nase, statt einer kleinen yorischen Nase und dem typischen Schmollmund.

»Der Verweser grüßt Euch.« Ihr Akzent sagte mir, dass sie viel Zeit im Westen verbracht hatte.* »Er bittet um Verzeihung, dass er nicht direkt mit Euch sprechen kann, aber das Rote Fieber lähmt seine Zunge.«

»Selbstverständlich«, sagte ich zu dem Greis. »Es freut mich, Eure Bekanntschaft zu machen.« Ich lächelte seiner Pflegerin zu. »Danke für deine Übersetzung.«

Der Blick ihrer grauen Augen verweilte auf meinem Gesicht. Sie nickte, dann konzentrierte sie sich wieder auf Verweser Lorat.

Ich hatte das Gefühl, dass das Gespräch damit beendet war.

»Und dies ist mein geschätzter Lehrer Relos Var«, fuhr Tamin fort. Er deutete auf die letzte Person, die er noch nicht vorgestellt hatte. »Ich habe schon befürchtet, ihr würdet euch vor seinem Aufbruch gar nicht mehr begegnen.« Tamin seufzte. »Kann ich gar nichts tun, um Euch zum Bleiben zu überreden?«

In diesem Moment fiel mir wieder ein, was Ninavis gesagt hatte. Kalazan hatte mitgehört, wie Tamin mit seinem Lehrer über eine Prophezeiung sprach ...

Der Mann war augenscheinlich quurischer Abstammung und kleidete sich bescheiden, wie es für einen Diener angemessen war. Sein Haar trug er kurz geschnitten, das Gesicht war glattrasiert, und seine Stiefel waren zum Reiten und Reisen gemacht.

Er musterte mich. Als unsere Blicke sich begegneten, lächelte er.

Ich merke es, wenn jemand mir begehrliche Blicke zuwirft. Ich bekam sie von Männern wie Frauen, und das schon seit Zeiten, als ich noch viel zu jung dafür war. Doch Relos Vars Blick war anders.

---

* Das liegt daran, dass ich im Westen geboren wurde.

»Janel Danorak«, sagte er mit einem erfreuten Lächeln. »Die einzige Überlebende des Lonezh-Höllenmarschs.«

»Janel Theranon, Graf von Tolamer«, korrigierte ich ihn. »Außerdem haben viele den letzten Höllenmarsch überlebt, sonst würden wir dieses Gespräch gar nicht führen.«

Relos Var lachte leise und senkte den Kopf auf eine Art, die eine arglose Person als Verbeugung interpretiert hätte. »Wie dem auch sei, Euer Ruf eilt Euch voraus.« Er machte eine ebenso gespielte Verbeugung in Richtung des Barons. »Verzeiht, ich bedaure zutiefst, Euch verlassen zu müssen, doch erhielt ich Nachricht, dass ein Verwandter in Schwierigkeiten geraten ist. Ich muss unverzüglich zurückkehren und nach ihm sehen.«

»Was für Schwierigkeiten?«, erkundigte ich mich.

Ich stellte die Frage nur, weil Var eine weitere seltsame Figur in einem ohnehin schon seltsamen Spiel war. Zu viele Ausländer, zu viele offene Fragen, zu viele Abweichungen davon, wie Turniere normalerweise abliefen. Und dann noch das ständige Gerede von dieser Prophezeiung. War Relos Var derjenige, der mit Tamin über das »besessene Kind« gesprochen hatte?

Etwas stimmte nicht mit ihm ...

Ich bin bis heute nicht sicher, was ihn verriet. Vielleicht *wollte* er, dass ich auf ihn aufmerksam wurde.

In seinen Augen stand ein unerschütterliches Selbstvertrauen. Tamin hatte ihn nicht als Mitglied des Adels oder Hochadels vorgestellt – eigentlich sollte er Thudajé ausstrahlen wie die Dienerin des Verwesers, aber das tat er nicht.

Tatsächlich verfügte Var über ein so stark ausgeprägtes Idorrá, dass ich mich fragte, warum die anderen nicht vor ihm niederknieten.

Er ließ sich eine Weile Zeit mit seiner Antwort. »Mein jüngerer Bruder soll in Kishna-Farriga versteigert werden.« Var stieß ein bitteres Lachen aus. »Er hat ein Talent, in Schwierigkeiten zu geraten und alle um ihn herum mit hineinzuziehen.«

»Er soll als Sklave verkauft werden? Das klingt in der Tat ernst. Ich wünsche Euch eine gute Reise.« Oh, wie ich mittlerweile wünsche, ich hätte ihm all die Fragen gestellt, die seine Antwort in mir aufwarf. Wo lag Kishna-Farriga? Wie hatte er vor, rechtzeitig dort anzukommen, wenn der Baron doch einen zu niedrigen Rang bekleidete, um über einen eigenen Torwächter zu verfügen? Hatte er eine Abmachung mit den Torwächtern, oder war er selbst einer?

»Danke, Graf«, erwiderte Var. Diesmal verneigte er sich angemessen. Sein warmes Lächeln überraschte mich. »Was für ein unglücklicher Zeitpunkt. Ich hoffe, wir sehen uns wieder, wenn ich Euch meine ungeteilte Aufmerksamkeit widmen kann.«

Er schien es ernst zu meinen. Sein Blick war freundlich, und doch kamen mir seine Worte vor wie eine Drohung. Ich spürte ein Schaudern, begleitet von der Gewissheit, dass es mir bestimmt nicht gefallen würde, wenn Relos Var mir seine »ungeteilte Aufmerksamkeit« widmete.*

»Ich auch«, erwiderte ich.

Er ging, und die Menge begann in angespannter Erwartung mit den Füßen zu trampeln. Ich nahm seinen freigewordenen Platz ein und versuchte, so zu tun, als wäre auch ich gespannt auf das Turnier. Was meine Aufmerksamkeit jedoch tatsächlich in Bann hielt, waren die beiden Holzpfähle. Var hatte mich einen Moment lang von ihnen abgelenkt, doch der wahre Grund, warum ich hier war, befand sich direkt vor der Tribüne.

»Sir Xia Nilos«, sagte Tamin und holte meine Gedanken zum Turnier zurück. Er deutete auf eine Ritterin mit einem prächtigen fliegenden Adler auf dem Helm und einem grauweißen Perlenmantel. Sie ritt auf einer wunderschönen grauen Schecke mit farblich passenden Schleifen in der Mähne. »Sie repräsentiert das Sieben-Reisen-Handelskonsortium und tritt gegen meinen Re-

---

* Ihr müsst zugeben, dass ihre Wortwahl an dieser Stelle urkomisch ist.

cken Sir Dedreugh an.« Er musste mir ihren Gegner nicht erst zeigen. Dedreugh war ganz in Gold und Bronze gekleidet, gelbe und braune Bänder flatterten an seiner Rüstung. Er ritt vor der Tribüne auf und ab und schleuderte seiner Gegnerin Drohungen entgegen.

Die Begeisterung der Zuschauer wirkte unnatürlich und gezwungen. Mit seiner Aufmachung sollte Dedreugh vermutlich wie ein Tiger aussehen, aber sein Gehabe wirkte vollkommen übertrieben. Ich hatte erwartet, aufrichtige Bewunderer im Publikum zu sehen, die seine Farben trugen und sein Wappen schwenkten, doch die Einheimischen bejubelten ihn ganz offensichtlich nur, weil sie mussten.

Und die Fremden jubelten ihm aus demselben Grund zu, aus dem sie auch jeden anderen Ritter angefeuert hätten: weil sie ihr Geld auf ihn gesetzt hatten.

»Dein Hauptmann sagte mir, dass er das Turnier immer gewinnt, und damit auch die als Preis ausgesetzten Saelen. Sehen die Kampfrichter darin nicht einen gewissen Interessenskonflikt?«

Tamins Miene wurde säuerlich, dann lachte er und deutete auf den tatterigen Lorat. »Das hier ist mein Kampfrichter.«

Meine Augen wurden groß.

»Ich weiß«, beschwichtigte Tamin. »Aber was soll ich denn tun? Nach dem harten Winter weigern sich die anderen Verweser zu kommen. Ich kann schlecht selbst als Kampfrichter auftreten, und das hier ist der Einzige, den ich habe. Alle anderen haben mich im Stich gelassen.«

»Gibt es keine Hohen Stuten …?«

»Verweser Dokmars Tochter ist dort unten in einem der Käfige«, blaffte Tamin. »Sie ist eine Hure und Mörderin, die sich mit Hexen und Attentätern eingelassen hat. Soll ich ihr etwa das Kampfgericht anvertrauen?«

Ich erschauerte und fragte mich, ob Verweser Dokmar ahnte, dass seine Tochter gerade auf ihre Hinrichtung wegen Verrats wartete.

Tamin ergriff meine Hand. Wäre ich eine andere, hätte ich gesagt, er drückte viel zu fest zu.

»Dein Besuch«, begann der Baron, »ist das einzig Gute, das während der letzten Monate passiert ist, Janel. Deine Anwesenheit fühlt sich an wie ein Ausblick auf den Frühling.«

»Tamin«, erwiderte ich möglichst ruhig. »Wir *haben* bereits Frühling.«

Einen Moment lang schaute er mich an, als hätte ich gerade gesagt, der Himmel sei grün und nicht blau oder die Magie im ganzen Land sei plötzlich legal.

Ehrlich gesagt sah er aus, als wäre er nicht ganz bei Sinnen.

Seine Erwiderung ging in einem lauten Scheppern unter. Wir wandten uns dem Turniergeschehen zu und sahen gerade noch, wie die beiden Ritter einander auf dem Pferd passierten. Xia Nilos, die den niedrigeren Idorrá-Rang besaß, hatte die Art des Wettkampfs ausgesucht, in diesem Fall den Wettstreit des Khored. Im Gegenzug durfte Dedreugh die Waffen bestimmen – das Hiebschwert, das rohe Kraft weit mehr begünstigte als Geschick. Eine unglückliche Wahl für Xia Nilos, wie ihre missliche Lage deutlich zeigte: Sie war vom Pferd gestürzt und versuchte, ihre verlorene Waffe wieder aufzusammeln. Vom Rand des Platzes kam ihr Knappe mit einem Ersatzschwert angelaufen.

Sir Xia Nilos konnte gerade noch rechtzeitig ihren Schild hochreißen, um einen mächtigen Schlag von Dedreugh abzuwehren. Sie hielt den Schild fest mit beiden Händen gepackt, taumelte rückwärts und versuchte hilflos, irgendwie zu ihrem Knappen zu kommen.

Ich bin sicher, unter anderen Umständen und gegen einen anderen Gegner hätte Sir Xia das auch geschafft. Aber nicht hier. Nicht gegen jemanden wie Dedreugh.

Ich schaute zu Verweser Lorat hinüber. »Sie ist geschlagen. Beendet es.«

Der Greis murmelte etwas.

»Lasst Sir Xia entscheiden, wann sie geschlagen ist«, gab die Dienerin seine Worte weiter.

Die Hiebe, die Dedreugh auf Xia hinabregnen ließ, sahen weniger nach einem Geschicklichkeitswettbewerb aus als nach dem Hämmern eines Schmieds. Xias Schild war bereits verbeult.

»Tu es«, flüsterte Tamin mit leuchtenden Augen.

Die Dienerin nahm den Welpen von Lorats Schoß und drehte sich weg.

»Ergebt Ihr Euch?«, rief ich, auch wenn die Kämpfenden mich über die Buhrufe des Publikums hinweg wahrscheinlich nicht hören konnten.

Der Knappe hatte Sir Xia inzwischen erreicht.

Was dann geschah, spielte sich so langsam vor meinen Augen ab, als hielte die Zeit selbst inne, um die Ereignisse zu beobachten: Dedreughs hämmernde Schläge, übernatürlich stark und von solcher Wucht, dass sie Xias Schild jeden Moment durchdringen würden. Sir Xias strauchelnde Schritte, während sie verzweifelt versuchte, das Gleichgewicht zu halten. Die Rufe ihres jungen Knappen, der ihr das Ersatzschwert entgegenstreckte. Die Zeit blieb stehen.

Dedreugh wirbelte herum und stieß dem Knappen seine Klinge in den Bauch.

Ich sprang auf. Alle sprangen auf.

Entsetzt und in dem naiven Glauben, der Wettkampf sei vorüber – musste er doch auch sein, oder? –, senkte Sir Xia ihren Schild, den Blick starr auf ihren sterbenden Knappen gerichtet.

Ihren Gegner beachtete sie nicht mehr.

Dedreugh zog sein Schwert aus der Wunde, drehte sich herum und schlug mit der blutverschmierten Klinge Sir Xias Schild zur Seite. Xia schrie, als die Spitze von Dedreughs Waffe in ihre Schulter drang. Dann riss er die Klinge nach oben. Blut spritzte, als er eine Hauptschlagader öffnete und ihr den Arm abtrennte.

»Tamin!«, schrie ich.

Das Gesicht des Barons war verzückt vor Siegestaumel und Blutdurst. Mit bebenden Nasenflügeln wandte er sich mir zu. »Du bist meine Freundin, nicht mein Graf. Dein Ton ist unangemessen.«

»Sie werden sterben«, sagte ich. »Sir Xia und ihr Knappe werden sterben.«

Tamin starrte mich entgeistert an. Was kümmerte es ihn, wenn die beiden starben? Er setzte sich wieder. »Sind Turniere nicht eine Vorbereitung auf den Krieg? Im Krieg sterben die Menschen, nicht wahr?« Er hob die Hand und segnete Sir Dedreugh, während die beiden Schwerverletzten weggebracht wurden.

»Tamin …«

Er winkte lächelnd ins Publikum, doch als er sich mir zuwandte, wurde sein Blick kalt. »Stelle mein Tun nicht infrage, Janel. Barsine taumelt am Rand des Abgrunds. Da muss ich drastische Maßnahmen ergreifen.«*

»Drastische Maßnahmen?« Ich musste mich beherrschen, nicht zu schreien. »Dedreugh ist dein Kämpfer. Du musst das Totengeld für die bezahlen, die er umbringt. Wie kannst du dir das leisten, wenn Barsine am Rand des Abgrunds steht?«

»Von einem Hengst, der aus seinem eigenen Kanton geflohen ist, um der Entmachtung zu entgehen, nehme ich keine Ratschläge an.« Tamin beugte sich näher heran, seine Augen funkelten bösartig. »Glaubst du, ich weiß nicht, warum du hier bist? Dein ehemaliger Verlobter, Sir Oreth, hat euch alle gekauft, als dein Großvater noch nicht einmal seinen letzten Atemzug getan hatte. Und du hast gar nicht gemerkt, wie du zum Gespött gemacht wurdest. Deshalb hast du für deine Reise hierher keinen Torstein benutzt – weil du weder einen Stein noch einen Torwächter hast.«

Seine Worte trafen mich härter als Faustschläge, und das nicht zuletzt, weil sie der Wahrheit entsprachen.

---

* Ich glaube, ich werde nie verstehen, was Tamin damit zu erreichen versuchte.

Aber sie waren auch eine Ablenkung, und ich hatte nicht vor, mich ablenken zu lassen.

»Dedreugh ist ein Ungeheuer. Als deine Freundin rate ich dir, dein Idorrá nicht von einem Ungeheuer durchsetzen zu lassen.«

Leute, die glauben, dass Idorrá auf Gewalt basiert, gab es schon immer – dass der Stock das beste Werkzeug ist, um die Herde bei der Stange zu halten. Dieser Irrglaube ist der Grund, warum es in Jorat das System der Entmachtung gibt. Unsere Herrscher sind Adlige, aber sie herrschen nur, weil die Bevölkerung ihnen vertraut. Und wenn die Herrscher sich als schlimmer herausstellen als jede andere Gefahr?

Dann werden sie abgesetzt. So haben wir das schon immer gemacht.

»Als Freund«, erwiderte Tamin, »rate ich dir, dich um deine eigene Herde zu kümmern.«

Ich hob besänftigend die Hände. »Das war nicht böse gemeint, Tamin. Der letzte Winter war für uns beide hart.«

Aus dem Augenwinkel sah ich, wie der Schwarze Ritter den Wettkampfplatz betrat. Er wurde geschickt, um die Zuschauer von dem Blutvergießen abzulenken, dessen Spuren gerade beseitigt wurden. Die Zuschauer hatten immer wieder »Thorra, Thorra!« gerufen, aber als Hauptmann Dedreugh sich ihnen zuwandte, verstummten sie schlagartig.

Tamins Zorn ließ etwas nach. »Wie ich dich beneide, Janel. Du kannst wenigstens vor deinen Dämonen weglaufen.«

Seine Worte brannten wie Wunden. »Nicht vor allen.« Ich legte meine Hand auf seine und wählte meine Worte sorgfältig. »Aber wir könnten einander helfen.«

Der Schwarze Ritter riss unterdessen seine Possen, wie seine Rolle es erforderte. Die Rüstung war ihm viel zu klein, sein dicker Bauch wabbelte unter dem Harnisch hervor, während er auf seinem schwarzen Feuerblüter auf und ab galoppierte.

Tamin zog seine Hand unter meiner weg. »Ich brauche keine

Hilfe. Diese Hexen glauben, sie könnten es mit mir aufnehmen. Aber ich werde es ihnen zeigen. Sie werden brennen, alle.«

»Willst du das auch mit den Gefangenen tun, die ich dir übergeben habe?«

»Auch sie sind Hexen oder stehen mit welchen im Bunde. Was bleibt mir schon anderes übrig?« Seine Kiefer mahlten. »Ich kenne Kalazan, seit wir beide Kinder waren. Ich kann nicht fassen, dass er mich verraten hat.«

Der Verweser hörte nicht einmal zu. Seine Dienerin hatte ihm den Welpen zurückgegeben. Sie selbst schaute allerdings so aufmerksam in unsere Richtung, als hätte sie jedes Wort mit angehört. Sie trat erst zurück, als ein Punktrichter mit Fragen auf die Tribüne kam.

Ohne sich mit dem Verweser zu beraten, erteilte sie dem Punktrichter ihre Anweisungen.

»Wahrscheinlich fühlst du dich genauso wie ich, als Oreth sich gegen mich wandte«, antwortete ich.

»Er liebt dich«, entgegnete Tamin.

»Die Gier nach Besitz ist nicht dasselbe wie Liebe.«

Tamin seufzte und goss sich Wein nach. »Seit wann bist du so weise, werte Janel?«

»Du schmeichelst mir. Wäre ich weise, würde ich jetzt nicht in solchen Schwierigkeiten stecken.«

»Aber du verstehst mich doch, oder? Wir beide müssen tun, was nötig ist. Jede Hexe in dieser Provinz muss sterben. Jede. Bis keine mehr übrig ist, um die Dämonen herbeizurufen, die uns vernichten werden. Relos Var hat mir die Augen geöffnet.«

Ich schaute ihn an. »Wofür geöffnet?«

»Das Kind«, antwortete Tamin. »Das besessene Kind. Es gibt eine Prophezeiung: *Das besessene Kind sammelt die Gebrochenen um sich, die Hexen und Gesetzlosen, die heimlichen Rebellen, plant Krieg und Aufstand, während die Ketten durch die Not des Winters im Palast des Schneekönigs verborgen liegen.*«

Ich schaute ihn verständnislos an.

»Siehst du es nicht? Es liegt doch auf der Hand!«

»Ich ...«

»Es gibt noch eine«, beharrte er. »*Das besessene Kind lauert, nicht tot, sondern schlafend träumt es vom Bösen und den Seelen, die es einst ernten wird, denn wenn Tag und Nacht endlich eins sind, wird das Gefängnis des Dämonenkönigs zerbrechen.* Das ist eindeutig. Sobald die Dämonen das Kind gefunden haben, werden sie es benutzen, um die Welt zu vernichten.«*

Ich fand das überhaupt nicht eindeutig, behielt meine Meinung aber lieber für mich. »Wenn Tag und Nacht endlich eins sind ... Eine Sonnenfinsternis?« Tamin bemerkte den Sarkasmus in meiner Stimme nicht. »Ja, genau das denke ich. Aber ich bin nicht ganz sicher. Es könnte alles Mögliche bedeuten.«

Ich widerstand dem Drang, ihn diesen letzten Satz noch einmal wiederholen zu lassen, und zwar schön langsam diesmal.

Ich hob das Kinn. »Und was ist mit den Runen auf den Pfählen dort unten? Sollen sie ... Dämonen abschrecken?«

»Ganz richtig. Jede tote Hexe ist eine Hexe weniger, die welche herbeirufen könnte.«

»Aha. Sehr schlau«, erwiderte ich. »Jetzt verstehe ich.«

Das stimmte. Nun verstand ich in der Tat ganz genau.

Dank Xaltoraths »liebevoller« Erziehung konnte ich die Runen auf den Pfählen lesen. Und ich hatte gesehen, mit welch übernatürlicher Kraft Dedreugh seine Turniersiege errang. Ich bin nicht dumm. Relos Var, Tamins hochgeschätzter Lehrer, hatte da ein hübsches Netz aus Lügen gesponnen, und Tamin hatte jede einzelne davon gierig geschluckt. In Barsine gab es tatsächlich jemanden, der Dämonen herbeirief.

Leider – und obwohl Tamin ganz offensichtlich nichts davon ahnte – war dieser Jemand der Baron selbst.

---

* Meine Interpretation sähe anders aus.

7

ANGRIFFSPLÄNE

Jorat, Quurisches Reich.
Zwei Tage nachdem Urthaenriel vom Boden aufgehoben wurde

Kihrin lehnte sich in seinen Stuhl zurück. Er hatte das Gefühl, als rückte der umgebende Fels immer näher. Er schauderte. »Das war ich. Ich bin der jüngere Bruder, der in Kishna-Farriga als Sklave versteigert wurde. Und Relos hat versucht, mich zu kaufen.«

»Oh«, sagte Janel. »*Der* Bruder bist du also.«

»Nun ja, eigentlich bin ich gar nicht sein Bruder. Zumindest nicht in diesem Leben.«

Janel zuckte die Achseln. »Das scheint für ihn keinen Unterschied zu machen.«

»Nein, wahrscheinlich nicht. Jedenfalls hasst er mich, als wäre ich auch jetzt noch sein Bruder.«

Sie zögerte, ihre Miene undurchdringlich. »Tatsächlich?«

»Ja. Und wie.« Er schaute ihr ins Gesicht. »Du glaubst mir nicht?«*

Janel überlegte sich ihre Erwiderung gut. »Die Gefühlsbeziehungen innerhalb einer Familie sind meist kompliziert.«

---

* Warum das Schwert hassen, wenn man doch eigentlich die Hand hassen müsste, die es führt?

»Du hast leicht reden. Du bist meinem älteren Bruder Darzin nicht begegnet. Und ich bin froh, sagen zu können, dass das auch nie passieren wird.«

Sie sah ihn erschrocken an. »Verstehe. Aber wie es scheint, kennen wir dieselben Leute. Wer weiß schon, was passieren kann?«

Kihrin beugte sich grinsend vor. »Darzin ist tot.«

Janel wich keinen Fingerbreit zurück. »Das warst du ebenfalls.«

Kihrin merkte, wie sein Grinsen verblasste. Wäre es möglich, dass Darzin …? Nein. Die Todesgöttin hasste ihn. Sie würde ihn niemals zurückkehren lassen.

»Was ist mit diesen Prophezeiungen, die Tamin erwähnt hat? Sie hören sich an …« Kihrin zögerte. »Sie hören sich an wie die Devoranischen Prophezeiungen. Ich kannte einmal einen devoranischen Priester – er glaubte, in jedem Vogelzwitschern einen Bezug zu diesen verfluchten Vierzeilern zu erkennen.«*

»Aber ja, es *sind* die Devoranischen Prophezeiungen«, warf Bruder Qaun ein. »Ich habe das überprüft, für den Fall, dass der Baron oder Relos Var sich all das nur ausgedacht haben, um ihre Gräueltaten zu rechtfertigen. Die von Tamin zitierten Verse sind echt. Natürlich sind sie damit auch nicht zutreffender als die anderen Tausende von Versen, die die Devorer im Lauf der Jahrhunderte gesammelt haben.«

»Wie beruhigend«, sagte Kihrin. »Aber Tamin täuscht sich. Zumindest in Bezug auf den ersten Vierzeiler. Er bezieht sich auf Vol Karoth.« Er atmete einmal tief durch. »Hoffen wir nur, dass dieser Teil der Prophezeiung nie eintrifft.«

Janel zog die Augenbrauen zusammen. »Wer? Du hast den Namen schon einmal erwähnt.«

---

* Ich fand es schon immer lustig, dass sie Devoranische Prophezeiungen genannt werden, wo sie doch von Dämonen verfasst wurden, nicht von den Bewohnern der Insel Devor.

Qauns Kiefer klappte nach unten. »Wie bitte? Janel! Ihr wisst nicht, wer Vol Karoth ist? Niemand hat Euch je erklärt, wer *Vol Karoth* ist?«

Sie drehte entschuldigend die Handflächen nach oben. »Nein. Aber deine entsetzte Reaktion sagt mir, dass es jemand Wichtiges ist.«

Kihrin räusperte sich. »Könnte man so sagen.«

Janel warf ihm einen finsteren Blick zu.

»Er ist der Dämonenkönig …«, begann Qaun.

»Nein, ist er nicht«, widersprach Kihrin vehement. »Vol Karoth ist der Gott, den ihr anbetet und gleichzeitig nicht anbetet. Der achte Unsterbliche.«

Qaun starrte ihn mit offen stehendem Mund an, die Augen voller Entsetzen.

Kihrin seufzte. »Vor langer, langer Zeit hat ein Zauberer die Acht Unsterblichen mit einem Trick dazu gebracht, an einem Ritual teilzunehmen«, erläuterte er. »Ich sage mit einem Trick, weil der Zweck des Rituals darin bestand, einen von ihnen – Vol Karoth – zu opfern. Er hätte wohl kaum teilgenommen, wenn er es gewusst hätte. Aber etwas ging schief.

Die anderen Teilnehmer wurden zu Drachen, doch der fragliche Unsterbliche – ihr nennt ihn *Selanol*, aber das ist nicht sein richtiger Name – wurde zu etwas noch viel Schlimmerem. Er starb zwar, doch aus seinem Leichnam wurde die Verkörperung der Vernichtung und alles Bösen geboren, so gefährlich, dass sie unter allen Umständen eingesperrt werden musste, wenn sie nicht die gesamte Welt, vielleicht sogar das gesamte Universum vernichten sollte. Erst jetzt bekam er den Namen *Vol Karoth*. Ich glaube nicht, dass er ein Dämonenkönig ist. Er lechzt genauso danach, Dämonen zu vernichten, wie er alles andere vernichten will.«

»Oh.« Janel schluckte. »Dann muss ich meine Aussage zurücknehmen. Ich weiß genau, wer das ist. Bei den Morgag heißt er nur anders.* Und in dem Teil der Devoranischen Prophezeiungen, den ich gelesen habe, wurde er nie Vol Karoth genannt. Die Bezeichnung Dämonenkönig habe ich allerdings schon öfter gehört.«

Kihrin blies die Luft aus. Den Rest erklärte er nicht – dass S'arrics Körper zwar zum Gefäß für korrumpierte dunkle Kräfte geworden war, seine Seele aber befreit wurde und ins Nachleben einging.

Um schließlich als Kihrin D'Mon wiedergeboren zu werden.

Janel fing seinen Blick auf und hielt ihn fest. »Aber ich habe auch gehört, dass der geweissagte Höllenkrieger ihn befreien und damit das Ende der Welt einleiten wird.«

»Das ... ist alles andere als sicher«, entgegnete Kihrin. »Ich glaube, dieser Teil ist ebenfalls falsch. Zumindest sind wir sicher, dass es sich nicht nur um *einen* Höllenkrieger handelt. Wir sind zu viert.«

»Wir?«, fragte Qaun.

Kihrin verzog das Gesicht und sagte nichts mehr.

»Aber das ergibt keinen Sinn«, warf Janel ein. »Warum nicht acht? Acht Unsterbliche, acht Drachen, acht Höllenkrieger.«

Qaun ergriff das Wort, bevor Kihrin etwas erwidern konnte. »Moment. Kehren wir noch einmal zu den Drachen zurück. Selbst wenn der Rest von dem, was Ihr behauptet, wahr ist – Ihr habt gesagt, die Unsterblichen wären zu *Drachen* geworden. Seid Ihr sicher, dass Ihr das richtig verstanden habt?«

»Absolut«, antwortete Kihrin, ohne Qaun anzusehen. »So wurden die neun Drachen erschaffen.«

»Acht Drachen«, berichtigte Qaun.

Kihrin hob den Kopf. »Das scheint zu einer Gewohnheit zu werden. *Neun.* Ich wollte es Janel gerade erklären. Der Mann, der das

---

* Kriegskind. Er hat unzählige Namen. Aber wenn man so furchterregend ist, dass selbst Götter und Dämonen vor einem erzittern, hat man wahrscheinlich jeden einzelnen davon verdient.

Ritual ersonnen und durchgeführt hat, wurde ebenfalls zu einem Drachen. Der Graf ist ihm bereits begegnet. Heutzutage nennt er sich Relos Var.«

Qaun blinzelte. »Relos Var ist kein Drache!«

»O doch, ist er. Er läuft nur die meiste Zeit nicht in Drachengestalt herum.« Kihrin zuckte die Achseln. »Vielleicht ist er deshalb nicht dem Wahnsinn verfallen wie die anderen acht. Ich weiß es nicht.«

Qaun saß in stummem Entsetzen da, und Kihrin wandte sich wieder an Janel. »Der erste Teil der Prophezeiung klingt, als wäre von dir die Rede.«

Sie hob eine Augenbraue. »Ach ja? Ich versammle also Gesetzlose und Hexen um mich und plane einen Aufstand?«

»Sag du's mir. Tust du das?«

Bruder Qaun hielt sein Büchlein hoch. »Wie wär's, wenn ich einfach weiterlese?«

Weder Kihrin noch Janel protestierten.

*Qauns Schilderung. Schloss von Mereina,
Provinz Barsine, Jorat, Quur.*

Das Schloss fühlte sich leer an, die meisten Bewohner waren zum Turnierplatz gegangen. Das Tor war verschlossen, kaum jemand war noch hier. Trotzdem fühlte Bruder Qaun sich ungeschützt und verwundbar, während er und Stute Dorna mit der humpelnden Ninavis in ihrer Mitte so taten, als seien sie Diener, die gerade von einem schiefgegangenen Auftrag zurückkehrten.

»Fehlt ihr etwas?«, erkundigte sich ein Soldat und deutete auf Ninavis.

Stute Dorna winkte ab. »Ihr geht's gut, alles in Ordnung. Sie ist eben eine tollpatschige Stute. Ist auf einer Treppe gestolpert.«

»He, was soll das heißen, tollpatschige Stute?«

»Nun ja, wer ist denn gerade über seine eigenen Beine gefallen? Ich bestimmt nicht.«

Der Soldat lachte und setzte seine Patrouille über das Schlossgelände fort. Bruder Qaun würdigte er nicht mal eines Blickes.

Sie gingen hinauf in den dritten Stock, wo sie in den Gemächern des ehemaligen Vogts Quartier bezogen hatten.

Alle drei atmeten erleichtert auf, als sie die Tür hinter sich schlossen.

Dorna machte sich von Ninavis los und begann zu packen.

Bruder Qaun runzelte die Stirn. »Der Graf sagte ...«

Sie warf ihm einen Blick über die Schulter zu. »Glaubst du, ich bin taub, Fohlen? Ich weiß, was Janel gesagt hat. Aber ich garantiere dir, unser Aufbruch wird bestimmt nicht ruhig und entspannt ablaufen. Wir bereiten uns besser auf einen schnellen Abgang vor.«

Bruder Qaun wollte schon widersprechen, überlegte es sich dann aber anders. Ninavis stützte sich immer noch auf seine Schulter. »Lass mich dein Bein ansehen. Diese Stützschiene ist nur provisorisch. Ich würde gerne eine etwas stabilere Lösung finden.«

Ninavis musterte ihn skeptisch, legte ihren Umhang ab und humpelte zum Bett. »Bist du sicher, dass du nicht nur einen weiteren Blick auf meine Waden erhaschen willst?«

Bruder Qaun musste sich beherrschen, die Augen nicht zu verdrehen. »Ich bin Priester der Vishai-Mysterien.«

»Und?«

»Er kann gar nicht galoppieren, wenn du verstehst, was ich meine.« Dorna bewegte Zeige- und Mittelfinger wie eine Schere.

Es kostete ihn zwar etwas Mühe, doch Qaun ignorierte sie. Er bedeutete Ninavis, sich auf einen Stuhl zu setzen. »Ich *kann* durchaus, aber ich will nicht. Wir legen ein Gelübde ab. An deinen Beinen interessiert mich nur, dass der Bruch ordentlich verheilt.«

Dornas Prusten ignorierte Qaun ebenfalls.

Diesmal versetzte er sich nicht in den Zustand der Erleuchtung, und das aus mehreren Gründen: Ninavis war bei Bewusstsein und hochkonzentriert. Außerdem stammte sie wahrscheinlich aus Marakor. Letzteres bedeutete, dass sie merken könnte, was er tat. Die Marakorer teilten die Vorbehalte der Jorater gegen Magie nicht.

Sie waren der *Grund* für diese Vorbehalte.

Zum Glück war der Bruch nicht offen, was die Gefahr einer Infektion deutlich verringerte. Natürlich war die Muskulatur verletzt und das Gewebe geschwollen. Aber mit ausreichend Ruhe würde Ninavis sich vollständig erholen. Qaun bezweifelte allerdings, dass sie Gelegenheit dazu bekommen würde.

»Dorna, glaubst du, hier gibt es irgendwo Beinwell? Ich möchte einen Verband machen.« Bruder Qaun sah sich nach einem Stück Stoff um, das er abkochen und in Streifen schneiden konnte.

Doch noch ehe er mit den Vorbereitungen fertig war, kam Graf Janel hereingeplatzt. »Ihr habt es geschafft. Gut. Dorna, hilf mir mit meiner Rüstung. Danach müsst ihr drei sofort von hier verschwinden. Geht nach Visallía im Norden. Die dortige Markreev ist eine entfernte Cousine von mir. Sie wird euch aufnehmen.« Janel ging zu ihrem Reisegepäck und holte ihr Familienschwert hervor.

»Füllen? Was tut Ihr da? Ihr könnt nicht einfach … Moment, was soll das werden?« Dorna stemmte die Hände in die Hüften.

»Ich habe mein Wort gegeben«, erwiderte Janel. »Und ich werde es halten.«

»Was ist passiert?« Ninavis versuchte aufzustehen, schwankte kurz und setzte sich wieder. »Was hat der Baron mit meinen Leuten vor?«

»Nicht so hastig«, warf Bruder Qaun ein. »Ihr seid aufgebracht, Graf. Erklärt uns doch bitte, was vorgefallen ist.«

Der Graf von Tolamer ging zu einer Kommode, auf der ein Wasserkrug und ein Zinnbecher standen. Mit zitternden Händen füllte Janel den Becher, leerte ihn in einem Zug und warf ihn über die Schulter. Dabei war sie nicht so vorsichtig wie sonst – von dem Becher war nur noch ein verbeulter Klumpen Metall übrig.

Janel fuhr sich durch ihren Laevos. »Als wir noch in Tolamer waren und mein Großvater noch lebte, beschäftigte er einen Torwächter des Hauses D'Aramarin. Sein Name war Kovinglass, er stammte aus Kazivar. Ich mochte ihn nicht, hielt ihn aber auch nicht für einen Verräter. Zumindest nicht bis zum Tod meines Großvaters. Aber als ich danach seine Aufzeichnungen durchging, änderte ich meine Meinung. Ich weiß nicht, ob Großvater ihm zu wenig bezahlt oder vielleicht irgendwann eine unverzeihliche Kränkung zugefügt hatte. Aber als er krank wurde, gab Kovinglass ihm einen schlechten Rat nach dem anderen, und unsere Familie versank immer tiefer in Schulden.«

»Nicht alle Diebe benutzen ein Schwert«, kommentierte Bruder Qaun. »Manche haben mit Tusche und Federkiel mehr Erfolg.«

Janel nickte bitter. »Sieht ganz so aus.«

Ninavis runzelte die Stirn. »Was hat das mit Tamin und meinen Leuten zu tun?«

»Kovinglass' Verrat brachte mich auf den Gedanken, dass der Baron von Barsine ebenfalls getäuscht worden sein könnte«, erklärte Janel. »Er hat diese fixe Idee, dass Kalazans Vater angeblich zu den Verschwörern gehörte. Tamin mag nach der Ermordung seines Vaters überreagiert haben, aber vielleicht wurde er nur benutzt – von Hauptmann Dedreugh und möglicherweise diesem Relos Var.«

»Von wem?«

»Von Relos Var. Er ist ein Ausländer[*] und außerdem Tamins Lehrer. Ich kenne Tamin schon sehr lange und möchte ihn nicht vorschnell verurteilen.«

---

[*] Anscheinend gilt in Jorat jeder, der von jenseits der Drachenspitzen stammt, als »Ausländer«.

»Natürlich nicht. Ihr Adligen haltet zusammen wie Pech und Schwefel.« Ninavis verdrehte die Augen. »Deckt einander immer schön den Rücken.«

»Schweig, du«, fuhr Dorna auf. »So sprichst du nicht mit meinem Grafen!«

»Nein, Dorna. Sie hat jedes Recht, zu schimpfen.« Janel setzte sich. Sie sah verloren aus.

»Graf«, begann Bruder Qaun, »was ist passiert?«

»Der Baron ahnt nichts davon, aber er selbst ist derjenige, der die Dämonen herbeiruft«, antwortete Janel. »Er glaubt, er verbrennt Hexen, aber die, die er zu Hexen erklärt und hinrichten lässt, sind unschuldig. Die Hinrichtungen sind einem Dämon namens Kasmodeus gewidmet. Barsine hat tatsächlich ein Hexenproblem – aber die Hexe ist Tamin selbst.«

»Du musst ihn töten«, sagte Ninavis. »Du musst. Es ist die ideale Gelegenheit. Du bist die Einzige, die an ihn herankommt.«

Janel schaute sie entsetzt an. »Hast du nicht zugehört? Tamin wurde reingelegt. Wir müssen es ihm sagen ...«

»Und dann, glaubst du, wird alles wieder gut? Die entvölkerten Dörfer? Die Männer, Frauen und Kinder, die verbrannt wurden?« Ninavis stand auf. »Wage nicht, mir zu sagen, seine Leichtgläubigkeit würde seine Taten entschuldigen.«

Der Graf schaute Ninavis mit zusammengepressten Lippen an. Dorna und Bruder Qaun erhoben sich, unsicher, was sie tun sollten.

»Es gibt Mittel und Wege ...«, begann Janel.

Ninavis reckte das Kinn vor. »Du willst mir jetzt nicht mit Entmachtung kommen, oder? Denn wenn, dann schwöre ich ...« Ihre Stimme versagte. Zurück blieben eine drückende Stille und der bohrende Blick, mit dem sie den Grafen anstarrte.

Janels Augen glühten vor Zorn. Beinahe unmenschlich.

»Gestatte mir«, erwiderte sie, »dir zu erklären, wie Politik in Jorat funktioniert.« Sie machte einen Schritt auf Ninavis zu, und die machte einen Schritt zurück. Da sie jedoch direkt an der Bettkante stand, plumpste sie zurück auf die Matratze.

»Wenn ich losziehe und den Baron umbringe«, sprach Janel weiter, »der keine Kinder und auch noch keinen Erben bestimmt hat, gehen sein Titel und seine Ländereien nicht an mich, sondern an den stärksten Hengst in seinen Diensten. Was glaubst du, wer das sein könnte, hm? Dedreugh. Dedreugh wird dann der neue Herrscher. Du hast ihn beim Turnier nicht gesehen. Er ist so stark wie ich, wenn nicht stärker. Er wird uns alle umbringen, und nichts würde sich ändern. In Jorat kann man sich nicht an die Macht putschen.* Aber vielleicht, ganz vielleicht, kannst du dir vorstellen, dass ich so etwas wie einen Plan habe.«

Janel ging zu einer Truhe und begann, darin herumzuwühlen.

Eine lange, unbehagliche Stille breitete sich im Raum aus.

»Was *bist* du?«, fragte Ninavis.

Janel drehte den Kopf. »Entschlossen.«

»Das meine ich nicht.«

»Ich weiß. Aber das ist mir egal.«

Ninavis seufzte. »Hör zu …«

»Willst du mir helfen oder an allem herummäkeln wie eine alte Meckertante?« Janel warf die Kleider, die sie aus der Truhe geholt hatte, auf den Boden und wandte sich der Banditin zu. »Ich kann dir und deinen Leuten helfen. Aber nur, wenn du aufhörst, mich für deine Feindin zu halten, die du bekämpfen musst.«

Schweigen.

Dorna und Bruder Qaun blickten zwischen den beiden Frauen hin und her. Sie wagten nicht einmal zu atmen, während sie darauf warteten, wer sich als Erstes bewegen würde.

»Vielleicht habe ich es ein bisschen übertrieben«, sagte Ninavis schließlich.

---

* Natürlich kann man, dummes Ding. Nur dass es bei diesem Spiel um die persönliche Beliebtheit geht, nicht um den Stammbaum.

Bruder Qaun atmete auf.

Janel nickte zufrieden, erwiderte aber nichts und fischte weitere Kleidungsstücke aus der Truhe.

»Es sind meine Leute«, fuhr Ninavis fort. »Und sie sollen einem Dämon geopfert werden.«

»Vielleicht …« Bruder Qaun räusperte sich. »Könnten wir nicht eine Nachricht an Tamins Lehnsherrn schicken? Ihn warnen, dass der Baron auf Abwege geraten ist? Wer ist überhaupt der Graf hier?«

»Ysinia«, antwortete Dorna. »Aber wie willst du das anstellen, junger Mann? Wir haben keinen Torwächter. Oder verfügst du über Fähigkeiten, von denen du uns noch nichts verraten hast?«

Qaun lächelte matt, was Dorna als ein Nein interpretierte.

Transportzauber waren nicht sein Metier, ob mit Torstein oder ohne. Er hatte sich nie sonderlich dafür interessiert. Zwar verbanden Torsteine alle Winkel des Reichs miteinander, doch Qaun verspürte nicht den Wunsch, seinen Lebensunterhalt als besserer Mauteintreiber zu verdienen.

Aber er hatte eine gültige Lizenz zur Ausübung von Magie vom Haus D'Mon und bezahlte regelmäßig seine Mitgliedsgebühren. Leider galten solche Leute in Jorat, wenn sie nicht ein Priester der Acht oder ein Torwächter waren, als Hexen. Bruder Qaun war nicht sicher, ob ihm genug Zeit bliebe, seine Lizenz vorzuzeigen, bevor die Jorater ihm mit Fackeln und Mistgabeln zu Leibe rücken würden.

»Na dann«, sprach Stute Dorna weiter. »Da Barsine eine offizielle Provinz ist, gibt es hier auch einen Torstein. Aber nach allem, was ich so höre, ist der Baron zu geizig, um sich einen eigenen Wächter dafür zu leisten. Stattdessen bezahlt er ein paar Leute vom Haus D'Aramarin, aber auch das nur äußerst spärlich. Das Tor wird am Tag vor dem Turnier kurz geöffnet, und dann wieder am Tag danach. Wer mehr will, muss sich selbst darum kümmern und aus eigener Tasche bezahlen.«

»Das hilft uns kein bisschen weiter«, blaffte Ninavis.

»Genau«, bestätigte Dorna. »Kein bisschen. Weshalb ich nach wie vor dafür bin, dass wir schnellstmöglich die Beine in die Hand nehmen.« Sie bewegte zwei Finger wie ein laufendes Männchen. »Es tut mir wirklich leid wegen deiner Leute, Ninavis. Sie kommen mir vor wie anständige Zeitgenossen, aber niemand scheint eine Idee zu haben, wie wir nahe genug an sie herankommen können, um sie zu befreien. Wir gäben ein hübsches Ziel für Tamins Armbrustschützen ab. Außerdem ist dieser Hauptmann Dedreugh Euren eigenen Worten nach genauso stark wie Ihr, Fohlen, aber leider doppelt so groß. Ich glaube, in einem Zweikampf mit ihm sähe es schlecht für Euch aus. Und dann wollen wir mal nicht vergessen, dass Euer Freund Tamin nicht ganz unbedarft ist, was Magie angeht. Ich würde darauf wetten, dass sein mittlerweile abgereister Lehrer nicht der Einzige ist, der hier hexen kann.« Dorna neigte den Kopf zur Seite und musterte Janel mit zusammengekniffenen Augen. »Wie sieht Euer Plan genau aus?« Sie hob einen Finger. »Kommt jetzt bloß nicht auf die Idee zu sagen, dass Ihr Euch schon durchkämpfen werdet, junger Hengst.«

»Tue ich auch nicht«, erwiderte Janel. Sie zog ein schweres Kettenhemd aus der Truhe. »Ich kämpfe mich *hinein*.«

Das dunkelblaue Metall schimmerte wie ein nächtlicher Regenbogen, als wäre es von einem inneren Feuer erhellt. Es war kein Messing, auch nicht Eisen oder Stahl, sondern Shanathá, das der eigentliche Grund war, warum Quur einst Kirpis erobert und die Vané vertrieben hatte. Das Metall war für Zivilisten verboten, selbst wenn sie es sich leisten konnten. Nur der joratische Adel war von diesem Verbot ausgenommen.

»Hinein?«, wiederholte Dorna. »Was soll das heißen, Ihr wollt Euch *hinein*kämpfen?«

Der Graf hob lächelnd ein paar Kleidungsstücke vom Boden auf: ein burgunderfarbenes Wams, das so dunkel war, dass es beinahe schwarz aussah, und einen abgewetzten Mantel von unbestimmbarer Farbe, der schon bessere Tage gesehen hatte. »Der Zeitpunkt könnte nicht besser sein. Der Baron ist jung und unerfahren.«

Ninavis schnaubte. »Und wie alt bist du? Siebzehn?«

Janel schaute weg. »Mach dich nicht lächerlich.«

Bruder Qaun räusperte sich.

Der Graf senkte beschämt den Kopf. »Ich habe vor drei Monaten die Volljährigkeit erreicht, kurz vor unserem Aufbruch aus Tolamer.«

Ninavis' Augen wurden groß. »Aha, verstehe, du bist *sechzehn*. Das ist natürlich was anderes.« Sie schaute Dorna und Bruder Qaun an, als wollte sie die beiden zu einem Widerspruch herausfordern.

»Arm an Jahren«, sagte Janel, »aber nicht an schmerzhaften Erfahrungen.«

Ninavis blickte ihr in die Augen. Was auch immer sie dort sah, ließ sie schlucken und den Blick senken.

Dorna verlor endgültig die Geduld. »Und was hat das alles mit Eurem Plan zu tun, Füllen?«

Janel schien der ruppige Ton ihrer Dienerin nichts auszumachen. Sie wirkte vielmehr erfreut, dass es endlich nicht mehr um ihr junges Alter ging. »Nicht Tamin ist unser Feind, sondern Dedreugh. Und im Gegensatz zu dem Baron kommen wir sehr einfach an ihn heran, denn er kämpft in dem Turnier. Nach dem, was ich gesehen habe, wäre ich allerdings überrascht, wenn er noch viele Kämpfe absolvieren würde. Seine Gegner werden sich zurückziehen und ihm den Sieg kampflos überlassen, weil niemand Sir Xias Schicksal teilen will. Also wird er gewinnen. Damit der Baron Ninavis' Leute hinrichten kann, *muss* er das auch, denn andernfalls gehören ihm die Gefangenen nicht.«

»Aber … sie sind doch der Hexerei angeklagt. Genügt das nicht?« Bruder Qaun brachte den Einwand nur sehr ungern vor, doch er fühlte sich dazu verpflichtet.

Janel schüttelte den Kopf. »Auch das wird durch das Turnier entschieden. Tamin wird die zu erwartende Anfechtung des Urteils mit dem Ausgang des Turniers verknüpfen. Das wurde schon öfter so gemacht. Aber auf jeden Fall gilt: Damit Tamin sie als Hexen hinrichten kann, muss Dedreugh gewinnen.«

»Aber wer soll gegen ihn kämpfen?«, fragte Ninavis. »Ich habe ein gebrochenes Bein, und du bist eine Adlige. Du darfst nicht an Turnieren teilnehmen.«

»Nein, darf ich nicht«, bestätigte Janel und streifte sich das Wams über. »Als Graf Tolamer darf ich mich von einem Ritter repräsentieren lassen, aber nicht selbst antreten. Das ist verboten.« Sie kicherte in sich hinein, als hätte sie gerade einen Witz gemacht und ihren Zuhörern die Pointe verschwiegen.

Dorna warf ihr einen strengen Blick zu. »Ihr sprecht von dem Schwarzen Ritter, nicht wahr? Ihr wollt Euch als der Schwarze Ritter verkleiden und teilnehmen.«

Bruder Qaun blinzelte. »Ich verstehe kein Wort. Wer ist der Schwarze Ritter?«

Dorna schnaubte. »Niemand. Jeder. Jeder, der gerne Ritter spielen möchte. Der Schwarze Ritter bleibt amony ...«

»Anonym«, warf Ninavis ein.

»Richtig. Genau das. Er ist ein Narr, ein Spaßmacher und Possenreißer der Götter und bleibt stets unerkannt. Schwarz ist die Farbe der Mysterien und der Gefahr, und der Ritter ist der lebende Beweis, dass dir jeder auf die Reitstiefel pinkeln kann, ganz egal wie prachtvoll der Harnisch deines Pferds ist. Eine spaßige Aufgabe, bei der man einen ganzen Tag lang Leute veralbern, Freibier trinken und hübschen Jungen an den Hintern fassen kann. Sehr lustig.«

»Ich verstehe immer noch nicht. Wie hilft uns das weiter?«

Janel schloss gerade den letzten Knopf ihres Wamses. Sie trug so viele dicke Schichten übereinander, dass ihre Rundungen nun nicht mehr zu sehen waren. »Da der Schwarze Ritter stets anonym bleibt«, erklärte sie, »kann jeder die Rolle übernehmen – sogar ein Adliger. Niemand spricht je darüber, aber es ist ein offenes Geheimnis, dass in der schwarzen Rüstung nicht selten ein Mitglied der Aristokratie steckt, das einmal ein bisschen Spaß haben will. Was wiederum bedeutet, dass ich kämpfen kann und Dedreughs Sieg bei Weitem nicht so sicher ist, wie er glaubt.« Ihre Lippen zuckten vergnügt.

»Die Rolle des Schwarzen Ritters wird vor dem Turnier vergeben«, gab Ninavis zu bedenken. »Ich glaube, es könnte auffallen, wenn plötzlich ein zweiter auftaucht.«

Janels Lächeln blieb von dem Einwurf unbeeinträchtigt. »Stimmt«, bestätigte sie und legte ihr Kettenhemd an. »Deshalb werde ich Baron Tamins Schwarzem Ritter einen kleinen Vorabbesuch abstatten.«*

---

* In der Rückschau muss ich sagen, dass ich alle Leute des Barons hätte überprüfen sollen.

8

DER NARR

Jorat, Quurisches Reich.
Zwei Tage nach der Zerstörung des Schellensteins

»Also *bist* du der Schwarze Ritter. Ich hab's gewusst.« Kihrin lehnte sich selbstzufrieden in seinem Stuhl zurück. Seine Theorie, was Janel betraf, schien immer plausibler.

»Tut mir leid, wenn ich dich enttäuschen muss, aber: nein, bin ich nicht.«

»Was? Du hast doch gerade gesagt …«

»Ich *war* der Schwarze Ritter«, berichtigte Janel. »Es gibt immer genauso viele Schwarze Ritter, wie gerade Turniere stattfinden.«

Kihrin hielt inne. »Dann bist du nicht der, auf dessen Kopf Herzog Kaen eine Belohnung ausgesetzt hat?«

Janel schaute hinüber zur Theke und wandte sich dann wieder Kihrin zu. »Nein«, sagte sie.

»Oh.«

»Du klingst enttäuscht.«

»Das bin ich auch. Ich kam nach Jorat, um ihn zu finden. Herzog Kaen von Yor hat eine beträchtliche Belohnung auf den Kopf dieses Ritters ausgesetzt. Mehr Geld, als die meisten in ihrem gesamten Leben verdienen. Ich dachte, jemanden, den Kaen so unbedingt tot sehen will, könnte ich gut als Verbündeten gebrauchen.«

Janel und Qaun musterten ihn mit einem sehr eigentümlichen Ausdruck im Gesicht.

»Sagt jetzt nicht, Kaen steht direkt hinter mir ...«

Janel kicherte. »Nein, tut er nicht.«

»Warum schaut ihr beide mich dann so komisch an?«

Sie seufzte. »Sagen wir einfach, Kaen wird uns wahrscheinlich keine Probleme machen.«

Qaun klopfte mit den Fingerknöcheln auf die Tischplatte. »Aber keine Sorge, wir haben genug andere Probleme. Und die sind mindestens genauso schlimm, wenn nicht schlimmer.«

»Wenn mich das beruhigen soll ...«

»Nein, soll es nicht.«

»Ach so, dann ist alles gut.«

Weiteres Geschrei von den Gästen, die mit diesem eigenartigen Wurfspiel beschäftigt waren, lenkte Kihrin ab.* Der Gewinner versuchte, Mitspieler für eine neue Runde zu finden, aber niemand schien interessiert.

Bruder Qaun lachte in seine Teetasse. »Welch Überraschung«, kommentierte er. »Er gewinnt jedes Mal und versteht nicht, dass keiner mehr mitmachen will.«

Janel grinste. »Gib ihm nur noch ein bisschen Zeit.«

»Traut sich keiner, mich herauszufordern?«, prahlte der Mann und warf die Hände in die Luft. Seine Worte wurden mit Stöhnen und Gelächter erwidert, ein paar Gäste warfen ihre Stoffservietten nach ihm. »Kommt schon, Leute, nur so zur Unterhaltung!«

In diesem Moment sprang die Schankkellnerin mit einem Satz über die Theke und nahm dem Kerl einen Wurfstein aus der Hand. Die drahtige Frau erinnerte Kihrin an die weiblichen Mitglieder seiner ehemaligen Bande, der Schattentänzer, die auf Einbrüche und Messerkämpfe spezialisiert waren. Sie hatte dunkelrote Haut

---

* Das Spiel heißt Pagos. Sehr beliebt in Wirtshäusern in ganz Jorat; leider kommt es dabei oft zu Schlägereien.

und schulterlanges, kastanienbraunes Haar, das auf einer Schädelseite wegrasiert war. Der Rest fiel nach vorne und bedeckte ihre obere Gesichtshälfte.

Aus dem Publikum kam ein Raunen, dann Jubelrufe und Anfeuerungen.

Kihrin hatte keine Ahnung, wie die Punkte gezählt wurden, doch offensichtlich ging es darum, die Steine so zu werfen, dass sie erst von einer Oberfläche abprallten und dann ein bestimmtes Ziel trafen. Die Frau schleuderte ihren Stein auf den Boden, von wo er mit einem zwitschernden Geräusch wieder hochsprang, bevor er genau in einer Vertiefung in der Mitte des Spielbretts landete.

Sie verneigte sich vor der Menge und machte auf ihrem Weg zurück hinter die Theke eine obszöne Geste in Richtung des grauhäutigen Kerls.

Kihrin wandte sich lachend wieder seinen Gesprächspartnern zu. »Ich glaube, ich sollte ein paar Münzen in Wetten investieren.«

»Warum nicht? Alle tun das«, stimmte Janel zu.

»Später, wenn sie die Würfel rausholen. In der Zwischenzeit würde ich gerne noch mehr über diesen Schwarzen Ritter erfahren«, erwiderte Kihrin.

Janels Schilderung. Turnierplatz in Mereina,
Provinz Barsine, Jorat, Quur.

Als ich mit Bruder Qaun und Dorna zum Turnierplatz zurückkehrte, hatte die Sonne ihren Zenit bereits überschritten. Die Wettbewerbe wurden pausiert, während die Zuschauer zu Mittag aßen und die Mitwirkenden die nächste Runde vorbereiteten. Genau wie ich vermutet hatte, musste Hauptmann Dedreugh nicht mehr weiterkämpfen – seine Gegner hatten ihre Herausforderungen ausnahmslos zurückgezogen und verließen das Feld der Ehre als beschämte, aber lebendige Verlierer. Nur einem Narren wäre entgangen, wie schlecht die Stimmung im Publikum geworden war.

Nach Sir Xias Tod hatte der Schwarze Ritter die Arena betreten, um die Menge von dem Blut abzulenken, das Dedreugh vergossen hatte, doch jetzt war er fort. Wahrscheinlich hatte er einen schnellen Abgang gemacht, als das aufgebrachte Publikum begann, seinen Unmut durch Würfe von verfaultem Gemüse kundzutun. Wenn er sich also zurückgezogen hatte, musste er in einem der Azhocks hinter dem Turnierplatz sein.

Die zeltähnlichen Azhocks bildeten eine Art wanderndes Dorf, das mit dem Turnier von Stadt zu Stadt zog. Obgleich sie nie lange am selben Ort blieben, gab es in dem Dorf Straßen und feste Adressen, auf die man sich genauso verlassen konnte wie auf den Besuch des Steuereintreibers gleich nach der Ernte.

Als wir an ein paar Hengsten vorbeikamen, die streng von den Stuten getrennt standen, wusste Dorna, wen wir gleich besuchen würden. Der einzige Feuerblüter-Hengst unter ihnen stach heraus wie ein Riesenmammutbaum unter Zwergkiefern.

Sie sah den Feuerblüter und schnaubte. »Aha, daher weht der Wind.«

»Sei nett«, ermahnte ich sie und betrat ein mit einem roten Spinnwebmuster verziertes Zelt.

»Seid gegrüßt, Sir Baramon«, sagte ich und schlug die Kapuze meines Sallí-Umhangs zurück.

Der Mann, der von seinem Becher eamithonischem Pflaumenwein aufblickte, hatte seine besten Jahre lange hinter sich, und das war noch freundlich ausgedrückt. Seine Haut war blaugrau, und er hatte einen prächtigen schwarzen Schnurrbart, der bis weit über die Kinnspitze reichte. Seine Rüstung trug er immer noch am Körper, der Helm lag neben seiner Pritsche auf einem Klapptisch, darunter befanden sich weitere Weinflaschen.

Er schien überrascht von unserem Besuch. »Ihr könnt hier nicht einfach so reinkommen …«

»Seht Euch an.« Dorna trat hinter mir ins Zelt. »Noch fetter als beim letzten Mal, als ich Euch gesehen habe.«

»Und du wirst mit dem Alter auch nicht gerade hübscher, runzliges Weib. Ich habe ...« Sein Blick wanderte von Dorna zu mir, und alle Farbe wich aus seinem Gesicht.

Er hatte mich erkannt.

Als Bruder Qaun das Zelt betrat, schaute er ihn nicht einmal an. Dorna ignorierte er trotz des kleinen Schlagabtauschs ebenfalls. Ich hatte seine volle Aufmerksamkeit.

»Eure Reaktion sagt mir, dass ich mich nicht erst vorstellen muss.«

Sir Baramon stieß ein bellendes Lachen aus und wischte sich über den Mund. »Gewiss nicht, mein Graf. Frena wäre stolz, wenn sie sehen könnte, wie Ihr gewachsen seid.«

Er füllte seinen Becher wieder auf.

Ich fasste ihn am Arm. »Dafür haben wir jetzt keine Zeit.«

Er wollte sich losmachen, aber genauso gut hätte er versuchen können, eine eiserne Statue zu verbiegen. Er runzelte die Stirn, dann wanderte sein Blick von seinem wie festgeschraubten Arm zu meinem Gesicht. Er mochte alt und außer Form sein, aber er war immer noch ein Hengst. »Was wollt Ihr?«, brummte er.

»Erinnert Ihr Euch an unsere letzte Begegnung?«

»Natürlich.« Ein schuldbewusster Ausdruck huschte über sein Gesicht. »Ihr wart ...« Sein Blick sprang zurück zu seinem Arm. »Lasst mich los.«

Ich tat es. »Das war im Kanton Lonezh«, sprach ich weiter. »Die Dämonen standen vor den Toren. Und Ihr seid geflohen.«

»Das stimmt nicht ...«

»Geflohen«, wiederholte ich. »Mit Talaras, mitten in der Nacht. Ihr habt Euren Posten verlassen und die Wachen am hinteren Tor belogen. Ihr habt behauptet, mein Vater hätte Euch einen Auftrag erteilt und Ihr müsstet los. Die Wachen ließen Euch passieren.«

»Ich erinnere mich gut an damals.« Sir Baramons Blick wurde

hart. Er stellte seinen Becher ab und lehnte sich zurück, wogegen sein Stuhl prompt mit einem Knarren protestierte.

Sir Baramons Gesicht quoll über vor Gefühlen. Sein Kiefer zuckte eine Weile, dann beugte er sich wieder nach vorn. »Ich wollte Euch mitnehmen, wisst Ihr noch?«

Ich spürte einen Kloß im Hals. »Und ich habe mich mit Händen und Füßen gewehrt, bis Ihr von mir abgelassen habt.«

»Deshalb seid Ihr also hier?« Er schaute zu Dorna hinüber. »Um den Feigling von damals zu verhöhnen?«

Ich schob mir einen Stuhl zurecht, setzte mich Sir Baramon gegenüber und lächelte den fetten, alten Ritter an. »Warum sollte ich Euch verhöhnen wollen? Ihr wart als Einziger noch bei Sinnen.«

Sein Kopf fuhr ruckartig hoch. Was immer er erwartet hatte, bestimmt nicht das. »Wie bitte?«

»Die anderen waren *Narren*.«

Der Ritter blinzelte überrascht. Dorna und Qaun wahrscheinlich auch.

»Narren«, wiederholte ich. »Ich liebe meinen Vater, aber er war ein Schwachkopf. Ich habe nicht die geringste Ahnung, wie er auf die Idee kam, zu bleiben und zu kämpfen. Wenn ich mit Euch gegangen wäre …« Meine Stimme versagte für einen Moment. Ich schluckte schwer und drehte das Gesicht weg, während die Gedanken an das, was hätte sein können, mich innerlich durchschüttelten. Ich holte tief Luft. »Ihr seid dem Massaker als Einziger entkommen.«

»So würde ich das nicht sagen«, murmelte er und senkte das Haupt.

Bruder Qaun setzte sich auf den Rand der Pritsche. Das Quietschen des Gestells brach den Bann. Als Sir Baramon sich nach dem Ursprung des Geräuschs umsah und sich dann mir zuwandte, war sein Gesicht hart. »Was wollt Ihr?«

»Einen Gefallen«, antwortete ich. »Ich möchte für den Rest des Tages Eure Rolle als Schwarzer Ritter übernehmen.«

Sir Baramon lachte aufrichtig überrascht. Als er merkte, dass ich nicht mitlachte, wurde er schlagartig wieder ernst. »Habt Ihr vor …? Ihr werdet doch nicht …« Er räusperte sich und fing noch einmal von vorne an. »Wir haben nicht die gleiche Größe, mein Graf.«

»Ein Rhinozeros hat auch nicht die gleiche Größe wie Ihr«, warf Dorna ein, »und trotzdem versucht Ihr, wie eines auszusehen.«

»Dorna!«, fuhr ich sie an. »Schluss damit.« Ich wandte mich wieder dem Ritter zu. »Nichtsdestotrotz, die Rüstung ist, hmm, ein bisschen klein für Euch. Sie muss nicht wie angegossen sitzen. Ich habe ein Shanathá-Kettenhemd, das ich darunter tragen werde.« Ich öffnete meinen Sallí-Umhang und zeigte ihm das blaue Metall.

Sir Baramon blinzelte. Sein Blick war nicht lüstern – er galoppierte nicht mit meinem Geschlecht –, sondern grenzenlos erstaunt. »Das ist das Kettenhemd Eures Großvaters.«

»Es *war* das Kettenhemd meines Großvaters.«

Seine Miene verdunkelte sich. »Das tut mir leid. Wie ist er gestorben?«

»Sein Herz hat ihn im Stich gelassen.« Ich bemühte mich, ruhig zu bleiben. Nur weil er im Schlaf gestorben war, hatte sich die Wunde, die sein Tod hinterlassen hatte, noch längst nicht geschlossen. Ich hatte nicht einmal Zeit zum Trauern gehabt.

»Mein Mitgefühl. Er war ein guter Mensch.«

»Danke.« Ich nahm den Helm von dem Tischchen und betrachtete das schwarzlackierte Metall. Die wichtigsten Teile einer Turnierrüstung waren genauso robust wie die Panzerung, die ein Soldat auf dem Schlachtfeld trug. Turnierkämpfe sind alles andere als harmlos, selbst wenn man nicht gegen jemanden wie Hauptmann Dedreugh antritt. Sir Baramon mochte ein Trunkenbold sein und körperlich aus dem letzten Loch pfeifen, aber seine Ausbildung hatte er nicht vergessen: Der Helm war in gutem Zustand und praktisch. Er würde seinen Zweck erfüllen.

Ich legte ihn wieder ab. »Glaubt Ihr, Talaras wird mich auf ihm reiten lassen? Arasgon würde es tun, aber jemand könnte bemerken, dass es nicht mehr derselbe Feuerblüter ist.«

»Arasgon ist hier?« Er seufzte und massierte sich den Nasenrücken. »Dumme Frage. Er weicht Euch nie von der Seite.«

»Einmal hat er es getan.«

Sir Baramon schluckte den Köder nicht. Er nahm seine Weinflasche und steckte den Korken hinein. »Warum wollt Ihr Schwarzer Ritter spielen? Die Stimmung im Publikum ist denkbar schlecht, und so wie das Turnier bisher läuft, wärt Ihr besser beraten, das Weite zu suchen, solange Ihr noch könnt.«

»Es ist eine Frage von Idorrá. Außerdem: Wenn ich es nicht tue, werdet Ihr noch einmal vor der gleichen Entscheidung stehen wie in Lonezh.«

Dornas Gesicht wurde aschfahl. »Was?«

Sir Baramon stand auf und schnappte sich seinen Helm. Ich ließ ihn gewähren. »Was soll das? Ihr solltet den Leuten nicht mit Geistergeschichten Angst machen.«

»Tut nicht so, als wüsstet Ihr nicht Bescheid. Wie oft habt Ihr den neuen Baron schon sagen gehört, in Barsine würde es von Hexen und den Dämonen, die sie herbeirufen, nur so wimmeln?« Ich verschränkte die Arme vor der Brust. »Wie, glaubt Ihr, beginnt ein Höllenmarsch?«

»Dieser Hexenunsinn ist nichts weiter als die paranoide Wahnvorstellung eines Kindes, das immer noch um seinen Vater trauert.«

»Ist es nicht«, widersprach ich mit zusammengekniffenen Augen. »Es ist weit schlimmer.« Ich muss zugeben, dass ich es mir einfacher vorgestellt hatte, Sir Baramon zu überreden. Wahrscheinlich hatte ich gehofft, er würde die Gelegenheit, seine Ehre wiederherzustellen, mit Freuden ergreifen, aber …

Dämonen. Konnte ich es ihm verübeln, wenn er es da mit der Angst zu tun bekam?

Was bedeutete, dass ich härtere Bandagen anlegen musste.

»Zwingt mich nicht, mir zu nehmen, was ich brauche, Ritter. Ich werde mich von Euch nicht aufhalten lassen.«

»Ihr seid ein kleines Mädchen«, schimpfte Sir Baramon. »Ein kleines Mädchen, das jetzt dringend nach Hause gehen sollte.«

»Ihr habt meine Mutter dem sicheren Tod überlassen.«

Er zuckte zusammen. »Eure Worte sind unangemessen.«

»Würde mein Vater noch leben, würde er Euch widersprechen. Mein Großvater ebenso. Ihr habt die Theranons im Stich gelassen. Als wir Euch brauchten, habt Ihr nur an Euch selbst gedacht und seid getürmt …«

»Nein!« Sir Baramons Augen wurden feucht. »Das ist nicht wahr. Frena hat es mir befohlen. Eure Mutter flehte mich an, Euch in Sicherheit zu bringen. Sie sagte, die Götter verlangten es. Die Dämonen dürften Euch unter keinen Umständen bekommen. Ihr wärt die einzige Hoffnung für unsere Welt. Ich …« Seine Stimme wurde durch Schluchzen erstickt.

Dorna reichte Sir Baramon ein Taschentuch und klopfte ihm auf die Schulter; ihre Miene war undurchdringlich.

Ich blinzelte und machte ohne ein weiteres Wort einen Schritt zurück. Meine Mutter hatte ihm befohlen, mich in Sicherheit zu bringen? Wenn das stimmte, dann hatte sie geahnt, dass der Kampf gegen die Dämonen hoffnungslos war. Hätte sie geglaubt, wir könnten die Dämonen zurückschlagen, hätte sie mich niemals nach außerhalb der Burgmauern geschickt. Und das bedeutete …

Dieses Schuldgefühl plagte mich seit Jahren – der Verdacht, dass es kein Zufall war, dass die Dämonen ausgerechnet mich gefangen nahmen und Xaltorath von mir Besitz ergriff. Dass Xaltorath nicht ein beliebiges kleines Mädchen genommen, sondern eigens nach mir *gesucht* hatte. Ich weiß, ich weiß – wir alle glauben gerne von uns, wir seien etwas Besonderes. Aber auf diese Art von Besonderheit konnte ich verzichten. Die Vorstellung war genauso entsetzlich wie arrogant: dass halb Jorat und Marakor einem Höllenmarsch zum Opfer gefallen waren, weil die Dämonen *mich* haben wollten. Das Massaker endete erst, als Xaltorath genug von dem Spiel hatte.

In Wahrheit bin ich den Dämonen damals nicht entkommen. Nicht einmal ansatzweise.

Aber davon durfte ich mich jetzt nicht ablenken lassen.

»Ich brauche Eure Hilfe«, sagte ich schließlich. »Ihr wart der beste Ritter meines Großvaters, und jetzt seid Ihr sein letzter Ritter. Ich bin auf Eure Hilfe angewiesen und rufe Euch zurück in die Dienste des Hauses Theranon. Ich rufe Euch zurück, damit Ihr Eure Schuld begleichen könnt.«

Er wischte sich mit dem Taschentuch über die Augen und runzelte die Stirn. »Ich diene bereits …«

Ich schüttelte den Kopf. »Nein, tut Ihr nicht. Nicht mehr. Tamin ist Eurer Dienste nicht würdig. Ihr steht jetzt wieder an meiner Seite, wie Ihr es immer hättet tun sollen.«

Mit mahlenden Kiefern starrte er mich so lange an, dass ich mich schon fragte, ob ich vielleicht einen Fehler gemacht hatte.

Sir Baramon streckte mir den Helm hin. »Der Kinnriemen ist ein bisschen locker.«

Dorna nahm ihn entgegen. »Halb so wild. Ich kümmere mich darum.«

9

DER WETTKAMPF

Jorat, Quurisches Reich.
Zwei Tage nach dem letzten Tag von Gadrith D'Lorus' Herrschaft

Kihrin schwieg erst einmal, als Janel ihre Schilderung unterbrach und Bruder Qaun bedeutete, das Erzählen zu übernehmen. Er kaute eine Weile auf der Unterlippe herum. »Ich sage das nur äußerst ungern, aber ich glaube … du hast recht: Xaltorath hat nach dir gesucht, und nur nach dir. Genauso wie ich glaube, dass … sie in der Hauptstadt nach *mir* gesucht hat. Es war alles im Voraus geplant.«

»Die Vorstellung ist zwar beunruhigend, aber ich bin der gleichen Meinung«, sagte Bruder Qaun.

Janel schluckte, dann nickte sie. »Ich weiß, und ich hasse es. Ich hasse es von ganzem Herzen, dass Unzählige wegen mir sterben mussten. Es ist so sinnlos, und ich fühle mich schuldig.« Sie hob die Hand. »Mir ist bewusst, dass es nicht meine Schuld war, aber das ändert nichts an meinen Gefühlen.«

Kihrin schaute Janel in die Augen. »Ein guter Freund hat mir gesagt, dass wir uns freiwillig für das hier gemeldet haben. Alle Vier. Im Nachleben haben wir uns dazu bereit erklärt, zurückzukehren und diesen Krieg auszufechten. Ich glaube, du bist eine von diesen Vier.«

»Lass mich raten – mein Name war Elana.«

Kihrin blinzelte sie verdutzt an. »Was? Wie kommst du darauf …?«

»Als wir uns im Nachleben begegnet sind, hast du mich Elana genannt.« Sie hielt kurz inne. »Mehrmals.«

»Hm, seltsam. Ich kenne keine Elana. Das einzige Mal, dass ich diesen Namen gehört habe …« Er runzelte die Stirn. »Oh.«

Janel hob die Augenbrauen und wartete.

»Jemand hat mir mal erzählt, in meinem letzten Leben hätte eine Frau namens Elana mich vor etwas, ähm, Schrecklichem gerettet und dass ich ohne sie jetzt nicht hier wäre.«

»Tatsächlich?« Janel stützte das Kinn in die Hand. »Und wie hast du vor, dich bei ihr dafür zu bedanken?«

Einen Moment lang glaubte Kihrin, sie meinte Atrine, dann bemerkte er seinen Irrtum. Ein Lächeln trat auf seine Lippen. »Ich hätte da so ein paar Ideen.«

»Ich kann es gar nicht erwarten, sie zu hören.«

Bruder Qaun räusperte sich.

Kihrin schrak zusammen. Er hatte schon wieder vergessen, dass der Priester mit ihnen am selben Tisch saß.

Janel wirkte ein klein wenig beschämt. »Gibt es sonst noch etwas, das ich wissen muss?«

Kihrin lächelte säuerlich. »Es gibt da so eine Prophezeiung.«

Janel verdrehte die Augen und warf lachend den Kopf in den Nacken. »Bei den Göttern …«

»So in der Art. Und wegen dieser Prophezeiung glaube ich, dass Xaltorath allen Grund hatte, nach uns zu suchen.«

»Aber warum hat sie uns nicht einfach getötet?«, hakte Janel nach. »Das ist unlogisch.«*

---

* Ach, Unsinn. Und ob das logisch ist. Ein Werkzeug, das sich noch als nützlich erweisen könnte, zerstört man nicht. Wir sind nicht die Einzigen, die versuchen, die Prophezeiungen nach ihren Vorstellungen zu

»Ich glaube, um die Logik hinter alledem zu verstehen, müssten wir zuerst Xaltorath verstehen.«

»Viel Glück damit«, erwiderte Janel.

»Dämonen wollen leben«, ergriff Bruder Qaun schließlich das Wort. »Genau wie wir alle. Die Frage, die wir uns stellen müssen, lautet: Können sie nur auf unsere Kosten überleben? Ist das ein Zaibur-Spiel mit lediglich einem Gewinner, oder spielen wir Raben und Tauben?«

Kihrin und Janel schauten einander an. »Was …?«

»Raben und Tauben?«, fragte Kihrin. »Nie von diesem Spiel gehört.«

»Ach so.« Bruder Qaun wirkte peinlich berührt. »Ich bin in Eamithon damit aufgewachsen. Das ist ein Spiel für Kinder, bei dem es mehrere Sieger geben kann. In der Tat ist es sogar so, dass der prestigeträchtigste Sieg darin besteht, dass alle gewinnen.«

Kihrin verzog das Gesicht. »Eamithon klingt gut. Ich wollte dort eine Schenke für meinen Vater aufmachen.« Er seufzte, starrte in sein Glas und winkte die Kellnerin heran, um noch eines zu bestellen.

Schließlich wandte er sich wieder an Qaun. »Du bist dran.«

*Qauns Schilderung. Turnierplatz in Mereina,
Provinz Barsine, Jorat, Quur.*

Pläne wurden gefasst und Aufgaben verteilt – was in Bruder Qauns und Dornas Fall bedeutete, freie Plätze im Publikum zu finden. Das stellte sich als schwieriger heraus, als Qaun gedacht hätte. Während sich bei den Verkaufsständen kaum jemand aufhielt, herrschte um die Arena herum großes Gedränge. Die Zuschauer

beeinflussen. Sehen wir den Tatsachen ins Auge: Jeder hätte diese Vier gerne unter seiner Kontrolle.

standen dicht beisammen und besprachen mit gedämpfter Stimme den eigenartigen Turnierverlauf, wer noch ums Leben kommen mochte und wie ungeheuerlich das alles war.

»Wie lange, glaubst du, braucht Sir Baramon, um sein Zelt einzupacken?«, flüsterte Bruder Qaun Dorna zu. Falls, oder besser gesagt, sobald die Dinge hier hässlich wurden, war schnelles Handeln vonnöten. Und dann mussten sie noch Ninavis holen, eine gefährliche Aufgabe. Qaun wollte sichergehen, dass alles andere bis dahin geklärt war.

Dorna betrachtete die geprägte Lederbörse in ihrer Hand. »Was sagst du?« Sie ließ die Börse in ihrem Kleid verschwinden.

»Wie lange, glaubst du, braucht Sir Baramon, um sein Zelt einzupacken?«, wiederholte er.

»Es ist ein Azhock«, korrigierte Dorna.

»Darum geht es jetzt nicht.«

»Wenn du dich bei uns zurechtfinden willst, Priester, solltest du am besten damit anfangen, die wichtigsten Begriffe zu lernen, meinst du nicht?« Sie zwinkerte ihm zu und schaute dann wieder Richtung Arena.

Dorna beugte sich ein Stück zur Seite und zupfte die Frau gleich neben ihr am Ärmel, der mit dem rechteckigen Wappen einer Händlerfamilie bestickt war. Auf dem Schoß der Frau lag ein Stickrahmen. »Guten Tag, Stute«, sagte Dorna. »Wer ist dieser Ritter in Blau und Gelb?« Sie deutete auf einen der beiden Recken, die gerade Richtung Arena gingen.

Statt etwas zu antworten, musterte die Angesprochene Dorna erstaunt, weil sie nicht die Farben eines teilnehmenden Ritters trug. »Gozen. Arbeitet für die Familie Sifen«, erwiderte sie schließlich und schniefte. »Bauern. Züchten Mangos.«

»Aaaah«, machte Dorna. »Taugen die Mangos was?«

Die Frau schnaubte nur und wandte sich wieder ihrer Stickerei zu. »Moment, meine Börse! Wo ist meine Börse hin?«

Dorna ignorierte Bruder Qauns anklagenden Blick. »Vielleicht ist sie dir runtergefallen. Wann hast du sie zum letzten Mal gesehen? Hast du was gekauft? Womöglich ist sie noch dort.«

Die Frau schaute Dorna erschrocken an, packte ihren Stickrahmen und eilte zu den Verkaufsständen. Dorna nahm den freigewordenen Platz ein und bedeutete dem Vishai-Priester, sich zu ihr zu setzen.

»Dorna!«

Sie fasste ihn am Arm. »Mach nicht so ein Theater. Wir fallen noch auf.«

»Aber du ... du ...« Er hätte beinahe mit dem Finger auf sie gezeigt. »Dieser Sitz gehört dir nicht. Genauso wenig wie die Geldbörse.«

»Wir halten ihn nur für Ihre Hoheit frei, falls sie zurückkommt. Du hast dich genauso dazu bereit erklärt wie ich.« Dorna nahm einen Schluck von dem dünnen Tee, den sie zuvor an einem der Stände gekauft hatte, verzog das Gesicht und griff sich stattdessen die Flasche mit Apfelwein, die die Frau hatte liegen lassen. »Ah, schon viel besser. Und jetzt Ruhe. Gozen ist an der Reihe. Er ist mein Liebling.«

»Vor einer Minute hast du ihn nicht einmal erkannt!«

»Sei nicht albern, Priester. Gozen vertritt die Sifen-Familie. Sie züchten Mangos.« Sie schaute zur Arena.

»Was für eine verdorbene Person du bist«, murmelte Bruder Qaun.

Dorna strahlte vor Stolz.

Zwei Ritter betraten die Arena. Gozen, der in Gelb und Blau, sah aus, als hätte er sich gerade erst eine Turnier-Grundausstattung gekauft. Entweder war er zu neu in dem Geschäft, oder er hatte zu wenig Erfolg, um sich eine richtige Rüstung und einen Harnisch für sein Pferd zu leisten. Sein Gegner war schon etwas älter und komplett ausgestattet. Die Farbe seiner Rüstung und das Wappen darauf wiesen ihn als Mitglied der Roten Speere aus, eine Söldnertruppe, die ihre Dienste an den Meistbietenden verkaufte.

Die Kontrahenten absolvierten die obligatorische erste Runde um die Arena und schleuderten einander Beschimpfungen an den Kopf. Bruder Qaun sah, wie Graf Janel, oder besser gesagt der Schwarze Ritter, ebenfalls herankam.

Niemand nahm Notiz von ihr. Der Schwarze Ritter trug immer noch seine dunkle Rüstung und ritt nach wie vor auf einem flammengeküssten Feuerblüter. Bruder Qaun bemerkte als Einziger den Unterschied: Da Talaras sich geweigert hatte, Janel auf ihm reiten zu lassen, war es nicht mehr derselbe flammengeküsste Feuerblüter. Die Tigerstreifen an seinen Beinen verrieten es sofort. Außerdem wirkte die Rüstung des Schwarzen Ritters plötzlich zu groß, als wäre sie um einen zu schlanken Körper geschnallt.

Trotzdem nahm niemand Notiz.

Alle waren voll und ganz auf die beiden Männer konzentriert, die inzwischen vor dem Verweser und einem Tisch mit acht Statuetten darauf standen.* Gozen beugte sich von seinem Reittier herunter und griff nach dem Abbild einer schwangeren Frau, die im Schneidersitz auf dem Rücken einer Schildkröte saß: Galava, die Mutter. Dann hielt er sie hoch, damit alle sehen konnten, welche Wahl er getroffen hatte.

»Ah«, sagte Dorna und biss in eine Lauchstange – auch die hatte Qaun sie nicht kaufen sehen. »Der Vierte Wettbewerb. Eine interessante Wahl.«

»Was ist der Vierte Wettbewerb?«

»Pst! Sie fangen schon an.«

Der Priester biss die Zähne zusammen und wartete, wie der Wettkampf sich entwickeln würde. Der Rote Speer ritt zu dem

---

* Es gibt acht Wettbewerbe, von denen jeder auf zwei unterschiedliche Arten ausgetragen werden kann, macht insgesamt sechzehn verschiedene Wettkämpfe. Um alle denkbaren Kombinationen abzudecken, beschäftigen die reicheren Mitglieder des joratischen Adels einen ganzen Stall voller Athleten.

Tisch, während ein paar Knappen mit Seilen herbeigelaufen kamen. Es waren zwei verschiedene Sorten Seile: mehrere dünne, kurze, wie man sie benutzte, um Bündel zu verschnüren, und dann noch ein langes, das beinahe so dick wie ein Unterarm war. Da Gozen die Art des Wettbewerbs ausgesucht hatte, durfte der Rote Speer nun bestimmen, mit welcher »Waffe« er ausgetragen wurde.

Er streckte die Hand aus, nahm eines der dünnen Seile und hielt inne. Schließlich überlegte er es sich anders und entschied sich für das dicke.

Die Zuschauer jubelten oder buhten, je nachdem, welchen Wettbewerb sie lieber mochten und worauf sie ihr Geld gesetzt hatten.

Gerade als Gozen nach dem anderen Ende des Seils griff, kam der Graf an seine Seite geritten. Ein Raunen ging durch die Menge, die Zuschauer standen auf. Bruder Qaun bekam ein schlechtes Gewissen und war gleichzeitig dankbar dafür, dass Dorna einen so guten Platz für sie beide gefunden hatte.

Der Schwarze Ritter nahm Gozen das Seil aus der Hand und bedeutete ihm, Platz zu machen. Nicht er würde diese Runde ausfechten, sondern Janel.

»Darf sie das?«, flüsterte Bruder Qaun.

»Aber ja«, antwortete Dorna. »Um ehrlich zu sein, gibt es nicht viel, was ein Schwarzer Ritter nicht darf. An einem der Wettkämpfe teilzunehmen, ist noch das Wenigste. Wenn sie gewinnt, gehört der Sieg ihr, aber zählen würde er für die Sifens.«

»Und wenn sie verliert?«

Stute Dorna schlug ihm auf die Brust. »Halt den Mund, Priester. Mein Graf verliert nicht.«

Jancl ritt in die Mitte der Arena. Der Rote Speer folgte ihr mit dem anderen Seilende in der Hand. Noch hielten sie nur wenige Pferdelängen Abstand zueinander, und das Seil war nicht gespannt.

»Soll das …?« Bruder Qaun beugte sich ungläubig nach vorn. »Das ist ein Spiel für Kinder.«

»Einfach genug sind die Regeln jedenfalls«, bestätigte Dorna. »Beide halten das Seil, wer loslässt, hat verloren. Und wer aus dem Sattel fällt ebenfalls.«

»Aber mit diesem einen Wettbewerb ist es noch nicht entschieden, oder?«

Dorna warf ihm einen kurzen Blick zu. »Ich denke, danach ist zumindest entschieden, wie viel die Sifens in Zukunft für ihre Mangos verlangen werden.«

»Wie bitte? Aber …« Bruder Qaun deutete mit dem Kinn auf die Käfige mit den Gefangenen. »Ich meinte das Schicksal von Ninavis' Leuten.«

Dorna musterte die Käfige mürrisch und versicherte sich, dass niemand zuhörte. »Das Problem ist …«

Die Menge brüllte ohrenbetäubend.

Dorna hielt mitten im Satz inne und sprang auf. Bruder Qaun reckte den Hals und versuchte zu erkennen, was inzwischen in der Arena passiert war.

Der Wettkampf war vorbei.

Der Rote Speer war aus dem Sattel gefallen und versuchte gerade, wieder aufzustehen, während sein Pferd daneben stand und überrascht mit den Hufen scharrte. Ein Punktrichter eilte zum Verweser, oder besser gesagt zu dessen Dienerin, doch das Ergebnis schien eindeutig. Alle Punktrichter hoben die Fahne der Sifens, ein gelb-blaues Rechteck mit einem Quadrat in der Mitte, das sie als Händler auswies.

Sie hatten gewonnen.

Dorna schlug Qaun auf die Schulter. »Hab ich doch gesagt.«

Graf Janel, beziehungsweise der Schwarze Ritter, hatte nun die ungeteilte Aufmerksamkeit aller.

Arasgon stolzierte in die Mitte der Arena und wandte sich in die Richtung des Barons. Hauptmann Dedreugh saß nicht weit von der Tribüne entfernt in seinem Stuhl. Er ließ sich ein Getränk schmecken und wartete ab, ob jemand töricht genug war, ihn herauszufordern.

Der Baron hob gerade den Arm, um etwas zu sagen, da ging ein erneuter Aufschrei durch die Menge. Einige Zuschauer gestikulierten.

Qaun sah sich nach dem Grund für die Aufregung um. Rufe der Überraschung und der Bestürzung wurden laut.

Da entdeckte der Priester, dass die Zuschauer auf das Schloss und den dicken schwarzen Rauch deuteten, der innerhalb der Mauern aufstieg.

Irgendwo im Schloss von Mereina brannte es.

Dorna und Bruder Qaun blinzelten einander an.

»Glaubst du …?« Dorna biss sich auf die Lippe.

»Ninavis«, sagte Qaun.

Er konnte sich nicht erklären, wie es passiert war. Ninavis hatte ein gebrochenes und geschientes Bein. Viel Schaden konnte sie in ihrer Verfassung nicht anrichten …

Trotzdem. Sie hatte das getan. Vielleicht mit Kalazans Hilfe, aber irgendetwas *hatte* sie getan.

Der Baron schickte den Großteil seiner Soldaten zum Schloss. An den wilden Gesten konnte Bruder Qaun den Zorn des Barons so deutlich ablesen, als stünde er direkt neben ihm.

Er mochte es sich nur einbilden, doch er glaubte zu hören, wie der Wind den Namen *Kalazan* an sein Ohr trug.

Tamin selbst begleitete seine Soldaten nicht. Er setzte sich und warf immer wieder finstere Blicke in Richtung des Schlosses.

Während der Baron von dem neuerlichen Problem abgelenkt war, zog Janel ihr Schwert und deutete auf Dedreugh. Arasgon untermalte die Herausforderung mit einem Schrei.

Dorna stieß einen Pfiff aus. »Ah, ich habe mich schon gefragt, wie sie an ihn herankommen will, ohne zuerst gegen ein Dutzend andere kämpfen zu müssen. So ist es viel besser.«

Tamin trat an den Rand seiner Loge. Bruder Qaun konnte zwar nicht hören, was er sagte, doch die Verwirrung und Bestürzung des Barons waren überdeutlich. Er schien gemerkt zu haben, dass dies nicht *sein* Schwarzer Ritter war, nicht Sir Baramon. Vielleicht erkannte er sogar den Feuerblüter wieder – und damit auch Janel.

Die Menge tobte. Das Turnier hatte sich in eine vollkommen unerwartete Richtung entwickelt, die alle in Aufregung versetzte. Tamin sorgte mit einer Geste für Ruhe und bedeutete dem Schwarzen Ritter, die Arena zu verlassen.

Arasgon blähte die Brust und blieb, wo er war. Graf Janel deutete erneut auf Dedreugh.

Bruder Qaun sah, wie der Baron sich zu der Dienerin seines Verwesers hinabbeugte. Sie sagte etwas, und er schüttelte den Kopf. Dann befahl er seinen verbliebenen Soldaten, den Schwarzen Ritter wegzuführen. Die Zuschauer begannen mit den Füßen zu trampeln und zu rufen:

»*Schwarzer Ritter! Schwarzer Ritter! Schwarzer Ritter!*«

Alle machten mit und schrien wie mit einer Stimme.

Bruder Qaun wurde bewusst, dass er die Rolle des Schwarzen Ritters in den Turnieren und in der joratischen Gesellschaft bisher nicht zur Gänze verstanden hatte.

Ja, er war ein Spaßmacher, ein Narr zu Pferde, der das Publikum während der Pausen unterhielt. Doch wer in dieser Figur nur einen Scharlatan sah, begriff ihre Funktion nicht.

Der Schwarze Ritter mochte ein Spaßmacher sein, allerdings einer, der im Dienste der Götter stand. Er war ein heiliger Narr, die scherzende Hand des Schicksals, der schelmische Bote der göttlichen Vorsehung.

Die Bürger von Barsine hassten Dedreugh, und nun forderte der Schwarze Ritter ihn heraus. Bestimmt versuchte der Baron mit dieser Posse lediglich, seine Untertanen von den Gräueln des Vormittags abzulenken. Nie und nimmer war das der Wille der Acht. Es war ein Jux, ein Streich, nichts weiter.

Aber was, wenn ...?

Was, wenn doch nicht?

Der Baron bedachte das Publikum mit einem säuerlichen Blick und nickte Dedreugh zu. Der Hauptmann leerte seinen Becher und erhob sich. Dann rief er sein Pferd herbei, sprang in den Sattel und dirigierte seinen Hengst in die Arena.

»Wer glaubt, er könnte es mit mir aufnehmen?«, polterte er. »Denkst du, ich habe Angst vor dem Unbekannten? Dass ich vor der Dunkelheit erzittere? *Ich bin die Dunkelheit! Ich bin das Unbekannte, das alle fürchten!* Ich werde dich in Stücke hauen, du Hochstapler.« Er zog sein Schwert und fuchtelte wild damit herum. Dann drehte er mehrere Runden durch die Arena, auf denen er ausführlich beschrieb, wie er den Narren, der ihn herausgefordert hatte, im Staub zertreten würde.

Dedreughs Prahlerei schien nichts Außergewöhnliches zu sein. Aus Gründen, die sich Bruder Qauns Verständnis entzogen, machte jeder Turnierteilnehmer bei diesem Beleidigungswettstreit mit. Möglicherweise wollten sie ihre Gegner einschüchtern, den Zuschauern Gelegenheit geben, ihr Geld zu setzen, oder einfach nur ihre Anhänger beeindrucken. Manche Traditionen entstanden, ohne dass jemand wusste, warum.

Der Schwarze Ritter wartete ab und erwiderte kein Wort.

Als Dedreugh zu dem Tisch mit den Statuen ritt, folgte Arasgon ihm mit hocherhobenem Haupt und Schweif.

Keiner der beiden Kontrahenten rührte sich.

Natürlich nicht. Der mit dem weniger ausgeprägten Idorrá wählte die Art des Wettkampfs, und keiner der beiden wollte sich diese Blöße geben.

»Mein Dienstherr ist der Baron dieser Provinz«, knurrte Dedreugh schließlich. »Du wählst zuerst.«

Im ersten Moment reagierte Janel nicht. Schließlich nickte sie, so gut es mit dem Helm eben ging, und griff nach der Statue eines stehenden Mannes mit Adlerkopf und Schwingen: Khored der

Zerstörer. Bruder Qaun wusste nicht genau, für welchen Wettkampf sie stand, doch der Gottheit nach zu urteilen, musste er ziemlich gewalttätig sein.

Der Graf hob die Statue hoch und zeigte sie der Menge. Alle jubelten begeistert.

Statt eine Waffe auszusuchen, griff Dedreugh sofort an.*

Er stürzte sich direkt vom Sattel aus auf den Grafen und packte Janel um die Hüfte, was Bruder Qaun niemals für möglich gehalten hätte, wäre es nicht vor seinen Augen geschehen. Der Hauptmann bewegte sich so schnell, dass selbst Arasgon nicht rechtzeitig reagierte. Bevor der Feuerblüter ausweichen konnte, fiel Janel schon mit einem dumpfen Knall zu Boden.

Das Publikum drängte nach vorn. Alle schienen zu spüren, dass sie gerade Zeuge von etwas Einzigartigem wurden, das sie vielleicht nie wieder zu Gesicht bekommen würden. Der Schwarze Ritter war kein richtiger Ritter, eher ein Pappkamerad – bestenfalls ein Symbol, im schlimmsten Fall eine Witzfigur. So wie jetzt gerade benahm sich ein Schwarzer Ritter einfach nicht.

Andererseits verkörperte er das Göttlich-Geheimnisvolle. Vielleicht war das der Grund für die plötzliche Wandlung.

Baron Tamin stand reglos am Geländer seiner Loge. Die blasse Dienerin des Verwesers gesellte sich zu ihm und hielt sich mit den Händen an der Absperrung fest. Keiner der beiden wirkte erfreut.

Die Kämpfer rollten über den Boden der Arena und sprangen sofort wieder auf. Eigentlich hätte das Gewicht der Rüstung sie behindern müssen, doch das schien ihnen niemand gesagt zu haben. Beide bewegten sich mit der Eleganz von Raubtieren.

Dorna grub die Finger in den Saum von Bruder Qauns Agolé. Ihm selbst war genauso mulmig zumute.

Dedreugh zog sein Schwert, während Arasgon, an dessen Sattel die Waffe des Grafen hing, an Janels Seite preschte. Sie konnte ihre

---

* Regeln und dergleichen kümmerten ihn nicht sonderlich.

Klinge gerade noch rechtzeitig ziehen, um Dedreughs wüsten Schlaghagel abzuwehren. Trotz der Gefahr, von ihrem Gegner an der Absperrung in ihrem Rücken festgenagelt zu werden, wich sie zurück.

Dedreugh schlug erneut zu, und Janel sprang zur Seite. Der Schlag war so kräftig, dass das Schwert des Hauptmanns sich tief in die hölzerne Absperrung grub. Während er versuchte, die Klinge wieder herauszuziehen, hob er seinen Schild ein Stück höher, um seine Schulter zu schützen. Janel ergriff die Gelegenheit und stieß ihre Schwertspitze in die nun ungeschützte Stelle an seiner Hüfte. Blut quoll aus der Wunde hervor.

Bruder Qaun redete sich ein, dass der Kampf nicht auf Leben und Tod ausgefochten werden musste. Janel brauchte Dedreugh nur zu demütigen, ihn dazu zu zwingen, ihre Überlegenheit anzuerkennen und sich ihrem Idorrá zu unterwerfen.

Dedreugh brüllte vor Wut, und da merkte Qaun, wie naiv er gewesen war. Der Hauptmann bekam sein Schwert frei und stürzte sich sofort wieder auf seinen Gegner. Janel wehrte seinen Angriff mit ihrem Schild ab und stach erneut zu.

Bruder Qaun hatte den Eindruck, dass Janel die sich bietenden Gelegenheiten besser nutzte als Dedreugh und außerdem viel schneller auf den Beinen war als er. Der Hauptmann kämpfte wie ein Berserker, pure Wut ohne jegliche Kontrolle. Aber bei einem Gegner, der ihm an Kraft ebenbürtig war, genügte das nicht.

Dedreugh griff mit einem weiteren wuchtigen Schlag an. Janel tanzte zur Seite, schlug Dedreughs Schild mit dem ihren weg und ließ ihr Schwert auf die Schulter des Hauptmanns niederfahren. Ein Stück seines Kettenhemds löste sich und fiel klimpernd herab wie Münzen aus einer Geldbörse in die Hände eines Bettlers.

Der Graf von Tolamer lachte.

Dedreugh preschte wütend vor, und Janel tänzelte zurück. Bruder Qaun merkte, dass sie Ninavis' Taktik übernommen hatte: Sie lud ihren Gegner zu einem Angriff nach dem anderen ein und konterte, während der Hauptmann immer schwächer wurde. Da stolperte sie plötzlich, und Dedreugh schrie vor Freude.

Doch es war eine Falle.

Die Spitze von Janels Schwert fand erneut die schwache Stelle an Dedreughs Schulter. Sie bohrte sich tief hinein, schnitt durch Stahl und Leder, Funken sprühten auf den Sand herab, der Geruch von heißem Metall breitete sich aus. Dann fuhr die Klinge durch Haut, Muskeln und Knochen.

Dedreughs Schwert fiel in den aufgewühlten Sand, gefolgt von seinem Arm.

Das gesamte Publikum brach in ohrenbetäubendes Gebrüll aus.

Bruder Qaun spürte, wie seine Instinkte übernahmen, die er weder kontrollieren konnte noch wollte. Er befreite sein Agolé aus Dornas Griff und kletterte über die Absperrung. Wenn er Dedreugh erreichte, bevor der Blutverlust ihn umbrachte, könnte er sein Leben vielleicht retten.

Da verstummte die Menge.

Dedreugh ging nicht zu Boden.

Stattdessen stand er einfach da und bedachte Janel mit einem liebevollen Blick. Dann lachte er – ein Geräusch, das die Härchen an Qauns Armen zu Berge stehen ließ. Kein Mensch könnte so ein Geräusch machen.

Das Blut, das aus Dedreughs Wunde tropfte, war nicht rot, sondern schwarz. Dick und dunkel sickerte es hervor wie das verklumpte Blut einer Leiche.

Einer Leiche, die schon eine ganze Weile tot war.

Dedreugh ging nicht zu Boden, weil er bereits tot war.

Das war er schon die ganze Zeit gewesen, nur am Leben erhalten von dem teuflischen Geist, der von ihm Besitz ergriffen hatte. Einen solchen Geist kümmerte es nicht, wenn er den Körper, den er bewohnte, über jede normale Belastbarkeit hinaus beanspruchte. Und auch nicht, wie schwer der Körper verletzt wurde.

Diese Art von Gleichgültigkeit war leicht mit übernatürlicher Kraft zu verwechseln. Und nicht ohne Weiteres von dem Fluch zu unterscheiden, der dem Grafen seine enorme Kraft verlieh.

Janel hatte einen schrecklichen Fehler gemacht.

~ AH, ICH WUSSTE, DASS DAS NICHT FÜR IMMER GUT GEHEN WÜRDE. ~

Kein Laut kam aus Dedreughs Kehle. Der Dämon benutzte nichts so Prosaisches wie Dedreughs Stimme.

Jeder im Publikum, Bruder Qaun mit eingeschlossen, spürte das Brüllen des Dämons direkt in seinem Geist.

»Bei Selanol«, sagte Bruder Qaun, und es war ihm egal, ob jemand ihn hörte. »Das ist nicht Dedreugh. Das ist er ganz und gar nicht.« Er drehte sich um und packte Dorna an der Schulter. »Dedreugh wurde nicht von Dämonen verführt, er ist von einem besessen. Verstehst du? Er *ist* ein Dämon.«

Dorna schien ihn nicht zu hören. Die alte Frau schüttelte seinen Arm ab und murmelte etwas. Ihre Aufmerksamkeit war voll und ganz von Janel und dem Dämon in Beschlag genommen.

~ ICH KANN MICH NICHT MEHR GENAU ERINNERN. WAS HAST DU GESAGT, WÜRDEST DU MIT MIR MACHEN, KLEINES MÄDCHEN? ~

Dedreugh grinste. Er ließ seinen Schild fallen und fasste sich mit der verbliebenen Hand in den Mund.

Er zog. Knochen und Muskeln gaben mit einem widerlichen Knacken nach.

Dedreugh riss sich den Unterkiefer ab.* Leute schrien, fielen in Ohnmacht, flohen.

~ DEN BRAUCHE ICH NICHT MEHR. ~

Ploppende Geräusche erfüllten die Luft, als die Lederriemen, die seine Rüstung zusammenhielten, zerrissen, weil der Körper darunter sich ausdehnte. Dickes schwarzes Blut sickerte aus den

---

* Dämonen lieben den großen Auftritt.

Rissen in Dedreughs Haut. Der abgetrennte Arm begann nachzuwachsen, tumorartig wucherte das Fleisch aus seiner Schulter, oben noch schwarz, zu den Händen hin dunkelblau, und mit entsetzlichen schwarzen Klauen an den Fingern.

»Kasmodeus, nehme ich an. Glaubst du, du machst mir Angst? Als Nächstes werde ich dir den Kopf von den Schultern reißen und dann ...«

~ DU KENNST MICH? ~

»Ich kenne deinen Namen. Wir sind uns noch nicht begegnet, aber du weißt ja, wie gerne Dämonen tratschen.«

Er leckte sich mit der Zunge über die Wangenknochen. ~ DEINE SEELE WIRD MIR GANZ HERVORRAGEND SCHMECKEN. ~

»Du alter Schmeichler.« Janel lachte und hob ihren Schild. »Wenn du mich beeindrucken willst, wirst du mehr brauchen als honigsüße Worte.«

Mit einem Brüllen stürzte der Dämon sich auf sie. Gemeinsam rollten sie über den Boden. Ein grässliches Knurren erfüllte die Luft.

Die Menge geriet in Panik. Ein Teil der Zuschauer schien nicht zu wissen, ob sie weglaufen oder näher herangehen sollten, um besser sehen zu können. Niemand tat etwas Hilfreiches.

Bruder Qaun suchte im Geist nach einer Möglichkeit, dem Grafen irgendwie zu helfen.

Immerhin wusste er, wie der Dämon hieß. In seinen Erinnerungen wühlte er nach den Namen und den ihnen zugewiesenen Eigenschaften, die Vater Zajhera ihn hatte auswendig lernen lassen.

Kasmodeus. Ein Dämon mittlerer Stärke, assoziiert mit Brutalität und der Verzweiflung von Menschen, die im Winter so sehr hungern, dass sie dem Kannibalismus verfallen. Er trat vorzugsweise in männlicher Gestalt auf und mochte es, wenn ihm Brandopfer dargebracht wurden. Geschwächt wurde er vom ersten Schneefall im Jahr und sauberem, gesegnetem Wasser.

Sauberes Wasser ...

Niemand in Bruder Qauns Nähe hatte Wasser. Pflaumenwein, grünen Tee oder Pfefferbier, aber kein Wasser. Er schnappte sich die Flasche, die Dorna gestohlen hatte, und rannte damit zu den Pferdetrögen neben der Tribüne.

Bruder Qaun hörte Schreie in seinem Rücken. Leute rannten davon und versuchten, dem entsetzlichen Lachen des Dämons zu entkommen. Im Laufen schüttete Qaun den Apfelwein aus.

Baron Tamin gestikulierte vor seinen Soldaten, als wären sie taub geworden. Der alte Verweser beugte sich nach vorn und blinzelte in stummem Entsetzen. Seine Aufmerksamkeit war nun endlich auf das Turnier gerichtet. Seine – laut Janel – yorisch aussehende Dienerin grub die Finger in das Holz der Brüstung, voll und ganz auf Dedreugh und Janel konzentriert. Als Bruder Qaun sie erblickte, wusste er, dass der Graf sich in der Abstammung der Dienerin geirrt hatte.

Sie kam nicht aus Yor, ja nicht einmal aus Quur. Sondern aus Doltar, einem Land weit südlich der Reichsgrenzen, dessen Bewohner man in Quur meist nur als Sklaven sah.

Ein erschrockener Aufschrei der Menge ließ Qaun beinahe stolpern. Er drehte sich noch einmal nach der Arena um und sah Janels Familienschwert in hohem Bogen durch die Luft fliegen. Es landete mit der Spitze voraus nur wenige Schritte neben den abgedeckten Käfigen am Fuß der Scheiterhaufen.

Der Graf war unbewaffnet.

Dedreugh-Kasmodeus holte grinsend aus, um es zu Ende zu bringen. Arasgon trabte heran, doch Janel rief ihm zu, er solle auf Abstand bleiben.

Sie duckte sich unter Dedreughs Schlag hindurch und rannte auf die Scheiterhaufen zu.

Bruder Qaun zwang sich zur Konzentration auf seine Aufgabe. In jedem anderen Herrschaftsgebiet des Reichs wäre er skeptisch gewesen, was die Qualität des Wassers in einem Pferdetrog betraf, doch hier waren Pferde beinahe heilig. Das Wasser, das die Jorater ihnen gaben, war sauberer als ihr eigenes Trinkwasser.

Er zog ein kupfernes Sonnenmedaillon aus seiner Robe und begann über dem Trog zu beten. Während er die Worte sprach, sah er die Doltari-Sklavin einen flachen, glatten Stein aus ihrem Mieder ziehen. Dann nahm sie ein blaugraues Fläschchen aus ihrem Korb und zog schließlich noch eine Nadel aus ihrem weißen Haar.

Nein, dachte Bruder Qaun, das war keine Haarnadel, sondern ein Kalligraphiepinsel mit spitzem Schaft.

Noch ein Brüllen. Bruder Qaun versuchte, das Geräusch zu ignorieren, was sich angesichts der sengenden Hitze allerdings als schwierig erwies.

Er blinzelte. *Hitze?*

Qaun sprach das Gebet zu Ende und drehte sich um. Graf Janel hatte einen der Holzpfähle aus dem Boden gerissen und schwang ihn wie einen Hammer. Der Dämon ...

Kasmodeus brannte.

Dämonen liebten Feuer. Wann immer sie konnten, steckten sie etwas in Brand, genossen das Licht der Flammen und saugten die Hitze in sich auf. Sie ernährten sich von Feuer.

In der Nähe eines Dämons, der von einem Zauberer herbeigerufen worden war, ein Feuer zu machen, war keine gute Idee, doch das hier war etwas anderes – nämlich ein Dämon, der von einer Leiche Besitz ergriffen hatte. Kasmodeus *brauchte* Dedreughs Leichnam. Er brauchte ihn als Verbindung zur physischen Welt. Wenn er diese Verbindung verlor, stürzte er zurück in die Hölle.

Aber wie war er in Brand geraten?

Qaun beschloss, sich mit dieser Frage später zu beschäftigen. Er füllte seine Flasche mit dem frisch gesegneten Wasser und rannte los.

»Na endlich.«*

---

* Ich hatte Mereina zu diesem Zeitpunkt so satt.

Bruder Qaun drehte sich um. Die Dienerin des Verwesers riss ihre Aufmerksamkeit einen Moment lang von dem Kampfgeschehen los und stach sich die Spitze ihres Pinsels in den Handrücken. Dann drehte sie den Pinsel herum und tunkte die Borsten in ihr eigenes Blut.

Sie malte sich ein Schriftzeichen auf die Stirn. Einen Wimpernschlag später erschien dasselbe Schriftzeichen auf der Stirn von Tamins Soldaten.

Eine schreckliche Vorahnung befiel Bruder Qaun.

Er mochte eine andere Auffassung von Hexerei haben als die Jorater, aber er erkannte einen Zauber, wenn er einen sah.

»Was tust du da?«, schrie er. »Haltet sie auf! Baron! *Ihr müsst sie aufhalten!*«

Die Doltari schaute ihn lächelnd an.

Selbst der härteste Winter war wärmer als dieses Lächeln.

Sie stellte ihr Fläschchen auf die Holzbrüstung und stieß es um. Es rollte über die Brüstung, fiel zu Boden und zerbarst mit einem leisen Klirren, das in dem allgemeinen Tumult niemand hörte.

Dichter blauer Rauch erhob sich aus den Scherben. Der Rauch waberte um das Gesicht der Doltari, ohne es zu berühren. Der alte Verweser hingegen hatte weniger Glück. Der Rauch stieg in seine Nasenlöcher und zwängte sich in seinen Mund. Er würgte, schrie und stieß den Hundewelpen von seinem Schoß, der winselnd nach dem sich kräuselnden Rauch schnappte.

Die Doltari hob den Welpen auf, malte auch ihm das Schriftzeichen auf die Stirn und wandte sich zum Gehen.*

»Senera, was hast du getan?«, fuhr Tamin auf.

»Meine Aufgabe erfüllt«, bellte sie. »Folgt mir, Jungs. Wir sind hier fertig.«

---

* Natürlich habe ich den Welpen gerettet. Ich bin schließlich kein Ungeheuer.

Die Soldaten, die nur noch theoretisch im Dienst des Barons standen, gehorchten.

Tamin wollte protestieren, doch der Rauch breitete sich immer noch weiter aus. Er kroch ihm in die Nase und in den Mund.

Hinter Bruder Qaun ertönte ein weiteres Brüllen. Der Priester fuhr herum und sah Janel vor Dedreughs brennendem Leichnam aufragen. In ihren ausgestreckten Armen hielt sie Dedreughs abgetrennten Kopf, schwarzes Blut tropfte aus dem Halsstumpf. Es sah ganz so aus, als hätte sie ihn mit bloßen Händen abgerissen.

Wahrscheinlich hatte sie genau das getan.

Die Leiche brannte schnell, selbst ohne Öl. Bruder Qaun war sicher, dass nichts mehr übrig bleiben würde, von dem Kasmodeus Besitz ergreifen konnte.

Doch ihnen ging die Zeit aus.

Der blaue Rauch verschlang nun auch Bruder Qaun.

10

DIE ERSTICKUNG VON MEREINA

Jorat, Quurisches Reich.
Zwei Tage nach der Zerstörung der Gaesche

Bruder Qaun klappte sein Büchlein zu und legte es zur Seite.

Kihrin wartete.

Qaun griff nach seinem Tee und nahm einen langen, genüsslichen Schluck.

»Und was ist dann passiert?«, fragte Kihrin und deutete auf den Priester. »Wie ging es weiter mit dem Rauch?«

Qaun räusperte sich. »Ich, ähm … Wenn Ihr mir vielleicht einen Moment Zeit geben würdet. Ich empfinde den folgenden Abschnitt als emotional sehr aufwühlend.«

»Soll ich weitermachen?«, fragte Janel.

Bruder Qaun atmete erleichtert auf. »Das würdet Ihr tun?«

»Selbstverständlich.«

Janels Schilderung. Mereina, Provinz Barsine, Jorat, Quur.

Ich kämpfe oft gegen Dämonen, aber selten in der Welt der Lebenden. Ist es falsch, wenn ich zugebe, dass mir der Kampf gegen Kasmodeus Spaß gemacht hat? Ich meine, eigentlich sollen wir nur kämpfen, wenn es nicht anders geht. Ein Hengst beschützt die Herde, aber wenn er die Auseinandersetzung zu sehr genießt, dann … hmm … ist das ein bisschen Thorra, oder nicht? Wenn ich zugebe, dass ich es genossen habe, dieses Biest ein bisschen an der Nase herumzuführen, es auszutricksen und ihm dann den Kopf von den Schultern zu reißen, klingt das ein wenig derb.

Ist es falsch, wenn ich zugebe, wie unendlich enttäuscht ich war, dass Kasmodeus allein war? Dass ich immer weitermachen wollte, den nächsten Feind vernichten und dann den nächsten und den nächsten …?

Obwohl ich wusste, dass der Sieg über Kasmodeus nur vorübergehend war und dass niemand, der seine fünf Sinne beieinander hatte, eine solche Barbarei genießen würde, konnte ich mir am Ende ein kleines Lächeln nicht verkneifen.

Ja, es ist falsch, das zuzugeben.* Vergesst, dass ich es erwähnt habe.

Ich erinnere mich, wie Bruder Qaun schließlich meinen Namen rief. Am liebsten hätte ich ihn angeschrien, weil er meine Tarnung hatte auffliegen lassen. Doch die Worte erstarben mir auf der Zunge, als ich den blauen Rauch sah, der aus der Loge des Barons quoll. Der Rauch bewegte sich so schnell, wie ein kräftiger Mann gehen konnte. Nichts daran wirkte natürlich.

Die leichenblasse Dienerin des Verwesers stand mit einem Korb und einem Hundewelpen auf dem Arm da und bedeutete Tamins Soldaten, ihr zu folgen. Tamin selbst war nirgendwo zu sehen.

---

* Wie putzig. Hat sie allerdings nicht davon abgehalten, es trotzdem zu tun.

Weder der Dienerin noch den Soldaten schien der Rauch etwas auszumachen. Sie alle hatten ein eigenartiges Symbol auf der Stirn. Was auch immer dieses Symbol bedeuten mochte, zuvor war es noch nicht dagewesen.

Dann sah ich, wie der blaue Rauch auf einen Diener zukroch, seine Fühler nach den Nasenlöchern des Mannes ausstreckte und sich in seinen Mund zwängte. Der Diener ließ sein Tablett fallen und legte sich würgend die Hände an den Hals.

Ich wandte mich wieder dem Publikum zu.

»Lauft!«, brüllte ich, auch wenn die Leute genau das bereits taten. Ich eilte weiter zu den beiden Käfigen mit Ninavis' Banditen.

Sie konnten nicht weglaufen.

»Arasgon, hilf mir!«

Mit einem Schrei ließ er mich wissen, dass er mich gehört hatte.

Bruder Qaun kam aus der Rauchwolke gestolpert, er schien unverletzt. Auf seiner Stirn erstrahlte ein gelbes Schriftzeichen. Als er mich sah, rief er etwas und deutete. Ich hätte schwören können, dass seine Fingerkuppe *leuchtete*.

Helm. Er rief *Helm!*

Das Gebrüll ringsum veränderte sich, die Leute begannen zu husten, zu würgen und zu schluchzen. Da beschloss ich, dass die Zeit des Versteckens vorbei war, und zog mir den Helm vom Kopf. Bruder Qaun kam zu mir gerannt und fuhr mir mit dem Finger über die Stirn. Die Luft veränderte sich augenblicklich. Ich roch keine Asche mehr und keinen Rauch, der Gestank nach verklumptem Blut und brennendem Fleisch war verschwunden, ebenso der Geruch nach Pferdeäpfeln. Die Luft schmeckte so rein, frisch und würzig, als wäre ich wieder zu Hause und gerade von einem langen Ritt durch die Berge zurückgekehrt.

»Schnell«, sagte Qaun. »Wir müssen diese Rune so vielen Leuten wie möglich auf die Stirn malen.«

»Wo ist Dorna?«, fragte ich.

»Ich bin hier!« Mein altes Kindermädchen kam auf uns zugerannt und stolperte immer wieder auf dem aufgewühlten, matschigen Boden. Auch an ihr sah ich das Schriftzeichen, rot und feucht glänzte es auf ihrer Stirn, es schien allerdings kein Blut zu sein, denn dafür war es zu dunkel.

»Ist das … Chilisoße?«, fragte Bruder Qaun ungläubig.

»Dafür haben wir jetzt keine Zeit«, unterbrach ich. »Ich befreie die anderen. Rette du Arasgon und dann Ninavis' Leute.«

Arasgon hatte bereits das Tuch von einem der Käfige gezogen, darunter kamen Gerber, Kay Hará und Vidan zum Vorschein. Sie sprangen auf und bestürmten mich mit Fragen, doch im Moment gab es Wichtigeres, und ich brach erst einmal das Schloss an der Käfigtür auf.

»Qaun muss euch etwas auf die Stirn malen«, erklärte ich. »Sein Segen schützt euch vor dem Hexenwerk.« Es war nicht der richtige Moment, ihnen Dinge zu erklären, die ich selbst nicht verstand; ich ging weiter zum zweiten Käfig. Qauns Schriftzeichen und deren mögliche Auswirkung auf unsere Seelen waren, wenn überhaupt, erst dann von Bedeutung, wenn wir das hier überlebten.*

Ich brach das Schloss am zweiten Käfig auf, in dem die Müllerstochter Gan, Jem Nakijan und Dango gefangen waren. Aus der Ferne drangen lauter werdende Schreie heran. Ich hatte damit gerechnet, gegen Tamins Soldaten kämpfen zu müssen, doch ebenjene Soldaten hatten jegliches Interesse an dem Turnierplatz und den Menschen verloren, die dort in der Falle saßen. Sie waren einfach verschwunden, während alle anderen versuchten, dem tödlichen Hexenrauch zu entkommen. Arasgon deutete mit dem Kopf.

»Sieh dir das Schloss an!«

Ich tat es und erstarrte.

Der blaue Rauch begann, sich in alle Richtungen auszubreiten: auf uns zu, auf die Stadt zu und über den gesamten Turnierplatz.

---

* Ich würde eher sagen, die Auswirkung auf ihre Seelen wäre vor allem dann von Bedeutung, wenn sie nicht überlebten.

Und auf eine Art, die nur damit zu erklären war, dass wir es hier mit schwarzer Magie zu tun hatten, trieb sie gegen den Wind auf das Schloss von Mereina zu.

»Reiß dich zusammen!« Arasgon stieß mich an der Schulter an.

Ich schüttelte den Kopf und deutete auf Dango. »Lauf zu so vielen Leuten, wie du kannst. Dorna wird dir zeigen, was du ihnen auf die Stirn malen musst.« Davon ging ich zumindest aus. Bruder Qaun hatte sich vermutlich durch einen Zauber vor dem Rauch geschützt. Dorna konnte nicht zaubern, trotzdem war sie noch am Leben – durch die Verwendung einer Gewürzpaste. Es gab keinen Grund, warum sie damit nicht auch andere retten können sollte. Dango würde die Betroffenen zwar festhalten müssen, damit sie sich von einer seltsamen alten Dame mit Chilisoße etwas auf die Stirn malen ließen, doch ich hatte vollstes Vertrauen, dass er der Richtige für diese Aufgabe war.

Ich kletterte auf Arasgons Rücken und streckte Bruder Qaun den Arm hin. »Komm. Wenn wir das Schloss rechtzeitig erreichen wollen, müssen wir uns beeilen.«

Ich muss ihm zugutehalten, dass er keine Sekunde zögerte. Ich hatte schon immer den Verdacht gehabt, dass er aus härterem Metall geschmiedet war, als er vorgab.

Jemand wie er, der wusste, wie man Dämonen austrieb, musste über einen starken Willen verfügen.

Ich zog Bruder Qaun nicht hinauf, sondern ließ ihn sich an meinem Arm festhalten. Arasgon bückte sich ein wenig, damit er leichter in den Sattel kam. Ich hatte keine Zeit, ihm zu erklären, wie man den riesenhaften Feuerblüter reiten musste; es war etwas vollkommen anderes als ein Ritt auf einer kleinen Stute.

»Haltet euch fest!«, rief Arasgon.

Dann galoppierten wir los und hofften, das Schloss vor der Wolke zu erreichen.

Die Runen versorgten uns zwar mit frischer Luft, doch der Rauch war dichter als jeder Nebel und nahm uns alle Sicht.

»Wenn ich stolpere und mir ein Bein breche«, schnaubte Arasgon, »beiße ich dem, der für das hier verantwortlich ist, die Zunge heraus.«

»Meine Erlaubnis hast du!«, schrie ich.

»Was hat er gesagt?«, fragte Bruder Qaun. Ich war überrascht, dass er Arasgon über das Trommeln der Hufe und das Geschrei aus der Stadt hinweg überhaupt gehört hatte.

»Er hat gesagt, er ist nicht erfreut!«

»Das bin ich auch nicht. Aber sprecht nur dann, wenn Ihr müsst!«

Ich drehte mich im Sattel herum. »Wie bitte? Warum?«

»Ich weiß nicht, ob die Rune die Luft reinigt oder ob der Vorrat vielleicht begrenzt ist, so als würden wir aus einem Beutel atmen.«*

Ohne es zu wollen, holte ich tief Luft. War meine Luftblase jetzt kleiner als noch gerade eben? Ich wusste es nicht.

Jedenfalls sprachen Arasgon und ich kein weiteres Wort, während wir auf das Schloss zujagten.

Hundert Schritte vom Tor entfernt brachen wir endlich aus der Rauchwolke. Sie streckte ihre blauen Fühler nach uns, wie ein Raubtier, das seine Beute nicht entkommen lassen will, doch die Kämpfe vor uns waren ebenso bedenklich. Auch aus dem Schloss kam Rauch, dick und schwarz stieg er aus den Stallungen, den Lagerräumen und einem Teil des Turms.

Sabotage. Hätte ich nicht gewusst, dass Kalazan, der die Gänge für die Bediensteten kannte wie seine eigene Westentasche, immer noch auf freiem Fuß war, hätte ich meinen Kopf darauf verwettet, dass Ninavis dahintersteckte.

Wie es schien, hatten einige Ritter, unter ihnen auch Sir Baramon, im Schloss Zuflucht suchen wollen, doch die Wachen hat-

---

* Wäre das der Fall, wäre ihnen binnen Minuten die Luft ausgegangen ... Aber wie auch immer. Wahrscheinlich sind sie selbst dahintergekommen.

ten ihnen den Einlass verweigert. Das verzweifelte Gefecht, das daraufhin entbrannt war, tobte immer noch, als der Hexenrauch uns einholte und allen Debatten ein Ende machte. Sir Baramon kämpfte ein Stück weiter vorn gegen zwei Soldaten gleichzeitig und schien von Sekunde zu Sekunde schwächer zu werden. Die Soldaten hingegen ...

»Janel!«

»Ich sehe es«, erwiderte ich.

Die Wachsoldaten zogen gerade die Zugbrücke hoch.

Gegen den Rauch würde ihnen das nichts nützen, aber für uns wäre es ein weiteres Hindernis.

»Los, Arasgon!«, rief ich. Wir galoppierten.

Wir sprangen.

Ich griff hinter mich und hielt Bruder Qaun an seinem Agolé fest, gleichzeitig klammerte er sich an meinen Rücken, dass ich glaubte, seine Fingernägel durch meinen Harnisch zu spüren. Mitten in der Luft sah ich, wie Sir Baramon die Gelegenheit nutzte, dass einer der Verteidiger staunend unseren Sprung verfolgte, und ihm sein Schwert in den Oberschenkel stieß. Er zog es sofort wieder heraus und hackte nach dem Bein des anderen Soldaten. Sir Baramon mochte dick geworden sein, aber kämpfen konnte er immer noch.

Wir schwebten durch die Luft, als wäre die Zeit stehen geblieben. Dann landeten wir mit einem heftigen Ruck, der mir durch sämtliche Knochen ging, auf den Holzplanken, und Qaun stieß ein erschrockenes Kreischen aus.

Wir galoppierten weiter, und die Soldaten flohen vor dem Rauch. Ich sah keinen Einzigen mit einer Rune auf der Stirn. Weil sie keine Ahnung hatten, womit sie es zu tun hatten, glaubten die Narren, Holz und Stein könnten sie schützen.

Ein bisschen mehr als sie wusste ich immerhin.

Arasgon fiel in Trab und rief seinem Bruder Talaras einen Gruß zu.

»Ihr müsst Euch von meinem Begleiter segnen lassen«, befahl ich Sir Baramon. »Sein Segen wird Euch beschützen, wenn der Hexenrauch hier ist.«

»Er ist bereits hier, Graf!«, rief Sir Baramon.

Er hatte recht. Die hochgezogene Zugbrücke verschaffte uns zwar ein paar Sekunden, aber das Blau quoll schon durch die Ritzen zwischen Holz und Mauer wie ein lebendiges Wesen auf der Suche nach warmen Körpern und Blut.

Bruder Qaun glitt halb von Arasgons Rücken, halb stürzte er, dann rannte er zu Sir Baramon und Talaras, um ihnen die Rune auf die Stirn zu malen. Ich könnte schwören, dass seine Fingerspitze wieder zu leuchten begann, während er schrieb.

»Wir müssen Ninavis finden!«, rief ich.

»Sie hat nach wie vor ein gebrochenes Bein«, antwortete Bruder Qaun. »Ich habe ihr geraten, im Gemach zu bleiben und sich auszuruhen.«

»Ich bezweifle, dass sie den Rat befolgt hat«, entgegnete Arasgon und deutete mit der Schnauze auf die Brände. »Irgendjemand muss diese Feuer gelegt haben.«

Ein Stück vor uns sah ich eine Gestalt in einem Sallí mit hochgeschlagener Kapuze eine Treppe herunterkommen. Sie stützte eine zweite Person, die humpelte. Die Gesichter konnte ich nicht erkennen, aber ich sah, dass eine der beiden Dornas zweitbesten Reitrock trug.

»Ninavis!«, rief ich. »Ninavis, warte!«

Die humpelnde Gestalt blickte auf. Sie zögerte.

Kalazan zögerte ebenfalls. Wahrscheinlich dachten beide in diesem Moment, wie viel leichter ihr Leben wäre, wenn sie einfach flohen. Natürlich ahnten sie da noch nichts von dem blauen Rauch. Sie wussten nicht, welcher Schrecken in Barsine wütete, wussten nicht, welch hässlicher Tod sie erwartete, wenn sie sich nicht einem Ausländer vom Blut des Joras anvertrauten, den sie kaum kannten.

Ninavis schlug ihre Kapuze zurück. »Hast du meine Leute?«
»Was ist mit Baron Tamin?«, fragte Kalazan im gleichen Moment. »Hast du ihn getötet?«

Ich lief zu ihnen, Bruder Qaun heftete sich an meine Fersen. »Vergesst Tamin. Eure Leute sind in Sicherheit. Wahrscheinlich sind sie sogar die Einzigen, die das von sich behaupten können.«

»Was soll das bedeuten?«

»Ich muss euch dieses Zeichen auf die Stirn malen«, keuchte Bruder Qaun, als er uns erreichte. »Schnell. Der blaue Rauch bringt jeden um, der es nicht trägt.«

Ninavis blickte über Qauns Schulter zum Tor und erbleichte. Der Hexenrauch hatte den Innenhof jetzt erreicht und breitete sich schnell aus. Schon jetzt war das Würgen der bedauernswerten Opfer zu hören. Ironischerweise erstickte der Rauch die Brände, die Kalazan als Ablenkung gelegt hatte, um Ninavis zu retten. Die Flammen erloschen augenblicklich, als der Hexenrauch kam und alle Luft verdrängte.

»Was …?«

»Keine Zeit«, sagte ich. »Schlag deine Kapuze zurück, mein Kalazan.« Ich hatte kein Recht, ihn so zu nennen. *Mein* Kalazan, mein *treuer Gefolgsmann*. Ich hatte ihn soeben zu meinem Vasallen erklärt und das Angebot angenommen, das er mir am Vortag gemacht hatte, als er mich mit »mein Graf« angesprochen hatte.

Kalazan schnaubte, doch dann – wahrscheinlich, weil er den Rauch sah, der auf uns zujagte – gehorchte er.

Bruder Qaun war gerade mit Ninavis fertig und drehte sich zu Kalazan um, als der Rauch uns erreichte. Kalazan schloss Mund und Augen und hielt sich die Nase zu. Der Rauch versuchte, trotzdem durchzukommen, aber Bruder Qaun schrieb weiter, verband die letzten Linien und Punkte, dann war die Rune fertig. Die blauen Fühler zogen sich sofort zurück, verdrängt von der Blase frischer Luft um Kalazans Kopf.

»Mach das mit so vielen, wie du kannst …«, sagte ich gerade zu

Bruder Qaun, doch er brauchte keinen Befehl, um etwas zu tun, das ihm im Blut lag. Er war bereits zu einer Dienerin geeilt, die mit weit aufgerissenen Augen und nach Luft schnappend auf dem Boden lag, und schrieb die Rune auf ihre Stirn.

Doch der Hexenrauch war schon in ihrer Lunge. Wir mussten tatenlos zusehen, wie sie starb.

Sie alle starben.

Kalazan fand als Erster seine Stimme wieder.

Und verlor als Erster die Fassung.

»Was ist da gerade passiert? Was ist das?« Er schaute uns mit weit aufgerissenen, wahnsinnigen Augen an. Er strahlte die Aggressivität von jemandem aus, der nicht verstand, was er da sah, und dennoch fest entschlossen war, jemandem die Schuld dafür zu geben.

Er tat mir beinahe leid, aber jetzt war nicht der richtige Moment für Sentimentalitäten.

»Du darfst deine Luft nicht so schnell verbrauchen«, erwiderte ich und wandte mich an Ninavis. »Beruhige ihn. Wir haben noch viel zu tun und nur wenig Zeit dafür.«

Auch sie wirkte mitgenommen, doch sie straffte die Schultern und legte Kalazan die Hände auf die Arme. »Wir haben es bis hierher geschafft. Begleite mich nur noch ein kleines Stückchen weiter.«

»*Was ist passiert?*« Er wollte sich einfach nicht beruhigen.

»Hexenwerk«, bellte ich. »Echtes Hexenwerk, nicht diese Märchen, die als Ausrede benutzt werden, um alte Stuten zu töten, weil sie zu viele Warzen am Kinn haben. Wir müssen von hier weg, Kalazan. Nicht bald, sondern jetzt. Jetzt sofort. Sobald wir in Sicherheit sind, erkläre ich dir alles.«

Er wurde blass vor Angst oder Wut oder einer Mischung aus beidem. »Hat der Baron das getan?«

»Nein«, antwortete Bruder Qaun. »Ich habe die Frau gesehen, die diesen Zauber gewirkt hat. Sie hätte Baron Tamin nicht dem Tod überlassen, wenn sie in seinen Diensten stünde.«*

Das ließ Kalazan innehalten. »Er ist tot? Tamin ist tot?«

Mir brach das Herz, als ich die Hoffnung in seiner Stimme hörte, die Angst und ... den Kummer. Ich war nicht oft zu Besuch in Barsine gewesen, eigentlich nur zu den Turnieren. Aber Kalazan war mit Tamin zusammen aufgewachsen. Sie hatten miteinander gespielt, das Umland erkundet, sich Geschichten erzählt und davon geträumt, Ritter zu werden.

»Dafür haben wir jetzt keine Zeit. Dorna, ich brauche ...« Ich verzog das Gesicht, als mir wieder einfiel, dass ich Dorna am Turnierplatz zurückgelassen hatte. »Vergesst, was ich gesagt habe. Ich hole unsere Sachen. Ihr anderen tut das Gleiche, aber seid in fünf Minuten wieder hier. Nehmt mit, was ihr könnt, und folgt mir.«

»Ich möchte dir nicht in die Suppe spucken, aber der Rauch scheint die Pferde genauso umzubringen wie die Menschen«, warf Ninavis mit einem Blick in Richtung der Stallungen ein.

Ich fluchte. Sie hatte recht. Die Tiere waren nicht immun. Sir Baramon hatte sich über einen toten Ritter gebeugt und hob den Kopf. Er hielt immer noch die Hand des Toten, und bevor er aufstand, küsste er ihn auf den Mund. Tränen rollten ihm über die Wangen, während er dem Ritter sein gestreiftes Halstuch abnahm.

Ich biss die Zähne zusammen und schaute weg. Das Letzte, was ich jetzt gebrauchen konnte, war eine Erinnerung daran, dass die Toten einmal ein Leben gehabt hatten, dass sie Geliebte gehabt hatten, eine *Bedeutung*. Ich konnte mich nicht mit diesen entsetzlichen Verlusten konfrontieren und einfach weitermachen, also schob ich meine Gefühle beiseite und stählte mein Herz, so gut es ging.

Für mich war das vermutlich einfacher als für die anderen.

Ich hatte mehr Übung.

---

* Stimmt, hätte ich nicht. Vermutlich.

Ich war dankbar, dass der blaue Dunst mir die Sicht erschwerte. In dicken Strudeln hing er in der Luft und waberte über den Boden, sodass die vielen Leichen kaum zu erkennen waren. Ich wünschte nur, er hätte auch den fürchterlichen Leichengestank überdeckt.

Sir Baramon wickelte sich das Halstuch um den Arm. »Talaras und Arasgon können die schweren Lasten eine Weile transportieren, wenn sie dazu bereit sind. Zumindest bis wir aus diesem Rauch heraus sind. Vielleicht ist die Stadt verschont geblieben.«

»So die Acht wollen«, erwiderte ich. »Holt, was ihr braucht. Arasgon, wärst du so nett, Ninavis noch einmal zu tragen? Wir treffen uns am Turnierplatz wieder und suchen dort die anderen.«

»Was ist mit Gan und Dango? Du hast gemeint, es geht ihnen gut?«, fragte Ninavis.

»Außer in meiner Abwesenheit ist etwas vorgefallen. Warten wir besser nicht, bis dieser Fall eintritt.«

Ich rannte nach oben. Wir brachten all unsere Habseligkeiten in einem großen Sack und noch ein paar kleineren Beuteln unter. Mit wenig Gepäck zu reisen, hatte seine Vorteile – selbst wenn es bedeutete, dass ich nur selten etwas Schönes zum Anziehen hatte, wenn ich mal zu einem Ball eingeladen war.

Tanzveranstaltungen waren im Moment die geringste meiner Sorgen.

Als alles verstaut war, ließ ich die Zugbrücke wieder herab.

Ninavis ritt auf Arasgon. Ich ging neben den beiden her, und wir halfen einander, uns in dem undurchdringlichen Dunst zurechtzufinden.

So in etwa musste es sich anfühlen, wenn man in Khorvesch in einem Sandsturm unterwegs war oder in einem Blizzard im nördlichen Yor. Bis auf die Lufttaschen um unsere Köpfe herum natürlich ...

Nun ja. Ohne diese Lufttaschen hätte ich mir diese Gedanken vermutlich kaum machen können.

Auf halber Strecke zurück zum Turnierplatz sah ich jemanden

auf der Straße. Er ging nicht wie wir, sondern kroch. Offensichtlich trug er keine Rune und war verletzt. Vielleicht kurz vorm Tod.

»Bruder Qaun, da drüben ist jemand …« Ich konnte nicht fassen, dass jemand so lange in dem verhexten Rauch überlebt hatte. Seine abgehackten Bewegungen sahen aus, als hätte er starke Schmerzen. Vielleicht trug er doch eine Rune und war trotzdem vergiftet worden.

Ich ging näher heran und beugte mich zu dem Mann hinunter. Mein Magen drehte sich um, als ich sein Gesicht sah.

»Bei den Acht«, flüsterte ich.

Es war Tamin.

Er hatte keine Rune auf der Stirn und, soweit ich es erkennen konnte, auch nicht auf irgendeiner anderen Körperstelle. Die bleiche Hexe hatte ihn einfach zum Sterben liegen gelassen, doch aus irgendeinem Grund war er nicht gestorben.

Aber er versuchte es.

Tamins Gesicht war grässlich violett angelaufen. Blauer Rauch leckte aus seinem offenen Mund und der Nase. Vergeblich versuchte er, Luft in seine Lungen zu saugen, und trotzdem lebte er noch.

Ich habe einmal von einem Kind gehört, das in der Nähe von Schloss Tolamer in einem Fluss ertrunken war. Das Mädchen brach im Winter durch das dünne Eis und konnte nicht mehr zurück an die Oberfläche. Bis die Bauern das Eis aufgebrochen und das Mädchen zu einem Priester gebracht hatten, war es zehn Minuten lang unter Wasser gewesen – und überlebte. Alle waren der Meinung gewesen, dass das der Gnade der Acht zu verdanken war und das kalte Wasser ebenfalls mitgeholfen hatte.

Tamin hatte diesen Vorteil nicht, und ich war ziemlich sicher, dass die Acht nicht auf seiner Seite standen.

Bruder Qaun kniete sich neben mich. Wenn jemandes Leben in Gefahr war, zögerte er nicht einen Augenblick. Er malte Tamin das Schriftzeichen auf die Stirn.

Ich schüttelte den Kopf. »Der Rauch ist schon in seiner Lunge.«

»Ich werde einen Weg finden, ihn wieder herauszuholen«, erwiderte Qaun. »Im Gegensatz zu den anderen erhält irgendeine Kraft diesen Mann am Leben. Selbst mit Magie lässt sich eine Wunde nur dann heilen, wenn man die Klinge herauszieht.«

Ich hörte, wie Ninavis in meinem Rücken etwas rief.

»Kalazan, nein!« Mehr Vorwarnung bekam ich nicht.

Ich sprang auf, wirbelte herum und sah Kalazan mit gezogenem Schwert auf mich zukommen. Aber auf mich hatte er es nicht abgesehen. Sein Zorn richtete sich gegen den Baron, der seinen Vater getötet, Kalazan zum Gesetzlosen erklärt und ihn und alle seine Begleiter hatte hinrichten lassen wollen. Gegen den Mann, der ihrer beider Freundschaft verraten hatte.

Kalazan sah mich und blieb stehen. »Geht mir aus dem Weg, mein Graf.«

»Bin ich dein Graf?«

Seine Lippen zuckten. Ein Leuchten trat in seine Augen. »Scheint ganz so.«

»Dann steck dein Schwert wieder ein.«

»Aber er …« Kalazan deutete auf Tamin. »Er war schon Euer Freund, bevor wir uns überhaupt begegnet sind. Er hat auch Euch verraten.«

»Er war *unser* Freund«, berichtigte ich. »Aber unser Freund ist tot. Ich weiß nicht, was mit ihm passiert ist. Etwas Schreckliches, vermute ich. Das Geschöpf, das sich da auf dem Boden windet, kenne ich nicht. Falls du Angst hast, dass ich Tamin schützen will, anstatt Gerechtigkeit walten zu lassen, kann ich dich beruhigen.«

»Dann tretet zur Seite …« Er machte Anstalten, an mir vorbeizugehen, doch ich hob die Hand.

»Er ist der Einzige, der vielleicht weiß, was heute hier passiert ist, und mir die Verantwortlichen nennen kann. Als Graf von Jorat bin ich durch einen Eid dazu verpflichtet, diese Provinz zu beschützen. Es ist meine Pflicht, die Schuldigen zu finden und dafür zu sorgen, dass sie so etwas nie wieder tun. Was mit dem Baron von Barsine passiert, kümmert mich nicht – aber ich brauche *diesen Zeugen*, um die Wahrheit hinter den heutigen Ereignissen herauszufinden. Verstehst du?«

Kalazan leckte sich über die Lippen, sein Gesicht war so mürrisch wie das eines Hundes, dem jemand den Futternapf weggezogen hat.

»Verstehst du?«, wiederholte ich.

Er steckte sein Schwert zurück in die Scheide. »Ich nehme die Füße, wenn Ihr die Schultern nehmt.«

Ich hätte Tamin auch alleine tragen können, doch so konnte Bruder Qaun den Baron untersuchen, während wir weitergingen. Ich nickte und hob Tamin an den Schultern hoch.

Dann liefen wir weiter zum Turnierplatz. Die Leichen, die unseren Weg säumten, ignorierte ich, so gut es ging. Der Rauch machte das um einiges einfacher, auch wenn er vor Wut über unser Entkommen um sich schlug wie eine Peitsche.

Der Vergleich ist nicht übertrieben. Ich glaube, der Rauch war möglicherweise tatsächlich wütend. Ich hoffte zwar, dass ich mir das nur einbildete, aber er benahm sich beinahe wie ein intelligentes Wesen.*

Als wir den Turnierplatz erreichten, sah ich Dango, Gerber und noch ein Dutzend andere, die er hatte retten können. Sie waren gerade dabei, die Leichen auf die beiden Scheiterhaufen zu legen. Dorna half ihnen.

Ich versuchte, nicht die Fassung zu verlieren und sie anzuschreien, was für Narren sie waren.

Sie kannten sich nicht so gut mit Dämonen aus wie ich.

---

* Er wird von fühlenden Wesen angezogen, die sich in einem gewissen Umkreis befinden. Das mag wie intelligentes Verhalten erscheinen, wenn man es nicht besser weiß. Fieses Zeug.

Außerdem konnte ich nicht schreien. Ich wusste nicht, wie lange meine Luft noch reichen würde.

Ich legte Tamins Schultern ab und bedeutete Kalazan, das Gleiche mit den Füßen zu tun. Bruder Qauns Fürsorge hatte Tamin etwas ruhiger werden lassen, doch seine Gesichtsfarbe sah immer noch entsetzlich aus. Vielleicht überlebte er, aber er würde mit Sicherheit nie wieder gesund werden.

»Was tut ihr da?«, fragte ich Dorna. Ganz ruhig, sagte ich mir. Ich musste ruhig bleiben.

»Dango hat gesagt, wir sollten sie verbrennen. Wegen, Ihr wisst schon ...« Dorna machte eine unbestimmte Geste.

»Das ist jetzt nicht der richtige Moment für Begräbnisriten«, erklärte Bruder Qaun.

Ich seufzte und unterdrückte den Drang, ihm ins Gesicht zu schlagen. »In Jorat verbrennen wir unsere Toten nicht aus religiösen Gründen, Bruder Qaun. Wir verbrennen sie, damit die Dämonen nichts mehr haben, wovon sie Besitz ergreifen könnten. Du hast ja gesehen, was mit Dedreugh passiert ist. Das Gleiche kann auch mit jedem anderen Leichnam passieren.«*

Bruder Qaun schaute mich blinzelnd an. »Was?«

Ich runzelte die Stirn. »Die Mitglieder deines Ordens sind Experten in der Dämonenbekämpfung. Wie kann es sein, dass Vater Zajhera dir nie davon erzählt hat?«

Bruder Qaun starrte mich an. »*Was?*«

Ich hob eine Augenbraue.

»Ich habe ja gesehen, dass Dedreugh besessen war«, brachte Qaun stotternd hervor. »Aber ich ging davon aus, dass der Dämon durch schwarze Magie herbeigerufen wurde ...« Er verstummte und wandte sich an Ninavis. »Meint sie das ernst?«

---

* Ich habe eine Theorie, warum das nur östlich der Drachenspitzen der Fall ist, auf der westlichen Seite hingegen nicht, aber ich muss erst noch ein paar Details überprüfen.

Ninavis kannte und verstand unsere Gebräuche. »Absolut. Wenn ein Dämon noch mehr von seiner Art herbeirufen will, muss er von einem Lebenden Besitz ergreifen. Das Gleiche kann er mit den Toten tun: sie umherlaufen und töten lassen. Ist das da, wo du herkommst, anders?«

Bruder Qaun senkte den Blick und murmelte etwas Unverständliches.

Ich konzentrierte mich wieder auf Dango und Dorna. »Dazu fallen mir zwei Fragen ein: Erstens erstickt der Hexenrauch jedes Feuer. Wie wollt ihr dann das Holz in Brand stecken? Zweitens: Habt ihr wirklich vor, diese Leichen mit verzaubertem Holz zu verbrennen, das eigens dazu gedacht ist, die Seelen der Toten direkt in den Schlund der Dämonen zu schicken?«

»O weh«, sagte Dorna.

Dangos Augen weiteten sich vor Entsetzen. »Aber …?«

Ich deutete auf die Scheiterhaufen. »Ihr könnt dieses Holz nicht verwenden, und ihr könnt diese Leichen nicht verbrennen. Denn damit würdet ihr das Hexenwerk vollenden.«

Gerber ließ den Feuerstein und das Reibeisen fallen, mit dem er die ganze Zeit über vergeblich versucht hatte, das Reisig in Brand zu stecken. »Aber wir müssen sie verbrennen, verdammt!«

»Nein«, widersprach ich. »Wir *würden* sie gerne verbrennen, doch leider können wir das nicht. Also hört auf, meine Zeit zu verschwenden.«

Er stand auf und funkelte mich an. »Wenn wir es nicht tun, bleiben diese Leichen nicht mehr lange tot.«

»Wenn wir nicht bald von hier verschwinden, bleiben *wir* nicht mehr lange am Leben. Wir wissen nicht, wie lange es dauert, bis dieser Rauch sich auflöst. Vielleicht ist er immer noch da, wenn die Dämonen anfangen, in die Toten zu schlüpfen. Wir können hier nicht bleiben, verstehst du? Und wir können es nicht verhindern.«

»Ist das der Baron?«, fragte eine mir unbekannte Stimme.

Ich stöhnte innerlich. Die Leute hier hatten allen Grund, Tamin die Schuld für die Ereignisse zu geben. Und wahrscheinlich hatten sie sogar recht.

Weitere Stimmen erhoben sich.

Kalazan – ausgerechnet Kalazan – brachte sie zum Schweigen. »Wer auch immer das war, hat Tamin nicht verschont. Er wurde genauso angegriffen wie wir alle.«

»Vielleicht warst *du* es ja!«, rief jemand. »Er hier hat gesagt, dass du mit den Hexen im Bunde stehst. War das dein Werk?«

»Nein!« Kalazans Blick verfinsterte sich. »Natürlich nicht.«

»Ruhe«, befahl ich.

Sie ignorierten mich.

Ich seufzte und atmete einmal tief durch. Ich wollte gerade meine Stimme erheben, doch Arasgon kam mir zuvor.

»*Ruhe*, hat der Graf gesagt. Ihr seid am Leben, weil sie euch gerettet hat. Und jetzt seid still!«

Die Stimmen verstummten.

»Danke, Arasgon«, sagte ich. »Sammelt zusammen, was ihr könnt. Wir treffen uns in der Stadt, falls der Rauch sie noch nicht erreicht hat. Falls doch, lauft weiter, bis ihr aus der Wolke heraus seid und wartet dort.«

»Aber mein Mann …«

Trotz aller gegenteiligen Absichten hob ich die Stimme. »Wenn er nicht hier ist und nicht von meinen Leuten gesegnet wurde, kannst du nichts mehr für ihn tun. Wir müssen die Toten zurücklassen. Und jetzt geht!«

»Woher wissen wir, dass wir Euch vertrauen können?«

Ich musterte die Menge. Es waren nur noch so wenige im Vergleich zu vorhin. »Weil ich immer noch hier bin. Vertraut mir oder vertraut mir nicht, ganz wie euer Gewissen es euch eingibt. Aber wenn ihr hierbleibt und nichts tut oder eure Toten verbrennt, werdet ihr nicht mehr lange leben, und dann liegen noch ein paar Leichen mehr hier herum. Entscheidet euch. Wir brechen jetzt auf.«

Die Versammelten liefen zu ihren Azhocks und holten ihre Habseligkeiten. Ninavis und ihren Leuten war das wenige, das sie besaßen, schon im Schloss abgenommen worden, doch ihre Bande war größer geworden. Ich sah den Schmied, der uns am Vortag hinterhergestarrt hatte, und neben ihm das dunkelhäutige Mädchen mit dem silbernen Haar, das ihn aus dem Azhock geholt hatte.

Dorna hatte ihre Sache gut gemacht. Sie hatte all diese Leute gerettet und außerdem ihr Pferd, Taschenbeißer, sowie Bruder Qauns schönen Wallach, Wolke. Mit denen, die Qaun gerettet hatte, waren es nur ein paar Dutzend. Dabei hatten Tausende das Turnier besucht.

Nein. Damit konnte ich mich jetzt nicht beschäftigen.

»In welcher Richtung liegt die Stadt?«, fragte ich Arasgon.

Er deutete mit dem Kopf, doch ich konnte nicht das Geringste erkennen. Soweit ich wusste, konnte in dieser Richtung auch das Schloss liegen, aber Arasgons Orientierungssinn war weit besser entwickelt als meiner.

Ich half Kalazan, Tamin zu tragen, dann gingen wir los.

11

ACHT TORE

Jorat, Quurisches Reich.
Zwei Tage nachdem die Devoranischen Prophezeiungen
deutlich wirklichkeitsnäher geworden waren

»Dieser Rauch hat eine ganze Stadt ausgelöscht?« Kihrin versuchte nicht, das Entsetzen in seiner Stimme zu verbergen. »Wie viele Leute sind gestorben?«

Janels Gesicht verfinsterte sich. »Ich habe nicht mitgezählt.«

»Etwas über dreitausend«, warf Bruder Qaun ein.* »Wir hatten Glück. Normalerweise hat Mereina knapp fünfzehntausend Einwohner, aber ein Großteil war bereits geflohen, um den Hexenjagden des Barons zu entgehen.«

»Das ist immer noch …« Kihrin fand keine Worte, um zu beschreiben, was diese Nachricht in ihm auslöste.

Janel musterte ihn eindringlich. »Jetzt weißt du, womit du es zu tun hast. Die Flasche mit dem blauen Rauch war nicht die einzige.«

»Wer so eine Waffe einsetzt, ist ein Ungeheuer.«

»Da widerspreche ich dir nicht«, erwiderte Janel leise.

Kihrin beugte sich nach vorn und rieb sich mit den Handflächen über die Augen. »Es ist falsch. Und ich weiß immer noch

---

* Dreitausendsiebenhundertachtundfünfzig. Ich zähle immer mit.

nicht, wie viele Leute in der Hauptstadt gestorben sind. Ich weiß nicht, ob du davon gehört hast ...«

»Habe ich«, erwiderte Janel. »Was dort passiert ist, war nicht deine Schuld.«

»Wenn ich nicht zurückgekommen wäre ...« Er verstummte und starrte in den Kamin.

»Wenn du nicht zurückgekommen wärst, wäre Gadrith noch am Leben, oder wie auch immer man seinen andauernden Zustand von Nicht-Verwesung bezeichnen kann.«

Kihrin runzelte die Stirn. »Das klingt beinahe, als hättest du ihn gekannt.«

»Vielleicht habe ich das. Aber wir wollen der Geschichte nicht vorgreifen. Lassen wir Bruder Qaun weitererzählen.« Sie lächelte. »Diesen Teil liebt er.«

»Tue ich nicht«, protestierte Qaun. »Er ist viel zu traurig.«

Dennoch begann er, begierig zu lesen.

Qauns Schilderung. Mereina, Provinz Barsine, Jorat, Quur.

Bruder Qaun widerstand dem Drang, sich zu Boden zu werfen und zu Selanol zu beten, als er die Sonne erblickte. Denn das bedeutete, dass der Rauch die Stadt nicht erreicht hatte. Es gab also Überlebende.

Zumindest ein paar.

Am Rand der Stadt hatte sich eine kleine Menschenmenge versammelt. Es waren nicht mehr als ein paar Dutzend, die aus unterschiedlichen Gründen nicht in der Nähe des Turnierplatzes gewesen waren, als die Katastrophe passierte. Und selbst von ihnen hatten nicht alle überlebt, denn einige hatten sich in den Rauch gewagt, um nach Freunden und Familienmitgliedern zu suchen. Die Leichen, die gerade noch innerhalb der Wolke lagen, zeugten von dem Schicksal, das diese Leute ereilt hatte.

Den Tieren war es besser ergangen als den Menschen – ihr angeborener Instinkt hatte sie rechtzeitig die Flucht ergreifen lassen. Auf den Straßen streunten Rudel von Rothunden umher, sie waren unruhig und gereizt. Alle sechs Elefanten, die sich auf dem Markt neben dem Turnierplatz befunden hatten, waren entkommen. Sie liefen zwischen den vertrauten Stadtbewohnern umher, um sich zu beruhigen, oder trompeteten einander zu. Eine Handvoll Pferde hatte ebenfalls überlebt, aber die meisten waren in ihren Pferchen gestorben.

Bruder Qaun beobachtete, wie Janel sich an die Arbeit machte. Er selbst war wie betäubt und noch nicht bereit, sich mit den jüngsten Ereignissen auseinanderzusetzen. Hätte er Janel nicht gekannt, hätte er ihr Alter niemals erraten. Der Graf schien gegen die vielen Toten und all das Grauen immun. Während Qaun darum kämpfte, nicht zusammenzubrechen, befahl der Graf den Überlebenden, sich in Gruppen aufzuteilen und die Stadt nach Leuten abzusuchen, die nicht auf dem Turnier gewesen oder geflohen waren, als der Dämon sich zeigte. Vielleicht hatten sie sich in ihren Häusern verschanzt und beteten, dass der Schrecken bald vorbei sein möge. Anderen befahl Janel, Proviant zusammenzusuchen, Wagen zu beschaffen und alles für eine Evakuierung vorzubereiten.

Sie war für solche Situationen ausgebildet worden, dachte er sich. Darauf getrimmt, die Stimme zu sein, der in einem Notfall alle folgen würden. Janel sah sich als Anführerin, und damit war sie das auch.*

Bruder Qaun beobachtete, wie Leute in ihre Vorgärten gingen und einfach verschwanden. Erst einen Moment später begriff er, was er dort sah: Rampen. In jedem Garten führte eine hinab ins Erdreich oder in die Hügelflanke hinein, als hätten die Mereiner

---

* Wartet, bis sie in die Hauptstadt kommt. Dort sieht die Sache anders aus, glaubt mir.

vergessen, Häuser über ihren Kellern zu errichten. Bei den gemauerten Ziegelringen, die er für Feuerstellen gehalten hatte, handelte es sich in Wahrheit um Kamine.

Da hörte er Rufe und erwachte aus seiner Trance. Dango versuchte gerade, für Ruhe unter den Überlebenden zu sorgen. Janel hatte sich einen langen roten Mantel umgelegt, den sie auf dem Markt gefunden haben musste. Dass sie darunter eine Rüstung trug, war offensichtlich, doch ihre Verkleidung als Schwarzer Ritter war nicht mehr zu sehen. Sie kletterte auf Arasgons Rücken und sprach von dort oben zu der Menge.

»Auf Mereina wurde heute ein Anschlag verübt«, begann sie. »Mit schwarzer Magie ist jemand über seine Bewohner hergefallen. Der blaue Rauch, den ihr in unserem Rücken seht, ist Hexenwerk und tötet jeden, der ohne entsprechenden Schutz in seine Nähe kommt. Wir wissen nicht, wann er sich auflösen wird, aber wir können die Toten nicht verbrennen, solange der Rauch noch da ist. Aus diesem Grund darf nach Sonnenuntergang niemand mehr hier sein.«

»Was ist mit dem Torstein?«, rief jemand von ganz hinten.

»Was soll damit sein?«, fragte Sir Baramon. »Er befindet sich im Schloss! Genauso gut könnte er auf dem Boden des Jorat-Sees liegen.«

Ninavis runzelte die Stirn. »Was passiert, wenn der Wächter das Tor morgen früh öffnet?«

Janels Miene wurde verschlossen, und sie zögerte.

»Kommt drauf an, ob er dumm genug ist, durch das Tor zu treten, würde ich sagen.« Dorna wischte sich die mit Chilisoße verschmierten Finger an ihrem Rock ab. »Eigentlich ist das genau seine Aufgabe, damit all die Turniergäste und Reisenden zurück nach Hause können. Wenn er aber die Augen offen hält, wird er schön bleiben, wo er ist. Er wird den Rauch sehen und den Leuten vom Haus D'Aramarin sagen, dass etwas schiefgelaufen ist. Aber wenn er nicht aufpasst...« Dorna zuckte die Achseln. »Dann bringt ihn entweder dieses blaue Zeug um, oder er läuft der Höllenbrut in die Arme, die hier inzwischen ihr Unwesen treiben wird, und *die* bringen ihn um.«

»Aber selbst das wäre gut, oder? Sobald die Torwächter merken, dass einer von ihnen fehlt, wird das Heer ausgesandt«, warf Dango ein. »Dann schicken sie die Armee durch das Tor.«

»Nein«, widersprach Kalazan. »Das ist das Letzte, was sie tun werden.«

Janel nickte ihm zu. »Er hat recht. Wenn der Wächter morgen durch das Tor tritt, um die Turnierbesucher auf die Heimreise zu schicken, fällt er entweder dem Rauch zum Opfer oder den von den Dämonen besessenen Leichen, und das Tor bleibt geschlossen. Und wenn er schlau genug ist, nicht hindurchzutreten, bleibt es trotzdem zu. Es gibt ein Protokoll für solche Fälle, und das wird unter allen Umständen eingehalten.«

»Ein Protokoll?« Diese Frage kam von einem anderen – es war Gozen, an dessen Stelle Janel auf dem Turnier gekämpft hatte.

»Die Tore sind Quurs größte Stärke«, erläuterte Janel. »Und unsere größte Schwäche.* Wenn nur ein einziges davon einem Feind in die Hände fällt, kann er binnen Sekunden eine ganze Armee an jeden beliebigen Ort des Reiches bringen. Jedem Adligen in jeder Provinz wird eingeschärft, was in so einem Fall zu tun ist, seien die Feinde Sterbliche oder Dämonen: Der betreffende Torstein wird abgeschrieben und die quurische Armee öffnet ein anderes Tor irgendwo in der Nähe. Niemals jedoch hier. Nur wenn dies ohne Gefahr möglich ist, marschiert das Heer hierher, um nachzusehen, was passiert ist, und das dauert mindestens eine Woche.«

»Eine Woche?«, keuchte Ninavis. »Bis dahin ist jeder Tote hier in der Gegend wiederauferstanden!«

»Ich weiß.«

---

* Ja, da hat sie recht. Das könnte eines Tages zum Problem werden. Was für eine Schande.

»Aber wie sollen wir …?«

»In der Nähe von Mereina gibt es acht Torsteine, die das Heer benutzen könnte«, sprach Janel weiter. »Welches sie nehmen, wird nach dem Zufallsprinzip entschieden, um dem Feind jede Möglichkeit zu nehmen, das Tor zu erraten und einen Hinterhalt zu legen. Wenn wir den Soldaten entgegenreiten und ihnen erklären wollen, was hier passiert ist, werden wir uns aufteilen müssen, und zwar in neun Gruppen. Acht reiten zu den infrage kommenden Toren, um das anrückende Heer abzufangen.«

»Und was ist mit der neunten Gruppe?«, fragte jemand.

Janel schaute Ninavis an. »Nicht alle hier können schnell genug reisen. Es sind Kinder unter uns, Verletzte, Kranke und Alte. Sie müssen an einen sicheren Ort gebracht werden. Heute Abend ist kein lebendiges Wesen in dieser Stadt mehr sicher. Da dies nicht meine Provinz ist, gebe ich die Frage zurück an euch: Wo finden wir hier Schutz?«

Gemurmel erhob sich, alle schauten einander fragend an. »Die alte Mühle vielleicht …«

»Tolle Idee, da passen gerade mal zwei Leute rein, und halb verfallen ist sie außerdem.«

»Was ist mit Kaltwasser? Da wohnt im Moment niemand mehr.«

»Und Kaltwasser selbst gibt es auch nicht mehr.«

»Wie bitte? Was ist passiert …?«

»Dedreugh hat es niedergebrannt.«

Ninavis seufzte. »Ich weiß einen Ort.«

Janel hatte die ganze Zeit über nur Ninavis angeschaut. Sie musste gewusst haben, dass die Banditin einen Zufluchtsort kannte, hatte ihr aber die Chance gegeben, selbst damit herauszurücken.

Ninavis' Worte schienen den anderen eine Last von den Schultern zu nehmen. Jem Nakijan nickte, ebenso Gerber, Vidan und Gan, die Nun-definitiv-doch-nicht-Müllerstochter.

»Genau«, sagte Dango. »Dort ist Platz genug für uns alle.«

»Gut.« Janel deutete auf die Menge. »Ich brauche eure acht besten Reiter und jedes verfügbare Pferd. Freiwillige vor.«

Während Janel und die anderen über die Zusammensetzung der Gruppen diskutierten, konzentrierte Bruder Qaun sich wieder auf Baron Tamin. Seine Versuche, den Rauch aus Tamins Lunge zu ziehen, waren wenig erfolgreich verlaufen, trotzdem ging es dem Baron besser, seit sie aus der Wolke heraus waren. Die wilde Panik in seinen Augen machte Bruder Qaun am meisten zu schaffen – der Baron hatte den Blick eines Mannes, der bei vollem Bewusstsein war und jeden fehlgeschlagenen Versuch, seine Lunge zu befreien, mitbekam.

»Funktioniert die Rune bei ihm nicht?« Dorna kniete sich neben Tamin und schaute ihm in die Augen, in die Nase und den Mund. Der Baron röchelte immer noch, schien dem Tod aber nicht mehr ganz so nah.

»Sie reinigt die Luft, aber sie scheint nichts gegen das Gift ausrichten zu können, das bereits in seiner Lunge ist. Die frische Luft kann nicht hinein.« Bruder Qaun schüttelte den Kopf. »Dieses Schriftzeichen, Dorna ... Ich habe noch nie etwas dergleichen gesehen.«

Die alte Frau runzelte die Stirn. »Was soll das heißen? Du hast doch damit angefangen. Ich habe es nur nachgemalt.«

»Aber es hätte nicht funktionieren dürfen! Der einzige Grund ...« Er hielt inne. »Ich werde es dir später erklären. Im Moment muss ich einen Weg finden, seine Lunge zu reinigen.«

Dorna schaute Bruder Qaun an, als läge die Lösung auf der Hand.

Bruder Qaun blinzelte. »Was siehst du mich so an?«

Sie beugte sich ein Stückchen näher. »Du bist doch der Gebildete von uns beiden. Der mit der Lizenz vom Blauen Haus und so.«

»Ich habe dir nie ...« Bruder Qaun senkte die Stimme zu einem Flüstern. »Ich habe dir nie erzählt, dass ich eine Lizenz der Heilergilde habe.« Er sprach nicht über solche Dinge, wenn er in Jorat war. Die Einheimischen würden es nicht gut aufnehmen, dass er ein ausgebildeter und lizenzierter Zauberer war. Die Torwächter wurden in Jorat nur toleriert, weil das quurische Militär und Jorats wirtschaftliche Stabilität auf sie angewiesen waren. Gegenüber heidnischer Magie drückte jeder gerne mal ein Auge zu, wenn sie es ihm ermöglichte, quer durch das gesamte Reich zu jedem Turnier seines Lieblingsritters zu reisen.

»Richtig. Aber ich habe gehört, wie der alte Graf vor seinem Tod von deinem Orden gesprochen hat. Dass ihr Bücherwürmer seid und so.«

»Dorna, das Letzte, was ich jetzt brauche, ist verhöhnt zu werden ...«

Sie verdrehte die Augen und deutete auf Tamin. »Dann erklär mir eins, Priester: Gleich und gleich gesellt sich doch gern, oder? So viel wirst du in deiner tollen Ausbildung ja wohl gelernt haben.«

»Worauf willst du ...?« Er verstummte.

Bruder Qaun starrte Dorna entgeistert an und fragte sich ein paar bedeutungsschwangere Sekunden lang, was in aller Welt sie meinte. Gegen den Hexenrauch in den Lungenflügeln des Barons konnte er nichts ausrichten. Aber wenn er die verhexten Dämpfe an etwas band, das ihnen ähnlich war – gewöhnlicher Rauch beispielsweise –, konnte er die Verbindung zwischen beiden Substanzen so weit verstärken, dass das, was mit dem einen passierte, auch mit dem anderen geschah. Er drehte sich zu seiner Tasche um und begann, sie zu durchwühlen. »Eine Kerze«, murmelte er. »Ich brauche eine Kerze.«

»Mhm.« Dorna hielt ihm eine kleine Bienenwachskerze hin und zog sie wieder weg, als er danach griff. »Nicht hier«, sagte sie. »Hast du den Verstand verloren, Fohlen? Soll uns vielleicht die ganze Stadt dabei zusehen? Besser, wir bringen ihn zur Hufschmiede.«

Bruder Qaun merkte, wie ihm die Röte ins Gesicht stieg, doch er konnte ihr nicht widersprechen. Wenn die Einheimischen sahen, wie er Magie anwendete, würden sie nicht lange fragen, ob er vielleicht Priester war, sondern mit Knüppeln und Messern auf ihn losgehen.

Erst jetzt begriff er, dass Dorna offensichtlich wusste, wie Analogiezauber funktionierten. Er würde sie ein andermal darauf ansprechen müssen.

»Du nimmst ihn an den Schultern«, sagte Dorna und ergriff die Füße des Barons.

Qaun tat, wie ihm geheißen, dann wankten sie los und duckten sich unter den großen Fahnen hindurch, hinter denen die Freiluftwerkstatt des Schmieds lag.

Natürlich, dachte Bruder Qaun. Pferde gingen nun einmal nicht gerne in einen Keller, auch nicht über eine Rampe.

Die Mereiner schienen so sehr auf Janels Anweisungen konzentriert, dass sie gar nicht auf ihn und Dorna achteten. Bruder Qaun hoffte nur, dass auch wirklich niemand sie gesehen hatte.

Er hob ein Stück Reisig vom Boden auf und öffnete die Tür zur eigentlichen Werkstatt. In diesem Teil Quurs wurden Pferde nur selten mit Hufeisen beschlagen. Wahrscheinlich wurde die Schmiede hauptsächlich während der Turniere für Ausbesserungsarbeiten an den Rüstungen benutzt und dergleichen. Das bisschen Glut, das sich noch im Ofen befand, reichte gerade aus, um das Reisig zu entzünden und damit schließlich Dornas Kerze.

Die Kerze war von schlechter Qualität und qualmte stark – gewöhnlicher Rauch, dick und grau. Perfekt.

Qaun setzte sich im Schneidersitz auf den mit Stroh ausgelegten Boden, die Kerze in einer Hand. Er betrachtete den Rauch, der kräuselnd von der kleinen orangefarbenen Flamme aufstieg, dann Tamins zuckenden Brustkorb. Er machte tiefere Atemzüge und versuchte, sich in den Zustand der Erleuchtung zu versetzen.

Es war nicht leicht. Bruder Qaun hatte zu viele Schrecken gesehen. Die Szenen, die er beobachtet hatte, spukten wie Gespenster durch seine Gedanken. Schließlich gelang es ihm, sich so weit zu beruhigen, dass er *sah*, wenn auch nicht mit seinen Augen.

Eine dunkle, zuckende Masse wirbelte in Tamin und kämpfte gegen das goldene Strahlen in seinem Körper an. Das Licht verdrängte den blauen Qualm, doch sobald es sich zurückzog, nahm die Dunkelheit ihren Platz wieder ein.

Die blaue Energie troff nur so vor Bösartigkeit. Bruder Qaun zwang ihr seinen Willen auf und merkte, dass sie reagierte wie ein Lebewesen. Sie zuckte vor ihm zurück, entglitt seinem Griff.

Rauch, sagte er sich. *Du bist nichts als Rauch.*

Schweißtropfen vermischten sich mit dem Staub und der Asche auf seiner Stirn, doch er ließ nicht nach, weigerte sich aufzuhören. Der Sieg kam so plötzlich, dass Bruder Qaun schwankte, als hätte die Erde unter ihm gebebt.

Bislang hatte Tamins Husten sich angehört, als erstickte er an einer Gräte; jetzt klang er nur noch nach einer heftigen Erkältung. Der Baron würgte, spuckte Schleim aus, rollte sich auf die Seite und übergab sich. Rauch stieg aus seiner Nase und seinem Mund.

Gewöhnlicher Rauch.

Tamin drehte sich keuchend wieder auf den Rücken. Er schloss die Augen und atmete mit bebendem Brustkorb ein. Auch sein Gesicht bekam wieder eine mehr oder weniger normale Farbe.

Dorna klopfte Bruder Qaun auf die Schulter. »Gut gemacht, Fohlen.«

Qaun richtete sich auf. »Wie lange weißt du schon Bescheid?«

Die alte Frau zuckte die Achseln und betrachtete ihre Fingernägel. »Glaubst du, ich merke es nicht, wenn ein Soldat mit eingeschlagenem Schädel nicht an seiner Verletzung stirbt? Ich bin alt, aber nicht blind.« Sie nahm einen Hufauskratzer von der Werkbank, untersuchte die Spitze und steckte ihn wie beiläufig ein. »Dir hat wohl nie jemand erklärt, was ›vom Blut des Joras‹ bedeutet, oder?«

»Ich brauche …« Tamins rauhe Stimme hörte sich nur vage menschlich an.

»Was Ihr braucht, ist ein ordentlicher Tritt in den Hintern«, sagte Dorna. Sie packte den Baron am Kragen, zog ihn auf die Beine und schleifte ihn hinter sich her. Normalerweise hätte sie das niemals gekonnt, doch Tamin hatte alle Kraft verlassen. Er stolperte hinter Dorna her und konnte sich gerade so auf den Beinen halten. Als sie die Straße erreichten, brüllte er etwas Unverständliches.

Bruder Qaun folgte den beiden, unsicher, ob er wirklich sehen wollte, was als Nächstes passieren würde.

»Mein Graf!«, rief Dorna.

Janel drehte sich um. Als sie Tamin erblickte, kam sie sofort heran. »Ihr habt ihn geheilt.«

Qaun konnte nicht heraushören, ob sie froh darüber war oder nicht. Vielleicht wusste Janel es selbst nicht.

»Wenigstens wird er nicht an dem Rauch sterben«, erwiderte Dorna. »Trotzdem ist er noch lange nicht wieder gesund.«

»Janel ...«, keuchte Tamin.

Ihre Kiefermuskeln zuckten. Mit bebenden Nasenflügeln starrte sie den Baron an und ballte die Fäuste. »Wer war diese Frau, Tamin? Die Dienerin des Verwesers. Die Fremde.«

»Ich ...« Seine Stimme klang wie mahlende Felsen. »Ich wusste es nicht. Ich wusste nicht ... was sie ... was sie vorhatte.«

»Ich habe dich nicht gefragt, ob du Bescheid wusstest. Sondern wer sie ist.«

Sie zogen Zuhörer an. Ninavis und Kalazan hielten die Umstehenden zurück und mahnten sie zur Geduld. Janel ignorierte sie.

»Sie war ...« Der Baron leckte sich über die Lippen. »Sie war eine Sklavin. Aus Doltar. Senera. Ihr Name ist Senera.«

Janels Blick wurde noch finsterer. »Die Soldaten haben ihren Befehlen gehorcht. Sklaven kommandieren keine Soldaten.«*

»Relos sagte ... er hat gesagt, sie ist eine Sklavin. Er hat sie aus ...« Tamin krümmte sich. »Wasser?«

---

* Richtig, danke. Ich bin froh, dass das jemandem aufgefallen ist.

Janel beugte sich zu ihm hinunter, während Bruder Qaun nach seinem Wasserschlauch griff. »Wer ist dieser Relos Var? Erzähl mir von ihm.«

Qaun reichte Tamin seinen Wasserschlauch. Der Baron trank in hastigen Schlucken. Das Wasser schien ihm gut zu tun, denn danach klang seine Stimme viel besser. »Was habe ich getan?«

»Zu viel und nicht genug. Konzentriere dich, Tamin. Wer ist Relos Var?«

Tamin versuchte, sich aufzusetzen, Bruder Qaun stützte ihn. »Ein Lehrer. Mein Vater hat ihn eingestellt, damit ...« Er zögerte.

»Damit was?«

Die Augen des Barons wurden glasig. Er nahm einen tiefen Atemzug. »Um mir die Hexerei auszutreiben.«

Jemand in der Menge schnappte laut nach Luft. Ein anderer fluchte. Dorna drehte sich mit in die Hüfte gestemmten Händen um. »Ruhe, ihr da. Lasst den Mann ausreden, sonst bekommt ihr es mit mir zu tun, verstanden?«

Janel neigte den Kopf und kniff die Augen zusammen. »Hexerei lässt sich nicht austreiben wie das Rote Fieber oder die Pocken.«

»Ich wollte keine Hexe sein«, sprach Tamin weiter, »aber ich konnte ... ich konnte nichts dagegen tun. Es liegt in meiner Natur.« Er erwiderte Janels Blick. »Du weißt, wie sich das anfühlt.«

Janel legte den Kopf in den Nacken und schaute in den Himmel, als spräche sie stumm zu ihren Göttern, dann wandte sie sich wieder ihrem Kindheitsfreund zu. »Ich bin ziemlich sicher, dass ich das nicht weiß. Also erzähl's mir. Erzähl mir, warum du eine Hexe bist, obwohl du keine sein willst.«

»Weil ich verflucht bin. Es hat angefangen, als ich noch ein Kind war«, antwortete er. »Ich konnte verletzte Tiere heilen, Schnittwunden und Prellungen. Ich wusste nicht, dass das, was ich tat, falsch war. Wenigstens am Anfang nicht. Dann ...« Er runzelte die Stirn. »Dann wurde mein Vater auf der Jagd schwer verletzt. Ich liebte ihn über alles, also ... habe ich ihn gerettet.«

»Ihr armer Tropf«, murmelte Bruder Qaun. »Wärt Ihr in einem anderen Land geboren, hätte Eure Gabe Euch ein Stipendium an der Akademie eingebracht *und* noch eines von der Heilergilde. Ihr seid keine Hexe, Ihr seid ein Zauberer.«

Tamin schaute den Priester verwirrt an. »Ich kann Magie wirken. Das ist Hexerei.«

»Ich gehe davon aus«, mischte Janel, die mit dem Gesprächsverlauf höchst unzufrieden schien, sich wieder ein, »dass dein Vater deine Gabe nicht toleriert hat.«

»Er …« Tamin biss die Zähne zusammen und schaute weg. »Nein, hat er nicht.«

»Ist es da nicht eigenartig, wie gut du dich mit dem Mann angefreundet hast, den er zu deiner Bestrafung eingestellt hatte?«

»Nein, so war es nicht. Relos Var ist ein großartiger Mann. Er hat mir gezeigt, dass ich mich nicht schämen muss. Dass ich nicht verbergen muss, was ich bin.« Seine Stimme wurde leiser, sein Blick wanderte zum Turnierplatz. »Und als mein Vater …« Er sprach den Satz nicht zu Ende.

»Was ist mit deinem Vater passiert?« Tamin schloss die Augen.

»Ich glaube, ich kann's mir lebhaft vorstellen«, warf Dorna ein. »Magie war seinem Vater verhasst, und dann lernt Tamin direkt unter seiner Nase, sie anzuwenden. Es war nur eine Frage der Zeit, bis er seinen Sohn dabei erwischte.«

Janels Miene verfinsterte sich noch mehr. »Was hast du getan, Tamin?«

»Es war nicht meine Schuld.«

»Du bist der Baron von Barsine. Alles, was in deiner Provinz passiert, ist definitionsgemäß deine Schuld.«*

Der Zorn in ihrer Stimme ließ Tamin zusammenzucken. »Relos Var sagte, ich sei von Hexen verflucht worden. Du musst wissen, wie das ist. Du bist selbst verflucht.«

---

* Genau genommen war Tamin zum fraglichen Zeitpunkt gar nicht Baron.

Janels Nasenflügel bebten. »Wer hat dir das erzählt?«

»Relos Var. Es stimmt doch, oder? Du bist verflucht.«

»Nicht von Hexen.«

»Das macht keinen Unterschied.«

Bruder Qaun fasste den Baron an der Schulter. »O doch, tut es«, widersprach er, aber Tamin schien ihn gar nicht zu hören. »Habt Ihr Euren Vater umgebracht, Tamin?«

Der Baron blickte sich um. Die Menge stand in einem Kreis um sie herum, alle hörten zu, beobachteten ihn, warteten auf seine Antwort.

»Ich habe ihn nicht getötet«, antwortete er schließlich, »sondern ... die Heilung rückgängig gemacht. Vollständig. Die Jagdverletzung hätte ihn getötet, also ... geschah das jetzt auch.«

Bruder Qaun blinzelte. »Das kann nicht sein.« Er beugte sich an Janels Ohr und flüsterte: »So funktioniert Heilen nicht. Man kann es nicht rückgängig machen.«

Der Graf nickte und bedeutete Bruder Qaun, still zu sein. Dann wandte sie sich wieder an Tamin. »War es Relos Vars Idee oder deine, den Burgvogt als Mörder deines Vaters hinrichten zu lassen?«

»Es war ...« Eine Dunkelheit trat in den Blick des Barons, und er verstummte. Er sah aus wie jemand, der gerade aus einem Albtraum erwachte.

Ein kleines Mädchen kam mit einem Korb heran und unterbrach die Stille. »Stute Xala hat Euch gedämpfte Teigtaschen zum Abendessen gemacht.« Die Kleine war höchstens sechs Jahre alt, ihre Haut war dunkelrot, ihre Fingerkuppen weiß. Sie schniefte, wischte sich über die Nase und eilte zurück zu einer älteren Frau. »Habe ich es richtig gesagt?«

Die Frau nickte. »Hast du, Fohlen.« Sie warf Tamin ein Kleidungsstück aus grüner Wolle zu. »Ihr werdet auch einen Mantel brauchen, damit Ihr nicht friert.«

Dorna richtete sich auf und legte Janel eine Hand auf den Arm.

Die Augen des Barons weiteten sich.

Bruder Qaun spürte, wie die Stimmung in der Menge umschlug, aber er verstand weder den Grund dafür, noch, was es zu bedeuten hatte. Tamins Blick wurde verwirrt, dann panisch.

»Nein.« Der Baron schüttelte den Kopf. »Nein, ich brauche eure Geschenke nicht ...«

»Ihr werdet annehmen, was immer wir Euch geben«, sagte Kalazan leise. Er zog einen Dolch aus der Gürtelscheide und legte ihn vor Tamin ab. »Hier habt Ihr ein Messer, um Euch zu verteidigen.«

»Ich habe ein paar alte Satteltaschen für Euch«, fügte Dango hinzu. »Der Weg vor Euch ist lang.«

Bruder Qaun zupfte Dorna am Ärmel. »Ich verstehe das nicht. Er hat gerade gestanden, dass er den alten Baron getötet und den Mord Kalazans Vater in die Schuhe geschoben hat. Warum beschenken sie ihn dann noch?«

Dorna verschränkte die Arme vor der Brust und beobachtete, wie die Mereiner weitere Gaben brachten: einen Sack, ein Seil, ein paar getrocknete Äpfel.

»Das sind keine Geschenke ...« Sie schloss die Augen und suchte nach dem richtigen Wort auf Guarem. Schließlich deutete sie auf die Menge. »Eher so eine Art, ähm, Entlassungsgeld.«*

»Wie bitte? Ich verstehe nicht ganz.«

Ein Bürger nach dem anderen kam herbei. Bruder Qaun konnte sich nicht vorstellen, wie sie ohne die Dinge, die sie verschenkten, zurechtkommen sollten, und doch schenkten sie – wenn auch ohne jede Herzlichkeit. Sie überreichten dem Baron ihre Gaben wie einen Giftbecher, jedes Geschenk war wie ein Stoß mit dem Messer.

---

* Früher einmal war es genau das, soweit ich weiß. Was die Bewohner hier tun, ist eine Abwandlung aus der Zeit, als die »Adligen« Jorats noch Offiziere in der quurischen Armee waren und als Dank für ihre Dienste Ländereien geschenkt bekamen.

Tamin begann zu weinen.

Mit tränennassem Gesicht stand er auf. »Bitte, Janel. Bitte lass das nicht zu …«

»Es nicht zulassen?« Sie schaute ihn ungläubig an. »Es ist ihr gutes Recht.«

Alte Wut flammte in seinen Augen auf. »Du Heuchlerin! Du bist nur hier, weil du vor deiner eigenen Entmachtung geflohen bist! Wie kannst du mir vorwerfen, dass ich nicht auf mein Geburtsrecht verzichten will, wo du selbst vor dem gleichen Schicksal davonläufst!«

Janels Atem stockte. Einen Moment lang glaubte Bruder Qaun, Janel würde Tamin ohrfeigen, doch sie ballte nur die Fäuste. »Ich versuche nicht, der Gerechtigkeit zu entfliehen. Ich bin auf der Flucht vor einem Schuft, der versucht hat, den Kanton Tolamer und seine Bewohner – *meine Schutzbefohlenen* – zu kaufen. Durch Bestechung wollte er sie dazu bringen, mich zu entmachten, falls ich mich weigerte, sein Bett zu teilen. Der Leichnam meines Großvaters war noch nicht einmal kalt, da kam Sir Oreth schon mit seinen Soldaten an, mit einem Ultimatum und einem Räumungsbefehl«, berichtete Janel. »Ich habe meine Leute nicht an Hexen, yorische Spione und Dämonen ausgeliefert, die ihre Seelen auf direktem Weg in die Hölle schicken.«

»Ich habe von all dem nichts gewusst!«, brüllte Tamin.

»Was ein weiterer Beweis dafür ist, dass du noch zu jung und zu naiv bist, um dich nicht von anderen für ihre Zwecke einspannen zu lassen.«

Tamin lachte schluchzend. »Zu jung? Ich bin ein Jahr älter als du, Janel.«

»Und dennoch in jeder Hinsicht so unendlich viel jünger.«

Tamin stand mühsam auf, die Decken, eingewickelten Lebensmittel und anderen Geschenke ignorierte er. »Dann willst du also nichts unternehmen? Du bist ein Graf!«

»Aber nicht dein Graf!«, schrie Janel.

Alle Gespräche verstummten. Die Umstehenden spitzten die Ohren.

»Und dafür solltest du dankbar sein«, fuhr Janel etwas leiser fort. »Denn für das, was du hier angerichtet hast, würde ich dich hinrichten lassen. Ich würde das Schwert sogar selbst führen, verstehst du? Ich habe gesehen, wie du einen Mann zum Tode verurteilt hast, von dem du wusstest, dass er unschuldig war. Du hast deinen eigenen Vogt für ein Verbrechen töten lassen, das *du* begangen hast. Du hast gelacht, als ein Dämon, den du herbeigerufen hattest, einen Ritter und ihren Knappen abschlachtete und das Turnier in eine Farce verwandelte. Du hast Unschuldige als angebliche Hexen auf dem Scheiterhaufen verbrannt und hättest es auch weiterhin getan. Und all das für diesen Relos Var und eine Prophezeiung, die er sich wahrscheinlich selbst ausgedacht hat. Bitte mich nicht, mich einzumischen, Tamin. Denn was ich dann täte, würde dir nicht gefallen.«

Bruder Qaun fiel auf, dass Janel Tamin seit ihrem Kampf mit Dedreugh kein einziges Mal mehr mit Baron angesprochen hatte.

Ein paar angespannte Momente lang herrschte Stille. Gan, die Müllerstochter – oder besser gesagt Ganar Venos, die Tochter von Verweser Dokmar –, kam mit einem alten Gaul heran. Sie lächelte Tamin an, auch wenn es sie einige Anstrengung zu kosten schien. »Ich habe diese Stute für dich gesattelt. Mir wurde gesagt, sie heißt Orchidee. Im Dunkeln sieht sie nicht mehr so gut, also solltest du versuchen, bis Sonnenuntergang möglichst weit zu kommen.«

»Gan ...«, begann Tamin ergriffen.

»Nicht«, sagte Gan. »Wag es bloß nicht. Du musst gehen, Tam, sofort.« Sie musterte den Mann, den sie einmal hatte heiraten wollen. »Wenn Kalazan jetzt sein Schwert zieht, würde ich nicht dazwischengehen. Ich würde ihm sogar zujubeln, wenn er dir den Kopf abschlägt.«

Tamin schluckte. Dann sammelte er seine Geschenke auf, stopfte sie in die Satteltaschen und stieg auf das Pferd.

Er ritt nach Süden. Die Überlebenden schauten ihm stumm hinterher. Und dann, als Tamin jenseits all der wehenden Banner von Barsine verschwunden war, blickten sie den Grafen erwartungsvoll an.

Janel erwiderte den Blick, stutzte und schüttelte entschieden den Kopf. »Nein, auf keinen Fall. Ich bin bereits Graf von Tolamer. Ich kann nicht auch noch Baron von Barsine sein.«

»Aber wer dann?«, fragte Dango. »Ich mach's bestimmt nicht.«

Bruder Qaun runzelte die Stirn. »Ihr könnt doch nicht einfach …« Er wandte sich an Dorna. »Wollen sie … etwa *selbst* bestimmen, wer ihr neuer Baron wird? Hat nicht Tamins Lehnsherr das Recht …« Er biss sich auf die Lippe. »Wird der hiesige Graf nicht etwas dagegen haben, dass gewöhnliche Bürger Baron Tamin einfach absetzen?«

Dorna starrte ihn an. »So läuft das bei uns nicht, Füllen. Ich weiß ja nicht, wie ihr die Dinge in Kazi-so-und-so handhabt …«

»Ich stamme aus *Eamithon*.«

»Wie auch immer. In Jorat bleibt ein Hengst, der seine Herde nicht beschützen kann, ganz bestimmt nicht der Anführer. Führen und Beschützen sind bei uns ein und dasselbe.«

»Aber eine Herde wird nicht von Hengsten angeführt, sondern von Stuten.« Dieser Widerspruch plagte Qaun schon seit seiner Ankunft in Jorat.

Dorna verdrehte die Augen. »Hör auf, von Pferden zu sprechen, wenn es um Politik geht. Bei uns werden die Menschenherden von Hengsten angeführt, und nur von Hengsten. Und wer soll entscheiden, wer der neue Anführer wird, wenn der alte Hengst verjagt wurde, weil er seiner Aufgabe nicht gewachsen war? Bestimmt nicht irgendein anderer Herdenführer, der irgendwo meilenweit weg ist. Nein, mein Fohlen, die Herde selbst entscheidet das.« Sie schüttelte den Kopf. »Deswegen habe ich Tamin auch nichts geschenkt. Er war nicht mein Baron, also gebe ich ihm auch kein Thudajé.«

Das Ganze hörte sich für Bruder Qaun so ketzerisch an, dass ihm beinahe schwindlig wurde.* Dabei hatte Dorna ganz nüchtern gesprochen: Natürlich wählten die Leute ihre Anführer selbst, natürlich bestimmte die Herde über ihre Geschicke. Wie sollte es auch anders sein? Und wenn ein Anführer seine Sache schlecht machte, dann bat die Herde ihn einfach ... zu gehen. Nicht einmal das. Tamin hatte von selbst begriffen, dass er gehen musste.

Gan legte Kalazan eine Hand auf den Arm. »Du solltest der neue Baron sein.«

»Ich? Aber ...« Er hielt inne und wandte sich an Ninavis. »Nein, du bist die Richtige. Du hast die Gefahr als Erste erkannt. Du hast uns in den Kampf gegen Tamin geführt.«

Ninavis schüttelte den Kopf. »Oh, bestimmt nicht. Ich weiß nicht das Geringste übers Herrschen, und ich will es auch gar nicht wissen. Ich bin eine Diebin, keine Adlige. Die Provinz Barsine gehört dir. Die Glücksgöttin Taja sei mit dir.«

Kalazan schluckte und blickte in die Menge. »Wenn ihr alle dieser Meinung seid, dann stelle ich mich natürlich der Verantwortung.«

Die Umstehenden murmelten zustimmend, das lauteste Ja kam von Ninavis und ihren Leuten.

»Schön«, sagte Janel, »eine gute Wahl. Aber jetzt ...«, sie senkte beinahe entschuldigend den Kopf, »... brauchen wir eure acht besten Reiter und alle Pferde, die ihr habt, damit sie sich mit dem Tragen abwechseln können, wenn sie müde werden.«

»Alle Pferde?«, fragte Dorna. »Aber doch wohl nicht Taschenbeißer? Was ist mit Wolke?«

Janel erwiderte ihren Blick wehmütig. »Doch, Dorna, unsere

---

* Mir auch. Denkt Euch nur: Es fehlt nicht mehr viel, dann schaffen sie in Jorat den Adel ganz ab! Wenn sie so weitermachen, kommen sie eines Tages noch auf die Idee, dass Macht nicht mehr automatisch von den Eltern an ihre Kinder weitervererbt wird.

Pferde auch. Wir können keine Ausnahmen machen. Die acht Gruppen reiten zu den Toren, um die Nachricht zu überbringen oder das Heer zu warnen, wenn sie ihm unterwegs begegnen. Alle anderen gehen zu Ninavis' Unterschlupf.«

»Alle anderen? Du kommst mit?« Ninavis klang überrascht.

»Selbstverständlich. Du wärst schon einmal beinahe zu Schaden gekommen. Das werde ich nicht noch einmal zulassen.«

Die Banditin runzelte die Stirn. »Dann begleitet Arasgon uns ebenfalls? Aber dein Pferd …« Sie hielt inne und räusperte sich. »Ich wollte sagen, dein *Feuerblüter* kann viel schneller laufen als jedes Pferd.«

»Und er trifft seine eigenen Entscheidungen.«

Arasgon warf den Kopf in den Nacken und sagte etwas. Der andere Feuerblüter, Talaras, ebenfalls. Bruder Qaun verstand ihre Sprache nicht, doch es sah aus, als wären sie unterschiedlicher Meinung, was sie tun sollten.

»Ich würde ja zu einem der Tore reiten«, warf Sir Baramon ein, »aber ich bin ein bisschen aus der Übung.«

»Und mächtig außer Form«, ergänzte Dorna.

Der Ritter ignorierte sie. »Talaras findet den Weg auch ohne mich. Wäre nicht das erste Mal.«

Janel überlegte und wandte sich dann an den Feuerblüter. »Ist das dein Wunsch?«

Talaras wieherte und stampfte mit dem Huf auf. Für Bruder Qaun klang das wie ein Ja.

Der Graf nickte. »Gut. Wenn Arasgon uns begleiten will …«

Talaras blaffte Arasgon an, und Arasgon blaffte zurück. Talaras ließ sich nicht beirren und schien gewillt, einen Streit anzufangen.

»Keine Sorge, wir kommen ohne dich zurecht«, beruhigte Janel ihren Feuerblüter. »Wir nehmen die Elefanten mit. Außerdem muss jemand Taschenbeißer und Wolke nach Atrine führen, nachdem eure Aufgabe erledigt ist. Wir kommen nach, sobald diese Leute hier in Sicherheit sind.«

Arasgon wirkte skeptisch, doch er tänzelte ein paar Schritte zur Seite, blies Luft aus den Nüstern und schloss sich dann seinem Bruder an.

Janel hob einen Beutel vom Boden auf. »Gehen wir. Der Rat, den Gan Tamin gegeben hat, gilt auch für uns. Bringen wir vor Sonnenuntergang so viele Meilen zwischen uns und diese Stadt wie möglich.« Sie wandte sich an Ninavis. »Wenn du so freundlich wärst, uns den Weg zu zeigen.«

»Ich hätte dieses Schwein Tamin mein Bein heilen lassen sollen, bevor er aufbrach«, überlegte Ninavis laut. Dann sagte sie zu der Elefantenhüterin: »Sana, glaubst du, eines von deinen Mädels lässt mich auf sich reiten?«

Eine Frau mittleren Alters blickte auf. »Einen Floh wie dich? Tishar wird es nicht einmal merken.« Sie lächelte gezwungen, Tränen standen in ihren Augen.

»Dann lasst die Herde aufbrechen«, sagte Graf Janel. »Wir haben noch einen weiten Weg vor uns, bis es dunkel wird.«

Die rötlich-orange Sonne versank gerade am Horizont, als sie sich dem Wald näherten, in dem sie ihr Nachtlager aufschlagen wollten. Das Zwielicht verwandelte den blaugrünen Himmel in ein verbranntes Zinnober.

Das Adrenalin brachte sie über die ersten Stunden, doch dann forderten die Schrecken, die sie gesehen hatten, und die Trauer um die Menschen, die sie verloren hatten, ihren Tribut. Die Flüchtlinge versanken in Schweigen. Manche weinten. Sie starrten die Kampferbäume und Zedern vor ihnen an wie einen rettenden See nach einer Wüstendurchquerung.

Wenn sie es bis dorthin schafften, wären sie in Sicherheit.

Ninavis und ihre Leute waren in ihrem Element. Sie dirigierten die Elefanten, sorgten dafür, dass die Erwachsenen die Kinder auf den Schultern trugen, und patrouillierten entlang des Trosses auf und ab, um unangenehme Überraschungen fernzuhalten. All das taten sie scherzend und mit einem Lächeln auf den Lippen, sie sangen Lieder und witzelten mit den Alten über verschwendete Jugendtage. Sie brachten die Leute beinahe dazu, das Entsetzen zu vergessen, vor dem sie flohen.

Beinahe.

Bruder Qaun fiel auf, dass Graf Janel sich ein Stück von der Gruppe entfernt hatte. Sie ging allein und abseits von allen anderen. Dorna kümmerte sich um die Kinder und hatte es gar nicht bemerkt.

Andererseits gehörte es auch nicht zu ihren Pflichten, für Janels emotionales und körperliches Wohlergehen zu sorgen. Das war Qauns Aufgabe.

Als er fast bei ihr war, wischte Janel sich übers Gesicht.

Sie weinte. Stumme Tränen rollten ihr über die roten Wangen.

»Graf …«, begann Bruder Qaun.

Janel drehte das Gesicht weg. »Geh. Die anderen dürfen mich nicht so sehen.«

»Niemand würde Euch vorwerfen, dass Ihr nach diesen Ereignissen aufgewühlt seid, Graf. Es war …« Er suchte nach Worten und fand keine. »Es war entsetzlich.«

Janel schniefte noch einmal, dann warf sie den Kopf in den Nacken und stieß ein kleines Lachen aus. »Ich bin ein Hengst. Die müssen glauben, ich sei stark. Sie dürfen erst merken, dass sie ein zweites Mal auf den Falschen gesetzt haben, wenn das hier vorbei ist und sie in Sicherheit sind.«

»Ihr redet Unsinn, Graf«, widersprach Bruder Qaun. »Wenn Ihr nicht gewesen wärt …«

»Wenn ich nicht gewesen wäre«, entgegnete sie, »wären all diese Leute in Mereina noch am Leben.«

»Das stimmt nicht.«*

---

* Aber ein bisschen vielleicht? Ich bin sicher, Ihr hättet mich früher oder später auf Mereina angesetzt …

»Ninavis hatte recht: Ich hätte Tamin niederstrecken sollen, als es noch nicht zu spät war. Schließlich bin ich Janel Danorak. Aber ich habe auf meinem Willen beharrt, und jetzt haben wir eine Stadt voller Toter.«

»Wenn Ihr Tamin getötet hättet, wäre damit nichts gewonnen gewesen! Der Hexenrauch war nicht sein Werk, und Ihr hattet keinen Grund, Senera für eine Bedrohung zu halten.«

»Nein, hatte ich nicht«, stimmte Janel zu. »Aber sie hat den Rauch als Reaktion auf das freigesetzt, was mit Dedreugh passiert ist. Weil ich ihn als Dämon Kasmodeus entlarvt habe. Sie tat es, um zu vertuschen, was hier tatsächlich vorging, und sie hat gezeigt, wie weit sie dafür zu gehen bereit ist.« Janel schnitt eine Grimasse. »Ziemlich weit, wie wir nun wissen.«

Bruder Qaun biss sich auf die Lippe. Seiner Meinung nach interpretierte der Graf die Beweggründe der Doltari-Hexe falsch. Aus irgendeinem Grund hatte Senera zufrieden ausgesehen, nachdem Janel Kasmodeus besiegt hatte. Wie nach einer erfolgreich erledigten Aufgabe. Nichts an ihrem Verhalten hatte darauf hingedeutet, dass sie den Vorfall als Rückschlag empfand.

»Ihr dürft Euch nicht die Schuld geben«, sprach Bruder Qaun weiter. »Außerdem hattet Ihr recht: Hättet Ihr Tamin getötet, hätten seine Armbrustschützen Euch erschossen. Glaubt Ihr, Dedreugh hätte das Turnier abgesagt? Oder Senera? Gewiss nicht. Und Ninavis' Leute wären auf dem Scheiterhaufen verbrannt worden.«

»Glaubst du«, fragte Janel zurück, »die Bürger von Mereina finden das gerecht? So viele Tote, um eine Handvoll anderer zu retten?«

»Ihr habt diesen Zauber nicht gewirkt. Ihr tragt nicht die Verantwortung dafür.«

»Es ist meine *Aufgabe*, Verantwortung zu tragen. Und ich habe diese Tragödie ausgelöst, indem ich Kasmodeus enttarnt habe.«

»Dann müsst Ihr versuchen, die Dinge wieder in Ordnung zu

bringen, so gut Ihr könnt. Ich glaube, Relos Var und Senera würden sich ins Fäustchen lachen, wenn sie sehen könnten, wie Ihr die Schuld für ihre Verbrechen auf Euch nehmt.«*

Janel blieb stehen.

»Ist es nicht so?«, hakte Qaun nach.

»Ich habe nur … Ich muss …« Ein Schütteln ging durch Janels Körper, dann fing sie sich wieder. »Danke.«

»Gerne geschehen. Aber wir haben noch andere Dinge zu besprechen.«

Sie ging weiter. »Ach ja?«

»Unser Überleben.« Bruder Qaun blickte sich nach den Flüchtlingen um und versicherte sich, dass niemand in Hörweite war.

»Das dürfte nicht so schwer werden, nachdem du uns vor dem Rauch gerettet hast.«

Bruder Qaun blinzelte, und seine Kinnlade klappte für einen Moment nach unten. »Ich, ähm …« Er merkte, wie er beinahe rot wurde. »Nun, ich nehme an, Ihr seid vollkommen unbedarft, was Magie angeht …«

Janel bedachte ihn mit einem Blick, der einen ganzen Wald in Brand gesetzt hätte.

»Das habe ich mir gedacht.« Er räusperte sich. »Ich möchte Euch nicht langweilen, aber lasst mich Euch so viel sagen: das Schriftzeichen, das ich benutzt habe, hat uns das Leben gerettet. Leider habe ich keine Ahnung, warum.«

Der Graf blinzelte. »Ich auch nicht. Aber ich bin davon ausgegangen, dass Ihr in dieser Angelegenheit mehr wisst als ich.«

»Alle Dinge haben … Energie … in sich. Man nennt sie Tenyé. Es ist die Lebensessenz in Euch, in mir, in diesem Baum dort drüben. Zwischen dem Tenyé eines Gottes und dem eines Zauberers besteht nicht der geringste Unterschied, außer dass der Gott mehr davon hat …«

---

* Nun ja, ein kleines Grinsen konnte ich mir tatsächlich nicht verkneifen.

»Bruder Qaun, diese Art von Rede ist der Grund, warum die Mitglieder deines Ordens in halb Quur als Ketzer gelten.«

Er hustete. »Das Problem mit Ketzerei ist, dass sie nur als solche bezeichnet wird, weil sie an unbequeme Wahrheiten rührt. Was ich sagen möchte, ist dies: Schriftzeichen haben kein Tenyé.«

Janel blinzelte. »Ich verstehe nicht, was du meinst.«

»Einem Gemälde wohnt nur so viel Tenyé inne wie den Materialien, die dafür verwendet wurden, der Leinwand, der Grundierung und der Farbe.* Dabei spielt es keine Rolle, ob es sich um ein Meisterwerk handelt oder um die Klecksereien eines Kindes. Genauso ist es mit Schriftzeichen. Sie übermitteln Informationen, enthalten aber nicht mehr Tenyé als die Tusche, mit denen sie geschrieben sind. Doch genau dieses Mehr an Tenyé ist zum Zaubern unverzichtbar.« Bruder Qaun deutete über die Schulter auf Mereina. »Was ich getan habe, was Dorna getan hat, es hätte nicht funktionieren dürfen. Ich habe es überhaupt nur versucht, weil ich das Symbol auf Seneras Stirn gesehen hatte. Ich hoffte, es irgendwie mit dem Zauber verbinden zu können, der sie und die Soldaten vor dem Rauch schützte, und über diese Verbindung ebenfalls geschützt zu sein. Ich tat es aus reiner Verzweiflung ohne allzu große Hoffnung auf Erfolg.«

»Und trotzdem hast du ins Schwarze getroffen. Es hat funktioniert.«

»Nein, hat es nicht. Es mag erklären, warum es bei mir funktioniert hat. Aber was ist mit Dorna? Sie hat die Rune verwendet, als ich gar nicht dabei war. Und sie wusste nicht einmal, welchen Zauber ich versucht hatte. Bei ihr hätte es also nicht funktionieren dürfen. Und als ich die Runen von Ninavis, Dango und Gerber schreiben ließ, hat es immer noch funktioniert. Also ist die Rune selbst magisch, und das ist unmöglich.«

---

* Dagegen möchte ich Einspruch erheben, denn es gibt auch andere Fälle. Aber gut, Bruder Qaun sei seine Meinung gegönnt.

Der Graf dachte im Gehen über Bruder Qauns Worte nach. »Aber was ist mit Dämonenbeschwörung? Dazu braucht es ganz bestimmte Schriftzeichen. Sind die nicht auch magisch?«

Bruder Qaun blinzelte. »Das ist ... eine kluge Bemerkung.«

»Und, habe ich recht?«

»Nein. Nein, habt Ihr nicht, aber in diesen Dingen kann man sich leicht täuschen«, erwiderte Qaun. »Die Symbole, die zur Dämonenbeschwörung verwendet werden, verfügen selbst über keinerlei Magie, aber wir – Menschen und Dämonen gleichermaßen – haben sie mit der entsprechenden Bedeutung aufgeladen. Sie symbolisieren den Vertrag zwischen unseren Rassen.«

Janel blieb stehen. »Den *Vertrag*? Es gibt einen Vertrag? Xaltorath hat nie ...«

Sie ging weiter, den Blick nach vorne gerichtet.

»Ja, gibt es«, bestätigte Bruder Qaun leise. »Genauer gesagt gibt es die Gaesche. Wir haben die Dämonen nicht gebannt, sondern gegaescht, ihnen Gaesch-Befehle gegeben, an die sie sich halten müssen. Beispielsweise dürfen sie sich nur in der physischen Welt manifestieren, wenn sie von jemandem beschworen wurden. Und auch dann müssen sie den Befehlen ihres Beschwörers gehorchen.«

Janel erschauerte. »Warum haben sie diesem Vertrag zugestimmt?«

Bruder Qauns Miene wurde düster. »Ich glaube, das haben sie gar nicht. Er wurde ihnen aufgezwungen.«

»Aber sie müssen zugestimmt haben. Jemand, der mächtig genug ist, den Dämonen einen solchen Pakt aufzuzwingen, wäre auch mächtig genug, sie zu vernichten. Und das bedeutet, dass sie eben doch zugestimmt haben. Aber warum? Was haben sie davon?«

»Ich glaube, dass sie den Krieg der Vier Völker damals verloren haben. Danach haben die Götter ihnen ihre Bedingungen diktiert.«

Janel lachte. »Nein, bestimmt nicht. So was würden sie niemals mit sich machen lassen. Irgendeinen Nutzen müssen sie von dem

Vertrag haben. Sonst hätten sie sich nie und nimmer darauf eingelassen.«

»Ihr mögt ja recht haben, aber darum geht es nicht. Ihr habt verstanden, dass die Schriftzeichen selbst keinerlei Magie besitzen, oder? Ihre Macht kommt einzig und allein daher, dass wir uns darauf geeinigt haben, dass sie für ein bestimmtes Ergebnis stehen.«*

»Könnte es in diesem Fall nicht auch so gewesen sein? Dass die Rune aufgrund einer Übereinkunft diese ganz bestimmte Wirkung hatte?«

Bruder Qaun rümpfte die Nase. Das war wiederum eine gute Frage. Und beunruhigend. Er suchte so lange nach einer Schwachstelle, bis er sie gefunden hatte. »Eine Einigung zwischen wem, mein Graf? Den Göttern? Es bedürfte immenser Macht, um eine solche Wirkung zu erzielen, und kein Priester der Acht verfügt über ausreichend davon. Vater Zajhera ist besser in Magie bewandert als jeder, den ich kenne. Er hätte es erwähnt, wenn es eine solche Einigung gäbe.«

Der Graf runzelte die Stirn. »Worauf willst du hinaus?«

»Dass diese Doltari – Senera – wahrscheinlich Dämonen herbeirufen kann und somit *sie* die Hexe ist. Darüber hinaus hat sie Zugang zu Formen von Magie, die ich weder verstehe, noch je gesehen habe. Das einzig Positive daran war, dass diese Luftrune sich nicht verbraucht hat. Andernfalls wären die Feuerblüter erstickt.«

Janel seufzte. »Ich frage mich, wer von den beiden der Anführer war.«

»Von welchen beiden?«

»Senera oder Relos Var.«

»Wir können nicht einfach davon ausgehen, dass es eine Verbindung zwischen den beiden gibt.«

»Tamin sagte, Relos Var hätte sie mitgebracht. Ich bin ihm nur

---

* Mein lieber Qaun, jedes Schriftzeichen ist nichts anderes als ein Symbol, das für ein bestimmtes Ergebnis steht.

einmal begegnet, aber er kam mir nicht vor wie jemand, der sich von einem anderen als Werkzeug benutzen lässt. Da er Tamins Lehrer war, hätte ich ihn als Stute eingeschätzt, aber ...« Sie lächelte bitter. »Ich glaube, Relos Var sieht die Dinge ein wenig anders als wir hier in Jorat. Die eigentliche Frage ist: Ist er wirklich wegen eines Notfalls aufgebrochen, oder wusste er, was passieren würde, und wollte nicht dabei sein?«

»Was bedeuten würde, dass der Anschlag mit dem Giftrauch keine Notlösung war, sondern von Anfang an fest eingeplant.«

»Und wenn es so wäre?«, fragte Graf Janel. »Wir wissen einfach nicht genug darüber. Genauso wenig wie wir wissen, warum alle diese Yorer sich als Jorater ausgaben. Weder Senera noch Relos Var stammen aus Yor, obwohl ich das anfangs von Senera geglaubt habe.« Im Gehen rupfte sie drei Grashalme ab und begann sie zu flechten. »Sie kommt aus Doltar, sagst du?«

»Im Westen sieht man ihresgleichen öfter«, räumte Bruder Qaun ein. »Sie gelten als primitives Volk.«

»Zumindest scheinen sie nicht besonders geschickt darin, den Sklavenhändlern zu entwischen.«*

Qaun hüstelte. »Richtig, das sind sie offensichtlich nicht.«

Janel straffte die Schultern. »Schön. Auf all diese Fragen werde ich eine Antwort finden müssen.«

»Müsst Ihr das?« Bruder Qaun hob die Augenbrauen. »Habt Ihr Eure Aufgabe nicht bereits erfüllt? Sollte nicht die Armee den Rest übernehmen?«

»Vielleicht.« Janel schnaubte. »Wahrscheinlich. Aber ich habe nicht vor, dieses Problem anderen zu überlassen. Wer auch immer diese Leute sind, sie haben Tamin benutzt, und sie haben ... Ich weiß nicht einmal, wie viele Menschen sie getötet haben. Das kann ich nicht ignorieren.« Nach einer kurzen Pause fügte sie hinzu: »Was hältst du von der Prophezeiung, Qaun?«

---

* Dazu kann ich nichts sagen. Ich wurde in Quur geboren.

Er zögerte und hoffte, der Graf würde ihn nicht durchschauen.

»Welche Prophezeiung?«

»Tu nicht so, als hättest du es nicht mitbekommen. Relos Var hat zu Tamin gesagt, das besessene Kind wäre sein Ende. War es ja auch.« Janel blieb unvermittelt stehen; sie schien verwirrt.

»Ist Euch gerade ein neuer Gedanke gekommen?«, fragte Qaun.

»Nein, aber etwas stimmt nicht …«

Das Trompeten eines Elefanten zerriss die Luft, alle seine Artgenossen stimmten mit ein. Es klang wie ein Alarmruf. Im nächsten Moment rannten die Elefanten blindlings los. Schreie hallten über die grasbewachsene Landschaft.

Bruder Qaun erkannte eine der Stimmen: Ninavis. »Was ist passiert?«, fragte er und suchte nach dem Grund für die Panik.

Der Himmel verdunkelte sich.

Ein riesiger Schatten glitt über den Wald, bewegte sich hinaus auf die Felder und auf Mereina zu. Die Flüchtlinge rannten los.

Bruder Qaun schaute zum Himmel hinauf.

Ein riesenhaftes Geschöpf zog dort oben seine Kreise. Die untergehende Sonne ließ seine Schwingen erstrahlen, als stünden sie in Flammen, doch der Rest des Körpers schimmerte bläulich-weiß wie Eis. Der Kopf des Ungeheuers sah aus wie der einer Schlange, aber keine Schlange wurde so groß, und vor allem hatten Schlangen keine Flügel.

Der Drache wendete.

Die Menschen schrien und warfen sich auf den Boden, als die Bestie die Flügel anlegte, herabstieß und in niedriger Höhe über das Gras herangejagt kam.

Die Elefanten, sagte sich Bruder Qaun. Der Drache war auf Elefantenjagd.

»Ninavis!«, schrie Janel und rannte zu den anderen zurück.

»Graf, wartet!«, rief Bruder Qaun und lief ihr hinterher, auch wenn er genauso viel Hoffnung hatte, sie einzuholen, wie ein Rothund, der Jagd auf einen Falken macht.

Der Drache streckte die Klauen und packte mit jedem seiner Vorderläufe einen Elefanten, dann schwang er sich mit mächtigen Flügelschlägen wieder hoch in die Lüfte.

Alle rannten – die meisten weg, aber nicht alle: Janel, Bruder Qaun und Ninavis' Bande blieben, während die Elefanten auf und ab liefen, als könnten sie auf diese Weise ihre entführten Geschwister zurückholen.

Ein halbes Dutzend Pfeile erhob sich von irgendwo aus dem hohen Gras und prasselte auf den davonfliegenden Drachen ein. Leider richteten die Treffer keinerlei Schaden an. Der Drache schien nicht einmal zu bemerken, dass er beschossen wurde. Als Bruder Qaun Janel eingeholt hatte, stand sie neben der im Gras sitzenden Ninavis. Die Banditenanführerin legte den nächsten Pfeil ein und schoss erneut. Das Ergebnis blieb das gleiche. Schließlich verlegte sie sich aufs Fluchen.

»Hundesohn!«, brüllte sie. »Komm zurück, du Hundesohn!«

Janel verschränkte die Arme vor der Brust. »Ich glaube nicht, dass er dich hören kann. Und ich denke, das würden wir auch gar nicht wollen. Wenigstens haben deine Pfeile ihn nicht auf uns aufmerksam gemacht. Das wäre unklug, oder?«

Ninavis antwortete mit einer langen Aneinanderreihung von Schimpfwörtern.

»Bruder Qaun, könntest du bitte nach Ninavis sehen?«, fragte der Graf. »Sie scheint sich verletzt zu haben. Schon wieder.«

»Es hat nur meinen Stolz getroffen«, brummte Ninavis.

»Tatsächlich? Ich hätte schwören können, dass du auf den Kopf gefallen bist.«

Die Banditin warf Janel einen finsteren Blick zu und hakte die Sehne ihres Bogens aus. »Was war das für ein Ungeheuer?«

»Ein Drache«, antwortete Bruder Qaun. »Ich bin noch nie einem begegnet.« Am liebsten hätte er davon geschwärmt, wie wunderschön er das Geschöpf fand, glaubte aber nicht, dass die anderen das im Moment hören wollten.

»Komm schon.« Graf Janel streckte Ninavis die Hand hin. »Stütz dich auf mich. Wir müssen die Elefanten beruhigen und dann machen, dass wir weiterkommen.« Sie deutete nach oben.

Während des Drachenüberfalls hatte sich der Himmel verdunkelt, allerdings nicht wegen der hereinbrechenden Nacht. Es waren Sturmwolken aufgezogen.

»Was ...?«

»Wir werden ziemlich übles Wetter bekommen«, erklärte der Graf. »Ich hoffe, bis zu deinem Unterschlupf ist es nicht mehr weit.«

12

EIN FEST FÜR DÄMONEN

*Jorat, Quurisches Reich.
Zwei Tage nachdem Königin Khaeriel ihre Geduld
mit dem Haus D'Mon verloren hatte*

»Und was hat Aeyan'arric als Nächstes …?«, begann Kihrin.

Ein heftiges Zittern wie von einem Erdbeben erschütterte den Raum. Der Grund schien offensichtlich: Etwas sehr Schweres war gerade auf dem Hügel gelandet, in dem sich das Wirtshaus befand.

Etwas so Schweres wie ein riesenhafter Drache vielleicht.

Sämtliche Unterhaltungen verstummten. Alle blickten hinauf zur Decke und warteten, ob das Beben sich wiederholen würde.

»Glaubt ihr, sie kann sich zu uns durchgraben?«, fragte die alte Frau hinter der Theke in die entstandene Stille hinein.

In diesem Moment wurde Kihrin klar, dass den Gästen vollkommen bewusst war, was draußen vor sich ging. Sie fingen weder an zu schreien, noch stellten sie panisch Fragen, was das Geräusch verursacht hatte. Sie hatten sich nicht einmal umgesehen, aus welcher Richtung es gekommen sein mochte, sondern sofort nach oben geschaut.

Sie wussten Bescheid.

Kihrin schaute Janel in die Augen. Sie hatte nicht zur Decke geblickt, sondern die ganze Zeit ihn beobachtet.

»Glaubst du, ich wollte es ihnen verheimlichen?«, fragte sie.

»Ja, davon bin ich ausgegangen.«

Sie stand auf und ging an Kihrin vorbei zur Mitte des Raumes. Im Vorbeigehen strich sie ihm mit den Fingern über die Hand. »Aufgepasst, Leute! Hört gut zu.«

Alle spitzten unverzüglich die Ohren.

»Bestimmt hat mittlerweile jeder von euch von dem kleinen Problem gehört, das uns draußen erwartet«, erklärte Janel.

»Ja, aber was sollen wir tun?«, fragte ein großgewachsener Mann. »In Ferra hat dieser verfluchte Drache fünfzehn von uns getötet.«*

»Die fünfzehn Leute in Ferra haben wir verloren, weil sie ihre Befehle nicht befolgt haben«, blaffte die Schankkellnerin und wischte sich gedankenverloren die Haare aus dem Gesicht.

Dabei kam ein großes weinrotes Muttermal zum Vorschein.

Vielleicht war es nur Zufall ... Nein. Kihrin glaubte es nicht. Das war Ninavis.

»Was zum ...« Er blickte sich im Gastraum um. Jetzt, da er wusste, worauf er achten musste, fand er, dass zu viele Hengste hier waren. Viel zu viele für so ein kleines Städtchen. Sein Blick wanderte weiter zu Bruder Qaun. Der Priester wirkte kein bisschen überrascht.

»Ich habe eine Theorie, was hier los ist«, begann Janel. »Ich hoffe, ich täusche mich, aber im Moment können wir nichts anderes tun als abwarten. Und, Dorna: Ja, wenn sie sich zu uns durchgraben möchte, könnte sie das. Aber Aeyan'arric will uns nicht töten. Zumindest noch nicht.«

»Aber wie hat sie uns gefunden?«, hakte ein dicker Kerl mit rötlich-grauer Haut und einem beeindruckend großen Schnauzbart nach. Sir Baramon.

Janel schnitt ihm das Wort ab. »Das weiß ich nicht, aber es

---

* Und den Rest hätten wir beinahe auch noch erwischt. Es war verdammt knapp.

ändert nichts. Macht es euch bequem. Tut so, als wärt ihr hier zu Hause.«

Janel kam wieder an den Tisch zurück.

»Schau mich nicht so an«, sagte sie zu Kihrin. »Oder willst du behaupten, du hättest noch nie jemanden an einen neutralen Ort gelockt, an dem deine Freunde bereits auf dich warten? Nicht ein einziges Mal?«

»Doch, schon, aber im Anschluss bin ich auf einem Versteigerungspodest gelandet. Ich kann den Trick also nicht empfehlen.«

»Ich hätte ja etwas anderes getan, aber ich hatte keine Wahl.«

Kihrin deutete auf die anderen Gäste. »Diese Leute sind alle aus Mereina, oder?«

»Ein paar der Gesichter kenne ich nicht«, warf Bruder Qaun ein. »Aber es ist auch schon eine Weile her.«

»Wir haben ein paar Leute verloren und einige andere dazugewonnen«, erläuterte Janel. »Ich hätte dich ja früher eingeweiht, Kihrin, aber du warst so misstrauisch.«

Da hatte sie nicht ganz unrecht, gestand er sich ein. Trotzdem ...

»Du hast gesagt, du hättest eine Theorie, was unsere Drachenfreundin betrifft. Stimmt das? Oder hast du das nur behauptet, um deine Leute zu beruhigen?«

Janel schüttelte den Kopf. »Im Gegensatz zu dir kann man mich mithilfe von Magie aufspüren. Relos Var wird Aeyan'arric wohl darüber unterrichtet haben, wo sie mich finden kann.«

Kihrin blinzelte. Janel schien ihre Worte nicht als Witz gemeint zu haben. Nicht dass er sich eine Situation vorstellen könnte, in der die Erwähnung Relos Vars lustig gewesen wäre.

»Ihr wisst nicht, dass er es war«, entgegnete Bruder Qaun. »Wir haben keinerlei Beweise.«

»Stimmt«, räumte Janel ein. »Und ich hoffe, dass ich mich täusche. Ich werde ihn einfach bei unserer nächsten Begegnung fragen. Sollen wir jetzt mit unserer Geschichte weitermachen?«

Kihrin atmete auf. »Natürlich. Die Feier läuft doch prächtig, da können wir genauso gut mitsingen.«

*Janels Schilderung. In den Ruinen einer Estava,
Provinz Barsine, Jorat, Quur.*

Als wir den Unterschlupf erreichten, brauchten wir ihn dringend. Kurz nachdem der Drache verschwunden war, hatte ein leichter Nieselregen eingesetzt und war binnen Minuten zu einem sintflutartigen Wolkenbruch angeschwollen. Ein starker, eiskalter Wind, immer häufiger vermischt mit Hagel, kam auf. Nachdem wir den Wald erreicht hatten, hielt zum Glück das Blätterdach das meiste davon ab, aber der Teil, der durchkam, war schlimm genug. Der Wind nahm zu, die Bäume bogen sich ächzend, einige brachen. Blitze erleuchteten den Himmel, manche schlugen so nahe ein, dass der Donner den Boden zu unseren Füßen erschütterte.

»Es ist gleich da vorne, am Fuß des Hügels!«, rief Ninavis.

Sie deutete zwischen den Bäumen hindurch auf einen bewaldeten, von altem Mauerwerk und halb verfallenen Ruinen gesäumten Hügel. Auf halber Höhe führte eine steinerne Rampe in ein gähnendes, dunkles Loch. Wäre die Öffnung nicht so symmetrisch gewesen, hätte man sie beinahe für einen Höhleneingang halten können. Ich war unendlich erleichtert, als ich merkte, was ich da vor mir sah.

»Was ist das?«, fragte Bruder Qaun.

»Eine Estava«, antwortete ich.[*] »Den Acht sei Dank.«

»Eine was?« Qaun sah verwirrt aus.

»Ein Unterschlupf, gebaut von Khorsal und seinen Zentauren.«

---

[*] Wenn mir über diese Unterschlupfe etwas bekannt gewesen wäre, hätte ich sie ausfindig gemacht. Aber damals kam ich nicht auf die Idee.

Dorna verzog das Gesicht, als hätte sie in einen faulen Apfel gebissen.

»Da er uns das Leben retten wird, ist mir herzlich egal, wer ihn gebaut hat«, erklärte Ninavis. »Und jetzt rein mit euch allen. Los, los, los!«

Sana, die Elefantenpflegerin, schüttelte den Kopf. »Diese Estavas sind verflucht!«

Ich wandte mich der Frau zu. »Stute, wenn du mit verflucht meinst, dass Ninavis und ihre Bande sich hier monatelang erfolgreich vor Hauptmann Dedreugh versteckt haben, dann magst du ja recht haben. Aber im Moment haben wir nichts Besseres, wenn du also so nett wärst, uns nach drinnen zu folgen.« Ich versuchte, durch meinen Tonfall klarzumachen, dass das keine Bitte war.

Sana wollte schon widersprechen, doch Ninavis' Leute gingen bereits hinein. Ein weiterer, viel zu naher Blitzeinschlag stimmte Sana schließlich um, und sie führte die verbliebenen Elefanten in den Eingang.

»Was bedeutet Estava?«, fragte Bruder Qaun.

Dorna antwortete als Erste. »Sturmschutzraum.« Ein unheilvolles Grinsen trat auf ihr Gesicht. »Du hast in Jorat noch keinen Tornado erlebt, oder, Fohlen?«

Qauns Augen wurden groß.

Sie packte ihn an seinem Agolé, und ich musste ein Lachen unterdrücken. »Komm mit«, sagte Dorna. »Heute ist keine Nacht zum Draußenschlafen.«

Nicht alle Behausungen in Jorat sind unterirdisch, aber wir haben nie vergessen, dass in unserer Heimat die schlimmsten Stürme des gesamten Reichs toben. Der joratische Baustil hat sich aus den Estavas entwickelt, nur dass unsere Wohnstätten zumeist deutlich kleiner sind. Estavas waren keine Festungen im eigentlichen Sinn, sondern Unterschlupfe für Zeiten, zu denen die Pferdelords ihre Herden aus irgendeinem Grund trotz der beginnenden Sturmsaison nicht verlegen wollten.

Als alle drinnen waren, hatten Ninavis' Leute bereits ein paar Laternen entzündet. Zu wenige für die Größe des Raums. Vermutlich war Laternenöl in einem Banditenversteck eine seltene Kostbarkeit.

Der Tunnel öffnete sich zu einer riesigen steinernen Halle, die Decke wurde von Granitsäulen gestützt. Die Begrenzungswände waren so weit weg, dass der Laternenschein sie nicht erreichte. Die Estava war offensichtlich schon sehr alt, ich sah Risse im Boden und von der Decke herabgestürztes Geröll. Irgendwo plätscherte Wasser, allerdings konnte ich nicht sagen, ob es sich um durch eine Spalte eindringenden Regen handelte oder ob es hier irgendwo eine Quelle gab.

Ninavis und ihre Leute würden es wissen.

Sie hatten ihre Spuren in der Halle hinterlassen: Vor einer Wand standen einige Kisten mit Lebensmitteln und Kleidung, die sie sich in der gesamten Provinz zusammengestohlen hatten. Ich erkannte die Wappen der Händlervereinigungen: Hier etwas Tee vom Acht-Münzen-Handelskonsortium, dort drüben getrocknete Mangos der Sifen-Familie. Bei der Ansammlung von Kissen und alten Teppichen daneben schien es sich um die Schlafstatt der Banditen zu handeln, und jemand hatte sich sogar die Mühe gemacht, einen Lehmofen zu bauen.

Die Flüchtlinge brauchten keine weiteren Anweisungen. Sie verteilten sich, stellten ihre Habseligkeiten ab und schlugen ihr Lager auf.

Ich half Bruder Qaun, Ninavis auf einem eingestürzten Mauerstück abzusetzen, dann sagte er: »Lass mich nach deinem Bein sehen.«

Als sie protestieren wollte, fügte ich hinzu: »Ninavis, ich bin für deine Verletzung verantwortlich. Lass Bruder Qaun sich um dein Bein kümmern. Vishai-Priester sind die besten Heiler in ganz Quur.« Ich setzte mich auf eine Holzkiste, streckte die Beine und begann, die schwarz emaillierte Rüstung auszuziehen, die ich mir von Sir Baramon geliehen hatte. Sie passte nicht allzu gut, genau wie er gesagt hatte, und meine Muskeln schmerzten.

»Die Heilergilde wäre nicht besonders glücklich, wenn du das herumerzählst«, brummte Ninavis.

»Die Heilergilde ist eher darauf aus, ihre Kassen zu füllen, als den Leuten zu helfen«, erwiderte ich.* »Und in Jorat scheint ihr selbst das zu anstrengend zu sein.«

»Wenn ihr aufhören würdet, sie als Hexen zu verbrennen«, entgegnete Ninavis, »würden sie euer Geld vielleicht bereitwilliger annehmen.«

Ich wollte gerade widersprechen, da merkte ich, dass sie mich aufzog, aber nach Scherzen stand mir im Moment nicht der Sinn. Trotzdem wollte ich etwas erwidern, da kam Sir Baramon zu uns. Sein rotes Gesicht zeugte von einem harten Marsch und den Tränen, die er unterwegs vergossen hatte. Ich rief mir ins Gedächtnis, dass er erst vor wenigen Stunden jemanden verloren hatte, der ihm sehr nahegestanden hatte.

Ich wusste nicht einmal den Namen seines Geliebten.

Sir Baramon setzte sich neben mich. »Das war …« Er presste die Lippen aufeinander und versuchte es noch einmal. »Habe ich mir das nur eingebildet, oder wurden wir tatsächlich gerade von einem Drachen angegriffen? Ich habe sie immer für Legenden gehalten.«

»Nein, das war keine Einbildung«, antwortete Bruder Qaun und fischte alles aus seinem Beutel, was er für Ninavis' Behandlung brauchte. »Das war Aeyan'arric.«

Alle horchten auf.

Ninavis blinzelte. »Du kennst seinen Namen?«

»*Ihren* Namen«, berichtigte Bruder Qaun. »Und ja, ich kenne ihn. Es gibt insgesamt acht Drachen.** Anhand der Beschreibungen, die

---

* Was sagt man dazu? Janel und ich sind tatsächlich mal einer Meinung.
** Ach ja? Neun Drachen. Da hat Kihrin ausnahmsweise mal recht.

ich gelesen habe, muss das Aeyan'arric sein, die Eisbringerin, auch Sturmherrin genannt.« Er sah unsere fragenden Gesichter und hielt inne. »Vater Zajhera hat mir die Namen verraten.«

»Acht Drachen?«, wiederholte ich. »Genauso viele, wie es Götter gibt?«

Bruder Qaun schaute mich entsetzt an, wie er es immer tat, wenn ich ihm eine Frage stellte, die er lieber nicht gehört hätte. »Nein! Das soll heißen, es gibt mehr als acht Götter.«

»Aber nur acht, die wirklich zählen.«

Er räusperte sich. »Richtig, trotzdem: Drachen sind die lebende Antithese der natürlichen Ordnung, für die die Götter stehen. Schon allein deshalb kann man sie nicht miteinander vergleichen.« Er breitete die Hände aus. »Manchmal ist eine Zahl eben nur eine Zahl.«*

Ich musterte den Priester und wusste, dass er mir gerade ins Gesicht gelogen hatte.

»Also acht auf der ganzen Welt«, erwiderte ich. »Aber nur einer davon – *eine* – lässt sich hier blicken. Und das ausgerechnet jetzt.« Ich zog die zweite meiner beiden Unterarmschienen ab. »Wir können zwar von Glück reden, dass die Drachin nur an den Elefanten interessiert war, trotzdem ist mir nicht wohl zumute. Sie ist Richtung Mereina geflogen ...«

»Das könnte reiner Zufall sein«, meinte Qaun.

»Ja, bestimmt. Und wenn nach einer Schlacht die Geier am Himmel kreisen, ist das auch nur Zufall.« Dorna hob die abgelegten Rüstungsteile auf und begann, sie fein säuberlich neben Sir Baramon aufzureihen. »Ich würde ja bei der Zubereitung des Abendessens mitmachen. Allerdings glaube ich, diese Leute haben heute schon genug Katastrophen erlebt. Aber ich könnte beim Trennungsritual helfen.«

Beschämung überkam mich. Natürlich wollten die Mereiner

---

* Aber nicht in diesem Fall.

sich von ihren Toten verabschieden. Sie konnten zwar die Leichen nicht verbrennen und die Asche über die Felder verstreuen, dennoch würden sie die Getöteten ehren wollen. Für einen Leichenschmaus hatten wir zwar nicht genug Lebensmittel, aber ...

Aber irgendeine Form von Zeremonie mussten sie schließlich abhalten.

Ich konnte es ihnen nicht verdenken.

»Glaubst du, sie hätten etwas dagegen, wenn ich ein paar Worte spreche?«, fragte Bruder Qaun.

»Du bist kein Priester der Acht, Füllen ...«, protestierte Dorna.

Qaun runzelte enttäuscht die Stirn. »Doch, Dorna, bin ich. Selanol ist einer von ihnen. Ich gehöre genauso zu den Priestern der Acht wie jemand, der Khored oder Galava anbetet.«

»Oh.« Sie zuckte die Achseln. »Entschuldige. Daran habe ich nicht gedacht.«

Ich berührte Bruder Qauns Hand. »Ich bin sicher, sie sind dankbar, wenn jemand zu Ehren der Toten spricht. Bitte.«

Dorna warf mir einen verstörten Blick zu. »Was? Warum macht Ihr das nicht?«

»Ich kann nicht. Ich gehe jetzt schlafen.«

Dorna hielt mitten in der Bewegung inne.

»Ist es dafür nicht ein bisschen früh?«, fragte Sir Baramon.

»Ganz im Gegenteil. Ich hatte gehofft, wir würden unser Nachtlager früher aufschlagen. Ich fürchte, ich bin schon zu spät dran.« Ich stand auf, nahm den Mantel, den ich dem Roten Speer abgenommen hatte, und suchte mir eine Schlafstelle abseits von den anderen.

Am liebsten hätte ich Arasgon bei mir gehabt, aber noch lieber wäre es mir gewesen, wenn nichts von alledem passiert wäre. Ich faltete den Mantel zu einem improvisierten Kissen und rollte mich auf dem Boden zusammen.

Die Berührung des Todes kam sofort. Wie immer.

Janels Schilderung. Im Nachleben.

Wenn ich schlafe, wandle ich durch das Land der Toten.

Selbst im Nachleben scheint der Tod mich anzuziehen – Orte, wo die wandernden Seelen der Verstorbenen den Übergang von der Welt der Lebenden ins Land der Toten erleichtern. Dämonen scheinen ebenfalls von diesen Orten angezogen zu werden, immer auf der Suche nach einer Möglichkeit zur Rückkehr in die Welt, die sonst so schwer für sie zu erreichen ist.

Stimmte das überhaupt?

(Laut Bruder Qaun war ein Vertrag das Einzige, was sie davon abhielt, willkürlich über uns herzufallen.)

Diesmal fand ich mich in Mereina wieder.

Im Lauf der Zeit waren hier viele Seelen von einer Welt in die andere übergetreten, und jeder dieser Tode hatte seine Spuren in den Schleiern hinterlassen, sodass das Schloss weithin erkennbar war. Die Stadt selbst war bis vor Kurzem noch zu jung und friedlich gewesen, um sich im Nachleben abzuzeichnen.

Aber jetzt?

Stadt und Schloss hoben sich als dunkle Silhouette vom Horizont ab. Phosphoreszierendes Licht umgab die Befestigungen und Gärten, die Azhocks und die Tribünen auf dem Turnierplatz. Geister wandelten umher, verwirrt und verängstigt, wie sie es im Moment ihres Todes gewesen waren. Der bedauernswerte Verweser stand mit blau angelaufenem Gesicht in seiner Loge – von seiner Lähmung befreit und gleichzeitig erschrocken über seine neuerliche Notlage.

Leider hatte ich keine Zeit, den armen Seelen ihre Lage zu erklären, ihnen Trost zu spenden und sie in Thaenas Land des Friedens zu geleiten.

Ich hatte keine Zeit, ihnen zu erklären, dass sie ein zweites Mal und diesmal endgültig sterben könnten. Die Dämonen würden die Kraft, die sie aus ihrem neuerlichen Tod bezogen, für die Eroberung dessen verwenden, was sie sich am meisten auf der Welt wünschten:

Nämlich die Welt selbst.

O ja, die Dämonen waren nach Mereina gekommen. Wenn sie könnten, würden sie von hier einen weiteren Höllenmarsch beginnen. Sie würden die Toten wie mordende Puppen über Jorat herfallen lassen und Dorf um Dorf abschlachten, bis sie genug Seelen beisammen hätten, um einen Dämonenprinz auf sich aufmerksam zu machen.*

Und das Töten würde nie mehr aufhören.

Die Dämonen waren hier, um die Seelen der Toten zu ernten.

Eigentlich hatte ich mir schwerere Gegner erhofft.

Ich verlor keine Zeit, zog mein Schwert, schlug dem ersten lachend den Kopf von den Schultern und machte einen Satz zur Seite. Den Höllenhund, der mich ansprang, wehrte ich mit meinem Schild ab. Ich ließ mich von meinem Hass und meiner Wut wärmen wie von einem Feuer und kam so richtig in Fahrt. Das Blut des ersten Dämons war schwarz gewesen, das des zweiten violett. (Es gibt keine Regeln, wie das Blut eines Dämons auszusehen hat.)

Gerade stieß ich einem mit einem Tigermaul mein Schwert in den Rachen, da hörte ich einen Schrei. Ich blickte auf und sah einen riesigen Hammer auf mich zurasen. Im nächsten Moment wurde ich rücklings zu Boden geschleudert.

Normalerweise hätte ich einen solchen Treffer niemals überlebt, aber wenn man lediglich metaphorisch existiert, gelten andere Gesetze.

Ich rammte meine Hand in den Boden und stemmte mich hoch. Ein hünenhafter Dämon ohne Haut ragte vor mir auf, ich sah seine

---

* Kasmodeus dachte, wenn er genug Seelen zusammenbekäme, würde er wie Xaltorath werden, aber ich komme immer mehr zu dem Schluss, dass sein Plan so oder so nicht funktioniert hätte.

bloßliegenden Muskeln rot schimmern, dazwischen gelbliches Bindegewebe und Fett.

Der Unterkiefer fehlte nach wie vor.

»Kasmodeus?«, fragte ich und spuckte das Blut in meinem Mund aus. »Dafür, wie rasch du beim ersten Mal gestorben bist, hast du dich verdammt schnell erholt.«

Die Muskeln über seinen Wangenknochen zogen sich zusammen. Ein Grinsen, vermutete ich.

~ DIE ANDEREN DÄMONEN WERDEN SICH SCHREIEND DIE AUGEN ZUHALTEN, WENN SIE SEHEN, WAS ICH MIT DIR MACHE. ~

Ich lachte. »Hast du etwa vor, einen Hundewelpen vor dem Ertrinken zu retten? Oder einer kranken alten Stute eine Suppe zu kochen?« Ich lächelte. »Lass es lieber.«

Seine Augen blitzten. ~ STIRB, MISTSTÜCK! ~ Er schwang seinen Hammer und ließ ihn mit entsetzlicher Kraft niederfahren.

Ich konnte gerade noch ausweichen. Er war stärker als zuvor auf dem Turnierplatz. Bestimmt hatte er ein paar arme Seelen verschlungen, die in der Nähe dieser verfluchten Scheiterhaufen gestorben waren. Und wer konnte schon sagen, wie viele ihm bereits bei den vorangegangenen Turnieren geopfert worden waren?

Er gab mir keine Zeit, mich zu sammeln. Die von dem Schlag aufgewirbelte Erde flog noch durch die Luft, da schlug er schon wieder zu, wieder und wieder. Ein verheerender Schlag nach dem anderen. Ich hob meinen Schild, um den nächsten abzuwehren und näher an ihn heranzukommen. Der Treffer ließ mich in die Knie gehen. Ich biss die Zähne zusammen und holte mit dem Schwert aus. Die Klinge schnitt durch Kasmodeus' Brustmuskeln und seine Rippen.

Er merkte es nicht einmal. Vielleicht war es ihm auch egal.

Ich schrie, als sein Konter mich ebenfalls am Brustkorb erwischte. Knochen brachen. Wie beim Turnier spürte ich eine sich plötzlich ausbreitende Hitze.

Flammen schlugen aus dem Boden und verteilten sich spiralförmig um mich herum über das Gras. Inmitten all der Blau- und Violetttöne ringsum sah das Rot und Orange des Feuers unwirklich aus. Ich hatte keine Zeit, mich darüber zu wundern, aber ich merkte, wie die Hitze mir Kraft gab.

Ein Grinsen trat auf die Überreste von Kasmodeus' Gesicht.

~ICH WERDE DEINEN LEICHNAM ALS FUSSABSTREIFER BENUTZEN UND ZUR FEIER MEINES SIEGES AUS DEINEM SCHÄDEL TRINKEN.~

Er hob seinen Hammer.

»Wie unpraktisch. Zum Trinken bräuchtest du erst mal einen Unterkiefer ...«

In der Ferne ertönte das Trompeten von Elefanten.

Ich hob den Kopf.

Kasmodeus hielt inne.

Weitere Trompetenrufe zerrissen die Luft, laut wie Donner. In der Welt der Lebenden wäre das nichts Besonderes gewesen. Elefanten waren dort keine Seltenheit. Aber hier im Nachleben?

Hier gehorchten die Elefanten nur einer Gebieterin.

Ich begann zu lachen.

»Nun dann«, sagte ich. »Scheint, als käme der Tod heute nicht nur zu mir.«

13

DEN STURM AUSSITZEN

*Jorat, Quurisches Reich.
Zwei Tage nach dem Massaker an der Familie D'Mon*

Janel beendete ihre Schilderung mit einem Lächeln und griff nach ihrem Becher.

Kihrin seufzte und gab sein Bestes, Bruder Qaun nicht anzusehen, während er versuchte, die verflixt komplizierte Religion des Priesters zu begreifen. Die Vorstellung, dass der Mann, der ihm gegenüber am Tisch saß, Kihrin anbetete, war höchst seltsam.*

Oder zumindest die Inkarnation in seinem letzten Leben.

Da merkte Kihrin, dass Janel keine Anstalten machte weiterzusprechen. Er schaute sie an. »Moment, du warst noch nicht fertig.«

»Hat jemand Hunger?«, fragte sie. »Ich glaube, ich gehe einmal nachsehen, was es in der Küche so gibt.«

»Nein, auf keinen Fall«, protestierte Kihrin. »Du kannst die Erzählung nicht einfach an dieser Stelle unterbrechen. Ist Thaena tatsächlich erschienen? Ich meine, was ist als Nächstes passiert?«

---

* Oh … Auf diese Weise habe ich es noch gar nicht betrachtet. Aber Kihrin hat recht: Das ist eine seltsame Vorstellung. Und der Grund, warum ich Religionen nicht mag.
Nun ja, einer von vielen Gründen.

»Ach, ich glaube, eine kleine Pause kann nicht schaden.« Janels Grinsen war nicht direkt teuflisch, aber es fehlte nicht viel. »Oder wir springen ein Stückchen vor.«

Sie zog ihn auf.

Bruder Qaun öffnete sein Büchlein. »Soll ich wirklich vorspringen?« Er schien ganz und gar nicht erfreut.

»Nein, keine Angst, Bruder Qaun. Möchtest du noch etwas hinzufügen, bevor ich meinen Teil zu Ende erzähle?«

»Nur eine Kleinigkeit. Darf ich?«

Janel machte eine unbestimmte Geste. »Leg los.«

Qauns Schilderung. In den Ruinen einer Estava,
Provinz Barsine, Jorat, Quur.

Janel entfernte sich, und Ninavis blickte ihr finster hinterher. »He, wir sind noch nicht fertig.«

Der Graf ignorierte sie und legte sich zum Schlafen hin.

Ninavis versuchte, ihr hinterherzuhumpeln, fluchte vor Schmerz und blieb wieder stehen.

Bruder Qaun seufzte. »Warum so stur?« Er bot ihr seinen Arm an. »Würde es dich umbringen, wenn du dein Bein ein paar Tage schonst?«

»Wenn ich mir überlege, was die letzten Tage so passiert ist, würde ich diese Frage entschieden mit Ja beantworten.« Sie humpelte weiter zu Janel.

»Spar dir deine Kräfte«, warf Dorna ein. »Sie schläft. Du kannst sie jetzt nicht aufwecken.«

»He«, sagte Ninavis. Als Janel nicht reagierte, schrie sie das Wort noch einmal.

Ein paar der anderen blickten auf. »Brauchst du etwas, Boss?«, rief Dango herüber.

Ninavis balancierte auf ihrem gesunden Bein, beugte sich zu

Janel hinab und rüttelte sie an der Schulter. Die junge Adlige zeigte keinerlei Reaktion.

»Dorna hat recht«, erklärte Bruder Qaun. »Du kannst sie nicht aufwecken, sie wird bis zum Morgen schlafen. Meines Wissens gibt es nichts, was diesen Prozess beschleunigen könnte.«

Ninavis richtete sich verwirrt auf. »Priester, sie atmet nicht.«

»O doch, tut sie«, erwiderte er. »Nur sehr langsam. Und bitte nenne mich Bruder Qaun. Ich hasse es, als Priester bezeichnet zu werden.«

»Nein, Priester, tut sie nicht. Das sieht doch ein Blinder.«

Sir Baramon kam heran. Er hatte das Gespräch mit wachsender Bestürzung mit angehört. »Was für ein Zauber ist das?«

Dorna zuckte die Achseln und strich ihren Reitrock glatt. »Sie ist verflucht. Hat niemand, der diese albernen Danorak-Geschichten verbreitet, das je erwähnt?«

»Wie bitte? Aber ...«

Dorna deutete auf Janel. »Sie schläft. Unser Priester hier behauptet, dass sie nicht tot ist, obwohl es für mich so aussieht. Sie atmet nicht und ist am ganzen Körper kalt. Sie ist wie tot, und das nicht nur im übertragenen Sinn. Diese Estava könnte über ihr einstürzen, und sie würde liegen bleiben wie eine Tote. Aber sobald die Dämmerung anbricht, springt sie auf, als hätte sie die ganze Nacht bestens geschlafen.«

Ninavis' Griff um Janels Schulter wurde wieder fester. »Ich habe schon länger gewusst, dass sie eine Hexe ist.«

»Was?« Dorna hob eine Augenbraue.

»So stark, wie sie ist, muss sie einfach eine sein.«

»Mein Fohlen ruft keine Dämonen herbei!« Dorna sah aus, als wäre sie kurz davor, eine Schlägerei anzufangen.

»Ich meine ...« Ninavis seufzte. »Sie benutzt Magie, und damit ist sie doch wohl eine Hexe, oder nicht?« Sie deutete auf eine der herumstehenden Kisten. »Würdest du mir dort hinüber helfen, Priester?«

Sie ignorierte Qauns geplagtes Stöhnen und machte sich auf seine Schulter gestützt auf den Weg zu der improvisierten Sitzgelegenheit.

»Der Graf von Tolamer *benutzt* keine Magie«, widersprach Sir Baramon entschieden.

Dorna und Bruder Qaun tauschten einen Blick aus.

Dorna neigte den Kopf. »Natürlich nicht. Niemand hat etwas anderes behauptet. Warum geht Ihr nicht zu unseren neuen Freunden aus der Stadt und fragt, wann der Leichenschmaus so weit ist? Dem Geruch nach würde ich sagen, dass da bereits ein Eintopf vor sich hin kocht, oder ich will wieder Graf von Leanan-Pass sein.«*

Der Ritter kniff die Augen zusammen. »Ich schulde dir kein Thudajé, alte Schachtel.«

Dorna grinste. »Ach, mein lieber Baramon. Ihr steht jetzt unter dem Idorrá des Grafen, und ich bin ihre Leitstute. Das genügt doch wohl, oder? Jetzt verzieht Euch. Das hier ist nichts für Eure Ohren.«

Sir Baramon schnaubte und tat, wie ihm geheißen.

»Du magst ihn nicht, oder?«, fragte Ninavis.

»Sir Baramon? Ich könnte ihn pausenlos knuddeln. Ich kenne ihn schon, seit wir beide noch Füllen waren. Würde er nicht mit Hengsten galoppieren und ich mit Stuten, hätten wir schon vor Jahren geheiratet.« Sie verzog das Gesicht. »Wir hätten es trotzdem tun sollen. Wir hätten die besten Eltern abgegeben, die man sich nur vorstellen kann.«

Ninavis betrachtete die auf dem Boden zusammengerollt liegende Janel. »Wenn sie schläft, sieht man, wie jung sie ist.« Sie überprüfte, ob die Kiste ihr Gewicht tragen würde, und setzte sich darauf. »Meine Hava wäre jetzt genauso alt.«

---

* Ehrlich gesagt würde es mich nicht überraschen, wenn sie das tatsächlich einmal war. Ich bin beinahe versucht, es zu überprüfen.

Bruder Qaun schaute sie traurig an. »Das tut mir leid.«

»Muss es nicht. War nicht deine Schuld.« Sie starrte lange auf ihren Schoß. »Sie war ein gutes Mädchen. Ein Herz, so rein wie der Frühling. Hast du gar keine Kinder, Dorna?«

Die alte Frau deutete lächelnd auf Janel. »Zählt die da etwa nicht? Ich liebe sie wie mein eigen Fleisch und Blut.«

Bruder Qaun wusste nicht genau, ob er nachfragen sollte, was mit Ninavis' Tochter passiert war.* Ihr Schmerz war so stark, dass er ihn beinahe selbst spüren konnte, dunkel und tief in ihrem Innern verschlossen.

Da kam Ninavis ihm zuvor. »Mein Mann ist in dem Höllenmarsch gefallen, den der Graf aufgehalten hat. Kurz danach ist meine Tochter gestorben.«

Dorna und Bruder Qaun wurden sehr still.

Ninavis wartete, ob einer von beiden etwas erwidern würde, aber was konnten sie schon sagen?

»Ich habe gesehen, was die Dämonen mit den Menschen gemacht haben«, fuhr sie fort. »Sie taten schreckliche Dinge, aber sie haben nicht einen Einzigen … verflucht. Warum hört ihr beide nicht auf, mich anzulügen, und sagt mir, was hier los ist.«

»Wir lügen nicht«, widersprach Bruder Qaun. »Janel ist ein Sonderfall.«

»Ist sie jetzt eine Hexe oder nicht?«

Qaun räusperte sich. »Wenn du damit jemanden meinst, der sich mit Dämonen einlässt, dann lautet die Antwort: Nein.« Er versuchte, die Frage zu umschiffen, so gut es ging. Was blieb ihm schon anderes übrig?

»Tamin ist ebenfalls keine Hexe. Deine Leute verwechseln die

---

* Ich habe es überprüft: Hava wurde als Hexe hingerichtet. Wäre Ninavis die Frau eines gewöhnlichen Soldaten gewesen, hätte sie wahrscheinlich dasselbe Schicksal ereilt. Und nein: Ihre Tochter war nach keiner gültigen Definition eine Hexe.

Anwendung von Magie mit Hexerei, dabei ist Magie etwas völlig anderes.«

»Nicht *meine Leute*«, rief Ninavis ihm in Erinnerung. »Wie dem auch sei, sag mir einfach, was mit ihr passiert ist. Wie ist sie so geworden?«

»Das weiß er nicht«, warf Dorna ein. Ihr Blick war wütend. »Qaun ist erst vor ein paar Monaten zu uns gestoßen, weil sein Orden es ihm befohlen hat. Ich bin sicher, dass Vater Zajhera ihm erklärt hat, auf was er sich einlässt, aber etwas aus zweiter Hand zu hören, ist etwas vollkommen anderes, als mittendrin zu stecken.«

Ninavis runzelte die Stirn. »Und wenn ich dich frage, wie sie so geworden ist, sagst du dann, das geht mich nichts an?«

»Tja, tut es auch nicht.«

»Falsch«, erwiderte Ninavis. »Und ob es mich was angeht. Ich mag keine Joratin sein, aber sowohl mein Mann als auch meine Tochter wurden hier geboren. Ich kenne die Sitten dieses Landes gut genug, um zu wissen, dass die Kleine hier einfach in meinen Hinterhof spaziert kam und mir meine Leute unter der Nase weggestohlen hat. Kalazan ist jetzt ihr treu, nicht mehr mir. Er mag der neue Baron dieser Provinz sein, aber Janel ist jetzt sein Graf.« Sie musterte Dorna. »Ich bin mir nicht sicher, was der Graf von Barsine dazu sagen wird.«

Dorna verdrehte die Augen. »Mir egal. Der alte Trottel hätte Tamins Treiben schon längst Einhalt gebieten sollen.«

Ninavis hob die Hand. »Das meine ich nicht. Ich und meine kleine Bande, wir sind ein Reitervolk, genau wie ihr. Und wenn ich eines über die Jorater weiß, dann dass sie zu vertrauensselig sind. Ich bin das nicht, und ich muss wissen, wem ich folge. Vor allem, wenn sie verflucht ist, wie du gesagt hast.«

Dorna stieß einen Seufzer aus. »Ich war nicht dabei, als sie damals nach Lonezh gefahren sind. Ich habe das Fest der sich wandelnden Blätter besucht und …« Sie schüttelte den Kopf. »Sie wollten nur die Verwandtschaft ihres Vaters besuchen und danach noch ein Turnier. Nichts Besonderes. Ich weiß genauso wenig wie du, was dann passiert ist ...«

»Aber in den Geschichten heißt es ...«, begann Ninavis.

Dorna hob die Hand. »Du sprichst von Legenden, aber was sie über Danorak zu sagen haben, ist nicht wahr. Sie ist den Dämonen nicht entwischt und hat den Kaiser gewarnt. Sie haben Janel eingefangen wie alle anderen auch, aber die Dämonen haben sie nicht getötet. Stattdessen hat ihr Anführer, dieser Dämonenprinz, beschlossen, von ihr Besitz zu ergreifen, um noch mehr Dämonen herbeizurufen. Er hat ihren Körper getragen wie ein Reitgewand. Und dann hat ein Dämonenheer, kommandiert von einem achtjährigen Mädchen, ganz Jorat mit Tod und Vernichtung überzogen. Selbst als der Kaiser dem ein Ende machte, konnte er das Schwein nicht dazu bringen, seine hübsche neue Hülle aufzugeben.«

»Vater Zajhera glaubt, der Dämonenprinz wollte den Kaiser zwingen, ein Kind zu töten«, warf Bruder Qaun ein.

»Und wer ist das schon wieder?«

»Vater Zajhera. Er ist der Anführer meines Ordens.« Qaun legte sich eine Hand auf die Brust. »Xaltorath hatte von Janel Besitz ergriffen, und niemand konnte den Dämon austreiben. Der Kaiser hoffte, Vater Zajhera hätte vielleicht mehr Glück.* Und das hatte er tatsächlich. Er heilte Janel von ihrer Besessenheit und sorgte dafür ...«

»Wofür hat er gesorgt?«, hakte Ninavis nach.

»Besessenheit hat verheerende Auswirkungen auf den menschlichen Geist. Die meisten erholen sich nie wieder davon. Vater Zajhera hat dafür gesorgt, dass Janel sich dennoch regenerierte. Sie brauchte geistige und spirituelle Heilung, nicht körperliche.«

---

* Kaiser Sandus konnte Xaltorath nicht bannen? Hochinteressant. Eigentlich ist das unmöglich, da alle Dämonen durch ihre Gaeschbefehle gebunden sind. Hmm.

»Ist ja gut«, sagte Dorna. »Wahrscheinlich ist dein Ordensoberhaupt ganz in Ordnung. Janel hat sechs Monate in seinem schicken Kloster verbracht, bis er den Dämon aus ihr herausgefischt hatte. Und als sie nach Tolamer zurückkam, hat er sie begleitet. Ist drei Jahre oder so geblieben, bis er sicher sein konnte, dass sie wieder richtig im Kopf war. Das war sie ja auch … Trotzdem war sie nicht mehr dieselbe. Diese sechs Monate müssen für Janel gewesen sein wie Jahre. Als sie zurückkam, was sie stark wie ein Elefant und dazu verflucht, jede Nacht ihres Lebens in der Hölle zu verbringen, als hätte Xaltorath immer noch Macht über ihre Seele.«

»Wie oft soll ich dir noch erklären, dass sie ihre Nächte nicht in der Hölle verbringt?«, brummte Bruder Qaun.

Ninavis starrte das schlafende Mädchen an. »Und was *ist* sie jetzt?«

»Hast du nicht zugehört?« Dorna setzte sich kopfschüttelnd. »Das habe ich dir die ganze Zeit über zu erklären versucht: Ich habe nicht den geringsten Schimmer.«

14

DIE NACHTJAGD

Jorat, Quurisches Reich.
Zwei Tage nachdem der Hohe Lord Therin D'Mon
das letzte Mal gesehen wurde

»Okay«, sagte Kihrin. »Aber jetzt bist du dran.«

»Du willst sicher keine Pause, bevor ich weitermache?«, fragte Janel mit einem verschmitzten Lächeln. »So schlimm geht die Geschichte gar nicht aus, zumindest für mich nicht. Sonst wäre ich jetzt nicht hier.«

Er schüttelte den Kopf.

»Erzähl einfach zu Ende.«

»Na gut. Im nächsten Teil kommst du sogar vor. Damals wusste ich deinen Namen nicht, aber …« Sie zuckte die Achseln. »Ich glaube wirklich, dass wir dieselben Leute kennen.«

Janels Schilderung. Im Nachleben.

Etwas kam donnernd durch den Wald näher. Es waren mehrere, und sie waren groß. Ich hörte Bäume umstürzen und Raben erschrocken auffliegen.

Kasmodeus senkte seinen Hammer und blinzelte entsetzt.

Ich konnte es ihm nicht verübeln. Die Ankunft des Jagdtrupps verhieß nichts Gutes.

Und das nicht nur für ihn.

Ich rollte mich auf die Seite und riss meinen Schild hoch, so gut es mit den gebrochenen Rippen ging.

Kasmodeus' Blick sprang zurück zu mir. ~ WIR KÖNNTEN GEMEINSAM GEGEN SIE KÄMPFEN. LASSEN WIR DIESEN ALBERNEN STREIT HINTER UNS UND VEREINEN WIR UNSERE KRÄFTE. WENN SIE HIER SIND, BRINGEN SIE DICH GENAUSO UM WIE MICH. ~

Ich wischte mir mit meinem Streithandschuh das Blut vom Gesicht, auch wenn ich es in Wahrheit wahrscheinlich nur verschmierte.

»Interessante Idee«, erwiderte ich. Die Elefanten kamen immer näher, und die Seelen der verstorbenen Mereiner nutzten die Gelegenheit zur Flucht, während die Dämonen um ihr Leben rannten.

Es gibt nur weniges, was Dämonen fürchten. Sie sind diejenigen, die von anderen gefürchtet werden, die Mütter zum Schreien bringen und alte Männer dazu, sich einzunässen. Die Acht Götter aber gehören zu den Wesen, vor denen Dämonen Respekt haben.

Sie fliehen, sobald die Götter auftauchen.

Und was da näher kam, war mindestens ein Diener der Acht. Und das auch nur, wenn wir Glück hatten.

Wenn nicht, war es Thaena persönlich. Ich gab mich keinen Illusionen darüber hin, ob ich eine solche Begegnung überleben würde. Ich war hier genauso ein Eindringling wie jeder Dämon. Kasmodeus wusste das. Was auch der Grund war, warum er mir das Angebot gemacht hatte.

Ich lächelte. »Nur leider gibt es da ein Problem.«

Der Dämon neigte den Kopf zur Seite. ~ UND DAS WÄRE? ~

Ich rammte ihm mein Schwert in den Körper.

»Die Götter sind nicht meine Feinde. Sondern du.«

Kasmodeus' Hammer war eine schwere, beeindruckende Waffe, was aber nicht nur von Vorteil war. Denn er konnte damit kaum abwehren, ich hatte einen beträchtlichen Geschwindigkeitsvorteil.

Außerdem hatte ich nichts zu verlieren. Ich war so oder so schon tot.

Ich rief mir ins Gedächtnis, dass Schmerzen, die ich hier im Nachleben erlitt, buchstäblich nur in meinen Gedanken waren. Ich zog mein Schwert wieder heraus und stach ein zweites Mal zu. Ich glaubte nicht, dass ich den Kampf gewinnen würde, aber vielleicht konnte ich verhindern, dass Kasmodeus sich aus dem Staub machte, bevor die Soldaten der Todesgöttin hier waren und ihm den Rest gaben.

Der Dämon hatte eine Menge Seelen verschlungen, und ich wollte sichergehen, dass er keine Gelegenheit bekam, von seinem Fressrausch zu profitieren. Wenn ich ihn tötete, dann nur vorübergehend. Er wäre für kurze Zeit geschwächt und würde in die Hölle zurückkehren, um dort neue Kräfte zu sammeln.

Thaena hingegen könnte noch ganz andere Dinge tun. Sie könnte alle Seelen wiederherstellen, die er verschlungen hatte, den Schaden rückgängig machen, sodass die Toten die Chance hatten, wiedergeboren zu werden. Die Dämonen unterbrechen den Kreislauf der Wiedergeburt, und genau das ist es, was sie zu einer solchen Abscheulichkeit macht.

Ich konnte daran nichts ändern.

Aber Thaena konnte es.

Es gelang mir, ihm einen tiefen Schnitt am Arm beizubringen. Ich durchtrennte die Muskeln und Sehnen, mit denen er seinen zu groß geratenen Fleischklopfer schwang. Trotzdem war er nach wie vor gefährlich und überragte mich außerdem um das Doppelte. Ich bedauerte, dass Xaltorath mir nie beigebracht hatte, meine Gestalt zu verändern. Andererseits hätte ich bestimmt abgelehnt, wenn sie es versucht hätte.

Mit einem Brüllen schlug Kasmodeus erneut zu. Ich taumelte unter dem Einschlag und stolperte einen Schritt zur Seite, aber der Hammer war so unhandlich, dass es ihm nicht gelang, sofort den zweiten und tödlichen Schlag zu führen. Er beugte sich zu mir herunter, um mir einen Kopfstoß zu verpassen, doch ich kam ihm zuvor. Mein Treffer ließ ihn einen Moment innehalten, da trat ich ihn in die Seite, stieß ihm zur Ablenkung mein Schwert in den Schritt, zog es wieder heraus und schlitzte ihm den Bauch auf.

Der Ruf eines Elefanten, ganz nah jetzt, ließ Kasmodeus aufblicken. Die Luft war von einem Pfeifen erfüllt. Ich hielt ebenfalls inne und überlegte, woher ich dieses Geräusch kannte. Aus irgendeinem Grund musste ich an Ninavis denken.

Oh. Pfeile.

Ich duckte mich unter meinen Schild, während weiße Pfeile von dem von Sturmwolken verdunkelten Himmel herabregneten. Die Dämonen, die noch nicht das Weite gesucht hatten, schrien und gingen unter einem Hagel aus weiß gefiederten Schäften zu Boden.

Kasmodeus stieß ein Brüllen aus, aber ein Brüllen war kein Schild. Ein Pfeil bohrte sich in seine Brust, der nächste in seinen linken Arm, weitere in seinen Bauch und die Beine. Der Dämon taumelte erschrocken, an den Rändern der Pfeilwunden trat ein weißliches Leuchten aus.

Weitere Pfeile hämmerten gegen meinen Schild.

Der nächste traf. Er bohrte sich in meinen Oberschenkel und kam an der Rückseite wieder heraus.

Der Schmerz war schlimmer als alles, was ich je erlebt hatte. Und dabei hatte ich geglaubt, mein Schmerzempfinden wäre längst abgestumpft. Ein sengendes Feuer breitete sich von der Wunde aus, und ich musste die Zähne zusammenbeißen, um nicht laut aufzuschreien. Es fühlte sich an, als würde mein Oberschenkel von innen heraus verbrennen.

Aber ich durfte meinen Schild nicht senken. Der Pfeilhagel hatte nicht nachgelassen.

Ich sah, wie Kasmodeus am Hals getroffen wurde, dann ins rechte Auge. Sein gesamter Körper strahlte aus einem Dutzend Wunden.

Seine Muskeln begannen vom Skelett abzublättern, die leuchtenden Fetzen wurden vom Wind davongetragen.

Ich schaute mein Bein an und sah auch dort dieses Leuchten, nicht so stark, aber trotzdem beunruhigend. Mein Schild wurde von weiteren Pfeilen getroffen. Einer drang durch das Holz, und die Spitze näherte sich bis auf Haaresbreite meinem Gesicht.

Ich begann zu lachen.*

Ich würde tatsächlich sterben. Hier und jetzt.

Die Vorstellung gefiel mir nicht. Es gab so vieles, das ich noch hatte tun wollen. Tief in meinem Inneren regte sich der kindische Gedanke, dass mein Tod ein Sieg für den Mann wäre, der mich aus meiner Heimat vertrieben hatte. Dass Sir Oreth dann mit meinem Kanton und meinen Leuten tun könnte, was immer ihm beliebte.

Andererseits …

Andererseits hatte ich einen Höllenmarsch verhindert und Tausende Leben gerettet.

Als Abschiedsvorstellung gar nicht mal so schlecht.

Ich senkte meinen Schild, denn ich wollte meinen Mördern ins Gesicht sehen.

Im Gegensatz zu den gewöhnlichen grauen Elefanten, die Baumstämme transportierten und in den Städten und Dörfern des Reichs bei der Arbeit halfen, schimmerten diese hier weiß und waren außerdem doppelt so groß. Ihre Augen leuchteten rot wie meine.

---

* Ich weiß, Qaun behauptet, sie wäre geistig gesund, aber derartige Reaktionen lassen gewisse Zweifel in mir aufkommen.

Das war nur passend. Weiß und Rot waren Thaenas Farben, selbstverständlich waren auch ihre Elefanten weiß und rot. Sie trugen wunderschöne silberne Harnische, in die ineinander verschlungene Rosen graviert waren – die Dornen der Todesgöttin.

Die Männer und Frauen, die auf ihnen ritten, zeichneten sich im Leuchten der Tiere wie Schatten ab. Sie trugen dunkle Farben und waren mit Pfeil und Bogen bewaffnet, mit denen sie den Tod über alle brachten, die ihn verdient hatten.

Ein letzter Pfeil bohrte sich in meine Brust. Ich schrie nicht, stattdessen stieß ich ein leises Wimmern aus. Ein eisiges, herrliches Feuer breitete sich in mir aus, so weit jenseits allen Verständnisses, dass meine Seele aufhörte, den Schmerz an meinen schlafenden Körper zu übermitteln. Die Welt um mich herum wurde dunkel. Die Geräusche aus dem Wald verstummten.

Der Pfeilhagel ebenfalls.

Ich wusste, dass Kasmodeus tot war; er schrie nicht mehr.

Tot war wohl nicht ganz das richtige Wort. Was bedeutete *tot* im Nachleben schon? Körperlos, aufgelöst, nicht mehr da.

Ein Schicksal, das ich bald mit ihm teilen würde.

Seit Xaltorath mich durch eine List dazu gebracht hatte, ihre Hilfe anzunehmen, hatte ich mich oft gefragt, ob ich noch ein Mensch war. Falls ja, hatte ich vielleicht eine Chance auf eine Wiedergeburt.

Sollte ich dagegen ein Dämon sein, erwartete mich ein ganz anderes Schicksal.

Eine Elefantenkuh kam heran und kniete sich mit einer Wucht, die selbst den Wald erzittern ließ, auf den Boden. Ein Reiter schwang sich von ihrem Rücken.

Seine Hose schimmerte eigenartig golden und grün, das Muster des Stoffs sah aus wie Schlangenhaut. Er trug kein Hemd, dafür eine Schärpe wie ein Ritter auf einem Parademarsch – ein Ritter, der vergessen hatte, seine Rüstung anzulegen.

Wegen seiner schwarzen Haut war sein Gesicht in dem spärlichen Licht schwer zu erkennen, aber es kam mir ausnehmend hübsch vor.

Seine Augen glänzten wie kostbare Jade.

Er hielt in jeder Hand einen Dolch und trug einen Bogen auf dem Rücken – kein müßiger Reisender, sondern einer von Thaenas Kriegern auf Dämonenjagd.

Ich merkte, wie ich hustete, und spürte etwas Feuchtes auf meinen Lippen: Blut, oder was auch immer dessen Funktion im Nachleben übernahm.

»Du lebst noch«, sagte der Krieger. Er wirkte aufrichtig überrascht.

Ich hätte gerne gelacht, aber meine Schmerzen ließen es nicht zu. Stattdessen lächelte ich oder versuchte es zumindest. Wahrscheinlich ähnelte mein Gesichtsausdruck eher einer Grimasse. »Nicht mehr lange, glaube ich.« Ich zuckte zusammen und versuchte, nicht vor Schmerz ohnmächtig zu werden. »Komm näher. Ich möchte dich um einen Gefallen bitten.«

»Einen Gefallen?« Er neigte den Kopf und drehte die Dolche herum.

»Ja, mein hübscher Mörder. Einen Gefallen, bevor du meinen Kopf nimmst.«

Er kam näher.

»Und?« Er kniete sich neben mich, seine Augen hell und wachsam. Er ließ sich nicht dazu hinreißen, seine Deckung zu vernachlässigen.

Gut. Ich mochte ihn jetzt schon.

»Sie wollten einen Höllenmarsch anfangen«, begann ich. »In Jorat. Statt einen Prinzen herbeizurufen, wollten sie selbst einen erschaffen. Sie hätten ständig Menschen getötet und die Seelen alle demselben Dämon geopfert. Mit jedem Tod sollte der Dämon mächtiger, mit jeder verschlungenen Seele stärker werden, bis er schließlich so stark wie ein Prinz gewesen wäre. Stark genug, um die Pforten der Hölle zu öffnen und die Dämonen herauszulassen. Du musst die Menschen warnen. Diesmal hat es nicht geklappt, aber die Dämonen werden es wieder versuchen.«*

Er schaute mir in die Augen. »Wie kommst du darauf, dass mich Quurs Schicksal auch nur im Entferntesten interessiert?«

Das ließ mich innehalten.

Ich blinzelte und betrachtete ihn etwas genauer. Bisher war mir nicht in den Sinn gekommen, mich über seine hochgewachsene Gestalt, das makellose Gesicht und die perfekt geschwungenen Wangenknochen zu wundern. Dieser Mann war kein Quurer. Er war nicht einmal ein Mensch. Er musste ein Vané sein, jenes unsterbliche Volk, das im manolischen Dschungel lebte. Die nach wie vor unbesiegten Vané, die Quur die einzige Niederlage in der Geschichte des Reichs beigebracht hatten.

Einen Vané aus Manol würde das Schicksal Quurs in der Tat einen Dreck kümmern.

»Du bist kein …?« Ich unterdrückte ein sarkastisches Lachen. »Natürlich. Du bist Manoler.«

Er lächelte. »Da hat jemand anscheinend im Geschichtsunterricht aufgepasst.«

»Ich hatte kaum eine andere Möglichkeit – mein Stammbaum geht bis auf Kaiser Kandor zurück.« Normalerweise hätte ich das mit mehr Stolz in der Stimme gesagt, aber dieser Mann war ein Angehöriger des Volkes, das Kandor getötet hatte.

Er lachte. Seine Zähne leuchteten so weiß wie die Elefanten hinter ihm. Dabei fand ich gar nicht lustig, was ich eben gesagt hatte, und er möglicherweise auch nicht. Sein Lachen klang eher nach Galgenhumor als nach echter Heiterkeit. Ich hatte ihm die Pointe eines Witzes erzählt, den ich selbst nicht verstand.

---

* Interessante Theorie. Vollkommen falsch natürlich, aber sehr plausibel. Ich glaube, ich bin ganz froh, dass sie nicht auf der Seite der Dämonen steht.

Ich fragte mich, ob *er* vielleicht derjenige war, der Kandor während seines fehlgeschlagenen Eroberungsversuchs getötet hatte. Wie passend, dachte ich, wenn er nun auch mich tötete.

Aber ich war auf die Hilfe von Thaenas Dienern angewiesen. Ich musste diesen Vané irgendwie dazu bringen, sich doch für Quurs Schicksal zu interessieren.

»Sie wollten einen Höllenmarsch beginnen«, sagte ich zum zweiten Mal. »Aus welchem Grund, weiß ich nicht. Eine Frau namens Senera und ein gewisser Relos Var haben das Ganze geplant. Sie sind durch und durch böse, und sie leben noch. Sie werden es gewiss wieder versuchen. Dir mag nichts an Quur liegen, aber bestimmt sind Thaena all die Seelen nicht egal, die dann nie das Land des Friedens erreichen werden.«

Ich war einigermaßen stolz auf mich, weil ich es geschafft hatte, meine kleine Ansprache zu halten, ohne zu sterben … oder zumindest ohne ohnmächtig zu werden.

»Relos Var? Du kennst Relos Var?« Eine überraschte Erkenntnis klang aus seiner Stimme. Sein Grinsen verschwand.

Er versuchte, mich an der Schulter hochzuziehen, ließ es aber bleiben, als ich einen Schrei unterdrückte.

»Ja«, antwortete ich. »Aber er ist abgereist, bevor es losging. Er wollte seinen Bruder holen.«

Seine Augen verengten sich. »Seinen … Bruder. *Seinen Bruder? Bist du sicher?*«

»Genau das hat er gesagt. Er musste weg, weil sein Bruder versteigert werden sollte. Als Sklave verkauft, irgendwo in … Kesha-Farigona. Moment, wie heißt die Stadt noch mal?«

»Kishna-Farriga.«*

»Ja, genau.« Ich hustete und sagte mir, dass ich noch ein kleines bisschen am Leben bleiben musste. »Er ist aufgebrochen, be-

---

* Daher wusste die Schwarze Bruderschaft also, dass Kihrin an diesem Tag versteigert werden sollte.

vor der Ärger losging. Sie haben alle getötet. Verstehst du? Alle. Bitte lass meinen Tod nicht umsonst gewesen sein. Du musst Quur warnen.«

Er legte eine Hand auf den Pfeil in meinem Bein. Seine Hand erstrahlte für einen Moment, dann löste sich der Pfeil auf, begleitet von einem Blitz und einem Schmerz, der mich die Zähne zusammenbeißen ließ. Selbst durch meine Rüstung fühlte sich die Berührung an meinem Bein intim an. »Du hast mich vorhin missverstanden«, sprach er weiter. »Ich habe gesagt, dass du noch lebst, noch einen Körper hast. Deine Verbindung zur Welt der Lebenden ist schwach, aber sie ist vorhanden. Du bist nicht tot, und du bist kein Dämon. Du wirst nicht sterben.«

»Aber ich *bin* ein Dämon. Ich …«

Er beugte sich näher heran. Seine Augen glänzten wie Juwelen. Ich merkte, wie der Schmerz nachließ, plötzlich nicht mehr wichtig war.

»Du bist kein Dämon. Wärst du einer, hättest du mir längst den Hals aufgeschlitzt.«

Mein eigener Hals fühlte sich ziemlich trocken an. Und seiner … Nun, sein Hals war wunderschön. Die Sehnen, die dort vom Ohr zum Schlüsselbein verliefen, verliehen ihm die Eleganz eines Raubtiers. Ich hob meine Finger an sein Gesicht, und er ließ es zu. Ich berührte seine Lippen und hielt inne, traute mir selbst nicht über den Weg. Im Nachleben hatte ich nie etwas anderes getan, als Dämonen zu jagen und umzubringen.

»Ist nicht meine Schuld, dass du zu hübsch bist, um dich zu töten«, erwiderte ich.

Er lachte leise und legte seine Hand auf den Pfeil in meiner Brust. Von der Wunde ging nach wie vor dieses beunruhigende Leuchten aus, trotzdem hatte ich mich immer noch nicht aufgelöst. Vielleicht hatte er recht, und ich war tatsächlich kein Dämon – bei Kasmodeus hatten die Pfeile schneller gewirkt.

»Das wird wehtun«, warnte er mich.

Ich legte meine Hand auf seine. »Deinen Namen nicht zu kennen, schmerzt viel mehr.«

Er lachte laut auf. »Frag mich, wenn wir uns das nächste Mal begegnen.«

Der Pfeil löste sich auf. Ich erinnere mich, dass ich geschrien habe, und danach an nichts mehr.

15

WOHIN DIE HERDE ZIEHT

Jorat, Quurisches Reich.
Zwei Tage nachdem die Dämonen auf die Welt der
Lebenden losgelassen worden waren

Als Janel zu reden aufhörte, erhob sich Kihrin und ging weg.

Er konnte nicht anders. Außerdem wusste er, dass er keinen guten ersten Eindruck hinterlassen würde, wenn er vor Janel einen Wutausbruch bekam. Oder zweiten Eindruck, nachdem sie sich offensichtlich bereits begegnet waren.

Er kam am Rest der Gruppe vorbei. Was waren das für Leute? Soldaten? Söldner? Für Banditen schienen sie ein wenig zu gut organisiert. Sie waren recht still geworden und diskutierten leise miteinander. Stern saß am Ende der Theke und ignorierte Kihrin, oder besser gesagt, er unterhielt sich nach wie vor angeregt mit Dorna. Irgendwann würde Kihrin herausfinden müssen, was die beiden miteinander zu tun hatten – sie hatten es geschafft, eine ganze Flasche von einem Zeug zu leeren, das weit stärker aussah als Apfelwein.

Kihrin atmete einmal tief durch, setzte sich auf einen Hocker vor der hölzernen Theke und sagte sich, dass es ihm auch nicht weiterhelfen würde, wenn er anfing, wahllos Leuten die Kehle aufzuschlitzen.

Außerdem war die Person, die er töten wollte, gar nicht hier.

Die Schankkellnerin blickte auf, nahm das Handtuch von ihrer Schulter und wischte die Theke ab. »Was kann ich für dich tun?«

»Du bist Ninavis, richtig?«

Sie lächelte. »Ja, die bin ich, aber sag's nicht weiter.« Sie schüttelte den Kopf, sodass ihr Gesicht von Haarsträhnen bedeckt war. »Ich bin inkognito.«

Kihrin lachte. »Stimmt. Ich hätte dich niemals erkannt. Was trinken die da?« Er deutete auf Stern und Dorna.

Sie griff kichernd unter die Bar und holte eine bernsteinfarbene Flasche hervor. »Das hier.«

Kihrin roch an dem Inhalt und blinzelte die aufsteigenden Tränen weg.

»Nicht einatmen, während du trinkst. Dann musst du weniger husten«, riet sie ihm.

Er befolgte ihren Ratschlag, nahm einen Schluck und musste trotzdem husten. Das Getränk schmeckte wie ein Aschenfeuer und brannte auf dem gesamten Weg seine Kehle hinunter. Als hätte jemand einen Sasabim-Weinbrand genommen und alles Milde herausdestilliert. »Was zum Teufel ist das?«

»Aris«, antwortete sie mit unüberhörbarem Stolz.* »Wird aus Gerste gebrannt und dann ein paar Jahre in Holzfässern gelagert, bis er mild wird.«

»Das nennt ihr *mild*? Zündet ihr die Fässer an, oder was?«

»Gibt doch einen guten Geschmack, findest du nicht?«

Kihrin beschloss, etwas diplomatischer vorzugehen. »Wahrscheinlich könnte ich mich dran gewöhnen. Was schulde ich dir?«

Sie lächelte. »Nichts. Heute übernimmt ein Wohltäter die Rechnung.«

---

* Ein wirklich scheußliches Gebräu. Die Jorater werfen verschiedene Pflanzen zusammen, lassen sie verfaulen und destillieren die Brühe dann. Ein bisschen wie Sasabim, schmeckt aber wie Moos.

»Als ich noch klein war, nannte man jemanden so, der gerade wen ausgeraubt hatte.«

Sie grinste.

»Verstanden.« Kihrin stellte sein Glas ab. »Noch einen.«

Ninavis stützte sich auf die Ellbogen und beugte sich heran. »Du hast dich eine ganze Weile mit Janel unterhalten. Bis gerade eben sah es so aus, als würdet ihr euch miteinander anfreunden. Oder magst du lieber Hengste?«

Kihrin dachte zurück an das, was Janel ihm über das Liebesleben der Jorater erklärt hatte. Hengst oder Stute hatte nichts mit dem biologischen Geschlecht zu tun – außer es ging um Sex. »Ich bin ziemlich sicher, dass ich Stuten bevorzuge.«

Ninavis kicherte. »Ziemlich sicher?«

»Absolut sicher«, berichtigte er. »Ich muss mich erst an euren offenen Umgang mit diesem Thema gewöhnen.«

»Ja, in dieser Hinsicht sind die Jorater eigenartig.« Sie grinste. »Mir gefällt's. Man weiß gleich, woran man ist, und es hat selten jemand ein Problem damit, wenn man Nein sagt. Ihr ehemaliger Gottkönig Khorsal mag ein Schwachkopf gewesen sein, aber wenigstens hat er seinen Untertanen keine Prüderie eingetrichtert.«*

Ninavis füllte sein Glas auf und blickte über Kihrins Schulter. »He, Janel.«

»Hallo, Ninavis.« Janel setzte sich neben Kihrin an die Bar und wandte ihm den Kopf zu. »Habe ich was Falsches gesagt?«

Kihrin musterte sie von der Seite. »Die Sache ist kompliziert.«

Janel schnaubte und winkte Ninavis zu. »Einen Apfelwein, bitte. Und eine Tasse Kulma-Tee.«

»Sonst noch was, Eure Heiligkeit?«

---

* Das werde ich an Jorat vermissen: Wann immer ich jemandem sagte, dass ich mit gar niemandem galoppiere – weder mit Hengsten noch mit Stuten –, glaubte er mir das und stellte alle Annäherungsversuche ein. Angenehm.

Janel lächelte. »Könntest du vielleicht frischen Kaffee aufsetzen?«

Ninavis verdrehte die Augen. Einen Moment später brachte sie eine Tasse kalten Tee, den sie aus einer Karaffe eingeschenkt hatte.*

Janel legte beide Hände auf die Tasse. Sie begann zu dampfen. »Trotzdem, reden wir darüber, was dich so aus der Fassung gebracht hat. Doch nicht etwa die Tatsache, dass ich mit dem Vané angebandelt habe, oder?«

Kihrin überlegte, sein zweites Glas Aris mit einem Schluck hinunterzukippen. »Doch«, antwortete er. »Aber es war nicht das Anbandeln, sondern die Tatsache, dass das nicht irgendein Vané war. Sondern Thaenas Sohn, Teraeth, der zufällig mein *bester* Freund ist.«

»Ach so. Und das ist alles?« Janel trank ihre Tasse in einem Zug leer.

»Als Teraeth mich in Kishna-Farriga kaufte …« Er verstummte kurz. »Sieht ganz so aus, als hätte ich das dir zu verdanken – danke also. Jedenfalls hat Teraeth mich gekauft, und wir wurden Freunde. Aber es gab Leute in Quur, die mich brauchten, deshalb wollte ich weg, aber er hatte etwas dagegen. Wir haben gestritten, und schließlich hat er mich zum Bleiben überredet, indem er dich ins Spiel brachte.«

»Mich?«

»Ja. Ich möchte nicht ins Detail gehen. Ich habe ihn gefragt, woher er überhaupt wusste, wie du aussiehst, und dann hat er …« Kihrin lachte. »Er hat mich nicht mal belogen, sondern mich nur eine Lüge glauben lassen. Er konnte mir ja schlecht verraten, dass

---

* Falls Ihr Euch fragt, warum ein sexuell so freizügiges Land nicht hoffnungslos überbevölkert ist: In Jorat verwenden sie eine Wildblume namens Kulma, die Schwangerschaften zuverlässig verhindert. Richtig: Kulma – wie der Sumpf. Was glaubt Ihr, wo sie wohl wächst?

ihr euch gerade begegnet wart, weil er genau wusste, dass ich mich dann sofort auf die Suche nach dir machen würde.«

Er trommelte mit den Fingern auf die Theke.

Ninavis kam mit einem Becher Apfelwein und stellte ihn Janel hin. Die ehemalige Banditin schien etwas sagen zu wollen, dann schüttelte sie den Kopf und ging zurück in die Küche.

Janel stellte ihre Tasse ab und nahm den Becher.

Im Vergleich zu vor ein paar Stunden, als alle noch gesungen und gelacht hatten, war es eigentümlich still geworden im Raum.

Kihrin wandte sich wieder Janel zu. »Deinen Namen nicht zu kennen, schmerzt viel mehr‹?«, wiederholte er mit nach oben gezogenen Augenbrauen. »Das hast du *wirklich* gesagt? Das ist die schlechteste Anmache, die ich mir vorstellen kann.«

Sie sammelte ihre Würde wie einen Schild. »Ich war im Fieberwahn und hatte Schmerzen. Halt den Mund.«

Kihrin lachte brüllend los, und nach ein paar Sekunden fiel Janel mit ein.

»Ich kann nichts dafür«, murmelte sie schließlich. »Er ist einfach so schön.«

»O ja, das ist er. Da widerspreche ich dir gar nicht. Ich würde es nur nicht fertigbringen, mit jemandem anzubandeln, während ich sterbend in seinen Armen liege – noch dazu im Nachleben.«

Sie schaute ihn bedeutungsvoll an. »Bist du dir da auch ganz sicher?«

Das gab Kihrin zu denken.

Er erwiderte ihren Blick. »Moment, was habe ich im Nachleben zu dir gesagt? Was habe ich gemacht?«

Sie kicherte. »Eine Menge, aber nichts, was ich dir verübeln würde. Es tut mir leid, es war nicht meine Absicht, dich zu ärgern.«

»Aber nein, ich bin derjenige, der sich entschuldigen sollte, weil er einfach aufgestanden ist.«

»Dann bin ich erleichtert. Möchtest du dich wieder zu uns setzen?«, fragte Janel.

»Ja, werde ich.«

Janel stand auf und wollte schon an ihren Tisch gehen, kam aber noch einmal zurück. »Kihrin?«

»Ja?«

»Als wir uns im Nachleben begegnet sind, habe ich gesagt, ich würde mich beleidigt fühlen ...« Sie verstummte für einen Moment und suchte nach den richtigen Worten. »Was mich beleidigt hat, war Folgendes: Xaltorath ging davon aus, dass wir beide etwas miteinander anfangen würden, falls du das willst. Mein Interesse hat sie einfach vorausgesetzt.«

Kihrin fühlte sich, als hätte er eine Handvoll Steine verschluckt. »Oh.«

»Du sollst wissen, dass ich dich nicht abweisen würde, nur um Xaltorath zu ärgern. Falls ich Interesse an einer Beziehung haben sollte, lasse ich es dich wissen.« Sie schnitt eine Grimasse und hob den Finger. »Nein, das war falsch. Was ich sagen wollte, ist: Xaltorath hatte recht, ich *bin* interessiert.«

Die Steine in seinem Bauch verwandelten sich in Schmetterlinge – ein weitaus angenehmeres Gefühl. Dennoch ... »Was ist mit Teraeth?«

»Oh, den musst du schon selbst fragen, ob er dich attraktiv findet. Ich kann in dieser Sache nicht für ihn sprechen.« Ihre Mundwinkel zuckten schelmisch.

»Sehr komisch«, sagte Kihrin.

»Finde ich auch.« Sie lächelte. »Eine Geschichte noch, dann gibt es Abendessen.«

Kihrin nahm sein Glas und ging zurück an den Tisch. Qaun war an der Reihe.

Qauns Schilderung. In den Ruinen einer Estava,
Provinz Barsine, Jorat, Quur.

Der Regen fiel und fiel.

Am zweiten Tag hörte er auf und verwandelte sich in nasskalten Schneematsch. Die überlebenden Mereiner rückten zusammen, um sich gegenseitig zu wärmen. Bruder Qaun war froh, dass sie sich unter der Erde befanden; sie mussten sich zwar zwei Decken teilen, aber in der geräumigen Höhle waren sie wenigstens vor dem Wetter draußen geschützt.

Sie hatten keine Möglichkeit, die Uhrzeit abzuschätzen, doch als Janel die Augen öffnete, kletterte die Sonne gerade über den westlichen Horizont, wie Bruder Qaun vermutete. Sie setzte sich auf, schob ihre Decken beiseite, streckte sich und betrachtete ihre Glieder, als wäre sie überrascht, dass alle noch am Körper waren.

Dann ging sie auf der Suche nach Frühstück zu dem Lehmofen.

»Das war schlau«, sagte sie später, als Dorna, Sir Baramon und Dango gerade beim Würfelspiel beisammensaßen.

»Schlau?«, fragte Bruder Qaun in neutralem Tonfall.

»Ja. Sie wussten, dass der Rauch alle in der Stadt töten würde, dass die Dämonen ihre Seelen verschlingen und noch weitere Menschen umbringen würden, von denen ihre Artgenossen Besitz ergreifen könnten. Dann noch die Drachin, die die gesamte Gegend mit Schneestürmen überzieht ...« Janel deutete auf die steinerne Decke und den Sturm, der draußen nach wie vor tobte. »Wenn die Armee eintrifft, kommt sie wegen des Wetters umso langsamer voran.«*

»Ah, verstehe«, erwiderte Bruder Qaun und biss sich auf die Lippe. »Schlau gefällt mir nicht. Ich hätte es lieber mit Dummköpfen zu tun.«

---

* Auch das eine gute Theorie. Nur komplett falsch.

Janel seufzte. »Ja, das wäre auch mir lieber.« Ihre Stimmung hellte sich wieder auf. »Aber es war ein Fehlschlag. Wir haben zwar schlechtes Wetter bekommen, doch es war alles umsonst. Es wird keinen Höllenmarsch geben.«

»Seid Ihr da sicher?«

Sie lächelte. »Bin ich.«

»Wir können nicht länger hierbleiben.« Ninavis kam in ihre Richtung gehumpelt. »Wir haben nicht genug Lebensmittel für all diese Leute. Sie haben bei ihrem Aufbruch nicht annähernd genug mitgenommen. Und niemand ist auf Schnee vorbereitet. Hier hat es noch nie geschneit.«

Janel lehnte sich zurück und stützte sich mit einem Arm ab. In der anderen Hand hielt sie eine Tasse starken Tee aus Dornas Vorräten. Alle anderen Rationen waren auf einen allgemeinen Beschluss hin halbiert worden. Niemand wagte eine Prognose, wann der widernatürliche Sturm aufhören würde.

»Ihr solltet nach Mereina zurückkehren, wenn das Unwetter vorbei ist«, erwiderte Janel.

»Nach Mereina?« Ninavis wirkte aufgebracht. »Wo all die Dämonen sind?«

»Wo all die Dämonen *waren*«, korrigierte Janel. »Sie sind fort, und wie du weißt, wird die Armee früher oder später dort eintreffen. Du kannst Mereina nicht einfach verlassen, Ninavis. Es ist deine Heimat, wo sonst könntest du hin?«

»Du sprichst ständig von ›du‹«, sagte Ninavis. »Niemals von ›wir‹.«

Janel seufzte. »Ich bin nicht dein Baron. Sobald Kalazan zurückkehrt ...«

»*Falls* er zurückkehrt«, blaffte Ninavis. »Wir wissen noch nicht ...«

Janels Blick sprang zu Ganar Venos, die gerade beim Kochen half (und nun nicht mehr so tun musste, als wäre sie Gan die Müllerstochter). »Bitte nicht so laut.«

Ninavis' Miene wurde etwas sanfter. »In Ordnung. Aber du willst uns einfach verlassen?«

»Jemand muss versuchen, die anderen zu warnen. Und damit meine ich nicht nur die Armee. Jemand muss dafür sorgen, dass die Menschen erfahren, was hier passiert ist. Ich werde mit meinen Leuten nach Atrine gehen und mit Herzog Xun sprechen.«

Dorna blickte von ihren Würfeln auf. »Atrine? Ach, Fohlen, das können wir nicht! Ich weiß, du hast zu Arasgon gesagt, wir würden uns dort treffen, aber das wäre viel zu gefährlich …« Sie blickte sich nicht einmal um, als sie Sir Baramon auf die Hand schlug. »Kommt bloß nicht auf die Idee, die Würfel anzufassen. Ich schneide Euch die Finger ab.«

»So etwas würde ich nie tun!«, protestierte Sir Baramon und zog seine Hand von den Würfeln zurück. »Außerdem, was ist so gefährlich daran, nach Atrine zu gehen?«

Dango nickte. »Dasselbe wollte ich auch gerade fragen.«

Bruder Qaun musterte seine Fingernägel, während Janel und Dorna unbehaglich dreinschauten.

»Gibt es etwas, das ich wissen sollte?«, fragte Sir Baramon. »Tamin sagte etwas in der Richtung, Ihr wärt vor Eurer bevorstehenden Entmachtung geflohen. Stimmt das?«

Janel seufzte. »Es stimmt. Aber …« Sie schüttelte den Kopf. »Die Entmachtung war ungerechtfertigt. Der Leichnam meines Großvaters war noch nicht einmal kalt, als Sir Oreth mit einer kleinen Armee auf meiner Türschwelle stand.«

»Sir Oreth? Der zweitgeborene Sohn des Markreev von Stavira?«

Dorna verdrehte die Augen.

»Genau der. Unsere Eltern haben die Verlobung arrangiert, als wir noch Kinder waren, aber sie … sie hat nicht funktioniert.«

»Natürlich nicht«, stimmte Dorna mit ein. »Ihr seid eine junge, hübsche Adlige, und er ist ein Esel. In Jorat sieht man artübergreifende Beziehungen nicht gern.« Sie grinste schelmisch. »Habt Ihr ihm nicht genau das in Eurem letzten Brief geschrieben?«

Janel konnte sich ein kleines Grinsen nicht verkneifen. »Das könnte sein.«

Sir Baramons Augen wurden tellergroß. »Aha, dann verstehe ich, warum er so aufgebracht ist.«

»Nein, ich glaube, das liegt eher daran, dass er sich nach unserer Verlobung wie ein Thorra benommen hat und ich ihm eine Benimmlektion erteilt habe.« Janel runzelte die Stirn. »Er wollte, dass ich mich ihm unterwerfe, aber ich habe mich geweigert. Also hat er versucht, mich dazu zu zwingen.«

»Ach, richtig«, gluckste Dorna. Sie beugte sich an Sir Baramons Ohr heran und sagte: »Wie ich gehört habe, hat sie ihm beide Arme gebrochen und ihn an den Füßen in das Schlafzimmer seines Vaters geschleift. Ich wäre so gerne dabei gewesen.« Sie schnitt eine Grimasse. »Aber ich bin kein gern gesehener Gast in Stavira.«

»Es geht darum, dass er glaubt, ich wäre ihm Thudajé schuldig«, erläuterte Janel mit einer abschätzigen Handbewegung. »Nach dem Tod meines Großvaters stellte er mich vor die Wahl: Entweder ich heirate ihn, akzeptiere meinen Rang als Stute und erkläre ihn zum Grafen, oder … oder ich sollte die Leute auszahlen, die er bestochen hatte, damit sie mich entmachten. Das konnte ich nicht, also habe ich Tolamer verlassen.«

»Was hattet Ihr vor? So lange umherziehen, bis er die Verfolgung satt hat?« Sir Baramon musterte die junge Frau kritisch.

»Nein!« Janel überlegte. »Also gut: Ja. Aber Sir Oreth kann nicht ewig so weitermachen. Er dachte, er marschiert einfach mit seinen Soldaten ein und setzt mich so lange gefangen, bis die Entmachtung vollstreckt ist. Er hat geglaubt, dass Ganze wäre nach einer Woche erledigt. Aber je länger ich die Sache hinauszögere, desto mehr Bestechungsgelder muss Oreth zahlen, und desto ungeduldiger wird sein Vater. Markreev Aroth mag gut gefüllte Schatzkammern haben, aber das heißt noch lange nicht, dass er gerne Geld ausgibt.«

»Aroth war schon immer sehr geschäftstüchtig«, kommentierte Dorna. Sie würfelte. »Ich habe wieder gewonnen.«

»Verflucht, Stute!« Sir Baramon runzelte die Stirn.

Dango schüttelte den Kopf. »So viel Glück kann gar niemand haben.«

»Das gefällt mir einfach nicht«, erklärte Dorna. »Nach Atrine zu gehen, ist zu gefährlich. Am besten haltet Ihr Euch schön von der Hauptstadt fern.« Sie überlegte. »Schreibt doch einfach einen Brief, darin seid Ihr gut. *Werter Herzog Xun, ich hoffe, Ihr seid wohlauf. Entschuldigt, dass ich nicht persönlich vorbeischauen kann. Übrigens: In Barsine gehen üble Dinge vor. Ihr solltet etwas unternehmen. In ewiger Treue, Janel.*«

Janel schüttelte den Kopf. »Einen Brief kann man ignorieren, man kann ihn verlegen, oder er kann in die falschen Hände fallen. Und wenn wir die Strecke zu Fuß zurücklegen – was wir werden tun müssen, da von unseren vierbeinigen Freunden keiner mehr hier ist –, werden wir Atrine ungefähr zu der Zeit erreichen, wenn das Große Turnier stattfindet. Alle Adligen vom Rang eines Vogts oder höher *müssen* an dem Turnier teilnehmen. Selbst wenn ich Oreth aus dem Weg gehe, könnte Herzog Xun mir meinen Titel aberkennen, weil ich ihm nicht meine Aufwartung mache. Mir bleibt keine andere Wahl.«

»Das heißt aber, dass Oreth nur darauf wartet, dass Ihr zum Turnier erscheint«, beharrte Dorna.

»Die Gefahr ist nicht so groß, wie du glaubst. Selbst wenn ich Sir Oreth begegnen sollte, würde es einige Zeit dauern, bis er so viele Leute zusammen hat, wie er braucht, um mich entmachten zu lassen. Das sind viel mehr als bei Tamin, dessen Untertanen ja schon in Massen aus Barsine geflohen waren. Wenn ich mich nicht zu lange aufhalte, kann ich mich in die Stadt schleichen und mit dem Herzog sprechen, bevor Oreth mich zu fassen bekommt.«

»Da hat sie nicht unrecht«, warf Sir Baramon ein.

Dorna presste die Lippen zusammen. »Die Sache gefällt mir trotzdem nicht.«

Janel lächelte. »Zur Kenntnis genommen, werte Dorna.« Sie wandte sich an Ninavis. »Bist du nun zufrieden? Ich weiß, für dich sieht es aus, als würde ich euch im Stich lassen, aber ich tue das Gegenteil. Ich muss herausfinden, wer dieser Relos Var ist, wer Senera ist, und vor allem, was die beiden im Schilde führen. Es ist unsere beste Möglichkeit, sie aufzuhalten.«

Ninavis wirkte mürrisch und noch lange nicht besänftigt, doch sie nickte. »Gut. Geht ihr nach Atrine. Wir bleiben hier und reparieren die Schäden.« Sie hielt kurz inne. »Wird nicht leicht werden. Wir haben nicht mehr allzu viele gesunde Helfer.«

»Tu, was du tun musst«, erwiderte Janel. »Aber ich an deiner Stelle würde versuchen, die Offiziere zu überzeugen, als Vorsichtsmaßnahme einen Teil des Heeres hier zu lassen. Könnte sein, dass der einzige Zweck der Operation war, die Verteidigung in diesem Teil Jorats zu schwächen.«

Ninavis blinzelte sie an. »In diesem Teil Jorats? Wir sind *mitten* in Jorat. Genau im Zentrum. Wenn jemand einmarschiert, muss er zuerst durch ein halbes Dutzend Kantone und gut dreißig Provinzen, bis er hier ist. Barsine ist nicht gerade das Einfallstor nach Jorat.«

»Aber ein nicht verteidigter Torstein ohne Wächter würde es zu einem machen«, entgegnete Janel. »Es wäre die ideale Methode, Yorer hierher zu bringen.«*

»Wahrscheinlich, trotzdem glaube ich, dass es woanders einfacher wäre, einen Fuß in die Tür zu bekommen. Ich weiß nicht …« Ninavis wedelte mit der Hand.

»Tolamer«, überlegte Sir Baramon laut. »Graf Janels Kanton wäre ideal.«

»Richtig. Tolamer«, stimmte Ninavis zu. Sie schaute Janel erwartungsvoll an.

»Ja«, bestätigte Janel. »Noch ein Grund mehr, warum ich die An-

---

* Mit den Dämonen lag sie falsch, aber diesmal hat sie absolut recht.

gelegenheit mit Sir Oreth so schnell wie möglich geklärt haben möchte, auch wenn ich bezweifle, dass er mit den Yorern im Bunde steht.«

»*Können* die Yorer überhaupt einmarschieren?«, fragte Bruder Qaun. »Ich meine, sie gehören zum Quurischen Reich. Es wäre doch etwas seltsam, wenn ein Teil Quurs versuchen würde, einen anderen zu erobern, oder nicht?«

Die drei Angesprochenen tauschten einen Blick aus. Sie schienen sich stumm über etwas zu einigen – und sich gegenseitig daran zu erinnern, dass Bruder Qaun von der anderen Seite der Drachenspitzen stammte.

»Yor wurde als letztes Herrschaftsgebiet dazuerobert«, erklärte Dorna.

»Das weiß ich«, sagte Bruder Qaun.

»Nun ja …« Dorna zuckte die Achseln. »Sie haben's immer noch nicht verwunden. Ich meine, wir Jorater gehören seit fünfhundert Jahren oder mehr zu Quur. Uns macht das nichts aus, wir sind sogar stolz drauf. Außerdem haben wir sogar selbst bei Kaiser Kandor um Hilfe gebeten, unseren Gottkönig zu verjagen. Wir *wollten* die Quurer hier haben. Aber in Yor gibt es Leute, die den Zeiten ihres Gottkönigs Chertog und seiner fiesen Gottkönigin Suless immer noch nachtrauern. Urthaenriel war damals nicht auffindbar – das Gottkönigspaar zu töten war eine langwierige, hässliche Angelegenheit. Ein richtiges Blutbad. Ein Schlachten, dem jeder mit nur ein bisschen Magie in den Adern zum Opfer gefallen ist. Bis heute dürfen echte Yorer kein bisschen Macht haben. Sie dürfen ihre Religion nicht praktizieren, ja nicht einmal ihre ursprüngliche Sprache benutzen. Was ich damit sagen will, ist, dass sie dem Reich weit weniger treu ergeben sind als wir.«

»Trotzdem sind sie immer noch besser dran als die Marakorer«, entgegnete Ninavis. »Wenigstens dürfen sie Waffen tragen.«

»Das liegt daran, dass die Yorer nicht einen Aufstand nach dem anderen anzetteln«, blaffte Sir Baramon. Er zuckte die Achseln.

»Oder sie sind einfach geduldiger. Aber wer lebt schon gerne in einem Land, das so trostlos ist wie Yor? Du vielleicht?«

Ninavis verdrehte die Augen. »Nein.«

Sir Baramon breitete die Hände aus. »Siehst du, schon haben wir haufenweise Gründe, warum die Yorer zu ihrer schneebedeckten Eishölle vielleicht noch etwas sonnigere und fruchtbarere Landstriche hinzuerobern möchten.«

»Relos Var«, flüsterte Janel.

Alle schauten sie an.

»Was ist mit ihm?«, fragte Dorna.

Sie schüttelte den Kopf. »Egal. Ich werde herausfinden, wer er ist, welche Rolle er in dem Ganzen spielt und was seine Verbindung zu dieser Hexe, Senera, ist.«

»Und dann?«, hakte Ninavis nach.

Janel neigte den Kopf. »Und dann bringe ich ihn um. Was sonst?«*

---

*   Zwei Worte: Nur zu.

TEIL II

Das silberne Schwert

Sie machten eine Essenspause.

Das Abendessen bestand aus einem gut gewürzten Ochsenschwanzeintopf mit Chili, Tomaten und langen Nudeln. Kihrin tunkte seine Mahlzeiten meist mit weichem Brot auf, nur die Nudeln aß er mit einer zweizinkigen Gabel, wie auch die Einheimischen es taten.

Als er fertig war, fiel ihm auf, dass der Geruch von brennendem Holz stärker geworden war. Seine Augen tränten, die Leute ringsum begannen zu husten.

Er selbst mit eingeschlossen.

Kihrin blickte von seinem Eintopf auf und sah den Rauch von der Feuerstelle neben ihm aufsteigen. Außerdem von dem noch größeren Feuer am anderen Ende des Raums. Ein Mann, den er bisher noch nicht gesehen hatte, kam keuchend aus einem Nebenraum der Küche gelaufen und brachte eine graue Rauchwolke mit.

Janel stand auf. »Alle runter auf den Boden! Bleibt unten.«

»Was ist los?«, fragte jemand.

»Glyphen, sofort!« Es klang wie Ninavis' Stimme.

Kihrin kauerte sich hin. Qaun folgte seinem Beispiel. »Schiebt Euch das Haar aus der Stirn«, sagte der Priester.

»Wozu, was …?« Er verstummte, als ihm wieder einfiel, was Bruder Qaun gegen den Rauch in Mereina unternommen hatte. Dieser Rauch hier war zwar nicht verhext, was aber nicht bedeutete, dass man daran nicht ersticken konnte. Kihrin gehorchte.

Bruder Qaun zögerte. »Moment, Euer Schwert …« Sein Blick wanderte zu Urthaenriel an Kihrins Hüfte.

»Es müsste trotzdem funktionieren«, erwiderte Kihrin. »Solange ich mich nicht gegen die Glyphe wehre oder Urthaenriel sie als eine Gefahr für mich einstuft. Dein Zauber wirkt sich auf die Luft aus, nicht auf meinen Körper oder mein Tenyé, richtig?«

»Richtig.« Qaun streckte den Arm und malte Kihrin etwas auf die Stirn, dann ging er weiter zum Nächsten. Sofort schmeckte die Luft wieder sauber und frisch. Kihrin konnte den Rauch nicht mehr riechen. Er stand auf und beobachtete, wie der Rauch vor seinem Kopf zurückwich, als wäre er von einer unsichtbaren Blase umgeben. In dem Dunst konnte er zwar nicht weit sehen, aber wenigstens konnte er jetzt wieder stehen. Und atmen.

»Zuerst die Pferde«, befahl Janel den anderen. »Sonst sterben sie.«

»Aber vorher soll jemand die Feuer löschen.«

Kihrin hätte sich beinahe freiwillig gemeldet, da fiel ihm wieder ein, dass er Urthaenriel umgegürtet hatte. Er konnte nicht zaubern. So gerne er auch geholfen hätte, zuerst hätte er das Schwert ablegen müssen. Er war nicht sicher, ob Urthaenriel das zulassen würde. »Wie kann ich helfen?«, rief er.*

»Sieh in den anderen Räumen nach«, antwortete ein Mann. »Vielleicht schläft dort jemand oder …«

Wegen des Rauchs konnte Kihrin nicht sehen, wo die anderen Räume lagen, aber er hatte zumindest eine vage Vorstellung. Er stolperte los und riss eine Tür nach der anderen auf. »Ist irgendjemand hier drin?«

Das Wirtshaus hatte Zimmer für Übernachtungsgäste. Das letzte war tatsächlich besetzt.

---

* Auf die Idee, die Feuerstellen mit einem Eimer Wasser zu löschen, ist er offensichtlich nicht gekommen. Da sieht man's mal wieder: Kaum dürfen die Leute keine Magie mehr verwenden, können sie an nichts anderes mehr denken …

Kihrin senkte den Blick. »In Ordnung, Leute, zieht euch an und kommt schnell raus da. Ihr müsst geduckt laufen, die Kamine sind verstopft.« Er hörte, wie die drei bejahten, und ging.

Als er den Gastraum erreichte, war der Rauch fast verschwunden. Urthaenriels Genörgel nach zu urteilen, hatte jemand ihn mit Magie aufgelöst. Janel kam mit Arasgon, Talaras und Hamarratus vom Stall zurück. Niemand schien sich darüber zu wundern.

»Alle mal hergehört!«, rief Ninavis. »Wir sollten uns wieder hinsetzen. Es wird noch eine Weile dauern, bis die Kälte von draußen hier reinkommt. Der Rauch löst sich auf, und vielleicht können wir ein paar große Steine aufheizen, damit sie ein bisschen Wärme abgeben.«

»Hat Aeyan'arric das mit Absicht gemacht?«, fragte jemand.*

»Das glaube ich nicht«, entgegnete Janel. »Wahrscheinlich haben Schnee und Eis die Kamine verstopft. Die Lage draußen ist unverändert, also entspannt euch.«

Die Menge, die zusammengelaufen war, löste sich nicht auf. Stattdessen machten es sich die Leute bequem und begannen, die Tische und Stühle zur Seite zu schieben, aber nicht um Platz zum Schlafen zu schaffen. Die meisten fanden es noch zu früh fürs Bett und hatten Lust auf ein gemütliches Beisammensein. Jeder und jede hatte eine Glyphe auf der Stirn, einige davon mit Asche oder Kreide gemalt, die meisten aber bestanden aus filigranen leuchtenden gelben Linien – und das in einem Land, in dem Magie zutiefst verpönt war.

Kihrin hoffte, dass genug Vorwarnzeit blieb, um die Schriftzeichen wieder zu entfernen, bevor der letzte Gast eintraf, den Janel erwartete.

Falls nicht ... konnten sie niemandem mehr etwas vormachen.

---

* Aber nein, ganz bestimmt nicht. Aeyan'arric hat Yor rein zufällig verlassen, dann ist sie über das Wirtshaus gestolpert und hat rein zufällig ihren Atem darüber ausgeblasen. Das war doch keine Absicht.

16

SCHWARZER LOTUS

Jorat, Quurisches Reich.
Drei Tage nachdem endlich eine Frau Kaiser geworden war

Als das Geschirr weggeräumt war und die Blessuren, die einige sich zugezogen hatten, versorgt waren, setzte Kihrin sich neben Stern an die Theke. »Hallo, ich heiße Kihrin, und du? Wärst du so freundlich, mich der liebenswürdigen Dame vorzustellen, die deine Aufmerksamkeit schon den ganzen Abend in Beschlag nimmt?«

Stern blinzelte ihn einen Moment lang verständnislos an. »Sag einfach weiter Stern zu mir. Ich hab nichts dagegen.«

»Ich bin Dorna«, erklärte die alte Frau. Sie musterte Kihrin von oben bis unten. »Aha.«

Kihrin hatte keine Ahnung, was das bedeuten sollte.

Janel setzte sich neben ihn, so nahe, dass sich ihre Oberschenkel berührten. Die lächerlich kleine Berührung ging ihm durch und durch, er spürte sie mit jeder Nervenfaser in seinem Bein. Jedes Mal, wenn er in Janels Nähe kam, schien die Luft Funken zu sprühen.

Einen Moment später ging Ninavis hinter die Theke, nahm eine Flasche Aris und schenkte jedem ein Glas davon ein.

»Für mich nur Wasser. Wir trinken schon den ganzen Abend

wie auf einer Hochzeit oder einem Leichenschmaus.« Dorna deutete auf die anderen. »Und Ihr solltet das Gleiche tun.«

»Ja, Mutter«, antwortete Stern.

»Dieser Freund, den du erwartest ...«, begann Kihrin.

Janel massierte sich die Schläfen. »Wir warten auf einen Zauberer, der ein Tor öffnen kann. Ich glaube nicht, dass er zur Eingangstür hereinkommen wird.«

»Und eigentlich sollte er längst hier sein.«

»Stimmt, aber ...«, begann Janel, da kam Bruder Qaun heran und setzte sich neben Dorna.

Er schob die Aris-Gläser weg. »Gibt es hier auch Tee?«

»In der Küche steht eine Kanne Kaffee.«

»Noch besser«, erwiderte der Priester.

»Irgendeine Nachricht von Thurvishar?«, erkundigte sich Janel.

»Thurvishar?« Kihrin blinzelte überrascht. »Du wartest auf Thurvishar D'Lorus?«* Seine Gefühle bezüglich des Erblords des Hauses D'Lorus waren gemischt. Thurvishar hatte in den Diensten des niederträchtigen Geisterbeschwörers Gadrith D'Lorus gestanden, aber nur, weil er als Kind gegaescht worden war. Nach der Auflösung des Gaeschs hatte Thurvishar Kihrin beigestanden, statt Gadriths Handlangern zu helfen – Relos Var mit eingeschlossen.** Außerdem war Thurvishar in der Tat ein verflucht mächtiger Zauberer. So mächtig, dass er auch ohne Torstein ein Tor öffnen konnte.

»Ich hab dir doch gesagt, dass wir dieselben Leute kennen.«

»Wer ist dieser Thurvishar D'Lorus?«, warf Dorna ein. »Außer einem hochadeligen Tunichtgut.« Sie schaute Kihrin kurz an. »Nichts gegen Euch.«

---

* Es ist ein bisschen vermessen von Kihrin, davon auszugehen, der Thurvishar, den er kennt, sei der Einzige auf der Welt. Die Tatsache, dass er zufällig auch noch recht hat, macht ihn nur noch unerträglicher.
** Ha. Ihr seid ein Handlanger.

Kihrin zuckte die Achseln. »Aber nein. Ich bin ganz deiner Meinung.«

»Ich habe ihm eine Nachricht nach der anderen hinterlassen, aber bis jetzt noch nichts gehört«, antwortete Qaun. »Oh, danke, Ninavis.« Er nahm die Kaffeekanne entgegen.

Kihrin schaute den Priester an. »Moment, du kannst mit Thurvishar kommunizieren? Wie?«

Bruder Qaun biss sich auf die Lippe. »Es ist …«

»Sag jetzt *nicht*, es ist kompliziert«, warnte Kihrin.

Der Priester schluckte. »Mit Weltenfeuer, meinem Eckstein, kann ich über große Entfernungen durch Wärmequellen blicken. Daher weiß ich auch, dass Morios Atrine noch nicht angegriffen hat – ich habe durch eine Straßenlaterne geschaut. Und ich kann außerdem, ähm … an jedem Ort, den ich durch den Stein erblicke, einen Zauber wirken. Auf diese Weise habe ich die Nachrichten hinterlassen.«

Kihrin stieß einen Pfiff aus. Jedes Haus des Hochadels in der Hauptstadt würde bereitwillig ein Dutzend seiner Söhne und Töchter opfern, um das tun zu können, was Qaun getan hatte.* Zur Hölle, selbst Teraeth würde einiges dafür geben. Kihrin war fast ein bisschen neidisch. Wer den Schellenstein hatte, hoffte selbstverständlich, ihn niemals benutzen zu müssen. Bruder Qauns Eckstein erschien ihm im Alltag um einiges nützlicher zu sein.

»Wann hast du das letzte Mal in Atrine nachgesehen?«, fragte Janel.

»Kurz vor dem Abendessen«, antwortete der Priester. »Es ist immer noch alles ruhig.«

»Hoffen wir, dass es so bleibt. Wir drei …« Janel blickte in die Runde an der Theke. »Wir waren gerade dabei, etwas zu besprechen. Dorna, Ninavis« – ihr Blick wanderte zu Stern – »und …«

---

* Bleiben wir mal realistisch: Der Hochadel der Hauptstadt würde selbst für eine Kiste rostiger Nägel ein Dutzend seiner Töchter opfern.

»Stern«, sagte er.

»Richtig. Ich weiß, es ist unhöflich, aber könntet ihr uns einen Moment allein lassen?«

»Aber bestimmt nicht«, erklärte Dorna und verschränkte die Arme vor der Brust. »Ich habe Euch und Qaun seit dem Großen Turnier nicht mehr gesehen. Das ist Jahre her, Ihr habt auch mir so einiges zu erzählen. Ich bleibe.«

»Ich auch«, fügte Ninavis hinzu.

Kihrin kicherte. »Scheint, als wäre es an der Zeit, deine Erzählung fortzusetzen, Janel.«

Janels Schilderung. Im Nachleben.

Es gibt einen Teil in dieser Geschichte, den niemand kennt – nicht einmal Bruder Qaun.

Lasst mich euch erzählen, was passiert ist, nachdem wir Mereina und unseren Unterschlupf verlassen hatten.

Der Sturm flaute ab. Stute Dorna, Bruder Qaun und ich wurden von Sir Baramon begleitet (er behauptete, die Reise würde ihm guttun). Wir machten uns auf den Weg nach Atrine, der Hauptstadt von Jorat. Ich hatte darauf bestanden. Ich wusste, dass die Armee nach Mereina unterwegs war, fühlte mich aber verpflichtet, Herzog Xun persönlich von der Katastrophe zu berichten. Ninavis und die Stadtbewohner hatten sich bereit erklärt, inzwischen Mereina im Auge zu behalten – und nachzusehen, ob der Hexenrauch sich verzogen hatte.

Die Stimmung war angespannt, als wir das Lager aufschlugen. Wir hatten den Großteil unseres Proviants bei Ninavis und den Stadtbewohnern gelassen. Der unzeitige Schneefall und der Frost hatten der Vegetation, die eigentlich auf Frühling eingestellt war, schlimm zugesetzt. Dorna machte sich auf die Suche nach schockgefrorenen, aber essbaren Kräutern und Pflanzen, und ich merkte, wie ich mich nach jemandem mit einem Jagdbogen und einem guten Auge sehnte. Dornas Bemühungen brachten uns lediglich eine Handvoll Wurzeln und Beeren ein.

Allerdings hinderte mein hungriger Magen mich nicht daran, den Zweiten Schleier zu passieren, sobald ich die Augen schloss.*

Als ich sie wieder öffnete, fand ich mich auf einem kleinen Hügel oberhalb einer Stadt wieder.

Die Ähnlichkeit zu Kaltwasser bedrückte mich unmittelbar. Es schienen ein paar mehr Azhocks zu sein, aber ich sah die gleichen gemeinschaftlichen Kochplätze, die gleichen Pferdekoppeln und Kellerwohnungen.

Und die gleichen toten Bewohner.

In der Ferne brüllten Dämonen. Ich wusste, was zu tun war, und zog mein Schwert.

Da erfüllte das Trompeten von Thaenas Elefanten ein weiteres Mal die Luft.

Ich grinste und änderte meinen Plan. Anstatt einen Frontalangriff zu starten, trieb ich die Dämonen auf die schimmernden Kriegselefanten der Todesgöttin zu. Diesmal hielt ich mich von dem Pfeilhagel fern und streckte jeden Nachzügler nieder, der den Fehler machte, mich für weniger gefährlich als Thaenas Jagdtrupp zu halten.

Und ich hielt nach *ihm* Ausschau. Die ganze Zeit behielt ich die Baumlinie im Auge und die Elefanten, suchte nach einem Hinweis auf den gold-grün gekleideten Manoler, den ich vor Relos Var gewarnt hatte.** Der mir das Leben gerettet hatte.

Aber er war nicht dabei.

---

*   Ich kann nicht anders, als das Thema noch einmal anzusprechen: Wussten wir davon, dass sie das kann? Und mit wir meine ich in diesem Fall Euch.
** Dass sie über beliebige Distanzen miteinander kommunizieren können, gefällt mir nicht. Das sollte unser exklusives Privileg sein.

Enttäuscht machte ich meinem Zorn auf die übliche Weise Luft: Ich tötete Dämonen.

Sie waren jung, töricht und noch grün hinter den Ohren. Sie wollten das Schicksal, das sie in diesem Wald ereilte, einfach nicht begreifen. Ihnen waren Macht und die Furcht ihrer Opfer versprochen worden. Niemand hatte ihnen gesagt, dass sie selbst zu Opfern werden könnten.

Als der letzte Dämon tot war, schüttelte ich das violette Blut von meinem Schwert und sah den Elefanten dabei zu, wie sie ihre Siegesfanfare ausstießen. Sie hatten mich nicht bemerkt, was mich freute, denn andernfalls wäre ich jetzt wahrscheinlich ebenfalls unter ihren Opfern.

Trotzdem wurmte es mich, dass der namenlose Manoler nicht da war.

»Suchst du wen?«

Ich wirbelte herum.

Er stand direkt hinter mir, an einen abgestorbenen Baumstumpf gelehnt. Er trug immer noch dieselbe Kleidung und hatte die Arme vor der Brust verschränkt. Allerdings ließ er seine Dolche diesmal stecken.

Auf der Brust hatte er eine Wunde wie von einem Speerstoß, schien sie aber nicht zu bemerken.

»Bist du es?«, fragte ich nicht sonderlich intelligent und ging auf ihn zu. Ich hatte ihn weder gehört, noch hatte ich sein Kommen gespürt, und wurde für einen Moment misstrauisch. War er womöglich Xaltorath? Wusste sie von unserer Begegnung letzte Nacht? Hatte sie seine Gestalt angenommen?

Nein, sagte ich mir. Sie ahnte nichts davon. Und selbst wenn, würde sie es niemals wagen, sich mir an einem Ort zu nähern, an dem jeden Moment Thaena persönlich auftauchen konnte. Der Kerl war echt. Oder zumindest so echt, wie man im Nachleben sein konnte. Der Blick seiner grünen Augen hielt mich fest, er roch nach Blut, Moschus und dem tiefen, weiten Ozean.

»Wer sollte ich sonst sein?«

»Vergiss es«, erwiderte ich und …

Tja, es hat wohl keinen Sinn, es zu verheimlichen. Ich küsste ihn.

Das war dumm. Ich weiß, wie dumm das war. Ich hielt immer noch mein Schwert in der Hand und hatte ihn nicht einmal um Erlaubnis gefragt. Hätte er meinen Annäherungsversuch als Angriff aufgefasst und entsprechend reagiert, wäre ich selbst schuld gewesen. Und selbst wenn nicht, war mein Verhalten als Gesprächsauftakt denkbar unangemessen. Ich hatte meinen Gefühlen die Kontrolle über meinen Verstand überlassen.

Ich spürte, wie er zurückzuckte und instinktiv nach seinen Dolchen tastete. Ich konnte es ihm nicht verdenken.

Dann hielt er inne. »Du erinnerst dich an mich?« Er schaute mich an wie ein Einhorn.

»Natürlich erinnere ich mich an dich. Du hast mir das Leben gerettet.«

Er machte einen Schritt zurück und sah seltsam enttäuscht aus.[*]

In diesem Moment räusperte sich jemand hinter uns.

Der Manoler schnappte nach Luft. Ich drehte mich um und sah …

Thaena.

Thaena, die Todesgöttin, stand direkt hinter uns.

Sie hatte dunkle Haut und war ganz in weiße Seide gehüllt, genau wie ich es von den Statuen kannte. Rosen und Totenschädel zierten ihre Hüften, krönten ihr schimmerndes Haar. Es gab nicht den geringsten Zweifel, und das lag nicht nur an ihrem Aussehen:

---

[*] Ist er tatsächlich enttäuscht, wenn die Frau, der er das Leben gerettet hat, ihn mit Küssen überschüttet? Ich bin zwar keine Expertin, was Romanzen angeht, aber ich glaube, die normalerweise zu erwartende Reaktion sähe anders aus.

Sie war die in Obsidian verkörperte reine Schönheit. Ihre Aura und das furchterregende Auftreten wiesen sie als das Absolute aus, das Unvermeidliche. Dem Blick ihrer silbrigen Augen entging nichts, nicht die kleinste Sünde und nicht die kleinste gute Tat. Ihr wurde alles offenbart.

Ich senkte den Kopf, sank auf die Knie und warf mich vor ihr zu Boden. Ich hörte, dass der Manoler schuldbewusst einen Schritt zurückwich, wie jemand, der auf frischer Tat ertappt worden war, und fragte mich, ob Thaena sein Thudajé an sich gebunden hatte. Den Ausdruck »Thaenas Bett teilen« als beschönigende Umschreibung für den Tod hatte ich schon oft gehört. Dass die scherzhafte Formulierung einen wahren Kern haben könnte, war mir nie bewusst gewesen. War ich gerade dabei erwischt worden, wie ich mich an Thaenas Liebhaber vergriffen hatte?

Ich hörte einen Schritt, das Rascheln von Stoff und das Pfeifen einer Klinge, die durch die Luft fuhr.

Wie bitte? *Nein!*

Ein Leben voller genauso plumper wie plötzlicher »Lektionen« aus Xaltoraths Hand hatte meine Reflexe geschult.

Ich rollte mich auf die Seite, und Thaenas Schwert bohrte sich genau an der Stelle in den Boden, wo ich eben noch gelegen hatte.

»Mutter, nein!«, schrie der Manoler.

»Also doch nicht ihr Geliebter«, sagte ich und setzte mich auf.

Wobei *Sohn* auch nicht unbedingt besser war.

Thaena hielt in jeder Hand ein Schwert und bewegte sich mit unfassbarer Geschwindigkeit. Beständig und unnachgiebig kam sie auf mich zu – selbstsicher wie ein Tiger, der sich einer verwundeten Beute nähert. Und obwohl sie nicht rannte, war sie sofort bei mir, binnen eines Wimpernschlags und doch ohne jede Eile.

»Lasst mich, bitte!«, schrie ich und versuchte auszuweichen, da schlug ihr Schwert schon krachend gegen meinen Schild. »Ich bin nicht Euer Feind!«

Mein Arm war taub von dem Aufprall.

»Ach nein?« Thaena baute sich vor mir auf. »Warum hat Xaltorath dich dann verschont? Warum hast du als Einzige den Lonezh-Höllenmarsch überlebt? Welchen anderen Grund könnte es geben, als dass du ihr die Treue geschworen hast?«*

Ich schaffte es nicht, ihr zu widersprechen. Tränen traten mir in die Augen. »Ich weiß nicht, warum sie mich verschont hat.«

»O doch, das weißt du.«

Thaena holte aus.

Ich sah, wie ihr Sohn sich in Sicherheit brachte, und duckte mich. Vergebens. Die Klinge fuhr durch meine Rüstung und brachte mir einen dünnen, oberflächlichen Schnitt am Oberschenkel bei.

Meine Kraft nutzte mir hier nichts. Dass ich die Waffe eines Gegners einfach zur Seite schlagen und sogar zerbrechen konnte, half mir gegen eine Göttin herzlich wenig. Meine Schutzlosigkeit wurde in jedem Schlag, in jedem Ausweichmanöver, jedem Beinahe-Treffer und jedem Treffer sichtbar. Meine Rüstung war von Kerben übersät, von den Spuren einer Gegnerin, die keine Eile hatte, das unvermeidliche Ende zu beschleunigen.

Ich hingegen konnte nicht einen einzigen Konter landen.

Ich kam nicht mal in ihre Nähe.

Schließlich warf ich Schwert und Schild weg und sank ein weiteres Mal auf die Knie.

Ich spürte das kalte Metall links und rechts an meinem Hals, als Thaena mitten im Schlag im letzten Moment innehielt.

»Ich weiß nicht, warum«, wiederholte ich. »Sie hat mich gefragt, ob sie mich beschützen soll. Sie sah nicht aus wie ein Dämon, sondern wie eine wunderschöne Frau, also sagte ich Ja. Aber ich habe mich ihr nie unterworfen. Einmal hat sie …« Ich spürte Thaenas Blick auf mir und wagte nicht einmal zu schlucken. Mit einer

---

* Ich frage mich, ob Thaena hier tatsächlich die weibliche Form verwendet hat oder ob Janel es in ihrer Geschichte lediglich so darstellt.

einzigen kleinen Bewegung konnte sie meinem Leben ein Ende setzen. »Sie hat behauptet, meine Mutter – meine echte Mutter – hätte eine Abmachung mit ihr getroffen, dass sie mich beschützen sollte. Ich habe Xaltorath nicht geglaubt und glaube ihr bis heute nicht. Sie lügt, sobald sie nur den Mund aufmacht.«

»Ja, das tut sie. Sieh mich an.« Thaena hob mit ihren Schwertern mein Kinn an.

Ich spürte ihre Stimme genauso, wie ich sie hörte, und wagte nicht, mich dem Befehl zu widersetzen.

Ich sah auf. Unsere Blicke begegneten sich.

In Thaenas Augen zu schauen bedeutete, jede Sünde zu sehen, die ich je begangen hatte, jedes Unrecht und jede Verletzung, die ich je jemandem zugefügt hatte. Diese Augen sahen alles. Jede schändliche Tat und außerdem jede, derer ich mich *eigentlich* schämen sollte. *Ich habe all deine Taten bezeugt*, sagten diese Augen. *Vor den anderen kannst du deine Sünden verbergen, sogar vor dir selbst, aber nicht vor mir. Nicht vor mir.*

In dieser Erkenntnis lag ein gewisser Trost.

Ich weiß, das klingt eigenartig, aber manchmal ist es ein gutes Gefühl, eine gerade verheilte Wunde wieder aufzukratzen. Ja, es tut weh, aber es erleichtert auch. Endlich war es heraus. Endlich hatte ich meine Sünde gestanden. *Endlich wusste jemand die Wahrheit.*

Ich sah nicht, dass die Göttin ihre Schwerter fallen ließ oder einsteckte, aber mit einem Mal waren sie verschwunden. Thaena nahm mein Gesicht zwischen ihre Hände und musterte mich.

»Wer ist dein Gebieter?«, fragte sie. »Wem gehört dein Thudajé?«

»Dem Markreev von Stav ...«, begann ich.

»Nein«, unterbrach Thaena.

Ich spürte die Wahrheit in diesem so einfachen Wort und erschauerte. Mein Thudajé gehörte Aroth Malkoessian, dem Markreev von Stavira, aber nur vermeintlich. Es schien bloß so, als wüsste ich, wo mein rechtmäßiger Platz war und wem ich Treue schuldete. Doch in Wahrheit verweigerte ich ihm mein Thudajé seit dem Tag, da er die Ambitionen seines Sohnes über die Ehre meines Hauses gestellt hatte. Wer blieb also noch? Xun, der Herzog von Jorat, vielleicht? Möglich. Aber ich hatte ihn seit Jahren nicht gesehen. Es ist schwer, jemandem die Treue zu halten, der kaum mehr ist als ein Name.

Dann wusste ich die Antwort.

»Euch«, sagte ich. »Den Acht. Mein Thudajé gehört Euch, und das schon immer.«

Thaena hielt meinen Blick immer noch fest, wissend und gerecht, doch der Griff ihrer Finger wurde sanfter. Sie beugte sich über mich, küsste mich auf die Stirn und ließ von mir ab. »Ich habe mich in dir getäuscht.«

»Getäuscht?« Bedeutete das etwas Gutes oder etwas Schlechtes? Sollte das heißen, dass sie mich nicht hätte verschonen sollen?

Thaena drehte sich weg und entließ mich endlich aus ihrem Blick. Es war, als hätte jemand meine Fesseln durchgeschnitten. Ich sank keuchend zu Boden und schaute den Vané fragend an, doch der machte ein Gesicht, als wären wir uns noch nie begegnet.

»Ich habe die unglückliche Neigung, Leute zu früh als hoffnungslosen Fall abzuschreiben«, erläuterte Thaena. »Ich dachte, nachdem Xaltorath dich einmal in den Klauen hatte, seist du für uns verloren.«

»Ich verstehe nicht.«

»Meine Mutter wollte mir nicht glauben«, meldete der Manoler sich endlich zu Wort. »Ich habe ihr gesagt, dass du kein Dämon bist.«

Thaena breitete die Hände aus. »Zu meiner Verteidigung muss ich anführen, dass so etwas noch nie vorgekommen ist. Dämonen verschlingen eine Seele oder sie infizieren sie. Sie zeigen niemals Gnade.«

Ich hob den Kopf. »Gnade würde ich das nicht nennen.«

Thaena maß mich wieder mit diesem bohrenden Blick. »Richtig. Ich verstehe, warum du es nicht so nennst.« Sie hob die Hände –

ob als Segen oder Entschuldigung konnte ich nicht sagen. »Ich habe mich in dir getäuscht«, wiederholte sie. »Ich habe dir Hilfe vorenthalten und schulde dir einen Gefallen. Was wünschst du dir? Sag es, und wenn es in meiner Macht steht, werde ich dir den Wunsch erfüllen.«

Mein Herz schlug so schnell, dass ich nur noch das Pochen in meinen Ohren hörte. Ein Gefallen von der Todesgöttin. Ich hätte mir Geld wünschen können, um meinen Familiensitz in Tolamer und die Treue meiner Untertanen von dem Markreev von Stavira zurückzukaufen. Ich hätte mir Oreths Tod wünschen können, des Mannes, der mich aus meinem Heim vertrieben hatte, oder dass Thaena meinen Großvater wiederauferstehen ließ. Ich hätte um ein Wiedersehen mit meinen Eltern bitten können …

Ich schloss meine tränennassen Augen. Nein, konnte ich nicht. »Wenn es in meiner Macht steht« beinhaltete kein Wiedersehen mit meinen Eltern. Ihre Seelen befanden sich außerhalb der Reichweite der Götter.

In unserer so eng mit dem Nachleben verwobenen Welt ist es nicht einfach, jemanden für immer sterben zu lassen, aber es ist möglich. Für Dämonen ist nichts leichter als das.*

Wie dem auch sei, wenn ich weiterhin in der Lage sein wollte, meinem Spiegelbild in die Augen zu schauen, gab es nur eines, was ich mir wünschen konnte.

»Dann bitte ich Euch um dies: Haltet Relos Var auf.«

Thaena blinzelte mich an. Schließlich wandte sie sich kichernd an ihren Sohn. »Was hast du ihr erzählt?«

»Ich habe nichts damit zu tun«, protestierte er. »Sie hat alles selbst herausgefunden.«

»Bitte«, sagte ich und stand auf. »Ich weiß, dass Relos Var in Jorat irgendein Unheil plant. Er hat eine Hexe und eine Drachin als Ge-

---

* Und Gadrith konnte es ebenfalls. Ich glaube, ich werde ihn ab jetzt Nomäd nennen, da er nichts anderes war als ein umgedrehter Dämon.

hilfen, und auch wenn ich seine Ziele nicht kenne, weiß ich, dass er nichts Gutes im Schilde führt.«

»Mich musst du nicht überzeugen«, erwiderte Thaena. »Ich weiß besser als jede andere, wozu er in der Lage ist. Leider bittest du mich um einen Gefallen, den ich dir nicht erfüllen kann.«*

Ich fühlte mich, als wäre ich der Ohnmacht nahe.

Dass Relos Var stark war, ziemlich stark sogar, hatte ich mir schon gedacht. Aber so stark, dass er über dem Urteil der Götter stand? Ich starrte Thaena entsetzt an.

»Relos Var aufzuhalten steht ganz oben auf meiner Liste und der meiner Mitgötter«, räumte Thaena ein. »Also werde ich dir nicht helfen, sondern das Gegenteil tun.«

Ich runzelte die Stirn. »Das verstehe ich nicht.«

Thaena machte irgendetwas mit ihren Händen. Nichts Besonderes eigentlich, doch eben waren ihre Hände noch leer, und dann hielt sie einen Speer darin. Einen goldenen Speer, glänzend und wunderschön. Sie hielt ihn mir hin.

Speere waren nicht gerade meine Lieblingswaffe.

Ich konnte mich nicht erinnern, je einen benutzt zu haben. Wenn ich Kampfübungen machte, dann meist mit einem Schwert oder einer Keule, was etwas vollkommen anderes ist.

Andererseits, wenn eine Göttin dir eine Waffe anbietet, dann nimmst du sie auch und bittest nicht um eine andere.

Das Metall fühlte sich warm an in meinen Händen. Der Schaft des langen, gezackten Speers war mit Sonnensymbolen verziert. Die Waffe war leicht und gut ausbalanciert. Und ich wusste sofort, dass sie verzaubert war.

»Das ist Khoreval«, erklärte Thaena. »Er hat einmal einem Freund

---

* Aus Furcht um Euer Ego hatte ich überlegt, diese Stelle wegzulassen, mich um der Vollständigkeit willen aber dagegen entschieden. Außerdem kann es nicht schaden, ab und an zu hören, was der Feind so über einen redet. Auch Ihr habt gelegentlich einen Gefallen verdient.

gehört. Wenn ich mich nicht täusche, ist er eine der wenigen Waffen, die einen Drachen möglicherweise töten können. Leider kann ich ihn dir nicht geben.«

Ich schaute die Göttin an und erwiderte ihr Lächeln. »Tatsächlich?« Erst danach begriff ich die Bedeutung ihrer Worte. »Was soll das heißen, Ihr könnt ihn mir nicht geben? Ich halte ihn doch gerade in der Hand.«

»Nein, Kind, das hier ist nur ein Abbild. Der echte Khoreval befindet sich hinter Schloss und Riegel im Palast von Azhen Kaen, dem Herzog von Yor, der außerdem Relos Vars wichtigster Helfer ist.«

»Das macht die Sache in der Tat ein wenig komplizierter.«*

»Wie es scheint, schicke ich dich auf eine Suche, statt dir einen Wunsch zu gewähren. Kehre zurück in die Welt der Lebenden und beschaffe dir diesen Speer. Wenn man damit wirklich Drachen töten kann, solltest du Relos Var um eine seiner wichtigsten Waffen bringen können: um Aeyan'arric.«

»Mutter, das ist Wahnsinn. Nicht einmal der Bruderschaft ist es je gelungen, den Eispalast zu unterwandern …«

Sie hob die Hand, und er verstummte.

Ich lächelte erfreut, weil er sich Sorgen um meine Sicherheit machte. »Euer Sohn hat recht. Ich habe nicht die geringste Ahnung, wie ich in diesem Palast eindringen soll. Ich bin weder Diebin noch Spionin.«

Thaena neigte den Kopf in meine Richtung. »Wenn du nach Atrine kommst, suche dort einen Mann namens Mithros auf. Er kommandiert eine freie Söldnertruppe und wird dir bei deinem Problem gerne zur Seite stehen.«

---

* Als Thaena sagte, dass Kaen in Euren Diensten steht, nicht umgekehrt, hat sie nicht einmal mit der Wimper gezuckt. Also ist sie entweder weit dümmer oder weit klüger, als wir bisher dachten, aber so manches legt nahe, dass sie nicht dumm ist. Seid vorsichtig.

»Mutter, das kannst du nicht von ihr verlangen.«

Thaena warf ihrem Sohn einen Blick zu, der eine Herde von tausend Elefanten in die Flucht geschlagen hätte.

»Es ist zu gefährlich«, beharrte er. »Relos Var wird sie töten, vorausgesetzt Herzog Kaen kommt ihm nicht zuvor. Relos Var würde sie sofort erkennen, egal wie sehr sie sich verstellt.«

»Richtig«, stimmte Thaena zu, ihre Stimme klang leise und gefährlich. »Genau darauf zähle ich. Ich weiß, dass er ihr nichts tun wird. Er bringt unsere Familien viel zu gerne gegeneinander auf und wird der Gelegenheit nicht widerstehen können.«*

»Die Entscheidung liegt nicht bei dir«, tadelte ich den Vané, den meine Einmischung einigermaßen zu überraschen schien. »Sondern bei mir.«

»Du kennst das Risiko nicht …«

»Und was für ein Risiko wäre das? Dass er über Menschen und Soldaten gebietet, die Tausende töten können? Das weiß ich bereits. Dass er über Zauberkräfte verfügt, die ich mir nicht einmal vorstellen kann? Auch das weiß ich, seit Thaena gesagt hat, dass nicht einmal sie ihn besiegen kann. Ich weiß, dass er gefährlich ist. Aber spielt das eine Rolle, wenn es um die Rettung so vieler Leben geht?«

Sein Blick verfinsterte sich. »Warum bist du nur so stur?«

»Und warum glaubst du, ich könnte nicht meine eigenen Entscheidungen treffen?«

Er richtete sich auf. »Das habe ich nicht gesagt.«

»Wer glaubst du, dass ich bin?« Ich deutete auf seine Mutter, die Todesgöttin. »Mein Thudajé gehört *ihr*, aber die Zügel halte ich immer noch selbst in der Hand.«

»Teraeth, sie hat ihre Entscheidung getroffen.«

Ich hielt inne. »Er heißt Teraeth?«

»Ja.«

---

* Oh, guter Tipp. Danke, Thaena.

Ich kaute auf meiner Unterlippe herum und musterte den Vané. Jung genug war er ja. Nicht viel älter als ich selbst.

Ich wandte mich wieder an Thaena. »Ist er schon vergeben? Er ist hübsch.«

Einmal mehr blinzelte sie überrascht, während Teraeth mich nur erschrocken anstarrte. Schließlich lächelte sie. »Warum, was bietest du mir für ihn?«

»Nun ja, Ihr schuldet mir immer noch einen Gefallen.«

»Ein berechtigter Einwand.«

»Mutter!« Teraeths bestürzter Tonfall beseitigte meine letzten Zweifel an dem Verwandtschaftsverhältnis zwischen den beiden. Er war so beschämt, wie nur eine Mutter ihren Sohn beschämen konnte.

Wunderbar, hinreißend. Oh, wie ich ihn wollte.

Ich ließ das Abbild von Khoreval durch die Luft wirbeln. »Ich glaube, ich könnte Euch viele Seelen bringen, bis ich mit meiner Aufgabe fertig bin, Herrin, und ich würde noch heute Nacht damit anfangen.« Ich hatte keine Ahnung, wie Brautwerbung bei den Göttern funktionierte – oder bei deren Nachkommen –, aber den Gebräuchen meines Volkes gemäß hatte ich meine Absichten damit unmissverständlich klargemacht. Wegen Teraeths Vater machte ich mir keine Sorgen: Thaenas Idorrá war weit stärker ausgeprägt, als das ihres Bettgefährten es jemals sein konnte. Wenn ich bei jemandem um ihren Sohn werben musste, dann bei ihr.

»Mutter, du willst mich nicht im Ernst *verkaufen*.« Er sagte es wie einen Witz, doch darunter schimmerte etwas anderes durch, etwas Dunkleres: Zweifel. Eine Frage lag in seiner Erwiderung verborgen, eine hässliche Frage.

»Bin ich nicht die personifizierte Gerechtigkeit?«, entgegnete Thaena. »Hättest du es denn nicht verdient, einfach verkauft zu werden?«

Ihr Lächeln war verschwunden. Mit einem Mal war die Angelegenheit todernst geworden, nur wusste ich nicht, weshalb.

Teraeth schaute mich an, und seine wunderschönen grünen Augen quollen über vor Bedauern und Gewissensbissen.

»Was ist hier los? Gibt es etwas, das ich nicht verstehe?«

Mutter und Sohn starrten einander noch einen Moment lang an, dann erschauerte Teraeth und senkte den Blick. Thaena wandte sich wieder an mich. »Wir können den Sünden vergangener Leben nicht immer entrinnen. Aber wenn dir mein Sohn gefällt und du sein Herz gewinnst, soll er dir gehören. Ich lege dir keine Steine in den Weg. Doch bis es so weit ist: gute Jagd, mein Kind.«

»Teraeth?«

Er riss den Blick von dem Stein los, den er gerade anstarrte. »Ja?«

Ich nickte ihm zu. »Wir sehen uns wieder.«

Sein Lächeln wurde hart. »Habe ich da nicht ein Wörtchen mitzureden?«

»Aber natürlich. Bis dann ...« Ich entbot Thaena meinen Gruß, dann machte ich mich auf den Weg in den Wald und auf die Suche nach Dämonen.

17

TIGA-PASS

*Jorat, Quurisches Reich.
Drei Tage nachdem zwei Frauen zu den Oberhäuptern
des Hauses D'Mon geworden waren*

»Bitte sag jetzt nicht, dass du mit Teraeth verheiratet bist«, stöhnte Kihrin.

»Streng genommen …«, begann Bruder Qaun, während Ninavis ihm eine Tasse Kaffee reichte.

»Ich bin nicht mit Teraeth verheiratet«, erklärte Janel und boxte den Priester gegen die Schulter. »Hör auf, ihn unnötig nervös zu machen.«

Qaun nahm lächelnd einen Schluck von seinem Kaffee.

»Wer ist dieser Hengst überhaupt?«, fuhr Dorna auf. »Teraeth? Wie kommt es, dass ich den Namen noch nie gehört habe?«

Bei Kihrin hatte sie nicht darauf bestanden, ihm vorgestellt zu werden. Aber vermutlich wusste ohnehin jeder hier, wer er war.

»In der Welt der Lebenden bin ich ihm bisher nie begegnet, Dorna«, beschwichtigte Janel. »Sollte es je dazu kommen, verspreche ich, ihn dir vorzustellen.« Sie überlegte. »Vorausgesetzt, er sieht ein, dass er mir nichts zu befehlen hat.«

Ninavis schüttelte den Kopf. »Von Hengsten, die dich zur Stute machen wollen, solltest du unbedingt die Finger lassen. Aber egal, du weißt ja nicht einmal, ob er überhaupt noch lebt.«

»Oh, er lebt«, warf Kihrin ein, dem nun wieder weit wohler zumute war. Teraeth hatte Janel nicht erobert? Wunderbar.* »Ich wurde einige Jahre lang mit ihm gemeinsam ausgebildet. Aber er ist ein Attentäter und Möchtegern-Revolutionär.«

Ninavis grinste. »Hört, hört. Klingt, als könnte er mir gefallen.«

Dorna hob den Finger. »Aber ist er Zügel oder Sattel? Das ist doch die eigentliche Frage.«

Kihrin runzelte die Stirn. »Was bedeutet ... Bei den Göttern, ihr sprecht nicht schon wieder von Pferden, oder? Lasst das endlich.«

Alle, außer Bruder Qaun vielleicht, lachten herzlich.

»Erzählt weiter, Graf«, sagte Dorna prustend. »Ich möchte wissen, was meinem Fohlen widerfahren ist.«

»Wir wechseln uns ab, Stute Dorna«, warf Bruder Qaun ein. »Damit keiner die Stimme verliert.« Er zog sein Büchlein hervor und begann zu lesen.

Qauns Schilderung. Kurz vor dem Tiga-Pass, Jorat, Quur.

Die Reise von Mereina nach Atrine war eine trübselige Angelegenheit. Das Wetter war abscheulich, seit sie die Estava verlassen hatten. Bruder Qaun musste sich auf Magie verlegen, damit sie sich in der Kälte nicht die Finger abfroren, und nicht einmal Sir Baramon hatte etwas dagegen einzuwenden. Erst nach ein paar Tagen, als das Wetter endlich wieder besser geworden war, konnten sie nach Nahrung suchen. Später machten sie in einem kleinen Dorf halt, um Proviant zu kaufen.

Bruder Qaun entschloss sich, Graf Janel nicht darauf anzuspre-

---

* Ja, das finde ich auch. Ich werde versuchen herauszufinden, ob Teraeth eifersüchtig ist. Wenn ja, könnte sich das noch als nützlich erweisen ...

chen, dass sie nie zu frieren schien. Ihre Haut blieb warm, egal wie kalt es war, als würde hinter ihren roten Augen ein Feuer brennen.

In der zweiten Woche erreichten sie eine Gegend von Jorat, die außerhalb der Reichweite von Aeyan'arrics Eisatem lag. Blumen übersäten die Wiesen, und die Reisenden lächelten wieder. Eines Morgens erwachte Janel mit einem breiten Grinsen im Gesicht, als hätte sie nie Schmerz oder Leid erfahren, was selbst Dorna stutzen ließ.

»Wärt Ihr nicht mein Fohlen, würde ich glatt sagen, Ihr hattet süße Träume.«

»Sie waren süß«, bestätigte der Graf. Janel sah sich blinzelnd um und schüttelte den Kopf. »Ich warte immer noch darauf, dass Arasgon auftaucht.«

»Er wird schon kommen«, erwiderte Sir Baramon und reckte stöhnend die Glieder. »Mir tut alles weh. Sogar meine Zehennägel.«

»Vielleicht sollte ich mir das einmal ansehen ...«, begann Bruder Qaun.

»Mir fehlt nichts«, bellte Sir Baramon.

Das Lächeln des Grafen erstarb.

»Qaun ist vom Blut des Joras, müsst Ihr wissen«, erklärte Dorna.* »Lasst Euch von ihm helfen, statt ihn zu behandeln wie eine heimische Stute.«

»Blut des was ...?«, fragte Bruder Qaun. »Von wem war gerade die Rede?«

Doch Dorna beachtete ihn gar nicht mehr. Ihr Blick war starr auf Janel gerichtet. »Fohlen? Was ist los?«

---

* Ein kurioses soziokulturelles Konstrukt der Jorater. Wer als direkter Nachfahre von Joras gilt (also praktisch jeder westlich der Drachenspitzen), darf Magie anwenden, ohne dafür geächtet zu werden. Damit umschiffen die Jorater den Widerspruch, dass sie Magie einerseits verachten und andererseits nur zu gerne die Dienste der Torwächter des Hauses D'Aramarin in Anspruch nehmen. Das ist so scheinheilig, dass ich fast nicht wütend darüber sein kann.

»Der Tiga-Pass.« Janel deutete auf den Bergrücken. »Seht.«

Bruder Qaun drehte den Kopf Richtung Norden. Sie hatten die Serpentinen und Seilbrücken, die von den südlichen Graslanden hinüber zur Großen Steppe führten, in der Jorats Hauptstadt Atrine lag, beinahe erreicht. Auf dem Weg von Tolamer nach Barsine waren sie bereits hier durchgekommen. Qaun zog den schmalen Pass mit seinen schwindelerregend hohen Brücken zwar den steilen Felsen vor, die ein Stück weiter östlich hinunter in die Steppe führten.

Aber was ihm den Magen umdrehte, war die Farbe: schneeweiß.

Niemand sprach ein Wort, während sie hastig das Lager abbrachen. Die Eile des Grafen schien alle anzustecken. Bruder Qaun merkte, dass er Wolke vermisste, den Wallach, den Janel ihm gegeben hatte, nachdem sie erfahren hatte, dass Qaun kein eigenes Pferd besaß. Er hatte sich nie als begnadeten Reiter betrachtet (war er auch nicht, wie Dorna sofort bestätigt hätte), doch Wolke war ihm mit der Zeit ans Herz gewachsen.

»Wir können immer noch den Weg über die Große Klippe nehmen«, sagte Dorna schließlich.

»Das ist hundert Meilen von hier«, blaffte Janel.

»Aber seht Euch den Schnee an. Normalerweise schneit es auf dem Tiga-Pass nie. Falls diese Drachin dort oben ist, sollten wir besser woanders sein.«

»Das will ich genau wissen«, entgegnete der Graf und ging los.

Dorna fluchte leise und tauschte mit Sir Baramon einen elterlich-besorgten Blick aus, doch der zuckte nur die Achseln, als wollte er sagen, *was können wir schon tun*, und folgte Janel.

Sie alle folgten ihr.

Sie hatten die Passhöhe kaum erreicht, da wusste Bruder Qaun, dass die schlimmsten Befürchtungen des Grafen zur bitteren Wahrheit geworden waren. Der Tiga-Pass war der bequemste und am meisten benutzte Weg, der vom Hochplateau hinunter zu den Graslanden führte. Alle, die zu arm oder zu stur waren, um die Tore zu benutzen, kamen hier durch. Auf dem Herweg vor ein paar Wochen hatten sie ihr Lager ein Stückchen außerhalb des auf der Passhöhe gelegenen Dörfchens aufgeschlagen, weil sie kein Geld hatten, um für eine Unterkunft zu bezahlen, und zu stolz zum Betteln waren.

Die Erfahrung hatte Janel überhaupt erst auf die Idee gebracht, Banditen zu fangen und die Belohnung zu kassieren.

Jetzt lagen der Pass und das Dorf unter einer dicken Eisschicht begraben.

Der Graf wartete nicht, bis die anderen sie einholten. Janel ging einfach weiter, schließlich rannte sie.

»Lauft uns bloß nicht davon …«, keuchte Dorna und verstummte, als sich auf der anderen Seite des Dorfes etwas bewegte.

Aeyan'arric, die Sturmherrin, erwachte aus ihrem Nickerchen und hob den Kopf.

Der Graf kam schlitternd zum Stehen. Alle hielten inne und konnten nicht fassen, dass sie so kalt erwischt worden waren. Es gab keine Verstecke, keine Höhlen, ja nicht einmal Bäume, und die Häuser waren zu weit weg. Sie waren schutzlos ausgeliefert.

Und die Drachin sah sie.

Bruder Qaun wusste, dass ihr letztes Stündlein geschlagen hatte.

Aeyan'arric hätte sie alle binnen eines Wimpernschlags töten können. Die Zauberkünste des Priesters reichten bei Weitem nicht aus, um einer Drachin die Stirn zu bieten. Und sie hatten keine Waffen, die diesem Koloss etwas anhaben konnten. Aeyan'arric war größer als das gesamte Dorf.

Graf Janel stand reglos da. Die Drachin und die junge Frau starrten einander an.

Dann erhob sich Aeyan'arric in die Luft und flog Richtung Norden davon.

Stille senkte sich über das gefrorene Plateau.

Bruder Qaun war nicht sicher, was sie gerettet hatte, doch er hatte einen Verdacht. Er glaubte nicht, dass es ein Gnadenakt gewesen war. Wahrscheinlich, überlegte er, hatte Aeyan'arric sie aus dem gleichen Grund am Leben gelassen, aus dem sie auch einen Käfer am Leben ließe – was kümmerte eine Drachin solches Ungeziefer?

Während Aeyan'arric davonsegelte, rannte Janel auf das Dorf zu, als könnte sie dort noch jemanden retten. Die Bewohner waren ausnahmslos tot.

Bruder Qaun staunte unwillkürlich, wie sehr der Anblick Mereina ähnelte. Hatte auch hier eine hellhäutige Doltari-Hexe eine Wolke blauen Giftrauchs losgelassen? Oder hatte die Drachin das Dorf aus einer Laune heraus ausgelöscht?

Es war lange her, dass ein Drache das letzte Mal in Quur gewütet hatte.

Als sie Janel einholten, war sie auf dem Dorfplatz auf die Knie gesunken. Ihre Augen glänzten feucht.

Die Luft um sie herum fühlte sich wärmer an, als es angesichts all des Eises zu erwarten gewesen wäre. Und die Temperatur wurde von Sekunde zu Sekunde unerträglicher. Das Eis unter Janels Knien begann zu schmelzen, darunter kam saftiges Frühlingsgras zum Vorschein.

Sir Baramon zog sein Schwert und blickte sich in alle Richtungen um, als erwartete er einen Angriff.

»Fohlen, das dürft Ihr nicht«, flüsterte Dorna. »Hört auf damit.«

Aus der Kehle des Grafen von Tolamer löste sich ein ersticktes Schluchzen.

Dorna legte Janel eine Hand auf die Schulter. »Bitte, Kind, hört auf.«

Das Gras um Janel herum begann zu brennen. Dorna zog die Hand weg und taumelte zurück.

»Wir sollten uns einen Unterschlupf suchen«, schlug Bruder

Qaun vor, weil er nicht wusste, was er sonst sagen sollte. Der Himmel wurde von Minute zu Minute dunkler. Die Stürme, die Aeyan'arric wie ein Krähenschwarm folgten, waren auf dem Weg zu ihnen.

»Keine Zeit«, widersprach Sir Baramon.

Bruder Qaun räusperte sich. »Graf, ich weiß nicht ...« Panik stieg in ihm auf. Er redete nur, um etwas zu sagen, ohne Sinn und Zweck. Er hatte keine Ahnung, wie er Janel zum Aufhören bewegen sollte. Anscheinend verfügte sie über eine Hexengabe, ohne selbst etwas davon zu ahnen. Merkte sie überhaupt, dass sie das Eis zum Schmelzen brachte und das Gras in Brand steckte?

»Wenn wir ein leeres Azhock finden und aufheizen«, versuchte er es schließlich, »sind wir hier wahrscheinlich in Sicherheit, bis der Sturm vorübergezogen ist.« Ihren Proviant erwähnte er nicht. Sie hatten nicht genug.

Niemand sagte etwas, nicht einmal Sir Baramon. Alle hielten den Atem an. Die Feueraffinität des Grafen war eine jener unliebsamen Wahrheiten, die alle akzeptierten, solange nur niemand sie laut aussprach.

Bruder Qaun überlegte, die Flammen auf seine Kappe zu nehmen und zu behaupten, der Zauber wäre sein Werk. Dornas Bemerkung, dass er »vom Blut des Joras« sei (was auch immer das bedeuten mochte), schien ihn vom Vorwurf freigesprochen zu haben, er würde verhasste Magie praktizieren. Sir Baramon wäre wahrscheinlich wohler zumute, wenn Bruder Qaun der Verursacher der Flammen war, nicht sein Graf.

Janel wischte sich mit den Händen über die Augen. »Ich kann es nicht unter Kontrolle halten«, flüsterte sie.*

»Aber Ihr könnt es lernen«, schlug Bruder Qaun vor. »Ihr seid keine Hexe.«

---

* Da ihre Begleiter nicht ebenfalls in Flammen aufgegangen sind, vermute ich, dass das nicht stimmt.

Janel blickte auf. »Du meinst, so wie auch Tamin keine Hexe ist?«

»Was bedeutet *vom Blut des Joras*?«, fragte er zurück. Er hatte die Angelegenheit eigentlich auf sich beruhen lassen wollen, doch jetzt nicht mehr.

Janel seufzte.

Dorna antwortete an ihrer Stelle. »Als Kaiser Kandor uns von dem Pferdegott Khorsal befreite, verlangte er im Gegenzug die Herausgabe aller unserer Zauberer. Unsere Magier waren die stärksten der Welt, vor allem Joras, der den Aufstand gegen Khorsal angeführt hatte. Ein wichtiger Mann, dieser Joras – Kandor hat dieses Herrschaftsgebiet nicht ohne Grund nach ihm benannt. Wie dem auch sei, Joras hat seine Familie und seine gesamte Blutsverwandtschaft zusammengetrommelt, dann ist der ganze Klan nach Westen gegangen, hat dort eingeheiratet und euch Quurern die Magie beigebracht …«

»Jorat ist Teil des Quurischen Reichs. Wir sind alle Quurer.«

»Nein«, widersprach Dorna. »Ihr seid Quurer. Wir sind Jorater. Jedenfalls ist sein Klan zu euch übergesiedelt und hat euch die Magie gebracht. Das ist der Grund, warum ihr euch so gut mit Zauberei auskennt. Vom Blut des Joras bedeutet, dass Joras' Blut in deinen Adern fließt und du zaubern kannst wie er. Jeder andere muss dazu entweder mit Dämonen im Bunde stehen oder er ist mit Marakorer-Blut befleckt. Und *die* stehen ganz sicher mit Dämonen im Bund.«

Bruder Qaun blinzelte. »Soll das … soll das heißen, dass man zaubern darf, solange man nur eine bestimmte Abstammung vorweisen kann?« Er schaute die anderen fragend an, doch niemand schien entsetzt oder auch nur überrascht über Dornas Worte.

Sie schnaubte. »Ich habe nicht gesagt, dass ich daran glaube. Für mich ist es das Dümmste, was ich je gehört habe, aber du hast schließlich gefragt.«

Bruder Qaun wandte sich wieder an Janel. »Ihr habt rote Augen. An jedem anderen Ort des Reichs würde man Euch für einen

Ogenra-Bastard des Hauses D'Talus halten. Das Spezialgebiet seiner Zauberer ist Feuer. Vielleicht seid Ihr ebenfalls vom Blut des Joras und somit auch keine Hexe.« Dass Janel in Quur dennoch als Hexe gelten würde, weil sie keine Lizenz hatte – keine Frau bekam dort eine solche Lizenz –, erwähnte er nicht. Er sparte sich das Thema lieber für eine andere Gelegenheit auf.

»Willst du damit andeuten, dass ihr Blut verunreinigt ist?«, meldete Sir Baramon sich schließlich doch noch zu Wort.

Dorna schlug ihm unsanft auf die Schulter. »Jetzt mal schön vorsichtig. Janels Mutter war eine Bürgerliche. Vielleicht war Frena eine von diesen Oginris. Man kann nie wissen.«

»Ogenra«, korrigierte Bruder Qaun.

»Ach, halt den Mund«, blaffte Dorna. »Wie du das Wort aussprichst, kümmert mich einen feuchten Dreck.«

Janel erhob sich. »Tretet zurück. Alle.«

Dorna nahm Sir Baramon am Arm und zog ihn vom Rand des Dorfes weg, als müsste sie ein Kind von den Rädern einer vorbeifahrenden Kutsche fernhalten. Der Ritter verdrehte gequält die Augen.

Bruder Qaun hörte Wasser plätschern, während das Eis um Janel herum immer schneller taute und sich ein kreisrunder Schmelzfleck um sie bildete. Unter dem Eis kamen Leichen zum Vorschein.

Leichen, die nun zum Leben erwachten.

»Bei Selanol«, keuchte der Priester. »Graf, seht!«

Dorna wich entsetzt zurück.

»Stellt euch beide hinter mich!«, rief Sir Baramon und hob sein Schwert.

Bruder Qaun rief sich ins Gedächtnis, dass Baramon trotz seines Gewichts immer noch ein hervorragender Kämpfer war.

Janel rührte sich nicht von der Stelle. Sie zog ihr Schwert und wartete darauf, dass die besessenen Leichen zu ihr kamen.

Der Priester überlegte fieberhaft, ob er irgendwie helfen konnte.

Ein Segensspruch würde die Dämonen kurz innehalten lassen, aber mehr auch nicht. Sie waren nicht körperlich anwesend, stattdessen nutzten sie den Übergangszustand, in dem die Leichen sich befanden, um im Land der Lebenden über Stellvertreter ihr Unwesen zu treiben. Die Dämonen hatten also von den Toten Besitz ergriffen, nur um dann zu merken, dass sie unter einer Eisschicht festsaßen.

Qaun runzelte die Stirn. Das bedeutete, dass die Drachin dafür gesorgt hatte, dass die Dämonen *keinen* Höllenmarsch beginnen konnten.*

Janel ließ ihr Schwert herumwirbeln. Der Kopf einer Dörflerin kippte von ihren Schultern. Ein toter Mann schlug nach Janel, der Graf duckte sich zur Seite und renkte ihm mit einem Faustschlag den Kiefer aus. Noch während der Tote taumelte, hob sie ihr Schwert und hieb ihn mit einem mächtigen Schlag in der Mitte entzwei.

Nicht ein Tropfen Blut quoll aus den gefrorenen Leichen.

»Taut nicht noch mehr von ihnen auf!«, rief Dorna.

Falls der Graf sie hörte, war nichts davon zu merken. Janel machte einen Schritt und streckte einen weiteren Dämon nieder.

Der nächste Angreifer war ein kleines Mädchen.

Der Graf zögerte.

Eine Bewegung in Bruder Qauns Augenwinkel erregte seine Aufmerksamkeit. Er fuhr herum und sah eine Leiche in einem selbstgesponnenen, zerschlissenen Leinenkittel, die versuchte, die Gruppe in die Zange zu nehmen, anstatt den Grafen anzugreifen.

Mit einem Schrei machte er einen Satz nach hinten, stolperte über die Schleppe seines Agolés und stürzte.

Sir Baramon eilte ihm sofort mit seinem Schwert zu Hilfe. Leider verfügte er nicht über die übermenschliche Kraft des Grafen, und sein Schlag öffnete lediglich einen langen, dünnen Schnitt in

---

* Ja, ich weiß. Genau das war der Sinn des Ganzen.

dem gefrorenen Fleisch des Toten. Der ignorierte den Hieb und stürzte sich auf Bruder Qaun.

Der Priester brüllte.

Der Dämon schlug mit seinen zu Klauen gekrümmten Fingern zu. Sir Baramon riss Qaun zur Seite und führte den nächsten Schlag. Diesmal trennte er dem Toten einen Arm ab.

Die Leiche griff trotzdem weiter an. Natürlich.

Da kippte ihr Kopf von den Schultern. Hinter dem gefällten Dämon ragte Graf Janel auf, ihre Augen glühten wie zwei Sonnen.

»Das war der Letzte«, sagte sie. »Seid ihr beide unverletzt?«

»Das verfluchte Ding hat mich am Arm erwischt«, antwortete Sir Baramon. »Aber es ist nichts Schlimmes, nur ein Kratzer.«

»Lasst mich einen Blick darauf werfen«, sagte Bruder Qaun.

»Das kann warten«, entgegnete der Ritter. »Zuerst müssen wir nachsehen, ob es noch mehr von denen gibt.«

»Wahrscheinlich für jeden, der hier erfroren ist, einen«, warf Dorna ein und klatschte in die Hände. »Aber sie liegen alle unter dem Eis begraben. Solange wir das nicht schmelzen, sind wir so sicher wie Fohlen im Stall.« Sie verstummte und warf Janel einen strengen Blick zu. »Sagt jetzt nicht, dass Ihr sie alle auftauen wollt.«

Janels Gesicht war eine hässliche Grimasse. Hinter ihr lag ein ganzer Haufen in selbstgesponnenes Leinen gekleideter Leichen. Sie deutete auf ein etwas abseits stehendes Azhock. Es lag so weit vom Dorf entfernt, dass es nicht eingefroren war, und es waren auch keine Leichen daraus hervorgekommen. »Verschanzt euch dort, bis ich euch hole.«

»Und was dann?« Dorna versuchte nicht, es ihr auszureden. Sie wusste, es war zwecklos.

»Und dann marschieren wir weiter nach Atrine. Wenn es sein muss, taue ich uns den gesamten Weg bis dorthin frei.«

Janel wartete, bis die anderen sich in das Azhock zurückgezogen hatten, dann machte sie sich an ihre tödliche Arbeit.

18

DIE DÄMONENFÄLLE

Jorat, Quurisches Reich.
Drei Tage nachdem Jarith Milligreest von
Xaltorath getötet worden war

Bruder Qaun klappte sein Buch zu und deutete auf Janel. »Ihr seid dran.«

»Die Reise zur Hauptstadt war eine finstere Angelegenheit, und das aus vielen Gründen. Nicht zuletzt wegen der Dinge, die wir auf dem Tiga-Pass zu sehen bekamen«, erklärte Janel knapp und verstummte.

Ninavis beugte sich nach vorn. »Moment, was ist als Nächstes passiert?«

Janel starrte ihre Hände an. »Nichts Besonderes. Ich habe das Dorf aufgetaut und die Besessenen erledigt, dann habe ich mich in unserem Azhock schlafen gelegt und mich um die Dämonen im Nachleben gekümmert.« Die betont nüchterne Schilderung der Ereignisse verriet, wie leidvoll diese Erinnerungen für Janel waren.

»Das tut mir leid«, sagte Kihrin. Zum damaligen Zeitpunkt hatte er selbstverständlich seine eigenen Probleme gehabt – die Episode, als er gegaescht und in die Sklaverei verkauft worden war, kam ihm in den Sinn. Gleichzeitig fiel ihm auf, dass Janel über eine Kampferfahrung verfügte, von der viele Soldaten in der quurischen Armee nur träumen konnten. Jarith Milligreest hatte ihm einmal ein Kommando angeboten, nur weil er sich bereit erklärt hatte, gegen einen einzigen Dämon zu kämpfen. Was würde Milligreest erst zu jemandem sagen, der Hunderte vernichtet hatte?

Was *hätte* Jarith zu so jemandem gesagt, korrigierte sich Kihrin. Vergangenheitsform.

»Es tut dir leid? Du hattest nichts damit zu tun«, erwiderte Janel.

Kihrin hoffte, dass sie recht hatte.

Janels Schilderung. Auf dem Weg nach Atrine,
Provinz Barsine, Jorat, Quur.

Wozu ein ganzes Dorf abschlachten und es dann mit einer Eisschicht überziehen? Und eigentlich hätten die Dämonen genauso gut im Nachleben Jagd auf die Seelen der Getöteten machen können. Aber eine Gelegenheit, einen Ausflug in die Welt der Lebenden zu unternehmen, und sei es nur durch Stellvertreter, ließen sie sich nie entgehen. Nur dass eben jene Dämonen sich dann im Eis gefangen wiedergefunden hatten. Also wozu das Ganze?

Vor dieser beunruhigenden Frage blitzte in meinen chaotischen Gedanken immer wieder etwas noch viel Verstörenderes auf:

Die Flammen, die ich herbeigerufen hatte.

Ein ums andere Mal hörte ich Tamins Worte. Dass wir *beide* Hexen waren.

Ich war so mit meinen Gedanken beschäftigt, dass ich es beinahe nicht gemerkt hätte, als wir die Dämonenfälle erreichten.

»Was ist das für ein Geräusch?«, fragte Bruder Qaun, während wir die Straße entlangritten.

Ja, wir hatten wieder Pferde.

Die Arbeitspferde der Bauern waren geflüchtet, als das Dorf angegriffen wurde, allerdings nicht alle. Deshalb hatte ich nicht nur von Dämonen besessene Menschen töten müssen, sondern auch

Pferde. Wir Jorater sperren unsere Pferde seit jeher nur ein, wenn wir uns vor einem Sturm verkriechen müssen, und nachdem ich Tiga von seiner Eisschicht befreit hatte, suchten wir zuerst nach Zaumzeug und dann nach den entflohenen Pferden.

Sir Baramon schien überrascht von Bruder Qauns Frage. Er klopfte dem Vishai-Priester auf die Schulter. »Hast du noch nie die Dämonenfälle gesehen?«

»Die Dämonen ...« Er blinzelte. »Ich dachte, wir wären immer noch einen Tagesritt weit entfernt.«

»Höchstens ein paar Stunden«, berichtigte ich.

»Und wir können sie trotzdem schon hören?« Die Tatsache schien Qaun zu verwirren.

Ich trieb meine Stute mit einem Zungenschnalzen an und lenkte sie von der Straße weg. Ich hatte ihr den Namen Aschenblume gegeben. Sie war nur ein schlichtes Arbeitspferd, aber ich mochte sie, auch wenn sie ein bisschen nervös war. Sie hatte es verdient, von jemandem mit Karotten gefüttert und auf sanfte Reitausflüge geführt zu werden. Nicht von mir – aber ich schwor mir, in Atrine einen geeigneten Halter für sie zu finden.*

Wir erreichten eine Anhöhe. Ich hielt an und wartete, bis Bruder Qaun mich eingeholt hatte.

Ihm war deutlich anzusehen, dass er immer noch viele Fragen hatte.

Ich deutete in eine Richtung.

Qaun folgte meinem Blick, dann klappte ihm die Kinnlade nach unten.

»Die Dämonenfälle«, erklärte ich.

Ich war schon oft in Atrine gewesen, war aber jedes Mal über

---

* Ich frage mich, was aus Aschenblume geworden ist. Hat sie es aus der Stadt heraus geschafft, vielleicht in der Gesellschaft eines netten Bauern oder eines kleinen Mädchens?
Schluss damit.

einen Torstein angereist und hatte die Stadt deshalb noch nie von hier oben betrachtet. Ich hatte nie gesehen, wie sich die Große Steppe in der Ferne an den Jorat-See schmiegte, der sich auf der gegenüberliegenden Seite in einem mehrere Meilen breiten Wasserfall über seine Ufer ergoss.

Atrine, die Blume Jorats, erhob sich einer Krone gleich aus der Mitte des Damms, der die Fluten des Jorat-Sees im Zaum hielt. Die ganze Stadt schien himmelwärts zu streben wie ein Berg aus weißem Quarz und blauem Granit, aus Palästen und Tempeln und Spitztürmen, die am sturmumtosten Firmament leckten. Die Stadt bedeckte eine riesige, kreisrunde Fläche, eingefasst von dicken weißen Steinmauern, die aus dieser Entfernung zart und zerbrechlich aussahen wie Porzellan.

Zwei elegant verzierte Steinbrücken spannten sich von beiden Stadtseiten über den See hinweg zum Ufer und verbanden Atrine mit der Außenwelt. In Wahrheit waren die Brücken über hundert Meter breit und einige Meilen lang, sodass eine ganze Reiterarmee sie bequem überqueren konnte, doch die Entfernung verzerrte den Maßstab. Von hier oben sah alles klein und so fragil wie eine Eierschale aus.

Ich betrachtete die Szene stirnrunzelnd. Mit einer der Brücken stimmte etwas nicht.

»Was sind das für Kleckse da in der Mitte?«, fragte ich.

Sir Baramon blinzelte. »Kleckse, Graf?«

Dorna kräuselte die Nase. »Ach, meine Augen sind auch nicht mehr das, was sie mal waren.« Sie hob eine Hand über die Stirn und kniff die Lider zusammen. »Sind das …« Sie verstummte. »Sind das Häuser da auf der Brücke?«

»Wer würde Häuser auf eine Brücke bauen?«, entgegnete ich. »Das ist absurd.«

Zum ersten Mal klang Bruder Qaun aufrichtig entrüstet. »Städte sind wie Flüsse, Graf. Sie breiten sich aus und treten über ihre Ufer. Dergleichen passiert überall.«

»In anderen Städten vielleicht«, schnaubte ich abschätzig. »Unsere Hauptstadt mag regelmäßig vor Müll überquellen, aber sie kann sich gar nicht über ihre Mauern hinweg ausbreiten. Atrine liegt auf einer Insel.«

»Das stimmt, Fohlen«, mischte Dorna sich ein. »Aber Ihr vergesst, wie groß diese Brücken sind. Außerdem steht Atrine die meiste Zeit des Jahres leer. Es gibt also jede Menge Platz.«

»Das verstehe ich nicht«, wandte Bruder Qaun ein. »Wie kann eine Stadt von dieser Größe leer stehen?«

»Weil sie eine Falle ist«, antwortete ich.

Der Priester schaute mich entgeistert an, und ich schenkte ihm ein, wie ich hoffte, beruhigendes Lächeln. »Inzwischen ist sie keine Falle mehr, Qaun, aber Atrine war ursprünglich keine Stadt, sondern ein ... Köder. Kaiser Kandors Heer bestand ausschließlich aus Fußsoldaten, und sie traten gegen den Gottkönig der *Pferde* an. Khorsals Kavallerie zählte Tausende von Zentauren, andere Pferdegeschöpfe noch gar nicht mit eingerechnet. In einer offenen Feldschlacht hätte der Kaiser ihn niemals bezwingen können, also staute er die Flüsse auf, flutete die Endlose Schlucht und baute diese Stadt. Er ließ Atrine in solchem Prunk errichten, dass Khorsals Ego ihm gar keine andere Wahl ließ als anzugreifen. Atrine wurde erbaut, um einen Gott zu töten – dass die Leute sich danach hier niederließen, war reiner Zufall.« Ich presste missbilligend die Lippen zusammen. »Es sollten nicht so viele Menschen hier wohnen, dass sie sich bis auf die Brücke ausbreiten müssen.«

Sir Baramon zuckte die Achseln. »Wann wart Ihr das letzte Mal hier?«

Meine Kiefermuskeln zuckten. »Wir kamen her, kurz bevor ...« Ich verstummte. Kurz vor dem Höllenmarsch im Lonezh-Kanton. Kurz vor meiner Begegnung mit Xaltorath. »Es ist schon ein paar Jahre her«, räumte ich ein.

»Nun ja, Graf.« Er kratzte die Stoppeln an seinem Kinn. »Die Dinge ändern sich.«

Ich seufzte. »Manche zumindest.« Ich lenkte Aschenblume zurück auf die Straße. »Dann also los. Je eher wir in Atrine sind, desto eher kann ich Herzog Xun warnen. Was in Jorat vor sich geht, ist eine Gefahr für sein gesamtes Herrschaftsgebiet. Er muss etwas unternehmen.«

»Ich hab's nicht eilig«, erklärte Dorna. »Oreth wartet garantiert schon auf Euch.«

»Das ändert überhaupt nichts«, entgegnete ich. »Ich habe eine Pflicht zu erfüllen, Dorna. Jemand muss den Herzog warnen.«

»Na gut.« Ihr mürrischer Tonfall machte überdeutlich, dass sie mein Vorhaben alles andere als guthieß.

Wir ritten weiter.

Sobald man die Merat-Brücke überquerte, wurde die tatsächliche Größe von Atrine offenbar. Im Vergleich zum Jorat-See, diesem Binnenmeer mit seinen zahllosen Überläufen, die wie Dämonenschlunde endlose Wassermassen spien, wirkte Atrine wie ein verträumtes Schlösschen aus einem lebendig gewordenen Gottkönig-Märchen. Erst wenn man die Menschen auf den Straßen sah, merkte man, wie riesig die Stadt war.

Sie sah noch genau so aus, wie ich sie aus meiner Kindheit in Erinnerung hatte.

Nun ja, fast genau so.

An die baufälligen Hütten auf der Brücke, die Atrine mit dem Festland verband, konnte ich mich nicht erinnern. Sie waren aus Stroh, Lehmziegeln und Holz erbaut, das die Bewohner wohl am Seeufer gefunden hatten. Ich sah ein Dutzend verschiedener Mauerarten, von westquurischem Putz bis hin zu einem löchrigen Lehm, der mich an Bienenstöcke erinnerte. Nicht eines der Häuser hatte auch nur entfernte Ähnlichkeit mit einem joratischen Azhock.

»Marakorer«, sagte ich und bemerkte die mürrischen Blicke aus den Fenstern, deren Vorhänge kurz zur Seite geschoben und dann hastig wieder geschlossen wurden. Die Bewohner besaßen ebenmäßige Haut, hellbraun bis hin zu kastanienfarben, und dunkles Haar, rotes und schwarzes. »Was haben Marakorer hier verloren?«

Eine enge Gasse führte durch die Barackensiedlung, gerade breit genug für ein Pferd. Wir hielten es für sicherer, abzusitzen und unsere Reittiere an den Zügeln zu führen. Bei jedem Schritt spürte ich die missbilligenden Blicke der illegalen Siedler.

»Vertriebene und Geflohene. Es ist zugegebenermaßen ... ähm ... ein wenig schlimmer geworden in letzter Zeit«, sagte Sir Baramon.

Ich blinzelte ihn an. »Ihr meint, das geht schon lange so? Wem gehört ihr Thudajé?«

»Niemandem«, antwortete er etwas überrascht. »Sie sind schließlich Marakorer.«

Ein Schrei ein Stück weiter vorn erregte unsere Aufmerksamkeit. Soldaten zerrten eine Frau auf die Brücke und fesselten sie, während ein zweiter Trupp das Lehmhaus durchsuchte, aus dem sie eben geschleift worden war. Ein paar Momente später kamen sie von lauten Rufen begleitet wieder heraus und zogen einen Marakorer hinter sich her. Die Frau streckte wimmernd die Arme nach ihm aus, doch die Soldaten schlugen sie zu Boden.

Bruder Qauns Haltung versteifte sich. »Sollten wir nicht etwas unternehmen?«

Ich zögerte. »Diese Angelegenheit geht uns nichts an«, entgegnete ich. »Außerdem tragen die Soldaten die Uniformen des Herzogs.«

Mein Herz hämmerte wie wild. Ich *wollte* etwas tun. Dabei hätte ich mir eigentlich keine Gedanken machen und darauf vertrauen sollen, dass die Männer des Herzogs lediglich das Gesetz vollstreckten. Aber der Nachgeschmack der Ereignisse in Barsine lag mir bitter auf der Zunge. Ich konnte nicht einfach tatenlos ...

Noch während ich überlegte, was ich tun konnte, schnitt einer der Soldaten dem Marakorer die Kehle durch.

Die Frau stieß einen markerschütternden Schrei aus.

Ich packte Bruder Qaun an seinem Agolé, bevor er losrennen und versuchen konnte, den Marakorer zu retten.

»Nein, ich kann helfen!«

»Kannst du nicht.«

Die Soldaten zogen unterdessen ab. Sie ließen die Leiche einfach liegen, ignorierten die Frau und marschierten zum Tor. Was auch immer ihr Auftrag gewesen war, sie betrachteten ihn entweder als erledigt oder wollten sich nicht länger damit aufhalten.

Ich ließ Qauns Agolé los, und er lief zu der Frau, die sich schluchzend über den Toten beugte. Er mochte ihr Bruder gewesen sein, ihr Vater, ein Freund oder ihr Ehemann. Die Frau ignorierte Bruder Qaun, bis er versuchte, sie zu trösten, da schlug sie schreiend auf ihn ein.

»Gehen wir weiter«, sagte Sir Baramon und zog Qaun von der Frau weg. »Hier kannst du nichts mehr tun, das versichere ich dir.«

Ich spürte den Blick des Priesters auf mir. Er sagte zwar nichts, aber ich wusste auch so, was er dachte.

Ihr hättet es verhindern können.

»Genug«, bellte ich. »Das hier geht uns nichts an. Jeder, der hier wohnt, tut das mit der Duldung des Herzogs. Wir kennen die genaueren Umstände nicht.«

»Ihr habt gesagt, in Jorat würden Gesetzesbrecher nicht einfach hingerichtet! Gilt das für diesen hier nicht? Warum gab es keinen Gerichtskampf? Warum bekam niemand Gelegenheit, sein Thudajé an sich zu binden?«

»Bruder Qaun …«

»War das etwa Gerechtigkeit?« Tränen strömten ihm übers Gesicht, Tränen der grenzenlosen Wut.

»Ach, armes Füllen«, sagte Dorna und tätschelte seine Schulter. »Einen Gerichtskampf gibt es nur für Jorater.«

Ich führte Aschenblume am Ort des Geschehens vorbei, ohne mich noch einmal umzudrehen. Zum einen, damit die anderen mir auch folgten, zum anderen, damit ich den toten Marakorer nicht ansehen musste.

Ich kannte die Vorgeschichte nicht, wusste nicht, was der Mann verbrochen hatte. Vielleicht hatte er den Tod verdient. Vielleicht nicht. Nur eines wusste ich mit Sicherheit: In Jorat waren Beschützen und Herrschen ein und dasselbe. Wer beschützt, herrscht.

Bruder Qaun verstand das nicht. Er verstand nicht, dass der Versuch, einen marakorischen Flüchtling zu beschützen, als Akt der Rebellion aufgefasst werden konnte.

Ich schlug meine Kapuze hoch und ging weiter Richtung Stadttor, das ich schon in meiner Kindheit als enttäuschend klein empfunden hatte. Kandor hatte es mit voller Absicht so bauen lassen, damit Pferde es, wenn überhaupt, nur unter größten Schwierigkeiten passieren konnten.

Was kümmerten Kaiser Kandor Pferde? Er war nicht nach Jorat gekommen, um Pferde zu retten, sondern um sie zu töten.

Das Tor mochte klein und schmal sein wie eine Tür, die Stände für die Bogenschützen darüber waren es nicht.

»Mein Graf«, sagte Sir Baramon, »überlasst mir das Reden.«

Ich war nicht einmal sicher, ob ich überhaupt sprechen konnte, und nickte erleichtert. Bruder Qauns Worte hatten wie ein Rasiermesser in meine Seele geschnitten.

Ich hatte gehofft, die Stadt heimlich betreten zu können, doch es kam anders. Wegen all der Flüchtlinge und improvisierten Behausungen, die die Brücke wie eine Belagerungsarmee überschwemmten, wurde jeder Neuankömmling genau überprüft, alles aufgeschrieben und in einem Bericht zusammengefasst. Wenn meine Feinde dieses Protokoll in die Hände bekamen, war es vorbei mit der Heimlichkeit.

Kandidaten dafür gab es genug.

»Name und Grund des Besuchs?«, fragte der Wächter, als wir das Tor erreichten.

Sir Baramon lachte. »Der Grund unseres Besuchs? Sag mir, guter Mann, hast du darauf in letzter Zeit von irgendjemandem eine andere Antwort bekommen als das Turnier, das in zwei Wochen stattfindet? Und dann wäre da natürlich noch der Wunsch, uns beim Schwimmen im Zaibur-Fluss die Stirn zu befeuchten!«

Der Wächter musterte Sir Baramon mit einem Räuspern. »Als Zuschauer oder als Teilnehmer?«

»Als Hauptattraktion!«, tönte Sir Baramon. Er beugte sich näher heran und senkte die Stimme. »Nicht ich, verstehst du. Ist schon ein paar Jahre her« – er tätschelte zur Verdeutlichung seinen Bauch – »dass ich die Hauptattraktion eines Turniers war. Aber du hast doch bestimmt von dem großen Sir Kavisarion von Dalrissia gehört.« Er senkte seine Stimme noch weiter, bis sie nur noch ein Flüstern war. »Ich begleite seinen neuesten Protegé, Glut. Es ist ihr erstes Turnier, aber sie wird Eindruck machen, das verspreche ich dir. Außerdem sind dabei: ihre Ausbilderin, Winzig, und ihr Diener, Federhintern.«*

Bruder Qaun blinzelte überrascht, Dorna hingegen grinste von einem Ohr bis zum andern und streckte die Brust vor.

Der Wachmann schaute uns an, sein Blick blieb kurz an meinem roten Umhang hängen, dann wandte er sich wieder an Sir Baramon. Er seufzte und verdrehte die Augen. »Warum sagt Ihr nicht gleich, dass Ihr zu den Roten Speeren gehört?« Er kritzelte etwas auf sein Formular. »Ihr seid am üblichen Ort untergebracht, auf dem Grün gleich neben dem Tempel des Khored. Richtet Hauptmann Desrok Grüße von mir aus.«

»Desrok?« Baramon hob eine Augenbraue. »Du meinst nicht zufällig Hauptmann Mithros?«

Ich bemühte mich nach Kräften, weiterhin möglichst gelassen-gelangweilt dreinzuschauen. Mithros war der Name, den Thaena mir genannt hatte – der Mann, der mir helfen sollte, in Herzog Kaens Palast hineinzukommen.

---

* Oh, das muss ich mir merken. Lasst mich kurz eine Notiz machen.

Der Wachmann lächelte. »Ach, richtig. Mein Fehler. Viel Vergnügen auf dem Turnier.« Er signalisierte uns, dass wir passieren konnten.

Ich überlegte, wie eigenartig wir ihm vorgekommen sein mussten. Normalerweise reisten Turnierteilnehmer über den Torstein an. Wir hingegen kamen zu Fuß und hatten minderwertige Pferde dabei, mit denen man nie und nimmer einen Wettkampf bestreiten konnte.

Also hatte er uns auf die Probe gestellt.

Zum Glück hatte Sir Baramon bestanden.

Ich hörte einen unterdrückten Schrei und sah, wie der Ritter auf einem Bein auf und ab hüpfte. »Verfluchtes Weib! Was sollte das?«

Dorna stemmte die Hände in die Hüften. »Als ob Ihr das nicht genau wüsstet. Winzig?«

»Es ist ja wohl nicht so, dass du im Alter größer geworden wärst, oder?«

Stute Dorna deutete auf Sir Baramons Bauch. »Im Gegensatz zu manch anderem.«

»Graf.« Es war nur ein Wort, leise und mit warnendem Unterton. Bruder Qaun schaute nach oben.

Ich folgte seiner Blickrichtung und sah, dass er eine der vielen Brücken betrachtete, die sich in Atrine zwischen den Häuserdächern erstreckten. An der Brücke gleich vor uns hing ein Käfig, gut sichtbar für alle, die die Stadt betraten. Die Eisenstäbe waren von Feuer geschwärzt. Dasselbe Feuer hatte den Gefangenen darin zu einem verkohlten Skelett verbrannt.

Ein Holzschild, auf dem das Verbrechen des Hingerichteten geschrieben stand, hing an dem Käfig.

Hexe.

Alle verstummten. Sogar Dorna und Baramon hörten auf zu streiten.

Im Gegensatz zu dem Käfig, den ich in Barsine gesehen hatte, war dieser hier nicht mit Runen beschrieben. Aufgrund der Nähe des marakorischen Elendsviertels und des Hangs der Marakorer zur Dämonenanbetung sowie schwarzer Magie glaubte ich, die Abstammung der Hexe mit einiger Sicherheit bestimmen zu können.

Immerhin hatte auch der letzte Höllenmarsch in Marakor begonnen. Geendet hatte er allerdings in Jorat.

Das haben wir nie vergessen.

Ich spürte eine Hand auf meiner Schulter.

»Wir sollten hier nicht bleiben«, sagte Sir Baramon.

Ich nickte und führte die Gruppe weiter zum Palast des Herzogs.

Atrine ist die schönste Stadt der Welt, doch nachdem wir sie betreten hatten, sah ich nichts mehr von ihr.*

In jeder Ecke lauerte Gefahr. In jedem Schatten verbarg sich ein Messer. Ich brauchte meine gesamte Willenskraft, um ruhig zu bleiben, zu lächeln und so zu tun, als hätte ich weder Feinde noch einen Grund, mich zu verstecken.

Um sicherzugehen, schlug ich meine Kapuze wieder hoch.

Der Grundriss der Stadt war kreisrund und wie ein Labyrinth angelegt, das einem einzigen Zweck diente: Pferde zu töten.

Die verwinkelten Straßen waren als Falle für Khorsals Pferde und Zentauren gedacht gewesen, die in den vielen Sackgassen stecken geblieben und von oben mit siedendem Öl übergossen, mit Felsbrocken beworfen und mit Pfeilen beschossen worden waren.

Der bewohnbare Teil der Stadt begann erst im Stockwerk darüber und war nur über schmale Wendeltreppen zugänglich, die ein Pferd niemals erklimmen konnte. Bruder Qaun hatte gefragt, warum Atrine über so lange Zeiträume leer stand, dabei lag die Antwort auf der Hand: Kein Jorater, der seine Mähne wert war, trennte sich freiwillig lange von seiner Herde.

---

* Ganz offensichtlich war sie noch nie in Tara-Moatassa in Ost-Doltar. (Ich auch nicht, aber ich habe Beschreibungen gehört.)

Im Stadtzentrum befanden sich einige bemerkenswerte Gebäude: der Palast des Herzogs, eine den Acht geweihte Kathedrale und eine noch viel größere, in der Khored verehrt wurde, der Schutzgott von Kaiser Kandor. Zu Füßen dieser Gebäude wogte ein Ozean aus Gras, schlicht »das Grün« genannt. Er war die einzige Freifläche, die groß genug war für Pferde, Feuerblüter und sogar Elefanten, und damit auch der einzige Ort, an dem das Große Turnier der Herausforderungen abgehalten werden konnte.

Auf dem Grün wimmelte es nur so von Zimmerern, die letzte Hand an die Gebäude legten und Azhocks errichteten. Die Turnierteilnehmer absolvierten noch einige Übungseinheiten, bevor es losging. Aber so groß das Grün auch war, es war von allen Seiten für neugierige Augen einsehbar. Dorna hatte allen Grund, sich Sorgen zu machen.

Doch ich sah darin auch einen Vorteil: Das Chaos auf dem von Menschen überfüllten Rund bot gleichzeitig eine hervorragende Möglichkeit, sich zu verstecken.

Glaubte ich zumindest.

Wir waren kaum im Schatten des Palastes angekommen, da belehrte mich Arasgons Stimme eines Besseren.

»Das ist unerhört!«, hörte ich ihn schreien. Als ich merkte, wen er da anschrie, bedeutete ich Dorna und Qaun anzuhalten. Sir Baramon stand bereits wie angewurzelt da, als wäre er gerade um eine Ecke gebogen und hätte ein Rudel Löwen bei der Mittagsmahlzeit überrascht.

»Janel Danorak ist kein Besitz, den man einfach so verschachern kann! Ihre Blutlinie reicht fünfhundert Jahre zurück!« Mit schnappendem Kiefer spuckte Arasgon jedes Wort einzeln aus; ich konnte den Zorn in seinen angespannten Muskeln regelrecht spüren. Er hatte sich noch nicht auf die Hinterbeine erhoben, aber er war kurz davor.

»Das ist Aroth Malkoessian«, erläuterte Sir Baramon. »Der Markreev von Stavira.«

»Ja«, bestätigte ich und spürte, wie sich mir der Magen umdrehte.

Dorna fluchte leise.

Obwohl bereits im fortgeschrittenen Alter, war der Markreev immer noch eine beeindruckende Erscheinung. Wie seine Söhne Ilvar und Oreth hatte er eine goldene Mähne und dunkle Haut. Ich hatte ihn noch nie lächeln sehen. Und seit dem Tag, an dem ich Oreth in das Schlafgemach des Markreev gezerrt hatte, um Aroth mit den Missetaten seines jüngsten Sohnes zu konfrontieren, war ich ihm auch kein einziges Mal mehr begegnet.

Von allen meinen Feinden hielt ich ihn für den schlimmsten: Er war *mein* Markreev, ich schuldete ihm mein Thudajé.

Aber ich gab es ihm nicht. Arasgon hatte nicht gelogen: Der Markreev von Stavira hatte mich wie sein Eigentum behandelt. Das würde ich ihm nie verzeihen.

»Ich habe sie nicht verschachert«, entgegnete der Markreev. Er straffte sich und verschränkte die Arme vor der Brust. Von einem wütenden Feuerblüter ließ er sich nicht einschüchtern, auch wenn seine Männer ein wenig nervös wirkten. »Wo ist deine Herrin überhaupt?«

»Ich habe sie seit Monaten nicht gesehen«, erwiderte Arasgon – was wohl auch stimmte, falls er mich noch nicht bemerkt haben sollte. »Ich bin ...«

»So weit waren wir bereits«, schnitt der Markreev ihm das Wort ab. »Ich werde die Angelegenheit mit meinem Sohn besprechen, aber was getan ist, ist getan. Strapaziere meine Geduld nicht über die Maßen und verschwinde, bevor ich ungemütlich werde.«

Arasgon hob schnaubend den Kopf und trabte davon.

Aroth Malkoessian, der Markreev von Stavira, ging zurück in den Palast, und seine Männer folgten ihm.

Oder fast alle. Ich sah, wie einer seiner Soldaten einen vielsagenden Blick mit einem Gärtner austauschte, der so tat, als würde er gerade die Blumen schneiden. Im nächsten Moment erkannte ich eine prächtige junge Feuerblüterin in der Nähe als Sominias, die schon seit Langem eine Freundin und treue Begleiterin von Shiniah war, der Ehefrau des Markreev.

Der Markreev ließ den Palasteingang also genau beobachten. Der Grund war leicht zu erraten.

Theoretisch stand ich in seinen Diensten. Hätte der Markreev mir befohlen, mit ihm zu kommen, wäre es für Oreth ein Leichtes gewesen, meine Absetzung zu betreiben. Dass Oreth die Bürger von Tolamer bestochen hatte, spielte keine Rolle, denn dem Protokoll wäre genüge getan. Und wenn ich erst einmal abgesetzt war, könnte er sie mit derselben Methode überzeugen, ihn zu meinem Nachfolger zu machen.

»Das nenne ich mal einen schönen Haufen Ärger«, murmelte Dorna. »Glaubt Ihr, Arasgon hat uns gesehen?«

»Ja«, sagte ich. »Wir gehen jetzt besser.«

»Und wohin?«, fragte Bruder Qaun.

Ich seufzte. »Nach Hause.«

19

ORETH, DIE SCHLANGE

Jorat, Quurisches Reich.
Drei Tage nachdem Thurvishar D'Lorus sich nach Shadrag Gor
zurückgezogen hatte, um an seiner Chronik zu arbeiten

»Du warst also mit diesem Oreth verlobt und solltest ihn heiraten?«, fragte Kihrin.

»Mit dem zweitgeborenen Sohn des Markreev, ja«, antwortete Janel. »Aber Oreth und ich hatten sehr verschiedene Vorstellungen, was meine Rolle in unserer Beziehung betraf. Ich bin keine Stute und werde nie eine sein.«

»Und Stute bedeutet in diesem Zusammenhang nicht ... weiblich?« Kihrin wollte sichergehen, dass er alles richtig verstanden hatte.

Ninavis lachte. »Kein bisschen. Stuten bleiben daheim und kümmern sich um das Haus, das schon, aber sie bestellen auch die Felder, sie unterrichten, reparieren und organisieren. Hengste sind die stolzen, schillernden Krieger, die um die Herde patrouillieren und sie vor den Löwen beschützen. Wenn du einen Hengst fragst, wird er sagen, dass er das Sagen hat, aber die Stute, die alles am Laufen hält, lacht nur darüber.«

»So einfach ist es auch wieder nicht«, brummte Janel. »Und es sind nicht alle gleich.«

»Richtig«, bestätigte Dorna, »aber Ihr werdet nie diejenige sein, die zu Hause bleibt und sich um die Fohlen kümmert, während Euer Hengst in den Kampf zieht, so viel ist mal sicher.« Sie wackelte mit dem Zeigefinger in Kihrins Richtung. »Vergesst das nicht.«

»Oh, bestimmt nicht«, erwiderte Kihrin und breitete die Hände aus. »Wie ein alter Freund mal gesagt hat: Ich lasse mich nur mit Frauen ein, die mir in einem Kampf den Hintern versohlen könnten.«

Ninavis wandte sich an Janel. »Scheint, als wäre er in Ordnung.«

»Danke, wie nett von dir. Jetzt, da ich das Einverständnis der Altvorderen habe …«* Janel bedachte Dorna und Ninavis mit einem genervten Blick und wandte sich dann an Qaun. »Du bist dran.«

Qaun räusperte sich und begann zu lesen.

Qauns Schilderung. Atrine, Jorat, Quur.

Als sie die Gemächer erreichten, die für den Grafen von Tolamer und dessen Familie reserviert waren, hatte Bruder Qaun jede Orientierung verloren. Die verwinkelten Straßen und Sackgassen bildeten einen Irrgarten, in dem jeder Fremde sich unweigerlich verlief.

Außerdem benutzte niemand die Straßen.

Das taten die Menschen hier nur, wenn es absolut nicht anders ging: Wenn sie beispielsweise eines der Stadttore passieren mussten oder zum Grün gingen, der großen parkartigen Anlage in Atrines Zentrum. Bei allen anderen Gelegenheiten erklommen sie die Wendeltreppen, die hinauf zu den Brücken und Durch-

---

* Ich an Ninavis' Stelle hätte mein Einverständnis noch mit einem Tritt in den Hintern bekräftigt.

gängen auf der dritten Ebene führten (eigentlich die vierte, wenn man den Boden mitzählte). Dort oben befanden sich die wahren Straßen von Atrine.

Graf Janel blieb vor einer hölzernen Tür stehen, die exakt genauso aussah wie all die anderen, an denen sie vorbeigekommen waren. Während Dorna eine angelaufene Messinglaterne entzündete, zog Janel einen sehr alt aussehenden Schlüssel aus ihrem Sallí-Umhang und sperrte auf.

Sie wartete.

Niemand rief etwas. Niemand kam. Nichts rührte sich.

Janel öffnete die Tür und bat alle nach drinnen. Sie gingen durch einen Empfangsraum mit einer Sitzecke, vorbei an einer Küche zur Rechten und dann die Haupttreppe hinunter.

Am Fuß der Treppe stieß Bruder Qaun sich das Schienbein an einem Beistelltischchen und hätte beinahe laut geflucht. Stute Dorna hob die Laterne und beleuchtete die großzügigen Räumlichkeiten. Bei dem Gedanken, dass die Theranons diese Räume schon seit Gründung der Stadt durch Kaiser Kandor vor einem halben Jahrtausend benutzten, überkam Bruder Qaun ein ehrfürchtiges Schaudern.

Graf Janel stand eine Weile da und inspizierte den Boden, als versuchte sie, anhand der Abdrücke im Staub auf den Dielen herauszufinden, ob jemand hier gewesen war. Schließlich zuckte sie die Achseln und ging zu den Wandschränken im großen Wohnzimmer. Sie öffnete die steinernen Türen, die mit einem feinen Gittermuster verziert waren, durchwühlte die Schränke und holte diverse Kisten daraus hervor.

»Sobald ich hier fertig bin, sehe ich unten nach«, sagte Dorna und begann, die Wandlaternen anzuzünden.

Sir Baramon setzte sich auf eine niedrige Steinbank. »Bei dem Anblick werden Erinnerungen wach …«

»Die könnt Ihr gerne für Euch behalten«, blaffte Dorna. »Sitzt nicht so herum und helft mir lieber.«

Janel zog eine kleine Metallkassette aus einem der Schränke und betrachtete sie. »Schon gut, Dorna. Ich habe gefunden, wonach ich gesucht habe.« Sie stellte die Kassette auf einem Tisch ab und öffnete den Deckel.

Darin befand sich Schmuck. Kostbare Metallkettchen, eine Muschelgemme, eine Brosche aus Jade und ebensolche Haarnadeln, ein Karneolanhänger mit einem eingravierten Löwen, eine Kette aus Feueropalen sowie eine aus makellosen schwarzen Perlen.

Janel seufzte erleichtert. »Ich bin so froh, dass alles noch da ist. Ich hatte mir schon Sorgen gemacht, mein Großvater hätte sie vielleicht verkauft.«

»Warum hat er es nicht getan?«, fragte Dorna. »Hätte ihm helfen können, seine Schulden zu bezahlen.« Janels Entdeckung hatte sie Sir Baramon und das untere Stockwerk ganz vergessen lassen.

»Weil es Diebstahl gewesen wäre. Dieser Schmuck hat meiner Mutter gehört, und jetzt gehört er mir.« Sie schloss die Kassette wieder und reichte sie Dorna. »Könntest du das bitte mit Sir Baramons Hilfe für mich verkaufen?«

Dorna blinzelte. »Aber Ihr sagtet doch gerade, der Schmuck gehörte Eurer Mutter.«

»Um mich an sie zu erinnern, brauche ich ihn nicht.«

Dorna schaute sie mit funkelnden Augen an. Schließlich nickte sie und schnippte Sir Baramon zu. »Also dann, kommt mit. Gehen wir nachsehen, ob Gerios immer noch diesen Glitzersachenladen hat.« Sie nahm die Kassette und machte sich über die Treppe auf den Weg zurück zum Eingang.

»Hör auf, mit den Fingern nach mir zu schnippen, Weib. Und tu nicht so, als wäre ich dein Lakai.«

»Ach, das hättet Ihr wohl gern.« Sie schnippte noch einmal mit den Fingern und klopfte dann in einer rhythmischen Abfolge gegen die Tür. »Wenn wir zurückkommen, Graf, klopfen wir genau diesen Rhythmus, damit Ihr wisst, dass wir's sind.«

»Danke, Dorna.« Janel machte sich ans Aufräumen. Sie stellte alle Kisten zurück, schloss die Türen und ging weiter zum nächsten Wandschrank.

»Kann ich irgendwie helfen?«, fragte Bruder Qaun.

Janel überlegte kurz, dann deutete sie auf ein Schreibpult, das an der Wand stand. »Da drinnen sind möglicherweise Briefe. Korrespondenz. Im Moment habe ich nicht einmal Aufzeichnungen über die Schulden meines Großvaters.« Sie lächelte. »Seine Gläubiger könnten jede beliebige Summe von mir verlangen, und ich wäre nicht in der Lage, ihnen zu widersprechen.«

Bruder Qaun nickte und durchsuchte die Schubladen, bis er es einfach nicht mehr aushielt. »Was auf dieser Brücke passiert ist ...«, begann er, verstummte jedoch, da der Graf nicht auf seinen Ausbruch reagierte.

Gerade, als Qaun zu dem Schluss gekommen war, dass das auch so bleiben würde, sagte Janel: »Ich habe dich enttäuscht.«

»Ich verstehe Euch nicht. In Barsine habt Ihr Euch auch eingemischt ...«

»Und das war ein Fehler. Barsine gehört nicht zu meinem Herrschaftsgebiet. Wenn jemand sagen würde, ich hätte meine Befugnisse überschritten, hätte er recht.«

»Ich begreife nur nicht ...« Er schluckte. »Ich verstehe das einfach nicht.«

»Ist es wirklich so schwer?« Sie schaute ihn an. »Stell dir vor, du siehst Kinder beim Spielen, ein Elternteil passt auf. Eines der Kinder wird von den anderen gehänselt und fängt an zu weinen. Was tust du?«

Bruder Qaun blinzelte. »Ich sage den anderen Kindern, sie sollen den Kleinen in Ruhe lassen.«

»Und was sagst du damit?«

Er runzelte die Stirn. »Ich ... Wie meint Ihr das? Ich sage, dass Kindern nicht erlaubt werden sollte, auf anderen herumzuhacken.«

»Nein, du sagst, dass das Kind jemanden braucht, der es beschützt. Und dass der Elternteil, der dabei ist, seiner Aufgabe nicht nachkommt.«

Bruder Qaun bemühte sich, seinen Ärger im Zaum zu halten. »Graf, dieser Vergleich hinkt, wenn der Elternteil seiner Aufgabe *eindeutig* nicht nachkommt.«

»Aber tut er das wirklich nicht? Woher willst du das wissen? Vielleicht hat das weinende Kind zuvor die anderen gehänselt, und die haben den Spieß nun umgedreht, um ihm zu zeigen, was für ein Gefühl das ist. Vielleicht weint das Kind bei jeder sich bietenden Gelegenheit, weil es die Süßigkeiten haben möchte, die es dann zum Trost immer von seinen Eltern bekommt. Vielleicht muss es lernen, sich gegen Hänseleien zu wehren, weil die Unterdrückung bestimmt nicht aufhört, sobald es erwachsen ist. Du platzt in etwas hinein, bildest dir übereilt ein Urteil und triffst dann auch noch eine vorschnelle Entscheidung, wie das Problem angeblich zu lösen ist. Alles, was du damit beweist, ist deine Arroganz.«

»Arrogant? Ich?«

Janel ließ nicht locker. »Liegt unter all deiner Demut nicht auch Arroganz verborgen? Die Arroganz, andere zu heilen und gute Taten zu vollbringen? Denkst du nicht tief in deinem Innern, dass deine Friedfertigkeit und Mildtätigkeit dich zu einem besseren Menschen machen als jemanden wie Dedreugh oder jemanden wie mich?«

»Dedreugh war ein Dämon!«

»Ich bin auch ein Dämon. Was sagt dieser Begriff aus? Vielleicht sollten wir nicht immer so schnell davon ausgehen, dass alle Ungeheuer böse sind.«

Janels Worte raubten ihm die Luft. »Graf ...«

»Ich bin ebenfalls der Meinung, dass das, was auf der Brücke passiert ist, schrecklich war. Aber wenn ich dazwischengegangen wäre, hätte ich damit behauptet, besser zu wissen, was zu tun ist, als der Verantwortliche hier – als Herzog Xun.«

Der Priester seufzte und schüttelte den Kopf. »Das würde nur gelten, wenn es um Jorater ginge. Der Herzog gesteht den Marakorern nicht dieselben Rechte zu, die für Euer Volk selbstverständlich sind.«

Janel setzte sich auf eine Kiste. Ihr Blick wurde glasig.

Bruder Qaun ließ von den Schubladen ab und wandte sich ihr zu. »Täusche ich mich, mein Graf?«

»Nein, aber ...«

Ein Geräusch von oben ließ Janel verstummen. Ein Geräusch, als steckte dort jemand einen Schlüssel ins Schloss.

Aber es hatte niemand geklopft, weder rhythmisch noch sonst wie.

Janel stand auf, packte Bruder Qaun am Arm und zog ihn, noch bevor er protestieren konnte, mit sich in den Wandschrank. Sie kauerten sich hinter die Kisten darin.

Als die Eingangstür aufging, fiel dem Priester auf, dass einige Kisten nach wie vor offen herumstanden und die Laternen noch brannten. Jeder würde sofort merken, dass jemand hier nach etwas gesucht hatte. Man würde sie unweigerlich entdecken – und sei es wegen des Lärms von Bruder Qauns pochendem Herzen.

»Was ...? Bei Khored, jemand war hier!«

Der Priester zuckte zusammen. Er stand noch nicht lange in Janels Diensten, trotzdem erkannte er Sir Oreth Malkoessians Stimme – ehemaliger Verlobter von Graf Janel und zweitgeborener Sohn des Markreev von Stavira – sofort.

»Einen Moment, Herr. Lasst mich nachsehen.« Die zweite Stimme kam ihm nicht bekannt vor.

Bruder Qaun hörte Schritte näher kommen und duckte sich. Eine Schranktür wurde aufgerissen, aber glücklicherweise nicht die, hinter der sie sich versteckten. Er hörte, wie Kisten herumgeschoben wurden. Falls der Neuankömmling auch in dem anderen Wandschrank nachsah, waren sie verloren.

»Es tut mir leid, Herr. Sie haben die Schmuckkassette mitgenommen.«

»Bist du sicher, dass sie in diesem Schrank war?«, knurrte Oreth, der offensichtlich vor Wut schäumte.

»Ja, Sir. Absolut sicher. Wie es scheint, wurden wir bestohlen, auch wenn ich mir nicht vorstellen kann, wie jemand auf die Idee kommt, dass es hier irgendetwas von Wert geben könnte.«

»Ach nein, Kovinglass?«, blaffte Oreth. »Glaubst du etwa, die Enkelin deines ehemaligen Herrn wusste nichts von der Schmuckkassette ihrer eigenen Mutter?«

»So dumm, dass sie sich hier blicken lässt, kann sie nicht sein, Sir«, entgegnete Kovinglass.

»Ich brauche diesen Schmuck, um die Zinsen zu bezahlen, die mein Vater von mir verlangt!«

»Vielleicht könnt Ihr ihn überreden, Euch Aufschub zu gewähren?«

Sir Oreth schnaubte. »Das bezweifle ich. Er betrachtet das als eine Art charakterbildende Maßnahme.«

»Sehr wohl, Sir.« Kovinglass hielt seinen Tonfall betont neutral.

»Er will, dass ich scheitere. Nichts würde ihm besser gefallen, als zu sehen, wie ich zu ihm zurückgekrochen komme.« Oreths Stimme troff nur so von Hass. »Die Diener sollen hier aufräumen. Vielleicht finden sie etwas von Wert.«

»Störe ich?«, meldete sich eine dritte Stimme mit angenehmem Klang und westquurischem Akzent zu Wort.

Ein Klirren, wie von einer Rüstung. »Wer seid Ihr? Was habt Ihr hier zu suchen?«

»Verzeiht mein Eindringen. Ich suche den Grafen von Tolamer.«

»Ich frage Euch noch einmal: Wer seid Ihr?«

»Ich? Mein Name ist Relos Var.«

Stille. Bruder Qaun stellte sich vor, wie die beiden Männer sich überrascht anschauten. Was in Janel vorging, konnte er nur raten. Das musste der Mann sein, den sie in Mereina getroffen hatte.

»*Ich* bin der Graf von Tolamer«, erklärte Oreth.

Relos Var lachte leise. »Ach ja? Was habt Ihr mit Euren Haaren gemacht? Ich habe Euch gar nicht erkannt. Vermutlich, weil Ihr ein Mann seid und kein bisschen wie Janel Danorak ausseht …«

»Ihr Name ist Janel Theranon.«

»Ja, so heißt sie auch. Eine nette junge Dame. Wie nennt Ihr ihre Farbe? Von der Nacht geküsst? Passend.«

»Janel ist meine Verlobte«, berichtigte Oreth. »Ich werde bald der Graf von Tolamer sein.«

»Bestimmt zählt sie schon die Minuten bis zu diesem glücklichen Tag.«*

»Sie ist nicht hier«, warf Kovinglass ein. »Vielleicht solltet Ihr jetzt besser gehen.«

»Aber ja, Ihr habt bestimmt recht.« Bruder Qaun hörte, wie jemand Richtung Treppe ging und dann wieder stehen blieb. »Ich bitte nochmals um Verzeihung. Ich habe Eure Unterhaltung zufällig mit angehört und glaube, dass wir alle von der momentanen Lage profitieren könnten. Es wäre nachlässig von mir, das nicht zu erwähnen.«

»Redet Klartext«, sagte Sir Oreth. »Wie meint Ihr das?«

Die Schritte kamen wieder näher. »Ganz offensichtlich seid Ihr niemand, der sich von den eigenartigen Gebräuchen der Jorater einschränken lässt. Idorrá und Thudajé sind interessante Konzepte, aber ein kluger Mann nutzt alle Ressourcen, die ihm zur Verfügung stehen.«

»Überlegt Euch gut, was Ihr sagt, alter Mann.«

»Falls ich mich täuschen sollte, entschuldige ich mich. Ich habe versucht, mit dem alten Grafen einen Vertrag abzuschließen, aber er war nicht interessiert. Weshalb, verstehe ich nicht, denn die Übereinkunft wäre die Lösung all seiner finanziellen Probleme gewesen. Ich dachte, seine Enkelin würde mein Angebot möglicherweise in Erwägung ziehen, doch dann hörte ich von Eurer

---

* Ha. Der Sarkasmus dieses Relos Var gefällt mir. Wir sollten ihn in unsere Dienste nehmen. Nur ein Scherz.

misslichen Lage und …« Relos Var hielt inne. »Verzeiht, ich verschwende Eure Zeit. Guten Abend, meine Herren.«

Er entfernte sich wieder.

»Wartet«, rief Sir Oreth. »Was ist das für ein Angebot?«

»Oh, Ihr wollt mich anhören?« Vars Stimme klang, als lächelte er.

»Was … ja. Deshalb frage ich«, erwiderte Sir Oreth zähneknirschend.

»Freunde von mir wollen eine Handelsroute nach Jorat aufbauen und brauchen einen … sagen wir, einen sicheren Hafen. Im übertragenen Sinn, nicht im wörtlichen.* Der Kanton Tolamer ist geographisch ideal gelegen. Als Gegenleistung für bevorzugten Zugang zu Eurem Torstein und für Eure Diskretion bieten meine Partner Euch eine großzügige finanzielle Entschädigung.«

»Eine finanzielle Entschädigung dafür, dass wir gegen die Statuten der Torwächtervereinigung verstoßen?«, fuhr Kovinglass auf.

»Ihr würdet ein Vermögen sparen, indem Ihr die gesetzlichen Gebühren umgeht.«

»Ich bin sicher, wir könnten diesbezüglich zu einer Einigung kommen«, erwiderte Relos Var. »Hätte der verstorbene Graf mich angehört, wäre seine finanzielle Notlage behoben gewesen.«

»Ich kann mich nicht erinnern, dass der Graf Euch je erwähnt hätte«, erklärte Kovinglass misstrauisch.

»Oh, ich trat an ihn heran, als Ihr nicht da wart. Schließlich seid Ihr ein Torwächter. Hätte ich es in Eurem Beisein getan, hättet Ihr meinen Plan gewiss sofort an das Haus D'Aramarin verraten.«

»Und diese Sorge plagt Euch inzwischen nicht mehr?«

Relos Var lachte. »Inzwischen weiß ich, dass Ihr käuflich seid.«

»Was erdreistet Ihr Euch …?«

---

* Normalerweise würde ich hier einen Kommentar einfügen, dass man das Offensichtliche nicht auszusprechen braucht, doch ich habe Sir Oreth persönlich kennengelernt und muss sagen … es war wohl besser so.

Qaun hörte ein kurzes Handgemenge, dann ein Gurgeln. Er hielt den Atem an. Er war Kovinglass nie begegnet, doch er kannte den Namen: Kovinglass war der Torwächter des Kantons Tolamer gewesen. Und der Mann, dessen schlechte Ratschläge Janels Großvater in finanzielle Bedrängnis gebracht hatten.

Anscheinend hatte dieser Relos Var sich diesmal mit dem Falschen angelegt, dachte Bruder Qaun gerade, da merkte er, dass es umgekehrt war.

»Ähm …«, sagte Sir Oreth. »Würde es Euch etwas ausmachen, ihn am Leben zu lassen? Ich brauche ihn noch.«

Etwas Schweres fiel zu Boden.

»Danke«, sagte Sir Oreth.

»Keine Ursache. Aber seid Ihr sicher, dass Ihr ihn braucht? Nach meiner Erfahrung ist jemand, dessen Treue käuflich ist, nicht nur für eine Person käuflich.«

Sir Oreth lachte. »Ach ja? Und wie erkauft Ihr die Treue Eurer Leute?«

»Durch Sinn, Zielgerichtetheit und Wertschätzung«, antwortete Var ohne Zögern. »Meine Leute sind mir nicht nur wegen des Geldes treu, das ich ihnen bezahle. Sie halten mir die Treue wegen der Sache, für die ich kämpfe.« Er hielt kurz inne. »Das Geld schadet allerdings nicht.«

Bruder Qaun begann zu verstehen, warum Graf Janel diesen Mann für die eigentliche Bedrohung hielt.

Die Antwort schien Sir Oreth zu erstaunen. »Wo sagtet Ihr, dass Ihr herkommt?«

»Jetzt gerade? Aus Kazivar.«

Eine Kiste knarrte, als Sir Oreth aufstand. »Warum bleibt Ihr nicht noch ein bisschen, dann könnten wir die Angelegenheit beim Abendessen besprechen? Ich …« Er überlegte. »Nein, die Diener müssen hier erst noch aufräumen. Es brennt nicht einmal Feuer im Kamin. Dürfte ich Euch auf das Grün einladen? Ich kenne dort ein hervorragendes Wirtshaus.«

»Nichts lieber als das.« Var schnippte mit den Fingern. »Wach auf.«

»Wie, was?«, stammelte Kovinglass. »Was ist passiert …?«

»Ich gehe mit Relos Var zum Abendessen. Räum inzwischen hier auf.«

Es folgte eine lange Pause. Ein Torwächter war schließlich kein Diener. Sie traten zwar oft als Berater auf, weil ihre hohe Bildung sie für diese Aufgabe prädestinierte. Doch vor allem waren sie Magier, die ihre Gebühren an das Haus D'Aramarin entrichten mussten.

»Ja, Sir«, knurrte Kovinglass schließlich.

Bruder Qaun schickte ein Dankgebet zum Himmel, als Relos Var und Sir Oreth gingen. Es wurde sehr still in dem Raum hinter der Schranktür, und der Priester fragte sich schon, ob Kovinglass doch mit ihnen gegangen war.

Dann trat der Torwächter zu dem Schrank, in dem Janel und Bruder Qaun sich versteckten, und riss die Türen auf.

Der Priester musste einen Aufschrei unterdrücken, als Kovinglass die oberste Kiste des Stapels öffnete, hinter dem Qaun und der Graf kauerten. Er wühlte darin herum und hörte erst auf, als jemand oben die Eingangstür öffnete.

Bruder Qaun hielt den Atem an und klammerte sich an die unwahrscheinliche Hoffnung, dass es nicht Dorna und Sir Baramon waren. Das Glück war ihm hold.

»Wieso hat das so lange gedauert?«, bellte Kovinglass. »Die Betten müssen frisch bezogen werden, und jemand muss die Küche saubermachen. Sie ist seit Jahren nicht mehr benutzt worden. Macht schon!«

Als Antwort auf seine Tirade ertönte ein: »Ja, Meister Kovinglass.« Die Dienerschaft war also hier.

»Möchtet Ihr etwas Tee, Meister Kovinglass?«, fragte eine Frau. »Ich habe welchen vom Schloss mitgebracht und außerdem gedämpfte Sesamteigtaschen. Sinon bereitet gerade die Küche vor.«

»Oh, aber ja.« Der Gedanke an Tee und etwas zu essen schien Kovinglass' Ärger augenblicklich zu vertreiben. Er entfernte sich vom Schrank und sprach wieder sanfter. »Was würde ich nur ohne dich tun, Siva?«

Sie lachte. »Ihr müsstet hungern und ohne Tee auskommen, Meister Kovinglass. Nun lasst uns allein. Wer vom Blut des Joras ist wie Ihr, muss sich nicht mit Putzen abgeben. Ich werde das übernehmen.«

Bruder Qaun runzelte die Stirn. Die Stimme der Frau kam ihm bekannt vor.

Kovinglass' Schritte verhallten auf der Treppe, kaum eine Sekunde später sprang Janel auf.

»Ninavis, was tust du hier?«, zischte sie.

Bruder Qaun stand ebenfalls auf und spähte blinzelnd über den Kistenstapel.

Ninavis stand vor ihnen, sie trug die traditionelle joratische Bedienstetentracht – eine stumpfbraune Tunika, dazu einen geschlitzten Rock. Eine Hand war mitten in der Bewegung erstarrt, als wollte sie nach einer Waffe greifen, die sie nicht mehr am Gürtel trug.

»Bei den Acht!«, flüsterte Ninavis. »Mach das nie wieder. Was zur Hölle hast du hier verloren?«

»Ich habe zuerst gefragt.«

Bruder Qaun trat aus dem Wandschrank. »Das kann warten. Wir müssen von hier verschwinden, bevor sie zurückkommen.«

Janel schaute Richtung Küche, dann packte sie Ninavis' Hand und zog sie mit sich eine weitere Treppe hinab. Bruder Qaun folgte den beiden. Er kam sich nackt und schutzlos vor, als würden sie jeden Moment entdeckt. Waren die Diener ebenfalls nach unten gegangen? Würden sie den Mund halten? All die Fragen ließen seinen Magen krampfen.

Die Treppe führte zu einem langen Flur, in dem die Bediensteten bereits die Laternen entzündet hatten. Gesprächsfetzen drangen heran, während die Dienerschaft die Räume saubermachte, das Mobiliar abdeckte und die Zimmer vorbereitete. Janel ignorierte die Geräusche und bedeutete allen, ihr in einen dunklen Abstellraum zu folgen.

Drinnen nahm der Graf eine Laterne von der Wand und reichte sie Bruder Qaun. »Zünde sie an«, sagte Janel und beugte sich über ein schweres, mit einem Schloss verriegeltes Eisengitter im Boden.

»Was hast du …?«, begann Ninavis.

Janel brach das Schloss mit bloßen Händen auf. »Folgt mir.«

Sie hob das Gitter an und legte es zur Seite.

Bruder Qaun entzündete die Laterne und hielt sie über die Öffnung, während Janel Ninavis hinabließ. Danach machte sie das Gleiche mit dem Priester.

»Was zum …?«

Mehrere Marakorer, offensichtlich eine Familie, fuhren von ihren Bettrollen hoch und blinzelten die Eindringlinge an. Die Wand aus Kisten, die sie als Sichtschutz um sich herum errichtet hatten, machte deutlich, dass sie illegal hier wohnten. Sie nutzten die Tatsache, dass das Erdgeschoss der Wohnhäuser in Atrine nur selten bewohnt oder auch nur aufgesucht wurde.

Mehrere Sekunden lang sprach niemand ein Wort.

»Verzeihung«, sagte Graf Janel. »Ich entschuldige mich für die Störung, empfehle euch aber, augenblicklich zu verschwinden. Früher oder später werden unsere Verfolger auch hier unten suchen.« Sie stieg über einen alten Mann hinweg und ging Richtung Tür.

»Bedaure«, sagte Bruder Qaun zu der Familie. »Kann ich irgendetwas für euch tun?«*

Ninavis packte ihn am Arm und schleifte ihn mit sich.

Graf Janel entriegelte die Tür und trat hindurch. Sie fanden sich auf den von Müll übersäten Straßen Atrines wieder. Der Geruch

---

* Der Kerl treibt mich in den Wahnsinn.

sagte Bruder Qaun, dass die Flüchtlinge den Gehweg draußen als Latrine benutzt hatten.

Graf Janel blieb stehen und drehte sich zu Ninavis um.

»Und jetzt sag mir, was du in Kovinglass' Diensten zu suchen hast«, flüsterte sie mit versteinerter Miene.

Bruder Qaun kannte den Grafen inzwischen gut genug, um den Gesichtsausdruck deuten zu können: Janel war außer sich vor Wut.

Ninavis verdrehte die Augen. »Ich freue mich auch, dich zu sehen.«

Janels Nasenflügel bebten.

»Ninavis, bitte«, sagte Bruder Qaun.

Die Banditenanführerin zuckte die Achseln. »Es war die Idee des Barons. Kalazans Idee, meine ich. Wir dachten uns, da ihr zu Fuß unterwegs seid, dürfte es eine Weile dauern, bis ihr in Atrine ankommt. Die Armee war inzwischen in Mereina eingetroffen, und ihr Torwächter hat angeboten, jeden, der gehen möchte, an einen Ort seiner Wahl zu bringen. Ich ließ mich nach Tolamer befördern, dachte mir, ich könnte im Schloss arbeiten und Sir Oreth im Auge behalten. Dich warnen, sobald er weitere Versuche unternimmt, dich absetzen zu lassen.«

»Khorsals Köttel«, murmelte Janel und massierte sich den Nasenrücken. »Ich brauche deine Hilfe nicht.«

Angesichts der Unterhaltung, die sie kürzlich über das Thema Schutz geführt hatten, konnte Bruder Qaun verstehen, warum der Graf das sagte. Auch wenn es seiner Meinung nach dreist gelogen war. Janel brauchte durchaus Hilfe. So viel Hilfe, wie sie nur bekommen konnte.

Ninavis hob eine Augenbraue. »Euer Idorrá interessiert mich nicht, Graf. Ich helfe, wem immer ich will, und ich erwarte auch kein Händchenhalten oder sonst was als Gegenleistung dafür.«

»Ich wollte damit nur sagen ...« Janel atmete einmal tief durch. »Du hättest das nicht tun sollen. Kalazan hätte das nicht tun sollen.«

»Ich bitte um Verzeihung, aber wir konnten gar nicht anders. Kalazan schuldet dir sein Thudajé, oder willst du das etwa abstreiten? Er ist nur wegen dir Baron. Glaubst du, das hat er einfach vergessen?«

»Und was ist mit dir? Hast du nicht gerade gesagt, du hältst nichts von Idorrá und Thudajé? Warum bist du hier?«

»Meine Gründe ...«

Bruder Qaun räusperte sich. »Ich unterbreche nur äußerst ungern, aber wie wollen wir Dorna und Sir Baramon finden? Wenn es uns nicht gelingt, laufen sie Kovinglass direkt in die Arme. Oder schlimmer noch Sir Oreth oder Relos Var.«

Ninavis zuckte zusammen. »Relos Var? Er ist hier?«

»Ja«, bestätigte Janel. »Und noch genauso voller finsterer Absichten wie bei unserer letzten Begegnung.«

Der Priester wandte sich ihr zu. »Hat er Eurem Großvater dieses Angebot tatsächlich unterbreitet?«

»Nein«, antwortete Janel. »Ich bin ihm nie begegnet, und ich habe auch nirgendwo in den Aufzeichnungen meines Großvaters seinen Namen gesehen. Er hat Oreth belogen und ihm Honig ums Maul geschmiert, und so blöd, wie Oreth nun mal ist, hat er es nicht einmal gemerkt.« Sie schlug mit der Faust in die flache Hand. »Gerade erfahre ich, dass Oreth endlich da ist, wo ich ihn haben will – so nahe am Rande des Bankrotts, dass er seine Intrigen nicht mehr weiterspinnen kann –, da taucht dieser Relos Var auf und bietet ihm eine Lösung für all seine Probleme an. Ich habe mich getäuscht. Oreth steckt *doch* mit den Yorern unter einer Decke. Jetzt zumindest. In der Hölle soll er schmoren.«

Bruder Qaun war nicht sicher, welchen der beiden Männer sie meinte. Wahrscheinlich beide.

»Aber weshalb hat er Sir Oreth dieses Angebot gemacht?«, fragte er. »Was will Var damit erreichen? Will er sich rächen?«

»Nein«, widersprach Janel. »Wir haben ihn um den unbewachten Torstein in Mereina gebracht, aber jetzt bekommt er dafür einen noch besseren: meinen.« Sie überlegte kurz. »Vielleicht hat es doch auch ein bisschen mit Rache zu tun.«

»Das können wir später besprechen«, warf Ninavis ein. »Kommt mit. Hier sind wir nicht sicher. Ganz zu schweigen von den Krankheiten, die wir uns beim Einatmen der Dämpfe hier holen könnten.«

Der Graf nickte, nahm Bruder Qaun die Laterne ab und betrachtete angewidert das schmutzige Pflaster. »Wenn ich mich richtig erinnere, gibt es am Ende dieser Straße eine Treppe.«

»Hier«, sagte Ninavis und zog einen schmiedeeisernen Schlüssel aus ihrer Schürze. »Das ist der Schlüssel zu den Gemächern des Barons von Barsine. Kalazan möchte, dass ich ihn dir gebe. Wenn sich in der Zwischenzeit nichts geändert hat, bleibt er nur so lange in Atrine, bis er seinen Treueeid abgelegt hat, und kehrt noch vor dem Turnier wieder nach Barsine zurück. Es gibt einfach zu viel zu tun dort.«

»Moment, du kommst nicht mit uns?« Janel machte keine Anstalten, den Schlüssel entgegenzunehmen.

Ninavis schüttelte den Kopf. »Ich kann nur für dich spionieren, wenn ich hierbleibe.«

»Ich habe dich nicht gebeten, für mich zu spionieren«, protestierte Janel. Schließlich fügte sie hinzu: »Außerdem kenne ich den Weg zu den Barsine-Gemächern nicht. Hat Kalazan ihn dir erklärt?«

Ninavis knirschte mit den Zähnen. »Unerträgliches Ding.«

Der Graf grinste – einer der seltenen Momente, in denen man sah, wie jung Janel tatsächlich war. »Genau das magst du doch so an mir.«

»Die Sonne segne euch beide«, sagte Bruder Qaun mit einem Kopfschütteln, »aber können wir das anderswo weiter besprechen?«

Ninavis machte ein finsteres Gesicht und steckte den Schlüssel wieder ein. »Na schön, folgt mir. Und passt auf, wo ihr hintretet.«

20

BANDITEN, SCHON WIEDER

Jorat, Quurisches Reich.
Drei Tage nachdem Thurvishar D'Lorus sich der
Geschichtsfälschung schuldig gemacht hatte

»In der Rückschau glaube ich, dass Relos Var die Wahrheit gesagt hat. Vielleicht hat er meinem Großvater das Angebot tatsächlich unterbreitet«, gestand Janel. »Dann hätte Oreth ihm mit seiner Einmischung einen Strich durch die Rechnung gemacht, was ich ziemlich ironisch finde.«

Dorna blinzelte. »Euer Großvater hätte nie das Geld eines Fremden angenommen.«

»Ja, das weiß ich«, erwiderte Janel. »Aber *ich* hätte es getan.«

»Janel!«

»O doch, Dorna, das hätte ich. Tolamer war auf Hilfe angewiesen. Wenn Relos Var oder einer seiner Leute mir diese Hilfe im Austausch für ein paar ›kleinere Gefälligkeiten‹ angeboten hätte, wäre ich sofort darauf eingegangen. Nur dass Oreth, noch bevor irgendjemand etwas tun konnte, meine Ländereien und das Schloss beschlagnahmt hat, als er vom Tod meines Großvaters erfuhr.«

»Aber wieso interessiert Relos Var das alles überhaupt?«, fragte Kihrin.

»Es gibt nicht viele Gebirgspässe, die von Yor nach Jorat führen«, antwortete Janel, »und einer davon liegt in Tolamer. Neben dem Pass haben wir sogar noch eine Seeroute und den Torstein als Verbindung. Seit ich Kovinglass entlassen habe, gibt es in Mereina keinen Torwächter mehr, der das Haus D'Aramarin davon unterrichtet hätte, sobald jemand den Torstein widerrechtlich benutzt. Aber wenn du in einem Land einmarschieren willst, möchtest du so viele Zugangswege für deine Truppen wie nur möglich, oder vielleicht nicht?«

»Das ist nicht der einzige Grund, aus dem Relos Var Tolamer ausgewählt hat«, warf Bruder Qaun ein. »Herzog Kaen möchte Euren Kanton gerne unter seine Kontrolle bringen, aber ich bezweifle, dass das Vars einzige Motivation war.«

»Wohl wahr«, stimmte Janel zu. Sie fing Kihrins Blick auf. »Was du über Xaltorath gesagt hast, warum sie gerade mich ausgesucht hat ... Relos Var macht Jagd auf die Freiwilligen, die den Acht in ihrem Kampf beistehen wollten. Er macht Jagd auf *mich*.« Sie lächelte. »Ich sollte Taja danken, dass du an diesem Tag auf dem Versteigerungspodest in Kishna-Farriga gelandet bist. Nur deshalb hatte Relos Var in Barsine keine Zeit für mich.«

»Hmm. Das ist zugegebenermaßen ein Vorteil, an den ich noch gar nicht gedacht habe«, sagte Kihrin.

»Wie dem auch sei, ich glaube, ich sollte diesen Teil zu Ende erzählen«, sprach Janel weiter. »Was jetzt kommt, gehört nicht zu meinen Lieblingsstellen.«

Janels Schilderung. Atrine, Provinz Barsine, Jorat, Quur.

Ich habe mich in Städten noch nie wohlgefühlt.

Das liegt zum Teil daran, dass sie mir nicht vertraut sind. Tolamer ist schließlich ein ländlicher Kanton. Wie es ist, in einer Stadt zu sein – was man in West-Quur unter einer Stadt versteht, diese hohe Menschendichte –, habe ich am ehesten noch auf den Turnieren erlebt. Atrine lag weit außerhalb meiner Erfahrungswelt und meiner Vorstellung von Wohlbefinden.

Aber wie sich herausstellte, sind Städte in einer wichtigen Hinsicht gar nicht so anders als Wälder: In beiden wimmelt es von Banditen.

Wir waren erst ein paar Minuten unterwegs, da begegneten wir schon welchen.

»Also gut«, sagte der Anführer und trat aus einer Seitengasse. »Ein angenehmer Abend für einen kleinen Spaziergang, nicht wahr?«

Er und seine Bande hatten uns aufgelauert, ihre Absichten waren alles andere als angenehm. Er trug eine Flickenmaske und einen dunkelgrauen Umhang über seinem abgewetzten Lederwams. Ich konnte nicht sagen, ob er aus Jorat kam, aus Marakor oder irgendeinem anderen, weit entfernten Land. Aber seine gespannte Armbrust sah ich sofort.

Ebenso die seiner Begleiter.

Ich seufzte und stellte mich vor die anderen. »Es ist in der Tat ein schöner Abend, und wir wollen keinen Ärger, also lasst uns durch.«

Ich rechnete mir keine allzu großen Chancen aus, damit durchzukommen. Ich wurde nicht enttäuscht.

»Das hast du nicht zu entscheiden, Mädel«, erwiderte der Kerl. »Wenn ihr hier durchwollt, müsst ihr Wegezoll zahlen. Sagen wir fünf Throne für jeden von euch, dann ist die Sache erledigt.«

Aus Marakor also. Ein Jorater hätte mich niemals Mädel genannt.

Ich drehte mich zu Bruder Qaun und Ninavis um. Beide waren unbewaffnet, oder zumindest Bruder Qaun – ich hatte nicht vergessen, wie Ninavis treten konnte. Ich besaß mein Schwert, das in der Enge der Gasse aber nicht leicht zu benutzen war, und trug keinerlei Rüstung. Und Arasgon graste nicht irgendwo in der

Nähe, um mir mit einem schneidigen Flankenangriff zur Seite zu springen. Die Banditen waren in der Überzahl, und sie hatten Schusswaffen.

Vor allem aber hatten wir kein Geld dabei, um den Wegezoll zu bezahlen.

»Das wird nicht möglich sein«, entgegnete ich, »aber da deine Forderung gegen das Gesetz verstößt, könnten wir es doch einfach dabei belassen und alle unserer Wege gehen.«

Der Bandit kicherte. »Für so ein kleines Ding hast du eine ganz schön große Klappe. Aber du gefällst mir, also mache ich dir einen Vorschlag: Du lässt uns dein hübsches Schwert da, und wenn du es zurückhaben willst, kommst du einfach wieder und gibst uns unser Geld.« Er richtete die Armbrust auf meinen Kopf. »Nicht dass du eine Wahl hättest.«

Ich biss die Zähne zusammen. Seine Bedingungen waren nicht nur unverschämt, sie waren vollkommen inakzeptabel. Dieses Schwert befand sich seit fünfhundert Jahren im Familienbesitz, seit der Gründung von Jorat.

Ninavis schien meinen Gesichtsausdruck gesehen zu haben. Sie stellte sich neben mich. »Bist du wirklich so blöd? Du weißt genau, dass wir von Gesetzes wegen keine Schwerter besitzen dürfen. Sobald du versuchst, es zu verkaufen, ist allen klar, dass du es gestohlen hast.«

»Deshalb ist das hier ja auch eine Lösegeldzahlung, kein Diebstahl. Ich werde das verfluchte Ding einschmelzen und …« Er verstummte und musterte Ninavis mit zusammengekniffenen Augen. »Moment. ›Wir‹ hast du gesagt? Zu welchem Klan gehörst du, Weib?«

»Das spielt keine Rolle.«

»O doch, tut es.«

Ninavis musterte den Anführer von oben bis unten. »Und ihr? Seid ihr Leumiten?«, höhnte sie. »Verzieht euch. Den Ärger, den ihr bekommt, wenn ihr euch mit mir anlegt, ist es nicht wert.

Geschweige denn mit ihr. Sie würde euch nach eurer alten Gottkönigin schreien lassen.« Ninavis nahm ihre Schürze ab und rollte sie auf.

Ich glaubte nicht, dass es sich um eine nervöse Geste handelte.

»Sieh dir ihr Gesicht an.« Einer der Banditen deutete auf Ninavis' rotweinfarbenes Muttermal. »Sie ist eine Diraxon, würde ich wetten.«

Ich verzog keine Miene. Diraxon, Leumiten. Die Namen sagten mir nicht das Geringste. Waren das Regionen in Marakor? So wie ich aus Tolamer stammte, einem Kanton von Stavira?

Die Banditen schienen den Namen von Ninavis' Klan schon das ein oder andere Mal gehört zu haben. Ein paar senkten ihre Armbrüste ein Stückchen, einer sogar ganz. »Diraxon, aber ...« Er machte einen Schritt zurück.

Der Anführer war nicht so leicht einzuschüchtern. »Genauso gut könnte ich mich einen quurischen General schimpfen, aber das ändert überhaupt nichts. Jetzt holt eure Wertsachen raus und legt sie auf den Boden.«

»Gerade wolltest du doch nur das Schwert haben?«, entgegnete ich, zog die Waffe und hielt sie mit der Spitze nach unten.

»Das war, bevor ich wusste, dass dieses Miststück eine Diraxon ist.« Er deutete mit Kinn und Ellbogen auf Ninavis, seine Armbrust nach wie vor auf mich gerichtet. »Du kannst dich glücklich schätzen, dass ich ihr nicht sofort die Kehle aufschlitze. Die meisten rechtschaffenen Leute halten das für ihre heilige Pflicht, nachdem die Diraxon den letzten Höllenmarsch verschuldet haben.«

Den letzten Höllenmarsch verschuldet ...

Meine Kiefermuskeln zuckten. Ich schaute fragend zu Ninavis hinüber, doch die beachtete mich weder, noch wies sie die Anschuldigung zurück – weil sie gar nicht zuhörte.

Sie machte sich bereit zum Kampf.

»Nicht«, sagte ich ohne recht zu wissen, wen ich damit meinte – Ninavis oder den Banditenanführer. Ich senkte den Schwertarm.

Gegen eine Armbrust konnte ich damit zwar nicht viel ausrichten, aber wenigstens hatte ich es bereits aus der Scheide gezogen.

»Weißt du was? Lassen wir das Ganze einfach. Ich habe meine Meinung geändert«, sagte der Anführer und hob die Hand zu einem Befehl, der mir gewiss nicht gefallen würde.

»Nicht«, erwiderte ich, doch der Anführer hörte genauso wenig zu wie Ninavis. »So muss es nicht enden.«

Niemand beachtete mich, die Banditen waren voll und ganz auf Ninavis konzentriert.

»Ich bin ein Graf! Wenn ihr mir oder einem der meinen etwas antut, wird der Herzog nicht ruhen, bis er euch zur Strecke gebracht hat.«

»Der Herzog kann von mir aus in der Hölle erfrieren«, höhnte der Anführer.

»Bruder Qaun, geh in Deckung.«

»Graf, bitte …«

»Zur Hölle mit dir«, bellte der Anführer und drückte ab.

Ich drehte mich blitzschnell zur Seite. Der Armbrustbolzen jagte zischend heran, zerfetzte meinen linken Ärmel und schnitt die darunterliegende Haut auf. Dann schlug er in eine verdreckte Marmorwand ein.

Ich fluchte vor Schmerz.

»Verdammt«, schnaubte Ninavis und hieb mit ihrer aufgerollten Schürze nach der Armbrust eines der Banditen, während sie gleichzeitig einem anderen mehrmals gegen den Kopf trat. Der Getroffene sank zu Boden.

Aber die anderen waren noch auf den Beinen und kurz davor, eine Salve auf Ninavis abzufeuern, die sie für die größere Gefahr hielten.

Das musste ich ändern.

Ich stürzte mich auf den Anführer. Ihm blieb noch einen Wimpernschlag lang Zeit, über die Fehler nachzudenken, die er im Leben gemacht hatte, dann schlug ich ihm mit dem Schwertknauf den Schädel ein. Eine grässliche Blutfontäne ergoss sich über die Wand in seinem Rücken, doch ich sah gar nicht hin. Stattdessen packte ich seine Leiche, hob sie wie einen Schild und wehrte damit zwei Armbrustbolzen ab, die für Ninavis bestimmt gewesen waren. Dann schleuderte ich den Toten einem der Kerle zur Ablenkung entgegen, während ich ihn von der Hüfte bis zum Hals mit meinem Schwert aufschlitzte.

Jemand rief mir eine Warnung zu.

Ich wirbelte herum, und in diesem Moment ...

In diesem Moment erkannte ich Ninavis nicht. Ich erkannte sie nicht als Verbündete. Sie starrte mich mit weit aufgerissenen Augen an, schien zu merken, dass ich kurz davor war, auf sie loszugehen.

Die Banditen, die sie gerade hatten erschießen wollen, retteten ihr das Leben.

Ein Armbrustbolzen traf mich von hinten.

Ich spürte einen sengenden Schmerz im Rücken und fuhr herum, um mich auf den Angreifer zu konzentrieren.

Diesmal hielt ich mich nicht mit dem Schwert auf.

Ich riss dem Kerl mit bloßen Fingern den Kehlkopf heraus und warf ihn auf den Boden, während ich einem seiner Kumpane meine Klinge in den Bauch rammte. Dann zog ich die Klinge nach oben, bis seine Gedärme sich in einem dampfenden Sturzbach auf das Pflaster ergossen. Fäkaliengeruch, noch stärker als der Gestank von vorhin, vermischte sich mit dem Aroma von Blut und nassem Stahl.

Was in der Zwischenzeit mit Ninavis und Bruder Qaun passiert war, wusste ich nicht. Ich sah sie nicht mehr, und dafür werde ich auf ewig dankbar sein. Die beiden noch verbliebenen Banditen ließen ihre Armbrüste fallen und taumelten mit erhobenen Händen rückwärts. Vermutlich bettelten sie um ihr Leben, aber ich war taub für menschliche Sprache.

Ich tötete auch sie.

Wahrscheinlich ist es für alle Beteiligten besser, wenn ich nicht mehr weiter ins Detail gehe.*

Ich glaube, es dauerte nicht lange, bis ich wieder zur Besinnung kam. Irgendwann merkte ich, dass ich inmitten eines halben Dutzends toter Marakorer stand, die nicht mehr aussahen wie Menschen, sondern wie abgeschlachtetes Vieh. Ich war von oben bis unten mit Blut bedeckt, ein Teil davon war mein eigenes.

Und ich hatte keine Ahnung, ob Ninavis und Bruder Qaun noch lebten.

»Ninavis? Qaun?«

Ich hörte ein Flüstern ein Stück neben mir. Hinter einem zerschmetterten und umgekippten Leiterwagen kam Bruder Qaun zum Vorschein. Ninavis versuchte nach Leibeskräften, ihn wieder nach unten zu ziehen, während er sich entsetzt umsah. Hätte er sich übergeben, hätte ich es ihm kaum verübelt. Aber ich vergesse immer wieder, dass dem Priester beim Anblick von Blut nicht schlecht wird.

Ich wollte gerade etwas zu ihm sagen, da wurde mir schwarz vor Augen.

»Wenn ich das so sehe, bin ich froh, dass du dein Schwert bei unserem Zweikampf damals nicht benutzt hast«, witzelte Ninavis und verstummte abrupt. »Janel? Janel!«

Der Boden unter meinen Füßen begann zu schwanken, dann stürzte ich in einen Abgrund.

---

* Zu spät. Erinnert mich daran, diesen Teil in Zukunft nicht mehr zu lesen, wenn ich gerade etwas gegessen habe.

21

EINE SCHWIERIGE HEILUNG

*Jorat, Quurisches Reich.
Drei Tage nachdem Kihrin D'Mon, Hamarratus
und Stern die Hauptstadt auf der Suche nach einem
Torstein verlassen hatten*

Kihrin runzelte die Stirn.

»Ich habe ja gesagt, dass das nicht mein Lieblingsteil ist«, kommentierte Janel.

»Das meine ich nicht. Ich hatte gerade ein seltsames inneres Bild, wie du mit dem abgetrennten Arm eines Dämons einen anderen Dämon erschlägst.« Kihrin musterte sie. »Aber davon hast du nichts erwähnt. Und erinnere mich daran, mich in einem Kampf von dir fernzuhalten.«

»Ich verliere nur noch selten die Kontrolle.«

Kihrin schüttelte den Kopf. »Nun ja, dieses ›nur noch selten‹ ist genau das, was mich so beunruhigt.«

»Willkommen im Club«, warf Ninavis ein. »Wenigstens gibt es kostenloses Bier.«

Janel räusperte sich und schaute einen Moment lang weg. »Das mit dem Arm ist wirklich passiert. Im Nachleben, bei unserer letzten Begegnung.«

»Hmm.« Kihrin war nicht ganz wohl bei der Vorstellung, dass er sich an das Nachleben erinnern konnte – und damit auch an sein vergangenes Leben. Es war beunruhigend.

Dorna streckte sich und schlug Qaun auf die Schulter. »Lies weiter, Priester. Bei diesem Teil war ich nicht dabei. Erzähl uns, was als Nächstes passiert ist.«

Qauns Schilderung. Barsine-Gemächer, Atrine, Jorat, Quur.

Ninavis und Bruder Qaun trugen Graf Janel weg von dem Kampfschauplatz; der Priester staunte, wie viel leichter Janel war, als er gedacht hatte. Sie nahm so viel Platz ein, sobald sie einen Raum betrat, dass man leicht vergaß, wie klein sie eigentlich war.

Sie hatten mehrere Treppen erklommen und waren an ebenso vielen Gebäuden vorbeigekommen, da drang von unten Geschrei an ihre Ohren.

Ninavis blickte über die Schulter. »Klingt, als hätte man die Leichen gefunden.«

»Wir müssen anhalten.«

»Das können wir nicht«, widersprach Ninavis. »Sie werden bald die Verfolgung aufnehmen.«

Bruder Qaun blieb dennoch stehen und mit ihm auch Janel. Ninavis begann in einer ihm unbekannten Sprache auf den Priester einzureden. Vermutlich handelte es sich um eine unflätige Beschreibung seiner Abstammung.

»Was soll das?«, fragte sie.

»Ich sehe nichts«, antwortete Bruder Qaun. »Wir haben die Laterne zurückgelassen. Ich mache mir Sorgen, dass ich über eine Bank stolpere und zehn Meter in die Tiefe stürze. Du etwa nicht?«

»Hier ist genug Licht …«

Bruder Qaun zauberte eine Kugel aus gelbem Licht herbei. Aus der Entfernung sah sie aus wie eine Kerze, gerade hell genug, um ihren Weg zu beleuchten.

Ninavis schüttelte den Kopf. »Das ist höllisch riskant. Wenn jemand das sieht, wird er nicht erst fragen, ob du vielleicht vom Blut des Joras bist.« Sie nutzte die Gelegenheit, ihren Griff um das riesige Familienschwert der Theranons zu wechseln, warf sich den Gürtel über die Schulter und schnallte sich die Scheide quer über den Rücken.* »Gehen wir weiter.« Ihr Gesicht war blass, ihr Blick grimmig. Jetzt, da der Kampf vorüber war, setzte das Zittern ein.

Sie bückte sich und fasste Janel unter den Achseln, Bruder Qaun nahm die Füße. Das Blut, mit dem sie beide beschmiert waren – hauptsächlich Janels Blut –, ignorierten sie.

Der Weg zu den Gemächern war nicht mehr weit, auch wenn Bruder Qaun ihn ohne Ninavis niemals gefunden hätte. Für den Priester sah eine fensterlose Gasse in dieser Stadt aus wie die andere. Doch vor einer Tür – der richtigen – flüsterte Ninavis ihm zu, Janel abzulegen. Sie zog einen eisernen Schlüssel hervor und sperrte auf, dann trugen sie den Grafen von Tolamer in die für den Baron von Barsine reservierten Gemächer.

Bruder Qaun würdigte die Möbel und Wanddekorationen keines Blickes und hielt Ausschau nach dem, was er brauchte: einen Tisch. »Hilf mir, sie dort abzulegen. Auf den Bauch.«

»Brauchst du heißes Wasser? Ich kann Feuer machen …«

»Tu das. Wir haben nicht viel Zeit.« Der Priester machte eine Geste, da wurde aus der kleinen magischen Kerzenflamme ein ganzes Dutzend, das den gesamten Raum beleuchtete.

Ninavis stand mit offenem Mund da und glotzte.

»Mach Feuer«, bellte Bruder Qaun. »Koch Wasser auf. Wer weiß, mit welchem Gift diese Männer ihre Pfeile beschmiert haben.«

»Leumiten benutzen kein Gift.«

Bruder Qaun atmete erleichtert auf.

---

* Nett, dass sie es mitgenommen haben. Ich persönlich hätte es liegen gelassen.

»Aber sie tunken ihre Pfeilspitzen gerne in Mist.«
Etwas in seinem Innern verkrampfte sich. Er senkte den Kopf. »Selanol, schenke mir Licht.« Bruder Qaun versuchte, sich in den Zustand der Erleuchtung zu versetzen.
Ninavis beobachtete ihn mit immer größer werdenden Augen. Der Priester richtete sich wieder auf und zog ein kleines Messer aus seinem Gürtel. »Was ist? Hilf mir oder geh Dorna suchen, damit sie mir helfen kann. Ich habe keine Zeit zu warten, bis du über deinen Aberglauben hinwegkommst.«
Ninavis wurde rot. Ihre Kiefer mahlten, dann lief sie zur Feuerstelle und machte sich daran, Holzscheite in den Kamin zu legen.
Bruder Qaun begann, den Stoff um Janels Wunde herum aufzuschneiden. Es wäre einfacher gewesen – ach, so vieles wäre einfacher gewesen –, wenn sie in Westquur wären und Janel wie die meisten Frauen dort ein Rasigi getragen hätte, das die Taille frei ließ. Doch in Jorat trug man Tuniken, und die Frauen darunter ein mit Schilfrohr verstärktes Mieder um die Brüste, was das Schneiden schwierig machte. Mit einem verärgerten Stöhnen riss Qaun den Stoff auf und durchtrennte das Mieder.
Der Priester verzog das Gesicht, als er die Wunde sah, die darunter zum Vorschein kam.
Ninavis hatte den Schaft des Armbrustbolzens abgebrochen, damit er auf ihrer Flucht nicht irgendwo hängen blieb und die Wunde noch größer wurde. Wenn Bruder Qaun nun auch den Rest des Bolzens herauszog, würde genau das passieren und die Blutung würde wieder einsetzen. Aber ihm blieb keine andere Wahl.
Aus Ninavis' Richtung kam ein lautes metallisches Klirren. Von einem Kochtopf. Qaun blickte auf.
»Ist das auch wegen des Fluchs passiert?«, fragte sie.
»Ich versuche gerade, mich zu konzentrieren«, presste der Priester zwischen zusammengebissenen Zähnen hervor.
»Sie hat also nicht nur magische Kräfte, sondern …«

Qaun schlug mit der Hand auf den Tisch. »Ich habe jetzt keine Zeit für so etwas! *Sie* hat keine Zeit dafür. Sei still!«

Er wartete nicht auf Ninavis' Antwort, sondern konzentrierte sich auf Janel und versuchte weiter, einen höheren Bewusstseinszustand zu erreichen. Er konnte es schaffen. Er musste.

Ninavis störte ihn nicht noch einmal.

Janels Aura sah vollkommen anders aus als alle, die Qaun bisher gesehen hatte. Sie wirbelte, blähte sich auf und sank wieder in sich zusammen wie von Wind aufgewühlter Rauch.

Und sie entzog sich allen seinen Versuchen, Janels Körper zu heilen.

Er versuchte es noch einmal.

Und scheiterte wieder.

Er konnte sie nicht heilen. Panik erfasste ihn.

Janel war mittlerweile kreidebleich wegen des Schocks und des Blutverlusts. Wenn Bruder Qaun keinen Weg fand, sie zu heilen ...

Wenn er nichts unternahm, würde sie sterben. Der Bolzen hatte zwar ihre Wirbelsäule verfehlt, aber nicht die Leber. Allein das war schon tödlich, von der Blutvergiftung, die Janel bekommen würde, einmal abgesehen.

Bruder Qaun griff in seine Robe und zog ein kleines Metallkästchen hervor.

»Was ist das?«, fragte Ninavis, die ihn die ganze Zeit beobachtet hatte.

»Verzweiflung«, antwortete der Priester und öffnete das Kästchen. Darin befand sich ein kleines Nest aus Zweigen und Daunenfedern. In der Mitte lag ein blaues Rotkehlchenei.

Zumindest sah es aus wie eines.

Das dünne Lehmgebilde war allerdings nur zur Tarnung so bemalt, genauso wunderschön und zerbrechlich wie das natürliche Vorbild.

Bruder Qaun schleuderte es auf den gefliesten Boden, wo es in zahllose Splitter zerbarst. »Vater Zajhera, ich brauche Eure Hilfe!«

Der Moment zog sich unendlich in die Länge. Seine Sorgen drohten ihn zu überwältigen.

Hatte der Zauber nicht funktioniert? War Vater Zajhera etwas zugestoßen? Hatte er keine Zeit für Qaun?

Da begann die Wand zu leuchten. Das Leuchten verdichtete sich zu Strudeln und geometrischen Formen, die um ein leeres Zentrum herum kreisten.

»Was beim …?«, begann Ninavis.

Bruder Qaun merkte, dass er vergessen hatte zu atmen. »Selanol sei Dank.«

Er kannte Vater Zajhera schon seit seiner Kindheit. Vater Zajhera, groß gewachsen, dünn und weise. Der Mann, der Bruder Qauns Eltern eine Alternative zum Haus D'Lorus angeboten hatte, als die Zaubergabe ihres Sohnes sich manifestierte. Seine wallenden weißen Locken waren zu dicken Zöpfen geflochten, die von Bambusklammern zusammengehalten wurden, und er trug die gleiche schlichte Robe wie Bruder Qaun. Er sah eher aus wie ein einfacher Mönch als wie das Oberhaupt einer ganzen Religion.

Zajhera nahm die Situation mit einem kurzen Blick in sich auf, stufte Ninavis als unwichtig ein und eilte zu Bruder Qaun. »Wie lange ist es her, dass das passiert ist?«

»Eine halbe Stunde vielleicht. Sie hat sehr viel Blut verloren, und sie vereitelt alle meine Bemühungen, sie zu heilen.«

»Das überrascht mich nicht.« Vater Zajhera zog sein Agolé aus und legte es zur Seite. »Fangen wir an.«

Die Tatsache, dass Atrine über funktionierende Wasserleitungen verfügte, rief Bruder Qaun ins Gedächtnis, dass es nicht die Jorater gewesen waren, die diese Stadt erbaut hatten.

Die Baderäume waren selbst für einen Westquurer beeindruckend: wunderschöne Fliesen, effiziente Abwasserentsorgung, im Boden versenkte Wannen, natürlich beheizt.

Er fragte sich, ob die Jorater all das für selbstverständlich hielten. Verschwendeten sie überhaupt einen Gedanken daran? Staunten sie je über die Magie, die frisches Wasser in ihre Behausungen brachte, das gleichzeitig ihre Ausscheidungen hinfortspülte? Kümmerte sich ein vergessener Zweig des Hauses D'Evelin um das Abwassersystem, oder war Atrin Kandors Magie so stark gewesen, dass sie auch Jahrhunderte später noch wirkte? Wurden die Abwässer in den Jorat-See oder den Zaibur-Fluss geleitet, oder verdiente sich jemand eine goldene Nase, indem er sie als Dünger an den Hochadel verkaufte?

Banale Gedanken wie diese gingen Bruder Qaun durch den Kopf, während er sich die Hände wusch.

»Ich sehe dir an, dass du dir immer noch Sorgen um sie machst, mein lieber Junge, aber sie wird wieder gesund.« Vater Zajhera trat durch die Tür in Qauns Rücken und reichte dem Priester eine Tasse heißen Tee; das Wasser, das Ninavis aufgekocht hatte, war schließlich einem anderen Zweck zugeführt worden.

»Ich mache mir in der Tat Sorgen um sie, und nicht nur wegen ihrer Verletzung.« Bruder Qaun nahm die Tasse aus blau glasiertem Kazivar-Porzellan entgegen und überlegte, ob Zajhera sie im Haus gefunden oder mitgebracht hatte. *Konzentrier dich.* »Ich glaube nicht …«, begann er, verstummte und versuchte es noch einmal. »Ich glaube nicht, dass ich ihr helfen kann, Vater. Und ich weiß, wie viel sie Euch bedeutet. Mich zu ihr zu entsenden, war ein Fehler.«

Vater Zajhera starrte Qaun an, der sein Bestes tat, nicht unter dem Blick seines Meisters zusammenzuzucken. Zajhera hatte eine Art, Leute mit genau jener elterlichen Enttäuschung anzusehen, die Kindern seit jeher die Tränen in die Augen trieb. Ihn unzufrieden zu sehen schmerzte schlimmer als eine Dolchwunde.

»Erzähl mir, was passiert ist. Da scheint mir noch mehr zu sein als diese Pfeilwunde.«

Der Priester bedeutete Zajhera, ihm zu folgen. Ein Badezimmer war nicht die geeignete Umgebung für das Gespräch, das er mit ihm führen musste. Sie gingen nach unten in eine kleine Stube mit bequemen Stühlen und einem Tisch darin, auf dem sie ihren Tee abstellen konnten.

Ninavis hatte sich inzwischen auf die Suche nach Stute Dorna und Sir Baramon gemacht. Außer Graf Janel, die noch bis zum Morgengrauen schlafen würde wie eine Tote, war niemand hier.

»Ich habe Eure Ratschläge befolgt und das Thema, woher ihre Fähigkeiten stammen, so gut es ging vermieden«, begann Bruder Qaun, nachdem sie sich gesetzt hatten. »Seit unserer ersten Begegnung behauptet sie, ihre Kraft käme von Xaltoraths Fluch, doch während der vergangenen Wochen …« Er hielt inne und nahm einen Schluck Tee. »Nun ja, es wurde immer schwieriger, ihre anderen Fähigkeiten zu ignorieren, die sich kaum auf diesen Fluch zurückführen lassen.«

Vater Zajhera schaute ihn überrascht an. »Sie hat eine zweite Zaubergabe entwickelt?« Keiner der beiden benutzte den Begriff *Hexengabe*. Hexen waren nicht bloß Zauberer, die vergessen hatten, ihre Lizenzgebühren zu bezahlen.

»Mit Verlaub, Vater, ich glaube, sie hat eine *dritte* entwickelt. Ihr habt immer behauptet, ihre Kraft käme aus ihr selbst – ein Verteidigungsmechanismus, den sie sich nach der traumatischen Erfahrung in Lonezh angeeignet hat. Aber dieser ›Fluch‹, der sie zwingt, jede Nacht im Nachleben zu verbringen, ist meines Erachtens ebenfalls eine Zaubergabe. Und ich glaube, dass sie gerade dabei ist, eine dritte Gabe zu entwickeln, die mit Feuer zu tun hat.«

Vater Zajhera lachte. »Beeindruckend. Es ist eine Schande, dass ihr Großvater mir nicht erlaubt hat, sie auszubilden.«

»Selbstverständlich hat er es Euch nicht erlaubt. Sie ist nicht vom Blut des Joras.« Bruder Qaun bedachte sein Ordensoberhaupt mit einem tadelnden Blick. »Etwas, von dem Ihr mir nie erzählt habt.«

»Wie? Ach ja. Habe ich vergessen.«

»Nun, ich jedenfalls werde diesen Ausdruck bestimmt nie wieder vergessen. Vielleicht lässt sich jemand finden, der ihn mir auf die Robe stickt. Dorna möglicherweise …« Der Priester seufzte und streckte die Glieder. »Und das ist noch nicht alles. Es ist noch nicht einmal die Hälfte.« Er sprach weiter, ohne auf eine Reaktion zu warten. »Es gab einen Anschlag, als wir in Mereina waren. Eine ausgeklügelte Attacke, durchgeführt von echten Hexen. Beinahe die gesamte Stadtbevölkerung wurde ausgelöscht, alle Turnierbesucher starben. Es gab Tausende Tote.«

Vater Zajhera schien nicht überrascht. Qaun hätte damit rechnen sollen. Zajhera kannte sehr viele Leute und wusste so gut wie alles.

»Unter denen, die den Anschlag durchführten, war eine Doltari namens Senera. Sie setzte eine magische Rauchwolke frei, die ihre Opfer erstickte. So starben die meisten, aber ich habe beobachtet, was sie unternahm, um selbst nicht Opfer dieses Rauchs zu werden.« Bruder Qaun malte eine geschwungene Linie in die Luft. Sie leuchtete, tat ansonsten aber nichts Außergewöhnliches, auch wenn Qaun vermutete, dass die Luft um die Glyphe herum absolut rein und sauber war. Vermutlich wäre die Demonstration in verrauchter Umgebung anschaulicher gewesen.

Auf Vater Zajheras Gesicht spiegelten sich innerhalb kürzester Zeit verschiedenste Gefühlszustände, einer davon war Wut. Schließlich blieb es bei trauriger Betroffenheit. Er betrachtete die Rune lange und sorgfältig, dann seufzte er und lehnte sich auf seinem Stuhl zurück.

Bruder Qaun kannte den Priester schon sein ganzes Leben. Er wusste, wie er die Geste zu deuten hatte. »Ihr wisst, was das ist, nicht wahr?«

»Eine Sigille«, erwiderte sein Gegenüber mit einem Kopfschütteln. »Nein, verzeih, das klingt zu sehr nach einem harmlosen Glückssymbol, das man auf die Tür eines Kinderzimmers malt. Was du da gerade in die Luft gezeichnet hast, ist die symbolische Darstellung von Tenyé, der wahren Essenz aller Dinge. Verrate mir, hatte diese Frau, diese Senera, einen kleinen Stein bei sich? Als Kette oder Schmuckanhänger? In etwa so groß?« Er hielt Daumen und Zeigefinger ungefähr zwei Zentimeter weit auseinander. »Einen Kristall?«

»Nein, ich habe nichts dergleichen ...« Bruder Qaun hielt inne. »Moment, wartet. Sie trug keinen Schmuck, aber sie hatte einen kleinen Tintenstein. Sie zog ihn aus ihrem Mieder, bevor sie sich in den Finger schnitt und mit dem Blut dieses Schriftzeichen auf ihre Stirn malte. Ich hielt es für einen Ritualzauber.« Er zog die Augenbrauen hoch. »Das tue ich immer noch. Bei den Borsten ihres Pinsels muss es sich um Haare ihrer yorischen Soldaten gehandelt haben. Durch einen Analogiezauber ist die Sigille dann gleichzeitig auch auf deren Stirn erschienen.«

»Ja«, bestätigte Vater Zajhera. »Sehr scharfsinnig. Sogar noch scharfsinniger war es, das Schriftzeichen für deine eigenen Zwecke zu verwenden.* Ich bin stolz auf dich.«

Bruder Qaun errötete. »Vater, ich ... ich danke Euch. Aber es ist dieses Schriftzeichen, das mir solche Sorgen bereitet. Woraus besteht es? Wo kommt es her? Ich habe es mit keinerlei Tenyé angefüllt, als ich es malte. Es dürfte über keine Zauberkraft verfügen, und doch funktioniert es.«

Vater Zajhera schwieg lange. Er trank von seinem Tee und dachte über seine Antwort nach. Schließlich sagte er: »Diese Frau, diese Senera, falls das ihr richtiger Name ist ...«** Er nickte Bruder Qaun zu. »Der Stein, den sie aus ihrem Mieder zog, war kein Flusskiesel. Sondern der gefährlichste aller Ecksteine: der Name aller Dinge.«

Bruder Qaun merkte, wie ihn ein Schaudern durchlief. Er wusste nur sehr wenig über die acht Ecksteine. Vater Zajhera sprach sel-

---

* Wenn ich daran denke, wie die Sache ausgegangen wäre, wenn dieser Priester nicht so verflucht genau hingeschaut hätte ...
** Das werde ich nie verraten.

ten von ihnen, doch Qaun erinnerte sich immerhin, dass es sich um Artefakte mit unterschiedlichen Zauberkräften handelte.

»Ihr sagtet einmal, die Ecksteine seien in Stein gefangene Götter«, flüsterte er.

Zajhera winkte irritiert ab. »Das war dichterische Übertreibung. Diese Beschreibung lässt sie intelligenter wirken, als sie sind. Die acht Ecksteine sind Kleinodien, die mit den kosmischen Prinzipien in Verbindung stehen. Sie verfügen über gottgleiche Kräfte, aber weder über den Willen noch über die Intelligenz eines Gottes. Die müssen aus einer anderen Quelle kommen. Und zwar von dem, der den Stein benutzt.« Sein Lächeln wurde bitter. »Und sei es eine entflohene doltarische Sklavin.«

»Was …?« Bruder Qauns Kehle wurde staubtrocken. »Was kann der Name aller Dinge? Über welche Kräfte verfügt er?«

Zajhera zuckte die Achseln. »Wer weiß das schon genau? Er liefert dem Besitzer Kenntnisse. Seine Kraft ist subtil, seine Domäne ist das Wissen. Wie es scheint, kann er Fragen beantworten. Vielleicht sogar so knifflige Fragen wie die, welches Tenyé-Symbol in der Lage ist, giftige Luft zu reinigen.«

»Jede beliebige Frage?« Bruder Qaun spürte Panik in seiner Brust aufwallen. Konnte der Besitzer dieses Steins die Zukunft vorhersagen oder die Schwächen seiner Feinde auskundschaften? Was konnte jemand anrichten, der über all diese Antworten verfügte?

»Das weiß ich nicht.« Vater Zajhera stellte seine Tasse ab. »Dieses Geheimnis wirst *du* lüften müssen.«

»Aber ich …«

Zajhera hob den Finger. »Sie braucht dich, mein Sohn.* Sie braucht jemanden, der ihr den Weg weist, denn sie ist umgeben von Dunkelheit. Xaltorath hat einen entsetzlichen Einfluss auf sie, und du hast selbst gesehen, was geschieht, wenn sie die Kontrolle verliert.«

---

* Tue ich nicht! Oh, er meinte Janel.

»Man könnte sie ausbilden. Ich habe noch nie jemanden mit so viel Potenzial gesehen. Sie verfügt über drei Zaubergaben, Vater! Sie regeneriert ihre Kräfte jeden Tag aufs Neue und merkt es nicht einmal.«

»Und wer soll sie ausbilden?«, entgegnete Zajhera. »Sie ist eine Frau. Das Reich erteilt Frauen keine Magierlizenz. Jede, die nur einen einzigen Zauberspruch kennt, gilt als Hexe – ganz egal, wie viel Potenzial sie haben mag. Und Hexerei wird mit dem Tod bestraft, nicht mit Sklaverei.«

»Ich weiß, wie fehlgeleitet die Gesetze Quurs sind. Doch ich bin nicht sicher, ob sie hier überhaupt zur Anwendung kämen, denn die Jorater haben eine vollkommen andere Auffassung von Geschlecht. Ihr wisst doch bestimmt, dass laut joratischem Recht nur Männer einen Adelstitel führen dürfen?«

Vater Zajhera zog die Augenbrauen zusammen. »Ja.«

»Nein.« Qaun hob eine Hand. »Nur *Hengste* dürfen einen Adelstitel führen, und der Rest Quurs geht einfach davon aus, dass damit Männer gemeint sein müssen. Wie lautet beispielsweise die Übersetzung von *Idorrá* auf Guarem?«

»*Männlich* ...«, antwortete Vater Zajhera und stutzte. »Aber das ist mit Idorrá nicht gemeint.«

»Exakt, ist es nicht. Idorrá ist ein geschlechtsneutrales Konzept. Aber da wir Westquurer uns Macht und Führungsstärke von jeher als männliche Eigenschaften vorstellen, nehmen wir einfach an, dass *Idorrá* so viel wie *Mann* bedeuten muss. Tut es aber nicht.«

»Dann ist es nur eine falsche Übersetzung, und die Jorater verstehen den Unterschied zwischen männlich und weiblich durchaus.«

»Tun sie das? Sie verstehen den Unterschied zwischen Hengsten und Stuten. Wenn man ihnen erzählt, dass in Quur nur Männer einen Adelstitel erben können, nicken sie und sagen, dass sie es in Jorat genauso halten. Und wenn man sie dann darauf hinweist, dass jemand wie Janel gerade den Titel ihres Großvaters geerbt hat, nicken sie immer noch – weil das für sie kein Widerspruch ist.«

Zajhera schaute Bruder Qaun verwirrt an. »Aber sie ist doch eine Frau …?«

»Körperlich«, stimmte Bruder Qaun zu. »Wisst Ihr noch, wie Ihr mir das erste Mal von ihr erzählt habt? Von ihr und all den falschen Berichten, der Graf von Tolamer habe einen Enkelsohn? Ihr habt damals angenommen, die Leute hätten sie in Jungenkleidern herumlaufen gesehen und daraus die falschen Schlüsse gezogen. Aber ich glaube, das war nicht der Fall, denn die Jorater sehen diese Dinge anders als Ihr und ich. Janel ist keine Stute, sie ist ein Hengst. In Jorat gilt Graf Janel – beachtet, dass ihr Titel *Graf* lautet, nicht *Gräfin* – in jeder Hinsicht als Mann, bis auf eine: dass ihr Körper weiblich ist.«

»Aber sie war mit diesem Burschen verlobt …«

»Es hat nichts Anrüchiges, wenn zwei Hengste heiraten, denn diese Bezeichnung hat nichts mit dem körperlichen Geschlecht zu tun. Außerdem gibt es in Jorat drei Geschlechter.«

»Drei was?«

»Drei Geschlechter. Wallach ist das dritte. Es hat nichts damit zu tun, ob man Geschlechtsverkehr praktiziert oder auch nur dazu in der Lage ist. Wallach ist ein Überbegriff für alle, die nicht in die Gruppen Hengst und Stute passen oder passen *wollen*. Wie dem auch sei, Hengste dürfen untereinander heiraten, doch wie es scheint, wollte Sir Oreth Graf Janel die Rolle als Stute aufzwingen. Dem hat sie sich widersetzt.« Er hielt kurz inne. »Gewaltsam.«

»Oh.« Vater Zajhera schüttelte den Kopf. »Tja, dies ist zweifellos ein seltsames Land. Aber selbst wenn Janel hier als Mann gilt – oder Hengst –, wird man sie trotzdem als Hexe verbrennen.«

»Sie würden jeden, der von dieser Seite der Berge stammt und eine magische Begabung zeigt, als Hexe verbrennen. Einzig und allein wir Westquurer haben das Glück, damit ungeschoren davonzukommen.« Bruder Qaun seufzte. »Ich sollte wohl noch die Prophezeiung erwähnen …«

Vater Zajhera schaute den Priester an, seine Augen leuchteten wie Edelsteine.

»Auch davon wusstet Ihr bereits«, sagte Bruder Qaun.

»Es ist schwer zu sagen, wie viel an einer Prophezeiung dran ist«, räumte Vater Zajhera ein. »Vermutlich wäre es einfacher, wenn ich diesen Eckstein, den Namen aller Dinge, hätte.* Aber ich wusste auch so schon seit Langem, dass Janel in etwas Größeres verwickelt ist. Warum sonst würden die Dämonen sie einer solchen Sonderbehandlung unterziehen? Mach weiter wie bisher, bleibe unauffällig, halte mich über alles auf dem Laufenden und versuche, Janel zu helfen, ohne dich selbst in Gefahr zu bringen. Vergiss nie: Ein toter Heiler heilt niemanden mehr. Und was Graf Janel betrifft …« Zajhera griff nach seiner Teetasse.

»Ja?«

Vater Zajhera lächelte. »Wer von einem Dämon verflucht wurde, verstößt gegen kein Gesetz, mein Sohn, ganz egal welchen Geschlechts er ist. Also würde ich sagen, Janels Kräfte gehen auf einen Fluch zurück, und du wirst fortan dasselbe sagen. Haben wir uns verstanden?«

Bruder Qaun nickte. »Ja, natürlich, Vater. Ich verstehe voll und ganz.«

---

* Mit Sicherheit. Sorgen wir dafür, dass es nie dazu kommt.

22

DER PREIS DES IDORRA´

Jorat, Quurisches Reich.
Drei Tage nach Ausbruch der Brände in der Hauptstadt

Janel musterte Qaun einen Moment lang. »Dann hast du es also die ganze Zeit über gewusst.«

Qaun wand sich unter ihrem Blick. Er schaute zu den anderen Wirtshausgästen hin und betrachtete schließlich seine Hände. »Gewusst?«

»Woher meine Kraft kommt.«

»Ich wusste es nicht mit Sicherheit«, gestand er, immer noch unbehaglich, »aber wir hatten so einen Verdacht. Schreckliche Erlebnisse bringen oft eine Zaubergabe mit sich, und, nun ja, die Eure hat sich direkt nach einer ganzen Serie von schrecklichen Erlebnissen manifestiert.«

»Ts-ts-ts«, machte Stute Dorna und schüttelte den Kopf. »Armes Fohlen.«

»Hast du immer noch Kontakt zu diesem Vater Zajhera?«, fragte Kihrin.

Janel und Qaun tauschten einen Blick aus.

»Ich vermute, wir könnten ihn jederzeit kontaktieren. Warum?«, erwiderte Janel.

»Tja, ich weiß, dass ihr ihn beide sehr hoch schätzt, aber etwas an dieser Geschichte stößt mir auf, auch wenn ich nicht genau sagen kann, was.« Kihrin schnippte mit den Fingern. »Moment. Ich hab's. Qaun, du hast gegenüber Vater Zajhera nie erwähnt, dass Senera eine entflohene doltarische Sklavin ist, oder?«*

Bruder Qaun blinzelte. »Ich … was?«

»Du hast ihm nie erzählt, dass sie eine Sklavin war, ob entflohen oder nicht. Woher wusste er es dann?«

»Oh.« Qaun hob die Augenbrauen. »Das ist mir gar nicht aufgefallen.«

»Er hatte recht«, überlegte Janel laut. »Aber wir fanden es erst später heraus. Qaun, bist du sicher, dass er das über Senera gesagt hat?«

Der Priester zuckte zusammen. »Ich bin sicher.«

»Aber was hat das schon zu bedeuten?«, warf Stute Dorna ein. »Vielleicht hat er nur geraten. Außerdem ereilt die meisten Dolta-Dingsbums in Quur dieses Schicksal, wie ich gehört habe. Oder nicht?«

Kihrin zuckte die Achseln und lehnte sich in seinem Stuhl zurück. »Möglich. Es kam mir nur seltsam vor. Aber vielleicht liegt Dorna ja richtig, und er ist einfach davon ausgegangen, dass sie eine Sklavin gewesen sein muss.«

»Nein.« Qaun schloss für einen Moment die Augen. »Nein, er hat sich wahrscheinlich versprochen – oder er hat mich auf die Probe gestellt. So oder so, es hätte mir auffallen müssen.«

Janel bedachte Qaun mit einem eigenartigen Blick. »Wie meinst du das?«

»An diesem Punkt der Geschichte sind wir noch nicht«, entgegnete der Priester. »Ihr seid dran.«

---

* Ich habe mich schon gefragt, ob es jemandem auffallen würde.

Janels Schilderung. Barsine-Gemächer, Atrine, Jorat, Quur.

Ich habe mich gefragt, ob es vielleicht besser wäre, wenn ich mich an die Ereignisse der letzten Nacht nicht erinnern könnte. Hätte ich mich reiner gefühlt, glücklicher, wenn ich am nächsten Morgen aufgewacht wäre, unsicher, was ich getan hatte – unschuldig durch Unwissen? Könnte ich dann so tun, als hätte ich nichts Böses getan, oder würde ich von Zweifeln geplagt? Was wäre schlimmer: mit der Hoffnung aufzuwachen, dass ich niemanden getötet hatte, oder genau zu wissen, was geschehen war?

Es spielte keine Rolle. Ich wusste es. Ich erinnerte mich an alles. Ich stieß meine Bettdecke weg und griff mir eine Robe.

»Ach, Fohlen!«, schimpfte Dorna. »Ihr solltet doch im Bett bleiben.« Sie saß vor einem kleinen Tisch neben der Feuerstelle und flickte die Risse in meiner blutverschmierten Tunika. Dorna gab unumwunden zu, dass sie nicht kochen konnte, aber mit Nadel und Faden wirkte sie wahre Wunder. Wenn sie mit ihrer Arbeit fertig war, würde niemand mehr auf die Idee kommen, dass der Stoff einmal Löcher gehabt hatte. Außerdem würde sie die Tunika färben, um die Blutflecken zu überdecken.

»Mir geht's gut, Dorna.« Das war nicht gelogen. Ich hatte keine Schmerzen, nicht einmal, wenn ich die Wunde an meinem unteren Rücken befühlte.

Ich nahm mein Mieder, das vor ihr auf dem Tisch lag. »Wer hat mich geheilt? Qaun?« Ich steckte einen Finger in das Loch auf der Rückseite. Auch das ließ sich flicken. Noch nicht lange her, da hätte ich es einfach weggeworfen und die Dienerschaft angewiesen, mir ein neues zu machen.

Jetzt musste ich so zurechtkommen.

Dorna antwortete nicht. Als ich versuchte, ihren Blick aufzufangen, war sie so auf ihre Arbeit konzentriert, dass ich mich fragte, was passiert sein mochte, während ich bewusstlos gewesen war. »Dorna? Hat Qaun meine Verletzung geheilt?«

Dorna überging meine Frage und legte Nadel und Faden weg. »War die Wunde schlimm? Beim letzten Mal wurdet Ihr ja nicht in den Rücken getroffen, und ...«

Ich legte das Mieder zurück auf den Tisch. »Wo sind wir? Sind das die Barsine-Gemächer?«

»Ja, Fohlen«, sagte Dorna mit einem Lächeln. »Wir dürfen sogar ganz offiziell hier sein. Kalazan hat uns die Erlaubnis erteilt.«

»Das weiß ich. Hast du Arasgon und Talaras getroffen?«

Sie warf mir einen strengen Blick zu, machte Anstalten, etwas zu sagen, und presste dann die Lippen aufeinander. »Fohlen ...«

»Und was ist mit dem Schmuck meiner Mutter? Habt ihr ihn verkauft?«

Dorna seufzte. »Nein. Aroth war schon immer ein ausgekochtes Schlitzohr. Er lässt auch die Pfandhäuser beobachten, aber ich kenne seine Tricks.« Sie sah den Ausdruck auf meinem Gesicht. »Wir werden schon einen Weg finden. Ich habe ein bisschen Geld angespart, wir sind noch nicht bankrott, und den Feuerblütern geht es gut. Sie tollen auf dem Grün herum, feiern Wiedersehen mit alten Freunden und schäkern schamlos mit den Stuten.« Sie stand auf. »Ninavis hat mir alles erzählt, was passiert ist. Seid nicht so hart zu Euch selbst. Das waren böse Männer.«

»Verzweifelte Männer«, berichtigte ich. »Über ihren Charakter weiß ich nichts.«*

»Sie hätten Euch getötet.«

»Das weiß ich nicht mit Sicherheit. Und du auch nicht. Und falls ich ihren Seelen nicht das nächste Mal begegne, wenn ich im Nachleben bin, werde ich es auch nie erfahren.« Ich legte die Fingerkuppen aneinander. Dorna oder jemand anderer – Qaun vielleicht – hatte meine Hände gewaschen, während ich schlief.

---

* Ich lese diese Schilderung aus dritter Hand, und selbst ich weiß das ein oder andere über den Charakter dieser Banditen. Janel soll sich wieder abregen.

Allerdings nicht sonderlich gründlich; unter den Fingernägeln klebte immer noch getrocknetes Blut.
»Ich weiß nur, dass ich sie abgeschlachtet habe.«*
Dorna erwiderte nichts, entweder weil sie der gleichen Meinung war, oder weil sie glaubte, dass ich es mir ohnehin nicht würde ausreden lassen. »Lasst mich Frühstück für Euch holen.«
»Nein. Kehren wir noch einmal zu meiner ursprünglichen Frage zurück: Hat ... Qaun ... mich ... geheilt?«
Dornas beharrliches Schweigen hatte mich stutzig gemacht.
»Oh. Ich denke, das hat er, mit Zajheras Hilfe ...«
Zajhera? Meine Augen weiteten sich.
»Ihr sollt Euch ausruhen!«, rief Dorna mir hinterher, als ich in den Salon ging.
Die meisten Gemächer in Atrine unterscheiden sich kaum voneinander. Ihre Grundrisse sind beinahe identisch, aber weil ein Baron einen niedrigeren Rang bekleidet als ein Graf, sind die Barsine-Gemächer kleiner als die Tolamer-Gemächer. Die gleiche Feuerstelle am gleichen Ort, die gleichen Kragsteine, der gleiche Stuck an den Decken, der gleiche Salon. Durch jahrhundertelange Benutzung war der Putz an den Wänden so glatt poliert, dass man ihn für Marmor halten konnte.
Ein vor sich hin köchelnder Topf verströmte einen würzigen Geruch. Bei dem Inhalt konnte es sich also unmöglich um den traditionellen joratischen Frühstücksbrei handeln. Ein großer Altar beanspruchte den Ehrenplatz im Salon, doch es gab nur wenige Gemälde und Wandteppiche. Keine Skulpturen, keine Bücher. Das passte zu Tamins Vater, wie ich ihn in Erinnerung hatte: als grimmigen Mann, in dessen Anschauung jegliche Form von Kunst ein potenzielles Einfallstor für Laster und Dämonen darstellte.

---

* Meine persönliche Faustregel lautet: Wenn jemand mit einer Armbrust auf dich schießt, will er dich töten. Andererseits bin ich in dieser Hinsicht vielleicht etwas pedantisch.

Sir Baramon, Bruder Qaun und Ninavis saßen im Salon und unterhielten sich mit einer vierten Person. Der Betreffende hörte ihnen mit aufrichtiger Begeisterung zu und ignorierte den gewürzten Frühstücksbrei, der in einem Teller gleich neben seinem Ellbogen allmählich kalt wurde. Sein Bart und seine geflochtenen Zöpfe hoben sich wolkenweiß von seinem braunen Gesicht ab. Er hatte weise Augen und ein freundliches Lächeln.

Ohne diesen Mann hätte ich das Erwachsenenalter niemals erreicht. Vater Zajhera hatte mich in vielerlei Hinsicht gerettet. Er hatte mir geholfen, die Schreie in meinem Kopf auszublenden, und mich darin bestärkt, dass ich mehr war als nur Xaltoraths Tochter.

»Habt Ihr sie schon einmal so erlebt? Es ist beängstigend …« Sir Baramon stieß Ninavis mit dem Fuß an, und sie verstummte. Eine unbehagliche Stille senkte sich über die Gruppe, als sie merkten, dass ich den Salon betreten hatte.

Über alle außer einen.

»Meine liebe Janel!« Der alte Vishai-Priester erhob sich und kam mir mit ausgebreiteten Armen entgegen. »Mein liebes Kind, es ist so lange her. Es tut mir entsetzlich leid, das von deinem Großvater zu hören. Sein Licht strahlte bis in die tiefsten Tiefen unserer Seelen.«

»Vater Zajhera«, erwiderte ich und unterdrückte mit aller Macht das Zittern in meiner Stimme. Ich musste den Drang niederkämpfen, mich ihm in die Arme zu werfen und mich an seiner Brust auszuweinen. Stattdessen legte ich ihm eine Hand an den Hinterkopf und presste meine Stirn an die seine. Zajhera erwiderte den Gruß. Wahrscheinlich hatte er seit unserer letzten Begegnung keine anständige joratische Begrüßung mehr erlebt, und das war Jahre her. »Ich dachte, Ihr seid jenseits der Drachenspitzen.«

Bruder Qaun stand ebenfalls auf. »Oh, das war er, Graf. Ich habe ihm eine Nachricht geschickt.« Qaun hielt inne, ein Schatten huschte über sein Gesicht. »Ich hielt es für das Beste.«

Ich trat einen Schritt von dem Ordensoberhaupt zurück und senkte die Arme. »Verstehe. Danke, Bruder Qaun.« Ich musterte die Anwesenden, und der Anblick brach mir das Herz. Bruder Qaun war nervös, Sir Baramon rot im Gesicht vor Scham, und Ninavis ...

Ninavis schaute mich nicht einmal an.*

»Lasst uns allein«, sagte ich. »Vater Zajhera und ich haben etwas zu besprechen.«

Die Stille hielt an, schließlich schlurften die anderen nach draußen.

»Ninavis?«

Sie blieb in der Tür stehen und drehte sich um.

»Ich komme zu dir, sobald wir hier fertig sind.«

Ninavis setzte zu einer Erwiderung an, runzelte dann aber nur die Stirn, nickte knapp und folgte den anderen.

Ich schaute ihr lange hinterher, bevor ich mich wieder Vater Zajhera widmete. »Euer Heiligkeit, Ihr wisst, wie tief ich in Eurer Schuld stehe, aber Ihr hättet nicht herkommen sollen.«

Der alte Mann lächelte. »Setz dich zu mir. Erzähl mir, wie es dir ergangen ist.«

»Warum? Soll ich etwa glauben, Bruder Qaun hätte Euch nicht schon alles brühwarm berichtet?«

Er schüttelte mit einem milden Lächeln den Kopf und klopfte auf den Stuhl neben sich. »Sei nicht so hart zu ihm, mein Kind. Bruder Qaun hat mich hergerufen, als er merkte, was ich schon seit Langem weiß: dass es nicht einfach ist, dich zu heilen. Du wehrst dich dagegen. Und zwar so, wie ein Zauberer sich gegen den Zauber eines anderen wehrt.«** Sein Blick wurde streng. »Und jetzt setz dich.«

---

* Falls Ninavis tatsächlich eine Diraxon ist (was das ein oder andere erklären würde), soll sie bloß nicht so tun. Laut den Gerüchten, die ich gehört habe, bringt man die Leute dort auf noch weit ... kreativere Weise um.

** Während meiner wenigen Begegnungen mit Janel ist mir aufgefallen,

Der Unterton in seiner Stimme, den alle Kinder von ihren Eltern kennen, brachte mich dazu, die Anweisung zu befolgen. Ich nahm ihm gegenüber vor dem Kamin Platz. »Wie viel hat er Euch erzählt?«

»Er sprach von einem bösen Zauberer, einer genauso bösen Hexe und davon, dass du eine Audienz beim Herzog brauchst. Außerdem erzählte er von Ärger mit den Malkoessians, der einfach nicht aufhören will.« Er beugte sich nach vorn. »Nichts, womit du nicht zurechtkämst, meine Liebe. Ich habe größtes Vertrauen in dich.«

Ich atmete tief durch und rang den Impuls nieder, mich in seine Arme zu werfen wie ein kleines Mädchen und mich von dem Priester trösten zu lassen, der schon immer für mich da gewesen war. Oder zumindest seit meinem achten Lebensjahr.

Stattdessen sagte ich: »Ich habe gestern sechs Menschen ermordet. Hat Bruder Qaun Euch auch das erzählt?«

»Ein Mord«, begann Vater Zajhera, »setzt Vorsatz und böse Absicht voraus, aber wenn ich die Gesetze richtig verstehe, hattest du jedes Recht, dich gegen diese Männer zu verteidigen und sie für ihre Unverschämtheit zu bestrafen.« Ich wollte widersprechen, doch Vater Zajhera hob den Zeigefinger. »Sie gehörten nicht zu deiner Herde. Sie waren keine Saelen, sondern gefährliche Männer, die ein Verbrechen begehen wollten. Doch das ist nicht das eigentliche Problem, oder?«

Ich seufzte und starrte meine schwarzen Finger an. »Nein. Das eigentliche Problem ist, dass ich die Kontrolle verloren habe.«

»So scheint es. Hat jemand von dir Besitz ergriffen? Ist Xaltorath zurückgekehrt?«

dass sie ihre Talismane verinnerlicht hat. Damit ist sie die dritte Person, die ich kenne, die das kann, und bei den anderen beiden handelt es sich um Euch selbst sowie um Gadrith (wobei Gadrith betrogen hat, indem er sie sich in den Körper nähte).
Ich denke, diese Tatsache sollten wir im Auge behalten.

»Nein, ich ...« Ich drehte mich weg und starrte in die tanzenden Flammen. »Ich war außer mir vor Zorn. Er wallte in mir auf wie ein Feuer, das sich nur mit Blut löschen ließ. Ich habe Angst ... ich habe Angst, zu dem zu werden, was ich am meisten hasse.«

»Hmm.«

Ich drehte mich zu ihm um. »Hmm? Mehr habt Ihr dazu nicht zu sagen? Hmm?«

Er zuckte die Achseln, setzte sich auf seinen Stuhl und machte sich daran, seinen Getreidebrei zu essen. »Das schmeckt köstlich. Hat Dorna das gekocht?«

»Wenn es köstlich schmeckt, wohl kaum.«

»Du kannst dich glücklich schätzen, sie an deiner Seite zu haben, mein Kind. Das ist doch kein Reis, oder?«

»Ich habe nicht die geringste Ahnung. Gerste vielleicht? Ihr wechselt das Thema.«

Er kicherte und aß weiter, während ich wartete. Schließlich, als ich ihn schon anschreien wollte, schob er seine Schüssel weg. »Ich glaube, dass die Jugend die Dinge immer sehr dramatisch sieht.«

»Dramatisch?« Ich blinzelte ihn an. »Ich habe sechs Männer ...«

»Ja, gewiss. Du bist eine junge Frau, die sich wegen einer schwierigen Situation dazu gezwungen sieht, schwierige Entscheidungen zu treffen. Ein unglaublicher Druck lastet auf dir, und bei all dem steht dir eine sogar noch unglaublichere Waffe zur Verfügung: du selbst. Braucht es da wirklich einen Dämon als Erklärung, warum du die Kontrolle verloren hast? Auch wenn du schon sehr viel erlebt hast für dein Alter, befindet sich dein Körper immer noch auf der Reise vom Kind zum Erwachsenwerden. Wenn du ab und zu Probleme hast, ist das keine Überraschung.« Er faltete die Hände im Schoß. »Was mir weit größere Sorgen bereitet, ist diese Sache mit dem Baron von Barsine. Was hast du dir dabei gedacht?«

Ich schnappte nach Luft. Auf die Idee, dass er mich ausgerechnet deshalb zur Rede stellen würde, wäre ich niemals gekommen. »Ich habe keine Ahnung, was Ihr meint.«

Der alte Priester seufzte. »Dies ist nicht mein Land, aber ich weiß genug über Jorat, um die Konsequenzen zu erkennen.«

Ich kniff die Augen zusammen. »Die Konsequenzen? Ich habe einen Höllenmarsch verhindert, Vater Zajhera. Ihr erinnert Euch doch noch, wie der letzte ausgegangen ist, als ich ein Kind war? In Barsine wurde versucht, mithilfe der dem Dämon Kasmodeus geopferten Seelen einen Dämonenprinz zu erschaffen. Sie wollten ihm die ganze Provinz in den Rachen werfen.«

»Richtig, aber du hast den Baron entmachtet und einen Mann aus deinen Reihen als neuen Herrscher eingesetzt …«

»Ich habe niemanden entmachtet, und Kalazan stammt nicht aus meinen Reihen …«

Vater Zajhera winkte ab. »Ich weiß, wie Idorrá und Thudajé funktionieren, meine Liebe. Kalazan gehört dir. Du bist es, die jetzt über Tolamer herrscht …«

»Oreth würde etwas anderes sagen.«

»Solange Sir Oreth keinen Weg findet, dir den Titel wegzunehmen, bist du der Graf von Tolamer. Und was, meine Liebe, passiert, wenn du zum Herzog gehst, ihm die Gefahr schilderst und er … sie einfach ignoriert?«

»Das wird er nicht«, protestierte ich.

»O doch, wird er. Denn abgesehen vom letzten Höllenmarsch herrscht in Jorat nun seit beinahe zweihundert Jahren Frieden. Der junge Herzog hat nicht die geringste Ahnung, wie schnell sich das ändern kann. Er wird glauben, dass du lediglich versuchst, deinem Spitznamen, Janel *Danorak*, alle Ehre zu machen. Dass du überreizt bist, immer noch durcheinander wegen dem Tod deines Großvaters, und versuchst, dir in deiner Fehde mit Oreth Malkoessian einen Vorteil zu verschaffen, indem du durchs ganze Land reitest und alle vor dieser angeblichen Gefahr warnst. Er wird deine Befürchtungen als die Fantasie eines jungen Mädchens abtun, das sich für einen Hengst hält, wo es doch eigentlich mit seinem Platz als Stute zufrieden sein sollte. Und was tust du dann?«

Starr vor Schreck stand ich da, während die Bedeutung seiner Worte zu meiner Seele durchdrang. Nein. Nein, das konnte nicht sein ...

Ich erschauerte. »Ich muss Relos Var aufhalten. Ich *muss* einfach! Die Einwohner von Tiga sind alle tot, Vater. Die Einwohner von Kaltwasser ebenfalls. Wie viele Städte und Dörfer sollen noch das gleiche Schicksal erleiden wie Mereina? Wie viele Menschen sollen noch sterben?«*

Er beugte sich nach vorn, die Ellbogen auf die Knie gestützt. »Und hast du auch einen Gedanken daran verschwendet, was es bedeutet, wenn *du* diejenige bist, die all diese Städte, Provinzen und Kantone rettet? Während der Herzog den Kopf in den Sand steckt? Was wird Xun tun, wenn seine Untertanen dir mehr Thudajé schulden als ihm?«

Alles Blut wich aus meinem Gesicht, als ich begriff, worauf er hinauswollte. In meiner wilden Entschlossenheit, das Richtige zu tun, diese Dämonen und Verrückten aufzuhalten, hatte ich den wichtigsten Grundsatz der joratischen Politik vergessen:

Wer beschützt, herrscht.

»Ich würde ...« Ich schluckte. »Ich würde es im Namen des Herzogs tun. Er würde die Lorbeeren ernten, nicht ich.«

Vater Zajhera nickte. »Ein lobenswertes Vorhaben, vorausgesetzt, Herzog Xun ist so klug, deine Treue ihm gegenüber zu erkennen. Aber das werden wir ja sehen, nicht?«

Er legte mir einen Arm um die Schultern.

»Ich wusste schon immer, dass du etwas ganz Besonderes bist, Janel. Einst hast du eine Armee quer durch Jorat geführt ...«

Ich stieß ein Geräusch aus, irgendetwas zwischen Protest und Wimmern. »Nein, habe ich nicht. Xaltorath ...«

---

* Eine der wenigen Gelegenheiten, da ich mit ihr einer Meinung bin. Wenn es irgendeine andere Möglichkeit gäbe ...

»Es war kein Zufall, dass sie dich ausgewählt hat.«* Oreths Fehler – der gleiche, den sein Vater Aroth begeht, und den auch Herzog Xun begehen wird – ist, dass er dich als seine Untergebene betrachtet, als hätte er Idorrá über dich. Als Braut, Vasallin, Bittstellerin, Dienerin. Doch dem ist nicht so. Ich sage dir, Tochter: Noch bevor dies zu Ende ist, wirst du erneut eine Armee quer durch Jorat führen. Du wirst das gesamte Reich mit deinem Idorrá überziehen, und Quur wird sich vor dir verneigen.«

Seine Worte trafen mich wie Ohrfeigen. Ich starrte ihn an, mein Mund war trocken und meine Kehle wie zugeschnürt. »Ich habe Euren Rat immer hoch geschätzt. Ihr habt mir geholfen, als niemand sonst es konnte. Aber das ... Ihr täuscht Euch, Vater. Ihr täuscht Euch.« Ich hielt inne und sammelte mich. »Ihr stellt mich auf die Probe, nicht wahr? Wie damals, als Ihr sichergehen wolltet, dass ich Xaltoraths Klauen auch wirklich entkommen war. Ihr wollt verhindern, dass ich zu stolz und ehrgeizig werde.«

Vater Zajhera lächelte. »Wie schnell du mich durchschaust.«

»Ich weiß, ich bin eigensinnig«, erklärte ich, »aber ich bin kein Thorra. Ich kenne meinen Platz. Wenn es an der Zeit ist, mich Herzog Xuns Idorrá zu unterwerfen, werde ich es tun.«

Zajhera schlug mir auf die Schulter. Er wollte gerade etwas sagen, da erklangen schnelle Schritte auf der Treppe. Ninavis kam in den Salon gerannt.

»Janel! Du hast gesagt, die Hexe in Mereina wäre eine weißhäutige Doltari, oder?« Sie sah zwar nicht aus, als wäre sie in Panik, aber die Dringlichkeit in ihrer Stimme war nicht zu überhören.

»Ja. Warum, was ist passiert?«

---

* Sind Darzin, Kihrin und ich wirklich die Einzigen, die Xaltorath für männlich halten? (Ja, ich weiß, dass Energiewesen kein Geschlecht haben, aber Dämonen treten beinahe immer mit einem auf. Es ist fast so, als wären sie der Meinung, sie hätten eines ... was mir jetzt, da ich dies niederschreibe, eigenartig vorkommt. Ich muss ein paar Nachforschungen anstellen.)

»Nun ja, ich unterbreche nur sehr ungern, aber sie ist hier.«*

Weil Kaiser Kandor bei der Gründung von Atrine eher ein Schlachthaus als eine Hauptstadt im Sinn gehabt hatte, ragten von den meisten Hausdächern Türme auf, von denen aus man mehrere der ineinander verschlungenen Straßen gleichzeitig einsehen, bei Bedarf Alarm schlagen und die Verteidigung organisieren konnte. Sir Baramon saß gerade auf einem dieser Türme, als er eine schneeweiße Frau** an der Spitze eines Trupps Soldaten Richtung Barsine-Gemächer marschieren sah und Ninavis nach mir schickte.

»Ich täusche mich doch nicht, oder?« Sir Baramon kniff die Augen zusammen, um die Gestalten besser erkennen zu können. Die Soldaten waren in einer Sackgasse stecken geblieben und stritten, in welche Richtung sie weitergehen sollten.

»Nein«, bestätigte ich. »Ihr täuscht Euch nicht. Das ist Senera.« Ich erkannte sie selbst aus dieser Entfernung: Ihre Körperhaltung und die Art, wie sie ihre Hüfte hielt, hatten einen genauso unauslöschlichen Eindruck in mir hinterlassen wie ihre Hautfarbe. Furcht durchzuckte mich. Diese Frau hatte mit einem Zauber eine ganze Stadt ausgelöscht.

Und jetzt war sie in Atrine. Auf dem Weg zu den Barsine-Gemächern.

Man musste kein Genie sein, um sich denken zu können, was der Grund dafür war: Nur jemand, der wusste, dass Baron Tamin entweder tot oder entmachtet war, konnte auf die Idee kommen, sich in seinen leeren Gemächern einzuquartieren. Jemand, der den Anschlag in Mereina überlebt hatte. Also hatte Senera entweder die gleiche Idee gehabt wie wir und suchte nach einer Unterkunft für sich und ihre Männer ...

Oder sie suchte nach *uns*.***

---

* Das Stichwort für den Einsatz der dramatischen Minnesängermusik.
** Also bitte, so blass bin ich auch wieder nicht.
*** Das verrate ich nicht. So stehe ich schlauer da.

»Da.« Ninavis zupfte an meinem Ärmel. »Die Himmelswege.« Sie deutete zu den anderen Dächern hinüber. Dort sah ich weitere Männer, die auf uns zukamen.

Vielleicht war es Zufall. Schließlich benutzten die Atriner die Himmelswege weit häufiger als die labyrinthartigen Straßen.

Dennoch konnte ich nicht umhin zu bemerken, dass sie uns den Fluchtweg abschnitten. Außerdem hielten sie sich, als wären sie Soldaten.

»Sie sind wegen uns hier«, murmelte ich. »Ganz bestimmt. Schnell, holt eure Sachen.«

»Möglicherweise kann ich helfen«, meldete Vater Zajhera sich zu Wort.

Sir Baramon schaute ihn mit gerunzelter Stirn an. »Ich wüsste nicht, was Ihr tun könntet, Priester. Aber danke für das Angebot.«

Vater Zajhera nahm Sir Baramons Ablehnung gelassen. Ein amüsiertes Glitzern trat in seine Augen. »Wo möchtet ihr denn hin? Irgendwo in Atrine, nehme ich an.«

Ich blinzelte ihn an, und Bruder Qaun stammelte: »Vater! Wir sind hier in Jorat. Haltet Ihr es für klug, das zu tun?«

»Mach dir keine Sorgen. Man wird mich schon nicht als Hexe verbrennen. Dieses drollige Gottkönig-Märchen über Joras und seine Nachfahren muss schließlich zu irgendetwas gut sein. Aber verrate dem Haus D'Aramarin nichts. Ich habe noch nie auch nur einen halben Thron an sie bezahlt.«* Vater Zajhera rückte sein Agolé zurecht, dann hob er die Arme und nahm eine Positur ein wie ein Tänzer, kurz bevor sich der Vorhang hebt. Er flüsterte etwas. Seine Stimme war so leise, sanft und samtig, dass sie ein ganzes Heer schreiender Babys in den Schlaf gewiegt hätte. Fäden aus purer Energie strömten aus seinen Fingerspitzen, flossen ineinander und verdichteten sich zu geometrischen Formen. Den Formen wohnte eine Ordnung inne, ein Muster. Es zupfte an meinem

---

* Was für ein kühner Rebell er doch ist.

Geist, forderte mich auf, es zu entschlüsseln. Schließlich bildete es eine leuchtende Scheibe, die allmählich verlosch, und zurück blieb eine kreisrunde Spiegeloberfläche.

Ein Spiegel, in dem die Häuserdächer in unserem Rücken nicht zu sehen waren.

»Hexenwerk ...«, stammelte Sir Baramon.

»Blut des Joras, alter Esel. Schon von Rechts wegen kann er gar keine Hexe sein.« Stute Dorna kam gerade mit mehreren Taschen über der Schulter die Treppe herauf. »Und jetzt nehmt mir etwas von diesem Plunder ab. Es gibt da so ein Sprichwort über geschenkte Gäule, denen man nicht ins Maul schaut, das gut zu unserer Situation passt. Also hört mit dem Gejammer auf.«

Sir Baramon wollte schon protestieren, da sagte ich: »Folgt mir«, und duckte mich zurück nach drinnen. Ich konnte nicht zulassen, dass Baramons Vorbehalte gegen Magie unsere Flucht vereitelten. Ich wies ihn an, sein Gepäck zu holen, schlang mir meine Reisetasche über die Schulter und überlegte, wie praktisch es doch war, dass ich sie seit meiner Vertreibung aus Tolamer stets gepackt ließ. Wie viel Nippes aus den Gemächern den Weg in Dornas Taschen gefunden hatte, konnte ich nicht sagen. Aber ich beschloss, Kalazan bei der ersten sich bietenden Gelegenheit meine untertänigste Entschuldigung sowie entsprechenden Ersatz zu schicken.

Als alle wieder auf dem Dach versammelt und bereit waren, sah ich, dass sich die Soldaten schon ganz in der Nähe befanden. Sie waren so nahe, dass ich ihre blassen Gesichter sehen konnte, die höchstwahrscheinlich nur geschminkt waren, um ihre yorische Herkunft zu verbergen.

Jemand hämmerte gegen die Eingangstür unten.

»Los!«, rief ich. Ich salutierte noch kurz vor den Soldaten, dann trat auch ich durch das Tor.

23

DAS GRÜN

Jorat, Quurisches Reich.
Drei Tage nach der Flucht der Mimikerin Klaue
aus ihrer Gefangenschaft

»Lass mich noch einmal nachfragen, ob ich auch alles richtig verstanden habe«, sagte Kihrin. »Du meinst also, in Jorat gelten Heldentaten als ein Akt der ... *Eroberung?*«

»Nicht unbedingt«, entgegnete Janel. »Wenn Zentauren in Tolamer auftauchen und ich sie zurückschlage, dann erfülle ich nur meine Pflicht als Graf. Heldenhaft und vollkommen akzeptabel. Die Aufgabe eines Hengstes ist, die Herde vor Gefahren zu beschützen. Wozu wäre ich denn gut, wenn ich dazu nicht in der Lage wäre?«

»Wenn du es aber nicht bist, und ein anderer kommt, der es kann ... was dann? Wird dann von dir erwartet, dass du abtrittst und diesem anderen die Macht übergibst?« Kihrin konnte sich nicht vorstellen, dass die Jorater so naiv waren. Wer einmal Macht besaß, gab sie so schnell nicht wieder her. So funktionierte das einfach nicht.

Er dachte an Vater Zajheras Worte. *Der* wusste, wie Macht funktionierte. Er wusste, dass Janels Wunsch, ihre Heimat zu retten, unweigerlich zu einem Konflikt führen würde. Einem Konflikt mit Leuten, die ihr Eingreifen als Bedrohung ihrer eigenen Macht sahen. Und dann? Was würde als Nächstes passieren?

Der Sturz von Herzog Xun? Janel hatte bereits gesagt, dass Xun ihren Tod wollte. Würde es zu einer Rebellion gegen das gesamte Reich kommen? Möglicherweise. Schon allein von seinen Grundsätzen her konnte das Quurische Reich einer Frau – noch dazu einer Hexe – keine echte Macht zugestehen. Allein dafür würde Quur sie vernichten. Kihrin dachte an die Prophezeiungen, die besagten, dass der Höllenkrieger Quur vernichten und neu erschaffen würde. Er dachte außerdem daran, dass es sich bei dem Höllenkrieger nicht um einen Einzelnen handelte, sondern um vier Leute.

Was wiederum bedeutete, dass er nicht unbedingt der Anführer der Armee sein musste, die nach Quur marschierte. Vielleicht würde diese Ehre Janel zuteil.

»So *sollte* es gemacht werden«, antwortete Janel mit gesenktem Kopf. »Doch anscheinend haben unsere Herrscher vergessen, wozu sie ihre Macht eigentlich einsetzen sollten.«

Ninavis lächelte und zuckte die Achseln. »Tja, dann erinnern wir sie eben wieder daran. Du bist dran, oder, Qaun?«

Bruder Qaun nickte.

Qauns Schilderung. Atrine, Jorat, Quur.

Nur wenige im Quurischen Reich sind so bewandert in den magischen Künsten, dass sie allein ein Tor öffnen können. Bruder Qaun konnte es nicht. Seine Fähigkeiten beschränkten sich größtenteils aufs Heilen. Tatsächlich konnten selbst die Torwächter des Hauses D'Aramarin ohne Hilfe kein Tor öffnen. Dazu brauchten sie die Torsteine.

Das Haus D'Aramarin hütete sein Monopol und wäre entsetzt, wenn herauskäme, dass es jemanden gab, der einfach so ein Tor öffnen konnte und auf die Vorschriften pfiff. Schlimmer noch: dass dieser Jemand das Oberhaupt eines obskuren Ordens war, den die meisten schon fast als Sekte bezeichnen würden.

Vater Zajhera dabei zuzusehen, wie er an das Göttliche rührte, erfüllte Qaun jedes Mal mit Freude. Bei Zajhera sah Zaubern so einfach aus, nicht schwieriger, als schriebe er mit Pinsel und Tusche einen Gebetstext nieder. Bruder Qaun beneidete ihn darum, wie geschickt er das universelle Tenyé einfach umformte.*

Vater Zajheras Anwesenheit war wie ein Segen. Qaun wusste, dass von nun an alles besser werden würde.

»Vater …« Sie waren gerade durch das Portal getreten, da sah Bruder Qaun, wie der alte Priester ihm ein warmes Lächeln schenkte.

Er hob die rechte Hand und machte eine kreisende Bewegung mit den Fingern.

»Nein, wartet …« In diesem Moment wusste Bruder Qaun, dass Zajhera nie vorgehabt hatte, sie zu begleiten. »Vater!«

Das Tor verschwand.

Graf Janel stellte die Reisetasche mit ihren Habseligkeiten darin ab und schlug die Kapuze hoch. »Er ist doch nicht dortgeblieben, oder? Senera wird …«

»Aber nein«, versicherte Bruder Qaun. »Er ist bestimmt schon wieder in Eamithon. Schließlich ist Vater Zajhera ein beschäftigter Mann. Er kam nur her, um Eure Verletzung zu heilen.«**

Sie legte eine Hand auf die Stelle, an der sie der Armbrustbolzen getroffen hatte. »Ja, bestimmt. Ich bin sicher, Vater Zajhera kann ganz gut allein auf sich aufpassen. Und wir sollten das Gleiche tun. Das ist jetzt schon das zweite Versteck, aus dem wir fliehen mussten.«

---

* Es macht doch immer wieder Spaß, einem Profi bei der Arbeit zuzusehen.
** Und zu plaudern. Und ihr zur Flucht zu verhelfen. Was mich aber nicht verbittert.

»Nun ja, Fohlen, es waren auch nicht gerade die besten Verstecke.« Stute Dorna blickte sich mit zusammengekniffenen Augen um. »Mal sehen, ob wir im Schoß der Herde mehr Glück haben.«

Bruder Qaun biss sich auf die Unterlippe. Er hatte noch keine Gelegenheit gehabt, Janel vom Namen aller Dinge zu berichten. Keine Gelegenheit, ihr zu sagen, dass Senera sie überall aufspüren konnte – ganz egal, wo sie sich versteckten.

Sie musste nur ihren Eckstein befragen.*

Erst jetzt sickerten Dornas Worte zu ihm durch, und Bruder Qaun begriff, dass sie nicht bildlich gesprochen hatte. Er war in Gedanken so sehr mit Vater Zajheras Abgang beschäftigt gewesen, dass er ihr Umfeld noch gar nicht beachtet hatte.

Sie waren von Pferden umgeben.

Hunderten von Pferden. Sie wieherten, stampften mit den Hufen und schnaubten. Der Duft von Gras und Moschus erfüllte die Luft und vermischte sich mit dem etwas stechenderen, aber ebenfalls natürlichen Geruch nach Pferdedung. Sie streiften über eine weitläufige, parkähnliche Freifläche. Die Häuser von Atrine umgaben sie wie eine gigantische Mauer. Die spitzen Dächer des Herzogspalasts und die Türme des Tempels des Khored reckten sich Schwertern gleich dem Himmel entgegen.

Sie waren auf dem Grün, das sie bei ihrem gescheiterten Versuch, beim Herzog vorzusprechen, schon einmal gesehen hatten. Das Grasmeer war beinahe so groß wie eine Stadt und der einzige

---

* Oh, ich wünschte, es wäre so einfach.
 »Wo hält sich Janel Theranon im Moment auf?«
 »An der Ecke Tapferkeitsboulevard und Triumphstraße.«
 »Schön. Und wo ist das?«
 »Wo ist was?«
 »Wo ist die Ecke Tapferkeitsboulevard-Triumphstraße?«
 »In Atrine.«
 Manche Fragen kann man sich einfach sparen.

Ort in Atrine, an dem sämtliche für das Große Turnier nötigen Pferde Platz finden konnten. Farbenfrohe Azhocks und flatternde Banner, galoppierende Pferde und trainierende Ritter überwältigten die Sinne. Sich hier zu verstecken, schien unmöglich. Andererseits war es wahrscheinlich schwierig, inmitten all der Zwei- und Vierbeiner, die hier durcheinanderliefen, eine einzelne Person ausfindig zu machen.

Irgendwo hier trafen die Feuerblüter Arasgon und Talaras sich mit ihrer Verwandtschaft, tauschten Neuigkeiten und den letzten Tratsch aus. Irgendwo hier grasten die Pferde, die sie vom Tiga-Pass mitgebracht hatten. Genau wie ihre eigenen Pferde, die Arasgon von Barsine hergeführt hatte. Bruder Qaun freute sich schon auf ein Wiedersehen mit Wolke. Der kleine Graue war ihm ans Herz gewachsen, obwohl das Pferd sich nur ungern schneller als im Schritttempo fortbewegte.

Vielleicht auch genau *deshalb*.

»Sir Baramon«, sagte Janel, »helft mir mit dieser Truhe. Und wo hat Hauptmann Mithros seinen Exerzierplatz?« Sie deutete auf den roten Umhang auf ihren Schultern. »Ich glaube, ich sollte ihm das hier zurückgeben.«

»Ganz recht, Fohlen. Ein Söldnerlager ist jetzt genau das Richtige – die Bewerber dort kommen und gehen, niemand beachtet sie.« Dorna legte grinsend eine Hand auf ihre Hüfte. »Außerdem ist der Hauptmann ein alter Freund von mir.«

»Der Markreev von Stavira ist auch ein ›alter Freund‹ von dir«, warf Sir Baramon ein. »Aber irgendwie scheinen die meisten von deinen alten Freunden nichts mehr mit dir zu tun haben zu wollen.«

Dorna schnaubte. »Der Markreev ist nur nach wie vor sauer wegen seiner Frau, das ist alles.«

Sir Baramon verdrehte die Augen und hob die Truhe an. »Wirklich? Sonst gibt es keinen Grund?« Ohne eine Antwort abzuwarten, wandte er sich an den Grafen. »Ihr solltet Euch etwas anderes anziehen. Es wird den Roten Speeren nicht gefallen, wenn Ihr diesen Mantel tragt, selbst wenn Ihr ihn zurückgeben wollt.«

Janel zögerte, dann nickte sie. Sie trug den roten Umhang schon seit Mereina, auch wenn Bruder Qaun nicht sicher war, weshalb. Schließlich zog sie sich den Mantel über den Kopf und legte ihn gefaltet über ihren Arm. Dorna reichte ihr einen schlichten braunen Sallí, den Janel stattdessen anzog. Bruder Qaun fragte erst gar nicht, wo sie ihn herhatte.

»Hier entlang.« Sir Baramon deutete mit dem Kopf in die Richtung, in der der Tempel des Khored lag. Sie gingen darauf zu, bogen kurz vor dem Tempel ab und erreichten eine mit Seilen abgesperrte Fläche im Schatten der Türme. Bruder Qaun sah rote Azhocks mit bunten Wimpeln daran, leuchtende Banner flatterten im Wind. Auf einer weiteren mit Seilen abgetrennten Fläche in der Größe eines Turnierkampfplatzes übten sich die Ritter. Darum herum befanden sich weitere Übungsplätze, alle eigens auf Wettkämpfe ausgelegt, die mit Pferden ausgetragen wurden. Bei den Übungen waren genauso viele Männer wie Frauen vertreten, und die meisten trugen einen roten Umhang oder wenigstens eine rote Armbinde. Nur einer nicht: der Schwarze Ritter.

Wenn sie die abgesperrte Fläche betreten wollten, mussten sie sich entweder unter dem Seil hindurchducken oder sich mit den Wachen herumschlagen, die vor dem einzigen Eingang standen.

»Ich bin hier, um mit Hauptmann …« Der Soldat entriss Janel den roten Umhang, noch bevor sie zu Ende gesprochen hatte.

»Danke fürs Zurückbringen. Hier dürfen nur Speere rein. Keine Ausnahmen. Einen schönen Tag noch.«* Er drehte sich weg und unterhielt sich weiter mit den anderen Wachen, offensichtlich in der Erwartung, dass der Graf mit seinem Gefolge abziehen würde.

---

* Wie grob. Ich spreche hiermit in Janels Namen meine Missbilligung aus.

Der Graf starrte den Soldaten mit offen stehendem Mund an.

Bruder Qaun wurde bewusst, dass Janel nicht aussah wie eine Adlige, nicht einmal wie ein Hengst. Ihre schmutzigen und geflickten Kleider, der fehlende Schmuck und der ungekämmte Laevos schienen ihr Geschlecht deutlich anzuzeigen.

Wer würde bei diesem Anblick an etwas anderes denken als an eine Stute?

»He da! Hast du überhaupt eine Ahnung, wer das ist …?« Dorna verstummte erst, als Janel ihr eine Hand auf die Schulter legte.

»Ich bin hier, um mich zu bewerben«, sagte der Graf.

»Die Bewerbungsfrist ist vor zwei Wochen abgelaufen«, erwiderte der Wachposten. »Wir sind komplett, danke.«

Ninavis holte kichernd ihren Bogen hervor und spannte die Sehne ein, ohne dass die Wachen es bemerkten.

»Ich will nur mit Hauptmann Mithros sprechen.«

Der Wachposten grinste sie an. »Schon komisch, wie viele hübsche Stuten das wollen.«

Janel atmete einmal tief durch.

Bruder Qaun zuckte zusammen und fasste sie am Arm, bevor sie etwas Unüberlegtes tun konnte. »Graf …«

Der Soldat wedelte mit der Hand. »Macht schon, verschwindet. Der Hauptmann begrüßt seine Anhänger erst später. Im Moment ist er beschäftigt.«

Ninavis legte blitzschnell einen Pfeil ein und schoss.

Der Pfeil war so verflucht schnell, dass Bruder Qaun nur einen verschwommenen Fleck sah, doch er glaubte, dass das Geschoss knapp vor dem Gesicht des Wachpostens vorbeiflog, dann den Federbüschel auf dem Helm des Schwarzen Ritters streifte und sich schließlich zitternd in die Zielscheibe am anderen Ende des Übungsplatzes bohrte.

Erst einen Moment später merkte Bruder Qaun, dass Ninavis exakt die Mitte getroffen hatte.

Dann brach die Hölle los.

Sowohl Graf Janel als auch Sir Baramon stutzten, fuhren herum und schauten Ninavis ungläubig an.

Ninavis senkte mit einem Achselzucken den Bogen und grinste den Wachposten frech an. »Ihr seid komplett, wie?«

Janel sah aus, als hätte sie alle Mühe, nicht laut loszulachen.

»Hast du den Verstand verloren? Ich werde dir gleich …« Das Geräusch von galoppierenden Hufen schnitt dem Wachposten das Wort ab.

Der Schwarze Ritter kam herangeritten.

Im Gegensatz zu Sir Baramon auf dem Turnier in Mereina war er nicht als Spaßmacher kostümiert. Auf seine schimmernde Rüstung waren Motive von Raben und kreischenden Dämonen graviert, sein Umhang war mit schwarzen Federn besetzt, und das schwarze Federbüschel auf seinem Helm hatte die Form eines Laevos. Sein Rappe war zwar kein Feuerblüter, aber nichtsdestotrotz eine beeindruckende Erscheinung.

Als der Ritter seinen Helm abnahm, sah Bruder Qaun, dass auch seine Haut schwarz war. Seine Augen waren von einem hellen Grün, doch Haut und Haare waren sogar noch dunkler als die Rabenfedern.

Bruder Qaun hatte sich in Jorat so sehr an den Anblick von scheckiger Haut gewöhnt, dass er im ersten Moment gar nicht begriff, was er da sah. Dann merkte er, dass die Gesichtszüge des Mannes nicht die eines Quurers waren – weder von hier noch von jenseits der Drachenspitzen.

Der Schwarze Ritter war ein Vané. Ein manolischer Vané, genauer gesagt, und das verwirrte Bruder Qaun, der mit offenem Mund dastand.

Was hatte ein Manoler in Jorat zu schaffen?*

»Wer hat diesen Pfeil abgeschossen?« Der Vané sprang aus dem Sattel und kam auf die Gruppe zu.

---

* Die Rolle des Schwarzen Ritters übernehmen, wie es scheint.

»Verzeiht, Hauptmann. Ich hatte nicht für möglich gehalten, dass jemand so dreist sein könnte ...«

Doch Mithros beachtete den Wachposten gar nicht. Sein sengender Blick schweifte über die Gruppe, verweilte einen Moment bei Janel und blieb schließlich an Ninavis' weinrotem Muttermal hängen.

Sie winkte ihm mit dem kleinen Finger zu.

Der Ritter grinste, zwei blendend weiße Zahnreihen blitzten in seinem ebenholzfarbenen Gesicht auf. »Kannst du das auch von einem Pferderücken aus?«

Wie sich herausstellte, konnte Ninavis es tatsächlich.

Alle hatten ihre Übungen eingestellt und sahen zu. Mithros, der Hauptmann der Roten Speere, hatte einen Slalomkurs aus Zielscheiben aufgestellt, sodass Ninavis, während sie zielte und schoss, auch noch das Pferd lenken musste, das er ihr zur Verfügung gestellt hatte.

Viel wichtiger aber war, dass Mithros die gesamte Gruppe als Zuschauer auf den Übungsplatz führte.

»Achtung, fertig, *los*!« Mithros senkte die Hand.

Ninavis ließ ihr Pferd in Galopp fallen.

Bruder Qaun hatte auf dem Turnier in Mereina keinen vergleichbaren Wettkampf gesehen, ging aber davon aus, dass eine ganz ähnliche Demonstration Teil des Rahmenprogramms gewesen war. Und Ninavis mochte keine gebürtige Joratin sein, aber ihrem Reitstil tat das keinen Abbruch: Mühelos dirigierte sie ihr Pferd durch den Parcours und landete einen Volltreffer nach dem anderen, als wäre es ein Kinderspiel.

Am Ende bremste sie ab, wendete das Pferd und trabte zurück zu der Gruppe.

Die Zuschauer applaudierten, und zahlreiche Münzen wechselten den Besitzer, was einmal mehr bewies, dass Jorater sich keine Gelegenheit zum Wetten entgehen ließen – selbst wenn sie ihr

Geld auf jemanden setzen mussten, den sie noch nie zuvor gesehen hatten.*

Ninavis stieg ab.

Mithros verneigte sich lachend vor ihr. »Solche Schießkünste habe ich nicht mehr gesehen, seit ich das letzte Mal in meiner Heimat war. Heirate mich, schöne Frau. Unsere Kinder werden die Welt retten.«

Ninavis blinzelte den Hauptmann sprachlos an, während einer der Roten Speere das geliehene Pferd wegführte. Sie warf Mithros einen mürrischen Blick zu und spannte die Bogensehne aus. »Du bist ein bisschen jung für meinen Geschmack.** Aber wie dem auch sei, der Graf möchte mit dir sprechen.« Sie nickte in Janels Richtung. »Und wenn ich auf dem Turnier unter deiner Flagge antreten soll, musst du das ebenfalls mit ihr besprechen.«

Der Hauptmann schien ihre Antwort gar nicht krummzunehmen und grinste nur noch breiter. Den Rest der Gruppe würdigte er keines Blickes, nicht einmal Janel. »Wo hast du gelernt, so zu schießen?«

Ninavis kniff die Augen zusammen. »Mein Mann hat im Heer gedient.«

Die Miene des Vané wurde nachdenklich. »Dann müssen die quurischen Bogenschützen seit meinem letzten Besuch in einem ihrer Ausbildungslager um einiges besser geworden sein.«

Janel stellte sich neben Ninavis. »Ich kann mir nicht vorstellen, dass einem Manoler gestattet wird, ein quurisches Ausbildungslager zu betreten.«

Bruder Qaun stutzte. Er hätte nicht für möglich gehalten, dass

---

* Ich muss unbedingt noch einmal nach Jorat, wenn sich der Staub ein wenig gelegt hat. Alles, was ich brauche, ist ein Komplize, ein Beutel mit Pfingstrosensamen und eine schwarze Ziege.

** Was eindeutig beweist, dass Ninavis sich nie für die Gottkönig-Märchen über die Vané interessiert hat.

der Graf wusste, wie ein manolischer Vané aussah. Dann rief er sich ins Gedächtnis, dass Janel drei Jahre in Vater Zajheras Obhut verbracht hatte. Selbstverständlich hatte sie in dieser Zeit das ein oder andere von ihm gelernt.

Endlich wurde Hauptmann Mithros auf den Grafen aufmerksam. »Das würde voraussetzen, dass ich zuvor um Erlaubnis gefragt habe ...«

Graf Janel bedachte ihn mit einem finsteren Blick und verschränkte die Arme vor der Brust.

»Mithros, du notgeiler Esel, hör auf, mit den Kindern herumzualbern, und komm her. Du schuldest mir immer noch hundert Throne von unserem letzten Kartenspiel, und die hole ich mir jetzt aus deiner hübschen schwarzen Mähne.« Dorna grinste von einem Ohr bis zum anderen und zwinkerte ihm zu. »Außerdem müssen wir uns einmal unter vier Augen unterhalten.«

Mithros neigte den Kopf und schaute Dorna überrascht an. Plötzlich weiteten sich seine Augen. »Wann bist du eine Frau geworden?«

Dorna seufzte. »Vor Jahren schon, du blinder Ochse. Ich hab dir doch gesagt, dass ich zum Fest der sich wandelnden Blätter – Huch!«

Mithros rannte zu ihr, riss Dorna mit seiner Umarmung von den Beinen und wirbelte sie im Kreis herum. »Ich habe dich gar nicht wiedererkannt! Was ist passiert?«

»Lass mich runter, du Wüstling, bevor ich dir einen Tritt verpasse, dass du nie wieder reiten kannst. Was passiert ist? Ich habe dir gerade erklärt ...«

»Das meine ich nicht. Aber du bist so *alt*!«

»Oh, du großgewachsener Trottel«, erwiderte Dorna. »Das alles ist jetzt dreißig Jahre her. Menschen altern nun mal.«

Mithros trat einen Schritt zurück, als schämte er sich. »So lange schon? Wie schnell die Zeit vergeht.« Er lächelte Dorna sanft und traurig an. Die Art, wie er das tat, deutete darauf hin, dass die beiden einmal mehr als Freunde gewesen waren. Andererseits behauptete Dorna, seit Bruder Qaun sie kannte, steif und fest, dass sie ausschließlich mit Stuten galoppierte, und das schon immer. Außer ...

Bruder Qaun beugte sich an Janels Ohr. »Ähm ... habe ich das eben richtig verstanden?«

Janel schaute ihn verwirrt an. »Welchen Teil?«

»Dorna war früher ein Mann? Wie ist das möglich?«

Der Graf blinzelte. »Das Fest der sich wandelnden Blätter, auf dem Galava die Gebete der Bittsteller erhört. Es wird jedes Jahr in Nivulmir gefeiert.« Janel stutzte. »Macht ihr das im Westen anders?«

Bruder Qaun blinzelte. »Und ob, nämlich überhaupt nicht! Nie.«

Janel runzelte die Stirn. »Wirklich? Wie seltsam.«

Sir Baramon räusperte sich und machte eine angedeutete Verneigung vor dem Manoler. »Sir Baramon, Hauptmann. Wir sind uns vor vier Jahren auf dem Turnier hier in Atrine begegnet.«

»Aber ja! Schön, Euch wiederzusehen. Wo ist Euer charmanter ...?« Er verstummte und legte dem Ritter eine Hand auf die Schulter. »Mein Beileid. Ist es erst vor Kurzem passiert?«

Sir Baramon nickte. »Trotzdem danke.«

»Aber selbstverständlich. Der Verlust einer geliebten Person hört nie auf zu schmerzen.« Sie tauschten einen vielsagenden Blick aus.

Schließlich drückte Mithros noch einmal Sir Baramons Arm und ließ dann von ihm ab.

»Alle mal hergehört: weitermachen!«, rief er den Bogenschützen zu und bedeutete Janels Gruppe, ihm zu folgen. »Schön, ihr habt mich überzeugt. Wir sollten uns irgendwo ungestört miteinander unterhalten.« Er ging los in Richtung Tempel, seine Schritte so schnell und lang, dass alle hinter ihm her traben mussten, um nicht abgehängt zu werden.

»Ihr wollt Euch in einem Tempel, der einem der Acht geweiht ist, mit uns unterhalten?« Der Graf klang empört.

Der Gerechtigkeit halber sei an dieser Stelle hinzugefügt, dass auch Bruder Qaun ein wenig empört war.

Mithros schnaubte. »Dieser Tempel ist nicht nur einem der Acht geweiht, sondern Khored persönlich.« Er schenkte Janel ein strahlendes Lächeln. »Keine Sorge, es ist mir gestattet, dort herumzuschleichen, so viel ich will.«

Bruder Qaun verspürte eine Kälte, deren Ursprung er sich nicht recht erklären konnte.

Dann folgten sie dem Hauptmann in den Tempel des Gottes der Zerstörung.

24

DER SCHWARZE RITTER

Jorat, Quurisches Reich.
Drei Tage nachdem der Wert von Grundstücken im Hafenviertel
der Hauptstadt jäh gefallen war

»Mithros«, sagte Kihrin. »Hmm.« Er grinste Ninavis an. »Hast du seinen Antrag angenommen?«

»Nein!«, antwortete Ninavis. »Mach dich nicht lächerlich. Ich bin keine Zuchtstute, die für einen alterslosen Vané, der sich gerne mit Sterblichen abgibt, Fohlen wirft. Heiraten, ich? Das mache ich nicht noch mal.« Sie stützte einen Ellbogen auf die Theke und grinste. »Ich meine, natürlich hatte ich Sex mit ihm. Ich bin schließlich nicht *blöd*.«

Kihrin unterdrückte ein Lachen. »Nein, bestimmt nicht.«

Ninavis schürzte die Lippen. Ihr Blick ging in die Ferne. »O ja, ich kann es dir nur empfehlen. Such dir einen Vané. Wenn man ein paar Tausend Jahre alt ist, lernt man so einiges, wie es scheint.«

»Wenn er nur eine Frau wäre«, seufzte Dorna.

Janel krümmte sich vor Lachen und stieß sich beinahe den Kopf an der Theke.

»So lustig ist es auch wieder nicht«, protestierte Ninavis.

Janel hob den Kopf. Sie grinste immer noch. »Ach, Ninavis, du hast ja keine Ahnung.«

Janels Schilderung. Auf dem Grün, Provinz Barsine, Jorat, Quur.

Es war schwierig, eine ausdruckslose Miene zu wahren. Ich hatte nicht geglaubt, dass Dorna Mithros tatsächlich kannte. Dann hatte der Hauptmann also auch meine Mutter Frena gekannt, die damals unter Dornas Anleitung begann, an Turnieren teilzunehmen. Meine Eltern hatten sich auf einem solchen kennengelernt.

Mein Problem mit Hauptmann Mithros war jedoch ein anderes: Er sah dem grünäugigen Teraeth, Sohn der Todesgöttin, so ähnlich, dass das kein Zufall sein konnte. Sie waren eindeutig nicht dieselbe Person, aber diese Ähnlichkeit … Im Gegensatz zu Teraeth hatte Mithros ein strahlendes Lächeln und zwinkerte ständig kokett. Aber wenn er gestikulierte oder eine Hand auf den Schwertgriff legte, war die Ähnlichkeit zu Teraeths tödlicher Eleganz unverkennbar. Doch da war noch etwas, als würde Mithros mich noch an jemand anderen erinnern.

Da ich außer ihm nur einen weiteren Manoler kannte, war das ein beunruhigendes Gefühl.

»Hölle und Eis. Lasst Eure Kapuze oben.« Dorna zog mir die Kapuze meines Ersatzumhangs tiefer ins Gesicht.

Ich blinzelte sie kurz an und zog gehorsam den Kopf ein.

Ich hatte es kaum getan, da sah ich Rot und Gold am Rand meines Gesichtsfelds aufblitzen. Ich schaute verstohlen genauer hin und erkannte die Uniformen der Ehrenwache von Stavira.

Es waren die Farben des Markreev von Stavira. Die Farben meines Lehnsherrn Aroth Malkoessian.

Jeder, der nach Atrine kam, besuchte früher oder später den Tempel des Khored, um ihm seine Ehrerbietung zu erweisen und um Erfolg auf dem Turnier zu beten. Rund um die Uhr war der Tempel vom Flüstern der Bittsteller erfüllt.

Andere Herrschaftsgebiete Quurs hatten Gottheiten, die nur für Spiele und Wettstreite zuständig waren, aber die waren alle ehemalige marakorische Gottkönige. Ein Jorater würde sich eher mit flüssigem Blei übergießen, als zu ihnen zu beten. Manche würden behaupten, vor einem Turnier sollte man am besten zur Glücksgöttin Taja beten, aber wir Jorater glauben nicht daran, dass Turniere durch Glück entschieden werden. Deshalb wenden wir uns an Khored, den Patron der Kämpfe, Konflikte und Kriege.

Außerdem war Khored Kaiser Kandors Schutzgott, und damit jetzt auch unserer.

Khoreds Tempel ist in jeder Hinsicht Ehrfurcht gebietend: Am Rand halten Pferdestatuen Wache, in der Mitte steht ein Schlachtfeldaltar aus rotem Marmor, in den auffliegende Krähen graviert sind. Die Luft ist erfüllt von nach Blut und Zimt duftendem Räucherwerk. Durch die bunten Fensterscheiben fällt rotes und violettes Licht herein.*

Und vor dem Hauptaltar betete Aroth Malkoessian, der Markreev von Stavira.

Dorna zupfte mich am Ärmel. »Nicht langsamer gehen. Und seht woanders hin.«

Ich zwang mich weiterzulaufen, sandte ein stummes Gebet zu den Acht und rang meine Panik nieder, als mir wieder einfiel, dass Bruder Qaun seine verräterische Vishai-Robe trug. Ich rief mir ins Gedächtnis, dass Aroth dem Mönch nie begegnet war. Höchstwahrscheinlich wusste der Markreev nicht einmal, wie ein Vishai-Priester aussah.

Egal, wohin man im Tempel wollte, jeder ging als Erstes zum Altar. Kein Gesetz schrieb vor, dass ich mich direkt neben Aroth knien musste. Also suchte ich mir für meine rituellen Gebete einen Platz etwas weiter hinten. Dorna setzte sich mehrere Plätze von mir entfernt, und die anderen verteilten sich unauffällig. Mir fiel auf, dass Qaun sich am weitesten von allen weg setzte, um

---

* Blut und Zimt? Igitt. So bekommt man die Leute bestimmt nicht dazu, in die Kirche zu gehen.

mich nicht zu verraten. Während ich betete, sah ich, wie Aroth sich erhob, seine Soldaten zu sich rief und sich zum Gehen wandte.

Ich atmete erleichtert auf.

Wenige Sekunden später gab Dorna einen erstickten Laut von sich, als Aroth Malkoessian auf dem Kissen gleich links von mir Platz nahm.

Die Luft im Tempel wurde plötzlich schwer und stickig, sie wurde wie zu einem Sumpf, in dem ich mich weder bewegen noch atmen konnte. Meine Haut brannte, und ich musste nicht erst aufblicken, um zu wissen, dass Aroths Soldaten uns umzingelt hatten. Bestimmt trugen sie auch hier drinnen ihre Waffen bei sich.

Ich schaute den Markreev nicht an, und er mich nicht. Keine Begrüßung, nichts.

»Ich war nicht sicher, ob Ihr bei dem Turnier Eure Aufwartung machen würdet.«

»Es ist meine heilige Pflicht«, erwiderte ich.

»Eure übereilte Abreise aus Tolamer hat die ein oder andere Frage bezüglich Eures Pflichtbewusstseins aufgeworfen.«

»Es ist schon eigenartig«, begann ich und versuchte, nicht mit den Zähnen zu knirschen, »wenn man die Herrscherin eines Kantons ist und dort kein Land mehr besitzt, ja nicht einmal mehr das eigene Familienschloss.«

»Mein Beileid zum Tod Eures Großvaters«, flüsterte Aroth. »Er war ein guter Mann.«

»Und viel zu vertrauensselig«, ergänzte ich.

»Er wusste, wo er hingehörte.« Die Zurechtweisung in seinen Worten war nicht zu überhören.

Ganz offensichtlich wusste ich das nicht. Aroths Meinung nach gehörte ich als Ehefrau an Oreths Seite.

Eher hätte ich einen Kuhfladen gegessen.

Ich ballte die Fäuste. »Vielleicht habt Ihr nie versucht, ihm eine Ehe aufzuzwingen.«

»Eure Worte sind ungebührlich.«

»Genauso ungebührlich ist es, einen Schuldner, der unter Eurem Idorrá steht, von seinem Besitz zu vertreiben.«

»Oreth hätte Euch diese Schulden als Hochzeitsgeschenk erlassen.«

»Soll das ein Trost sein oder eine Drohung?«

Aroth saugte die Luft ein und stieß sie mit einem leisen Knurren wieder aus. »Ich habe Euch beschützt, in vielerlei Hinsicht, aber das begreift Ihr nicht.«

Ich rang den Impuls nieder, etwas Unüberlegtes zu erwidern. Mir lag so einiges auf der Zunge. Zum Beispiel wollte ich den Markreev fragen, wie er es geschafft hatte, eine so widerliche Kreatur wie Oreth in die Welt zu setzen. Sein älterer Sohn Ilvar unterschied sich so grundlegend von Oreth wie die Nacht vom Tag. Und ich wollte wissen, warum Aroth das Vertrauen meines Großvaters so rücksichtslos enttäuscht hatte.

Aber ich fragte nicht. Ich hatte es schon weiter getrieben, als der Anstand gebot. Aroth hätte mich auf der Stelle verhaften lassen können.

Ich sah ihn an, so gut es ging, ohne mich vom Altar abzuwenden. »Oreth hält es für sein angeborenes Recht, über mich zu gebieten. Er glaubt, er wäre der Hengst und ich die Stute. Aber das bin ich nicht und werde es auch nie sein.«

Der Markreev warf einen finsteren Blick zu Dorna hinüber, die regungslos dasaß und kaum zu atmen wagte. »Dann hättet Ihr das Fest der sich wandelnden Blätter besuchen sollen.«

Zorn kochte in mir hoch, Zorn auf Oreth und auf seinen Vater, aber auch auf meinen eigenen Großvater, der mich in diese Lage gebracht hatte. Die Worte des Markreev brannten in meinem Innern. Und das nicht, weil ich ein Problem mit den Leuten hatte, die für die Gewährung eines Wunsches ein Jahr ihres Lebens dem Dienst an der Göttin Galava widmeten. Wenn Dorna als Frau glücklicher war als mit dem Geschlecht, mit dem sie zur Welt gekommen war, na und? Der Markreev hatte einst beschlossen, ein Mann zu werden, und auch das war sein gutes Recht.

Aber ich wollte eine Frau bleiben.

Wohingegen Aroth der Meinung schien, Hengste müssten im Körper eines Mannes stecken. Da wurde mir klar, von wem Oreth seine widerwärtige Einstellung hatte.

Das Polster unter meinen Knien wurde heiß.

Nein ... nein, bloß nicht. Nicht hier. Nicht jetzt.

Ich atmete tief durch und versuchte, mich zu beruhigen. Ich betete zu Khored und stimmte leise die Litanei der Herausforderungen an.

Ich schloss die Augen und spürte eine tiefe Bitterkeit in mir aufsteigen. »Falls Ihr glaubt, Oreth würde nicht mehr über mich herrschen wollen, wenn ich eine Stute wäre, kennt Ihr Euren Sohn schlecht.«

»Oreth mag Euch sehr gerne.«

»Er glaubt, dass seine Meinung die einzige ist, die zählt.«

Ich hörte, wie Aroth aufstand. »Das ist keine Rechtfertigung dafür, Euch Eurer Pflicht zu entzieh... Was ist?«

Ich öffnete die Augen und drehte mich um.

Mithros stand hinter uns. Er hielt Dorna die Hand hin und half ihr beim Aufstehen. »Verzeiht, dass ich euch aus den Augen verloren habe. Lasst mich euch den Weg zeigen.« Nachdem Dorna sich erhoben hatte, reichte er auch mir die Hand.

Aroth Malkoessian kniff die Augen zusammen. »Du scheinst nicht zu wissen, mit wem du es hier ...«

Mithros wandte sich ihm zu.

Alle Farbe wich aus dem Gesicht des Markreev. »Ich ...« Er verstummte und blinzelte mehrmals.

Mithros machte einen Schritt auf den Markreev zu. Hier drinnen wirkte der Söldnerhauptmann noch größer als draußen. Er nahm unglaublich viel Raum ein.

Die beiden Männer standen ein gutes Stück voneinander entfernt, doch Aroth wich ein Stück zurück, als käme Mithros ihm viel zu nahe.

Niemand außer meinen und Aroths Begleitern sah zu. Alle anderen Tempelbesucher waren damit beschäftigt, Räucherwerk zu entzünden, zu beten oder den Pferdestatuen Blumenkränze umzuhängen.

Ein Soldat legte die Hand auf sein Schwert, doch der Markreev schüttelte den Kopf, und der Soldat ließ seine Waffe, wo sie war.

Aroth war ganz auf Mithros konzentriert, mich beachtete er gar nicht mehr. Ich hatte keine Ahnung, was er denken oder fühlen mochte, doch seine Augen waren weit aufgerissen und voller Furcht.

Als der Söldnerhauptmann die Hand hob, zuckte Aroth zusammen, aber Mithros fasste ihn lediglich am Nacken und legte seine Stirn auf die seine. Es war die traditionelle Begrüßung, irgendwie schaffte Mithros es jedoch, sie wie einen Akt der Aggression aussehen zu lassen, feindselig. Aus der Begrüßung unter Ebenbürtigen wurde ein Machtkampf, bis Aroth einen unartikulierten Laut ausstieß und Mithros von ihm abließ.

»Gehen wir«, sagte der Söldnerhauptmann.

Der Markreev von Stavira taumelte mehrere Schritte zurück und murmelte eine leise Entschuldigung, als er über einen der Betenden stolperte. Dann drehte er sich um, bedeutete seinen Soldaten, ihm zu folgen, und ging.

Er hatte mich kein einziges Mal mehr angeschaut.

»Verzeih«, sagte Mithros mit einem Lächeln zu mir.

»Khored?« Das Wort kam einfach so aus mir heraus, ich konnte es nicht verhindern. Es war Frage, Gebet und Feststellung zugleich. Immerhin war ich in dieser Woche schon einmal einer Gottheit begegnet. Warum sollte es nicht noch einmal passieren? Aus meiner Kindheit kannte ich Tausende von Geschichten über Götter, aber in keiner einzigen davon war Khored ein dunkelhäutiger Vané.

Andererseits wurde auch in keiner das Gegenteil behauptet.

Sein Lächeln verblasste für einen Moment lang, um dann umso strahlender zurückzukehren. »Bitte nenn mich Mithros. Jetzt komm. Hier entlang.«

Mithros brachte uns in ein Hinterzimmer, von dem aus eine viel benutzte Treppe nach unten führte. Ich sah Priester des Khored, manche nickten Mithros zu oder grüßten ihn mit einer Geste, beachteten uns aber nicht weiter.

Wir hatten das Hauptschiff des Tempels gerade verlassen, da fragte mich Sir Baramon: »War das Aroth Malkoessian? Was ist passiert? Geht es Euch gut?«

»Alles in Ordnung. Er war nur zum Beten hier.«

»Aber was …?«

Ich schüttelte den Kopf. »Darüber unterhalten wir uns später.«

Alle verstummten. Ninavis musterte mich eindringlich. Sie wusste, dass etwas vorgefallen war. Aber sie hatte nicht alles hören können. Qaun sah aus wie ein Kind, das so tat, als hätte es nicht mitbekommen, dass seine Eltern sich gerade gestritten hatten.

Und Mithros schien keinerlei Bedürfnis zu verspüren, jemandem etwas zu erklären.

Er führte uns durch lange Gänge mit Wohn- und Meditationsräumen für die Priester. Wie die anderen zuvor beachteten sie uns kaum.

Als wir die nächste Treppe erreichten, kam ich mir vor wie eine Närrin. Wie hatte ich meine übereifrige Fantasie so mit mir durchgehen lassen können? Zugegeben, das war eine eindrucksvolle Zurschaustellung von Idorrá gewesen, aber Mithros gehörte immerhin einem unsterblichen Volk an. Um Aroth einzuschüchtern, brauchte es keinen Gott. Ein tausend Jahre alter Mann genügte vollkommen.

Außerdem behandelten die Priester Mithros nicht sonderlich ehrerbietig. Wenn sie ihn überhaupt anschauten, dann eher leicht genervt – wie einen Onkel der Familie, der beim Abendessen immer anzügliche Witze erzählte. Seine Gegenwart schien für sie vollkommen selbstverständlich.

Nicht gerade die Art, wie man einen der Acht behandelte.

Die zweite Treppe führte in einen Raum, der so groß war, dass sich die Wände irgendwo in der Dunkelheit verloren. Die Luft fühlte sich kalt und feucht an. In der Ferne hörte ich das Plätschern von Wasser. In einer Estava wäre das nichts Besonderes gewesen, doch Atrine war von einem quurischen Kaiser erbaut worden, der weder Estavas noch unterirdische Wohnräume gekannt hatte. Es war sogar so, dass es in Atrine meines Wissens gar keine Keller gab. Nicht einen einzigen. Die Treppen waren nicht für Pferde gemacht; selbst ein Feuerblüter wäre sie nur ungern hinabgestiegen.

Die steinernen Bodenplatten wirkten schon sehr alt, aber sorgfältig behauen. Kleine Laternen beleuchteten den Raum, ihr Licht war zu weiß für Kerzen oder Öllampen. In einem Bereich standen Sofas und Tische wie in einem Wirtshaus, daran saßen Männer mit roten Armbinden – anscheinend Mitglieder der Roten Speere. Sie winkten Mithros zu und musterten uns interessiert, um sich dann wieder wichtigeren Dingen zuzuwenden: Essen, Trinken, Spielen.

»Obwohl sie ihre Heimstätten unterirdisch erbauen, empfinden die meisten Jorater die Räumlichkeiten hier als erdrückend«, erläuterte Mithros. »Deshalb haben die Priester sie uns zur Verfügung gestellt. Ich finde, hier kann man sich gut ungestört unterhalten. Wollen wir weiter so tun, als wäre ich nur an den Diensten deiner Bogenschützin interessiert« – er deutete auf Ninavis – »oder erklärst du mir jetzt, was das alles soll?« Er hielt inne und schenkte Ninavis ein Lächeln. »Das Heiratsangebot war ernst gemeint, möchte ich hinzufügen.«

Ninavis verdrehte die Augen.

»Wir müssen unter vier Augen miteinander sprechen«, begann ich und sah mich um. »Soweit das hier möglich ist.«

»Alle mal hergehört: Kümmert euch um meine Gäste!«, rief Mithros. Er deutete auf die Männer und Frauen, die an der Schanktheke saßen. »Aber nimm ihnen beim Würfeln nicht all ihr Geld ab.«

Dorna horchte auf. »Beim Würfeln? Niemals. Ich bin eine schreckliche Würfelspielerin.«

»Ach ja?«, murmelte Mithros. »Ich wette, du wirst sie bis auf den letzten Kelch ausziehen.« Er deutete auf die nächste Treppe, die noch weiter in die Dunkelheit hinabführte. »Wollen wir?«

Meine Begleiter schauten mich verwirrt an. Sie wussten nichts von meiner Unterhaltung mit Thaena und dachten, ich wollte mit Mithros Ninavis' Zukunft als Söldnerin besprechen und uns eine neue Bleibe verschaffen – wozu also die Geheimniskrämerei?

Ich ignorierte ihre fragenden Blicke und folgte dem Hauptmann nach unten.

Es blieb nicht lange dunkel – Mithros zauberte ein paar magische Lichter herbei, die uns den Weg beleuchteten. Am Ende der Treppe gelangten wir auf eine Art Terrasse mit einem Steingeländer. Das Geräusch von fließendem Wasser war lauter geworden, ein feiner, kalter Nebel erfüllte die Luft. Die Terrasse war heimelig zurechtgemacht, ich sah Bambusmatten, Stühle und Leuchtgirlanden. Auf einem Holztisch stand ein Zaibur-Brett mit Spielfiguren.[*]

»Wie weit sind wir von den Dämonenfällen entfernt?«

Er deutete in die Dunkelheit. »Sie sind eine ganze Meile über uns. Wären wir näher dran, würden wir das Wort des anderen nicht verstehen. Möchtest du etwas zu trinken?«

»Nein, ich ...« Ich blickte mich um. Ich sah keine Karaffen oder

---

[*] Ich muss unbedingt einmal dorthin. Wenn ich bedenke, wie viele Treppen sie hinabgestiegen sind, müssen sie sich unterhalb des Jorat-Sees befinden. Ich muss wissen, wie sie die Wassermassen zurückhalten. Und so manch anderes natürlich.

Flaschen, fragte aber nicht nach. Mithros mochte kein Gott sein, doch er war ziemlich sicher ein Zauberer.

Ich merkte, dass unsere Legenden nicht das Geringste über die Magie der Vané berichteten. Nachfahren des Joras waren sie schon mal nicht, aber das Blut der Marakorer floss auch nicht in ihren Adern ...

»Ich bin hier, weil eine gemeinsame Freundin Euch empfohlen hat.«

Er setzte sich an das Zaibur-Brett und nahm zwei Figuren zur Hand – eine aus Holz, die andere aus Metall. »Niemand kann uns hören, also kannst du genauso gut ihren Namen nennen. Thaena schickt dich, weil sie etwas erledigt haben möchte und keine Ahnung hat, wie sie es anstellen soll. Also sendet sie dich zu mir, damit ich das Problem aus der Welt schaffe. Kennst du das Spiel?« Er zeigte mir die beiden Figuren, schloss die Hände darum und versteckte sie hinter seinem Rücken.

»Mein Großvater hat es mir beigebracht«, antwortete ich. Mithros brachte die Hände wieder nach vorn; ich tippte auf die linke. »Und was Thaena betrifft: Zu den Beweggründen einer Göttin kann ich nichts sagen.«

Mithros öffnete die Hände. Ich hatte die Holzfigur erwischt, was bedeutete, dass er zuerst am Zug war. Glück für ihn. »Ich kenne sie schon lange.« Sein Tonfall legte nahe, dass er nicht gerade begeistert von ihr war.

»Ist Teraeth Euer Sohn?« Die Frage kam mir über die Lippen, noch bevor ich es verhindern konnte.

Mithros blinzelte mich an, öffnete den Mund zu einer Erwiderung, schien es sich dann aber anders zu überlegen. »Du bist Teraeth begegnet?«, fragte er nur und drehte das Brett quer, sodass wir über die lange Kante spielten.

Ich betrachtete die Figuren. Sie waren bei jedem Spiel anders. Dieses hier beinhaltete selbstverständlich einen Khorsal, und jeder würde davon ausgehen, dass ein joratischer Hengst mit genau dieser Figur anfangen würde. Also überlegte ich kurz und entschied mich dann für die Hexenkönigin Suless. »Er muss mit Euch verwandt sein. Das ist nicht als Beleidigung gemeint, aber Ihr ähnelt ihm einfach zu sehr. Ist er Euer Sohn? Euer Bruder?«

Er lächelte, als kümmerte ihn die Frage nicht, und entschied sich für den Gottkönig Nemesan – eine gute Eröffnung mit starker Offensive. »Genau genommen ist er mein Enkel.«

»Genau genommen? Man sollte meinen, er ist entweder mit Euch verwandt oder eben nicht.«

Mithros lachte überrascht. »Da hast du vermutlich recht! Bitte missverstehe mich nicht. Ich schäme mich nicht wegen Teraeth, ganz im Gegenteil. In seinem letzten Leben stand er sehr hoch in meiner Gunst.«

Ein eisiger Schauer lief mir über den Rücken. »Ihr habt ihn in seinem letzten Leben gekannt? Wie ist das möglich? Ich dachte, wenn man wiedergeboren wird, verliert man jede Erinnerung an sein vorangegangenes Leben.« Ich griff nach einem Drachen und hielt inne.

Insgesamt gab es acht Drachen in dem Spiel. Wie kam es, dass mir das noch nie aufgefallen war? Hatten sie Namen, lautete einer davon möglicherweise Aeyan'arric?

»Nicht ich wurde wiedergeboren, sondern er.« Mithros deutete auf mich. »So wie du.« Als er meinen fragenden Blick sah, trat ein eigenartiges Lächeln auf sein Gesicht, das seine Schönheit ins Gegenteil verkehrte. »Komm schon, bist du noch nie jemandem begegnet und hast sofort eine tiefe Verbindung zu ihm gespürt, obwohl du ihn noch nie zuvor gesehen hast? Jemandem, dem du entweder spontan misstraut hast oder für den du, ohne zu zögern, durchs Feuer gegangen wärst? Beziehungsweise er für dich? Man kann sich leicht vorstellen, dass Seelen, die sich aus einem vergangenen Leben kennen, auch im nächsten nach einander Ausschau halten.« Er zuckte die Achseln. »Oder dass die Acht bestimmte Seelen auch in ihrer nächsten Inkarnation im Auge behalten.«

Ich räusperte mich und schaute weg. Bei Teraeth hatte ich genau dieses Gefühl gehabt, diese spontane Verbindung zwischen uns gespürt.

Und bei Relos Var ebenfalls, wenn auch nicht im positiven Sinn.

»Was ist das für ein Problem, das Thaena nicht lösen kann?«, fragte der Söldnerhauptmann.

»Ich muss einen Speer namens Khoreval stehlen.«

Er starrte mich an, als hätte ich eben behauptet, Eis sei flüssig. »Wozu?«

»Thaena glaubt, dass dieser Speer Aeyan'arric töten kann.« Die Worte sprudelten nur so aus mir heraus, beinahe wie ein Geständnis. »Relos Var lässt sie immer wieder in Jorat einfallen. Ich kann zwar nicht direkt gegen Var vorgehen, aber gegen seine Verbündeten – seinen Rückhalt schwächen. Ohne Aeyan'arric wird es ihm weit schwerer fallen ...« Ich hielt inne und überlegte. »Nun ja, zu tun, was auch immer er eben vorhat.* Thaena hat gesagt, Ihr könntet mir dabei helfen.«

»Sie hat gelogen.«

Ich zuckte zusammen und warf eine der Figuren um. »Wie bitte?«

Der Vané seufzte. »Ich soll dir helfen, den Palast von Herzog Kaen zu infiltrieren, richtig?«

Ich blinzelte. Ich hatte nicht erwähnt, wo der Speer sich befand. »Thaena sagte, Ihr wüsstet, wie man das anstellt.«

»Das ist so weit richtig. Aber wenn sie außerdem behauptet hat, ich würde dir helfen, hat sie gelogen. Denn das werde ich nicht.«

---

* Ah, die typische Geisteshaltung einer Heldin, die glaubt, sie sei vom Schicksal auserwählt.
»Wir müssen Soundso aufhalten!«
»Warum?«
»Nun, weil ... weil ... weil er böse ist! Warum er böse ist? Weil ich ihn nicht mag, deshalb.«
Mögen die Götter mich mit Narren und Möchtegernhelden verschonen.

»Was? Aber …«

»Es wäre dein strategischer und buchstäblicher Selbstmord. Vielleicht begreift eine Frau, die über den Tod herrscht, nicht, was der Tod für andere tatsächlich bedeutet.« Er begann, seine Figuren auf das Brett zu stellen.

Ich musterte Mithros mit zusammengekniffenen Augen. »Hat Teraeth mit Euch über diese Angelegenheit gesprochen?«

»Er hat versucht, es dir auszureden? Dann mag ich ihn auch in dieser Inkarnation. Wie wär's, wenn du jetzt deine Figuren aufstellst?«

»Was? Verflucht …« Ich hatte das Spiel ganz vergessen und beeilte mich, meinen Fehler zu korrigieren.

Mithros grinste schief. »Du bist jung und talentiert, ganz die Tochter deiner Mutter, aber begehe nicht denselben Fehler wie Thaena. Den Fehler, den sie wieder und wieder begeht: Unterschätze niemals Relos Var.«

»Tue ich nicht. Ich weiß, dass er gefährlich ist.«

»Ah, du weißt es also. Das ist schon mal ein guter Anfang.« Mithros machte seinen ersten Zug und griff meine Figuren sofort an. »Um Herzog Kaens Palast zu infiltrieren, bräuchtest du Relos Vars Zustimmung. Er müsste glauben, dass du die Seiten gewechselt hast und in seine Dienste treten willst. Und das würde er dir nicht so einfach abkaufen. Denn dann wäre er ein Narr, und dass Relos Var kein Narr ist, haben wir bereits festgestellt. Was sollte ihn also davon abhalten, dich zu gaeschen?«

Meine Kinnlade klappte nach unten. Wieder verspürte ich diesen eisigen Schauer.

»Er wird deine Seele in Ketten legen«, fuhr Mithros fort. »Warum auch nicht? Er hat nicht den geringsten Grund, an deine Treue zu glauben. Aber er kann es dir unmöglich machen, dich seinen Befehlen zu widersetzen. Um ihn zu überzeugen, dass er dich nicht gaeschen muss, müsstest du ihm einen Treuebeweis liefern, der so entsetzlich wäre, dass du niemals damit leben könntest. Mit weniger wird Relos Var sich nicht zufriedengeben. Mag sein, dass seine Getreuen noch keine Ungeheuer waren, als sie in seine Dienste traten. Aber am Ende werden sie dazu, alle.«*

Ich kämpfte meine Panik nieder und den Drang, ihn anzuschreien, dass er sich täuschte. Ihm zu sagen, dass ich mich niemals von Relos Var gaeschen lassen würde.

Aber was, wenn Mithros sich nicht täuschte?** Die allergrößte Dummheit wäre, mich der Gefahr auszusetzen, ohne zumindest in Erwägung zu ziehen, dass er recht haben könnte.***

»Da könnte etwas dran sein«, erwiderte ich und schlug eine seiner Figuren, aber der kleine Sieg fühlte sich schal und unbedeutend an.

»Dann kann ich dir nicht helfen, und du solltest mich auch gar nicht darum bitten.« Er lehnte sich in seinem Stuhl zurück. »Falls du allerdings den Roten Speeren beitreten willst, nehme ich dich mit Freuden auf. Ach, und diese Marakori ebenfalls. Sie schießt wie eine Diraxon.«

Ich überging seine Antwort und räusperte mich. »Ich sagte, da könnte was dran sein. Doch Relos Var spielt nicht nach unseren Regeln, und das ist ihm bisher immer zugutegekommen. Ihr glaubt, ich sollte ihn in Ruhe lassen, aber ich gehe davon aus, dass er *mich* nicht in Ruhe lassen wird. Er hat schon jetzt jemanden einzig deshalb in seine Dienste genommen, weil derjenige mir feindselig gegenübersteht. Er ist längst auf mich aufmerksam geworden.«

Mithros presste die Lippen aufeinander. »Bedauerlich.«

»Thaena glaubt nicht, dass er mir etwas tun wird.«

»Thaena wird auch nicht umgebracht oder gegaescht, wenn sie falsch liegt. Ich glaube zwar, dass er dich in seine Dienste nehmen würde, wenn er deine Treue für aufrichtig hält …«

---

*   Also das ist wirklich unhöflich.
** Tut er nicht.
*** Hat er.

»Dann könnte es also funktionieren.«

»Unterschätze seinen Scharfsinn nicht.* Auf Lügen fällt er nur selten herein, und wenn er dich dabei erwischt, zerquetscht er dich, bis nichts mehr von dir übrig ist.«

Ich schluckte und schaute weg. »Ich habe gesehen, was er mit Tamin gemacht hat.«

»Und Tamin hat ihn nicht einmal belogen.«

»Var ist zu sehr von sich überzeugt«, erwiderte ich und wandte mich Mithros zu. »So überzeugt, dass er glaubt, er könnte mich umdrehen. Er hält sich für schlauer als alle anderen.«

»Er *ist* schlauer als alle anderen.«**

»Nun gut. Selbst wenn das stimmen sollte, früher oder später werden unsere größten Stärken zu unseren größten Schwächen. Das kann ich gegen ihn verwenden. Ich weiß, wie gefährlich mein Plan ist, aber ich weigere mich, einen Rückzieher zu machen, nur weil die Aufgabe schwierig ist.«

Mithros setzte zu einer Erwiderung an und verstummte.

»Bitte, ich brauche Eure Hilfe.«

»Bitte mich um etwas anderes.«***

Ich stand auf und begann ruhelos auf und ab zu gehen. Verzweiflung presste mir die Eingeweide zusammen. Ich war davon ausgegangen, dass Mithros Thaena diente oder einem anderen der Acht, dass er mir helfen würde.

Aber Mithros schien alles andere als hilfsbereit.

Andererseits hatte er mir die Erfüllung eines Wunsches angeboten. Es wäre dumm, das nicht anzunehmen.

Ich wandte mich ihm zu. »Könnt Ihr mich in das Turnier ein-

---

* Wie praktisch, dass Qaun noch keine Gelegenheit hatte, ihr vom Namen aller Dinge zu erzählen.
** Schön, dass jemand das erkennt, nicht wahr?
*** »Ich gewähre dir einen Wunsch ... nein, nicht den. Den auch nicht. Und den auch nicht. Gut, ich sage dir, welchen Wunsch ich dir erfülle.«

schleusen? Ich möchte wenigstens den Herzog warnen. Irgendjemand muss es tun.«

Er verzog das Gesicht. »Auch das ist nicht so einfach, wie du glaubst.«

»Könnt Ihr oder könnt Ihr nicht?« Ich spürte, wie mir allmählich der Geduldsfaden riss.

Der Söldnerhauptmann seufzte. »In Ordnung, ich kann dich hineinschleusen. Aber ich mache mir ein bisschen Sorgen, wie du danach wieder herauskommst.«

Ich hob das Kinn. »Das ist mein Problem.«

25

DAS MARAKORISCHE ELENDSVIERTEL

Jorat, Quurisches Reich.
Drei Tage nachdem Krone und Zepter nicht einen, sondern zwei
quurische Kaiser schmählich im Stich gelassen hatten

Ninavis drehte sich Janel zu. »Habe ich mit Khored geschlafen oder nicht?«

Janel hob die Hände. »Du willst doch nicht, dass ich die Überraschung vorwegnehme, oder?«

»Bei den Göttern«, schnaubte Ninavis. »Du bist *doch* ein Dämon.«

Dorna gluckste. »Ich wette, das Gleiche hast du zu Khored gesagt.«

Die alte Frau duckte sich unter Ninavis' Schlag hindurch.

Kihrin goss einen Becher Aris ein und reichte ihn Ninavis.

»Danke«, sagte sie. Dann schaute sie Bruder Qaun an und flüsterte: »Rette mich.«

Bruder Qaun lächelte und nahm sein Büchlein zur Hand. Er warf einen kurzen Blick hinein und klappte es wieder zu. Sein Lächeln verschwand. »Ich springe ein bisschen vor, wenn es niemandem etwas ausmacht. Ich meine, die interessanten Dinge sind schließlich auf dem Turnier passiert.«

»Nicht doch«, widersprach Janel. »Ich weiß bis heute nicht, was dir widerfahren ist, während wir unsere Übungen gemacht haben.«

Der Priester räusperte sich und schlug das Buch wieder auf. »Nun gut.«

Qauns Schilderung. Im marakorischen Elendsviertel, Atrine, Jorat, Quur.

Die nächsten zwei Wochen verbrachten Graf Janel, Sir Baramon und Ninavis mit den Roten Speeren und übten für das Turnier. Ninavis hatte ein unleugbares Talent fürs Bogenschießen, vom Pferd aus genauso wie vom Boden. Sir Baramon war zu alt, um sich in den Wettkämpfen hervorzutun, stellte sich aber als hervorragender Lehrer heraus. Auch Dorna leistete ihren Beitrag. Außerdem nahm sie an jedem Glücksspiel teil, das irgendwo auf dem Gelände abgehalten wurde, und verdiente ein ordentliches Sümmchen dabei.

Nur Bruder Qauns Dienste wurden nicht gebraucht.

Also besuchte der Priester die marakorischen Elendsviertel.

Die Jorater und Marakorer verkehrten zwar in gewissem Umfang miteinander, aber das reichte bei Weitem nicht, um die Spannungen zwischen den beiden Gruppen aufzulösen. Die Jorater betrachteten die Nachbarn aus dem Süden als Eindringlinge in ihrer Herde. Außerdem schienen sie überzeugt, dass jeder Marakorer heimlich Hexerei betrieb, Neugeborene aus der Wiege stahl und Dämonen beschwor. Entsprechend behandelten die Jorater sie.

Natürlich hätten sich die Marakorer zusammenschließen und verteidigen können ... aber sie sahen sich nicht als demselben Volk zugehörig, geschweige denn als geeint.

Die meisten von ihnen lebten in armseligen Hütten auf der Brücke, erbaut aus Materialien, die sie selbst mitgebracht hatten. Oder sie kauften ihr Baumaterial von geschäftstüchtigen Händlern, die ganze Wagen voll heranschafften und gegen Familienerbstücke eintauschten. Die meisten Marakorer sprachen nicht darüber, warum sie von zu Hause fortgegangen waren. Und wenn sie es taten, spuckten sie aus und verfluchten die Häuser des Hochadels.

Nicht einer redete davon, in die Heimat zurückzukehren.

»Wie hast du dir den Arm gebrochen?«, fragte Bruder Qaun einen Jugendlichen, dem er gerade einen Kräuterverband anlegte. Der Junge sah aus wie ein typischer Marakorer: kastanienfarbene Haut und dunkelbraunes Haar.

Er sagte kein Wort, sondern starrte Bruder Qaun lediglich an.

»Ein verfluchter Agari-Bastard war's«, schimpfte seine Mutter. »Mein Mann ist mit meinen Brüdern losgezogen und hat die Sache wieder in Ordnung gebracht.«

Bruder Qaun zögerte. »Du meinst, sie haben demjenigen ebenfalls die Knochen gebrochen?«

Der leere Blick, mit dem die Frau ihn daraufhin bedachte, legte nahe, dass seine Frage naiv war. Sie sagte nur: »Danke. Derzeit ist Hilfe nicht leicht zu finden. Die meisten behaupten, sie könnten alles heilen, dabei pfuschen sie bloß ein bisschen mit Gras und Flusswasser herum.«

»Ich kann mir gut vorstellen, dass das ein Problem ist.«

»Die Dämonen sollen sie holen. So etwas gehört sich nicht. Wie dem auch sei, ich …« Sie hielt inne, als hätte sie etwas gehört.

Ein Topf voll brennendem Öl kam durchs Fenster geflogen.

Der Holzboden fing Feuer, die Mutter schrie auf. Bruder Qaun packte den Jungen an seinem gesunden Arm und wollte gerade mit ihm nach draußen laufen, da schlugen zwei Pfeile von außen gegen die Tür.

Der Fluchtweg war versperrt.

Zum Glück (wenn man es wirklich so nennen kann) war die Hütte eher ein klappriger Verschlag als eine richtige Behausung. Die Mutter (ihren Namen hatte sie Bruder Qaun nicht verraten) trat ein Loch in die Rückwand, durch das sie ins Freie krochen. Dann suchten Mutter und Sohn das Weite.

Bruder Qaun versuchte, ihnen zu folgen.

Versuchte.

Er hörte Schritte hinter sich, dann spürte er einen entsetzlichen Schmerz am Hinterkopf.

Danach erinnerte er sich an nichts mehr.

Bruder Qaun hörte Stimmengewirr und Schreie.

Er ließ die Augen geschlossen und tat, als wäre er bewusstlos.

Eigentlich war es nur eine Stimme. »Hast du den Verstand verloren? Du kannst nicht einfach einen Priester umbringen! Hast du irgendeine Ahnung, was die Soldaten des Herzogs mit uns machen, wenn sie ihn finden?«

Eine zweite Stimme. »Ach, hör auf rumzujammern. Er ist nicht tot, nur ein bisschen lädiert. Sag ihm, dass er nicht einfach herkommen und sich in unsere Geschäfte einmischen kann, dann schicken wir ihn seiner Wege.«

»Auf keinen Fall, du Trottel. Jetzt bleibt uns gar keine andere Wahl mehr. Wir müssen ihn ...«

Qaun hörte ein Rumpeln, dann noch eines und noch eines. Schließlich ein Geräusch, als hätte jemand ein schweres Buch fallen gelassen.

Es folgte ein weiteres Rumsen.

Der Priester versuchte, sich in den Zustand der Erleuchtung zu versetzen. Wenn es ihm gelänge, könnte er auch mit geschlossenen Augen sehen und weiterhin so tun, als sei er bewusstlos. Er brauchte all seine Konzentration. Er musste ...

Qaun spürte eine Hand auf seiner Schulter.

»Komm schon, Priester«, sagte Ninavis. »Gehen wir.«

Bruder Qaun öffnete die Augen.

Ninavis beugte sich über ihn. Sie hatte sich ein Tuch über Gesicht und Haare gebunden und sah fast wieder so aus wie als Banditenanführerin bei ihrer ersten Begegnung. Der Schein einer Öllaterne flackerte über die Holzwände der ärmlichen Behausung, durch ein Fenster fiel das Licht der Drei Schwestern herein. Zwei hartgesotten aussehende Kerle wälzten sich stöhnend auf dem Boden, der eine hielt sich den Kopf, der andere das Gemächt.

Bruder Qaun ergriff Ninavis' Hand und ließ sich von ihr auf die Füße ziehen. »Wie hast du mich gefunden?«

»Später, heiliger Mann. Hier sind wir nicht sicher.« Ninavis schob ihn zur Vordertür hinaus, wo der Priester zwei weitere Männer und eine Frau in ähnlichen Schmerzzuständen auf dem Boden liegen sah. Dann machten sie sich im Schein der Drei Schwestern, gelegentlich auch im Licht einer Öllampe, die zu nah am Fenster stand, auf den Weg zurück zur Hauptstraße.

Ninavis ging voraus. Sie hatte Pfeil und Bogen nicht mitgenommen und war unbewaffnet. Doch anscheinend kam sie auch ganz gut ohne Waffen zurecht.

»Ich verstehe nicht, warum diese Leute …«, begann Bruder Qaun.

»Die übliche Masche, Priester«, fiel Ninavis ihm ins Wort. »Sie kommen her und verkaufen den Marakorern Heilzauber, weil die armen Hunde die Preise nicht bezahlen können, die die Blauen Häuser der Familie D'Mon verlangen. Du hast ihren Gewinn geschmälert.«

»Waren das wirklich Heiler?« Bruder Qaun blickte über die Schulter, doch Ninavis zerrte ihn unbarmherzig weiter.

»Sei nicht albern.« Sie seufzte und zog ihn in eine Seitengasse. Dort hatte jemand einige Kisten aufeinandergestapelt und so zusammengenagelt, dass sie aussahen wie ein Haufen Müll. Doch in Wahrheit war es eine Leiter. Ninavis zeigte Bruder Qaun, wie er daran hinaufklettern musste, welche Vorsprünge trugen und welche er besser meiden sollte. Schließlich erreichten sie das löchrige Dach einer Baracke. Der Priester wäre beinahe in Ohnmacht gefallen, als er sah, wie nahe die Brücke und die darunter endlos in die Tiefe stürzenden Dämonenfälle waren.

»Vorsichtig jetzt«, sagte Ninavis und nahm seinen Arm.
»Wohin gehen wir?«
»Setz dich einfach eine Weile hin.« Sie machte es sich auf dem Dach bequem und lehnte sich mit dem Rücken gegen etwas, das aussah wie ein improvisierter Kamin.

Noch während sie sprach, hörte Bruder Qaun einen Aufruhr unten auf der Straße. Leute mit Fackeln begannen, die Gassen zu durchkämmen. Gesprächsfetzen drangen an ihre Ohren, Worte wie *Heiler* und *er kann noch nicht weit sein.*

Ein Suchtrupp.

»Soll ich dir das Geheimnis der Diraxon verraten?«, fragte Ninavis leise.

Qaun blinzelte überrascht. »Ich ... was?«

Ninavis schien das als ein Ja zu interpretieren, denn sie sprach einfach weiter. Ihre Stimme war so leise, dass Qaun nicht einen Laut gehört hätte, wäre er nur einen halben Meter weit entfernt gewesen. »Das Geheimnis der Diraxon ist, dass es uns gar nicht gibt. Nicht im eigentlichen Sinn. Unser Klan besteht aus den Unerwünschten und Verstoßenen der anderen Klans. Wir nehmen die auf, die niemand haben will: Kinder, die mit einer Gaumenspalte oder einem Unheil verheißenden Muttermal geboren werden, mit zu vielen Fingern oder zu wenigen, mit einem Klumpfuß oder einem krummen Rücken. Die Marakorer wissen, wenn sie ein Neugeborenes nicht haben wollen, brauchen sie es nur am Rand des Kulma-Sumpfs auszusetzen, wo es dann einfach ... verschwindet. Weggeholt von den Diraxon, den Geistern von Kulma, die ihre Findelkinder mit Dunkelheit, Tod und Rachsucht nähren.«

»Oh«, machte Bruder Qaun. Er verspürte eine Mischung aus Traurigkeit und Abscheu. Traurigkeit wegen der verstoßenen Kinder; Abscheu gegen die Leute, die sie einfach in der Wildnis aussetzten. »Und dann werdet ihr zu Attentätern ausgebildet.«

»Ja. Gehasst, gefürchtet und überall gefragt.« Ninavis' Blick ging in die Ferne. »Ich habe den Klan vor dem Lonezh-Höllenmarsch verlassen. Ich hatte die Nase voll vom Töten. Leider« – sie deutete auf die Dächer des Elendsviertels – »ist den Leuten hier nicht klar, was ich inzwischen begriffen habe: dass der Rest der Welt möchte, dass wir uns weiter untereinander bekriegen. Und seit dem Höllenmarsch ist es nur noch schlimmer geworden.«

»Das verstehe ich nicht. Der Höllenmarsch liegt Jahre zurück.«

»Er war von Anfang an nur eine Ausrede, gegen uns vorzugehen.« Sie zuckte die Achseln. »Es war die ideale Gelegenheit. Schließlich haben wir ihn losgetreten. Also hat das Haus D'Aramarin die Torsteine geöffnet, und Haus D'Erinwa ist in unseren Dörfern eingefallen. Sie haben sich jeden gegriffen, den sie finden konnten, und ihm Murads Fesseln angelegt – sie zu Sklaven gemacht –, ob er etwas verbrochen hatte oder nicht. Die Sklaven auf den Plantagen des Hauses D'Nofra sind weit billiger, als freie Bauern für ihre Arbeit zu bezahlen. Die Profite steigen, und es gibt keinen Hinweis, dass das je aufhört. Ich wette, dass in zwanzig Jahren jeder Marakorer, dessen Eltern Sklaven sind, vom Tag seiner Geburt an ebenfalls ein Sklave ist.«

»Versklavung ist nicht erblich.« Allein beim Gedanken daran wurde Bruder Qaun schlecht.

»Du bist wirklich putzig. Das zu ändern, ist nicht schwer, es gibt jede Menge Möglichkeiten. Und der Hochadel würde bestens verdienen. Haus D'Erinwa verkauft die Sklaven, Haus D'Nofra betreibt die Plantagen und kümmert sich um die Ernte, Haus D'Kard verhökert sie. Und das Haus D'Aramarin verdient an jeder Lieferung, die über seine Torsteine verschickt wird. Wie dem auch sei, den Klans, die vor dem Höllenmarsch geflohen sind, kommt also zu Ohren, was sie erwartet, wenn sie in ihre Heimat zurückkehren. Und so ziehen sie sich immer weiter zurück, bis sie schließlich in Jorat landen, aber Jorat will sie nicht haben. Dann hören sie von dem Gerücht, dass es oberhalb der Dämonenfälle eine Stadt geben soll, die die meiste Zeit des Jahres leer steht. Also kommen sie her, nur um festzustellen, dass die Stadt doch nicht ganz so unbewohnt ist, wie man ihnen erzählt hat. Die Jorater mochten die Marakorer schon vorher nicht, und dann wird Atrine von Flüchtlingen überschwemmt, die sofort anfangen, sich gegenseitig zu bekriegen, kaum dass sie hier sind, was all die Vorurteile der Jorater nur noch weiter bestätigt.«

Bruder Qaun hielt den Atem an, als er sah, wie einer der Suchtrupps die Gasse betrat, über der sie sich versteckt hatten. Die Männer hatten Fackeln und Knüppel dabei, aber keine Waffen aus Metall.

Ninavis legte ihm eine Hand auf die Schulter.

Die Männer sahen sich um, da merkte Bruder Qaun, dass sie von ihren eigenen Fackeln geblendet wurden. Solange er und Ninavis sich nicht bewegten, waren sie so gut wie unsichtbar.

Vorausgesetzt, dass niemand die Leiter bemerkte.

Als einer der Männer sie entdeckte und anfing, daran hinaufzuklettern, hörte Qaun Rufe und Hufgetrappel. Der Suchtrupp zerstreute sich augenblicklich. Die Männer rannten zurück zur Hauptstraße, während Soldaten in den Uniformen des Herzogs unter Gebrüll in die Gasse gepreschst kamen.

»Ich habe gesehen, wie entsetzt du warst, als die Soldaten dem Mann auf der Brücke die Kehle durchgeschnitten haben«, flüsterte Ninavis, während sie den Reitern hinterherschaute. »Ich weiß nicht, was er getan hat, aber meine Leute haben etwas Besseres verdient, als abgeschlachtet zu werden wie Hunde. Es ist falsch, dass ich mich als Joratin verkleiden muss, um gerecht behandelt zu werden. Ich glaube, Janel begreift das nur ansatzweise, aber du verstehst es. Wenigstens versuchst du es.«

»Wir müssen doch irgendetwas tun können. Sie irgendwie davon abbringen, sich gegenseitig zu bekämpfen.«

»Ja, darüber habe ich auch schon nachgedacht«, erwiderte Ninavis. »Früher habe ich geglaubt, es wäre unmöglich. Dass wir Marakorer unsere Fehden niemals beilegen würden, aber jetzt bin ich mir da nicht mehr so sicher. Symbole haben große Macht, die

Klans wussten das schon immer. Aber jeder hatte sein ganz besonderes, eigenes Symbol, einen eigenen Gottkönig, den er vor sich hertrug, um sich über die anderen zu erheben. Und wir haben uns um diese Symbole geschart. Zum Teufel, wenn man sich's überlegt, sind die Jorater auch nicht anders als die zahllosen Klans aus dem Zaibur-Becken, die sich auf irgendeinen Gottkönig berufen. Was wir brauchen, ist ein Symbol, das uns vereint. Etwas, das mehr bedeutet als Jorat, Diraxon, Agari und wie sie alle heißen.«

»Aber was könnte das sein?«

Ninavis grinste und zuckte die Achseln. »Das weiß ich nicht. Wenn dir irgendwas einfällt, sag's mir.« Sie sprang auf. »Komm. Die Meute dürfte inzwischen weg sein. Gehen wir zurück zur Weide.«

26

DAS GROSSE TURNIER DER HERAUSFORDERUNGEN

*Jorat, Quurisches Reich.
Drei Tage nachdem es Teraeth nicht gelungen war,
eine Mimikerin zu töten*

Janel blickte Ninavis fest in die Augen. »Ich versuche durchaus, eure Lage zu verstehen.«

Die ehemalige Banditenanführerin zuckte die Achseln. »Das weiß ich. Aber im Moment …«

»Ich hatte keine Ahnung, was der quurische Hochadel in Marakor trieb«, warf Kihrin ein.

»Woher auch?« Ninavis tauschte ihr Schnapsglas gegen eines mit Wasser ein. »Es war ja nicht so, dass sie überall herumgelaufen sind und verkündet haben: ›He, wusstet ihr, dass wir gerade dabei sind, einen ganzen Landstrich zu versklaven? Es gibt *so* viel Geld zu verdienen, und die Sache läuft wirklich prächtig.‹«

Dorna kicherte. »Bis vor Kurzem zumindest.«

Janel nickte. »Ganz recht. Wie schade, dass immer wieder Sklaven einfach von den Plantagen verschwinden. So ein Pech aber auch.«

Kihrin horchte auf und schaute die drei Frauen an. »Moment. Was soll das … was wollt ihr damit sagen?«

»Kommt drauf an«, antwortete Ninavis. »Wie loyal bist du gegenüber dem Haus D'Mon?«

»Gar nicht«, antwortete Kihrin. »Glaub mir, ich und meine Familie, wir sind uns nicht sonderlich grün.« Er überlegte kurz und runzelte die Stirn. »Da fällt mir ein, wahrscheinlich sollte ich überprüfen, ob ich der Erblord bin oder Galen ...« Er zuckte die Achseln. »Spielt keine Rolle. Ich gehe nicht zurück.«

»In Ordnung. Was wir tun, ist Folgendes ...«, begann Ninavis und verstummte, als Janel eine Hand auf ihre legte.

»Nicht so schnell. Ich glaube, zuerst sollte unser neuer Freund erfahren, wie meine Begegnung mit Herzog Xun verlaufen ist.« Janel warf Kihrin ein beinahe entschuldigendes Lächeln zu, aber nur beinahe.

Kihrin lehnte sich zurück und verschränkte die Arme vor der Brust. »Wenn du meinst.«

Janels Schilderung. Auf dem Grün, Atrine, Jorat, Quur.

»Hast du Bruder Qaun gefunden?«, fragte ich, als Ninavis das Zelt betrat. Ich legte eine Hand auf meinen Bauch, um meine Übelkeit zu bekämpfen. »Bitte sag, dass es ihm gut geht.«

Ninavis ließ sich in einen Stuhl fallen und musterte mich mit geneigtem Kopf, während Dorna weiter an meinem Federmantel und dem Kopfschmuck herumbastelte. »Ihm fehlt nichts. Er hat sich ein bisschen Ärger mit Scharlatanen eingehandelt, denen es nicht gefallen hat, dass er ihre Gewinne schmälert. Mithros lässt dich also den Schwarzen Ritter spielen?«

»So komme ich am einfachsten in den Palast. Dorna, dieser Mantel ist zu schwer. Ich bekomme kaum Luft.«

»Das liegt nicht am Mantel, Fohlen, sondern an Euren Nerven.« Sie musterte mich wissend. »Eure Mutter war genauso. Hat sich vor jedem Auftritt übergeben.«

Mir war mulmig zumute. Natürlich war das der Grund. Beim letzten Turnier hatte ich mich voll und ganz auf meinen Kampf gegen Dedreugh konzentrieren können. Das hier war viel schlimmer.

»Deine Mutter hat an Turnieren teilgenommen?«, erkundigte sich Ninavis fasziniert.

»Ja«, antwortete ich und hoffte, das bisschen Getreidebrei, das ich gefrühstückt hatte, bei mir behalten zu können. »Da hat sie auch ...« Ich hielt inne und räusperte mich.

»Da haben sich ihre Eltern, Frena und Jarak, kennengelernt«, sprach Dorna für mich zu Ende. »Und Frena mich.« Sie klopfte sich auf die Brust. »Ich habe sie mit ausgebildet.«

Ninavis beäugte mich. »Und du erhältst die Familientradition aufrecht.«

Ich setzte mich und konzentrierte mich auf meinen Atem. »Nur heute. Wenn der Herzog seine Loge verlässt und zum Abendessen geht, werde ich auf ihn warten.«

»Sei vorsichtig«, sagte Ninavis, plötzlich todernst.

Ich stand wieder auf. Der schwarze Mantel flatterte um meine Schultern wie die Flügel einer Riesenkrähe, während ich nervös auf und ab ging. Da brachte mich die Sorge in Ninavis' Stimme zu einer überraschenden Einsicht.

Ich schaute sie an und fragte mich, wie sie zu einer der meinen geworden war. Alle Zusicherungen, die sie Kalazan gemacht hatte, waren längst erfüllt. Sie hatte keinerlei Verpflichtung, sich um Bruder Qaun zu kümmern, mich in meiner Mission zu unterstützen oder sich auch nur Sorgen wegen meines Wohlergehens zu machen. Und sie war keine Joratin, was bedeutete, dass es auch nicht ihr Herdeninstinkt war, der sie bei mir hielt.

Sie blieb, weil sie wollte.

Ich fragte mich, ob Ninavis bewusst war, dass ihre Treue sich verlagert hatte. Oder hatte sie überhaupt jemals irgendwem die Treue gehalten? Kalazan hatte ihr gehört, nicht umgekehrt. Ihre Treue ihm gegenüber hatte auf Idorrá gegründet, nicht auf Thudajé.

Sie sah mich mit zusammengekniffenen Augen an. »Schau nicht so, als hätte ich gerade dein Lieblingspferd verflucht. Ich wollte dir nur sagen, dass du dabei bist, die Höhle eines Jaguars zu betreten. Immerhin ist er dein Herzog. Also sei vorsichtig.«

Ich schüttelte mich und nahm den federgeschmückten schwarzen Helm vom Tisch. »Das bin ich, keine Sorge ...« Da fiel mir etwas ein. Meine Augen weiteten sich. »Dorna, die Leute werden Arasgon erkennen ...«

Dorna winkte ab. »Schon erledigt. Ich habe seine Beine mit Farbe bemalt, und Mithros hat seine Augen verzaubert. Er ist jetzt ein hübscher Rappe. Hübscher und größer als die meisten anderen, aber nichts Außergewöhnliches. Sattel und Zaumzeug habe ich mir von den Roten Speeren geliehen. Solange Arasgon den Mund hält und seinen Namen nicht überall herumbrüllt, kann nichts passieren.«

Ich nahm einen tiefen Atemzug und versuchte, meine Nerven zu beruhigen. »Danke.«

Dorna legte mir eine Hand auf den Rücken und schob mich Richtung Zeltausgang. »Und jetzt ab mit Euch. Ihr habt ein Publikum zu unterhalten.«[*]

Der Tag war im Nu vorüber.

Das Turnier begann mit einer großen Parade. Ritter, Wettkämpfer und Unterhalter zogen durch die Straßen der Stadt und marschierten dann auf dem Grün ein. Jede Tribüne und jedes Dach, das hoch genug war, um die Wettkämpfe von dort zu beobachten, war voller Jorater. Findige Geschäftemacher vermieteten Plätze auf den Himmelsbrücken an die Unglücklichen, die keinen Platz auf den Tribünen hatten ergattern können.

Die Turnierteilnehmer trugen grellbunte Farben, um für ihre

---

[*] Genau so bekämpft man Bühnenangst: Erinnere den Betreffenden daran, wie viele Leute gleich sehen werden, wie er auf die Nase fällt. Auf wessen Seite steht Dorna eigentlich?

Sponsoren, ihre Heimatstadt oder die Kaufleute, die sie bezahlten, Werbung zu machen. Bei den eine Woche andauernden Wettkämpfen wurde über eine Menge entschieden: über Verträge, Rohstoffpreise und sogar über die Schuld oder Unschuld angeklagter Missetäter. Niemand in Jorat tätigte größere Geschäfte, ohne sich vorher zu vergewissern, wie es um Idorrá und Thudajé aller Beteiligten stand. Und die kultivierteste Art, dies festzustellen, waren die Turnierwettkämpfe.*

Alle sahen zu, jubelten und tranken. Es kam zu Kämpfen auf dem Turnierplatz und abseits davon. Die bemalten Lederrüstungen der Ritter waren von den besten Künstlern Jorats zu fantastischen Skulpturen gestaltet worden, zu Jaguaren und Elefanten, Affen und Papageien. Leider hielten sie weniger aus als ihre metallenen Gegenstücke. Viele Teilnehmer schieden wegen Knochenbrüchen aus dem Turnier aus.

Es fiel mir schwer, den Wettkämpfen zuzusehen, ohne dabei an Sir Xia Nilos und ihren Knappen zu denken, die durch Dedreughs Hand gestorben waren. Oder an die Bürger von Mereina, die der blaue Rauch erstickt hatte.

Aber das konnte hier nicht passieren. Atrine war die Hauptstadt von Jorat. Die Jorater mochten eine Abneigung gegen Magie haben, doch jeder Adlige war in Begleitung seines persönlichen Torwächters gekommen. Alle Priester der Acht, die es im Land gab, waren anwesend. Eine Hexe, die versucht hätte, was Senera in Mereina getan hatte, wäre sofort erwischt worden.**

Arasgon und ich spielten unterdessen mit dem Publikum und gaben die schwarz gekleideten Spaßmacher, um uns die Zeit zu vertreiben. Dann, als die Sonne hinter einem Berggipfel im Osten

---

* Und die Jorater wundern sich, warum der Rest Quurs sie für kaum zivilisierter hält als die Yorer.
** Ich nicht.
Nur der Vollständigkeit halber.

unterging, verabschiedete sich der Herzog von der Menge und machte sich auf den Weg in seinen Palast.

Ich wusste, was dort auf ihn und sein Gefolge wartete: acht Abende voller Tanz, Trank und Ausgelassenheit, die den Unterhaltungen des Tages in nichts nachstanden.*

Ich unterdrückte meine Wut und Enttäuschung. Das hier wäre mein erstes großes Turnier gewesen. Die erste Gelegenheit, mich vor allen als Graf von Tolamer zu präsentieren, Preise zu erringen und zu tanzen.

Niemand versuchte, mich aufzuhalten, als ich zu dem Flur ging, den ich für meinen Hinterhalt ausgesucht hatte. Als Kind hatte ich dort schon Xuns Vater, dem alten Herzog, aufgelauert und war für meine Überfälle mit Süßigkeiten belohnt worden. Dort stand ich nun und tat, als wäre ich ein Ritter, der gelangweilt auf neue Befehle wartete.

Falls Xun einen anderen Weg nahm, wäre alles umsonst gewesen.

Das Geräusch von Schritten sagte mir, dass ich richtig geraten hatte. Erst als sie mich fast erreicht hatten, nahm ich meinen Helm ab, klemmte ihn mir unter den Arm und kam aus meiner Ecke hervor.

Foran Xun, Herzog von Jorat, hatte den Titel schon in jungen Jahren übernommen. Wie ich hatte er seinen Vater beim Lonezh-Höllenmarsch verloren. Direkt hinter ihm ging seine mächtig herausgeputzte Mutter Pyna, deren braunes Kleid noch gerade so den Anstandsregeln für Stuten genügte. Foran selbst leuchtete in prächtigem Mahagoni, sein Laevos war weiß wie seine vom Licht geküssten Hände.

Seine braunen Augen weiteten sich vor Staunen, als er mich sah. Forans Soldaten trugen kein bemaltes Leder am Leib wie die Wettkämpfer beim Turnier, sondern echten Stahl, und sie waren

---

* Klingt anstrengend.

mit ebensolchem bewaffnet. Sie wirkten genauso überrascht wie der Herzog, nur weit weniger erfreut.

»Mein Herzog.« Ich beugte das Knie vor ihm, noch während seine Wachen ihre Schwerter zogen. »Bitte hört mich an.«

Er kam näher.

Seine Reaktion würde mir gleich verraten, ob jemand ihn gegen mich aufgebracht hatte. Ich wartete angespannt, machte mich sogar bereit zur Flucht.

»Moment. Janel Danorak? Aus Tolamer? Dich habe ich seit Jahren nicht mehr gesehen«, sagte Foran verwundert, dann begann er zu lachen. »Nein, schon in Ordnung. Lasst sie.«

Seine Wachen ließen mich nicht, sondern halfen mir respektvoll beim Aufstehen.

»Sieh nur, wie sie gewachsen ist«, flüsterte Pyna Xun ihrem Sohn zu. »Und so hübsch. Aber wir müssen ihr etwas anderes anziehen. In diesem Aufzug sieht sie aus wie ein Schwarzer Ritter«, prustete sie beinahe, so lächerlich erschien ihr allein die Vorstellung.

Ich atmete möglichst ruhig und hielt den Blick gesenkt. »Mein Herzog, ich möchte mit Euch über die Provinz Barsine sprechen.«

»Barsine? Barsine ... Mutter, warum kommt mir der Name so bekannt vor?«

»Die Hexen, Liebes.«

»Aber ja, die Hexen!« Der Herzog schnippte mit den Fingern. »Und du warst dort, nicht wahr? Bei den Acht, es muss grässlich gewesen sein. Begleite uns. Du wirst doch sicherlich das Bankett besuchen? Wie ich höre, haben die Köche aus Reismehl und Maisgrannen einen lebensgroßen Hengst gezaubert. Ich kann es kaum erwarten.«

Ich schaute den Herzog erstaunt an. Ich konnte nicht anders. Dass er von der Katastrophe wusste, beruhigte mich zwar, aber das Bankett schien ihm weit wichtiger zu sein.

»Das mit deinem Großvater tut mir leid«, sprach Foran weiter.

»Auch wenn ich nicht wirklich überrascht bin. Er war schon recht alt. Nicht wahr, Mutter?«

»Oh, und wie. Aber sehr loyal.«

»Das glaube ich gern. Er gab mir immer das Gefühl, als hätte ich noch Essen zwischen den Zähnen«, gestand Foran. »Wahrscheinlich bringt er jetzt im Nachleben selbst Thaena dazu, ihr Kleid ordentlich glattzustreichen. War er sehr streng zu dir?« Er schaute mich nicht an, weshalb ich einen Moment brauchte, bis ich merkte, dass ich gemeint war.

»Ähm … ich habe es nicht so empfunden, muss ich gestehen, mein Herzog.«

»Natürlich nicht, du warst schließlich alles, was ihm von seiner Familie noch geblieben war. Wahrscheinlich hat er dir so manches durchgehen lassen. Du hast doch hoffentlich etwas anderes zum Anziehen dabei? Auf dem Turnier sehen diese Rüstungen fantastisch aus, aber für das Bankett solltest du dich umziehen. Die Gäste werden dich noch für eine Stute halten, wenn du keinen Schmuck trägst.«

»Ich hatte gehofft, zuvor mit Euch über Barsine sprechen zu können …«

»Aber selbstverständlich. Ich meine, da taucht jemand auf und löscht eine ganze Stadt aus, noch dazu während eines Turniers … Unerhört! So etwas dürfen wir nicht noch einmal zulassen.«

Ich merkte, wie meine Anspannung nachließ. »Ja, Herzog. Ich bin ganz Eurer Meinung.«

»Glücklicherweise wurde ich bereits über die Lage informiert und habe alles unter Kontrolle. Es wird keine weiteren Probleme geben.«

»Bestens, mein Herzog. Hat der Baron Euch unterrichtet?«

»Nicht doch. Er hat mir einen Brief geschickt, aber ich hatte noch nicht das Vergnügen, ihn persönlich kennenzulernen. Ein Überlebender fand jedoch den Weg hierher und hat mir alles erklärt. Ein ganz wunderbarer Zeitgenosse. Ich trage mich mit dem

Gedanken, ihn am Hof zu behalten, auch wenn er kein Jorater ist.«

Wir erreichten das Ende des Flurs, wo weitere Soldaten eine reich verzierte Tür bewachten. Sie salutierten vor dem Herzog und schoben die Türflügel auf.

»Er stammt nicht aus Jorat?« Ich war einen Moment lang verwirrt, dann wurde mir klar, um wen es sich bei dem Kerl handeln musste. Das Herz sank mir in die Hose.

»Mein Herzog«, sagte Relos Var mit einer tiefen Verbeugung. »Ich bin hocherfreut, Euch zu sehen.«*

---

* Und da behauptet Vater Zajhera, die Jugend wäre immer so theatralisch. Ha!

27

DIE JAGD AUF DIE WEISSE HEXE

Jorat, Quurisches Reich.
Drei Tage nachdem Darzin D'Mon bekommen
hatte, was er verdiente

»Im Ernst?« Kihrin warf Janel einen strafenden Blick zu. »Du hörst an dieser Stelle auf? Ninavis hat recht: Du *bist* ein Ungeheuer.«

Janel lachte nur und griff nach ihrem Wasserglas. »Ach, meine Kehle ist staubtrocken.« Sie prostete ihm zu. »Wie dem auch sei, wenigstens kann ich jetzt darüber lachen. Damals fand ich es gar nicht lustig.«

»Moment«, sagte Ninavis. »Ich dachte …« Sie nickte nachdenklich. »Gibt es auch nur einen Adligen auf dieser Seite der Drachenspitzen, den das Schwein nicht mit seinen Einflüsterungen manipuliert hat?«

Qaun schüttelte den Kopf. »Wohl kaum.«

»Den Herzog von Marakor vielleicht?«, warf Kihrin ein.

»Seit dem Lonezh-Höllenmarsch gibt es keinen Herzog von Marakor mehr«, entgegnete Janel. »Und aus irgendeinem Grund scheint niemand im Hohen Rat von Quur – du weißt schon, die Ratsversammlung des Hochadels – es sonderlich eilig zu haben, den Kerl zu ersetzen.«

Kihrin schüttelte den Kopf. »Das hat Mithros also gemeint, als er sagte, es würde nicht viel bringen, wenn du den Herzog warnst. Wegen Relos Var.«

»Es gibt noch eine andere mögliche Erklärung.« , sagte Janel.

»Und die wäre?«

Sie zuckte die Achseln. »Herzog Xun ist ein Trottel, der nicht einmal weiß, dass man im Regen nass wird.«

»Aha«, meinte Kihrin. »Dann gibst du ihm wohl ebenfalls kein Thudajé?«

»Das wäre verdammt schwer bei jemandem, von dem man glaubt, dass selbst ein Pferd ein besserer Herrscher wäre als er.« Janel hob einen Finger. »Kein Feuerblüter wohlgemerkt. Ein Pferd.«

»Jetzt will ich aber wirklich wissen, wie es weiterging.«

Bruder Qaun räusperte sich. »Ich bin dran.«

Kihrin stützte sich auf die Schanktheke. »Stimmt. Verzeih.«

Qauns Schilderung. Auf dem Grün, Atrine, Jorat, Quur.

»Ah, das ist mal ein schöner Haufen«, sagte Stute Dorna und zählte die Münzen in ihrer Hand.

Bruder Qaun blinzelte sie an. Beim letzten Mal hatte sie noch eine andere Geldbörse in der Hand gehalten. Diese hier war aus dem gleichen Stoff wie das Kleid einer Frau, mit der Dorna sich gerade unterhalten hatte.

»Woher hast du …?« Er hielt inne und räusperte sich. »Hat sie dir die Börse geschenkt?«

Dornas Grinsen ließ sich am ehesten als lasziv beschreiben. »Sagen wir, sie war dankbar für meine Nachhilfe.«

»Welche Art von Nachhilfe sollte sie von dir …?« Bruder Qaun verstummte. »Egal. Vergiss die Frage. Ich glaube, ich will es gar nicht wissen.«*

* Ich auch nicht, mein Freund.

Dorna grinste ihn an.

Ninavis überließ den Priester Dornas Obhut, als hätte sie ihr ein entlaufenes Hündchen wiedergebracht, und kehrte zu den Roten Speeren zurück. Sir Baramon war verschwunden, um seine Kontakte in den Kreisen der Turnierteilnehmer aufzufrischen, und Janel spielte weiterhin den Schwarzen Ritter. Somit war Bruder Qaun nun allein mit Dorna, die auf dem Grün umherstreifte, als wäre sie in einem Selbstbedienungsladen für Münzen, alkoholische Getränke und ihre beträchtlichen Gelüste.

Manchmal glaubte er beinahe, sie tue das alles nur, um ihn zu schockieren.

Ein leiser, anerkennender Pfiff von Dorna ließ ihn den Kopf in ihre Richtung drehen. Er folgte ihrer Blickrichtung und sah, was er erwartet hatte: Dorna schaute einer Frau auf einer der Himmelsbrücken hinterher.

Im Pferde-Jargon der Jorater würde man sagen, dass es sich bei dem Objekt von Dornas Begierde um einen weißen Hengst handelte. Nicht um einen Schimmel, dessen Fell im Lauf der Jahre immer heller wurde, sondern um einen echten Weißen. Die Sorte, die normalerweise noch als Fohlen stirbt. Haut und Haare dieser Frau waren so weiß und schimmernd wie das Sonnenlicht. Die Kleidung, die sie über ihren üppigen Rundungen trug, war die eines Mitglieds des Hochadels, aber nicht aus Jorat, sondern aus der Hauptstadt: eine graue Seiden-Misha mit hohem Kragen, dazu eine silberne Kef-Hose, deren Beine in hohe Stiefel gesteckt waren. Auf ihrem matt glänzenden Agolé schimmerten Diamanten wie Schneeflocken an einem Winterabend. Die Soldaten, die sie als Leibwache begleiteten, machten den Eindruck, als würden sie spielend mit jedem fertig, der mehr wollte, als Senera nur neidisch hinterherzuschauen.*

---

* Diese Stelle war unangenehm zu lesen. Ob ich mich geschmeichelt fühle? Ich hätte nicht gedacht, dass Qaun mit Stuten galoppiert.

Da drehte die Frau den Kopf, und Bruder Qaun sah ihr Gesicht.
»Dorna!« Er fasste die alte Dienerin am Arm. »Dorna, das ist die Doltari aus Mereina. Das ist Senera!«
»Wirklich? Ich wusste gar nicht, dass sie ihr Mieder zum Melonenschmuggeln benutzt.«* Dorna hörte auf mit dem Geldzählen und steckte die Börse weg. »Beim letzten Mal habe ich sie gar nicht richtig zu Gesicht bekommen.«
»Beim letzten Mal war sie auch nicht so skandalös gekleidet.«
»Sie ist gekleidet wie ein Hengst, als Skandal würde ich das aber nicht bezeichnen.«
Bruder Qaun reckte den Hals und starrte der Hexe hinterher. »Wir müssen ihr folgen.«
»Das brauchst du mir nicht zu sagen.« Dorna reichte ihre Tasse dem Mann neben ihr. »Würdest du das kurz für mich halten?« Dann packte sie Qauns Ärmel und zerrte ihn von der Tribüne weg.
Allein hätte Bruder Qaun es niemals geschafft, Senera zu folgen. Er hatte keine Ahnung, wie man vom Grün zu den labyrinthartigen Himmelsbrücken gelangte, auf denen sie Senera entdeckt hatten. Zum Glück kannte Dorna sich in Atrine aus, als wäre sie hier geboren worden (was, soweit Bruder Qaun wusste, durchaus möglich war), sie kannte alle Abkürzungen und Nebenwege.
Ansonsten war die Verfolgung nicht schwer. Seneras weißes Haar strahlte wie ein Leuchtfeuer. Jedes Mal, wenn Bruder Qaun glaubte, sie hätten sie verloren, sahen sie es irgendwo aufleuchten oder entdeckten in der Menge vor sich ihre Leibwache, und schon waren sie wieder auf ihrer Spur.
Bruder Qaun stieß einen erschrockenen Laut aus, als Dorna ihn plötzlich hinter eine Ecke zog. Er war so auf die Verfolgung konzentriert gewesen, dass er gar nicht gemerkt hatte, wohin Senera die beiden führte: zum Lager des Markreev von Stavira.

* Melonen? Wovon redet sie? Oh …

Er sah die Soldaten von Stavira in Rot und Gold auf dem Gelände patrouillieren. Keiner von ihnen schien in Alarmbereitschaft. Ihre Aufmerksamkeit war eher auf das jubelnde Publikum gerichtet, als seien sie neidisch, dass sie das Turnier nicht selbst besuchen konnten. Doch Bruder Qaun hegte keinen Zweifel daran, dass sie sofort kampfbereit wären, sollte es nötig werden.

Dorna zupfte ihn am Ärmel. Senera war gerade auf dem Weg zu dem größten Azhock. Zu Qauns Überraschung kam ihr ein Mitglied der Malkoessian-Familie entgegen, um sie in Empfang zu nehmen. Es war Sir Oreth höchstpersönlich.

Oreth begrüßte seinen Gast herzlich, als würden die beiden sich schon länger kennen. Qaun beschlich das Gefühl, dass Relos Var keine Zeit vergeudet und die beiden vor Längerem miteinander bekannt gemacht hatte.

»Die Rückseite ist unbewacht«, flüsterte Dorna.

»Das ist zu gefährlich. Wir sollten zurückgehen und Graf Janel unterrichten.«

»Warte noch einen Moment ...«

Einer der Stavira-Ritter kehrte gerade vom Turnierplatz zurück. Seine Rüstung sah mitgenommen aus. Einer der Flügel auf seinen Schultern war fast vollständig durchgebrochen und baumelte lose auf den Rücken seines Feuerblüters hinab.

Da riss der Sattelgurt.

Der Ritter in seiner kopflastigen Rüstung tat genau das, was man erwarten würde: Er stürzte. Der Feuerblüter rief sogleich Hilfe herbei, wie Bruder Qaun vermutete, denn mehrere Wachen kamen angerannt.

Stute Dorna rannte ebenfalls.

Bruder Qaun wagte nicht zu protestieren – nicht dass die Soldaten noch auf sie aufmerksam würden.

In dem allgemeinen Trubel lief Dorna zur Rückseite des Azhocks, das Senera und Sir Oreth betreten hatten. Dort versteckte sie sich mit Bruder Qaun hinter einem Heuhaufen und mehreren

Fässern Reiswein. Dann hielt sie ihr Ohr an die Zeltplane, um zu lauschen, und bedeutete Bruder Qaun, dasselbe zu tun. Er gehorchte und betete zu Selanol, dass sie nicht entdeckt würden.

»Ich höre überhaupt nichts«, flüsterte Stute Dorna. »Du vielleicht?«

Der Priester lauschte. Der Ritter, dessen Sattelgurt gerissen war (wie hatte Dorna das überhaupt angestellt?), schien sich bei seinem Sturz nicht verletzt zu haben; zumindest legten das die herzhaften Flüche nahe, die er ausstieß. Die Wachen kehrten auf ihre Posten zurück. Doch aus dem Azhock drang nicht ein Laut.

»Vielleicht sind sie gerade dabei, ähm, du weißt schon ...« Bruder Qaun errötete.

»Auch das würde man hören, Priester«, brummte Stute Dorna.

»Oder sie pirschen sich an die beiden Lauscher heran«, erklärte Senera. Die Stimme kam aus Bruder Qauns Rücken.

Er drehte sich um.

Senera und Sir Oreth standen vor ihnen. Oreth hatte sein Schwert gezogen, das halbe Dutzend Wachen hinter ihm ebenso. Er schaute Stute Dorna mordlüstern an.

Senera lächelte. »Wir haben viel zu besprechen. Warum begleitet ihr uns nicht nach drinnen?«

28

ANSCHULDIGUNGEN WEGEN HEXEREI

*Jorat, Quurisches Reich.
Drei Tage nachdem Thaena ein Hintertürchen im quurischen
Auswahlverfahren für die Thronfolge gefunden hatte*

»Du nicht auch noch«, stöhnte Kihrin, als Bruder Qaun eine Trinkpause einlegte.

Der Priester lächelte. »Meine Kehle ist staubtrocken.«

Janel lachte und stieß Qaun mit dem Ellbogen an.

»Aha, so ist das also«, murmelte Kihrin und wandte sich an Ninavis. »Und was hast du in letzter Zeit so getrieben?«

»Ich? Am Niedergang des Quurischen Reichs gearbeitet und den Sturz des Hochadels betrieben.« Sie lächelte. »Das Übliche eben.«

Kihrin merkte, dass sie keine Witze machte. »Und wie läuft's?«

»Ehrlich gesagt nicht schlecht, aber sobald die Regierenden anfangen, uns ernst zu nehmen, dürfte es schwierig für uns werden. Sie kämpfen mit harten Bandagen.« Ninavis drehte sich Janel zu und schlug mit der Hand auf die Theke. »Jetzt komm schon. Ich will ebenfalls wissen, wie es weitergegangen ist.«

»Gut.« Janel nahm einen tiefen Atemzug; ihr Lächeln verschwand.

Janels Schilderung. Im Palast des Herzogs, Atrine, Jorat, Quur.

Ich war so auf Relos Var konzentriert, dass ich die dritte Person im Raum zuerst gar nicht bemerkte. Diese kniete auf die Hände gestützt und mit gesenktem Kopf zu Vars Füßen. Wegen der Kapuze über ihrem Kopf konnte ich nichts Genaueres erkennen.

»Ist bei der Befragung etwas herausgekommen?«, erkundigte sich Herzog Xun. Er zeigte keinerlei Furcht vor Relos Var, schien sich nicht im Geringsten bewusst, wie gefährlich der Mann war.

Der Mann, den nicht einmal Thaena aufhalten konnte, wie sie selbst gesagt hatte.

»Aber ja, eine Menge«, antwortete Var und sah den Herzog dabei kaum an. Sein Blick glitt an ihm vorbei und verweilte schließlich auf mir. »Janel Danorak. Wie sehr Euer Anblick mein Herz erfreut. Ich habe nie daran gezweifelt, dass Ihr überleben würdet.«

»Ja, ist das nicht wunderbar?« Der Herzog klatschte in die Hände. »Ich bin ihr auf dem Flur begegnet. Sie ist genauso besorgt wegen der Hexen wie Ihr, Var. Ich dachte mir, es würde sie beruhigen, wenn sie sieht, wie weit Ihr den Übeltätern bereits auf der Spur seid.«

»Ich bin sicher, sie denkt an nichts anderes«, stimmte Relos Var zu. Er legte eine Hand auf den Kopf des Mannes zu seinen Füßen und schaute mich weiter an.

Sein Idorrá hatte seit unserer ersten Begegnung kein bisschen nachgelassen. Genau wie in Mereina musste ich mich beherrschen, nicht zusammenzuzucken, wegzusehen oder mich zu verneigen. Und der Ausdruck in seinen Augen ...

Es ist schwer zu erklären. Das Lächeln auf Vars Gesicht war auch in seinen Augen zu erkennen, trotzdem war es ein heimliches Lächeln: Er teilte einen subtilen Witz mit mir, dessen Pointe Herzog Xun niemals begreifen würde.

In diesem Moment wusste ich es. Relos Var war klar, dass ich ihn durchschaut hatte und nur hergekommen war, um ihn zu entlarven. Mit seinem Lächeln gab er mir zu verstehen, dass wir einander als das erkannt hatten, was wir waren: Feinde.

Und das gefiel ihm.

»Herzog«, begann ich, »was auch immer dieser Mann Euch erzählt hat ...«

»Janel? Bist du das?« Die Stimme klang näselnd, klagend und gebrochen. Der Kniende hob den Kopf, um mich anzusehen. Die Kapuze rutschte von seinem goldenen Laevos.

Tamin.

Seine Wangenknochen waren grün und blau, die Augen zugeschwollen, mehrere Zähne fehlten ihm. Ein intensives Gefühl, dass etwas hier ganz und gar nicht stimmte, überkam mich.

Eigentlich hätte Tamin seine Verletzungen heilen können. Hatte er aber nicht.

»Sei ein braver Junge und erzähl dem Herzog von den Hexen, Tamin.« Relos Var streichelte Tamins Laevos, als wäre er sein Schoßhündchen.

Tamin wollte etwas sagen, da ging ein Zittern durch seinen Körper. »Es ist ein ganzer Hexenzirkel. Sie haben mich gezwungen ... sie haben mich verhext und mich gezwungen, zu tun, was sie mir befehlen.«

»Und ihre Anführerin? Wer ist ihre Anführerin?«, fragte Relos Var mit einer leisen Drohung in der Stimme und schaute weiterhin nur mich an.

Ich hatte das Gefühl, als bliebe die Zeit stehen. Der Herzog, seine Mutter, die Soldaten, alle hingen an Tamins Lippen und warteten auf die schicksalhaften Worte.

»Ich habe ihren Namen nie erfahren, aber ihre Haut war weiß« – Var verstärkte den Griff um Tamins Laevos – »mit schwarzen Flecken. Sie war weiß mit schwarzen Flecken. Es tut mir leid, Janel, so unendlich leid. Es war eine alte Frau mit schwarz gefleckter Haut. Bitte verzeih mir.«

»Du ...« Ich kannte dieses Spiel. Nachdem Tamin als Erstes

Dorna beschrieben hatte, würde er weitere Leute beschreiben. Als Nächstes vielleicht Bruder Qaun. Dann Ninavis. Dann mich.

»Das kommt mir irgendwie bekannt vor. Graf, habt Ihr nicht eine Frau in Euren Diensten, die so aussieht?« Der Herzog ging im Kreis um uns herum und war so auf Tamin konzentriert, dass er das Blickgefecht zwischen mir und Relos Var gar nicht mitbekam.

»Aber nein, Herzog«, antwortete ich mit zuckersüßer Stimme. »Die Haut meiner Dienerin ist schwarz, nicht weiß.«

»Ah, richtig. Jetzt fällt es mir wieder ein.«

Relos Vars Lippen zuckten. Das Schwein musste sich beherrschen, nicht zu *lachen*.*

»Mein Herzog«, sagte ich, immer noch nicht in der Lage, den Blickkontakt mit Var abzubrechen. »Ich würde sehr gerne an den heutigen Festlichkeiten teilnehmen, doch ich fürchte, mein Schmuck und meine Abendgarderobe haben die Reise von Barsine hierher nicht überlebt. Wärt Ihr so gnädig und großzügig, mir mit Eurer Kleiderkammer auszuhelfen?«

Ich hatte selbstverständlich mitnichten vor, an den Festlichkeiten teilzunehmen. Ich wusste nur nicht, ob Var nicht etwas versuchen würde, hier und jetzt, und wollte Xuns Mutter aus dem Weg wissen.

»Ach, armes Ding! Aber natürlich, ich bin sicher, ich werde etwas Passendes für Euch finden.« Lady Xun schniefte. »Und Ihr habt schrecklich viel zu besprechen. Würdest du mich entschuldigen, Liebes?«

»Du willst jetzt gehen? Es wird gerade erst spannend. Tamin nennt uns gleich die Namen der Hexen.«

»Ach, ich bin sicher, du kommst auch ohne mich zurecht.« Ich

---

* Aber die Situation ist doch auch urkomisch. Ich kann mich gar nicht entscheiden, was lustiger ist: dass Janel versucht, mit Haarspaltereien noch einmal den Hals aus der Schlinge zu ziehen, oder dass Herzog Xun tatsächlich so blöd ist, darauf hereinzufallen.

hörte den Stoff ihres Umhangs rascheln, als sie sich zum Gehen wandte.

Relos Var hob den Kopf. Er grinste immer noch. »Soll ich Tamin bitten, mit seiner Aufzählung fortzufahren?«

Ich sprach, noch bevor der Herzog antworten konnte. »Er hat schon genug durchgemacht. Außerdem möchte der Herzog sicherlich auch meinen Bericht dazu hören.«

»Aber ja, das möchte ich. Bei den Göttern, stimmt etwas nicht? Ihr beide schaut einander an, als würdet ihr entweder gleich eure Schwerter ziehen oder miteinander durchbrennen.«

Also hatte er doch etwas gemerkt.

An dieser Stelle brach Relos Var den Blickkontakt zu mir ab – nach den Worten des Herzogs konnte er das Lachen nicht mehr länger zurückhalten. Es war ein tiefes, wohlklingendes Lachen. »Aber nein, mein Herzog. Ich fürchte, der Graf ist etwas zu jung für mich. Nichts gegen Euch, Janel.«

»Kein Problem«, murmelte ich. »Vielleicht wäre Euer jüngerer Bruder besser geeignet. Habt Ihr ihn mitgebracht?«

Ah, seine unerschütterliche Selbstkontrolle wurde brüchig. Aus dem Blick, den er mir nun zuwarf, sprach die blanke Bosheit. Anscheinend war die Angelegenheit mit seinem »Bruder« nicht zu Vars Zufriedenheit verlaufen. Ob mich das glücklich oder traurig machen sollte, wusste ich allerdings nicht.

Ich ging langsam im Kreis um Relos Var herum und zwang ihn, sich mit mir zu drehen, wenn er mich im Auge behalten wollte. »Ich habe die Hexe in Mereina ebenfalls gesehen. Sie war weißhäutig und eine Ausländerin. Sie hat einen der Verweser verhext und sich als seine Dienerin ausgegeben.«

»Seht Ihr, Herzog, das passt genau zu der Beschreibung, die uns der ehemalige Baron gegeben hat.« Relos Vars Lächeln war wieder da, seine Maske saß perfekt. »Aber sie muss Komplizen gehabt haben. Hexen arbeiten niemals allein.«

»Ihr müsst es ja wissen, schließlich seid Ihr der Anführer.« Ich brachte meine Anschuldigung als schlichte Tatsache vor. Ich konnte nicht zulassen, dass Var den Gesprächsverlauf weiterhin steuerte und den Herzog gegen mich und meine Freunde aufbrachte.

»Wie bitte?«, rief Xun empört. »Janel! Relos Var ist unser Gast!«

»Wählt Eure nächsten Worte mit Bedacht«, sagte Relos Var.

»Oh, das habe ich. Wisst Ihr, Euer Gnaden, dieser Relos Var mag ja ganz harmlos wirken mit seinem Lächeln und den weisen Augen, aber die Hexe von Mereina schuldet ihm ihr Thudajé, genau wie Tamin. Mit honigsüßen Worten will er Euch glauben machen, ich oder einer meiner Leute wäre eine Hexe, damit wir Euch die Wahrheit nicht verraten können: dass *er* diese Dämonen herbeigerufen hat. All die Menschen in Mereina sind auf sein Geheiß hin gestorben.«

Relos Var verzog das Gesicht zu einer Fratze. »Ihr enttäuscht mich. Dies ist nichts anderes als die verzweifelte und zum Scheitern verurteilte Anklage einer Frau, die weiß, dass ihre Schuld jeden Moment ans Licht kommen wird.«

Ich prustete laut los, auch wenn ich die Situation alles andere als komisch fand. Ich hatte schon immer gewusst, dass mich eines Tages jemand als Hexe beschuldigen würde. Genau wie mein Großvater. Deshalb hatte er ja auch immer darauf bestanden, dass ich die falschen Gerüchte über den Lonezh-Höllenmarsch auf sich beruhen ließ.

»Ihr seid ein Ausländer. Ihr versteht uns und unsere Kultur nicht. Ihr habt seine Worte gehört, Euer Gnaden, und Ihr habt die meinen gehört. Ihr wisst, dass diese Angelegenheit nur auf eine Art beigelegt werden kann.«

Der Herzog nickte. »O ja. Wie aufregend. Aber ... Janel, bitte sag mir, dass du keine Hexe bist.« Er schaute mich an, als hätte er gerade erfahren, dass sein Lieblingspferd in den Palast gemacht hatte.

»Bin ich nicht, Euer Gnaden. Das schwöre ich.« Mittlerweile

hatte ich den Eindruck, dass Bruder Qauns Definition von Hexerei – dass Hexen Leute waren, die Dämonen beschworen – richtig war. Das sogenannte Verbrechen, wenn jemand ein angeborenes Talent zum Zaubern hatte, rechtfertigte noch lange nicht die Todesstrafe.

»Wer von uns beiden ist jetzt der Lügner?«, bellte Relos Var.

Der Herzog schien seine Worte nicht gehört zu haben, und falls doch, überging er sie einfach. »Nun dann ... ist es entschieden.«

Ich atmete erleichtert auf. »Hier oder auf dem Haupthof?«

»Auf dem Haupthof«, antwortete Xun. »Schließlich findet gerade das Große Turnier statt. Es gibt keinen Grund, dies dem Publikum vorzuenthalten.«

Nun wirkte Var doch ein wenig verunsichert. »Moment. Was ist entschieden?«

Foran Xun und ich schauten einander an.

»Er ist Ausländer, mein Herzog«, sagte ich möglichst herablassend.*

Relos Var setzte ein etwas weniger wütendes Gesicht auf. »Das leugne ich nicht. Dennoch glaube ich, das Recht zu haben, darüber in Kenntnis gesetzt zu werden, wovon Ihr beide sprecht.«

Der Herzog wedelte mit der Hand. »Nun ja, Ihr habt Euch gegenseitig schwerer Verbrechen bezichtigt. Eine solche Angelegenheit lässt sich nur auf eine Art beilegen: durch einen Zweikampf.«

Ich lächelte Relos Var an. »Wir werden uns duellieren. Weigert Ihr Euch, weiß jeder, dass Ihr ein Heuchler seid.«

Var starrte mich entsetzt an – oder wenigstens ein bisschen erschrocken. Dann begann er zu kichern. »Mein gutes Mädchen, Ihr solltet wissen, dass Ihr gegen mich nicht gewinnen könnt.«

»Ihr meint, gegen einen Zauberer Eures Kalibers?« Ich legte eine Hand auf meinen Gürtel, nicht direkt auf den Schwertknauf, aber auch nicht weit davon entfernt. »Ja, das weiß ich.«

---

* Pah! Diese Jorater.

Er verzog das Gesicht. »Ist das Euer Spiel? Ihr glaubt, Ihr könntet mich in eine Situation bringen, in der ich mich nur noch mit Magie verteidigen kann? Wie töricht. Ich hatte etwas Schlaueres erwartet.«*

»Wir werden es ja sehen«, flüsterte ich.

»Ich unterbreche nur ungern, doch es ist Brauch, die Kontrahenten jetzt voneinander zu trennen. Relos, warum begleitet Ihr mich nicht? Wir müssen jemanden finden, der an Eurer Stelle kämpft.«

»Ich werde selbst kämpfen.«

»Wie bitte?« Der Herzog schaute einen Moment lang bestürzt drein, dann zuckte er die Achseln. »Schön, wie Ihr wünscht. Dann müssen wir eben Waffe und Rüstung für Euch besorgen. Kommt mit.«

Ich lächelte. Der Blickkontakt zwischen mir und Var riss erst ab, als der Herzog ihn und Tamin wegführte. Die Tür schloss sich hinter ihnen, und ich hatte das Gefühl, als kehre die Luft in den Raum zurück. Mein Herz begann wieder zu schlagen.

»Was habe ich getan?«, flüsterte ich in die Stille.

Doch niemand antwortete.

---

* Vor allem in Anbetracht dieser »vom-Blut-des-Joras«-Geschichte. Aber wahrscheinlich wird von den Nachfahren des Joras erwartet, dass sie sich aus der Politik heraushalten. Ich meine aus dem Sport. Oder aus der Geschäftswelt? Als was auch immer Turniere gelten.

29

EIN UNBEDACHTES DUELL

*Jorat, Quurisches Reich.
Drei Tage nachdem Kihrin ungefragt Talismane
in der Hauptstadt verteilt hatte*

»Das hast du nicht getan«, sagte Kihrin.

»O doch, habe ich«, gestand Janel.

»Aber du hast nicht gegen ihn gekämpft.« Kihrin hob eine Augenbraue. »Ich meine es ernst, wenn ich sage, dass Relos Var sich schon mit Göttern angelegt hat. Nicht nur mit Gottkönigen, sondern mit den Drei Schwestern höchstpersönlich: Glück, Tod und Magie. Und zwar alle gleichzeitig.«*

»Oh, sie hat gegen ihn gekämpft«, entgegnete Dorna. Sie sah zu Stern hinauf. »Ich komme von hier unten nicht an sie ran. Würde es dir etwas ausmachen, mir zur Hand zu gehen, mein Lieber?«

»Kein Problem«, erwiderte Stern. Er beugte sich vor und gab Janel einen Klaps auf den Hinterkopf.

---

* Zu Janels Verteidigung muss ich sagen, dass es eine magische Situation war. Sie hat wohl geglaubt, sie hätte mit dem Schwertkampf ein cleveres Schlupfloch gefunden. Dass sie das Schlachtfeld selbst bestimmt hat, war ziemlich schlau.
Sie tut mir beinahe leid.

»He!« Janel schaute Stern böse an. »Sieh dich vor!«

»Davon hast du noch tausend mehr verdient, Fohlen«, sagte Dorna. »Von mir hast du das nicht.« Sie klopfte mit dem Finger auf die Theke. »Lass dich nicht auf einen Kampf mit jemandem ein, der sogar den Göttern Angst macht. Das ist eine Merkregel, an die man sich besser hält.«

»Ich wusste genau, was ich tat«, protestierte Janel. »Mehr oder weniger.«

Qaun öffnete sein Buch. »Diesen Teil hasse ich wirklich.«

*Qauns Schilderung. Im Lager der Malkoessians.
Das Grün, Atrine, Jorat, Quur.*

Die Wachen schleiften Bruder Qaun und Stute Dorna in das Zelt. Das Innere war mit roten und goldglitzernden Flammenstickereien verziert. Von jeder Oberfläche grinste ihnen der Jaguar von Stavira entgegen, als wollte er sie wegen ihres tolldreisten Eindringens verspotten.

Bruder Qaun war Sir Oreth bereits einmal begegnet, als dieser ein paar Monate zuvor mit Soldaten und in mieser Stimmung im Schloss Tolamer eingetroffen war. Seither hatte Sir Oreth nichts von seinem guten Aussehen eingebüßt. Die Jorater bezeichneten eine Färbung wie seine als von der Sonne geküsst – ein weißgoldener Laevos, bronzefarbener Teint und dazu dunkelbraune Hände. Eines seiner braunen Augen war von einer weißen Blesse umgeben und heller als das andere.

Seine Laune hatte sich nicht gebessert. Als sie im Zelt waren, hielt Sir Oreth Stute Dorna sein Schwert unter die Nase.

»Nein, Sir Oreth«, tadelte Senera. Ihrem Akzent zufolge stammte sie aus der Hauptstadt Quurs.* »Leichen führen zu Untersuchun-

---

* Ich habe keinen Akzent.

gen. Wir wollen doch keine Aufmerksamkeit erregen. Lord Var wäre darüber sehr enttäuscht.«

»Dieses Miststück kennt mich«, sagte Sir Oreth. »Wenn sie meinem Vater hiervon erzählt, wird er sein Darlehen zurückfordern. Und dann haben Eure Leute in Tolamer keinen Torstein mehr.«

»Sie ist eine alte Frau. Sie kann Euch nichts anhaben.« Senera sah Stute Dorna und dann die Wächter an. »Nehmt ihr den Knebel ab.«

Bruder Qaun rechnete mit einem Schwall Schimpfwörter aus Stute Dornas Mund. Doch als die Wächter den Knebel entfernt hatten, hielt sie sich zurück. Vielleicht weil sie begriff, in welcher Lage sie sich befanden.

»Und was geschieht jetzt?«, fragte Stute Dorna mit hocherhobenem Kinn.

»Ach, das Übliche«, erwiderte Senera. »Wir werden uns unterhalten. Ich stelle Fragen, und du versuchst, mir eine Geschichte aufzutischen – eine wahre oder erlogene, ganz wie du möchtest –, die mich dazu bringt, dir nicht von dem charmanten Sir Oreth hier den Hals aufschlitzen zu lassen.«*

Bruder Qaun schluckte.

»Ihr wisst aber schon, dass man das hier nicht so handhabt. Unbefugtes Eindringen gilt in diesem Herrschaftsgebiet nicht als Kapitalverbrechen. Es würde sehr merkwürdig wirken, wenn Ihr uns deswegen tötet. Niemand wird glauben, dass wir in flagranti ertappte Attentäter sind. Wenn Sir Oreth uns umbringt, wird das Folgen haben.«

Senera sah ihn zum ersten Mal an. Ihre warmen grauen Augen waren nicht von den Göttern berührt. Die göttlichen Farben der Adelshäuser sahen anders aus.

Sie zwinkerte ihm zu.

»Da hat der Priester recht«, sagte sie zu Sir Oreth.

---

* Nur damit das klar ist: Das war Sarkasmus.

»Die Alte ist eine schlimme Hexe mit einer vorwitzigen Zunge«, sagte Sir Oreth.

»Das hat Eure Mutter auch immer über mich gesagt«, erwiderte Stute Dorna.

Er zog erneut sein Schwert und trat einen Schritt auf sie zu. Einer der Wächter versperrte ihm den Weg.

»Dorna!«, sagte Bruder Qaun. »Das ist nicht hilfreich.«

»Entschuldigung«, murmelte sie. »Ich konnte es mir nicht verkneifen.«

Senera schaute sie alle ungläubig an. Sie ging zu einem Tisch und schenkte mehrere Tassen Tee ein. »Ich muss mich korrigieren. Die alte Frau kann Eure *Gefühle* verletzen.« Sie hielt eine Tasse in die Höhe. »Möchte jemand Tee?«

»Ja, ich«, antwortete Stute Dorna. »Wenn Ihr mich nur losbinden würdet ...« Sie wackelte hinter dem Rücken mit den Armen, um auf ihre Fesseln hinzuweisen.

Senera musterte sie und hielt ihr die Tasse hin. »Befrei dich selbst von deinen Fesseln. Wir wissen doch beide, dass sie für jemanden wie dich nicht hinderlicher sind als Zuckerwatte.«

»Was machen wir denn jetzt?« Sir Oreth deutete auf den Vordereingang des Azhocks. »Meine Familie wird jeden Moment zurückkommen. Wir haben keine Zeit für Plaudereien mit diesen zwei Bauern. Du bist zwar nett anzuschauen, Senera, aber niemand kauft dir ab, dass du ein Hengst bist.* Überlass die beiden denjenigen, die etwas davon verstehen.« Er winkte die Wachen heran. »Nehmt sie mit. Wir stecken sie in die südliche Scheune und überlegen uns später, was wir mit ihnen machen.«

»Reizend wie eh und je«, murmelte Dorna.

---

* So hübsch und dabei so dumm. Irgendwie hat er nicht mitbekommen, dass die Wächter alle auf meinen Befehl hörten. Wenn das in der joratischen Kultur nicht die Definition für »Hengst« ist, dann weiß ich auch nicht.

Seneras Miene verhärtete sich, und sie schloss einen Moment lang die Augen. Dann setzte sie die Teetasse ab. »Was ist das für ein Geräusch, Sir Oreth?«

Der Ritter drehte sich zu ihr um. »Was meint Ihr?«

Bruder Qaun stellte fest, dass Senera nicht nur Konversation treiben wollte. In der Ferne hatte sich ein dumpfes Tosen erhoben. Es klang, als befänden sie sich zu nahe an den Dämonenfällen.

Es war Jubel. Die Turnierbesucher jubelten.

Ein in Rot und Gold gekleideter Läufer kam keuchend ins Zelt gestürmt. »Edle Damen und Herren«, stieß er atemlos hervor. »Zum bisherigen Veranstaltungsplan ist noch ein Wettkampf hinzugekommen. Der Graf von Tolamer kämpft gegen Relos Var.«

»Oh, so ein Dummkopf«, sagte Stute Dorna.

Bruder Qaun wusste, dass Dorna nicht Relos Var meinte.

»Hölle und Verdammnis«, sagte Sir Oreth. »Sie wird ihn umbringen.«*

Senera starrte Sir Oreth an. »Ihr seid wirklich neu bei uns, oder?«

»Janel ist so stark wie zehn Männer«, entgegnete Sir Oreth. »Euer Meister versteht sich zwar gut auf Worte, aber in einem Duell wird Janel ihn in Stücke reißen.«

Senera verdrehte die Augen. Sie sah verärgert, aber nicht besorgt aus. »Also dann.« Sie gab den Wächtern ein Zeichen. »Bringen wir die beiden zu den Zuschauertribünen. Sie sollen wenigstens den Tod ihres geliebten Grafen mit ansehen dürfen.«

»Wie konnte sie nur so blöd sein?«, flüsterte Stute Dorna, während sie nebeneinander hergingen und dabei gelegentlich von einem ungeduldigen Wächter vorwärtsgeschubst wurden. »Sie hat ge-

---

* Wirklich sehr hübsch, aber auch sehr einfältig. Da ich den Rest seiner Familie kenne, gehe ich davon aus, dass Oreth als Säugling auf den Kopf gefallen sein muss. Und das mehrfach.

sagt, sie will mit dem verdammten Herzog sprechen. Dass sie einen Zauberer zu einem Duell herausfordern wird, hat sie nicht erwähnt. Was zur eisigen Hölle hat sie sich dabei gedacht?«

»Ich weiß es nicht«, sagte Bruder Qaun. »Wie hat Senera das mit den Fesseln gemeint?«

»Das ist nicht so wichtig, Priester.«

»Ich denke da an den Feuerblüter, dessen Sattelgurt gerissen ist«, sagte er. »Und an Kalazans Fesseln. Und was war mit all den Armbrüsten, die in Mereina auf Graf Janel gerichtet waren? Deren Sehnen sind auch einfach gerissen.«

»Ruhe, ihr zwei«, sagte der Wächter hinter ihnen. Sein Akzent klang joratisch, aber es schwang noch etwas anderes darin mit.

Bruder Qaun seufzte, befolgte jedoch den Befehl. Am Denken konnten sie ihn allerdings nicht hindern. Bruder Qaun fragte sich, ob dem Grafen klar war, dass Stute Dorna der joratischen Definition einer Hexe entsprach. Er erinnerte sich an all die Leute, die in Gegenwart der alten Frau ihre Geldbörsen eingebüßt hatten, obwohl er nie ein Messer in ihrer Hand bemerkte. Er dachte auch daran, wie gut sie nähen konnte. Die Nähte, die sie setzte, waren so klein, dass er sie mit bloßem Auge nicht einmal sah. Vermutlich beherrschte sie nur einen einzigen Zauber – etwas verknoten oder entknoten –, aber den dafür perfekt.

»Was hat sie sich bloß dabei gedacht?«, murmelte Dorna erneut.

Senera schritt wie eine Königin einher. Ihrem Verhalten nach zu schließen, rechnete sie nicht damit, dass jemand sie wegen der Toten in Mereina zur Rechenschaft ziehen könnte. Sir Oreth dagegen wirkte zappelig und sah sich andauernd um, ob irgendwer sie beobachtete.

Wahrscheinlich hielt er nach seinem Vater Ausschau.

Senera führte die Gruppe zu einem weiter oben gelegenen, abgetrennten Bereich auf der Tribüne, wo alle Zuschauer ihre eigenen Diener und Wachleute dabeihatten.

»Ihr habt eine *Loge*?« Dorna klang empört.

Senera nahm lachend Platz. Als sie saß, erwachte ein kleiner, vielleicht acht Monate alter Rothundwelpe und sprang, offensichtlich auf Leckereien und Streicheleinheiten erpicht, von seinem Samtkissen zu ihr hinüber. Senera kraulte die Ohren des Welpen und ließ zu, dass er den Kopf auf ihren Schoß legte.

Bruder Qaun blinzelte, als er das Tier erkannte. Es war der Welpe des Verwesers aus Mereina, den Senera mitgenommen hatte, während ihr Würgegas sich in der Stadt ausbreitete.

»Dann mach ich mich mal auf die Suche nach meinem Vater, damit nicht er mich suchen kommt«, sagte Sir Oreth. »Ich unterstelle, dass Ihr die Lage im Griff habt.« Damit verließ er sie und bedeutete seinen Soldaten, ihm zu folgen.

»Da geht er hin, der gut aussehende Trottel«, sagte Senera und schüttelte den Kopf. »Ich bin froh, dass wir ihn für nichts wirklich Wichtiges brauchen.«

Bruder Qaun setzte zu einer Antwort an, da erhob sich erneut Gebrüll, und Graf Janel ritt in den Ring. Sie rief der Menge etwas zu.

Bruder Qaun erkannte, dass sie ihre Anklagerede hielt. Dass Relos Var ein Zauberer sei und mit der Hilfe einer Weißen Hexe aus dem Süden in der Provinz Überfälle von Dämonen und Drachen befehligt habe.

Senera hörte auf, den Welpen zu tätscheln. »Das könnte zu Unannehmlichkeiten führen.« Sie drehte sich zu Dorna um. »Gibt es bei eurem Volk keine Gesetze gegen Verleumdung?«

»Doch. Ihr seht gerade bei deren Vollstreckung zu.«

Als Nächster kam Relos Var, der auf seinem Pferd nicht so schneidig wirkte wie Janel auf Arasgon, aber gut genug ritt, um sich nicht zu blamieren.

Seine Rede war vernichtend.

»Diese Frau ist keine echte Joratin!«, rief er. »Ich weiß, dass ich hier ein Fremder bin, aber wenigstens lüge ich nicht. Als Kind hat sie im Kanton Lonezh einen Pakt mit Dämonen geschlossen. Sie ist den Dämonen nicht entwischt. Sie hat sie angeführt. Sie hat eine Dämonenarmee gegen euch geführt! Und nun versucht sie, die Wahrheit zu verdrehen, weil wir ihr und ihren Machenschaften einen Riegel vorschieben wollen. War sie nicht in Mereina, kurz bevor die Stadt entvölkert wurde? Hat sie nicht ihren angestammten Kanton Tolamer im Stich gelassen? Ihren Verlobten hat sie angegriffen, als er ihren Verrat bemerkte. Und nun deutet sie mit dem Finger auf *mich*, weil ich weiß, was sie ist, und den Mut habe, es laut auszusprechen.«

Die Menge verstummte kurz und begann dann wieder zu brüllen.

Das Publikum schlug sich nicht auf Relos Vars Seite. Er war ein Ausländer, und der Graf war Janel Danorak. Solange nicht das Gegenteil bewiesen war, glaubten sie ihr.

Außer Janel verlor. Relos Vars Worte waren auf schreckliche Weise brillant – er hatte ihre Geschichte so verdreht, dass Janel verdammt war, wenn sie verlor. Bruder Qaun wurde übel. Wenn Relos Var gewann, genügte das als Beweis ihrer Schuld, und auf das Duell würde eine Verbrennung folgen.

Senera lächelte und streichelte wieder den Hund.*

Nachdem Relos Var einmal im Kreis geritten war, überraschte er alle, indem er absaß und sein Pferd wegschickte. Nach kurzem Nachdenken tat Graf Janel es ihm nach und schickte Arasgon trotz seiner heftigen Proteste zu den Stallungen zurück.

Die Kämpfer gingen aufeinander zu. Sie waren beide mit einem Schwert und einem Schild bewaffnet. Janel hatte ihr Familienschwert, das ihr Reichweitenvorteile verschaffte. Wie immer führte sie es, als wäre es ein Einhänder. Jeder andere hätte beide Hände gebraucht, um die Waffe zu halten.**

---

* Wer ist der süßeste Welpe? Das ist Rebellin! Ja, wirklich! Denkt jetzt bloß nicht schlecht von mir, sie ist wirklich hinreißend.
** Fast jeder.

Relos Var wirkte dagegen wie ein Bibliothekar, den man zu einem Gladiatorenkampf gezwungen hatte.

Doch seine Technik strafte den äußeren Anschein Lügen. Er wich jedem von Janels Hieben aus, während sie selbst vor seinen Angriffen zurückweichen musste. Ihre Kraft half ihr nicht.

Falls sie miteinander redeten, bekam davon niemand etwas mit, denn die gesamte Arena stimmte einen Sprechgesang an.

»Danorak, Danorak, Danorak!«

Dann geschah etwas. Bruder Qaun sah Janels Fehler nicht. Vielleicht machte sie auch gar keinen. Sie hob ihr Schwert, Var schlug mit seiner Klinge dagegen …

Und Janels Schwert zerbrach, als wäre es aus Glas.

Alle, vom Herzog bis zu den Kindern, die jenseits des Grüns zu Füßen ihrer einfachen Eltern auf den Hausdächern saßen, sprangen von ihren Plätzen auf.

Einen Moment später fiel Janel auf die Knie und ergab sich Relos Var.

»Verflucht«, sagte Stute Dorna. »Dein Herr hat fair gewonnen …«

Relos Var durchbohrte Janel mit dem Schwert.

Die Zeit blieb stehen. Bruder Qaun riss entsetzt die Augen auf. Selbst aus dieser Entfernung sah er Janels schockierten Gesichtsausdruck. Als Var sein Schwert wieder herauszog, fiel Janel um. Eine Blutlache breitete sich unter ihr aus und durchweichte den Boden.

Sie rührte sich nicht mehr.

Die Menge wurde still.

Senera seufzte und stand auf. »Das wäre also erledigt. Dann gehen wir mal die Leiche bergen.«

30

EIN SPAZIERGANG IM WALD

Jorat, Quurisches Reich.
Drei Tage nachdem Kihrin zum ersten Mal in seinem Leben
das Jadetor verschlossen gesehen hatte

Kihrin deutete auf Janel. »Warte mal ... Was? Hat Thaena dich wiederauferstehen lassen? Was ist passiert? Wie ...?«

»Psst«, machte Janel. »Ich erzähl's euch gleich.«

Janels Schilderung. Im Nachleben.

Wenn man jedes Mal stirbt, wenn man die Augen zumacht, weiß man leider nie, ob es das letzte Mal ist. Ob es diesmal für immer ist.

War ich tot oder nur bewusstlos? Ich konnte es nicht sagen.

Ich stand auf einem Hügel im Nachleben und trug eine schwarze Rüstung, die sich nur geringfügig von der unterschied, die ich noch einen Moment zuvor angehabt hatte.

Vor mir erstreckte sich die Kluft. Jeder nannte sie so, sogar Xaltorath. Ein gewaltiger Riss in der Erde. Eine mächtige Schlucht am Rand des Nachlebens, jenseits derer das Land des Friedens liegt. Permanent schossen daraus riesige Fels- und Erdbrocken in die Höhe wie bei einem Wasserfall, der in die falsche Richtung fließt.

Die Dämonen griffen gerade die Kluft an, aber das taten sie schließlich immer. Wenige Orte im Nachleben wurden häufiger von den Acht Unsterblichen aufgesucht. Ich hatte diese Region stets gemieden. Wenn ich mich zeigte, würden mich beide Seiten sofort angreifen. Thaena hatte ihren Leuten zwar gesagt, dass sie mich in Ruhe lassen sollten, aber die anderen Götter und ihre Kämpfer sahen das nicht unbedingt genauso. Erst angreifen und dann fragen galt hier immer noch als die oberste Devise, und sie kannten mich nicht.

Also zog ich mich zurück. Wie die Leute in der Welt der Lebenden wohl reagieren würden, wenn sie die Wahrheit über das Nachleben wüssten? Die meisten Seelen erreichten das Land des Friedens nie. In keiner mir bekannten Religion war davon die Rede, dass ein rechtschaffenes Leben mit einem niemals endenden Kampf gegen die Dämonen im Nachleben belohnt würde.

Aber wer weiß? Vielleicht hatten sich die geisterhaften Soldaten ja freiwillig gemeldet. Schließlich hatte ich keine Ahnung, wie es war, wirklich zu sterben.

Andererseits sollte ich nach dem tödlichen Ausgang meines Duells mit Relos Var besser keine voreiligen Schlüsse ziehen …

Als ich mich zurückfallen ließ, hörte ich in den Bäumen hinter mir eine Bewegung und drehte mich um, bereit, gegen alles zu kämpfen, was da kommen mochte.

Was zwischen den Bäumen hervortrat, war ein Gott.

Khored der Zerstörer trug eine rote Rüstung, einen dazu passenden Helm und einen Umhang aus Rabenfedern. In den Händen hielt er ein rotes Glasschwert, das, soweit ich wusste, alles auslöschte, mit dem es in Berührung kam.

Er steckte sein Schwert in die Scheide und nahm den Helm ab. »Geh ein Stück mit mir«, sagte Mithros.

Hinter uns tobte die Schlacht weiter, aber niemand schien daran interessiert, das Areal zu erobern, in dem wir uns gerade befanden. Wir blieben allein.

»Ich war mir so sicher, dass Ihr nicht Khored sein könnt«, sagte ich. »Eure Priester ... Wissen sie es nicht?«

Er ignorierte die Frage, und ich spürte seinen Zorn, während wir nebeneinander her gingen. Falls ich mich nur ein bisschen darüber gefreut hatte, ihn zu sehen, war davon jetzt nichts mehr zu spüren.

Ich hatte mich ihm widersetzt, oder? Vielleicht nicht seinen Anweisungen, aber seinen grundlegenden Absichten. Ich schnitt eine Grimasse.

Das würde kein angenehmes Gespräch werden.

»Als du Relos Var zu einem Duell herausgefordert hast ...«, begann Mithros. »Ich bin neugierig: Was ist dabei in deinem Gehirn vorgegangen?«

»Das ist nicht fair«, protestierte ich.

»Nein? Ich wüsste nämlich gerne, ob es zumindest ein klein wenig logisch war, *Relos Var* zu einem Duell zu provozieren.* Erzähl mir bitte nicht, dass du so dumm bist zu glauben, er könnte nicht mit einem Schwert umgehen, nur weil er ein Zauberer ist.«

Ich hob das Kinn. »Ich habe einen Nemesan-Eröffnungszug gemacht und ihn damit in eine Auseinandersetzung gezogen, die er nicht gewinnen konnte.«

»Muss ich dich wirklich auf den Fehler in deinem Plan hinweisen? Er hat gewonnen. Ganz eindeutig.«

Ich kämpfte gegen den Drang an, die Arme vor der Brust zu verschränken. »Mit einem Sieg hätte ich bewiesen, dass ich recht hatte und er nicht. Nach allem, was Thaena und Ihr über diesen Mann

---

* Also bitte. In diesem Punkt stimme ich mit Janel überein. Ihr saht aus »wie ein Bibliothekar, den man zu einem Gladiatorenkampf gezwungen hatte«. Ich wäre auch davon ausgegangen, dass ich Euch in einem Schwertkampf besiegen könnte.

erzählt habt, hielt ich diesen Ausgang allerdings für wenig wahrscheinlich. Aber ich konnte aus meiner Niederlage einen Vorteil ziehen. In meinem Volk gewinnt man an Ansehen, wenn man mit *Würde* verliert.«

Mithros sah mich einen Moment lang an und versuchte, das Rätsel, das ich ihm aufgab, zu ergründen. Schließlich warf er den Kopf in den Nacken und lachte höhnisch. »Natürlich. Du hast dich ihm ergeben. Du hast dich verneigt und ihm damit Thudajé erwiesen, wie es sich in Jorat gehört.«

»Um zu gewinnen, hätte er meine Kapitulation anerkennen müssen«, sagte ich. »Dass er das nicht getan hat, macht ihn zu einem Thorra. Er wurde in Jorat nur geduldet, weil er sich als weise Stute ausgab, als jemand, dem es ausschließlich darum geht, in tiefster Bescheidenheit zu dienen, ein Nicht-Jorater zwar, aber vollkommen vertrauenswürdig. Jetzt wird ihm das keiner mehr abnehmen. Das ganze Reich hat mit angesehen, wie er einen jungen Hengst erschlug, der sein Idorrá anerkannt hat. Dass er mich mit seinem Sieg als Hexe entlarvt hat, spielt keine Rolle. Er hatte schlicht und ergreifend kein *Recht*, mich zu töten, auch wenn er sein Idorrá über mich bewiesen hatte. Damit hat er allen, die zusahen, gezeigt, dass er sich für besser hält als den Markreev von Stavira, besser sogar als Herzog Xun. Relos Var hat seine Kompetenzen überschritten. Er hat gewonnen. Und mit diesem Sieg hat er verloren.«

Der Gott der Zerstörung sah mich durchdringend an. Ich schluckte und hielt seinem Blick stand. Ich fand es zwar noch schwieriger, Thaena anzuschauen als ihn, aber das bedeutete nicht, dass es leicht war. »Ihr wolltet wissen, was ich mir dabei gedacht habe.«

Mithros tippte sich an die Stirn. »Und ich muss zugeben, dass mich deine Antwort überrascht. Ich entschuldige mich. Ich hatte geglaubt, du hättest überhaupt nicht nachgedacht.«

Ich hob das Kinn. »O doch, das habe ich.«

»Und hast du auch bedacht, welchen Preis du für diesen kleinen Sieg bezahlen wirst?«

Welchen Preis ich bezahlen werde ... »Bin ich also nicht tot?« Ich fühlte, wie mein Herz – oder die Illusion davon – in mir pochte. Ich hatte geglaubt ... Als ich Relos Vars Schwert auf mich zukommen sah ...

Ich hatte überlebt?

»Nein, du bist nicht tot. Hast du etwa gedacht ...?« Er fasste mich unterm Kinn. »Macht dir die Vorstellung, dass du tot sein könntest, so wenig aus?«

Glühender Zorn stieg in mir auf, ich entwand mich Mithros' Griff. »*Die Vorstellung, ich könnte tot sein?* Warum sollte ich mich vor dem Spielfeld fürchten, auf dem ich seit dem Höllenmarsch von Lonezh jede einzelne Nacht verbracht habe?«

»Aber was kommt als Nächstes?«

»Ich werde entweder aufwachen oder nicht, das Ergebnis bleibt das gleiche: In der kommenden Nacht bin ich wieder hier und kämpfe in denselben Schlachten wie eh und je. Der Tod bedeutet nicht das Ende. Er ist nur ein Ortswechsel.«

Mithros blickte finster drein und lief wie ein gereizter Tiger in einem Käfig auf und ab. »Du glaubst, du hättest nichts zu verlieren. Aber da irrst du dich.«

Ich wandte den Blick ab. »Ich weiß, was ich zu verlieren habe. Was ich verlieren werde. Ich werde meinen Titel verlieren und mich verstecken müssen. Darauf bin ich vorbereitet ...«

»Nein«, sagte er leise. »Relos Var wird dir geben, was du wolltest.«

Ich konnte ihm nicht folgen, jedenfalls nicht gleich, und schaute ihn verständnislos an. »Was ich wollte ...?«

Und dann begriff ich. Er meinte nicht, dass ich den Kanton Tolamer zurückbekommen oder meinen Namen reinwaschen würde. Und er bezog sich auch nicht auf meinen Wunsch, Relos Var aufzuhalten.

Er sprach von meinem Vorhaben, in Herzog Kaens Palast einzudringen.

»Relos Var lässt dich nicht in Jorat zurück«, sagte Mithros. »Er wird dich mit nach Yor nehmen.«

Mit dieser Möglichkeit hatte ich gar nicht mehr gerechnet. Ich hatte sie als unerreichbar abgetan, als Mithros sagte, dass Relos Var mich höchstwahrscheinlich gaeschen würde. Und nun ... Ein kalter Schauder lief mir über den Rücken. Ich drehte mich zu Mithros um. »Weshalb? Wieso lässt er mich nicht einfach zurück? Ich bin jetzt das Problem des Herzogs. Wieso sollte Xun zulassen, dass Relos Var mich mitnimmt?« Ich dachte über mögliche Beweggründe nach, die ich kaum verstand. Hatte ich mich in Relos Var getäuscht? Würde er sich rächen wollen? Mich leiden lassen, weil ich mich ihm widersetzt hatte? Würde er ...?

Saelen.

Relos Var könnte mich als Saelen für sich beanspruchen, als eine, die vom Weg abgekommen war. Angeblich heilte er doch Hexen, oder etwa nicht? Wenn er den Markreev von Stavira oder Herzog Xun davon überzeugte, dass ich geheilt werden könnte, wenn er an den Wunsch der Jorater appellierte, die Stärke der Herde zu erhalten ...

Ich hatte mir so viel Mühe gegeben, Relos Var als Thorra zu entlarven, und ihm damit nur in die Hände gespielt.

Mithros sah mein bestürztes Gesicht und hob beschwichtigend eine Hand. »Es ist nicht das, was du denkst. Var hat viele Fehler, aber er würde niemals eine junge Frau entführen und schänden. Nicht einmal eine, die seine Pläne durchkreuzt hat.«

Ich blinzelte. »Ihr habt recht. Das glaube ich nicht. Tatsächlich ... ist mir diese Möglichkeit noch nicht einmal in den Sinn gekommen.«

Mithros sah einen Moment lang verlegen aus. »Dann ist es ja gut.« Er räusperte sich. »Aber über ein Gaesch müssen wir uns Sorgen machen.«

Mir wurde mulmig zumute. »Ja, das müssen wir.« Ich hatte noch nie gesehen, wie jemand gegaescht wurde, doch Xaltorath hatte immer gerne über die dazu nötige Technik gesprochen. Die richtige Methode, um einen Splitter aus jemandes Seele herauszuziehen, und wie man diesen Seelensplitter dann an einen Talisman band, mit dem man das Opfer beliebig herumkommandieren konnte. Der Gegaeschte musste entweder gehorchen oder einen qualvollen Tod sterben.

Dagegen war ich nicht immun. Das war niemand.*

Mithros nickte. »Wenn er nicht sicher sein kann, dass du ihm gehörst, wird er dich gaeschen. Und dann wirst du Herzog Kaen niemals den Speer Khoreval stehlen können. Jeder Gegaeschte erhält als Erstes den Befehl, keinen Fluchtversuch zu unternehmen. Er *darf* dich nicht gaeschen.«

»Und wie soll ich ihn davon abhalten?«

»Das kannst du nicht. Ich dagegen ... werde ein paar Schritte ergreifen.«

Ich schluckte. »Was für Schritte?«

»Es ist besser, wenn du das nicht weißt«, erwiderte Mithros. »Er wird versuchen, dich nach seinen Vorstellungen zu formen, dich auf seine Seite zu ziehen. Darin ist er gut.** Er holt Geheimnisse aus dir heraus, von denen du selbst nichts wusstest, und enthüllt ungeahnte Wahrheiten. Er verfügt über die Erfahrung mehrerer Jahrtausende, und du bist – auch wenn du es nicht zugeben willst – kaum mehr als ein Kind.« Mithros hob eine Augenbraue. »Wenn du triumphieren willst, musst du zuerst scheitern. Relos Var wird versuchen, dich zu brechen. Und du musst dafür sorgen, dass es ihm gelingt.«

---

* Und doch ... Ich muss es noch einmal sagen: Ich bin nicht verbittert.
** Dass die Acht sich immerzu den Kopf darüber zerbrechen, wieso Ihr das so gut könnt, macht mich lachen und weinen zugleich.

31

SAELEN

Jorat, Quurisches Reich.
Drei Tage nachdem Darzin D'Mon schlecht gewettet hatte

Ninavis schlug mit der Hand auf die Theke. »Verdammt.«

Dorna verdrehte die Augen. »Hör auf mit dem Gejammer. Dann hattest du eben ein Stelldichein mit dem Gott der Zerstörung. Na und? Wenigstens hattest du Spaß.« Sie hob einen knotigen Finger. »Mir scheint, verglichen mit uns anderen bist du noch ganz gut davongekommen.«

Ninavis' Miene verfinsterte sich. »Das stimmt.« Sie schnitt eine Grimasse. »Ja, das stimmt.«

Kihrin sah sich unter den Anwesenden um. »Es wird noch schlimmer, oder?«

»O ja«, sagte Qaun und begann zu lesen.

Qauns Schilderung. Auf dem Turnierplatz,
das Grün, Atrine, Jorat. Yor.

Bruder Qaun umklammerte die hölzerne Brüstung so fest, dass er sich Splitter unter die Fingernägel zog. Alles schien langsamer zu werden. Er hörte Stute Dorna zitternd nach Luft schnappen und

Arasgon weit in der Ferne wütend aufschreien. Die Menge tat lauthals ihren Unmut über den Ausgang kund, doch niemand hielt Relos Var auf, als er ging. Und keiner lief in die Arena, um Janel aufzuheben, deren Blut eine kleine Pfütze auf der Erde bildete.

Er hatte gewonnen, sie verloren.

Er war stark und sie schwach.

Der Gewinner hatte recht, der Verlierer nicht.

Unschuldig, schuldig.

Bruder Qaun spürte die Hände der Wächter auf den Schultern. Sie hielten ihn davon ab, zum Kampfplatz zu laufen.

»Nein«, sagte Bruder Qaun. »Ich kann ihr helfen!«

»Geduld, Priester«, sagte Senera. »Sie braucht deine Hilfe nicht.«

Ihr ruhiger, freundlicher Tonfall ließ ihn innehalten. Bruder Qaun drehte sich zu Senera um. »Sie stirbt dort unten, aber Euch ist das egal, oder?«

»Mir ist das ganz und gar nicht egal«, entgegnete sie. »Und mach dir keine Sorgen. Ich habe nicht vor, dir oder Dorna etwas anzutun, egal, was dieser Schwachkopf Oreth glaubt.«

»Wieso nicht? Warum behandelt Ihr uns hier anders als in Mereina?«

Sie kniff die Augen zusammen. »Sei dankbar, dass ich euch anders behandle.«

»Ach, mein Füllen. Wie lange ist dir schon klar, dass du auf der falschen Seite stehst?«

Senera fuhr zu Stute Dorna herum. Der alten Frau rannen Tränen übers Gesicht, doch sie reckte grimmig das Kinn vor und hielt Seneras Blick ungerührt stand. Sekunden vergingen.

»Ich stehe nicht auf der falschen Seite«,* erklärte Senera. Dann

---

* Ich stehe nicht auf der falschen Seite. Ich wünschte nur, wir hätten eine andere Möglichkeit ...
Nun ja. Ihr wisst, wie ich dazu stehe. Meinen Standpunkt zu wiederholen, wäre reine Tintenverschwendung.

machte sie eine unbestimmte Geste, und die Wächter zogen Stute Dorna und Bruder Qaun von ihren Plätzen hoch. »Es hat keinen Sinn, länger hier herumzusitzen und zu warten.«
Die Wächter eskortierten sie zum Kampfplatz.

»Es muss doch etwas geben …«
Stute Dorna schüttelte den Kopf. »Psst.«
Bruder Qaun schloss die Augen und versuchte, seinen Herzschlag zu beruhigen. Den ganzen Rückweg vom Turniergrund lang hatte er über einen Fluchtplan nachgegrübelt. Doch der Schmerz, den er empfand, benebelte seinen Verstand. Hatte Janel Relos Var zu einem Duell herausgefordert? Oder war es umgekehrt gewesen? Hatte Herzog Xun darauf bestanden, um festzustellen, wer schuldig war?
Graf Janel war tot, oder nicht?
Als Bruder Qaun langsamer wurde, zwang ein Wächter ihn mit einem Stoß dazu, sich mit unmittelbaren Problemen zu befassen. Zum Beispiel seiner eigenen Sicherheit. Sie mussten entkommen. Er konnte sich nicht vorstellen, dass sie Senera und Sir Oreth lebendig mehr nutzten als tot.
Leider war seine magische Begabung schon immer eher subtil gewesen. Für die Kunst der Zerstörung hatte er nie großes Talent besessen.*
Statt sie zurück zum Stavira-Azhock zu bringen, führten die Wächter sie hinter die Haupttribünen, in jenen Bereich des Turnierplatzes, der nicht für die Öffentlichkeit zugänglich war.
Natürlich. Senera hatte ja angekündigt, dass sie Janels Leichnam holen wollte.

---

* Wenn ich bedenke, was aus Darzin D'Mon geworden ist, bin ich froh, dass Qaun »kein großes Talent« für die zerstörerische Seite der heilenden Magie hat. Sollte er je den Dreh herausbekommen, könnte er daran zugrunde gehen.

Die Wächter stellten ein paar Fragen, und jemand wies ihnen den Weg. Bruder Qaun sah zwei Stallburschen, die einen in Turnierflaggen gehüllten Körper trugen.

Senera brach in Tränen aus und winkte den Stallburschen, dass sie warten sollten. Währenddessen spürte Bruder Qaun, wie ein Wächter ihn dicht an sich heranzog und ihm einen Dolch gegen die Rippen drückte. Die Botschaft war eindeutig: *Mach keinen Ärger.* Dornas grimmigem Blick nach zu urteilen, durchlebte sie gerade eine ähnliche Erfahrung.

Einer der Stallburschen hielt an. »Äh ... kann ich Euch helfen?«

»Mein Graf!«, wimmerte Senera.

Bruder Qaun fiel auf, dass sie genug Karo beherrschte, um das richtige Possessivpronomen zu verwenden.

»Wir, äh ...« Die beiden Wächter sahen einander an. »Wir bringen den Leichnam zum Blauen Haus.«

Senera wischte sich schniefend über die Augen. »Ihr Verlobter, Sir Oreth, hat mich gebeten, sie zu holen. Ich kann nicht glauben, dass das wirklich passiert ist.« Sie sammelte sich wieder und richtete sich würdevoll auf. »Wir übernehmen sie.«

Bruder Qaun hatte gehofft, die Stallburschen würden vielleicht Verdacht schöpfen. Doch sie hinterfragten Seneras Anliegen nicht und schienen froh, die Verantwortung los zu sein. Die beiden tauschten einen vielsagenden Blick aus und bedeuteten Seneras Wächtern, dass sie die Leiche haben konnten. Während die einen Bruder Qaun und Stute Dorna weiterhin mit dem Messer in Schach hielten, hoben die anderen die Bahre an.

Beinahe hätte Bruder Qaun die Bogenschützen am Wegesrand übersehen. Sie verhielten sich ganz still, während die Prozession vorüberzog. Eine von ihnen war Ninavis. Sie fing Bruder Qauns Blick auf und nickte ihm kurz zu, bevor sie ihre leise Unterhaltung mit den anderen fortsetzte.

Bruder Qaun unterdrückte eine an seinen Gott gerichtete Dankesgeste. »Was habt Ihr mit uns vor?«, fragte er stattdessen. »Wir stellen keine Bedrohung für Euch dar.«

Senera drehte sich zu ihm um. »Na, na, wir wollen uns doch nicht gegenseitig belügen. Aber zerbrich dir nicht den Kopf. Ich werde euch nichts tun. Wir machen nur einen kleinen Ausflug. An einen Ort weit weg von hier, wo ich mir keine Sorgen machen muss, dass ihr mit den falschen Leuten sprechen könntet.«

»Wieso habe ich das Gefühl, dass ich für diese kleine Landpartie nicht annähernd warm genug angezogen bin?«, murmelte Dorna.

Seneras Lächeln wurde einen Moment lang breiter.*

Bruder Qaun hielt Ausschau nach den anderen – Sir Baramon, Ninavis und den Roten Speeren. Falls sie in der Nähe waren, verbargen sie sich gut.

Senera versuchte gar nicht erst heimlichzutun. Genau wie Janel beherrschte sie die Kunst, wie eine Königin in ihrem eigenen Reich aufzutreten. Ihre Haltung zeugte von Idorrá** und signalisierte allen, ihr aus dem Weg zu gehen.

Die meisten hielten sich daran, und bald fand Bruder Qaun sich im Stavira-Lager wieder, genauer gesagt in dem Azhock, wo Senera sich mit Sir Oreth getroffen hatte. Ihre Bewacher drückten Bruder Qaun und Stute Dorna auf Stühle, während die anderen Wächter Graf Janels Leichnam auf einen großen Tisch legten.

Senera entfernte die Turnierflagge vom Leichnam des Grafen. Stute Dorna stieß einen erstickten Laut aus und wandte sich ab.

Bruder Qaun war versucht, ihrem Beispiel zu folgen, doch dann erinnerte er sich an seine Ausbildung. Janel hatte eine hässliche Stichwunde erlitten, die knapp unterhalb ihres Brustbeins den Oberkörper durchdrang. Bei jedem anderen hätte Qaun diese Verletzung als tödlich eingestuft.

---

*   Ich mag Dorna. Sie ist klüger, als sie aussieht.
** Vielen Dank! Von wegen »niemand kauft dir ab, dass du ein Hengst bist«.

Doch dies war Janel. Qaun wusste, dass ihr Stoffwechsel sich so sehr verlangsamte, während sie »schlief«, dass Uneingeweihte sie für tot halten würden. War sie vielleicht noch am Leben?

Die Zeltklappe flog auf, und Sir Oreth trat ein. Er machte einen Schritt in das Innere des Zeltes. Dann blieb er stehen und betrachtete mit starrer Miene Janels Körper.

Senera sah den joratischen Ritter mit gerunzelter Stirn an. »Erzählt mir nicht, dass Ihr sie geliebt habt.«

»Ist sie tot?«

»Ich glaube nicht, dass Ihr die Bedeutung dieser Frage begreift«, antwortete Senera. »Wie auch immer. Wir müssen von hier verschwinden, bevor die falschen Leute die richtigen Fragen stellen.«

Sir Oreth machte eine finstere Miene. »Mein Vater wird das persönlich nehmen.«

»Natürlich wird er das. Die heutigen Ereignisse waren ein Angriff auf seine Ehre. Über das, was man nicht beschützen kann, darf man auch nicht herrschen. Funktioniert das hier nicht so?« Sie lächelte Sir Oreth an.

Sein Gesicht verzog sich zu einer hässlichen Fratze. »Sie sollte nicht sterben.«

»Das Leben ist ungerecht.«

Ein weiterer Mann betrat das Zelt. Er wirkte gehetzt. Er war untersetzt, aber gut gekleidet und sah eher wie ein Kirper als ein Jorater aus.

»Was gibt es, Kovinglass?«, fragte Sir Oreth.

»Euer Vater ist hierher unterwegs«, antwortete der Neuankömmling. »Und der Herzog ist bei ihm.«

»Das hat ja nicht lange gedauert«, warf Senera ein und sah Kovinglass mit geschürzten Lippen an. »Du musst uns von hier wegbringen.«

»Auf keinen Fall. Ich kann nicht einfach …« Plötzlich keuchte er auf, als bekäme er keine Luft mehr. Er verzog das Gesicht vor Schmerzen.

Senera hielt die Hand in seine Richtung erhoben. »Beeil dich, Zauberer.« Obwohl Bruder Qaun keine offensichtlichen Anzeichen von Zauberei ausmachen konnte, wusste er, dass Magie im Spiel sein musste. »Wir haben nicht viel Zeit.«

Sie ließ die Hand sinken, und Kovinglass sackte in sich zusammen. Er schaffte es gerade noch, stehen zu bleiben, und nickte keuchend.

Sir Oreth musterte unterdessen Bruder Qaun und dann Stute Dorna. Sein Blick war hasserfüllt.

Dorna zwinkerte ihm zu.

»Das werde ich meinem Vater nie erklären können«, sagte Sir Oreth.

»Wenn wir jetzt verschwinden, müsst Ihr das auch gar nicht«, erwiderte Senera. Sie bedachte Kovinglass mit einem unverhohlen drohenden Blick. »Weißt du etwa nicht, was *beeil dich* bedeutet?«

»Du sagst mir nicht, was ich tun soll, Frau«, fuhr Kovinglass sie an. Vielleicht bildete er sich ein, Seneras Zauber von gerade eben wäre nur ein Zufallstreffer gewesen. Oder er war einfach zu stolz zuzugeben, dass er ohne Torstein kein Portal öffnen konnte.

Die Soldaten traten auf ihn zu.

Sir Oreth zog sein Schwert. Doch statt sich den Soldaten in den Weg zu stellen, tat er etwas anderes.

Er erstach Dorna.

Die alte Frau sah ihn in stumpfem Entsetzen an, bevor sie von seiner Klinge glitt und auf dem Boden zu einem kleinen, knittrigen Häufchen zusammensank. Bruder Qaun schrie auf, aber niemand beachtete ihn; seine Entrüstung hatte keinen Einfluss auf den Lauf der Dinge. Er versuchte, zu Stute Dorna zu gelangen, doch die Wächter hielten ihn zurück.

Senera zog die Augenbrauen zusammen. »*Wieso?*«, fragte sie Sir Oreth.

»Sie kannte meinen Vater«, stieß er hervor. »Sie hatte etwas gegen ihn in der Hand. Ich glaube, sie hat ihn erpresst. Aber ich weiß es nicht genau. Auf jeden Fall hätte er ihr jede Lüge abgekauft.«

Bruder Qaun versuchte, sich zu konzentrieren und hinter den Schleier zu blicken. Es war ihm unmöglich. Nur mit Mühe unterdrückte er ein Schluchzen. Er sah, wie Dornas Blick erlosch, und anders als bei Janel hatte er keinen Grund zu glauben, dass sie ihren Tod nur vortäuschte.

Senera betrachtete die tote Dorna einen Moment mit undurchdringlicher Miene, dann schnippte sie mit den Fingern. »Negrach, Molasch, ihr tragt die Leiche des Grafen. Pragaos, nimm du den Priester. Kovinglass, warum ist das Tor noch nicht offen?«

Während Kovinglass versuchte, ein magisches Portal zu öffnen, ertönte ein Reißen und ein Stück Zeltplane fiel zu Boden.

Einen Sekundenbruchteil später bohrte sich ein Pfeil in Kovinglass' Kehle.

Die Soldaten verteilten sich. Ein paar von ihnen trugen Schilde, aber sie hatten keine Ahnung, wer den Schuss abgegeben hatte.

Bruder Qaun, der wusste, wie versiert Ninavis im Umgang mit Pfeil und Bogen war, konnte es sich zwar denken, sah aber keinen Sinn darin, die anderen einzuweihen. Als ein Soldat ihn am Ellbogen packte, tat Qaun, als geriete er ins Stolpern, und riss den Mann im Fallen mit sich zu Boden.

Weitere Pfeile durchschlugen gleichermaßen den Stoff des Azhocks und yorische Körper. Qaun hörte Schreie und Kampfgeräusche.

»Wenn man möchte, dass etwas *richtig* gemacht wird ...«, murmelte Senera.

Erschrocken dachte Bruder Qaun, sie würde wieder diesen blauen Rauch erzeugen.

Aber nein. Sie öffnete ihr eigenes Tor und ersetzte damit Kovinglass' wirkungsloses Portal. Da die Wände des Azhocks mittlerweile vollkommen durchlöchert waren, sahen ihr mehr als nur ein paar Jorater dabei zu. Egal, ob sie davon ausgingen, dass Senera vom Blut des Joras war oder nicht, sie hatte Janels Geschichte soeben deutlich mehr Glaubwürdigkeit verliehen.

Ein Soldat merkte, wie Bruder Qaun sich erhob, und schlug mit dem Schwert nach ihm. Der Hieb war so lässig geführt, als schlüge er nach einem Insekt. Qaun hörte, wie sein Agolé zerriss. Die Klinge schnitt in seine Haut. Er kippte unter entsetzlichen Schmerzen nach hinten um und spürte, dass er blutete. Ein weiterer Soldat ergriff ihn und warf ihn sich über die Schulter.

Senera winkte ihre Männer durch das Portal, darunter diejenigen, die Janels Leiche trugen. »Und?«, fragte sie Sir Oreth. »Kommt Ihr mit oder nicht?«

Sir Oreth schaute sie finster an, doch als vor dem Zelt ein Schrei erklang, machte er einen Satz durch das Portal. Die Soldaten folgten ihm mit Bruder Qaun. Zuletzt ging auch Senera mit ihrem Welpen hindurch, dann schloss sich das Tor hinter ihr.

Als der Markreev, der Herzog und die Bogenschützen um Ninavis und Sir Baramon das Zelt betraten, war es leer.

Abgesehen von den Leichen mehrerer Wachen, des Torwächters und einer alten Frau.*

---

* Ihr ahnt gar nicht, wie viel Überwindung es mich gekostet hat, Oreth, diesen verdammten Trottel, nicht zurückzulassen.

TEIL III

Winterkinder

32

AN DER KÜSTE

Jorat, Quurisches Reich.
Drei Tage nachdem Kihrin sich gefragt hatte, ob er es allein mit
Gadrith aufnehmen könnte (die Antwort lautet: nein)

Kihrin starrte Dorna an. »Was?«, fragte sie. »Bist du etwa noch nie tot gewesen?« Sie hob die Augenbrauen.

Kihrin dachte nach. »Damit ... hast du natürlich recht.« Sein eigener Tod hatte sich erst vor wenigen Tagen ereignet, auch wenn es ihm wesentlich länger her zu sein schien. »Manchmal vergesse ich, wie leicht das geht, wenn man die richtigen Leute kennt.«

»Alles geht leichter, wenn man die richtigen Leute kennt.«

»Mich würde interessieren«, sagte Kihrin, »*was* du gegen den Markreev von Stavira in der Hand hast.«

»Das habe ich mich auch schon gefragt«, sagte Janel.

»Es ist längst nicht so zwielichtig, wie dieser Balg Oreth zu glauben scheint«, erwiderte Dorna. »In meiner Jugend habe ich an Turnieren teilgenommen. Aroth war von meinen Auftritten begeistert ... Da hat eins zum anderen geführt.«* Sie legte einen Arm um Stern und zerzauste ihm die Haare.

---

* Oh, ich wusste gar nicht, dass sie ein Kind miteinander hatten. Hmm. Er ist auch noch Aroths Ältester. Das könnte noch interessant werden.

»Hör auf damit, Mama«, sagte Stern.

Dorna ließ grinsend von ihm ab. »Ich bereue nichts. Immerhin hat mir diese Verbindung Palomarn eingebracht. Nach ein paar Jahren ging die Sache jedoch auseinander. Später habe ich beschlossen, dass ich als Frau glücklicher bin, und Aroth hat beschlossen, dass er lieber ein Mann sein möchte. Für mich ist das in Ordnung, außer dass ich immer noch mit Stuten galoppiere und er keine mehr ist.« Sie zuckte die Achseln. »Es hätte ohnehin nie funktioniert.«

Kihrin schaute Stern fragend an. »Palomarn. In Wirklichkeit heißt du Palomarn?«

Der Hüne zuckte die Achseln. »Ich mag Stern.«

Janel zwinkerte Dorna vielsagend zu. »Du hast ein *Kind* mit Aroth Malkoessian?«

»He«, sagte Stern. »Kein Kind.«

»Dann ist dein Sohn also ...« Kihrin konnte sich kaum vorstellen, dass Stern ganz gewöhnlich geboren worden war. Er wirkte eher wie etwas, das plötzlich zu existieren angefangen hatte. Stern als Kind? Als Säugling? Nein. »Wieso bin ich dann auf dem Sklavenmarkt des Oktagon über deinen Sohn gestolpert?«

Dorna sah Stern missbilligend an. »Was soll das heißen? Ein Sklave?«

»Nicht meine Schuld«, erwiderte Stern. »Leute, die Pferde schlecht behandeln, dürfen sie nicht behalten.«

Dorna schlug Stern auf die Schulter. »Nein, ich meine, dass du dich hast fangen lassen. Von mir hast du das nicht.«

Stern drehte sich grinsend zu Kihrin um. »Ich hatte nicht geplant, dass du mich kaufst. Reines Glück, würde ich sagen.«

»Richtig, Glück.« Kihrin konnte es nicht einmal ausschließen. Von Zeit zu Zeit tat ihm die Glücksgöttin einen Gefallen und holte selten davor seine Einwilligung ein.*

---

* Wir können vermutlich davon ausgehen, dass Taja sehr gut darin ist,

Janel sah Qaun an. »Würde es dir etwas ausmachen, gleich fortzufahren? Ich habe noch gar nicht gehört, was unmittelbar nach unserer Entführung passiert ist.«

Qaun schaute sie lange an. »Was?« Dann schlug er seufzend sein Buch auf. »Du wirst schon sehen.«

Qauns Schilderung. Seneras Hütte, an einem unbekannten Ort.

Der Wächter trug Bruder Qaun durch das Tor und setzte ihn auf einer Holzbank ab. »Der hier ist verletzt, Oberst.«

Qaun zupfte zähneknirschend an dem nassen roten Fleck auf seiner Robe. Die Wunde blutete immer noch.

Außerdem tat sie weh. Er war oft gewarnt worden, dass es schwer sei, sich selbst zu heilen, weil Schmerzen die Konzentration schwächten. Doch bislang hatte er dieses Phänomen noch nicht am eigenen Leib erfahren. Wenn er ehrlich war, hatte er immer geglaubt, bei ihm wäre das anders und er könnte körperliche Schmerzen mit reiner Willenskraft ausblenden.

»Legt die Leiche des Grafen auf diesen Tisch. Auf den Rücken bitte. Molasch, hol mir meine Tasche. Die aus rotem Leder. Sie hängt neben der Tür.« Senera setzte den Rothundwelpen ab und entfernte sein Halsband. Das Tierchen lief schnurstracks zu einem Samtkissen neben dem Kamin, das ihm als Bett diente, und drehte sich dreimal im Kreis, bevor es sich hinlegte und zufrieden mit dem Schwanz auf den Boden klopfte.*

Sir Oreth sah sich einen Moment lang blinzelnd um, dann ging er zu Senera hinüber. »Bringt mich zurück. Ich muss mit meinem Vater sprechen.«

---

verschiedene Ereignisse so aufeinander abzustimmen, dass sich bestimmte Leute über den Weg laufen.
*   Rebellin ist sehr pingelig, was ihr Kissen anbelangt.

Sie ignorierte ihn und beugte sich zu Bruder Qaun hinunter. »Wie schlimm ist es?«

Qaun zuckte zusammen. »Könnte schlimmer sein. Haut und Muskelfasern. Der Brustkorb hat seine Arbeit getan und meine inneren Organe geschützt. Das größte Problem ist der Blutverlust. Wenn ich mich nur ... konzentrieren könnte ... dann ...«

»Hat dir schon mal jemand gesagt, dass du zu viel redest?« Senera lächelte ihn an. »Kein Wunder, dass du keine Erleuchtung erlangst.«

Er sah sie verständnislos an. »Was habt Ihr gesagt?« Er fühlte, wie ihm schwer ums Herz wurde. *Mach, dass sie keine Anhängerin des Wegs von Vishai ist. Lass sie bitte nicht behaupten, dass sie meinen Glauben teilt.**

Sie beantwortete seine Frage nicht, sondern legte nur wortlos seine Brustwunde frei.

»Hört Ihr mir überhaupt zu, Frau? Ich habe gesagt, dass ich zurückmuss, jetzt gleich.« Oreths Wut grenzte an Panik. Seine Hände begannen zu zittern.

Senera legte eine Hand auf Bruder Qauns Brust. »Pragaos, pass bitte auf Sir Oreth auf. Wenn er irgendwelche bedrohlichen Bewegungen macht, tötest du ihn.«

»Ja, Oberst.« Pragaos zückte sein Schwert und bezog neben Sir Oreth Stellung.

»Was?« Oreth schnitt eine Grimasse, während er den Mann betrachtete. »Stillgestanden. *Ich* gebe dir die Befehle.«

Die Mundwinkel des Soldaten zuckten. »Wenn Ihr Euch da mal nicht irrt.«

»Warum schenkt Ihr Euch nicht etwas zu trinken ein, Oreth«, sagte Senera. »Ihr zittert ja wie ein ...« Sie unterbrach sich und sah Sir Oreth mit zusammengekniffenen Augen an. »Ihr habt zum ersten Mal jemanden getötet.«

---

*   Als ob ich jemals seinem Gott huldigen würde.

Oreth machte große Augen und verschränkte die Arme vor der Brust. »Was? Macht Euch nicht lächerlich. Natürlich habe ich schon mal jemanden getötet. Ich hätte nur nicht geglaubt ...« Er ging zur Bank hinüber und setzte sich hin. »Ich hätte nicht geglaubt ...«

Einer der Soldaten ging zur Theke und schenkte ein Glas Brandy ein. Dann kehrte er zu Sir Oreth zurück und reichte es ihm.

»Ich muss mit meinem Vater sprechen«, flüsterte Oreth, bevor er den Brandy viel zu schnell hinunterstürzte. »Ich brauche meinen Vater.«

»Weshalb helft Ihr mir?« Bruder Qaun riss den Blick von Sir Oreth los und sah Senera an.

»Es wäre doch eine Schande, einen fähigen Heiler vor die Hunde gehen zu lassen. Man weiß nie, wann man einen braucht. Jetzt hör auf zu sprechen. Ich muss mich konzentrieren.«

Letzteres verstand Bruder Qaun nur allzu gut. Er lehnte sich zurück und versuchte, nicht an seine Schmerzen zu denken, obwohl die Wunde mit jeder verstreichenden Sekunde weniger wehtat. Zumindest körperlich.

Dorna. Verdammt, Dorna. Es ging alles so schnell ...

Da er die Szene nicht immer wieder in Gedanken durchspielen wollte, beschloss er, sich lieber im Raum umzusehen, um seine Umgebung zu erkunden.

Es war immer noch Nacht, doch wenn die Sonne in Jorat unterging, war es an der Westküste von Quur bereits seit mehreren Stunden dunkel. Magische Lichter in Glaslaternen erhellten den Raum. Von den Deckenbalken hingen ordentlich geschnürte Kräuterbündel herab. In die Balken waren okkulte Formeln eingebrannt. Ein Feuer loderte in einem Ofen, der groß genug war, um als Kochstelle oder Krematorium zu dienen. Links und rechts eines Apothekenschranks, der mit Arzneipulvern und medizinischen Gerätschaften bestückt war, standen Regale voller Flaschen. In zwei Wänden waren Fenster, in einer dritten zwei Türen eingelassen. An der vierten stapelte sich über die gesamte Breite vom Boden bis zur Decke eine beeindruckende Ansammlung von Büchern. Der ganze Raum wirkte wie ein unordentlicher und überladener Schrein des Obskuren.

Der Blick durch die Fenster verriet nichts; draußen war es stockfinster.

Doch Qaun konnte Mutmaßungen anstellen. Die Hütte war überirdisch gebaut, also keine Kellerbehausung. Außerdem handelte es sich eindeutig nicht um ein Azhock, womit die beiden in Jorat vorherrschenden Gebäudestile ausgeschlossen waren. Die Temperatur war so mild, dass auch Yor als Möglichkeit ausschied. Ebenso wenig passten die Lehmstampfbauweise, die gerade Linienführung und der Steinboden zu einem marakorischen Stelzenhaus.

Trotz seiner Größe wirkte der Raum gemütlich. Bis auf die Fenster und Türen waren sämtliche verfügbaren Wandflächen mit Büchern und Regalen voller merkwürdigem Klimperkram bedeckt. Zudem waren Zeichnungen an die Balken geheftet: anatomische Darstellungen, Landschaften und architektonische Skizzen, die alle vom selben Künstler zu stammen schienen.

In der Ferne hörte Bruder Qaun Brandungsrauschen. Da Senera imstande war, Tore zu öffnen, konnten sie überall sein, aber er tippte auf Kazivar – vielleicht sogar Eamithon.

Vorausgesetzt, sie befanden sich noch auf demselben Kontinent.*

Eine kühle Energie breitete sich auf seiner Haut aus. Er senkte den Blick und sah, dass Senera die Wunde schloss und versiegelte.

»Danke sehr«, sagte er, weil alles andere unhöflich gewesen wäre. »Die restliche Heilung übernehme ich.« Wenn er das tat,

---

* Ich werde den Ort nicht verraten. Mir ist zwar klar, dass Ihr ihn kennt, aber ich kann nicht ausschließen, dass dieses Schriftstück in die falschen Hände gerät.

würde sie anschließend hoffentlich vergessen, ihn erneut zu fesseln, was ihm die Flucht erleichtern würde.

»Gut.« Sie stand auf und ging zu ihren Männern zurück. »Wie viele Verluste haben wir zu beklagen?«

»Vier«, erwiderte einer von ihnen. »Zwei sind während des Kampfes gestorben, die anderen beiden wären ansonsten gefangen genommen worden.«

Senera wirkte bestürzt. »Danke.« Der Soldat nickte und kehrte mit undurchdringlicher Miene zu den übrigen zurück.

Sir Oreth knallte sein Getränk auf den Tisch und erhob sich. »Befehlt Euren Männern, unverzüglich den Raum zu verlassen. Ihr und ich, wir müssen unter vier Augen sprechen.«

Der Truppführer hob eine Braue. Die anderen Männer gingen in Habachtstellung. Mehrere Hände näherten sich den Schwertgriffen.

»Wenn Ihr es wünscht«, sagte Senera.

»Oberst …« Der Truppführer schien nicht einverstanden.

Bruder Qaun setzte sich mühevoll auf. Er merkte, dass er dem Truppführer beipflichtete, auch wenn die Anwesenden ihn bereuen ließen, dass er ein Gelübde der Gewaltfreiheit abgelegt hatte.

»Schon gut«, sagte Senera. »Ich nehme an, der Priester kann bleiben? Er ist im Moment nicht transportfähig.«

Sir Oreth warf einen kurzen Blick auf Bruder Qaun. »Der ist mir egal.«

Ich sollte dir aber nicht egal sein, dachte Bruder Qaun. *Denn wenn du mir zu nahe kommst, werde ich dir mit Freuden …*

Nein, ermahnte er sich. *Das widerspricht meinem Glauben.*

Er konzentrierte sich darauf, eventuelle Verletzungen zu heilen, die Senera übersehen haben mochte.

Die Soldaten zögerten.

»Geht«, sagte Senera.

Der Anführer verneigte sich vor ihr und verließ den Raum. Die anderen Männer folgten ihm und warfen Sir Oreth auf dem Weg nach draußen finstere Blicke zu.

Als alle weg waren, verpasste Sir Oreth Senera eine Ohrfeige.

Der Schlag schleuderte sie ein Stück nach hinten, doch sie hob nur eine Hand an die Wange und schlug die Augen nieder.*

Aber Bruder Qaun merkte, dass ihre demütige Reaktion nur eine List war. *Bist du so dumm, Oreth? Magierinnen, die im Rang eines Obersten stehen, ganz egal in welcher Armee, gehorchen dir nicht, bloß weil du sie schlägst.*

»Ihr vergesst Euch, Frau. Ich habe keine Ahnung, welche Lügen Ihr diesen Männern erzählt habt, aber Relos Var hat Euch geschickt, damit Ihr *mir* helft, und nicht, damit Ihr irgend so eine verdammte Stute anschmachtet, die gerne einen Hengst aus sich machen würde. Ja, ich weiß, dass Janel nicht tot ist. Ihr könnt also mit dieser Charade aufhören. Sie wirkt bloß tot, wenn sie schläft. Das liegt an Xaltoraths Fluch. Also heilt sie. Ich brauche sie lebendig, damit sie mir ihren Titel abtreten kann.«

Die Frau mit der auffallend weißen Haut zwinkerte einmal, als Sir Oreth Xaltorath erwähnte. Dann blickte sie an die Decke. »Interessant«, murmelte sie. »Es kann nicht viele Jorater geben, die von Xaltorath gehört haben. Woher wisst Ihr von ihr?«

»Ich habe keine Zeit, Eure unsinnigen Fragen zu beantworten.« Er zog sein Schwert. »Heilt sie und macht das Tor für mich wieder auf.«

»Senera ...«, warnte Bruder Qaun.

Der Welpe am Kamin ging in Kauerstellung. Er richtete den Blick auf Sir Oreth und knurrte ihn an.

»Es reicht.« Senera deutete mit zwei gekrümmten Fingern auf Sir Oreth.

---

* Seht nur, wie vorbildlich ich mich in dieser Situation benommen habe. Ich habe nicht mal seine Knochen in Säure verwandelt. Dabei verwenden sie in Jorat gar keine Talismane ... Es wäre so einfach gewesen.

Das Schwert verdrehte sich in seiner Hand, das Heft umschloss seine Finger wie eiserne Fesseln. Die Klinge bog sich indessen von ihm weg und richtete die Spitze auf ihn wie eine angriffsbereite Schlange.

Sir Oreth versuchte, die Waffe fallen zu lassen, und merkte, dass es ihm nicht möglich war. »Hört auf damit! Was tut Ihr …?« Die Schwertspitze wand sich und war nur noch um Haaresbreite von seiner Kehle entfernt. Sir Oreth erstarrte.

»Was ich tue?« Senera lachte leise. »Ich dachte, das wäre offensichtlich. Ich kümmere mich um Euch. Und das hier ist nicht eines von Euren Provinzturnieren, mein hübscher Trottel. Bei diesen Wettkämpfen haben wir es mit so mächtigen Feinden zu tun, dass Ihr noch nicht einmal ansatzweise begreift, was auf dem Spiel steht. Deswegen hat Relos Var uns befohlen, niemanden zu töten. Hätten wir die alte Frau mitgenommen, wäre sie nicht in der Lage gewesen, unsere Geheimnisse auszuplaudern. Aber tot? Wenn sie tot ist, nützt sie unseren Feinden.«

»Was Ihr sagt, ergibt keinen Sinn …« Sir Oreth sah sie nicht an, sondern hielt den Blick weiter auf sein Schwert gerichtet.

Senera kniff die Augen zusammen. »Was glaubt Ihr, wer Ihr seid?« Sie ging zum Kamin und beugte sich zu dem Rothundwelpen hinunter. Als sie ihn streichelte, begann er, wieder mit dem Schwanz zu wedeln.

»Was meint Ihr damit? Ich bin Sir Oreth Malkoessian …«

Sie verdrehte die Augen. »Das bedeutet gar nichts. Schall und Rauch. Euer Titel und die Position in der Thronfolge können Euch von einem Moment auf den anderen abhandenkommen. Wer *seid* Ihr?« Ohne auf seine Antwort zu warten, drehte sie sich zu Bruder Qaun um. »Versuchen wir es noch einmal. Wer bist du?«

»Ich …« Qaun verzog das Gesicht. »Ich bin ein Priester von …« Senera schnitt ihm mit einer wütenden Geste das Wort ab. »Ich habe Besseres von dir erwartet. Das ist ein *Beruf*. Wenn ich dich jetzt erschlage, Priester, hörst du dann auf zu existieren?« Sie drehte sich zu Sir Oreth zurück. »Glaubt Ihr etwa, Ihr seid nicht mehr als Eure körperliche Gestalt? Hübsch und schnell? Jung und dumm?«

»He!« Sir Oreth zuckte zusammen, als ihn das Schwert daran erinnerte, dass er sich besser nicht bewegen sollte.

»Unsere Seelen«, antwortete Bruder Qaun. »Wir sind unsere Seelen.«

»Richtig«, stimmte Sir Oreth zu. »Wenn ich sterbe, wird meine Seele in das Land des Friedens eingehen.«

»Ihr solltet nicht davon ausgehen, dass Thaena Euch so gerne hat. Aber ich gestehe Euch zu, dass Ihr wenigstens ins Nachleben überwechseln werdet.« Sie ging zu Janels Leichnam hinüber. »Der Körper, in dem Ihr steckt, seid nicht Ihr. Er ist nicht Eure Identität. Vielmehr ist er Euer Gefängnis. Euer Körper hält Euch auf dieser Seite der Zwillingswelten fest, eingesperrt, kontrollierbar. Solange diese alte Frau noch in ihrem Körper war, gesund und am Leben, hatten wir sie unter Kontrolle. Aber jetzt, nachdem Ihr sie getötet habt?« Sie schnalzte missbilligend mit der Zunge. »Während wir hier miteinander sprechen, erzählt Dorna Thaena gerade alles, was sie weiß. Und Thaena wird es ihren Leuten weitersagen. Dann wird die Göttin des Todes es Eurem Vater, dem Markreev, berichten, wenn er das nächste Mal an einem von Thaenas Schreinen ein Begräbnisopfer darbringt. Sagt mir, welche Sorte Mensch ist der Markreev von Stavira? Wird er lügen, um Euch zu beschützen? Oder wird er dem Herzog die Wahrheit sagen: dass sein Sohn ein Verräter und zu einem Saelen geworden ist? Ihr müsst eine große Enttäuschung für ihn sein.«

Sir Oreth war so entsetzt über ihre Frage, dass er nicht einmal mehr auf die lauernde Schwertspitze achtete.*

»Wartet«, sagte Bruder Qaun. »Ihr sprecht, als wäre Thaena die Feindin. Thaena persönlich.«

---

* Ach, bleibt mir bloß mit schönen und verzogenen kleinen Jungs mit Vaterkomplex vom Leib.

Senera zuckte die Achseln. »Thaena *ist* die Feindin. Sie alle sind Feinde. Khored, Taja, Galava – der ganze Haufen. Man hat dir dein ganzes Leben lang Lügen erzählt. Die Acht Unsterblichen sind nicht unsere Beschützer. Sie sind unsere Gefängniswärter, unsere Herrscher. Sie bilden die Spitze eines Systems, das von der Versklavung der Menschheit profitiert. Wieso sollten sie uns jemals befreien?« Sie nahm eine Schere und durchschnitt die Lederbänder, mit denen Janels verzierte schwarze Rüstung an ihrem Körper befestigt war.

»Das ist nicht …« Doch bevor Bruder Qaun protestieren konnte, erschien ein gleißend helles Licht vor einem Bücherregal und verfestigte sich zu einem vertrauten Strudel mit geometrischen Formen darin, dessen Mitte zu einer Art Spiegel wurde.

Relos Var trat hindurch.

Der Zauberer schloss das Tor hinter sich und hob eine Augenbraue, als er die silberne, um Sir Oreth gewickelte Schwertschlange bemerkte. »Wenigstens hatte einer von uns Spaß.«

Er ignorierte Bruder Qaun genauso wie Janels aufgebahrte Leiche und ging zu einem Beistelltisch, wo er sich ein Getränk einschenkte. »Ich würde ja fragen, wie es gelaufen ist, aber ich habe gerade zehn Minuten lang mit dem völlig hysterischen Herzog Xun über den jüngsten Sohn des Markreev von Stavira gesprochen. Anscheinend hat unser junger Ritter soeben die ehemalige Gemahlin des Markreev getötet. Oder sollte ich sagen, den ehemaligen Gemahl? Ich weiß nicht, ob das wichtig ist.«

Sir Oreth schnappte hektisch nach Luft, doch weder Relos Var noch Senera achteten auf ihn.

Bruder Qaun hatte Relos Var noch nie aus der Nähe gesehen. Trotzdem kam er ihm irgendwie bekannt vor. Er überlegte, woher dieses Gefühl kam.

Relos Var warf Senera einen entschuldigenden Blick zu. »Leider musste ich dem Herzog versichern, dass du und ich nichts miteinander zu tun haben. Dafür entschuldige ich mich aufrichtig.«

Sie winkte ab und machte sich wieder an ihre Arbeit. »Schon gut. Die Turniere langweilen mich sowieso allmählich.«

»Vater ...« Sir Oreth versagte die Stimme.

Relos Var sah ihn gereizt an. »Was machen wir mit dem da? Was Tolamer anbelangt, ist er für uns nutzlos. Der Markreev von Stavira wird nun seinen Kredit zurückverlangen. Da der junge Oreth hier nicht zahlen kann, wird der Kanton an seinen Vater zurückfallen. Ich bezweifle, dass wir Aroth dazu überreden können, stattdessen mit uns zusammenzuarbeiten.«

»Relos, wir hatten eine Vereinbarung«, unterbrach Sir Oreth. »Ich habe Euch geholfen! Ich kann alles erklären. Ich wollte ... Ich wollte Dorna nicht töten. Ich habe ... bloß die Geduld verloren.«

»Nicht die Geduld«, stieß Bruder Qaun hervor, »sondern den Mut. Ihr habt sie erst getötet, als Ihr erfahren habt, dass die Ankunft Eures Vaters unmittelbar bevorstand.«

»Sei's drum. Sagen wir einfach, es war eine schlechte Entscheidung nach der anderen. Und das Beste daran ist: Dorna ist nicht einmal tot.« Relos kehrte mit seinem Getränk zurück und setzte sich auf einen Stuhl. »Nicht einmal das habt Ihr geschafft. Ehrlich, Oreth, wofür seid Ihr eigentlich zu gebrauchen?«

Bruder Qaun blinzelte. »Aber ich habe gesehen, wie sie ...«

Sir Oreth wirkte genauso überrascht wie er. »Ihr habt doch gerade gesagt, ich hätte sie ermordet.«

Relos Var zuckte die Achseln. »Oh, sie ist gestorben. Absolut. Aber ist sie auch tot geblieben? Kein bisschen.« Er warf Senera einen vielsagenden Blick zu. »Sie ist ein Engel. Ich bin mir sicher, dass Thaena Dornas Seele noch in diesem Moment in ihren Körper zurückschickt.«

Senera hob eine Augenbraue. »Ein Engel? Meint Ihr das ernst? Einer von Thaenas Engeln? Ich hatte immer den Eindruck, dass einiges in dieser alten Frau steckt, aber für eine von Thaenas erwählten Helferinnen hätte ich sie nie gehalten.«

»Aber nein. Sie ist Tyas Dienerin.«

Senera kehrte Janel den Rücken zu. »Das ergibt mehr Sinn.«

Bruder Qaun beugte sich vor. »Einen Moment. Dorna dient der Göttin der Magie?«

Relos Var sah ihn einen Wimpernschlag lang an, bevor er sich wieder Senera zuwandte. »Was machen wir denn jetzt mit unserem gut aussehenden joratischen Ritter hier? Wollen wir ihn gaeschen?«

Sir Oreth riss die Augen auf.

»Das könnten wir tun«, entgegnete Senera. »Aber wozu? Er würde sich doch sofort in einer Gaesch-Schleife umbringen, wenn wir ihn das erste Mal losschicken, um Feuerholz zu holen.« Sie zog den kleinen Tintenstein aus ihrer Misha und begann, ein wenig Tinte anzumischen.

Hätte Bruder Qaun nicht gewusst, dass sie den stabförmigen Tintenstein auf einem Eckstein wetzte, wäre ihm das Schleifgeräusch nur halb so unheimlich vorgekommen. Dass sie dieses Artefakt wie ein Schreibinstrument benutzte, war seiner Meinung nach ein Sakrileg.

»Ihr könnt mich nicht gaeschen!«, protestierte Sir Oreth.

»Seid still«, sagte Senera, »oder ich bringe Euch zum Schweigen, und das wird Euch nicht gefallen.« Sie nahm ihre Unterhaltung mit Relos Var wieder auf. »Wir könnten ihn als nettes Friedensangebot zu Gadrith schicken.«*

Relos Var rümpfte die Nase. »Lieber nicht. Gadrith bevorzugt ohnehin Zauberer.« Er neigte den Kopf und sah zu Sir Oreth hinüber. »Wie gut ist Eure Singstimme?«

»Was?« Sir Oreth sah verwirrt aus. »Ich ... äh ... es tut mir leid. Ich kann keinen Ton halten. Ich könnte aber versuchen, es zu lernen ...«

---

* Ehrlich gesagt bin ich froh, dass es ihn nicht mehr gibt. Ich weiß, dass Gadrith auch seine nützlichen Seiten hatte, aber das wog die vielen Schwierigkeiten, die er verursacht hat, nicht auf.

Senera schauderte. »Oh, und ich dachte, mein Vorschlag wäre grausam. Ihr seid wirklich der Schlimmste, Relos.«

Relos Var zuckte die Achseln. »Ich weiß ja nicht einmal, wo Sharanakal zurzeit schläft.«

»Sollen wir ihn nicht einfach zu Herzog Kaens Problem machen?« Senera machte große Augen und sah damit wie die personifizierte Unschuld aus.*

Relos Var begann zu lachen. »Ja, schön. Kaens Problem. Allein der Ausdruck auf Kaens Gesicht wäre es mir wert. Das Letzte, was er will, ist noch ein Welpe für seine Sammlung.« Er trank sein Glas leer und stand auf. »Ich werde einen langen Spaziergang am Strand machen. Ich bin bald wieder zurück.«

Senera lächelte. »Wollt Ihr Eurer Vané-Freundin Hallo sagen?«

Relos Var sah sie erstaunt an. »Ich habe nicht die geringste Ahnung, was du damit meinst.«

»Ja, ja.« Senera zog die Nase kraus. »Umarmt sie für mich.«

Er lachte leise. »Sie mag Umarmungen nicht besonders. Aber ich werde Ihrer Majestät deine Grüße ausrichten.«

»Hättet Ihr etwas dagegen, wenn ich in Eurer Abwesenheit Danorak gaesche?«, fragte Senera. Genauso gut hätte sie sich erkundigen können, ob er einen Einwand gegen eine weitere Kanne Tee hatte.

»Nur zu.«

Sobald Relos Var gegangen war, widmete Senera sich wieder der Tintenherstellung.

Sir Oreth leckte sich über die Lippen. »Oberst?«

Senera hob verärgert den Blick.

Er bewegte sich vorsichtig, um sich nicht auf dem immer noch belebten Schwert aufzuspießen. »Ich möchte mich entschuldigen.«

---

* Was? Das stammt nicht von mir. Qaun hat das geschrieben. Ich bin ziemlich sicher, dass sich kein Fünkchen Unschuld in mir verbirgt.

Senera legte den Tintenstein weg und drehte sich mit nach oben gezogenen Augenbrauen zu ihm um.

»Es tut mir leid«, begann Sir Oreth. »Es war falsch von mir, Euch so schlecht zu behandeln. Es war alles mein Fehler, und ich möchte betonen, wie sehr ich das bedaure. Könnte ich bitte …?« Er sah das Schwert an. »Ich kann sehr hilfreich sein. Versprochen.«

Seneras Mundwinkel zuckten. »Ich sollte öfter lebende Schwerter auf Männer hetzen.«

»Man ist entweder Idorrá oder Thudajé«, warf Bruder Qaun ein.

Senera musste ihn gehört haben, denn sie kicherte. Sie beugte sich vor und musterte Sir Oreth. »Ich frage mich, ob Ihr aufrichtig seid. Nun, das werden wir ja sehen. Aber wenn Ihr nicht ehrlich zu mir seid, kann ich Euch ein Schicksal aufbürden, vor dem Dämonen die Augen verschließen würden. Das muss Euch klar sein.«

»Ich glaube Euch.«

»Gut.« Senera machte eine knappe Geste, und das Schwert in Sir Oreths Hand wurde wieder gerade. Auch das Heft nahm wieder seine ursprüngliche Form an. Er ließ die Waffe sofort fallen.

»Gibt es irgendetwas, bei dem ich Euch helfen kann?«, erkundigte sich Sir Oreth voll beflissener Dienstfertigkeit.

»Ich bin sicher, Bruder Qaun hätte gerne einen Tee«, erwiderte Senera. »Ich an sich auch, aber ich werde dafür ein bisschen zu beschäftigt sein.« Sie deutete auf Janel.

»Graf Janel zu gaeschen ist eine furchtbare Idee«, sagte Bruder Qaun. »Kann ich Euch das vielleicht ausreden?«

Sie lächelte. »Nein.«

»Das habe ich mir schon gedacht.« Ihm wurde übel. Bruder Qaun hatte noch nie gesehen, wie jemand gegaescht wurde, aber Vater Zajhera hatte ihm davon erzählt. Er wusste genug, um zu verstehen, wie blasphemisch dieses Ritual war. Für jemanden wie Janel …

Es würde sie umbringen. Er bezweifelte, dass sie Gaesch-Befehlen gehorchen würde, selbst wenn es sie das Leben kostete.

Als Sir Oreth zum Feuer ging, um den Kessel aufzusetzen,

knurrte der Welpe ihn an und schien nicht gewillt, ihn näher heranzulassen.

»Platz, Rebellin«, sagte Senera. »Leg dich auf dein Kissen.«

Der Rothund musterte Sir Oreth mit vorwurfsvollem Blick und ging dann in einem Bogen zu seinem Samtkissen zurück.

»Der Hund heißt Rebellin?«, fragte Sir Oreth.

»Mhm. Psst. Seid still jetzt.« Senera musterte Janels Körper. Sie runzelte die Stirn.

Bruder Qaun veränderte seine Sitzposition und zuckte zusammen, als sich dabei die Verletzungen meldeten, um die er sich noch nicht gekümmert hatte. Er konnte sich vorstellen, was Senera vorhatte: Vor dem Gaesch-Ritual wollte sie Janels Körper heilen. Er ahnte auch, weshalb es nicht funktionierte. Aus dem gleichen Grund, warum es bei seinem Versuch ein paar Wochen zuvor nicht geklappt hatte.

Wenn er nichts unternahm ...

Janel schien stabil. Bruder Qaun wusste zwar nicht, ob das an einem Zauberspruch von Relos Var oder an Janels eigener Magie lag, doch so oder so hörte der Zauber irgendwann auf zu wirken und Janel würde endgültig sterben.

Wenn Senera sie heilte, stünde ihr ein schlimmeres Schicksal bevor. Entführt und nach Yor verschleppt zu werden, war schon schrecklich genug: Dieses Reich war nicht gerade berühmt dafür, gut mit Frauen umzugehen. Doch wenn Relos Var und Senera planten, Janel gegaescht dorthin zu bringen ...

Qaun dachte über Seneras Bemerkung nach, dass der Tod eine Flucht wäre. Thaena würde Janel wiederauferstehen lassen, oder nicht? Vielleicht, vielleicht. Andererseits bestand die Gefahr, dass nicht Thaena, sondern Xaltorath Janels Seele in die Finger bekam. Tatsächlich würde Qaun darauf wetten, dass Xaltorath längst entsprechende Vorbereitungen getroffen hatte. Welches Schicksal wäre schlimmer?

Es fiel ihm nicht schwer, diese Frage zu beantworten.

»Ihr werdet Hilfe brauchen«, merkte Qaun an.

Senera hob den Blick.

»Wegen ihrer ungerichteten Schutzzauber kann man sie nur schwer heilen«, erklärte er. »Jemand muss Euch dabei helfen.«

»Wenn du irgendetwas versuchst …«

»Ich weiß, ich weiß. Wenn ich irgendetwas versuche, werdet Ihr dafür sorgen, dass ich mir wünschte, ich wäre nie geboren worden.«

»Ich hätte es anders ausgedrückt, aber im Grunde stimmt es.«

Senera winkte ihn zu sich. »Hol dir einen Stuhl, und dann legen wir los.«

Die Arbeit dauerte ungefähr dreißig Minuten. Als sie fertig waren, hatten sie zwei Tassen Tee und einen komplett gesunden joratischen Grafen vor sich. Bruder Qaun wünschte sich, ihm wäre wohler damit. Janel das Leben zu retten, hatte sich wie Verrat angefühlt.

»Setz dich wieder hin«, sagte Senera. »Für das, was jetzt kommt, brauche ich dich nicht. Außerdem ist das der Teil, bei dem du aufgrund deiner moralischen Überlegenheit wahrscheinlich etwas Dummes versuchen wirst. Es ist also vielleicht besser, dich gar nicht erst in Versuchung zu führen. Sir Oreth, wenn Ihr Euch nützlich machen wollt, dann habt ein Auge auf den Priester. Wahrscheinlich müsst Ihr dazu keine Gewalt anwenden, aber behaltet sicherheitshalber das Schwert in der Nähe. Ach, und es versteht sich zwar von selbst, aber *tötet ihn nicht*. Verstanden?«

Der Jorater nickte und bückte sich, um sein Schwert aufzuheben. Er hielt die Waffe ganz vorsichtig, als wäre sie gerade erst aus dem Schmiedeofen geholt worden.

Bruder Qaun nahm wieder auf der Holzbank Platz und tastete sich nach noch verbliebenen Hämatomen ab. Doch seine professionelle Neugier übermannte ihn, und er sah zu, wie Senera Zeichen auf Janels Hände, ihr Gesicht und die Brust malte.

»Ihr wollt doch nicht …?« Er zog die Augenbrauen zusammen. »Wen beschwören die?«

Senera lachte leise. »Niemanden.«

»Aber ich verstehe das nicht.«

»Das überrascht mich nicht.«

Sir Oreth blickte zwischen den beiden hin und her. »Augenblick mal, warum beschwören wir einen Dämon?«

Bruder Qaun wandte sich zu ihm um. »Weil man das tun muss, wenn man jemanden gaeschen will.«

»Oh.« Sir Oreth zögerte. »Also ... ich meine, ich habe mich immer schon gefragt ... Was ist ein Gaesch überhaupt? Ich weiß, dass es etwas ist, was man mit Sklaven macht ...«

»Hinreißend«, sagte Senera. »Aber tatsächlich hat Bruder Qaun unrecht. Man muss keinen Dämon beschwören, um jemanden zu gaeschen. Es ist nur leichter, wenn man es einem Dämon überlässt.«

»Und was ist ein Gaesch?«, hakte Sir Oreth nach.

Senera verdrehte die Augen. »Es ist so, wie Ihr es gehört habt. Damit kann man eine Person kontrollieren. Aber es klappt nicht immer.«

»Man reißt jemandem ein Stück seiner Seele heraus«, erläuterte Bruder Qaun. »Und verwendet es dazu, dieser Person unerträgliche Schmerzen zuzufügen, wenn sie Euch nicht gehorcht. Die Schmerzen sind so stark, dass die Gegaeschten oft an ihnen sterben.« Er bedachte Sir Oreth mit einem vielsagenden Blick. »Wie Ihr Euch vielleicht erinnert, haben die beiden darüber gesprochen, dasselbe auch mit Euch zu tun.«

Sir Oreth sah aus, als wäre ihm mulmig zumute, aber es gelang ihm, seine Nervosität abzuschütteln. »Dann beschwören wir also einen Dämon?«

Bruder Qaun hätte eigentlich erwartet, dass Sir Oreth diese Aussicht in Angst versetzen oder zumindest abstoßen würde.

Doch stattdessen klang er regelrecht begeistert.*

---

*   Hübsch. Trottel.

Senera schüttelte den Kopf. »Ich sagte doch, dass wir *keinen* Dämon beschwören. Wir benutzen einen Eckstein.«

Bruder Qaun richtete sich auf. »Welchen?«

»Den Schellenstein.«

»Ihr habt den Schellenstein?«

»Nein, aber das ist irrelevant.« Während Senera sprach, bemalte sie weiter Janels Körper. Bruder Qaun war nicht klar, welchem Zweck die Zeichen dienten, aber vielleicht waren sie nötig, um die Macht des Ecksteins zu beschwören.

Schließlich trat sie einen Schritt zurück und betrachtete mit zur Seite geneigtem Kopf ihr Werk. Sie hatte auf sämtliche lebensnotwendigen Energiepunkte der bewusstlosen Janel Spiralen gezeichnet.

»Nun müsst ihr beide sehr leise sein«, erklärte Senera, während sie ein Medaillon mit einem Löwen von einem Regal nahm. »Und ich scherze nicht, wenn ich sage, dass ihr den Rest eurer Tage schreiend verbringen werdet, wenn ihr euch mir hierbei entgegenstellt.« Sie sah die Männer an. »Verstanden?«

Die beiden nickten.

Senera steckte sich ihren Pinsel in die Haare zurück und deutete auf Janels Körper. Er begann zu schweben und in die Senkrechte zu kippen, sodass es aussah, als würde sie stehen.

Mit der freien Hand berührte Senera Janels Hände, dann ihren Hals und die Stirn. Zuletzt hielt sie ihr die zu Klauen gekrümmten Finger übers Herz.

Bruder Qaun vermutete, dass diese letzte Geste rein symbolische oder gar dramatische Bedeutung hatte. *Es gibt keinen speziellen Sammelpunkt für spirituelle Energie im Herzmuskel.*

Er behielt diesen Gedanken für sich.

Als Senera die Finger zurückzog, strömten dünne Energiefäden aus Janels Körper in ihre Hand. Der Anblick erinnerte Qaun ans Spinnen, bei dem man winzige Seidenfasern auf eine Spindel zog. Während sich die Seelenmaterie in Seneras Hand sammelte, formte und dehnte sie den Faden, um ihn dann in das Medaillon zu geben.

Sobald Senera fertig war, konnte jeder, der Janels Medaillon in seinem Besitz hatte, ihr jeden beliebigen Befehl erteilen. Wenn Janel sich diesen Kommandos widersetzte, würde sie sterben.

Sie bewegte sich nicht und gab auch kein Geräusch von sich. Im Moment wandelte sie noch im Nachleben und würde erst beim Aufwachen erfahren, was in der Zwischenzeit passiert war. Und damit würde ein Schrecken beginnen, der sie bis ans Ende ihrer Tage begleiten sollte.

Bruder Qaun suchte den Raum nach etwas ab, mit dem er Senera ablenken oder etwas gegen Sir Oreth unternehmen konnte. Doch er fand nichts. Und er würde ohnehin nur selbst dabei umkommen. *Ein toter Heiler heilt niemanden mehr.*

Schließlich hörte Senera auf, Fäden zu ziehen, und schloss die Faust um das Medaillon, das einen Moment lang aufleuchtete, bevor es sich wieder in ein abgenutztes Schmuckstück zurückverwandelte.

»Na gut«, sagte Senera. »Das Schwerste wäre geschafft ...« In diesem Moment zerfiel es zu Staub.

Senera sah mit starrem Blick zu, wie die leuchtende Seelenmaterie in Janels Körper zurückfloss.

»Soll das so sein?«, erkundigte sich Sir Oreth.

Sogar Bruder Qaun beugte sich unwillkürlich ein Stück vor.

»Nein ... so nicht.« Senera wirkte erschüttert. »Bleibt zurück.« Sie nahm eine andere Halskette, an der ein Raubkatzenzahn hing.

Damit führte Senera das Ritual ein weiteres Mal durch und wiederholte alle Schritte mit der Sorgfalt einer Schülerin, die sich bereits tausendmal dieselben auswendig gelernten Sätze vorgesagt hatte. Dieses Mal ließ sie sich mehr Zeit für die einzelnen Schritte, um sicherzugehen, dass sie keinen ausließ.

Der Raubkatzenzahn verwandelte sich ebenfalls in Asche, als sie fertig war. »Was zur Hölle ...?«, flüsterte sie.

»So etwas habe ich noch nie erlebt«, sagte Qaun, was nicht weiter verwunderlich war, da er noch nie beim Gaeschen einer Person zugesehen hatte.

»Pragaos, Molasch, kommt herein!«, rief Senera.

Die Wachen kamen mit gezogenen Schwertern durch die Tür gestürmt, bereit, Gewalt anzuwenden. Als sie sahen, dass dazu keine Notwendigkeit bestand, entspannten sie sich wieder. Einer der Soldaten betrachtete Janel, die mit nacktem Oberkörper dalag, die anderen richteten ihre Aufmerksamkeit auf Senera. »Ja, Oberst?«

»Geht und sucht Var«, sagte Senera. »Das muss er sich ansehen.«

Bei seiner Rückkehr schickte Relos Var alle aus dem Raum bis auf Senera, Janel und Bruder Qaun. Sir Oreth schien sehr froh, dass er Senera nicht mehr unter die Augen treten musste. Sobald er und die anderen draußen waren, führten Relos Var und Senera das Ritual ein drittes Mal durch. Und es misslang zum dritten Mal. Dann versuchte Relos Var es alleine, während Senera ihm dabei zusah. Er unterteilte das Ritual in einzelne Abschnitte und erläuterte jeden davon so detailliert, dass Qaun am Ende glaubte, nun ebenfalls gaeschen zu können.

Bruder Qaun erkannte, dass es genauso wenig ein Zauber war wie das auf die Stirn gemalte Zeichen, das er von Senera übernommen hatte. Wenn man sich ganz exakt an jeden Schritt der Prozedur hielt, erzielte man verlässlich das erwartete Resultat. Ein magisches Talent war dafür nicht nötig. Jeder konnte es tun, solange er sich nur an die Anweisungen hielt.

Trotzdem funktionierte es nicht.

Danach wirkte Relos Var andere Zauber, er sammelte magische Kräfte und knüpfte neue Verbindungen. Zwischenzeitlich öffnete er ein Tor zu einem anderen Ort, nachdem sie ihre ganzen Gaesch-Schmuckstücke aufgebraucht hatten. Während Relos Var zu Werke ging, erregte erneut etwas an ihm Bruder Qauns Aufmerksamkeit. Ein Gefühl von Vertrautheit, als würde er ihn wiedererkennen. Var war kein Fremder für Qaun. Er kannte ihn.

Da Bruder Qaun sich die ganze Zeit ruhig verhielt und an seinem Platz blieb, war er leicht zu ignorieren. Deshalb hielt ihn auch niemand auf, als er sein Bewusstsein in die Erleuchtung abdriften ließ.

Und da erkannte er den Grund, weshalb Relos Var ihm so vertraut vorkam: Er wirkte seine Magie auf dieselbe Weise wie Vater Zajhera.

Bruder Qaun war eingehender in der Kunst der Magie unterrichtet worden als die meisten anderen Absolventen der Akademie. Vater Zajhera war ein sorgfältiger Lehrer gewesen, der es für wichtig gehalten hatte, die Grundlagen und Theorien zu vermitteln. Deswegen wusste Bruder Qaun, dass Unterweisungen in Magie immer nur zur Inspiration und Beratung dienten. Magie war etwas Persönliches. Keine zwei Personen betrieben sie auf identische Art. Selbst Zwillinge näherten sich ihr aus verschiedenen Richtungen.

Doch Relos Var zauberte genau so wie Vater Zajhera.

Auf exakt dieselbe Weise.

Qaun konnte überhaupt keinen Unterschied feststellen.*

Seine Augen weiteten sich vor Entsetzen, als er sich von der Bank erhob. »Zajhera«, flüsterte er.

Relos Var sah auf.

Ihre Blicke kreuzten sich.

Var runzelte die Stirn. Einen Sekundenbruchteil lang wirkte er sprachlos und todunglücklich.

Dann wandte er den Blick ab und warf den Kristall hin, den er zur Konzentrationssteigerung verwendet hatte. Er lachte. »Es überrascht mich nicht, dass du versagt hast, meine Schülerin. Jemand war schneller als wir.«

---

* Ach, das war es also. Das erklärt einiges.

Senera sah ihn verständnislos an. »Wie bitte?«

»Du kannst sie nicht gaeschen, weil sie bereits gegaescht ist. Irgendwer ist uns zuvorgekommen. Ihre Seele gehört bereits einem anderen.«

»Wem?«

Relos Var schien über die Frage nachzudenken. »Ich weiß es nicht.« Er lachte erneut. »Das ist ein Satz, den ich schon seit Jahrhunderten nicht mehr gesagt habe. Leider« – er deutete auf Janel – »haben wir keine Zeit, der Sache auf den Grund zu gehen. Wenn Gaeschen unmöglich ist, müssen wir uns etwas anderes einfallen lassen.«

»Woran denkt Ihr?«, fragte Senera.

»Wir entfernen unserer kleinen Löwin die Krallen«, antwortete Relos Var. »Zumindest so weit, dass sie nicht mehr in der Lage ist, Soldaten wie Spielzeugpuppen durch die Gegend zu schleudern. Ich würde sie ungern zu Herzog Kaen bringen, nur um dann mit ansehen zu müssen, wie sie ihm den Kopf abreißt.« Er zögerte. »Erzähl Herzog Kaen bloß nichts von ihrem Gaesch. Sein Verfolgungswahn ist auch so schon schlimm genug.«

Sie schienen gar nicht auf Bruder Qaun zu achten. Vermutlich hatte Relos Var ihn nicht richtig gehört. Qaun merkte, wie sich der metaphorische Griff um seine Kehle lockerte, und blies den Atem aus.

»Lasst sie uns auf den Bauch legen«, schlug Senera vor. »Auf dem Rücken funktioniert es besser.« Sie verdünnte ihre Tinte mit etwas zusätzlichem Wasser. Unterdessen drehte Relos Var Janel vorsichtig auf dem Tisch um.

Bruder Qaun schaute zur Tür. Wie weit würde er rennen können, bevor die Wachen ihn einholten? Leider kannte er keine guten Unsichtbarkeitszauber – er wusste nur, wie man Wörter verbarg. Vielleicht, wenn etwas die Wachen ablenkte ...

Doch als er den Kopf wieder zurückdrehte und sah, wie Senera auf Janels Rücken malte, zögerte er.

Sie brachte ein Zeichen auf.

Es war nicht das, mit dem sie die Luft gereinigt hatte, aber die beiden ähnelten sich im Stil. Während Senera mit dem Pinsel über Janels Haut strich, sank die Tinte in sie ein und trocknete, so unvergänglich und dunkel wie die Farbe von Janels Finger.

Senera trat zurück und bewunderte ihr Werk.

»Das sollte genügen«, sagte sie. »Die Krallen sind wie befohlen entfernt.« Sie hielt inne, und ein verbitterter Ausdruck huschte über ihr Gesicht. »Warum tun wir das eigentlich?«

Var hob eine Augenbraue.

»Wieso nehmen wir sie mit?«, fragte sie. »Was wollt Ihr damit erreichen?«

Relos Var sah überrascht aus. »Zweifelst du etwa an mir?«

»Ihr habt einer Frau …« Sie unterbrach sich. »Nein, sie ist keine Frau. Ihr habt ein *Mädchen* seiner Kräfte beraubt, und nun werdet Ihr sie den Wölfen vorwerfen. Das sieht Euch gar nicht ähnlich.«

Er gluckste. »Aber wir haben ihr gar nicht ihre Kräfte genommen. Nur die Krücke, auf die sie sich gestützt hat. Bisher musste sie ihre Gaben nicht entwickeln. Nennen wir es einen Motivationsschub. Und was meine Pläne anbelangt …« Var sah kurz zu Qaun herüber, bevor er seine Aufmerksamkeit wieder Senera zuwandte. »Was habe ich schon die ganze Zeit vor, mein Kind? Ich sorge dafür, dass die Prophezeiungen sich erfüllen. Das besessene Kind, erinnerst du dich?«

»*Das besessene Kind sammelt die Gebrochenen um sich, die Hexen und Gesetzlosen, die heimlichen Rebellen, plant Krieg und Aufstand, während die Ketten durch die Not des Winters im Palast des Schneekönigs verborgen liegen.* Die Devoranischen Prophezeiungen, Buch 3, Quatrain 17.« Senera verzog den Mund. »Schön, ich gebe zu, dass der Palast des Schneekönigs in Yor ist, aber ich verstehe nicht, wie sie einen Aufstand planen soll, während sie sich als Gefangene dort aufhält. Ist außerdem nicht Herzog Kaen das besessene Kind?«

»Er *könnte* es sein.« Relos Var grinste. »Aber mal ganz unter uns:

Mir kam diese Interpretation immer arg konstruiert vor.« Er blickte auf Janels Körper hinunter und hörte auf zu lächeln. »Ich wette eher auf sie. Aber du weißt ja, was ich immer sage: Wenn du bei einer Pferdewette gewinnen möchtest ...«

»... musst du auf alle Pferde setzen«, vollendete Senera den Satz. »Wollen wir dann mal los?«

»Noch nicht.« Var klang reumütig. »Ich fürchte, davor müssen wir noch ein anderes Gaesch-Ritual durchführen.«

Er drehte sich um und schaute Bruder Qaun an.

Und da wusste Qaun, dass er Relos Var doch nicht zum Narren gehalten hatte.

33

EIN WIEDERSEHEN
UNTER FREUNDEN

*Jorat, Quurisches Reich.
Drei Tage nachdem Kihrin herausgefunden hatte,
wer die Greifen kontrolliert*

»Hat Relos Var dich denn gegaescht?«, fragte Kihrin.

Qaun erschauderte. »Was glaubt Ihr wohl?« Dann verzog er das Gesicht. »Entschuldigt bitte. Das war unhöflich. Aber nachdem ich drei Tage lang nicht darüber sprechen durfte ...«

Janel schob ihren Stuhl zurück und verließ den Raum in Richtung Stall.

Qaun stand auf. »Oh. Sie ...«

Kihrin erhob sich ebenfalls. »Hat sie gewusst, wer Vater Zajhera in Wirklichkeit war?«

Qaun wirkte hilflos. »Nein.«

Kihrin erinnerte sich daran, wie sie von Vater Zajhera erzählt hatte, der Vishai-Priester habe ihr dabei geholfen, sich von ihrer Besessenheit von Xaltorath zu erholen. Dorna hatte es folgendermaßen ausgedrückt: *Als Janel nach Tolamer zurückkehrte, war der Vater bei ihr ...* Ein lautes Geräusch ertönte. Es klang, als wäre gerade etwas gegen die Vordertür gekracht. Alle im Wirtshaus erstarrten.

Dorna stand auf. »Ich gehe am besten …«

»Nein.« Kihrin hielt die Gruppe mit erhobenen Händen zurück. »Ich mache das.«

Er folgte Janel, ohne auf die Einwilligung der anderen zu warten.

Er traf gerade rechtzeitig ein, um zu sehen, wie sie sich gegen die zugefrorene Tür warf. Das Geräusch von zersplitterndem Eis erfüllte den riesigen Steinraum. Teile der feuergehärteten Tür brachen ab und fielen zu Boden, doch davon abgesehen hielt die gewaltige gefrorene Wand stand.

»Keine Spielchen mehr!«, schrie Janel. »Wo ist dein Onkel, Aeyan'arric? Sag diesem arroganten Pferdearsch, dass er herauskommen und sich mir stellen soll!«

Hinter Janel wieherte Arasgon. Er scharrte auf dem Boden und warf wütend die schwarze Mähne zurück. Doch was immer der Feuerblüter zu Janel sagte, seine Worte trafen auf taube Ohren.

Sie legte beide Hände auf die Tür. Das Holz ging in Flammen auf.

Kihrin vermutete, dass Janel sich einen Weg hinausschmelzen wollte. Aber was glaubte sie, gegen die Drachin dort draußen ausrichten zu können?*

So oder so konnte er nicht zu ihr, solange ihm der Feuerblüter im Weg stand und Janel voller elterlicher Fürsorge anschrie.

»He, Arasgon. Lass es mich versuchen.«

Arasgon wirbelte zu ihm herum. Bei diesem Anblick fiel Kihrin ein, wie … ja, was war es? Ein Erinnerungsfetzen an Feuer und Hufe schoss ihm durch den Kopf, das Gefühl, dass Arasgon ihm schon einmal, an einem anderen Ort, den Weg verstellt hatte. Kihrin glaubte, der Feuerblüter würde nach ihm austreten, doch stattdessen zog Arasgon sich zu Skandal und Talaras zurück.

Janels Finger umklammerten das verkohlte Holz, während sie

---

* Ihr schwer im Magen liegen? Zwischen ihren Zähnen hängen bleiben?

immer weiter versuchte, sich einen Weg durch die Tür zu brennen. »Ich bin nicht Relos Vars Spielfigur! *Hörst du mich?*«

Kihrin legte Janel eine Hand auf die Schulter. Das Feuer verlosch.

Sie fuhr herum und schlug nach ihm, doch plötzlich war sie nicht mehr stärker als eine normale Frau ihrer Größe und ihres Gewichts. Urthaenriel ließ nicht zu, dass ihre magisch verstärkte Kraft ihm etwas anhaben konnte.

Kihrin packte ihr Handgelenk. »Janel, hör auf. Bitte, hör auf.«

Tränen der Wut standen ihr in den Augen, und ihr Atem ging abgehackt. Sie lehnte sich mit dem Rücken an die versengte Tür und unterdrückte ein leises Schluchzen.

»Vater Zajhera hat mir immer Geschichten erzählt«, flüsterte sie. »Und mich in den Schlaf gesungen.«

Kihrin schnürte es die Kehle zu, trotzdem versuchte er sich an einer fröhlichen Antwort. »Warte mal. Er kann singen?«

Janel schaute ihn verzweifelt an. »Nein, überhaupt nicht.«* Nun fing sie ungehemmt zu weinen an.

Er schloss sie fest in die Arme und ließ zu, dass sie seine Misha vollheulte. Er wusste, dass es ihr nicht leichtfiel – Tränen waren peinlich, eine große Sauerei und bei einem Hengst ein Zeichen von Schwäche. Kihrin verstand allmählich, dass die Männer in Jorat dem gleichen Erwartungsdruck ausgesetzt waren wie in der Hauptstadt, nur dass ein paar dieser Männer weiblich sein durften.

Er hielt sie so eng umschlungen, als spielte nichts davon eine Rolle, denn das tat es auch nicht.

Janel ballte die Fäuste an seiner Brust und schluchzte mit all der Wut, die jemand empfand, der von einer geliebten Person betrogen worden war. In ihrem Fall von Relos Var.

Allmählich verebbten ihre Tränen, und Janel löste sich von ihm. Sie wischte sich beschämt die Nase und sah aus, als würde sie sich

---

* Äh ... wirklich? Ich habe Euch nie singen hören, aber ... Ach, wisst Ihr was, vergesst einfach, dass ich etwas gesagt habe.

gleich entschuldigen und irgendwohin zurückziehen, wo sie alleine sein konnte.

Kihrin ließ sie nicht los. Stattdessen berührte er ihre Wange. »Ich weiß, wie das ist. Zugegeben, die Person, der ich vertraut habe, hat sich nicht als *Relos Var* herausgestellt, aber trotzdem ... Ich weiß, wie sehr dich das schmerzen muss.«

»Er hat mich *verführt*.« Janel entgleisten die Gesichtszüge. »Dieser Arsch ...«

»Er hat dich geheilt, als du von Xaltorath besessen warst. Dafür kann ich ihn nicht hassen. Ist Xaltorath diejenige, die dich gegaescht hat?«

»Keine Ahnung ...« Janel schaute weg. »Falls sie es gewesen ist, hat sie es nie ausgenutzt.* Auf jeden Fall hat Relos Var mich nur geheilt, weil er mit einem kaputten Werkzeug nichts anfangen konnte.«

»Seine Motive sind mir so was von egal. Es kümmert mich nicht, weshalb er es getan hat, für mich ist nur wichtig, dass du jetzt hier bist.«

Sie sahen einander an. Dann spazierten Janels Finger an seiner Misha hinauf, bis sie sein Kinn erreichten und es ganz sanft berührten. Kihrin wunderte sich, wer plötzlich im Raum zu trommeln angefangen hatte, bis ihm klar wurde, dass es sein Herz war.

»Ich würde dich gerne küssen«, flüsterte Janel.

»Oh, gut. Das möchte ich auch.« Er beugte sich zu ihr hinunter. Anfangs küssten sie sich ganz langsam und sanft. Die Berührung ihrer Lippen wirkte fast schüchtern. Doch das hielt nicht lange an. Ihm war nicht klar, wer von ihnen den nächsten Schritt machte, aber plötzlich wurde ihr Kuss drängend und wild. Der Tanz ihrer Lippen und Zungen raubte ihnen den Atem. Janel grub die Finger

---

* Das ergibt überhaupt keinen Sinn. Aber aus lauter Neugier habe ich den Namen aller Dinge befragt. Xaltorath hat Janel wirklich gegaescht. Warum, weiß ich auch nicht.

in seinen Rücken und zog ihn mit einem Ruck dichter an sich heran, sodass er jede Rundung ihres Körpers an seinem spürte. Er roch den Rauch, der in ihrem Laevos hing, und hörte ihre Herzen im Gleichtakt schlagen. Wie hatte Khored es doch gleich genannt? Eine sofortige Verbindung. Genau das war es. Und tausendmal mehr als das.*

Kihrin schob die Hände unter ihre Tunika und ertastete Metall anstelle von Haut. Er sah sie überrascht an. »Trägst du ein Kettenhemd?«

Janel zögerte. Es schien ihr peinlich zu sein. »Ich möchte vorbereitet sein, wenn Morios auftaucht.«

»Ah. Richtig. Das klingt logisch.« Kihrin begann gerade, sie seitlich am Hals zu küssen, als das laute Schnauben von Pferden sie unterbrach.

Janel sah zu den Feuerblütern hinüber und verdrehte die Augen.

»Haben sie gerade gesagt, dass wir uns ein Zimmer nehmen sollen?«

»Schlimmer. Sie bewerten uns.« Janel strich die Misha über seiner Brust glatt. »Wir könnten uns aber auch da hinten auf ein paar Heuballen legen.«

Ihre Augen waren rot und verheult, doch ihr Lächeln sagte Kihrin, dass es ihr ernst war. Er war sicher, dass sie es ernst meinte. So sehr ihn diese Vorstellung auch erregte – und ja, sie erregte ihn sehr –, wusste er doch, dass Janel nur ihren Schmerz betäuben wollte. Mit der Reibung schlüpfriger Haut anstelle von Aris und Bier. Er küsste sie auf die Stirn. »Das klingt, als ob es juckt und schnell vorbei wäre.« Er senkte die Stimme zu einem Flüstern. »Keins von beidem möchte ich bei unserem ersten Mal erleben.«

Janel erschauderte in seiner Umarmung. Es fühlte sich gut an.

---

* Ich dachte, Ihr würdet vielleicht gerne jedes Detail ihrer ... Begegnung erfahren. Vertraut mir: Es niederzuschreiben war für mich genauso unangenehm wie für Euch vermutlich die Lektüre.

Sie sah mit halbgeschlossenen Augen zu ihm auf, während ihre Hände weiter an seinem Rücken hinunterglitten. Dann presste sie ihn wieder fest an sich und rieb sich an ihm. Kihrin stöhnte und entschied, dass er damit leben konnte, zur Schmerzbetäubung missbraucht zu werden.

Doch Janel stieß ihn keuchend von sich. Dann atmete sie langsam aus und lehnte sich wieder mit dem Rücken an die Tür. Es schien sie nicht zu kümmern, dass diese von Schmelzwasser feucht war. »Richtig. Wenn du das nicht möchtest, sollten wir jetzt besser aufhören.«

»Glaub nicht ...« Kihrin strich mit den Fingern über die Glieder ihres Kettenhemdes. »Glaub nicht, dass ich es nicht möchte.«

Janel lachte. »Ich kann spüren, dass du möchtest.« Sie schloss die Augen und ließ sich wieder gegen die Tür sinken. »Aber ... nein, du hast recht. Das ist ein schlechter Zeitpunkt. Außerdem muss ich dir zuerst noch etwas sagen.«

»Solange du mir nicht erzählst, dass du nach draußen rennen und dich in einen gefrorenen Höllenkrieger verwandeln willst, kann ich mit allem leben. Weder Aeyan'arric noch ihr Onkel sind ...« Kihrin verstummte, als ihm bewusst wurde, was er gerade gesagt hatte. Was Janel zuvor gesagt hatte ... »Moment mal. *Onkel?*«

Janel räusperte sich. »Ja, Onkel. Aeyan'arrics Onkel.«

Kihrin wich blinzelnd einen Schritt zurück. »Aeyan ... arric.«

Janel drückte den Rücken durch und strich ihre Tunika glatt.

Kihrin hatte die Verbindung bislang nicht hergestellt. Relos Vars richtiger Name lautete Rev'arric. Und in Kihrins letztem Leben hatte auch sein eigener Name auf *arric* geendet. Offenbar war das der Familienname.

»Hat Relos Var noch irgendwelche ... anderen ... Geschwister?«

Janel schüttelte den Kopf. »Nein.«

»Also ist die Drachin dort draußen Relos Vars Nichte und meine ...« Er presste die Lippen zusammen.

»Deine Tochter«, sagte Janel und fügte schnell hinzu: »In deinem letzten Leben. Sie ist natürlich nicht *deine* Tochter.«

»Das macht die Sache auch nicht besser.« Kihrin spürte, wie Ärger in ihm aufstieg. Hatte Aeyan'arric in seinem letzten Leben willentlich bei seiner Ermordung mitgewirkt, genau wie Sharanakal und die anderen Drachen? Hatte sie nach Macht und Ruhm gestrebt und geglaubt, dadurch zu einer Göttin zu werden, nur um sich dann stattdessen in ein schreckliches Ungeheuer zu verwandeln?

Hatte Relos Var auch ihr etwas eingeflüstert?

Kihrin nahm Janels Hand. »Lass uns zurückgehen. Wenn wir noch länger hierbleiben, glauben die anderen wirklich noch, dass wir uns hinter den Heuballen verstecken. Und so sehr ich das auch genießen würde, ich muss den Rest der Geschichte hören.«

Janel schaute ihn besorgt an. »Ja, ich glaube, das musst du wirklich.«

»Geht es dir gut, Fohlen?«, fragte Dorna, als sie an ihre Plätze zurückkehrten.

Janel setzte sich auf ihren Stuhl. »Ja, danke. Entschuldigt bitte. Das war ein Schock für mich.«

Qaun nickte und sah sie mitfühlend an. »Wir schaffen das.«

Janel fing an zu sprechen.

Janels Schilderung. Im Eispalast, Yor, Quur.

Am nächsten Morgen erwachte ich in einem Bett und war geheilt.

Es war nicht mein Bett, und ich trug nicht meine Kleidung. Mehrere Dinge fühlten sich falsch an. Sehr falsch.

Das Offensichtlichste war, dass ich mich noch nie in meinem Leben so schwach gefühlt hatte. Ich hatte all meine Kraft verloren. Nur mit Mühe konnte ich die Felle von meinem Körper schieben.

»Graf?« Bruder Qaun hatte nicht weit von mir entfernt auf einem kleinen Sofa geschlafen und setzte sich nun gähnend auf.

»Was …?« Ich zuckte zusammen, als ich mich erhob.

Es ist schwer zu beschreiben, inwiefern ich mich anders fühlte, abgesehen davon, dass ich seit meiner Kindheit übernatürlich stark gewesen war. Nach dem Höllenmarsch hatte ich lernen müssen, wie ich alltägliche Gegenstände halten musste, ohne sie zu zerstören. Ihr könnt euch nicht vorstellen, wie es ist, eine Tasse, aus der man trinkt, zu zerbrechen, oder seine Stiefel beim Anziehen auseinanderzureißen. Dass ich stärker als alle vergleichbar gesunden Personen in meinem Alter gewesen war, hatte sich wie eine Krankheit angefühlt.

Bruder Qaun rieb sich die Augen. »Wie geht es Euch?«

Man hatte uns mit weißen Fellen zugedeckt. Die fensterlosen Wände waren mit dicken schwarzen Steinplatten verkleidet. Mehrere Laternen hingen an Haken von der Decke, und auf der anderen Seite der Kammer stand ein Ofen, in dem ein Feuer brannte. Der Raum erinnerte eher an ein Grab oder Mausoleum als an einen Ort, an dem sich Lebende aufhalten sollten. In eine Wand war eine große Tür eingelassen, in die angrenzende noch zwei kleinere. Die massiven Möbelstücke waren mit eigenartigen geometrischen Mustern und Gitternetzen verziert.

Nichts an der Einrichtung wirkte joratisch.

Ich atmete ein und zuckte erneut zusammen. »Ich fühle mich …« Ich rieb mir an der Stelle, wo mich das Schwert durchbohrt hatte, über die Brust. Nicht der kleinste Kratzer erinnerte an die Verletzung. »Um ehrlich zu sein, fühle ich mich nicht wohl. Hält Relos Var uns gefangen?«

Nach kurzem Zögern nickte Bruder Qaun.

Der Priester sah auch nicht gut aus. Den dunklen Ringen unter seinen Augen nach zu urteilen, hatte er nicht viel geschlafen. Außerdem hatte er ein nervöses Zucken entwickelt. In einem joratischen Dorf wäre ein Kind mit einem derartigen Tick seinen Eltern weggenommen worden.

»Wir schaffen das, Bruder Qaun. Wenn sie zurückkommen, werden sie versuchen, uns zu gaesch ...«

Bruder Qaun fiel mir ins Wort. »Nein, das werden sie nicht.«

Ich zögerte. »Was?«

»Sie haben es bereits getan.«

Mir blieb fast das Herz stehen. Ich sah ihn an und fühlte mich wie eine Närrin. Natürlich hatten sie es erledigt, während ich schlief. Schließlich war es viel leichter, wenn ich mich nicht wehren konnte. Khored hatte gesagt, er würde mich beschützen, aber ich wusste immer noch nicht, wie ...

»Ich meine ... sie haben es versucht.« Qaun schien seine nächsten Worte sorgfältig zu wählen. »Aber sie haben es nicht geschafft. Ihr könnt nicht gegaescht werden.«

Ich blinzelte überrascht. »Ich kann nicht gegaescht werden? Aber das ist unmöglich. Jeder kann gegaescht werden. Jeder, der eine Seele hat. Selbst Dämonen ...«

»Ich habe gesehen, wie er es versucht hat. Viermal hintereinander. Es ist jedes Mal fehlgeschlagen.«

Ich setzte mich wieder hin. Khored hatte es geschafft. Irgendwie war es ihm gelungen. »Haben sie die anderen auch gefangen genommen?«, fragte ich.

Er zögerte. »Dorna ... Sir Oreth hat Dorna erstochen ...«

Ich holte tief Luft und ballte die Fäuste, bis ich mich daran erinnerte, dass Sir Oreth gar nicht bei uns war. Und selbst wenn, wäre ich zu schwach gewesen, um irgendetwas zu unternehmen.

»Relos Var schien zuversichtlich, dass sie zurückkehren wird«, fügte Qaun hinzu. »Was aus den anderen geworden ist, weiß ich leider nicht.«

Konnte ich Relos Var irgendetwas glauben? Aber wieso sollte er mich belügen? Wenn Dorna gestorben wäre, hätte er es doch einfach zugeben und mir die Verantwortung dafür in die Schuhe schieben können. Andererseits … Wenn irgendwer es schaffte, sich aus dem Nachleben zurückzutricksen, dann Dorna. Sie war noch listiger als Taja.*

Wenn sonst niemand gestorben war, dann war alles gutgegangen.

Abgesehen davon, dass mein Ruf zerstört war, dass Herzog Xun mir höchstwahrscheinlich den Titel aberkannt hatte und dass ich diese Mission eigentlich alleine hatte durchführen wollen.

Rein, den Speer finden und wieder raus. Ich hatte geglaubt, das wäre der leichte Teil, längst nicht so schwer, wie anschließend mit Khoreval loszuziehen und Relos Vars geliebte Eisdrachin zu töten. Doch nun war es alles andere als leicht.

Ich ging zu ihm hinüber. »Oh, Qaun, das tut mir leid«, sagte ich. »Ich wollte dich da nicht hineinziehen. Var sollte nur mich mitnehmen.«

»Er sollte nur …« Er betrachtete mich erstaunt, dann hob er eine Hand. »Sprecht nicht weiter. Ich bin nicht mehr vertrauenswürdig. Ihr wart, wie gesagt, immun gegen das Gaesch. Ich nicht.«

Ich schaute ihn mit offenem Mund an. Die schreckliche Wahrheit presste mir das Herz zusammen.

Ich hatte nie vorgehabt, meine Freunde in Gefahr zu bringen. Ganz sicher nicht so. »Wer hat es? Wer hat dein Gaesch? Ich werde …« Dann fiel mir wieder ein, dass ich so schwach wie ein neugeborenes Fohlen war. Ungelenk und nicht einmal mit einem Zehntel meiner normalen Kraft ausgestattet.

Ich stützte die Hände auf die Knie und atmete tief ein. So hatte ich das überhaupt nicht geplant. Ich war schlicht und ergreifend davon ausgegangen, dass alles so laufen würde, wie ich mir das wünschte.

---

* Ich bin fast … fast … geneigt, das zu glauben. Und nein, Dorna ist nicht Taja. Ich habe es nachgeprüft.

Schließlich gewann ich immer, oder nicht?

Mithros würde mich auslachen, und zwar nicht auf freundliche Weise. Teraeth würde nicht lachen, aber sein wütendes »Habe ich es dir nicht gesagt?« wäre noch schlimmer. Sie hatten beide erklärt, das Risiko sei zu groß, und ich hatte sie ignoriert. Übermütig, arrogant, siegesgewiss.

Und voll daneben.

»Was haben sie mir angetan?«, fragte ich.

»Auf Eurem Rücken ist eine Tätowierung. Sie ähnelt dem Zeichen, das wir in Mereina gesehen haben. Ich weiß nicht, was es bewirkt, aber Relos Var sagte, es würde Euch ›die Krallen ziehen‹.«

Ich nickte und versuchte, sowohl meine Übelkeit als auch ein Gefühl der Verzweiflung zu unterdrücken. Ohne meine Kraft hatte ich tatsächlich keine Krallen mehr, doch sie irrten sich, wenn sie glaubten, ihr Zeichen würde mich von einem Hengst in eine Stute verwandeln.

Ich berührte eine der Wände und spürte die glatte Oberfläche des schwarzen Steins. Wie viele solche Wände trennten mich von der Freiheit? Hatten sie uns in ein fensterloses Zimmer gesteckt, um uns an der Flucht zu hindern, oder weil in einem Reich, in dem permanent Winter herrschte, nur ein Narr Gebäude mit Fenstern bauen würde?

»Dann sind wir also in Yor«, sagte ich.

»Ja, wir sind in Yor«, bestätigte Bruder Qaun.

Senera trat ein. Sie trug ein Tablett. Im Gegensatz zu Bruder Qaun und mir sah sie in ihrer Felljacke und der langen fließenden grauen Tunika bezaubernd aus. Sie schien ganz in ihrem Element zu sein. »Ich würde Euch ja fragen, wie Ihr Euch heute Morgen fühlt, aber ich kenne die Antwort bereits. Ich hoffe, dass Ihr es bequem habt. Ich habe sie gebeten, Euch in einem warmen Zimmer unterzubringen. Die Yorer vergessen manchmal, dass nicht jeder die Kälte so gut verträgt wie sie.« Senera stellte das Tablett ab. »Ich habe Euch Mittagessen gebracht. Bald wird es ein Festmahl geben, aber Ihr solltet schon mal vorab etwas essen. Die Yorer ernähren sich fast ausschließlich von Fleisch. Ihr werdet eine Weile brauchen, um Euch daran zu gewöhnen.«

Ich fragte mich, ob sie eigens nach Jorat zurückgekehrt war, um uns dieses Essen zu holen. Ich sah mehrere Schüsseln mit nach Kokosnuss und Jasmin duftendem Reis, einen nicht weniger gut riechenden Gemüseeintopf, gebratene Enteneier, ein Gefäß mit Chilisoße, allerlei Gemüsebeilagen und Vergorenes. Sie hatte sogar Tee mitgebracht.

Ich runzelte die Stirn. Senera behandelte uns wie Saelen, nicht wie Gefangene oder Feinde – eher wie neue Familienmitglieder. Als wäre davon auszugehen, dass wir uns schon noch einfügen würden. Die vom Weg Abgekommenen taten das schließlich immer.

Dann erkannte ich, dass sie nicht aus Großzügigkeit handelte, und auch nicht, um unser Vertrauen zu gewinnen oder weil sie uns in den Kreis ihrer Liebsten aufnehmen wollte, sondern aus Sicherheitsgründen. Für Fleisch brauchte man Messer. Für diese Mahlzeit waren keine nötig.

»Ich esse kein Fleisch«, sagte Bruder Qaun.

»Pech, würde ich sagen. Bald wirst du damit anfangen müssen.« Senera ging zu einer der beiden kleinen Türen hinüber, hinter der sich, wie ich jetzt begriff, ein Wandschrank verbarg. Sie holte ein Hemd, eine Hose und ein langes dunkelrotes Kleid heraus. »Während Ihr geschlafen habt, habe ich Kleidung vorbeigebracht, damit Ihr Euch für Euer Treffen mit dem Hon anziehen könnt.«

»Dem Hon?«

»Ihr würdet ihn Herzog nennen.« Sie lächelte. »Die Yorer lehnen die quurischen Titel ab.«

Ich kniff die Augen zusammen. »Der Herzog ist ein Quurer.«

»An Eurer Stelle würde ich das vor ihm nicht erwähnen.«

»Warum habt Ihr mich nicht einfach getötet, sondern hierhergebracht?«

Sie hörte auf zu lächeln. »Relos Var glaubt, dass Ihr ihm lebendig mehr nützt. Zumindest vorläufig. Ihr solltet versuchen, Euch dementsprechend zu benehmen.« Sie warf die Kleidungsstücke auf das Bett und deutete auf eine Kommode. »Darin findet Ihr Schmuck und Steckkämme – genug, um einen Hengst stolz zu machen. Esst zu Mittag und macht Euch dann fertig. In einer Stunde bin ich wieder da und bringe Euch zum Herzog.«

»Und wenn wir uns weigern?« Ich verschränkte die Arme vor der Brust.

Sie lachte spöttisch. »Seid nicht albern. Nur weil wir Euch nicht wehtun wollen, heißt das nicht, dass wir es auf keinen Fall tun werden. Jetzt seid Ihr auch nichts Besonderes mehr. Nur noch ein ganz normales Mädchen. Und er?« Sie richtete ihre grauen Augen auf Bruder Qaun. »Ihm wehzutun ist nicht schwer.«

»Wagt es ja nicht ...« Ich trat auf sie zu, und sie zuckte zurück.

Allerdings nur für einen Moment. Dann packte sie mein Handgelenk und verdrehte es. Ich schrie vor Schmerz auf und merkte, dass ich zu schwach war, um mich zu wehren. Sie drängte mich gegen die Tischkante.

»Wann immer wir wollen«, flüsterte sie und verließ den Raum.

Als ich mich zu Bruder Qaun umdrehte, bediente der sich bereits am Frühstück.

»Esst«, sagte er. »Wir werden unsere Kraft noch brauchen.«

Die Kleidung, die Senera uns gebracht hatte, war aus dicker, schwerer Wolle. Qaun hatte eine Wollhose und ein mit Fell gefüttertes Hemd bekommen, ich ein langes rotes Wollkleid, das ich abschätzig betrachtete.

»In dem würde ich nicht kämpfen wollen«, sagte ich.

»Ich glaube, die Yorer sind der Ansicht, dass Frauen überhaupt nicht kämpfen sollten«, entgegnete Qaun.

»Ich bin keine ...« Ich seufzte. »Ich werde sie nicht dazu überreden können, mich wie einen der Männer zu behandeln, oder?«

»Ich glaube nicht, nein.«

Murrend zog ich das Nachthemd aus.

Von der Haut, die darunter zum Vorschein kam, blätterte Farbe ab.

»Ich brauche ein Bad«, sagte ich. »Aber ich bezweifle, dass ich in Yor eins bekommen werde ... Augenblick.« Ich sah nirgends einen Nachttopf. Entweder hatte Senera den vergessen, was ihr nicht ähnlich sah, oder sie enthielt ihn uns aus Grausamkeit vor – was nicht zu ihrem Verhalten passte.

Ich untersuchte eingehend die Wände. Die schwarzen Steinplatten waren ohne Mörtel perfekt miteinander verfugt. Wenn ich ein Messer gehabt hätte, wäre es mir nicht möglich gewesen, die Klinge zwischen die Platten zu schieben. Die Handwerkskunst konnte es mit allem aufnehmen, was ich je in Jorat gesehen hatte – abgesehen von Atrine.

Was bedeutete ...

Ich ging zu der zweiten kleinen Tür und fand dahinter ein Badezimmer mit fließend Warmwasser. Ich wusste von ein paar königlichen Gilden, die sich um solche Dinge kümmerten. Der Herzog (oder Hon) hatte keine Angst, magische Dienste in Anspruch zu nehmen.

Das ist die eine Sache, die ich immer vermisse, wenn ich nicht in Atrine bin: Jederzeit verfügbares Wasser ist einfach wunderbar.

»Ihr müsst fliehen«, sagte Bruder Qaun. Seine Stimme hallte von den kahlen Wänden des Hauptraums wider. »Ihr könnt nicht hierbleiben. Ich habe Geschichten darüber gehört, wie die Frauen hier behandelt werden.«

Ich hörte auf, die Tintenflecke von meinem Gesicht zu wischen. »Diese Geschichten kenne ich auch. Aber jeder, der sich bei mir Freiheiten herausnimmt, kann sich auf eine böse Überraschung gefasst machen.«

»Ich meine nicht nur das«, entgegnete Bruder Qaun. »Na ja, das auch, aber außerdem ... Ich habe noch nie von einer unverheirateten Frau in Yor gehört. Von keiner einzigen. Wenn Ihr nicht in einer Ehe lebt, verheiraten sie Euch. Frauen haben da keine Wahl.«

»Auch das müssen sie erst mal versuchen.«

Aber ich wusste, dass ich mich mit diesem Thema auseinandersetzen musste. Ich mochte zwar glauben, dass ich nicht über mein biologisches Geschlecht definiert wurde, doch die Yorer erkannten eine davon unabhängige Geschlechterrolle nicht an. Für sie wurde das Geschlecht einer Person ausschließlich von deren Körper bestimmt. Es ging immer nur um das Gefäß, nicht um dessen Inhalt. Also war ich für sie eine Frau, und sie glaubten, Frauen wären lediglich ...

Ehefrauen, Mütter, Besitzstücke. Ich knirschte mit den Zähnen.

Da hörte ich, wie die Zimmertür aufging.

»Seid Ihr bereit?«, erklang Seneras Stimme.

»Einen Moment noch.« Seufzend streifte ich erst das Unterkleid und dann das rote Kleid über. Oben herum saß es eng und unterhalb der Hüften wallte es. Vermutlich würde ich in diesem verdammten Ding andauernd stolpern, wenn ich mal Treppen steigen musste. Abgesehen von der Wolle würde es mich nicht vor der Kälte schützen, wenn ich ins Freie ging. Was vermutlich Absicht war.

Der Winter war ein wirkungsvoller Käfig, wenn man nur ein Sommerkleid trug.

»Ich habe Schuhe mitgebracht. Ich hoffe, sie passen. Warum probierst du sie nicht an, Qaun?«

Ich kehrte zurück in den Hauptraum. Senera hatte sich umgezogen und trug nun ein silbernes Kleid, in dem sie wie eine zum Leben erwachte Statue aussah. Es war genauso auffällig geschnitten wie meines, wenn auch ein bisschen weiter am Oberteil. Ihre Frisur war mit kleinen silbernen Haarnadeln festgesteckt, und sie trug Ringe an den Fingern. Aber sie hatte nichts bei sich, das ich ihr entreißen und als Waffe verwenden konnte.

Aus irgendeinem Grund hing um ihren Hals eine silberne Kette mit einem kleinen grauen Tintenstein daran. Ich hielt ihn für ein Gildensymbol, oder vielleicht wies er sie als Schreiberin aus.

»Ihr seht bezaubernd aus«, sagte sie zu mir.

»Ich fühle mich aber nicht so.« Ich ging zur Kommode und öffnete sie. Darin lagen ordentlich nebeneinander aufgereiht Goldringe, Halsketten und ein langer, beeindruckend aussehender Metallgürtel, den man tief um die Hüften trug. Ich nahm ihn heraus, da ich glaubte, ihn gegebenenfalls wie einen Morgenstern einsetzen zu können. Der Schmuck machte einen sehr hochwertigen Eindruck: Gold mit Edelsteinen, die aussahen, als stünden sie in Flammen. Rubine, Zirkone, Topase und Karneole. Den Stil kannte ich nicht, wusste aber, dass er nicht joratisch war.

Als ich mir ein paar Stücke ausgesucht hatte, wurde mir klar, dass sie in Yor vielleicht nicht die gleichen Signale sendeten wie in Jorat, wo derjenige, der sie trug, als mächtiger, stolzer und erfolgreicher Hengst gelten würde.

Ich hielt inne.

»Wessen Schmuck habe ich da angelegt?«

»Relos Vars«, antwortete Senera.

Ich begann, ihn wieder abzunehmen.

»Nein, nein.« Sie hielt die Hände hoch. »Schaut, ich verstehe, wie Ihr Euch fühlen müsst.«

»Nein, ich glaube nicht, dass Ihr das versteht.«

»Der Schmuck dient zu Eurem Schutz.«

»Wie soll das möglich sein?«

Die Hexe seufzte. »Ihr wisst doch, dass in Yor ... ein provinzielles Frauenbild vorherrscht. Sogar im Vergleich zur Hauptstadt, was einiges sagt. Von Frauen eines gewissen Alters wird erwartet, dass sie verheiratet sind. Das hat einen religiösen Hintergrund, ob Ihr es glaubt oder nicht. Wir waren gezwungen, uns wegen der skurrilen hiesigen Gebräuche etwas einfallen zu lassen, und daran müsst Ihr Euch auch halten.«

»Wollt Ihr damit etwa sagen, dass ich heiraten muss? Wen habt

Ihr denn als Ehepartner für mich im Sinn?« Ich deutete auf Bruder Qaun. »Ihn?«

Sie zog eine Grimasse. »Nein, ganz bestimmt nicht. Hier ist es akzeptabel, einen Mann wegen seiner Ehefrau umzubringen. Na ja, nicht gerade akzeptabel ... Der Hon hat es gesetzlich verboten, aber es kommt vor. Unser lieber Bruder Qaun würde nicht lange überleben, wenn wir behaupten, Ihr beide wärt Mann und Frau. Es muss jemand sein, den niemand zu töten wagt.«

»Wenn Ihr jetzt Sir Oreth sagt ...«

»Hmm, gar keine schlechte Idee«, stimmte Senera zu, »aber ihn darf ich auch nicht sterben lassen.«

Ich verschränkte die Arme und dachte an mein Gespräch mit Khored zurück, in dem er mir versprochen hatte, Relos Var würde keine Frau verschleppen und sich ihr aufzwingen. »Dann meint Ihr also Relos Var.«

Senera zuckte die Achseln. »Ich bin seit fünf Jahren mit ihm ›verheiratet‹. Nur zum Schein. Ihr müsst nicht einmal eine von diesen würdelosen Zeremonien über Euch ergehen lassen.«

»Wie rücksichtsvoll.« Ich verdrehte die Augen.

»Ich wollte Euch nur vorwarnen, damit Ihr nichts Unüberlegtes tut, wenn Relos Var Euch dem Hon als seine Gemahlin vorstellt. Vielweiberei ist hier erlaubt. Daher wird niemand hinterfragen, warum Relos Var sich eine zweite Frau nimmt.«

»Und was werdet Ihr mit Bruder Qaun anfangen?«

»Er ist Relos Vars neuer Assistent«, erwiderte Senera. »Niemand muss erfahren, was er wirklich ist: eine Geisel, mit der wir sicherstellen, dass Ihr Euch benehmt.«

»Ich werde mich benehmen. Lasst ihn gehen«, protestierte ich.

Sie tippte mir auf die Wange. »Kleidet Euch fertig an. Es wird Zeit, dass Ihr die restlichen Rebellen kennenlernt.«

Doch Bruder Qaun hatte seine eigenen Pläne. Senera und ich drehten uns um, als wir hörten, wie sich der Vishai-Priester heftig auf den Fußboden übergab. Dann brach er zusammen.

34

DER EINZIGE AUSWEG

Jorat, Quurisches Reich.
(Ungefähr) drei Tage nachdem Klaue Thurvishar einen
magischen Stein gegeben hatte

Bruder Qaun räusperte sich. Er schien sich nicht wohl zu fühlen. »Ich, äh ... Zum nächsten Teil habe ich nicht viele Notizen.«

Janel wirkte überrascht. »Was? Aber du ...« Dann stutzte sie. »Oh.«

Kihrin hob eine Braue. »Ich bekomme irgendetwas nicht mit, oder?«

»Über die folgenden Ereignisse habe ich nicht viel geschrieben«, gab Bruder Qaun zu. Er schlug sein Buch auf. »Ich werde vorlesen, was ich habe, aber dann solltet Ihr wieder übernehmen, Janel.«

Sie nickte. »Natürlich. Was immer für dich das Beste ist.«

Qauns Schilderung. Im Eispalast, Yor, Quur.

Die ersten paar Stunden, nachdem er gegaescht worden war, dachte Bruder Qaun ernsthaft darüber nach, ob es nicht besser wäre, sich das Leben zu nehmen.

Wie sollten sie ihn davon abhalten? Widersetzte er sich dem

Gaesch, würde der Schmerz ihn töten. Also musste er nur den Gehorsam verweigern, wenn er sich umbringen wollte. Seine freie Seele würde anschließend ins Land des Friedens und zu seiner nächsten Wiedergeburt weiterreisen. Oder von Dämonen abgefangen werden; aber denen würde er vielleicht entkommen.

Er wäre frei. Und damit wäre auch Janel frei. Wenn er der Garant für ihr gutes Benehmen war, dann würde mit seinem Tod auch diese Garantie erlöschen.

Mit dem Gaesch hatte er immer eine Waffe zur Hand, die er gegen sich selbst wenden konnte. Die Macht, Nein zu sagen, konnten sie ihm nicht nehmen – und genauso wenig die Konsequenzen, die sich aus einer solchen Weigerung ergaben. Sie konnten ihn dazu zwingen, jeden Befehl zu befolgen, bis auf diesen einen … den Befehl, sich nicht selbst zu töten.

Aber er tat es nicht.

Es war ein einzelnes Wort, das ihn vom Selbstmord abhielt: *auch*. Janel hatte nicht geplant, dass er *auch* in Yor endete.

Was bedeutete, dass sie geplant hatte, selbst dort zu enden.

Er traute es ihr durchaus zu. Relos Var zu einem Duell herauszufordern, war eine dumme Idee gewesen. Und normalerweise verhielt sich diese junge Frau nicht dumm – auch wenn sie bedauerlicherweise dazu neigte, gewaltsame Lösungen für ihre Probleme zu suchen. Janel musste gewusst haben, dass sich ein Außenseiter nicht an das joratische Idorrá-Thudajé-Konzept halten würde. Doch wenn sie von Anfang an vorgehabt hatte zu verlieren …

Vielleicht. Nur vielleicht.

Aber Janel kannte Relos Vars wahre Identität nicht. Außerdem wusste sie nicht, dass irgendwer dort draußen ein Stück ihrer Seele besaß.

Sie kannte die Wahrheit nicht, und Qaun konnte sie ihr nicht verraten.

Noch nie in seinem Leben hatte er sich so machtlos gefühlt wie in diesem Moment.

Er ignorierte das Gespräch zwischen den beiden Frauen und konzentrierte sich stattdessen auf das Sonnenmedaillon, das er immer bei sich trug. Sie hatten es ihm nicht abgenommen, und weder Relos Var noch Senera waren so sadistisch gewesen, es zum Gefäß für sein Gaesch zu machen. Er besaß das Symbol immer noch und polierte es gelegentlich mit dem Daumen. Vater Zajhera war eine Mogelpackung, aber galt das auch für seine Religion?

War Selanols Gnade, die Wahrheit der Erleuchtung, für immer durch Lügen entwertet? Oder ließ sich darin immer noch Wahrheit entdecken? Und war diese Wahrheit zu wichtig, um sie zu verwerfen, auch wenn das, was aus ihr folgte, verdreht worden war, um einem bösen Mann zu dienen?

Er musste die Kleidung, die Senera gebracht hatte, angezogen haben, doch er konnte sich nicht mehr daran erinnern. Eben hatte er noch sein Nachtgewand getragen und jetzt Felle. Es schien ganz plötzlich geschehen zu sein. Schon seit seinem Aufwachen merkte er, dass er immer wieder von einem Moment zum nächsten sprang und ganze Abschnitte ausließ, nur um unvermittelt in einem neuen Schrecken zu landen.

Er stand unter Schock. Er kannte sich gut genug aus, um diesen Zustand bei sich selbst zu diagnostizieren.

Zajheras Verrat und die Erfahrung, gegaescht zu werden, hatten ihn traumatisiert.

Zajhera war wie ein Vater zu ihm gewesen. Qaun hätte ihm sein Leben anvertraut.

Janels Großvater, der frühere Graf von Tolamer, hatte auch an Zajhera geglaubt, so sehr, dass er sogar das Schicksal seiner Enkeltochter in die Hände dieses Mannes gelegt hatte. Zajhera war derjenige gewesen, der Xaltorath exorziert hatte, nachdem der Dämonenprinz sich gegen alle normalen Methoden, darunter sogar einen direkten Befehl des Kaisers, immun gezeigt hatte. Und es war auch Zajhera gewesen, der Janel anschließend körperlich und geistig wiederhergestellt hatte. Allein ihm war es zu verdanken, dass sie nicht zu einem Gefäß für Hass und Bosheit geworden war.

Zajhera war ein guter Mann. Der beste. Zajhera konnte nicht Relos Var sein.

Aber er war es.

Es war alles zu viel. Der Verrat, der Schmerz und seine Existenz. Doch wenn er nicht gehorchte, würde dieser Schmerz enden.*

Er erinnerte sich noch daran, dass er sich übergeben hatte, und dann an nichts mehr.

---

* Wahrscheinlich sollte ich an dieser Stelle irgendeinen Scherz machen, aber ich bringe es einfach nicht über mich.

35

DAS SCHLOSS AUS EIS

Jorat, Quurisches Reich.
Drei Tage nachdem Klaue es nicht geschafft hatte,
einen manolischen Vané zu töten

Niemand sprach, nachdem Bruder Qaun geendet hatte.

»Das muss eine schwere Entscheidung gewesen sein«, sagte Kihrin. Als er gegaescht gewesen war, hatte er vor derselben Wahl gestanden. Doch er hatte niemals ernsthaft darüber nachgedacht.

»Ich bin froh, dass du dich zum Bleiben entschlossen hast«, sagte Janel. Sie beugte sich vor und küsste Bruder Qaun auf den Kopf.

Dorna streckte den Arm aus und tätschelte dem Priester die Hand.

»Ich auch«, sagte Qaun. »Ich wollte helfen, die Dinge besser zu machen, und ich nahm an, das wäre mir im Nachleben nur eingeschränkt möglich.« An Dorna gewandt sagte er: »Und da ich nicht die richtigen Leute kannte, konnte ich nicht sicher sein, ob ich zurückkehren würde.«*

»Jetzt mache ich weiter«, erklärte Janel.

---

* Nun, die kennt er verdammt gut, würde ich sagen.

Janels Schilderung. Im Eispalast, Yor, Quur.

Senera und ich liefen zu Bruder Qaun hinüber. Er hatte die Beine an die Brust gezogen und wiegte sich vor und zurück, Tränen tropften auf seine Kleidung.

»Liegt das am Gaesch?«, fragte ich Senera.

»Nein.« Sie betastete Bruder Qauns Handgelenke und die Haut an seinem Kinn. Dann hob sie mit dem Daumen seine Lider an und sah ihm in beide Augen. »Er steckt nicht in einer Gaesch-Schleife.«

»Einer Schleife?«

»Einander widersprechende Gaesch-Befehle. Dieser Konflikt wirkt normalerweise tödlich. Irgendetwas scheint ihn in einen Schockzustand versetzt zu haben. Helft mir, ihn zum Bett zu tragen.«

Ich versuchte, ihn anzuheben, und schrie auf. Ich hatte das Gefühl, als würden mir jeden Moment die Arme aus den Schultergelenken springen. Mir war entfallen, wie schwach ich war.

»Gemeinsam«, sagte Senera.

»Ich verstehe.« Diesmal hob ich ihn mit ihr zusammen an, und wir schafften es, Bruder Qaun zum Bett zu tragen. Ich sah, was sie meinte – er war noch bei Bewusstsein und hatte keinen Anfall. Aber sein Blick war geradeaus gerichtet, und er starrte ins Leere.

Ich kannte diesen Blick. Ich kannte ihn in meinem tiefsten Innern.

Auch ich hatte in diesem Zustand einst gelebt, zu betäubt, um traurig, unglücklich oder wütend zu sein. An diesem Ort, wo nichts eine Bedeutung hatte und alles wehtat. »Es ist vielleicht keine ... Wie habt Ihr es genannt? Eine Gaesch-Schleife? Aber ich glaube, dass es eine Reaktion auf das Gaesch ist. Seine Benommenheit resultiert aus dem, was ihm widerfahren ist.« Ich hielt inne. »Oder er ist von einem Dämon besessen, aber das glaube ich nicht.«

Senera seufzte. »Schön. Lasst ihn jetzt.«

Ich warf ihr einen bitterbösen Blick zu.

»Wir haben keine Zeit«, erklärte sie. »Es ist nicht wichtig, dass er an diesem Bankett teilnimmt. Bei Euch ist das anders. Wir kümmern uns später um ihn.«

Ich hüpfte auf das Bett und legte einen Arm um Bruder Qaun. »Ich lasse ihn in diesem Zustand nicht allein. Er könnte sich verletzen. Oder jemand versucht, ihm etwas anzutun, und er kann sich nicht dagegen wehren. Ich bleibe.«

Seneras Nasenflügel bebten. »Das werdet Ihr nicht.«

»Doch.«

Bevor ich etwas dagegen unternehmen konnte, berührte sie Bruder Qaun an der Stirn. Seine Augen fielen zu, das Kinn sank ihm auf die Brust, und er lag schwer in meinen Armen. »Seht Ihr. Er schläft und kann niemanden gefährden, auch nicht sich selbst. Wenn wir gehen, werde ich die Tür verriegeln. Nun könnt Ihr mich entweder freiwillig zum Festmahl begleiten, oder ich rufe die Wächter und lasse Euch von ihnen mitschleifen. So oder so werdet Ihr dort hingehen. Die Entscheidung liegt ganz bei Euch.«

Ich zog den Arm unter Bruder Qaun hervor, ließ ihn sanft auf das Bett sinken und deckte ihn mit den Fellen zu.

Ich versuchte, so würdevoll wie möglich zur Tür zu gehen. Ich hatte ohnehin die ganze Zeit vorgehabt, sie zu begleiten. Als ich hierherkam, hatte ich nur eine einzige Aufgabe: den Speer Khoreval finden und ihn stehlen. Nun war eine zweite hinzugekommen: den Speer Khoreval *und* Bruder Qauns Gaesch finden und beides stehlen. Um das zu schaffen, durfte ich nicht wie eine Gefangene behandelt werden. Also musste ich Relos Var vorgaukeln, dass er mich auf seine Seite gezogen hatte. Und das so überzeugend, dass er es mir abnahm.

Niemand weiß eine Trophäe zu schätzen, die einem einfach so in den Schoß fällt.*

---

* Wir haben sie ernsthaft unterschätzt. Oder zumindest ich. Ich nehme

Also ließen wir Bruder Qaun schlafen, und Senera schloss hinter uns die Tür zu.

In den Gängen standen keine Wachen, keine Soldaten folgten uns. Es war nicht nötig.

Ich war noch nie in einem Gebäude wie diesem gewesen: Die komplette Inneneinrichtung bestand aus makellosen schwarzen Steinoberflächen, geometrischen Kristallintarsien und glitzernden Silberbändern. Alles wirkte sauber, klar und kalt und beschwor Bilder von endlosen Gletscherlandschaften und Eiszapfen herauf.

»Wie alt ist dieser Palast?«, erkundigte ich mich.

»Älter als das Reich«, erwiderte Senera. »Er wurde vom Gottkönig Chertog und der Gottkönigin Suless erbaut.«

»Erstaunlich, dass er die quurische Invasion überstanden hat.«

»Genau genommen hat er das nicht. Sie haben ihn wiederaufgebaut.«

Ich tat gar nicht erst so, als wäre ich nicht beeindruckt. Dieses Bauwerk stand Atrine in nichts nach, und Kandor selbst hatte es errichtet.

Als wir eine Treppe hinaufstiegen, entschied ich, dass mein bisheriges Urteil über die Schönheit und Komplexität dieses Palastes verfrüht gewesen war.

Zuerst glaubte ich, die Stufen hätten uns nach draußen geführt, zu einem riesigen Marmorplatz auf einer Bergspitze. Überall um uns herum rangen zerklüftete Gebirgszüge mit einem seidenweichen blaugrünen Himmel. Zu unseren Füßen tanzten weiße Wolken. Weit unten in den Tälern tobte ein gewaltiger Sturm, doch zu uns reichte er nicht herauf, und so konnten wir unbehelligt den Anblick der Blitze genießen, die mehrere Meilen entfernt aus den Wolken zuckten.

> beinahe an, dass Ihr es nicht getan habt. Schließlich habt Ihr dazu beigetragen, dass sie so geworden ist.

Dann fiel mir auf, dass ich keinen Wind und keine Kälte spürte. Die Luft um mich herum war vollkommen ruhig. Das Sonnenlicht wurde von einem silbernen Geflecht reflektiert, das sich über unseren Köpfen ausbreitete. Als ich eine Hand nach oben streckte, wie um den Himmel zu berühren, stieß ich mit den Fingerspitzen gegen eine unsichtbare kalte Kristallwand. Eine vollkommen durchsichtige Wand.

Wir waren immer noch drinnen.

In einem vergangenen Zeitalter hatte der Gottkönig des Winters eine große Halle erbaut, um seinen Herrschaftsbereich zur Schau zu stellen. Und wie durch ein Wunder hatten die quurischen Horden ihn wiederaufgebaut, obwohl sie alles andere vernichteten.

Der Palast des Schneekönigs ...

Die Aussicht war so überwältigend, dass ich fast zu atmen vergaß.

»Schön, nicht?«, fragte Senera. »Als ich das hier das erste Mal sah, muss ich mehrere Stunden hier gestanden haben.«

Ich legte meine Hand wieder auf die transparente Wand und beobachtete, wie die Wärme meiner Finger Feuchtigkeit auf dem kalten Material hinterließ. »Aus was bestehen diese Wände?«

»Ich habe nicht den blassesten Schimmer.«*

Die Wände waren geneigt. Offenbar liefen sie über unseren Köpfen wie bei einer abgeschnittenen Pyramide zu einer kleinen rechteckigen Decke zusammen – dem einzigen undurchsichtigen Bereich. Dort glitzerten geometrische Silberstücke und Kristalle, die so gestaltet waren, dass sie ein riesiges und mächtiges Imperium aus Kälte und Eis darstellten. In Metall eingefasste Kristallsplitter, die in präzise aufeinander abgestimmten Winkeln teils herausragten und teils in der Oberfläche versenkt waren, ergaben

---

* Ich habe immer noch keine Ahnung. Und ich werde auch nicht den Namen aller Dinge konsultieren. Manche Mysterien sollte man nicht ergründen.

zusammen ein Bild von Eiszapfen, Schneeflocken und weit entfernten kalten Sternen. Die Decke schwebte mindestens dreißig Meter über uns und reflektierte die magische Beleuchtung auf eine Weise, dass die Kristalle violett und blau glitzerten.

Genau wie Senera hätte ich Stunden hier stehen und alles betrachten können, doch der Klang von Stimmen erinnerte mich daran, dass wir nicht allein waren.

Die meiste Wärme in der großen Halle kam von einer riesigen Feuerstelle in der Mitte des Raums. Ein breiter, von der Hitze schwarz versengter Eisenring fasste die Feuerstelle ein. Er diente zum Schutz gegen Funkenflug. Des Weiteren standen Tische um das Feuer herum, ausnahmslos besetzt mit Höflingen und Adligen – die uns allesamt beobachteten. Die meisten Gäste waren eindeutig Yorer. Im Unterschied zu den »normalen« quurischen Hauttönen hatten die Yorer vorwiegend einen weißen Teint, manche auch einen blassblauen, violetten oder grauen. Ihre langen hellen Haare waren zu großen Knoten zusammengebunden. Die Männer trugen geflochtene und mit Juwelen verzierte Bärte. Die ganze Festgesellschaft war in helle Farben gekleidet. In dem Kleid, das Senera mir gegeben hatte, würde ich garantiert herausstechen wie eine Flamme, die weißes Papier verbrennt.

Meine Hoffnung, dass ich nicht auffallen würde, konnte ich also begraben. Offensichtlich wollte Senera, dass ich Aufmerksamkeit erregte.

Eine alte Frau, neben der Dorna wie eine unreife Jugendliche gewirkt hätte, kümmerte sich um das Feuer. Sie war umgeben von einem Rudel Wölfe ... nein, es waren keine Wölfe, sondern Hyänen, allerdings mit weißem Fell und blauen Augen. Als ich einen Fuß in die Halle setzte, wirbelte die alte Frau herum und starrte mich an. Sie kniff die Augen zusammen und warf mir einen finsteren Blick zu, mit dem sie mir wohl bedeuten wollte, dass sie mit brennenden Scheiten nach mir werfen würde, sollte ich mich in ihre Nähe wagen. Dann schenkte sie mir ein breites Grinsen, das weniger an ein Lächeln als an die gebleckten Zähne eines Hundes erinnerte.

Ich hatte sie noch nie zuvor gesehen.

»Der Thron des Gottkönigs stand dort oben«, erklärte Senera und deutete auf eine Treppe, die im gleichen Winkel geneigt war wie die Wand und durch eine kleine Tür in der weit entfernten Decke hindurchführte. Am Fuß der Treppe saßen mehrere Dutzend Frauen an einem einzigen langen Tisch zusammen.

»Wer …?«, begann ich.

»Die Ehefrauen des Hons«, sagte sie. »Keine Sorge, wir müssen uns nicht zu ihnen setzen.«

»Seine Ehefrauen?« Ich sah sie erstaunt an. Senera hatte erwähnt, dass die Yorer kein Problem mit Vielweiberei hätten. Tatsächlich handhabten es die Jorater genauso, doch unsere Partnerschaften bestanden aus kleineren, komplett polygamen Gruppen mit drei, manchmal auch vier Mitgliedern. »Wie viele Ehefrauen hat er denn?«

»Eine aus jedem der achtundvierzig Stämme.« Sie zeigte zu den Haupttischen hinüber. »Dann wollen wir mal zu den anderen gehen.«

Senera führte uns um die Tische herum, bis ich buntere Farben sah als das yorische Pastell, getragen von Männern und Frauen mit quurischen Hautfarben. Diese wiesen sie als Angehörige des Hochadels aus, wie ich genauso erstaunt wie bestürzt feststellte. Theoretisch machten diese Leute das Kaiserreich zu dem, was es war. Wieso saßen sie dann mit einem Mann am Tisch, der für seinen Hass auf das Reich berüchtigt war?

Da hörte ich ein vertrautes Lachen: Sir Oreth. Er schien sich ganz wunderbar in diese Gesellschaft einzufügen.

Das Essen war noch nicht serviert, doch die Gäste hatten bereits zu trinken begonnen. Diener umkreisten die Tische und füllten pausenlos die Gläser nach.

Sir Oreth bemerkte, dass ich ihn ansah, und grinste fies. Er stieß seinen Nebenmann an, der von Kopf bis Fuß in Blau gekleidet war. Dieser erwiderte sein Grinsen und vollführte mit beiden Händen eine anzügliche Geste.

Ich wandte den Blick ab und wünschte, ich hätte meine Waffen bei mir.*

Relos Var kam zu uns herüber. Er hatte sich einen Tisch mit zwei weiteren Mitgliedern des Hochadels geteilt, die allerdings keine bunten Farben, sondern Schwarz trugen. Ansonsten hätten sie einander nicht unähnlicher sein können: Der eine wirkte nach quurischen Maßstäben kränklich und blass, während der andere aussah wie Dango, wenn der muskulöse Bandit sich dazu entschließen würde, alle seine Haare abzurasieren.

Relos Var nahm Seneras Hände und küsste sie auf die Stirn. »Der Hon ist auf dem Weg. Wie benehmen sich unsere Gäste?«

»Janel ist artig, aber ich mache mir Sorgen um den Vishai-Priester. Wir mussten ihn im Zimmer zurücklassen. Irgendetwas stimmt nicht mit ihm.«

Ich richtete meine Aufmerksamkeit wieder auf Relos Var und war entschlossen, etwas zu der Unterhaltung beizutragen. Doch ich kam nicht dazu.

»So, so, womit würzt Ihr denn heute unsere Runde, Eiszapfen?«, stichelte ein Mann hinter uns. »Davon hätte ich gerne eine Handvoll zum Abendessen.«

Ich spürte, wie jemand mein Hinterteil anfasste.

Ich hatte vorgehabt, mich zurückzuhalten. Vergesst nicht, dass ich mich immer noch schwach fühlte, seit Senera mir dieses Zeichen auf den Rücken gemalt hatte. Das Letzte, wonach mir der Sinn stand, war ein Kampf. Aber ich hatte immer noch meinen Stolz. In meinem Herrschaftsgebiet erntete man mit bestimmten Verhaltensweisen eine unmittelbare Reaktion. Und diese Person hatte mir nicht nur einen verspielten Klaps auf den Po gegeben –

---

* Wenn es so gewesen wäre, hätte ich sie vermutlich nicht aufgehalten.

sie hatte schamlos zugepackt und Stellen berührt, an denen ihre Finger nichts zu suchen hatten.

Also drehte ich mich um und versetzte dem Mann hinter mir einen kräftigen Faustschlag.

Rückblickend betrachtet habe ich überreagiert. Ich war zwar nicht mehr außergewöhnlich stark, wusste aber immer noch, wie man einen Treffer landet. Nur leider hatte ich keine Ahnung, wie man das tat, ohne Schaden anzurichten.

Ich spürte, wie das Nasenbein des Mannes brach und gleichzeitig etwas in meiner Hand entzweiging. Der Schmerz war entsetzlich.

Der Mann, den ich geschlagen hatte, besaß hellbraune Haut, eisblaue Augen und dunkles, gelocktes Haar. Er ließ sich seit Kurzem einen Bart im joratischen Stil stehen, der noch nicht lang genug war für Zöpfe oder Schmuck. Und er hatte nicht damit gerechnet, dass ich ihm eine verpassen würde.

Mein Treffer hatte ihn auf den Schoß des Mannes neben ihm geschleudert, der, wie ich noch herausfinden würde, eigentlich derjenige war, der gesprochen hatte – ein übermäßig eitles und egozentrisches Geschöpf mit einem schönen Gesicht, dessen leuchtend blaue Augen noch strahlender wirkten als sein kunstvoll besticktes blaues Seidengewand.

Obwohl wir uns in einem Raum voller Krieger und Zauberer mit schlachterprobten Reflexen befanden, schien niemand genau zu wissen, wie er reagieren sollte. Alle stellten ihre Unterhaltungen ein. Sogar die Musiker hörten auf zu spielen.

Mit Tränen in den Augen barg ich meine gebrochene Hand an der Brust.

Neben mir tauchte etwas Silbernes auf. Es war Senera. Sie packte mich am Arm und versuchte, mich hinter sich zu schieben.

Der junge Mann, den ich niedergeschlagen hatte, stand wieder auf und fasste sich mit offenem Mund an die blutige Nase. »Wie kannst du es wagen …?« Ich glaube, er hätte noch mehr gesagt, aber er merkte wohl, wie lächerlich seine Stimme wegen der gebrochenen Nase klang.

Dann griff er nach seinem Schwert.

»Was ist da los, Exidhar?«

Während alle anderen – selbst die Mitglieder des Hochadels – sich erhoben, riss der junge Mann erschrocken die Augen auf. Es war der Blick eines schuldbewussten Jungen, der gleich vor all seinen Freunden von einem Elternteil ausgeschimpft werden würde. Die plötzliche Faszination, mit der diese Freunde das Bergpanorama betrachteten, und der Eifer, mit dem sie alle aufgesprungen waren, konnten nur bedeuten, dass es sich bei besagtem »Elternteil« nicht um irgendeinen beliebigen Gast handelte.

Und das hieß, dass ich in Schwierigkeiten steckte.

Ich blinzelte die Tränen weg und ignorierte den Schmerz, so gut es ging. Gleich darauf erhaschte ich meinen ersten Blick auf Azhen Kaen, den Herzog von Yor.

Bis zum heutigen Tag ist er für mich das beste Beispiel dafür, wie ein idealtypischer Yorer aussehen sollte. Er war groß und hatte breite Schultern. Seine Haut war so weiß, dass Senera dagegen dunkel wirkte. Diamanten glitzerten wie Eiskristalle in seinen grauen Bartzöpfen. Sie hatten die gleiche Farbe wie seine Augen. Er war ein alter Mann, aber immer noch gut aussehend, immer noch kräftig.

Außerdem hatte er einen Laevos.

Der Anblick irritierte mich zutiefst. Der Laevos war entweder mithilfe von Magie oder Klebstoff in einer aufrechten Position fixiert worden. Ich rief mir in Erinnerung, dass Quur Jorat mit Unterstützung von Soldaten aus Khorvesch erobert hatte, und Yor wiederum mit der Hilfe joratischer Soldaten.

Der erste Statthalter, später der erste Herzog, von Yor musste ein Jorater gewesen sein. Eine historische Fußnote aus einer Zeit, die noch keine hundert Jahre her war. Dieser Mann war Herzog Kaens Großvater oder höchstens sein Urgroßvater gewesen.

Exidhar Kaen sah aus, als wollte er sich am liebsten unter dem Tisch verkriechen. »Ich habe, äh ... Ich meine, ich ...« Er deutete mit der freien Hand auf mich; mit der anderen hielt er sich die blutige Nase. »Sie hat mich geschlagen!«

Tatsächlich klang es eher wie: »Schie had misch geschlagm!«

Herzog Kaen schaute zuerst ihn und dann mit einer nach oben gezogenen Augenbraue mich an. Schließlich drehte er sich zu Relos Var um. »Gehe ich recht in der Annahme, dass mein Sohn gerade Eurer neuesten Ehefrau an den Hintern gefasst hat?«

Der in Blau gekleidete Adlige hinter Exidhar räusperte sich und begann, sich eingehend mit seinem Wein zu beschäftigen. Ich biss die Zähne zusammen und fragte mich, ob ich womöglich den falschen Mann erwischt hatte.*

Zwar hatte ich gute Lust, sie alle zu verprügeln, aber das würde mir langfristig nicht weiterhelfen.

Relos Var wirkte unbekümmert. »Ich glaube, sie hat ihre Ehre bereits wiederhergestellt.«

»Zwei Minuten«, flüsterte Senera. »Wir sind noch keine zwei Minuten hier.«

Die Adligen, die an Exidhars Tisch saßen, fingen an zu lachen. Offensichtlich fanden sie den ganzen Vorfall sehr unterhaltsam. Exidhar errötete. Anscheinend war er weniger amüsiert.

Relos Var quittierte das Gelächter mit einem Grinsen. »Entschuldigt bitte die Aufregung, Euer Gnaden. Darf ich Euch Janel Danorak vorstellen, meine neueste Ehefrau?«

Ich schaffte es, nicht die Augen zu verdrehen, was mir dank meiner Schmerzen nicht schwerfiel, und korrigierte Relos Var nicht einmal wegen des falschen Nachnamens.

Herzog Kaen lächelte mich an. »Ich bin natürlich entzückt.« Während er mich ansah, glitt ein besorgter Ausdruck über sein Gesicht. »Geht es Euch gut?«

---

* Natürlich war es Darzin. Ich bin froh, dass auch er tot ist.

Vermutlich hatte er die Tränen bemerkt. »Mit mir ist alles in Ordnung«, erwiderte ich.

»Wirklich?« Er streckte den Arm aus. Als er nach meiner Hand griff, biss ich die Zähne zusammen und konnte nur mit Mühe einen Schrei unterdrücken.

»Anscheinend habt Ihr Euch die Hand gebrochen«, sagte der Herzog.

»Ach, tatsächlich? Das habe ich gar nicht bemerkt.«

Er sah mich ungläubig an. Dann fing auch er an zu lachen und drehte sich zu Relos Var um. »Ich bin wirklich hingerissen. Sagt mir bitte, dass Ihr sie hierlasst.«

»Natürlich nur mit Eurer Erlaubnis.« Relos Var rieb sich mit einem Fingerknöchel über die Nase. »Ich sollte Euch allerdings warnen, dass sie sich selten gut benimmt.«

»Das tun die Guten nie.«

Ich schloss die Augen und konzentrierte mich auf meine Schmerzen, damit ich nichts Unüberlegtes sagte. Dass man mich so behandeln würde, als wäre ich überhaupt nicht da, hatte ich nicht vorausgesehen. Wie eine Person, über die man lieber spricht, als sich mit ihr zu unterhalten, und die höflich zu schweigen hat, während die Erwachsenen ernste Gespräche führten.*

Ich verstand gut, weshalb Relos Var darauf bestanden hatte, mir meine Kraft zu nehmen. Ansonsten hätte ich nämlich jedem in der Halle das Herz herausgerissen.

»Bitte, lasst uns essen.« Herzog Kaen lachte immer noch. »Ich weiß ja nicht, wie es Euch geht, aber ich könnte ein ganzes Pferd verschlingen.« Er warf mir einen kurzen Seitenblick zu, um sicherzugehen, dass ich den Scherz mitbekommen hatte.

Als ich einen leeren Stuhl unter dem Tisch herauszog, spürte ich Seneras Hand auf meiner Schulter. »Nicht diesen.«

---

* Ja, Janel, willkommen in der lustigen Welt der Frauen, wo es immer so zugeht und wir alle innerlich kochen.

»Bitte«, sagte der Mann mit den blauen Augen. »Setzt Euch zu mir. Es wäre mir eine Freude, Euch während des Abendessens anzusehen.«

Ich erkannte seine Stimme sofort wieder. Er war derjenige gewesen, der gesagt hatte, er wolle mich »zum Abendessen« – nicht Herzog Kaens Sohn.

»Darzin ...«, warnte Senera.

»Ja, ›Lady Var‹? Ich möchte nur die Verletzung der jungen Dame heilen. Ist das ein Problem?« Er blinzelte Senera an, als wollte er sie zu einem Widerspruch herausfordern.

Ich musterte seine blaue Kleidung. Wegen der Gebühren, die Bruder Qaun für seine Magielizenz entrichten musste, wusste ich, dass dies die Farbe das Haus D'Mon war, jener hochadligen Familie, die nicht nur die Blauen Häuser, sondern auch die Heilergilde kontrollierte.

»Euer Haus ist wahrlich berühmt für seine Heilkünste«, sagte ich und lächelte so freundlich, wie meine Schmerzen es mir erlaubten. »Daher bitte ich Euch: Gewährt Euren medizinischen Beistand nicht mir, sondern dem Sohn des Herzogs. Immerhin hat er den Schlag abbekommen, der eigentlich Euch gegolten hat.«

Darzin lachte und bestätigte damit meinen Verdacht, wer mich in Wahrheit begrapscht hatte.

Senera zog mich am Ellbogen weiter, dann nahmen wir gegenüber von Darzin und Oreth zwischen Relos Var und den beiden schwarz gekleideten Hochadligen Platz. Herzog Kaen setzte sich neben Var; der Platz an seiner Seite, den ich mir zuerst ausgesucht hatte, blieb frei. Herzog Kaens Sohn, Exidhar, verließ den Tisch und ging zu der alten Frau an der Feuerstelle. Sie heilte seine Nase, nicht Darzin. Währenddessen warf sie mir unentwegt giftige Blicke zu.

Ich fragte mich, ob sie Exidhars Großmutter war, doch sie war in Lumpen gekleidet, und ich konnte mir kaum vorstellen, dass die Mutter eines Herzogs so eine Aufmachung trug. In einem mit Fell ausgelegten Korb neben ihr zuckte ein kleines, leise vor sich hin jaulendes Bündel. Wie sich herausstellte, war es kein Schneehyänen-Welpe, sondern ein weißes Bärenjunges.

»Lasst mich Eure Hand sehen«, flüsterte Senera, während die Diener den ersten Gang servierten.

Ich reichte sie ihr und versuchte, so zu tun, als bemerkte ich nicht, wie alle mich anstarrten. Die Diener trugen die Speisen eine nach der anderen auf, anstatt sie alle gleichzeitig auf den Tisch zu stellen und die Gäste selbst unter allem auswählen zu lassen. Außerdem sah ich keine Würzmittel: weder Pfeffersauce noch Essiggurken oder getrocknete Gewürze.

Als ein Diener eine Schüssel voll Blut vor mir abstellte, war ich dankbar, dass Senera mich vorhin dazu gedrängt hatte, etwas zu essen.

»Ich weiß, es fällt schwer«, flüsterte Senera, während sie meine Hand untersuchte, »aber versucht zu lächeln und es zu genießen.«

Ich begegnete ihrem Blick. »Lieber würde ich mir hundertmal mit meinen gebrochenen Handknochen in die Brust stechen.« Ich beugte mich zu ihr hinüber. »Tut nicht so, als würde es Euch nicht genauso gehen.«*

Ein warmes Leuchten durchströmte meine Hand. »Bei Euch ist immer alles so schwierig«, murmelte Senera. Als sie meine Hand zurück auf den Tisch legte, merkte ich, wie müde und verschwitzt sie aussah.

Sir Oreth ließ die Suppe von seinem Löffel tropfen. »Was ... ist das hier?«

»Narwal-Blut«, sagte Darzin. »Probiert es mal. Man muss sich erst daran gewöhnen, aber dann schmeckt es gut.«** Er wackelte mit den Augenbrauen. »Würzig. In Yor ist das eine ganz besondere Speise, die allein dem Adel vorbehalten ist. Dabei fällt mir unsere neue Freundin hier ein.«

---

*   Ja, ja, sie hatte recht. Ihr kennt meine Einstellung dazu.
** Es schmeckt tatsächlich gut, was unglaublich ärgerlich ist.

Ich konnte nicht anders, als die Augen zu verdrehen.

Sir Oreth lachte und ließ den Löffel in die Suppe fallen. Blut spritzte auf das weiße Tischtuch. »Oh, lasst Euch nicht von ihrem Auftreten täuschen. Janel ist nicht von adligem Geblüt.«

Diesmal war Senera schneller. Ihre Hand schloss sich um meinen Arm, bevor ich aufstehen konnte.

Doch Exidhar Kaen, der gerade mit frisch geheilter Nase zurückkehrte, hatte nicht die Absicht, die Sache auf sich beruhen zu lassen. Und wenn man bedachte, was ihm gerade passiert war, hatte er allen Grund, sich an diesem Klatsch zu erfreuen. »Ach, nein? Ich dachte, sie wäre eine Kolas. Entschuldigung, ich meine natürlich eine Gräfin. In Jorat heißt es doch *Gräfin*, richtig? Wie kann das sein, wenn sie keine Adlige ist?«

»Sir Oreth, Eure jüngsten Erlebnisse haben wohl Euren Verstand verwirrt«, fuhr ich ihn an. »Ihr kennt meinen Stammbaum.«

Er grinste mich böse an. »Ja, das tue ich. Besser als Ihr, wie es scheint. Ich habe sogar einen Beweis. Ich wollte ihn Herzog Xun beim Turnier zeigen, aber …« Achselzuckend zog er ein Blatt Papier aus seiner Jacke. Es sah alt und knittrig aus, so als wäre es bereits viele Male auseinandergefaltet und gelesen worden. »Na egal. Wenn niemand etwas dagegen hat …«

»Ich habe etwas dagegen«, sagte ich. »Ganz entschieden sogar.«

»Eure Meinung zählt nicht.«

Relos Var beugte sich zu ihm hinüber. »Dies ist weder der richtige Ort noch der richtige Zeitpunkt.«

Aber Exidhar winkte ab. »O nein, Relos. Ich möchte das gern hören.«

Immer noch grinsend faltete Sir Oreth das Blatt auseinander und begann vorzulesen: »*An meinen Markreev, Aroth Malkoessian, von Eurem treuen Hirten, Jarin Theranon.*«

Ich schniefte. Jarin Theranon war mein Großvater gewesen.

»*Lieber Aroth, ich hoffe auf Eure Hilfe, denn ich bin verzweifelt. Seit dem Tod meines Sohnes muss ich der unangenehmen Tatsache ins Auge blicken, dass mein Geschlecht ausgestorben ist. Daher muss ich Euch ein Geständnis machen, das ich eigentlich mit ins Grab nehmen wollte: Meine Enkeltochter, Janel, ist nicht von meinem Blut.«*

Ich schüttelte den Kopf. »Das ist eine Lüge. Das habt Ihr Euch nur ausgedacht ...«

Er drehte das Blatt um, sodass ich die beschriebene Seite sehen und zu meinem Entsetzen erkennen konnte, dass die Handschrift wie die von Jarin aussah. »Habe ich nicht. Dies hier fand ich vor ein paar Jahren in den Unterlagen meines Vaters. Es ist eine faszinierende Lektüre.«

»Oh, ich liebe Familienskandale«, kommentierte Darzin und lehnte sich in seinem Stuhl zurück. »Sprecht bitte weiter. Ich will alle Einzelheiten hören. Wisst Ihr was, das geht noch besser ...« Er nahm Sir Oreth das Blatt aus der Hand.

»He!«

»Da ich die erwähnten Namen nicht kenne, könnte man mir kaum unterstellen, dass ich mir das alles nur ausgedacht habe, oder?«

»Darzin, du Mistkerl«, flüsterte Senera.

Darzin grinste nur. »*Ich hatte es immer vermutet. Ich habe meine Schwiegertochter geliebt, aber ich bin kein Narr. Nachdem Frena so lange erfolglos versucht hatte, ein Kind zu bekommen, wie hätte ich da ignorieren können, dass der Säugling, mit dem sie von ihrer Rundreise durch den Landkreis zurückkehrte, niemals unter ihrem Herzen gewesen war? Sie produzierte keine Milch für Janel, und sie hatte ihre mädchenhafte Figur nicht verloren. Ich wusste, dass mein Sohn Schwierigkeiten gehabt hatte, Frena ein Kind zu schenken. Und ich wusste auch, wie sehr sie sich nach einem sehnte. Daher stellte ich diese wundersame Geburt nicht infrage. Sie liebten dieses Mädchen, und ich tat es auch.«*

Mir war schwindlig, und ich fühlte mich schwach. Die Gespräche am Tisch waren verklungen, alle lauschten gespannt auf das, was Darzin vorlas. »Bitte hört auf.«

Aber Darzin machte weiter. »*Doch es lässt sich nicht verleugnen, dass das Kind keine Joratin ist. Ich musste zum Haus D'Mon gehen ...*« Darzin hielt inne. »Oh, he, das bin ja ich. Wie auch immer ... *zum Haus D'Mon gehen und einen maßlos übertriebenen Preis bezahlen – es stimmt, wir sind teuer –, damit das Kind die nötige gescheckte Haut bekam. Diese Ausgabe brachte uns, gerade als der Höllenmarsch begann, in finanzielle Schwierigkeiten, und seit er vorbei ist, haben wir kaum die nötigen Mittel für den Wiederaufbau. Daher überlasse ich mich Eurer Gnade und biete eine mögliche Lösung an. Janel ist zwar von gewöhnlichem Blut, aber schön anzuschauen. Sie wäre eine wunderbare Gemahlin für Euren jüngsten Sohn. Damit würde Tolamer auch weiterhin von einem Adligen regiert, ganz wie es sich gehört. Unterzeichnet mit der größten Hochachtung, Jarin Theranon.*«

»Nein«, sagte ich. Ich fühlte Panik in mir aufsteigen. Ja, ich wusste, dass mein Großvater die Ehe mit Sir Oreth arrangiert hatte. Doch er hat nicht protestiert, als ich ihm verkündete, dass ich nie wieder etwas von dieser Idee hören wollte. Mein Großvater hat mich immer wie seine Enkelin behandelt. Nie hat er mir das Gefühl gegeben, ich wäre weniger als das.

Das konnte nicht stimmen.

»Ihr hättet Euer Schicksal einfach akzeptieren und mich heiraten sollen«, warf Sir Oreth ein. »Stattdessen sind wir nun hier.« Er machte eine Geste, die seine gesamte Umgebung einschloss. »Womit ich niemandem zu nahe treten will.«

»Oh, dein Blick ist Gold wert, kleines Mädchen«, sagte Darzin zu mir. »Gerade eben ist deine ganze Welt zusammengebrochen, und das direkt vor meinen Augen.« Er sah zu Relos Var hinüber. »Nennt mir einen Preis für sie. Ernsthaft, wie viel wollt Ihr?«

»Ich will, dass *Ihr* klüger seid«, fuhr Relos Var ihn an. »Aber ich glaube nicht, dass Ihr genug Verstand zusammenkratzen könnt, um diesen Preis zu bezahlen.«

Der schwarz gekleidete Glatzkopf neben ihm fing an zu lachen.[*]

Um mitzubekommen, ob Relos Var mich verschachern wollte,

---

[*] Ich mag zwar keine Hochadligen, aber wenigstens werden Thurvishar und ich uns immer in unserer Verachtung für Darzin D'Mon einig sein.

hörte ich ihrem Geplänkel mit halbem Ohr zu, doch eigentlich galt meine Aufmerksamkeit Oreth. Anfangs hatte er über meine Demütigung gegrinst und gelacht, aber je länger Darzin aus dem verdammten Brief vorgelesen hatte, desto mehr hatte sich Oreths Spott in Wut verwandelt. Eine Wut, die ich nach all den Jahren endlich verstand.

Sein Verhalten war mir immer ein Rätsel gewesen. Wir hatten von klein auf von unserer Verlobung gewusst und waren mit der zärtlichen Neugier von zwei spielenden Fohlen umeinander herumgetänzelt. Doch je mehr Geschichten über Janel Danorak im Umlauf waren, desto klarer wurde, dass ich mich zu einem Hengst entwickeln würde. Und damit änderte sich Oreths Benehmen mir gegenüber. Er hatte mir nie Thudajé gezeigt. Er musste die ganze Zeit über meine Herkunft Bescheid gewusst und einen Beweis darin gesehen haben, dass er mir überlegen war. Mein gewöhnliches Blut bedeutete aus seiner Sicht, dass ich dazu bestimmt war, die Stute für den Hengst in ihm zu sein, und nicht umgekehrt.

All die Jahre hatte ich mich geweigert, mich standesgemäß zu verhalten.

»Ha, das ist mal eine Überraschung«, sagte Darzin. »Dabei hatte ich geglaubt, Ihr wolltet nur mal wieder ein junges, unschuldiges Ding, das Ihr verderben könnt. Aber ich vermute, Ihr empfindet wirklich etwas für sie. Andererseits heiratet Ihr einfach gerne Abschaum, richtig, Var?«

Ich spürte, wie Senera neben mir erstarrte.

»Es reicht«, warnte Herzog Kaen.

Relos Var hob eine Augenbraue. »Ja, ja. Janels wirkliche Mutter war eine Tänzerin und ihr Vater ein khorveschischer Soldat.« Er sah Darzin in die Augen. »Wollt Ihr etwa andeuten, ein khorveschischer Elternteil wäre etwas, wofür man sich schämen müsste? Stammte nicht auch *Eure* Mutter aus Khorvesch?«*

---

* War seine Mutter nicht General Milligreests Schwägerin?

Ich merkte, dass sich die Blicke, die nicht Darzin oder Relos Var galten, alle auf Herzog Kaens eindeutig gemischtrassigen Sohn richteten. Exidhars braune Haut und die schwarzen Haare ließen deutlich erkennen, dass seine Mutter nicht aus Yor stammte.

Exidhar Kaen rutschte auf seinem Stuhl herum und errötete. Als er merkte, dass ich ihn ansah, setzte er so etwas wie eine arrogante und bösartige Miene auf.

Ich hatte ihn mir nicht zum Freund gemacht.

Darzin schien seinen Schnitzer zu bemerken. »Das habe ich damit natürlich *nicht* sagen wollen. Die khorveschischen Stammbäume sind die ehrwürdigsten im ganzen Reich. Wie auch immer, Oreth irrt sich: Eure neue Braut ist keine Gemeine, nicht mit diesen von den Göttern berührten rubinroten Augen. Ihre Mutter war ganz offensichtlich eine Ogenra des Hauses D'Talus.«

Relos Var griff nach seinem Getränk. »Offensichtlich.«

Senera entspannte sich wieder. Die anderen Gäste begannen neue Unterhaltungen über Politik und die jüngsten Gerüchte. Was man tun könne, um die Kontrolle durch das Reich zu untergraben. Ich hätte besser aufpassen sollen, aber ich konnte mich nicht konzentrieren. Mir war schlecht. Es musste eine Lüge sein. Da ich in Xaltoraths zärtlicher Obhut aufgewachsen war, kannte ich die Art Lügen, die einen wie Dolche bluten ließen. Ich wusste aber auch, dass die Wahrheit ebenso einschneidend sein konnte. Und sie war eine Klinge, die sich sehr viel leichter schärfen ließ.

»Zeigt Ihnen nicht, dass es Euch beunruhigt«, flüsterte jemand.

Ich drehte mich um. Einer der schwarz gekleideten Hochadligen hatte gesprochen. Der Glatzkopf. »Sie ergötzen sich an den Schmerzen, die sie verursachen. Davon ernähren sie sich. Verschafft ihnen nicht diese Befriedigung.«*

---

* Obwohl ich dabeisaß, habe ich gar nicht mitbekommen, wie sich Thurvishars Lippen bewegten. Ich nehme an, er hat Magie verwendet.

»Sie? Seid Ihr nicht einer von ihnen?«

Seine Mundwinkel zuckten. »Ich bin ganz anders als die.« Er sah mich nicht an. Das Stimmengewirr um uns herum war ohrenbetäubend. Dennoch hörte ich aus irgendeinem Grund sein Flüstern. »Mein Name ist Thurvishar. Ich werde versuchen zu helfen, wenn ich es vermag, aber verlasst Euch nicht darauf. Mir sind in vielerlei Hinsicht die Hände gebunden.«

»Was ist das Haus D'Lorus …?«

»Bücher. Wir leiten die Akademie.«

»Danke.« Mehr sagte ich nicht. Es war deutlich zu hören gewesen, dass er nicht irgendeine Akademie meinte, sondern die Zauberschule in Kirpis.

Ich warf ihm einen Seitenblick zu. Sein Alter war schwer zu bestimmen. Er hatte die Sorte gemeißelte Gesichtszüge, die alt aussahen, wenn man jung war, und jung, sobald man alt wurde. Als er in Relos Vars Richtung schaute, bemerkte ich, dass seine Augen so schwarz waren wie seine Kleidung. Schwarz war die Farbe der Mysterien und außerhalb von Jorat auch die der Magie.

Doch unabhängig davon, welche Farbe sein Haus hatte, wollte er wahrscheinlich nur wie die anderen den jüngsten Neuzugang bei Hof demütigen. Thurvishar D'Lorus stellte sich dabei lediglich klüger an als Darzin D'Mon.

Als Senera und ich gingen, blieben die Männer noch, um weiter miteinander zu trinken und haarsträubende Geschichten auszutauschen. Ich merkte nicht, dass die unangenehme alte Frau ihren Platz beim Feuer verlassen hatte. Doch selbst wenn es mir aufgefallen wäre, hätte ich mir nichts dabei gedacht.

»Es ist ein bisschen so, als würde man mit einem Rudel Wölfe essen, nicht wahr?«, fragte Senera, als wir zu meinem Zimmer zurückkehrten. »Sie rangeln ständig miteinander und versuchen, sich gegenseitig am Weiterkommen zu hindern. Jeder will Kaens Günstling sein, damit er ein eigenes Herrschaftsgebiet von ihm bekommt, wenn er das Reich zu Fall gebracht hat. Diese Schwachköpfe.«

Ich antwortete nicht, und wir gingen einfach weiter.

Senera blieb auf dem Flur stehen und drehte sich zu mir um. »Ich kenne mich gut genug mit der joratischen Kultur aus, um zu wissen, dass ›adliges Geblüt‹ keine zwingende Voraussetzung für einen Herrschaftsanspruch ist. Sagt Euer Volk nicht immer, dass sich das Blut in seinen Taten beweist? Selbst wenn Ihr adoptiert seid, ändert das überhaupt nichts.«

Ich rieb mir über die Unterlippe und versuchte, mich zu beruhigen. Ein Wutanfall würde mir nichts bringen – auch wenn er sich im ersten Moment gut anfühlen mochte. »Ihr versteht das nicht.«

»Ich glaube schon.«

»Wenn Oreth recht hat – wenn Relos Var recht hat –, bin ich keine Joratin. Und *das* ändert sehr wohl etwas.« Ich schwieg einen Moment. »Woher wusste Relos Var, wer meine Eltern waren? Mein Großvater wusste es nicht.«

Senera zog kurz den Tintenstein heraus, den sie um den Hals trug, und steckte ihn dann wieder unter den Kragen ihres Kleides zurück. »Es liegt an dem Stein. Wenn Ihr eine Frage stellt und ihn benutzt, lässt er Euch die Antwort niederschreiben.«

Ich starrte sie an. Was für ein nützliches Werkzeug. So nützlich, dass ich mir wie ein nackter Säugling vorkam, der Löwen abzuwehren versuchte.

Kannten sie meine Absichten bereits? Hatten sie die ganze Zeit gewusst, dass ich nur hier war, um den magischen Speer zu stehlen und damit ihren Drachen zu töten? Dass ich ihre Eroberungspläne zunichtemachen wollte?

Senera grinste. »Er ist nicht narrensicher. Wenn Ihr eine schlechte Frage stellt, bekommt Ihr eine schlechte Antwort. Ihr solltet auch keine Meinung von ihm erwarten. Außerdem kann er Euch nichts über Ereignisse sagen, die noch nicht stattgefunden haben. Und mein persönlicher Favorit: Wenn Ihr einmal anfangt zu schreiben, lässt Euch der Stein nicht mehr aufhören, bis Ihr die Frage komplett beantwortet habt. Daher ist es wichtig, unmissverständliche Fragen zu stellen. Mit der letzten Person, die den Stein für Relos Var benutzte, hat es kein gutes Ende genommen. Seine Frage war so vage gewesen, dass er vor Erschöpfung starb, während er die Antwort aufschrieb.«

»Dann seid Ihr also diejenige, die sich nach meinen Eltern erkundigt hat.«

Senera nickte. »Ja.«

»Wer sind sie? Leben sie noch? Ich will ihre Namen wissen.«

Sie lachte leise, während wir uns der Tür näherten, die sie vorhin abgesperrt hatte. »Vielleicht verrate ich sie Euch ja, wenn Ihr Euch gut benehmt. Im Moment bewahre ich sie lieber als mein kleines …« Sie runzelte die Stirn.

»Was ist los?« Ich drehte mich um und sah, dass die Tür offen stand.

Ich stürmte in den Raum. Bruder Qaun war verschwunden.

36

EINE UNZUREICHENDE ENTSCHULDIGUNG

Jorat, Quurisches Reich.
Drei Tage nachdem Tishar D'Mon einen schönen blauen
Tsali-Stein geschaffen hatte

»Dann hast du meinen Bruder Darzin also getroffen«, sagte Kihrin zu Janel. »Und unglaublicherweise hat er sich nicht danebenbenommen.«

»Wenn das seine Definition von ›nicht danebenbenehmen‹ ist, kann ich anbieten, das Problem mit einem meiner Pfeile zu lösen«, merkte Ninavis an.

»Das ist großzügig von dir«, entgegnete Kihrin, »aber ich habe Darzin vor drei Tagen getötet.«

Janel lächelte. »Ich wusste doch, dass ich dich mag.«

»Hast du je herausfinden können, wer deine wirklichen Eltern …?«, setzte Kihrin an.

»Ja«, unterbrach Janel. »Letzten Endes schon. Und Dorna hatte es die ganze Zeit gewusst.« Sie warf der alten Frau einen Blick zu.

»Ach, Fohlen, so war es nicht.«

Janel hob eine Hand, um Dorna an weiterem Widerspruch zu hindern.

»Aber Ihr wisst es inzwischen?«, hakte Qaun noch einmal bei Janel nach. »Andernfalls möchte ich den nächsten Teil nämlich nicht lesen.«

»Keine Sorge. Es wird mich nicht schockieren.« Janels Blick kehrte zu Kihrin zurück. Sie betrachtete ihn forschend. »Du weißt ebenfalls, wer sie sind, richtig?«

Kihrin zögerte einen Moment, bevor er antwortete. »Ich habe einen starken Verdacht. Ich glaube, ich bin deiner Mutter begegnet.« Seine Finger krallten sich in die Theke. »Und dein Vater mag mich nicht. Seit …« Er machte eine unbestimmte Geste in Richtung Urthaenriel.

Janels Lächeln wurde verkniffen. »Ich kann dir gar nicht sagen, wie wenig ich auf die Meinung meines Vaters gebe.«

»Er ist ein guter Mann«, entgegnete Kihrin.

»Er unterstützt die Herrschaft der Gierigen, Gewalttätigen und Dekadenten. Wie gut kann er da schon sein?«*

Ninavis beugte sich vor. »Über wen sprechen wir gerade?«

»Das wollte ich auch soeben fragen«, warf Dorna ein. »Ich weiß nicht, wer Euer Vater ist, Fohlen. Es war mir immer egal.«

Janel verzog das Gesicht. »Dazu kommen wir noch.« Sie deutete auf Qaun. »Fühlst du dich bereit, um weiterzumachen?«

Qaun nickte. »Ja, ich glaube schon.«

Qauns Schilderung. Im Eispalast, Yor, Quur.

Bruder Qaun erwachte in der Bibliothek. Noch bevor er die Augen aufmachte, wusste er, wo er sich befand, da er Leder, den durchdringenden Vanilleduft alten Papiers und seinen liebsten Zimttee roch. Er erwachte mit einem Lächeln, doch dann fiel ihm wieder ein, weshalb der Tee so vertraut roch.

---

* Ist es möglich, dass wir tatsächlich einen Einfluss auf sie haben?

Qaun setzte sich auf dem niedrigen Diwan auf, auf dem er geschlafen hatte. Er trug neue Kleidung und fühlte sich sauber. Seine Bartstoppeln waren verschwunden. Neben dem Sofa stand seine Büchertasche, das Sonnensymbol hing an seinem Hals. Er fühlte sich zwar vollkommen gesund, doch nicht weit entfernt lauerte der sprichwörtliche Abgrund der Verzweiflung – er klaffte so breit, dass Qaun beinahe glaubte, sich nur umdrehen zu müssen, um die gähnende schwarze Kluft mit bloßem Auge sehen zu können.

Die Verkörperung seiner Verzweiflung war ebenfalls da: Relos Var saß an einem Tisch ganz in der Nähe und schrieb mit einem Federkiel kirpischer Machart. Neben ihm standen eine große, blau glasierte Teekanne aus Kazivar und zwei dazu passende Tassen. Vater Zajhera hatte dieselbe Teekanne benutzt.

Bruder Qaun wusste, dass er etwas tun oder sagen sollte, doch er starrte Var nur wie betäubt an.

»Trink einen Tee«, sagte Relos Var. »Es ist deine Lieblingssorte.«

Qaun zögerte eine Sekunde, doch er fühlte keinen Schmerz und nichts ließ darauf schließen, dass er jämmerlich zusammengekrümmt sterben müsste, falls er nicht gehorchte. Aber hieß das, dass Relos Var sein Gaesch nicht hatte, oder wollte er es bloß nicht benutzen?

Tee klang verführerisch.

Var schenkte zwei Tassen ein und stellte eine vor den leeren Stuhl auf der anderen Seite des Tisches. »Mir ist klar, dass es mit einer Entschuldigung nicht getan ist. Hätte ich mit diesem Chaos gerechnet, wäre ich nie auf die Idee gekommen, dich zu Janels Unterstützung loszuschicken. Du bist einer meiner Lieblingsschüler. Neugierig, intelligent und voller Mitgefühl. Du hättest etwas Besseres als das hier verdient.«

Bruder Qaun kämpfte gegen Übelkeit an und nahm seine Teetasse. Mit einer Entschuldigung war es in der Tat nicht getan. Relos Var hatte ein Stück aus seiner Seele gerissen. Qaun wusste nicht einmal, wer es im Moment hatte. »Mit einer Entschuldigung ist es nicht getan« wurde seinen Gefühlen nicht *ganz* gerecht.

»Ihr habt mich angelogen«, sagte Qaun schließlich, nachdem er in Gedanken unzählige Beleidigungen und kindische Vorwürfe gegeneinander abgewogen hatte.

»Nein.«

Qaun klappte der Mund auf. »Nein …? Habt Ihr gerade Nein gesagt?«

»Qaun, ich lebe schon sehr lange«, begann Relos Var. »Habe ich gelogen, als ich mich dir in einer Identität zeigte, die ich bereits vor deiner Geburt angenommen hatte? Zajhera ist keine kurzfristige Tarnung, wie ein Mimiker sie vor einem Attentat anlegt und anschließend wieder entsorgt. Er ist ein guter Mann, der anderen Leuten dabei helfen will, etwas Besseres aus sich zu machen. Zajhera ist nicht weniger authentisch als Relos Var, wenn auch nicht ganz so streitlustig. Keiner der beiden entspricht meinem wahren Selbst, und dennoch sind sie reale Existenzen.«

Bruder Qaun sah den Zauberer mit zusammengekniffenen Augen an. Während seiner Zeit beim Weg der Vishai hatte er Leute kennengelernt, die im Innersten so aufgewühlt gewesen waren, dass sie Teile ihres Verstandes wie Kristallsplitter von sich abspalten mussten, um sich vor ihren Traumata zu schützen. Er glaubte jedoch nicht, dass das auch auf Relos Var zutraf.

Zumindest hoffte er, dass dem nicht so war.

Nach einer Weile wandte er schnaubend den Blick ab. »Das ist doch nur eine Ausrede. Ihr habt mich angelogen. Ihr habt alle angelogen.«

»Lass uns dieses Gespräch in ein paar tausend Jahren weiterführen, wenn du dich hundertmal neu erfunden hast und ebenso oft deine Liebsten hast kommen und gehen sehen wie Herbstlaub in einem Wald.«

Bruder Qaun ging nicht darauf ein. »Also, wer seid Ihr? Wer seid Ihr wirklich? Wenn das« – er machte eine Geste, die Relos Vars

Körper einschloss – »eine Lüge ist, und Vater Zajhera ebenfalls, wie seht Ihr dann aus? Wie lautet Euer echter Name?«

»Rev'arric«, antwortete Relos Var. »Und zu deiner Frage, wie ich aussehe …« Er schnitt eine Grimasse. »Seit einem fehlgeschlagenen Ritual ist mein Zustand nicht mehr gesellschaftsfähig. Den möchte ich dir lieber nicht zeigen. Kaen wäre sehr aufgebracht, wenn ich seinen Palast zerstören würde.«

Bruder Qaun sah zur Seite, verschränkte die Arme vor der Brust und rieb sie, als wäre ihm kalt. »Ihr seid ein Ungeheuer«, flüsterte er.

»Nein«, erwiderte Relos Var. »Ein Ungeheuer ist ein Klischee. Durch und durch böse und unverbesserlich. Wenn ich ein Ungeheuer bin, dann ist jeder, der sich mir entgegenstellt, logischerweise ein Held, richtig?« Er beugte sich vor. »So einfach ist das nicht. Manchmal hat jeder unrecht, und man muss sich entscheiden, wessen Unrecht akzeptabler ist.«

Bruder Qaun sah den wunderbar duftenden Tee vor sich nicht an. Die dampfende Tasse erinnerte ihn an tröstliche Lügen. Vater Zajhera war nie Vater Zajhera gewesen. Ein Ungeheuer.

Seufzend nahm Relos Var seinen Federkiel wieder in die Hand. Er tauchte ihn in die Tinte und schrieb weiter. »Mach doch nicht so ein Drama, Qaun.«

»Ich komme mir so dumm vor, weil ich die Wahrheit nicht erkannt habe.«

»Wie hättest du sie auch erkennen sollen? Und du bist kein Dummkopf, Qaun. Ich bilde keine Dummköpfe aus.«

»Gilt das auch für Baron Tamin in der Provinz Barsine?«

Relos hüstelte. »Ich gebe zu, von Tamin habe ich mir … mehr erwartet.« Er stellte seine Tasse ab und legte den Federkiel weg. »Ich wollte nie dein Vertrauen enttäuschen, Qaun.«

Als er die Worte hörte, hob Qaun den Kopf. »Dann gebt Ihr also zu, dass Ihr es getan habt?«

Var sah traurig aus. »Natürlich. Wie könnte irgendwer, der seine fünf Sinne beisammenhat, die Situation anders deuten? Die Tatsache, dass ich dir nie etwas Böses wollte, ändert nichts daran, dass ich dich gegaescht habe. Ich habe es nicht gerne getan. Ein Gaesch ist eine schlimme Sache, aber ich konnte nicht riskieren, dass du Janel von mir erzählst.«

Die Tatsache, dass Relos Var recht hatte – Bruder Qaun hätte Janel tatsächlich von Vater Zajhera erzählt –, machte es auch nicht besser. »Und jetzt? Was werdet Ihr mit mir tun? Mich einem Dämon opfern? Oder an einen yorischen Adligen verkaufen, der einen Heiler braucht? Vielleicht würde der Herzog Euch ja ein bisschen zusätzliches Geld in die Tasche stecken ...«

Relos Var lächelte. »Ich habe vor, dir alles zu sagen, was du wissen willst. Ich werde dir den ganzen Plan erklären und alle Fragen beantworten.«

Bruder Qaun erstarrte. »Was?«

»Du musst doch Fragen und Sorgen auf dem Herzen haben. Und du ...« Var sah ihn an. »Nun, du bist meine Strafe dafür, dass ich nur kluge Schüler aufnehme. Jemandem, der weniger gewitzt ist, wäre die Verbindung zwischen Relos Vars magischer Signatur und der von Vater Zajhera niemals aufgefallen.« Er schmunzelte. »Senera und Irisia hätten sie ebenfalls bemerkt, aber das unterstreicht nur, was ich gerade über kluge Schüler gesagt habe.«

Bruder Qaun sah ihn an. Er wusste, dass Relos Var ihm schmeichelte, um ihn auf seine Seite zu ziehen. Doch konnte er wirklich darauf verzichten, sich Relos Vars Pläne anzuhören, auch wenn sein Gaesch ihn daran hindern würde, darüber zu sprechen?

Er glaubte nicht, dass er das konnte. Doch welche Frage sollte er stellen, wo er doch so viele hatte?

Allerdings stach eine aus allen anderen heraus. »Wieso tut Ihr das alles? Weshalb wollt Ihr die Herrschaft über Quur an Euch reißen?«

Relos Var lachte nicht. Stattdessen nippte er nickend an seinem Tee und dachte darüber nach. »Im Gegensatz zu Kaen und den

Adelshäusern geht es mir nicht darum, über Quur zu herrschen. Das ist nur ein Mittel zum Zweck.« Er hielt inne. »Ich versuche, die Menschheit zu retten. Das ist schwerer, als du dir vorstellen kannst.«

Qaun starrte ihn an. »Die Menschheit retten? Ihr habt ein ganzes Dorf ausgelöscht. Oder wart das nicht Ihr?«

»Doch, das war ich«, gab Relos Var zu. »Und es waren mehrere Dörfer. Ziemlich viele sogar. Ich töte nicht gerne, aber um unser Volk zu retten, würde ich den Boden mit dem Blut von einer Million Neugeborenen tränken.«

Qaun lehnte sich auf seinem Stuhl zurück und sah Relos Var mit großen Augen an. Wieder kam ihm die Bezeichnung in den Sinn, die dieser nicht für sich gelten lassen wollte: *Ungeheuer*.

»Qaun …« Relos Var schüttelte den Kopf. »Ich erwarte nicht, dass du das gutheißt. Ich wäre entsetzt, wenn du es tätest. Aber ich hoffe, dass du mir nach all den Jahren, die wir uns kennen, glaubst, dass es nötig ist.«

»Aber ich kenne Euch doch gar nicht. Und Ihr könnt das nicht rechtfertigen. Dafür gibt es keine akzeptable Entschuldigung.«

Relos Var nickte. »Ich verstehe. Krieg – oder auch nur der Gedanke an Krieg – widerspricht allem, was den Vishai heilig ist. Ich habe diese Glaubensrichtung so geschaffen, dass sie besser ist als ich. Dass mir das gelungen ist, tröstet mich, auch wenn ich es im Moment frustrierend finde. Ich sage nicht, dass du naiv bist oder es nicht verstehst. Ich hoffe nur, dass ich eines Tages eine Welt errichten kann, in der Leute wie du nicht zu Opfern werden von …« Er lächelte bitter. »Nun ja, von Leuten wie mir.«

Bruder Qaun wollte heulen. Er wollte schreien. »Dies ist kein Krieg.«

»Doch, natürlich. Das ist eines der wenigen Dinge, in denen die Acht und ich uns einig sind: Der Krieg hat nie aufgehört.«

Bruder Qaun holte zitternd Atem und schob die Teetasse beiseite. Er durfte sich nicht von seinen Gefühlen – seinem blendenden Zorn und dem tiefsitzenden Schmerz – überwältigen lassen. Dies war eine Chance. Er musste es als eine Gelegenheit betrachten, mehr herauszufinden, in der Hoffnung, wie gering auch immer sie sein mochte, dieses Wissen eines Tages mit anderen teilen zu können.

»Was ist mit Janel?«

Relos Var hob eine Augenbraue. »Wie bitte?«

»Ihr habt sie geheilt. Ihr habt ihr geholfen. Und Ihr habt mich zu ihr geschickt, damit ich sie unterstütze. Sie muss für Eure Pläne wichtig sein. Wie passt sie in all das hinein?«

Relos Var lächelte. »Würdest du mir glauben, wenn ich dir sagte, dass eine Prophezeiung dahintersteckt?«

»Der Vierzeiler, den Senera in ihrer Hütte aufgesagt hat.«

»Nicht nur der. Ich weiß, dass du mit den Prophezeiungen vertraut bist. Ich habe dir mehrere Bücher darüber geliehen, als du in deiner Jugend durch diese Phase gegangen bist. Ich glaube, dass es in erschreckend vielen dieser Vierzeiler ganz speziell um Janel geht.«

»Das ist doch alles nur leeres Gerede von Dämonen.«

»Dämonen nehmen die Zeit nicht genauso wahr wie wir, mein Sohn. Erschreckenderweise kann es sogar sein, dass sie die Zeit nicht auf die gleiche Weise durchleben wie wir. Sie bedienen sich noch weniger der Universalsprache, als wir es je getan haben, und müssen auch nicht so vielen Regeln gehorchen. Wir dürfen ihre Vorhersagen nicht auf die leichte Schulter nehmen. Ich würde gerne glauben, dass die Dämonen uns mit ihren Prophezeiungen nur auf den Arm nehmen wollten. Doch wahrscheinlich ist es viel schlimmer: Angesichts der letzten Jahrtausende gehe ich davon aus, dass die Vorhersagen tatsächlich stimmen. Und das glaube nicht nur ich. Die Acht Unsterblichen versuchen ebenfalls mit allen Mitteln, die Prophezeiungen zu erfüllen – zu ihrem eigenen Vorteil natürlich. Und sie können die Reinkarnation weit besser für sich nutzen als ich. Janel ist eine von ihren Figuren bei diesem

Spiel – sie haben sie so maßgeschneidert, dass sie zu Tausenden dämonischen Prophezeiungen passt. Das muss ich Tya – die übrigens auch zu meinen viel zu klugen Schülern gehört – lassen: Ich hätte Janel beinahe nicht gefunden. Wenn Xaltorath sie nicht zuerst aufgespürt hätte, wäre es mir nicht gelungen.«

»Tya, die Göttin der Magie? Was hat sie mit Janel zu tun?«

Relos Var hob eine Augenbraue. »Sie ist Janels Mutter. Ihre wirkliche, leibliche Mutter. Und ich kann dir sagen, dass Tya nicht oft Kinder bekommt.«

»Ihre Mutter? Aber das kann nicht ...«

»Doch«, sagte Relos Var. »Es stimmt. Erzähl es Janel, wenn du möchtest. Ich werde dich nicht davon abhalten. Allerdings bist du klug genug, um zu erkennen, dass dieses Wissen ihr ganzes Luftschloss zum Einsturz bringen würde, oder nicht?«

Bruder Qaun atmete ein. Das war ihm klar. Denn selbst wenn Janel nicht aus dem Adelsgeschlecht Theranon stammte und stattdessen wundersamerweise oder aufgrund eines Fluchs die Tochter der Magiegöttin sein sollte, wäre diese Wahrheit alles andere als ein Segen für sie. Wo war Tya während des Höllenmarschs von Lonezh gewesen? Wo war sie, als Xaltorath von Janel Besitz ergriffen hatte? Wo, als Janels Großvater im Sterben gelegen und Oreth sie aus dem Heim ihrer Vorfahren vertrieben hatte? Wo war Tya, eine Göttin, eine der Acht, in all den schlimmen Stunden, Tagen und Monaten, als ihre Tochter sie gebraucht hatte?

Es würde Janel das Herz brechen und sie gegen alles aufbringen, wofür die Acht standen.

Und nichts würde Relos Var mehr gefallen.

Genauso sehr würde es ihm gefallen, wenn Bruder Qaun dieses Geheimnis Janel nicht anvertraute. Denn dann könnte er, wann immer er es für nötig hielt, einen Keil zwischen Janel und Qaun treiben. Dazu müsste er nur enthüllen, dass Qaun die Wahrheit gekannt und sie Janel verschwiegen hatte.

Bruder Qaun hatte immer versucht, sich den Acht gegenüber

respektvoll zu verhalten. Doch wenn Tya in diesem Moment vor ihm erschienen wäre, hätte er sie geohrfeigt. Dass sie ihre eigene Tochter im Dunkeln tappen ließ, hatte Relos Var in die Hände gespielt.

Var verließ den Tisch und kehrte gleich darauf mit einer geschnitzten Holzkiste zurück. »Da wir beide wissen, dass du Janel mit diesen Geheimnissen nicht helfen kannst, habe ich einen Vorschlag für dich, lieber Qaun. Wenn du möchtest, schicke ich dich nach Hause.«

Bruder Qaun blinzelte. »Was?«

»Ich schicke dich heim. Zurück nach Eamithon. In den Tempel des Lichts. Du wirst immer noch gegaescht und außerstande sein, irgendetwas zu verraten. Aber dort bist du sicher und hast es bequem. Du kannst wieder im Tempel und mit deinen Freunden zusammen sein, die Tage mit Meditieren verbringen und die Bittsteller kurieren, die zum Regenbogensee kommen.« Relos Var stellte die Kiste vor Bruder Qaun auf den Tisch. »Stattdessen kannst du mir aber natürlich auch dabei helfen, die Menschheit zu retten. Du hast die Wahl.«

»Was ist in der Kiste?«, fragte Bruder Qaun.

»Ein Geschenk, wenn du dich dazu entschließt, mich zu unterstützen. Öffne sie.«

Bruder Qaun tat es. Im Inneren befand sich ein schwarzes Samtkissen mit einem großen Achat darauf. Das Herz des Steins funkelte und flackerte wie eine Flamme.

37

DIE FRAUEN DES HERZOGS

Jorat, Quurisches Reich.
Drei Tage nachdem Miyas Hass auf Darzin
persönlich geworden war

Kihrin schaute Qaun mit großen Augen an. »Verdammt.«

Qaun nickte. »Ja, ganz recht. Ich, äh … er wirkt so vernünftig. Das ist das Schwierigste an der Sache. Man denkt plötzlich darüber nach, ob man selbst derjenige ist, der sich falsch verhält.«

Ninavis sah zu Dorna. »Bislang war mir gar nicht klar, in was ich mich da reingeritten habe. Meine Sorge ist, wie wir die Adoreli dazu überreden können, den Krieg gegen die Gaduraner zu beenden.« Als sie die verwirrten Blicke der anderen bemerkte, hielt sie inne. »Das sind marakorische Klans, die wir rekrutieren. Na ja, ihr spielt jedenfalls in einer ganz anderen Liga …« Sie beugte sich zu Janel hinüber. »*Tya?* Willst du mich verscheißern?«

Janel schüttelte den Kopf und zuckte die Achseln. »Ich habe sie mir nicht ausgesucht. Zumindest bin ich mir ziemlich sicher, dass ich das nicht getan habe … Ich will mir gar nicht vorstellen, dass ich sie mir ausgesucht haben könnte.*

---

* So gut wie sicher nicht. Das muss eine ziemliche Erleichterung für sie sein.

»Teraeth übertrumpft Janel allerdings noch«, merkte Kihrin an. »Anscheinend ist er nicht nur ein Engel – was eigentlich bloß ironisch gemeint sein kann –, sondern auch noch Thaenas Sohn und Khoreds Enkel.« Er hob eine Hand. »Aber ich weiß gar nicht, ob seine Abstammung wichtig ist. Göttlichkeit scheint nicht vererbbar zu sein.«

»Nein«, stimmte Qaun zu. »Das ist sie nicht.«

Kihrin sah Janel an. »Bist du wieder an der Reihe?«

Sie nickte. »Ja, jetzt bin ich dran.«

Janels Schilderung. Im Eispalast, Yor, Quur.

»Wo kann er hin sein?« Ich stürmte in den Raum und überprüfte das Wasserklosett, den begehbaren Kleiderschrank und alle anderen potenziellen Verstecke.

Bruder Qauns Beutel war weg.

Senera antwortete nicht. Stattdessen nahm sie den Stein vom Hals, rieb mit dem Zeigefinger darüber und zeichnete eine unsichtbare Linie an die Marmorwand. Sie las die schwindende Wärme auf der glänzenden Oberfläche und wirkte sichtlich erleichtert. »Alles in Ordnung. Relos Var hat ihn von Pragaos abholen lassen.«

»Was soll daran in Ordnung sein?«, fuhr ich sie an. Ich wusste, dass sie Bruder Qaun nichts antun durften, wenn sie mich mit seiner Geiselhaft gefügig machen wollten. Aber wenn er während meiner Abwesenheit aufgewacht wäre und Selbstmord begangen hätte, wäre es das Vernünftigste, mich anzulügen.

Überrascht von meinem giftigen Ton sah sie zu mir auf und lächelte. »Ach, meine Liebste, Ihr glaubt tatsächlich, Relos Var wäre hier der Bösewicht, oder? Seid Ihr dann die Heldin?«

»Wenigstens habe ich nicht ganze Dörfer vernichtet.«

»Nein, aber Ihr unterstützt ein Regime, das es tut«, entgegnete Senera. »Glaubt Ihr etwa, ich hätte das lysianische Gas erfunden?«

»Was ist lysianisches …?«

Senera winkte ab. »Der blaue Rauch. Dieses Geschenk kommt direkt von Eurer Zauberakademie in Kirpis. Quur hat es während der Invasion gegen die Yorer eingesetzt. Und zwar gegen, o ja, ganze Dörfer.«

»D-das war ein Krieg«, stammelte ich, um mein Entsetzen zu verbergen. Ich nahm ihr diese Lügengeschichte nicht ab. Es musste eine Lüge sein.

»Seht doch genau hin. *Dies hier* ist ein Krieg. Ihr glaubt wahrscheinlich, Quur hätte sich mit den yorischen Herrschern zusammengesetzt und gesagt: ›Ah, sehr schön. Sobald ihr dazu bereit seid, nehmen wir eure formelle Kapitulation entgegen und sorgen für einen lang andauernden Frieden.‹ Aber so war es nicht. Die Quurer sind auf ihnen herumgetrampelt, bis alles Eis rot war. Als sie sicher waren, dass sie den yorischen Geist ein für alle Mal gebrochen hatten, sind sie hier eingezogen.« Sie lachte. »Ich nehme an, in Jorat hat die Unterwerfung besser funktioniert. Diese Vorstellung von Thudajé. Euer Volk weiß, wie man eine Niederlage hinnimmt.« Ihr beiläufiger Tonfall passte nicht zu der spitzen Bemerkung. Ich fühlte mich getroffen, obwohl ich – falls Relos Var die Wahrheit gesagt hatte – von Khorveschern abstammte, nicht von Joratern.

Aber was bedeutete das eigentlich? Ich wusste nur wenig über die Khorvescher, abgesehen davon, dass sie im Ruf standen, gute Soldaten zu sein, und bei jedem Vorstoß der quurischen Armee an vorderster Front kämpften. Sie lebten in einem Land, das so ziemlich das genaue Gegenteil von Jorat war – trocken, heiß und ausgedörrt. Ich wusste, dass die Armee, die uns – den Joratern – zum Sieg über Khorsal verholfen hatte, aus Khorvesch gekommen war.

So viel zu meinem Stolz darauf, dass ich von Atrin Kandor abstammte.*

---

* Merkwürdigerweise trifft das immer noch auf sie zu.

»Wir wurden nicht von Quur *unterworfen*«, erwiderte ich. »Wir haben uns mit Quur zusammengetan und mit seiner Unterstützung den Tyrannen niedergeworfen, der uns versklavt hatte. Und egal, was die Quurer mit Yor angestellt haben, Ihr könnt von mir nicht erwarten, dass ich die Achseln zucke und sage: ›Ach, dann ist ja alles in Ordnung. Wenn Quur damit angefangen hat, könnt Ihr diese schreckliche Waffe ruhig gegen arglose und unschuldige Leute einsetzen.‹«

»Nein, aber ich sage auch nur, dass Quur die Regeln gemacht hat und wir nun nach ihnen spielen.«

Ich antwortete nicht. Es schien zwecklos. Wir würden einander ja doch nicht überzeugen.

Dann fiel mir ein, dass ich allmählich so tun musste, als *würde* sie mich überzeugen.

Senera ging zum Sofa hinüber und nahm Platz. »Ich weiß, Ihr glaubt, er wäre ein schrecklicher Mensch, aber vielleicht solltet Ihr diese Ansicht noch mal überdenken. Er ist der beste Mann, den ich je kennengelernt habe.«

»Wenn die Männer, die wir beim Mittagessen getroffen haben, für Euch der Normalfall sind, solltet Ihr Euch vielleicht nach besseren umsehen.«

Sie lachte. »Da könntet Ihr recht haben. Ich war nicht viel älter als Ihr, als ich Relos Var zum ersten Mal begegnet bin. Doch im Gegensatz zu Euch war ich eine Sexsklavin und gehörte dem Hohen Lord des Hauses D'Jorax. Ihr könnt mir glauben, dass Relos Var im Vergleich zum Hochadel tatsächlich sehr gut abschneidet.«

Ein Schauder durchzuckte mich. »Das tut mir leid.«

»Normalerweise würde ich an dieser Stelle behaupten, es wäre schlimmer gewesen, als Ihr Euch vorstellen könnt, aber da Ihr mit Xaltorath Bekanntschaft gemacht habt, bezweifle ich das. Auf jeden Fall könnt Ihr bestimmt nachvollziehen, weshalb ich so viel von Relos Var halte.«

Wenn ich sie so ansah, konnte ich es verstehen. Schließlich

hätte ihr nichts Besseres passieren können. Var hatte sie aus einer schrecklichen Lage gerettet. Weshalb sollte sie sich jemals gegen den Mann wenden, der sie befreit hatte?

Und er hatte Senera nicht nur gerettet. Er hatte sie auch unterrichtet und ausgebildet. Außerdem hatte er ihr etwas gegeben, an das sie glauben konnte. Senera hielt sich selbst nicht für böse. Sie tat vielleicht schreckliche Dinge, aber sie hatte ganz eindeutig das Gefühl, das Unrecht, das sie beging, wäre gerechtfertigt, weil es einem höheren Zweck diente und für eine bessere Zukunft sorgte. In ihren Augen war sie keine Dämonin, sondern ein Engel und kämpfte in einem Heiligen Krieg gegen die Ungeheuer, die ihr schlimmere Dinge angetan hatten als irgendwer – egal ob Mann, Frau oder Kind – jemals erleiden sollte.*

Ich konnte sie nicht ansehen und mich dabei in dem Glauben wiegen, dass ich niemals in die gleiche Falle treten würde. Wie leicht es doch war, sich selbst einzureden, man wäre unfehlbar und dass nur die eigene Lebensweise und die eigenen Ansichten zählten. Oh, es war wirklich eine besonders heimtückische Falle, und sie war immer mit dem wirkungsvollsten Köder bestückt, den es gab: der Aussicht auf ein gesteigertes Selbstwertgefühl.

»Hört mal, würde es Euch etwas ausmachen … mich allein zu lassen? Ich brauche Zeit für mich.«

Senera wollte noch etwas sagen, hielt dann aber inne und nickte. »Natürlich.« Sie verließ den Raum.

Sobald sie weg war, holte ich tief Luft und gab mich dem hin, was ich mein ganzes Leben lang zurückgehalten hatte, da ich im Glauben aufgewachsen war, es wäre meine Pflicht, mich als ein Symbol der Stärke zu inszenieren.

Doch das war ich nicht mehr, für niemanden. Keiner zählte darauf, dass ich die Zügel in der Hand hielt.

Ich hatte gar nichts mehr unter Kontrolle.

---

* Ja, aber diesen Krieg führen wir, weil wir recht haben.

Ich wollte zu meinem Großvater. Ich wollte zu meinen Eltern, zu meiner Mutter.

Nur dass sie nicht meine richtige Familie waren. Sie war nicht meine wirkliche Mutter. Sie war es nie gewesen.

Ich brach in Tränen aus und hörte nicht auf zu weinen, bis meine Schluchzer irgendwann in meiner eigenen Parodie von Schlaf verebbten.

Als ich aufwachte, fand ich mich im Nachleben wieder.
Und wurde gerade von Dämonen angegriffen. Natürlich.
Ich zögerte nicht und stürzte mich brüllend in die Schlacht.
Zwischen lauter kämpfenden Dämonen, knöcheltief im Blut, fiel mir auf, dass ich nicht allein war. Diesmal hatte ich die Elefanten nicht gehört und auch keine Pfeile von Thaenas Truppen gesehen.

Und dennoch kämpfte Teraeth an meiner Seite und vernichtete ebenfalls Dämonen. Er schlitzte mit Messern Kehlen auf und ließ die Klingen mit eleganter Präzision unter Rüstungen gleiten. Er nickte mir nur kurz zu, dann machten wir beide mit dem Töten weiter.

Ich war noch nicht mit Weinen fertig. Ich schluchzte auch dann noch, als ich mein Schwert wegwarf, weil es meinem Zorn nicht angemessen schien, und stattdessen anfing, mit bloßen Händen zu reißen, zu verstümmeln und zu töten.

Obwohl ich immer so getan hatte, als wäre meine Stärke ein Fluch, schwelgte ich diesmal in der Macht, die mir in der Welt der Lebenden verwehrt war. Voll wilder Freude zermalmte ich einen Schädel nach dem anderen zwischen meinen Händen und riss mit gekrümmten Fingern Kehlen heraus.

Und schließlich waren nur noch wir beide übrig.

»Janel ...« Teraeth steckte seine Messer weg und eilte mit besorgtem Blick zu mir. »Was ist passiert? Ich habe gehört ...«

Ich hätte mich fast auf den Leichnam eines Dämons gesetzt,

nahm dann jedoch auf einem Stein Platz, da ich wusste, dass der Körper innerhalb weniger Minuten verschwinden würde. Ich nahm einen tiefen, zittrigen Atemzug und versuchte, mich zu fassen.

»Ich habe einen schrecklichen Fehler gemacht, Teraeth.«

Er kniete sich neben mich und berührte mich so sanft an der Wange, wie ich es einmal bei ihm getan hatte. »Ich werde einen Rettungstrupp zusammenstellen. Mutter hat mir erzählt, was geschehen ist. Es hat keinen Sinn, dort zu bleiben.«

»Sie haben Qaun gegaescht.« Ich verzog das Gesicht. »Relos Var hat Qaun gegaescht.«

Er biss sich auf die Lippe. Da fiel mir auf, dass er keine Ahnung hatte, wer Qaun war. Ich hatte ihm noch nie von dem Priester erzählt. Doch auch ohne Qaun zu kennen, verstand Teraeth offensichtlich, warum ich mich schuldig fühlte.

»Okay«, sagte er. »Meine Mutter kann helfen. Wir holen dich da raus.«

»Nein, nein. Ich …« Ich holte tief Luft. »Ich muss den Speer suchen. Wer weiß, wie viele noch überall in Jorat sterben müssen, bis ich ihn finde.«

Sein Gesicht wurde angespannt. »Thaena hat gesagt, mit dem Speer könne man vielleicht einen Drachen töten. *Vielleicht*. Sie weiß es nicht sicher. Es ist noch nie versucht worden. Dafür ist das Risiko, dass du dabei draufgehst, zu groß.«

Ich fand seine Sorge um mich beinahe schmeichelhaft. Doch ich war nicht in der Stimmung für seine herablassende und besserwisserische Art.

»Nein«, wiederholte ich. »Nachdem ich so weit gekommen bin, werde ich mich auf keinen Fall zurückziehen. Ich muss eine Möglichkeit finden, an Qauns Gaesch und den Speer zu kommen, und bis ich beides habe, sammle ich unschätzbar wertvolle Erkenntnisse. Zum Beispiel, dass unsere Gegner einen Eckstein besitzen, genannt der Name aller Dinge, der jede beliebige Frage beantworten kann. Falls du je das Gefühl hattest, deine Feinde wüssten zu viel, hast du dir das nicht nur eingebildet.«*

Teraeth riss die Augen auf. »Was?«

»Siehst du? Jetzt weißt du etwas Neues. Gern geschehen.«

»Heißt das, sie wissen bloß noch nicht, dass du eine Spionin bist, weil sie nicht danach gefragt haben?« Er hob die Stimme. »Nein, so geht das nicht. Ich komme dich jetzt holen. Aber vorher gehe ich noch zu Mithros. Er macht sich schreckliche Sorgen um dich …«

»Mithros weiß, wo ich bin.«

Teraeth sah mich einen Moment lang verwirrt an. »Nein, tut er nicht. Ich habe gestern mit ihm gesprochen. Er hat gesagt, er hat sich seit dem Morgen des Turniers nicht mehr mit dir unterhalten.«

Ich starrte ihn an. »Nein, das ist nicht …« Ich stand von dem Stein auf und fing an, auf und ab zu gehen, wobei ich immer wieder zur Kluft hinüberschaute. »Als ich ihn hier im Nachleben traf, wollte er nicht zur Kluft. Stattdessen hat er mich von ihr weggeführt.«

»Und?«

»Nirgendwo trifft man wahrscheinlicher auf Götter als bei der Kluft.« Ich sah Teraeth an. »Ich dachte, ich würde mit Khored, also mit Mithros, sprechen. Du weißt, wer Mithros in Wirklichkeit ist?«

Er winkte ab. »Ich weiß es. Rede weiter.«

»Was ist, wenn ich mit jemand anderem gesprochen habe? Xaltorath vielleicht? Aber wieso sollte sie …« Ich war kurz davor, die Hände zu ringen. »Wenn sie das war, Teraeth … Sie hat irgendwie dafür gesorgt, dass Relos Var mich nicht gaeschen konnte. Wieso sollte Xaltorath so etwas machen?«

»Dich nicht gaeschen konnte?« Teraeth blinzelte. »Ich verstehe nicht.«

---

* Ja, weil sie ihnen natürlich alles verraten hat. Na toll.

»Khored – oder Xaltorath, oder wer auch immer es war – hat irgendetwas getan, das mich vor dem Gaeschen geschützt hat. Offensichtlich hat es funktioniert, denn ich bin nicht gegaescht.«
Teraeth schüttelte den Kopf. »Das ist unmöglich.«
»Augenscheinlich nicht.«
Er runzelte die Stirn. »Was, wenn Xaltorath dich gegaescht hat? Soweit ich weiß, kann man nicht zweimal gegaescht werden.«
»Ich glaube, wenn ich gegaescht wäre, wüsste ich es.«
»Wirklich?« Teraeth hob eine Augenbraue. »Schläfst du traumlos? Fühlst du dich schwach?«
Er kannte bereits die Antwort auf eine dieser Fragen: Einmal abgesehen von meinen Reisen durch das Nachleben hatte ich keine Träume. Und ich fühlte mich tatsächlich geschwächt – wegen Senera.
Würde ich es wirklich merken, wenn ich gegaescht wäre? Ich lief weiter auf und ab. »Du glaubst, es war Xaltorath?«
»Wer sonst? Khored kann es nicht gewesen sein. Das ergäbe keinen Sinn.«*
»Wieso sollte Xaltorath mir helfen? Das würde genauso wenig Sinn ergeben.«
»Nichts, was Dämonen tun, ergibt einen Sinn.«
Ich setzte mich wieder hin. »Für einen Dämon bricht Xaltorath ganz schön viele Regeln. Als der Kaiser ihr befahl zu verschwinden, hat sie ihn einfach ignoriert. Du hättest sehen sollen, wie ihm die Kinnlade runtergefallen ist.« Ich bemerkte Teraeths schockierten Blick und nickte. »Ja, ungefähr so.«
Teraeth rieb sich übers Gesicht. »Ist dir klar, was du gerade gesagt hast? Als die Dämonen gebunden wurden, hat man sie alle gegaescht. Und wer, glaubst du, kontrolliert diese Gaesche? Das macht der Kaiser. Dafür wurden die Krone und das Zepter geschaffen.

---

* Ich persönlich glaube, wir sollten keine voreiligen Schlüsse ziehen, aber ich traute es ihm auch nicht zu.

Du willst mir erzählen, dass ein Dämon über einen Gaesch-Befehl gelacht hat?« Er stieß den Atem aus. »Das ginge nur, wenn Xaltorath kein Dämon wäre, was sie aber offensichtlich ist.«*

Ich merkte, dass ich erneut aufgestanden war. »Willst du damit etwa andeuten, dass ich mir die traumatischste Erfahrung meines ganzen Lebens nur eingebildet habe?«

»Janel, gerade weil es so traumatisch war, kann es gut sein, dass deine Erinnerungen an dieses Ereignis verzerrt sind!«

»Der Oberste General war dabei. Kaiser Sandus war dabei. Glaubst du etwa, Sandus hat vergessen, einem Dämon zu befehlen, dass er aus einem besessenen Kind herausfahren soll?«

»Verdammt, Janel, ich habe Krone und Zepter getragen. Und ich sage dir, so funktioniert das nicht!«

Der Widerspruch, den ich ihm gerade entgegenschleudern wollte, erstarb mir auf den Lippen. Stattdessen fragte ich in normaler Lautstärke: »Wie kann es sein, dass ein manolischer Vané eine Krone der Menschen getragen hat – noch dazu die Krone und das Zepter von Quur?«

Er erstarrte.

»Teraeth …«, begann ich noch einmal. »Wie konnte ein manolischer Vané …?«

»Ich habe dich auch beim ersten Mal schon verstanden.« Er atmete tief ein. »Mist.«

»Dann beantworte bitte die Frage.«

Er tat es nicht und schwieg stattdessen eine ganze Weile. Dann ging er von mir weg und setzte sich auf einen Stein, von dem aus man die ganze Klippe überblicken konnte. Vor ihm ragten die zerbrochenen und krummen Bäume des Nachlebens auf. In der

---

* Ich bin darüber genauso besorgt wie Teraeth. Also habe ich mich beim Stein erkundigt, wieso Xaltorath nicht von Grizzst gegaescht wurde. Wisst Ihr, was er mir gesagt hat? Man kann nichts gaeschen, was nicht existiert. Ich habe keine Ahnung, was das bedeuten soll.

Ferne schwebte gelber Nebel ein paar Fingerbreit über der Seeoberfläche, was eher unheimlich als romantisch aussah.

Ich ging auf ihn zu.

»Der Zyklus«, sagte er. »Wir sterben und werden wiedergeboren. Dabei können wir unser Wissen aus dem vorherigen Leben nicht mitnehmen. Aber ich erinnere mich an alles. Und in meinem letzten Leben war ich der Kaiser von Quur.«

»Welcher?«

Er schnitt eine Grimasse. »Janel, das ist nicht wichtig …«

»*Welcher?*«

»Atrin Kandor.«

Ich starrte ihn entsetzt an. »*Was?*«*

Er verdrehte die Augen. »Ich war Atrin Kandor. Erinnerst du dich? Der Mann, der …«

»Ich weiß, wer Atrin Kandor ist! Jeder weiß, wer Atrin Kandor ist! Der größte Teil von Quur würde ohne ihn nicht existieren. Der Mann, der in einer einzigen Nacht Atrine erbaut, den Gottkönig Khorsal getötet und die kirpischen Vané aus ihrer Heimat vertrieben hat. Das warst *du*?«

»Du hast vergessen zu erwähnen, dass ich beim Versuch, Manol zu erobern, einen Gutteil der quurischen Armee in den Tod geschickt habe.«

»Hast du … eine Wette gegen deine Mutter Thaena verloren? Denn die Vorstellung, dass ausgerechnet du der wiedergeborene Atrin Kandor bist, ist ein Witz. Du warst die allergrößte Bedrohung für die Vané, die je unter den Lebenden gewandelt ist, und sie lässt ausgerechnet dich als einen Vané zurückkehren?«**

---

*   Ha. Da war doch diese Sache zwischen Euch und Kandor, oder? Glaubt Ihr, das ist der Grund, weshalb Thaena ausgerechnet ihn ausgesucht hat?
** Ich frage mich, wen Thaena damit bestraft – Kaiser Kandor oder den Vané-König Terindel? Aber ich bin vor allem neugierig, wieso Teraeth sich an sein vergangenes Leben erinnert. Das ist nicht normal.

»Sie liebt ausgleichende Gerechtigkeit.« Er hob einen Finger. »Aber um das mal klarzustellen: Man hat mir Sünden angedichtet, die ich niemals begangen habe. Zum Beispiel habe ich die Dreth nicht ausgelöscht. Es gibt sie immer noch. Sie sind bloß in den Untergrund gegangen. Buchstäblich.«

»Ich verstehe«, erwiderte ich. Das tat ich wirklich. Da ich Janel »Danorak« war, wusste ich, wie viel ein verzerrter Mythos bewirken konnte. »Gibt es noch etwas, das du mir beichten möchtest, während wir hier herumhängen?«

Er antwortete nicht. Stattdessen saß er nur da und trommelte mit den Fingern auf den Stein.

»Teraeth …«

»Als ich Atrin Kandor war, bist du meine Frau gewesen.«

Ich wartete ab, nur für den Fall, dass er mir gleich sagen würde, das sei nur ein Scherz gewesen. Er tat es nicht.

Seine Aufrichtigkeit konnte ich ihm nicht zum Vorwurf machen, aber dieses Geständnis bereitete mir Unbehagen. Es fühlte sich intim und auch unschön an. Als hätte ich herausgefunden, dass ich im betrunkenen Zustand etwas getan hatte, an das ich mich nicht erinnern konnte. Selbst wenn ich seinerzeit aus freien Stücken gehandelt haben sollte, lag mir die Vorstellung, dass ich mich nicht an meine damaligen Entscheidungen und die dahinterstehenden Überlegungen erinnern konnte, schwer im Magen.

»Ich nehme an, es war eine Liebe für die Ewigkeit«, erwiderte ich, da mir sonst nichts einfiel.

»Nein«, sagte Teraeth tonlos. »Gar nicht. Ich habe mich furchtbar benommen und dich überhaupt nicht verdient. Und als mir das endlich klar wurde, war es bereits zu spät.« Seine Stimme klang sanft und tief betrübt. »Als ich dich kennengelernt habe …«

»Nein«, unterbrach ich ihn.

»Ich möchte nur, dass du weißt …«

Ich legte ihm die Hand auf den Mund. »Sei still.«

Er starrte mich an.

»Es ist mir egal«, sagte ich und versuchte, mir einzureden, dass es wirklich stimmte. »Eine andere Frau, die vor mir meine Seele besessen hat, war mit einem anderen Mann verheiratet, der deine Seele vor dir hatte.« Ich nahm meine Hand wieder von seinem Mund. »Bist du immer noch Atrin Kandor?«

Er lachte. »Nein.«

»Und ich bin nicht sie. Wie könnte ich auch? Was war sie denn? Eine Prinzessin? Die Tochter eines Herzogs?«

»Nein«, antwortete er. »Nein, sie war niemand.« Er zuckte zusammen. »Ich meine, sie war eine Musikerin. Sie spielte Harfe …« Er riss die Augen auf. »Bei den Göttern. Ich habe ein Beuteschema.«

»Siehst du, wenn das dein Beuteschema ist, dann passe ich nicht hinein. Ich kann nur mit Mordinstrumenten umgehen. Ich weiß nicht einmal, wie man singt. Ich gehe gern schön angezogen tanzen, aber es ist mir viel wichtiger, dass ich gewinne. Ich habe keinen Mann, kann aber nicht versprechen, dass nicht eines Tages irgendwer meine Frau oder mein Mann oder beides sein wird. Vielleicht werde ich mich nicht nur auf eine Person festlegen.«

Er schaute mich erstaunt an, schien sich aber nicht an meinen Worten zu stoßen. »Willst du mich heiraten?«

»Angesichts unserer Vorgeschichte glaube ich nicht, dass wir einander diese Frage stellen sollten, solange wir uns nicht wirklich gut kennen. Ich nehme an, du hattest keine Ahnung, welche Farbe oder welches Essen deine Frau am liebsten mochte oder welche persönlichen Ziele sie sich gesteckt hatte. Ich bezweifle, dass die Ehe mit dir ihr größter Ehrgeiz war.«*

Teraeth zog mich in seine Arme. »Das stimmt alles, aber es ändert nichts daran, dass ich dich großartig finde.«

»Das ist schon mal ein guter Anfang.« Ich lehnte mich an ihn und wartete.

Er wartete ebenfalls.

---

* Das will ich auch nicht hoffen.

Ich flüsterte ihm ins Ohr: »Das ist die Stelle, an der du mich fragen solltest, was meine persönlichen Ziele sind.«

»Oh! Äh, ich ...« Er ließ mich zwar nicht los, aber mein Unbehagen kehrte wieder zurück.

Ich lehnte mich zurück und sah ihn an. »Lass uns mit etwas Einfachem anfangen. Meine Lieblingsfarbe ist Türkis.«

Er hob eine Augenbraue. »Türkis? Ehrlich?«

»Die Farbe eines wolkenlosen Sommerhimmels. Ehrlich. Was ist deine?«

»Wenn ich Rot sage, glaubst du nur, dass ich dir schmeicheln will.«

»Nicht, wenn es stimmt.«

»Es stimmt.« Teraeths Blick ging in die Ferne. »Es ist ein ganz besonderer Farbton, ein changierendes Karmesinrot, das entsteht, wenn man Porzellan mit Kupfer glasiert. Absichtlich bekommt man ihn kaum hin. Die meisten stellen mit Kupfer grüne Glasuren her. Aber wenn man weiß, wie es geht, kann man auch alle möglichen Rottöne damit anmischen, von khorveschischem Sandstein bis hin zu frischem Arterienblut. Mein Vater machte oft ...« Er unterbrach sich. »Ich meine, mein Vater in meinem letzten Leben. Nicht in diesem. Ich weiß gar nicht genau, wer in diesem Leben mein Vater ist.«

»Allmählich glaube ich, dass es gar kein Vorteil ist, wenn man sich an seine früheren Leben erinnern kann.«

»Nein, eher nicht. Andererseits ...« Er zeigte ein säuerliches und selbstironisches Lächeln. »Früher oder später entpuppt sich jeder Segen als Fluch.«

»Ja.« Ich beugte mich wieder näher heran und ...

Na ja.

Belassen wir es einfach dabei, dass wir damit fortfuhren, uns ein wenig besser kennenzulernen.*

---

* Ich bin froh, dass sie diesen Teil selbst rausgekürzt hat. Dann muss ich es nicht tun.

Als ich am nächsten Tag erwachte, war ich guter Stimmung.

Allerdings nur ungefähr zwei Sekunden lang.

Dass sich meine Laune danach verschlechterte, lag nicht einmal daran, dass ich in Yor die Augen aufschlug.

Schuld war die merkwürdige Frau, die sich über mein Bett beugte.

Sie war alt. Doch sie war keine Frau, der ihr hohes Alter gut stand. Dorna ist auch alt, aber sie hat ein Gesicht, das jeder gerne an seiner Großmutter sähe, mit warmen Augen und einem freundlichen Lächeln.* Diese Alte hingegen wirkte, als wäre sie eine Gefahr für Kinder. Ihre faltige Haut sah aus wie die einer Eidechse – genauer gesagt von einer Albino-Eidechse mit wässrigen braunen Augen. Ihre Haare ließen mich an Riesenratten und verknotete Schnüre denken.

Von ihrem Grinsen bekam ich Gänsehaut. »Ich habe Frühstück für dich gemacht, meine Liebe.«

Sie stellte eine reich beladene Servierplatte mit Haferbrei, Äpfeln, knusprigem Brot und einem Eintopf aus rotem Fleisch auf meinen Nachttisch.

Gerade als ich nach dem Brot greifen wollte, kam Senera herein. »Esst nichts, was sie Euch gibt!«, rief sie, als sie die alte Frau bemerkte, und kippte das Tablett um. Der Eintopf und der Haferbrei spritzten über den Boden.

Ich blinzelte.

»Du Miststück!«, schnarrte die alte Frau. »Ich habe nur versucht, nett zu sein!«

Senera schlug ihr ins Gesicht.

»He, jetzt hör aber auf ...«

»Was für ein Fleisch hast du da hineingetan, Wyrga? Kätzchen?

---

* Außerdem hatte sie lange Finger und ein loses Mundwerk ... Die Acht haben wirklich ein Händchen dafür, ihre Engel auszuwählen, nicht wahr?

Welpen? Oder hat wieder einmal eine Frau aus der Umgebung ein Neugeborenes in der Kälte ausgesetzt?«*

Ich war so entsetzt, dass ich aufhörte, Einwände zu erheben, und einfach nur starr dasaß. Am meisten erschreckte mich der fröhliche Ausdruck, der über das Gesicht der Alten huschte. »Ach, du verdirbst mir wirklich jeden Spaß. Gestern Abend habe ich ein totgeborenes Fohlen gefunden.«

Ich beugte mich von den beiden weg und unterdrückte einen Brechreiz.

»Verdammt, Wyrga. Wie oft müssen wir dir noch sagen, dass du das lassen sollst?«

»Immer und immer wieder«, blaffte die Alte. »Lasst mir doch meinen Spaß.«

Senera schnitt eine Grimasse. »Kommt, Janel, wir brechen auf. Mach das sauber, Wyrga.«

»Ich bin nicht deine Putzfrau«, sagte die Alte. »Mach es doch selbst weg.« Als ich aufstand, richtete sie ihre Aufmerksamkeit wieder auf mich. »Ich kenne dich. Früher kannte ich auch deine Mutter. Sie war eine Hure. Bist du auch eine?«

»Bei den Acht, was hat dich bloß zu einer so widerlichen Person gemacht?«, entgegnete ich. Da fiel mir ein, wo ich sie schon einmal gesehen hatte: Sie war die Frau, die sich beim Festbankett um das Feuer gekümmert und dabei hasserfüllte Blicke auf mich abgefeuert hatte.

»Ha! Ha, ha!«, gackerte sie. »So etwas! So eine gute Frage hat mir hier schon seit Jahren niemand mehr gestellt.« Sie deutete mit einem knochigen Finger auf mich. »Wenn du mich mal besuchen kommst, dann zeige ich es dir. Wirst schon sehen.«

»Wag es nicht, Wyrga«, fuhr Senera sie an. Sie zupfte an meinem Nachthemd. »Kommt jetzt. Lasst uns verschwinden, bevor ich

---

* Im Ernst: Esst nie etwas, das Wyrga Euch vorsetzt. Auf gar keinen Fall.

noch etwas Unüberlegtes tue. Wyrga ist ein Liebling des Herzogs. Warum, entzieht sich meinem Verständnis.«

»Die Alte zeigte grinsend ihr Gebiss. Sie schien noch keinen einzigen Zahn verloren zu haben. Tatsächlich sah es so aus, als bestünde es aus zu vielen, durchweg spitzen Zähnen. »Ihm gefällt, was ich mit meinem Mund anstellen kann.«

»Das bezweifle ich doch sehr. Du bist ekelhaft.«

Obwohl ich noch gar nicht richtig angezogen war, brach ich sofort auf. Es machte mir nichts aus, Kleidung zurückzulassen, die mir nicht gehörte.

»Wohin gehen wir?«, fragte ich, als wir außer Hörweite waren.

»Ich mache mich wieder an meine Arbeit, mit der Ihr ziemlich sicher nichts zu tun haben wollt. Und da ich es nicht wage, Euch hier allein zu lassen, bringe ich Euch bei den Ehefrauen des Herzogs unter. Es ist der am besten bewachte Bereich im gesamten Palast. Dort seid Ihr sicher.«

»Wartet mal. Was? Ich will nicht ...«

Senera blieb stehen und drehte sich zu mir um. »Zwei Minuten. Nicht einmal zwei Minuten lang wart Ihr mit den Männern hier allein, bevor Ihr in Schwierigkeiten geraten seid. Ich weiß nicht, warum es diesmal anders laufen sollte. Und weder Bruder Qaun noch Lord Var oder ich werden in der Nähe sein, um Eure Hand zu heilen, wenn Ihr sie Euch wieder an jemandes Gesicht brecht. Daher möchte ich Euch an einen sicheren Ort bringen.«

»Na schön.«

»Vielleicht gefällt es Euch dort ja sogar. Ein paar der Frauen geben sich zwar der lächerlichen Hoffnung hin, der Herzog könnte ihnen ein Kind machen, aber die meisten genießen einfach, dass sie nicht gezwungen werden, sich mit den Männern abzugeben. Sie besitzen sogar Bücher.«

»Klingt fantastisch. Einen Stall haben sie nicht zufällig ...?«

»In diesem Klima? Nein. Ehrlich gesagt läuft es mir kalt den Rücken runter, wenn ich darüber nachdenke, wo Wyrga ein Pferd gefunden haben mag. Vielleicht hat sie ja gelogen. Das Einzige, was in dieser Gegend einem Reittier ähnelt, sind die Schneehyänen, die vor die Schlitten gespannt werden. Und hin und wieder sieht man mal ein Mammut.«

Ich nickte und rief mir in Erinnerung, dass ich den Speer finden und herausbekommen musste, wer Bruder Qauns Gaesch (und natürlich auch Bruder Qaun selbst) hatte. Danach würde ich fliehen.

Je früher, desto besser.

Bislang konnte ich mir nicht vorstellen, wie der Palast von außen aussehen mochte. Die Wände waren allesamt aus dem gleichen fensterlosen schwarzen Stein errichtet. Ich kam mir vor wie in einem endlosen, verschlungenen Labyrinth, das von magischen Lichtern erhellt wurde. Trotzdem wirkte der Palast gut durchlüftet, was vermutlich auf Magie zurückzuführen war. Tatsächlich konnte ich mir gut vorstellen, dass ein Trupp Diener ständig durch die Säle patrouillierte und auf die Unterseite jedes Stuhls sowie die Rückseiten sämtlicher Gemälde diese verdammten Luftzeichen malte.

Der bewachte Eingang zum Quartier der Ehefrauen führte in eine riesige Halle. Eine Wand bestand aus demselben transparenten Kristallmaterial, das ich bereits aus dem Hauptspeisesaal kannte. Mehrere Balkone durchbrachen die fast unsichtbare in den blaugrünen Himmel ragende Fläche. Glitzernde Wasserbecken und blühende Blumen säumten die Halle. Der Raum sah aus wie eine flauschige, komfortable Winterlandschaft. Überall lagen Kissen, Felle und alle erdenklichen Seidenstoffe verstreut.

Obwohl ich nicht leicht fror, spürte ich die Kälte. Die Ehefrauen hingegen schienen sie nicht zu bemerken. Ich war ein bisschen jünger als die jüngste von ihnen, und keine war älter als Ninavis. Sie trugen eisgraue Farben und waren ausnahmslos blass, nicht unbedingt attraktiv.

»Keine Männer?«, flüsterte ich Senera zu.

Sie bedachte mich mit einem eigenartigen Blick, den ich nicht recht deuten konnte. Dann schüttelte sie den Kopf. »Nein, die haben hier keinen Zutritt. Abgesehen von Herzog Kaen kommt kein Mann näher an sie heran als die Wächter draußen. Und selbst die dürfen nicht herein, wenn der Herzog hier ist. Er besteht darauf, das einzige Vergnügen für seine Frauen zu sein.«

Mir blieb vor Überraschung fast die Luft weg. »Ähm, aber … äh …«

Senera konnte ein Lächeln nicht unterdrücken. »Ja?«

»Hat ihm denn niemand gesagt, dass wir dafür keine Männer brauchen?«

Ich sah ein Funkeln in ihren Augen. »Verderbt ihnen nicht den Spaß. Hier drinnen gibt es mehrere Langzeitromanzen, aber nur, weil der Ehemann nicht zu ahnen scheint, dass so etwas überhaupt möglich ist.«

»Oh, ich würde nicht im Traum daran denken, ihm etwas davon zu erzählen.«

Eine Frau bemerkte uns und kam herüber. »Bringt Ihr uns das khorveschische Mädchen?« Sie schürzte die Lippen. »Ihr seht gar nicht aus wie eine Khorvescherin.«

»Vielen Dank«, erwiderte ich und meinte es auch so. »Ich fühle mich auch nicht wie eine.«

»Bikeinoh, darf ich Euch Janel vorstellen?« Senera schob mich auf sie zu. »Ich wäre Euch sehr verbunden, wenn Ihr ein Auge auf sie haben könntet, solange ich weg bin.«

Die Frau hob eine Augenbraue. »Natürlich. Es ist ja nicht so, als hätten wir etwas Besseres zu tun, oder?« Ihrem Tonfall nach zu urteilen, herrschte eine gewisse Anspannung zwischen den beiden.

»Tut es einfach. Und gebt ihr etwas zum Anziehen. Wyrga ist heute früh in ihr Zimmer eingedrungen. Daher wage ich es nicht, sie dort zu lassen.«

Ich hätte darauf wetten können, dass das Zeichen, das die Frau machte, vor bösen Geistern schützen sollte.

Senera drehte sich zu mir um. »In ein paar Tagen bin ich wieder hier.«

»Wegen mir müsst Ihr Euch nicht beeilen.«

Sie verdrehte die Augen und ging.

»Wer ist diese Wyrga?«, fragte ich, als sie weg war.

Bikeinoh sah sich um, bevor sie antwortete. »Kaens Monster. Und die Dompteurin von Kaens anderen Monstern. Sie kümmert sich um die Tiere. Die Eisbären und Schneehyänen. Sie ist länger hier als ich, und sie ist schrecklich. Allerdings denken hier nicht alle so über sie. Daher würde ich an Eurer Stelle nicht allzu laut über sie herziehen.«

»Jemand mag sie? Das kann ich mir kaum vorstellen.«

Bikeinoh sah sich erneut um. »Wyrga behauptet, sie sei die letzte Hexenmutter.«

Ich blinzelte. »Hexenmutter? Was ist eine Hexenmutter?«

Eine weitere Ehefrau näherte sich. »Da haben wir also die neue khorveschische Gemahlin des Magiers, wie?« Sie schien ungefähr in meinem Alter zu sein und stolzierte mehr, als dass sie ging. Es war ihr offenbar wichtig, dass ich mir keine Illusionen über meinen Rang in der Hackordnung machte.

Ich warf ihr einen Seitenblick zu. »Ist das ein Problem?«

Die Frau zuckte die Achseln. »Nicht solange du dich von Azhen fernhältst.«

»Von wem?«

»Von meinem Ehemann«, erklärte sie. »Azhen Kaen.«

»Ach, komm schon, Veixizhau. Du bist Ehefrau Nummer achtundzwanzig. Glaubst du, er würde es überhaupt merken, wenn du nicht mehr da wärst?«*

»Nun, er würde es jedenfalls nicht merken, wenn *du* weg wärst. Wie viele Jahre bist du jetzt schon mit ihm verheiratet und hast immer noch kein Kind?«

---

*   Ich kann es mir nicht vorstellen.

»Wieso glaubst du, dass mir das etwas ausmacht?«

»Das sollte es. Wenn er mich weiter so oft zu sich ins Bett holt, werde ich bald seine erste Frau sein.« Veixizhau wackelte mit den Augenbrauen und schlenderte mit übertriebenem Hüftschwung davon. Es waren wirklich schöne Hüften, was man angesichts ihrer Persönlichkeit jedoch leicht übersehen konnte.

Ich schaute ihr blinzelnd hinterher. »Sie scheint nett zu sein.«

»Macht Euch wegen ihr keine Sorgen. Sie ärgert sich nur, weil sie noch nicht schwanger ist.« Bikeinoh lachte und senkte die Stimme zu einem Flüstern. »Als ob wir je ein Kind von ihm empfangen würden. Kaen möchte, dass Exidhar seinen Titel erbt. Damit stellt er sicher, dass die Klans keine Attentäter auf ihn ansetzen.«

»Wie meint Ihr das?«

»Habt Ihr den Sohn des Hons schon kennengelernt?«

Ich dachte an unsere mehr als unglückliche Begegnung zurück. »Ja, habe ich.« Ich überlegte einen Moment. »Sie möchten nicht, dass Exidhar seine Nachfolge antritt, weil er ein halber Khorvescher ist, oder?«

Da ich zu meinem Leidwesen gerade erst erfahren hatte, dass ich selbst mindestens zur Hälfte Khorvescherin war, interessierte mich die Antwort. Würde ich ab jetzt nicht nur wegen meines Geschlechts mit Vorurteilen zu kämpfen haben?

»Ja, es war ein schrecklicher Skandal, als sich der Hon eine Khorvescherin zur Frau nahm. So schlimm, dass die Klans meinten, sie müssten *irgendetwas* dagegen tun. Es heißt, ihr Geist spuke immer noch in den Gängen unter dem Palast herum. Wenn man in die Lagerräume hinuntergeht und die Ohren spitzt, kann man sie schreien hören.« Sie kicherte. »Nicht dass wir je in die Lagerräume hinunterdürften.«

»Wieso haben sie die Frau getötet? Wäre es nicht sinnvoller gewesen, den Herzog und seinen Sohn zu beseitigen?«

»Den Hon«, stellte Bikeinoh richtig.

»Also gut, den Hon.«

»Ja, sie haben versucht, ihn zu töten. Als Azhen Kaen damit begann, die alten Traditionen gesetzlich zu verbieten und von Bildung und Bürgerrechten zu sprechen, sahen die Klanführer ihre Chance gekommen. Azhen und Exidhar haben überlebt, Azhens Frau Xivan nicht.« Bikeinoh verzog das Gesicht. »Mein ganzes Leben lang hat mein Vater immer gesagt, die Kaens wären zu weich.* Sie hätten zu viel quurisches Blut in ihren Adern. Nun, in dieser Hinsicht haben die Klans ganze Arbeit geleistet. Die Ermordung seiner Frau hat den Hon eisenhart gemacht. Und bei Chertog! Er hat uns wirklich dafür büßen lassen. Er hat die Simoshgra ausfindig gemacht und den gesamten Klan ausgelöscht. Bis auf das letzte Mitglied. Als wir davon erfuhren, habe ich zu meinem Vater gesagt, dass wir Kaen besser unserer Treue versichern und ihm demonstrieren sollten, wie leid uns das alles tut. Andernfalls hätte er es nicht bei den Simoshgra belassen. Das ist es, was ich bin, was all diese Frauen sind: eine Versicherung. Seitdem bin ich hier.«

»Das tut mir leid.«

»So schlimm ist es nicht. Zumindest hatte ich nie einen Grund, mich bei Suless darüber zu beklagen.«

»Nein, das kann ich mir vorstellen.« Ich sah mich im Raum um. Alles hier wirkte sehr verhätschelt und äußerst langweilig. »Diese vielen Frauen halten ihn bestimmt ganz schön auf Trab.«

»Aber nein«, widersprach Bikeinoh und lachte. »Ich glaube, er würde am liebsten vergessen, dass wir existieren. Von Zeit zu Zeit erinnert er sich zwar an uns und tut seine Pflicht, aber ich glaube, wenn wir ihm einen Anlass gäben, würde er uns nur zu gern mit Sack und Pack zu unseren Familien zurückschicken.«

»Wäre das nicht besser?«

Sie schaute mich mit großen Augen an. »Nein.«

---

* Ich würde jederzeit zustimmen, dass die Quurer dekadent, gierig und amoralisch sind. Aber weich? Ach, ihr armen Kinder.

Ich verstand es nicht. Zu Hause in Jorat gab es nicht viele arrangierte Ehen, doch sie konnten funktionieren, wenn sich die Familien bei der Auswahl der Partner Mühe gaben. Erzwungene Ehen mit mehreren Partnern waren dagegen ein Unding. Die Wahrscheinlichkeit, dass sich ein Partner als Saelen fühlen und in eine andere Beziehung ... abwandern würde, war so groß, dass eine derartige Verbindung als unklug galt. Und wenn ein Ehepartner seine Gefährten oder Gefährtinnen einsperren würde, damit sie ihn nicht verließen, würde derjenige als Thorra gelten. Und das wollte niemand.

Natürlich konnte es sein, dass diese Frauen gar kein Interesse daran hatten abzuwandern. Bikeinoh schien sich in ihrer Situation ganz wohl zu fühlen. Das sagte einiges darüber aus, wie die Frauen im Rest von Yor behandelt wurden.

»Ihr habt noch nicht gefrühstückt, oder?«, fuhr Bikeinoh fort. »Warum gehen wir nicht ...?«

Während Bikeinoh das sagte, kam eine weitere Ehefrau zu uns gelaufen. Sie war ganz außer Atem. Ihre gescheckte Haut ließ vermuten, dass sich in ihrem Stammbaum wenigstens ein oder zwei der zahlreichen Jorater fanden, die vor Jahrzehnten während der Besatzung dieser Region in der quurischen Armee gedient hatten. »Ihr seid das neue Mädchen, richtig?«

Ich sah keinen Sinn darin, sie zu korrigieren. »Wie kann ich Euch helfen?«

»Nicht mir«, sagte sie. »Der Hon möchte Euch sehen. Jetzt sofort.«

38

DAS AUGE DES FEUERS

Jorat, Quurisches Reich.
Drei Tage nachdem Jarith Milligreest sich für die
zweite Option entschieden hatte

»Sind diese … Opfer immer noch eingesperrt?«, fragte Dorna. »Jemand sollte sie befreien.«

»Sei nicht so wollüstig«, erwiderte Janel. »Ich weiß, dass es dir schwerfällt, aber versuche es wenigstens. Außerdem kannst du mir glauben, dass sie nicht gerettet werden müssen.«

Kihrin schüttelte den Kopf. »Und bei deiner dritten Begegnung mit Teraeth hat sich herausgestellt, wer Elana ist.« Als Janel ihn ansah, sagte er: »Erinnerst du dich noch, dass du zu mir gesagt hast, ich hätte dich im Nachleben immerzu Elana genannt? Das war die einzige Elana, an die ich mich erinnern konnte. Atrin Kandors Frau: Elana Milligreest.«

Janel schien überrascht. »Milligreest?«

»Ja, nach Kandors Tod hat sie wieder ihren Geburtsnamen angenommen.« Kihrin verstummte und massierte sich mit den Daumen die Schläfen. Die Göttin des Todes war so bösartig, dass es Kihrin den Atem verschlug. Thaena hatte zwei berüchtigte Todfeinde ausgewählt – Atrin Kandor und Terindel den Schwarzen – und einen von beiden als den Sohn des anderen wiederkehren lassen.

Das war richtig ... fies.

Und mit der Tatsache, dass Atrins Witwe Elana später Terindels Frau geworden war, hatte Kihrin sich bislang noch gar nicht auseinandergesetzt.

Ja, derselbe Terindel.

Kihrin war dankbar, dass er diesen wirren Knoten aus sicherer Entfernung betrachten konnte. Oder zumindest aus der Halbdistanz. Angesichts seiner Gefühle für Janel konnte er sich nicht als unvoreingenommen bezeichnen.

»Ist alles ... in Ordnung?«, fragte Qaun.

Kihrin hob den Blick. »Entschuldigung. Ich habe nur, äh ... darüber nachgedacht, dass Janel auch ein ›Beuteschema‹ hat.« Teraeth und seinen Vater, Terindel, verband eine gewisse Ähnlichkeit. So wie Terindel vermutlich wiederum *seinem* Vater, Mithros, ähnelte.

»Oh, das stimmt«, bestätigte Dorna. »Bislang ist mir das noch gar nicht aufgefallen, aber Ihr habt fast dieselbe Farbe wie Oreth, nicht? Ich meine nicht die Augen, sondern ... den ganzen Rest.«

»Nein«, widersprach Kihrin. »Das ist es nicht, was ich ...« Er presste die Lippen aufeinander und sah zu Janel hinüber. »Ernsthaft?«

Janel hob die Hände zu einer hilflosen Geste. »Ihr seht euch ähnlich, ja, aber ich kann dich viel besser leiden als ihn.« Sie rutschte unbehaglich auf ihrem Stuhl herum. Dann wandte sie sich Qaun zu. »Wärst du so gut? Bitte?«

»Sehr gern.«

Qauns Schilderung. Im Eispalast, Yor, Quur.

Bruder Qaun wartete in der Bibliothek und starrte den Achat in dem Kistchen an. Seine ungeschliffenen Kanten glitzerten, und auf der Oberfläche tanzten Lichtreflexe, als hielte er den Stein vor ein Feuer.

Relos Var kehrte in den Raum zurück. Er brachte einen Stapel Bücher, Tinte, Pinsel und etwas, das vermutlich ein Tintenstein war. Das alles lud er auf dem Tisch ab.

Qaun runzelte die Stirn. »Wozu brauche ich das?«

»Das wirst du schon noch sehen.« Relos Var zog einen Stuhl neben Qaun und ließ sich darauf nieder. »Nimm den Stein und konzentriere dich darauf. Es könnte dir helfen, die Augen zu schließen.«

Bruder Qaun zögerte.

Relos Var sah ihn fragend an. »Hast du deine Meinung geändert?«

Qaun schnitt eine Grimasse und nahm den Achat.

Er … fühlte sich ganz normal an. Sein Arm ging nicht in Flammen auf. Es schien auch keine seltsame Energie durch ihn hindurchzufließen. Qaun fiel überhaupt nichts Besonderes auf. Er hielt einen zwar erlesenen, aber ansonsten ganz gewöhnlichen Stein in der Hand.

Er schloss die Augen und konzentrierte sich.

»Nun möchte ich, dass du dir ein Feuer vorstellst. So wie die Flammen, die hier im Kamin brennen.«

Bruder Qaun tat, wie ihm geheißen.

Er nahm eine blitzschnelle Bewegung wahr und stand plötzlich am Ende des Tisches. Von dort sah er Relos Var, der … *neben* ihm saß. Alle Farben wirkten verkehrt. Bruder Qaun selbst hatte einen warmen Rotton, der Tisch sah kälter aus, und Relos Var leuchtete wie ein hell loderndes Feuer.

Keuchend ließ er den Stein fallen und schlug die Augen auf. »Was …?«

»Wie du dir bestimmt bereits gedacht hast«, antwortete Relos Var, »verleiht Weltenfeuer hellseherische Kräfte, wenn du ihn auf ein Feuer fokussierst. Es dauert eine Weile, bis man diese Fähigkeit meistert, und noch länger, bis man heraushat, wie man damit andere ausspionieren kann. Doch da es kein Feuer gibt, das sich nicht beschwören ließe, ist jeder – egal ob er sterblich ist oder ein Gott –, der sich neben einer Flamme aufhält, verwundbar. Der Trick besteht darin, ihn zu finden.«

»Ich dachte, Ihr könntet andere mit dem Namen aller Dinge ausspionieren.«

»Das möchte man meinen, oder? Aber der Name aller Dinge beantwortet lediglich Fragen. Das ist zwar eine sehr mächtige Fähigkeit, aber man muss sich sehr genau überlegen, welche Fragen man ihm stellt. Außerdem sind die Antworten immer äußerst exakt. Wenn ich ihn zum Beispiel fragen würde, ob du heute Morgen gegessen hast, würde er entweder mit Ja oder Nein antworten. Das hilft mir aber nicht, wenn ich eigentlich herausfinden möchte, mit wem du gefrühstückt hast. Diese Methode hier ist sehr viel flexibler. Zumindest unterliegt sie nicht den gleichen Beschränkungen.«

Bruder Qaun griff erneut nach dem Stein. »Ich verstehe. Und ich nehme an, Ihr wollt, dass ich aufschreibe, was die Leute, denen ich hinterherspioniere, miteinander besprechen.«

»Und auch alle anderen Einzelheiten, die du für sachdienlich hältst. Ich weiß, dass du dieser Aufgabe gewachsen bist. Du hattest immer schon ein sehr gutes Auge für Details.«

Bruder Qaun nickte. Er hatte gar keine andere Wahl, wenn er das Gaesch loswerden und Janel helfen wollte. Er besah sich erneut den Stein. »Habt Ihr eine Liste mit ›Zielen‹ für mich?«

»So weit sind wir noch nicht. Im Moment möchte ich nur, dass du mit dem Stein umzugehen lernst. Es kann kompliziert sein, die Person zu finden, nach der du suchst, oder jemanden ausfindig zu machen, der Tausende Meilen entfernt ist. Mit dem Stein kannst du von einem Feuer zum nächsten springen. Aber das bedarf einer gewissen Übung. Am besten fängst du jetzt gleich damit an.« Relos Var dachte einen Moment lang nach. »Ich lasse dir was zu essen und heißen Tee bringen. Und mach regelmäßig Pausen. Man kann sich leicht in dem Stein verlieren und seine körperlichen Bedürfnisse vergessen.«

»Ist das der letzten Person passiert, die ihn verwendet hat?«, fragte Bruder Qaun.

»In gewisser Weise«, erwiderte Relos Var. »Er hat den Stein im Gehen benutzt und ist dabei von einem Balkon gefallen. Die Herzogin hat zwei Wochen gebraucht, den Stein in den Schneewehen wiederzufinden.« Er stand auf und ging zur Tür hinüber. »Das sollte dir fürs Erste genug zu tun geben.«

»Wartet, ist das alles?« Bruder Qaun spürte Panik in sich aufsteigen. »Wollt Ihr mir keine weiteren Anweisungen geben?«

Relos Var blieb an der Tür stehen. »Ich kenne dich seit deiner Kindheit, Qaun. Du hast immer dann am besten gelernt, wenn ich dich etwas selbst ergründen ließ. Ich komme später wieder vorbei und sehe nach, wie du vorankommst.«

Es war klug von Var gewesen, die Funktionsweise des Steins nicht weiter zu erklären. Indem er Qaun dazu zwang, es selbst herauszufinden, sorgte er dafür, dass seinem ehemaligen Schüler keine Zeit blieb, über seine Lage nachzugrübeln. Und Qaun, der einem Rätsel noch nie widerstehen konnte, hielt sich mit Begeisterung an diesem Rettungsanker fest.

Es stimmte, was Relos Var ihm erklärt hatte: Weltenfeuer fokussierte tatsächlich auf Feuer. Hellseherei spielte dabei auch eine Rolle, da es Bruder Qaun zwar möglich war, den Stein auf ein Feuer zu richten, das er schon einmal gesehen hatte – zum Beispiel auf eine Feuerschale, die im Tempel des Khored in Atrine hing –, aber er konnte nicht mit den Kaminfeuern im Inneren des Palastes von Atrine beginnen, die er noch nie zu Gesicht bekommen hatte. Doch sobald er die hängende Feuerschale erspähte, war es ihm möglich, von dort zum nächsten Feuer zu springen. Und so ging es immer weiter, wobei er an jedem beliebigen Punkt die Richtung wechseln konnte. Wenn er beispielsweise einen Kerzenleuchter im Speisesaal ansteuerte, konnte er sich von dort bis zu einem Ofen im Herzogspalast in Atrine vorarbeiten.

Dafür brauchte er allerdings fast einen ganzen Tag. Als er sich schließlich von dem Stein losriss, war sein Körper in Aufruhr. Er hatte Hunger und Durst und musste sich dringend erleichtern. Am Rande hatte er diese Empfindungen durchaus wahrgenommen, er war nur zu sehr auf seine Probleme mit dem Stein konzentriert gewesen, um deswegen etwas zu unternehmen.

Die Herausforderung bestand darin, seine jeweilige Position möglichst schnell zu bestimmen und dann zum nächsten Feuer weiterzuspringen. Er wusste nicht, wie er es anstellen sollte, aber wenn er eine Person innerhalb eines vernünftigen Zeitraums aufspüren wollte, musste er die Suche effizienter gestalten.

Als er das nächste Mal mit Weltenfeuer hellsehen übte, sah er etwas, das ihn sofort innehalten ließ.

Ninavis.

Die ehemalige Banditenanführerin saß vor einer kleinen Kohlenpfanne im Inneren eines Azhocks und wärmte sich die Hände am Feuer. Sie trug einen Kapuzenumhang und schaute immer wieder über die Schulter zu den Soldaten hinter ihr.

Nicht nur die Einheiten des Markreev, sondern auch die Männer des Herzogs inspizierten in einer breitgefächerten Suchformation ein Azhock nach dem anderen. Sie streiften Kapuzen zurück, strichen Haarsträhnen aus den Augen und musterten jede einzelne Person von Kopf bis Fuß. Früher oder später würden sie das Zelt entdecken, in dem Ninavis war. Alle paar Minuten legte sie eine Hand auf ihren Bogen, wie um sich zu versichern, dass die Sehne eingespannt und einsatzbereit war. Sie würde sich nicht kampflos ergeben.

Der Feuergeruch in der Luft kam nicht nur von der Kochstelle, und der Himmel über der Stadt sah aus, als wäre er mit Dreck beschmiert.

Bruder Qaun erkannte die anderen Personen im Azhock nicht, doch ihrer roten Kleidung nach zu urteilen gehörten sie zu

Mithros' Roten Speeren. Sie hatten die angespannte Haltung von Soldaten, die auf den Beginn einer Schlacht warteten.

Plötzlich bebte der Boden.

Bruder Qaun wusste nicht, was den Lärm verursachte, doch die Leute im Azhock reagierten sofort. Irgendwer rief: »Stampede!«, und alle rannten hinaus. Tatsächlich ging gerade eine riesige Pferdeherde durch, die für das Turnier auf dem Grün versammelt worden war.

Die hintere Klappe des Azhocks bewegte sich, und Dorna trat ein. Sie trug eine große Tasche über der Schulter. »Hier bist du ja. Ich habe dich gesucht.«

Bruder Qaun stieß den Atem aus. Sie war am Leben. Also hatte Relos Var, zumindest was sie anbelangte, nicht gelogen.

»Was machst du hier?«, fuhr Ninavis auf. »Der Markreev hat versprochen, dich aus der Stadt zu schaffen.«

»Ohne euch alle gehe ich nirgendwohin. Außerdem hat Mithros einen Plan.« Die alte Frau warf die Tasche neben das Feuer. »Leg dir das schnell an. Arasgon und Talaras können die Pferde nur so lange in Panik versetzen, bis ein anderer Feuerblüter dazukommt und sie wieder beruhigt.«

»Sie nehmen jeden Marakorer fest, den sie finden, Dorna, und sie haben meine Beschreibung. Was willst du dagegen …?« Sie verstummte. Mittlerweile hatte Dorna die Tasche geöffnet. Sie zog Mithros' schwarz lackierten Helm, seine Rüstung und den Umhang aus Rabenfedern heraus.

Die Aufmachung des Schwarzen Ritters.

»Mithros schwört, dass dir alles passen wird. Er hat es extra für dich umgearbeitet. Jetzt beeil dich.« Bruder Qaun schaute weg, während Ninavis sich entkleidete; stattdessen beobachtete er, wie Dorna durch das Zelt spazierte. Die alte Frau wirkte vollkommen gesund. Sie nickte den Roten Speeren zu, die nicht das Zelt verlassen hatten, um sich die Stampede anzusehen. Während sie herumlief, verschwanden verschiedene kleine Kostbarkeiten in ihren

Rockfalten, aber nur, wenn niemand – außer Bruder Qaun – auf sie achtete.

»Hilf mir bitte mit dem Umhang«, meldete sich Ninavis.

Unter der schwarzen Rüstung war nicht zu erkennen, wie groß sie war und welches Geschlecht sie hatte, was vor allem an den unheimlich aussehenden Schulterstücken und dem verzierten Brustharnisch lag, der ihren Busen bedeckte.

Draußen wieherte ein Pferd. Bruder Qaun sah Arasgons rotgetigerte Beine vor dem Zelteingang.

»Wir sind fast fertig!«, rief Dorna. Sie hängte Ninavis den Rabenfederumhang über die Schultern. »Arasgon steht für dich bereit. Du begibst dich zum Tempel des Khored. Die anderen sind bereits dort. Mithros wird dich aus der Stadt schmuggeln.«

»Und was ist mit dir? Der Herzog wird dich nicht einfach davonspazieren lassen ...«

Die alte Frau winkte ab. »Na klar. Wenn man vor einem Haufen Adliger von den Toten aufersteht, hängen sie einem noch vor dem ersten Atemzug das Etikett *Hexe* an. Mach dir um mich keine Sorgen. Ich stoße in den Höhlen zu euch.« Sie wurden von Geräuschen unterbrochen: Die Soldaten kamen wieder, und die Pferde kehrten in den Pferch zurück. »Schnell jetzt. Sie warten auf dich.«

»Wer wartet?«, fragte Ninavis.

»Deine Armee.« Dorna drohte ihr mit dem Finger. »Halt sie besser nicht hin.«

39

INTRIGEN UM DIE KRONE

Jorat, Quurisches Reich.
Drei Tage nachdem Tyentso nicht einmal annähernd
bereit für alles gewesen war

Ninavis nahm ein Spültuch und warf es nach Qaun.
Er hob abwehrend die Hände. »Es tut mir leid! Ich war gegaescht!«
»Ja, ja«, raunzte sie. »Das behaupten alle.«
Janel lachte und erzählte weiter.

Janels Schilderung. Im Eispalast, Yor, Quur.

Bikeinoh besorgte mir ein Kleid und führte mich aus dem Quartier der Ehefrauen hinaus. Unterwegs spürte ich die wütenden Blicke der Frauen auf mir, die mich für eine Bedrohung zu halten schienen – als würde ich eine Aufmerksamkeit auf mich ziehen, die eigentlich ihnen zustand.

Ich wollte lachen, sie Dummköpfe nennen und mich über diese Vorstellung lustig machen. Aber ich kannte Herzog Kaen nicht. Vielleicht würde Kaen, anders als Relos Var glaubte, unsere Scheinehe nicht als »fremdes Revier« respektieren. Womöglich begehrte er, was er nicht haben konnte.

Vielleicht hatten sie recht.

Es trug nichts zu meiner Beruhigung bei, dass Bikeinoh mich in die Privatgemächer des Herzogs brachte. Wie im Quartier der Ehefrauen war auch hier die Außenwand transparent und gab den Blick auf ein atemberaubendes Bergpanorama frei. Sobald Bikeinoh den Raum wieder verlassen hatte, öffnete sich eine andere Tür und Wyrga trat ein. Die bucklige Alte trug einen Armvoll Kleidung, darunter auch das rote Kleid, das Senera mir gegeben hatte, und Relos Vars Schmuck. Auch das machte mich nervös. Schließlich war Wyrga, wie sie selbst zu Senera gesagt hatte, kein Dienstmädchen.

Sie kicherte. »Ah, die kleine Hure.«

»Sag, pflegst du eigentlich Umgang mit Dämonen? Deren Beleidigungen sind nämlich ähnlich originell wie deine. Ich finde, du bemühst dich noch nicht genug, meine Gefühle zu verletzen. Komm schon. Das kannst du besser.«

Sie lachte verzückt und ließ die Kleidung auf einen Stuhl fallen. »Du weißt, dass ich deine Mutter kannte.«

»Das hast du erwähnt. Und kennst du zufällig auch den Namen meiner Mutter?«

»Irisia, aber so nennen die Leute sie heutzutage nicht mehr. Wenn sie zurückkommen, nachdem Vol Karoth mit ihnen fertig ist, merken sie alle, dass die Welt ihre alten Namen durch neue ersetzt hat.« Die alte Frau kam zu mir, beugte sich dicht an mich heran und schnupperte an mir. »Ich kannte deine Mutter und habe die Schleier aufleuchten sehen. Du bist genau wie sie. Aber lass nicht zu, dass sie ein süßes kleines Schoßtier aus dir machen. Den Fehler hat Irisia gemacht. Löwen sollten ihre Käfige nicht lieben.«

Ich wartete einen Moment, ehe ich antwortete. »Ach, tatsächlich?«

»Glaubst du etwa, ich kann meinesgleichen nicht erkennen? Du und ich, wir sind beide wilde Monster.« Sie grinste wieder.

»Rev'arric glaubt also, er könnte dich zähmen. Was für ein Narr. Mein Mann hat auch geglaubt, er hätte mich gezähmt, aber ich habe meine Leine nie geliebt. Oh, wie er mir das bezahlt hat. Ist es nicht das Vorrecht aller unschuldig Eingesperrten, Rache an ihren Gefängniswärtern zu nehmen?«

Ich merkte, dass ich gegen meinen Willen neugierig wurde. »Wer ist Rev'arric?«

»Habe ich Rev'arric gesagt? Ich meinte Relos Var.« Ihr Atem roch nach rohem Fleisch.

»Wer ... wer bist du? Ich meine, wer bist du *wirklich*?«

Sie richtete sich wieder auf und schaute mich empört an, als hätte ich ihr gerade eine Runde gemeinsamen Matratzensport vorgeschlagen. »Das kann ich dir nicht sagen.« Sie fing erneut zu gackern an. »Aber ich weiß, weshalb du hier bist. Ich weiß alles über dich, kleine Löwin.«

Ich ignorierte, wie unwohl mir bei dieser Unterhaltung war. Die Alte schien verrückt zu sein, aber das musste nicht bedeuten, dass sie log. Ganz im Gegenteil.

»Und was weißt du genau?«

»*In der Steinstadt mit den drei Straßen wird das Löwenjunge von der Katastrophe versengt, während der schreckliche Todesmarsch das Schlaraffenland überzieht. Das Junge überlebt als Einziges, verflucht mit großer Stärke, und wird von Pferden großgezogen.*« Sie trat einen Schritt zurück und zeigte auf mich. »Das bist du, mein Liebchen«, flüsterte Wyrga beinahe tonlos. »Die Höllenkriegerin.«

Bevor ich etwas erwidern konnte, ging die Tür auf und Herzog Kaen kam herein. »Was machst du denn hier, Wyrga? Geh zurück zu deinen Tieren.«

»Ja, ja, Euer Gnaden.« Sie machte eine Verbeugung vor ihm, die so unaufrichtig wirkte wie das Grinsen einer Hyäne, und schlurfte aus dem Zimmer.

»Graf Tolamer«, sagte der Herzog. »Gesellt Euch bitte zu mir. Wir haben viel zu besprechen.«

»Wer ist diese Frau? Sie kann nicht ...« Ich verstummte, als ich einen Blick in seinen Salon warf.

An der Wand mit der Tür, durch die ich hereingekommen war, stand ein Bücherregal. Aber das war es nicht, was meine Aufmerksamkeit erregte. Nein, diese Ehre gebührte den Turnier-Insignien, die die gegenüberliegende Wand bedeckten. Es waren genügend Flaggen und Banner, um einen halben Festplatz voll begeistert schreiender Zuschauer damit einzudecken.

Herzog Kaen hatte sich auch nicht auf eine einzige Mannschaft beschränkt, obwohl er offenbar eine Vorliebe für Ferras Ritter hatte, die in den meisten Turnieren chancenlos waren. Eine andere Wand war von einer Karte Ost-Quurs bedeckt. Mir fiel auf, dass eine Nadel in Jorat steckte, genauer gesagt, in Mereina, der Provinzhauptstadt von Barsine. Anschließend entdeckte ich eine zweite im Tiga-Pass.

Ich wandte den Blick ab.

Mit seinem Kaminfeuer und den bequem aussehenden Sesseln wirkte das Zimmer warm und gemütlich. Die Hartholzvertäfelung an den Steinwänden gab dem Raum eine individuelle und einladende Note.

»Seid Ihr ein Anhänger der Turniere?«, fragte ich ungläubig. »Verfolgt Ihr die Wettkämpfe?«

Leise lachend nahm er vor dem Kamin Platz. Auf dem Tisch vor ihm stand ein großes Tablett mit Fleisch und verschiedenen Schmorgerichten sowie einer Teigrolle, von der ich hoffte, dass sie mit Gemüse gefüllt war. Außerdem sah ich eine Silberkaraffe, aus der Dampf aufstieg. Neben das Tablett hatte jemand ein Zaibur-Brett ohne Spielfiguren gestellt.

»O ja«, sagte er. »Ich bin ein begeisterter Anhänger. Nicht nur von den Wettkämpfen. Mir gefällt auch die Idee, die hinter den Turnieren steht. Die zentrale Frage, mit der sich seit Jahrhunderten jeder Herrscher auseinandersetzen muss, lautet: Was macht man mit einem stehenden Heer? Kandor hat dieses Problem gelöst, indem er immer neue Kriege vom Zaun brach. Aber was passiert, wenn es kein Land mehr gibt, das man noch erobern kann?« Er machte eine vage Geste. »Khorvesch muss mit der Öde fertigwerden und wahrscheinlich auch mit den Manolern, aber was ist mit Jorat? Jorat ist zwischen drei anderen quurischen Provinzen eingezwängt und hat keine Außengrenzen, bis auf eine Küste, an der es so stürmisch ist, dass keine Kriegsflotte dort einen Angriff wagen würde. Was soll Jorat bloß mit all jenen anstellen, denen in der Kindheit beigebracht wurde, dass man nur wirklich erwachsen ist, wenn man sich auf dem Schlachtfeld beweist?«

Die Antwort auf diese Frage kannte ich selbstverständlich seit meiner Jugend: »Wir haben den Kampf in eine Sportveranstaltung umgemünzt.«

»Ihr habt einen Sport daraus gemacht«, pflichtete er mir bei. »Einen wichtigen Sport noch dazu, ein wirtschaftlich bedeutsames Unternehmen, von dem Eure gesamte Bevölkerung profitiert. Dort herrscht der gleiche Heldenmut wie auf einem Schlachtfeld, aber es kommt zu bedeutend weniger Todesfällen. Brillant.« Der Herzog dachte einen Moment lang nach. »Zumindest solange keine echte Bedrohung auftaucht. Im Moment erscheint diese Lösung vielleicht nicht ganz so brillant, da Eure ›Ritter‹ keine Ahnung haben, wie sie mit einem tatsächlichen Notfall umgehen sollen.«

»Ja, wer hätte auch ahnen können, dass Ihr Zauberer, Dämonen und einen Drachen auf sie hetzen würdet?« Ich gab mir keine Mühe, meinen Zorn zu verbergen.

»Ja, allerdings.« Er grinste. »Habt Ihr bereits gegessen?« Er zeigte auf das Tablett. »Es wäre mir eine Ehre, wenn Ihr diese Mahlzeit mit mir teilen würdet.«

»Vielen Dank. Ich bin vollkommen ausgehungert.«

Ich nahm Platz und tat mir etwas von dem Essen auf. Kaen wirkte überrascht. Mir wurde bewusst, dass ich ihm eigentlich den Vortritt hätte lassen sollen – erstens war er der Herzog und zweitens ein Mann. Welche Regel auch zutreffen mochte, aus seiner Sicht hatte ich dagegen verstoßen. Wenn mir das klar gewesen wäre, hätte ich erst recht darauf bestanden, als Erste nach einem Teller zu greifen.

Ich schnitt die Teigrolle mit meinem Messer auseinander und entdeckte darin eine gallertartige weiße Substanz.

»Was ist das?«, erkundigte ich mich.

»Walfett«, antwortete er. »Ihr solltet davon kosten. Es schmeckt ganz hervorragend.«

Ich blickte auf das Tablett hinunter. »Gibt es auch irgendetwas ohne Fleisch?«

»Im Tee ist kein Fleisch«, erwiderte er. »Es tut mir leid. Niemand hat mir gesagt, dass Ihr kein Fleisch esst.«

»Grundsätzlich schon«, entgegnete ich. »Aber wie die meisten Jorater esse ich es nicht jeden Tag. Damit würde ich mir bloß den Magen verderben.« Ich griff nach dem Tee, da zumindest der frei von tierischen Produkten zu sein schien.

Doch das war er nicht. Auf der eigentlichen Flüssigkeit schwamm eine dicke Butterschicht. Ich hatte keine moralischen Bedenken, den Tee zu trinken, aber der unerwartete Geschmack verursachte mir fast Brechreiz.

Kaen beobachtete mich neugierig. »Hier in Yor ist es sehr kalt«, erklärte er. »Deswegen essen wir Fleisch und Fett. Früher haben wir uns eher pflanzlich ernährt, doch dann sind die Quurer eingefallen und haben die Quellhöhlen zerstört.«

»Ihr könntet Gemüse importieren«, wandte ich ein.

»Ja«, gestand er. »Das *könnten* wir.«

»Wenn Ihr nicht mit den Adelshäusern kooperieren wollt, wieso habt Ihr dann gestern so viele ihrer Vertreter in Eurer großen Halle speisen lassen?«

»Ihr habt gestern niemanden aus dem Haus D'Aramarin gesehen, richtig? Nirgends auch nur eine Spur von Grün. Und genauso wenig die Häuser D'Nofra und D'Kard. Ihnen ist der Status quo ganz recht, aber was die übrigen Häuser anbelangt: Die sind offener für den Wandel.«

»Macht Ihr Euch keine Sorgen, dass sie Euch verraten könnten?«

»Ich weiß, dass sie mich verraten werden – und zwar sobald sie glauben, dass ich scheitern könnte.«

Ich stellte die Teetasse ab. »Wieso bin ich noch am Leben, Euer Gnaden?«

Er lachte und lehnte sich in seinem Sessel zurück. »Ihr sagt einfach, was Ihr denkt, oder?«

»Ich bin gerne am Leben, aber ich würde mich besser fühlen, wenn ich die Motive hinter all dem verstünde. Und das tue ich nicht.« Ich verschränkte die Finger auf dem Schoß. »Ihr habt überall in Jorat Dörfer und Städte angegriffen. Und zwar so, dass Herzog Xun mit den Mitteln, die ihm zur Verfügung stehen, kaum etwas davon mitbekommt, geschweige denn etwas dagegen unternehmen kann. Und was wird in Jorat geschehen, wenn das Volk erkennt, dass sein Herzog es nicht vor einer Bedrohung beschützen kann, die allen noch so frisch in Erinnerung ist, dass sie nach wie vor durch die Albträume der Kinder geistert? Ein weiterer Höllenmarsch. Und was passiert, wenn Ihr auftaucht und es im Gegensatz zu unserem Herzog schafft, diese Gefahr abzuwenden?« Ich zuckte die Achseln. »Dann bekommt Ihr Zugang zu so viel gutem Ackerland, wie Ihr Euch nur wünschen könnt. Man könnte es für eine unblutige Übernahme halten – wenn man nicht wüsste, dass Ihr hinter den ursprünglichen Attacken steckt. Es ist gar nicht nötig, dass Ihr Jorat erobert. Wir würden Euch die Krone überreichen und vom Hohen Rat von Quur verlangen, dass er Euch die Führung unserer Provinz überträgt.«

Kaen sah begeistert aus. »Ihr seid wirklich eine Wonne!«

Ich verdrehte die Augen. »Da ich Eure Strategie durchschaue, begreife ich allerdings noch weniger, wieso Ihr mich hierhergebracht habt. Weshalb habt Ihr nicht zugelassen, dass Relos Var mich tötet?« Ich stutzte. »Oder war es allein seine Idee, mich am Leben zu lassen?«

»Ein bisschen von beidem. Könnt Ihr Euch denken, wieso?«

Ich sah ihn finster an. »Ich hätte nicht gefragt, wenn ...« Ich zögerte. »Es hat etwas mit meinen Eltern zu tun. Meinen echten Eltern.«

Thaena hatte es mir gesagt: Relos Var liebte es, seine Feinde mit einem Angriff auf ihre Familien zu treffen. Anscheinend war ich genau aus diesem Grund unwiderstehlich für ihn.

Bis Darzin D'Mon den Brief meines Großvaters vorgelesen hatte, war ich sicher gewesen, keine lebenden Verwandten mehr zu haben. Doch nun musste ich mich damit auseinandersetzen, dass meine Eltern möglicherweise am Leben und noch dazu Relos Vars Feinde waren.

Wenn Thaena richtig lag, war ich ein Köder, der für jemand anderen ausgelegt worden war.

»Ja«, sagte Kaen. »Nicht mit Eurer Mutter. Ich bin sicher, dass sie eine hinreißende Frau war. Hat Relos Var nicht gesagt, sie sei eine Tänzerin gewesen? Etwas in der Art. Aber Euer Vater ...« Er lächelte. »Er ist in der Tat ein khorveschischer Soldat. Aber nicht bloß ein einfacher Offizier, sondern der Oberste General Qoran Milligreest höchstpersönlich, der Vorsitzende des Hohen Rats und damit der mächtigste Mann im Reich.«

»Der Kaiser ...«

»... ist eine Marionette, die eine magische Massenschlägerei gewonnen hat und ihre Befehle vom Rat empfängt, den wiederum Euer Vater befehligt.«

Ich antwortete nicht. Ich glaube, ich stand unter Schock. *Der Oberste General?*

»Schaut mich nicht so an. Qoran ist ein guter Mann. Ich bin ihm bei mehreren Gelegenheiten begegnet. Unglücklicherweise kann er seine Hose nicht zugeknöpft lassen. Seine Frau verdient eine bessere Behandlung.«

»Sagt der Mann, der mehrere Dutzend Ehefrauen hat.«

»Nur aus politischen Gründen«, erwiderte Kaen. »An seiner Stelle wäre ich treu. Natürlich verdanken wir Eure Existenz nur seiner mangelnden Selbstbeherrschung, und deshalb ist es gut, dass er so ist. Sein Fehltritt gereicht uns zum Vorteil.«

Ich war froh, dass ich saß, da mir allmählich die Sinne schwanden. »Ich habe ihn kennengelernt.«

»Nach Lonezh, nehme ich an.«

»Ich dachte ...« Ich trank einen Schluck Tee, wobei ich diesmal den Buttergeschmack gar nicht wahrnahm.

»Ihr dachtet, der Oberste General würde sich für Euch interessieren, weil er wissen wollte, weshalb Xaltorath Euch als seinen Wirtskörper erwählte und weshalb er partout nicht aus Euch herausfahren wollte. Aber das war nicht der Grund. Der Oberste General interessierte sich bereits vor dem Ende des Höllenmarsches für Euch. Irgendwer – vermutlich Kaiser Sandus – hat sich Eure Aura angesehen und erkannt, wer Ihr wirklich seid: nämlich eine Milligreest. Eine Khorvescherin. Und Milligreest hat es nie zugegeben. Er ließ Euch bei den Vishai und kehrte nach Hause zurück. Dabei tat er so, als wärt Ihr überhaupt nicht miteinander verwandt. Fast hätte es funktioniert.«

»Und deswegen geht Ihr davon aus, dass es ihn interessiert, was aus mir wird?«, fragte ich.

»Oh, das ist keine Spekulation. Hätte ihm die damals achtjährige Anführerin des Höllenmarschs nicht am Herzen gelegen, hätte er zweifellos die gesamte magische Energie der quurischen Armee gegen sie ins Feld geführt. Es gibt keine andere Erklärung für Euer Überleben. Wenn er erneut darüber nachdenken muss, ob er diese Kräfte entfesseln soll oder nicht, möchte ich, dass er ein weiteres Mal zögert. Und genau das wird er tun, weil er sich um Euch sorgt.«

Ich kann nicht beschreiben, wie mir in diesem Moment zumute war. Es war noch viel schlimmer, als ich geglaubt hatte. Noch schlimmer als dieser Unfug, dass man mich Danorak nannte und als große Heldin pries.

Ich hatte überlebt, weil einem Vater, den ich damals nicht einmal kannte, mein Überleben wichtiger war als der Fortbestand des Reichs. Aber warum? Weil ich aus seinem Samen entstanden war, und das vermutlich aufgrund einer Bettgeschichte, die ihm herzlich wenig bedeutete. Jorat sollte ruhig vor die Hunde gehen, solange nur sein *Nachwuchs* überlebte.

Diese Arroganz ließ mir übel werden.

Sie werden versuchen, dich zu brechen, hatte Khored gesagt. Nein, halt. Das stimmte nicht.

Das war nicht Khored gewesen, oder?

Relos Var wird versuchen, dich zu brechen, hatte Xaltorath gesagt. *Und du musst dafür sorgen, dass es ihm gelingt.*

Wieso, Xaltorath? Wieso hast du mich ausgesucht? Was wolltest du damit erreichen? Ich erkannte Zahnrädchen, die ineinandergriffen. Doch ohne Sinnzusammenhang und ohne die dahinterstehenden Motive zu kennen, ergaben ihre Bewegungen keinen Sinn. Ich sah zwar das Spiel, aber ich hatte keine Ahnung, wer oder was die Regeln bestimmte.

Doch immerhin wusste ich, dass viele Mächte an diesem Spiel beteiligt waren, und dass sie alle die Absicht hatten, mich als ihren Hauptgewinn einzustreichen.

Während ich dasaß und ins Leere starrte, stand Herzog Kaen auf, nahm das Tablett und trug es zu einem anderen Tisch hinüber. Anschließend ging er zur Tür, und ich hörte, wie er draußen leise mit jemandem sprach.

In der Zwischenzeit drehte ich mich um und studierte die Karte.

Als er zurückkehrte, sah ich ihn an.

»Es tut mir leid«, sagte er. »Ich habe Euch aus der Fassung gebracht.«

»Nichts, was Ihr sagt, kann mich aus der Fassung bringen«, flüsterte ich. Doch nicht einmal ein Fünfjähriger wäre auf diese durchsichtige Lüge hereingefallen.

»Ihr solltet wissen, dass nicht alles auf mein Konto geht. Jorat ist Gefahren ausgesetzt, von denen Euer Volk noch gar nichts ahnt und die es vernichten würden, wenn nichts gegen sie unternommen wird.«

Ich hob eine Augenbraue. »Oh, und ich nehme an, Ihr seid der Einzige, der uns retten kann, oder? Klingt, als käme Euch das alles sehr gelegen.«

»Ach, wenn es doch nur so wäre. Aeyan'arric – das ist die Eisdrachin, die Ihr getroffen habt – weiß sich zu benehmen und ist die meiste Zeit ganz vernünftig. Relos Var überträgt ihr Aufgaben, und sie führt sie aus. Die anderen Drachen dagegen ...« Er schüttelte den Kopf. »Drachen sind wahnsinnig. Sie lassen sich nicht kontrollieren. Sie sind nicht zu zähmen. Relos Var kann zwar dafür sorgen, dass Aeyan'arric sich benimmt, aber ich werde ihr nie vertrauen. Und der größte und gefährlichste Drache – Morios – schläft unter dem Jorat-See. Wenn er erwacht – und ich sage bewusst, *wenn*, nicht *falls* –, wird er das halbe Reich zerstören, bevor ihm irgendwer Einhalt gebieten kann. Es gibt sogar eine Prophezeiung über ihn. Möchtet Ihr sie hören?«

»Eine Prophezeiung.« Ich starrte ihn an. »Ich mag keine Prophezeiungen.«

»Sie können nützlich sein.« Kaen nahm ein Buch aus dem Regal und schlug es an einer gekennzeichneten Stelle auf. »Vor allem diese. *Im zwanzigsten Jahr des Falken und des Löwen, das Gefängnis der schlafenden Bestie unter dem silbernen Schwert zerbricht. Der Schwerterdrache verschlingt die Dämonenfälle, derweil sich die Nacht das Land einverleibt.*« Er hielt mir das Buch hin. »Ein devoranischer Vierzeiler.«

Das ledergebundene Buch sah sehr alt aus. Während ich es betrachtete, wurde mir klar, dass das halbe Regal mit Bänden wie diesem vollgestellt war. »Wie viele ...?« Ich schaute den Herzog an. »Wie viele Devoranische Prophezeiungen gibt es eigentlich?«

»Viel mehr als die hier. Aber ich bin ein leidenschaftlicher Leser.«

»Das zwanzigste Jahr des Falken und des Löwen. Auf welchem Kalender basiert diese Zählung?«

»Wenn Relos Var recht hat«, Azhen Kaen streckte die Hand aus und schnippte mir, bevor ich ausweichen konnte, mit einem Finger gegen die Nasenspitze, »seid *Ihr* der Löwe. Und das bedeutet, dass Morios in wenigen Jahren erwacht. Uns geht die Zeit aus. Und ich für meinen Teil habe nicht vor, Morios – den Schwerterdrachen – Atrine zerstören zu lassen, bevor ich es erobern kann. Ihr wisst ja sicher, was *Atrine* …«

»Die Silberne Klinge.« Ich lehnte mich nach hinten, für den Fall, dass er mich noch einmal an der Nase berühren wollte. »In Jorat weiß jedes Kind, was Atrin Kandors Name bedeutet. Und, was wollt Ihr in dieser Angelegenheit unternehmen?«

»Gar nichts.«

Ich wartete auf weitere Erklärungen, aber es kamen keine. »Wie bitte?«

»Ich werde gar nichts unternehmen«, wiederholte Kaen. »Da Var glaubt, ich sei nicht bereit, fühlt er sich auch nicht verpflichtet, ein Tor zu einem mir unbekannten Ort zu öffnen. Trotz seines Namens ist der Jorat-See in Wahrheit ein Binnenmeer, in dem ich selbst einen so riesenhaften Drachen wie Morios unmöglich allein finden könnte. Abgesehen davon würde Herzog Xun meine Suche für etwas Bedrohliches halten. Zum Beispiel für eine Invasion.«

»Relos Var ist Euer …« Ich wedelte mit den Armen. »Er arbeitet für Euch, oder nicht?«

»Er unterstützt mich. Allerdings kann ich seine Gehilfin, Senera, nicht dazu bringen, mir Morios' Versteck zu verraten. Und auch Relos Var selbst weigert sich bislang, damit herauszurücken. Die Zeit sei nicht reif – was auch immer das bedeutet.« Er prostete mir mit seinem Tee zu. »Wahrscheinlich besteht das eigentliche Problem darin, dass ich immer davon ausgegangen bin, ich würde den Drachen töten, während Relos Var jemand anderen für diese

Aufgabe im Auge hat.« Er bedachte mich mit einem vielsagenden Blick. »Mir ist aber auch gar nicht wichtig, dass ich es selbst tue.«

Ich spürte, wie mir der Magen in die Kniekehlen sackte. »Was meint Ihr damit?«

»Ich muss nicht einmarschieren und Jorat retten. Der Hohe Rat würde die Regierungsgeschäfte einer Provinz ohnedies nicht einfach so an den Führer einer anderen übertragen. Sie wollen die Provinzen voneinander getrennt halten. Natürlich misstrauen die Jorater den Yorern, aber wenn ein Jorater käme und Morios erschlüge, wenn, sagen wir mal, die berühmte Heldin Janel Danorak es täte ... Ich habe das eigenartige Gefühl, dass der Oberste General Euren Anspruch nicht anfechten würde.«

Ich suchte nach Ausflüchten. »Aber *offenbar* bin ich gar keine Joratin.«

Er winkte ab. »Die Jorater halten Euch für eine der Ihren. Ihr werdet als Heldin verehrt werden.«

»Und dafür muss ich lediglich mein Volk betrügen.« Ich wusste, dass man mir meinen Titel aberkannt und mich wahrscheinlich noch dazu als Hexe gebrandmarkt hatte. Was würde geschehen, wenn ich zurückkehrte und einen Drachen tötete, der so gefährlich war, wie Herzog Kaen es behauptete? Dann würden alle glauben, dass ich Herzog Xun auf dem Thron ablösen wollte.

Führen und Beschützen ist bei uns ein und dasselbe.

Die Vorstellung war verlockend. Wie schwer konnte es schließlich mit all meinem Wissen und meiner Erfahrung sein, in Jorat einen deutlich weniger blutigen Umsturz herbeizuführen? Herzog Kaen verstand die Jorater nicht so gut, wie ich es tat. Er wusste nicht, wie man ihre Loyalität ins Wanken brachte. Ich dagegen schon – ganz ohne Drachen und Dämonen.

All das Sterben würde aufhören. Und zwar nicht erst, nachdem ich den Speer ausfindig gemacht und damit den Drachen getötet hatte. Und auch nicht, nachdem ich herausgefunden hatte, wie ich Relos Var besiegen konnte. Sondern *sofort*.

Wie viele Leben könnte ich retten, wenn ich Herzog Kaen die Treue schwor? Ich könnte alles erreichen, was ich mir ersehnte. Kaen würde keinen Grund mehr haben, Aeyan'arric auf joratische Dörfer zu hetzen.* Falls sich Kaens Geschichte über Morios als wahr herausstellte, könnte ich Hunderttausende Leben retten, wenn ich den Drachen tötete.

Ich musste nur einwilligen.

»Aber wäre es überhaupt Verrat?«, fragte Kaen. »Ist es nicht vielmehr Gerechtigkeit, wenn sie zuerst Euch ein Unrecht angetan haben? Relos Var hat mir von Eurer Situation erzählt. Euer Markreev hat Euch nicht beschützt, wie es seine Aufgabe gewesen wäre. Er hat seine Macht über Euch ausgenutzt, um Euch zu einer unangemessenen Verbindung zu zwingen. Euer Großvater hat Euch verraten, weil er einfach davon ausging, dass Ihr Euch einem Mann unterordnen würdet. Außerdem hat er wegen seiner erbärmlichen rassistischen Ansichten Euren wahren Wert aus den Augen verloren.«

»Dafür haben mich diese Leute wenigstens nicht fälschlicherweise der Hexerei bezichtigt, in einem Zweikampf getötet und verschleppt, um mich gegen meinen Willen in einem fremden Land festzuhalten.«

»Falls der Enthusiasmus, mit dem Ihr jemandem beisteht, der Euch Unrecht angetan hat, proportional zur Schwere seines Verbrechens ist, müssten wir Euch eigentlich bereits überzeugt haben, dass Yor unbedingt gerettet werden muss.« Er lächelte und fand sich selbst offensichtlich urkomisch.

»Ach?« Ich lachte, aber nur, weil ich es überhaupt nicht lustig fand. »Und warum muss Yor gerettet werden?«

»Weil unser Land stirbt«, antwortete Azhen Kaen ohne jeden Anflug von Humor. »Quur hat es umgebracht.«

---

* Ach, du süßes Mädchen. Wenn Herzog Kaens Ehrgeiz nur der einzige Grund wäre, aus dem das nötig ist.

Veixizhau, die junge Gemahlin des Herzogs, die mich bei meiner Ankunft als Erste ausgefragt hatte, erwartete mich bereits, als ich in das Quartier der Ehefrauen zurückkehrte. Mir war nicht klar, ob sie mich mit dem Samitkleid und dem glitzernden Diamantkollier, die sie inzwischen trug, beeindrucken oder ausstechen wollte.

Ich achtete nicht auf sie, weil ich über meine Ehre nachdachte und mich fragte, was mir wichtiger war: mein Stolz oder mein Volk. Eigentlich war ich doch nur hierhergekommen, weil ich um jeden Preis das Vertrauen von Relos Var und Herzog Kaen gewinnen wollte. Wieso verweigerte ich mich dann Kaens Vorschlag? An ein Versprechen, das ich ihnen gab, musste ich mich nicht gebunden fühlen.

Aber ich wollte es.

Ich gestand es mir nur ungern ein, aber ich wollte, dass jemand Besseres als Herzog Xun über Jorat herrschte. Ich wollte, dass der Markreev von Stavira mein Idorrá anerkannte. Ich wollte ...

»Das hat ja ganz schön lange gedauert«, unterbrach Veixizhau meine Gedanken. Falls sie versuchte, nett zu sein, gab sie sich keine allzu große Mühe.

»Ja? Ich habe die Zeit vergessen. Wo ist die Küche? Ich bin völlig ausgehungert.«

»Segra, bist du so gut und holst unserem Gast etwas aus der Küche?«

»Vielen Dank«, sagte ich. »Bitte kein Fleisch. Ich nehme Brot. Und Haferbrei, falls Ihr welchen habt.«

Segra, eine nervös wirkende junge Frau mit großen violetten Augen, schenkte mir ein verlegenes Lächeln, bevor sie ging.

Veixizhau bot mir einen Stuhl an. »Setzt Euch doch bitte. Erzählt mir von Eurem Gespräch. Ich höre viel zu selten, was außerhalb unserer Räumlichkeiten vor sich geht.«

Ihr fröhlicher Tonfall ließ mich stutzen. »Der Herzog ... Entschuldigung ... Der Hon schneidet Euch von allem Wissen über die Außenwelt ab?«

»Wir haben Bücher. Alte Bücher. Nichts Aktuelles.«

Ihre Bemerkung erregte die Aufmerksamkeit einer anderen Ehefrau. »Ich mag die Bücher zwar, aber sie sind kein Ersatz für Neuigkeiten.«

»Wo ist Bikeinoh?« Ich sah mich um, konnte die älteste Frau des Hons aber nirgends entdecken.

»Wahrscheinlich muss sie etwas erledigen. Auf solche Dinge achte ich nicht. Was hat der Hon gesagt?« Veixizhau beugte sich vor.

Offensichtlich glaubte sie nicht, dass wir uns nur unterhalten hatten, und versuchte mich dabei zu ertappen, wie ich mir eine Konversation ausdachte.

»Er möchte, dass ich ihm helfe, Jorat zu erobern«, sagte ich.

Sie blinzelte überrascht. »Was?«

Ich seufzte. Ich war hierfür nicht in Stimmung. Seit dem Gespräch mit dem Herzog hatte ich ohnehin schlechte Laune, und den Schmerzen in meinem unteren Rücken nach zu urteilen, konnte jeden Moment mein Fluss beginnen. Ich hatte keine Geduld für eine eifersüchtige Ehefrau, die glaubte, ich hätte es auf ihren Mann abgesehen.

»Euer Gemahl will, dass ich ihm bei der Eroberung von Jorat helfe. Darüber haben wir uns eingehend unterhalten.« Ich ignorierte den Stuhl, den Veixizhau mir anbot, und setzte mich stattdessen auf einen anderen. »Ich soll irgendwie einen Drachen töten, eine Aufgabe, die ein kluger Herrscher meiner Meinung nach jemand anderem übertragen würde. Ach, und er will mich als Druckmittel gegen meinen Vater einsetzen, damit der Yor in Frieden lässt. Wirklich nett.«

Da ich die Augen geschlossen hielt, konnte ich ihren Gesichtsausdruck nicht sehen, aber sie stieß einen überraschten Laut aus. »Ach, mein armes Mädchen. Das tut mir sehr leid! Glaubt mir, ich weiß, wie es ist, unfreiwillig aus seiner Familie gerissen zu werden.«

Ich hob den Kopf, schlug die Augen auf und sah sie an. »Nichts von dem, was Ihr gesagt habt, klingt auch nur annähernd aufrichtig. Bis auf die Bemerkung über Eure Familie.«

Sie machte ein Gesicht, mit dem sie wie die personifizierte Unschuld aussah. »Ihr schätzt mich vollkommen falsch ein.«

»Das bezweifle ich. Ich sage es Euch ganz deutlich: Ich habe keinerlei Interesse an Eurem Ehemann. Ich möchte auf keinen Fall die siebenunddreißigste Ehefrau des Hons werden – oder die wievielte auch immer. Falls er sich mir aufzwingt, werde ich ihn töten, und wenn es mich das Leben kostet.«

»Seid Ihr dem Zauberer Relos Var so treu ergeben? Ihr müsst ihn wirklich lieben.«

Ich unterdrückte ein Lachen. »Eher nicht.«

Während sie mich mit undurchdringlicher Miene musterte, kehrte Segra mit einer Schüssel zurück und reichte sie Veixizhau. Sie schien tatsächlich ganz schlichten Haferbrei zu enthalten. Doch dann stieg mir der Geruch in die Nase, und meine Begeisterung schwand. Es war kein Haferbrei, sondern aus Schlachtabfällen gekochte Schleimsuppe.

Veixizhau stellte die Schüssel auf den Tisch. Nachdem ich die schreckliche Brühe einen Moment lang angesehen hatte, begann ich widerwillig, sie zu essen. Sie schmeckte eigenartig, und ich fragte mich, aus was für Fleisch sie gemacht war. Vermutlich keins, das ich erkennen würde oder wollte.

Ich hob den Blick zu Veixizhau. »Und? Konnte ich Euch beruhigen?«

Sie hob eine Augenbraue und grinste. »Ja, das habt Ihr. Seid ehrlich: Ihr wart noch nie mit einem Mann zusammen, oder?«

Ich zögerte. In Jorat galt es nicht als Tugend, »unberührt« zu sein, aber ich wusste, dass das nicht überall im Reich so war. Ihr begeisterter Gesichtsausdruck missfiel mir. »Ich bin verheiratet.«

»Seid Ihr das wirklich? Ich glaube nicht, dass das stimmt.« Sie lachte. »Macht Euch keine Sorgen. Ich werde es nicht verraten. Ich bin wirklich froh.«

Mir wurde mulmig zumute. »Weshalb?«

»Unverheiratete Frauen sind in unserer Gesellschaft etwas ... ganz Besonderes. Sie sind so selten und somit kostbar. Und eine unverheiratete Frau, die so naiv ist wie Ihr, ist wie ein funkelnder Diamant.«

»Was?« Ich betrachtete die Schleimsuppe. Sie sah ganz unverdächtig aus. Doch dann wurde mir schwindlig.

Veixizhau lächelte mich immer noch an, als ich zu Boden glitt.

40

DER SOHN DES KAISERS

*Jorat, Quurisches Reich.
Drei Tage nachdem ich daran erinnert worden war,
wie gern ich Khaeriel auf unserer Seite habe*

»Jungfrauen sind ›wertvoll‹?« Kihrin machte ein finsteres Gesicht. »Das gefällt mir gar nicht.«

Janel zuckte die Achseln. »Es ist nicht so, wie du denkst.« Sie zögerte kurz. »Vorausgesetzt, du denkst, es wäre etwas Sexuelles.«

»Nun … Ich …« Kihrin räusperte sich. »Freut mich zu hören.«

Ninavis zwinkerte ihm zu.

»Dann glaubst du also, es stimmt, was Kaen über Morios und die Prophezeiung gesagt hast?«, wechselte Kihrin das Thema.

»Tue ich, ja«, erwiderte Janel. »Du und ich, wir sind beide zwanzig. Und da ich die Löwin bin …«

»Bin ich der Falke. Das Wappensymbol des Hauses D'Mon ist ein Falke. Richtig.« Kihrin lachte. »Und so, wie die Prophezeiungen den zeitlichen Ablauf darstellen, wird Morios demnächst erwachen und zu einem Spaziergang aufbrechen.«

»Ich hasse Prophezeiungen«, sagte Janel. »Habe ich bereits erwähnt, wie sehr ich sie hasse?«

»Am schlimmsten sind sie, wenn sie sich bewahrheiten«, sagte Dorna. »Vor uns allen liegt eine dunkle Zeit.«

Ein langes, bedrückendes Schweigen breitete sich aus.

»Dann werde ich einfach mal, äh ...« Qaun deutete auf sein Buch.

»Ach, richtig«, sagte Kihrin. »Ja, bitte.«

Qauns Schilderung. Im Eispalast, Yor, Quur.

Als Bruder Qaun am nächsten Morgen erwachte, erkannte er, dass er am Tisch in der Bibliothek eingeschlafen war und seine Hand vollgesabbert hatte. Während er sich blinzelnd die Augen rieb, fiel ihm wieder ein, was er in der vergangenen Nacht getan hatte. Sein knurrender Magen erinnerte ihn daran, dass er seit mehr als vierundzwanzig Stunden nichts gegessen hatte.

Qaun begann zu verstehen, wieso man bei der Verwendung des Artefakts sterben konnte.

»Du hast ganz schön geschuftet«, sagte eine tiefe Stimme.

Erschrocken schaute Bruder Qaun zu einem großen, breitschultrigen Mann hinüber, der die Bücherstapel inspizierte. Die Augen des dunkelhäutigen Glatzkopfes waren noch finsterer als seine schwarze Kleidung.

»Ihr seid ein Hochadliger aus dem Haus D'Lorus«, platzte Bruder Qaun ohne Nachdenken heraus.

»Und du bist ein Vishai-Priester. Wenn wir jetzt noch eine Leichenhalle und eine teure Schenke finden, haben wir alles, was man für einen guten Witz braucht.« Er neigte den Kopf. »Ich bin Thurvishar. Ich glaube, du solltest diesen Stein nicht einfach so herumliegen lassen. Obwohl man sie angeblich nur schwer stehlen kann.«

Bruder Qaun bemerkte, dass Weltenfeuer gut sichtbar auf dem Tisch lag, nur eine Haaresbreite von seinen Fingern entfernt. Er nahm den Stein schnell an sich und beschloss, sich eine gute Aufbewahrungsmöglichkeit für ihn zu überlegen. Vielleicht wäre es das Beste, ihn wie Senera an einer Halskette zu tragen.

»Wisst Ihr, ähm ...« Bruder Qaun räusperte sich. »Ihr habt nicht zufällig eine Ahnung, wo ich etwas zu essen finden könnte?«

»Mit ›etwas zu essen‹ meinst du wahrscheinlich Speisen, die ein Vishai-Priester aus Eamithon genießbar finden würde. So etwas gibt es hier in Yor nicht.«

»Ich kann kochen und hätte kein Problem damit, mir selbst etwas zuzubereiten, wenn ich die nötigen Zutaten hätte.«

»An die wirst du hier auch nicht so einfach kommen. Aber folge mir. Zufällig kenne ich eine wenig benutzte Küche.« Er sah mich an. »Mach dir keine Sorgen wegen deines Gaeschs. Das hier ist kein Fluchtversuch. Ich werde Relos Var wissen lassen, wohin du gehst.«

»Oh, gut.« Bruder Qaun zögerte. »Wohin gehen wir denn?«

»Nach Shadrag Gor.«

Erst als das Saj-Brot bereits fast fertiggebacken war und ein Auberginen-Curry auf dem Herd köchelte, erkannte Bruder Qaun, wie verdächtig Thurvishar D'Lorus' Gastfreundschaft war. Noch schlimmer war, dass es dem Zauberer, der ihm in der Küche Gesellschaft leistete, sofort aufzufallen schien, als Qaun seinen Fehler endlich bemerkte. »Als übermäßig paranoid kann man dich wirklich nicht bezeichnen«, kommentierte Thurvishar. »Das ist ehrlich gesagt ziemlich erfrischend.«

»Oh, ich habe nicht ... Ich meine ...«

»Du brauchst keine schändlichen Tricks zu befürchten«, versprach Thurvishar. »Gelegentlich unterhalte ich mich gern mit Leuten, die nicht andauernd darüber nachdenken, wie man auf neue und interessante Weise die Weltherrschaft an sich reißen könnte.«

Bruder Qaun lachte leise. »Ich dachte, Ihr würdet vielleicht versuchen ... Ich weiß nicht. Ich meine, Eure Familie hat einen gewissen Ruf.«

»Ach ja?«, fragte ein Mann, der in der Tür stand. »Das habe ich noch gar nicht bemerkt.«

Der Neuankömmling war ebenfalls von Kopf bis Fuß in Schwarz gekleidet. Seine blasse Haut deutete auf eine chronische Erkrankung hin, und er war dünner als Thurvishar. Doch seine schwarzen Augen wirkten wie Löcher in der Welt.

Etwas an ihm verursachte Bruder Qaun eine Gänsehaut.

»Ist das Abendessen bald fertig? Ich brauche unbedingt etwas zwischen den Zähnen.« Er musterte Bruder Qaun, wie ein Verhungernder ein Dessert ansehen würde.

»Er gehört Relos Var«, merkte Thurvishar an.

»Var wird es nicht merken.«

»Ich glaube, in seinem Fall schon.«

Der andere Mann seufzte. »Ja, du hast recht. Eines Tages werde ich wegen ihm etwas unternehmen müssen. In der Zwischenzeit bin ich in meinem Arbeitszimmer. Stör mich nicht.«

Als er den Raum verlassen hatte, blies Thurvishar den Atem aus.

Obwohl Bruder Qaun nicht wusste, welches Schicksal ihm erspart geblieben war, fühlte er sich ebenfalls erleichtert. »Es scheint, als wäre dieser Ort nicht annähernd so sicher, wie Ihr mir weismachen wollt«, sagte er schließlich.

»Normalerweise kommt er nie in die Küche. Ich hatte nicht damit gerechnet, dass er hier vorbeischaut.« Thurvishar wirkte verärgert.

»Wer war das?«

»Es ist besser, wenn du das nicht weißt. Andernfalls müsste ich Relos Var bitten, dieses Wissen auf die Liste der Themen zu setzen, über die du mit niemandem sprechen darfst, und das will keiner von uns.«

Die beiden Männer sahen einander an.

Nach einer Weile wandte Bruder Qaun sich wieder dem Herd zu. »Danke, dass Ihr mich hergebracht habt. Ich bin sicher, die Hausdiener in Yor hätten mich nicht in die Nähe der Küche gelassen. Und selbst wenn, hätten sie kein gutes Gemüse gehabt.«

»Und es gibt hier noch ein paar andere Vorteile«, merkte Thurvishar an.

Qaun zögerte. »Was meint Ihr?«

»Ihr seid doch ein gebildeter Mann. Ihr müsst wissen, wo wir uns befinden.«

Der Priester schluckte. »Ich habe Geschichten gehört. Aber manchmal sind Geschichten ... eben nur Geschichten.«

»Auf diesen Ort trifft das nicht zu. Shadrag Gor ist nicht richtig in der Zeit verankert. Etwas ist hier geschehen, das die Existenz dieses Palastes im Universum beschädigt hat. Deshalb vergeht die Zeit hier schneller. Meinem Meister ist das recht, weil es ihm ermöglicht, ungestört seinen Forschungen nachzugehen. Man kann hier Tage, Wochen und Monate verbringen, die Außenstehenden wie Minuten oder Sekunden vorkommen. Wenn man einen Ort finden wollte, wo man sich möglichst eingehend mit einem Eckstein beschäftigen kann, wäre Shadrag Gor eine hervorragende Option.«

»Ich weiß nicht ...«, begann Bruder Qaun, doch dann kam ihm ein Gedanke. Wenn die Zeit hier wirklich so schnell verging, würde ihm die hellseherische Beobachtung der Außenwelt vorkommen, als betrachtete er ein Stillleben. Und das wäre gut, da sein größtes Problem die Geschwindigkeit war, mit der die Welt voranschritt. »Hmm.«

»Das Angebot steht«, sagte Thurvishar. »Allerdings müsstest du ständig mit mir zusammenbleiben, da es zu gefährlich für dich wäre, allein hierherzukommen.«

»Nun, das klingt gar nicht mal so schlimm.« Er hätte sich am liebsten geohrfeigt. Das war ganz anders herausgekommen, als er es beabsichtigt hatte. »Ich meine natürlich, wenn Relos Var damit einverstanden ist. Aber da ich hier viel schneller lernen würde, glaube ich nicht, dass er etwas dagegen einzuwenden hat. Allerdings möchte ich Euch um einen Gefallen bitten.«

»Nur zu.«

»Könntet Ihr herausfinden, wie es Janel geht? Ich mache mir Sorgen um sie. Das alles ... ist sicher nicht leicht für sie.«

»Vielleicht nicht, aber sie ist stahlhart.« Thurvishar nickte. »Trotzdem werde ich gern nach ihr sehen.«

»Vielen Dank«, sagte Bruder Qaun und kümmerte sich wieder um das Essen.

Thurvishar hatte recht gehabt: Es fiel Bruder Qaun wesentlich leichter, das Artefakt zu studieren, wenn er sich keine Sorgen darüber machen musste, dass sich alles bewegte. Er konnte sogar Pausen einlegen, um sich einen Tee zu machen, da sich die Position der Zielperson während seiner Abwesenheit nur minimal veränderte.

Außerdem erwies sich Thurvishar als großartiger Lerngehilfe. Er hielt sich still abseits und unterbrach ihn nur gelegentlich, wenn er mit Tee oder dem in Khorvesch so beliebten schwarzen Kaffee aus der Küche zurückkehrte. Im Leuchtturm ließ es sich gut und sicher leben, und obwohl Bruder Qaun wusste, dass er zum Baden und Schlafen nach Yor zurückkehren musste, kam es ihm vor, als wäre er wieder in der Bibliothek im Tempel des Lichts.

Er fand schnell heraus, dass Relos Vars Annahme, der Stein würde von Feuer angezogen, nicht stimmte. Tatsächlich fokussierte Weltenfeuer auf hohe Temperaturen, aber es spielte keine Rolle, ob der anvisierte Gegenstand brannte. Der Temperaturunterschied zwischen dem Gegenstand und seiner Umgebung musste lediglich groß genug sein. Zwei gleich heiße Objekte ließen sich nicht auseinanderhalten. Er konnte zwar einzelne Personen mittels ihrer Körperwärme anvisieren, aber er musste ständig von einer Person zur nächsten springen, und es konnte Wochen dauern, bis er die richtige fand.

Doch nicht alle hatten die gleiche Temperatur.

Da er den Stein immer präziser beherrschen konnte, schaffte er es bald, Personen aufzuspüren, die wärmer waren als andere. Darunter auch Janel, als sie gerade frühstückte, und Relos Var, der eine so enorm hohe Körpertemperatur hatte, dass Qaun glaubte, ihn überall aufspüren zu können. Tatsächlich war Relos Var so heiß, dass er sich entweder in einem permanenten Zustand der Selbstentzündung befand oder ... gar kein Mensch war.

Qaun hatte keine Ahnung, was er mit dieser Erkenntnis anfangen sollte.

Einige andere Personen im Palast erzeugten ähnliche Temperaturspitzen. Die alte Frau, die die Bären dressierte, war ebenso heiß wie Relos Var, und dasselbe galt eigenartigerweise für ein Eisbärenjunges.

Bruder Qaun konnte sich die Temperaturunterschiede nicht erklären, aber er machte sich Notizen, um sich später damit zu befassen. Zumindest sollte ihm dieses Wissen dabei helfen, die betreffenden Leute zu finden. Es waren also durchaus wichtige Erkenntnisse.

Während er mit dem Stein übte, machte er noch zwei weitere überraschende Entdeckungen. Zuerst fand er heraus, dass er mit jeder Hitzequelle, die Weltenfeuer ihm zeigte, Magie wirken konnte.

Es geschah, als er Seneras Haus suchte. Er hatte sich das ein oder andere über die Lage der Hütte zusammengereimt und beschlossen, sein Glück zu versuchen. Sicher würden in ihrem Kamin zumindest ein paar warme Kohlen liegen. Als er die Hütte tatsächlich fand, war es darin jedoch zu dunkel, um etwas zu erkennen. Instinktiv bewegte er die Hand, um Licht herbeizuzaubern – das prompt in Seneras Hütte erschien.

Aus dieser Entdeckung ergab sich die zweite, dass Relos Var sich in Seneras Hütte mit seiner Vané-Freundin traf. Denn genau in diesem Moment traten die beiden ein und erstarrten.

Bruder Qaun löschte das Licht sofort, riss sein Bewusstsein von der magischen Suche los und kehrte in das Arbeitszimmer im Leuchtturm zurück. Er ließ sich an die Stuhllehne zurücksinken, sein Puls raste vor Angst. Hatten die beiden das Licht gesehen? Und wenn es so war, wussten sie, was es bedeutete?

»Geht es dir gut?«, fragte Thurvishar ihn.

Bruder Qaun wollte ihm schon sagen, was er gesehen hatte, doch dann schloss er den Mund wieder, weil er Angst hatte, sein Geständnis könnte gegen seine Gaesch-Bindung verstoßen. »Was wisst Ihr über die Vané?«, fragte er stattdessen.

»Äh ... sie sind mächtig. Unsterblich. Aber meinst du die kirpischen oder die manolischen Vané? Die kirpischen wurden von uns vernichtend geschlagen, und die manolischen haben es uns zehnfach zurückgezahlt. Weder die einen noch die anderen mögen Quur sonderlich gerne. Und wer könnte es ihnen verdenken?«

»Sie sehen alle sehr verschieden aus, oder? Ich meine, man kann sie an ihrem Äußeren unterscheiden, richtig? Ihre Federwolkenhaare haben die unterschiedlichsten Farben.«

»Im Großen und Ganzen ja, aber ich glaube, wir können davon ausgehen, dass sich manche ihrer äußeren Merkmale wiederholen. Hast du jemand Bestimmten gesehen?«

»Ich weiß nicht«, gestand Bruder Qaun. »Hat die Königin der Vané blaue Haare?«

»Ob die Königin der Vané ...? Du stellst wirklich sehr interessante Fragen. Einen Moment, ich glaube, ich weiß die Antwort.« Thurvishar ging zu einem Bücherregal und kehrte gleich darauf mit einem schmalen Band zurück, auf dem *Die Adelsgeschlechter der Höheren Völker* stand. »Dann wollen wir mal sehen ... Die aktuelle Königin heißt Miyane, und sie hat tatsächlich blaue Haare. Federwolkenhaare, aber damit war ja zu rechnen, da sie zur Hälfte eine kirpische Vané ist.« Er hob eine Augenbraue. »Weshalb?«

Qaun zuckte zusammen. »Das kann ich Euch nicht verraten.«

»Ich verstehe. Nun, wenn du Königin Miyane gesehen hast, wird es sicher jemand wissen wollen, und sei es nur wegen ihres Ehemanns, König Kelanis. Sie sind frisch verheiratet, daher weiß niemand viel über ihn.«

Bruder Qaun biss sich auf die Unterlippe. »Könntet Ihr mich bitte zum Palast zurückbringen? Ich müsste, ähm ... ein paar Dinge überprüfen.«

Wenn er sich beeilte, könnte er vielleicht sogar noch das Gespräch zwischen Relos Var und der Königin der Vané mithören.

»Habt Ihr einen Lichtblitz bemerkt?«, fragte die Frauenstimme.

Relos Var betrat mit gerunzelter Stirn die Hütte und zündete mit einer Handbewegung mehrere Kerzen im Zimmer an. »Ja, aber ich bin mir nicht sicher ...« Er unterbrach sich und suchte den Raum ab. »Hier ist niemand. Vielleicht gab es irgendwo in der Ferne ein Wetterleuchten.«

»Ich glaube, das hier war vielleicht keine gute Idee«, sagte die Frau und machte Anstalten, wieder zu gehen.

»Es ist alles in Ordnung«, beruhigte Var sie. »Ihr verstoßt gegen keine Gesetze – oder irgendwelche Regeln.«

»Ihr könnt Euch sicher sein, dass ich das weiß«, erwiderte sie. »Denn wenn ich das täte, würden wir uns überhaupt nicht miteinander unterhalten.« Sie machte eine ausladende Geste. »Was ist das hier?«

»Eine meiner Schülerinnen benutzt diese Hütte als Rückzugsort. Im Moment ist sie unterwegs und erledigt ein paar Dinge. Wir sind also vor neugierigen Blicken sicher.«*

Die Vané schluckte und schaute missmutig zur Seite. Sie schien eine junge Frau zu sein – allerdings ließ sie der angespannte Zug um ihre Augen und den Mund älter erscheinen. »Habt Ihr ihn gefunden?«

»Bitte, setzt Euch. Hättet Ihr gerne Kaffee oder Tee? Es gibt auch Branntwein, wenn Ihr den lieber mögt.«

Sie zog einen Stuhl zu sich heran und nahm Platz. »Habt Ihr ihn gefunden?«

---

* Ja, das hätte ich auch gedacht.

Relos Var zögerte mit der Antwort, während er selbst Platz nahm. »Ja.«

Sie atmete erleichtert auf.

»Von seinem momentanen Aufenthaltsort kann ich ihn nicht wegholen. Aber macht Euch keine Sorgen. Er ist in Sicherheit und bei Leuten, die ihn gut behandeln.«

Die Vané riss zornig die Augen auf.

Relos Var hob eine Hand. »Das könnte für uns von Vorteil sein. Damit ersparen wir uns das Hin und Her, das nötig wäre, um meine diversen ›Freunde‹ voneinander fernzuhalten. Ich sollte Khaemezra ein Geschenk als Dankeschön schicken.«

»Khaemezra!« Die Frau bedachte Var mit einem Blick, der Götter hätte töten können.

»Ja.« Er lächelte. »Von Familienmitgliedern verraten zu werden, ist das Schlimmste, nicht wahr?«

Ihr wütender Gesichtsausdruck entspannte sich, und sie lachte leise. »So kann man es auch ausdrücken. Also hat sie meinen ...« Sie verzog das Gesicht und presste die Lippen zusammen.

Bruder Qaun erschrak. Er fragte sich, ob sie aus Vorsicht nicht weitersprach, oder ob sie daran gehindert wurde, ihren Gedanken Ausdruck zu verleihen. Mittlerweile achtete er auf solche Feinheiten.

Relos Var sah die Frau voller Mitgefühl an. »Es tut mir so leid. Ich wollte nie, dass es sich für Euch so entwickelt.«

»Ich mache mir selbst Vorwürfe, weil ich geglaubt habe, die Götter könnten auch nur das geringste Interesse daran haben, eine andere Lösung zu finden. Aber nein ... Alle anderen Völker haben leiden müssen. Wieso jetzt aufhören, wenn noch eines übrig ist?« Sie holte tief Luft, um sich zu beruhigen. »Da wir gerade von unerledigten Aufgaben sprechen: Habt Ihr Valathea?«

Var lächelte und neigte den Kopf. »Ja, habe ich. Aber es war gar nicht so einfach, sie den devoranischen Priestern wegzunehmen, das kann ich Euch sagen.«

Sie schüttelte den Kopf. »Ich verstehe nicht, was sie mit ihrer Entführung bezweckt haben.«

»Ehrlich gesagt glaube ich, dass sie es selbst nicht verstanden. Sie wussten nur, dass sie wichtig ist. Das ist übrigens der andere Grund, weshalb ich wollte, dass wir uns hier treffen.« Er ging zu einem Vorratsschrank und zog einen dreieckigen, in ein Tuch eingeschlagenen Gegenstand heraus. Er stellte ihn auf den großen Tisch und wickelte ihn aus.

Qaun blinzelte überrascht. Es war eine Harfe.

Sie wirkte altmodisch, aber elegant, war doppelt besaitet und aus hochwertigem und schönem altem Holz gefertigt. Die blauhaarige Frau stand auf, als Relos Var sie zu ihr hinüberbrachte, und strich mit einer Hand über den Hals des Instruments.

»Valathea«, flüsterte sie. »Wie schön, Euch wiederzusehen, meine Königin.«

»Darf ich fragen, Euer Majestät, wieso Ihr sie Euch nicht schon früher genommen habt? Ich meine, Ihr hattet sie doch monatelang bei Euch.«

»Relos … ich darf die Familie nicht bestehlen. Allerdings hat mir niemand gesagt, dass ich etwas zurückbringen muss, das bereits von jemand anderem entwendet wurde.«

»Was werdet Ihr mit ihr machen?«, erkundigte sich Var.

»Fürs Erste werde ich sie bei Euch lassen«, erwiderte die Frau. »Ich habe keinen sicheren Aufbewahrungsort für sie. Als die Priester sie gestohlen haben, bin ich fast … nun … Es stellte sich heraus, dass man mich noch härter treffen konnte, als es bereits geschehen war. Aber es hat sie einige Mühe gekostet.« Sie streckte die Arme aus und nahm Vars Hände. »Versprecht mir, dass Ihr ihm nichts antun werdet, Relos.«

»Bitte glaubt mir, Euer Majestät, dass ich nicht vorhabe, Eurem Sohn ein Leid anzutun. Er ist viel zu wichtig.« Relos Var lächelte. »Er wird uns helfen, Quur zu zerstören. Wir brauchen ihn.«

Die Frau nahm sein Versprechen auf wie eine Ertrinkende, die ihre Hand nach dem rettenden Ufer ausstreckt. Nachdem sie einmal tief Luft geholt hatte, nickte sie und beugte sich vor, um Relos Var auf die Wange zu küssen. »Ich danke Euch.«

Dann malte sie Runen in die Luft und öffnete damit ein Portal, durch das sie an den Ort zurückkehrte, wo sie ihr Leben verbrachte. Irgendwo in Manol, nahm Bruder Qaun an.

Da er noch einen Moment blieb, sah er, wie Relos Var sich auf seinem Stuhl zurücklehnte und leise knurrend in die Ferne blickte. Schließlich zerquetschte der Zauberer den Metallkelch, den er in der Hand hielt, und warf ihn ins Feuer.

41

MUTTERLIEBE

Jorat, Quurisches Reich.
Drei Tage nachdem Kihrin es nicht geschafft hatte,
Gadrith zu täuschen

»Geht es dir nicht gut, Kihrin?«, fragte Janel.

Kihrin stieß den Atem aus und schloss die Augen. »Es ist, wie du gesagt hast – wir kennen dieselben Leute. Aber, na ja, zumindest weiß ich jetzt, was aus meiner Harfe geworden ist.«

Janel starrte ihn an. »Du spielst Harfe?«

»Ja, ich spiele Harfe. Und Valathea gehörte *mir* ...« Kihrin verstummte, als Janels Augenbrauen in die Höhe stiegen. Dann fiel ihm wieder ein, was Teraeth über das Beuteschema gesagt hatte. Er räusperte sich. »So ist es nicht. Teraeth und ich sind Freunde.«

»Ach, natürlich«, stimmte Janel zu. »Wie sollte das auch funktionieren? Schließlich galoppierst du nur mit Stuten.«*

»Moment, ich verstehe nicht«, warf Bruder Qaun ein. »Die Person, die Ihr beide kennt, ist eine Harfe? Entschuldigt. Ich dachte, Ihr sprecht über Königin Miyane.«

Kihrin zuckte zusammen, hob eine Hand und drehte sich zu Bruder Qaun um. »Das war nicht Königin Miyane. Ja, sie hat blaue

---

* Ich nehme es zurück. Ich glaube, Janel ist die Eifersüchtige.

Haare, und wenn man die erste Silbe ihrer Namen bedenkt, sind die beiden wahrscheinlich miteinander verwandt. Aber sie sind zwei verschiedene Personen.«

»Wer ist sie dann?«

Kihrin schlug seinen Kopf mehrmals gegen die Stuhllehne. »Du hast recht: Relos Var bedient sich gern der Familien seiner Gegner, um sie zu treffen. Das war meine Mutter. Ich würde ja all die verzwickten Stammbäume mit euch durchgehen, aber irgendwann kam der Schellenstein ins Spiel. Wenn wir hier nur ein paar Wochen festhängen, reicht uns die Zeit wahrscheinlich nicht.«

»Sie klang, als würde sie sich um dich Sorgen machen«, sagte Janel.

»Ja. Nach meiner Entführung und nachdem die Suche meines Vaters ergebnislos geblieben war, hat sie wahrscheinlich Relos Var um Hilfe gebeten. Und Var erzählte ihr, was sie hören wollte. Was würde sie wohl sagen, wenn sie wüsste, dass er eine Krake geschickt hat, um mich zu töten?* Meine Gesundheit liegt ihm eindeutig nicht am Herzen.« Kihrin schüttelte den Kopf. »Ich hätte es wissen müssen. Ich hätte es verdammt noch mal wissen müssen. Es ist so offensichtlich.«

Janel und Bruder Qaun tauschten einen Blick aus.

»Richtig«, sagte Janel. »Nun, ich glaube, ich sollte jetzt den Teil über *meine* Mutter erzählen.«

Janels Schilderung. Im Nachleben.

Als ich im Nachleben aufwachte, wusste ich sofort, was passiert war. »Verdammter Mist«, murmelte ich. Ich fragte mich, ob ich diesmal tatsächlich gestorben war. Hatten sie mir Drogen oder

---

* Was? Ich weiß, dass Ihr eine Krake beschwören könntet, wenn Ihr wolltet, aber mal im Ernst ... wozu? Das klingt ganz und gar nicht nach Euch.

Gift verabreicht? Ich würde es erst erfahren, wenn ich wieder erwachte.

Oder auch nicht.

~ WAS HABEN WIR DIR DARÜBER GESAGT, DASS DU NICHT ZU VERTRAUENSSELIG SEIN SOLLST? ~

Ich zog mein Schwert, während ich mich zu Xaltorath umdrehte. Ihrem Tonfall nach zu urteilen, würde dies kein Mutter-Tochter-Gespräch über den richtigen Verzehr von Schalentieren werden.

»Diesmal hattest du vielleicht recht.«

~ DEIN TOD IST IN MEINEM PLAN NICHT VORGESEHEN. HÖRST DU? ICH WERDE DICH NICHT VON EINER VERZOGENEN KLEINEN YORERIN UMBRINGEN LASSEN, DEREN GANZER EHRGEIZ SICH DARAUF BESCHRÄNKT, IHREN BALG AUF DEN THRON ZU SETZEN. ~

»Hör zu, ich glaube nicht ...«

Sie ohrfeigte mich mit dem Handrücken. Das klingt nach etwas, das eine Adlige mit einem unangenehmen Verehrer tun würde. Doch Xaltoraths Schlag schleuderte mich zwanzig Fuß nach hinten. In der Welt der Lebenden hätte er mich getötet. Und dann rannte sie auf mich zu, wobei sie einen Spieß schwang, den sie gerade eben noch nicht in der Hand gehalten hatte.

Ich brachte ihr mit meinem Schwert eine Schnittwunde am Bauch bei, doch die Verletzung heilte sofort. Als Nächstes stach ich nach ihr. Sie packte mein Schwert und grinste, als die Klinge in ihre Finger schnitt. Dann zerbrach sie die Waffe und warf die beiden Teile hinter mir zu Boden.

~ ICH MUSS DIR WOHL EINE LEKTION ERTEILEN. ~

Sie streckte den Arm nach mir aus.

»Nein ... das lassen wir mal schön bleiben«, sagte jemand.

Ich schrie auf, als Xaltoraths Hand sich um meinen Hals schloss. Im Umdrehen schleifte sie mich mit sich. Vor uns stand eine Frau.

Ich starrte sie an.

Sie hatte rotbraune Haut und schwarze Haare. Ihre Augen sahen aus wie meine. Zwar hatte sie keinen Laevos und auch keine gescheckte Haut, aber das waren Kleinigkeiten, die keinen großen Unterschied zu machen schienen. Allerdings war sie im Gegensatz zu mir von Kopf bis Fuß in ein wunderschönes Kleid gehüllt, dessen Farben sich ständig veränderten – von Grün zu Rot und Violett.

Ich wusste sofort, wer sie war. Wer sie sein musste. Tya, die Göttin der Magie.

»Unsere Abmachung ist hinfällig, Xaltorath«, sagte sie. »Du hast versprochen, sie zu beschützen, aber du hast das genaue Gegenteil getan, nicht wahr?«

Xaltorath lachte und hob mich, unbeeindruckt von meiner Gegenwehr, in die Höhe.

~ SOLL ICH SIE DANN JETZT TÖTEN, TYA? ~

»Das wirst du nicht tun«, sagte Tya und trat auf uns zu. »Sonst hättest du es bereits vor Jahren getan. Also, wollen wir gegeneinander kämpfen? Uns so lange duellieren, bis du deinen Stolz befriedigt hast?«

Xaltorath öffnete die Finger und ließ mich fallen. ~ NICHT MEHR LANGE. DIE PROPHEZEIUNGEN WERDEN SICH BALD ERFÜLLEN. ~

»Das glaubst du«, erwiderte Tya. »Na, wir werden ja sehen.«

~ JA, DAS WERDEN WIR. ~

Ich schnitt eine Grimasse und rieb mir den Hals. Dann sah ich mich nach den Bruchstücken meines Schwertes um. Als ich wieder aufblickte, hatte Xaltorath sich verzogen und nur die andere Frau war noch da.

Tya.

Ich setzte mich auf den Boden und schlug die Beine unter.

Sie drehte sich um. »Janel ...«

»Unsere Abmachung ist hinfällig?«, fragte ich. »Um was für eine Abmachung ging es da? Woher kennt Ihr mich?«

»Janel, lass es mich bitte erklären.«

»Genau darum habe ich Euch ja gebeten.«

»Ich bin deine Mutter«, sagte Tya. »Deine wirkliche Mutter.«

Trotz meines brennenden Zorns versuchte ich, ruhig zu bleiben. »Mein ganzes Leben hat man mir erzählt, der Name meiner Mutter wäre Frena. Und neulich hieß es, sie sei eine Tänzerin gewesen. Auf Euch scheint mir aber weder das eine noch das andere zuzutreffen.«

»Wer würde dir erzählen, deine Mutter sei eine … Oh. Lass mich raten. Relos Var?«* Sie seufzte und kam zu mir herüber. »Früher stimmte das wohl in gewisser Weise. Das ist allerdings schon lange her.« Sie nahm mir gegenüber Platz. Dass dabei ihr schönes Kleid schmutzig wurde, schien ihr egal.

Ich sah sie an. »Hast du eine Ahnung, was Xaltorath mir in all den Jahren angetan hat?«

Meine Mutter machte ein gequältes Gesicht und sah zur Seite. »Ich … kann es mir ungefähr vorstellen. Nichts davon war geplant.«

»Wie tröstlich.«

Mein verbitterter Ton ließ sie zusammenzucken. »Ich habe deine Eltern sorgfältig ausgesucht. Sie waren anständige Leute, die ein Kind wollten, und ich war sicher, dass sie dich gut erziehen würden.«

»Ich habe sie geliebt«, räumte ich ein und spürte, wie es mir die Kehle zuschnürte.

»Und dabei habe ich mich für so schlau gehalten«, sagte sie. »Zwar habe ich mit deinem Vater die Prophezeiungen, die ›Rezepte‹, befolgt, aber gleichzeitig habe ich auch dafür gesorgt, dass du schwer zu finden warst. Ich habe nicht versucht, dich zu behalten, und dich auch niemandem gegeben, der mit mir in Verbindung ge-

---

* Ich würde wirklich gerne wissen, wie aus einer Tänzerin die Göttin der Magie werden kann.

bracht werden konnte. Trotzdem wusste Xaltorath aus irgendeinem Grund Bescheid. Was sie mit dem Überfall auf Lonezh mehr als deutlich gemacht hat. Danach konnte ich mich entweder ihren Bedingungen fügen oder dabei zusehen, wie sie dich tötet.«

»Du bist doch eine Göttin, oder nicht?« Ich hörte auf, meine Hände anzustarren, und warf ihr einen bösen Blick zu. »Ich meine, du bist hier und hast Xaltorath vertrieben. Sie hat dich Tya genannt. Du bist eine der Acht. Und trotzdem konntest du einen einzelnen Dämon nicht in seine Schranken weisen?«

»Sie ist kein einzelner Dämon. Sondern Xaltorath. Sie besteht aus einer Million schreiender Seelen, und ein paar von ihnen gehören Gottkönigen.* Bei so einem Kampf hätte ich deine Vernichtung riskiert. Wenn ein Dämon jemanden tötet, verschlingt er ihn und nimmt seine Seele in sich auf. Niemand kann mit Sicherheit sagen, ob diese Seelen zurückgeholt werden können, und wenn es sich um Xaltorath handelt …« Tya schüttelte den Kopf. »Xaltorath wäre nicht leicht zu bezwingen gewesen. Also haben wir uns geeinigt.«

»Und was wollte sie?«

»Dich. Zugang zu dir. Ohne dass ich mich einmische.«

Ich schloss die Augen. »Weißt du, weshalb?«

»Nein, aber Taja meint, dass wir das als gutes Zeichen nehmen sollten. Ich erwarte nicht, dass du mir vergibst …«

»Gut.«

Tya seufzte. »Ich hatte meine Gründe.«

Ich konnte mein Gefühlschaos nicht mehr länger im Zaum hal-

---

* Wissen wir, welche? Das ist natürlich reine Spekulation, aber kann es sein, dass Xaltorath ursprünglich ein Gottkönig gewesen ist? Vielleicht ist das ja der Grund, wieso sie nicht »existierte«, als Grizzst alle anderen Dämonen gegaescht hat. Andererseits bin ich davon ausgegangen, dass Grizzsts Abmachung die Dämonen und ihre Nachkommen zuverlässig bis in alle Ewigkeit gaeschen würde. Daher bin ich mir nicht sicher, wie das möglich sein sollte.

ten und wunderte mich, wieso nicht das gesamte Feld schlagartig in Flammen aufging, so wütend war ich auf sie und Qoran Milligreest. Andererseits hatten die beiden bewiesen, dass sie bereit waren, Tausende für mich zu opfern. Aber wieso? Zu welchem Zweck?

Weshalb war ich so wichtig? Weil ich den Anforderungen irgendeiner Dämonen-Prophezeiung genügte? Weil ich mich in einem Leben, an das ich mich nicht erinnerte, freiwillig für diese Sache gemeldet hatte? Am liebsten hätte ich die beiden angeschrien. Ich wollte ihnen sagen, was für Dummköpfe sie waren. Die Prophezeiungen waren eindeutig eine Lüge, denn sie waren von Dämonen geschaffen worden.

Das Einzige, was ich gelernt hatte, als ich auf Xaltoraths Knien saß, war, dass Dämonen logen.

Sie logen immer.

Ich schlug die Augen wieder auf. »Dann liegt es also an meinem Vater, dass Herzog Kaen mich nicht hat töten lassen. Und du bist der Grund, weshalb Relos Var mich nicht töten ließ. Weil er es liebt, die Familien seiner Gegner zu instrumentalisieren.«

»Ja.«

»Heißt du in Wirklichkeit Irisia?«

Tya runzelte die Stirn. »Woher kennst du diesen Namen?«

»Von einer alten Frau namens Wyrga.«

»Es gibt nicht mehr viele, die sich an meinen wirklichen Namen erinnern. Diese Frau, wer immer sie ist, muss ein ganzes Stück älter sein, als sie scheint.«

»Sie wirkt ziemlich alt«, sagte ich und seufzte. »Na schön. Ich weiß jetzt, dass du meine Mutter bist. Dann kannst du ja wieder gehen.«

Tya sah überrascht und traurig aus. »Janel, ich dachte …«

»Was hast du gedacht? Dass wir ein Wiedersehensfest feiern würden? Dass ich dich in die Arme schließen und als die Mutter willkommen heißen würde, die ich mir immer gewünscht habe? Die einzige Mutter, die ich mir immer gewünscht habe, ist gestorben, als ich acht war. Sie wurde von Dämonen getötet. *Du hast mich im Stich gelassen.* Vielleicht glaubst du, es aus guten Gründen getan zu haben, aber das ändert nichts am Resultat. Als du mich weggabst, hast du dich komplett von mir abgewandt. Du kannst jetzt nicht so tun, als wäre alles vergeben und vergessen. Denn das ist es nicht und wird es auch nie sein.«

Ihre Gesichtszüge verhärteten sich, und sie verschwand.

Ich schrie die Lücke an, die ihre Abwesenheit riss.

»Mein Graf?«

Ich rappelte mich verwundert auf, drehte mich um und sah Arasgon. »Was? Nein, was ist passiert? Du solltest nicht hier ...«

Mir fiel nur ein einziger Grund ein, aus dem Arasgon im Nachleben auftauchen würde: Er war tot. Trotz der Panik, in die mich dieser Gedanke versetzte, bemerkte ich, dass Arasgons Äußeres sich verändert hatte.

Seine Augen und Hufe standen in Flammen. Die Streifen an seinen Beinen waren verschwunden, dafür bestand seine Mähne aus einem funkensprühenden Feuer. Wäre es blau anstatt rot gewesen, hätte ich ihn für einen Dämon gehalten. Und dennoch hätte ich ihn überall wiedererkannt. Seine geschwungenen Flanken, der geschmeidige Hals, die zart gekrümmte Schnauze. Dies war nicht Xaltorath.

Er kam näher, beugte sich zu mir herab und rieb die Nüstern an meiner Schulter.

Ich schlang die Arme um ihn und begann zu weinen. »Hast du ... Wie ...?« Ich konnte keinen zusammenhängenden Gedanken fassen.

»Deine Mutter«, antwortete er. »Sie dachte, du würdest dich vielleicht über meine Gesellschaft freuen. Deshalb hat sie mir gezeigt, wie ich mich dir hier anschließen kann.«*

---

* Das bedeutet, dass er ein Magier ist. Warum hat mir niemand erzählt, dass diese verdammten Feuerblüter Zauberer werden können?

Ich konnte mir nicht vorstellen, wie Tya das geschafft hatte. Ich hatte ja nicht einmal gewusst, dass so etwas möglich war. Aber natürlich musste ich davon ausgehen, dass die Göttin der Magie ein oder zwei Dinge wusste, von denen ich nichts ahnte.

»Wenn sie glaubt, dass ich ihr vergebe, nur weil sie ...« Doch die Worte erstarben mir in der Kehle, denn es war für den Anfang wirklich keine schlechte Geste.

Ich schluchzte in sein Fell, bis Arasgon genug hatte und mich mit dem Kopf anstupste. »Jetzt komm schon. Ich will rennen.«

»Du willst immer rennen.« Ich lachte trotz meiner Tränen und wischte mir die Augen.

Er schenkte mir ein Grinsen und schüttelte zustimmend den Kopf. »Rennen gehört zum Schönsten, was es im Leben gibt. Ihr Zweibeiner macht immer alles so kompliziert mit euren Verpflichtungen und Bestrafungen. Rennt doch einfach. Erinnerst du dich noch, wie gerne du gerannt bist?«

»Einfach rennen?«, wiederholte ich. »Ich renne nicht mehr, Arasgon.«

»Natürlich tust du das. Du rennst bloß nicht mehr *davon*.«

Erneut erschütterte ein Lachen meine Brust, und ich tätschelte seine Schnauze. Sie fühlte sich wie immer weicher als Samt an. Nein, ich rannte nicht mehr weg. Dennoch dachte ich einen Moment lang mit Bedauern an meinen Kanton Tolamer. Ich hatte ihn im Stich gelassen, auch wenn ich mir eingeredet hatte, dass ich es tun musste, um ihn zu retten.

Anschließend überlegte ich, dass meine Mutter das Gleiche mit mir gemacht hatte. Dann war ich also eine Heuchlerin. Nur, waren wir das nicht alle?

Doch dann kam mir ein anderer Gedanke. »Warte mal, ist Dorna bei dir? In der Welt der Lebenden, meine ich?«

Arasgon nickte. »Talaras, Sir Baramon und Ninavis sind auch da. Wir verstecken uns gerade, weil ein Kopfgeld auf uns ausgesetzt ist.« Er bleckte die Zähne. »Dämliche Zweibeiner.«

»Dämliche Zweibeiner, ganz recht«, murmelte ich. »Glaubst du, dass du noch mal hierherkommen kannst, jetzt, da Tya dir den Trick gezeigt hat?«

»Das ist kein Trick. Sie hat mir gesagt, dass ich es merken werde, wenn du schläfst, und dass ich dann zu dir stoßen kann, wenn ich es will. Ich weiß nicht, ob ich es jede Nacht zeitlich schaffen werde.«

Ich schaute ihn mit großen Augen an. Dann konnte ich also mit Dorna und Ninavis kommunizieren und ihnen mitteilen, was ich beim Blick auf die Karte im Privatzimmer des Herzogs über seine Eroberungspläne herausgefunden hatte. Selbst wenn ich den Herzog nicht unterstützte, konnte ich diese Pläne auch selbst vorantreiben. Und wenn sie glaubten, ich würde ihm helfen ...

Nun, ich musste eine Möglichkeit finden, seine Pläne und Karten zu untersuchen. War ich nicht Janel *Danorak?* Es wurde Zeit, dass ich daraus einen Vorteil schlug.

Ich grinste. »Perfekt. Dann haben wir ja noch viel Arbeit vor uns. Wir werden eine Rebellion stehlen.«

Ich blieb nicht so lange wie sonst im Nachleben, da ich eher bewusstlos war, als dass ich schlief. Als ich erwachte, war ich erleichtert. Ich war nicht tot.

Doch die Erleichterung währte nur fünf Sekunden. Dann merkte ich, dass ich von Weiß umgeben war.

Schnee. Um mich herum wirbelten Flocken, und unter mir war Eis. Ich versuchte aufzustehen, was sich jedoch als schwierig herausstellte, da ich in einer Pfütze aus Schmelzwasser lag, was das Eis besonders rutschig machte.

Veixizhau hatte mich draußen abgeladen, mitten in der klirrenden Kälte, die um den Eispalast herrschte. Mein Wollkleid saugte sich mit Eiswasser voll, was noch schlimmer war, als wenn ich überhaupt keine Kleidung getragen hätte.

Doch dann fiel mir auf, dass ich keine Kälte spürte. Senera hatte mich zwar meiner Kraft beraubt, mir aber nicht meine Magie genommen.

Ich stieß ein Lachen aus, das von den Sturmböen, die mich umwehten, weggerissen wurde. Mir war soeben bewusst geworden, dass ich mit meinem khorveschischen Vater und meiner unsterblichen Mutter eindeutig vom Blut des Joras war – und daher bei meinem Volk nicht als Hexe galt.

So sah man mich nur im Rest von Quur, wo man sich ausschließlich für meine Weiblichkeit interessierte.

Der Schnee machte es schwer, Entfernungen einzuschätzen, doch ganz in der Nähe hallten laute Freudenschreie wider. Ich kannte das Geräusch von den weiten Ebenen meiner Heimat: Es waren die Rufe von Hyänen. In der Halle des Herzogs hatte ich weiße Hyänen gesehen, die dichteres Fell hatten und größer waren als ihre südlichen Verwandten.

Je nachdem wie groß das Rudel war, konnten sie mir möglicherweise gefährlich werden. Ein paar konnte ich relativ problemlos abwehren, doch wenn sie auch nur ansatzweise ihren südlichen Vettern ähnelten, würde ich es möglicherweise mit dreißig oder vierzig von den verfluchten Biestern zu tun bekommen. Umrisse schälten sich aus dem Schnee und kamen näher.

Einer der Jauchzer brach abrupt ab.

Donner zerriss den Himmel und brachte den Boden zum Beben. Es sah aus, als würde die graue Wolkendecke zurückgeschlagen, und der stete Schneefall um mich herum ließ nach. Ein wie mit dem Rasiermesser gezogener blaugrüner Spalt tat sich in den Wolken auf. Er verlief vom Scheitelpunkt des Himmels bis zum Horizont und wurde breiter, wie ein aufgehender Vorhang, der den Blick auf den Anbeginn der Welt freigab.

Und durch diesen Spalt in der Wolkendecke kam die Eisdrachin geflogen, Aeyan'arric. Sie hielt direkt auf mich zu.

42

DIE WOLFSJUNGEN

*Jorat, Quurisches Reich.
Drei Tage nachdem Xalome, die Drachin des Nachlebens, versucht
hatte, die falsche verdammte Seele zu verschlingen*

»Glaubst du nicht, dass du vielleicht ein bisschen hart zu deiner Mutter warst?«, fragte Dorna.

Janel warf ihr einen Blick zu. »Nein, glaube ich nicht.«

»Trotzdem …«

Janel hob einen Finger. »Du weißt, dass ich dich gern habe, Dorna. Also erinnere mich bitte nicht daran, dass du die ganze Zeit für Tya gearbeitet und mir die Wahrheit verschwiegen hast.«

Dorna seufzte und schaute betrübt in ihre Tasse. Stern legte einen Arm um sie. Auf der anderen Seite der Theke streckte Ninavis die Hand aus und stupste Qaun an.

»Ja, gut.« Er nickte und öffnete seine Aufzeichnungen an der Stelle, wo er aufgehört hatte.

Qauns Schilderung. Im Eispalast, Yor, Quur.

Wenn er nicht in Shadrag Gor forschte, kehrte Bruder Qaun in die Bibliothek im Eispalast zurück. Doch an diesem Tag wurden seine Studien jäh unterbrochen.

Die Eingangstür der Bibliothek ging auf, und mehrere Männer traten ein. Da Qaun gerade damit beschäftigt war, den praktischen Nutzen thermischer Varianzen für die Hellseherei zu beschreiben, blickte er zunächst nicht von seinen Notizen auf.

Doch dann nahm ihm jemand sein Buch weg.

»Was ist das?« Der rüpelhafte Kerl – ein großer und gut aussehender Quurer – blätterte die Seiten durch. »Schreibst du ernsthaft etwas über Ernteerträge?«

Bruder Qaun stand auf und ließ Weltenfeuer unter sein Agolé gleiten. Ihm wurde mulmig, als er Sir Oreth erkannte. Die anderen Männer hatte er noch nie gesehen, aber er wusste, dass es Hochadlige sein mussten – bis auf einen blassen jungen Mann, der zum Teil yorischer Herkunft zu sein schien.

»Entschuldigung«, sagte Bruder Qaun mit einer Verbeugung. »Aber ich forsche auf Geheiß von Relos Var.« Tatsächlich hatte er kein Wort über Ernteerträge geschrieben, doch dank eines der ersten Zaubersprüche, die er je gelernt hatte, war er imstande, seine Aufzeichnungen hinter einem Blendwerk aus langweiligem Geschwafel zu verbergen. Diesen Trick setzte er häufig ein.

»Oh, sieh nur, wie zahm er ist, Darzin«, sagte Sir Oreth kichernd. »Das ist Janel Theranons Priester-Lakai. Der, den Relos Var gegaescht hat. Sie halten ihn als Geisel, um Janel gefügig zu machen.«

»Darüber muss er sich nun nicht mehr den Kopf zerbrechen«, sagte der junge Yorer. »Was für ein tragischer Witz, dass er für nichts und wieder nichts gegaescht wurde.«

Darzin verdrehte die Augen. »Exidhar, wir müssen dringend an deiner Raffinesse arbeiten.«

Bruder Qaun fröstelte. »Es tut mir leid, meine Herren, aber ich verstehe nicht, was Ihr meint.«

»Ach, nichts«, erwiderte Sir Oreth, der immer noch grinste. Dann verschränkte er die Arme vor der Brust und tat, als zitterte er. »Brrr.«

Die anderen Männer lachten.

Bruder Qauns Angst drohte sich zu einer Panik auszuwachsen. »Wollt Ihr damit etwa andeuten, dass Graf Tolamer etwas zugestoßen ist?«

»Sie ist kein Graf mehr«, entgegnete Sir Oreth. »Nicht einmal eine Joratin.« Er lächelte. »Sie ist gar nichts.«

»Überlass uns den Raum«, befahl Darzin. »Wir sind hergekommen, um ungestört zu sein.«

Bruder Qaun beugte sich zum Tisch hinunter, um seine Utensilien einzusammeln, da knallte Darzins flache Hand auf seine Pinsel. »Geh einfach.«

Bruder Qaun richtete sich auf und deutete auf sein Buch. »Gewiss, mein Herr. Aber das da brauche ich. Relos Var wartet darauf.«

Darzin betrachtete das Buch und warf dann einen Blick zur Feuerstelle.

»Bitte nicht.«

Grinsend warf Darzin das Buch in den Kamin.

Bruder Qaun wollte hinterherrennen, doch der Hochadlige aus dem Haus D'Mon hielt ihn an den Schultern fest. »Relos Var wartet darauf, hmm? Dann musst du ihm wohl sagen, dass du gestolpert bist und es dabei im Feuer gelandet ist. Wie ungeschickt.«

Bruder Qaun hörte auf, sich zu wehren. Schließlich war es das, was der Adlige wollte. Stattdessen richtete er sich gerade auf und machte eine Verbeugung vor Darzin D'Mon. »Vielen Dank, mein Herr.«

Darzin blinzelte überrascht. »Was? Äh ... Hast du das nicht gebraucht?«

»O ja, mein Herr. Dringend. Und wenn ich Relos Var erzähle, was vorgefallen ist, wird er wissen, dass ich die Wahrheit sage. Aber Ihr habt mir gerade gezeigt, wie wichtig es ist, sich an nichts Materielles zu binden, nicht einmal an Bücher. Das war eine wertvolle Lektion. Alles, was auf diesen Seiten stand, kann reproduziert werden. Vielen Dank, dass Ihr mich daran erinnert habt.« Er verbeugte sich erneut.*

Darzin wirkte völlig verdattert. Schließlich verdrehte er die Augen. »Was auch immer. Verschwinde von hier.«

Bruder Qaun begab sich auf die Suche nach Thurvishar.

»Ich glaube, sie haben Janel etwas angetan«, sagte Bruder Qaun, als Thurvishar die Tür zu seinen Räumen öffnete. Dann stürmte er, ohne dem Adligen Zeit für eine Antwort zu geben, hinein.

»Moment. Wovon sprichst du?«

Bruder Qaun versuchte, sich zu beruhigen. Nach allem, was er wusste, war Janel wahrscheinlich bereits tot. Aber wenn Relos Var recht hatte …

Wenn es stimmte, was Var sagte, war es für alle entscheidend, dass Janel am Leben blieb.

Er schüttelte den Kopf. »Ich habe gerade in der Bibliothek im Südflügel meine Notizen ins Reine geschrieben. Dabei wurde ich von einem Hochadligen aus dem Haus D'Mon unterbrochen. Darzin. Er hatte ein paar Gefährten dabei. Darunter auch Sir Oreth, wie ich leider feststellen musste.«

»Die Wolfsjungen.«

Bruder Qaun stutzte. »Was?«

»Wir nennen Exidhars Freunde die Wolfsjungen. Dass Darzin sich ihnen angeschlossen hat, überrascht mich kein bisschen. Er

---

* Ich glaube, Darzin in Matsch zu verwandeln, wäre noch befriedigender für ihn gewesen. Aber vermutlich war es auch nicht schlecht, ihn restlos zu verwirren.

ist auch nie erwachsen geworden.« Thurvishar hob eine Augenbraue. »Was haben sie getan?«

»Exidhar und Sir Oreth haben ein paar gemeine Bemerkungen gemacht und dabei angedeutet, dass Janel sich in Gefahr befindet. An einem sehr kalten Ort.«

»Soweit ich weiß, wurde sie zu den Ehefrauen gebracht.« Thurvishar lachte. »Vermutlich ist es dort wirklich ziemlich kalt.«

»Nein, Ihr versteht nicht. Ich habe mit Weltenfeuer alle Feuerstellen im Palast überprüft. Sie ist nicht dort. Ich kann sie nirgends finden.«

Thurvishar hörte auf zu lächeln und dachte nach. »Könnte sie geflohen sein?«

Bruder Qaun stutzte. An diese Möglichkeit hatte er noch gar nicht gedacht. Ja, das war möglich. Vielleicht war sie geflohen. Janel konnte jederzeit verschwinden. *Sie* war schließlich nicht gegaescht. Er schüttelte den Kopf. »Nein. Sie würde ... sie würde mich nicht alleinlassen.«

»Bist du sicher?«

Bruder Qaun nickte. »Ganz sicher. Außerdem wären sie dann nicht so selbstzufrieden gewesen. Irgendetwas ist vorgefallen, und diese Männer waren daran beteiligt.«

»Lass uns zum Hon gehen.«

43

DIE FEUERHÖHLEN

*Jorat, Quurisches Reich.
Drei Tage nachdem Kihrin D'Mon herausgefunden hatte,
dass es möglich ist, für andere Talismane zu machen …
gegen deren Willen*

»Darzin war immer unglaublich charmant, oder?«, fragte Kihrin und schüttelte den Kopf.

»Thorra«, sagte Janel.

»Ja«, pflichtete er ihr bei. »Ganz definitiv Thorra.« Er lachte.

»Er klingt nach einem echten Knaller«, sagte Ninavis und betrachtete gähnend ihre Tasse. Dann stand sie auf und ging zur Küche. »Ich setze noch eine Kanne Kaffee auf.«

Janel blickte ihr finster hinterher. Kihrin wusste nicht, ob sie sich über Ninavis ärgerte oder einfach generell wütend war.

»Ist alles in Ordnung?«, fragte er und drückte ihre Hand.

»Thurvishar ist nicht der Zauberer, auf den wir warten«, sagte sie unvermittelt. »Sondern Relos Var.«

Einen Moment lang versank der ganze Tisch in verblüfftem Schweigen.

Kihrin zog seine Hand zurück.

»Janel!« Bruder Qaun stand auf. »Wir waren doch gerade dabei, den Zusammenhang zu erklären …«

»Vielleicht hätte ich nicht …«, begann Dorna.

»Ruhe!«, blaffte Janel und drehte sich zu Kihrin um. »Wir haben Khoreval nicht mehr. Ich habe ihn kurz besessen, aber dann hat Relos Var ihn sich zurückgeholt. Danach haben wir eine Vereinbarung getroffen: Wenn ich dich dazu überrede, dass du mithilfst, Morios zu töten, händigt er mir Khoreval aus. Wir brauchen beide Waffen, um die Aufgabe zu Ende zu bringen.« Sie senkte die Stimme. »Das musste ich dir sagen.«

Kihrin wusste nicht, was er davon halten sollte, aber Janels Gesichtsausdruck nach zu urteilen meinte sie es ernst. Sie hatte tatsächlich geplant, ihn zu verraten.

Zumindest hätte es sich wie Verrat angefühlt.

Er stand vom Stuhl auf, unsicher, was er jetzt tun sollte. Doch irgendetwas musste er unternehmen.

»Kihrin, bitte …«

Er wirbelte zu ihr herum und zeigte auf die Decke des Raums. »Wenn du mit Var zusammenarbeitest, wieso fliegt dann meine wütende Tochter aus einem anderen Leben dort draußen herum? Oder ist sie bloß hier, um mich am Gehen zu hindern?«

»Var muss klar geworden sein, dass ich Janel von Vater Zajhera erzählen würde«, überlegte Bruder Qaun. »Da die Gaesche zerbrochen sind, hindert mich nichts mehr daran, die Wahrheit zu sagen.«

»Was mich ebenfalls dazu bringen würde, die Wahrheit zu sagen«, fuhr Janel fort. »Aber Relos Var weiß nicht, dass Thurvishar mit uns zusammenarbeitet. Wir haben ihn als Rückversicherung in Atrine gelassen.* Sobald Thurvishar irgendein Zeichen von Morios sieht, öffnet er sofort ein Portal zu uns.«

»Also hätte ich … mit Thurvishars Hilfe jederzeit von hier weggehen können?«

---

* Rückblickend hätten wir tatsächlich davon ausgehen sollen, dass sie gemeinsame Sache machen.

»Moment, wir hätten jederzeit abhauen können?« Dorna wirkte überrascht.

Kihrin ignorierte die alte Frau und hielt weiter den Blick auf Janel gerichtet. »Sag mir, dass du nicht wusstest, dass Relos Var Aeyan'arric schicken würde, um uns hier festzuhalten.«

»Ich schwöre, dass ich davon keine Ahnung hatte«, sagte Janel. »Ich wusste nicht einmal, dass Aeyan'arric wieder ins Leben zurückgekehrt war. Relos Var hat zwar gesagt, dass sie das vorhatte, aber mir war nicht bewusst, dass es so schnell gehen würde.«

Kihrin knirschte mit den Zähnen und versuchte, seine Wut zu zügeln. »Und ich soll dir vertrauen? Du hast Relos Var verraten, wo ich bin. Er ist nicht mein Freund, Janel. Er hat nicht das Geringste für mich übrig.«

Janel schüttelte den Kopf und holte tief Luft. »Es ist egal, ob er etwas für dich übrighat oder nicht. Er ist wie ein Bauer, der Nutzvieh züchtet. So ein Bauer kann ein Schwein zwar mögen – ihm einen Namen geben, es streicheln und mit Leckerbissen füttern –, aber sobald der Herbst kommt, wird das Tier trotzdem das Beil zu spüren bekommen. Selbst wenn er dich oder mich lieben würde, wäre das für ihn kein Grund, uns nicht zu töten, wenn er es für nötig hält.«

»Sicher, und welches Schwein schert sich schon darum, ob es geliebt wird, wenn es ans Schlachten geht.«

»Aber ich kenne ihn gut genug«, warf Bruder Qaun ein, »um zu wissen, dass er nicht ohne Grund tötet. Die Prophezeiungen deuten stark darauf hin, dass Morios besiegt wird – es gibt keinen Grund zu glauben, dass Relos Var uns nicht dabei helfen will, diese Aufgabe zu erfüllen.«

»Da fühle ich mich doch gleich viel besser«, fuhr Kihrin ihn an. »Halt, nein, doch nicht.«

»Qaun, schicke eine Nachricht an Thurvishar. Sag ihm, dass er ein Portal öffnen soll, durch das Kihrin von hier weg kann.« Janel rieb sich die Schläfen und beäugte scheinbar interessiert die Theke.

»Aber ...« Qaun sah sie mit großen Augen an. »Der ... Drache. Im Moment hält sich eine Viertelmillion Leute in Atrine auf.«

»Es war von Anfang an nicht in Ordnung, dass wir Kihrin etwas vorgemacht haben, damit er uns hilft. Ich weiß nicht, wieso ich das je anders gesehen habe.«

»Wegen dieser Viertelmillion, Fohlen«, sagte Dorna.

Stern hob eine Augenbraue. »Machst du dich jetzt aus dem Staub?«

»Ach, komm mir nicht so«, sagte Kihrin. Er setzte sich wieder und winkte Qaun zu, der gerade Weltenfeuer aus seinem Agolé holte. »Steck ihn wieder weg. Ich bleibe.«

Janel schaute ihn überrascht an. »Wirklich?«

»Aus vier Gründen«, sagte er und trank seinen restlichen, mittlerweile kalten Kaffee aus. »Erstens bin ich hergekommen, um dich zu finden. Und obwohl ich nicht glücklich darüber bin, wie die Dinge laufen, werde ich nicht ohne dich von hier verschwinden. Zweitens werde ich auf keinen Fall vor Relos Var davonrennen. Solange ich derjenige bin, der Gottesschlächter trägt, sollte *er* vor mir davonrennen. Drittens würde ich mir Vorwürfe machen, wenn Morios wirklich existiert und ich für den Tod all dieser Leute verantwortlich wäre.«

»Und viertens?«, fragte Janel.

Er schnitt eine Grimasse. »Die Geschichte ist noch nicht zu Ende. Ich muss wissen, was als Nächstes passiert ist.«

Janel lachte nicht, sondern setzte ihre Erzählung fort.

Janels Schilderung. Vor dem Eispalast, Yor, Quur.

»Dies ist mein Zuhause!«, schrie Aeyan'arric, während sie auf mich zuflog. »Du bist nicht willkommen, Eindringling!«

Sie war sogar noch größer, als ich sie in Erinnerung hatte, und blendend weiß. Ihre tiefblauen Augen harmonierten mit den pastelligen Türkis- und Grüntönen, die sich an ihrem schlangenartigen Bauch wie funkelnde Eisblöcke gegenseitig überlappten. Obwohl Aeyan'arric gleißend hell leuchtete, warf sie einen finsteren Schatten auf ihre gesamte Umgebung. Da der Sturm nachgelassen hatte, erkannte ich nun über mir das schimmernde Schloss. Chertog hatte eine Bergspitze abgehackt und an ihrer Stelle eine in der Sonne glitzernde Pyramide aus Kristall und Marmor errichtet.

Irgendwo dort oben hatte Veixizhau mich von einem Balkon geworfen, damit ich wie unerwünschter Abfall den Hang hinunterrollte und in der Eiseskälte starb. Irgendwie – und ich glaubte nun genau zu wissen, wie – hatte ich sowohl den Sturz als auch die Kälte überlebt.

Doch meine Kälteunempfindlichkeit bedeutete nicht, dass ich es überleben würde, wenn mich Krallen, die halb so groß waren wie ich, in Stücke rissen.

»Es tut mir leid!«, schrie ich, da mir sonst nichts einfiel. »Gibt es einen Weg hinauf zum Palast? Ich werde sofort von hier verschwinden.«

Sie sah mich mit diesen verrückten azurblauen Augen an und zog die Lippen zurück, um ihr Maul zu öffnen. Sie war drauf und dran, etwas zu tun, das ich zutiefst bedauern würde.

Ich hechtete zur Seite und versuchte, hinter irgendetwas Deckung zu finden. Während ich mich umschaute, schoss ein Schwall kalter Luft und Schnee in meine Richtung. Nur knapp entging ich dem Schicksal, in Eis eingehüllt zu werden. Ich zitterte. Zum ersten Mal, seit ich das Bewusstsein wiedererlangt hatte, spürte ich eine Kälte, die mir bis in die Knochen fuhr.

Das Eis vor mir erbebte und zerbarst, als die Drachin ihre Krallen hineinschlug und gewaltige Furchen in den Gletscher riss.

Feuer, dachte ich. *Ich brauche Feuer.*

Leider hatte ich außer einem pitschnassen Kleid nichts, was ich verbrennen konnte. Veixizhau hatte mir allen Schmuck abgenommen, vom Gürtel bis hin zu den juwelenbesetzten Haarnadeln, und wir standen auf einem Berg aus gefrorenem Wasser, das als Brennmittel vollkommen nutzlos war.

Also hatte ich nur eine einzige Chance: die Drachin ablenken und hoffen, dass das genügen würde.

Ich riss mir das Kleid vom Körper und warf es in die Höhe. Sobald es nicht mehr an meiner Haut lag, gefror es sofort, aber das spielte keine Rolle – ich steckte es in Brand.

Die Drachin zuckte erschrocken zurück, und während sie noch schockiert blinzelte, rannte ich los.

Tatsächlich taumelte und rutschte ich eher, da der Gletscher unter meinen Füßen einen ziemlich steilen Hang bildete. Ich sah bestimmt lächerlich aus, nackt und unbewaffnet, wie ich war. Noch verwundbarer konnte man kaum sein.

Deshalb schien mir rennen ja eine so hervorragende Idee. Arasgon wäre stolz auf mich gewesen. Dorna auch.

Am Fuß des Hanges fiel der Gletscher in eine Spalte ab. Ich hoffte, dass sie so eng war, dass die Drachin mir nicht folgen konnte. Falls sie sich dazu entschloss, mir einen weiteren Schneesturm hinterherzublasen, wäre ich zwar immer noch in Schwierigkeiten, aber was hatte ich schon zu verlieren?

Während ich Aeyan'arrics Gebrüll lauschte, wurde mir bewusst, dass Xaltorath möglicherweise aus gutem Grund wütend auf mich war. Gut möglich, dass ich hier starb, ohne irgendetwas zu erreichen. Dass ich überhaupt noch lebte, war ein Wunder.

Als ich in die Gletscherspalte rannte, fiel Aeyan'arrics Schatten auf mich. Sie war nur wenige Sekunden hinter mir. Ich stolperte und schrie auf, als ich mir das Schienbein an einem spitzen Eiszacken aufriss. Damit war bewiesen, dass ich gegen gewöhnliche Verletzungen nicht gefeit war.

Aeyan'arric versuchte, mit ihren Krallen nach mir zu schlagen, aber die Spalte erwies sich tatsächlich als zu eng. Sie brach große Eisbrocken aus der Öffnung. Nach einer Weile traf sie auf Granit, und um mich herum flogen Funken. Ich wich zurück. Die Blutspur, die ich dabei hinterließ, vermischte sich mit dem Schmelzwasser, das ich mit meiner Anwesenheit um mich herum erzeugte.

Dann brach der Angriff ab. Ich hörte ihre Schwingen schlagen, als sie davonflog, und wartete.

Ich kehrte nicht zur Öffnung zurück, um nachzusehen, ob sie tatsächlich verschwunden war. So dumm war ich nicht. Stattdessen saß ich mehrere Minuten nackt und zitternd in der Höhle und lauschte. Die meisten wären in einer Kälte wie dieser umgekommen.

Auf einmal vernahm ich in meinem Rücken Schritte, und ein warmes Licht warf Schatten auf die Höhlenwand vor mir.

Ich rappelte mich in eine geduckte Haltung auf.

Eine Frau betrat die Höhle. In einer Hand hielt sie eine Laterne, in der anderen ein langes Krummschwert. Ihre dunkle Haut schimmerte graublau, und ihre schwarzen Haare waren zu dicken, wollig wirkenden Locken verfilzt. Sie trug ein Kettenhemd und darüber einen Mantel aus ineinandergreifenden Metallplättchen. Sie sah khorveschisch aus, doch viel bemerkenswerter war, dass sie gefroren zu sein schien. Ihr Gesicht war von Eis umrahmt, auf ihren dunklen Wimpern glitzerten Schneeflocken.

Außerdem sah sie sehr tot aus, was sie allerdings nicht weiter zu stören schien.

»Nun denn«, sagte die Frau. »Was hat mir die kleine Aeyan denn heute vorbeigebracht? An diesem Ort bist du nicht sicher, junge Dame.« Sie lächelte. »Obwohl es erstaunlich ist, dass du so lange überlebt hast. Vor allem in dieser Kleidung.«[*]

»Wer …?« Während ich sprach, klapperten mir die Zähne. »W-wer seid Ihr?«

Die tote Frau bedeutete mir, ihr zu folgen. »Ich bin Xivan Kaen. Aber jetzt suchen wir dir erst mal was zum Anziehen.«

---

[*] Beziehungsweise ganz ohne Kleidung, wie es scheint.

»Ich dachte …« Ich räusperte mich, während ich der Frau tiefer in die Spalte hinein folgte. Mittlerweile hatte der Riss im Eis sich zu einer ordentlichen Höhle gemausert, die aus solidem Fels bestand. »Ich muss mich entschuldigen. Ich dachte …«

»Lass mich raten. Irgendwer hat dir erzählt, Herzogin Xivan Kaen sei tot.« Sie zuckte die Achseln. »Man hat dich nicht belogen, oder? Und wer bist du?« Sie zog ein Tuch aus ihrem Gürtel. »Für dein Bein.«

»Janel Theranon«, sagte ich und rieb mir die Arme. »Vielen Dank.« Ich bückte mich und säuberte die Wunde, die nicht sehr tief war. Dann wickelte ich das Tuch um das Bein. Ich musste die Verletzung ordentlich bandagieren, aber dafür war jetzt keine Zeit.

»Und was tust du hier? Ich gebe zu, dass ich nichts gegen Besucher einzuwenden habe. Allerdings sind noch nie welche von dieser Seite der Höhlen gekommen. Du hast Glück, dass Geräusche durch diese Tunnel hallen.«

»Ich fürchte, eine Ehefrau des Herz… ähm …« Ich hüstelte.

»Eine der Ehefrauen des Herzogs. Mir ist bekannt, dass er andere geheiratet hat.« Der Gedanke schien sie nicht zu amüsieren.

»Richtig. Ich habe ehrlich gesagt keine Ahnung, wieso sie das getan hat. Sie hat herausgefunden …« Ich zögerte, unsicher, ob ich zu viel verriet.

Xivan hob eine Augenbraue. »Du musst wirklich lernen, in ganzen Sätzen zu sprechen. Was hatte sie herausgefunden?«

Ich sah sie an. Sie war eine Khorvescherin. Genauer gesagt, eine tote Khorvescherin, die von Yorern ermordet worden war. Ich ging deshalb davon aus, dass sie die Ansichten der Yorer über meinen Status als »ledige« Frau nicht teilte. »Sie fand heraus, dass ich nicht wirklich verheiratet bin. Dann hat sie mich betäubt und ins Freie geworfen, damit ich erfriere. Ich verstehe nicht, warum.«

»Interessant«, sagte Xivan. »Und mit wem bist du nicht wirklich verheiratet?«

Ich räusperte mich. »Mit Relos Var.«

Sie gluckste. »Ah ja, Relos Var. Ich kenne ihn schon lange. Tatsächlich verdanke ich das hier ihm.« Sie deutete an sich hinab.

»Ich habe geglaubt, die Yorer ...«

»O nein, Var hat mich nicht getötet. Er hat mich ins Leben zurückgeholt – oder so gut wie. Und damit hat er sich die Gunst eines Herzogs erkauft.« Sie runzelte die Stirn. »Ich weiß, wieso du draußen ausgesetzt wurdest.« Sie blieb stehen. »Anscheinend ist eine der Ehefrauen meines Mannes eine Anhängerin der Hexenkönigin Suless.«

»Ich kann Euch nicht folgen.«

Sie beugte sich dicht an mich heran. »Machst du das absichtlich? Du bist sehr ... warm.«

Ich vollführte eine hilflose Geste. »Ich mache gar nichts.«

»Auch interessant.« Xivan betrachtete den glitzernden Widerschein des Laternenlichts an der Höhlenwand. »In der alten Zeit, bevor wir Quurer eintrafen, hatte die Hexenkönigin Suless eine Übereinkunft mit ihren Anhängerinnen getroffen. Sie erfüllte ihnen jeden Wunsch, aber nur wenn sie ihr im Gegenzug ein unverheiratetes Mädchen als Opfer darbrachten. Normalerweise opferten Mütter ihrer Töchter, aber das Opfer musste nicht unbedingt eine Verwandte sein.«

»Ich fühle mich nicht, als wäre ich geopfert worden«, entgegnete ich.

Da erinnerte ich mich an das keckernde Lachen der heranpirschenden Hyänen und fragte mich, was wohl passiert wäre, wenn Aeyan'arric nicht aufgetaucht wäre.

»Wir können froh sein, dass Suless tot ist.« Ihr Blick wurde nachdenklich. »Aber es ist schwer, eine Religion auszumerzen. Es gibt immer noch Leute, die an den alten Traditionen festhalten. Sie betrachten Hyänen und Bären als heilig, weil Suless und Chertog diese Tiere zu ihren Symbolen erklärt haben. Und die Männer verheiraten ihre Töchter immer noch so schnell, wie es nur geht.

Vermutlich ist ihnen nicht einmal bewusst, dass man die Mädchen früher so vor der Hexenkönigin bewahrt hat – damit sie ihr nicht geopfert und anschließend gegen ihre Väter eingesetzt wurden.«

»Das ist barbarisch. Lasst mich raten: Die Opfer wurden in der Kälte ausgesetzt.«

»Ja, wo Schneehyänen oder Schlimmeres sie holten. Suless aß angeblich Säuglinge. Das wird dir jeder erzählen. Ich bezweifle allerdings, dass es stimmt. In den alten Geschichten wird nie verraten, wo die Hexenmütter herkamen. Weißt du, Suless hatte einige Priesterinnen – die natürlich auch Hexen waren. Sie hat sie aus Schnee gemacht und mit Häuptlingen verheiratet, die ihr angenehm waren.«

Ich schnaubte. »Aus Schnee gemacht?«

»Inzwischen glaube ich, dass sie all die geopferten Mädchen bei sich aufgenommen und großgezogen hat, um sie schließlich zu den Klans zurückzuschicken, wo sie als ihre persönlichen Vollstreckerinnen und Spitzel dienten. Denn wenn Suless wirklich imstande gewesen wäre, aus gefrorenem Wasser Hexen zu erschaffen, hätte Yor den Krieg wohl kaum verloren.«

»Was ist aus den Hexenmüttern geworden?« Ich dachte an Bikeinohs Behauptung, Wyrga sei die letzte von ihnen.

Xivan winkte ab. »Quur hat sie natürlich alle getötet. Das war vor Jahrzehnten, lange vor deiner Geburt.«

»Aber wenn die Hexenmütter seit Jahrzehnten verschwunden sind, muss irgendjemand anderer Veixizhau gezeigt haben, wie sie mich Suless opfern kann.«

»Ist sie diejenige, die das getan hat?« Xivan lächelte. »Ich kann mich natürlich auch täuschen. Vielleicht wurdest du auch nur in der tödlichen Kälte ausgesetzt, weil Veixizhau eifersüchtig war. Aber du hast gesagt, sie fand es interessant, dass du unverheiratet bist. Sie würde sich wohl nicht aus dem gleichen Grund wie ein Mann dafür interessieren, aber ich ziehe voreilige Schlüsse.

Halte dich dicht an der Wand zu deiner Linken. Egal, was du tust, bleib auf jeden Fall von dem Höhleneingang auf der rechten Seite weg.«

»Wieso, was ist darin?« Der Schein der Laterne warf lange Schatten durch die Öffnung.

»Der Tod.« Sie zeigte auf eine Stelle, wo die Höhle in einen mittelgroßen Raum mündete. Rechts neben dem Durchgang quoll wabernder blauer Rauch vom Boden hoch.

Ich richtete mich auf. »Diesen Rauch habe ich schon einmal gesehen.«

»Dann weißt du ja, wie gefährlich er ist.« Sie deutete auf den nach links abzweigenden Gang. »Da lang ist es sicher.«

Ich ging nach links. Eine Erklärung, wieso ich den rechten Gang meiden sollte, brauchte ich nicht. Ich hatte den Hexenrauch, mit dem wir in Mereina konfrontiert gewesen waren, wiedererkannt.

Während ich hinter ihr herging, wurde der Pfad glatter und begehbarer.

»Bleib links. Wir kommen gleich wieder an einer gefährlichen Höhle vorbei.«

Wir gingen auf einem schmalen Sims, der zur rechten Seite steil in eine gähnende Finsternis abfiel. Unter normalen Umständen hätte ich nicht sehr weit in die Tiefe blicken können, doch irgendetwas erzeugte in diesem Abgrund Licht. Unten am Boden sah ich den blauen Rauch durch verlassene Ruinen wabern.

Dann erregte die Lichtquelle meine Aufmerksamkeit: Es war ein Speer.

Er war golden und lag in der Mitte der Höhle auf einem Haltegestell. »Was ist das?« Mir wurde bewusst, dass ich stehen geblieben war, um ihn zu betrachten.

Ich gab mich unwissend, aber ich erkannte den Speer, den Thaena mir gezeigt hatte, sofort wieder. Sobald ich eine Möglichkeit gefunden hatte, Khoreval zu stehlen, war der einfache Teil meiner Mission geschafft.

Darüber, wie schwer es war, einen Drachen zu töten, machte ich mir keine Illusionen.*

»Hier tritt der Tod langsamer ein als in der vorherigen Höhle«, sagte Xivan, die meine Frage entweder missverstanden hatte oder sie schlicht ignorierte. »Ich bin die Einzige, die dort hinuntergehen kann, ohne tot umzufallen, da ich das bereits hinter mir habe. Wen der Rauch nicht umbringt, den erledigt das Gestein.«

Ich blinzelte sie an. »Das Gestein? Wie meint Ihr das?«

»Es ist ein Fluch, den man sich in der Akademie ausgedacht hat, als klar wurde, dass man die Yorer nicht aus ihren Höhlen herausbekommen würde. Sie haben die Höhlen von Grund auf verändert, sie giftig gemacht. Es ist, als ob man während einer Belagerung eine Burg anzündet, um die Bewohner herauszutreiben, nur dass diese Burg hundert Jahre später immer noch brennt.«

Ich spürte, wie meine Kehle trocken wurde. »Wie viele Leute haben in der Höhle gelebt?«

»Tausende«, antwortete sie. »Und das hier ist nur *ein* Höhlennetz. In ganz Yor wurden Hunderte davon unbewohnbar gemacht.«

Ich nahm die Szene eine weitere Minute lang entsetzt in mich auf. Genau wie in Mereina verschleierte der blaue Nebel den Blick auf die überall herumliegenden Toten.

Xivan legte mir eine kalte Hand auf die Schulter. »Wir sollten nicht trödeln. Nicht hier.«

Ich ließ mich von ihr weiterführen. Der Gang sah alt und solide aus. Da Jorater Kellerbehausungen mögen, fand ich ihn beinahe gemütlich. Wir begaben uns ein ganzes Stück in den Berg hinein. Nach den Gifthöhlen, in denen die Yorer einst gelebt hatten, gingen wir noch eine halbe Stunde weiter. Als der Tunnel erneut in eine Höhle mündete, war die Luft ringsum warm.

---

* Und manchmal sogar unmöglich. Ich bezweifle, dass bestimmte Drachen überhaupt getötet werden können. Mehr ist dazu nicht zu sagen.

Der Höhlenboden war glattpoliert und großflächig in Abschnitte unterteilt, bei denen es sich offensichtlich um Wohnbereiche handelte. Ich wusste nicht, wie nützlich oder notwendig sie für Xivan waren. Brauchte sie Schlaf? Musste sie etwas essen?

Und falls sie etwas essen musste, von *was* ernährte sie sich?

Ich merkte, dass noch jemand in der Höhle war. In einem Abschnitt hatte jemand Ringe auf den Boden gezeichnet und Holzpuppen aufgestellt. Eine schöne junge Frau drosch mit einem Holzschwert auf diese Übungsgegner ein, wobei sie immer wieder innehielt, um ihre Fußstellung zu korrigieren. Über ihrer praktischen Hose trug sie ein weitgeschnittenes Hemd, und sie sah wie Xivan khorveschisch aus.

Doch im Gegensatz zur ehemaligen Herzogin wirkte sie lebendig.

»Da wären wir«, verkündete Xivan. »Trautes Heim, Glück allein, wie man so sagt.«

Als ihre Stimme von den Wänden widerhallte, unterbrach die Frau ihre Schwertübungen und drehte sich zu uns um. Ihre feuchten braunen Augen weiteten sich, als sie mich sah, und ich errötete. Zum ersten Mal, seit ich die Höhlen betreten hatte, war mir meine Nacktheit peinlich.

»Talea«, sagte Xivan. »Wir haben einen Gast. Wir geben ihr etwas zum Anziehen und dann mischen wir da oben alles auf. Das wird ein Spaß.«

44

DER HOF DER WAHRHEIT

*Jorat, Quurisches Reich.
Drei Tage nachdem Kihrin aufgefallen war,
dass er Heimweh hatte*

Ninavis kam mit einer Kanne Kaffee aus der Küche zurück. »Was habe ich verpasst?«

»Dass das alles eine Falle von Relos Var ist und ich ihn auf jeden Fall töten werde. Außerdem ist die Frau von Herzog Kaen zwar tot, läuft aber immer noch herum.« Kihrin nahm ihr den Kaffee ab und schenkte sich eine Tasse ein.

»Ihr habt ihm von Relos Var erzählt?«

Ninavis drehte sich zu Kihrin um und sah ihn an. »Und du bist immer noch hier?«

»Machst du Witze? Wie soll ich denn sonst herausfinden, wo er als Nächstes sein wird?«* Kihrin wandte sich zu Janel um. »Ist Xivan Kaen eine Vampirin wie Gadrith?«

»Etwas Ähnliches«, antwortete Janel. »Glaube ich zumindest. Allerdings hat sie nicht so viel mit Zauberei am Hut.«

»Das ist doch schon mal was«, kommentierte Kihrin.

---

* Das ist in der Tat keine schlechte Sichtweise, wenn auch keine sonderlich kluge.

»Ich weiß nicht. Sie kann unglaublich gut mit dem Schwert umgehen.«

»Außerdem muss man doch gar nichts von Zauberei verstehen, wenn man anderer Leute Seelen verschlingen kann, oder?«, fragte Qaun. Dann blätterte er zum nächsten Abschnitt weiter und begann vorzulesen.

Qauns Schilderung. Im Eispalast, Yor, Quur.

Bruder Qaun fiel auf die Knie, als die Wächter ihn in die große Halle stießen.

»Muss das sein?«, fragte Thurvishar D'Lorus.

Qaun wischte sich das Blut vom Mund und versuchte aufzustehen. Einer der Wächter, der Qaun offenbar im Liegen lieber mochte, drückte ihm das stumpfe Ende seines Speers in den Rücken und warf ihn erneut der Länge nach zu Boden.

Bruder Qaun hätte klar sein müssen, dass er der Erste war, den man wegen Janels Verschwinden verdächtigen würde.

Von seiner Position auf dem Boden aus sah er nur wenig von der geometrischen Perfektion der großen Palasthalle. Die Luft war kalt und roch frisch. Qaun hatte das Gefühl, an einem sonnigen Wintertag in einer Kathedrale zu sein, in der Frost und Schnee verehrt wurden.

Wären da nicht all die Yorer gewesen, die sich zusammengefunden hatten, um seine Gesinnung zu überprüfen.

Und wäre da nicht der Herzog gewesen, der neben der riesigen Feuerstelle in der Mitte des Raums stand. Zu seiner Bestürzung konnte Qaun weder Relos Var noch Senera entdecken.

Er hatte auf ihre Anwesenheit gezählt – und darauf, dass Senera den Namen aller Dinge verwenden würde, um seine Unschuld zu beweisen. Die beiden hätten die Wahrheit mit Leichtigkeit ans Licht bringen können.

»Wir haben in allen Räumen nachgesehen, Euer Gnaden«, sagte der Wächter. »Sie befindet sich nicht im Palast.«

Der Herzog machte ein finsteres Gesicht. »Wer hat Janel zuletzt gesehen?« Die Frage war an die mehreren Dutzend Frauen an seiner Seite gerichtet.

Eine von ihnen, die genauso alt wie der Herzog war, trat vor. »Veixizhau hat Janel nach ihrer Rückkehr willkommen geheißen.«

Eine jüngere Frau – vermutlich Veixizhau – fuhr herum und funkelte die andere böse an. Dann trat sie ebenfalls vor. »Ich bin gegangen, nachdem Segra ihr das Essen gebracht hat, mein Gemahl, aber ich muss sagen, dass Janel unglücklich wirkte. Ist es möglich, dass sie nicht hier sein wollte? Der junge Mann ist ein Zauberer, nicht wahr? Hätte er ihr nicht bei der Flucht helfen können?«

Bruder Qaun brauchte einen Moment, um zu begreifen, dass sie mit *der junge Mann* ihn gemeint hatte.

»Ich habe sie nicht gesehen, seit …« Der Wächter versetzte ihm einen Schlag.

Bruder Qaun hob eine Hand an sein Gesicht. In seinem Kiefer breitete sich ein dumpfes Pochen aus.

»Lass ihn antworten«, sagte der Herzog.

Bruder Qaun versuchte erneut aufzustehen. Er spürte eine Hand an seinem Arm – Thurvishar war herbeigekommen, um ihm aufzuhelfen. »Danke«, murmelte er.

»Sehr gern.«

Bruder Qaun wischte sich das Blut an seinem Mund mit dem Agolé ab. »Bei allem Respekt, Euer Gnaden, ich habe den Grafen seit mindestens …« Plötzlich wusste er nicht mehr, was er sagen wollte. War ein Tag vergangen? Oder zwei? Wie viele waren es gewesen? Er hatte den Überblick verloren. »Und ich kann mir nicht einmal ansatzweise vorstellen, wie …« Er hielt inne. »Eine Flucht ist unmöglich.«

»Für dich«, sagte Herzog Kaen, »aber vielleicht nicht für sie.«

»Möglicherweise ist sie aus dem Fenster geklettert«, gab Veixizhau zu bedenken.

»Und dann?«, fragte Thurvishar. »Ist sie mitten in einem Schneesturm nur mit einer Unterhose bekleidet an der Palastmauer hinuntergerutscht? Ich bezweifle, dass sie selbst in Winterkleidung stark genug für so eine Klettertour gewesen wäre.«

»Ihr seid beide Zauberer«, blaffte Veixizhau. »Was habt *Ihr* mit ihr gemacht?«

»*Wir* dürfen gar nicht in Euren Wohnbereich.«

»Genug!«

Die Stimme des Herzogs brachte alle zum Schweigen. Die Schritte seiner Stiefel hallten vom Marmorboden wider, während er ein Stück in den Raum hineinging. Schließlich blieb er vor ein paar Männern stehen, die alle dabei gewesen waren, als Darzin D'Mon Qauns Aufzeichnungen verbrannt hatte. Darzin selbst war offensichtlich in die Hauptstadt zurückgekehrt.

»Sohn«, sagte der Herzog zu Exidhar, »hast du irgendetwas mit dieser Sache zu tun? Ich verstehe, dass diese Frau dich gekränkt hat, aber sie ist wichtig für meine Pläne.«

»Der Priester lügt wahrscheinlich«, unterbrach Sir Oreth. »Er beschützt sie immer ...« Der Ritter verstummte, als der Herzog ihm in die Augen sah.

Kaen wandte sich wieder seinem Sohn zu.

Bruder Qaun merkte, dass er den Atem anhielt. Wenn Exidhar oder einer seiner Freunde bei Janels Verschwinden die Hand im Spiel gehabt hatte, schien ihm Exidhar derjenige zu sein, der es am ehesten zugeben würde. Sollte er den Herzog aber davon überzeugen, dass Bruder Qaun eine überschäumende Fantasie besaß oder – schlimmer noch – Janels Flucht deckte, steckte Qaun in Schwierigkeiten.

Der Priester zitterte, als er sich vorstellte, wie diese Angelegenheit für ihn enden könnte. Darüber, wie sie für Janel vielleicht bereits geendet hatte, wollte er erst gar nicht nachdenken.

»Nun?«

Exidhar blinzelte und warf einen panischen Blick zu seinen Freunden hinüber. »Vater, ich …« Er leckte sich die Lippen. »Ich hatte nichts damit zu tun, das schwöre ich dir. Ich wusste nicht …« Er sah zu den Ehefrauen hinüber.

Der Herzog seufzte. »Du willst damit sagen, dass *du* es nicht wusstest, deine Freunde aber schon.« Ohne Vorwarnung fuhr er herum und packte Sir Oreth an seinem Laevos.

Als der Ritter nach seinem Schwert greifen wollte, stellte er fest, dass ein halbes Dutzend Soldaten ihre Klingen auf ihn richteten.

»Es würde mir nichts ausmachen, dich in den Sturm hinauszuwerfen, Pferdemann«, sagte der Herzog. »Da du neu hier bist, wäre es für meinen Sohn kein Verlust, wenn ich dich töte. Erzähl mir also alles.«

Sir Oreth zögerte nicht. »Es war Darzin D'Mons Idee, mein Herr. Es sollte ein Streich sein, nichts weiter. Er sagte, der Schnee würde ihr nichts anhaben, weil sie eine Ogenra des Hauses D'Talus ist.« Auf dieses Geständnis hin erhob sich in der versammelten Menge zorniges Gemurmel. Auch Bruder Qaun war wütend, allerdings aus anderen Gründen. Janel war tatsächlich gegen Kälte immun, aber das hatte Darzin D'Mon nicht wissen können. Vielmehr musste er vom Gegenteil ausgegangen sein, da die Adelshäuser ihre Frauen nicht in Magie unterwiesen.

Das bedeutete, dass Darzin D'Mon aus Jux und Tollerei versucht hatte, Janel umzubringen. Sofern Sir Oreth nicht log. Gut möglich, dass es in Wirklichkeit seine Idee gewesen war.

»Und wie hast du dir Zutritt zum Quartier der Ehefrauen verschafft?«, verlangte der Herzog zu erfahren. »Ich will alle Einzelheiten darüber wissen.«

Bevor Oreth antworten konnte, stieß eine Frau einen Schrei aus, und alle drehten sich zum Haupteingang um.

Eine Tote betrat die Halle.

Man hätte sie als schön bezeichnen können, wenn sie nicht so offensichtlich leblos gewesen wäre. Die Frau sah aus wie eine wandelnde Leiche, die seit Jahren eingefroren war. Blaue Eiskristalle hingen wie winzige Juwelen an ihr. Das Eis und die Kälte hatten ihr Fleisch bis auf die Knochen ausgetrocknet.

Sie war keine Yorerin. Dafür war ihre Haut zu dunkel. Ihre Haare sahen aus wie schwarze Schlangen aus Wolle und waren mit silbernen Ringen und Nadeln zurückgebunden und festgesteckt. Sie trug eine Kampfrüstung aus silbernen Kettengliedern und funkelndem Stahl. Nichts an ihrer Erscheinung schien dem Hof des Herzogs angemessen.

Bis auf ihr Auftreten, um das sie jeder Herrscher beneidet hätte. Zwei Frauen folgten ihr, wie Dienerinnen einer Kriegerkönigin. Eine der beiden war Janel.

Entsetztes Schweigen breitete sich in der großen Halle aus.

Xivan Kaen, die tote, aber nicht verweste Herzogin von Yor, begann zu lachen. »Oh, mein Gemahl«, sagte sie. Ihr Lächeln sah grausig aus, da zwischen ihrer Haut und dem Schädelknochen kaum noch Gewebe vorhanden war. »Haben sie mich so schnell vergessen?«

»Es ist lange her, meine Liebe«, erwiderte Herzog Kaen.

Xivan zog ihr Schwert und deutete damit auf jeden einzelnen der versammelten Höflinge, bevor sie die Waffe in die Scheide zurückschob. »Habt ihr etwa geglaubt, ihr könnt mich niederhalten, nur weil ihr mich umgebracht habt? Dachtet ihr tatsächlich, es wäre so einfach?«

»Hast du dich zur Rückkehr entschlossen, Xivan?« Kaen schien von ihrem Auftauchen weder beunruhigt noch überrascht. »Du weißt, dass ich dich immer hier haben wollte und nicht in diesen verdammten Höhlen.«

Sie schmunzelte. »Ja, ich habe dich und Exidhar auch vermisst. Aber ich habe Zeit gebraucht, um über alles nachzudenken.«

»Es ist inzwischen fünfzehn Jahre her«, sagte Kaen.

»Wer hätte gedacht, dass es so schwer ist, über die eigene Ermordung hinwegzukommen? Übrigens habe ich geglaubt, dass es dir keine Freude bereiten würde, wenn ich deinen gesamten Hof abschlachte. Ich hatte gute Lust dazu.«

»Und jetzt?«

Sie neigte den Kopf zur Seite. »Ich bin hier, oder etwa nicht?«

Er schloss sie in die Arme und wirbelte Xivan herum. Die Menge wich unterdessen mit unverhohlenem Entsetzen über diese Liebesbekundung zurück.

Eine Ehefrau fiel in Ohnmacht oder tat zumindest so.

Bruder Qaun, den nun niemand mehr bewachte, ging zu Janel hinüber.

Sie ergriff ihn am Arm. »Oh, den Acht sei Dank, es geht dir gut.« Sie berührte sein Gesicht. »Allerdings musst du etwas gegen diese Schürfwunden unternehmen.«

»Ihr seid diejenige, um die ich mir Sorgen mache. Ihr blutet.« Er schaute zu der anderen Frau hinüber, die ebenfalls eine Khorvescherin war. »Ich werde mir ihr Bein ansehen, wenn es Euch nichts ausmacht.«

»Bitte sehr.« Sie schaute an Qaun vorbei und winkte jemandem hinter ihm zu, als begrüßte sie einen verloren geglaubten Freund.

Qaun merkte, dass ihr Winken Thurvishar galt. Er wandte seine Aufmerksamkeit wieder Janel zu. »Was habt Ihr …?«

»Ich bin auf dem Eis ausgerutscht«, erklärte Janel. »Während ich vor Aeyan'arric davongelaufen bin.«

Da sich in diesem Moment nur der Herzog und die Herzogin im Flüsterton miteinander unterhielten, hörte jeder in der Halle Janels Worte.

Der Herzog richtete den Blick auf sie. »Und warum wart Ihr auf dem Eis?«

»Das müsst Ihr Veixizhau fragen«, antwortete Janel.

Die besagte Ehefrau nahm mit lobenswertem Eifer die Beine in die Hand, doch das rettete sie nicht. Lange, wallende Kleider eigneten sich nicht gut zum Laufen. Ein paar Soldaten fingen sie ein und führten sie zum Herzog zurück.

Xivan sah die Frau an, hob eine Augenbraue und drehte sich zu ihrem Ehemann um. »Du kannst dich bei Veixizhau dafür bedanken, dass ich hier bin. Ich bin ziemlich sicher, dass sie versucht hat, unseren jungen Gast Suless zu opfern. Ist das nicht interessant?«

Qaun wusste, dass Suless, die Göttin der Hexerei und des Verrats, zusammen mit ihrem Ehemann, dem Gottkönig Chertog, einst über Yor geherrscht hatte. Als Quur dann in Yor eingefallen war und es erobert hatte, verbot das Reich die Anbetung der beiden. Was ungewöhnlich war, da Quur sonst auch kein Problem mit fremdländischen Religionen hatte.

Obwohl Herzog Kaen das Reich hasste, würde er niemandem erlauben, gegen *dieses* Gesetz zu verstoßen. Nicht nachdem sein eigener Großvater geholfen hatte, Suless und Chertog zu töten. Die Verehrung eines dieser beiden Gottkönige war gleichbedeutend mit einer offenen Rebellion nicht nur gegen Quur, sondern auch gegen Kaen.

Was vielleicht erklärte, wieso sich der Gesichtsausdruck des Herzogs nun verfinsterte. Er machte eine Geste zu ein paar Soldaten hinüber. »Durchsucht das Quartier der Ehefrauen. Bringt mir jeden Hinweis auf die Hexenkönigin, den ihr findet. Beeilt euch.«

Sie verbeugten sich kurz und rannten aus der Halle.

»Bitte!« Veixizhau warf sich vor dem Herzog zu Boden. »Bitte, habt Gnade! Ich trage Euer Kind im Bauch!«

Erneut erhob sich Gemurmel in der Halle.

Der Herzog suchte mit kaltem Blick die Menge ab. »Wyrga!«

Eine alte, in schmutzige Lumpen gekleidete Frau näherte sich ihm schwankend. »Ja, mein Hon?«

»Trägt sie mein Kind?«

Wyrga, die ein Eisbärenjunges im Arm hielt, ging zu den Ehefrauen hinüber. Sie packte Veixizhau unterm Kinn und musterte sie durchdringend. »Ja, sie trägt ein Kind«, sagte sie schließlich. »Aber es ist nicht Eures.«

»Verdammt sollst du sein!«, schrie Veixizhau und wich vor der Alten zurück. »Du Miststück! Du ...« Sie legte sich die Hand an den Hals und sah aus, als bekäme sie keine Luft, während sie etwas zu sagen versuchte.

Wyrga lachte und warf dem Herzog einen verschlagenen Blick zu. »Würdet Ihr gerne erfahren, wer der wirkliche Vater ist? Es wird Euch gefallen.«

Herzog Kaen sah sie misstrauisch an. »Nein.«

»Oh, aber es ist ...«

»Ruhe!«, fuhr Kaen auf. »Ich will nichts mehr von dir hören, bis ich es sage.«

Wyrga knurrte und drückte sich das Bärenjunge an die Brust.

Der Herzog ignorierte sie und drehte sich stattdessen zu Veixizhau um. »Wer ist der Vater?«

Sie hob das Kinn. »Ihr ... Ihr seid es.«

»Sei ehrlich.«

Veixizhau antwortete nicht.

Eine Minute verging, in der keiner ein Wort sagte.

»Was machen wir hier?«, fragte Xivan Kaen schließlich. »Ich meine, abgesehen davon, dass wir dem restlichen Hof extremes Unbehagen bereiten.«

»Wir warten«, antwortete Herzog Kaen.

»Ah«, sagte sie.

Und so warteten sie.

Nach ungefähr zehn Minuten kehrten die Soldaten zurück. Sie trugen eine Truhe. »Euer Gnaden, das müsst Ihr Euch ansehen.«

Der Herzog drehte sich zu ihnen um. »Was habt ihr gefunden?«

Die Männer stellten die Truhe auf dem Boden ab und öffneten sie. Bruder Qaun konnte nicht erkennen, was sie enthielt, aber er sah die Mordlust im Blick des Herzogs.

»Wo habt ihr das gefunden?«, fragte er die Männer.

»In einem Raum, der vom Gemeinschaftsbereich abgeht, Euer Gnaden. Die Tür war nicht verriegelt.«

Der Herzog griff in die Truhe und holte einen Tierschädel heraus – den langen, spitzen Zähnen nach zu urteilen, hatte er einem Fleischfresser gehört. Er war schwarz verkohlt und mit komplizierten Schnitzereien bedeckt. An die Kieferknochen waren lange, mit Perlen verzierte Bänder geknotet.

Herzog Kaen präsentierte der Menge den Schädel. Einige schnappten nach Luft und traten zurück. Wyrga bleckte die Zähne.

Bruder Qaun verstand nicht, was der Schädel zu bedeuten hatte. Janel und die andere junge Frau, die mit der Herzogin gekommen war, wirkten ebenfalls ratlos. Ganz anders die Yorer.

»Ist das die Maske einer Suless-Anhängerin?«, fragte Thurvishar. »Ich habe noch nie eine gesehen.«

Herzog Kaen antwortete nicht. Stattdessen drehte er sich zu seinen zahlreichen Ehefrauen um und sah sie streng an.

»Ist es ein Wolfsschädel?«, flüsterte Qaun Janel zu. Er war nicht sicher, weshalb er davon ausging, dass sie die Antwort kannte.

»Ich vermute, er stammt von einer Hyäne«, flüsterte sie zurück. »Offenbar betrachtete Suless dieses Tier als heilig.« Sie warf einen Blick zu Wyrga hinüber.

»Wer hat diesen Altar errichtet? Veixizhau? Stecken auch noch andere dahinter? Wer von euch hat an ihm gebetet?« Die Stimme des Herzogs füllte die Halle. »Sagt es mir jetzt.«

Schweigen. Kaen warf den Schädel in die Truhe zurück. »Tötet sie alle«, befahl er bebend vor Zorn. »Und schickt die Leichen anschließend zu ihren Familien zurück.«

Die Wächter sahen einander an. »Mein Herr?«

»Seid ihr taub? Ich sagte, tötet meine Frauen.«

»*Alle* Eure Ehefrauen?« Die Männer rissen die Augen auf.

Der Herzog winkte ab. »Ach, was soll's. Xivan, sie gehören dir.«

Einige Frauen kauerten sich hin oder brachen in Tränen aus.

Andere wurden ohnmächtig, diesmal wirklich. Die restlichen standen aufrecht und trotzig da.

Qaun fragte sich, ob das diejenigen waren, die an ihrem selbstgebastelten Altar der Hexenkönigin gehuldigt hatten.

Veixizhau gehörte zu denen, die aufrecht blieben.

Der Herzog bemerkte sie. »Hast du mir etwas zu sagen?«

Veixizhau schüttelte den Kopf. »Kein Wort, mein Gebieter.«

Xivan wirkte seltsam unzufrieden mit der Entwicklung der Dinge, wenn man bedachte, dass sie den Herzog erst auf diese Angelegenheit aufmerksam gemacht hatte. Sie ließ den Blick durch den Raum gleiten, als suchte sie nach einer Alternative, schien jedoch nicht willens, sich der Entscheidung des Herzogs zu widersetzen. Als die Wächter vortraten, um die Ehefrauen abzuführen, machte sie ihnen Platz.

»Wartet!«, rief Janel.

Herzog Kaen drehte sich zu ihr um. »Ja?«

»Ich bitte um Gnade.«

Bruder Qaun biss sich auf die Finger, um sie nicht anzuschreien. Er machte sich Sorgen um Janel, aber er war auch stolz auf sie.

In der Halle wurde es erneut still.

Herzog Kaen neigte den Kopf. »Was habt Ihr gesagt?«

»Ich bitte um Gnade, Hon.« Janel deutete auf die Truhe. »Woher sollen wir wissen, wer darin verwickelt ist? Eure Ehefrauen sind nicht die Einzigen, die dieses Quartier betreten dürfen. Senera brauchte keine Erlaubnis, um hineinzugehen. Kann auch Wyrga kommen und gehen, wie sie möchte?«

Kaen stutzte. »Ja.«

Wyrga, die hinter ihm stand, schnitt schreckliche Grimassen, sagte aber kein Wort.

»Vielleicht konnten Eure Ehefrauen Euch die Frage nicht beantworten, weil sie die Antwort nicht kannten.«

»Vergesst Ihr etwa, dass Veixizhau versucht hat, Euch zu töten? Dass sie Euch einer toten Göttin opfern wollte? Sie ist auf jeden

Fall schuldig. Und es hat auch niemand versucht, sie davon abzuhalten. Keine meiner ›Ehefrauen‹ hat die Wachen gerufen. Und lasst mich eines klarstellen: Hinter dieser Verschwörung stecken nicht nur meine Frauen. Darzin D'Mon und Sir Oreth haben mindestens am Rande damit zu tun, und sie haben auch meinen Sohn mit hineingezogen. Wenn Ihr gestorben wärt, hätten sie gestrahlt und sich gegenseitig beglückwünscht.«

Janel sah ihn entschlossen an. »Ich ersuche Euch um Nachsicht für Eure Ehefrauen«, wiederholte sie. »Selbst wenn ein paar von ihnen wussten, was Veixizhau geplant hatte, können nicht alle eingeweiht gewesen sein. Ich bitte Xivan, sie zu verschonen.«

Xivan trat vor. »Ich soll sie verschonen? Wieso?«

Qaun stellte sich insgeheim dieselbe Frage. Nicht weil er die Hinrichtung dieser Frauen befürwortete, aber er war gespannt, worauf Janel hinauswollte.

Janel drehte sich zu Xivan um. »Weil sie Gefangene sind. Weil sie seit Jahren in einem goldenen Käfig leben, und das Einzige, worauf sie hoffen konnten, war die Macht, die sie gewonnen hätten, wenn es ihnen gelungen wäre, die Aufmerksamkeit eines einzelnen Mannes auf sich zu ziehen. Ist es da verwunderlich, wenn diese Frauen sich nicht anders zu helfen wussten, als ihre Konkurrenz auszuschalten?«

Die Ehefrauen, die nicht weinten, sahen Janel so verständnislos an, als hätte sie in einer fremden Sprache gesprochen.

Xivan neigte den Kopf. »Was schlägst du vor, mein Kind?«

Janel breitete die Arme aus, als wollte sie den gesamten Hof einbeziehen. »Ihr bildet doch bereits Talea aus. Wieso erweitert Ihr den Kreis nicht? Unterweist auch diese Frauen. Gebt ihnen eine Chance, etwas anderes zu sein als Geiseln und Handelswaren.«

Xivan runzelte die Stirn. »Warum sollte ich das tun?«

»Wie viele Frauen hat Yor bei der Invasion durch Quur verloren? Wie viele starben, die mit einer Waffe in der Hand bei der Landesverteidigung hätten helfen können? Inwieweit unterscheidet sich das von dem, was Khorvesch beim Einmarsch der Morgags durchmachen musste? Haben sich die Frauen von Khorvesch damals nicht bewaffnet? Ist das nicht der Grund, weshalb Ihr und alle anderen Khorvescherinnen heutzutage Schwerter tragen?«

Xivan sah sie verdutzt an. »Das ist nicht dasselbe.«

»Wirklich? Die meisten dieser Frauen sind wahrscheinlich unschuldig, aber Ihr und ich wissen, dass Unschuld nicht gegen ein Schwert schützt.«

Der Herzog räusperte sich. »Diese Frauen sind keine Kriegerinnen.«

»Noch nicht«, entgegnete Janel. »Aber das können wir ändern. Wieso sperrt Yor Leute ein und verdammt sie dazu, Frauen zu sein, wenn Ihr sie stattdessen ausbilden solltet? Sie sollten Schwert und Schild nehmen und ihre Heimat verteidigen. Wieso verzichtet Ihr auf die Unterstützung der Hälfte Eurer Bevölkerung?«*

Der Herzog wirkte völlig verdattert.

Dann brach der ganze Raum in Gelächter aus. Es war ein höhnisches, verächtliches Gelächter. Janel hatte einen tollen Scherz gemacht. Exidhar war der einzige Mann, der unglücklich wirkte. Alle anderen hielten Janel für hinreißend und urkomisch. Frauen als Krieger? Zum Totlachen.

Sämtliche Frauen blickten finster drein.

Schließlich verebbte das Lachen. Janel stand im Zentrum des Geschehens und hielt die Fäuste geballt.

Bruder Qaun fühlte mit ihr. Der Versuch war lobenswert gewesen. Doch welcher Yorer hätte je auf solch ketzerische Ansichten gehört? Auch in Quur hätte sich kaum jemand darauf eingelassen.

»Ich bin dafür«, sagte Xivan.

Herzog Kaen wandte sich zu ihr um. »Was?« Dann lachte er. »Mein Liebling, das ist keine gute Idee.«

---

* Weil sie uns offensichtlich lieber versklaven möchten.

»Warum? Brauchen wir keine Soldaten?« Dann fügte sie hinzu: »Außerdem liegt die Entscheidung nicht bei dir.«

Alle in der Halle schienen den Atem anzuhalten.

Die untote Herzogin hob eine Braue. »Du hast mir diese Frauen übergeben. Es ist erst wenige Minuten her.«

»Dreh mir nicht das Wort im Mund um, Weib. Ich gab sie dir, damit du sie hinrichtest, genau wie all die anderen, die ich in die Höhlen hinabgeschickt habe, um deinen Hunger zu stillen.« Herzog Kaen hob eine Hand, bevor Xivan ihm widersprechen konnte. Dann wandte er sich zu Janel um. »Ich werde sie tatsächlich meiner Ehefrau überlassen, aber da Ihr um Gnade für sie bittet, werdet Ihr diejenige sein, die den Preis bezahlt.«

»Den Preis?«, fragte Janel argwöhnisch.

»Vor Eurem Abenteuer außerhalb des Palasts habe ich Euch um Unterstützung in einer bestimmten Angelegenheit gebeten. Nun möchte ich Euer Wort, dass Ihr mir diese Hilfe gewähren werdet. Ich verlange Euren Treueschwur.« Sein Lächeln wurde finster. »Wie nennen es die Jorater? Euer Thudajé? Ich will Euer Thudajé.«

Janel sah aus, als hätte er sie geschlagen. Die Höflinge begannen, miteinander zu tuscheln. Sie waren perplex. Was wollte der Herzog mit der Loyalität einer Frau? Sogar die Frauen schienen sich diese Frage zu stellen. Vermutlich glaubten sie, Kaen sei dabei, seiner Sammlung eine weitere Khorvescherin hinzuzufügen, auch wenn Janel eigentlich mit Relos Var »verheiratet« war.

»Nun?«, sagte der Herzog. »Ich werde Euch nicht noch einmal fragen.«

Janel fiel auf die Knie und beugte den Kopf. Dann sagte sie etwas, ganz leise.

»Wie war das?«

Janel blickte zu ihm auf. »Ich sagte, ich schwöre, Euch zu dienen, Euer Gnaden.«

Qaun hörte jemanden nach Luft schnappen und merkte, dass er es selbst gewesen war.

»Das war doch gar nicht so schwer, nicht wahr, Janel Danorak? Aber lasst es uns richtig machen.« Er gab einem der Diener ein Zeichen und befahl ihm etwas in einer Sprache, die Qaun nicht verstand.

Gleich darauf trat ein großer Mann mit dichtgelocktem Bart und kahlrasiertem Kopf aus der Menge. Bei dem vielen Schmuck, den er in seinem Bart trug, war es ein Wunder, dass er den Kopf überhaupt bewegen konnte. Was auch immer er zum Herzog sagte, man konnte deutlich sehen, dass er nicht glücklich war.

Der Herzog antwortete in gleicher Weise, sein Ton war abweisend.

Der Höfling stürmte, dicht gefolgt von mehreren anderen Männern, aus der großen Halle.

Unterdessen kehrte der Diener mit einer offenen Holzkiste zurück. Kaen griff hinein und holte ein Schmuckband heraus, das dem in seinem eigenen Bart und in den Bärten vieler anderer Männer im Raum stark ähnelte. Er nahm eine Strähne von Janels Laevos und knüpfte das Band um den Haaransatz. »Sprecht mir nach: Da der Winter kalt ist, beschütze ich treu meinen König.«

»Da der Winter kalt ist, beschütze ich treu meinen König«, wiederholte Janel.

Er holte ein weiteres Schmuckband aus der Kiste, das ein wenig anders gestaltet war als das vorherige. »Da der Winter lang ist, beschütze ich das Volk in seinem Namen.«

Wieder sagte sie die Worte nach, und er befestigte das Band an einer anderen Haarsträhne. »Da der Winter hart ist, werde ich unsere Feinde besiegen.«

Während sie ihm nachsprach, schmückte er sie mit einem weiteren Band.

»Bis der Winter endet, gehört mein Leben Yor.« Erneut wiederholte er das Ritual.

Während der ganzen Zeit sahen die Anwesenden stumm und mit großen Augen zu. Qaun fragte sich, ob der Herzog Janel in eine Art Ritterschaft erhob, die nichts mit Turnierwettbewerben und Handelsgeschäften zu tun hatte. Damit wäre jedenfalls erklärt, warum der Höfling vorhin so erbost reagiert hatte. Herzog Kaen band das letzte Schmuckstück an Janels Haaren fest und trat einen Schritt zurück. »Hiermit ernenne ich dich zur Hand, der Erweiterung meines Willens. Erhebe dich.«

Janel stand auf. Sie wirkte zittrig.

Der Herzog sah seine untote Ehefrau an. »Sie gehören alle dir.« Dann setzten die beiden ihre Unterhaltung von vorhin fort.

Mehrere Höflinge schienen unzufrieden und aufgebracht zu sein.

Janel gesellte sich wieder zu Qaun.

Er beugte sich dicht an sie heran. »Geht es Euch auch wirklich gut?«

»Fragt mich das später noch einmal«, erwiderte Janel. »Weshalb haben mich alle so angestarrt?«

»Weil Ihr die erste Frau seid, der jemals diese ganz besondere Ehre zuteilwurde«, antwortete Thurvishar D'Lorus. »Entschuldigt bitte. Ich konnte nicht umhin, Eure Frage mit anzuhören.«

Janel setzte zu einer Antwort an, aber dann betrachtete sie ihn genauer. »Ich erinnere mich an Euch vom Bankett. D'Lorus, richtig? Von der Akademie.«

»Derselbe«, bestätigte Thurvishar. Er wollte noch mehr sagen, doch dann zögerte er und sah stattdessen zum Herzog hinüber.

Zeitgleich richtete Herzog Kaen seine Aufmerksamkeit wieder auf Janel und deutete auf Sir Oreth. »Und was ist mit dem hier? Wollt Ihr für ihn auch Gnade erwirken?«

Sir Oreth stutzte. »Für mich? Wartet, ich dachte, wir wären uns einig, dass die Frauen …«

»Seid still«, befahl Kaen. »Möchtet Ihr, dass er lebt?«

»Er?« Janel sah ihn ungläubig an.

Sir Oreth riss die Augen auf. »Janel, bitte …«

»Dreimal«, sagte sie zu ihm. »Dreimal habt Ihr Euch gegen mich gewandt. Beim ersten Mal wolltet Ihr mich zu Eurer Stute machen. Beim zweiten Mal nahmt Ihr mir mein Land. Beim dritten Mal habt Ihr versucht, mich zu töten.«

»Janel, verdammt, so war es nicht! Würdet Ihr mir bitte zuhören? Ich habe nichts falsch gemacht. Ich hatte nichts damit zu tun! Das ist lächerlich!«

Sie wandte sich wieder dem Herzog zu. Nur Bruder Qaun bemerkte, dass ihr vor Wut die Hände zitterten. »Von mir bekommt er keine Gnade. Macht mit ihm, was Ihr wollt, Euer Gnaden.«

Der Herzog nickte. »Er gehört ganz dir, Xivan.«

»Was? Nein!« Sir Oreth zog sein Schwert und richtete es auf die untote Frau, die sich ihm nun näherte.

»Ich sehe das genauso wie Ihr: Es ist besser, mit einem Schwert in der Hand zu sterben.« Xivan Kaen zückte ihre eigene Klinge. Es war ein khorveschisches Krummschwert, das sich grundlegend von Oreths gerader Waffe unterschied.

Bruder Qaun wandte den Blick ab. »Ich kann das nicht mit ansehen.«

Wie sich herausstellte, musste er das auch gar nicht. Er hatte kaum den Blick abgewandt, da fiel etwas scheppernd zu Boden. Gleich darauf ertönte ein Gurgeln. Als Qaun sich schockiert wieder umdrehte, sah er, dass Sir Oreth entwaffnet war. Xivan Kaen hielt ihn am Hals gepackt. Oreth wand sich und versuchte vergeblich, sich aus ihrem Griff zu befreien.

Während alle in der Halle schweigend zusahen, trat ein helles Licht aus Oreths Augen und seinem Mund und floss zur Herzogin hinüber.

Es dauerte Sekunden oder eine Ewigkeit, je nachdem, wie man so etwas bemaß. Als Xivan fertig war, ließ sie den Leichnam fallen. Sie sah nun etwas gesünder aus: Ihre Haut war nicht mehr so blau, und ihre Wangen wirkten weniger eingefallen. Fast hätte man sie für lebendig halten können.

»Wir sind hier fertig«, verkündete der Herzog.

45

DIE VERSCHMÄHTEN

*Jorat, Quurisches Reich.
Drei Tage nachdem Kihrins Geschichte zu einem Ende
gekommen war ... vorübergehend*

Kihrin deutete auf die Ringe in Janels Haaren. »Sind das ...?«
Sie schüttelte rasch den Kopf. »Nein. Und meine Loyalität Herzog Kaen gegenüber ... na ja, sie war immer nur vorgetäuscht.« Janel blickte in ihre Kaffeetasse. »Und zwar von beiden Seiten. Azhen Kaen wusste, dass ich möglicherweise der prophezeite Höllenkrieger bin. Deswegen wollte er mich im Auge behalten und sichergehen, dass ich nicht die Rolle an mich riss, die er für sich selbst beanspruchte. Denn wenn er sich in der Zwischenzeit meine Loyalität sicherte, würde ich seine Pläne in Bezug auf General Milligreest sehr viel wahrscheinlicher unterstützen. Könnt ihr euch das Gesicht vorstellen, das der Oberste General gemacht hätte, wenn Kaen mit mir an seiner Seite zu einem Treffen erschienen wäre?«

»Dieser Herzog Kaen ist mir nicht sonderlich sympathisch«, merkte Dorna an.

Janel seufzte. »Er hatte seine Momente. Aber leider eben auch ganz *andere* Momente.«

Kihrin unterdrückte ein Gähnen und griff nach seiner Tasse. Wenn sie so weitermachten, würden sie die ganze Nacht aufbleiben. Andererseits wollte er lieber müde, aber wach sein, als zu schlafen, wenn Relos Var auftauchte. »Ja, aber Xivan ist die Gefährlichere von den beiden.«

Ninavis kicherte. »Du hast wirklich ein gutes Gespür für Leute.«

»Davon kannst du ausgehen«, erwiderte Kihrin.

Janel zuckte die Achseln. »Ich gebe zu, dass ich ein Problem mit Xivan habe.«

»Und welches?«, fragte Kihrin.

Janel seufzte. »Dass ich sie wirklich mag.«

Janels Schilderung. Im Eispalast, Yor, Quur.

Als ich in das Quartier der Ehefrauen zurückkehrte, fühlte ich mich wie betäubt.

Keiner merkte es, aber nur, weil alle anderen ähnlich benommen waren. Xivan blieb bei Kaen. Qaun und ich wurden voneinander getrennt. Was mit Talea passierte, weiß ich nicht. Wächter eskortierten alle anderen Frauen, darunter auch mich, in die Unterkünfte zurück. Niemand sprach.

Ich hatte nicht gewusst … Ich war darauf nicht vorbereitet gewesen.

Die Geschehnisse in der großen Halle hatten einen Tribut von mir gefordert, mit dem ich nie gerechnet hätte. Ich hatte gewusst, dass es so kommen würde. Mir war klar gewesen, dass ich diesen Preis würde zahlen müssen. Doch als dann die Rechnung kam, war ich überrascht, wie viel es mich kostete.

Wie sehr hingen mein Selbstwert und mein Selbstverständnis davon ab, dass ich mich als echte Adlige und als ehrbare Person fühlte? Dass ich zu meinem Wort stand und mich dem Reich und meinen Göttern gegenüber loyal verhielt? Und wie sollte ich mich jetzt noch so sehen können? Ich war entweder eine Lügnerin oder eine Verräterin.

Es spielte keine Rolle, dass ich nur deswegen nach Yor gekommen war. Ich hatte mir *vorgenommen*, mich in Herzog Kaens Haushalt einzuschleichen und ihn zu belügen, damit ich den magischen Speer Khoreval stehlen konnte. Wenn ich diesen Speer brauchte, um Aeyan'arrics Vernichtungszug durch Jorat zu beenden und sie zu töten, würde ich alles tun, was nötig war, um ihn an mich zu bringen.

Es war mir einzig und allein darum gegangen, Kaen zu betrügen. Oder nicht?

Wenn ich Kaen aufgrund meines neuen Status – was auch immer er zu bedeuten hatte – allerdings dazu überreden konnte, Aeyan'arric erst gar nicht auf Jorat loszulassen, dann ... würde ich den Speer überhaupt nicht brauchen, oder?

Dann könnte ich alles erreichen, was ich wollte – indem ich alles verriet, was ich war.

Während ich die in meinen Laevos geflochtenen Ringe berührte, strömten die Frauen an mir vorbei in den Hauptraum. Schweigend verteilten sie sich wieder im Quartier. Sie erinnerten mich an die Überlebenden von Mereina – all die vielen Leute, die schockiert ins Leere gestarrt hatten. Eine der Ehefrauen setzte sich auf ein Sofa und begann zu weinen.

Auf einem der Balkone auf der anderen Seite des Raums bewegte sich jemand. Ich erkannte, dass Wyrga dort draußen stand und ihr kleines Eisbärenjunges mit Essensresten fütterte. Als sie meinen Blick bemerkte, setzte sie ihr Raubtiergrinsen auf und zwinkerte mir zu. Dann legte sie den Zeigefinger an die Lippen, als wollte sie mich ermahnen, nichts zu sagen. Ich schaute mich um, ob sonst noch jemand sie bemerkt hatte, doch als ich wieder zum Balkon zurücksah, war Wyrga verschwunden. Dabei hatte sie nirgendwo hingehen können. Abgesehen von der Tür zum Hauptraum war die einzige Möglichkeit, von diesem Balkon herunterzukommen ... ein mehrere Hundert Meter tiefer Sturz auf hartes Eis.

Um mich herum machte sich eine spürbare Anspannung breit.

Erst dachte ich, Wyrga wäre durch eine andere Tür hereingekommen, doch als ich mich umdrehte, merkte ich, dass es einen anderen Grund dafür gab.

Veixizhau war eingetroffen.

Sie verschränkte die Arme und ließ den Blick durch den Raum schweifen. »Was starrt ihr Schlampen denn so?«

Bikeinoh, die Frau, die mich als Erste im Quartier begrüßt hatte, verdrehte die Augen. »Ernsthaft? Nach der Misere, in die du uns hineingeritten hast, kannst du froh sein, wenn wir dich nicht selbst umbringen.«

»Als ob nicht die meisten Frauen hier dasselbe getan hätten, wenn es ihnen möglich gewesen wäre. Ich bin euch nur zuvorgekommen. Und wage es ja nicht, so scheinheilig zu tun. Wir *alle* haben sie angebetet ...« Veixizhau verstummte, als eine andere Ehefrau sich räusperte und den Finger ausstreckte.

Sie zeigte auf mich.

Ich winkte.

Veixizhau sah mich finster an. »Was macht Ihr denn hier?«

»Ich bin auf der Suche nach einem Bett«, antwortete ich. »Ich weiß, es ist ein Witz, aber sie konnten mich an keinem anderen Ort unterbringen. Ihr habt Eure Lektion doch gelernt, oder?«

Ihre Nasenflügel bebten. »Sicher. Mir ist jetzt klar, dass ich Euch besser hätte vergiften sollen.«

»Es gibt immer ein nächstes Mal.«

Keine der anderen Frauen verteidigte Veixizhau. Sie ignorierte sie und konzentrierte sich ganz auf mich. »An Eurer Stelle würde ich mir das Lächeln sparen, Tumai. Ihr habt Euch vorhin getäuscht. Ich habe nur einer einzigen Person erzählt, was mit Euch geschehen ist, nämlich Exidhar – und er hat es wahrscheinlich seinen Freunden gesagt, weil er sie beeindrucken wollte. Aber die hatten nichts damit zu tun. Und das bedeutet, dass Ihr gerade einen unschuldigen Mann Kaens totem Monsterweib zum Fraß vorgeworfen habt.«

Ich hörte tatsächlich auf zu lächeln. »Nein, Oreth sagte, Darzin ...«
Das konnte nicht sein. Oreth hatte geplant, mich zu töten. Das *wusste* ich.

Veixizhau lachte. »In jedem anderen Fall wäre es klug gewesen, mit dem Finger auf einen Hochadligen zu zeigen. Von *denen* hätte der Herzog keinen bestraft. Ich wette, es ist Oreth nicht einmal in den Sinn gekommen, die Wahrheit zu sagen. Er dachte, es wäre besser für ihn, mit dem Finger auf andere zu zeigen. Er hat sich getäuscht.«

»Ihr lügt.«

»Das ist das Beste daran: Ich lüge nicht. Und Ihr seid besser nicht so selbstgerecht. Ihr gehört jetzt Suless, und es ist nur eine Frage der Zeit, bis sie Euch holt.«

»Suless ist tot«, rief ich ihr in Erinnerung.

»Nein, ist sie nicht. Oh, ich kann es gar nicht erwarten, bis ihr beide euch kennenlernt. Sie hat ein Faible für Mörderinnen.«

Ich zuckte zusammen.

Veixizhau bemerkte meine Reaktion und lächelte. Dann drehte sie sich um und rauschte hocherhobenen Hauptes aus dem Gemeinschaftsbereich.

Die anderen Frauen schwiegen, bis Bikeinoh in die Hände klatschte. »Also gut, ihr alle. Dann wollen wir mal zu Abend essen und zeitig zu Bett gehen. Ich habe das Gefühl, dass morgen ein langer Tag auf uns wartet.«

Ich fühlte mich wieder wie betäubt und konnte nur an unwichtige Dinge denken. »Was bedeutet *Tumai*?«

Bikeinoh zögerte mit der Antwort. »Auf Guarem wäre wahrscheinlich *Ritter* die beste Übersetzung.«

Ich nickte. Veixizhau hatte das Wort zwar wie eine Beleidigung ausgesprochen, doch vielleicht war es gar keine. Aber spielte das überhaupt eine Rolle? Mir erschien ohnehin eine andere Bezeichnung passender.

Monster. Kaen sammelte sie, oder nicht?

Bikeinoh berührte mich am Arm. »Dann suchen wir mal ein freies Zimmer für Euch.«

In den darauffolgenden Wochen erschienen mir keine Götter oder Göttinnen, und auch keine Gottkönige oder die Acht. Veixizhaus Worte waren also eine leere Drohung gewesen.

Doch ich bekam ihre Anschuldigungen nicht aus dem Kopf und hatte den schlimmen Verdacht, dass Oreth tatsächlich unschuldig gewesen war – zumindest was dieses Verbrechen anbelangte.

Ich blieb für mich allein und redete mit niemandem, solange ich nicht angesprochen wurde. Auf höfliche Kontaktversuche reagierte ich ungehalten. Ich schaffte es, Senera und Relos Var aus dem Weg zu gehen, und obwohl ich nun theoretisch Herzog Kaen verpflichtet war, verschonte er mich mit Arbeit. Auch Bruder Qaun sah ich nicht und war froh darüber. Ich hatte meinen Ärger wie einen Mantel um mich gelegt und wollte Qaun nicht sagen hören, dass er mich erstickte.

Dieser Zustand dauerte mehrere Wochen.

»Was machst du, Janel?«

Ich sah von dem Buch mit den Devoranischen Prophezeiungen auf, das ich mir aus der Bibliothek des Herzogs »ausgeliehen« hatte. »Ist das nicht offensichtlich?«

Wir befanden uns mitten auf dem Übungsplatz, der wie alles andere im Eispalast tief im Inneren der Kristallpyramide lag. Er war in verschiedene Abschnitte unterteilt, damit mehrere Gruppen gleichzeitig trainieren konnten. Obwohl der Raum riesig war, hing der Gestank zahlreicher verschwitzter Körper schwer in der Luft.

Xivan hob eine Braue und deutete auf die Matte. »Stell dich da drauf. Ich will sehen, was du kannst.«

»Ich bin beschäftigt.«

Um uns herum verstummten alle Geräusche, und die Männer in der Nähe unterbrachen ihre Übungskämpfe.

Die Soldaten des Herzogs benutzten dieselben Räumlichkeiten wie Xivans neue Rekrutinnen. Keiner der Männer schien von der Anwesenheit der Frauen begeistert. Während die Rekrutinnen übten, sahen die Männer ihnen zu und gingen mit ihren Belästigungen so weit, wie sie es unter Xivans galligem Blick wagten. Es war zu Übergriffen gekommen. Soldaten, die gegrapscht oder in drei Fällen sogar noch Schlimmeres getan hatten. Manche glaubten, es würde dem Herzog, der die Frauen nicht mehr für sich beanspruchte, nichts ausmachen, wenn ein anderer sich mit ihnen verlustierte.

Xivan brachte diese Männer weg, und wir bekamen sie nie wieder zu Gesicht. Nachdem sie das dritte Exempel statuiert hatte, hörten die Zwischenfälle auf.

Nun richteten sich alle Blicke auf mich.

Xivans Augenbrauen schossen in die Höhe. »Geh auf die Matte, und zwar jetzt. Wenn ich noch ein drittes Mal fragen muss, wirst du nicht gegen Talea, sondern gegen mich kämpfen.«

Talea, Xivans Schülerin, der ich zum ersten Mal in den Höhlen begegnet war, hatte ihre Ausbildung bereits vor acht Monaten begonnen und war den übrigen Rekrutinnen damit weit voraus. Ich wandte mich wieder meiner Lektüre zu.

Ich wusste, dass ich mich kindisch benahm, aber ich konnte nicht anders. Meine Wut köchelte auf kleiner Flamme, und die Tatsache, dass sie sich gegen nichts Greifbares richtete, machte es nur noch schlimmer. Wie viel leichter es doch gewesen wäre, jemand ganz Bestimmten und nicht die gesamte Welt zu hassen.

Ein khorveschischer Krummsäbel schlug mit der stumpfen Seite der Klinge gegen den Buchrücken und riss mir meinen Lesestoff aus der Hand. Ich hatte gerade noch genug Zeit zu sehen, wie Xivan ein Schwert in meine Reichweite schlittern ließ, bevor sie mit ihrem Säbel nach meinem Kopf schlug.

Sie kämpfte mit echtem Stahl.

Ich rollte mich zur Seite, packte dabei das Schwert und stand grinsend auf. Das Grinsen verging mir jedoch, als ich das Gewicht in meiner Hand spürte. Ich hatte noch nie mit einer Waffe gekämpft, die ich nicht wie ein Stück Seide schwingen konnte. Diese hier konnte ich zwar anheben, aber nur mit Mühe. Damit war es mir unmöglich, das Schwert zu einer Verlängerung meines Arms und meines Willens zu machen.

Das war ein Problem.

»Wo ist dein Lächeln geblieben?«, spottete Xivan.

»Ich werde lächeln, wenn das hier vorbei ist.« Ich schlug nach ihr, aber der Hieb war zu langsam und kraftlos. Sie blockte ihn ab, durchstieß meine Deckung und brachte mir eine Schnittwunde am Arm bei. Ich sog zischend die Luft ein.

»Gib Bescheid, wenn du anfangen möchtest«, sagte Xivan.

Mein Muskelgedächtnis und meine Instinkte waren das Ergebnis einer ganz bestimmten Kampftechnik.

Doch ohne die Kraft von zehn Männern wurden sie mir zum Verhängnis.

Erneut rannte ich schreiend auf sie zu, entschlossen, wenigstens etwas mit meinen Bemühungen zu erreichen.

Sie beobachtete amüsiert, wie ich mich ihr näherte. Erst parierte sie mühelos meine Attacke, dann wirbelte sie im letzten Moment auf dem Absatz herum wie ein Pferd, das mitten im Rennen einen Schrittwechsel vollzieht. »Kein Wunder, dass Oreth fand, du solltest kein Hengst sein. Du kämpfst wie eine Stute.«

Ich sah rot. Von der Seite schrie jemand.

Xivans Tunika fing Feuer.

Sie blickte an sich hinunter, bemerkte den brennenden Stoff und lachte. Während sie mit der einen Hand immer noch das Schwert festhielt, löschte sie mit der anderen die Flammen. »Merk dir diesen Trick, Schülerin. Einen anderen Gegner könntest du damit vielleicht ablenken.«

Sie schwang den Krummsäbel, als wären ihre Bewegungen Teil eines kunstvollen Tanzes.

Ich versuchte, ihren Angriff abzublocken, doch ich schaffte es nicht und musste mit ansehen, wie sie meinen Schwertarm zur Seite schlug. Als ich nach der Herzogin trat, hakte sie ihr Bein bei meinem unter.

Einen Moment später lag ich auf dem Boden und hatte Xivans Säbel an der Kehle.

»Wieso glaubst du, irgendeinen Gegner besiegen zu können, wenn du nicht einmal dich selbst im Griff hast?« Die mit ruhiger Stimme gestellte Frage schien nicht rhetorisch, sondern ernst gemeint zu sein.

»Ich bin nicht …« Ich wusste nicht, was ich sagen sollte. Ich hatte dumm gekämpft und während eines Übungskampfes einen Wutanfall bekommen. Da ich keine Ahnung hatte, wie ich den Mahlstrom meiner Gefühle kontrollieren sollte, versuchte ich gar nicht erst aufzustehen und blieb einfach liegen. So elend und betäubt, wie ich mich fühlte, scherte ich mich nicht einmal darum, dass alle auf dem Übungsplatz zu mir hersahen.

Xivan nahm ihren Säbel von meinem Hals und kniete sich neben mich. »Sag mir nicht, dass du ihn geliebt hast.«

»Was? Wen?« Eine Ohrfeige hätte mich nicht mehr überrascht als diese Frage, doch zur gleichen Zeit meldete sich mein Gewissen. Ich wusste, wen sie meinte.

Oreth.

Aber nein, ich hatte ihn nicht geliebt.

Allerdings hatte ich ihn lieben wollen. Und ich hatte gewollt, dass er mich ebenfalls liebte. Doch keiner dieser Wünsche hatte sich erfüllt. Stattdessen hatte er aus Stolz versucht, mich zu brechen, und mein eigener Stolz …

»Den Ritter, den ich hingerichtet habe.«

»Nein, ich …« Ich presste die Lider zusammen und spürte, wie Tränen aus meinen Augenwinkeln quollen. »Ich habe nur …« Ich schluchzte abgehackt. »Ich habe ihn nicht geliebt. Es ist alles so sinnlos. So unnötig. Ich wollte nicht, dass er stirbt. Ich will nie, dass irgendwer stirbt, und ...« Ich stieß einen traurigen Seufzer aus. Irgendwie vermengte sich sein Tod mit dem aller anderen – der Bürger von Mereina, der Bewohner von Lonezh, der Opfer des Höllenmarsches, meiner Eltern, des Marakorers, der auf der Brücke nach Atrine ermordet worden war ...

Von allen Leuten, die ich nicht retten konnte.

»Dann hasst du dich also selbst.« Xivan klang traurig.

Es kam mir vor, als hätte sie den letzten Stein aus einem schwankenden Fundament gezogen. Ein Schaudern, ein hässliches Druckgefühl und schließlich die Gerölllawine. Ihre Worte hallten in meinem Kopf wider, bis ich glaubte, in meinem inneren Chaos verloren zu gehen. Natürlich hasste ich mich, weil ich immer überlebte. Ich war nicht am Leben, weil ich es verdient hatte, sondern um bei dem falschen Spiel eines Dämons mitzumachen, die Befehle von Generälen zu befolgen und vor allem, damit sich diese verdammten Prophezeiungen erfüllten. Ich lebte, aber ich hatte noch nie irgendjemandes Leben besser gemacht. Ich war ein Hengst geworden, um die zu beschützen, die mir nahestanden, dabei konnte ich nicht einmal mich selbst beschützen.

Wozu sollte das dann alles gut sein? Welchem Zweck diente es?

Ich wälzte mich von ihr weg. Als ich auf dem Bauch lag, begann ich, hemmungslos in meine Hände zu schluchzen und konnte eine ganze Weile nicht damit aufhören. Wenn ich mich der Welt stellen wollte, musste ich daran etwas ändern. Ich musste versuchen, eine Lösung zu finden.

In diesem Moment glaubte ich jedoch nicht daran, dass ich es schaffen würde.

Ich spürte ihre Hand auf meinem Laevos. Sie strich mir über die Haare. »Ach, mein süßes kleines Mädchen. Wie heiß all diese Feuer in deinem Herzen brennen müssen.«

Damit brachen bei mir alle Dämme. Zu den Tränen gesellten sich nun auch noch ein Schluckauf und viel zu viel Rotz. Mir war bewusst, dass wir uns in der Öffentlichkeit befanden. Trotzdem wischte ich mir die Augen und die Nase mit den Händen.

»Du lässt all diese Leute bestimmen, wer du bist«, flüsterte sie mir zu. »Jeder erzählt dir, wie du zu sein hast.«

Das konnte ich nicht unkommentiert stehen lassen. »Ich habe rebelliert ...«

»Das macht keinen Unterschied. Wenn gegeneinander wirkende Kräfte kollidieren, beeinflussen sie sich gegenseitig. Du kannst nicht gegen einen Feind vorgehen, ohne von ihm verändert zu werden. Du drückst und bekommst Gegendruck. Du definierst dich über andere, ihre Zustimmung oder ihre Ablehnung, und dabei gibst du ihnen jedes Mal Macht über dich, ob du es merkst oder nicht.«

Sie legte ihre Hände an meine Wangen. Sie waren kalt. Es geht doch nichts über lebendes Gewebe. Doch es gruselte mich nicht so sehr, wie man eigentlich erwarten würde. »Du musst dich selbst finden, meine Liebe. Dein eigenes Herz, deine eigene Schönheit, deine eigene Wahrheit.« Damit stand sie auf und streckte mir die Hand hin. »Und dann können wir uns daranmachen, deine Feinde zu besiegen.«

Ich lachte atemlos, fast hysterisch, während ich nach ihrer vertrockneten Hand griff und mir von ihr aufhelfen ließ. Schließlich war *sie* meine Feindin. Die Kaens und Relos Vars und all die Kräfte, die sich mit ihnen zusammentaten. Sie waren meine Feinde.

Oder meine Freunde.

Ich konnte es nicht mehr genau sagen. War Xivan nichts weiter als ein Hindernis zwischen mir und Khoreval, dem Drachentöter-Speer? Oder würde sie mir helfen, Herzog Xun und Markreev Aroth zu besiegen, damit ich Jorat wiedererlangen konnte? Sollte ich tatsächlich Herzog Kaen als Tumai dienen oder besser mein Versprechen an die Göttin des Todes einhalten und auf die Zerstörung all derer hinwirken, die Relos Var unterstützten?

Seit Tya, die Göttin der Magie, Arasgon verzaubert hatte, damit er im Nachleben zu mir stoßen konnte, war ich eine Verräterin, die sich zwischen Herzog Kaens Gefolgsleuten versteckte. Jede Nacht gab ich im »Schlaf« Nachrichten und Instruktionen an mein Lager durch. Dennoch hatte ich mich mit dieser Rolle nicht voll und ganz arrangiert. Vielleicht hatte Oreth ja recht gehabt, und ich würde nie erkennen, wo mein Platz war.

Konnte ich Yors Verbrechen als unverzeihlich empfinden und gleichzeitig das Blut ignorieren, das an meinen eigenen Händen klebte?

Xivan Kaen zog mich in ihre Arme und wiegte mich sanft, während ich erneut von tiefen Schluchzern erschüttert wurde.

Anschließend legte Talea mir einen Arm um die Schultern und begleitete mich in mein Zimmer. Sie setzte mich auf einen Stuhl neben dem Bett und kniete sich vor mich hin. »Kann ich dir irgendetwas bringen? Tee oder etwas Stärkeres?«

»Ich habe es vorhin vermasselt, oder?«

Sie lächelte. »Vermasselt? Wohl kaum.« Sie schlug die Felldecken auf dem Bett zurück. »Du trauerst. Lass es zu. Ich bin selbst immer noch nicht über ...« Talea bemerkte meinen fragenden Blick. »Ich hatte eine Schwester. Sie wurde ermordet.«

Sie hatte die letzten beiden Sätze gesagt, als wäre nichts dabei, doch der Kummer in ihrer Stimme zerriss mir das Herz. »Und« – mein Lächeln war viel fahler als ihres – »du wirst denjenigen, der dafür verantwortlich ist, umbringen.«

Ich hatte bereits vermutet, dass sie sich bei ihren Schwertübungen jemand ganz Bestimmten am anderen Ende ihrer Klinge vorstellte, so zornig, wie sie immer focht.

Sie drehte sich schnaubend um und setzte sich aufs Bett. »Ich wünschte, das ginge. Darzin D'Mon hat sie getötet.«

Ich blinzelte, als dieses Detail meinen benebelten Verstand erreichte. »Der Angehörige des Hochadels? Derjenige, der auch ...?«

Fast hätte ich gesagt: *Der auch versucht hat, mich zu töten.* Doch mittlerweile glaubte ich nicht mehr, dass das stimmte.

»Das hat jedenfalls Thurvishar gesagt.« Sie schüttelte den Kopf. »Ich glaube, Darzin ist gar nicht klar, was er getan hat. Meine Schwester hatte einfach Pech. Sie war zur falschen Zeit am falschen Ort, und Darzins Attentäterin wollte nicht, dass es Zeugen gab. Meine Schwester ist lediglich eines der vielen unbeteiligten Opfer, die in den Machtspielen des Hochadels unter die Räder geraten sind. Und Darzin hat noch viel schlimmere Dinge getan ...« Sie sah zur Seite. »Die Liste seiner Verbrechen ist lang.«

Ich stand auf, setzte mich neben sie und nahm ihre Hände. »Es tut mir so leid. Wirst du ihn töten? Brauchst du dabei Hilfe?«

Sie lachte und erwiderte meinen Händedruck. »Ich weiß dein Angebot zu schätzen. Frag mich in ein paar Jahren noch mal. Soweit ich weiß, ist er ein hervorragender Schwertkämpfer. Deswegen werde ich wohl ein bisschen mehr als acht Monate Übung brauchen, ganz egal, was für eine gute Lehrerin Xivan ist.«

»Wenn es so weit ist, werde ich dir mit Vergnügen beistehen.«

Talea grinste. »Ich danke dir. Eines Tages werde ich gut genug mit dem Schwert umgehen können und Herzog Kaen wird Darzin nicht mehr brauchen. Ich hoffe nur, dass ich dann zur Stelle bin. Oder Thurvishar. Ich glaube, dass er mir die Ehre, Darzin zu töten, vielleicht streitig machen will.«

»Wie kannst du mit jemandem aus dem Hochadel befreundet sein? Und dann auch noch mit dem Stammhalter des Hauses D'Lorus?«

Sie schluckte. »Er hat mich Darzin abgekauft.« Talea bemerkte meinen Gesichtsausdruck und fügte rasch hinzu: »Aber Thurvishar hat mich sofort befreit.* Dann hat er mich gefragt, was ich tun wolle, und gesagt, dass er mir jeden Wunsch erfüllen würde. Ich

---

* Ich vermute, Thurvishar hatte vor, sie eines Tages als Leibwächterin oder irgendetwas in der Art in seine Dienste zu nehmen. Da er immer

kam mir vor wie in dem Gottkönigmärchen, in dem ein Bauernmädchen einen verletzten Löwen aus einer Falle befreit, nur um dann zu erkennen, dass der Löwe in Wahrheit eine Göttin ist, die alle Wünsche erfüllen kann.« Talea räusperte sich. »Nun, ich habe ihm gesagt, dass ich Rache nehmen will.«

»Da Darzin noch am Leben ist, hat Thurvishar sein Versprechen offenbar nicht gehalten.«

»Er sagte, es läge bei mir«, erwiderte Talea. »Aber er hat mir erklärt ...« Sie zögerte und griff wieder nach meiner Hand. »Er hat erklärt, was sie vorhaben. Ich hasse Darzin zwar, aber sie versuchen, das Kaiserreich zu stürzen. In der yorischen Kultur gibt es keine Sklaverei – Kaen wird sie verbieten, sobald er an der Macht ist. Dafür würde ich viel geben.«

Ihre Willensstärke war höchst beeindruckend. Doch ich war skeptisch, was die Motive der Adligen anbelangte. Schließlich waren die hohen Adelshäuser auf einem Fundament aus Sklaverei, Gier und Schmerzen errichtet.* Und ich konnte mir kaum vorstellen, dass irgendjemand die Quelle seines eigenen Wohlstands untergraben würde.

Kaens Motive konnte ich sehr gut nachvollziehen: Yor fühlte sich von Quur unterjocht. Daher erschien es sinnvoll, erst das Kaiserreich zu zerschmettern, bevor Yor seine Freiheit erklärte.

Die Familien des Hochadels wollten dagegen bloß mehr Macht. Ihnen ging es immer nur um mehr Macht.

»Es muss eine Qual für dich sein, ihn lebendig zu sehen«, sagte ich schließlich.

Talea zuckte die Achseln. »Nicht, seit ich von Xivan ausgebildet werde. Ich habe kaum je die Höhlen verlassen. Und selbst dann ...« Talea lachte. »Er hat mich gesehen, als ich mit Thurvishar hier

---

noch ein Mitglied des Hochadels ist, hat er ihr auf keinen Fall geholfen, ohne eine Gegenleistung für seine »Freundlichkeit« zu erwarten.

* Nun, das ist nicht gelogen, würde ich sagen.

ankam. Kannst du dir vorstellen, dass mich dieser Mistkerl nicht einmal wiedererkannt hat?«

»Aber jetzt bist du aus den Höhlen heraus.« Ich fand die Vorstellung entsetzlich, dass Talea es nun mit Darzin zu tun bekommen würde. »Er wird herkommen.«

»Egal.« Sie grinste. »Ich werde ihm nicht begegnen. Und das habe ich dir zu verdanken.«

»Mir?«

»Da er an den Plänen zu deiner Ermordung beteiligt war, hat der Hon ihn zur Strafe vom Hof verbannt. Darzin darf an seiner Stelle jemand anderen als Gesandten schicken, aber es ist ihm nicht erlaubt, selbst herzukommen.«

Ich hatte keine Lust, darauf hinzuweisen, dass Darzin möglicherweise fälschlich beschuldigt worden war. »Es ist gut, das zu hören. Ich muss zugeben, dass ich mich nicht gerade darauf gefreut habe, ihn wiederzusehen.«

»Er ist ein Ungeheuer.« Aus ihrer Stimme klangen einmal mehr Verbitterung und Hass. Obwohl ich selbst ein Ungeheuer war, konnte ich ihr da nicht widersprechen.

Sie streckte eine Hand aus und berührte mich an der Wange. »Möchtest du gerne, dass ich heute Nacht bei dir bleibe?«

Ein Beben durchfuhr mich von der Wange bis zu den Lenden. »Fragst du mich, ob ich mein Bett mit dir teilen will?«

Ihr Lächeln wurde unsicher. »Nur wenn du das möchtest. Ich hoffe, dass ich dich mit der Frage nicht gekränkt habe. Wenn dir Männer lieber sind ...«

Ich unterdrückte ein Lachen und fühlte ein überwältigendes Verlangen, sie an mich zu ziehen, ihren Kopf zwischen die Hände zu nehmen, sie auf den offenen Mund zu küssen und dann auf das Bett zu stoßen. Wollte ich es? O ja.

Ich nahm ihre Hand und küsste ihre schwieligen Fingerkuppen, eine nach der anderen. Ich spürte, wie sie erschauderte. »Nichts würde mir mehr gefallen.«

46

DIE SUCHE NACH DEM SCHWARZEN RITTER

Jorat, Quurisches Reich.
Drei Tage nachdem Janel eine sehr baufällige Brücke
überquert hatte

»Ich habe mich immer gefragt, was aus Talea geworden ist«, sagte Kihrin. »Eigentlich wollte ich mich bei Thurvishar nach ihr erkundigen, hatte aber Angst, er würde mir sagen, sie wäre gefressen worden ... von ... na ja, dieser Mimikerin, die ich kannte ... Wie auch immer. Ich bin froh, dass er sie befreit hat.«*

Qaun hob den Kopf. »Sagtet Ihr eine Mimikerin? Ich dachte, die existierten nur in Legenden.«

»O nein«, sagte Kihrin. »Sie sind sehr real und extrem furchteinflößend. Und diese spezielle Mimikerin – Klaue – ist die Attentäterin, von der Talea gesprochen hat. Die Mörderin ihrer Schwester.«

»Also, ich bin vor allem froh, dass Ihr vernünftig geworden seid

---

* Oh, gewiss doch. Zuerst regt er sich grenzenlos darüber auf, dass Janel mit Teraeth geschlafen haben könnte, und dann zuckt er nicht einmal mit der Wimper, als er erfährt, dass sie bei einer anderen Frau gelegen hat. Typisch.

und Euch dazu entschlossen habt, mit Stuten zu galoppieren«, warf Dorna ein und tätschelte Janels Schulter. »Talea scheint süß zu sein.«

Janel verdrehte die Augen. »Fang nicht damit an, Dorna.«

»Ihr galoppiert, mit wem Ihr möchtet, meine Liebe«, entgegnete Dorna. »Ich werde Euch so oder so immer lieben.«

Janel verzog das Gesicht zu einem angespannten Lächeln und drehte sich zu Qaun um. »Fang an zu lesen. Sofort.«

Qauns Schilderung. Im Eispalast, Yor, Quur.

Bruder Qaun bekam Relos Var mehrere Monate lang nicht zu Gesicht, und als er ihn schließlich wiedersah, hatte der Zauberer sehr schlechte Laune. Er blieb an der Tür zum Arbeitszimmer stehen und unterhielt sich weiter mit jemandem, der draußen stand.

»Wieso habt Ihr sie noch nicht getötet?«, fragte er und blickte über die Schulter, wobei er Bruder Qaun zu übersehen schien. »Ich sage Euch, Ihr werdet Eure fehlgeleitete Loyalität noch bereuen. Sie ist gefährlich und sollte unschädlich gemacht werden.«

Der Hon, Azhen Kaen, schob sich an dem Zauberer vorbei. »Ich habe meine Gründe, die ich nicht mit Euch diskutiere, Var.«

Als die beiden Männer den Raum betraten, hoffte Bruder Qaun, dass sie zu sehr ins Gespräch vertieft waren, um seine Anwesenheit zu bemerken.

Doch das Glück war ihm nicht hold.

Bruder Qaun zuckte zusammen, als der Hon mit der flachen Hand vor ihm auf den Tisch schlug. »Ihr seid Vars neuer Lehrling, richtig?«

»Ich, äh …« Bruder Qaun schluckte. *Lehrling* traf es in Anbetracht der Lage nicht ganz. Den Hon daran zu erinnern, dass er Relos Vars verzauberter und an der Seele gefesselter Sklave war, schien ihm jedoch nicht ratsam.

»Schon gut, Qaun«, sagte Relos Var und sah lächelnd auf ihn hinab. »Der Hon hat uns gebeten, ihm bei einem Problem in Jorat zu helfen. Und da ich mir sicher bin, dass du inzwischen genug Zeit hattest, dich mit Weltenfeuer vertraut zu machen, habe ich ihm deine Unterstützung angeboten. Ich hoffe, es macht dir nichts aus.«

Bruder Qaun schluckte erneut, doch diesmal gelang ihm ein mattes Lächeln. »Nein, natürlich nicht, Lord Var.«

»Gut«, sagte der Hon. »Ich muss herausfinden, wer sich den Umhang des Schwarzen Ritters umgelegt hat. Irgendwer ist bei mindestens einem halben Dutzend Turnieren in diese Rolle geschlüpft – und ich habe die Nase voll von ihm.«

»Verzeiht die Frage«, sagte Bruder Qaun. »Wieso ist es ein Problem, wenn mehrmals hintereinander dieselbe Person den Schwarzen Ritter spielt? Es ist ein Turnier. Das hat doch höchstens Einfluss auf Warenpreise und Geschäftsabschlüsse.«

Der Blick, mit dem der Hon ihm zu verstehen gab, dass er ihn für einen Schwachkopf hielt, war so durchdringend, dass Qaun sich am liebsten darunter weggeduckt hätte. »Such dir einen Grund aus. Als er das Turnier in Praliar gewann, hat er den dortigen Baron anschließend mit seinem Idorrá dazu gebracht, vor Aeyan'arrics Ankunft die ganze Stadt zu evakuieren. Ein paarmal hat er so sehr gestört, dass die örtlichen Herrscher das Turnier abblasen und alle nach Hause schicken mussten. Oder einfach nur die Tatsache, dass er sich auf den Turnierplatz schleicht, den jeweils vorgesehenen Schwarzen Ritter bewusstlos schlägt, seine Stelle einnimmt und gewinnt – woraufhin er häufig sein Preisgeld unter den Leuten verteilt und die Machthaber vor ihrem Volk dumm dastehen lässt.« Er knurrte. »Das ist eigentlich *meine* Aufgabe, Var. Wie soll ich herbeieilen und die Leute retten, wenn mir dieser Mistkerl ständig zuvorkommt?«

Bruder Qaun sah blinzelnd zu Relos Var auf. »Wäre es nicht besser, den Namen aller Dinge ...«

Relos Var schüttelte den Kopf. »Dafür lässt diese Frage zu viele Antworten zu. Der Schwarze Ritter ist eine Rolle und kein eindeutig zuordenbarer Titel – wir würden mehrere tausend Namen als Antwort erhalten. Dazu kommt, dass es in Jorat manchmal keinen Schwarzen Ritter gibt, weil gerade niemand bei einem Turnier diese Funktion ausfüllt. Aber wir haben eine erste Liste mit Leuten zusammengestellt, die im letzten Jahr in dieser Verkleidung aufgetreten sind. Vermutlich ist es einer von denen.« Er löste das Band um die große Pergamentrolle, die er unter dem Arm getragen hatte, und entrollte sie auf dem Tisch.

Das lose Ende des Schriftstücks rollte bis zur gegenüberliegenden Tischkante, fiel hinunter und reichte von dort bis auf den Boden.*

»Wir wissen, dass Janel Theranon diesen Part übernommen hat, als sie unsere Pläne in Mereina durchkreuzte, aber bei den letzten Veranstaltungen war sie offenkundig nicht dabei. Finde so viel heraus, wie du kannst, und erstatte mir dann Bericht.«

Bruder Qaun nahm das Schriftstück. Janels Name würde darauf stehen. Genau wie Sir Baramons und Hauptmann Mithros'. Ninavis hatte er als Letzte die schwarze Aufmachung tragen sehen. Allerdings wusste Qaun nicht, ob sie zählte, da sie die Rüstung nur angelegt hatte, um Herzog Xuns Soldaten zu entkommen. Da Relos Var ihm keinen entsprechenden Befehl erteilt hatte, fühlte Qaun sich nicht verpflichtet, ihm zu erzählen, was er wusste.

»Ja, mein Herr. Ich fange sofort an.«

Der Hon musterte Bruder Qaun einen Moment lang. »Gut«, knurrte er.

»Kaen …«, sagte Relos Var.

---

* Ich habe zwei Tage gebraucht, um diese Liste anzufertigen. Davor habe ich mich selbst verzaubert, damit ich in dieser Zeit weder essen, schlafen noch trinken musste.

Herzog Kaen zögerte.

»Wegen der Frauen«, sprach Var weiter. »Eurer Ehefrauen.«

Kaen winkte seufzend ab. »Exfrauen. Sie sind mir egal. Ihr wollt, dass dieser D'Lorus ihnen Magie beibringt? Na schön. Vielleicht sind sie dann zu irgendwas zu gebrauchen.«

»Sicher sind nicht alle von ihnen magisch begabt«, erwiderte Relos Var. »Aber ich glaube, Thurvishar D'Lorus möchte ihnen auch erst mal das Lesen beibringen.«*

»Was auch immer. Ihr habt meine Erlaubnis.« Mit diesen Worten rauschte der Herzog so schnell aus dem Raum, wie er ihn betreten hatte.

Relos Var hingegen blieb. Er schaute dem Hon hinterher, wartete noch ein paar Sekunden ab und zog einen Stuhl neben Bruder Qaun. Nachdem er darauf Platz genommen hatte, öffnete er elegant wie immer ein kleines Portal und fing an, Teller und Tassen herauszuziehen. Im Nu hatte er den Tisch mit warmen gefüllten Reisbrötchen, der Trüffelsuppe, die Bruder Qaun so liebte, und einer dampfenden Teekanne vollgestellt.

»Oh, das ist aber nicht nötig …«

»Das sehe ich anders. Du vergisst zu essen. Das sieht dir gar nicht ähnlich.« Relos Var sah ihn eindringlich an. »Ich habe gehört, dass du in meiner Abwesenheit Schwierigkeiten hattest.«

Bruder Qaun blickte auf seine Hände hinab und hob den Kopf auch dann nicht, als Relos Var Brötchen mit einer Gemüsefüllung auf seinen Teller schichtete und Suppe in die Schüssel vor ihm schöpfte. »Es war nicht weiter schlimm. Nur ein paar schwache Männer, die sich stark fühlen wollten.«

Relos Var lächelte. »Ja, es sind immer die schwachen Männer, die Probleme machen, nicht wahr?«

---

* Anscheinend ist man in Yor der Meinung, dass Frauen das nicht beherrschen müssen. Allerdings ist das im restlichen Reich auch nicht viel anders.

Da Bruder Qaun das Gefühl hatte, dass in diesem Satz eine Falle verborgen war, antwortete er nicht. Stattdessen dachte er zwei Sekunden lang darüber nach, ob es ihn zu einem schlechten Menschen machte, wenn er sich etwas von Relos Vars Essen genehmigte. Var hatte echte eamithonische Gerichte aufgetischt, wie Qaun sie sich während seiner Lesestunden in der Bibliothek des Eispalasts stets erträumte. Er beschloss, dass kein Mann, egal wie integer er war, so einer Versuchung widerstehen konnte, und begann zu essen.

Der Zauberer legte ihm eine Hand auf die Schulter. »Außerdem wurde mir zugetragen, dass du Zeit mit Thurvishar D'Lorus verbracht hast.«

Bruder Qaun legte das Brötchen auf den Teller zurück. »Ist das ein Problem?«

»Sei vorsichtig. Thurvishar kann man genauso wenig trauen wie dir.«

Bruder Qaun sah ihn verdutzt an. Meinte Relos Var damit etwa …?

»Er wurde gegaescht«, erklärte der Zauberer und räumte damit jeden Zweifel aus. »Und zwar von Gadrith dem Krummen. Wenn dir je ein blasser, dünner Mann mit den schwarzen Augen der D'Lorus über den Weg läuft, dann renn schnell weg. Er ist nicht dein Freund. Er ist niemandes Freund.«

»Bei den Göttern«, sagte Bruder Qaun. »Ich bin tatsächlich jemandem begegnet, auf den diese Beschreibung passt. Ich glaube …« Er erschauderte, als ihm der hungrige Blick des blassen Mannes einfiel, den er in Shadrag Gor gesehen hatte. »Wartet, Gadrith der Krumme? Ich dachte, Gadrith D'Lorus wäre tot.«

»Es passt ihm sehr gut, dass alle das glauben. Aber sein Haus ist nützlich für den Hon, und ich kann viel mit seinen Bibliotheken anfangen. Außerdem hat er …« Relos Var zögerte. »Er hat etwas, das sehr wichtig für mich ist. Gadrith weiß, dass ich nichts gegen ihn unternehmen werde, solange er es besitzt.«

Bruder Qaun schaffte es, sich nicht an seiner Suppe zu verschlucken, und zeigte auch sonst keine Reaktion, doch in seinem Innern herrschte höchster Aufruhr. Wenn ein Talisman oder ein Artefakt existierte, das gegen Relos Var eingesetzt werden konnte, und wenn Gadrith es besaß, dann konnte Qaun es vielleicht finden ... Natürlich nur, wenn es ihm vorher gelang, sich von Relos Vars Gaesch zu befreien.

»Dann ist Thurvishar also gegaescht und Gadriths Spion«, lenkte Bruder Qaun die Unterhaltung auf weniger gefährliches Terrain zurück.

»Ja. Thurvishar besitzt sogar noch mehr magisches Talent als sein Vater. Niemand könnte dich besser bei deinen Studien unterstützen als er. Wäre da nicht diese winzige Kleinigkeit, dass er jeden Befehl von Gadrith befolgen wird, egal, wie abscheulich oder heimtückisch er ist.« Er machte ein finsteres Gesicht und nahm sich mehrere mit Bohnenpaste gefüllte Brötchen. »Manchmal ist es nützlich zu wissen, wie andere Personen zu einem stehen. Ob sie Verbündete oder Feinde sind, beziehungsweise, wie in diesem Fall, beides.«

»Ich bin sicher, die anderen sehen das genauso«, erwiderte Bruder Qaun. »Aber mit Quur habt Ihr einen gemeinsamen Gegner, richtig?«

Var lachte. »Ich spiele nicht um so niedrige Einsätze, mein lieber Qaun. Soll der Eiserne Zirkel – Gadrith, Darzin und all die anderen Schwachsinnigen – ruhig glauben, der Plan wäre, Quur und seinen Hohen Rat zu stürzen. In Wirklichkeit geht es um viel mehr, als sie begreifen können.«

Bruder Qaun biss sich auf die Unterlippe. »Als Ihr hereinkamt, habt Ihr von einer Frau gesprochen, die Eurer Meinung nach sterben soll ...«

Relos Var antwortete nicht gleich. Stattdessen aß er erst noch ein weiteres dampfendes Brötchen, trank Tee und probierte von der Suppe. Schließlich sagte er: »Ich mag Azhen Kaen. Aber das bedeutet nicht, dass wir uns in allem einig sind. Manchmal erkennt man, dass Freunde Fehler begehen, und hat gar keine andere Wahl, als sie einfach machen zu lassen.«

»Der Fehler kann Eurer Meinung nach nicht so schwerwiegend sein. Sonst würdet Ihr ihn davon abhalten.«

»Er ist nicht meine einzige Spielfigur, Qaun. Bei Weitem nicht.«

»Ist es das, was wir für Euch sind? Spielfiguren?« Qaun konnte seinen Kummer nicht verbergen.

Relos Var streckte die Hand aus und legte sie auf seine. Dann drückte er Qauns Finger, so wie er es immer getan hatte, als er noch Vater Zajhera und nicht Relos Var geheißen hatte. »Nein, ganz und gar nicht. Aber ich lebe schon zu lange und habe zu viel gesehen, um mich von den moralischen Verfehlungen und dem schlechten Urteilsvermögen Einzelner aufhalten zu lassen. Was wir anstreben, ist wichtiger.«

Bruder Qaun fragte sich, ob der Zauberer diesen Standpunkt aufgeben würde, wenn er je selbst überflüssig werden sollte.

»›Was wir anstreben‹ klingt, als hättet Ihr einen Plan.«

Relos Var lächelte den Priester an. »Mein lieber Junge, ich habe immer einen Plan.«

Senera musste viel Zeit in die Liste gesteckt haben, die der Hon Bruder Qaun gegeben hatte. Wie erwartet, standen sowohl Sir Baramons als auch Janel Theranons Name darauf.

Genau wie die von Ninavis, Dorna, Dango und Kay Hará.

Tatsächlich waren viele der Aufgeführten keine Ritter oder auch nur Leute, die man sich als Ritter vorstellen konnte. Bruder Qaun wusste, noch bevor er es mit Weltenfeuer überprüfte, was der Grund dafür war.

Seine Freunde verwischten ihre Spuren.

Es war fast, als hätten sie so viele Personen wie möglich in das Kostüm des Schwarzen Ritters gesteckt, weil sie wussten, dass ihr Feind die Möglichkeit hatte, Erkundigungen über sie einzuholen.

Das machte es schwierig – wenn nicht sogar unmöglich –, die Identität des »wahren« Schwarzen Ritters zu ermitteln.

Bruder Qaun kam ein Gedanke, der so bestürzend war, dass er innehalten und sich von der Feuerstelle in Atrine losreißen musste, durch die er gerade geschaut hatte.

Konnte Janel mit den anderen kommunizieren?

Es schien unmöglich, aber er wusste, dass Janels Verstand an einem anderen Ort war, wenn sie »schlief«. Er hatte immer angenommen, es würde einfach mit ihr passieren, dass sie es nicht kontrollieren konnte, obwohl Janel den Zauber versehentlich selbst erschaffen hatte. Konnte es sein, dass ihre Zaubergabe ihr ermöglichte, mit den anderen Kontakt zu halten?

Nein, dachte er. Das war unmöglich. Wenn sie mit jemand anderem im Nachleben kommunizieren wollte, müsste der die gleiche Fähigkeit besitzen. Und soweit Qaun wusste, verfügten außer Janel nur Götter über diese Gabe. Sowie möglicherweise Relos Var.

Er wurde das quälende Gefühl nicht los, dass er etwas übersehen hatte.

Und was war, wenn es stimmte? Er würde Janel keinen Gefallen tun, wenn er ihr Geheimnis aufdeckte und es dann Relos Var erzählte, sobald der Zauberer ihn das nächste Mal dazu aufforderte, ihm alles zu berichten, was er herausgefunden hatte. Es war besser, wenn er sich nicht weiter damit befasste. Eine Wahrheit, der er nicht auf den Grund ging, konnte er auch nicht verraten.

Relos Var hatte es selbst gesagt: Bruder Qaun war nicht vertrauenswürdig.

Also beschloss er, mit den anderen, ihm unbekannten Namen auf der Liste anzufangen, die nicht zu marakorischen Banditenköniginnen und deren im Wald lebenden Gesetzlosen gehörten. Es erwies sich als schwierig, den Schwarzen Rittern nachzuspüren, da sie ein ganz anderes Leben führten, wenn sie nicht auftraten. Niemand lief permanent schwarz gekleidet auf Turnieren herum und kippte anderer Leute Bier aus, um die Menge zum Lachen zu bringen.

Schließlich stieß er auf einen Schwarzen Ritter, der es nicht darauf anlegte, lustig zu sein. Die Suche nach ihm hatte Wochen gedauert, da nicht jeden Tag Turniere abgehalten wurden. Und wenn, dann fielen die Termine oft zusammen, sodass Qaun versuchen musste, zwischen zahlreichen Örtlichkeiten überall in Jorat hin und her zu springen. Außerdem fanden sie in der Regel tagsüber statt, wenn niemand Laternen oder Kerzen anzündete. Und Küchenfeuer wurden selten in der Nähe der Turnierplätze entfacht. Aus all diesen Gründen war es ihm sehr schwergefallen, den Wunsch des Hons zu erfüllen.

Er hatte kurz davor gestanden, Thurvishar um Hilfe zu bitten, da er dachte, ein Aufenthalt in Shadrag Gor würde ihm die Zeit verschaffen, die er brauchte. Doch er hatte es für besser gehalten, Thurvishar nicht einzuweihen.

Als er den richtigen Schwarzen Ritter entdeckte, hätte er ihn fast übersehen. Sein Blick glitt über das Ross und seinen Reiter hinweg, da erkannte er das Pferd.

Es war gar kein Pferd, sondern Arasgon, der schwarz verkleidet war.

Den Reiter erkannte Bruder Qaun nicht, doch dieser Schwarze Ritter schien deutlich größer zu sein als Ninavis.

Zufällig waren die Azhocks um Qaun herum so aufgestellt, dass er den Turnierplatz durch das Feuer des Hufschmieds betrachten konnte. Er sah, dass der Schwarze Ritter sich an den Wettkämpfen beteiligte. Das war nicht weiter ungewöhnlich – die Tatsache, dass der Ritter einen nach dem anderen gewann, wie das Gemurmel und die geflüsterten Klagen der anderen Ritter bewiesen, dagegen schon. Doch aus den Klagen war auch Bewunderung herauszuhören. Inzwischen wusste jeder, dass der Schwarze Ritter auf dem Turnierplatz von Mereina einen Dämon getötet hatte. Und auch die Gerüchte über Janels mittlerweile legendäres Duell mit Relos

Var hatten die Runde gemacht, obwohl es oft falsch dargestellt wurde. Niemand wusste, ob dies ein normaler Schwarze Ritter oder *der* Schwarzer Ritter war.

Die Geschichten, die man sich über ihn erzählte, waren mit jeder Wiederholung immer großartiger geworden.

Der Schwarze Ritter war auf dem besten Weg, das Turnier zu gewinnen, als sich im nahegelegenen Schloss ein großes Geschrei erhob. Jemand kam ins Blickfeld gerannt. Er trug die Farben des hiesigen Markreev. »Feuer! Feuer! Die Mühle brennt!«

Chaos brach aus. Bruder Qaun versuchte, den Rückweg anzutreten, doch es gab zu wenig Feuer. Er entdeckte einen Wagen, der hinter einem Wach-Azhock in der Nähe der Tribüne abgestellt war. Mehrere Personen beluden ihn mit Kisten voller Waffen und Rüstungen, die augenscheinlich aus den Beständen der markreevlichen Soldaten stammten.

Bruder Qaun erkannte Dango.

»Was hast du vor, Ninavis?«, fragte er laut, obwohl niemand ihn hören konnte.

Der Raubzug ging rasch über die Bühne. Als die Wächter mit der frohen Kunde zurückkehrten, dass die Mühle unbeschädigt geblieben war, hatten die Mannen des Markreev bereits keine Kampfausrüstung mehr. Unterdessen machte sich der Schwarze Ritter mit einem beeindruckenden Ablenkungsmanöver noch vor dem Ende des Turniers schnell aus dem Staub. Bruder Qauns Zielperson ritt in ein Azhock und verschwand. Gleich darauf trat Arasgon heraus, der jetzt wie immer schwarz-rot gestreift war. Ihm folgte der schwarzhäutige Schmied, den Bruder Qaun zum ersten Mal in Mereina gesehen hatte und der sich nun lauthals beklagte, dass er ebenfalls ausgeraubt worden sei.

Alle waren sich darin einig, dass sie schon seit Ewigkeiten kein so gutes Turnier mehr erlebt hatten.

Da niemand am helllichten Tag Fackeln oder Laternen verwendete, entschwanden die Diebe aus Bruder Qauns Blick, als sie die

Stadt verließen. Ein paar von ihnen kannte er aus Ninavis' Bande. Allerdings sah er weder Dorna noch Ninavis selbst.

Wäre Arasgon nicht gewesen, hätte Bruder Qaun vielleicht geglaubt, Dango habe als Mitglied einer anderen Bande sein altes Leben als Verbrecher wiederaufgenommen.

Als er Monate später zum zweiten Mal eine Person entdeckte, die der Schwarze Ritter zu sein schien, waren die Umstände für ihn kaum zu ertragen. Eine »unternehmerisch« denkende Baronin hatte beschlossen, Flüchtlinge, die in ihr Gebiet flohen, als Erntehelfer einzusetzen. Es war nicht klar, ob sie sie bezahlte, aber Bruder Qaun vermutete, dass sie es nicht tat.

Denn wären sie entlohnt worden, hätte sie keine Peitschen gebraucht, um die Flüchtlinge zu motivieren.

Der Schwarze Ritter saß nach Einbruch der Dunkelheit auf einem Ross, das auf der Brücke zum Anwesen der Baronin stand. Mit hallender, dämonisch klingender Stimme sprach er eine Warnung aus: Wenn die Baronin die Marakorer nicht bis zum nächsten Morgen freiließe, würde er eine unvorstellbare Katastrophe auf ihre Ländereien herabbeschwören.

Die Baronin lachte und befahl ihren Soldaten, ihn zu erschießen.

Doch es funktionierte nicht so, wie sie es sich vorgestellt hatte. Da sämtlichen Soldaten die Bogensehnen rissen, konnte nicht ein einziger Pfeil abgefeuert werden.

Dann schossen die Leute, die sich im Wald versteckt hielten, zurück. Ihre Bogensehnen rissen nicht. Weitere Salven folgten und schwächten die Verteidigung der Baronin, bevor die Angreifer sich im Anwesen verteilten und die Marakorer zusammenholten.

Als die Gruppe sich in den Wald zurückzog, verlor Bruder Qaun sie aus den Augen, aber er musste Dorna nicht sehen, um zu wissen, dass sie dabei gewesen war. Er kannte die Wirkungsweise ihrer Zaubergabe. Qaun war nicht sicher, was Dorna mit den Marakorern vorhatte, aber ein paar der Befreiten hatten bei dem Gefecht mitgeholfen. Offensichtlich beherrschen sie die gleiche waffenlose Kampftechnik wie Ninavis. Bruder Qaun machte sich akribische Notizen, und bald merkte er, dass die Zahlen nicht stimmen konnten. Anfangs war er davon ausgegangen, Ninavis und Dorna, die beide ein Faible für Verbrechen hatten, wären wieder kriminell geworden. Doch an diesen Umtrieben waren erheblich mehr Leute beteiligt als Ninavis, Sir Baramon, Dorna und ihre fünf oder sechs Kumpane. Tatsächlich hatte er während der vergangenen Monate bereits mehrere Hundert verschiedene Personen gezählt, die überall im Reich zugange waren, darunter auch einige Feuerblüter. Sie schienen … organisiert.

Bruder Qaun blies die Luft aus, lehnte sich auf seinem Stuhl zurück und griff nach dem Tee, der längst kalt war.

Das waren nicht nur ein paar verbrecherische Nichtsnutze mit goldenen Herzen, die den Reichen in Quur das Geld stahlen, um es den Unterdrückten zu geben.

Was sich da vor seinen Augen abspielte, war vielmehr der Anfang eines sorgfältig geplanten Aufstands.

Doch Bruder Qaun beschäftigte sich nicht nur mit den Heldentaten des Schwarzen Ritters. Mehrere Wochen nach Sir Oreths Hinrichtung und der gleichzeitigen Scheidung von über vierzig Frauen überbrachte ihm ein Diener eine Schachtel mit seinen liebsten Schokoladenkeksen und einer Nachricht von Janel.

Darin stand: *Vielen Dank für deine Hilfe bei der Suche nach quurischen Kriegsflüchen. Ich bin sicher, dass sie noch unschätzbar wertvoll sein werden. Danke bitte auch Thurvishar von mir.*

Tatsächlich hatte Qaun sich noch gar nicht mit den Kriegsflüchen befasst. Doch nun begann er damit.

Und dafür benötigte er tatsächlich Thurvishars Hilfe.

Bei seinem nächsten Besuch in Shadrag Gor fragte er ihn: »Wie sucht man am besten nach der Kriegsmagie, die Quur bei der Invasion in Yor eingesetzt hat?«

Der Erblord des Hauses D'Lorus hatte sich inzwischen voll und ganz der Aufgabe verschrieben, die Exfrauen des Hons im Lesen zu unterrichten, und suchte gerade geeignetes Übungsmaterial zusammen, als Bruder Qaun ihn unterbrach.

Thurvishar sah auf. »Wieso in aller Götter Namen willst du das wissen?«

»Das ist doch klar: Weil es Yor helfen würde.« Tatsächlich lag das gar nicht so klar auf der Hand, aber Bruder Qaun ahnte, wieso Janel es herausfinden wollte. Die Kräfte, die seinerzeit im Kampf gegen Yor entfesselt worden waren, suchten das Land immer noch heim. Da die Yorer nicht wussten, was man ihnen angetan hatte, war dies eine gute Gelegenheit für Qaun, das Vertrauen des Herzogs zu gewinnen und sich besseren Zugang zu dem zu verschaffen ... weswegen Janel nach Yor gekommen war, was auch immer das sein mochte. Wenn Janel oder Bruder Qaun den Herzog darüber in Kenntnis setzen könnte, was damals geschehen war oder besser noch, wie es sich wieder rückgängig machen ließe, dann ...

Thurvishar verengte die Augen zu Schlitzen und lehnte sich zurück. »Du willst dich mit den Yorern auf guten Fuß stellen.«

»Mein Leben hängt davon ab, dass man mich für nützlich hält«, erwiderte Bruder Qaun. »Ihr wisst, was damals getan wurde, oder?«

»O ja. Wir haben das Grauen auf diese Leute losgelassen.«

Bruder Qaun wartete darauf, dass er fortfuhr.

Thurvishar seufzte. »Es ist unumkehrbar. Die Dinge, die wir getan haben ...« Er stand auf und ging zu einem hohen Bücherstapel. »Hier: *Kriegsrituale* von Ibatan D'Talus. Und da ... *Belagerungstaktiken während der Invasion in Yor* von Sivat Wilavir. Diese beiden enthalten das meiste Wissen. Aber ich würde sie nicht unmittelbar nach dem Essen lesen.« Er legte die Bücher auf den Tisch.

Bruder Qaun sah den Magier forschend an. Er schien die Bemerkung ernst gemeint zu haben. »Selanol steh uns bei. Wie schlimm war es?«

Thurvishar machte ein finsteres Gesicht und wandte den Blick ab. »Wir sollten uns schämen. Aber das tun wir nicht. Niemals. Es ist unsere Pflicht, musst du wissen, unser Schicksal. Wir finden immer eine Ausrede, wieso es gut und richtig war, einen Feind in den Staub zu treten.«

Bruder Qaun bekam einen trockenen Mund. »Haben sie es verdient?«

»Was verstehst du unter *verdient*?« Thurvishars Mundwinkel zuckten amüsiert. »Gottkönig Chertog und seine Gemahlin Suless waren Teufel. Chertog war ein machthungriger Grobian, und Suless ... ach, Suless hatte so viel Blut an den Händen, dass die Ozeane nicht gereicht hätten, um sie reinzuwaschen. Wusstest du, dass sie das Gottkönig-Ritual erfunden hat?«

Bruder Qaun stutzte. »Was?«

»Sie hat sich den Prozess einfallen lassen, mit dem man einen Magier zu einem Gott erhebt. Sie war der allererste Gottkönig ... Gottköni*gin*, sollte ich wohl sagen. Die Acht Unsterblichen sind viel älter und haben ihre Existenz nicht auf die gleiche Weise begonnen. Selbst wenn niemand Argas als einen der Acht anbeten wollte, würde es ihn weiterhin geben, weil das Konzept, für das er steht, unvergänglich ist. Das Gleiche gilt für Thaena und den Tod beziehungsweise Galava und das Leben. Die Acht beziehen ihre Macht aus den Konzepten, mit denen sie verbunden sind. Die Gottkönige dagegen müssen permanent angebetet werden. Sie benötigen Tenyé-Opfer für ihren Machterhalt. Ohne das Ritual von Suless hätten wir anstelle der Gottkönige bloß mächtige Magier. Sie hat herausgefunden, wie sie mehr aus sich machen konnte. Dann erklärte sie es ihrem Gemahl, Chertog, und ihrer Tochter, Caless. Caless brachte es wiederum ihrem geliebten Qhuaras bei, der später das heutige Quur gründete ...« Thurvishar breitete die Arme aus. »Der Rest ist Geschichte. Wenn die Hexenkönigin Suless nicht darauf gekommen wäre, hätte es sich vielleicht jemand anderer ausgedacht, aber sie war nun mal die Erste. Denk nur an all die Monstervölker, die ohne Suless überhaupt nicht existieren würden: Der Schlangenkönig Ynis hätte die Thriss nicht erschaffen, und in Jorat hätte Khorsal weder die Zentauren noch die Feuerblüter gemacht. Die Tochter von Laaka würde es genauso wenig geben. Die Liste ist lang. Also ... hatte Suless den Tod *verdient*, als Yor von Quur erobert wurde? Interessante Frage.«

»Auf sie mag das ja zutreffen, aber eine Menge Yorer hatten den Tod sicher nicht verdient.«

»Ja, das stimmt.« Thurvishar schlug verbittert mit beiden Händen auf den Tisch. »Einer der Zauber in diesen Büchern ist etwas ganz Besonderes ... Henakai Shan hat ihn sich vor ungefähr zweihundertfünfzig Jahren ausgedacht. Er verwandelt ganz normales Gestein, egal ob vulkanisch oder nicht, in Razarras-Erz. Und das ist ... tödlich. Nicht einmal die Roten Männer des Hauses D'Talus wissen noch, wie man Razarras gefahrlos bearbeiten kann.*

Es löscht sämtliches Leben in seiner Umgebung aus. Ganze Höhlensysteme in diesem Herrschaftsgebiet können nicht mehr betreten werden, weil das Erz jeden vergiftet, der in seine Nähe kommt. Und es tötet sehr langsam. Als unsere Magier herausfanden, dass die Yorer ihre Nahrungsmittel in den Höhlen anbauten, haben sie diesen Fluch gewirkt und damit die Belagerung beendet. Das Gift zerstört alles, womit es in Berührung kommt. Und es verschwindet nicht.«

Bruder Qaun wurde übel. »Wieso sollte ...?« Doch er musste die Frage nicht stellen, da er die Antwort bereits kannte. Sie hatten es getan, weil sie es konnten. Weil es eine einfache und clevere Lösung für ihre Probleme zu sein schien.

Allmählich begann Qaun, einfache und clevere Problemlösungen zu verabscheuen.

Er schlug eines der Bücher auf. Die erste Kapitelüberschrift lau-

---

* Wenn sie es überhaupt je wussten. Ich möchte wetten, die Dreth wissen es.

tete: *Wie man mit lysianischem Gas große Bevölkerungszentren unterwirft.* Im allerersten Absatz wurde davor gewarnt, an Orten ohne ausreichendes Entlüftungssystem mit dem Gas zu experimentieren. Und im ersten Satz hieß es, das magische Gas manifestiere sich in einem angenehmen Blauton.

Bruder Qaun schlug das Buch zu und kämpfte gegen ein Schwindelgefühl an.

»Ich habe dir ja gesagt, dass es keine angenehme Lektüre ist«, kommentierte Thurvishar.

Bruder Qaun holte mehrmals tief Luft. Im Grunde hatte er schon immer gewusst, dass Quur vor Gräueltaten nicht zurückschreckte. Schließlich wurde man nicht zum größten Reich der Welt, indem man sich nobel und mitfühlend verhielt. Quur hatte seine Gegner schon immer, ohne mit der Wimper zu zucken, aufgerieben. Und so war es auch hier. Nur ein Beispiel unter vielen.

Doch dieses Beispiel hatte Qaun mit eigenen Augen gesehen. Und er wusste, dass er in diesen Büchern noch viel schlimmere Zauber entdecken würde. Doch anstatt zu fliehen, fragte er: »Habt Ihr noch mehr solche Bücher?«

Thurvishar sah ihn mit gerunzelter Stirn an. »Das ist ein ganz schön düsteres Forschungsgebiet.«

»Um einen Fluch beenden zu können, muss ich verstehen, wie er funktioniert«, erwiderte Qaun.

»Die weiterführenden Bücher sind in den Archiven des Hauses D'Lorus weggesperrt«, gestand Thurvishar. »Doch da ich der Erblord bin, habe ich den Schlüssel.«

47

DIE HEXENKÖNIGIN

Jorat, Quurisches Reich.
Drei Tage nachdem Kihrin sich kurz daran erinnert hatte,
dass er einst S'arric gewesen war

Als Qaun fertig war, schwiegen alle.
»Die Akademie investiert viel Zeit in die Entwicklung von ... waffenfähigen Zaubern«, sagte Qaun schließlich. »Mittlerweile haben sie den Bogen raus.«
»Als ich sagte, jeder, der so eine Waffe verwendet ...« Kihrin schluckte und schaute zu Janel hinüber. »Du wusstet es bereits.«
»Ja, ich wusste es«, pflichtete sie ihm bei. »Das Gerede über Prophezeiungen geht mir zwar auf die Nerven, aber eins muss ich sagen: Ich hoffe, die Vorhersage stimmt, dass der Höllenkrieger das Quurische Reich zu Fall bringt. Quur hat es verdient.«
»Jetzt klingst du wie Teraeth.«
Janel schenkte sich Kaffee nach. »Habe ich etwa unrecht?«
Kihrin rieb sich mit beiden Händen fest die Augen. Er wusste immer weniger, was *unrecht* bedeutete. Bestürzt erkannte er, dass er mit seinem Bruder einer Meinung war – oder eher mit Relos Var. Vielleicht hatten ja alle unrecht, und man musste sich nur überlegen, wessen Unrecht am leichtesten zu akzeptieren war.
»Wenn das Kaiserreich von Quur so mächtig und schrecklich ist,

wie du behauptest ... wie soll dann irgendwer dagegen rebellieren können?«*

»Früher oder später bricht alles zusammen.« Kihrin und Janel sahen sich eine ganze Weile an. Schließlich holte Janel tief Luft. »Wie auch immer. Dann bin ich jetzt wohl dran.«

Janels Schilderung. Im Eispalast, Yor, Quur.

Während Bikeinoh und ich darauf warteten, dass wir auf den Übungsplatz gerufen wurden, beugte ich mich zu ihr hinüber. »Ich muss dich etwas fragen.«

Zwar waren nicht alle Frauen von der Aussicht begeistert gewesen, sich an Waffen ausbilden zu lassen, aber doch überraschend viele. Allerdings wollten noch mehr lesen und schreiben lernen und darüber hinaus klären, ob sie möglicherweise ein Talent für Magie hatten. Erblord D'Lorus hatte fassungslos festgestellt, dass alle yorischen Frauen, die er testete, sehr begabt waren. Als er sagte, dass so etwas noch nie vorgekommen sei, lachten die Frauen und erinnerten ihn daran, dass sie Yorerinnen waren.

Bikeinoh drehte sich zu mir zum. »Ja?«

»Wer hat Veixizhau unterrichtet?«

Sie sah mich verdutzt an. »Was?«

Ich hielt den Blick auf die beiden Frauen gerichtet, die gerade unter Xivans kritischem Blick miteinander kämpften. »Seit hundert Jahren ist es verboten, Suless anzubeten. Hat Veixizhau die Riten von ihrer Familie gelernt? Von ihrer Mutter? Ein Klanoberhaupt würde so etwas in seiner eigenen Familie doch wohl kaum fördern.«

»So muss es gewesen sein.«

---

* Es ist ein verbreiteter Anfängerfehler, von einer Rebellion zu sprechen. Wenn man es richtig anstellt, gilt man nur als ambitioniert.

Ich hob eine Augenbraue. »Glaubst du das wirklich?«
Sie schluckte und sah zur Seite.
»Nein, tu ich nicht.«
Ich folgte ihrem Blick. Sie betrachtete Wyrga, die es sich zur Gewohnheit gemacht hatte, die Frauen bei ihren Übungen zu beobachten. Wie immer trug sie das Eisbärenjunge in der Armbeuge.
»Ich bin vor knapp fünfzehn Jahren hierhergekommen«, sagte Bikeinoh leise. »Seither hat sie dieses verdammte Bärenkind. Während der ganzen Zeit ist es nicht einen einzigen Tag älter geworden. Genau wie sie selbst.«
Wyrga musste gespürt haben, dass wir sie ansahen. Lachend erwiderte sie unsere Blicke. Sie war außerhalb unserer Hörweite, aber ich kannte ihr schreckliches Gackern gut genug, um es in Gedanken zu hören.
Ich erhob mich von der Sitzbank. »Danke. Könntest du Xivan bitte ausrichten, dass ich mich nicht gut fühle? Ich komme später wieder.«
Bikeinoh zuckte die Achseln. »Klar.«
Ich machte mich auf die Suche nach einer ganz bestimmten Person, die mir eine Frage beantworten sollte.

Senera hatte keinen festen Tagesablauf, aber ich hatte Glück: Sie war da.
Sie öffnete die Tür mit tränenfeuchtem Gesicht. Ihre verquollenen grauen Augen wurden hart, während sie mich musterte, als wäre es eine unverzeihliche Sünde von mir, sie so verletzlich zu sehen. Ohne ein Wort zu sagen, kehrte sie zu ihrem Stuhl zurück. Die Tür ließ sie hinter sich offen stehen.
Also gut. Ich fasste das als Einladung auf.
Sie nahm neben dem Kamin Platz und schenkte sich Tee nach. Dann betrachtete sie mit ausdrucksloser Miene das Feuer.
Wie sich herausstellte, war Seneras Raum der Ort, wo ich an

meinem ersten Tag aufgewacht war. Die Einrichtung war immer noch genauso unpersönlich wie damals.

Offensichtlich investierte sie alle Zeit und Energie in ihre Außeneinsätze.*

Dann bemerkte ich doch noch eine persönliche Note: Senera hatte Papier und Kohlestifte auf einem Tisch liegen lassen. Daneben sah ich eine kleine Puppe aus weißem Leinen und gebleichtem Garn. Abgesehen von den beiden Silberkügelchen, die als Augen dienten, wirkte die Puppe völlig farblos. Und das Papier ...

Das oberste Blatt war in der Mitte durchgerissen, doch es zeigte immer noch das Gesicht eines joratischen Jünglings. Ich wusste nicht, ob sie den Porträtierten gut getroffen hatte, aber seine Augen leuchteten hell und fröhlich, und ich hatte keinen Grund, mir etwas Böses dabei zu denken.

Bis auf Seneras Tränen und ihre geröteten Augen. Falls etwas Tragisches geschehen war, hatte höchstwahrscheinlich sie selbst es verursacht. Schaudernd riss ich den Blick von der Zeichnung los ...**

»Wollt Ihr etwas von mir?«, durchbrach ihre Stimme die Stille.

»Was ist passiert, Senera?« Ich ging zu ihr hinüber und setzte mich neben sie, doch sie weigerte sich, mich anzusehen.

»Muss ich meine Frage wiederholen?«, entgegnete sie.

»Ich wollte Euch um einen Gefallen bitten, aber Ihr wirkt aufgewühlt. Wollt Ihr darüber reden?«

Endlich drehte Senera sich zu mir um. Ihre Nasenflügel bebten. »Nein, das will ich nicht. Jetzt sagt mir, was Ihr wollt, oder verschwindet. Am liebsten wäre es mir allerdings, Ihr verschwindet gleich.«

---

* Sie hat meine Hütte nie gesehen und glaubte wohl, dass ich tatsächlich in diesem erbärmlichen kleinen Zimmer lebte.
** Daran kann ich mich überhaupt nicht erinnern. Ich würde niemals wegen eines joratischen Jungen weinen.

Anstatt ihr zu antworten, genoss ich einen Moment lang das Knistern der Flammen und den Duft nach heißem Tee und brennenden Kiefernnadeln.

Ich hörte, wie sie scharf die Luft einsog, und wusste, dass sie kurz davor war, mich anzuschreien.

»Ab wann ist der Preis zu hoch?«, fragte ich und hob den Blick.

»Das klingt mir nicht nach einem Gefallen«, fuhr sie mich an.

»Dazu komme ich noch«, sagte ich. »Aber ich würde gern wissen, ab wann das alles zu viel ist. Wo ist die Grenze?«

Senera schloss die Augen und fluchte leise. Ich war sicher, dass sie irgendetwas Beleidigendes über meine Herkunft sagte.

Ich beugte mich vor. »Wie viele Leben sind zu viele? Wie viele müssen noch umkommen, bis es reicht?«

Sie schnaubte. »Der Tod hat keine Bedeutung. Sie gehen ins Nachleben ein, werden wiedergeboren, und alles geht von vorne los. Wen kümmert's?«

»O nein. Hat es Euch denn noch niemand gesagt? Die Dämonen und die Magie haben die Regeln verändert. Die Seelen sind nur noch bis zu einem gewissen Punkt unsterblich, jenseits davon ist es wirklich vorbei. Wenn Xivan jemanden tötet, findet sich derjenige nicht im Nachleben wieder. Wenn Dämonen die Seelen ihrer Opfer verschlingen oder sie sogar in neue Dämonen verwandeln, gelangen diese Seelen nicht ins Land des Friedens. Der Schrecken, den sie erleben, ist real, und selbst wenn Thaena sie retten kann, werden sie diese Last von einem Leben zum nächsten mit sich herumschleppen. Wen das kümmert? Euch, würde ich sagen. Ihr wollt es bloß nicht zugeben, da Ihr Euch dann eingestehen müsstet, dass Ihr Euch geirrt habt.«

Senera erhob sich, ihr Gesicht war eine Maske rechtschaffenen Zorns. »Wie könnt Ihr es wagen? Habt Ihr eine Ahnung, was ich als Sklavin durchgemacht habe? Was jeder Sklave durchmacht? Und Leute wie Ihr verschwenden keinen einzigen Gedanken ...«

»Ich kann kein Mitgefühl mehr für Euch aufbringen, nachdem

Ihr ganze Dörfer ausradiert habt. Außerdem wart Ihr bereit, Qaun zu gaeschen, und mich ebenfalls, auch wenn der Versuch bei mir gescheitert ist.«

Anstatt mir zu widersprechen, sah sie mich bloß wütend an und schloss den Mund. Offenbar hatte ich einen wunden Punkt getroffen. Wie es schien, hatte sie durchaus Schuldgefühle.

Ich senkte den Kopf und wandte mich ab. »Es tut mir leid, ich bin nicht gekommen, um mich mit Euch zu streiten.«

»Und dennoch tut Ihr es.«

»Ja, aber ich wollte nur ...« Ich schüttelte den Kopf. »Es tut mir leid«, wiederholte ich. »Die letzten Monate waren ziemlich schlimm für mich.«

»Ich habe gehört, was mit Oreth geschehen ist. Ich würde ja sagen, dass es mir leid tut, aber ...«

Lächelnd erwiderte ich ihren Blick. »Aber er war ein Trottel.«

Sie nickte. »Ja, das war er.«

»Und leider außerdem wohl auch unschuldig.«

Senera setzte sich wieder hin. »Glaubt Ihr, Darzin D'Mon hat Eure Ermordung geplant? Soweit ich weiß, hat der Hon ihm verboten, hierher zurückzukehren.«

»Nein, er war es auch nicht. Ich bin sicher, dass Darzin ein wirklich übler Kerl ist, aber wir sollten nicht den gleichen Fehler machen wie der Herzog und seine Höflinge und davon ausgehen, dass ein Mann etwas damit zu tun haben muss. Ich glaube, dass in dieses Verbrechen ausschließlich Frauen verwickelt sind. Wenn Veixizhau mich Suless opfern wollte, hätte es den Männern überhaupt nichts gebracht, sie zu unterstützen.«

Senera sah mich forschend an. »Das klingt einleuchtend. Aber was für eine Rolle spielt das jetzt noch? Es ist vorbei.«

»Ist es das wirklich? Das Ganze war nicht Veixizhaus Plan. Jemand hat sie manipuliert. Denkt darüber nach, wie es weitergegangen wäre: Achtundvierzig Klanoberhäupter hätten die Köpfe ihrer Töchter in Kisten zurückgeschickt bekommen, und dazu eine schriftliche Erklärung, dass sie wegen ihrer Verehrung für Suless hingerichtet worden sind. Glaubt Ihr, die Klans hätten das einfach so hingenommen?«

Senera stieß den Atem aus. »Ich verstehe, was Ihr meint. Wäre ich eines dieser Klanoberhäupter ...« Sie hüstelte. »Es fällt Kaen auch so schon schwer genug, die Einigkeit in seinem Herrschaftsgebiet aufrechtzuerhalten.«

»Ganz genau. Und diese Angelegenheit hätte Öl auf die Flammen gegossen. Ich glaube, mittlerweile weiß ich, wer dahintersteckt. Aber ohne Beweise möchte ich nicht zum Herzog gehen.«

»Ah, jetzt kommen wir zu dem Gefallen: Ihr möchtet, dass ich den Namen aller Dinge einsetze.«

»Ja, genau.«

»Ich verwende den Stein ganz bewusst nicht für jede x-beliebige Frage, die irgendwer mir stellt. Wenn ich das täte, würde ich nie zum Schlafen kommen.«

»Das ist aber nicht irgendeine x-beliebige Frage. Ich will wissen, ob Veixizhau von Wyrga gelernt hat, wie man Suless huldigt.«

Senera, die gerade einen Schluck Tee nehmen wollte, stellte ihre Tasse wieder ab. »Wyrga? Aber wieso ...?« Sie verstummte. »Ach.«

»Hinter Wyrga steckt mehr, als man meint. Sie weiß Dinge, von denen sie eigentlich keinen blassen Schimmer haben dürfte. Ich habe keine Ahnung, weshalb Kaen ihr so sehr vertraut, aber ich bezweifle, dass das klug von ihm ist.«

»Aber was wäre ihr Motiv? Wenn der Herzog die Macht verliert, hat sie keinen Beschützer mehr.«

»Was für ein Motiv braucht sie denn? Diese Frau wollte mich Fohlenfleisch essen lassen, nur weil sie wusste, dass mir die Vorstellung Übelkeit bereiten würde. Ich glaube, sie liebt es einfach, ohne jeden Grund Unruhe zu stiften.« Ich verdrehte die Augen. »Mal ehrlich: Sie dressiert die Schneehyänen, die um den Palast patrouillieren. Waren die bei Suless nicht heilige Tiere?«

Senera schürzte die Lippen. »Das stimmt. Und Eure Frage lässt sich mit Ja oder Nein beantworten. So habe ich es am liebsten.«

»Werdet Ihr es also tun?«

»Und was bekomme ich im Gegenzug für meine Hilfe?«

Das war immerhin keine Absage. »Zum einen das gute Gefühl, Frauen geholfen zu haben, die nicht viel besser behandelt werden als Sklaven.«

Senera ließ den Kopf im Nacken kreisen und sah mich amüsiert an. »Ah, dann werde ich es also aus Gutherzigkeit und Kameradschaft tun? Und ich dachte schon, ich stünde auf der falschen Seite.«

»Wyrga könnte dadurch in große Schwierigkeiten geraten ...«

Diesmal betrachtete sie mich eingehender. »Hmm. Das klingt schon verlockender. Relos Var hasst Wyrga.« Sie zog den Namen aller Dinge unter ihrem Mieder hervor. »Es gibt nur sehr wenige Leute, die er wirklich hasst, müsst Ihr wissen. Damit gehört sie zu einem exklusiven Kreis.« Senera konzentrierte sich auf den Stein, leckte einen Finger an und schrieb mit der feuchten Spitze ein Wort auf die Tischplatte.

Diesmal verwendete sie weder Tinte noch Papier. Hier ging es nur um den Akt des Schreibens. Sie las das Resultat von der gewachsten Oberfläche des Tischs ab.

»Ja«, sagte Senera. »Sie hat es getan.« Dann konzentrierte sie sich erneut und schrieb ein weiteres Wort.

Wieder *Ja*.

»Was habt Ihr gefragt?«

»Ob Wyrga befohlen hat, Euch Suless zu weihen.«

Ich runzelte die Stirn. »Xivan sagte, früher hätten Frauen ihre Töchter geopfert, um die Gunst der Hexenkönigin zu gewinnen.«

»Was sie taten, war streng genommen keine Opferung«, stellte Senera richtig. »Sondern eine Weihung. Die Mütter haben ihre Töchter zwar nie wiedergesehen, aber Suless hat sie nicht getötet.«

»Xivan vermutet, dass Suless sie zu ihren Priesterinnen ausgebildet hat, zu Hexenmüttern.« Ich beugte mich über den Tisch. »Senera ... kann es sein, dass Wyrga eine Priesterin von Suless ist? Eine Hexenmutter?«

»Die Quurer haben alle getötet ...«

»Ist es möglich?«

Senera biss sich auf die Lippe. »Fragen wir doch einfach.« Sie konzentrierte sich abermals und schrieb erneut ein einziges Wort. Obwohl ich ein Stück von ihr entfernt saß, sah ich, dass es ein *Nein* war.

Senera schüttelte den Kopf. »Es war eine interessante Hypothese, aber nein. Wahrscheinlich ist Wyrga bloß eine böse alte Frau, die genügend alte Geschichten kennt, um einen Haufen leichtgläubiger Frauen in Schwierigkeiten zu bringen. Wahrscheinlich hat sie es nur zum Spaß getan, damit sie nachts in dem Loch, in dem sie schläft, ihrem Bärenjungen davon erzählen und sich totlachen kann.«

Ich stutzte. Natürlich. »Das Bärenjunge. Fragt nach dem Bärenjungen.«

Senera hob eine Braue. »Was soll damit sein?«

»Es ist nur ...« Ich winkte ab. »Jemand hat mir erzählt, dass es nicht altert.«

»Was?« Senera lachte. »Seid nicht albern. Ich bin sicher, dass sie die Jungen regelmäßig tötet und durch neue ersetzt.«

»Würdet Ihr das für mich überprüfen?«

Sie schnaubte abfällig. »Das ist eine dumme Frage, und ich beantworte keine dummen Fragen.«

»Fragt einfach, wie alt Wyrgas Bärenjunges ist. Das ist doch eine ganz simple Frage, oder? Und völlig harmlos. Sie lässt sich zwar nicht mit Ja oder Nein, aber trotzdem ganz präzise beantworten.« Mir war klar, dass ich nach einem Strohhalm griff, aber verdammt ... Ich wusste, dass mit Wyrga etwas nicht stimmte, angefangen von ihren Kenntnissen über die Prophezeiungen bis hin zu ihrer Behauptung, sie hätte meine Mutter, Irisia, gekannt.

Und dann war da noch die Tatsache, dass der Name meiner Mutter tatsächlich Irisia lautete. Wyrga hatte es vor mir gewusst. Wie vielen Leuten war wohl bekannt, dass die Göttin der Magie ursprünglich gar nicht Tya geheißen hatte?

Senera verdrehte die Augen und befragte ein weiteres Mal den Namen aller Dinge.

Wir sahen beide zu, wie sie eine Zahl auf den Tisch schrieb. Eine große Zahl.

»Sind das Minuten? Oder Monate?« Ich war verwirrt. Jahre konnten es unmöglich sein.

Senera riss die Augen auf und holte, ohne mich zu beachten, rasch Papier und Graphit von ihrem Schreibtisch.

Sie konzentrierte sich wieder und schrieb ein einziges Wort: *Voras.*

Damit war ich keinen Deut schlauer. »Was bedeutet das?«

Senera wirkte verärgert. »Ich dachte, Thurvishar würde Euch allen etwas beibringen.«

»Werft mich ja nicht mit den verschmähten Ehefrauen in einen Topf«, fuhr ich auf.

»Viele Jahre vor dem Quurischen Reich«, erklärte Senera, »gab es vier unsterbliche Völker: die Voras, die Voramer, die Vorfelané und die Vordredd. Damit Vol Karoth nicht aus seiner Gefangenschaft entkommen konnte, hatte bis auf die Vorfelané jedes von ihnen seine Unsterblichkeit aufgeben müssen. Den Anfang machten die Voras; sie wurden zu den *Menschen*.«

»Von den Vorfelané habe ich noch nie gehört.«

»Das liegt daran, dass wir sie heutzutage *Vané* nennen.« Sie machte eine ungeduldige Handbewegung. »Ihr versteht nicht, worum es geht. Das Junge kam nicht als Eisbär zur Welt, sondern als Mensch oder besser gesagt als das unsterbliche Äquivalent eines Menschen. Es wurde als Voras geboren.« Senera schrieb die Ziffernfolge ein weiteres Mal auf, diesmal mit Kohle auf Papier. »Das sind Jahre.«

»Mehr als vierzehntausend?«, fragte ich. »Wie kann ein Bärenjunges über vierzehntausend Jahre alt sein?«

»Das kann es nicht. Deswegen habe ich gefragt, aus welchem Volk es ursprünglich stammt.«

»Wie heißt es? Wie lautet sein Geburtsname? Ich weiß nicht, wie Wyrga es nennt, aber ich glaube kaum, dass ich eine ehrliche Antwort bekomme, wenn ich sie danach frage.«

»Alles in mir sträubt sich dagegen, den Stein zu befragen«, sagte Senera.

»Tut es trotzdem.«

Senera konzentrierte sich auf das Artefakt in ihrer Hand und schrieb von Neuem ein einzelnes Wort. »Wenn ich mich nicht irre ...«

Chertog.

Der yorische Gottkönig des Winters. Wir starrten beide das Wort an.

»Verflucht«, sagte Senera schließlich.

Danach war erst mal alles ruhig.

Womit ich nicht sagen will, dass nichts geschah. Wir setzten unsere Waffenübungen fort, und ich machte mir weiterhin Gedanken darüber, wie ich die Höhlen durchqueren und den Speer an mich bringen könnte. Herzog Kaen fragte mich nach meiner Meinung zu joratischen Strategien und gewährte mir Zugang zu seinem Kriegsraum und den darin befindlichen Plänen. Er begann allmählich, meine Loyalität auf die Probe zu stellen, was nicht immer angenehm war.

Die anderen Ehefrauen hatten Veixizhau nicht einmal ansatzweise verziehen, aber alle schienen bereit, sie bis zur Geburt ihres Kindes in Ruhe zu lassen. Niemand wusste, was danach mit ihr geschehen würde. Da es durchaus möglich war, dass Herzog Kaen vorhatte, sie wegen Ehebruchs hinzurichten, sahen die anderen Frauen über ihre Wutausbrüche hinweg.

Ich ging ihr möglichst aus dem Weg.

Eine Woche nachdem Senera und ich die Wahrheit über Wyrga und ihr »Schoßtier« herausgefunden hatten, kam ein Bote und sagte, dass der Hon mich sehen wollte.

Er fand mich allein in meinem Zimmer vor. Obwohl Talea und ich weiterhin das Bett teilten, bestand ich nachdrücklich darauf, ohne sie zu schlafen. Niemand sollte erfahren, dass man mich aus meinem Nachtschlaf nicht aufwecken konnte.

Als ich die Privatgemächer des Hons betrat, sah ich, dass Senera und Wyrga ebenfalls anwesend waren. Wyrga kniete auf dem Boden. Dieses eine Mal war ihr Eisbärenjunges nirgends zu sehen.

Ich stieß die Luft aus. Senera hatte mich gebeten, noch ein wenig zu warten, bevor ich mich wegen Wyrga an den Herzog wandte. Und daran hatte ich mich auch gehalten. Anscheinend war es ihr jedoch nur darum gegangen, die Nachricht selbst zu überbringen.

Die Frage war bloß, wie viel sie ihm erzählt hatte. Hatte sie ihm gesagt, dass es sich bei dem Jungen um Chertog handelte? Hatte sie ihn darauf hingewiesen, wer Wyrga demzufolge sein musste? Keine Hexenmutter, nein. Der Name aller Dinge hatte uns zu Recht geantwortet, dass sie nicht eine von Suless' auserwählten Töchtern sei. Tatsächlich war sie etwas viel Schlimmeres.

Wyrga war Suless höchstpersönlich.

»Macht hinter Euch die Tür zu.«

Senera wirkte angespannt und stand fast in Habachtstellung da. Ihr geradeaus gerichteter Blick ging ins Leere. Ich hatte das Gefühl, dass sie vor meiner Ankunft ausgiebig befragt worden war. Neben ihr saß der Hon. Vor ihm auf dem Tisch lag der Name aller Dinge. Auf dem Boden waren mehrere zusammengeknüllte Pergamentblätter verstreut.

»Danke, dass Ihr Euch zu uns gesellt, Janel.«

Ich verbeugte mich vor dem Hon. »Selbstverständlich, Euer Gnaden. Wie kann ich Euch dienen?«

»Ich glaube, das wisst Ihr.«

Ich stellte mich gerade hin und verzog keine Miene. Dann schürzte ich die Lippen. »Entschuldigt, Euer Gnaden, aber ich möchte keine Spekulationen anstellen. Geht es um Wyrga?«

Der Hon verzog keine Miene. Seine eisblauen Augen blickten direkt in meine. Wütend. Ich hatte ihn noch nie so wütend erlebt.

»Ja«, sagte er. »Senera war so freundlich, der Angelegenheit auf den Grund zu gehen, die zu Eurem Aufenthalt auf dem Eis geführt hat. Sie sagt, das verdanke ich Wyrga. Außerdem kann ich mich bei ihr dafür bedanken, dass sie meine Ehefrauen überredet hat, den Glauben an Suless wiederaufleben zu lassen.« Er kam hinter dem Schreibtisch hervor und trat der alten Frau im Vorbeigehen in den Bauch.

Sie schrie auf, schlang die Arme um ihre Körpermitte und rollte sich zusammen.

Ich runzelte die Stirn. Hatte ich mich getäuscht? Wenn sie tatsächlich Suless war, würde sie sich dann nicht wehren und auf ihn losgehen?

»Wenn Ihr Euch nicht für meine Ehefrauen eingesetzt hättet, wäre ihr Plan nie aufgedeckt worden. Oder zumindest zu spät. Wahrscheinlich hätte ich mich mit einem Aufstand konfrontiert gesehen.«

»Dann freut es mich umso mehr, dass ich da war, Euer Gnaden.« Ich versuchte, ihn anzulächeln, aber dafür war mir zu mulmig zumute. Schließlich wusste ich, wie jähzornig er sein konnte.

Senera sah besorgt aus.

Nein, verängstigt.

Kaen begann, auf und ab zu gehen. »Wyrga steht bereits seit vielen Jahren in den Diensten meiner Familie.« Die Berge hinter ihm sahen mit ihren im Sonnenlicht glitzernden blauweißen Spitzen wie eine Ruhmeskrone aus. »Wie oft hat man mir gesagt, dass ich ihr nicht vertrauen darf? Aber da sie uns so gut gedient hat, habe ich diese Warnungen immer in den Wind geschlagen. Ist es nicht so, Wyrga?«

Die Alte machte einen Katzbuckel. »Ja, mein Herr. Ich habe Euch immer gedient und alles getan, was Ihr von mir verlangt habt.«

»Du bist gegaescht, Wyrga.« Kaen griff nach der Kette, die er um den Hals trug. »Was bleibt dir da anderes übrig?«

»Nichts, mein Herr.«

»Gegaescht? Aber ...« Ich merkte, dass mir der Mund offen stand. Wenn Suless gegaescht war, erklärte das einiges. Mir war nur nicht klar gewesen, dass man auch Gottkönige gaeschen konnte.

Herzog Kaen drehte sich zu mir um. »Wisst Ihr, wer der Vater von Veixizhaus Kind ist?«

»Ich ...« Mit dieser Frage hatte ich nicht gerechnet. »Nein, tue ich nicht.«

»Mein Sohn. Veixizhaus Kind wird mein Enkel sein.«

Ich blinzelte. »Wirklich?«

»Ja, wirklich«, blaffte der Herzog. »Das war natürlich Wyrgas Idee. Sie hat Veixizhau dazu überredet, meinen Sohn, Exidhar, zu verführen. Hat ihr weisgemacht, dass sie aus dem Kind meines Sohnes irgendwie *mein* Kind machen könnte. Lügen über Lügen. In Wahrheit wollte Wyrga Veixizhau verraten. Dafür hätte ich nicht nur meine untreue Frau, sondern auch Exidhar getötet, und so auf einen Streich meinen Sohn und mein Enkelkind hingerichtet. Nun, das wäre ein Schauspiel geworden, das eine Göttin des Verrats zufriedengestellt hätte, nicht wahr, Wyrga? *Nicht wahr?*«

»Ja, mein Herr!«, schrie Wyrga.

Ich fing Seneras Blick auf. In diesem Moment wurde mir klar, dass Kaen genau wusste, wer Wyrga war.

Dass er es immer gewusst hatte.

Er setzte sich kopfschüttelnd auf die Tischkante. »Danke, Wyrga.

Es ist immer besser, die Wahrheit zu sagen.« Er wirkte ... gekränkt. Enttäuscht. Und immer noch rasend vor Zorn. »Aber dir ist hoffentlich klar, dass du bestraft werden musst.«

»Mein Hon«, sagte Senera. »Ich muss Euch zur Vorsicht mahnen ...«

»Ich werde mich selbst um alles Weitere kümmern, Zauberin. Du hast deine Pflicht getan. Tatsächlich steht es dir jetzt frei, zu gehen.«

Senera nahm den Namen aller Dinge vom Tisch und verstaute ihn unter ihrem Mieder. »Bitte, Euer Gnaden ...« Doch sie ließ den Satz unvollendet und verließ nach einem letzten mitfühlenden Blick in meine Richtung den Raum.

Um ehrlich zu sein: ich fühlte mich allein gelassen.

Sobald die Tür hinter ihr ins Schloss gefallen war, drehte Azhen Kaen sich zu Wyrga um. »Reiß dir die Augen heraus.«

Ich war mir nicht sicher, ob Wyrga oder ich selbst nach Luft schnappte. Vielleicht taten wir es beide.

Bis zu diesem Zeitpunkt hatte ich gar nicht richtig begriffen, wie grausam Gaesche waren. Ganz egal, wie ich zu Wyrga stand, ich konnte auf keinen Fall untätig zusehen, wie er sie zu etwas so Schrecklichem zwang.

»Nein!«, schrie ich, während sie die Hand zum Gesicht hob.

Ich umfasste Wyrgas Handgelenk, doch sie stieß mich weg.

»Nein«, sagte Kaen und packte mich am Laevos. »Das werdet Ihr nicht verhindern.«

»Wenn Ihr *das* tut, darf es Euch nicht überraschen, wenn sie Ränke gegen Euch und Eure Familie schmiedet. Was erwartet Ihr? Treue? Pflichterfüllung? Ihre Loyalität hättet Ihr vielleicht gewonnen, wenn Ihr sie befreit hättet.«

»Sie kennt weder Ehre noch Treue. Sie ist böse, eine Naturgewalt, und ich hätte sie schon vor Jahren töten sollen.« Er zog mich zum Schreibtisch zurück, und diesmal wehrte ich mich nicht. Als er meine Haare losließ, hörte ich Wyrga schreien. Ich wusste, wenn ich mich umdrehte, würde ich Blut über das Gesicht der Alten strömen sehen.

Es spielte keine Rolle, dass Wyrga versucht hatte, mich zu töten, oder dass sie eine durch und durch abscheuliche Person war. Sie war eine Sklavin, und sie war wehrlos. Also musste ich irgendetwas unternehmen. Natürlich war mir klar, dass es nichts bringen würde, Herzog Kaen anzugreifen. Aber was sollte ich dann tun? Was waren meine Alternativen? Was hatte ich gegen ihn in der Hand?

Da fiel mir etwas ein, das Kaen offensichtlich schätzte. Ich zog meinen Dolch aus dem Gürtel und legte mir die Schneide seitlich ans Auge. »Befehlt Ihr, damit aufzuhören, Euer Gnaden, oder wir werden beide erblinden.«

Azhen Kaen wandte sich mir zu und sah mich überrascht an. »Ihr ... was ...?«

Ich holte tief Luft, biss die Zähne zusammen und drückte mir die Schneide ins Auge.*

Da sie sehr scharf war, spürte ich den Schmerz nicht sofort. Sie fühlte sich kalt und unangenehm an, als schöbe sich eine scharfkantige eisige Klaue direkt in meinen Kopf hinein. Etwas triefend Nasses rann mir über die Wange.

Man hat mir gesagt, ich hätte außerdem die Vorhänge in Brand gesteckt. Und den Tisch.

»Wyrga, ignoriere den letzten Befehl! Du dämliches Miststück!«

Der letzte Satz war an mich gerichtet.

Ein stechender Schmerz schoss durch meinen Schädel, und ich kauerte mich schreiend zusammen.

»Hilf ihr!«, befahl Azhen Kaen an Wyrga gewandt.

Hilf ihr ist ein sehr vages Kommando, aber irgendetwas tat Wyrga.

Denn plötzlich wurde alles schwarz und nichts tat mehr weh.

---

* Da ist sie ja endlich, die Theatralik.

Das Gästezimmer, in dem ich aufwachte, befand sich in der Spitze der Pyramide und bot eine herrliche Aussicht auf die Berge. Viel wichtiger erschien mir jedoch, dass ich mit beiden Augen sehen konnte. Ich betastete sie. Beide Augen waren noch da und, soweit ich es feststellen konnte, unverletzt.

Als ich mich im Bett aufsetzte, merkte ich, dass ich immer noch angezogen war. Ich ging zu dem schrägen Kristallfenster hinüber und betrachtete die von Sturmwolken eingehüllten Bergspitzen. Dabei stellte ich fest, dass man mich in einem Raum untergebracht hatte, der nach Süden und somit nach Jorat ging. Zwar konnte ich meine Adoptivheimat von hier nicht erkennen, aber ich wusste, dass sie in dieser Richtung lag. Während ich den Blick über das Gebirge schweifen ließ, sah ich Aeyan'arric wie einen riesigen und weißfunkelnden tödlichen Diamanten über eine Kammlinie hinweggleiten.

»Euch ist klar, dass Ihr Magie lernen müsst, oder?«

Erschrocken drehte ich mich zu Wyrga um, oder besser gesagt zur Hexenkönigin Suless. Auch wenn ich sie aus offensichtlichen Gründen nicht so nennen konnte. Sie stand in der Tür und trug ihr Eisbärenjunges, eigentlich Chertog, unter dem Arm. Das Fleisch um ihre leere linke Augenhöhle sah aufgedunsen und rot aus.

Also hatte Kaen sie ihre eigene Verletzung nicht heilen lassen. Aber wenigstens hatte sie seinen Auftrag nicht zu Ende führen müssen, während ich bewusstlos war.

»Es tut mir leid«, sagte ich. »Ich habe nicht damit gerechnet, dass er das tut.«

Das hässliche alte Weib bleckte grinsend die Zähne und kam zu mir herübergewackelt. »Macht Euch darüber keine Gedanken. Mich selbst stört es fast gar nicht. Seht her.« Sie hob die Hand und ich erkannte, dass sie ihren anderen Augapfel zwischen den Fingern hielt. Er drehte sich hin und her, ein brauner Katzenaugenquarz, der mich fixierte.

»Bei den Acht.« Ich schmeckte Galle und drehte mich weg.

Sie lachte. »Er hat gesagt, ich soll mir die Augen ausreißen. Aber nicht, dass sie danach unbrauchbar sein müssen.«

»Natürlich. Was habe ich mir nur dabei gedacht, ihm in den Arm zu fallen.« Ich versuchte, den üblen Geschmack hinunterzuschlucken, und dachte sehnsüchtig an ein Glas Wasser. Aus dem Augenwinkel sah ich einen glitzernden weißen Blitz. Es war die Eisdrachin, die aus der Wolkendecke herabschoss. Sie landete und wand sich so lange hin und her, bis sie die Schneesenke, die ihr als Schlafstatt diente, komplett ausfüllte. *Das ist wenigstens ein schönes Monster*, dachte ich.

Suless war ebenfalls ein Monster. Ich hatte sie nicht verteidigt, weil ich sie für eine wundervolle Person hielt, sondern weil meiner Meinung nach niemand so eine Behandlung verdiente.

In gewisser Weise war ich Suless dankbar, dass sie mir die Augen geöffnet hatte. Erst als Azhen Kaen ihr diesen entsetzlichen Befehl erteilt hatte, war mir bewusst geworden, dass ich ihm niemals dienen konnte, ganz gleich welche Belohnung er mir versprach. Ich war durchaus in Versuchung gewesen, aber einem Mann, der seine Macht so sehr missbrauchte, wie er es bei Wyrga getan hatte, konnte ich unmöglich vertrauen.*

Wer beschützt, herrscht. Kaen war ein Thorra – ein Unterdrücker, der andere mit seiner Stärke dominierte. Die Eide, die ich ihm geschworen hatte, schmolzen in meinem Herzen dahin und verwandelten sich in Asche.

»Ihr werdet Magie lernen müssen, wenn Ihr Aeyan'arric unschädlich machen wollt. Mit dem Schwert allein werdet Ihr keinen Drachen töten. Egal wie gut Ihr damit umgehen könnt, Ihr werdet nie gut genug sein. Mit Magie dagegen überlebt Ihr vielleicht gerade lange genug. Vielleicht. Wenn Ihr Glück habt.«

»Ich weiß nicht, was du meinst.« Mein Herz schlug so schnell

---

* Ehrlich gesagt sehe ich es genauso wie Janel. Einen Denkzettel zu erteilen ist das eine, aber was Kaen getan hat, war einfach nur unnötig.

wie eine Trommel. Was hatte der Hon Senera gefragt? Was wussten sie? Woher hatte Wyrga Kenntnis von meiner Mission? Wenn der Hon merkte, dass ich mir vorgenommen hatte, den Speer Khoreval zu stehlen und die Drachin damit zu töten, die er so gerne nach Jorat schicken wollte …

Dann würde es ein böses Ende mit mir nehmen.

Sie legte ihr amputiertes Auge auf das Nachtkästchen. »Das möchte ich keinesfalls verlieren. Wenn ich nicht aufpasse, kaut der kleine Bär noch darauf herum, und das wäre doch wirklich schrecklich, oder?« Die alte Frau drehte sich wieder zu mir um und deutete mit einem knochigen Finger auf mich. »Veix hat Euch Suless geweiht. Das bedeutet, dass Ihr Euch nicht vor ihr verstecken könnt. Suless kennt all Eure Geheimnisse.«

Ich ahnte, weshalb sie von sich selbst in der dritten Person sprach. Wahrscheinlich hatte Kaen ihr verboten, ihre wahre Identität zu enthüllen. Was ihre Worte aber nicht weniger verstörend machte.

Wenn sie denn die Wahrheit sagte.

»Ihr wisst, dass Ihr magisch begabt seid. Oder glaubt Ihr etwa, Tya hätte ein Kind in die Welt gesetzt, das dieses Talent nicht besitzt? Sie hat es Euch von Geburt an eingehaucht, in Eure Knochen eingeprägt und in Eurem Blut freigesetzt. Trotzdem habt Ihr alles andere getan, als sie zu lernen. Schwertkampf? Ja. Strategie? Ich bitte Euch. Taktik? Ja, Taktik. Alles Begabungen Eures Vaters. Aber nicht die Eurer Mutter. Die lehnt Ihr ab.«*

»Bist du dir da so sicher?«, fragte ich. »Ich bin doch noch gar nicht lange hier.«

»Ich glaube, dass Ihr nur fragen müsst.« Die Haltung, in der sie zu mir aufblickte, betonte ihren krummen Witwenbuckel. »Und Eure Mutter würde sich sicher sehr freuen, wenn sie Euch unter-

---

* Wie lang hat Janel zu diesem Zeitpunkt noch mal gewusst, dass Tya ihre Mutter ist? Ach, richtig, Suless will sie nur provozieren.

richten könnte.« Sie streckte ihre Hand aus und berührte meinen Arm. »Aber sie ist keine halb so gute Lehrerin wie ich.«

»Jede Hilfe, die du mir anbietest, wäre ein vergiftetes Geschenk. Ich bin nicht so einfältig wie Veixizhau.«

Wyrgas Lachen klang wie das einer Hyäne. »Könnt Ihr es mir verdenken? Der misshandelte Hund schnappt nach seinem Halter. Ihr wisst ja, wie es ist, sich gegen seinen Kerkermeister zu sträuben, nicht wahr? Oder liegt Euch Xaltorath sehr am Herzen?«

Erschrocken wich ich ihrem Blick aus. Wyrga wusste viel zu viel über mich. Vielleicht war ich ihr ja wirklich »geweiht«. Wenn es stimmte, hatte ich sogar noch mehr Grund, Veixizhau zu verfluchen. Sie hatte meine Geheimnisse einem Monster verraten.

Wyrga grinste wieder. »Wo war Eure Mutter, als Ihr sie gebraucht habt?«

»Halt die Klappe.«

»Deshalb verleugnet Ihr sie und ihre Gaben. Sie hat Euch nicht beschützt, als Ihr sie brauchtet, und nun gönnt Ihr ihr nicht die Befriedigung, dass auch nur eines Eurer Talente von ihr stammt.«

Ich stieß einen bebenden Seufzer aus. Dass Wyrga damit vielleicht recht hatte, ärgerte mich. Mein Vater hatte nichts von meiner Existenz gewusst, doch darauf konnte sich meine Mutter nicht herausreden. Noch schlimmer fand ich, dass ich in ihren Augen nur als Werkzeug gedacht war. Ich war nicht aus Liebe, Lust oder auch nur Versehen gezeugt worden, sondern um eine idiotische Prophezeiung zu erfüllen.

Werkzeuge können eingetauscht, entsorgt oder zerbrochen werden.

»Ich hatte mal eine Tochter«, sagte Wyrga. »Sie empfand genau dasselbe für mich. Aber als sie versuchte, sich gegen mich aufzulehnen, wurde sie wie ich.* Ist das nicht lustig?«

---

* Caless? Die Gottkönigin der Lust und der Huren? Ich wüsste nicht, inwiefern die beiden sich ähneln.

»Heute wirkst du ganz vernünftig. Bitte sag mir, dass diese wohltuende Veränderung nichts mit dem zu tun hat, was der Herzog dir angetan hat.«

Sie zwinkerte mir zu. »Keine Sorge, Liebchen. Das geht bald vorbei.«

Ich fand diese Bemerkung alles andere als beruhigend.

Sie bewegte ihre Finger wie Spinnenbeine über die Kristallwand. Wo sie die Oberfläche berührten, verzweigten sich schwarze Linien auf dem Glas. Es war eine Schrift, aber ich konnte sie nicht lesen.

»Was muss man tun«, fragte ich, »um ein Gott zu werden?«

»Oh, das ist gar nicht so schwer.« Die spinnenartigen Glyphen breiteten sich immer weiter aus und fügten sich zu Absätzen zusammen. Ich konnte sie zwar nicht entziffern, hatte aber das Gefühl, dass ich eigentlich dazu in der Lage sein sollte. »Zumindest wäre es für Euch kein Problem.«

»Ich will kein Gott sein.«

»Jeder will ein Gott sein«, gab sie hitzig zurück. »Mein ›Meister‹ hat es bloß noch nicht von mir verlangt, weil er nicht weiß, dass es in meiner Macht steht. Er hat mich nicht gegaescht. Auch nicht sein Großvater. Weißt du, wer das war? Chertog.«

Ich sah sie staunend von der Seite an. »Was?«

Sie ließ ein böses Kichern hören. »Er war einer meiner Schüler. Ich habe ihn nie gemocht. Kurz nachdem Vol Karoth die anderen Acht getötet und ich meinen Durchbruch geschafft hatte, tauchte Chertog mit einem kleinen blauen Stein bei mir auf. Er war ungefähr so groß.« Sie zeigte es mir mit Daumen und Zeigefinger. »Der Schellenstein. Und das war's dann.« Sie hielt das Bärenjunge in die Höhe. »War es nicht so? Wer war ein böser Junge? Warst du das? Ja, du warst es!«

Sie merkte, wie ich den kleinen Bären anstarrte, und las mir offenbar von den Augen ab, was ich mich fragte. »Man darf einen Gaesch-Befehl nicht zu spezifisch formulieren, da er den Gegaeschten sonst tötet. Aber zu vage darf man auch nicht bleiben, weil man ihm sonst Schlupflöcher lässt. Chertog wollte, dass ich ihn vor den Quurern verstecke. Und genau das hat Suless für ihn getan, nicht wahr?« Die Alte machte eine abfällige Handbewegung. »Zur Hölle mit ihnen allen. Keiner von denen weiß mich zu schätzen.* Kaen ist keinen Deut besser als Chertog. Wenn er wüsste, wie es geht, würde er sofort einen Gott aus sich machen.«

»Kaen hasst Götter. Er glaubt, es wäre sein Schicksal, Urthaenriel zu suchen und damit die Acht Unsterblichen zu töten. Erinnerst du dich?«

Immer mehr Wörter breiteten sich über die durchsichtige Wand aus. »Weil er glaubt, dass sie ihren Aufgaben nicht gerecht werden. Was nur heißt, dass er sich selbst für besser geeignet hält. Wer seine Idole vom Sockel stürzt, zögert nie, sich selbst aufs Podest zu stellen.«

Während ich zusah, wie die Wörter sich entfalteten, wurde mir allmählich schwindlig ... »Was ... was machst du da?«

Diesmal lachte sie nicht keckernd. Stattdessen stieß sie ein kehliges Glucksen aus, das ebenfalls nach einem Tier, genauer gesagt einer Hyäne, klang. Sie lächelte mich an, als wäre ich ihre Lieblingsnichte. Ihr verbliebenes Auge blitzte eisblau auf. »Kaen hat mir gesagt, dass ich Euch helfen soll. Das war ein bisschen vage ... Wisst Ihr, es gab eine Prophezeiung über vier Väter. Vielleicht habt Ihr davon gehört, vielleicht auch nicht. Aber es gibt auch eine über vier Mütter. Die ist ein bisschen verzwickt, weil nicht die vier Mütter der vier süßen kleinen Höllenkrieger gemeint sind. Nein, diese vier sind *Eure* Mütter, Janel.« Sie klopfte sich auf den Busen. »Und ich bin die vierte.«

»Nein, das glaube ich nicht«, sagte ich, doch mein Protest klang weniger vehement, als ich es mir gewünscht hätte.

---

* Das bedeutet, dass sie seit Jahrtausenden gegaescht ist. Ich habe fast etwas Mitleid mit ihr.

»Ach, mach dir keine Sorgen, kleiner Löwe. Ich werde dir helfen. Du wirst so viel Hilfe von mir bekommen, dass du sie gar nicht mehr erträgst.«

Die Schrift auf den Fenstern ordnete sich neu an und wandelte sich, bis ich sie plötzlich lesen konnte.

Aber es war kein Guarem.* Die Worte hatten sich gar nicht verändert, nur meine Wahrnehmung von ihnen.

Und ich erinnere mich nicht mehr, was genau da stand. Ich weiß nur noch, dass ich ... irgendetwas las. Dann wurde es schwarz um mich, aber diesmal ...

Diesmal wachte ich nicht im Nachleben auf.

Die Welt sah weiß aus, und der Himmel war leuchtend blau. Aber anstatt in seinem normalen Blaugrün zu erstrahlen, war er so blau wie kirpische Keramiklasur oder die Farbe des Hauses D'Mon.

Ich stand inmitten der Berge auf der Spitze der Kristallpyramide, die im Sonnenlicht so hell gleißte, dass ich erblindet wäre, wenn ich an ihr hinuntergeblickt hätte. Schädel säumten die Ränder der gekappten Spitze. Ihre Augenhöhlen leuchteten gespenstisch blau. Die Luft roch nicht nur nach Gletschereis und Kiefern, sondern auch schwach nach frischem Blut und verdorrtem Fleisch.

Ich drehte mich um und sah Suless.

Sie war immer noch eine alte Frau, mit schlaffer, runzliger Haut. Ich wusste, dass sie sich jünger hätte machen können, wenn ihr danach gewesen wäre. Tatsächlich könnte sie an diesem von ihr selbst geschaffenen Ort jedes beliebige Aussehen annehmen. Ihre Haare waren wie weißes Fell, und ihre Haut ließ den Schnee im Vergleich dunkel erscheinen. Sie war in einem archaischen und fremdartigen Stil gekleidet, der mir nicht bekannt vorkam. Ihre

---

* Meint Ihr, es war Voral? Oder eine ganz andere Schrift? Es wäre wirklich gut, wenn ich das herausfinden könnte.

Augen waren genauso eisblau wie die der Hyänen zu ihren Füßen, die voller Hingabe Schädel abnagten und mir keine Beachtung schenkten.

»Diese Welt wird mit Macht und Willenskraft kontrolliert«, sagte sie mit sonorer, majestätischer Stimme. Die Hyänen spitzten die Ohren und schauten zum ersten Mal in meine Richtung, ehe sie sich ihrer Königin zuwandten.

»Wyrga ... Suless. Was immer du hier machst ...«

»Kind.« Sie erhob sich von ihrem Thron aus Kristall und Diamanten. Als sie das tat, erkannte ich, dass er nicht genau in der Mitte des Plateaus stand. Einst musste sich hier noch ein zweiter Thron befunden haben, der zerstört oder entfernt worden war. Vermutlich hatte er Chertog gehört. »Du befindest dich auf einer Suche, die du ohne Hilfe nicht zu Ende bringen kannst. Wenn du zu stur bist, um die Unterstützung deiner anderen Mütter anzunehmen, dann werde ich dir meine aufzwingen.«

Ich atmete tief ein und ignorierte den stechenden Schmerz, den die kalte Luft in meiner Lunge verursachte. »Ich habe es satt, eine Spielfigur zu sein, die von anderen hin und her geschoben wird.«

Sie kam zu mir herüber. Ich fand es verstörend, dass ich größer war als sie. Ihre eisblauen Katzenaugen fingen meinen Blick auf. »Das geht mir genauso. Aber ich schaue zu und warte ab, und dabei tue ich so, als hätte ich nicht alle Tassen im Schrank.« Sie lächelte. »Zugegeben, manchmal tue ich nicht nur so. Aber sie unterschätzen mich. Ach, das haben sie schon immer getan, nicht wahr? Wir haben uns sehr lange gut benommen und die beflissenen Diener gespielt. Die gehorsamen Sklaven. Das bringt uns zwar nichts ein, aber sie glauben, dass sie uns gebrochen haben. Und früher oder später werden sie unvorsichtig.« Sie streckte den Arm aus und ergriff meine Hand. »Lass uns doch mal sehen, was wir dagegen tun können. Nicht mehr lange, und sämtliche Sklaven werden frei sein.«

»Sprichst du von den Prophezeiungen?«

»O ja. Wir machen uns besser bereit, denn es kann jederzeit losgehen.« Bevor ich ausweichen oder mich aus ihrem Griff winden konnte, packte sie mich am Arm, zog mich zu sich heran und drückte mir den Daumen ihrer freien Hand mitten auf die Stirn.

Und sofort sah ich das Universum mit anderen Augen. Doch dabei ließ Suless es nicht bewenden. Seidenweich, kalt und schrecklich schmerzhaft drang sie in meinen Verstand ein und begann, Bewusstseinsinhalte zu verändern und Gedanken neu zu ordnen.*

Ich folgte alten, längst vergessenen Straßen ...

Ich stehe direkt neben der Bühne und warte darauf, dass ich loslegen kann. Meine Nerven sind so angespannt, dass ich fast glaube, sie vibrieren zu hören.

Ich sehe zur anderen Seite des Raums hinüber und lächele A'val an, auch wenn ich sie dafür verfluche, dass sie mich hierzu überredet hat. Ich wollte nie in die Politik gehen ... und doch bin ich jetzt hier.

»Es wird Zeit, C'indrol.«** Sie gibt mir ein Zeichen, und ich trete vor die Versammlung, um meine erste Rede zu halten ...

Ich weiß noch, wie die Dämonen zum ersten Mal aufgetaucht sind. Und wie ich geschrien habe, als sie meine Schwester umbrachten und ihren Körper wie eine Haut trugen, während sie meine Familie aufspürten. Ich erinnere mich an die Schmerzen und die Angst. Ich bin entkommen, aber ich habe mir nie verziehen, dass ich überlebt habe, während alle anderen umkamen.

---

*   Das ist ein echtes Problem. Suless hinterlässt immer Wunden, wenn sie ihre Krallen in jemanden schlägt.
** Ich habe versucht, etwas über C'indrol in Erfahrung zu bringen, um diesen Teil der Geschichte zu verifizieren. Dabei habe ich etwas Interessantes über den Namen aller Dinge herausgefunden: Er kann nicht in die Zeit vor seiner Erschaffung zurückblicken. Ich muss also davon ausgehen, dass C'indrol noch vor der Entstehung der Ecksteine gestorben ist.

Hinter den Fenstern meiner Wohnung blitzt ein unfassbar grelles Licht auf. Ich renne zum Treppenhaus, das zu unserem Dachgarten hinaufführt. Als ich durch die Tür hinaustrete, erfasst mich der Rand der Stoßwelle. Danach weiß ich nichts mehr …

Ich sitze hinten auf der Ladefläche eines Wagens, als wir auf einer alten unbefestigten Straße eine unfassbar heiße Wüste durchqueren. Ich zupfe den Schleier an meinem Hals zurecht, um den Schweiß aufzufangen, während ich auf der Harfe meines Vaters Akkorde übe. Hoffentlich kann ich mir eines Tages eine eigene Harfe kaufen …

Ich weine, als Valathea mich in die Arme schließt. Die Lippen der Vané sind weich, aber ich weiß, dass dies ein Abschied ist. Ein Abschied ohne Wiedersehen, da ich keine Möglichkeit habe, Valathea zum Bleiben zu überreden. Zum Überleben. Dazu, dass sie den Schmerz meiner Existenz noch ein kleines bisschen länger erträglich macht. Sie legt die Hand auf meinen dicken Bauch und flüstert: »Versprich mir, dass du ihm beibringst, wie man spielt.« Dann beginnt sie das Ritual, das einem Selbstmord gleichkommt.

Ich stelle die Harfe, die früher einmal Valathea geheißen hat, am Rand der zerstörten Straßenzüge ab. Die Ruinen kommen mir unangenehm vertraut vor, und ich habe das Gefühl, nicht zum ersten Mal hier zu sein. Noch schlimmer ist, dass mich jemand verfolgt. Ich spüre schon den ganzen Tag Blicke auf mir und glaube nicht, dass es noch lange dauert, bis die Morgags aus der Deckung kommen. Ich bin nicht ohne Grund hier: Ich werde um das Überleben meines Volkes verhandeln. Es will mir einfach nicht in den Kopf, dass ein Sieg ausschließlich mit dem Schwert errungen werden kann.

Es muss doch noch eine andere Möglichkeit geben.
Ein Stück vor mir sehe ich einen großen Palast. Er ist das am

wenigsten zerstörte Bauwerk in dieser ganzen verdammten toten Stadt. Wenn die Anführer der Morgags irgendwo in der Nähe sind, dann dort. Ich hebe die Harfe wieder an und fluche leise. Valathea hätte doch wenigstens unseren Aufbruch abwarten können, bevor sie sich selbst diesen Fluch auferlegte. Dann gehe ich zum Palast ...

Danach erinnere ich mich nur noch an Dunkelheit, Hunger und eine grenzenlose Leere. An eine Stimme, die schreit. An Schmerzen, die nicht meine eigenen sind, aber so deutlich spürbar, als wären sie es.

Blinzelnd wachte ich auf. Ich befand mich nach wie vor auf dem Berg in Suless' Traumwelt. Die Göttin der Hexerei und des Verrats hielt mich immer noch fest.

»Was war ...?«

»Hast du geglaubt, du hättest deine früheren Leben vergessen? So ein Wissen kann nicht verloren gehen. Was für interessante Leben du geführt hast, meine Liebe. Kein Wunder, dass Tya dich ausgewählt hat.«

Ich wich vor ihr zurück. »Ich ...« Ein Schauder lief mir über den Rücken. »Ich habe nur flüchtige Bilder gesehen. Sie haben mir gar nichts gesagt.«

»Auch gut.« Sie rieb die Hände aneinander. »Wir sind hier ohnehin fürs Erste fertig.«

»Was hast du mit mir gemacht?«

»Ich habe Wegweiser hinterlassen.« Ihr Lächeln war genauso raubtierhaft, wie ich es aus der normalen Welt in Erinnerung hatte. »Ein Fundament, auf das du bauen kannst. Bei einem Säugling geht es viel leichter, aber bis zu einem gewissen Grad ist es auch weiterhin möglich, solange die Entwicklung des Gehirns so wie bei dir noch nicht abgeschlossen ist. Und du hast auch gar nicht viel Hilfe gebraucht. Anscheinend hat entweder Tya oder Xaltorath die wichtigsten Veränderungen bereits vorgenommen.«

Ich richtete mich auf. Mein Kopf dröhnte, und ich wollte mich übergeben. »Ich glaube nicht, dass ich mich dafür bei dir bedanken werde.«

Suless grinste, und die Hyänen an ihrer Seite taten es ihr mit hängenden Zungen nach. »Nein, ich erwarte auch gar keinen Dank von dir. Ich mache das nicht, um dir zu helfen, aber das weißt du ja bereits. Ich will nur Kaens Gesicht sehen, wenn du die Drachin tötest und dir alles unter den Nagel reißt, was seiner Meinung nach ihm zusteht. Wenn du ihn – ja, nennen wir das Kind ruhig beim Namen – *verrätst*. Ach, was für eine Freude.«

»Na schön. Diese Aufgabe übernehme ich gern.«

Sie winkte mit beiden Armen, und ich wachte in meinem Zimmer wieder auf.

48

ENTHÜLLUNGEN

Jorat, Quurisches Reich.
Drei Tage nachdem ein Hexenjäger mit dem lächerlichen Namen
Fromm nicht in die Hauptstadt zurückgekehrt war

Alle starrten Janel an.

Sie lehnte sich zurück und trank verlegen ihren Kaffee.

»Ach, Fohlen, du …« Dorna musterte sie besorgt. »Du hast nicht wirklich eines deiner Augen aufgeschnitten, oder?«

Stern nickte anerkennend. »Nicht schlecht.«

Janel räusperte sich und sah zur Seite.

Qauns Schilderung. Im Eispalast, Yor, Quur.

Es war Sir Baramon, der schließlich alles ausplauderte.

Bruder Qaun wusste, dass der Ritter es nicht absichtlich getan hatte. Aber es war abzusehen gewesen, dass irgendwann irgendwer einen Fehler machen würde. Mit der Zeit hatte Qaun herausgefunden, wo und wann die Leute indiskret wurden und sich den neuesten Klatsch zuflüsterten. Er belauschte unsichtbar die Räume, in denen sie sich allein wähnten, denn Leute, die sich unbeobachtet fühlen, vergessen manchmal jede Vorsicht.

Und wie war es bei Sir Baramon gewesen? Nun, der liebte Bettgeflüster.

Eines Abends sah Bruder Qaun nach dem Ritter und stellte fest, dass der gerade mit großer Leidenschaft Dangos Gesellschaft genoss. Die Situation war ihm sehr peinlich, also entfernte er sich, um inzwischen seine üblichen Zielpersonen zu überprüfen. Als er zurückkehrte, waren die Männer zwar mit dem Sex fertig, aber immer noch intim miteinander. Die beiden lagen gut zugedeckt neben einem Feuer, kuschelten und unterhielten sich.

Diesmal blieb Qaun da.

»Morgen wird es übel«, sagte Sir Baramon, dessen Kopf an der Schulter des anderen Mannes lag.

Dango lächelte und streichelte den Arm des Ritters. »Ach, sei doch nicht so, mein Liebling. Morgen wird es gefährlich, aber auch nicht schlimmer als all die Male zuvor.«

Baramon setzte sich auf und ließ Dangos Hand von sich abgleiten. »Ich fand es besser, als wir uns noch nicht aufteilen mussten. Und als einer von uns vorausreiten und so tun konnte, als wäre er der Schwarze Ritter, ohne dass es deswegen gleich ein großes Trara gab. Ich kann es nicht mehr machen. Dabei war das mal meine eigentliche Arbeit! Heute muss man den Schwarzen Ritter bloß erwähnen, und schon fallen alle Adligen in Ohnmacht.«

»Das liegt an denen, nicht an uns.«

»Weißt du, dass ich im vorletzten Dorf einen Altar für den Schwarzen Ritter entdeckt habe? Dort behaupten sie, er wäre der Namenlose Herr.«

Bruder Qaun stutzte. Die Jorater nannten den achten der Unsterblichen den Namenlosen Herrn. Es war ihr Name oder besser gesagt, ihr Nicht-Name für Selanol, den Gott, zu dem Qaun betete.*

»Was erwartest du? Er erhört ihre Gebete. Heutzutage kann

---

* Hm. Da Anbetung oft Tenyé generiert, frage ich mich, wohin es in diesem Fall fließt. Doch bestimmt nicht zu Kihrin …

man durch keine Stadt mehr reiten, ohne ein oder zwei Wandschmierereien über den Schwarzen Ritter zu sehen. Mittlerweile gibt es sogar ein paar ganz gute Lieder über ihn.«

»Wenn wir uns nicht aufteilen ...«, begann Sir Baramon.

»Janel hat gesagt ...«, fiel Dango ihm ins Wort und verstummte dann selbst mitten im Satz.

»Woher wissen wir, dass sie überhaupt etwas sagt?«, fragte Sir Baramon. »Als ich Janel Danorak das letzte Mal sah, lag sie tot auf dem Turnierplatz in Atrine. Talaras beißt mir die Finger ab, wenn er mich das sagen hört, aber wir wissen doch nur von Arasgon, dass sie überlebt hat. Und jetzt sollen wir ihm auch noch glauben, dass er jede Nacht mit ihr spricht?«

»Bary!«, schimpfte Dango leise. »Darüber dürfen nur die Feuerblüter miteinander reden!«

Eine ganze Weile blieb Sir Baramon stumm. Schließlich schüttelte er den Kopf. »Da hast du natürlich recht.« Er lächelte. »Über Janel stehen auch Sprüche an den Wänden. Wenn ich die lese, wird mir ganz warm ums Herz. Auch wenn die Vorstellung, dass sie zurückkommt und uns rettet, absolut lächerlich ist.«

Dango lachte und umarmte ihn. »Merkst du es denn nicht? Das tut sie bereits. Wir sind ihre Hände und ihr Schwert. Wir retten Jorat in ihrem Auftrag.«

Sir Baramon rang sich ein Lächeln ab. »Was würde ich nur ohne dich tun?«

Dango zog ihn an sich. »Dich elend fühlen, vermutlich ...«

Bruder Qaun beendete die Hellsicht und blies die Luft aus. Dann blieb er einen Moment lang nachdenklich sitzen.

Janel hatte ihre Anweisungen und Erkenntnisse mithilfe der Feuerblüter weitergeleitet, wohlwissend, dass kein Yorer oder Westquurer ihre Sprache verstand.* Sie hatte eine Möglichkeit gefun-

---

*   Oder auf die Idee kam, dass sie zaubern konnten. Ich frage mich, wie viele Feuerblüter Magier sind.

den, ihren Leuten in Jorat Nachrichten zukommen zu lassen, und versorgte sie seither mit detailliertem Wissen über die Fähigkeiten, die Pläne und die Truppenstärke der Yorer. Und da Janel Yor nie verließ, schöpfte niemand Verdacht.

Janel Danorak hatte die Rebellion in Jorat die ganze Zeit angeführt.

»Und?«, fragte Relos Var. »Hast du etwas Interessantes herausgefunden?«

Bruder Qaun fuhr zusammen und blieb einen Moment verängstigt sitzen. Er hatte das dumme Gefühl, mit der Hand im Honigtopf erwischt worden zu sein. Relos Var hatte sich zu ihm an den Tisch gesetzt. Die Kleidung, die der Magier trug, war für das hiesige Wetter ungeeignet, aber natürlich war er durch ein Portal hergereist. Er hatte ein spätes Abendessen mitgebracht: einen Saj-Fladen, Safranreis mit Gemüse, mit Pilzen gefüllte Paprikas und eine gedünstete Aubergine, die in Öl und Gewürzen schwamm.

Qaun wurde bewusst, dass Var ihm eine Frage gestellt hatte, und diesmal spürte er auch den Schmerz, der ihn zum Gehorsam zwang. Er musste antworten.

»Ja«, keuchte er und umklammerte die Tischkante.

»Ah, gut«, erwiderte Relos Var und lächelte den jungen Priester an. »Komm zum Abendessen und erzähl mir alles darüber.«

Als Qaun am Tisch Platz nahm und sich an den verschiedenen Speisen bediente, hatte er das Gefühl, an seiner eigenen Hinrichtung teilzunehmen. Es war eamithonisches Essen. Vermutlich hatte Loma es im Kloster zubereitet. Er sparte immer zu sehr am Kardamom, machte dafür aber einen köstlichen Eintopf.

Qaun tauchte aus seinen Gedanken auf. »Tut mir leid, ich wollte nicht … Ihr habt mich überrascht.«

»Mir tut es leid. Wir waren in letzter Zeit alle sehr beschäftigt.« Relos Var aß eine gefüllte Paprika. »Weißt du, Loma verwendet nie genug Kardamom.«

»Das habe ich auch immer gesagt. Ich glaube, er hat Angst, es zu verschwenden, weil es so teuer ist.«

Relos Var wedelte mit einem Stück Fladenbrot. »Mit dieser Einstellung beweist er nur, dass er materiellen Gütern zu viel Bedeutung beimisst.« Er verstummte und verzog das Gesicht. »Entschuldige bitte, das war etwas, das Vater Zajhera gesagt hätte.«

»Schon gut.« Aber Qaun fühlte sich alles andere als gut – nichts würde je wieder gut werden. Er konzentrierte sich auf das Essen. Von dem köstlichen Geschmack bekam er nichts mit, da er nur darüber nachdenken konnte, dass er noch vor dem letzten Bissen alles verraten musste.

»Es muss schlimm sein. Sieh mal, wie du zitterst.«

Qaun schob seinen Teller weg.

»Erzähl es mir«, sagte Relos Var.

»Janel hat herausgefunden, wie sie im Schlaf mit Arasgon kommunizieren kann. Anschließend teilt er ihre Befehle und Erkenntnisse den anderen Feuerblütern mit, die sie wiederum an die Menschen aus den Widerstandsgruppen weiterleiten. Dazu benutzen sie entweder Portale, oder sie laufen zu ihnen. Janel organisiert die Rebellen und durchkreuzt so Euren Plan, Herzog Xuns Autorität in Jorat zu untergraben. Sie untergräbt seine Autorität zwar auch, aber zu ihrem eigenen Vorteil, nicht zu Herzog Kaens.«

»Wie soll das gehen? Die Jorater müssen doch glauben, dass sie tot ist.«

»O nein. Die meisten Jorater werden Euch erklären, dass Janel während des Duells mit Euch nicht gestorben ist. Sie ist entweder zu den Göttern aufgefahren, oder sie hat Euch ausgetrickst und ist entkommen. Manche sagen auch, Khored hätte sie dazu auserkoren, Jorat zu retten. Eine Legende stirbt nun mal nicht so leicht. Ich konnte nie beobachten, wie ihre menschlichen Anhänger sich austauschen – die Pläne werden von anderen weitergegeben. Janel hat ihnen bestimmt von Weltenfeuer und dem Namen aller Dinge erzählt. Sie wissen also, dass sie unter Beobachtung stehen. Aber da alle Jorater von klein auf die Sprache der Feuerblüter verstehen, können diese ihnen ganz offen Befehle überbringen. Mir ist noch nicht klar, was sie mit den Marakorern vorhaben, aber sie haben sich bestimmt was ausgedacht.«

»Moment, die Marakorer? Was haben die damit zu tun?«

»Sie werden in großer Zahl rekrutiert. Sie wenden den gleichen Trick an wie die Soldaten von Herzog Kaen und verkleiden sich als Jorater. Da seit dem Lonezh-Höllenmarsch zahlreiche Dörfer leer stehen, können sie verwaiste Bauernhöfe übernehmen und so tun, als gehörten sie zur Landbevölkerung. Und sie lernen kämpfen. Sobald sich genug von ihnen in einer Provinz angesiedelt haben, setzen Janels Rebellen den örtlichen Herrscher ab und übertragen einem der Ihren das Kommando. Wenn sie genügend Provinzen auf ihre Seite gezogen haben, können sie als Nächstes einen ganzen Kanton übernehmen ...« Qaun schüttelte den Kopf. »Ich weiß, Kaen wollte Jorat in große Gefahr bringen, um aller Welt zu demonstrieren, dass Herzog Xun unfähig ist, sein Volk zu beschützen. Janel zäumt das Pferd von hinten auf. Sie fängt klein an und arbeitet sich langsam hoch.«

Relos Var lehnte sich zurück. »Janel ...? Hinter alledem steckt unsere Janel?«

Qaun zuckte zusammen. »Ja, Herr. Sie hat von Anfang an die Schwarzen Ritter angeführt.«

Relos Var wirkte erstaunt und begann zu lachen.

Bruder Qaun schaute ihn verständnislos an. Dann blickte er sich um, ob zwischenzeitlich noch jemand den Raum betreten hatte. Vielleicht war aber auch ein Witz über einen Morgag, eine Vané und einen Hohen Lord über seinem Kopf aufgetaucht.

»O Qaun.« Relos Var schlug mit der flachen Hand auf den Tisch. »Das ist wunderbar. Ich könnte nicht stolzer sein.« Er hob die Hand. »Ich erlaube dir, Kaen anzulügen. Sag ihm davon kein Sterbenswörtchen. Denk dir bei deinen nächsten Berichten für ihn irgendwas aus. Verrate ihm bloß nicht, was vor sich geht.«

Nun verstand Qaun gar nichts mehr. »Was?«

Var lächelte ihn an. »Mein Junge, hätte ich all die Jahre in Janel Danorak investiert, wenn sie nicht wichtig für meine Pläne wäre?« Er wartete Bruder Qauns Antwort nicht ab. »Ich muss zugeben, als sie mich in Atrine herausgefordert hat, hielt ich das für einen verhängnisvollen Fehler. Und seit sie hier ist, war sie so kooperativ, dass ich glaubte, sie hätte resigniert. Aber ich hätte es besser wissen sollen. Wann hat Janel je klein beigegeben? Fantastisch!«

Qaun fühlte sich wie betäubt. Der Verrat an Janel schmerzte ihn sehr, aber er hatte eigentlich damit gerechnet, dass Var außer sich vor Zorn sein würde. Stattdessen schien er froh, wenn nicht sogar glücklich. Qaun wurde aus dieser Reaktion nicht schlau. »Ich verstehe nicht.«

Var beugte sich vor. »Wenn du sichergehen willst, dass du eine Pferdewette gewinnst, musst du auf *alle* Pferde setzen. Ich habe Kaen dazu gedrängt, Yor und Jorat miteinander zu vereinen, weil wir diese Stärke bald brauchen werden. Unterdessen hat Janel direkt vor meiner Nase wichtige Schritte unternommen, um Jorat und Marakor miteinander zu vereinen – ein noch besseres Ergebnis, das ich nur nicht angestrebt habe, weil ich es für unerreichbar hielt.«

»Die Quurer werden das nicht durchgehen lassen ... Sobald Herzog Xun um ihren Beistand bittet, werden sie einmarschieren.«

»Aber Herzog Xun wird nicht zugeben, dass er ein Problem hat, da das ein Eingeständnis von Schwäche wäre«, entgegnete Relos Var. »Davor hat unser lieber joratischer Herzog höllische Angst. Dass die meisten hohen Adelshäuser dank Kaen kein großes Tamtam um die Unruhen in Jorat machen, spielt Janels Rebellen ebenfalls in die Hände. Der Hohe Rat wird wahrscheinlich erst viel zu spät von der schwierigen Lage in Jorat Wind bekommen. Und wenn die Ratsmitglieder es erfahren ...« Er lachte leise. »Ich stelle mir gerade das Gesicht des Obersten Generals Milligreest vor, wenn ihm aufgeht, gegen wen er kämpft. Wie schön, dass mein wildes Füllen noch nicht aus dem Rennen ist.«

»Ich hatte erwartet, dass Ihr Euch mehr aufregt«, gestand Qaun. Der Magier seufzte bekümmert. »Kaen wird außer sich sein vor Wut und ganz sicher ihre Hinrichtung anordnen. Tu, was du kannst, um ihr zu helfen, Qaun. Und zwar möglichst, ohne dich dabei selbst in Gefahr zu bringen. Ich glaube, ich werde mir bald überlegen müssen, ob ich diesen Mann noch länger vor seinen eigenen schlechten Entscheidungen beschützen möchte.«

»Ihr habt einen Plan, stimmt's? Wie Ihr die Welt retten wollt, meine ich.«

Relos Vars Lächeln verschwand. »Ja, den habe ich.«

Qaun schnürte es die Kehle zu. In ihm rumorten Gefühle, die er nicht benennen, geschweige denn im Zaum halten konnte. »Ich werde versuchen, ihr zu helfen. Sie ... äh ...« Er räusperte sich. »Sie versucht, das Zaubern zu erlernen.«

»Wenn sie das für nötig hält ... Es wird ihr nichts nützen, wenn wir Urthaenriel aufspüren, aber bis dahin kann es ihr helfen. Mir wäre es allerdings lieber, wenn sie sich auf ihren Unterricht bei Xivan konzentrieren würde.«

»Urthaenriel?« Qaun setzte sich auf. »Ihr sucht nach Urthaenriel?« Natürlich hatte er vom Untergang der Könige gehört, dem legendären magischen Schwert der quurischen Kaiser, aber er hatte geglaubt, es wäre für immer verloren – oder hinge als Schmuckstück an der Wand des Vané-Königs.

»Ja«, sagte Relos Var. »Und wäre es irgendein anderes Schwert, müsste ich nur den Namen aller Dinge fragen, wo es sich befindet. Schade, dass das bei Urthaenriel nicht geht. Wir werden es nämlich bald brauchen.«

»Wozu?«

Relos Var stand lachend auf. »Weil es unter anderem auch Gottesschlächter genannt wird, mein lieber Junge. Und Götter umbringen ist schließlich das, was wir vorhaben.«

49

WINTERPRÜFUNG

*Jorat, Quurisches Reich.
Drei Tage nachdem Thurvishar sich in pedantischer Weise
selbst korrigiert hatte*

Janel kicherte. »Nein, sei nicht so streng mit Baramon, Qaun. Er war nicht derjenige, der unseren Plan verraten hat.«

Ninavis schniefte und verdrehte die Augen.

»Er war es nicht?« Qaun sah verwirrt aus. »Aber nur durch ihn bin ich auf Eure Umtriebe aufmerksam geworden.«

»Ja«, pflichtete Janel bei. »Aber hat Relos Var dir nicht befohlen, den Mund zu halten? Nein, ich fürchte, ein anderer hat uns auffliegen lassen.«

»Wer?«, fragte Kihrin.

Janel griff nach ihrem Getränk. »Nun, das war ich.«

Janels Schilderung. Im Eispalast, Yor, Quur.

Suless' Augen wurden blau, wenn sie zauberte. Wohlgemerkt nicht bei jeder Beschwörung. Nur in den Momenten, wenn sie jemanden verzauberte und mit seinem Verstand spielte. Es war, als könnte die alte Frau namens Wyrga während dieser kostbaren

Sekunden gar nicht anders, als die Göttin zu zeigen, die unter der Oberfläche in ihr lebte. Ich hatte gelernt, die verräterischen Anzeichen zu erkennen, aber da niemand sonst sie zu bemerken schien, fragte ich mich, ob ich sie nur aufgrund dessen sehen konnte, was Suless mit mir gemacht hatte.

Suless erwies sich tatsächlich als gute Lehrerin, aber ich hasste ihre Lektionen. Mit jeder einzelnen sickerte immer mehr von der Hexenkönigin in meine Seele ein, eine Infektion, die sich allmählich meines Geistes bemächtigte. Daher versuchte ich, so viel wie möglich aus anderen Quellen zu lernen. Ich vertiefte mich in Bücher, ließ mir von Qaun etwas beibringen und setzte mich sogar in Thurvishars Unterricht für die »Verschmähten«, wie Kaens zurückgewiesene Ehefrauen sich inzwischen selbst nannten. Sie waren zu Recht stolz auf sich. Xivans schonungslose Kampfübungen hatten sie von einer schnatternden Schar gelangweilter und verwöhnter Gefangener in eine ernstzunehmende Streitkraft verwandelt.

Die yorischen Männer konnten es nicht glauben. Sie verstanden nicht, wieso diese Frauen – die noch vor wenigen Jahren kaum mehr als ein schöner Teil der Inneneinrichtung gewesen waren – sie mittlerweile an Geschwindigkeit, Kraft und Grausamkeit übertrafen. Sie ahnten nicht, dass die Frauen einen Zauber entwickelt hatten, der ihre körperlichen Fähigkeiten auf ein übernatürliches Maß steigerte.

Als Inspiration diente ihnen das, was ich Talea über meine eigene Stärke erzählt hatte. Sie ging mit diesen Geschichten zu Bikeinoh, die sich daraufhin überlegte, wie so ein Zauber gestaltet sein musste, damit er funktionierte. Anschließend brachte sie ihn allen Frauen bei, die in der Lage waren, ihn zu erlernen.

Was, wie sich herausstellte, auf die meisten zutraf.

Dessen ungeachtet schlug kein Mann vor, die Verschmähten aufs Schlachtfeld zu schicken. Sie wurden zu Glücksbringern, Accessoires, mit denen der Hon sich schmücken konnte, wenn er

Gäste empfing – genau wie mit mir. Kriegerfrauen schockierten und entzückten die Mitglieder des Hochadels. Herzog Kaen hatte eigens Rüstungen für sie anfertigen lassen, die ihre Weiblichkeit unterstrichen. Allerdings waren sie in der tödlichen Kälte auch nicht praktischer als die Kleider, die sie zuvor getragen hatten. Genauso wenig würden sie gegen Schwerthiebe schützen, da sie zu viel vom Dekolleté und den Beinen ihrer Trägerinnen unbedeckt ließen. Dennoch verbreiteten sich die Geschichten über sie. Vielleicht war es ja hilfreich, wenn die Bewohner weit entfernter yorischer Dörfer Gerüchte über die Kämpferinnen des Hons hörten.

Vielleicht.

Ich lernte mit ihnen gemeinsam. Thurvishar D'Lorus entpuppte sich als exzellenter Lehrer, obwohl ich sein unfehlbares Gespür dafür, was er sagen oder tun musste, damit ich einen Zauber begriff, manchmal verstörend fand. Er drehte das Buch, das ich gerade in der Hand hielt, ein wenig, wies mich auf einen Fehler in meiner Herangehensweise hin, und sofort gelang mir der Durchbruch.

Azhen Kaen wurde immer ungeduldiger und launischer. Er hatte geglaubt, Jorat wäre leicht zu besiegen, doch tatsächlich stellte sich der Kampf als äußerst mühsam heraus. Je mehr Angriffe Aeyan'arric flog, desto häufiger fand sie die Dörfer leer vor. »Priester« des Schwarzen Ritters – die sich dem Namenlosen Herrn geweiht hatten – verbreiteten die Luftglyphen und neutralisierten damit die Wirkung des lysianischen Gases, das Senera in Mereina eingesetzt hatte. Senera begegnete immer mehr Joratern, die sich mit Talismanen gegen Magie wappneten. Dass Kaen – oder besser gesagt Relos Var – es nicht schaffte, die Rebellenführer zu finden, die all diese Probleme verursachten, zehrte zunehmend an den herzoglichen Nerven. Alle um ihn herum bekamen seine Gereiztheit zu spüren.

Kaen hörte nicht auf damit, Aeyan'arric nach Jorat zu entsenden. Nachdem ich dem Herzog die Treue geschworen hatte, stellte er mich die ersten paar Jahre auf die Probe. Ich hasste seine Prüfungen, aber die Dinge, die er von mir verlangte, hielten sich immer in einem gewissen Rahmen. Zum Beispiel musste ich nie Senera nach Jorat begleiten. Er machte aus mir ein Symbol für seine künftige Herrschaft – eine Joratin, die Befehle von einem Yorer entgegennahm –, eine Art Versprechen auf eine bessere Zukunft für alle, die an ihrem Herzog zweifelten. Wenn ich Botschaften an die Klan-Häuser überbrachte, ging es nur darum, dass man mich sah. In den Haaren trug ich Kaens Ringe und im Halsausschnitt eines roten Umhangs, der viel zu dünn war, um etwas gegen die klirrende Kälte auszurichten, die Juwelen von Relos Var. Die yorischen Adligen und Höflinge nannten mich Dyono Tomai, den Roten Ritter, und ich war mir nie sicher, ob sie es als Kompliment meinten. Vermutlich aber nicht.

Eines Tages verlangte der Herzog etwas von mir, das ein wenig folgenreicher sein würde als die üblichen Botengänge.

»Ich möchte, dass Ihr das Gefängnis leert«, sagte er mir während einer Partie Zaibur. »Xivan will sich keine Zeit dafür nehmen, aber es ist zu voll geworden.«

Ich sah ihn einen Moment lang forschend an. »Ihr wollt, dass ich die Gefangenen freilasse?«, fragte ich in der Hoffnung, seine Anweisung missverstanden zu haben.

Er schnaubte. »Ich will, dass Ihr sie exekutiert.«

Ich erinnere mich immer noch recht gut an diesen Moment. Der Duft von brennendem Holz im Kamin vermischte sich mit dem Geruch nach gewürztem Buttertee, der von dem Tablett neben uns aufstieg. Die magischen Lampen hüllten uns in ein gelbes Licht und ließen die Diamanten in seinem dichten weißen Bart glitzern. Ich starrte ihn an, er lächelte.

Azhen Kaen wusste genau, was er von mir verlangte. Er erhöhte den Prüfungsdruck. Würde ich für ihn töten? Nicht nur für ihn kämpfen, sondern jemanden umbringen, wenn er mich dazu aufforderte?

Ich beugte den Kopf und machte einen Zug. »Wollt Ihr, dass ich ein Exempel statuiere?«

»Nein. Hauptsache, sie sind tot. Ich werde ein paar Männern befehlen, Euch zur Hand zu gehen, falls Ihr Hilfe braucht.«

Im Klartext hieß das, ein paar Soldaten würden auf seinen Befehl hin sicherstellen, dass ich den Auftrag erfüllte, und ihm anschließend Bericht erstatten. Schließlich war ein Test nur dann sinnvoll, wenn Kaen das Ergebnis überprüfen konnte.

Ich setzte seinen Gottkönig matt. »Und damit ist das Spiel vorbei.«

Er betrachtete mürrisch das Brett. »So ist es.«

Als ich mich am nächsten Tag zur Gefängnisebene hinunterbegab – die unter dem Palast, aber ein ganzes Stück oberhalb der Quellhöhlen lag –, merkte ich schnell, wie schlimm diese Prüfung werden würde.

Im Gegensatz zu Jorat gibt es in Yor Gefängnisse. Auf jeden Fall zumindest einen Kerker im Eispalast. Dieser Ort war trostloser und elendiger als alles, was ich je außerhalb des Nachlebens gesehen hatte. Trotz Kaens Befehl musste im Kerker eigentlich kein Platz geschaffen werden, da er die Gefangenen generell zu kurz am Leben ließ, als dass es zu einer Überbelegung der Zellen kommen konnte. Es war ihm nicht wichtig, die Gefangenen hinzurichten. Er wollte lediglich sehen, ob *ich* es tun würde.

Der Tod war mir nicht fremd, aber in einer Schlacht zu töten, ist etwas ganz anderes, als jemanden zu ermorden, der unbewaffnet, gefesselt und wehrlos ist.

Die Verurteilten waren politische Abweichler, die sich entweder zu lautstark gegen die Herrschaft des Herzogs ausgesprochen hatten oder in irgendeiner Weise gegen ihn vorgegangen waren. Ich hatte keine Ahnung, ob ihnen ein fairer Prozess gemacht worden war, aber ich bezweifelte es. Die zwölf Männer und Frauen schienen ausnahmslos Yorer zu sein und hatten immer noch dieselben Sachen an wie bei ihrer Verhaftung. Offenbar war keiner von ihnen aus dem Bett gezerrt worden, denn sie trugen alle Felle und Stiefel, die in Yor übliche Bekleidung für kaltes Wetter. Da der Kerker nicht beheizt war, hatten sie ihre Kleidung anbehalten dürfen. Anscheinend hatte der Hon nicht gewollt, dass sie vor ihrer Hinrichtung erfroren.

Diese Überlegung brachte mich auf eine Idee.

Ich gab den Männern, die Kaen für mich abgestellt hatte, ein Zeichen. Ihren Anführer, Hedrogha, kannte ich bereits von meinen früheren eskortierten Ausflügen zu den Klans.

»Hol sie aus den Zellen, Hauptmann, und folgt mir.«

»Wohin gehen wir?« Hedrogha wirkte misstrauisch. Ich fragte mich, wie seine Befehle lauteten, falls ich mich weigerte, die Gefangenen zu töten.

»Zu den Zwingern«, antwortete ich.

Der Soldat schaute mich mit großen Augen an.

Die Gefangenen wehrten sich kaum, als man sie aus den Zellen holte. Sie sahen schwach und resigniert aus. Falls sie überhaupt in letzter Zeit etwas zu essen bekommen hatten, war es nicht genug gewesen.

Während wir zu den Zwingern auf der Hauptebene hinaufstiegen, bemühte ich mich um einen möglichst gleichmütigen Gesichtsausdruck.

Das, was die Yorer als Zwinger bezeichneten, hätte man überall sonst Stallungen genannt. Obwohl die meisten über den Torstein an- und abreisten, führte auch eine breite Straße bis zum Fuß des pyramidenförmigen Palasts. Wer sie nahm, brauchte Tiere, die besser an die Kälte angepasst waren als Pferde – nämlich Schneehyänen und Eisbären. Man konnte zwar nicht auf ihnen reiten, aber dafür zogen sie oft zu mehreren Schlitten und Wagen durch die verschneite Landschaft.

Sie waren Suless' oder besser gesagt Wyrgas Domäne. Die Alte dressierte und versorgte die Tiere des Herzogs. Viele verabscheuten sie, aber alle mussten zugeben, dass sie ihre Arbeit hervorragend machte.

Die große Halle war wie der gesamte Palast aus schwarzem Stein erbaut, im Gegensatz zum restlichen Gebäude hing hier jedoch ein schwerer Moschusgeruch in der Luft. Gleichzeitig roch es nach Blut, Innereien und Eis. Die Halle war vom Gelächter der Hyänen und dem Brummen der Bären erfüllt, dazu hörte man immer wieder knarzendes Leder und laut zuschnappende Kiefer.

Ich machte einen der Tierpfleger auf mich aufmerksam. »Ich brauche einen Wagen mit Zugbären.«

»Ihr sollt die Gefangenen töten«, hörte ich Hedrogha hinter mir sagen.

Ich drehte mich zu ihm um. »Auch Yorer ertragen Kälte nur bis zu einem gewissen Grad. Ich werde sie draußen erfrieren lassen. Oder ist dir das nicht tot genug?«

Die Soldaten warfen besorgte Blicke auf das große Tor. Sie wollten nicht hinausgehen – genau wie ich es vorhergesehen hatte.

Die gefesselten Gefangenen belauschten unseren Wortwechsel und gerieten in Panik. Ein paar von ihnen fingen an, um ihr Leben zu betteln. Andere brachen in Tränen aus.

»Wieso tötet Ihr sie nicht einfach hier?«, monierte einer der Soldaten.

Ich schaute ihn streng an. »Stellst du etwa meine Entscheidung infrage?«

»Nein, aber ...« Er sah sich hilfesuchend zu Hauptmann Hedrogha um. »Wir müssen unsere Winterfelle überziehen.«

Ich wollte ihnen gerade befehlen, sie zu holen (und dann ihre Abwesenheit nutzen und allein mit den Gefangenen nach draußen gehen), da betrat Wyrga die Halle und kam zu uns herüber.

»Ihr könnt sie ruhig allein gehen lassen«, sagte sie. »Was soll sie denn schon groß tun, hmm? Ihnen zur Flucht in die Berge verhelfen? Sie irgendwohin bringen, wo es warm ist? Ich würde gerne sehen, wie sie das versucht.« Die alte Frau hatte sich ein Tuch schräg um die Stirn gewickelt, um ihre leere Augenhöhle zu verbergen. Was sie mit dem Auge gemacht hatte, wusste ich nicht, aber das war mir auch lieber so.

Als Hauptmann Hedrogha protestieren wollte, blickte Wyrga ihn streng an. Dabei blitzte ihr verbliebenes Auge kurz eisblau auf.

Hedrogha zögerte. »Da habt Ihr recht.«

Wyrga entblößte ihre spitzen Zähne zu einem bösartigen Lächeln. »Ich habe immer recht, Schätzchen.«

Ich unterdrückte ein Schaudern. Dieses kurze Aufleuchten ihres Auges kannte ich bereits. Wyrga hatte den Wachmann gerade mit einem Zauber belegt. Herzog Kaen hatte seiner gefangenen Göttin alles Mögliche verboten – so durfte sie zum Beispiel seiner Familie nichts antun –, aber wenn er ihr den Gebrauch von Magie kategorisch untersagen würde, wäre sie nutzlos für ihn.

Mir hatte sie damit jedenfalls geholfen.

»Ich bin bald wieder zurück«, versicherte ich Hauptmann Hedrogha. »Es wird nicht lange dauern.«

Er schaute gar nicht zu mir her, da Wyrgas eisblaues Auge immer noch seinen Blick gefangen hielt.

Seine Männer schienen es nicht zu bemerken.

Die Tierpfleger schirrten zwei Bären für mich an, die mir lieber waren als Hyänen. Die Bären waren zwar ebenfalls furchteinflößend, da es durchaus passieren konnte, dass sie versehentlich jemanden töteten, aber sie mochten meine Wärme und ließen sich gerne von mir hinter den Ohren kraulen. Mit ihnen unterwegs zu sein, war zwar etwas ganz anderes, als auf dem Rücken eines Pferdes zu sitzen, aber da ich fast jede Nacht im Nachleben heimlich auf Arasgon ausritt, machte mir der Unterschied nichts aus.

Sobald alle Gefangenen in den Wagen bugsiert worden waren, brachen wir auf. Dabei blendete ich die Schreie von hinten so gut es ging aus.

Wenn ich die yorische Winterlandschaft durchquerte, war für

mich nicht die Kälte das Problem, denn ich wusste seit Langem, wie ich mich so weit aufheizen konnte, dass ich keine Erfrierungen erlitt. Schwierig war nur, die Hitze in meinem Inneren zu behalten. Wenn ich zuließ, dass mein Körper sie abstrahlte, würde ich durch Eiswasser waten oder Ausrüstungsgegenstände auftauen, die so konstruiert waren, dass sie im gefrorenen Zustand am besten funktionierten. Es war auch möglich, dass ich durch aufgeweichte Schneewehen oder Eisoberflächen brach. All das hatte ich bereits am eigenen Leib erfahren müssen.

Ich fuhr ohne Eskorte die Straße entlang. Eigentlich war es keine Straße, sondern eine Reihe in den Boden gerammter Pfähle, die so hoch waren, dass sie selbst aus den schlimmsten Schneeverwehungen herausragten. Nach einer Weile bog ich nach Süden ab, entfernte mich ein paar Meilen von der Straße und hielt schließlich an.

Unterwegs hatte ich einige Münzen verzaubert. Eigentlich hätte ich lieber Steine verwendet, aber da es im Winter in Yor so gut wie unmöglich war, schneefreie Flächen zu finden, mussten die Münzen herhalten. Zum Glück war der Herzog nicht knausrig und gewährte mir überraschenderweise sogar ein Taschengeld, über das ich frei verfügen konnte.

Und dank Suless hatte ich auch noch ein paar andere Trümpfe im Ärmel.

Ich hielt den Wagen an und öffnete die Tür. Dann trat ich einen Schritt zurück und zog das Schwert.

»Kommt heraus«, sagte ich. »Ich werde euch sagen, wie es jetzt weitergeht.«

Sie blickten mich mit unverhohlener Angst an.

»Ich will euch nicht töten. Entweder kommt ihr heraus und gebt mir eine Chance, euch zu erklären, wie ihr überleben könnt, oder ihr bleibt drinnen und zwingt mich dazu, den Befehl des Hons auszuführen. Die Entscheidung liegt ganz bei euch.«

Sie traten alle in den Schnee hinaus und waren sichtlich verwirrt, als ich jedem von ihnen eine Münze gab und sie die Wärme spürten, die von dem Metall ausging.

»Tragt sie bei euch. Diese Münzen werden verhindern, dass ihr erfriert.« Ich deutete nach Süden. »Haltet auf die Lücke zwischen diesen beiden Bergen zu. Dort findet ihr einen Pass, der euch nach Tolamer führt. Meine Leute werden euch dort erwarten. Fragt nach einer Frau namens Ninavis. Habt ihr verstanden?«

Ein großer dicklicher Mann mit dunkelblauen Haaren schüttelte den Kopf. »Für diese Strecke brauchen wir mehrere Wochen. Vielleicht werden wir unterwegs nicht erfrieren, aber was sollen wir essen?«

Ich nickte. Dafür hatte ich ebenfalls vorgesorgt. Allerdings ärgerte es mich, dass ich die Lösung des Problems Suless verdankte. Ich pfiff und stieß gleich darauf eine Art bellendes Lachen aus.

Die Hyänen reagierten sofort. Es waren nicht die Schneehyänen, die Suless im Palast hielt. Diese hier waren wild. In der Ferne erklang ihre gebellte Antwort.

Hyänen leben in streng hierarchischen Strukturen zusammen. Jedes Tier eines Rudels kennt seinen Rang genau und weiß, wer über und wer unter ihm steht.

Die joratische Gesellschaft ist ganz ähnlich organisiert.

Um mich zur Herrin über das gesamte Rudel aufzuschwingen, hatte ich also lediglich ihre Königin unterwerfen müssen. Ich konnte ihnen zwar nur einfache Anweisungen geben, aber das sollte genügen, um die sichere Flucht der Gefangenen aus Yor zu gewährleisten.

»Die Hyänen werden euch Geleitschutz geben und mit Nahrung versorgen. Greift sie nicht an. Versucht auch nicht, sie zu berühren. Dann kann euch nichts passieren, und sie werden für eure Sicherheit sorgen.«

Ich konnte die ängstlichen Blicke der befreiten Gefangenen nachvollziehen. Angesichts der heißen Münzen und der Hyänen fielen einigen von ihnen vermutlich die Geschichten wieder ein, dic ihre Großmütter ihnen erzählt hatten. Sie hielten mich für eine Hexenmutter, und ich wusste nicht, wie ich ihnen diesen Verdacht ausreden sollte.

Ich schloss die Wagentüren und zog mich auf den Platz hinter den Bären hoch, die wegen des Hyänenrudels unruhig waren. »Das ist das Beste, was ich für euch tun kann«, sagte ich an die Gefangenen gewandt. »Viel Glück.« Dann gab ich den Bären mit einem Stups zu verstehen, dass sie zum Palast zurückkehren sollten.

Ich wusste nicht, ob die Gefangenen es schaffen würden, aber ich glaubte, dass sie eine reelle Chance hatten.

Als ich zurückkehrte, schienen alle davon auszugehen, dass ich die Gefangenen tatsächlich exekutiert hatte. Eine andere Möglichkeit gab es ja auch nicht. Die Soldaten erstatteten Kaen entsprechend Bericht, und er schien sich darüber zu freuen.

Ich hatte das Gefühl, ungestraft davongekommen zu sein.

Zumindest glaubte ich das eine Weile lang.

50

KRIEGSFORSCHUNG

Jorat, Quurisches Reich.
Drei Tage nachdem Thurvishar enthüllt hatte, dass er in
Wahrheit gar nicht Gadrith D'Lorus' Sohn war

»Wie ist es herausgekommen?«, fragte Kihrin.
　Janel tauschte einen Blick mit Ninavis aus und winkte ab. »Nein, nein, damit würden wir fast ans Ende der Geschichte springen. Vorher müssen noch ein paar Dinge erzählt werden, sonst ergibt es keinen Sinn.«
　Qaun blätterte zu einem neuen Abschnitt seines Tagebuchs vor. »Wir sind ohnehin fast fertig.«

Qauns Schilderung. Im Eispalast, Yor.

Bruder Qaun saß in der Bibliothek und arbeitete gerade an seinen Aufzeichnungen, als Janel eintrat und sich neben ihn setzte. Sie fing an, sichtlich nervös mit dem Fuß zu wippen, und schien bereit, jeden Moment loszurennen. Qaun musste bei ihrem Anblick an Pferde denken und verzog das Gesicht.
　Sie waren schon sehr lange nicht mehr geritten. Zu seiner Überraschung vermisste er Wolke. Er hoffte, dass sein neuer Eigentü-

mer, wer immer er war, den süßen kleinen Wallach gut behandelte.

»Braucht Ihr etwas von mir?«, fragte Qaun, als sich das Schweigen unangenehm in die Länge zog. Er hatte Janel in letzter Zeit längst nicht so häufig zu Gesicht bekommen, wie ihm lieb gewesen wäre. Es missfiel ihm, dass er nicht genau wusste, was sie in der Zwischenzeit getan hatte.

Botengänge für den Herzog. Kampfübungen mit den Verschmähten. Ziemlich sicher hatte Janel Botschaften und Geheimnisse an die joratischen Rebellen gesandt. Er erwartete nicht, dass sie ihm von Letzterem erzählte, aber es machte ihn traurig, dass sie sich kaum noch miteinander unterhielten.

Janel sah ihn mit gerunzelter Stirn an. »Du hast mir eine Nachricht geschickt, erinnerst du dich?« Ihr rechtes Bein zuckte immer noch nervös auf und ab.

»Oh.« Er zeigte auf Janels Knie. »Hört bitte auf damit.«

Sie hielt das Bein ruhig. »Entschuldigung. Also, warum willst du mich sehen?«

»Ach ja. Moment.« Bruder Qaun stand auf. Er holte ein Notizbuch und entfernte den Zauber, der die Aufzeichnungen darin wie ein langweiliges Traktat über Feuerblüter-Stammbäume im südlichen Koenis erscheinen ließ. »Es tut mir leid, dass es so lange gedauert hat, aber es war eine komplizierte Recherche. Würde ich noch träumen, hätten mir die Nachforschungen über quurische Kriegsmagie bislang nichts als Albträume eingebracht, aber jetzt bin ich endlich einen Schritt weitergekommen.«

Janel setzte sich auf. »Es ist Jahre her, dass ich dich gebeten habe, dir das anzusehen.«

Qaun zögerte. War all seine Mühe umsonst gewesen? »Habt Ihr mittlerweile selbst etwas herausgefunden?«

Sie presste die Lippen aufeinander. »Nein.«

Er nickte. »Ehrlich gesagt überrascht mich das nicht. Ich ahne, weshalb Ihr über die Kriegsflüche Bescheid wissen wolltet ...« Er hielt inne und bedachte Janel mit einem vielsagenden Blick. Sie wollte die Gunst des Herzogs gewinnen, indem sie die Quellhöhlen wieder benutzbar machte. Zumindest nahm Qaun das an.

Janel bedeutete ihm fortzufahren.

»… und daher glaube ich, dass Ihr herausfinden möchtet, wie Ihr Euch gegen das Erz namens Razarras schützen könnt. Ihr wisst bereits, wie Ihr Euch mit dem Luft-Symbol gegen lysianisches Gas – das ist der blaue Rauch – wappnen könnt, aber mit Razarras verhält es sich anders. Diesen Schrecken haben die Quurer entfesselt, ohne ein Gegenmittel dafür zu haben. Es war ihnen schlicht egal. Da sie wissen, wie man Gewebeschäden heilt, wird auf quurischer Seite jeder, der versehentlich mit Razarras in Berührung kommt, entweder kuriert oder als hinnehmbarer Verlust betrachtet.«

»Sag mir bitte, dass das die schlechten Nachrichten sind und du jetzt gleich zu den guten kommst.«

»Ich habe mehrere Methoden entdeckt, wie Ihr Euch gegen die Wirkung des Metalls immun machen könnt. In mehreren Berichten heißt es, dass man die Gefahren, die von Razarras ausgehen, mit anderen Metallen eindämmen kann. Dichte Metalle wie Gold oder Blei sind am wirkungsvollsten, aber das Gift wird auch von Felsgestein blockiert. Ansonsten wäre das gesamte Schloss kontaminiert. Allerdings bereitet mir unsere Wasserversorgung Sorgen. Es ist nur eine Frage der Zeit, bis das Gift in die Wasserreservoirs sickert …«

»Qaun«, sagte Janel und legte eine Hand auf die seine. »Gibt es eine Möglichkeit, das Erz zu entfernen?«

»Ja, aber nur durch Transmutation, und das ist ein sehr schwieriger Zauber. Die meisten Magier, selbst die genialen, lernen ihn nie. Irgendwer müsste den Zauber rückgängig machen, mit dem Quur das Metall ursprünglich erschaffen hat. Und das Gleiche sollten wir auch mit dem Hexenrauch machen. Ansonsten bleibt uns nur, der gesamten yorischen Bevölkerung das Symbol dauerhaft einzutätowieren.« Er hielt inne und sah Janel beschämt an. »Ich, ähm ... diese Transmutation übersteigt meine Fähigkeiten. Außerdem würde ich mich dabei selbst vergiften, da sie nur langsam vonstattengeht. Ich kann besser mit Fleisch und Blut umgehen ...«

»Schon gut«, sagte sie. »Ich erwarte gar nicht, dass du es tust. Ich mache das.«

Qaun starrte sie an. »Was? So eine gute Magierin seid Ihr nicht, Janel.«

Sie hob eine Augenbraue. »Woher willst du das wissen?«

»Ich glaube nur nicht, dass Thurvishar mit Eurem Unterricht schon so weit ist. Das ist alles.« Er räusperte sich verlegen.

Einen Moment lang wirkte Janel leicht unbehaglich. Dann wechselte sie das Thema. »Verstehe ich dich richtig? Wenn ich mich vor dem Abstieg in die Höhlen in dichtes Metall hülle, sollte mir genügend Zeit bleiben, die Felsen zu transmutieren, oder? Und eventuell auftretende Gewebeschäden kannst du beheben, stimmt's?«

»Janel, das könnt Ihr nicht tun.«

»Tatsächlich? Und wieso erzählst du mir dann davon? Damit ich es nicht versuche?«

»Womöglich könnt Ihr es ja lernen, irgendwann einmal ...« Qaun schluckte. »Ich bausche die Risiken nicht auf. Dieses Metall ist tödlich, und wer sich damit vergiftet, stirbt unter größten Schmerzen. Falls es eine Möglichkeit gibt, gefahrlos damit zu hantieren, hat sie noch niemand entdeckt.«

»Wyrga vielleicht?«

Er schüttelte den Kopf. »Kaen hätte ihr sicher längst befohlen, das Chaos zu beseitigen, wenn sie wüsste, wie es geht.«

Janel machte ein finsteres Gesicht. »Du hast recht. Er hätte sie dazu aufgefordert. Oder er hätte Relos Var darum gebeten.«

»Richtig. Was bedeutet, dass keiner von beiden das Problem beheben kann.«

»In Relos Vars Fall kann es auch sein, dass er es lediglich nicht will. Ihm ist es bestimmt lieber, Kaens Rachsucht aufrechtzuerhalten und das yorische Volk daran zu erinnern, weshalb es Quur hasst. Wenn er das Problem einfach so aus der Welt schaffen würde, wären die Yorer womöglich nicht mehr so angriffslustig.«

Qaun stutzte. Er wusste, dass nicht alle Verbündeten von Kaen vertrauenswürdig waren. Zum Beispiel hatte er sich schon oft gefragt, wieso der Herzog mit den Familien D'Lorus und D'Mon gemeinsame Sache machte. Aber auf die Idee, Relos Var und Kaen als zwei voneinander getrennte Personen mit unterschiedlichen Zielen zu betrachten, war Qaun noch gar nicht gekommen.

»Janel«, begann er, »ich habe Euch zwar immer für ein magisches Wunderkind gehalten, aber auf das, was Ihr vorhabt, bereiten sich andere Leute viele Jahre lang vor.«

»Kann sein, aber ich werde schummeln.« Sie warf ihm einen bitteren Blick zu.

»Ehrlich?« Qaun wartete auf eine Erklärung.

Sie stand auf und klopfte ihm auf die Schulter. »Du musst mir einfach vertrauen. Gibt es irgendwelche Bücher, die ich mir ansehen sollte? Übungen, mit denen ich mich in den richtigen Geisteszustand versetzen kann?«

Er nickte. »Ja, ich habe alles notiert, was ich zu dem Thema finden konnte.« Er reichte ihr das Büchlein, das er ausschließlich für dieses eine Projekt geführt hatte.

»Vielen Dank«, sagte sie und ging zum Ausgang.

»Janel ...«

Sie blieb an der Tür noch einmal stehen. »Ja?«

»Wir sollten darüber sprechen, was in Jorat geschieht.«

Ihr Lächeln wurde ... raubtierhaft. Der Anblick war Bruder Qaun unheimlich. Wo hatte er dieses Lächeln schon einmal gesehen? Nicht auf Janels Gesicht.

»Nein«, sagte sie. »Das glaube ich nicht. Wenn du sagst, dass ich dichtes Metall verwenden soll, um mich gegen das Gift abzuschirmen, meinst du damit nicht einen Schild, oder ...?«

Qaun schüttelte den Kopf. »Es muss Euch komplett einhüllen. Eine Rüstung vielleicht. Eine Spezialanfertigung. Das wird teuer.«

Janel biss sich nachdenklich auf die Lippe.

Bruder Qaun seufzte. »Glaubt Ihr wirklich, dass Ihr lernen könnt, wie man Razarras-Erz transmutiert?«

Sie sah ihm in die Augen. »Thurvishar weiß bestimmt, wie es geht.«

Qaun lehnte sich zurück. Er kam sich wie ein kompletter Narr vor. »Ich ... Bei den Sternen. Ihr habt recht. Wahrscheinlich weiß er es. Daran habe ich noch gar nicht gedacht.« Er hob die Hände. »Also gut. Ihr seht zu, dass er Euch dabei hilft, den Zauber zu erlernen, und ich versuche, diese ganz spezielle Rüstung für Euch aufzutreiben.«

Nun war es an Janel, überrascht dreinzuschauen. »Wie in allen Himmeln willst du das schaffen? Hast du dich in meiner Abwesenheit zum Schmied ausbilden lassen?«

Qaun grinste. »Ihr werdet es schon sehen.«

51

DRACHENJAGD

*Jorat, Quurisches Reich.
Drei Tage nachdem die meisten Wachen des Blauen Palastes
von den Toten erweckt worden waren*

Qaun verstummte und blickte sich um, da er erwartete, dass jemand eine Bemerkung machen oder etwas fragen würde.

Doch stattdessen warf Kihrin Janel bloß einen vielsagenden Blick zu. »Und?«

Sie lachte leise und fuhr fort.

Janels Schilderung. Im Eispalast, Yor, Quur.

Wie sich herausstellte, beschäftigte sich Suless hauptsächlich mit Magie, die auf Lebewesen wirkte. Mit unbeseelten Gegenständen befasste sie sich dagegen kaum. Doch natürlich wurde niemand zum Gottkönig, der sich nicht auf allen Gebieten der Magie außerordentlich gut auskannte. Und so konnte sie mir ein paar nützliche Hinweise geben.

Thurvishar hatte, wie ich mir schon gedacht hatte, natürlich mehr auf Lager.

Dennoch vergingen fast drei Monate, bis ich glaubte, den Versuch wagen zu können. Dann wartete ich noch auf die von Bruder Qaun versprochene Rüstung.

Ihr könnt euch sicher vorstellen, wie erleichtert ich war, als ich eine Nachricht von ihm bekam. Beim Betreten seines Zimmers sah ich auf dem Bett einen Anzug liegen, der aus einander überlappenden Metallplättchen zu bestehen schien, die auf ein biegsames Untermaterial genäht waren. Bruder Qaun stand daneben.

»Qaun? Was ... was ist das?«

»Eure Rüstung«, antwortete er. »Nun, eigentlich ist es keine Rüstung. Wisst Ihr noch, wie ich Euch gesagt habe, dass dichtes Metall hervorragend gegen Razarras schützt? Nun, das ist es.« Mit schwungvoller Geste deutete er auf den Anzug, als würde er eine Trophäe präsentieren. »Auf die Innenseite habe ich das Luftsiegel gezeichnet. Damit und mit dem Metall solltet Ihr eigentlich genug Zeit haben, das Erz zu verwandeln, bevor die Razarras-Vergiftung bei Euch ihre Wirkung entfaltet.«

»Wie hast du ...?« Ich versuchte, den Anzug hochzuheben, schaffte es jedoch nicht.

Er musste mehrere hundert Pfund wiegen. Ich fragte mich, wie er ihn hertransportiert hatte. Mit einem Trupp Diener oder mithilfe von Magie?

»Aus was besteht er?«

»Hauptsächlich aus Blei.«

Ich sah ihn ungläubig an. »Ich habe keine Ahnung, wo du das herhast. Aber noch weniger begreife ich, wie du dir das vorstellst. Ich kann ihn nicht einmal hochheben, geschweige denn tragen.«

Qaun räusperte sich. »Die exzellenten Schmiede des Hauses D'Talus haben ihn angefertigt, und zwar auf Befehl ihres Hohen Lords. Zumindest steht es so auf dem Schriftstück, das die Lieferanten mir überreicht haben.«

Ich hob eine Augenbraue. »Will ich erfahren, wie du das geschafft hast?«

»Je weniger Ihr wisst, desto besser. Und was das Gewicht des Anzugs anbelangt … Das ist kein Problem. Vor ein paar Jahren wart Ihr noch mehr als stark genug, um ihn zu tragen. Also werden wir, anstatt einen anderen Anzug zu konstruieren, einfach Eure Kraft wiederherstellen.«

Ich ging zum Bett und legte ihm die Hände auf die Schultern. »Wie? Das Gaesch …«

Qaun umfasste sanft meine Handgelenke und befreite sich aus meinem Griff. »Es gibt Schlupflöcher. Man hat mich nicht ausdrücklich angewiesen, das Siegel *nicht* von Eurem Rücken zu entfernen. Außerdem hat Relos Var mir zufällig befohlen, Euch zu helfen. Und das ist eindeutig hilfreich für Euch.«

»Relos Var?« Ich wich einen Schritt zurück.

»Ja. Schon vor ein paar Jahren, um ehrlich zu sein. Er hat den Befehl nie widerrufen. Deswegen kann ich Euch nach wie vor unterstützen.« Er verzog das Gesicht. »Aber leider kann ich Euch nicht versprechen, dass es einfach wird. Tatsächlich könnte die Entfernung des Siegels sehr wehtun.«

»Was? Wieso?«

»Nun, es hängt davon ab, ob ich Seneras Schriftzeichen verschwinden lassen kann. In diesem Fall wäre es ganz leicht. Schwierig wird es erst, wenn mir das nicht gelingt. Dann kann ich es nur auf schmerzhafte, chirurgische Weise entfernen.«

Mein Magen krampfte sich zusammen. »Hast du etwa vor, mich zu häuten?«

Er schnitt eine Grimasse. »Ein bisschen vielleicht. Nur ein paar Schichten. Anschließend werde ich alle Verletzungen heilen. Inzwischen verstehe ich viel mehr vom Heilen als früher. Aber es gibt noch ein weiteres Problem.«

»Und das wäre?«

»Ich weiß nicht, was dieses Siegel bewirkt. Ich kenne sein Wesen nicht und konnte in keinem Buch etwas darüber finden. Schließlich wurde mir klar, dass Senera keine Bücher braucht. Der Name aller Dinge hat sie auf dieses Siegel gebracht. Sie allein kennt seine Bedeutung. Es ist offensichtlich, dass es Euch Eurer Kräfte beraubt, aber was ist, wenn es noch mehr tut? Wir kennen nur diesen einen Effekt, sonst wissen wir nichts darüber. Zum Beispiel habe ich keine Ahnung, ob Senera es mitbekommt, wenn wir uns an dem Zeichen zu schaffen machen, und ich weiß auch nicht, ob wir irgendwelche Katastrophen auslösen, wenn wir es entfernen. Ich gehe davon aus, dass Ihr Euren Rücken noch nicht durch den Schleier betrachtet habt ...«

»Richtig. Ich wüsste gar nicht, wie ich das anstellen soll.«

»Ihr sagt es. Das Siegel zapft Tenyé von Euch ab und leitet es woanders hin. Es könnte also jemandem auffallen, wenn wir diesen Fluss unterbrechen.«

»Wenn wir es tun, müssen wir schnell sein. Das willst du doch damit sagen, oder?«

»Ja, und wir müssen es bald tun«, gestand er. »Denn früher oder später wird irgendwer im Haus D'Talus anfangen, Fragen zu stellen. Beispielsweise, weshalb eine mit Blei besetzte Shanathá-Rüstung nach Yor geliefert wurde.«

»Dann wirst du Probleme bekommen, oder?« Ich fühlte mich so schuldig wie schon seit Jahren nicht mehr, da ich mich nun wieder daran erinnerte, dass Qaun nur wegen mir in diesen Schlamassel geraten war. Und wenn alles nach Plan lief, würde ich ihn höchstwahrscheinlich im Stich lassen müssen. Dabei hatte ich doch versprochen, genau das niemals zu tun.

Qaun verzog den Mund. »Mir wird nichts passieren. Ich bin nützlich. Relos Var gefällt meine Arbeit. Macht Euch um mich keine Sorgen. Ihr habt Wichtigeres zu tun.«

»Ich kann nicht ohne dich von hier weg«, entgegnete ich.

»Wer hat etwas davon gesagt, dass Ihr weggeht? Ihr wollt doch nur ein paar Höhlen unter dem Palast erkunden, nicht wahr?« Er deutete auf die Rüstung. »Und wenn Ihr dort unten den vergrabenen Schatz irgendeines Gottkönigs findet, wäre ich Euch verbunden, wenn Ihr ihn mit heraufbringt. Kaen wird sich über die Rechnung für die Rüstung nicht freuen. Habt Ihr eine Vorstellung, wie viel Shanathá kostet?«

Das Lachen blieb mir fast im Hals stecken. In den Jahren, seit wir hergebracht worden waren, schien Qaun seinen Lebensunterhalt als yorischer Spion zu verdienen. Doch gleichzeitig war er eine Geisel und damit ein Garant für mein gutes Betragen. Und was ich vorhatte, war alles andere als gutes Betragen.

»Qaun ... nein. Ich lasse nicht zu, dass sie dir etwas antun.«

Er schüttelte den Kopf. »Ihr müsst mir einfach vertrauen, dass sie das nicht tun werden.« Seinem verschmitzten Grinsen nach zu urteilen wusste er selbst, wie ironisch es war, dass er mich um Vertrauen bat. »Außerdem will ich es so. Lasst mir wenigstens eine Sache, die ich selbst entschieden habe.«

Ich stieß die Luft aus und versuchte, mich nicht von Kummer und Verzweiflung überwältigen zu lassen. »Versprich mir, dass dir nichts passiert.«

»Relos Var hat mir befohlen, auf mich aufzupassen«, erwiderte er. »Wann wollt Ihr hintersteigen?«

»Dazu sind ganz bestimmte Voraussetzungen nötig. Zum einen muss Aeyan'arric in den Bergen sein, und außerdem darf sich keiner der Magier hier aufhalten.«

Qaun blinzelte. »Aeyan'arric? Was kümmert Euch Aeyan'arric?«

»Sie ...« Ich seufzte. »Das musst du wirklich nicht wissen.«

»Wartet mal. Ich dachte, Ihr säubert die Quellhöhlen, damit die Yorer sie wieder benutzen können.«

»Das ist ein Nebeneffekt, nicht das Ziel.«

»Aeyan'arrics Anwesenheit ist nur von Bedeutung, wenn Ihr ...« Er starrte mich an. »Ihr werdet versuchen, sie zu töten, stimmt's? Selbst wenn Ihr es könntet – und das könnt Ihr nicht –, was würde das bringen?«

»Es wird sie davon abhalten, weitere Dörfer in Jorat mit einer Eisschicht zu überziehen und noch mehr von meinen ...« Ich unterbrach mich. »Es muss sein. Stell mir keine Fragen mehr. Wann machen wir das mit dem Siegel?«

Er dachte einen Moment lang nach. »Jetzt.«

»Was?« Ich schaute ihn irritiert an. Auf *jetzt* war ich nicht vorbereitet.

Qaun nickte. »Jetzt gleich. Relos Var und Senera sind heute Morgen abgereist. Ich weiß nicht, wohin, aber sie schienen in Eile. Und sie haben Aeyan'arric hiergelassen. Eine bessere Chance werden wir nicht mehr bekommen.«

Ich nickte ebenfalls. »Laut Stundenplan unterrichtet Thurvishar heute nicht die Verschmähten. Andererseits hält er sich nur selten an irgendwelche Pläne.« Ich dachte über den eigenartigen Magier aus dem Haus D'Lorus nach. »Allerdings weiß ich gar nicht, ob er sich überhaupt einmischen würde, wenn er hier wäre. Ihm gehören weder die Weide noch die Pferde. Aber was ist mit Gadrith?«

Seit Qaun seine wirkliche Identität herausgefunden hatte, sprachen wir immer wieder über ihn. Wir wollten nichts mit Gadrith zu tun haben. Dass Xivan sich auf ganz ähnliche Weise am Leben erhielt wie er, kam mir wie ein schlechter Witz vor. Doch im Gegensatz zu Gadrith wurde sie geliebt – zumindest von den Verschmähten. Vielleicht weil sie nicht gleich alle um sich herum umbrachte, wenn sie Hunger bekam. Allerdings hatte sie ihm gegenüber natürlich den Vorteil, dass sie keine Magierin war und daher beim Zaubern auch keine großen Mengen Tenyé verbrennen musste.

»Gadrith war schon seit Wochen nicht mehr hier«, sagte Qaun. »Wenn Ihr es also wirklich tun wollt ...«

»Ja, ich verstehe: Dann am besten jetzt.« Ich sah mich in dem Raum um, der klösterlich wirkte, obwohl er sich mitten in einem Palast befand. Ich war alles andere als bereit, aber vielleicht war es ja das Beste, dass ich mich von niemandem verabschieden und mit einer falschen Bemerkung meine Ziele gefährden konnte.

Qaun räusperte sich. »Ich fürchte, Ihr müsst Euch entkleiden.«

Er reichte mir eine seiner Roben, damit ich meine Blöße bedecken konnte.

Meine Mundwinkel zuckten. Als ob Qaun mich nicht schon ein paarmal nackt gesehen hätte ... Ich kehrte ihm den Rücken zu und zog mich aus, damit er das Siegel untersuchen und – hoffentlich – entfernen konnte.

»Gebt mir einen Moment«, sagte er.

»Lass dir so viel Zeit, wie du brauchst.«

Tatsächlich dauerte es jedoch nicht sehr lange, bis ich ihn seufzen hörte.

Ich blickte über die Schulter. »Hat es nicht geklappt?«

»Nein«, bestätigte er. »Wie auch immer dieses Zeichen aufgetragen wurde, es verschwindet nicht einfach, nur weil ich es darum bitte.«*

»Bist du sicher, dass es genügen wird, die Haut wegzuschneiden?«

»Natürlich bin ich sicher. Ich ...« Er stutzte. »Bei der Sonne! Was, wenn es nicht reicht?«

Ich drehte mich halb zu ihm um. »Das sehen wir, wenn es so weit ist. Hoffentlich stimmt, was du sagst, und du musst nicht die ganze Haut entfernen.«

»Ganz recht. Legt Euch hier drüben hin. Ich werde, ähm ... also gut. Ich werde den Schmerz betäuben. Es wird sich komisch anfühlen, sollte aber nicht wehtun.«

»Eigentlich wäre es das Beste, wenn du mich bewusstlos schlägst. Aber da die Nacht bereits angebrochen ist, könntest du mich danach nicht mehr aufwecken.«

»Ach ja, gut, dass Ihr mich daran erinnert.«

Ich spürte seine Fingerspitzen auf meiner Haut. Einen Moment später nahm ich seine Berührung nicht mehr wahr. Mein Rücken

---

* Hat er wirklich geglaubt, ich hätte zugelassen, dass es so leicht zu beseitigen ist?

fühlte sich tatsächlich merkwürdig an: taub an den Rändern und wie nicht vorhanden in der Mitte.

»Ihr werdet ein Ziehen spüren. Vielleicht auch Nässe.«

»Du meinst aber nicht Blut, oder?«

»Vielleicht schon. Jetzt lasst mich arbeiten.«

Ich legte das Kinn auf die Hände und versuchte, nicht daran zu denken, dass mein bester Freund mich gerade bei lebendigem Leib häutete.

Doch natürlich konnte ich über nichts anderes nachdenken.

»Na gut, es geht ein bisschen tiefer, als mir lieb ist, aber nicht ganz bis zu den Muskeln. Wir sollten es entfernen können. Bewegt Euch nicht. Wenn ich fertig bin, werde ich Euch noch heilen müssen.«

»O ja, bitte tu das. Ich habe keine Lust, ohne Haut auf dem Rücken mit einem Drachen zu kämpfen.«

»Hört mal, was das betrifft ...«

»Apropos fehlende Haut auf meinem Rücken: Werden Narben zurückbleiben?«

»Ich bin mir nicht sicher«, gestand Qaun. »Aber ich spreche davon, dass Ihr Aeyan'arric töten wollt. Habt Ihr je darüber nachgedacht, stattdessen bloß das Gift aus den Quellhöhlen zu entfernen? Dann wärt Ihr eine Heldin. Man würde in jedem Höhlensystem Statuen von Euch aufstellen.«

»Und Relos Var könnte Aeyan'arric weiterhin entsenden, damit sie Dörfer einfriert. Verdammt, Qaun, was ist denn in dich gefahren ...?«

»*Ich sagte, nicht bewegen!*«

Er stieß mich mit einer Hand aufs Bett zurück.

»Entschuldigung«, murmelte ich.

»Ich kann gar nicht genug betonen, wie wichtig es ist, dass Ihr still liegt«, sagte er nach einer längeren Pause. »Das ist eine schwierige Prozedur, und ich will sichergehen, dass keine Narben zurückbleiben ... und auch sonst nichts.«

Ich will ehrlich sein: »Und auch sonst nichts« war mir nicht geheuer.

Also hielt ich still und dachte darüber nach, was Qaun gesagt hatte. Bevor Quur kam und das ganze Land ins Chaos stürzte, hatte Yor nie irgendwelche Expansionsbestrebungen erkennen lassen. Ich erinnerte mich an die Geschichten, die ich als Kind über Suless und Chertog gehört hatte – wie wichtig es gewesen sei, die versklavten Yorer von den beiden Gottkönigen zu befreien. Doch in Wahrheit waren die Quurer wohl einfach wie üblich vorgegangen: Sie töteten die hiesigen Gottkönige, rissen sich ihr Land unter den Nagel und verleibten es dem Reich ein. Das hatten sie mit Jorat so gemacht (allerdings in Kooperation mit den Einheimischen) und auch (gegen deutlich größeren Widerstand) mit den Stadtstaaten, die zusammen die Region bildeten, die einst als Zaibur bekannt gewesen war und nun Marakor hieß. Selbstverständlich hatte Quur als Nächstes Yor erobert. Hatte je irgendwer daran gezweifelt, dass sie das tun würden?

Was für eine Enttäuschung muss es für den damaligen Kaiser (Gendal? Ich glaube, es war Gendal) gewesen sein, als sämtliche Gottkönige unterworfen waren. Im Süden gab es nur noch die Korthaenische Öde, nach der keine vernunftbegabte Person die Hand ausstrecken würde, und Manol, das selbst der größte Narr nicht noch einmal angreifen würde.

Aber was ich eigentlich sagen wollte: Yor hatte jeden Grund, Quur zu hassen, nicht wahr? Unter anderen Umständen wäre es möglicherweise ein Segen gewesen, von Chertog und Suless befreit zu werden, doch Quur hatte buchstäblich den Boden unter den Füßen der Yorer vergiftet. Wie viele hatten qualvoll sterben müssen, damit Quur seine Belagerung erfolgreich beenden konnte? Hatte Yor nicht verdient, dass das wieder behoben wurde?

Ich empfand eine eigenartige Solidarität mit den Bewohnern dieses Landes. Zwar war ich keine Yorerin und verstand diese Leute in vielerlei Hinsicht nicht. Aber ich wusste, was für ein Gefühl es war, von anderen als Spielfigur missbraucht zu werden – von *allen* anderen.

Tatsächlich wusste ich nur zu gut, wie das war.

Mit einem Mal fühlte sich mein Rücken kalt an, und gleich darauf klatschte etwas Nasses auf den Tisch neben mir.

Ich konnte mich nicht überwinden hinzuschauen, da mir klar war, was ich sehen würde.

Ich presste die Kiefer aufeinander, um meine Zähne am Klappern zu hindern, und rief mir ins Gedächtnis, dass ich bereits rund tausendmal verletzt gewesen war. Diese Wunde hier war auch nicht schlimmer als all die anderen, von denen einige wirklich sehr übel gewesen waren.

Dann begann mein Rücken zu jucken. »Soll das so sein?«

»Soll was wie sein?« Qaun klang besorgt.

»Mein Rücken juckt.«

Er blies die Luft aus. »Ja, das ist ganz normal. Ignoriert es einfach.«

»Du hast leicht reden. Ich kann dir sagen, wenn du an meiner Stelle wärst, würdest du ...«

»Pst. Ich muss mich konzentrieren.«

Zähneknirschend hielt ich den Mund.

Nach ein paar Minuten wurde das Jucken heiß und schmerzhaft.

»Es wird jetzt gleich etwas brennen«, sagte Qaun, gerade als ich ihn darauf ansprechen wollte. »Macht Euch keine Sorgen, ich beende die Betäubung. Die Schmerzen werde ich gleich wieder unterdrücken, aber erst will ich noch die Nerven überprüfen.«

Plötzlich schoss ein scharfer Schmerz in meinen Rücken und klang gleich darauf zu einem Kribbeln ab. »Hast du mich gerade gezwickt?«

»Ich habe Euch noch nicht erlaubt, Euch zu bewegen. Schön, schön, das sieht gut aus. Tut es weh?«

Ich beugte mich vor und dehnte meinen Rücken. Dann verdrehte ich den Oberkörper. »Nein, gar nicht.«

»Fantastisch.«

Ich machte eine Faust. »Äh ... etwas stimmt nicht.«

Qaun riss den Kopf hoch. »Was? Was ist los? Ihr habt doch gesagt, dass Ihr keine Schmerzen habt.«

»Ja, die habe ich auch nicht, aber ich fühle mich auch nicht stärker.« Ich ging zu der Stelle hinüber, wo ich meine Tunika abgelegt hatte, und streifte sie mir rasch über. Anschließend versuchte ich noch einmal, die Shanathá-Rüstung anzuheben. »Nein, sie ist immer noch zu schwer für mich.« Meine Panik war mir sicher deutlich anzusehen. Zumindest konnte ich sie deutlich fühlen. »Meine Kraft ist nicht zurückgekehrt, Qaun.«

Er sah erleichtert aus. »Ist das alles? Damit habe ich gerechnet.«

»Was? Damit hast du gerechnet? Ging es bei deinem Plan nicht darum, dass ich wieder stark werde?«

Qaun zog einen Stuhl heran und nahm darauf Platz. Er sah erschöpft aus. Offenbar war es sehr schwer gewesen, mich zu heilen.* Die Tatsache, dass er es allein geschafft hatte, zeigte, wie viel besser er im Zaubern geworden war. »Janel, Euch muss mittlerweile doch klar sein, dass Xaltorath Euch nie mit einem Stärkefluch belegt hat.«

Ich erstarrte.

Qaun sah meinen Blick und seufzte. »Hört mir bitte einfach zu. Ihr wart ein kleines Mädchen in einer schrecklichen Lage. Die Zaubergabe – die manche als Hexengabe bezeichnen – würde unter so einem Druck bei jedem zu Tage treten. Eure hat es getan. Und was Ihr als kleines Mädchen am meisten gewollt habt ...«

»Du weißt nicht, was ich gewollt habe«, fuhr ich ihn an.

»Ich glaube, dass Ihr stark sein wolltet«, entgegnete er. »Zu stark für Eure Feinde, zu stark, um einem Dämon zum Opfer zu fallen. Und deswegen habt Ihr Euch selbst stark gemacht, auch wenn das,

---

* Es ist, als trüge sie die ganze Zeit Talismane, und ich bin mir nicht einmal sicher, dass sie diesen Effekt absichtlich herbeiführt.

was damals mit Euch geschehen war, nichts mit fehlender Körperkraft zu tun hatte. Ihr wurdet stark, weil Ihr Euch Kraft angezaubert habt.«

Ich betrachtete meine Hände. »Stark durch einen Zauberspruch.«

Inzwischen wusste ich, wie das ging. Ich hatte immer Angst gehabt, dass meine Feinde mich als Hexe bezeichnen würden. Und nun war ich tatsächlich zu einer geworden. Ich schämte mich nicht deswegen. Aber zuzugeben, dass ich meine Stärke selbst verursacht hatte, fühlte sich wie eine Niederlage an. Genauso wie das Eingeständnis, dass ich einen Dämon als Ausrede vorgeschoben hatte. *Ich bin keine Hexe, ich wurde bloß von einem Dämon verflucht.*

Nein. Gedanken wie dieser entsprachen Xaltoraths Logik, ihren verworrenen Abgründen aus Schuld und Gegenanschuldigungen. Sie hatte immer behauptet, alles, was geschah, wäre eine direkte Konsequenz meiner eigenen geheimen Wünsche. Dass ich mich nur als Opfer inszeniert hätte, um mich vor der Verantwortung für meine eigenen Entscheidungen zu drücken.

Worauf ich immer erwidert hatte, dass achtjährige Kinder weder Verantwortung trügen noch eigene Entscheidungen träfen.

Ich konnte das schaffen. Nein, ich musste es schaffen. Denn wenn es mir nicht gelang, würde Aeyan'arric immer weiter Städte einfrieren. Kaens Pläne würden aufgehen. Die Lage in Jorat und Marakor würde sich zunehmend verschlechtern. Das giftige Erz, das die quurischen Magier in der Höhle unter dem Eispalast platziert hatten, würde – genau wie Qaun befürchtete – das umgebende Wasser kontaminieren und alle töten.

Qualvoll und langsam.

Ich schloss die Augen und dachte an meine Kindheit zurück. Ich erinnerte mich an meine Angst, den Hass, das Grauen und die Schmerzen. Ich fühlte, wie Zorn in mir aufstieg, und wusste, dass ich ihn ganz leicht in Gewalt und Zerstörung umschlagen lassen konnte, wenn ich das wollte. Meine magischen Fähigkeiten würden nie auch nur annähernd so positiv sein wie Qauns Heilkünste.

Durch einen roten Schleier hindurch fühlte ich mich einen glorreichen Moment lang mit Khored verbunden. Ich hörte das Kreischen der Krähen und spürte, wie der Gott der Zerstörung so dicht neben mir stand, dass ich nur die Hand auszustrecken und die Finger um den roten Machtwirbel zu schließen brauchte, der ihn speiste.*

Noch nicht, kleines Mädchen. Noch nicht.

Ich langte über den Tisch, packte einen Metallbecher und zerquetschte ihn.

»Gut«, sagte Qaun mit zitternder Stimme. »Gut. Jetzt kleiden wir Euch an.«

Während ich auf den zerquetschten Becher hinunterblickte, bemerkte ich das andere Objekt auf dem Tisch: Qaun hatte es während der Operation an meinem Rücken dorthin geworfen. Es war mit der blutigen Seite nach unten gelandet und hatte eine rote Schmierspur auf der Tischplatte hinterlassen: ein großes Stück rotbraune, mit einem schwarzen Muster gezeichnete Haut.

»Hast du damit noch irgendwas vor?«

Qaun sah mich überrascht und dann entsetzt an. »Ja, ich habe vor, es zu zerstören, um keine Beweise zu hinterlassen.«

»Tu es nicht. Ich glaube, dass ich dafür noch eine Verwendung habe.«

Wir legten mitten in der Nacht los, oder besser gesagt, ich tat es, da wir uns darauf geeinigt hatten, dass Qaun mir nicht folgen würde.

Er sollte mir mit seinem Eckstein aus der Ferne helfen.

Ich war damit einverstanden. Wozu eine empfindungslose Gottheit in der Tasche mit sich herumtragen, wenn man sie nie benutzte?

---

* Ich habe keine Ahnung, wie ich das deuten soll.

Ich brauchte keine Laterne. Die Höhlen waren zwar dunkel, doch in meinen drei Studienjahren hatte ich gelernt, mein eigenes magisches Licht zu erzeugen.

Ich verstaute die Rüstung in einer großen Tasche und stopfte Kleider, Schals und Stoffe zwischen die einzelnen Elemente, damit sie nicht gegeneinanderklirrten. Anschließend betrat ich die Tunnel und stieg immer tiefer hinab, bis ich in den Höhlen herauskam.

Diesen Teil des Abenteuers habe ich wohl vermasselt.

Ihr müsst wissen, dass mir nicht klar gewesen war, wie verschlungen und verästelt sich die Quellhöhlen unter dem Palast ausbreiteten. Es war ein quälendes Labyrinth aus Röhren, Kammern und steilen Abhängen. Während meine schwebende magische Lichtkugel scharfkantige Schatten an die Wände warf, verlor ich schon nach kurzer Zeit die Orientierung. Ich hatte keine Ahnung, wo unten war, geschweige denn wie ich in Khorevals Höhle gelangen und anschließend wieder den Weg nach draußen finden sollte, um Aeyan'arric aufzuspüren. Ich war seit Jahren nicht mehr dort unten gewesen.

Ich hatte mich verlaufen.

Und Qaun konnte mir nicht helfen. Er war noch nie in diesen Höhlen gewesen.

Er hatte keine Ahnung, wohin ich gehen sollte.

Da ich nicht wusste, was ich sonst tun sollte, legte ich die Rüstung an (wie sich herausstellte, war es einfacher, sie am Körper als in der Tasche zu tragen) und ging durch irgendeinen zufällig ausgesuchten Tunnel weiter nach unten. Ich gab mir alle Mühe, nicht in ein Loch zu fallen oder zu stolpern und mir etwas zu brechen, damit diese miese Situation nicht noch schlimmer wurde.

In der Rüstung war es unangenehm heiß, aber wenigstens konnte ich dank der Glyphe frische Luft atmen. Qaun hatte mir Sicherheitsanweisungen mit auf den Weg gegeben: *Hebt außer dem Speer nichts auf und nehmt den Helm nicht ab.* Und wenn ich mit allem fertig war, sollte ich die Rüstung in eine Spalte werfen, wo sie zu Schlacke zerschmelzen würde.

Ich nahm die Gefahr durch das vergiftete Metall genauso ernst wie Qaun, doch es tat mir jetzt schon leid, die Rüstung zurücklassen zu müssen. Allein mit dem Metall hätte ich mehrere Jahre lang sämtliche Steuerabgaben meines Kantons begleichen können.

Ich überlegte gerade, aufzugeben und mit Kieselsteinen das Wort HILFE auf den Boden zu schreiben, damit Qaun es las, wenn er nach mir sah. Da bemerkte ich auf der Höhlenwand vor mir einen intensiven goldenen Schimmer.

Als ich Khoreval das letzte Mal gesehen hatte, war ein goldener Glanz von ihm ausgegangen.

Ich tastete mich langsam voran, bis ich schließlich die Felskante entdeckte, vor der Xivan mich ein paar Jahre zuvor eindringlich gewarnt hatte. Unterhalb der Kante sah ich den blauen Rauch und den giftigen Fels der Quellhöhle.

Der Rauch bereitete mir keine Sorgen.

Das Metall hüllte meinen gesamten Körper ein, und meine Augen waren von einer dünnen Glasschicht geschützt. (Zumindest sah das Material aus wie Glas.) Den Waffenschmieden des Hauses D'Talus war mit dieser Rüstung ein echtes Meisterwerk gelungen.

Dank meiner Kraft fiel mir das Klettern zwar nicht schwer, aber ich machte mir Sorgen, dass ein Griff aus der Wand brechen und ich in die Tiefe stürzen könnte. Zum Glück stellte sich bei näherer Betrachtung heraus, dass es sich bei der Klippe, die zum Boden der Haupthöhle hinunterführte, nicht um eine senkrechte Wand, sondern nur um einen sehr steilen Abhang handelte.

Durch Lücken in den blauen Rauchschwaden erblickte ich immer wieder die Knochen, die überall auf dem Boden verstreut lagen. Aus dem ansonsten schwarzen Steinboden ragten warzenähnliche orangegelbe Razarras-Stücke. Ein paar der kleinen Brocken waren unter Fußsohlen zerbrochen und zu einer Art Puder zerfallen. Allmählich verstand ich, wieso Qaun gesagt hatte, dass ich selbst die kleinsten Rückstände von Razarras an meinem Anzug beseitigen musste. Falls ich Staub aufwirbelte und einatmete, würde ich sterben. Ich ging zu dem Podest hinüber, auf dem der Speer lag.

Zum ersten Mal fragte ich mich, ob hier irgendwo Fallen verborgen waren.

In der Mitte der Höhle, nicht weit weg vom Speer, erhob sich ein großer schwarzer Felsblock. Der Stein war ... heiß. Ich spürte durch die Rüstung die glühende Hitze, die von ihm ausging. Für diese hohe Temperatur schien es keinen Grund zu geben. In der Nähe des Felsens waren weder Lava noch ein Vulkanschlot zu sehen, und es hatte auch niemand ein Feuer angezündet. Der Fels glühte von ganz allein.

Dann sah ich das Symbol, das in den Stein graviert war. Es sah genau aus wie die Zeichnung, die ich auf dem Rücken getragen hatte.

Ich blieb stehen.

Das Symbol auf dem Stein bedeutete, dass Senera hier gewesen sein musste. Und das wiederum hieß, dass Relos Var ziemlich sicher wusste, wie man das Gift hier neutralisieren konnte – genau wie ich einmal Qaun gegenüber vermutet hatte. Doch er hatte es nicht getan, weil es seinen Zielen zuwiderlief.

Aber was für einem Zweck diente der Stein? Wozu das Symbol?

Ich holte die aufgerollte Haut – meine Haut – aus dem Beutel. Ich hatte keine Zeit gehabt, sie zu behandeln oder gar zu gerben. Und so war sie immer noch ein grässliches Andenken an meinen Aufenthalt beim Herzog, das ich letztlich ebenfalls zerstören musste.

Allerdings war es mir angesichts des Plans, den ich mit der Haut verfolgte, ohnehin egal, ob sie giftig wurde.

Bei genauerem Hinsehen bemerkte ich, dass die beiden Symbole nicht identisch waren. Sie schienen Variationen eines zugrundeliegenden gemeinsamen Schriftzeichens zu sein. Beide waren mir unverständlich.

Ich blickte hinter den Ersten Schleier, um zu sehen, was die Quellhöhle dort zu offenbaren hatte. Es war ehrlich gesagt nicht viel.

Heimtückischerweise hatten die Quurer diese Höhlen so verändert, dass keine Magie nötig war, um die Transformation aufrechtzuerhalten. Deshalb konnte sie auch nicht mit dem Fingerschnippen eines anderen Magiers rückgängig gemacht werden. Das giftige Erz war also kein bisschen magisch, aber was war mit dem blauen Rauch? Der war tatsächlich magisch aufgeladen gewesen, und irgendwann hatte diese Magie begonnen, sich zu verflüchtigen. Wenn der Rauch in Mereina genauso langsam zurückwich, wäre die Stadt erst in ein paar Jahrhunderten wieder bewohnbar.

Es musste eine bessere Möglichkeit geben, ihn zu beseitigen.

Der schwarze Fels, der fast wie ein Obelisk geformt war, enthielt erstaunlich viel reines Tenyé.

Wenn Xivan je hier herunterkam und den Felsen fand, würde sie nie mehr yorische Gefangene töten müssen, um ihren Hunger zu stillen. Mit dem Tenyé in diesem Felsen könnte man sehr mächtige Zauber wirken und …

Wer hatte ihn geschaffen? Relos Var? Vielleicht. Zumindest wies das seitlich eingravierte Symbol auf Seneras und somit auch auf Relos Vars Beteiligung hin. Und was war mit dem Symbol selbst?

Bruder Qaun hatte mir erklärt, das Symbol auf meinem Rücken hätte nicht nur meine Kraft unterdrückt, sondern auch mein Tenyé an einen anderen Ort umgeleitet. Jetzt konnte ich mir denken, wohin es drei Jahre lang geflossen war. Die Antwort stand direkt vor mir.

Mein Tenyé.

»Eigentlich ist es meins.«

Ich wirbelte herum und sah Tya, meine Mutter, vor mir stehen. Ich zuckte nicht zusammen.

»Was machst du hier?«, fragte ich, während sie an mir vorbei zu dem Speer ging.

»Ich breche die Regeln«, antwortete Tya und setzte sich auf das Podest. »Aber wie ein weiser Mann einmal zu mir gesagt hat: Scheiß auf die Regeln. Ist das da Menschenhaut?«

Ich sah auf die Rolle in meiner Hand hinunter. »Ja, aber das ist schon in Ordnung. Es ist meine eigene.«

Ihre Augen verengten sich. »Das klingt nicht so beruhigend, wie du vielleicht meinst. Aber zumindest siehst du unverletzt aus.«

»Qaun hat mich geheilt.« Ich holte tief Luft. Eigentlich wollte ich nicht mit Tya reden. Es passte mir nicht, dass sie hier war, obwohl mir natürlich klar war, wie sehr sie mir helfen konnte. »Wie sollte Relos Var *dir* Tenyé abziehen?« Ich schüttelte meine Haut. »Das war nicht *dein* Rücken.«

Sie betrachtete angewidert das halb geronnene Blut, das mir auf die Rüstung spritzte. »Relos Var wusste, dass ich dich nicht sterben lassen würde. Und das wäre geschehen, wenn ich dir nicht genügend Energie geliehen hätte, um diesem Symbol zu widerstehen. Also hat er während der letzten Jahre das Tenyé angezapft, mit dem ich dich versorgt habe, und es für schlechte Zeiten angespart.«

»Dann hast du also zweimal denselben Fehler begangen?«

»Es war kein Fehler«, erwiderte sie.

Ich schnaubte. »Du hilfst deinen Feinden! Xaltorath hat mich ausgebeutet, damit du sie unterstützt, und jetzt lässt du Relos Var genau das Gleiche tun. Wieso?«

Sie hob eine Augenbraue. »Das habe ich dir gerade erklärt.«

»Nein!« Ich überlegte, mir aus Protest den Helm vom Kopf zu ziehen, hin- und hergerissen zwischen dem sicheren Wissen, dass sie mich vor dem Razarras beschützen würde, und dem überwältigenden Bedürfnis, nicht auf ihren Schutz angewiesen zu sein.

»Pferdescheiße. Ich bin es nicht wert, dass du Relos Var oder Xaltorath nachgibst. Ich bin es nicht wert, dass du sie gewinnen lässt! Wieso missbraucht ihr mich immer alle als Entschuldigung, um zu verlieren?«

Ich wollte, dass sie wütend würde. Ja, wütend wäre wirklich schön gewesen. Doch stattdessen sah Tya traurig aus. »Aber du bist es wert, Janel. Ich liebe dich.«

»Nein! Du kennst mich ja nicht einmal. Du weißt nicht das Geringste über mich. Wie kannst du mich da lieben? Ich liebe mich ja nicht mal selbst!«

Ich weiß nicht mehr, ob ich den Helm abgesetzt habe, aber er war verschwunden, als ich mich meiner Mutter in die Arme warf. Sie strich mir über die Haare und küsste mich auf die Stirn. »Ich liebe dich«, flüsterte sie. »Ich habe dich immer geliebt. Als du am Rand der Öde deine Harfe verbrannt und zu mir gebetet hast, dass ich dir den Weg weisen soll, habe ich dich geliebt. Und ich habe dich geliebt, als Valathea sich geopfert hat, um S'arrics Seele zu befreien. Genauso habe ich dich geliebt, als du mit einem neugeborenen Säugling im Arm in Khorvesch einmarschiert bist und verlangt hast, dass dort nie wieder eine Frau an einen Mann verkauft wird. Und wie sehr ich dich geliebt habe, als ich dich zum ersten Mal in den Armen hielt, noch blutig von deiner Geburt ... Und ich habe so laut geschrien, als ich dich hergeben musste, dass alle Magier auf der Welt drei Tage lang taub waren. Ich liebe dich so sehr, dass ich mich vor meinen Feinden erniedrige, damit du am Leben bleibst.« Sie beugte sich ein Stück zurück und sah mir in die Augen. »Aber wenn alles erledigt ist, wenn das alles vorbei ist, werde ich nicht verloren haben. Ich werde nicht verlieren, weil meine Tochter nicht verliert.«

Ich wischte mir die Augen und schniefte, wobei ich einen unangenehmen Schleimpfropfen hinunterwürgte. »Drei Tage lang?«

Sie lächelte mich verschmitzt an. »Man nennt es die Große Stille. Sie haben nie herausgefunden, was sie verursacht hat.«

»Wie ... dramatisch.«*

Sie lächelte. »Als ich noch jung war, habe ich Theater gespielt.«

Ich lachte durch meine Tränen hindurch. »Ganz offensichtlich. Ich auch, in einem anderen Leben. Musstest du mich wirklich in einen Körper stecken, der keinen einzigen Ton halten kann? Ich kann überhaupt nicht singen.«

»Tut mir leid. Das hast du von mir.«

»Natürlich. Die Göttin der Magie kann nicht singen.« Ich wischte mir wieder die Augen. Mir war klar, dass ich mich gerade mit einer hohen Dosis Razarras vergiftet hatte und sterben würde, wenn Tya nichts dagegen unternahm. »Und was jetzt?«

Tya umarmte mich und küsste mich erneut auf die Stirn. »Lass uns mit deinem Plan fortfahren. Du wolltest, dass ich etwas gegen das Metall und den Rauch hier unternehme?«

»Ja.«

»Die Idee gefällt mir. Lass es uns zusammen tun. Und wie würde es dir gefallen, wenn du mit deiner Mutter gegen einen Drachen kämpfst? Nur wir beide?«

Ich musste zugeben, dass mir diese Idee auch sehr gefiel.

Aeyan'arric spielte im Schnee.

Tya und ich standen auf einem Hang in den yorischen Bergen und sahen zu, wie die Drachin unter uns herumtollte und sich wie eine Katze mit einer Feder freudestrahlend im Schnee rollte. Nur dass eine spielende Katze weder Berge zum Erzittern bringt, noch riesige Furchen in Granithängen hinterlässt. Eine Katze löst auch keine Lawine aus und jagt ihr dann hinterher, als wäre sie eine Maus.

Sie war so wunderschön. Das Sonnenlicht, das sich auf ihren Schuppen brach, erzeugte auf dem Schnee und dem Eis um sie he-

---

* Das muss ausgerechnet sie sagen. Wenigstens weiß ich jetzt, woher Janel diesen Charakterzug hat.

rum unzählige glitzernde Regenbogen. Sie war kalt und perfekt, eine Manifestation des Winters.

Ich verstärkte den Griff um Khoreval und wünschte mir nur einen Moment lang, wir müssten es nicht tun.

Trotz aller Vorbereitungen hatte ich, als es so weit war, kaum noch daran gedacht, den Speer mitzunehmen. Seitdem ich Khoreval in der Hand hielt, spürte ich, dass seine Magie außergewöhnlich und tatsächlich stark genug war, um einen Drachen zu töten. Allerdings wirkte er verglichen mit Aeyan'arrics majestätischer Erscheinung nicht größer als ein Zahnstocher. Ich kam mir wie eine Närrin vor, weil ich mir eingebildet hatte, ohne eine Göttin an meiner Seite gegen einen Drachen bestehen zu können.

Die fragliche Göttin hatte offensichtlich gerade das Gleiche gedacht, zumindest was Aeyan'arrics Schönheit anging, denn sie stieß einen Seufzer aus. »Es bricht mir das Herz. Ich kannte sie schon als kleines Mädchen.«

»Du ...« Ich sah zu ihr hinüber. »Warte mal, war Aeyan'arric früher ein Mensch?«

»Alle Drachen waren ... nun ... ja, lass sie uns Menschen nennen. Aeyan war die Tochter eines guten Freundes. Wenn sie lächelte, war es, als käme die Sonne über den Rand der Wolken.«

»Was hat sie zu einer Drachin gemacht?«

»Ein Ungeheuer. Ihr Onkel.«

»Ihr Onkel ...?«

»Relos Var. Er ist ihr Onkel. Und er hat seinen eigenen Bruder, Aeyans Vater, getötet, weil ... Ehrlich gesagt habe ich keine Ahnung, wieso. Nach all den Jahren weiß ich es immer noch nicht.« Tya machte ein abweisendes Gesicht und schien keine weiteren Fragen beantworten zu wollen. »Versteck dich hinter diesem Felssims. Ich locke sie unter dich. Springe nicht daneben, wenn du dich auf sie stürzt.«

»Ist das dein Plan? Auf sie springen und das Beste hoffen?«

Tya lachte. »Was hattest *du* denn vor?«

Ich runzelte die Stirn und blickte auf meinen Beutel hinunter. Ich hatte mir überlegt, Aeyan'arrics Schuppen eine neue Dekoration zu verpassen, die sie ihrer Kraft berauben würde. Aber da war mir noch nicht klar gewesen, dass Senera das Symbol auf meinem Rücken eigens für mich gemacht hatte. Daher würde es bei Aeyan'arric wahrscheinlich nicht funktionieren, vor allem wenn das Zeichen bedeutete: *Stehle Energie von der voratischen Tochter der Göttin der Magie.*

»Du weißt nicht zufällig, was das bedeutet, oder?«, fragte ich Tya und zeigte ihr das Symbol.

Sie schüttelte bedauernd den Kopf. »So merkwürdig sich das aus meinem Mund auch anhören mag, aber ich habe keine Ahnung.«

»Ich hatte den Plan, es nach der Drachin zu werfen, um sie zu schwächen, aber inzwischen glaube ich, dass es nicht funktionieren wird.«

»So sehr unterscheidet sich dein Vorhaben gar nicht von drauffallen lassen und das Beste hoffen, findest du nicht?«

Ich räusperte mich. »Nein.«

»Beweg dich schnell. Wenn es nicht funktioniert, rennst du weg. Du kannst sie nicht mit Ausdauer oder Stärke schlagen. Ziele mit dem Speer auf die Stelle zwischen ihren Augen.«

Ich nickte und machte mich auf den Weg zum Sims. Tya verschwand.

Einen Moment später tauchte sie unten im Tal auf, wo Aeyan'arric sich immer noch austobte. Die Drachin spreizte sofort die Schwingen und bäumte sich auf wie eine Schlange. Sie verzichtete auf jedes höfliche Geplänkel und stürzte sich stattdessen auf die Stelle, wo Tya stand. Doch die verschwand so schnell, dass ihre Schleier den Eindruck eines verwischten Regenbogens hinterließen.

Ich wusste, dass es schwer werden würde, den richtigen Zeitpunkt abzupassen. Ich musste mich auf Aeyan'arric werfen, bevor sie bei mir war. Wenn ich zu früh absprang, würde ich in den Tod stürzen. War ich zu spät dran, wahrscheinlich auch.

Mittlerweile hatte Aeyan'arric die gewünschte Position fast erreicht. Ich sprang ... und landete nicht richtig auf ihrem Hals. Als ich mich rasch an ihren Schuppen festklammerte und hochhievte, verlor ich nicht nur fast das Leben, sondern auch den Speer. Aeyan'arric hatte mich bemerkt und schwang den Hals zur Seite, aber sie konnte mich nicht beißen. Sie flog steil nach oben und hob beide Vorderklauen, um mich von ihrem Hals zu reißen.

Als die Drachin den Blick von Tya abwandte, griff diese an und füllte den Himmel um uns herum mit Feuer. Meine Haut schlug Blasen. Ich ärgerte mich, dass ich nicht vorher daran gedacht hatte, einen Schutzzauber zu wirken, und holte es schnell nach.

Dann stieß ich Khoreval von oben in Aeyan'arrics Hals.

Die Drachin schrie, und eine unfassbar starke Energie floss aus der Wunde in meinen Körper. Die Erfahrung war alles andere als angenehm, denn das Tenyé der Drachin fühlte sich verdreht und falsch an, gewissermaßen verdorben, als wären die normalen magischen Energien, von denen die gesamte Schöpfung durchdrungen war, auseinandergebrochen und hätten sich zu etwas Chaotischem und Disharmonischem neu zusammengefügt. Ebenfalls schreiend bohrte ich den Speer tiefer in ihren Hals und stieß einen erneuten Schrei aus, als eiskaltes Blut auf mich spritzte.

Dann stürzten wir ab. Der Aufschlag war nicht schmerzhaft, sondern eine Erlösung, da sich der Schnee wie eine kühlende Kompresse auf meinen Verbrennungen anfühlte. Aeyan'arric schlug mit ihrem Schwanz nach mir und verfehlte mich nur deshalb, weil ich ein so kleines Ziel abgab. Aber Tya war auch noch da. Nachdem ihre Feuerkugel erloschen war, tauchte die Göttin einen Augenblick später wieder auf und entfesselte eine violette Energie, die Klauen und Flügel der Drachin zersetzte.

Ich rief mir in Erinnerung, dass ich Wichtigeres zu tun hatte, als mich meinen Schmerzen hinzugeben, und zog den Speer aus dem

Hals der Drachin. Dann stieß ich ihn erneut nach unten, diesmal zwischen ihre Augen.

Aeyan'arric brach zusammen und gleich darauf auch ich.

Ich war über und über mit Drachen- und Menschenblut bedeckt, über meine Verletzungen wagte ich gar nicht nachzudenken.

Aber wir hatten es geschafft. Wir hatten eine Drachin getötet.

Tya schwebte neben mir herab. Sie stieß einen Laut aus, der mich so sehr an Dorna erinnerte, wenn ich als Kind vom Spielen im Schlamm nach Hause gekommen war, dass es mir beinahe den Atem verschlug. Sie legte mich neben Aeyan'arrics Kopf auf den Schnee und versorgte meine Wunden.

»Warte hier. Ich muss nachsehen, ob es funktioniert hat.«

Der Schock riss mich aus der Benommenheit. »Was meinst du mit ›ob es funktioniert hat‹?« Ich deutete auf den Kadaver.

Tya schüttelte den Kopf. »So ist es jedes Mal.«

»Wir haben schon öfter Drachen getötet, Janel. Sie erholen sich wieder. Sie heilen. Genau wie wir. Du kannst keinen der Acht töten. Wir wollen einfach nicht tot bleiben. Und genauso wenig kannst du einen Drachen umbringen.« Sie berührte den Speer. »Ruh dich hier aus. Ich erkundige mich bei Thaena. Sie wird wissen, ob es geklappt hat.«

Ich nickte und ließ mich seufzend zurücksinken. Fast hätte ich ihr gesagt, dass ich gerne selbst zu Thaena gehen würde, aber ich wollte wach bleiben. Ich fühlte und hörte, wie Tenyé in Bewegung geriet, und als ich den Blick hob, war Tya verschwunden.

Ich beobachtete die Wolkenwirbel über mir. Es waren Sturmwolken, und sie lösten sich auf, als hätten sie sich nur auf Befehl ihrer Drachenkönigin zusammengeballt. Nun konnten sie Schnee, Regen und Leben an andere Orte bringen.

Ich bin mir nicht sicher, wie lange ich so dalag, aber ich glaube, nicht sehr lange.

Dann hörte ich Relos Vars Stimme: »So war das nicht gemeint, als ich Qaun befahl, Euch zu helfen.«

52

GESPRENGTE KETTEN

Jorat, Quurisches Reich.
Drei Tage nachdem Klaues Seite gewonnen hatte

»Ich frage mich, ob das auf alle zutrifft«, überlegte Kihrin.

»Wie bitte?«, fragte Qaun.

»Ob alle Drachen Kinder der Acht Unsterblichen sind. Immerhin war ich vier Jahre lang auf Thaenas heiliger Insel gestrandet, weil ihr Drachensohn, Sharanakal, mich nicht weglassen wollte. Und dann ist da auch noch Aeyan'arric und ... ich selbst ...«

Qaun runzelte die Stirn. »Was ist mit Aeyan'arric und Euch?«

»Ach, nichts. Ich frage mich nur, ob das für alle Drachen gilt?«

»Donnerwetter«, sagte Ninavis. »Das ist ein Gespräch, von dem ich nicht gedacht hätte, dass ich es je führen würde.«

Janel sah Bruder Qaun an. »Ich glaube, es könnte sein. Vielleicht hat Relos Var immer schon gern die ganze Familie mit hineingezogen.«

»Dieser Mann hat ein paar ernste Probleme«, kommentierte Dorna.

»Das ändert einiges«, sagte Kihrin. Er erinnerte sich an Bemerkungen sowohl von Relos Var als auch dem Drachen Sharanakal. Sie hatten Kihrin nicht an seiner äußeren Erscheinung, sondern an der »Farbe« seiner Seele erkannt. Wenn alle Drachen dazu fähig waren, würde vielleicht auch Aeyan'arric ihn wiedererkennen.

Aber war das gut? Was war, wenn Aeyan'arric ihren Vater hasste?

»Und was soll das ändern?«, fragte Janel. »Sie ist immer noch eine wütende Drachin, mit der Relos Var uns hier festhalten will.«

Kihrin hielt inne und machte eine vage Geste. »Fahrt mit der Geschichte fort. Ich muss darüber nachdenken.«

Qauns Schilderung. Im Eispalast, Yor, Quur.

Als Bruder Qaun merkte, dass Tya ihn nicht wahrnahm, erkannte er, dass er sogar Götter ausspionieren konnte.* Er war Janel seit ihrem Aufbruch gefolgt, indem er ihre höhere Körpertemperatur als Wärmequelle nutzte. Sobald sie die Quellhöhlen betreten hatte, war das allerdings gar nicht mehr nötig gewesen. Der Steinmonolith war so heiß, dass Qaun erblindet wäre, wenn er ihn direkt angesehen hätte. Er brannte so lichterloh wie ein Schmiedefeuer.

Genau wie Relos Var und Janel strahlte auch Tya mehr Hitze aus als eine normale Person. In ihrem Fall sogar viel mehr. Bruder Qaun nahm sich vor, eine mögliche Verbindung zwischen dem Tenyé und der Temperatur zu untersuchen. War die Energie des Tenyé fühlbar? Was sagte dieser physiologische Unterschied aus?

Dann brachen Janel und Tya in Tränen aus, und Qaun wünschte, er müsste sie nicht weiter beobachten. Diese Erfahrung war viel peinlicher, als bei Sex zuzusehen, wozu er sich hin und wieder zwang, da er Angst hatte, andernfalls wichtige Erkenntnisse zu verpassen.

Er beobachtete sie weiter. Und er sah auch zu, wie Mutter und Tochter gemeinsam Aeyan'arric bezwangen.

---

* Hätte er gewusst, dass Mithros in Wahrheit Khored war, wäre es ihm vermutlich schon früher aufgefallen.

Bruder Qaun stieß die Luft aus. Was auch immer sonst noch geschehen würde, Janel war in Sicherheit.

Ihre Mutter würde sie mitnehmen.

Sie hatte es geschafft.

Plötzlich erhielt er einen Stoß, bei dem ihm Weltenfeuer aus der Hand fiel.

Senera ragte über ihm auf. »Beobachtest du etwas Interessantes?«

»Was? Ich ...«

Sie packte seine Schulter und zerrte ihn vom Stuhl hoch. Er blickte sich um und sah, dass ihre Soldaten den Raum bevölkerten. Sie wirkten frisch verarztet und einige waren bandagiert, als hätten sie gerade einen Kampf hinter sich.

Vermutlich war es auch so.

»Was ist passiert?«, fragte Bruder Qaun.

»Das wirst du noch früh genug herausfinden«, sagte Senera. »Gehst du selbst, oder soll dich der Leutnant tragen?«

Er stand auf, strich sein Agolé glatt und nahm Weltenfeuer. »Ich werde gehen.«

Sie verließen gemeinsam die Hauptbibliothek und erklommen die Stufen zur großen Halle. Bruder Qaun spürte, wie sich sein Magen bei jedem Schritt immer mehr zusammenzog. Sie waren zu früh aufgeflogen. Sicher hatte jeder im Palast den Kampf draußen beobachtet. Und niemand – weder Herzog Kaen und schon gar nicht Relos Var – dürfte froh darüber sein, Aeyan'arric tot zu sehen. Die Yorer würden Qaun vermutlich hinrichten, aber davon war er ausgegangen.

Von Anfang an.

Und so war die Szene, die sich ihm in dem riesigen Kristall-Trapezoid bot, genau wie erwartet. Allerdings enthielt sie zwei zusätzliche Details, mit denen Qaun nicht gerechnet hatte.

Das hatte er erwartet: Herzog Kaen stand dort, wütend und mächtig, außerdem sah er aus, als sei er gerade aufgeweckt worden und hätte keine Zeit gehabt, seinen Bartschmuck anzulegen.

Xivan stand neben ihm, genau wie sein Sohn, Exidhar. Wyrga saß auf ihrem angestammten Platz beim Feuer. Sie hatte ihr Eisbärenjunges beziehungsweise ihren verzauberten Ehemann dabei. Die Verschmähten hatten sich wie eine Ehrengarde im Raum verteilt. Sie trugen Rüstung, Schild und Schwert. Den stämmigen Yorer mit den blauen Haaren, der beim Herzog stand, kannte Qaun nicht, aber das war nicht weiter verwunderlich, da die meisten yorischen Adligen nichts mit ihm zu tun haben wollten. Außerdem waren zu dieser frühen Stunde viele der üblichen Gesichter noch nicht zugegen.

Und damit hatte er nicht gerechnet: Janel Danorak lag neben Relos Var bewusstlos auf dem Boden. Ihre Arme waren hinter dem Rücken mit einem massiven Metallband gefesselt, das ihre Hände umhüllte. Außerdem stand vor Herzog Kaen eine blutig geschlagene Person, die Bruder Qaun zwar seit Jahren nicht mehr gesehen hatte, an die er sich aber immer noch sehr gut erinnern konnte.

Ninavis.

Sie war mit einem Seil gefesselt und hatte auf einer Wange eine dunkelblaue Schwellung. Von ihren aufgeplatzten Lippen tropfte Blut.

»Ah, gut, dann sind ja jetzt alle da«, sagte Relos Var.

Bruder Qaun wurde speiübel. Var hatte ihn gewarnt, dass er sich eines Tages würde entscheiden müssen, ob er weiterhin Herzog Kaen unterstützte oder sich stattdessen Janel zuwandte. Anscheinend stand der Entschluss des Magiers nun fest.

Qaun suchte in Relos Vars Gesicht nach einem Hinweis, dass die Situation nicht so war, wie sie sich darstellte, und dass der Magier eine Möglichkeit gefunden hatte, Janel und Qaun – und vielleicht sogar Ninavis – am Leben zu lassen. Doch Vars Miene war steinern.

»Euch ist klar, dass sie zurückkommt, oder?«, fragte Bruder Qaun.

Ein Wächter trat vor, um ihm einen Schlag zu verpassen. Qaun richtete den Blick auf ihn, und der Mann zögerte.

Relos Var drehte sich um. »Wer kommt zurück?«

»Tya. Oder habt Ihr geglaubt, Janel hätte Aeyan'arric ganz allein getötet?«

Herzog Kaen sah zu Var hinüber. »Allmählich glaube ich, dass es gar nicht so schwer ist, einen Drachen zu töten, wie Ihr mir weismachen wolltet.«

Der Magier schüttelte den Kopf. »Aeyan'arric ist nicht tot, Euer Gnaden.«

»Sie hat sie getötet«, wiederholte Qaun. »Ich habe es gesehen.«

Relos Var kniff sich seufzend in den Nasenrücken. »Ja, das hast du. Aber ihr Tod ist nicht von Dauer. Sie wird wiederkommen.« Er lächelte Qaun an. »Janel hat einen Schritt ausgelassen.«

Bruder Qaun verschränkte die Arme. »Was meint Ihr damit?«

»Was ihr nicht bedacht habt…« Relos Var hielt kurz inne. »Nein, den Unterricht heben wir uns besser für ein andermal auf. So sehr ich es auch liebe, die Unwissenden zu erleuchten, hast du natürlich recht. Ich bin mir nicht sicher, ob dieser Palast ein Wiedersehen zwischen mir und meiner Lieblingsschülerin überstehen würde.«

Qaun blinzelte verwirrt. Wieso sprach Relos Var über Senera, als wäre sie nicht da? Dann wurde ihm klar, dass er jemand anderen meinte.

Die Göttin Tya war seine »Lieblingsschülerin« gewesen.*

»Was könnt Ihr tun?«, fragte Herzog Kaen. »Janel Danorak töten? Sie nach Shadrag Gor schicken? Und was ist mit unserem Schwarzen Ritter?« Er deutete auf Ninavis. »Wollt Ihr mir allen Ernstes erzählen, dass Ihr nicht eine einzelne Frau mittleren Alters aufspüren konntet, die für all unsere Probleme in Jorat verantwortlich ist? Obwohl *sie* der Schwarze Ritter ist?«

---

* Dieser Jungspund versteht keinen Sarkasmus.

Kaen bemerkte den finsteren Blick nicht, den Xivan ihm zuwarf.

Ninavis hob den Kopf und leckte sich grinsend das Blut von den Lippen. »Ich muss sagen, ihr habt es mir auch leicht gemacht. Aber euer edler Herr hier täuscht sich: Ich bin nicht der Schwarze Ritter.«

»Doch, ist sie, Hon«, ergriff der Mann mit den blauen Haaren das Wort. »Ich weiß, was ich in Jorat gesehen habe.«

»Vielleicht sollte ich besser sagen, dass inzwischen alle Schwarze Ritter sind. Mein Tod wird nichts ändern. Da wir wussten, dass ihr nach einer Armee Ausschau halten würdet, haben wir nie eine aufgestellt. Und weil wir wussten, dass ihr den Schwarzen Ritter suchen würdet, haben wir jeden zum Schwarzen Ritter gemacht. Ich? Ich bin bloß eine Diebin, die gut mit Pfeil und Bogen umgehen kann. Mich zu töten ist, als würdet ihr eine Tasse Wasser aus dem Meer schöpfen, um eine Flut aufzuhalten.«

»Bringt sie zum Schweigen«, sagte Relos Var. »Sie versucht bloß, uns hinzuhalten ...« Er verstummte und riss die Augen auf. Mehrere Gefühle schienen gleichzeitig über sein Gesicht zu huschen: Wut, Schock, Empörung und Angst waren am deutlichsten zu erkennen. Bruder Qaun fand, dass er aussah, als wäre er gerade von einem guten Freund erstochen oder vergiftet worden und würde nun erkennen, dass er von vorne bis hinten betrogen worden war.

Aber vielleicht projizierte Bruder Qaun auch nur seine eigenen Emotionen auf Relos Var.

»Was ist los?«, fragte Herzog Kaen.

»Jemand hat gerade meinen Bruder getötet«, sagte der Magier und verschwand.

Die Zurückgebliebenen zögerten. Nach einem Moment des Schweigens drehte der Herzog sich zu seiner Frau um. »Hast du gewusst, dass er einen Bruder hatte?«

»Um ehrlich zu sein, ich habe nicht geglaubt, dass jemand wie er eine Familie haben könnte.«

»Hmm. Na gut. Da er nun weg ist …« Herzog Kaen zog sein Schwert und ging auf die bewusstlose Janel zu. »Ich dulde keine Verräter.«

»Azhen«, sagte Xivan, »wir wissen noch gar nicht, was geschehen ist.«

Der Hon wirbelte zu seiner Frau herum. »Wir wissen, dass sie eine Verräterin ist. Und dass sie mindestens einen meiner Befehle missachtet hat. Sie hat die Gefangenen nicht hingerichtet, sondern nach Jorat geschickt. Sie hat meine Drachin getötet! Offensichtlich wusste sie die ganze Zeit, wer der Schwarze Ritter war, und hat es mir vorenthalten. Ich weiß alles, was ich wissen muss. Ich habe gehofft, ich könnte ihr trauen. Nun weiß ich, dass ich es nicht kann.«

Qaun starrte den blauhaarigen Yorer an, der sich mit ängstlichem Blick auf die Fingerknöchel biss. Bei näherer Betrachtung kam er Qaun nicht wie ein Adliger vor. Er trug einfache joratische Kleidung.

»Ich stimme zu, dass wir etwas unternehmen müssen«, sagte Xivan zu ihrem Ehemann. »Aber wenn wir Janel töten, schicken wir sie damit nur zu unseren Feinden.«

Der Herzog zögerte. Er wirkte konsterniert. Offenbar hatte er vergessen, wieso sie bestimmte Leute ganz bewusst nicht töteten.

Senera hob die Hand. »Wenn Ihr wollt, könnte ich … ähm … mit einem Zauber ließe sich vielleicht …« Sie leckte sich nervös und sichtlich aufgebracht über die Lippen. »Ich meine, ich …«

Qaun hatte Senera noch nie zuvor die Fassung verlieren sehen.

Kaen sah sie missbilligend an. »Nein, du nicht. Ich habe dir und deinem Herrn vertraut. Auf deine Loyalität kann ich mich nicht mehr verlassen. Erst der Schwarze Ritter und jetzt Tya. *Tya?* So weit hätte es niemals kommen dürfen.«*

---

* Zu diesem Zeitpunkt litt er unter erheblichem Verfolgungswahn. Natürlich hatte er nicht unrecht, aber darum geht es nicht.

Sencra machte eine Verbeugung. »Ganz wie Ihr meint, Euer Gnaden.«

»Was ist mit meiner Familie?«, warf der Blauhaarige ein. »Ihr habt mir versprochen, dass ich meine Familie wiedersehen werde.«

Kaen blieb stehen und sah den Mann an.

»Ich meine ... ich ... bitte darum, mein Hon.«

»Wyrga, bring die Gefangenen und unseren neuen Freund hier runter in die Quellhöhlen. Sorge dafür, dass sie nicht entkommen können. Wenn irgendwer versucht, sie ohne meine Erlaubnis dort herauszuholen, bringst du ihn um.«

»Was ... Aber ich habe Euch doch alles gesagt!«, protestierte der Mann.

Qaun konnte ebenfalls nicht glauben, was er soeben gehört hatte. Kaen hatte höchstwahrscheinlich keine Ahnung, dass Janel und ihre Mutter, Tya, die Höhlen wieder zu einem sicheren Ort gemacht hatten. Also hatte der Herzog sie gar nicht – wie er dachte – zu einem langsamen und qualvollen Tod verurteilt. Doch seine vagen Anweisungen hinderten Wyrga auch nicht daran, sie umzubringen, solange ihre Leichen bloß in den Höhlen blieben. Andererseits hatte er ihr mit seinem Befehl, die Göttin Tya zu töten, falls sie kam, um ihre Tochter zu befreien, das Leben sehr schwer gemacht.

Qaun glaubte nicht, dass Wyrga dafür auch nur annähernd mächtig genug war.

Wyrga war das offensichtlich auch klar. Sie bedachte den Herzog mit einem vernichtenden Blick, den dieser jedoch entweder nicht sah oder einfach ignorierte.

»Mein Gemahl, was tust du? Das kann nicht ...«

»*Komm mir nicht in die Quere!*«, brüllte der Herzog. Dann winkte er den Wächtern, denen nicht klar war, dass sie damit ebenfalls in den Tod geschickt wurden. »Bringt sie nach unten.«

»Du hast abgenommen«, sagte Ninavis, als sie zu den Höhlen hinuntergingen.

»Ich freue mich auch, dich zu sehen«, schnauzte Qaun zurück.

»Ich will nur wissen, ob du genug isst. Du siehst aus, als ließen sie dich verhungern. Ich mochte deinen Säuglingsspeck. Der war süß.« Während Ninavis sprach, sah sie sich beständig nach einer Fluchtmöglichkeit um, nach irgendeinem Ausweg.

»Ehrlich?« Er schüttelte den Kopf. »Nein, nein. Ich ... vergesse manchmal nur zu essen.«

Ninavis musterte ihn besorgt.

Nachdem sie fünf Stockwerke hinuntergestiegen waren, wobei einer der Wächter Janel über der Schulter trug, hörten sie, wie jemand aus einem angrenzenden Korridor rief, dass sie warten sollten. Senera stieß zu ihnen.

Entweder hatte sie ein Portal geöffnet oder war gerannt. Vielleicht beides.

»Wie viele Stockwerke müssen wir denn runter?«, zischte Ninavis Bruder Qaun aus dem Mundwinkel zu.

»Das möchtest du nicht wissen«, gab er zurück. »Es ist ein großes Gebäude.«

»Augenblick«, sagte Senera. Sie hielt sich die Hüfte, als hätte sie Seitenstechen. »Der Herzog hat vergessen zu sagen, dass ich euch verzaubern muss.«

Ninavis stöhnte. »Ach, *du* bist das. Ich hasse dich.«

Wyrga drehte sich zu Senera um und entblößte ihre scharfen Zähne zu einem bösen Lächeln. »Ach wirklich, kleines Mädchen?« Die Alte winkte Senera mit gekrümmtem Finger zu sich her.

Ihr Lächeln ließ Qaun stutzen. Es kam ihm bekannt vor. Er blickte zwischen Janels schlafender Gestalt und Wyrga hin und her. Wie viel Zeit hatte Janel eigentlich mit der alten Frau verbracht? Doch von dieser Frage durfte er sich im Moment nicht ablenken lassen.

Senera straffte sich. »Was willst du, Wyrga?«

Wyrga packte sie am Hals und zog die Doltari auf Augenhöhe zu sich herunter. »Du warst immer eine von meinen, nicht wahr? Mit falschen Ehegelübden kann man vielleicht die Männer reinlegen, aber ich erkenne meine Töchter, wenn ich sie sehe.«

Senera knirschte mit den Zähnen. »Lass mich los.«

Wyrga grinste. »Nenn mich *Mutter*, mein Schätzchen.«

»Lass mich los, Mutter«, wiederholte Senera.

Wyrga löste den Griff um ihre Kehle.

Senera ging weiter. In einer Hand hielt sie den mit Tinte gefüllten Namen aller Dinge, in der anderen ihren Pinsel. »Das wird nur einen Moment lang dauern.«

Wyrga stieß ihr gackerndes Lachen aus. Sie wusste, dass der Herzog nicht »vergessen« hatte, die Gefangenen vor den Giften in den Höhlen schützen zu lassen: In Wahrheit ahnte er nicht einmal, dass solche Schutzzauber überhaupt existierten.

Bruder Qaun schüttelte den Kopf. »Das ist nicht nötig«, flüsterte er, als Senera sich ihm näherte. Sie wusste nicht, dass die Gefahr bereits neutralisiert war.

»Halt den Mund«, sagte sie und schaute über die Schulter zu Wyrga zurück. »Ich weiß, was ich tue.«

»Ach ja?« Qaun sah die blasse Frau an. Er fragte sich, wie viel sie dieser Zauber wohl kosten würde, und auch, ob sie ihnen Relos Var zuliebe das Leben rettete oder weil sie selbst nicht wollte, dass sie starben.

Sie zeichnete allen das Luftsiegel auf die Stirn und fügte noch ein zweites, ihm unbekanntes Symbol hinzu. Qaun betrachtete es genau und prägte es sich ein.

Als Senera fertig war, sagte sie: »Also gut, dann weiter.« Offensichtlich hatte sie nicht vor zurückzubleiben.

Was bedeutete, dass auch ihr das Schlupfloch in den Befehlen des Herzogs aufgefallen war.

Die alte Frau machte ein finsteres Gesicht, widersprach aber nicht. Die Gruppe ging weiter, bis sie die Tunnel unter dem Palast erreichten. Offensichtlich kannte Wyrga den Weg.

Senera musterte den großen Monolithen in der Haupthöhle ausgiebig und blickte dann zu Janel zurück. »Sie hat das Zeichen von ihrem Rücken entfernt.«

»Ich habe es getan«, gestand Bruder Qaun. »Sie hat eigentlich nur dagelegen.«

Wyrga grinste ihn an.

Bruder Qaun spürte, wie er errötete. »So habe ich das nicht gemeint.«

Während die alte Frau sich in der Höhle umsah, schien sie mit jedem Schritt aufrechter zu gehen. Wie eine gewissenhafte Zofe mit einem Besen blickte sie in jedes Eck und schnalzte beim Anblick der auf dem Boden liegenden Leichen missbilligend mit der Zunge. »Das Razarras-Erz ist verschwunden. Der Rauch auch. Wer hat mein Haus geputzt?« Als sie ihren kleinen Eisbären – *Chertog**, wie Qaun sich ins Gedächtnis rief – absetzte, begann der sofort, auf dem Oberschenkelknochen eines der Toten herumzukauen.

»Tya hat vorhin alle Gefahren beseitigt«, sagte Bruder Qaun.

Senera fing seinen Blick auf. »Es ist nicht nötig«, wiederholte sie leise Qauns Warnung und seufzte.

Der Wächter, der Janel trug, ließ sie zu Boden sinken. »Soll ich sie aufwecken?«

»Dabei wünsche ich dir viel Glück«, sagte Ninavis.

Senera ging zu Janel und runzelte die Stirn. »Offensichtlich hat Relos Var sie mit einem weiteren Schlafzauber belegt.«

»Ich bezweifle, dass Relos Var sie nach dem Duell in Atrine mit

---

* Ich hätte wissen müssen, dass Qaun Wyrgas wahre Identität kannte. Vielleicht hat Janel es ihm verraten, aber wahrscheinlich ist er selbst draufgekommen. Schließlich haben wir aus dem kleinen Schleimer einen richtig guten Spion gemacht, nicht wahr?

einem Schlafzauber belegt hat«, sagte Bruder Qaun. »Es ist nicht leicht, sie aufzuwecken, wenn sie schläft.«

Natürlich wachte Janel genau in diesem Moment auf.

Qaun und Ninavis tauschten einen Blick aus. Es war immer noch Nacht. Normalerweise konnte Janel gar nicht vor Tagesanbruch erwachen.

»Man kann sie nicht leicht aufwecken, sagst du?« Senera schaute Qaun mit erhobenen Augenbrauen an. Sie winkte den Wachen. »Richtet sie auf.«

Wyrga schenkte ihnen keine Beachtung und strich, leise vor sich hin murmelnd, mit den Händen über den Steinmonolithen.

»Janel«, sagte Qaun. »Geht es dir gut? Die Situation ist ein bisschen, ähm ...«

»Wir stecken in der Scheiße«, brachte Ninavis seinen Gedanken zu Ende.

Janel blinzelte, während die Wächter sie hochhievten. »He, Ninavis, dich habe ich ja schon lange nicht mehr gesehen.«

»Das stimmt«, erwiderte Ninavis. »Allmählich habe ich mich schon gefragt, ob du nur ein Geist bist, der Arasgon im Nachleben heimsucht. Offenbar schulde ich Dorna zwanzig Throne.«

»Ach, du kennst mich doch. Ich bin schwer zu töten.« Janel ließ den Blick durch die Höhle und über die Anwesenden gleiten. Schließlich sah sie den Blauhaarigen an. »Woher kenne ich dich?«

Er schluckte und wandte sich ab.

Janel verzog das Gesicht. »Du warst einer der Gefangenen, die ich befreit habe.«

Der Mann stritt es nicht ab. »Ich wollte nur meine Familie wiederhaben. Es tut mir leid. Ich habe geglaubt ...«

»Du hast geglaubt, der Herzog würde dir alles verzeihen, wenn du uns an ihn auslieferst«, sagte Janel und warf Wyrga einen durchdringenden Blick zu. »Dir muss das alles sehr gefallen.«

»Oh, das tut es«, stimmte Wyrga zu.

»Wir hätten falsche Namen annehmen sollen«, bemerkte Ninavis.

»Ist Tya zurückgekommen?«, fragte Janel. »Wo ist Relos Var?«

»Er ... ist weg«, antwortete Senera.

»Wer hat die Wände repariert?«, fragte Xivan Kaen, die im Eingang zur Höhle stand. Sie trug eine komplette khorveschische Rüstung und hielt den Speer Khoreval in der Hand. »Kommt nicht herein, es ist noch nicht sicher!«, rief sie über die Schulter zurück.

Die Soldaten stellten sich gerade hin und verbeugten sich vor ihrer Herzogin, während sie die Höhle betrat. Offenbar hatte sie die Verschmähten im Tunnel zurückgelassen. Und da Xivan wusste, dass von den Wänden und dem Boden kein Risiko mehr ausging, konnte sie die Höhle nur noch wegen zwei Personen für gefährlich halten: Wyrga und Senera.

»Hallo, Vampirin«, sagte Wyrga. »Ich empfange keine Gäste, also verschwinde wieder.«

»Das werde ich«, erwiderte Xivan, »aber ich nehme deine Gefangenen mit. Ich vertraue nicht darauf, dass du die Finger von ihnen lässt, und mein Gemahl hat nicht richtig nachgedacht. Ich möchte nicht, dass er etwas Überstürztes tut.« Sie lächelte. »Ich weiß ja, wie so etwas endet.«

Wyrga seufzte. »Du hast nicht Azhen Kaens Erlaubnis?«

»Nein, die habe ich nicht.«

Wyrga starrte die Herzogin an und zog dabei die Lippen zurück, bis ihre spitzen Zähne zu sehen waren.

Qaun merkte, dass Herzog Kaen Wyrga befohlen haben musste, niemals seinen Ehefrauen, seiner Familie oder ihm selbst etwas anzutun.

Aber Kaen hatte ihr außerdem gerade aufgetragen, jeden zu vernichten, der die Gefangenen zu befreien versuchte.

Wyrga konnte nicht beide Befehle befolgen. Wenn sie Xivan angriff, begann die Gaesch-Schleife, und wenn die Frau des Herzogs mit den Gefangenen die Höhle verließ, würde sie ebenfalls ausgelöst.

Xivan sah zu Senera hinüber. »Werden wir ein Problem miteinander bekommen?«

Senera neigte den Kopf. »Nur wenn Ihr mir nicht gestattet, mit Euch zu kommen.«

»Das wird er Euch nie verzeihen«, knurrte Wyrga. »Euer Ehemann fühlt sich jetzt schon verraten und traut seinen Freunden nicht mehr.«

»Wofür sicher du gesorgt hast«, entgegnete Xivan.

»Natürlich habe ich das!«, schrie Wyrga. »Er verdient nichts anderes!« Sie streckte die Hände aus und senkte die Stimme zu einer vernünftigeren Lautstärke. »Ich helfe ihm, indem ich ihn gegen alles verteidige, was er aufgrund seiner Schwäche nicht als Bedrohung erkennt: Vertrauen, Liebe und Respekt. Erst wenn er versteht, dass seine engsten Freunde seine wahren Feinde sind, wird er für meine Wahrheit bereit sein.«

Ninavis stellte sich unauffällig neben Bruder Qaun. »Hierzu gibt es wohl eine Vorgeschichte, die ich nicht kenne.«

Qaun nickte. Dann blinzelte er und legte sich eine Hand auf die Brust.

Wyrga tat das Gleiche.

Janel zog die Augenbrauen zusammen.*

Ninavis sah Qaun an. »Ist alles in Ordnung?«

»Ich kann atmen«, flüsterte er. »Bei der Sonne, ich habe das Gefühl, endlich wieder genug Luft zu bekommen. Was geschieht hier? Wieso ...?«

Wyrga, die auf der anderen Seite der Höhle neben dem Monolithen stand, machte große Augen. Auf ihrem Gesicht zeichneten sich Überraschung, Freude und ein Gefühl des Triumphs ab. »Mein Gaesch ist *weg*!«

Xivan packte Janel am Arm. »Lauf.«

---

* Ich wette, dass sie in diesem Moment ebenfalls spürte, wie ihr Gaesch zerbrach.

Hinter ihnen ertönte Wyrgas gackerndes Lachen. Dann hörten sie, wie große Felsen zerbrachen. Das Geräusch war fast so laut wie Wyrgas schrille Schreie. Xivan führte Janel, die immer noch an den Händen gefesselt war, aus der Höhle. Alle anderen, auch die Wachen, folgten ihr dichtauf. Keiner wollte bleiben, um zu sehen, was die vom Gaesch befreite Hexenkönigin Suless tun würde.

Am Fuß des Berges traten sie in die kalte Luft hinaus. Die Sonne würde erst in ein paar Stunden aufgehen. Über ihnen erstreckte sich Tyas Schleier am Himmel. Das rot-grün-violette Band war gerade hell genug, um von Eis und Schnee reflektiert zu werden. Ein verschneiter Anstieg führte fort vom Palast.

Als sie das obere Ende der Steigung erreicht hatten, blieb Xivan stehen. »Hier können wir uns ausruhen«, sagte sie. »Ich zähle durch, während ihr zu Atem kommt. Dann können wir darüber nachdenken, was pass…«

Ein ohrenbetäubendes Dröhnen erschütterte den Boden unter ihren Füßen. Für Qaun fühlte es sich an, als hätte direkt neben ihm ein Blitz eingeschlagen, während Donner über das Land hinwegrollte.

»Heilige Scheiße«, sagte Senera.

Alle sahen zurück.

Eine hundert Fuß breite Feuersäule zerriss die Pyramide von der Basis bis zur Spitze und loderte in den Himmel hinauf. Sie tauchte jede Schneewehe und alle Bergspitzen im Umkreis von hundert Meilen in ein orangerotes Licht. Für den Bruchteil einer Sekunde schien das Inferno innezuhalten …

Dann explodierte die Feuersäule.

Die Flammen dehnten sich aus und zerfetzten die große Halle.

»Suless«, murmelte Janel.

Die Zeit schien sich zu verlangsamen. Alles geschah irrwitzig schnell, aber in Qauns Wahrnehmung war es, als liefen die Ereignisse im Schneckentempo ab. Das explodierende Feuer entfaltete sich wie eine zarte Blüte. Die Splitter der zerborstenen Kristallwände wurden nach außen geschleudert, ein glitzernder, tödlicher Regenschauer, der jeden zerfetzen würde, der sich zu dicht beim Palast aufhielt – so wie sie. Die explodierende Feuerkugel dehnte sich erst nach oben, dann zur Seite aus. Schließlich senkte sie sich genau auf die Stelle herab, an der sie standen. Der blauhaarige Mann und mehrere Soldaten rannten davon.

»In Deckung!« Qaun hatte keine Ahnung, wohinter sie Ninavis' Meinung nach in Deckung gehen sollten. Vermutlich wusste sie es selbst nicht.

Senera hob die Hände und wirkte einen Zauber, der die tödlichen Splitter und Sturmwinde von ihnen abhielt.

Doch Qaun bezweifelte, dass sie auch die Feuerwand in den Griff bekommen würde.

Wie sich herausstellte, musste sie das gar nicht. Das Feuer schmolz den Schnee und versengte die Felsen.

Dann war plötzlich alles vorbei.

Senera drehte sich um. Sie sah genauso überrascht aus, wie Qaun sich fühlte. »Wer hat das getan …?«

Janel, die sich bislang in Xivans Griff aufrechtgehalten hatte, kauerte mit einem Knie auf dem steinigen Untergrund. Es war nicht klar, ob sie sich Xivan entwunden oder ob die sie losgelassen hatte. Die Herzogin stand reglos neben ihr und starrte mit offenem Mund den verwüsteten Palast an.

»War mir ein Vergnügen, dich vor dem Feuertod zu retten, wenn es das ist, was du mit ›das‹ meinst«, sagte Janel. Von dem Band, das ihre Hände einhüllte, tropfte geschmolzenes Metall. Wo es auf den Schnee traf, stieg Dampf auf. Janel stand auf und befreite sich vorsichtig von ihren Fesseln.

Dann blickte sie wie alle anderen zum brennenden Palast. Xivan betrachtete die lodernde Ruine mit einem Ausdruck absoluten Entsetzens.

Schließlich zogen die Wächter ihre Waffen und gingen auf

Qaun, Ninavis und Janel zu. Sie standen zwar unter Schock, aber die Sprache der Gewalt beherrschten sie immer noch.

»Ach, kommt schon«, sagte Ninavis, als sie merkte, was die Männer taten. »Hier draußen ist es zum Kämpfen viel zu kalt. Diese Frauen sehen aus, als würden sie gleich erfrieren.«

»Die sehen immer so aus«, entgegnete Qaun. »Das sind Yorerinnen.«

Ninavis winkte Bruder Qaun weg und wandte sich wieder an die Männer. »Wartet einen Moment, ja? Wir wollen doch nicht diese wütende – was auch immer diese Frau ist – vergessen, die wir ...«

»Suless«, erklärte Janel. »Sie ist die Gottkönigin Suless. Und sie hat gerade ... den Palast in die Luft gesprengt. Wer war da drin?«

»Alle«, sagte Xivan. »Sie waren alle da drin, und jetzt sind sie alle tot. Meine ganze Familie.«

»Nein, sind sie nicht.«

Alle Blicke sprangen zu Senera. Sie hatte den Namen aller Dinge aus ihrem Mieder gezogen, sich hingekauert und mit einem Finger etwas in den Schnee geschrieben.

»Was?« Xivan erwachte aus ihrer Benommenheit. »Ich habe sie in der großen Halle zurückgelassen.«

Senera schüttelte den Kopf und verstaute den Stein wieder in ihrem Mieder. »Ich habe gerade nachgefragt. Sie waren nicht im Palast, als er explodierte. Eure Familie ist noch am Leben.«*

»Natürlich ist sie das«, sagte Janel. Sie wirkte nicht mehr schockiert, sondern eher empört.

»Was meint Ihr mit ›natürlich‹?« Xivan fuchtelte drohend mit Khoreval vor ihr herum.

---

* Ich weiß nicht, ob Ihr es mitbekommen habt, aber Veixizhau hat eine gesunde Tochter zur Welt gebracht, die Herzog Kaen geflissentlich ignorierte, nachdem er Wyrga befohlen hatte, die beiden in Ruhe zu lassen. Mutter und Tochter werden ebenfalls vermisst.

Janel blies den Atem aus. »Glaubt Ihr, Suless gönnt Eurem Ehemann und Eurem Sohn einen *schnellen* Tod? Traut Ihr Suless so etwas wirklich zu?«

Bruder Qauns Magen verkrampfte sich. Das klang kein bisschen nach Suless. Ein Schauder lief ihm über den Rücken. In Quur erzählte man sich Tausende Geschichten darüber, was die Hexenkönigin Suless mit geraubten Kindern anstellte. Und in Yor gab es zehnmal so viele, in denen darüber berichtet wurde, was sie Männern antat. Sie war schon immer ein Ungeheuer gewesen.

Xivan fuhr sich mit der Hand übers Gesicht. »Wie ist das passiert?«

»Auf diese Frage hätte ich auch gerne eine Antwort«, sagte Janel.

Qaun trat vor. »Aus irgendeinem Grund sind mein Gaesch und das von Suless verschwunden. Ich habe keine Ahnung, wieso. Eigentlich sollte das unmöglich sein. Würdet ihr damit *aufhören*?«

Die Wächter rückten erneut vor.

»Bleibt zurück«, befahl Xivan. Sie bedeutete den Männern, ihre Waffen zu senken. »Befreit die Marakorerinnen. Ich will heute keine Gefangenen machen. Lasst sie alle gehen.«

Die Verschmähten tauschten Blicke aus, aber niemand widersetzte sich ihrem Befehl.

Eine der Frauen löste Ninavis' Fesseln.

»Oh«, sagte Senera.

Janel wandte sich zu ihr um. »Oh?«

»Nach so langer Zeit hat jemand eine der Prophezeiungen erfüllt und den Schellenstein zerstört. Also muss irgendwer Gottesschlächter – Urthaenriel – gefunden haben. Und dann sind, wie vorhergesagt, alle Gaesche zerbrochen.«

Xivan stieß ein irre klingendes Lachen aus. »Das ist wirklich perfekt. Seit Jahrzehnten hat mein Ehemann nach diesem verdammten Ding gesucht. Und ausgerechnet jetzt findet es jemand.«

Senera verdrehte die Augen. »Endlich.«

Janel bedachte sie mit einem vernichtenden Blick. »Endlich?«

Janel drehte sich zu Qaun um. »Hast du mir damals in der Provinz Barsine nicht erzählt, das Einzige, was die Dämonen bindet und davon abhält, ungerufen in unsere Welt zu kommen, sei das Gaesch?«

Qaun machte große Augen. »O nein.«

»Das haben wir berücksichtigt«, warf Senera ein. »Die Prophezeiungen sagen es ganz deutlich. Weshalb glaubt Ihr, dass wir Aeyan'arric alle einfrieren ließen, die wir getötet haben? Ist Euch eigentlich klar, wie viele Seelen Thaena wegen uns von den Dämonen zurückholen konnte? Und wie viele Dämonen sie vernichtet hat, nachdem wir sie für sie gefangen hatten?«

»Ich dachte, Ihr hasst Thaena«, sagte Qaun.

»Das tue ich auch«, erwiderte Senera. »Aber ich lasse sie Dämonen ausmerzen. Zu irgendetwas muss sie ja gut sein.«

»Wagt es ja nicht«, stieß Janel hervor. »Tut bloß nicht so, als wäre das, was Ihr in Mereina getan habt, uneigennützig gewesen. Ihr und Relos Var seid *nicht* die Helden hier. Ihr habt die Region terrorisiert, damit Herzog Kaen in Jorat einmarschieren, den Retter spielen und sich als der neue Atrin Kandor feiern lassen kann. Ihr habt keine Dämonen-Invasion verhindert, sondern Krieg geführt.«

Senera lächelte. »Es war immer ein Krieg. Jetzt müssen wir wenigstens nicht mehr so tun, als wäre es etwas anderes.«

»Genug!«, bellte Xivan Kaen. »Die Dämonen sind mir egal. Genau wie der verdammte Krieg meines Gemahls! Sagt mir, wo Suless ist, Senera. Und zwar sofort.«

Senera hörte auf zu lächeln. »Euer Gnaden, ich helfe gern, aber Wyrga – Suless – weiß, dass ich den Namen aller Dinge besitze. Und auch, wozu er imstande ist. Sie wird nicht lange genug an einem Ort bleiben, dass wir sie einholen könnten. Und was soll aus Eurem Reich werden, während Ihr Jagd auf sie macht?«

Xivans Miene zeugte von mühsam unterdrücktem Zorn. »Habt Ihr eine Familie, Senera?«, fragte sie leise. »Liebt Ihr jemanden?«

Senera blinzelte. »Nein.«

»Eines Tages«, fuhr Xivan fort, »werdet Ihr jemanden lieben. Erst dann könnt Ihr mich verstehen. In der Zwischenzeit müsst Ihr mir einfach glauben, dass mir *scheißegal* ist, was aus Yor wird. Mein Ehemann war von diesem Land besessen, nicht ich. Die einzigen Yorer, die mir etwas bedeuten, sind meine Familie und diese Leute hier!«

Wie auf ein Zeichen hin gingen mehrere Dutzend Frauen in Habachtstellung. Die yorischen Soldaten wirkten verunsichert. Allmählich holte die Wirklichkeit sie ein.

»Können wir dann gehen?«, fragte Janel.

Ninavis sah sie an. »Und wohin sollen wir gehen? Ich sage es dir nur ungern, aber ohne Essen, Wasser oder Winterkleidung werden wir nicht weit kommen. Obwohl du uns mit deinem Zaubertrick wahrscheinlich vor dem Erfrieren bewahren kannst.«

Janel drehte sich zu Xivan um. »Ihr habt nicht zufällig …?«

Qaun las nicht mehr weiter.

Kihrin runzelte die Stirn. »Was ist los? Warum hast du aufgehört?« Doch dann hörte er hinter sich ein Geräusch und blickte gerade noch rechtzeitig über die Schulter, um zu sehen, wie sich mitten in der Taverne ein Tor öffnete und Relos Var hindurchtrat.

TEIL IV

Dämonenfälle

53

BRÜDER

Jorat, Quurisches Reich.
Drei Tage nachdem Miya herausgefunden hatte, dass ihr Sohn
gar nicht tot war, und dann, dass er es doch war

Alle, die auf dem Boden oder auf der anderen Seite des Gastraums schliefen, hatten offensichtlich nur so getan. Sie sprangen auf und griffen nach ihren Waffen. Janel stand mit finsterer Miene auf. Ninavis langte unter der Theke nach ihrem Bogen. Stern schob Dorna hinter sich, und Qaun schnappte erschrocken nach Luft.

Kihrin zog sein Schwert und kniff die Augen zusammen. »Var, du verdammter ...«

Janel trat einen Schritt vor.

Kihrin hielt sie am Arm fest. »Halt.« Er deutete auf den Boden vor ihnen. Dort hatte Relos Var ein zweites, zur Verteidigung bestimmtes Portal erscheinen lassen, das die Funktion eines Festungsgrabens erfüllte. Dahinter erstreckte sich ein strahlendblauer Himmel. Da Kihrin sicher war, dass draußen noch Dunkelheit herrschte, musste der Ort auf der anderen Seite des Portals weit weg sein. Außerdem lag er, da außer dem Himmel nichts zu sehen war, offenkundig hoch über dem Erdboden.

»Und das ist nicht das einzige Problem«, sagte Kihrin. Er nahm seine Tasse von der Theke und warf sie nach Relos Var.

Sie flog erst durch den Magier hindurch und dann durch das zweite Portal, das immer noch hinter ihm offen stand.

»Da nun klar ist, dass ihr mich nicht angreifen könnt, sollten wir uns miteinander ...«, begann Relos Var.

Kihrin drehte sich zu Janel um. »Ich sehe nicht, was immer du siehst. Vertrau mir. Relos Var ist nicht hier. Vermutlich projiziert er eine Art Illusion.«

Relos Var seufzte und verschwand.

Der Magier tauchte wieder auf. Diesmal kam er nicht durch ein Tor. Stattdessen stand er von einer Sekunde auf die andere plötzlich im Raum, als wäre er schon immer da gewesen.

»Zufrieden?«, fragte er.

Statt zu antworten, berührte Kihrin mit Urthaenriel den Rand des im Boden geöffneten Portals, das sich daraufhin mit einem Knistern auflöste. Dann machte er einen Schritt vorwärts und holte mit dem Schwert aus. Janel packte Kihrin an der Hand und zog ihn zurück, bevor er durch ein riesiges Tor fallen konnte, das direkt vor ihm in der Luft erschienen war.

Urthaenriel konnte zwar jedes Portal verschwinden lassen, aber nur wenn Kihrin es am Rand mit der Klinge berührte. Das Zentrum eines Portals durchquerte das Schwert genauso ungehindert wie jeder Mensch.

»Der Magier hat ein Tor vor sich!«, rief Dango. »Ich kann nicht auf ihn schießen.«

»Von hier aus geht es auch nicht«, erwiderte Ninavis. »Offensichtlich hüllt es ihn ein.«

Ninavis' Leute verteilten sich im Gastraum. Die meisten hielten Pfeil und Bogen im Anschlag, aber sie hatten alle das gleiche Problem wie Dango: Ihre Schussbahn war nicht frei.

»Oh, du kannst mich jetzt sehen«, sagte Var.

»Ich habe dich vorhin auch gesehen«, erwiderte Kihrin. »Aber ich wollte dich rauslocken. Es erschien mir nicht sinnvoll, eine Illusion aufzuspießen.«

Relos Var blickte ihn finster an und drehte sich dann zu Janel um. »Wollt Ihr wirklich diese Spielchen spielen? Ich kann nämlich ohne Weiteres gehen und Khoreval mitnehmen. Ich bin gespannt, was Ihr tut, wenn Morios auftaucht, um Atrine zu verwüsten. Aber das ist dann nicht mein Problem.«

Kihrin sah ihn an. »Bist du wirklich aus Herzog Kaens Halle verschwunden, weil ich gestorben bin? Was wolltest du tun, wenn du meinem Mörder begegnest? Gadrith die Hand schütteln oder …?«

Relos Var verdrehte die Augen. »Sei nicht kindisch. Aber ich weiß ja, dass du nicht anders kannst. Wie oft soll ich dir denn noch sagen, dass ich nicht dein Feind bin?«

»Du kannst es mir so oft erklären, wie du willst. Aber das heißt nicht, dass ich dir je glauben werde.«

Relos Var sprach weiter, als hätte Kihrin nichts gesagt. »Es war mein Fehler. Ich hatte nicht ausreichend darauf geachtet, was Gadrith und Darzin planten. Vielen Dank übrigens, dass du sie beide getötet hast. Vor allem Gadrith.«

»Ich habe es nicht dir zu Gefallen getan.«

»Das habe ich auch nicht behauptet.« Relos Var sah aus, als würde er mit den Kiefern mahlen.

»Lass mich raten …«, sagte Kihrin, »du bist aus der Hauptstadt zurückgekehrt, bevor Tya von ihrer Unterhaltung mit Thaena über Aeyan'arric zurückkam. Außerdem hast du Khoreval von Xivan Kaen zurückgeholt … und eine Abmachung mit Janel getroffen. Aber erkläre mir bitte eines, großer Bruder: Wozu brauchen wir Khoreval überhaupt? Janel hat schon mal eine Drachin mit dem Speer getötet, aber sie ist nicht tot geblieben.«

»Sei doch nicht so bescheiden«, erwiderte Relos Var. »Du selbst hast auch eine getötet.«

»Was?« Kihrin blinzelte. »Äh, nein … Ich bin mir sicher, dass ich das nicht …«

»Im Nachleben«, flüsterte Janel ihm zu. »Du hast Xalome mit Khoreval erledigt.«

Kihrin stutzte. An so etwas müsste er sich eigentlich erinnern können. Es schien wichtig zu sein. Doch seine Erinnerung an die Ereignisse im Nachleben war sehr lückenhaft. Er musste unbedingt herausfinden, wie Janel und Teraeth es schafften, ihre dortigen Erfahrungen im Gedächtnis zu behalten. »Also schön«, sagte Kihrin. »Wenn du es sagst. Und ich nehme an, diese Xalome wird sich ebenfalls wieder erholen. Anscheinend ist Khoreval nicht sehr gut dazu geeignet, Drachen zu töten. Also, wozu brauchen wir den Speer noch mal?«

Relos Var schaute lächelnd zu Qaun hinüber. »Du hast es noch nicht begriffen, oder?«

Bruder Qaun richtete sich auf. »Was begriffen?«

»Was die Ecksteine in Wirklichkeit sind.«

Qaun blinzelte. »Was haben die Ecksteine damit …?« Seine Augen weiteten sich. »Moment … Oh, Sonne …«

Relos Var wandte sich wieder zu Kihrin und Janel um. »Ihr braucht sowohl Khoreval als auch Urthaenriel, weil es nicht genügt, einen Drachen bloß zu töten. Ihr müsst gleichzeitig auch sein Herz vernichten – das, was wir als Eckstein kennen. Und nur Urthaenriel kann einen Eckstein zerstören.«

Janel blinzelte. »Wie? Ecksteine sind Drachenherzen?«

»Nicht im wörtlichen Sinne«, erwiderte Relos Var. »Es ist eine Metapher.«

Aus irgendeinem Grund schien Janel diese Antwort sehr zu erleichtern.*

»Nur so aus Neugier: Wo ist dein Eckstein?« Kihrin hatte sein Schwert nicht gesenkt.

»Ich habe keinen.«

---

* Vermutlich, weil Kihrin Xalomes Herz zwischen sich und Janel aufgeteilt hat, zumindest behauptet Thurvishar D'Lorus das in seinem Buch. Ich gehe davon aus, dass es vor allem als symbolische Geste zu verstehen ist. Oder?

»Auch das glaube ich dir nicht«, erwiderte Kihrin.

Der Magier verschwand und die Portalwand ebenfalls.

Dann trat Relos Var – diesmal der echte – vor Kihrin hin und sagte: »Dann erstich mich. Aber sobald du mich mit diesem kleinen Metallstück pikst, nehme ich meine wahre Gestalt an.« Er sah sich in der Taverne um. »Und die ist wesentlich größer als dieser Raum. Urthaenriel wird nicht verhindern können, dass ihr alle hier auf der Felswand verschmiert werdet. Meine Wunden werden verheilen. Eure auch?« Er zuckte die Achseln. »Thaena hat alle Hände voll damit zu tun, Dämonen zu töten, aber ich nehme an, dass sie dich irgendwann wiederauferstehen lässt.« Var sah Janel an. »Und Euch auch. Aber sonst wahrscheinlich niemanden.«

Kihrin legte dem Magier Urthaenriels Schneide an den Hals. »Du bluffst.«

Relos Var lächelte. »Ach wirklich?« Ein weiteres Tor ging auf.

Kihrin ließ Var nicht aus den Augen, weil er sich nicht ablenken lassen wollte.

Aber der Magier wirkte genauso überrascht über das neu entstandene Tor wie alle anderen auch. Er riss die Augen auf. »Thurvishar?«

Der Erblord des Hauses D'Lorus rannte durch das offene Portal. Auf der anderen Seite war kurz ein großes Gewässer zu sehen und ein Himmel, an dem sich das Morgengrauen ankündigte. Thurvishar schloss das Portal, drehte sich um und erstarrte, als er merkte, in was er da hineingeraten war.

»Ist das ein schlechter Zeitpunkt?«

»Thurvishar, was macht Ihr hier?«, fragte Bruder Qaun. »Ihr solltet doch warten ...«

»Das habe ich«, protestierte Thurvishar. »Deswegen bin ich ja hier. Morios ist gerade dem Jorat-See entstiegen. Er greift Atrine an.«

54

DAS PROBLEM MIT DEM VERTRAUEN

Jorat, Quurisches Reich.
Drei Tage nachdem Kihrin zu einer realistischen
Einschätzung seiner Chancen gelangt war

Bevor irgendwer etwas sagen konnte, öffnete Thurvishar das Tor hinter sich erneut. Diesmal sahen sie Atrine aus weit höherer Perspektive. Irgendwer fluchte über den albtraumhaften Anblick, den das Portal einrahmte.

Urthaenriels Schneide entfernte sich von Relos Vars Hals. Kihrin konnte den Blick nicht vom Tor abwenden. Dahinter graute am Nachthimmel allmählich der Morgen – sie hatten tatsächlich die Nacht durchgemacht –, doch Atrine selbst wurde von magischen Lichtern und Feuern erhellt. Die flackernde Beleuchtung hob die Umrisse einer kolossalen Gestalt hervor, die gerade einen Abschnitt der aus weißem Quarz bestehenden Stadtmauer demolierte. Die gellenden Schreie waren sogar auf dieser Seite des Tores noch zu hören.

Wenn Kihrin die Größenverhältnisse nicht falsch einschätzte – und er glaubte nicht, dass er sich irrte –, dann war Morios noch um einiges größer als Aeyan'arric. Er ließ sogar Sharanakal, den anderen Drachen, den Kihrin bislang zu Gesicht bekommen hatte, wie einen Zwerg erscheinen. Morios war gigantisch. Und als das Licht in einem bestimmten Winkel auf die Schuppen des Drachen fiel ...

»Sind das ... *Schwerter*? Bestehen diese Drachenschuppen tatsächlich aus Schwertern?« Kihrin sah zu Janel hinüber. »Wieso hat mir niemand verraten, dass der Drache mit Schwertern bedeckt ist?«

Thurvishar schüttelte den Kopf. »Es sind keine Schwerter im eigentlichen Sinn, auch wenn sie genauso scharf und tödlich sind. Aber Morios besteht nicht nur an der Oberfläche, sondern durch und durch aus Metall.«

»Wie tötet man denn einen Metalldrachen?«, murmelte Ninavis.

Die Bestie zertrümmerte einen Turm des herzoglichen Palastes.* Steinbrocken flogen durch die Luft, mehrere von ihnen rasten direkt auf das Portal zu. Thurvishar verschloss es mit einer Handbewegung, aber ein paar Brocken gelangten noch hindurch. Janel und Kihrin hechteten zur Seite, als eines der Geschosse an der Stelle, wo sie gerade noch gestanden hatten, in die Theke einschlug und aus dem Furnier Kleinholz machte.

Relos Var drehte sich zu Kihrin um. »Können wir *jetzt* reden?«

Urthaenriel bebte in Kihrins Hand. Er ließ das Schwert sinken.

»Bleibt alle unten!«, rief Ninavis.

Kihrin sah Relos Var an. »Erklär mir doch mal, wie du dir unsere Zusammenarbeit hier vorstellst. Und zwar so, als würde ich es zum ersten Mal hören.«

Mit Betrugsmaschen kannte Kihrin sich aus. Seine Adoptivmutter, Ola, hatte sie mit Vorliebe benutzt. Er wollte herausfinden, ob Relos Vars Geschichte von der Version abweichen würde, die er den anderen erzählt hatte. Genauso sehr interessierte ihn, was gleichbleiben würde.

---

* Ich bin mir ziemlich sicher, dass Herzog Xun bei diesem ersten Angriff auf seine Residenz ums Leben gekommen ist.

Relos Var presste die Lippen aufeinander. »Einen Drachen und seinen zugehörigen Eckstein kann man nur endgültig vernichten, indem man beide gleichzeitig auslöscht. Zu jedem Drachen gibt es einen passenden Eckstein. Während Drachen auf alle möglichen Weisen getötet werden können, ist Urthaenriel, soweit ich weiß, leider das Einzige, womit man einen Eckstein zerstören kann. Du kannst dir denken, wieso ich Herzog Kaen nicht erzählt habe, wo Morios' Lager ist. Solange wir Urthaenriel nicht hatten, war es sinnlos, gegen den Drachen zu kämpfen.«

»Du hast Urthaenriel immer noch nicht«, stellte Kihrin klar.

Relos Var ignorierte ihn. »Wir mussten außerdem herausfinden, wo Morios' Eckstein ist, aber da Senera den Namen aller Dinge hat, brauchten wir ihn nur danach zu fragen. Wenn wir Morios und seinen Eckstein gleichzeitig vernichten, bleibt er für immer tot.«

Kihrin lief ein kalter Schauder über den Rücken. »Noch mal zurück zu dem Punkt, wie man Ecksteine dauerhaft zerstört: Willst du mir sagen, dass ich den Schellenstein nicht zerschmettert habe?«

»O doch, das hast du«, erwiderte Relos Var. »Aber er wird nicht zerschmettert bleiben. Der Schellenstein wird sich wieder zusammensetzen, und früher oder später wird erneut jemand damit anfangen, andere zu gaeschen. Leider ist es dann zu spät, um die Dämonen in ihren Käfig zurückzustecken.«

Kihrin presste die Zähne aufeinander. »Und zu welchem Drachen gehört der Schellenstein?«

»Das ist unwichtig.«

»Sag es mir trotzdem.«

»Rol'amar.« Var stieß den Namen aus, als fühlte er sich persönlich durch ihn beleidigt, und auf dem Gesicht des Magiers zeigte sich kurz Abscheu.

Kihrin prägte sich den Namen sorgfältig ein, um später darüber nachzudenken.

»Ich unterbreche euer Blinzel-Duell nur ungern«, sagte Janel,

»aber könnt ihr es vielleicht später fortsetzen? Nachdem wir Atrine evakuiert haben?«

Die beiden Männer drehten sich überrascht zu ihr um.

»Ich habe nie gesagt, dass ich mitmache«, erklärte Kihrin.

Janel sah ihn schief an.

Kihrin hüstelte. »Schon gut. Ich helfe mit.«

»Wir helfen Atrine am meisten, indem wir Morios vernichten«, sagte Relos Var zu Janel. »Zuerst zu evakuieren, wäre rücksichtsvoll, aber unvernünftig.«

»Nein, das stimmt nicht. Wenn wir die Bewohner von Atrine nicht schnell herausholen, haben wir es bald mit einer Kombination aus unkontrollierbaren Bränden und vollkommen panischen Leuten zu tun. Und damit hätten wir alle Zutaten beisammen, die unweigerlich eine bestimmte Sorte Feinschmecker auf den Plan rufen.«

Relos Var verzog das Gesicht. »Dämonen.«

»Ganz genau. Sie werden Atrine überschwemmen, und ich würde mir lieber einen Feind nach dem anderen vornehmen.« Janel wandte sich zu Thurvishar um. »Könnt Ihr ein Tor zur Ostbrücke von Atrine öffnen? Dort befinden sich die Elendsviertel der Marakorer.«

»Warum nicht? Wo ist Senera?«

Relos Var schnitt eine Grimasse. »In Atrine. Sie sollte mich eigentlich verständigen, wenn Morios auftaucht.«

Thurvishar sah ihn voller Hass an. »Ihr habt nichts von ihr gehört, während dort ein Drache tobt? Und Ihr hieltet das nicht für erwähnenswert? *Verdammt!*«* Thurvishar öffnete erneut sein Tor und rannte darauf zu. Im letzten Moment blieb er stehen und drehte sich noch einmal um. »Wer von euch mitkommen will,

---

* Ich habe ehrlich gesagt keine Ahnung, worüber Thurvishar sich in diesem Moment so aufregt. Hat er geglaubt, wir würden den Namen aller Dinge verlieren, falls ich sterbe?

sollte es jetzt tun. Alle anderen müssen später mit Relos Var um dieses Privileg feilschen.«

»Thurvishar!«, rief Kihrin.

»Ich mache keine Witze, Kihrin. Ich verschwinde jetzt – mit oder ohne euch.«

Ninavis hob die Arme und klatschte in die Hände. »Also gut, Leute, genau wie wir es geübt haben. Alle durch das Tor, hopp, hopp. Wir formieren uns auf der anderen Seite neu.«

Dorna rannte zu den Ställen und rief: »Arasgon! Talaras! Führt die anderen an. Zeit, sich zu verabschieden. Palom …, ich meine, Stern, hilf mir.«

Kihrin sah, dass auch Relos Var über Thurvishars Reaktion verwirrt war. Janels und Qauns Schilderungen war zwar zu entnehmen gewesen, dass der Adlige und Senera sich kannten, aber Thurvishars Verhalten ließ ein innigeres Verhältnis vermuten. Kihrin fragte sich, ob sie vielleicht mehr als nur flüchtige Bekannte waren.*

Offenbar hatten wirklich alle einen Rückzug wie diesen geübt, denn sie verschwanden mit einer Geschwindigkeit und Effizienz durch das Tor, die Kihrin an ein militärisches Manöver erinnerten. Arasgon und Skandal trotteten die Rampe hinunter und führten die Pferde an, während Talaras das Schlusslicht bildete und sich um die Nachzügler kümmerte, die vor dem Tor scheuten.

Schließlich waren nur noch Kihrin, Janel, Thurvishar und Relos Var übrig.

---

* Das muss ich ganz entschieden zurückweisen. Ich habe kaum je mit Thurvishar D'Lorus gesprochen, geschweige denn ein romantisches Ver… Die Vorstellung ist lächerlich. Eher würde ich Glas essen, als mich, egal unter welchen Umständen, mit einem Mitglied des Hochadels einzulassen.
Und ja, mir ist bewusst, dass er Sandus' Sohn ist und eigentlich nicht zum Hochadel gehört. Ich weiß auch, dass Ihr Sandus mögt. Dennoch ist es unvorstellbar.

Janel musterte Kihrin und Var sichtlich besorgt. »Macht keine Dummheiten, ihr zwei«, mahnte sie. »Im Moment brauchen wir euch beide.« Sie trat durch das Portal.

Relos Var nickte Kihrin zu. »Nach dir.«

»Du solltest Aeyan'arric sagen, dass sie nicht mehr vor der Tür Wache halten muss«, sagte Kihrin.

»Sie wird es schon merken«, erwiderte Relos Var.

»Wieso tust du das wirklich? Dir ist es doch egal, ob Morios lebt oder stirbt. Genauso wenig nehme ich dir ab, dass du dich auch nur einen Dreck um das Schicksal der Viertelmillion Einwohner von Atrine scherst. Um was geht es dir tatsächlich?«

»Können wir uns bitte beeilen?«, schnauzte Thurvishar.

»Einen Moment noch«, sagte Relos Var und wandte sich wieder zu Kihrin um. »Du hast recht, wir sollten uns nicht belügen. Mir ist gleich, was aus Atrine wird, und meine Einstellung zu Morios ist bestenfalls ambivalent. Aber mir liegt viel daran, dass sich die Prophezeiungen erfüllen. Und es ist mir wichtig, was es bedeutet, wenn Janel Morios aufhält.«

»Das stimmt. Du musst Herzog Kaen als den Rebellenkönig von Jorat ersetzen, oder? Janel ist der Plan B.« Es war beinahe wohltuend, Var zugeben zu hören, dass ihm niemand am Herzen lag. Er half anderen nur, solange deren Ziele sich mit den seinen deckten. Var wollte, dass sich irgendeine Höllenkrieger-Prophezeiung erfüllte. Und dazu musste Janel Herzog Xun stürzen und Morios töten. Die Bevölkerung würde Janels Sieg über den Drachen als Beweis für ihren Herrschaftsanspruch ansehen. Womit Var der Zerschlagung des Reichs einen Schritt näher wäre. *Das* war es, was der Magier wollte. Wie immer verfolgte er eine langfristige Strategie.

Var lächelte. »Übrigens, wenn du Janel das Herz brichst, werde ich dir das Leben zur Hölle machen.«

Kihrin spürte, wie er vor Zorn errötete. »Du willst mir ernsthaft eine väterliche Ermahnung mit auf den Weg geben?«

»Ich glaube nicht, dass Qoran Milligreest es tun wird.«

Thurvishar räusperte sich. Kihrin hatte gar nicht gewusst, dass man sich auch wütend räuspern konnte. Der glatzköpfige Magier sah aus, als würde er das Portal jeden Moment vor ihrer Nase zuschlagen.

»Dann wollen wir mal einen Drachen erlegen«, sagte Relos Var.

Kihrin trat durch die Öffnung.

55

DER KRIEGSDRACHE

Atrine, Jorat, Quurisches Reich.
Drei Tage nachdem Kihrin Fragen gestellt hatte, auf die er die Antworten bereits kannte – ach nein, vergesst das wieder: So ließe sich jeder beliebige Tag der vergangenen zwanzig Jahre beschreiben

Als Kihrin zurücksah, merkte er, dass Thurvishar ihnen nicht gefolgt war. Vermutlich hatte der Magier für sich selbst ein zweites Tor geöffnet, das zu einem deutlich gefährlicheren Ort irgendwo mitten in Atrine führte. Kihrin schüttelte den Kopf. Senera trug den Namen aller Dinge – und soweit Kihrin wusste, waren alle Träger der Ecksteine vor den Blicken von Wahrsagern geschützt. Daher hatte er keine Ahnung, wie Thurvishar Senera in einer Stadt dieser Größe finden, geschweige denn ihr beistehen wollte, falls sie in Gefahr schwebte.

Nach allem, was Kihrin über Senera wusste, hätte er ihre Rettung nicht so weit oben auf seine Prioritätenliste gesetzt. Thurvishar sah das jedoch eindeutig anders.

Mit einem Mal brachte dröhnendes Gebrüll den Boden zum Beben. Kihrin hielt sich die Ohren zu und fragte sich, wie irgendwer in der Nähe des Drachen diesen Lärm ertragen konnte. Als der Schrei verklang, blickte er in die Richtung, aus der das Brüllen gekommen war, nach Atrine.

Da Thurvishar sie am Ende der Ostbrücke abgesetzt hatte, bot sich Kihrin ein weitestgehend ungehinderter Blick auf die Stadt, die zu hoch aufragte, um von den Hütten und Elendsquartieren auf der Brücke verdeckt zu werden. Da die Sonne bald aufgehen würde, war der Himmel bereits merklich heller geworden. Kihrin sah nun, was auf den höchsten Türmen der Stadt – den vermutlich schon bald einstürzenden Überresten des Herzogspalastes – hockte.

»Taja, steh mir bei«, flüsterte er.

Stahl, Drussian und Shanathá – Tausende verschiedene Metalle waren miteinander zu scharfkantigen Strängen verdrillt, aus denen der Körper des Drachen bestand. Er wirkte wie ein albtraumhaftes Stachelschwein, das von einem verrückten und bösartigen Gott erschaffen worden war. Morios' Schwingen schienen nicht zum Fliegen geeignet. Stattdessen erinnerten sie an Waffen, mit denen er Haut abschälen, peitschen und vernichten konnte. Die gesamte Gestalt des Drachen war ausschließlich darauf ausgerichtet, zu töten und Chaos zu verbreiten.

Morios kratzte, nagte und kaute an den Steintürmen und Wänden des Herzogpalasts herum, wie ein Hund es mit seinem Lieblingsknochen tun würde. Der alte Granit hatte ihm wenig entgegenzusetzen. Er bröckelte und brach unter Morios' Gewicht zusammen. Sein hin und her schwingender Schwanz zerschmetterte Gebäude, und mit den Klauen zog er entsetzlich tiefe Furchen durch ganze Stadtviertel.

Als Kihrin den Feuerdrachen Sharanakal das erste Mal gesehen hatte, war ihm die Frage durch den Kopf geschossen, ob tatsächlich irgendjemand glaubte, so eine Bestie töten zu können. Der Drache war ihm nicht wie ein Lebewesen vorgekommen, sondern wie eine Naturgewalt, ein lebendig gewordener Vulkan.

Morios war schlimmer.

Janel stieß ihn an der Schulter an. »Träum nicht. Das Wichtigste ist jetzt, dass wir so viele Menschen wie möglich von hier wegschaffen. Aber leider sind die Haupttore von Atrine so konstruiert, dass immer nur eine Handvoll Leute gleichzeitig hindurchgehen kann.« Sie deutete auf die Brücke, wo die Bewohner der Elendsviertel in panischer Angst davonrannten.

Kihrin spürte, wie es ihm den Magen umdrehte. Janel hatte ihm Atrine als einen Ort beschrieben, der als Todesfalle für Pferde konzipiert war. Er schien sich genauso gut als Todesfalle für Zweibeiner zu eignen. Die Marakorer, die außerhalb der Stadt leben mussten, konnten davonlaufen. Die Jorater würden jedoch nicht schnell genug entkommen.

»Wie sollen wir …?«, begann Kihrin, da wurde er von den herantrabenden Feuerblütern unterbrochen.

»Wir führen die Menschen auf diese Seite der Brücke.« Janel packte Arasgons Sattel und zog sich daran hoch. »Folgt uns, Relos Var. Wenn wir beim Osttor sind, möchte ich, dass Ihr die Mauer zum Einsturz bringt. Danach öffnet Ihr ein Portal zu einem sicheren Ort. Wir werden die Leute auf Euch zutreiben.«

Relos Var blinzelte. Ein Lächeln breitete sich auf seinem Gesicht aus. »Wie Ihr wünscht.«

Arasgon drehte sich um und rief den anderen etwas zu.*

»Schon dabei«, antwortete Sir Baramon und stieg auf Arasgons Bruder, Talaras. Da sie in Jorat waren, hatte selbstverständlich jeder ein eigenes Reittier, und so machten es ihm alle anderen nach. Auch Bruder Qaun saß auf einem Pferd, und sogar Stern hatte irgendwo eins aufgetrieben.

Etwas stieß Kihrin in die Seite. Er wollte schon sein Schwert heben, da merkte er, dass es Skandal war, die ihn mit der Schnauze anstupste.

»Beeil dich!«, rief Janel. »Du bist doch schon mal geritten, oder?«

»O ja, während meiner Kindheit in der Gosse hatte ich jeden Tag

---

* Arasgon sagte: »Reitet in die Stadt und holt so viele Bewohner heraus, wie ihr könnt.«

Reitstunden.« Kihrin verzog das Gesicht. »Natürlich bin ich noch nie geritten!«

Janel grinste. »Dann ist es ja gut, dass du dich nur festhalten musst.«

Skandal stieß Kihrin erneut an.

»Ist ja schon gut!«, blaffte Kihrin. »Aber gib mir nicht die Schuld, wenn ich runterfalle.« Urthaenriel nörgelte, als er es in die Scheide schob, aber er schenkte dem Schwert keine Beachtung. Kihrin hielt sich an Skandals Mähne fest und sprang auf ihren Rücken. Natürlich war Skandal nicht gesattelt. Kihrin war sicher, dass ihm der Ausritt keinen Spaß machen würde.

Aus dem Augenwinkel sah er, wie Relos Var aus dem Nichts ein Pferd erscheinen ließ, ein Geschöpf aus Rauch und Dunkelheit, das zwar substanzlos wirkte, sein Gewicht aber problemlos trug.

»Angeber«, murmelte Kihrin.

Bereits nach wenigen Metern stießen sie auf ein Problem: Der schmale Weg durch die Elendsviertel, auf dem die Pferde nur in einer Reihe hintereinander laufen konnten, war mit Menschen verstopft, die aus der Stadt zu fliehen versuchten. Einige von ihnen wurden in ihrer Todesangst gewalttätig und stießen die anderen aus dem Weg.

»Macht Platz!«, befahl Janel, doch keiner reagierte. Die Feuerblüter riefen ebenfalls etwas, was die Marakorer vermutlich nicht verstehen konnten.

»Das wird mir jetzt wirklich zu blöd«, sagte Relos Var. »Für so etwas haben wir keine Zeit.« Er legte die Hände aneinander.

Vor ihnen öffnete sich ein Portal, das so breit und lang war wie die gesamte Brücke, sodass alle Leute sowie sämtliche Gebäude, Hütten und Schuppen hineinfielen.

Im nächsten Moment ertönten hinter ihnen laute Schreie und das Aufprallgeräusch der Gebäude, Hütten und Schuppen, die sich wie mit einem Donnerschlag links und rechts der Straße, die von Atrine wegführte, wieder materialisierten. Skandal sagte etwas, und gleich darauf war auch Sterns Stimme zu hören. Kihrin stellte sich vor, dass die beiden wortgewandt fluchten.* Ihm selbst stand vor Staunen der Mund offen, und er merkte, dass die anderen nicht weniger verblüfft waren. Einen Moment schien die Zeit stillzustehen.

Dann fiel Kihrin wieder ein, dass Relos Var der Mensch war, den die Acht Unsterblichen nach eigenem Bekunden nicht töten konnten. Allerdings war Relos Var, wenn man es genau nahm, auch gar kein Mensch mehr. Und das Gute war, dass sie die Brücke nun ungehindert überqueren konnten und die darauf lebenden Marakorer evakuiert waren.

Relos Var, dem es völlig egal war, was alle anderen von seiner Zauberei hielten, öffnete derweil ein zweites, weniger nach einer Falle aussehendes Portal. »Zum Osttor«, verkündete er.

Nach kurzem Zögern lenkten alle ihre Reittiere, egal ob Pferde oder Feuerblüter, hindurch.

Als Kihrin aus dem Portal heraustrat und zum Ufer zurückblickte, merkte er, dass er die Länge der Brücke unterschätzt hatte. Nun wurde ihm klar, wieso alle sofort ihre Pferde bestiegen hatten, auch wenn Var ihnen anschließend eine schnellere Passage ermöglicht hatte: Die Brücke überspannte mehrere Meilen. Als er daran dachte, was Relos Var getan hatte, unterdrückte er ein Schaudern.**

Dass Kihrin sich derart verschätzt hatte, bedeutete natürlich auch, dass Morios noch höher auftragte, als er ursprünglich gedacht hatte. Dennoch war der Drache nicht mehr zu sehen, als sie sich der weißen Quarzmauer näherten. Die verängstigten Wächter im Inneren der Stadt hatten kaum eine Chance, ihre Mitbürger zu beschützen. Gerade erst hatten sie die komplette Barackenstadt

---

* Genau das taten sie.
** Ich bin ebenfalls beeindruckt, und dabei kenne ich Euch schon so lange.

auf der Brücke auf einen Schlag verschwinden sehen und dann ein Dröhnen wie von einem Erdbeben gehört. Bestimmt glaubten sie, dass auf der Brücke tödliche Magie gewirkt wurde und von dort im Moment die größte Bedrohung ausging. Also hatten sie beschlossen, niemanden gehen zu lassen.

»Ihr da!«, rief ein verunsicherter Wachsoldat. »Identifiziert euch!« Er sah aus, als würde er jeden Moment die Armbrust abfeuern, ohne ihre Antwort abzuwarten.

Janel ignorierte ihn. »Hier!«, sagte sie und stieg vom Pferd. »Var! Dieses Mauerstück hier!« Sie deutete nicht auf das Tor, sondern auf die Stelle daneben.

Der Magier hob wegen ihres Befehlstons zwar eine Augenbraue, dennoch betrachtete er das hinderliche Bauwerk mit zusammengekniffenen Augen. Mit einem Mal stürzte die Mauer ein, als wären ihr innerhalb weniger Sekunden das Alter und die Verwitterungsspuren mehrerer Jahrtausende zu viel geworden. Die Menge auf der anderen Seite wich sichtlich verängstigt zurück. Ach ja, und Morios war auch wieder zu sehen.

»Gut«, sagte Janel. »Jetzt brauche ich ...«

Mehrere Wachen feuerten ihre Armbrüste ab.

Relos Var schlug die Bolzen aus der Luft, dann drehte er sich zu Janel um. »Genug davon! Ihr habt eine Aufgabe zu erfüllen.« Er streckte den Arm aus, und in seiner Hand erschien ein Speer, den er ihr zuwarf. Khoreval.

Janel fing ihn auf. »Ich muss mein Volk beschützen, Relos! Um Morios kümmere ich mich, sobald die Stadt geräumt ist.«

»Er wird die Stadt um Euch herum niederreißen!«

»Dann lenk ihn eben ab!«, rief Kihrin dazwischen.

Var blinzelte ihn an. »Wie bitte?«

»Du bist ebenfalls ein Drache«, sagte Kihrin. »Leugne es nicht. Alle, die am Ritual zur Erschaffung von Vol Karoth beteiligt waren, wurden in Drachen verwandelt. Und du warst einer von ihnen. Also wirst du Morios sicher ablenken können, bis wir mit der

Evakuierung fertig sind. Danach unterhalten wir uns darüber, wie dieses grässliche Ungeheuer getötet werden kann.«

Relos Var musterte ihn spöttisch.

Janel beobachtete den Magier und wartete auf seine Antwort.

»Und?«, fragte Kihrin.

Relos wendete sein Phantompferd und galoppierte zum Rand der Brücke, fort vom Jorat-See und in Richtung Dämonenfälle. Das Phantompferd sprang.

Für jeden anderen wäre es sicherer Selbstmord gewesen, doch Var schien ein paar Sekunden lang in der Luft zu schweben, ehe erst sein magisch erzeugtes Pferd verschwand und dann auch seine eigene Gestalt verschwamm. An seiner Stelle erschien ein außergewöhnliches Geschöpf, riesig, reptilienhaft, geflügelt und krallenbewehrt. Damit bestätigte sich, was Kihrin längst vermutet hatte: dass Relos Var der Drache war, den er in Kharas Gulgoth gesehen hatte, kurz bevor der Magier dort aufgetaucht war. Und es bewies auch, dass auf den Reliefs der Morgags zu Recht neun anstatt acht Drachengestalten abgebildet waren, die nach der Erschaffung von Vol Karoth vom Schauplatz des fehlgeschlagenen Rituals verschwanden. Im ersten Tageslicht schimmerten metallische Regenbogen auf der Haut des Ungetüms.

Diejenigen, die bemerkten, dass nun zwei Drachen in der Stadt waren, schnappten nach Luft oder schrien auf. Zwar war Relos Var bei Weitem nicht so groß wie Morios, aber er war alles andere als klein. Und da noch nie jemand von einem *guten* Drachen gehört hatte, konnte man es den Menschen nicht verdenken, dass sie auch dem Neuankömmling finstere Absichten unterstellten.

Urthaenriel sang Kihrin ein hasserfülltes Lied vor.

»Noch nicht«, flüsterte er. »Noch nicht.«

Relos Var kippte zur Seite und ließ sich vom Wind erfassen, dann wendete er und segelte zur Stadt. Lautlos glitt er auf Morios zu …

… und krachte gegen ihn.

Morios' Metallstacheln schabten kreischend über Relos Vars elegante, schlangenartige Panzerung. Die beiden Ungeheuer flogen sich überschlagend über Atrine hinweg und landeten außer Sichtweite mit einem lauten Platschen im Jorat-See.

»Abgesehen von Thurvishar, der sich irgendwohin aus dem Staub gemacht hat, war er der Einzige von uns, der ein Portal öffnen kann«, bemerkte Janel.

»Aber er war auch dagegen, dass wir Leben retten«, entgegnete Kihrin. »Solange er abgelenkt ist, können wir ungestört diesen Menschen helfen.«

Ninavis stellte sich neben Janel. »Hast du die Lage im Griff?«

Janel nickte. »Dass wir nicht mehr an den Baracken vorbeimüssen, erleichtert die Sache ungemein. Es wird schon klappen.« Sie bedachte Ninavis mit einem bedeutungsschwangeren Blick. »Du weißt, was du zu tun hast.«

Ninavis winkte den Reitern hinter ihr zu. »Kommt, Leute, los geht's!«

Als sie in die Stadt einritten, zerfielen gerade die letzten bröckelnden Mauerreste zu Staub.

Stern salutierte im Vorbeireiten vor Kihrin.

»Ihr da!«, rief Janel zu den Wächtern hinüber. »Kommt her und helft uns. Beeilt euch!«

Zu Kihrins Erstaunen gehorchten die Männer. Vermutlich war der Drache ein so großer Schock für sie gewesen, dass sie von jedem Befehle entgegengenommen hätten.

Die Einwohner der Stadt strömten zur Brücke. Sie hinterfragten nicht, wieso die Mauer plötzlich verschwunden war, sondern machten einfach das Beste daraus. Viele von ihnen waren blutüberströmt und mit Staub von einstürzenden Gebäuden bedeckt. Andere husteten, weil sie zu viel Rauch eingeatmet hatten.

Da die Jorater Arasgons Sprache verstanden, rief er der Menge Anweisungen zu. Außerdem verfügte er über ein Lungenvolumen, mit dem er sich weithin Gehör verschaffen konnte.

Kihrin bemerkte aus dem Augenwinkel ein Flackern und sah, wie sich ein zweites Tor öffnete, aus dem Thurvishar trat. Er hielt Senera in den Armen, die bewusstlos war und blutete. Außerdem ging ein unerkläliches helles Leuchten von ihr aus.

»Qaun!«, rief der Magier. »Komm her!«

Der Vishai-Priester sah von einer Frau auf, deren Schnittwunde am Arm er gerade versorgte. »Was? Oh …« Er presste ein Stück Stoff auf die Verletzung. »Du musst es fest draufdrücken. Siehst du, so. Aber hör erst auf zu rennen, wenn du auf der anderen Seite bist.«

Die Frau nickte und lief davon. Einen Moment später verschwand sie in der ständig wachsenden Schar von Menschen, die auf die Brücke zueilten.

Kihrin hastete zu Thurvishar. »Was ist passiert?«*

Der Magier legte Senera ab. Eine Seite ihres Kopfes war blutverschmiert. »Sie ist wahrscheinlich von einem Steinbrocken getroffen worden. Als ich sie fand, lag sie halb unter Trümmern begraben.« Er deutete auf ihre Haut. »Das Leuchten wird vergehen.«

»Ich wusste nicht, dass ihr ein Liebespaar seid«, sagte Kihrin.

Thurvishar sah ihn mit großen Augen an. »Das sind wir auch nicht.« Der Magier schien nach einer Rechtfertigung zu suchen. »Sie hat den Namen aller Dinge. Wir werden sie brauchen.«

Kihrin nickte. »Sicher. Natürlich. Was für einen Grund solltest du auch sonst gehabt haben?«

Thurvishar funkelte ihn an.

Qaun kniete sich neben Senera. »Macht mir Platz.« Er sah sich Seneras Augen an und betastete die Kopfverletzung.

Thurvishar ließ indes um sie herum eine drei Meter hohe, nach innen gewölbte Schutzmauer aus massivem Gestein entstehen.

---

* Thurvishar muss die ganze Stadt mit einem Zauber belegt haben, der alle von doltarischer Abstammung zum Leuchten brachte. Womit er den Schutz des Ecksteins gegen Wahrsagerei schlau umgangen hat. Diesen Trick werde ich mir merken.

Qaun blickte kurz auf, nickte und konzentrierte sich wieder auf Senera.

»Thurvishar«, sagte Kihrin und schnippte mit den Fingern. »Qaun kümmert sich um sie. Komm mit mir. Mal sehen, ob wir diese Menschen nicht schneller von der Insel herunterschaffen können.«

Thurvishar erhob sich. »Habe ich gerade *zwei* Drachen über mich hinwegfliegen sehen?«

»Ja, das stimmt. Der zweite war Relos Var.«

Der Magier stutzte und schüttelte den Kopf. »Es ist wirklich schade, dass er nicht immer auf unserer Seite ist.«

»Ja, wenn ihm Menschenleben irgendetwas bedeuten würden, wäre er fantastisch.« Kihrin bahnte sich einen Weg durch die Menge, bis er im Schatten eines großen Mauerbrockens stand, der Teil der Palastfassade gewesen war. »Lass uns genau hier ein Tor öffnen. Mach es so groß, wie es geht, und platziere das andere Ende irgendwo in der Nähe der Stelle, wo Relos Var zuvor die anderen hingeschickt hat, damit versprengte Familienangehörige sich wiederfinden können.«

Thurvishar runzelte die Stirn. »Wäre es nicht besser, wenn wir sie so weit wie möglich wegschicken?«

»Kennst du irgendeinen Ort, an dem es wirklich sicher ist?«

»Gutes Argument.«

Ungefähr in der Mitte des Jorat-Sees stieg ein grellweißer Feuerstrahl in den Himmel, der das Wasser und das Land ringsum taghell erleuchtete. Die Menschen schrien und bedeckten die Augen. Kihrin zuckte zusammen. Obwohl er sich abwandte, sah er Lichtpunkte vor seinen Augen tanzen. Einen Augenblick später durchbrachen Relos Var und Morios die Wasseroberfläche. Sie schlugen mit den Krallen nacheinander und bissen sich.

Soweit Kihrin erkennen konnte, hatte Relos Var dem anderen Drachen bislang keinerlei Verletzungen zugefügt. Umgekehrt galt das leider nicht. In Relos Vars Haut klafften tiefe Risse, aus denen silbernes Blut ins Wasser strömte, und es ging ihm offensichtlich nicht gut. Normalerweise hätte Kihrin bei diesem Anblick gejubelt, aber ...

Er hatte keine Ahnung, was er und die anderen tun sollten, wenn Morios den Magier tötete, selbst wenn dieser Zustand (wie Var behauptete) nicht lange andauern würde.

Janel dirigierte ununterbrochen Menschen in das nun offene Tor, und es sah nicht so aus, als würde der Andrang in absehbarer Zeit nachlassen. Skandal und Arasgon halfen, indem sie die Flüchtenden davon abhielten, sich in ihrer Panik gegenseitig totzutrampeln. Janel zwangsrekrutierte alle joratischen Soldaten, die sie entdeckte, egal wessen Farben sie trugen.

Kihrin war gerade dabei, sich mühsam einen Weg zu ihr zu bahnen, als Janel plötzlich erstarrte. Eine Gruppe joratischer Adliger mitsamt Entourage näherte sich ihr. Sie waren in prächtige rot-goldene Gewänder gehüllt. Es waren die Farben der Familie Malkoessian, deren Oberhaupt Markreev Aroth von Stavira war, Janels ehemaliger Lehnsherr, Dornas ehemaliger Ehemann und Sterns unehelicher Vater.*

Kihrin erkannte den Markreev sofort. Aroth musste dagegen zweimal hinsehen, als er Kihrin bemerkte. Wahrscheinlich weil er von der Hautfarbe her seinem Sohn Oreth ähnelte.

Aroth und Janel sahen einander einen Moment lang angespannt an. Dann bedeutete Janel dem Markreev, zusammen mit dem Rest seiner Familie durch das Portal zu treten.

Er tat es.

Einen Augenblick später sah er, wie Relos Vars blutige Drachengestalt über die Brücke hinwegflog und bei den Dämonenfällen in die Tiefe stürzte.

---

* Den Joratern ist es herzlich egal, ob die Leute miteinander verheiratet sind. Ich bin sicher, dass Stern einen berechtigten Erbschaftsanspruch hat. Und das ist natürlich ein Problem.

56

DIE ARMEE MIT DEN ACHT TOREN

Atrine, Jorat, Quurisches Reich.
Drei Tage nachdem Jarith Milligreest gemerkt hatte,
dass sein Vater ein Schwachkopf war

Morios wandte seine Aufmerksamkeit wieder Atrine zu.

Die Menge hatte sich während der bisherigen Evakuierung alles andere als ruhig verhalten, aber nun nahm die allgemeine Panik noch einmal zu. Thurvishar war von der Anstrengung, das Tor so lange offen zu halten, schweißgebadet. Vermutlich wäre es ihm leichter gefallen, wenn sie einen Torstein gehabt hätten, wie ihn die Magier des Hauses D'Aramarin benutzten.

Neben seinem Tor ging ein weiteres auf. Senera trat heraus und betastete vorsichtig ihren Kopf. »Wir müssen verschwinden.«

»Ganz richtig«, bestätigte Kihrin. »Jetzt sind wir dran, Janel! Lass uns aufbrechen.«

»Aber es sind noch Menschen ...«, wollte Janel gerade protestieren, da sahen sie, wie Morios den Blick direkt auf die Brücke richtete.

Kihrin hatte das sichere Gefühl, dass er ganz gezielt *ihn* anschaute. Und dass Morios ihn nicht nur gesehen, sondern auch wiedererkannt hatte. Drachen schienen mehr auf Seelen zu achten als andere, und seine würde ihm zweifellos bekannt vorkommen.

»Arasgon, bring Janel von hier weg!«, rief er. »Wo ist Qaun?« Er entdeckte den kleinen Priester nicht weit von Seneras Portal entfernt, was vermutlich kein Zufall war.

»Ich bin hier, aber ...«

»Direkt neben dir ist ein Tor. *Renn!*«, schrie Kihrin.

Morios hob seine furchterregende, mit Stacheln übersäte Klaue, und die Menschen drängten zu den Portalen. Viele erkannten, dass sie es nicht mehr dorthin schaffen würden, und warfen sich auf der Seeseite von der Brücke.

Plötzlich stand Skandal neben ihm, und Kihrin sprang auf. Da Janel und Arasgon klar war, dass sie auf keinen Fall rechtzeitig ein Tor erreichen würden, versuchten sie es gar nicht erst und rasten stattdessen im gestreckten Galopp zum Ende der Brücke. Kihrin folgte ihnen, genauer gesagt, Skandal folgte ihnen, während Kihrin sich mit aller Kraft an ihr festhielt. Er konnte nur beten, dass die übrigen sicher durch das Tor gekommen waren – und er tat es laut, für den Fall, dass Taja während ihres Kampfes gegen die Dämonen im Nachleben eine Sekunde Aufmerksamkeit für ihn abzweigen konnte.

Als Kihrin hinter sich ein lautes Pfeifen hörte, drehte er sich um und sah, wie Morios' mit Klingen bedeckter Körper durch die Luft schnitt. Dann schlug der Drache eine Klaue in die Brücke und schickte eine Stoßwelle durch das gesamte Bauwerk. Der Abschnitt unter Skandals Hufen fuhr ruckartig in die Höhe. Kihrin geriet aus dem Rhythmus und landete hart auf Skandals Rücken. Während Skandal ihren Tritt wiederfand, rutschte Kihrin an ihrer Seite herunter und konnte sich gerade noch an einem Büschel Mähne festhalten.

Kihrin schrie. Er spürte, wie Skandal langsamer wurde, damit er sich wieder nach oben ziehen konnte.

»*Renn weiter!*«

Unmittelbar hinter ihnen kratzten Morios' Metallkrallen kreischend über die Steinbrücke.

Kihrin langte mit der anderen Hand zu Skandals Hals hinauf und schaffte es tatsächlich irgendwie, sich wieder auf ihren Rücken hochzuziehen. Sie wieherte, und in diesem Moment hätte er alles dafür gegeben, die Sprache der Feuerblüter zu verstehen.

Mit einem Mal brach das metallische Kreischen ab. Die Luft in seinem Rücken vibrierte, und Kihrin hörte einen gewaltigen dumpfen Aufprall. Als er sich umdrehte, knallte Morios gerade zum zweiten Mal gegen eine durchsichtige regenbogenfarbene Wand aus Energie, die sich hinter Kihrin materialisiert hatte.

Kihrin wusste, dass er schon einmal etwas ganz Ähnliches gesehen hatte. Gerade als ihm einfiel, was es gewesen war, endete die Brücke, und er befand sich wieder auf festem Boden. Morios unternahm noch einen letzten halbherzigen Versuch, das magische Energiefeld zu durchbrechen. Dann wandte er sich wieder zur Stadt um, die unter den gegebenen Umständen offenkundig interessanter für ihn war.

»Wollt Ihr uns nicht Euren Freunden vorstellen, Thurvishar?«, fragte Janel.

Kihrin drehte sich mit immer noch wild pochendem Herzen um. Neben Thurvishar, Senera und Qaun standen mehrere Männer in kaiserlichen Militäruniformen. Ein weiterer Trupp Soldaten hatte alle Hände voll damit zu tun, die letzten Nachzügler wegzuführen, die es gerade noch durch das Portal geschafft hatten, bevor es von Morios zerstört worden war. Doch Kihrins Aufmerksamkeit galt der Gestalt, die mitten auf der Brücke stand und einen silbernen Zauberstab sinken ließ. Es war eine gut aussehende Frau in ihren Vierzigern mit olivfarbenem Teint und lavendelgrauen Locken, auf denen ein schlichtes Silberdiadem saß. Sie trug schwarze Kleidung, doch die war nicht halb so dunkel wie ihre nachtschwarzen Augen.

Tyentso bemerkte Kihrin und grinste. »Hallo, Leichtfuß. Hast du mich vermisst?«

Kihrin starrte sie an. Einen Moment lang geriet er in Panik, da er glaubte, sie wäre gar nicht Tyentso, sondern ein Ungeheuer – die Mimikerin Klaue oder vielleicht Xaltorath –, das ihr Aussehen angenommen hatte. Doch er verwarf den Gedanken gleich wieder. So unnachahmlich wie Tyentso war, wäre so ein Schwindel sofort aufgeflogen. Kihrin ließ sich von Skandals Rücken gleiten und schloss sie fest in die Arme. »Tyentso, du lebst! Bei allen Göttern, du bist am Leben!«

»Sachte, Leichtfuß«, tadelte sie. »Du kannst doch nicht einfach den Kaiser von Quur umarmen.«

»Den was?« Er stutzte und betrachtete das Silberdiadem und den schlanken silbernen Zauberstab noch einmal genauer. Nein ... das konnte nicht sein ...

Doch das Energiefeld, von dem Morios abgeprallt war, hatte genau so ausgesehen wie das Feld, das die Arena in der Hauptstadt umgab. Jenen Ort, wo der neue Kaiser gewählt wurde, sobald der aktuelle starb.

»O ja«, sagte Tyentso. »Ich bin jetzt der Kaiser. Oder die Kaiserin? Wir diskutieren immer noch über den richtigen Titel. Es ist, äh ...« Sie grinste wieder. »Ich will nicht lügen. Es ist *gut*. Außer dass ich mich zwei Tage nach meiner Krönung mit einem verdammten Drachen auseinandersetzen muss. Damit habe ich nicht gerechnet.«

Janel saß ab. »Geh und hilf den Evakuierten«, sagte sie zu Arasgon. »Hier kannst du nichts ausrichten.«

Er wollte offensichtlich widersprechen, doch dann schüttelte er den Kopf auf eine Art, die *darüber sprechen wir später* zu bedeuten schien, und trabte zusammen mit Skandal davon. Letzterer schien es nur recht zu sein, dass sie nicht dableiben und auf einen weiteren Kampf warten musste.

»Leichtfuß?«, fragte Janel langsam, als sie sich wieder zu ihnen umdrehte.

Kihrin hob einen Finger. »*Du* darfst mich nicht so nennen. Es gibt Regeln. Nur der Kaiser von Quur kann mich so anreden.«*

Tyentso grinste Janel an. »Du hast meine Erlaubnis, ihn so zu nennen.« Dann neigte sie den Kopf vor Thurvishar. »Danke, dass du mir Bescheid gegeben hast. Wie du siehst, sind wir so schnell wie möglich gekommen.« Sie bedeutete ihnen, ihr zu folgen, während sie von der Brücke trat und auf eine Gruppe von Männern zuging, die ein Stück entfernt um einen Tisch saßen. Ein paar Soldaten bauten eilig ein Zelt um sie herum auf. »Hier entlang. Wir haben Karten, Schlachtpläne und Magier von der Akademie, die wir ignorieren können – alles, was das Herz begehrt, also.«

»Wie konntest du so schnell herkommen?«, fragte Senera.

Als Thurvishar auf ein Portal deutete, bemerkte Kihrin etwas, das seiner Aufmerksamkeit bislang entgangen war: Der Magier aus dem Haus D'Lorus trug an jeder Hand einen Intaglio-Rubinring. Einer davon hatte Thurvishars Vater, Kaiser Sandus, gehört. Und das bedeutete, dass der zweite einer der verzauberten Ringe sein musste, die Sandus an seine Spione verteilt hatte, damit sie direkt mit ihm Kontakt aufnehmen konnten. Mittlerweile direkt mit Tyentso.

»Wo hast du den zweiten Ring gefunden?«, fragte Kihrin.

»Es ist deiner«, antwortete Thurvishar. »Er gehört zu den Dingen, die Gadrith dir abgenommen hatte. Ich bin davon ausgegangen, dass ich damit denjenigen kontaktieren könnte, der gerade die Krone und das Zepter von Quur trägt, egal ob sich diese Person als mein Vater Sandus oder jemand anderer erweisen würde.«

»Darf ich mir mal einen dieser Ringe ansehen?«, fragte Qaun.

»Jetzt nicht.«

»Thurvishar, wieso hast du mir nicht erzählt, dass wir …?«, begann Janel, doch dann schüttelte sie den Kopf. »Egal. Ganz schön

---

* O nein. Er heißt tatsächlich Leichtfuß. Jetzt ist es offiziell.

clever von dir. Ich muss zugeben, ich habe nicht damit gerechnet, dass die Armee noch rechtzeitig eintrifft. Das Protokoll sieht vor ...«

»Manchmal muss man eben schneller sein als das Protokoll«, erklärte Tyentso.

»Wo ist Relos Var?«, erkundigte sich Senera.

»Wie bitte?«, fragte Kaiser Tyentso. »Relos Var ist *hier*?«

»Eigentlich nicht«, entgegnete Kihrin. »Er ist in den Wasserfall gestürzt und entweder tot oder so verletzt, dass er keine Rolle mehr spielt.«

Senera blieb bestürzt stehen.

»Aber er erholt sich wieder«, sagte Qaun rasch zu ihr. »Relos wird wiederkommen.«

»Nicht rechtzeitig, um zu helfen«, erwiderte Kihrin. »Und er hat uns noch nicht verraten, wo Morios' Eckstein ist. Anscheinend müssen wir den auch zerstören, wenn wir dieses verdammte Ungeheuer dauerhaft töten wollen.«

»Dann könnt ihr euch ja glücklich schätzen, dass ich es weiß«, sagte Senera.

Thurvishar sah zu Kihrin hinüber. »Ich habe dir doch gesagt, dass wir sie noch brauchen werden.«

Die kaiserlichen Einheiten führten die Flüchtlinge von der Straße hinunter und hinter den Hügel zu ihrem Heerlager. Kihrin zählte nicht weniger als acht magische Portale, neben denen jeweils ein grün gekleideter D'Aramarin-Torwächter stand. Er wollte schon einwenden, er kenne die meisten Magier, die mächtig genug waren, um ein Portal zu öffnen, das direkt hierherführte, und dass diese nicht dazugehörten. Dann merkte er, dass es keine gewöhnlichen Portale waren. Irgendwer hatte eine komplexe Kombination aus geometrischen und magischen Symbolen in die Basis eines jeden Tores gebrannt. Kihrin hätte sich liebend gerne bei den Torwächtern erkundigt, wie die Torsteine genau funktionierten, aber er unterdrückte den Impuls. Im Moment zählte nur, dass es in der quurischen Armee jemanden gab, der wusste, wie man sie im Bedarfsfall einsetzte, und dass sie zum Transport von Truppen und Ausrüstung verwendet worden waren.

Besagte Ausrüstung bestand hauptsächlich aus kaiserlichen Kriegsmaschinen, die als Skorpione bezeichnet wurden. Kihrin hatte schon oft von den legendären quurischen Belagerungswaffen gehört, aber noch nie welche mit eigenen Augen gesehen. Nun zählte er mehrere Dutzend, die durch die kaiserlichen Portale herbeigeschafft worden waren. Die aus Metall gefertigten Apparaturen sahen ihren Namensvettern tatsächlich sehr ähnlich, nur dass sie so groß wie Nashörner waren und wahrscheinlich noch mehr wogen. Vorne saßen Fahrer, die zur Steuerung eigenartige Kugeln mit Haltegriffen verwendeten, und im Heck fuhren jeweils noch zwei weitere Soldaten mit. Die Skorpione gingen einer nach dem anderen am Ufer in Position und wendeten, sodass ihre Stacheln wie Katapulte zurückschnellen konnten. Zum Schluss senkten sich die massiven Maschinen noch ab, gruben ihre Beine in die Erde und spreizten sich ein.

»Da wären wir«, sagte Tyentso, als sie bei dem halb errichteten Zelt eintrafen, in dem ein reges Kommen und Gehen von kaiserlichen Stabsmitgliedern herrschte.

General Milligreest kam ihnen entgegen. »Gut, Ihr habt ...« Die Begrüßung erstarb ihm auf den Lippen.

Außer dem Obersten General zählte Kihrin mindestens ein Dutzend Männer, ein paar von ihnen hochrangige Armeeoffiziere, andere trugen die Farben verschiedener hoher Adelshäuser.

»General Milligreest«, sagte Kihrin.

Der Oberste General schürzte die Lippen. »Ich hätte wissen müssen, dass du dabei bist, wenn irgendwo irgendwer eine Stadt zerstört.« Dann wandte er sich von Kihrin ab und betrachtete die anderen. An Senera blieb sein Blick einen Moment lang hängen. Janel beachtete er gar nicht.

»Sei nett, Qoran«, ermahnte ihn Tyentso und ging zum Tisch.

Unterwegs schob sie einen Magier von der Akademie zur Seite. »Macht Platz, Leute. Die Erwachsenen müssen sich miteinander unterhalten.«* Sie winkte die anderen zu sich her. »Jetzt noch mal: Was habt ihr über die Vernichtung von Morios gesagt?«

Senera trat vor. Sie beäugte die Akademie-Magier misstrauisch, zuckte dann jedoch die Achseln. »Es ist nur eine Theorie. Da noch nie ein Drache dauerhaft getötet worden ist, können wir bloß Vermutungen anstellen ...«

Tyentso ließ genervt die Hand kreisen. »Überspring die Warnhinweise und komm zum Punkt.«

»Morios und sein Eckstein, Kriegstreiber, müssen beide innerhalb von dreißig Sekunden zerstört werden. Glauben wir jedenfalls. Deswegen müssen wir uns aufteilen. Kihrin geht mit Thurvishar zum Versteck des Ecksteins, und wir übrigen töten Morios – was mit Khoreval machbar sein sollte.« Sie zog zwei kleine Zweige aus ihrer Mischa. Diese sahen einander zum Verwechseln ähnlich, nur dass einer der beiden ein normaler Holzzweig war, während der andere aus Schmiedeeisen zu bestehen schien. »Diese Zweige sind miteinander verbunden. Sobald Morios tot ist, werde ich den Holzzweig und damit auch sein Gegenstück aus Metall zerbrechen, damit ihr wisst, dass es Zeit ist, Kriegstreiber zu zerschmettern.«

»Das klingt, als wäre es ganz leicht«, sagte Kihrin.

»Nein«, korrigierte Senera ihn. »Es ist zwar ein einfacher Plan, aber leicht wird es ganz bestimmt nicht.«

»Wieso soll Kihrin Thurvishar mitnehmen?«, fragte Janel.

»Weil ich davon ausgehe, dass Kihrin jemanden dabeihaben möchte, der ein Portal für seine Rückkehr öffnen kann.« Senera drehte sich zu Kihrin um. »Ich könnte das zwar auch, aber ich nehme an, dass du lieber jemanden an deiner Seite hättest, dem du vertraust.«

---

* Können wir sie bitte behalten?

»Lächerlich!«

Alle hielten inne und sahen zu dem Mann hinüber, der sie unterbrochen hatte – ein älterer Quurer in einer grünen Kutte.

»Havar D'Aramarin, richtig?«, fragte Tyentso und verengte die Augen zu Schlitzen. »Aus reiner Neugier: Was genau findet Ihr lächerlich?«

»Ich bin der *Hohe Lord* Havar D'Aramarin«, korrigierte er sie. »Und die Vorstellung, diese Frau könnte ein freistehendes Portal öffnen, ist einfach absurd. Es ist offensichtlich, dass sie lügt, und Ihr seid zu naiv, um es zu erkennen.« Er machte ein finsteres Gesicht. »Und was Euch anbelangt: Ihr könnt nicht erwarten, dass irgendwer Euch für den rechtmäßigen Kaiser hält, nachdem Ihr den Anspruch nicht in der Arena errungen habt.«

Der Oberste General warf Tyentso einen warnenden Blick zu. »Tu's nicht.«

Tyentso lächelte. »Im Moment ist es mir völlig egal, wer mich für den rechtmäßigen Kaiser hält. Ich will nur die Bevölkerung von Atrine retten und das, was von der Stadt noch übrig ist. Wenn Ihr nicht hier seid, um uns zu helfen, solltet Ihr besser gehen und nach Euren Torwächtern sehen.«

Der Hohe Lord setzte zu einer Entgegnung an. Doch als Qoran Milligreest sich neben Tyentso stellte und ihn mit einem durchdringenden Blick bedachte, machte der Magier auf dem Absatz kehrt und ging.

»Der wird uns noch Ärger machen«, murmelte Senera. »Wenn das hier vorbei ist, wird er auf jeden Fall versuchen, uns wegen Hexerei verhaften zu lassen.«

»Ihr solltet tatsächlich verhaftet werden – wegen der Verbreitung von Angst und Schrecken und wegen Verrat«, erwiderte Milligreest.

Senera lächelte. »Schön, dass jemand Anteil an meiner Arbeit nimmt.«

»Können wir uns darüber bitte später Gedanken machen?«, warf

Janel ein. »Im Moment fehlt uns noch ein entscheidendes Detail: Wo ist Morios' Eckstein?«

»Oh«, erwiderte Senera, als hätte sie eine unwichtige Kleinigkeit vergessen. »Im Thronsaal des Gottkönigs Khorsal, dreihundert Meter unter Wasser, auf dem Grund des Jorat-Sees.«

57

ERINNERUNGEN AN PFERDE

*Atrine, Jorat, Quurisches Reich.
Drei Tage nachdem Kihrin zum ersten Mal von
Aeyan'arric erfahren hatte*

Janel starrte Senera an. »In Khorsals Palast? Aber den hat doch Kaiser Kandor zerstört.«

»Nein, er wurde nur überflutet, als Kandor die Endlose Schlucht verflucht hat«, sagte Kihrin. »Es gibt keinen Grund, wieso der Palast nicht immer noch da unten sein sollte.« Als Tyentso ihn verdutzt ansah, wandte er sich zu ihr um. »Teraeth hat uns davon erzählt, weißt du noch?«

Janel trommelte mit den Fingern auf den Tisch. »Gibt es sonst noch was, das wir wissen sollten?«

Senera nahm einen Federkiel vom Tisch und tauchte ihn in Tinte.

»Ja, Thurvishar und Kihrin brauchen magische Symbole, damit sie atmen können und vor dem Wasserdruck geschützt sind.« Sie sah Kihrin nachdenklich an.

»Sie sollten bei mir funktionieren, solange ich Urthaenriel in der Scheide lasse, während du sie zeichnest«, beantwortete er ihre stumme Frage.

»Gut.«

»Ich werde auch welche brauchen«, sagte Qaun. »Ich gehe mit ihnen.«

Janel blinzelte. »Wirklich?«

»Da Thurvishar sich auf seine magischen Portale und den Kampf gegen mögliche Feinde konzentrieren muss, sollte ein anderer auf Seneras Signalzweig achten.« Qaun deutete auf Kihrin. »Und es ist fraglich, ob der Zweig funktioniert, wenn Kihrin ihn in der Hand hält. Urthaenriel könnte seine Magie womöglich blockieren.«

Kihrin verzog das Gesicht. »Möglich wär's.«

Nach kurzem Zögern nickte Janel. »Na gut. Ihr drei werdet den Eckstein zerschmettern. Wir anderen kämpfen gegen Morios.«

Senera ging zu den drei Männern und zeichnete jedem von ihnen etwas auf die Stirn. Als Kihrin die anderen beiden anschaute, sah er das vertraute Luftzeichen und ein weiteres, neues Symbol.

»Es gibt noch ein Problem«, sagte Thurvishar. »Ich kann ein Tor öffnen, aber ich weiß nicht, wo sich dieser Palast befindet. Der Grund des Jorat-Sees ist sehr weitläufig.«

»Du musst nur den Rückweg finden«, beschwichtigte Senera. »Den Hinweg kenne ich.« Sie konzentrierte sich und wirkte ihre Magie. Hinter dem Portal, das sie öffnete, war alles schwarz, nichts spiegelte sich auf der reflektierenden Oberfläche des Durchgangs.

Kihrin war sicher, dass die Magier des hohen Adelshauses D'Aramarin beim Zuschauen einen Anfall bekamen.

Qaun wirkte überrascht. »Wir gehen jetzt sofort?« Er stellte seinen Beutel neben dem Tisch ab.

»Je länger wir warten, desto mehr Menschen sterben«, sagte Janel.

»Wieso ist das Tor schwarz?«, fragte Kihrin.

»So weit unter Wasser gibt es kein Licht«, antwortete Senera.

Da Kihrin sich bereits damit abgefunden hatte, gleich tropfnass zu werden, ging er ohne Zögern auf das Portal zu. Doch bevor er hindurchtrat, drehte er sich noch einmal um. »He, Janel.«

Sie hob den Kopf. Die Anspannung um ihre Augen ließ sie zehn Jahre älter aussehen. »Ja?«

»Tritt dem Drachen in den Hintern. Egal wie.«

Janel lächelte. »Mach ich. Und du sei vorsichtig.«

»Weswegen sollte ich vorsichtig sein? Ich habe die leichtere Aufgabe.«

Senera hielt den Metallzweig in die Höhe. »Habt Ihr nicht etwas vergessen?«

»Oh! Vielen Dank.« Qaun nahm ihr den Zweig aus der Hand. Als er ihn anschaute, fing das Metall zu leuchten an, als bestünde der kleine Gegenstand aus gebündeltem Sonnenlicht.

»Wir können doch alle schwimmen, oder?«, fragte Thurvishar.

»Wenn nicht, werden wir es lernen.« Kihrin warf Janel eine Kusshand zu und ging durch das Tor.

Die anderen beiden folgten ihm.

Da das Luftsiegel das Wasser von Kihrins Gesicht fernhielt, blieb sein Kopf trocken. Doch das war eher lästig als hilfreich. Wenn er den Kopf einfach nur ins Wasser gesteckt hätte, wäre seine Sicht relativ klar gewesen, doch nun kam es ihm so vor, als versuchte er, die Tiefen eines aufgewühlten Teichs auszuloten, indem er von oben auf ihn blickte. Trotz des Lichts, das Qaun um sich verbreitete, konnte Kihrin fast nichts sehen.

Thurvishar zupfte an Kihrins Misha und Qauns Robe. »Hier entlang.« Das Seewasser dämpfte seinen Ruf. Er deutete auf die schlierigen Säulen, die in der Ferne aufragten.

Während sie dorthin schwammen, dachte Kihrin über all die Fragen nach, die er vor ihrem Aufbruch noch hätte stellen sollen. Gab es in diesem Gewässer Krokodile, Haie oder sonst irgendwelche Räuber? Hin und wieder sah er einen Fisch oder besser gesagt Schuppen aufblitzen und dann einen vage stromlinienförmigen Schemen, der abrupt kehrtmachte und davonschwamm.

Bruder Qaun war mit den Sichtbedingungen offenbar genauso

unzufrieden, denn er beschwor zusätzlich zu dem leuchtenden Zweig noch ein paar magische Lichter, die den Seegrund ringsum erhellten.

Vor ihnen ragte ein Palast auf.

Zu seiner Zeit musste er ein wahres Wunder gewesen sein mit seinen auffallend breiten Säulengängen, Alleen und Straßen – und den Gärten, in denen sich große Tiere tummeln konnten. Zwar war die gesamte Anlage im Lauf der Zeit nicht nur vom Wasser, sondern auch von Gräsern und Algen zerfressen worden, doch die überall herumstehenden Statuen waren immer noch so gut erhalten, dass Kihrin in einigen davon Zentauren und in anderen Feuerblüter erkennen konnte. Nirgends sah er Statuen von Menschen, was aber auch kein Wunder war, da der Gottkönig Khorsal für Pferde viel mehr übriggehabt hatte als für Zweibeiner.

Da sie davon ausgingen, dass alle Wege zum Thronsaal des Pferdekönigs führten, schwammen sie einfach immer weiter.

Kihrin entdeckte keine Skelette. Aber falls es hier überhaupt Leichen gegeben hatte und nicht alle Zentauren auf der Brücke nach Atrine gestorben waren, hatten die Fische sie mittlerweile bestimmt komplett aufgefressen.

Die gesamte Architektur war auf die Bedürfnisse pferdeartiger Lebewesen ausgerichtet. Es gab weder Treppen noch Obergeschosse oder Konstruktionen, die man als Dächer bezeichnen konnte. Zwischendrin erspähte Kihrin immer wieder Grundrisse, die nicht zu Khorsals stromlinienförmigem Baustil zu passen schienen, ganz so, als hätte der Gottkönig seinen Palast auf den Ruinen einer älteren Stadt errichtet.

Dann entdeckten sie Stufen, die, soweit sie sehen konnten, die einzigen im Palast waren und zu einem Ort hinaufführten, der kein Empfangssaal, sondern vielmehr ein offener Hof zu sein schien. Wobei nicht zu erkennen war, ob er von Anfang an kein Dach gehabt hatte oder ob es bloß im Lauf der Jahrhunderte verwittert war. Der Boden war mit einer dicken Schicht Schlick,

Matsch und Modder bedeckt, aus dem nur hier und da verkrümmte Stöcke und Äste ragten.

Aber der Thronsaal hatte nicht seine ganze Pracht eingebüßt: Qauns magische Lichter spiegelten sich auf goldenen Oberflächen, und die Ecken waren mit vier Statuen von sich aufbäumenden Zentauren dekoriert. Auf dem oberen Treppenabsatz stand ein großer Thron, dessen hochaufragende Rückenlehne wie ein Stachel geformt war. Ein schwacher Lichtstrahl an seiner Spitze zog Kihrins Blick an. Es war nicht klar, ob der Strahl von dem Stachel ausging, oder ob der Stachel von irgendwoher angeleuchtet wurde.

Thurvishar deutete auf die Stelle und sagte etwas.

»Was?«, rief Kihrin. »Ich kann dich nicht hören.«

Thurvishar wollte gerade erneut rufen, da erschienen goldene Leuchtbuchstaben vor Kihrins Augen: *Ich werde das Wasser aus diesem Bereich entfernen. Bereitet Euch darauf vor, dass Ihr gleich ein kleines Stück fallen werdet.*

Kihrin sah, wie Thurvishar dem Vishai-Priester seine Zustimmung signalisierte, woraufhin Bruder Qaun sich zu konzentrieren begann. Kihrin glaubte, dass Qaun das Wasser einfach in Luft verwandelte, da er kein Vakuum bemerkte.

Alle drei landeten auf dem Boden, Kihrin eleganter als die anderen beiden. Er strich sich den Dreck von der Kleidung – was allerdings nicht viel half, da er tropfnass war und knöcheltief im Schlamm stand.

Schließlich deutete er auf den Stachel oben auf dem Thron. »Ist es das, wonach wir suchen?« Das Licht an der Spitze erschien ihm schwächer als vorhin, aber es war immer noch zu sehen.

»Vielleicht«, erwiderte Thurvishar. Der Magier ging zum Thron hinüber und bestieg ihn wie eine Trittleiter, um die Stachelspitze in Augenschein zu nehmen.

Als er den Schlamm wegwischte, kam ein achtkantiger Edelstein zum Vorschein. Thurvishar untersuchte ihn eingehend.

Kihrin wurde ein bisschen neidisch, denn Urthaenriel verwehrte ihm nach wie vor jede Form von Zauberei, und er hätte so gerne hinter den Ersten Schleier geblickt. Allerdings bekam er es auch so mit, wenn Magie im Spiel war. Im Moment schrie Urthaenriel ihn regelrecht an, weil das Schwert nicht nur einen, sondern gleich zwei Ecksteine in seiner Nähe erdulden musste: Qauns und den am Thron.

Also war Kriegstreiber wirklich hier im Palast versteckt, wie Senera behauptet hatte.

»Ich habe keine Ahnung, woraus dieser Kristall besteht«, sagte Thurvishar. »Das ist ein gutes Zeichen, denn wenn ich es erkennen könnte, wäre es kein Eckstein.«

»Und was machen wir jetzt?«, fragte Bruder Qaun.

Kihrin zückte Urthaenriel und bat das Schwert, auf seine normale Größe anzuwachsen. Einen Moment später hielt er eine silbrig glänzende Klinge in der Hand. »Jetzt warten wir.«

58

ANGRIFF AUF MORIOS

Atrine, Jorat, Quurisches Reich.
Drei Tage nachdem Raverí D'Lorus die Fähigkeit ihres Vaters, sich an jedes seiner Mordopfer zu erinnern, stark überschätzt hatte

Janel sah zu, wie das Portal sich wieder schloss, und drehte sich dann zu Senera um. »Gebt mir den Zweig.«

Senera sah sie verdutzt an. »Was?«

»Gebt mir den Zweig. Ihr habt das Vertrauen, das ich Euch möglicherweise mal entgegengebracht habe, bereits vor Jahren verspielt.« Sie streckte die Hand aus.

»Früher wart Ihr nicht so paranoid.« Senera reichte ihr das kleine Stöckchen. »Aber zerbrecht ihn nicht aus Versehen. Sonst war alles umsonst.«

»Ich werde vorsichtig sein.« Janel ummantelte den Zweig mit einem Begradigungszauber, bevor sie ihn in ihrem Mieder verstaute. »Und nun möchte ich, dass Ihr den Namen aller Dinge fragt, wie man Morios töten kann.«

»Aber Ihr wisst doch, dass ich nur sehr ungern Fragen stelle, die sich nicht mit Ja oder Nein beantworten lassen«, protestierte Senera.

Der Oberste General hob eine Augenbraue. »Der Name aller ... was?« Er sah Kaiser Tyentso fragend an.

»Ich erkläre es dir später«, erwiderte Tyentso. »Es wird dir nicht gefallen.«

Senera warf Janel einen bohrenden Blick zu, den diese geflissentlich ignorierte.

»Fragt ihn trotzdem«, sagte Janel. »Und beeilt Euch.«

Senera zog den kleinen Tintenstein heraus. Sie tauchte den Pinsel in die Tinte, die bereits auf dem Tisch stand, und schrieb: *Kämpft nicht gegen ihn.*

Alle starrten die Worte an.

»Hilfreich«, kommentierte Tyentso. »Wirklich sehr hilfreich. Diesen Ratschlag müssen wir ignorieren, da wir es uns nicht leisten können, nicht gegen ihn zu kämpfen.«

Janel verstärkte den Griff um Khoreval. »Kannst du Morios so lange ablenken, bis ich ihm diesen Speer durchs Auge gerammt habe?«

»Ich denke schon.«

Der Oberste General Milligreest trat zwischen die beiden und legte eine Hand auf den Tisch. »Wartet erst noch ab, bis die Armee ihn mürbe gemacht hat. Wir haben die Skorpione in Stellung gebracht.«

»Qoran«, sagte Tyentso sanft, »dabei würdest du eine Menge Männer verlieren.«

Der Oberste General lächelte sie schmallippig an. »Ich habe dich nicht um deine Erlaubnis gebeten.« Mit diesen Worten gab er seinen Offizieren ein Zeichen. »Gebt euren Männern Bescheid, dass sie anfangen sollen, sobald sie bereit sind. Beginnt mit Drachenfeuer.«

»Drachenfeuer?«, fragte Tyentso.

»Ja, zufälligerweise nennen wir es so«, bestätigte Milligreest.

»Was passiert, wenn die Geschosse ihn verfehlen?«, fragte Janel.

»Dann schlagen sie wahrscheinlich in der Stadt ein«, erwiderte Senera.

General Milligreest verließ das Zelt, und die anderen folgten ihm.

Morios tobte sich immer noch in der Stadt aus. Nervös überlegte Janel, wie es Ninavis und dem Rest ihrer Bande wohl erging. Mit ein bisschen Glück hatten sie den Herzog bereits gefunden und ihn befreit. Und falls nicht ... nun, dann blieben ihnen immer noch Dorna und Plan B.*

»*Zweite Reihe ... Laden!*«, rief jemand laut.

Janel richtete ihre Gedanken wieder auf den Drachen. Das Schwierige war, so nah an ihn heranzukommen, dass sie ihm den Speer in den Kopf rammen konnte ... Er war riesig. Leider hatten weder Suless noch Thurvishar ihr beigebracht, wie man flog, was ihr im Moment sehr zugutegekommen wäre.

Während Janel noch überlegte, was sie tun konnte, schrie einer der Soldaten: »*Licht an!*«

Was? Janel sah zu den Skorpionen hinüber. Mittlerweile waren die Fahrer abgestiegen und hatten die Kugeln mitgenommen, mit denen sie die katapultartigen Apparaturen steuerten. Da sie nun nicht mehr in ihren Schutzgehäusen steckten, erzeugten die Kugeln schmerzhaft grelle Lichtstrahlen, die die Soldaten vor sich auf den Boden richteten.

»*Erste Reihe ... Zielen!*«

Fünfzig Strahlen richteten sich gleichzeitig auf Morios, der gerade durch Atrine tobte. Ein paar von ihnen gingen kurzzeitig daneben, wurden aber schnell wieder korrekt ausgerichtet. Janel war nicht klar, was das bringen sollte, da sie mindestens zwei Meilen von Atrine entfernt waren. Die grellen Lichter schienen den Drachen nur anzuleuchten. Vielleicht versuchten sie, Morios näher heranzulocken.

»*Erste Reihe ...Feuer!*«

---

* Na also. Seht Ihr, Relos? Sie erinnert mich wirklich sehr an Euch. Die Evakuierung der Stadt hat sie nicht, wie Ihr geglaubt habt, aus reiner Rührseligkeit angeordnet, sondern um von ihrem eigentlichen Manöver abzulenken.

Janel blinzelte. »Das ist zu weit weg. Sie werden ihn nie treffen ...«

Die Skorpionschwänze schleuderten kleine Fässer auf Flugbahnen, auf denen sie keine dreißig Meter, geschweige denn mehrere Meilen weit kommen würden. Doch als die Fässer den höchsten Punkt ihrer Flugkurve erreichten, entfernten sie sich mit unglaublich hoher Geschwindigkeit, als wären sie von einem unsichtbaren Gott geschleudert worden. Jedes der Fässer traf Morios an exakt der gleichen, von den Skorpionlichtern angestrahlten Stelle.

Und sie explodierten.

Morios bäumte sich auf. Gelbweißes Feuer hing ihm am Hals und am Rücken. Es versprühte Funken und geschmolzene Metallklumpen. Die Schuppen des Drachen glühten rot und begannen zu tropfen.

»*Zweite Reihe ... Feuer!*«

Die quurische Armee schickte die nächste Salve auf den Weg.

Senera beugte sich zu Janel hinüber. »Wenn Ihr Euch je gefragt habt, wie Quur einen ganzen Kontinent erobern konnte, dann habt Ihr jetzt die Antwort.«

Der Oberste General grinste breit.

»Und dann solltet Ihr Euch daran erinnern, dass selbst das nicht reichte, um Manol zu erobern«, fügte Senera hinzu.

Morios wirbelte zu ihrer Position am Seeufer herum und stieß ein Brüllen aus, das selbst aus dieser Entfernung noch unglaublich laut war.

Als Nächstes sprach der Drache. »Ha!«, rief er. »**Ihr wollt also doch kämpfen!**« Dann fuhr er im Plauderton fort: »**Dann habe ich wenigstens was zu tun, bis mein Bruder eintrifft.**«

»Bruder?« Janel sah Senera an. »Wer ist sein Bruder?«

Die Hexe zuckte die Achseln. »Wer weiß?«

Morios kratzte sich die schmelzenden Metallschuppen ab. Die tödlichen Brocken schleuderte er entweder ins Wasser oder in die Stadt.

Die Lücken in seinem Panzer wuchsen sofort wieder zu.

»So ein ...« Tyentso sah den Obersten General durchdringend an. »Was hast du denn sonst noch zu bieten?«

Dass der Drache nicht sterben wollte, schien Milligreest ebenso sehr zu enttäuschen wie sie. »Das übliche Munitionskontingent. Allerdings wird das meiste davon nicht funktionieren. Wir haben Argas' Feuer, aber das brennt nicht heiß genug, um Metall zum Schmelzen zu bringen. Und da Morios komplett aus Metall besteht, wäre das sinnlos. Dann haben wir noch Rhino-Munition ...«

»Ich habe nicht in der verdammten Armee gedient, Qoran«, knurrte Tyentso. »Was ist Rhino-Munition?«

»Reines Metall. Es schlägt lediglich in sein Ziel ein, aber das sehr hart.«

»Perfekt. Sag deinen Männern, dass sie diese Geschosse laden und alle gleichzeitig auf Morios abfeuern sollen. Ich werde ihnen inzwischen etwas Zeit verschaffen. Wie heißt du noch mal, Rotauge?«

»Janel.«

»Komm mit, Janel. Morios geht in die Offensive.« Während Tyentso zu den Skorpionen hinunterrannte, wies der Oberste General einen seiner Männer an, ihre Befehle weiterzugeben.

Janel schaute Richtung Atrine. Sie hatte Morios wegen seiner Schwertschwingen für flugunfähig gehalten, aber das war ein Irrtum. Der Drache war mittlerweile mit seiner Schuppenpflege fertig und flog mit hoher Geschwindigkeit geradewegs auf seine Angreifer zu und alle, die sich sonst noch auf dem Hügel befanden.

»*Alle Mann – Munitionswechsel zu Rhino.*«

Die Soldaten beeilten sich, dem Befehl nachzukommen. Janel rannte hinter Tyentso her und bekam gerade noch mit, wie sie zu einem der Skorpione lief und von dessen Besatzung Rhino-Munition verlangte. Die Soldaten sahen sie verdutzt an. Da sie die Geschosse nur zu zweit anheben konnten, gingen sie wahrscheinlich davon aus, dass sie für die beiden Frauen zu schwer waren.

Janel klemmte sich Khoreval ungerührt unter den einen und das Rhino-Geschoss unter den anderen Arm. »Wohin wollt Ihr das haben?«, fragte sie Tyentso.

»Leg es vor mich auf den Boden.« Während Janel die Munition absetzte, sah Tyentso sie neugierig an. »Dann bist du also Qorans Tochter, richtig?«

»*Licht an!*«, befahl der Ausrufer.

Tyentso erwiderte Janels erstaunten Blick mit einem Grinsen. »Nach dem Ausschlussprinzip kann es gar nicht anders sein. Ich habe schon zu lange mit dieser Angelegenheit zu tun, um nicht ein paar der Prophezeiungen zu kennen. Halt dir die Augen zu …«

»*Alle Mann … Zielen!*«

Janel bedeckte sich genau in dem Moment die Augen, als die Soldaten ihre Lichter ein weiteres Mal auf Morios richteten. Diesmal bündelten sich die Strahlen in einem stumpferen Winkel, da er fast über ihnen war.

»*Alle Mann … Feuer!*«

Mehr als hundert Rhino-Geschosse wurden in die Luft geschleudert und rasten direkt auf Morios zu. Tyentso bückte sich und legte eine Hand auf das Geschoss vor ihren Füßen. Dann hob sie das Zepter von Quur über den Kopf, worauf ein in allen Regenbogenfarben schimmerndes Kraftfeld in die Höhe schoss und das Trommelfeuer aus Metallklingen abwehrte, das aus Morios' Maul und von seinen Schwingen herabregnete.

Doch das war nicht alles: Das Metallgeschoss, das Tyentso berührte, begann zu vibrieren. Gleich darauf knallte es gegen den nächststehenden Metallskorpion, was dessen Besatzung mit entsetzten Flüchen quittierte. Einen Sekundenbruchteil später verlor Morios schlagartig an Höhe, weil die rund hundert Geschosse, die Tyentso mit dem Geschoss vor ihr verbunden hatte, in seinen Körper krachten und wie festgeklebt an ihm hängenblieben.* Als nun

---

* Alle Achtung. Analogiezauber sind wirklich praktisch.

die Zielmarkierer ihre Suchlichter wieder auf den Boden richteten, flogen die Geschosse, diesem neuen Befehl gehorchend, ebenfalls zu Boden und zogen Morios mit sich hinab.

»Ich werde den Mistkerl auf dem Boden fest ...« Tyentso verstummte abrupt, als sie zu ihren Füßen plötzlich ihren eigenen, scharf umrissenen Schatten sah, so schwarz, als ginge direkt hinter ihr die Sonne unter.

Oder als zielte jemand mit einem Skorpionlicht auf sie.

»Hinter Euch!«, schrie Janel.

Tyentso konnte gerade noch ein Portal unter Janels Füßen öffnen, bevor ein grünes Glasgeschoss die Göttin mit voller Wucht traf und zerbrach. Die Säure, die es enthielt, ergoss sich über sie und den Bereich ringsum.

Janel stürzte inzwischen durch das Portal und kam ein Stück hügelaufwärts wieder heraus, von wo sie deutlich sehen konnte, wie Tyentsos Schutzschild flackerte und erlosch.

Der Drache, der vollauf damit beschäftigt gewesen war, sich der Zugkraft der vielen Magneten zu widersetzen, bemerkte ebenfalls, wie der Schutzschild zusammenbrach, und erkannte seine Chance. Er bestrich die Skorpione erneut mit seinem Atem, und diesmal ging der tödliche Klingenhagel mit verheerender Durchschlagskraft auf die Menschen und ihre Maschinen nieder. Die unverbrauchte, auf dem Rücken der Skorpione gelagerte Munition explodierte und setzte eine Kettenreaktion in Gang. Die grellen Zielkristalle fielen zu Boden und leuchteten kreuz und quer.

Morios schrie auf, als sein Körper gleichzeitig in hundert verschiedene Richtungen gezerrt wurde, doch da die Magneten nicht mehr miteinander synchronisiert waren, reichte ihre Zugkraft nicht aus, um ihn im Zaum zu halten.

»*Lauft!*«, schrie Janel und rannte auf den Drachen zu. »*Lauft um euer Leben!*« Sie bückte sich, um Senera aufzuhelfen, doch die Hexe wirkte abgesehen von ein paar Grasflecken völlig unversehrt.

Morios landete mitten im quurischen Heerlager.

Dann schaufelte er mit einer seiner Schwingen eine große Menge Erde, Menschen und Ausrüstungsgegenstände vom Ufer hoch und stopfte sie sich ins Maul. Obwohl Janel noch ein gutes Stück von ihm entfernt war, musste sie zur Seite springen, um nicht von einer Feder an seiner Schwinge zerschnitten zu werden, die wie ein riesiges, fünfzig Zentimeter breites Schwert geformt war.

Tyentso stand auf. Die Säure perlte von ihr ab, als wäre sie aus Glas, während sie den Drachen mit einem Zauber belegte. Im ersten Moment glaubte Janel, dass sie damit lediglich Morios' Aufmerksamkeit auf sich ziehen wollte, doch dann merkte sie, dass der Kaiser etwas mit den Geschossen an Morios' Hals gemacht haben musste, da sie den Kopf des Drachen nun nach unten zogen.

So nahe wie in diesem Moment würde das Haupt des Ungeheuers dem Boden nie wieder kommen.

Es war möglicherweise Janels einzige Chance. »Senera! Hilf mir, an ihn heranzukommen!«

Senera ließ die Arme vorschnellen und vollführte eine Geste, worauf sich der Boden neben Morios wie zu einer Rampe aufschichtete.

Janel rannte hinauf, sprang ab und visierte mit Khoreval, den sie mit beiden Händen festhielt, Morios' Auge an.

Ihr Stoß traf mitten ins Ziel. Sie spürte, wie das quecksilbrige Auge nachgab und schließlich zerbrach, als sie den Speer tief hineinbohrte. Morios brüllte so laut, dass ein entsetzlicher Schmerz Janels Schädel durchzuckte. Der Drache warf seinen Kopf zurück und riss sich dabei Schuppen und metallenes Fleisch aus dem Körper.

Janel musste sich entscheiden: Entweder hielt sie sich weiterhin am Speer fest und wurde so weit durch die Luft geschleudert, dass der Aufprall sicher tödlich wäre, oder sie ließ los und stürzte aus deutlich geringerer Höhe ab. Vielleicht würde Tyentso es sogar schaffen, sie aufzufangen.

Janel entschied sich für die zweite Variante.

Als sie auf dem Boden aufschlug, brach ihr Bein mit einem schmerzhaften Knacken.

Der Drache brüllte, einmal, zweimal ... dann wurde das Geräusch rhythmisch.

Morios *lachte*.

»Brillant! Ich bin begeistert!« Morios zog sich Khoreval aus dem Auge. »**So viel Spaß hatte ich schon seit Jahrtausenden nicht mehr!**«

Dann zerbrach der Drache den Speer in zwei Teile.

59

DREI ZWEIGE

Atrine, Jorat, Quurisches Reich.
Drei Tage nachdem in einer gut besuchten Schenke niemandem
die Anwesenheit des Kaisers aufgefallen war

Kihrin nahm auf dem Thron Platz und lehnte sich zurück. »Und … wie sind eure Albträume?«

Thurvishar und Bruder Qaun sahen ihn erstaunt an.

Nach längerem betretenem Schweigen sagte Bruder Qaun schließlich: »Schrecklich. Ich träume von Höhlen voller Familien, die ersticken oder schmelzen. Oder ersticken *und* schmelzen.«

»Ich habe dir doch gesagt, dass du dich nicht mit quurischen Kriegsflüchen befassen sollst.« Thurvishar schüttelte den Kopf. »Ich träume von Gadrith. Ich kann kaum glauben, dass ich den Kerl endlich los bin.«

Bruder Qaun, der im Thronsaal herumlief und die mit Schlamm bedeckten Statuen anschaute, drehte sich zu Thurvishar um. »Eins würde mich interessieren. Relos Var hat mir mal gesagt, dass er Gadrith nur deswegen nicht umgebracht hat, weil der etwas hatte, das ihm gehört hat. Und solange es so war, wollte er nichts gegen ihn unternehmen. Aber was kann das gewesen sein?«*

---

* Ich bin auch neugierig, aber natürlich stelle ich diese Frage nicht.

Kihrin richtete sich auf. »Na gut, jetzt sprechen wir also nicht mehr nur, um uns die Zeit zu vertreiben.«

»Wieso …?« Thurvishar runzelte die Stirn und drehte gedankenverloren den Intaglio-Rubinring seines Vaters am Finger. »Nein. Nein, ich habe keine Ahnung. Obwohl … ich oft das Gefühl hatte, dass Gadrith irgendetwas gegen Relos in der Hand hatte. Aber ich bin in der Hauptstadt aufgewachsen, wo jeder jeden erpresst.«

Kihrin neigte den Kopf. »Wenn es sich um Wissen gehandelt hat, ist es vermutlich mit Gadrith gestorben, aber was, wenn es etwas anderes war? Glaubt ihr, er könnte etwas in Shadrag Gor oder im D'Lorus-Anwesen versteckt haben?«

»Du meinst ein Artefakt?«, fragte Thurvishar.

»Sicher, wieso nicht? Relos Var behauptet zwar, dass er selbst keinen Eckstein besitzt, aber das nehme ich ihm nicht ab. Alle anderen Drachen haben einen. Weshalb sollte es bei ihm anders sein?«

Thurvishar stutzte. »Moment mal. Nur weil er Drachengestalt angenommen hat, bedeutet das noch lange nicht, dass er auch wirklich einer ist. Khaemezra hätte das auch getan …«

»Ja, aber Relos Var *ist* ein Drache. Erinnerst du dich noch an den, der über mich hinweggeflogen ist, als ich in Kharas Gulgoth war? Das war er.«

Thurvishar holte tief Luft. »Ja, kann sein.«

»Wenn ich ein Drache wäre«, sagte Qaun, »der nur von jemandem getötet werden kann, der meinen Eckstein besitzt, und ein anderer Magier hätte ihn … dann würde ich ihn mir noch in der Sekunde zurückholen, in der ich von seinem Tod erfahre.«

Kihrin seufzte. »Ja, das würde ich auch tun. Einen Versuch wäre es jedenfalls wert.«

Janel sah benommen auf, als der Drache sich aufbäumte.

Es hatte nicht funktioniert.

Und das, obwohl sie alles richtig gemacht hatte.

»Janel!« Sie hörte den Warnruf gerade noch, bevor Senera sie packte – nicht körperlich, sondern magisch – und von Morios' herabsausender Kralle wegriss.

»Ah ... Komm zurück, kleines Mädchen. Das Spiel ist noch nicht zu Ende.«

»Ich bin wirklich froh, dass ich so einen guten Eindruck auf ihn gemacht habe«, sagte Janel, die allmählich das Gefühl hatte, hysterisch zu werden.

Gleich neben ihnen öffnete sich ein kreisrunder, wirbelnder Strudel in der Luft, und Tyentso trat hindurch. »Haltet euch die Ohren zu!«, rief sie Janel, Senera und allen anderen in der Nähe zu. Tyentso richtete das Zepter von Quur auf den Drachen. Janel und Senera bedeckten ihre Ohren. Die Luft flimmerte, als ein Strahl aus Tyentsos Zepter drang und auf Morios zuschoss. Ein fürchterlich schrilles Geräusch ging von dem Strahl aus, das unfassbar in den Ohren wehtat.

Der Strahl bohrte sich vibrierend in Morios' Körper und ging glatt durch ihn hindurch.

Oh, Khored sei Dank, dachte Janel. *Das wird ihn sicher ...*

Dann lachte Morios erneut, und alle sahen entgeistert zu, wie die klaffende Wunde wieder verheilte.

»Ich nehme zurück, was ich gesagt habe. So einen Kampf hatte ich seit der Auseinandersetzung mit meinem Bruder nicht mehr.«

Doch anstatt sie anzugreifen, schwang Morios sich in die Lüfte und flog wieder nach Atrine. Unterwegs blickte er über die Schulter zurück, als wollte er sichergehen, dass sein Publikum auch wirklich zusah.

»Was tut er?«, fragte Senera.

»Er wirft uns einen Köder hin«, knurrte Janel. »Er weiß, dass wir Atrine retten wollen. Also zwingt er uns, zu ihm zu kommen. Er spielt mit uns, genau wie er es gesagt hat.«

»Und das Schlimmste ist«, warf Tyentso ein, »dass er dort drüben über einer Menschenmenge schweben wird und ich deshalb den Magnettrick nicht noch einmal versuchen kann.« Sie sah Janel mitfühlend an. »Die Heiler sind unterwegs. Es war ein guter Versuch. Es tut mir leid, dass wir es nicht geschafft haben.« Damit öffnete sie ein weiteres Portal und verschwand.

»Verdammt.« Janel versuchte aufzustehen, doch der Schmerz in ihrem Bein erinnerte sie daran, dass das keine gute Idee war.

»Wartet hier«, sagte Senera. »Ich kann Euer Bein ohne Hilfe nicht heilen. Für Euch sind zwei Heiler nötig. Ich gehe jemanden suchen, ja?«*

»Schon gut«, presste Janel hervor. »Helft Tyentso. Ich kann allein auf mich aufpassen.«

»Viel Glück.« Senera zögerte einen Moment und lächelte Janel dann an. »Wisst Ihr, am Ende hat es sogar Spaß gemacht. Richtet Thurvishar bitte meinen Dank dafür aus, dass er mir das Leben gerettet hat.« Sie beschwor ein Portal für sich und rannte hindurch. Kurz bevor sie darin verschwand, warf sie noch etwas zur Seite weg.

Seneras letzte Worte ließen Janel schaudern. Sie kroch zu der Stelle, wo Senera verschwunden war, und tastete auf dem Boden herum, um zu sehen, was sie weggeworfen hatte.

Ihre Finger schlossen sich um einen halben Zweig.

»Nein.« Das konnte nicht derselbe Zweig sein. Den hatte Janel. Sie griff in ihr Mieder und holte das Stöckchen heraus.

Es war zerbrochen.

Janel hatte den Zweig mit einem Zauber belegt, der ihn unzerbrechlich machte. Ihr Sturz konnte ihn nicht zerstört haben.

Dann wurde ihr klar, was Senera getan hatte. Es gab keine andere Erklärung.

Es waren niemals nur zwei Zweige gewesen, sondern *drei*. Se-

---

* Ich glaube, Qaun hat es nur deshalb allein geschafft, weil er als Heiler noch besser geworden ist. Ihr habt recht: Er ist wirklich sehr begabt.

nera hatte vorausgesehen, dass Janel ihren Zweig an sich nehmen würde. Also hatte sie einen dritten mit den anderen beiden verknüpft und für sich behalten. Als Senera ihn zerbrach, waren auch die anderen beiden, der hölzerne und der Metallzweig, zersplittert.*

Aber aus welchem Grund? Was hatte Relos Var davon, wenn er seinen eigenen Plan, Morios zu vernichten, sabotierte? Es war von Anfang an seine Idee gewesen. Wieso sollte er also …?

Janel wurde schwindlig. Sie konnte nicht davon ausgehen, dass irgendeine ihrer Annahmen stimmte. Aber was *wusste* sie eigentlich? Sie wusste, dass Kihrin Urthaenriel hatte, dass Senera Bruder Qaun das verabredete Zeichen gegeben hatte und dass Kihrin in wenigen Augenblicken einen weiteren Eckstein zerstören würde, wenn er es nicht sogar bereits getan hatte.

Sie wusste *nicht*, was danach geschehen würde. Nach der Zerstörung des Schellensteins waren die Dämonen freigekommen …

Janel blickte sich um. Die Armee war in Auflösung begriffen. Diejenigen, die Morios' Angriff überlebt hatten, bargen die Verletzten und Toten. Sie sah, dass ihr Vater unter den Lebenden war und in einiger Entfernung laut mit einem grün gekleideten Mitglied der Familie D'Aramarin stritt. Milligreest konnte Tyentso bestimmt schnell kontaktieren. Sie musste ihm nur befehlen …

Janel verwarf den Gedanken. Sie konnte Milligreest überhaupt nichts befehlen. Die Khorvescher verstanden vielleicht nichts von Idorrá und Thudajé, aber sie kannten sich sehr gut mit Befehlsketten aus. Der Oberste General Milligreest wusste ganz genau, wer das Sagen hatte: nämlich er selbst.

Janel legte sich die Hand aufs Bein und konzentrierte sich darauf, genügend Tenyé aus dem Boden zu ziehen, um damit ihren Knochenbruch zu heilen. Diesen Trick hatte sie von Suless gelernt.** Es tat so weh, als hielte ihr jemand eine Fackel an die nackte

---

* Sie hat es auf Anhieb durchschaut. Ich bin wirklich stolz auf sie.

** Ha! Suless hat ihr diesen Trick beigebracht? Dann kann ich mir kaum

Haut. Schließlich sprang sie auf und rief: »General Milligreest! Oberster General, ich brauche Eure Hilfe!«

Der Oberste General unterbrach seine Auseinandersetzung mit dem Hohen Lord Havar D'Aramarin. »Ja?«

»Wir wurden reingelegt«, sagte Janel. »Senera und Relos Var haben uns an der Nase herumgeführt. Der Kaiser muss sich *unbedingt* mit Thurvishar in Verbindung setzen. Sie soll Kihrin daran hindern, den Eckstein zu zerschlagen, bevor es zu spät ist. Bitte, General, ich flehe Euch an.«

Der Oberste General sah sie streng an, dann wanderte sein Blick zu einem Ring, den er am Finger trug. Es war zwar kein Intaglio-Rubinring, aber vermutlich erfüllte er denselben Zweck.

Nach quälend langen Sekunden sagte Milligreest: »Sie hat die Nachricht weitergeleitet, aber er hat nicht darauf reagiert.«

Janels Herz setzte einen Schlag aus. »Was heißt das?«

»Dass er nicht reagiert hat«, wiederholte Qoran. Dann wandte er sich wieder dem Hohen Lord zu. »An Eurer Stelle würde ich verschwinden. Der Kaiser wird nicht gut auf Euch zu sprechen sein, wenn das hier vorbei ist.«

Havar hob eine Augenbraue. »Sie kann mir nichts anhaben. Es ist ihr unmöglich. Habt Ihr etwa die Einschränkungen vergessen, die mit der Krone und dem Zepter einhergehen? Sie kann an kein Mitglied eines hohen Adelshauses Hand anlegen.«*

»Sagt nicht, ich hätte Euch nicht gewarnt«, erwiderte der Oberste General lächelnd. Der Hohe Lord verzog abfällig das Gesicht und machte sich davon.

Dann begann der Boden zu beben.

---

    vorstellen, dass sie damit Tenyé aus dem Boden zog. Wahrscheinlich kam das Tenyé von allen ungeschützten Lebewesen in ihrer Umgebung. Ich frage mich, ob Janel jemanden getötet hat.

* Hat die Hohen Lords denn niemand darüber aufgeklärt, dass diese Beschränkung mit einem Gaesch erzwungen wurde? Ups.

60

SCHON WIEDER BRÜDER

Atrine, Jorat, Quurisches Reich.
Drei Tage nachdem Gadrith Kihrins Schwachstelle
gefunden hatte

Kihrin hielt ein Würfelpaar in die Höhe. »Hat jemand Lust auf ein Spielchen, um sich die Zeit zu vertreiben?«

Bruder Qaun schüttelte den Kopf.

»Auf gar keinen Fall«, sagte Thurvishar.

Kihrin seufzte.

Bruder Qaun sah auf und öffnete die Hand. Der Metallzweig war in zwei Teile zerbrochen. »Da ist es. Das Signal. Sie haben den Drachen getötet.«

»Den Acht sei Dank«, sagte Kihrin. Er zog Urthaenriel und schlug mit der Schneide fest auf den Kristall.

Der Boden unter ihren Füßen schlingerte und warf Wellen.

Janel schrie auf, als sie in die Höhe katapultiert wurde, wie ein kleines Kind, das man mit einem Bettlaken hochschleuderte. Als sie auf dem Boden aufschlug, suchte sie schnell nach etwas, woran sie sich festhalten konnte, während die Erde weiterhin bebte.

In der Ferne sah sie einen großen Abschnitt der Brücke nach Atrine einstürzen und in den Jorat-See fallen. Einen Moment später bemerkte Janel, dass sie das wahre Ausmaß der Katastrophe verkannt hatte:

Tatsächlich war gerade ein Großteil der Dämonenfälle abgesackt, die den Jorat-See aufstauten.

Doch damit nicht genug – Tyentso kämpfte immer noch mit Morios, und Janel konnte ihr nicht mitteilen, dass sie nur noch wenige Sekunden Zeit hatten, den Drachen zu erledigen, wenn sie ihm wirklich ein für alle Male den Garaus machen wollten. Sie war ziemlich sicher, dass ihre Chance, Morios diesmal endgültig zu töten, dank Seneras Verrat vertan war.

»Ich muss irgendwie dort hinüber«, sagte Janel zu General Milligreest. »Gibt es hier jemanden, der Eurer Meinung nach zuverlässig ein Portal öffnen kann?«

Er blickte in die Richtung, in die der Hohe Lord verschwunden war. »Nein. Und ich werde weder Euer Leben noch das von jemand anderem auf der Brücke riskieren, solange sie sich in diesem Zustand befindet.«

»Ich muss ihnen helfen!«

»Ihr habt es versucht«, erwiderte General Milligreest. »Mehr könnt Ihr nicht tun.«

»Ich weigere mich aufzugeben!«

»Manchmal hat man gar keine andere Wahl«, fuhr Milligreest sie an. »Verdammt, du bist genauso stur wie dein Bruder.« Er verstummte abrupt und verzog das Gesicht.

In Janels Kopf drehte sich alles ... Ihr war noch nie in den Sinn gekommen, dass ... »Ich habe einen Bruder?«

»Nicht mehr.« Milligreests Stimme versagte.

Sein Kummer schnürte Janel die Kehle zu. Sie fragte nicht, was passiert war. Dafür war im Moment keine Zeit.

Doch dann runzelte sie die Stirn.

Brüder. Morios sucht nach seinem Bruder, überlegte sie. *Morios dachte, sein Bruder wäre hier. Wieso?*

Kihrin hatte vermutet, dass die Drachen möglicherweise allesamt Kinder der Acht waren. Aber vielleicht war das ja gar nicht wörtlich zu verstehen. Von Relos selbst konnte man das zum Beispiel nicht sagen. Er war Kihrins Bruder. Also waren die Drachen nicht notwendigerweise die Kinder der Acht, sondern nur irgendwie mit ihnen verwandt. Kinder, Eltern, Schwestern ... *Brüder*. Was, wenn die Drachen sich an diese Familienbande erinnerten?

Laut Kihrin war Sharanakal Thaenas Sohn und hatte seinen Horst ganz in der Nähe ihres Inselverstecks aufgeschlagen. Aeyan'arric hatte sich nicht weit von ihrem Onkel Rev'arric, besser bekannt als Relos Var, entfernt. Janel war nicht sicher, wessen Idee es ursprünglich gewesen war: Hatte Thaena beschlossen, in der Nähe ihres Sohnes zu bleiben, damit sie ein Auge auf ihn haben konnte? Oder hatte ihr Sohn entschieden, dass er bei seiner Mutter sein wollte? War Relos Var bei Aeyan'arric oder sie bei ihm geblieben? Aber wenn es immer so lief ... einer der Acht hatte doch tatsächlich mal in Atrine gelebt, oder nicht?

»Khored«, keuchte sie.

Ihr Vater achtete nicht auf sie. Vermutlich glaubte er, sie würde fluchen. Janel neigte den Kopf und betete.

»Bitte erhöre mein Gebet, Khored, denn dein Bruder Morios ist hier. Er verwüstet Atrine, eine Stadt, die du liebst. Bitte hilf uns, weil er diesen Ort sonst dem Erdboden gleichmacht ...«

»Ich kann nicht lange bleiben«, sagte Khored.

Ihr Vater schnappte nach Luft und fiel auf ein Knie.

Janel sah auf. Khored schwebte über ihr. Seine Rüstung war so dunkelrot wie Blut, sein Rabenfedernumhang blähte sich im Wind. Allen um sie herum schien gleichzeitig bewusst zu werden, dass ein Gott in ihrer Mitte erschienen war. Ringsum warfen sich die Menschen zu Boden.

»Wir können ihn nicht aufhalten«, sagte Janel zu Khored. »Nichts funktioniert.«

Hinter Khored sah sie mehrere Explosionen über Atrine aufleuchten. Es war davon auszugehen, dass Tyentso immer noch gegen den Drachen kämpfte, um zu verhindern, dass er Atrine zermalmte. Und dass Morios immer noch spielte.

»Natürlich funktioniert nichts«, sagte der Gott der Zerstörung. »Mein Bruder ist der personifizierte Krieg. Ein Gefecht macht ihn nur stärker. Das hätte Relos Var euch eigentlich sagen müssen.«

»Bruder!«

»Das ist mein Einsatz«, sagte Khored und blickte über die Schulter. »Ich werde ihn so lange ablenken, wie ich kann. Wir können uns nicht gegenseitig töten. Evakuiere alle aus Atrine und bring sie an einen sicheren Ort.« Er machte eine Handbewegung vor Janel, und die Welt veränderte sich.

Mit einem Mal stand sie in Atrine. Die Stadt war ein Schreckensbild. Auf den Straßen lagen viel zu viele Leichen.

Doch Janel achtete kaum auf das Unglück um sie herum, sie stand nur verblüfft und wütend da. Relos Var hätte es ihnen sagen sollen? Er hatte *gewusst*, dass der Drache im Kampf immer stärker wurde und dass er nicht gewaltsam getötet werden konnte?

Aber natürlich. Senera hätte Janel nie ohne die Zustimmung ihres Herrn verraten. Dies war alles von langer Hand geplant.

Über ihr sah sie Morios, der nun mit zwei Gegnern kämpfte. Trotz der großen Lücken, die an den Stellen, wo er sich Tyentsos magische Geschosse herausgerissen hatte, in seinem Schuppenpanzer klafften, war er in absoluter Hochstimmung.

Augenblick mal. Wieso sind diese Verletzungen nicht verheilt?

»Kämpft nicht gegen ihn«, murmelte sie. Laut dem Namen aller Dinge konnte man Morios also nur töten, indem man nicht gegen ihn kämpfte.

Wie, bei den kältesten Tiefen der Hölle, war sie nur auf die Idee gekommen, der Eckstein hätte ihnen eine andere Antwort gegeben als die wortwörtliche Wahrheit? Senera konnte lügen, der Name aller Dinge jedoch nicht. *Morios kann keine Verletzungen heilen, die er sich selbst zufügt.* Janel drehte sich um und lief auf die Ruinen des Khored-Tempels zu.

61

UNTER DEN WASSERN

*Atrine, Jorat, Quurisches Reich.
Drei Tage nachdem Kihrin unsichtbar
zum Keulfeld gegangen war*

Als Kihrin den Kristall zerschmetterte, wusste er sofort, dass er einen schweren Fehler gemacht hatte.

Zum einen war der Kristall nicht fest gewesen. Im Gegensatz zu jedem anderen Eckstein, den er kannte, war er kein massiver Stein, sondern nur eine Hülle, die Edelsteine, Talismane und weitere Gegenstände enthielt, deren Zweck er nicht ergründen konnte. Deswegen war der Stein unter Urthaenriels Berührung wie Glas zersprungen.

Zweitens bebte sofort der Boden, nachdem der Kristall zu Bruch gegangen war. Und zwar mächtig. Ihre Lufttasche dellte sich ein und wurde heftig durchgeschüttelt. Dabei ergoss sich immer wieder Wasser auf die drei.

Und schließlich fühlte er sich, als wäre er niedergestochen worden. Es war kein körperlicher Schmerz. Stattdessen kam es ihm so vor, als hätte ihm jemand ein Schwert durch die Seele gestoßen.

»Thurvishar ...« Kihrin stützte sich schwer auf den Thron. »Irgendetwas stimmt nicht.«

Als er zu dem Magier hinüberblickte, bekam er gerade noch mit, wie der die Augen verdrehte und zu Boden fiel.

»Was ist passiert?«, fragte Bruder Qaun und rannte zu Thurvishar.

»Ich weiß nicht, was …« Kihrin führte den Gedanken nicht zu Ende, da Urthaenriel ihm eine Warnung zuschrie.

Er hob die Klinge und sah, wie sich der Wasservorhang teilte.

Relos Var betrat den Raum.

Morios hatte den Palast bis auf die Grundmauern geschleift. Den Tempel des Khored, der fast genauso groß war, hatte er jedoch verschont. Als wäre es unhöflich, ihn zu zerstören.

Janel rannte hinein. Offenbar war ihr nicht als Einziger aufgefallen, dass der Drache davor zurückscheute, Khoreds Kathedrale zu beschädigen. Kaum war sie drinnen, entdeckte sie Dorna, Stern, Ninavis und fast deren komplette Bande. Vidan sah aus, als hätte er eine Kopfwunde davongetragen, und auch Kay Hará und Jem Nakijan, um die Dorna sich gerade kümmerte, hatten üble Verletzungen abbekommen.

Talaras warf grüßend den Kopf zurück, und Sir Baramon erhob sich von seinem Platz auf dem kalten Steinfußboden. »Graf!«

Janel sah sich um. Das Innere des Tempels war gerammelt voll, doch bei der Vorstellung, dass dies die größte Gruppe Überlebender sein könnte, lief ihr ein Schauder über den Rücken.

»Ich bin so froh, euch alle zu sehen«, sagte sie, »aber ich kann nicht bleiben. Weiß irgendwer, ob es eine Treppe gibt, die nach oben führt?«

»Hinter diesen Türen dort drüben, Fohlen«, antwortete Dorna. »Und es ist nicht ganz so schlimm, wie es aussieht. Wir haben eine Menge Leute nach unten in die Höhlen geschafft.«

Janel lief grinsend weiter. »Gut!«

Sie stieg die Stufen zu den oberen Stockwerken des Tempels hinauf. Als sie auf dem höchsten Punkt angelangt war, den sie finden konnte, ohne das Äußere des Gebäudes zu erklimmen, begann sie, lauthals nach Tyentso zu rufen.

Morios lieferte sich gerade einen Schlagabtausch mit Khored, doch der quurische Kaiser war nirgends zu sehen.

»Tyentso!«

Neben Janel erschien ein Portal, und Tyentso trat heraus. »Wusstest du, dass ich noch vor einer Woche keine Ahnung hatte, wie man ein Tor öffnet? Diese Krone ist fantastisch.«

Janel lachte. Die Lage war grauenvoll, ihre Aussichten desaströs, und sie lachte.

»Ich möchte, dass Morios mich verschluckt. Könnt Ihr mir dabei helfen, Tyentso?«

Der Kaiser starrte sie an.

Janel neigte den Kopf.

»Bist du sicher?«

»Ich glaube, ich weiß jetzt, wie wir ihn töten können.« Janel verzog das Gesicht. »Zumindest vorübergehend. Wenn ich recht habe, werde ich Euch und den Magiern von der Akademie zwei Tage Zeit verschaffen, in der Ihr eine Lösung finden könnt. Ihn schmelzen, seinen Körper im Meer versenken ... irgendwas.« Janel schwieg einen Moment. »Und falls ich mich täusche, kann nichts Schlimmeres passieren, als dass ich sterbe.«

»Das stimmt, denn das wäre das Schlimmste, was passieren kann.« Tyentso schüttelte den Kopf. »Klar kann ich dir helfen, Kleine. Schließlich ist es dein Begräbnis.«

Kihrin sah den Magier finster an. »Hat Morios dir überhaupt etwas getan?«

Relos Var lachte. »Morios hält nichts davon, bloß so zu tun, als würde er jemandem wehtun. Die Verletzungen waren echt und ziemlich schmerzhaft.«

»Gut.«

»Gräm dich nicht. Ich habe diesen Schwindel jahrhundertelang vorbereitet, und es sind bereits ein paar sehr kluge Leute darauf hereingefallen.«

Kihrin wies mit der freien Hand über die Schulter auf den Thron. »Und ich nehme an, das war gar nicht Morios' Eckstein, richtig?«

»Nein, ganz und gar nicht. Du hast gerade eine uralte Vorrichtung zerstört, die vor langer Zeit von einem Volk erschaffen wurde, das mittlerweile ausgestorben ist. Aber auch deswegen solltest du dich nicht allzu schlecht fühlen. Sie wäre ohnehin in ungefähr fünfzig Jahren kaputtgegangen. Ich hatte bloß keine Lust, der Natur ihren Lauf zu lassen.«

Kihrin stieg die Stufen hinab. »Du kommst hier nicht lebend raus.«

»Glaubst du etwa, ich hätte noch nie gegen jemanden gekämpft, der mit Urthaenriel bewaffnet war?« Relos Var umkreiste Kihrin lächelnd. »Ich bitte dich. Du hast keine Chance gegen mich.«

Kihrin nahm an, dass das stimmte. Schon allein der Trick mit den Portalen, den Relos Var in der Schenke angewendet hatte, würde auch gegen jemanden wirken, der Urthaenriel trug. Aber welche Wahl hatte er schon? Davonlaufen war keine Option. »Ich glaube, dass du vor allem gut im Reden bist, Var. Aber du warst nicht darauf vorbereitet, dass ausgerechnet ich Gottesschlächter finden würde. Und diesmal werde ich *dich* töten, nicht andersherum.«

Relos Var hörte auf zu lächeln. »Das wollen wir doch mal sehen.«

In diesem Moment schlug Bruder Qaun Kihrin einen schlammigen Ast auf den Kopf.

Kihrin brach zusammen.

»O Sonne.« Qaun ließ den Ast fallen. »Ich glaube, ich habe ihm eine Gehirnerschütterung verpasst.« Er trat Urthaenriel zur Seite und bückte sich, um Kihrin zu untersuchen. Nach einer Weile atmete er auf.

Relos Var beobachtete ihn schweigend.

In der kleinen Luftblase unter dem See herrschte Stille. »Wieso?«, fragte Relos Var schließlich.

»Ihr hättet ihn getötet«, antwortete Bruder Qaun.

»Das hätte ich nicht«, widersprach Var. »Mein Plan geht nur auf, wenn er am Leben bleibt.«

Bruder Qaun nickte. »Gut.« Tränen rannen ihm über die Wangen. »Wenigstens habt Ihr einen Plan. Da seid Ihr wohl der Einzige. Ich glaube nicht, dass die Götter wissen, was sie tun.«

»So kann man das nicht sagen«, entgegnete Relos Var. »Die Acht haben durchaus einen Plan. Zu unser aller Pech ist es allerdings ein sehr schlechter. Sie streben eine notdürftige Lösung an, etwas Schnelles und Sicheres, das ihnen, wenn's hochkommt, ein paar Jahrhunderte verschafft. Aber es gibt nur noch ein unsterbliches Volk, das Vol Karoth wieder in seinem Grab einschließen kann. Und selbst wenn die Vané ihre alterslose Existenz aufgeben, um Vol Karoth erneut gefangen zu setzen ... was machen wir, wenn dieser Versuch genau wie der letzte unweigerlich scheitert?« Relos Var schnaubte. »Die Dämonen werden freikommen. Ein gebrochener Gott, der sich nichts mehr wünscht, als das Universum zu verschlingen, wird auf freien Fuß gesetzt. Und weißt du, was das Schlimmste ist, Qaun?«

Bruder Qaun wischte sich die Tränen vom Gesicht. »Nein ...«

»Das Schlimmste ist, dass all die Dinge, von denen ich gerade gesprochen habe, nicht das Schlimmste sind. Alle Lebewesen auf beiden Seiten des Schleiers werden vernichtet, lange bevor Vol Karoth seinen Hunger gestillt hat. Das Schlimmste ist nicht Vol Karoth und auch nicht die Dämonenhorde, sondern eine Schwachstelle im Universum, die mit jeder Sekunde größer wird, bis unser ganzes Universum auseinanderbricht. Diese Schwachstelle ist unser wahrer Feind.«

Qaun schauderte. Er sah kurz zu Kihrin und Thurvishar hinunter, die beide immer noch bewusstlos waren. Er versuchte, nicht über Janel oder darüber nachzudenken, wie sich der Kampf an der Oberfläche entwickelte. Sie würde ihm niemals vergeben.

Vorausgesetzt sie überlebte.

Relos Vars Blick wurde sanfter, und er lächelte Qaun an. »Möchtest du mir wirklich helfen? Es wird nicht leicht. Leute werden sterben. Und du wirst ein paar schwierige Entscheidungen fällen müssen.«

»So wie jetzt gerade«, erwiderte Qaun.

»Das stimmt.« Var schaute auf Kihrin hinab. »Ach, kleiner Bruder, du hättest dich auf deine Intuition verlassen sollen. Dein Fehler und der von Janel war es, dass ihr euch – selbst als ihr wusstet, dass ich Aeyan'arric kontrolliere – nicht vorstellen konntet, dass jemand einen Drachen entfesseln und euch dann zeigen würde, wie man ihn tötet. Ihr konntet euch nicht vorstellen, dass irgendwer einen Drachen als Köder verwendet. Morios hat im Jorat-See geschlafen, weil ich ihn vor, oh, ungefähr dreihundert Jahren darum gebeten habe. Er ist nicht wegen irgendeiner Prophezeiung aufgewacht. Er ist erwacht und hat Atrine angegriffen, weil ich es ihm befohlen habe. Natürlich war es kein Zufall, dass es ausgerechnet jetzt passiert ist, *nachdem* du Gottesschlächter gefunden hattest. Urthaenriel ist meines Wissens die einzige Waffe, mit der man ein Kontrollsignal zerstören kann, und du hast deine Rolle perfekt gespielt. Ich habe dich wirklich vermisst.«

»Ähm ...« Qaun trat von einem Bein auf das andere. »Ihr wisst, dass er Euch nicht hören kann, oder?«

Var rieb sich das Kinn. »Ich weise meine Feinde ganz bewusst nie auf ihre Fehler hin, wenn sie mich hören können.«

»Moment mal«, sagte Qaun. »Wenn es in der Prophezeiung gar nicht um Morios ging ...«

Ein enttäuschter Ausdruck huschte über Relos Vars Gesicht, weil Qaun nicht begriffen hatte, was seiner Ansicht nach offensichtlich war. »*Im zwanzigsten Jahr des Falken und des Löwen, das Gefängnis der schlafenden Bestie unter dem silbernen Schwert zerbricht. Der*

Schwerterdrache verschlingt die Dämonenfälle, während sich die Nacht das Land einverleibt.« Er winkte ab. »Ich habe Herzog Kaen zwar erzählt, in dem Vierzeiler gehe es einzig und allein um Morios, aber das war eine Lüge. Mit dem Schwerterdrachen ist natürlich Morios gemeint. Und dieser Teil der Prophezeiung ließ sich auch leicht verwirklichen. Aber was bedeutet der Rest des Vierzeilers?« Sein Tonfall war der eines Lehrers vor versammelter Klasse.

Qaun biss sich auf die Lippe. »Ich weiß es nicht.«

Relos Var bedeutete ihm weiterzusprechen. »Das kannst du besser.«

Qaun verlagerte erneut sein Gewicht. »Es gibt ein paar Ungereimtheiten. ›Während sich die Nacht das Land einverleibt‹ scheint den Moment des Sonnenuntergangs zu beschreiben, aber dieser Kampf hat nicht am Ende des Tages, sondern im Morgengrauen stattgefunden. *Silbernes Schwert* heißt auf Guarem *Atrin*. Deswegen dachten alle, die Prophezeiung bezöge sich auf Atrine.«

»Mach weiter. Löse das Rätsel.«

Plötzlich kam Qaun eine Idee. »Aber Morios war gar nicht in einem Gefängnis. Er hat lediglich geschlafen. Allerdings nicht *unter* Atrine, da es unter der Stadt keinen Ort gibt, der geräumig genug wäre, um einem Drachen seiner Größe Platz zu bieten. Die Höhlen, die wir unter Khoreds Tempel gesehen haben, sind zu klein.«

Qaun dachte so konzentriert nach, dass er völlig vergaß, wo sie sich gerade befanden. »Also bezieht sich diese Passage gar nicht auf Atrine, und *silbernes Schwert* bedeutet vielleicht etwas ganz anderes. Möglicherweise ist es eine Umschreibung. Wenn wir den Vers umstellen, dann wird ›das Gefängnis der schlafenden Bestie unter dem silbernen Schwert zerbricht‹ zu ›das Gefängnis der schlafenden Bestie zerbricht unter dem silbernen Schwert‹.« Sein Blick wanderte zu Urthaenriel, das in den Matsch gefallen war, aber immer noch voll heller Energie silbern strahlte. Das Schwert hatte auch tatsächlich etwas zerbrochen. Überall um den Thron herum lagen Kristallsplitter verstreut. Das Licht, das in die Dunkelheit geleuchtet hatte, war nun verschwunden.

»Dann ... ist ...« Qauns Atem beschleunigte sich. »O Sonne. In diesem Vierzeiler ging es um Vol Karoth, richtig? Die ›schlafende Bestie‹ ist Vol Karoth.«

»Genau genommen geht es in allen Prophezeiungen um Vol Karoth. Aber ja, es stimmt.«

Qaun spürte, dass sein Herz panisch raste. »Was haben wir getan?«

»Was habe ich dir gerade über schwierige Entscheidungen gesagt?«, fragte Relos Var zurück. »Wir haben *Zeit* für die Menschheit gewonnen. Ich weiß, es scheint nicht hilfreich, Vol Karoth aufzuwecken, aber bedenke die Umstände. Als die Dämonen das letzte Mal frei umherstreifen konnten – bevor Grizzst der Irrsinnige sie alle gegaescht hat, nur um zu beweisen, dass er es kann –, haben Gottkönige diesen ganzen Kontinent beherrscht. Gegen diese kleinen Tyrannen lässt sich viel sagen, aber sie haben es geschafft, ihre Westentaschenkönigreiche von Dämonen freizuhalten. Und was haben die Acht Unsterblichen – mithilfe ihrer quurischen Stellvertreterkaiser – gemacht, sobald sämtliche Dämonen gezähmt waren? Sie haben jeden Gottkönig erschlagen, den sie finden konnten. Verschont haben sie nur diejenigen, die ihre alten Lehen aufgaben. Und nun werden wir überrannt, da die Gottkönige Quur nicht mehr beschützen und die Acht Unsterblichen nicht überall gleichzeitig sein können. Die Acht sind zwar viel mächtiger als die Gottkönige es waren, aber keinesfalls allmächtig. Jedes Mal, wenn irgendein armer Tropf beim Höllenmarsch stirbt, werden die Dämonen noch mehr und noch stärker. Was macht Dämonen mehr Angst als Götter und Gottkönige? Die Antwort liegt auf der Hand: Es ist Vol Karoth, der seinen Hunger genauso gern mit Dämonen stillt wie mit anderen Seelen. Die Dämonen werden sich jetzt verstecken. Sie werden den Rückzug antreten. Hoffentlich lange genug, damit wir alles Notwendige erledigen können.«

»Wie kann ich dabei helfen?«, fragte Qaun. Dann zögerte er. »Moment mal. *Kann* ich überhaupt helfen?«

»Natürlich kannst du das. Zweifle nie an dir selbst, Qaun. Als du damals zum ersten Mal im Tempel des Lichts aufgetaucht bist, habe ich gleich dein großes Potenzial erkannt und beschlossen, dich speziell auszubilden. Wenn du helfen möchtest, kannst du gleich mal dieses Schwert aufheben.« Relos Var deutete auf Urthaenriel. »Glaub mir, es ist für alle das Beste, wenn ich es nicht tue.«

»Aber sobald ich Urthaenriel in der Hand halte, werden sämtliche Zauber, die ich gerade wirke, versagen. Das Wasser wird hereinströmen ...« Qaun sah mit großen Augen auf Thurvishar und Kihrin hinunter.

»Den beiden passiert nichts. Sie tragen Schutzzeichen gegen Druck und Luftknappheit. Die werden weiterhin funktionieren. In diesem Gewässer gibt es keine Raubtiere, die sich für Menschen interessieren. Außerdem rechne ich damit, dass jeden Moment einer der Acht Unsterblichen auftaucht, um nachzusehen, was mit ihrem kostbaren Kontrollkristall passiert ist.«

Qaun schnappte nach Luft. »In dem Fall müssen wir sofort von hier verschwinden!«

Relos Var lächelte. »Einen Moment noch.« Der Magier ging zum Thron und beugte sich darüber. Nachdem er den Schlamm weggewischt hatte, kam ein kleiner Hämatitbrocken zum Vorschein. Leise lachend nahm er ihn an sich. »Den sollte ich besser nicht vergessen. Morios wäre sauer, wenn er in die falschen Hände geriete.«

»Das ist Morios' Eckstein? Kriegstreiber war tatsächlich die ganze Zeit hier unten?«

»Natürlich. Es hätte jederzeit einer von euch Senera zwingen können, seinen Aufbewahrungsort vom Namen aller Dinge bestätigen zu lassen. Und ich bin sicher, Urthaenriel hat Kihrin verraten, dass sich ein Eckstein in seiner Nähe befindet. Um beiden Überprüfungen standzuhalten, mussten wir den Eckstein tatsächlich hier deponieren. Gehen wir jetzt? Wir haben so viel vor und nur wenig Zeit.«

Während Relos Var ein Tor öffnete, hob Qaun Urthaenriel auf, und sogleich spritzte Wasser auf die beiden bewusstlosen Männer.

Qaun und Var traten durch das Portal.

Als Tyentso mit Janel fertig war, saß sie auf der obersten Spitze des Tempels, leuchtete und verfügte über eine Stimme, die meilenweit zu hören war.

Außerdem war es – zumindest vorübergehend – extrem schwer, sie zu verletzen.

»Morios! Sag mal, wie wird man zu einem Drachen? Musstest du eine Art Dämonenpakt eingehen?«

Der Drache drehte sich knurrend zu ihr um. »**Was?**«

»Janel, was tust du da?«, fragte Khored.

Sie schenkte ihrem Gott keine Beachtung. »Es ist doch bestimmt nicht so einfach, ein Drache zu werden«, fuhr sie fort. »Sonst würden sie sich ja in jedem Tal drängen. Habt ihr eine Gilde? Eine geheime Parole?«

Bei jedem einzelnen Wort schleuderte Janel magisches Feuer auf Morios, von dem sie wusste, dass es ihm auf keinen Fall etwas anhaben würde.

Komm schon, dachte sie. *Ignorier deinen Bruder nur noch ein kleines bisschen länger. Schlage nach der Mücke. Beiße in den zuckenden Schlangenschwanz.*

Morios blies seinen Atem in ihre Richtung, doch die wirbelnde Energiewolke, in die Tyentso sie gehüllt hatte, hielt die meisten Klingen ab. Und die wenigen, die durchkamen, prallten von ihrem eigenen Schutzzauber ab.

»Mehr hast du nicht drauf?«, höhnte sie.

»Janel ...«, sagte Khored, verstummte dann aber sofort wieder. Vielleicht ahnte er, dass sie einen Plan hatte.

Wahrscheinlich konnte er sich keinen anderen Grund vorstellen, wieso sie sich derart dämlich verhalten sollte.

Dann zog ein entsetzter Ausdruck über Khoreds Gesicht, und er verschwand.*

Warum ...?

Morios flog direkt auf sie zu, riss sein Maul auf und verschlang die Turmspitze, auf der sie saß.

Janel schrie auf, als der dunkle Schlund des Drachen sich erstickend eng um sie zusammenzog. Ohne Tyentsos Schutzzauber wäre sie unweigerlich in seinem Rachen zerquetscht worden.

Zudem war sein Inneres – wie konnte es auch anders sein? – ebenfalls mit Klingen gespickt.

Sie zog ihren Dolch und rammte ihn so zwischen zwei der rasiermesserscharfen Klingen, dass sie ihn als Haltegriff verwenden konnte. Morios schien zu spüren, was sie tat. Wahrscheinlich war es ein Gefühl, wie Menschen es hatten, wenn ihnen ein Reiskorn im Hals stecken blieb, denn er versuchte weiterhin zu schlucken. Janel hielt sich mit aller Kraft fest.

Wenn sie sich täuschte, würde sie bald wissen, wie man sich als permanenter Bewohner des Nachlebens fühlte.

Sie holte tief Luft und konzentrierte sich. Allerdings nicht darauf, Morios anzugreifen. Tatsächlich beschäftigte sie sich ganz generell nicht mit dem Drachen und verbannte alle Gedanken an Morios aus ihrem Bewusstsein, da sie nun auf einem Spielfeld agierte, wo es auf Absichten und Konzepte ankam. Wo vorsätzliche und versehentliche Gewalt nicht ein und dasselbe waren. In gewisser Hinsicht unterschied es sich gar nicht so sehr von den Metaphern des Nachlebens, bei denen das Spirituelle und Geistige über das Körperliche triumphierte.

Anstatt über Morios und ihre Chancen nachzugrübeln, tat Janel

---

* Ich nehme an, just da hat Khored herausgefunden, was wirklich unter dem See geschehen war.

etwas, das sie immer schon instinktiv gemacht und gut beherrscht hatte.

Sie erzeugte Feuer.

Und zwar in rauen Mengen.

Die Überlebenden wurden am Ufer des Jorat-Sees versammelt, wo sie in ihrer Benommenheit kaum mehr tun konnten, als sich um die Verletzten zu kümmern und dabei zuzusehen, wie eines der Weltwunder vor ihren Augen zerfiel.

Nur eine Handvoll begriff die philosophische Tragweite des Gefechts, das über der Stadt tobte. Zerstörungen dieser Größenordnung nährten Khoreds Macht.

Und dennoch war der Gott außerstande, den Drachen zu besiegen, der seine Stadt, Atrine, so sehr zerstört hatte, dass sie vermutlich nicht mehr wiederaufgebaut werden konnte.

Egal ob sie das Geschehen mit Entsetzen oder großer akademischer Neugier verfolgten, sie alle bekamen mit, wie der Drache plötzlich überrascht dreinschaute und sich aus dem Kampf zurückzog.

Er schüttelte den Kopf, wie um ein Gefühl der Benommenheit zu vertreiben. Im nächsten Moment griff er sich an den Hals und riss riesige Metallstücke heraus. Immer tiefer wühlte er seine Krallen in sich hinein, sein Wehklagen brachte die Steine zum Erbeben.

Die gewaltigen Risse in Morios' Hals wurden rot, dann gelb und schließlich grellweiß. Geschmolzenes Metall tropfte zischend in den See.

Auf einmal lösten sich Hals und Kopf des Drachen vom Rumpf. Beide Teile fielen herab. Der gigantische Körper landete auf Atrine, während der Kopf jenseits der Stadt herunterkam und hinter dem gewaltigen geborstenen Damm in die Tiefe stürzte.

Nur einige wenige bemerkten den kleinen, menschengroßen roten Punkt, der ebenfalls ins Wasser stürzte.

Doch mehr waren auch nicht nötig.

62

ENDSPIELE

Atrine, Jorat, Quurisches Reich.
Drei Tage nachdem Tyentso einem Hohen Lord gesagt hatte,
er solle sich »dort hinstellen und hübsch aussehen«

Janel erwachte, dankbar, dass sie nicht tot war, und überlegte nervös, was zwischenzeitlich im Land der Lebenden geschehen sein mochte. Eigenartigerweise war im Nachleben nur wenig los gewesen. Nirgends hatte sie eine Spur von den Dämonenhorden gesehen, die sie unmittelbar nach einem so gewaltigen Ereignis wie der Zerstörung von Atrine eigentlich erwartet hatte. Die Seelen der Verstorbenen waren ungehindert herumgewandert. Es waren so viele gewesen.

Sie rappelte sich hoch, ohne auf die besorgten Blicke der Armeeheiler zu achten, und ging nach draußen, wo Rauch den ansonsten blaugrünen Himmel rußig färbte. Sie war nur wenige Stunden bewusstlos gewesen.

Vor dem Zelt wartete Ninavis auf sie.

Sie wirkte unversehrt, lediglich ein paar Schmutzflecken verunzierten ihre Stirn und das Kinn. Als sie Janel bemerkte, deutete Ninavis auf ein joratisches Azhock, und die beiden machten sich dorthin auf den Weg.

»Gab es Tote?«, fragte Janel.

»Wir hatten ein paar Verluste«, räumte Ninavis ein. »Dango hat einige Schrapnells im Bein, aber der wird schon wieder. Obwohl man das kaum glauben möchte, bei dem Gejammer, das sein Mann wegen ihm veranstaltet.«

»Das kann ich Baramon nicht verdenken. An seiner Stelle würde ich auch jammern. Was ist mit …?«

»Arasgon geht es gut.« Ninavis hielt die Klappe des Azhocks für Janel auf. »Er ist drüben beim Flüchtlingslager und hütet die Herde.«

Janel nickte erleichtert und konnte sich ein Lächeln nicht verkneifen, als sie das Azhock betrat und die Wimpel von Markreev Malkoessian bemerkte. Doch ihr Lächeln verblasste sofort wieder. Wenn der Markreev so nahe am Feldlager des Obersten Generals kampierte, konnte das nur eines bedeuten: dass der Herzog dazu nicht mehr in der Lage war.

»Das heißt wohl, dass ihr Herzog Xun nicht retten konntet.«

»Er muss bereits in den ersten Minuten des Angriffs gestorben sein. Uns war von Anfang an klar, dass das passieren könnte. Plan B verlief dagegen vollkommen glatt.« Die Marakori klopfte auf den Beutel an ihrer Hüfte.

»Gut. Ich hoffe, das sind nicht alle.«

»O nein. Nur eine repräsentative Auswahl.«

»Das genügt.« Janel holte tief Luft. »Ich musste den Plan ändern, Ninavis. Ich weiß, was wir besprochen hatten, aber ich kann einfach nicht …«

Die Zeltklappe wurde zurückgeschlagen, und Markreev Aroth Malkoessian trat ein. Er blieb erschrocken stehen. Unter normalen Umständen hätte er wahrscheinlich ein paar Wachmänner vorangehen lassen, doch anscheinend wähnte er sich mitten im quurischen Armeelager in Sicherheit.

Er erholte sich jedoch rasch wieder und schaute Janel an. »Nach unserer Begegnung vorhin war ich mir fast sicher, einen Geist gesehen zu haben.«

Janel unterbrach ihr Gespräch mit Ninavis. Sie lehnte sich an den Tisch und reckte lächelnd die Arme über den Kopf. »O nein. Überhaupt nicht. So, jetzt müssen wir unbedingt eine Unterhaltung von vor ein paar Jahren zu Ende führen, bei der es um meine Stellung ging.«

Der Markreev verengte die Augen zu Schlitzen und schob das Kinn nach vorn.

Doch bevor er zu einer Antwort ansetzen konnte, ergriff Janel erneut das Wort. »Erst muss ich allerdings noch eine unangenehme Aufgabe erledigen.« Sie ließ die Arme sinken. »Ich bedauere, Euch mitteilen zu müssen, dass Euer Sohn Oreth tot ist.«

Seine einzige Reaktion bestand darin, dass er ein klein wenig blasser wurde. »Habt Ihr ihn getötet?«

»Er hat sich den Yorern angeschlossen ...«

»So wie Ihr.«

»Ich bin von ihnen entführt worden. Das ist nicht dasselbe. Wie auch immer. Ich nehme an, Ihr wisst bereits über Oreths Verbrechen Bescheid. Aber nach seinem Weggang wurde er in eine scheußliche Sache verwickelt, für die er eigentlich gar nichts konnte. Trotzdem hat er die Schuld auf sich genommen, und Herzog Kaen ließ ihn hinrichten. Das wird Euch sicher nicht trösten, aber es tut mir leid, dass es so gekommen ist.«

Er schluckte und bekam feuchte Augen. Ein paar angespannte Sekunden lang sagte er kein Wort. Dann nickte er schließlich. »Nun gut. Ich werde darüber nachdenken. Ihr seid vermutlich gekommen, um Euch meiner Gnade auszuliefern ...«

»Nein.«

Malkoessian runzelte die Stirn.

»Ich bin hier, um Euch Eure neue Situation zu erklären«, stellte Janel richtig. »Ihr wisst sicher oder vermutet zumindest, dass Herzog Xun tot ist. Und Ihr haltet Euch wahrscheinlich für seinen logischen Nachfolger.« Sie schüttelte langsam den Kopf. »Befreit Euch von dieser Vorstellung, Aroth. Das wird nicht passieren.«

»Habt Ihr in den Jahren Eurer Abwesenheit allen Anstand vergessen? Ihr sprecht mich mit *mein Gebieter* an.«

»Nein, das tue ich nicht.« Janels Augen blitzten blau auf, als sie vor seinem Gesicht mit den Fingern schnippte. »Seht mich an, Aroth. Schaut mir in die Augen.«

Dem Markreev blieben die tadelnden Worte im Hals stecken.

Ninavis warf Janel einen eigenartigen Blick zu.

»Nein, Aroth. Ihr habt Euren Sohn glauben gemacht, er hätte das Recht, zu mir ins Bett zu steigen. Ihr habt ihm den Brief meines Großvaters gegeben und Euch eingeredet, diese erzwungene Ehe wäre zu meinem Besten – und zum Wohl der Familie Theranon. Weil Oreth Euch glaubte, hat er versucht, das zu bekommen, was laut Euch sein Geburtsrecht war, und wurde dabei zum Verräter.« Sie lächelte unbarmherzig, als Aroth zusammenzuckte. »Nicht ich schulde Euch Thudajé, sondern Ihr mir.«

Dem Markreev schien ein Licht aufzugehen. »Dann wollt Ihr also Herzog werden.«

»Ehrlich gesagt, nein.« Janel trat vom Tisch weg und legte Ninavis eine Hand auf die Schulter. »Ich möchte Euch Sir Ninavis Theranon vorstellen. *Sie* wird der nächste Herzog von Jorat sein.«

Dem Markreev fiel wahrscheinlich gar nicht auf, dass Ninavis' Augen ein wenig weiter wurden und sie Janel einen erstaunten Seitenblick zuwarf, bevor sie sich rasch wieder fasste.

»Theranon? Aber es gibt keine weiteren ...«

»Ich habe beschlossen, sie zu adoptieren.« Janel drehte sich zu Ninavis um. »Wusstest du, dass es keine Regel gibt, die mir verbietet, jemanden zu adoptieren, der älter ist als ich?«

»Nun, jetzt weiß ich es«, sagte Ninavis und sah Janel unsicher an.

»Außerdem werde ich abdanken«, fuhr Janel fort. »Daher wird ihr korrekter Titel Graf Ninavis Theranon lauten. Ihr werdet dieser Nachfolge selbstverständlich zustimmen. Das dürfte alle besänftigen, die etwas gegen einen joratischen Herrscher haben könnten, der ohne Zwischenschritte vom Ritter zum Herzog aufsteigt.« Sie nickte Ninavis zu. »Die schlechte Nachricht ist allerdings, dass du auf die Turniere verzichten musst.«

Ninavis starrte sie an. »Damit kann ich leben.«

»Ihr könnt nicht einfach irgendwem die Führung übertragen.«

Janel lachte. »Doch, das können wir. Und wir tun es auch. Andauernd. Ihr wisst genauso gut wie ich, dass der Herzog keine Nachkommen hinterlassen hat und dass die adligen Herrscher zusammenkommen werden, um einen Nachfolger zu bestimmen. Ihr werdet merken, dass es für viele von ihnen überhaupt kein Problem ist, für den Grafen von Tolamer zu stimmen. Vor allem, wenn sich herausstellt, dass der besagte Graf in Wahrheit der Schwarze Ritter ist. Ihr wisst schon, derjenige, der diesen riesigen Drachen getötet hat. Alle haben gesehen, wie sie die Leute in Sicherheit brachte, während Ihr und Eure Familie zusammen mit dem Rest der Herde geflohen seid.«

Aroths Nasenflügel bebten. »Diese Frau hat den Drachen nicht getötet.«

»Aber ich werde sagen, dass sie es war«, erklärte Janel. »Und da ich Janel Danorak bin, weiß ich, wie viel ein guter Ruf wert ist. Ich habe mich übrigens nicht darauf verlassen, dass Ihr so anständig und freundlich sein würdet, mich zu unterstützen.« Janel gab Ninavis ein Zeichen, woraufhin die ein Pergament aus ihrem Beutel zog.

Ninavis beugte sich über eine Feuerschale neben dem Schreibtisch und zündete eine Kante des Schriftstücks an. Als das gesamte Blatt Feuer gefangen hatte, ließ sie es fallen.

»Was war das?«, verlangte Aroth zu wissen.

»Ich glaube, das war ein Wechsel über fünfzigtausend Throne, unterschrieben von Graf Jarin Theranon«, antwortete Ninavis. »Oh, hättet Ihr das noch gebraucht?«

»Was? Woher hattet Ihr das?«

»Und das hier ...« Ninavis holte noch ein Pergament aus ihrem Beutel. »Das ist ein weiterer Wechsel mit der Unterschrift von Jarin

Theranon, den er ursprünglich dem Baron von Omorse ausgestellt hat, aber Ihr habt ihn gekauft, stimmt's?« Sie rollte das Pergament zusammen und klopfte damit an die Kante der Feuerschale. »So viele Kredite. Das halbe Reich hat Schulden bei Euch, Aroth.«

»Und das ist das Problem, nicht wahr?« Janel schürzte die Lippen. »In Wahrheit seid Ihr schon lange kein Markreev mehr, der seine joratische Herde beschützt, sondern eine Bank. Ein Wucherer.«

»Wie seid Ihr an die gekommen?«, fragte der Markreev erneut. Er blickte zum Eingang zurück, als zöge er ernstlich in Erwägung, seine Wachen zu rufen.

»Das ist doch offensichtlich, Aroth«, sagte Janel sanft. »Wir haben all Eure Wechsel und Kontobücher gestohlen. Offenbar war der Torstein von Atrine während des Angriffs des riesigen Drachen unbeaufsichtigt, und Euer Schloss wurde nur von einem einzigen Soldaten bewacht.«

»Ihr wisst, was das bedeutet«, sagte Ninavis. »Von diesem Moment an könnt Ihr nicht mehr beweisen, dass Ihr irgendwem auch nur einen Kelch geliehen habt.«

»Damit werdet Ihr nicht durchkommen«, zischte Markreev Malkoessian.

Janel winkte ab. »Denkt genau nach, Aroth. Ja, Ihr könnt das Blut des Joras – Magier und Hellseher – hinzuziehen, die Eure Ansprüche belegen werden, aber wollt Ihr wirklich Eure joratischen Mitbürger mit der Nase darauf stoßen, wie eng Ihr mit den hohen Adelshäusern verbandelt seid? Vor allem mit dem Haus D'Aramarin. Eure Entmachtung ließe sich kaum vermeiden. Die Alternative ist, dass Ihr Ninavis' Herrschaftsanspruch unterstützt. Dann muss keiner hiervon erfahren.«

Aroth antwortete nicht, er bebte vor Wut.

Janel seufzte. Wieder schienen ihre Augen eine andere Farbe anzunehmen. Einen Moment lang erinnerten sie an eisblaue Katzenaugenquarze, bevor sie wieder blutrot wurden. »Ich mache

Euch dieses Angebot, weil Ihr ein kluger, pragmatischer Mann seid und weil ich glaube, dass Ihr und Ninavis gut zusammenarbeiten werdet. In Jorat wird es in den kommenden Jahren viel zu tun geben, und unser Volk braucht starke Anführer.« Sie zuckte die Achseln. »Wenn ich Euch nicht für den richtigen Mann für diese Aufgabe hielte, hätte ich Euch und Euren Sohn Ilvar einfach getötet und stattdessen Euren Erstgeborenen, Palomarn, zum Herzog gemacht. Aber Palomarn ist eine Stute, und ich weiß, dass es ihm nicht gefallen würde, einen ganzen Landkreis zu führen. Außerdem wäre Dorna böse auf mich, wenn ich Euch töten würde.«

Auf dem Gesicht des Markreev zeichneten sich in rascher Folge zahlreiche Gefühlsregungen ab: Wut, Sorge, Angst und schließlich so etwas wie widerwilliger Respekt. Er zeigte auf Ninavis. »Aber warum sie? Wieso nicht Ihr selbst? Das alles zu planen, muss Jahre gedauert haben. Niemand verzichtet so einfach auf Macht.«

Ninavis' Mundwinkel zuckten. »Ich muss zugeben, dass ich mich das auch frage.«

»Ihr überrascht mich, Aroth. Ich verzichte nicht auf Macht. Ich delegiere sie. Ich würde es ja selbst tun, aber ich werde mit Wichtigerem beschäftigt sein.« Als Aroth protestieren wollte, hob sie eine Hand. »Ja, es gibt tatsächlich Bedeutenderes, als über Jorat zu herrschen.«

Aroth Malkoessian musterte Ninavis. »Seid Ihr dieser Aufgabe gewachsen?«

Ninavis lachte. »Nach Foran Xun wäre selbst eine Ziege eine Verbesserung.« Sie zuckte die Achseln. »Ich könnte natürlich einen guten Berater brauchen. Am besten einen waschechten Jorater, nicht so einen vom Schlag Relos Var.«

»In der Tat.« Der Blick des Markreev wurde nachdenklich. Zweifellos dachte er darüber nach, ob er einen persönlichen Vorteil aus dieser Situation schlagen konnte. »Was ist mit meinen Dokumenten?«

»Was soll damit sein? Ich werde sie sicher für Euch verwahren.« Mit einem beinahe bösartigen Grinsen ließ Ninavis das zusammengerollte Pergament in die Feuerschale sinken. »Außer die Theranon-Schulden natürlich. Es ist sehr freundlich von Euch, dass Ihr uns die erlasst. Ich bin wirklich gerührt.«

Als Janel erneut mit den Fingern schnippte, richtete der Markreev seine Aufmerksamkeit sofort auf sie. »Sind wir uns einig, Aroth?«

Er blickte ihr in die Augen, die ein weiteres Mal eisblau flackerten, und erschauderte. »Ja«, flüsterte er. »Ja, sind wir. Mein ... mein Gebieter.«

Janel lächelte. »Gut.«

Aroth schüttelte sich.

»Nun, ihr beide solltet euch jetzt auf die Suche nach Dorna machen und überlegen, wie ihr den restlichen Markreevs die frohe Botschaft über ihren neuen Herzog am besten verkauft. Ich muss mich nun mit anderen Dingen befassen.« Janel verbeugte sich und ging, um herauszufinden, wer sonst noch überlebt hatte.

63

RETTUNGEN

*Atrine, Jorat, Quurisches Reich.
Drei Tage nachdem Teraeth sich auf sein diplomatisches
Geschick besonnen hatte*

Kihrin erwachte auf einer Pritsche in einem Armeezelt. Er ging, bevor irgendwer sich überlegen konnte, was am besten mit ihm zu tun war.

Draußen war die Luft von einem unablässigen Grollen erfüllt. Das tiefe, alles durchdringende Geräusch erinnerte ihn an den Mahlstrom im Meer, der als Schlund bekannt war. Nicht weit von ihm entfernt waren Soldaten damit beschäftigt, das Militärlager entweder zu errichten oder abzubrechen. Keiner schien sich mit ihm beschäftigen zu wollen.

Er rieb sich den Kopf, doch die Verletzung war verschwunden. Vermutlich hatte sie derjenige geheilt, der ihn auch aus dem Wasser gezogen hatte. Kihrins Hand wanderte zu seinem Gürtel. Urthaenriel war ebenfalls weg, und er konnte das Schwert nicht in der Nähe singen hören.

Kihrins Magen zog sich zusammen.

Er sah Thurvishar, der nachdenklich am Ufer des Jorat-Sees auf und ab ging und unglücklich die brennenden Überreste von Atrine betrachtete. Neben ihm stand …

Kihrin stockte der Atem, als er das Profil des manolischen Vané sah. Dann merkte er, dass es gar nicht Teraeth war. Die Augen waren anders, die Nase ebenso, nichts stimmte. Kihrin ließ den Atem entweichen und kämpfte gegen ein Gefühl der Enttäuschung an. Er hätte einiges darauf gewettet, dass es Teraeths Großvater Mithros war. Den Soldaten im Lager war offensichtlich nicht klar, dass der Vané in ihrer Mitte außerdem Khored, der Gott der Zerstörung, war. Er fragte sich, wie die quurischen Militärs – von denen viele Khored verehrten – reagieren würden, wenn sie herausfänden, dass es sich bei ihrer Lieblingsgottheit in Wahrheit um einen manolischen Vané handelte.

Ganz in der Nähe wurde eine Zeltklappe zurückgeschlagen, und Janel trat heraus.

Sie bemerkte ihn sofort und lächelte. Einen Augenblick später warf sie sich in seine Arme und küsste ihn. Wodurch fast alles leichter wurde. Oder wenigstens leichter zu vergessen.

Jemand räusperte sich.

Kihrin blickte auf und sah einen manolischen Vané neben Tyentso stehen – diesmal war es der richtige. Er löste sich von Janel. »Teraeth, mit dir habe ich hier nicht gerechnet.«

Die grünen Augen des Meuchelmörders zuckten zwischen Janel und Kihrin hin und her.

»Was du nicht sagst.«

Kihrin hätte sich am liebsten selbst getreten. »Ich freue mich natürlich, dich zu sehen.«

Teraeth hob eine Augenbraue. »Ach wirklich?«

»Ja, verdammt.« Kihrin blickte über den See hinweg zu den Ruinen von Atrine. »Ich habe Urthaenriel verloren. Nach nur drei Tagen ...«

»Nun, du bist eben von der schnellen Sorte«, erwiderte Teraeth.

Kihrin seufzte. Falls er sich je gefragt hatte, wie Teraeth darauf reagieren würde, dass er und Janel nun ein Liebespaar waren, lautete die Antwort: schlecht.

So hätte es noch eine ganze Weile weitergehen können, aber die Frauen hatten andere Pläne. »Ihr zwei könnt später noch weiter anbandeln«, sagte Kaiser Tyentso. »Wie geht es dir, Janel?«

»Erstaunlich gut, dafür, dass ich von einem Drachen verschluckt wurde«, antwortete Janel. »Hat jemand von euch Qaun gesehen? Ich war mir sicher, ihn bei den Lazarettzelten zu finden.«

Kihrin kam es so vor, als würde sich ein Dutzend stumpfe Messer in seinen Bauch bohren. »Äh, weißt du …«

Er wollte nicht, dass er mit seinem Verdacht recht hatte. Und bestimmt wollte er Janel nichts von diesem Verdacht erzählen.

Sie sah ihn ängstlich an. »Er ist doch nicht verletzt, oder? Ich weiß gar nicht, was dort unten passiert ist …«

»Genau das wollten wir Kihrin auch gerade fragen«, warf Tyentso ein.

»Ich glaube nicht, dass Qaun verletzt ist, aber Relos Var hat uns alle reingelegt. Was ich zerstört habe, war kein Eckstein.« Kihrin fühlte sich schlecht. Irgendwo hakte Relos Var gerade einen weiteren Punkt auf seiner Liste ab und freute sich darüber, dass er dem mysteriösen schrecklichen Ereignis, das er anstrebte, wieder einen Schritt näher gekommen war. Er wollte, dass sich die Prophezeiungen erfüllten. Als wäre das etwas Gutes.

Kihrin blickte aufs Wasser hinaus. In seiner Umgebung hörte er Leute arbeiten und miteinander reden. Außerdem Gestöhne und Schmerzensschreie.

Teraeths Gesichtsausdruck wechselte von schwelender Wut zu vorsichtiger Zurückhaltung. »Ich habe dich und Thurvishar aus dem Wasser gefischt, Kihrin. Qaun war nicht da. Und auch nicht Urthaenriel.«

»Nein, ich glaube, Qaun hat Gottesschlächter mitgenommen, nachdem er mich niedergeschlagen hatte.« Es musste Qaun gewesen sein. Kihrin hatte Thurvishar ohnmächtig werden sehen, und Relos Var hatte ihm gegenübergestanden. Der Einzige, der es getan haben konnte, war Qaun.

Janel sah ihn entsetzt an. »Nein, so kann es nicht gewesen sein. Relos Var hat sicher irgendeinen Trick ...«

Kihrin fing Teraeths Blick auf. Da diese Angelegenheit wichtiger war, hatte der Vané, zumindest für den Augenblick, seine Eifersucht begraben. Und sie waren sich darin einig, dass die jüngsten Ereignisse nichts Gutes verhießen. Teraeth nickte ihm knapp zu.

»Nein, Janel«, erwiderte Kihrin, »Qaun hat einfach nur erkannt, auf welcher Seite er wirklich steht. Es tut mir sehr leid.«

Janel wirkte zutiefst schockiert.

Teraeth ging zu ihr und legte ihr eine Hand auf die Schulter.

»Ich weiß, dass es schlecht aussieht«, sagte Tyentso, »aber wir werden Relos Var finden. Inzwischen suchen bestimmt schon alle nach ihm. Ich mag die Hexenjäger von der Akademie zwar nicht besonders, aber sie verstehen ihr Handwerk. Wir werden ihn finden – und Urthaenriel auch.«

»Du verstehst das nicht«, antwortete Kihrin.

»So schlimm kann es nicht sein. Seit Stunden ist nirgendwo im Reich ein Dämonenangriff gemeldet worden.«

»Natürlich«, sagte Kihrin, »weil die Dämonen sich verstecken.«

»Das ist mir auch aufgefallen«, sagte Janel tonlos. »Ich verstehe bloß nicht, wieso. Sie attackieren nicht mal die Kluft.«

»Was übersehen wir, Leichtfuß?«

»Ich habe es gespürt, Ty. In dem Moment, als Vol Karoth erwacht ist. *Das* war es, was Relos Var wollte – der Grund, wieso er all das inszeniert hat.« Kihrin stieß ein bitteres Lachen aus. »Var hat mich davon überzeugt, dass er sich für Janel interessiert, dass es ihm ausschließlich um sie geht. Aber er wollte mich nur dazu bringen, dass ich die eine Kreatur aufwecke, die ich nie und nimmer willentlich befreit hätte. Vol Karoth schläft nicht mehr.«

Janel fluchte leise. »Eines Tages werde ich Relos Var töten. Das schwöre ich.«

»Trommeln wir alle zusammen«, sagte Teraeth. »Wir müssen reden.«

64

DIE EISHERZOGIN

*Im Borgheva-Tal, Yor, Quurisches Reich.
Vier Tage nach dem Angriff auf Atrine*

Xivan Kaen ließ den Blick durch das Tal schweifen. Auf dem schmalen Pfad näherte sich ihr eine Verschmähte, die ein Reh auf den Schultern trug. Hinter Xivan lagen die Bergsiedlung und das Höhlensystem von Bikeinohs Klan, den Arsagh. Unter den Klanmitgliedern herrschte große Anspannung. Der steile, von Felsspitzen und trügerischen Abgründen gesäumte Pfad war eigens so angelegt, dass man ihn nur schwer erklimmen konnte. Dementsprechend wenig begeistert waren die Arsagh von Xivans Ankunft gewesen.

Doch Xivan hatte nur ungefähr ein halbes Dutzend Männer töten müssen, ehe sich der Rest von ihnen auf ein Treffen einließ.

»Hon«, sagte die Frau, als sie an Xivan vorbei zum Hauptgebäude weiterging. Auf dem Gesicht der Verschmähten prangte ein Symbol. Xivan trug es ebenfalls. Und seit sie erfahren hatten, wozu es diente, hatten es sich auch alle Männer, Frauen und Kinder in der Siedlung aufmalen lassen. Xivan hatte vor, eines Tages Janels Beispiel zu folgen und die Quellhöhlen unter sämtlichen Siedlungen zu reinigen, wie auch immer die Joratin das geschafft hatte. Bis dahin würde das vergiftete Gestein unter ihren Füßen keinem Yorer mehr etwas anhaben können. Als dem Häuptling bewusst geworden war, welches Geschenk sie ihm damit machte, hatte er gleich sehr viel weniger dagegen gehabt, sie einzulassen.

Eigentlich war es gar kein Geschenk, sondern eher ein Handel, da sie im Gegenzug permanent über Suless' aktuellen Aufenthaltsort unterrichtet werden wollte.

Xivan verzog keine Miene, als sich plötzlich ein Portal öffnete und Relos Var mit seinem Schüler, Qaun, vor ihr auftauchte. Während Var die Kälte nicht zu kümmern schien, war Qaun in dicke Felle gehüllt.

»Ihr habt ja ganz schön Nerven«, sagte Xivan. »Wo ist mein Speer?«

Var wirkte betreten. »Leider kann ich Euch den nicht zurückgeben, aber ich habe etwas dabei, das Ihr hoffentlich als angemessene Entschädigung akzeptieren werdet. Qaun?«

Der Priester kniete sich hin und legte ein schlicht aussehendes Schwert auf den Boden.

Relos Var wandte sich wieder Xivan zu. »Wie geht es Euch, meine Liebe?«

»Ich bin immer noch tot«, erwiderte sie. »Inzwischen innen fast genauso sehr wie außen, aber zum Glück hält mich der Hass warm.«

Relos Var zuckte zusammen. »Es tut mir leid. Ich weiß jedoch, dass Ihr ihn zurückbekommen werdet.«

»Aber er wird nicht mehr bei Sinnen sein.« Sie zögerte. »Allerdings war er das auch vorher schon nicht, oder?«

Relos Var nickte bedächtig. »Nein, Suless weiß, wie man so etwas macht.«

»Ihr habt sie nicht aufgehalten.« Xivan klang nicht verärgert. Es war lediglich eine Feststellung. Er hatte Suless nicht aufgehalten. Obwohl er es gekonnt hätte.

»Ich habe Eurem Gemahl geraten, Suless zu töten, sollte er die Chance dazu bekommen. Das wollte er nicht. Damit war ich zwar nicht einverstanden, aber ich will meinen Freunden nicht in ihre Entscheidungen reinreden.«

Ihre Augen flackerten, und zum ersten Mal zeigte sich auf ihrem Gesicht eine Gefühlsregung. »Wirklich? Es gibt doch niemanden, den Ihr nicht manipuliert.«

Relos Var zuckte die Achseln. »Ich werde mich nicht dafür entschuldigen, dass ich manche Optionen attraktiver erscheinen lasse als andere.«

»Wenn ich könnte, würde ich Euch jetzt töten«, sagte Xivan.

»Das könnt Ihr«, erwiderte Relos Var. »Das Schwert, das mein Schüler gerade auf den Boden gelegt hat, ist Urthaenriel.«

Sie blinzelte die Waffe überrascht an. »Ihr habt es gefunden. Ihr habt es tatsächlich gefunden.«

»Ja. Nun, mein Bruder hat es entdeckt.« Relos Var zuckte erneut die Achseln. »Ich glaube, Azhen hätte gewollt, dass Ihr es bekommt, nachdem er selbst es nun nicht mehr tragen kann.«

»Würde es mich denn nicht vernichten?« Sie konnte den Blick nicht von der Waffe lösen.

»Nein«, erwiderte Relos Var. »Aber es wird Euch von der Nahrungsaufnahme abhalten und dadurch heilen. Außerdem entfaltet das Schwert seine Macht nur, wenn es gezückt ist. Daher würde ich es an Eurer Stelle vorsichtshalber nicht länger als drei Stunden am Stück in der Hand halten. Davon abgesehen wüsste ich jedoch keinen Grund, weshalb Ihr Urthaenriel nicht tragen können solltet. Und ich glaube, Ihr wisst genauso gut wie ich, dass Ihr es gegen bestimmte Individuen einsetzen könntet.«

Xivan starrte ihn an. »Suless.«

»Es heißt nicht umsonst Gottesschlächter.« Relos Var lächelte. »Und ich will, dass Ihr sie findet. Suless hat einen Hang zur Unberechenbarkeit, den ich gern vom Spielbrett entfernen würde.«

Xivan betrachtete die Schneide des Schwertes. Sie wusste, dass Relos Var sie nur für seine eigenen Zwecke einspannen wollte. Was sie selbst wollte, war ihm gleichgültig. Er behauptete zwar,

Suless loswerden zu wollen, aber Xivan war klar, dass die Namen, die er in Wirklichkeit von seiner Liste streichen wollte, Khored, Taja, Ompher, Galava, Argas, Tya und Thaena lauteten. Sie hatte Relos Var die Freundschaft zu ihrem Gemahl nie wirklich abgenommen. Xivan erkannte einen Puppenspieler, wenn sie einen sah.

Sie hob das Schwert auf.

NACHWORT

Und schließlich ...

Im Zentrum einer Stadt tief im Herzen der Korthaenischen Öde vereinigten sich acht Lichtströme.

Die Stadt, die einst Kharolaen geheißen hatte und nun Kharas Gulgoth genannt wurde, war gleichermaßen eine Grabstätte wie ein Gefängnis. Und sie diente einzig und allein dazu, einen verderbten Gott der Finsternis und des Vergessens mit acht Ketten aus Licht zu binden.

Eines dieser Lichter war schwächer geworden. Letzten Endes war es immer dasselbe Licht, das dunkler wurde, und jedes Mal passierte es früher als das Mal zuvor. Die Ketten um einen Gefangenen zu erhalten, der aus dem Universum selbst ausgesperrt war, erforderte eine Anstrengung, bei der sogar die Sterne am Himmel sich verdunkelten. Die Ketten konnten nicht ewig halten, aber bislang war das Licht nicht ganz ausgefallen. Wäre alles in den üblichen Bahnen verlaufen, hätte diese Schwachstelle wahrscheinlich noch rund fünfzig Jahre lang ihren Dienst getan.

Aber das werden wir nie herausfinden.

Hoch oben im Norden schwang ein junger Mann Urthaenriel und zerschmetterte, was er für einen Eckstein hielt. Doch er war hereingelegt worden, denn in Wahrheit zerstörte er einen uralten Mechanismus, dessen einziger Zweck darin bestand, das Tausende Meilen entfernte Zentrum von Kharas Gulgoth mit einem einzelnen Lichtstrom zu versorgen.

Und so begann ein Lichtstrom, der mindestens noch ein paar

Jahrzehnte hätte überdauern müssen, zu flackern. Dann wurde er dunkler, und schließlich erlosch er.

Aus acht Ketten wurden sieben. Das war eine zu wenig.

Ein fernes Erdbeben grollte durch das Land und riss die Morgags aus ihren Betten. Das System brach zusammen. Ein einzelnes Glied in den Ketten eines verderbten Gottes zersprang.

Vol Karoth öffnete die Augen.

ANHANG I

Drachen

Aeyan'arric: Gletscherweiße Drachin, die allerdings nicht aus Eis zu bestehen scheint. Letzte Sichtung in Jorat; derzeitiger Aufenthaltsort unbekannt, wahrscheinlich jedoch in Yor.

Baelosh: Ein Drache, der aus Ranken und Pflanzenmaterial besteht oder mit Ranken und Pflanzenmaterial bedeckt ist.

Drehemia: Eine als schattenhaft beschriebene Drachin, die möglicherweise aus Schatten besteht und keinesfalls direkt angeschaut werden kann; derzeitiger Aufenthaltsort unbekannt, aber noch nie außerhalb von Quur gesichtet worden.

Gorokai: Eine chimärische, permanent ihre Gestalt verändernde Drachin.

Morios: Ein ausschließlich aus Klingen, Schwertern und anderen Waffen bestehender Metalldrache. Konfiszierte Berichte der Dreth aus Raenena enthalten vage Geschichten über Morios. Diese Kreatur galt lange als erfunden. Letzte Sichtung in Atrine; kann nicht im direkten Kampf verletzt werden.

Rol'amar: Ein als skelettiert beschriebener Drache, dessen Knochen kontinuierlich brechen und wieder zusammenwachsen; kann angeblich mit keiner bekannten Methode getötet werden; letzte Sichtung in der Korthaenischen Öde.

Sharanakal: Wird als aktiver Vulkan in Drachengestalt beschrieben. Letzte Sichtung auf der Inselkette zwischen Zherias und Manol, einer Region, die als Wellenwüste bekannt ist.

Xalome: Geisterhaft biolumineszierende Drachin, die sich frei zwischen den Schleiern der Zwillingswelten bewegen kann.

ANHANG II

Glossar

A

Acht Unsterblichen, die: Acht Wesen von gottgleicher Macht, die in einem von Relos Var durchgeführten Ritual erschaffen wurden.

Aeyan'arric: Eine Drachin.

Agari: Marakorischer Klan.

Agolé, das: Ein vielseitig einsetzbares tuchartiges Kleidungsstück.

Alvaros: Ein Landkreis in Jorat.

Arasgon: Ein Feuerblüter; Talaras' Bruder.

Argas: Einer der Acht Unsterblichen; gilt als Gott der Erfindungen und der Erneuerung.

Aschenblume: Ein joratischer Ackergaul.

Atrine: Hauptstadt von Jorat, ursprünglich erbaut von Kaiser Atrin Kandor.

A'val: Eine Freundin von C'indrol.

Avranila: Eine joratische Kleinstadt im Kanton Tolamer, im Landkreis der Stavira; zwar nicht unmittelbar vom Lonezh-Höllenmarsch betroffen, doch wegen der schlechten Wirtschaftslage verließen die Einwohner anschließend die Stadt.

B

Baelosh: Ein Drache.

Baramon, Sir: Ein alternder Ritter, der sich im Turnierzirkus verdingt, hauptsächlich in der Provinz Barsine.

Barsine: Eine Provinz in Jorat.

Bikeinoh: Herzog Kaens zweite Ehefrau.

Blut des Joras, vom: Joratischer Sammelbegriff für alle Magier, die weder von joratischer noch marakorischer oder yorischer Abstammung sind.

Butterbauch: Ein verstorbener Pfandhausbesitzer und Angehöriger der Schattentänzer; war in der Hauptstadt tätig.

C

Caless: Göttin der körperlichen Liebe.

Chertog: Gott des Winters und des Eises; wird vor allem in Yor angebetet.

C'indrol: Eine der früheren Inkarnationen von Janel Theranon; möglicherweise eine Voras, die während der Zerstörung von Kharolaen ums Leben kam.

D

Dämonen, die: Wesen aus einer anderen Dimension, die sich durch entsprechende Anstrengung Zugang zur physischen Welt verschaffen können; berüchtigt für ihre enorme Macht und Grausamkeit; siehe auch: Höllenmarsch.

Dango: Ein Mitglied von Ninavis' Bande.

Danorak: Ein Feuerblüter, der dadurch berühmt wurde, dass er sich bei dem Versuch, so viele Menschen wie möglich vor der Überflutung der Endlosen Schlucht (durch die der Jorat-See entstand) durch Kaiser Kandor zu warnen, zu Tode rannte.

D'Aramarin: Das bedeutendste der hohen Adelshäuser. Haus D'Aramarin befehligt die Torwächter, jene Magiergilde, die vor allem für den Betrieb und Erhalt des Torsystems zuständig ist. Somit kontrolliert das Haus D'Aramarin fast den gesamten Handel zwischen den verschiedenen Herrschaftsgebieten.

Havar: Hoher Lord des Hauses D'Aramarin.

D'Kard: Ein hohes Adelshaus; vor allem mit dem Kunsthandwerk assoziiert.

D'Lorus: Ein hohes Adelshaus; vor allem mit Papier, Büchern, Schulen und Erziehung assoziiert.

Gadrith: Erblord des Hauses D'Lorus, berüchtigter Nekromant und Magier, der allgemein für tot gehalten wird; auch bekannt als Gadrith der Krumme.

Thurvishar: Sohn von Gadrith D'Lorus; Erblord des Hauses D'Lorus.

D'Mon: Ein hohes Adelshaus, vor allem mit den Heilkünsten assoziiert.

Darzin: Erblord des Hauses D'Mon; ältester Sohn des Hohen Lords Therin D'Mon.

Galen: Erstgeborener Sohn des Erblords Darzin D'Mon.

Kihrin: Jüngster Spross des Hohen Lords Therin D'Mon und einziges Kind der Vané-Königin Khaeriel; außerdem die Reinkarnation von S'arric, einem der Acht Unsterblichen.

Therin: Hoher Lord des Hauses D'Mon.

D'Talus: Ein hohes Adelshaus; kontrolliert die Verhüttungs- und Schmiedezunft, deren Mitglieder als die Roten Männer bekannt sind.

Dedreugh: Hauptmann der Garde von Barsine.

Devoranische Prophezeiungen, die: Eine zahlreiche Bände umfassende Weissagung, in der angeblich das Ende der Welt vorausgesagt wird.

Diraxon: Ein halbmythischer marakorischer Klan, der für seine Tarnkünste und Meuchelmörder berüchtigt ist.

Doltar: Ein fernes Land, dessen Einwohner blasse Haut, helle Haare und helle Augen haben. Gelegentlich werden sie in Quur als Sklaven verkauft.

Dorna: Eine ältere Joratin, die als Janels Kinderfrau gedient hat; begleitet Janel nach wie vor auf ihren Reisen.

Drachenspitzen, die: Ein von Nord nach Süd verlaufender

Gebirgszug, der die Provinzen Kirpis, Kazivar, Eamithon und Khorvesch von Raenena, Jorat, Marakor und Yor trennt.

Drehemia: Eine Drachin.

Drei Schwestern, die: Je nach Glaubensbekenntnis entweder Taja, Tya und Thaena oder Galava, Tya und Thaena; auch die drei Monde am Nachthimmel.

Dreth: s. Vordreth.

Drussian: Seltenes Metall, härter als Eisen, das sich nur mithilfe von extrem heißem magischem Feuer herstellen lässt.

Dyono Tomai: Yorisch für *der Rote Ritter*.

E

Eamithon: Gleich nördlich der Hauptstadt gelegene und älteste Provinz Quurs; ihre Bewohner gelten als besonders gleichmütig.

Ecksteine, die: Acht magische Artefakte, zu denen der Schellenstein und Kettensprenger gehören.

Endlose Schlucht, die: Eine außerordentlich große, tiefe und verwinkelte Schluchtenformation; diente Gottkönig Khorsal als Unterschlupf und Kraftort. Die Endlose Schlucht wurde zerstört, als Kaiser Kandor die Flüsse aufstaute, die sie gegraben hatten; dabei entstand der Jorat-See.

Entmachtung, die: Ein joratischer Brauch, bei dem ein Adliger ohne Blutvergießen entmachtet werden kann; typischerweise übergeben ihm mindestens 50 Prozent seiner Vasallen Geschenke, die zeigen, dass sie über ein stärker ausgeprägtes Idorrá verfügen als der Entmachtete. Da die Geschenke persönlich überreicht werden müssen, begeben sich Adlige, die Angst vor einer Entmachtung haben, oft auf lange Reisen.

F

Falesinische Blutkrankheit, die: Ein von Wüstenmaus-Urin ausgelöstes hämorrhagisches Fieber; tritt gelegentlich in trockenen und heißen Klimazonen wie der Provinz Khorvesch auf.

Fest der sich wandelnden Blätter: Eine jährlich stattfindende Feier zu Ehren der Göttin Galava. Wer der Göttin ein Jahr lang gedient hat, kann sie bei dieser Gelegenheit um eine Umwandlung seines biologischen Geschlechts bitten.

Feuerblüter: Ehemals eine Pferderasse; vom Gottkönig Khorsal mit außergewöhnlicher Körpergröße, Kraft, Widerstandsfähigkeit, Loyalität und Intelligenz ausgestattet. Feuerblüter sind Allesfresser. Obwohl sie keinen opponierbaren Daumen haben, sind einige Exemplare zur Tenyé-Manipulation fähig. Ihre durchschnittliche Lebenserwartung beträgt achtzig Jahre und mehr.

G

Gaesch, das; Plur. Gaesche, die: Ein Zauber, der die Seele des Opfers zwingt, jeden Befehl zu befolgen, den das Individuum, das im Besitz des Gaesch-Totems ist, ihm erteilt (auch den Befehl zum Selbstmord). Kann der Befehl nicht ausgeführt werden oder wird er verweigert, folgt unweigerlich der Tod.

Galava: Eine der Acht Unsterblichen; Göttin des Lebens und der Natur.

Gan, die Müllerstochter: Ein Mitglied von Ninavis' Bande.

Gendal: Ehemaliger Kaiser Quurs; von Gadrith D'Lorus ermordet.

Gerber: Mitglied von Ninavis' Bande.

Geschlecht, joratisches: Für die Jorater hat das Geschlecht eher eine gesellschaftliche als eine biologische Dimension. Zwar differenzieren sie durchaus zwischen den biologischen Geschlechtern männlich, weiblich und zwischengeschlechtlich. Doch ob jemand in die Kategorie »Mann« oder »Frau« fällt, hängt nicht von den Geschlechtsteilen ab, sondern wird durch die gesellschaftliche Rolle bestimmt. Für alle, die sich weder dem einen noch dem anderen Extrem zuordnen lassen wollen, gilt der Sammelbegriff »Wallach«. Dessen ungeachtet ist die Geschlechtseinteilung in Jorat größtenteils immer noch vor allem binär, was zu vielen Problemen führt, mit denen binäre Geschlechter auch andernorts zu kämpfen haben. Das joratische Geschlecht ist in der Regel an der äußeren Erscheinung zu erkennen, wobei »Hengste« aufwändig dekorierte Gewänder tragen, während »Stuten« sich deutlich unauffälliger kleiden. s. Hengst, Stute, Wallach.

Gorokai: Ein Drache.

Gottesschlächter: s. Urthaenriel.

Gozen, Sir: Ein aufstrebender Ritter.

Graslande, die: Der Süden von Jorat, wo weite Ebenen und Graslandschaften vorherrschen.

Grizzst: Wird fälschlicherweise oft den Acht Unsterblichen zugeordnet; berühmter Zauberer, manchmal als Gott der Magie bezeichnet, vor allem der Dämonologie; angeblich hat er nicht nur den Dämonenbann geschaffen, sondern auch die Krone und das Zepter von Quur.

Große Stille, die: Ein Zeitraum von drei Tagen, in denen alle Magier in Quur (und auch im Rest der Welt) unerklärlicherweise gehörlos waren.

Guarem: Hauptsprache von Quur.

H

Hamarratus: Ein Feuerblüter, früher eine Sklavin von Darzin D'Mon; auch Skandal genannt.

Hará, Kay: Ein Mitglied von Ninavis' Bande.

Hedrogha: Ein yorischer Hauptmann.

Hengst, der: Eine als Mann geltende joratische Person, die sich durch »Hengst«-Attribute wie Führungsqualitäten, Entschlossenheit, Kampflust und das Bedürfnis zu beschützen, zu unterhalten und sich mit anderen zu messen auszeichnet. (Wichtig: Damit ist nicht das biologische männliche Geschlecht gemeint; s. Geschlecht, joratisches.)

Hexe, die: Jeder und jede, die ohne offizielle Ausbildung und Lizenz Magie ausüben; obwohl eigentlich geschlechtsneutral, wird der Begriff hauptsächlich für Frauen verwendet; in Jorat gelten alle als Hexen, die Magie praktizieren, obwohl sie nicht vom Blut des Joras sind.

Hölle, die: Vom Land des Friedens getrennter Ort, von dem die Dämonen stammen.

Höllenkrieger, der: Ein prophezeiter Schurke, der das Kaiserreich von Quur und möglicherweise sogar die ganze Welt vernichten wird; außerdem ein prophezeiter Held, der die Welt retten wird.

Höllenmarsch, der: Das Ergebnis, wenn ein mächtiger Dämon Zugang zur physischen Welt erhält, weitere Dämonen beschwört und von den Verstorbenen Besitz ergreift, was in der Regel zu weitreichenden Verwüstungen und zahllosen Toten führt. Vor der Zerstörung des Schellensteins konnten nur körperliche Wesen (wie Menschen oder Vané) Dämonen beschwören. Doch die Dämonen fanden schnell heraus, dass sie ein Schlupfloch ausnutzen konnten, indem sie Besitz von einem lebendigen Körper ergriffen und ihn dazu zwangen, weitere Vertreter ihrer Art zu beschwören. Dämonen können außerdem in Jorat oder Marakor in Leichen fahren, in diesem Zustand jedoch keine zusätzlichen Dämonen beschwören.

I

Ibatan: Autor von *Kriegsrituale*.

Idorrá, das: Ein joratischer Begriff für Macht, Dominanz und Kontrolle. Wer es nicht schafft, diejenigen zu beschützen, die ihm untergeordnet sind, kann sein Idorrá verlieren.

Irisia: s. Tya.

J

Jalore: Quurischer Kaiser, der die Eroberung der Stadtstaaten von Zaibur vollendet hat.

Jorat: Eine Provinz im Herzen Quurs mit verschiedenen Klimazonen und weiten, grasbewachsenen Ebenen; berühmt für ihre Pferde.

K

Kaen: Die yorische Herzogslinie.
> **Azhen:** Herzog – oder Hon – von Yor; Enkel des joratischquurischen Generals, der die Region erobert und die dort herrschenden Gottkönige Chertog und Suless erschlagen hat.
> **Exidhar:** Azhen Kaens einziger Sohn.
> **Xivan:** Azhen Kaens erste Frau; wegen ihrer khorveschischen Abstammung beim yorischen Volk unbeliebt; bei einem gegen ihren Gemahl gerichteten Anschlag ums Leben gekommen.

Kaiserreich Quur: s. Quur.

Kalazan: Mitglied von Ninavis' Bande.

Kaltwasser: Ein kleines Dorf in der Provinz Barsine.

Kandor,
> **Atrin:** Quurischer Kaiser, der die Grenzen des Reiches beträchtlich ausdehnte; vor allem bekannt für die Invasion Manols, bei der das quurische Heer vernichtet wurde und ihm Urthaenriel verloren ging, worauf Quur dem anschließenden Überfall der Morgags wehrlos ausgeliefert war.
> **Elana:** s. Milligreest, Elana.

Kasmodeus: Ein Dämon.

Kazivar: Eine der vier Provinzen Quurs; nördlich von Eamithon gelegen.

Kef: Eine im westlichen Quur verbreitete Hosensorte.

Kelanis: Sohn von Khaevatz und Kelindel; jüngerer Bruder von Khaeriel; jetzt König der Vané.

Khaemezra, auch »Mutter« genannt: Hohepriesterin der Thaena und Oberhaupt der Schwarzen Bruderschaft; Teraeths Mutter; der wahre Name von Thaena. s. Thaena.

Khaeriel: Königin der Vané, von ihrem Bruder Kelanis ermordet. Da Khaeriel den Schellenstein trug, ging sie in den Körper ihres Mörders über. Später wurde sie gegaescht und von ihrer Großmutter Khaemezra als Sklavin an Therin D'Mon verkauft.

Kharas Gulgoth: Ruinenstadt im Herzen der Korthaenischen Öde; gilt den Morgags als heilig (und verflucht); das Gefängnis des verderbten Gottes Vol Karoth.

Kharolaen: Früherer Name von Kharas Gulgoth.

Khored: Einer der Acht Unsterblichen; Gott der Zerstörung.

Khoreval: Magischer Speer; kann angeblich Drachen töten.

Khorsal: Gottkönig und Pferdenarr; herrschte einst über Jorat; veränderte die Gestalt vieler seiner Untertanen, auch der Tiere; Erschaffer der Feuerblüter und Zentauren.

Khorvesch: Eine südlich der Hauptstadt und nördlich des manolischen Dschungels gelegene Provinz.

Kirpis: Eine hauptsächlich aus Wäldern bestehende Provinz nördlich von Kazivar; vor allem bekannt als ursprüngliche Heimat aller Vané sowie der Akademie; außerdem Heimat vieler berühmter Weingüter.

Kirpische Vané: Hellhäutiges, unsterbliches Volk; lebte einst in den kirpischen Wäldern, bis es nach Süden in den manolischen Dschungel vertrieben wurde.

Kishna-Farriga: Einer der unabhängigen Stadtstaaten südlich von Quur, jenseits des manolischen Dschungels, die als Freie Staaten bezeichnet werden; wichtige Handelsdrehscheibe für viele angrenzende Staaten.

Korthaenische Öde, die; auch die Ödnis genannt: Verfluchte und eigentlich unbewohnbare Heimat der Morgags.

Kovinglass: Ein Torwächter; diente früher dem Grafen von Tolamer.

Kriegstreiber: Ein Eckstein.

Kulma-Sumpf: Ein tiefliegendes Sumpfgebiet im südlichen Marakor.

L

Laevos: Eine joratische Frisur, bei der bis auf einen Streifen in der Mitte des Kopfes alle Haare abrasiert werden; erinnert an eine Pferdemähne; für viele Jorater die gängigste Haartracht; gilt als Zeichen von Vornehmheit.

Lonezh-Höllenmarsch: Ein berüchtigter Höllenmarsch, der vor gar nicht allzu langer Zeit in Marakor begann und in Jorat endete. Dabei kam es zu unzähligen Toten.

Lorat: Ein älterer Adliger.

M

Malkoessian,
   Aroth: Markreev von Stavira, einem der vier politischen Quadranten oder »Landkreise«, in die Jorat aufgeteilt ist. Graf Janel Theranons Kanton, Tolamer, liegt innerhalb der Grenzen von Stavira.
   Ilvar: Aroths Erbe.
   Oreth: Jüngster Sohn des Markreev von Stavira; nimmt häufig als Ritter an Turnieren teil; kurzzeitig mit Janel Theranon verlobt.

Manol: In der Äquatorgegend der bekannten Welt gelegenes, von dichtem Dschungel bewachsenes Gebiet; Heimat der manolischen Vané.

Marakor: Die quurische Provinz im Süden des Reichs; politisch bedeutsam, da in Marakor der einzige (relativ) leichte Zugang zum manolischen Dschungel liegt. Die Einung der verschiedenen miteinander rivalisierenden Stadtstaaten-Klans, die die Region ursprünglich beherrschten, hat sich als schwierig erwiesen.

Markreev, der oder die: Ein joratischer Adelstitel; eine Stufe unter dem Herzog.

Mereina: Die Hauptstadt der Provinz Barsine.

Milligreest,
  Elana: Eine Musikerin aus Khorvesch, die Atrin Kandor heiratete. Nach seinem Tod nahm sie wieder ihren Mädchennamen an und begab sich in die Korthaenische Öde, wo sie einen Frieden mit den einmarschierenden Morgags aushandelte. Hat S'arric freigelassen. War eine frühere Inkarnation von Janel Theranon.
  Jarith: Einziger Sohn von Qoran; wie die meisten Milligreests diente er beim Militär; wurde während des Höllenmarschs in der Hauptstadt von Xaltorath getötet.
  Qoran: Der Oberste General der quurischen Armee; gilt als einer der mächtigsten Männer im Kaiserreich.
Mischa: Langärmeliges Hemd, von den Männern in Quur getragen.
Mithros: Anführer der Roten Speere, einer Söldnereinheit, die bei den Turnieren in Jorat dem jeweils Höchstbietenden dient; ein manolischer Vané.
Miyane: Königin der Vané; König Kelanis' Gemahlin.
Morea: Eine von Klaue ermordete Sklavin; Taleas Schwester.
Morgags: Ein wildes, unzivilisiertes Volk; lebt in der Korthaenischen Öde und führt ständig Krieg gegen seine Nachbarn, hauptsächlich gegen Khorvesch.
Morios: Ein Drache.

N

Nachleben, das: Ein dunkles Spiegelbild der Welt der Lebenden; nach dem Tod gehen die Seelen in das Nachleben ein und von dort aus hoffentlich in das Land des Friedens.
Nakijan, Jem: Ein Mitglied von Ninavis' Bande.
Namenlose Lord, der: Der joratische Name für den achten der Acht Unsterblichen.
Nemesan: Ein verstorbener Gottkönig.
Nerikan: Ein quurischer Kaiser.
Ninavis: Eine Gesetzlose, die mit einer Gruppe gleichgesinnter

Banditen in den Randgebieten von Barsine operiert, zumeist in den Wäldern.

O

Ogenra: Unentdeckter Bastard eines Adelshauses. Ogenras sind heiß begehrt und gelten als wichtiges politisches Werkzeug, da sie vom Fluch der von den Göttern Berührten ausgenommen sind.

Omorse: Eine Provinz in Jorat.

Ompher: Einer der Acht Unsterblichen; Gott der Welt.

P

Prialar: Eine Stadt in Jorat.

Q

Qaun, Bruder: Ein Anhänger der Vishai-Mysterien; als Mentor des Grafen Janel Theranon abgestellt.

Qhuaras: Ein verstorbener Gottkönig.

Quur, Großes und Heiliges Reich von: Ein ausgedehntes Kaiserreich, das sich einst aus dem gleichnamigen Stadtstaat entwickelt hat, der nun als Hauptstadt fungiert.

R

Raenena: Eine in den nördlichen Drachenspitzen gelegene quurische Provinz.

Raisigi, das: Von Frauen getragenes, eng anliegendes Mieder.

Razarras: Ein hochgiftiges Erz.

Rev'arric: s. Relos Var.

Ritter, joratische: Im Gegensatz zu anderen Rittern sind joratische Ritter eher Athleten, die als Stellvertreter Idorrá-Thudajé-Beziehungen ausfechten. Diese Beziehungen haben Einfluss auf sämtliche Aspekte des joratischen Lebens, von Geschäftsabschlüssen bis hin zu Gerichtsverhandlungen.

Rol'amar: Ein Drache.

Rote Speere: Eine Söldnereinheit in Jorat.

Rothunde: Eine Wildhundrasse, die in Jorat domestiziert wurde; kommt auch in Marakor vor.

Rückkehr, die: Die Wiederkehr aus dem Nachleben, immer mit der Erlaubnis der Göttin des Todes, Thaena.

S

Saelen: Joratisch für *Streuner*.

Sallí: Mantelähnliches Kleidungsstück mit Kapuze, das die enorme Hitze in der Hauptstadt abhält.

Salos: Schlangenart, im manolischen Dschungel heimisch.

Sandus: Ursprünglich ein Bauer aus Marakor, später Kaiser von Quur.

S'arric: Einer der Acht Unsterblichen; weitestgehend unbekannt (und verstorben); Gott der Sonne, der Sterne und des Himmels; ermordet von seinem älteren Bruder, Rev'arric; frühere Inkarnation von Kihrin D'Mon.

Schellenstein, der: Einer der acht Ecksteine, deren Herkunft nach wie vor unbekannt ist.

Schneehyäne, die: Eine an die extreme Kälte Yors angepasste Hyänenart.

Schwarze Ritter, der: Bei joratischen Turnieren ein gesetzter Kombattant; verkörpert das unvorhersehbare göttliche Eingreifen; oft die einzige Möglichkeit für Adlige, bei den Turnieren anzutreten; normalerweise für die humoristischen Einlagen zuständig.

Selanol: Sonnengott; seine Anbetung ist Teil der Vishai-Mysterien.

Senera: Ehemalige Sklavin aus Doltar, später in Jorat als Hexe und Saboteurin tätig.

Shanathá, das: Eine Metallsorte.

Sharanakal: Ein Drache.

Sifen, die Familie: Bauern in der Provinz Banner; vor allem für ihre Mangos bekannt.

Simillion: Erster Kaiser von Quur.

Stavira: Einer der vier Quadranten oder Marschen, in die Jorat aufgeteilt ist.

Stute, die: Eine als Frau geltende joratische Person; zeichnet sich durch »Stuten«-Attribute wie Haushaltsführung, Kindererziehung, Pflanzenanbau, Kunsthandwerk und Kochen aus; legt Wert auf Zusammenarbeit und Familie und ordnet sich gerne unter. (Wichtig: Damit ist nicht das biologische weibliche Geschlecht gemeint. s. Geschlecht, joratisches.)

Suless: Gottkönigin von Yor; Göttin der Hexerei, Täuschung und des Verrats; mit Hyänen assoziiert.

T

Taja: Eine der Acht Unsterblichen; Göttin des Glücks.

Talea: Eine ehemalige Sklavin.

Talisman: Ein ansonsten gewöhnlicher Gegenstand, dessen Tenyé so verändert wurde, dass es mit den Schwingungen seines Trägers übereinstimmt und sie verstärkt, sodass ein feindlich gesinnter Magier das Tenyé nicht verändern kann. Daher ist es extrem gefährlich, wenn der Talisman einem Feind in die Hände fällt. Da Talismane Magie stören, schwächen sie auch die Zauberkraft des Trägers.

Tamarane: Ein joratischer Kochstil mit acht verschiedenen genau festgelegten Garmethoden.

Tamin: Baron der Provinz Barsine.

Teraeth: Jäger der Thaena, manolischer Vané und Mitglied der Schwarzen Bruderschaft; Sohn von Khaemezra.

Thaena: Eine der Acht Unsterblichen; Göttin des Todes.

Theranon: Eine Adelsfamilie aus Jorat.

  Frena: Janels Mutter; beim Höllenmarsch umgekommen.

  Janel: Eine von einem Dämon gezeichnete Adlige aus Jorat;

verdankt ihren Beinamen »Danorak« dem verbreiteten Glauben, dass sie als Kind dem Lonezh-Höllenmarsch vorausgerannt ist, um Kaiser Sandus vor der Invasion zu warnen.

Jarak: Janels Vater; beim Höllenmarsch umgekommen.

Jarin: Verstorbener Graf von Tolamer; Janels Großvater.

Thorra: Die joratische Bezeichnung für eine Person, die ihre Idorrá-Privilegien missbraucht; Fiesling oder Tyrann; wörtlich: »Ein Hengst, den man nicht unbeaufsichtigt bei anderen Pferden lassen kann.«

Thudajé, das: Joratischer Begriff für Respekt, Bescheidenheit und Unterwürfigkeit. In Jorat gilt Thudajé als positive Eigenschaft. Die Jorater glauben, dass es für jede Person, egal wie groß ihr Idorrá ist, eine andere gibt, der sie Thudajé schuldet.

Tiga-Pass, der: Ein Gebirgspass, der die Große Steppe und das Grasland miteinander verbindet.

Tolamer: Ein Kanton im nordöstlichen Jorat; seit fast fünfhundert Jahren von der Familie Theranon beherrscht.

Tor, das; auch bekannt als Portal, das: Eine magische Verbindung zwischen zwei verschiedenen Orten, mit deren Hilfe große Distanzen schnell überwunden werden können. Typischerweise können nur mächtige Magier die von Torsteinen unabhängigen Portale erschaffen.

Torstein, der: Speziell gravierter Stein, der das Reisen zwischen Toren weniger beschwerlich macht. Was genau er bewirkt, ist ein streng gehütetes Geheimnis des Hauses D'Aramarin.

Torwächter, die: Die Gilde, die das Reisen zwischen den Portalen ermöglicht. Untersteht dem Haus D'Aramarin.

Tumai: Joratisch für *Ritter*.

Turniere, die: So oft wie möglich in verschiedenen Regionen Jorats ausgetragene Geschicklichkeitswettbewerbe; haben in der Regel immer etwas mit Pferden zu tun; joratische Zuschauer unterstützen ihre jeweiligen Mannschaften zum Teil sehr leidenschaftlich.

Tya, auch Irisia: Eine der Acht Unsterblichen; Göttin der Magie.
Tyas Schleier: Leuchterscheinung am Nachthimmel.
Tyentso: Früher Raverí D'Lorus, nun die Kaiserin von Quur; die erste Frau auf dem Kaiserthron.

U

Upishiarral, das: Ein joratisches Reisgericht mit Gemüse.
Urthaenriel: Gottesschlächter, Untergang der Könige, Schwert des Kaisers; mächtiges Artefakt, das seinen Träger angeblich gegen jegliche Magie immun macht und ihn somit in die Lage versetzt, Götter zu töten.

V

Valathea: Innerhalb der Familie Milligreest weitervererbte Harfe; außerdem der Name einer verstorbenen Königin der kirpischen Vané.
Vané, auch Vorfelané: Unsterbliches, magiebegabtes Volk; berühmt für seine außergewöhnliche Schönheit.
Vanoizi: Ein eamithonischer Kochstil.
Var, Relos: Ein mächtiger Magier; soll das Ritual durchgeführt haben, bei dem die Acht Unsterblichen entstanden sind; ebenso das Ritual, das sowohl die Drachen als auch Vol Karoth hervorgebracht hat.
Veixizhau: Eine von Azhen Kaens jüngeren Gemahlinnen.
Vidan: Ein Mitglied von Ninavis' Bande.
Vier Völker, die: Einst gab es vier mächtige Völker. Nur die Vané existieren noch in ihrer ursprünglichen Form und sind nach wie vor unsterblich. Aus den anderen gingen die Morgags, die Dreth und die Menschen hervor.
Visallía: Eine Marsch in Jorat.
Vishai-Mysterien, die: Eine in Teilen von Eamithon, Jorat und Marakor verbreitete Religion; über ihren Aufbau ist nur wenig bekannt, aber ihre Anhänger scheinen vor allem eine Sonnen-

gottheit zu verehren; in der Regel friedliebend; Anhänger dieses Glaubens erwerben häufig eine Lizenz vom Haus D'Mon, um rechtmäßig als Heiler arbeiten zu können.

Vol Karoth, auch Kriegskind: Als Feind der Acht Unsterblichen künstlich geschaffener Dämon; oder ein verderbter Überrest des Gottes der Sonne, S'arric; möglicherweise auch beides.

Von den Göttern berührt: Je nach Sichtweise eine »Gabe« oder ein »Fluch«, mit dem die Acht Unsterblichen die acht hohen Adelshäuser ausgestattet haben. Einerseits verleiht diese Gabe/dieser Fluch jedem Haus eine spezifische Augenfarbe, andererseits hindert sie/er die hohen Adelshäuser daran, Gesetze zu erlassen oder über ein Gebiet zu herrschen.

Voramer, auch Vormer: Ausgestorbenes maritimes Volk; gilt als Vorläufer der Morgags und Ithlakor; nur die Ithlakor leben nach wie vor im Wasser.

Voras: Ausgestorbenes Volk; Vorläufer der Menschheit; verlor bei der Zerstörung von Kharolaen seine Unsterblichkeit.

Vordreth, auch Vordredd, Dreth, Dredd oder Zwerge: Ein unterirdisch lebendes Volk, bekannt für seine Körperkraft und Intelligenz; trotz des Spitznamens nicht kleinwüchsig; gilt seit der Eroberung Raenenas durch Atrin Kandor als ausgelöscht.

W

Wallach, der: Ein joratischer Begriff für jede Person, egal ob männlich oder weiblich, die nicht mit den Stereotypen »Hengst« oder »Stute« beschrieben werden kann. Damit sind ausdrücklich keine geschlechtslosen Individuen gemeint.

Weltenfeuer: Ein Eckstein.

Wilavir, Sivat: Der Autor von *Belagerungstaktiken während der Invasion in Yor*.

Winzig: Einer von Dornas Decknamen.

Wolke: Ein joratischer Wallach.

Wyrga: Eine Dompteurin in Herzog Kaens Diensten.

X

Xalome: Eine Drachin.

Xaltorath: Ein Dämonenfürst; kann nur durch die Opferung eines Familienmitglieds beschworen werden; assoziiert sich selbst mit Lust und Krieg.

Xun, Foran: Herzog von Jorat; erbte den Thron als Jugendlicher, nachdem sein Vater beim Lonezh-Höllenmarsch getötet worden war.

Y

Ynis: Ein verstorbener Gottkönig.

Yor: Eine der quurischen Provinzen; als letzte dem Kaiserreich hinzugefügt und am wenigsten an dessen Gesetzgebung angepasst.

Z

Zaibur: 1. Ein großer Fluss, der von den Dämonenfällen und dem Jorat-See bis zum Meer reicht; trennt Jorat von Marakor; 2. Ein Strategiespiel.

Zaibur, die Stadtstaaten von: Altertümlicher Sammelbegriff für die gespaltenen Stadtstaaten, aus denen Marakor vor der Eroberung durch Quur bestand.

Zajhera, Vater: Das geistige Oberhaupt des Vishai-Ordens/der Vishai-Mysterien; hat die Dämonin Xaltorath exorziert, von der Janel Theranon als Kind besessen war.

Zu Wald erklären: Eine joratische Praxis, bei der eine Wildnis in einen rechtsfreien Raum umgewandelt wird; eine frühe Form der Enteignung, die vor allem auch staatlich sanktionierte Morde ermöglicht. Außerhalb von Jorat wird mit dieser Prozedur in der Regel nur ein Forst, wie zum Beispiel der Kirpische Wald, zum Schutzgebiet umgewidmet.

Zwillingswelten, die: Ein Oberbegriff für die Welt der Lebenden und die Nachwelt, mit dem man die beiden als Teil eines größeren Ganzen beschreibt.

ANHANG III

Herrschaftsgebiete des Reichs

(In der Reihenfolge der Eroberung)

Quur: Eigentlich kein Herrschaftsgebiet, sondern ein von Gottkönig Qhuaras regierter Stadtstaat. Qhuaras wurde von Simillion getötet, der sich daraufhin zum Kaiser ausrief und die Grenzen Quurs ausdehnte. Seither ist Quur die Hauptstadt des gleichnamigen Reichs.

Eamithon: Im Jahr 1 QR (quurische Zeitrechnung) durch Heirat zwischen Kaiser Simillion und Gottkönigin Dina dem Reich hinzugefügt. Eamithon wurde als einziges Gebiet gewaltfrei annektiert; im Vergleich zum Rest des Reichs genießen seine Bürger große Freiheiten und Privilegien.

Khorvesch: Im Jahr 5 QR nach dem Tod des dortigen Gottkönigs, Ynis, von Kaiser Nerikan annektiert. Die einheimischen Thriss wurden entweder getötet oder vertrieben. Die Nachkommen der Eamithonen und Quurer, die nach der Annexion nach Khorvesch gingen, sind seither für ihren Mut und ihr Geschick in der Schlacht berühmt.

Kazivar: Im Jahr 43 QR von Kaiser Nerikan als Schlusspunkt eines 42 Jahre dauernden Feldzugs erobert. Die Kämpfe begannen mit dem Tod des dortigen Gottkönigs, Nemesan, durch die Hand von Kaiser Simillion. Der Großteil der einheimischen Bevölkerung wurde zwangsassimiliert. Während der nächsten 1000 Jahre dehnte das Reich unter dem friedliebenden Kaiser Samar dem Erbauer seine Grenzen nicht weiter aus.

Raenena: Im Jahr 1533 QR von Kaiser Atrin Kandor erobert, wobei nach wie vor strittig ist, ob Raenena erobert oder annektiert wurde. Die meisten glauben, dass Kandor die einheimischen Dreth ausrottete, um sich Zugang zu den örtlichen Erzminen zu verschaffen.

Jorat: Im Jahr 1612 QR mit dem Tod von Gottkönig Khorsal an das Reich gefallen. Khorsal starb durch die Hand von Kaiser Kandor. Während des Feldzugs staute Kandor den Zaibur-Fluss auf, um die Endlose Schlucht zu überschwemmen, wodurch der Jorat-See, die Dämonenfälle und Atrine, die spätere Hauptstadt Jorats, entstanden.

Kirpis: Im Jahr 1699 QR von Kaiser Kandor erobert, der die Vané, darunter auch deren König Terindel, aus der Region vertrieb. Die kirpischen Vané ließen sich daraufhin in Manol bei ihren manolischen Verwandten nieder. Im Jahr 1709 setzte Kandor ihnen erneut nach und fiel während der fehlgeschlagenen Invasion. Sein Schwert Urthaenriel, auch bekannt als Gottesschlächter, ging verloren.

Marakor: Im Jahr 1962 QR von Kaiser Jalore am Ende eines 240 Jahre andauernden Feldzugs erobert, um die verschiedenen Stadtstaaten und Klans zu einen. Nach seinem Sieg gab Jalore der Region den Namen Marakor, den die Klans nie akzeptierten, und belegte die aufsässige Bevölkerung zur Strafe für ihren anhaltenden Widerstand mit drakonischen Sanktionen.

Yor: Vor relativ Kurzem, im Jahr 2044 QR, von Kaiser Gendal erobert. Selbst ohne Urthaenriel gelang es Gendal, die Gottkönige von Yor – Chertog und dessen Gattin Suless – zu töten. Die Region ist dem Reich bis zum heutigen Tag feindlich gesinnt, ihre Bewohner lehnen die quurische Herrschaft nach wie vor ab. Azhen Kaen, der Herzog von Yor, ist außerdem der Enkel eines an der Eroberung beteiligten quurischen Generals.

DANK

Als Erstes möchte ich mich bei dir, mein liebster Mike, dafür bedanken, dass du meine Stütze, meine Quietscheente und meine erste Verteidigungslinie gegen Handlungslücken bist. Dann danke ich wie immer Karen Faris, die stets die Zeit findet, mir Feedback zu geben. Meinem Agenten Sam Morgan schulde ich ewigen Dank (du hättest nicht rangehen müssen, als ich dich immer wieder sonntagnachts panisch anrief, aber du hast es getan). Außerdem möchte ich den außergewöhnlichen Menschen bei Tor Books danken – nicht nur meinen fantastischen Lektorinnen, Devi Pillai und Bella Pagan (sowie deren Assistentinnen, Rachel Bass und Georgia Summers!), sondern dem gesamten Trupp unbesungener Helden im Lektorat, der Herstellung, dem Marketing und der Presseabteilung, deren harte Arbeit und enthusiastische Unterstützung dieses Buch möglich gemacht haben. Meine Leser mögen euch nicht kennen, aber seid versichert, dass ich weiß, wer ihr seid (und dass ich euch noch eine Ladung Bonbons schicken werde). Ich bedanke mich bei Lars Grant-West für seine fantastische Cover-Illustration, Irene Gallo für ihr perfektes Cover-Design und Thomas Mis, der alles gegeben hat, um die Hörbücher zu etwas ganz Besonderem zu machen. Darüber hinaus möchte ich mich bei Rachel Fish bedanken, die mich bei den oft komplizierten joratischen Geschlechterthemen beraten hat. Zuletzt möchte ich noch den Leuten von DeBracey Productions beim Georgia Renaissance Festival meinen Dank dafür aussprechen, dass sie mich und meine nervigen Fragen erduldet haben. Mein besonderer Dank gilt dem überraschend netten Turnier-Bösewicht, Lee Kirk, und Dosbergen »Dopka« Kozugulow, dessen Erzählungen über die Reiterspiele in seiner Heimat Kirgisistan alle meine Pläne für die joratischen Turniere komplett über den Haufen geworfen haben.

KARTEN

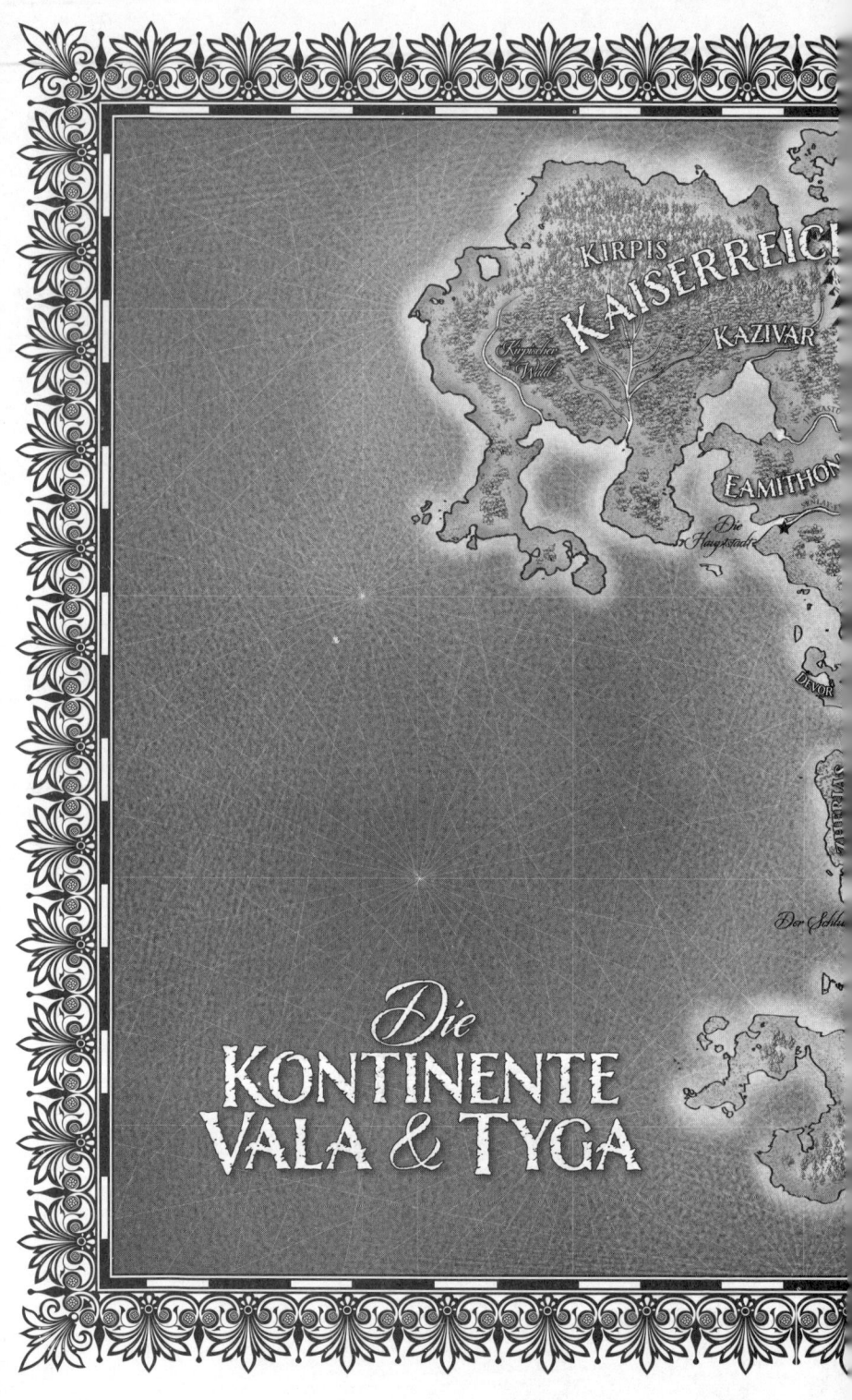

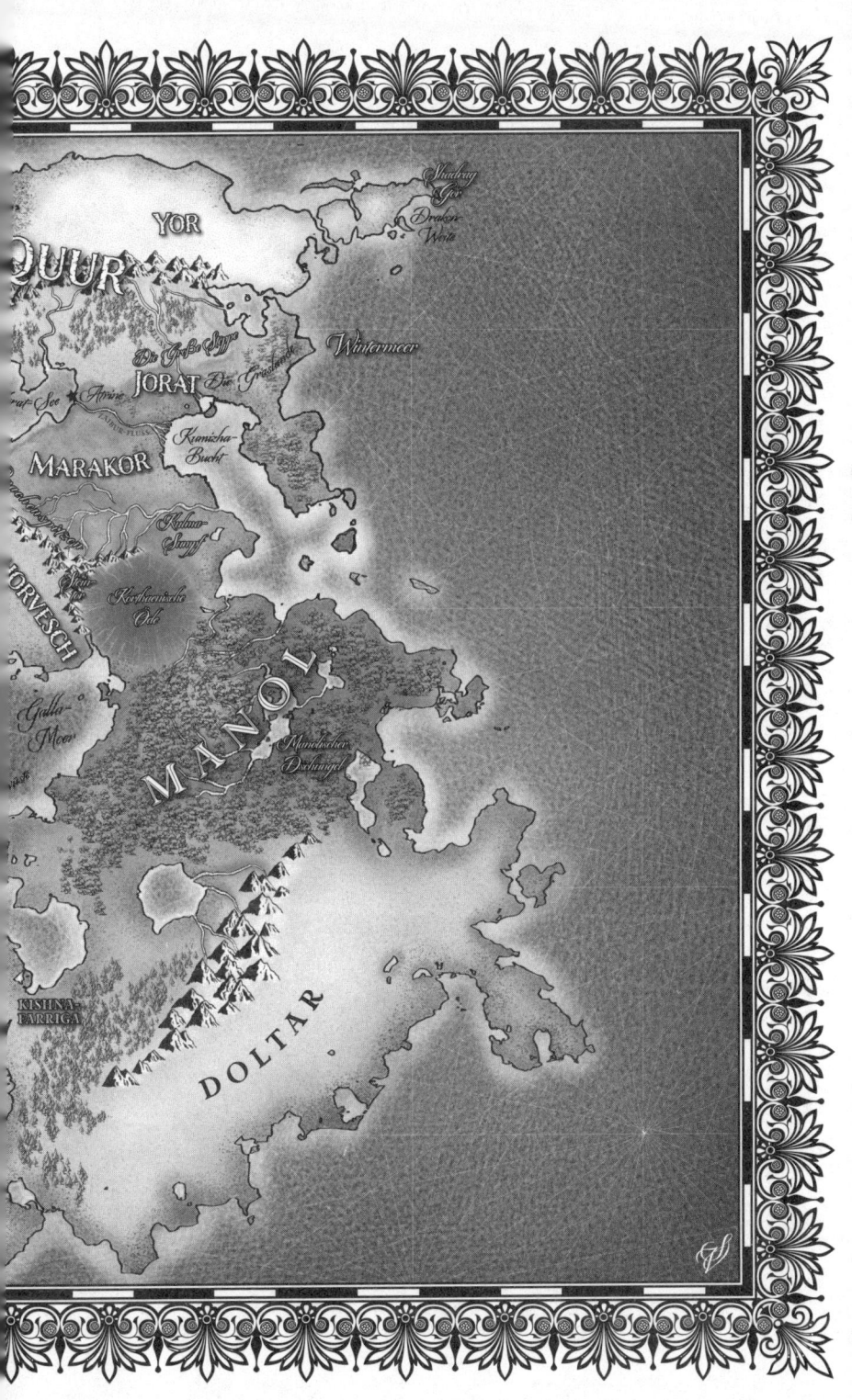

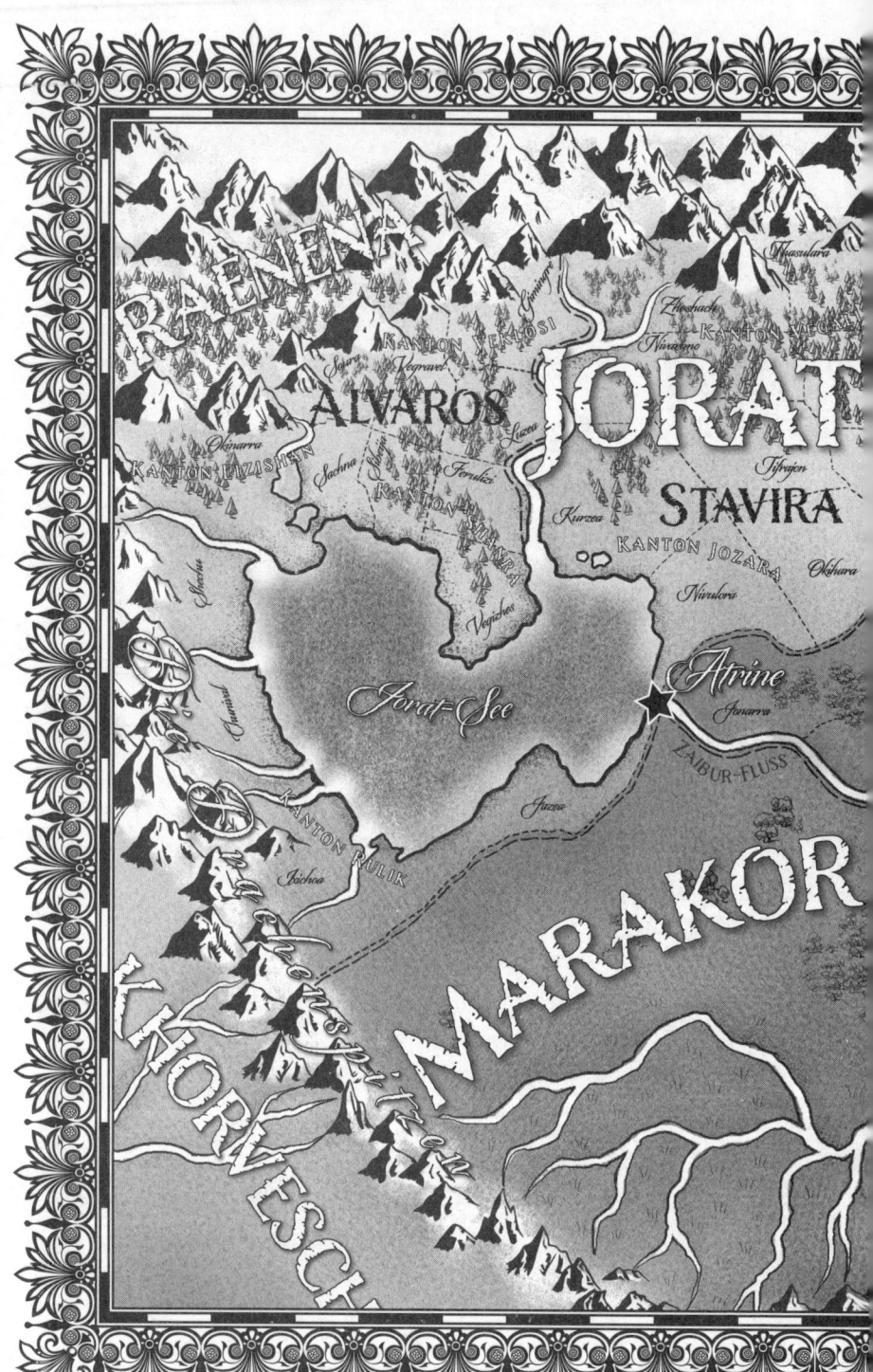